TÚMULO VELOZ

ROBERT GALBRAITH

O TÚMULO VELOZ

UMA HISTÓRIA DO DETETIVE CORMORAN STRIKE

Tradução de Ryta Vinagre

Rocco

Título original
THE RUNNING GRAVE
A Strike Novel

Primeira publicação na Grã-Bretanha em 2023 pela Sphere

Direitos para a língua portuguesa reservados
com exclusividade para o Brasil à
EDITORA ROCCO LTDA.
Rua Evaristo da Veiga, 65 – 11º andar
Passeio Corporate – Torre 1
20031-040 – Rio de Janeiro – RJ
Tel.: (21) 3525-2000 – Fax: (21) 3525-2001
rocco@rocco.com.br
www.rocco.com.br

Printed in Brazil/Impresso no Brasil

Preparação de originais
MÔNICA FIGUEIREDO

CIP-BRASIL. CATALOGAÇÃO NA PUBLICAÇÃO
SINDICATO NACIONAL DOS EDITORES DE LIVROS, RJ

G148t

Galbraith, Robert
O túmulo veloz / Robert Galbraith ; tradução Ryta Vinagre. - 1. ed. - Rio de Janeiro : Rocco, 2024.
(Detetive cormoran strike ; 7)

Tradução de:Tthe running grave : a strike novel
ISBN 978-65-5532-488-4 (brochura)
ISBN 978-65-5532-494-5 (capa dura)
ISBN 978-65-5595-310-7 (recurso eletrônico)

1. Ficção policial inglesa. I. Vinagre, Ryta. II. Título. III. Série.

CDD: 823
24-94651 CDU: 82-312.4(410.1)

Meri Gleice Rodrigues de Souza - Bibliotecária - CRB-7/6439

A minhas deusas,
Lynne Corbett, Aine Kiely e Jill Prewett,
Juno, Ceres e Astarte

Quando, como um túmulo veloz, o tempo te alcançar…

Dylan Thomas

Quando, como um túmulo veloz

Muito tempo se passa para que as coisas cheguem tão longe.
Assim se sucede porque o que deveria ter parado não parou a tempo.

I Ching: O livro das mutações

PRÓLOGO

Nem todos os indivíduos estão igualmente aptos a consultar o oráculo. Para tanto, é necessária uma mente clara e tranquila, receptiva às influências cósmicas ocultas nas humildes varetas divinatórias.

Richard Wilhelm
Introdução ao I Ching: O livro das mutações

Cartas entre Sir Colin e Lady Edensor e seu filho William

13 de março de 2012

Will,

Ficamos estarrecidos quando soubemos ontem, por meio do seu orientador, que você abandonou a universidade e ingressou em um movimento religioso. Ficamos ainda mais atônitos por você não ter conversado sobre isso conosco nem se dado ao trabalho de nos contar aonde ia.

Se a mulher que atendeu a nossa ligação na sede da Igreja Humanitária Universal não mentiu, cartas manuscritas são o único meio de entrar em contato com os membros. Ela me prometeu que esta carta seria entregue a você.

Sua mãe e eu não entendemos por que você fez isso, por que não falou conosco primeiro, nem o que pode tê-lo convencido a abandonar seu curso e seus amigos. Estamos extremamente preocupados.

Por favor, entre em contato IMEDIATAMENTE assim que receber esta carta.

Papai

16 de abril de 2012

Querido Will,

A moça na sede da igreja disse que você recebeu a carta de seu pai, mas ainda não tivemos notícias suas, então continuamos muito preocupados.

Acreditamos que você possa estar na Fazenda Chapman, em Norfolk. Nós iremos ao New Inn, em Roughton, neste sábado às 13h. Por favor, Will, venha nos encontrar, assim poderemos conversar sobre tudo. Seu pai esteve pesquisando muito sobre a Igreja Humanitária Universal e parece uma organização muito interessante, com objetivos nobres. Sem dúvida, entendemos o que atraiu você.

Não estamos tentando mandar em sua vida, Will, sinceramente só queremos ver você e saber que está bem.

Com muito amor,

Mamãe

29 de abril de 2012

Caro Will,

Ontem fui ao Templo Central da IHU em Londres e falei com uma mulher que insistiu que nossas cartas anteriores lhe foram entregues. Porém, como você não apareceu para nos encontrar no sábado, e não nos mandou uma palavra, não temos como saber se ela diz a verdade.

Deste modo, sinto ser necessário declarar, para sua informação ou de quem possa estar abrindo ilegalmente sua correspondência, que <u>tenho certeza</u> de que você está na Fazenda Chapman, que você nunca sai dela desacompanhado e que emagreceu consideravelmente. Também sei que é impossível que um não integrante da igreja visite a fazenda.

Você é uma pessoa muito inteligente, Will, mas não se esqueça de que é autista e esta não é a primeira vez que é manipulado. Se eu não receber um telefonema seu ou uma carta escrita de próprio punho até o dia 5, vou acionar a polícia.

Estive em contato com um ex-membro da Igreja Humanitária Universal que gostaria que você conhecesse. Se a igreja não tem nada a esconder e você continua na Fazenda Chapman por livre e espontânea vontade, eles não vão se opor a você se encontrar conosco ou falar com ele.

Will, repito, se eu não tiver notícias suas até o dia 5 de maio, procurarei a polícia.

Papai

1º de maio de 2012

Prezados Colin e Sally,

Obrigado por suas cartas. Está tudo bem. Estou muito feliz na IHU e agora compreendo muitas coisas que antes não compreendia. Na verdade, não estou "no espectro". Este é um rótulo que vocês colocaram para justificar os níveis de controle que exerceram sobre mim durante toda a minha vida. Não sou seu brinquedo e, ao contrário de vocês, não sou motivado por dinheiro nem por considerações materialistas.

Sua última carta me leva a crer que vocês estiveram vigiando a Fazenda Chapman. Sou adulto e o fato de continuarem a me tratar como uma criancinha que deve ser espionada só prova a pouca confiança que posso depositar em vocês.

Também sei exatamente qual "ex-membro" da IHU vocês querem que eu conheça. Ele é um homem muito perigoso e mal-intencionado que prejudicou muitos inocentes. Aconselho aos dois não terem mais contato com ele.

Que a Profetisa Afogada Abençoe Todos Que a Veneram.

Will

2 de maio de 2012

Querido Will,

Ficamos muito felizes quando recebemos uma carta sua, mas ela nos deixou meio preocupados, porque, na verdade, aquelas palavras não parecem ter vindo de você, querido.

Will, por favor, encontre-se conosco. Se pudermos nos falar pessoalmente, teremos certeza de que você está feliz e sabe o que faz. É só o que pedimos, um encontro.

Querido, queremos ser inteiramente francos com você. Papai colocou alguém observando a Fazenda Chapman porque ficou muito preocupado, mas garanto que tudo isso está encerrado. Ele interrompeu a vigilância. Ninguém o está espionando e não queremos controlá-lo, Will. Só queremos vê-lo e ouvir de sua própria boca que você está feliz e age segundo sua vontade.

Nós te amamos, e garanto que só queremos o melhor para você.

bjs,

Mamãe

12 de maio de 2012

Prezados Colin e Sally,

Encontrarei vocês no Templo Central na Rupert Court, Londres, no dia 23 de maio ao meio-dia. Não levem ninguém, em particular nenhum ex-integrante da igreja, porque essas pessoas não serão aceitas ali.

Que a Profetisa Afogada Abençoe Todos Que a Veneram.

Will

24 de maio de 2012

Prezados Colin e Sally,

Concordei em me encontrar com vocês ontem para provar que estou inteiramente feliz e em pleno controle de minhas decisões. Os dois demonstraram um alto nível de egomotividade e foram desrespeitosos comigo e abusivos com pessoas que estimo e amo.

Se acionarem a polícia ou voltarem a me vigiar, entrarei com um processo judicial contra vocês. A igreja conseguiu que eu fosse avaliado por um médico que testemunhará que tenho plena capacidade e que são vocês que tentam exercer uma influência indevida sobre mim. Também consultei os advogados da IHU. Meu fundo fiduciário é meu e, como foi o vovô que me deixou esse dinheiro, e não vocês, nenhum dos dois tem o direito de impedir que eu use minha herança para o bem.

Que a Profetisa Afogada Abençoe Todos que a Veneram.

Will

16 de março de 2013

Querido Will,

Sei que eu já disse isso em todas as cartas, mas, por favor, entre em contato conosco. Entendemos e respeitamos o fato de você querer permanecer na IHU. Só queremos saber que você está feliz e bem. Sobretudo, gostaríamos de vê-lo pessoalmente. Já se passou mais de um ano, Will. Sentimos muito sua falta.

Enviei seu presente de aniversário à Fazenda Chapman. Espero que o tenha recebido direitinho.

Por favor, Will, entre em contato. Ninguém vai tentar convencê-lo a sair da IHU. Só queremos sua felicidade. Papai se arrepende profundamente das coisas que disse quando nos vimos daquela última vez. Não estamos zangados, Will, só sentimos desesperadamente a sua falta.

Papai acrescentará sua própria mensagem, mas quero lhe dizer que te amo de todo o coração e desejo apenas saber se você está bem.

bjs,

Mamãe

Will,

Peço sinceras desculpas pelo que eu disse sobre a igreja no ano passado. Espero que possa me perdoar e que entre em contato. Mamãe sente muito sua falta, e eu também.

Com amor,

Papai

Trechos de uma carta da firma de advocacia Coolidge and Fairfax ao sr. Kevin Pirbright, ex-integrante da Igreja Humanitária Universal

18 de março de 2013

CORRESPONDÊNCIA PRIVADA E CONFIDENCIAL
PROIBIDA A PUBLICAÇÃO, DIVULGAÇÃO OU TRANSMISSÃO

Prezado senhor,

Esta carta é escrita considerando que o senhor é responsável pelo blog "Exposição da Seita Universal", que escreve sob o pseudônimo "Ex-Integrante da IHU" (...).

Postagem no blog em abril de 2012: "A Conexão Aylmerton"
Em 2 de abril de 2012, o senhor fez uma publicação no blog intitulada "A Conexão Aylmerton". A postagem contém várias alegações falsas e difamatórias dirigidas à IHU. Os primeiros parágrafos dizem:

> *Sem o conhecimento da maioria de seus crescentes integrantes, que foram atraídos à igreja pela mensagem de igualdade, diversidade e serviço filantrópico, a Igreja Humanitária Universal nasceu da Comunidade Aylmerton, uma notória comuna em Norfolk que, em 1986, se revelou uma fachada para atividades pedófilas da família Crowther.*

A maioria dos integrantes da Comunidade Aylmerton foi presa, junto com a família Crowther, mas aqueles que tiveram a sorte de escapar do processo permaneceram nas terras da comunidade, que rebatizaram de "Fazenda Chapman". O obstinado grupo viria a compor os membros fundadores da IHU.

Qualquer pessoa sensata entenderia com isso que a IHU é, de fato, uma continuação da Comunidade Aylmerton, agora com outro nome, e que as atividades da IHU se assemelham àquelas da Comunidade Aylmerton, especificamente com relação a atividades pedófilas. As duas afirmativas são falsas e altamente difamatórias para com nossos clientes.

Além disso, as expressões "a sorte de escapar do processo" e "obstinado grupo" sugeririam ao leitor sensato que aqueles que permaneceram nas terras da comunidade cometeram atos ilegais semelhantes àqueles pelos quais a família Crowther e os demais foram presos. Não há qualquer verdade nessa afirmação, que é altamente difamatória para com os membros da IHU e o Conselho de Dirigentes.

A Real Situação

Na realidade, só um integrante da IHU chegou a fazer parte da Comunidade Aylmerton: a sra. Mazu Wace, esposa do fundador e líder da IHU, Jonathan Wace.

Mazu Wace tinha quinze anos quando a Comunidade Aylmerton foi desmantelada e forneceu provas contra os irmãos Crowther no julgamento deles. Isso consta em registro público e pode ser facilmente descoberto pelos documentos do tribunal e relatos da imprensa sobre o caso.

A sra. Wace falou abertamente sobre suas experiências traumáticas na Comunidade Aylmerton, inclusive em grupos da igreja a que o senhor mesmo compareceu. Longe de ter tido "a sorte de escapar do processo", a sra. Wace foi, ela própria, vítima dos Crowther. A imputação de que ela foi cúmplice do comportamento ilegal e cruel dos Crowther, ou de que o aprovava, é altamente difamatória e tem causado consideráveis mágoa e angústia à sra. Wace. Também causou, e provavelmente continuará a causar, graves danos à reputação da sra. Wace e da IHU. Isso expõe o senhor a significativa imputabilidade.

Postagem no blog em 28 de janeiro de 2013: "O Grande Golpe de Caridade"

Em 28 de janeiro de 2013, o senhor publicou uma postagem intitulada "O Grande Golpe de Caridade", em que declara:

> *De fato, o único propósito da IHU é gerar dinheiro, e ela é extraordinariamente competente nisso. Enquanto os integrantes mais conhecidos têm permissão apenas para fazer proselitismo em entrevistas à imprensa, espera-se que os recrutas vão para as ruas com suas latas de coleta diariamente e lá permaneçam, qualquer que seja o clima ou seu estado de saúde, pelo tempo necessário para que obtenham sua "oferenda". Isso representa o mínimo de cem libras com que cada recruta deve retornar por dia, a não ser que a pessoa deseje enfrentar a ira do volátil capanga da igreja, Taio Wace, o mais velho entre os dois filhos de Jonathan e Mazu Wace.*

O leitor sensato entenderá, pela descrição feita do sr. Taio Wace como um "volátil capanga", que o sr. Taio Wace é um tirano agressivo e imprevisível. Essa categorização é altamente difamatória para com o sr. Taio Wace e pode causar danos significativos à sua reputação como Dirigente da igreja e também à IHU.

Em seguida, o senhor escreve:

> *Para onde vai todo o dinheiro? Boa pergunta. Quem visitar o "retiro" da Fazenda Chapman observará que, enquanto os integrantes comuns "desfrutam" da experiência da agricultura pré-mecanização, dormindo em celeiros sem aquecimento e trocando as latas de coleta por enxadas e arados puxados a cavalo, as acomodações oferecidas aos Dirigentes e membros célebres são muito mais confortáveis.*
>
> *A sede da fazenda foi ampliada e reformada, elevada a um padrão distintamente do século XXI, com direito a piscina, banheira de hidromassagem, academia, sauna e cinema particular. A maioria dos Dirigentes possuem carros novinhos em folha e topo de linha, e sabemos que o chefe da igreja, Jonathan Wace (conhecido pelos membros como "Papa J"), é dono de uma propriedade em Antígua. Quem visita o Templo Central na Rupert Court também pode ver as instalações cada vez mais opulentas, para não falar dos mantos bordados a ouro vestidos pelos Dirigentes. "Simplicidade, Humildade e Caridade"? Que tal "Venalidade, Falsidade e Vaidade"?*

Mais uma vez, qualquer leitor sensato compreenderá, a partir dessa postagem, que o Conselho de Dirigentes está se apropriando ilegalmente de fundos doados para a caridade e os redirecionando ou aos próprios bolsos, ou a acomodações de luxo, ou roupas para eles mesmos. Isso é inteiramente falso e altamente difamatório para o Conselho de Dirigentes.

A Real Situação
É de conhecimento público que a sra. Margaret Cathcart-Bryce, antiga e abastada integrante da igreja, doou, quando viva, fundos substanciais à igreja para a reforma da Fazenda Chapman e que, quando de seu falecimento em 2004, o Conselho de Dirigentes foi o único beneficiário de seu testamento, permitindo que a igreja comprasse propriedades adequadas no centro de Londres, Birmingham e Glasgow para as reuniões da congregação.

A postagem de seu blog contém várias outras falsidades absolutas. A Fazenda Chapman não possui hidromassagem nem piscina, e o sr. Jonathan Wace não é dono, nem um dia foi, de uma propriedade em Antígua. Todos os carros pertencentes aos Dirigentes da igreja foram comprados com seus próprios salários. Sua afirmação de que é exigido aos membros da igreja que coletem cem libras por dia, ou enfrentarão a "ira" do sr. Taio Wace, é, da mesma forma, inteiramente falsa.

A igreja é aberta e transparente em todas as suas transações financeiras. Nenhum valor coletado para fins de caridade foi um dia usado para manter ou reformar a Fazenda Chapman, tampouco para comprar ou atualizar a sede da IHU em Londres, ou para qualquer benefício pessoal dos Dirigentes. Mais uma vez, a sugestão de que a IHU ou seu Conselho de Dirigentes é "venal", "falsa" e "fútil" é altamente difamatória para com a Igreja e seu conselho e pode causar graves danos à reputação da instituição. Isso aumenta a imputabilidade do senhor.

Postagem do blog em 23 de fevereiro de 2013: "A Profetisa Afogada"
Em 23 de fevereiro de 2013, o senhor publicou uma postagem de título "A Profetisa Afogada", em que fez uma série de afirmações difamatórias e profundamente prejudiciais sobre a morte por afogamento, em 1995, de Daiyu, a primogênita do sr. e da sra. Wace, que é considerada uma profetisa dentro da IHU.

> *Os membros da IHU estão cientes de que, embora todos os profetas sejam iguais, teoricamente, haja certa distinção. A Profetisa Afogada passou a ser uma figura central para a seita da IHU, com seus próprios e distintos ritos e cerimônias. Sem dúvida, houve um desejo inicial por parte de Mazu Wace de manter a falecida filha [Daiyu Wace] "viva" em algum sentido, mas ela tira proveito e explora sua associação com a Profetisa Afogada em toda oportunidade possível. Muito poucos entre os que sofreram lavagem cerebral têm coragem suficiente para perguntar (mesmo que aos sussurros) o que fez uma menina de sete anos afogada merecer o status de profetisa. E ainda menos membros se atrevem a observar a estranha coincidência de que a primeira esposa de Jonathan Wace (sempre apagada da história da IHU) também se afogou na praia de Cromer.*

As afirmações e insinuações contidas neste parágrafo não poderiam ser mais ofensivas, prejudiciais ou difamatórias para com o sr. e a sra. Wace, ou toda a IHU.

A sugestão de que a sra. Wace "tira proveito" ou "explora" a morte trágica de sua jovem filha é uma calúnia cruel e altamente difamatória para com a sra. Wace, tanto como mãe quanto como Dirigente da igreja.

Além disso, um leitor sensato provavelmente concluirá, a partir do uso da expressão "estranha coincidência", quando o senhor se refere ao afogamento acidental da sra. Jennifer Wace, que há algo de suspeito, seja no falecimento da sra. Jennifer Wace, seja no fato de que Daiyu Wace encontrou seu fim de forma tragicamente semelhante.

A Real Situação

Em 29 de julho de 1995, Daiyu Wace, de sete anos, afogou-se no mar da praia de Cromer. Como é de conhecimento público e pode ser facilmente confirmado por registros do tribunal e pela cobertura da imprensa do inquérito de sua morte, Daiyu foi levada à praia de manhã cedo por uma integrante da igreja que não tinha pedido permissão aos pais da criança. O sr. e a sra. Wace ficaram arrasados ao descobrirem que a filha se afogara enquanto nadava sem supervisão.

Faz parte do sistema de crenças da IHU que alguns membros falecidos da igreja se tornem "profetas" após morrerem. A crença religiosa é protegida pelas leis inglesas.

Um relato verídico da morte trágica da sra. Jennifer Wace também está disponível por registros de tribunais e pelos relatos da imprensa sobre o inquérito. A sra. Jennifer Wace faleceu em uma tarde de feriado bancário em maio de 1988. Epilética, ela sofreu uma convulsão na água e, apesar de todas as tentativas feitas por nadadores próximos para salvá-la, afogou-se. Várias testemunhas forneceram provas no inquérito de que o sr. Jonathan Wace não estava no mar no momento do afogamento da sra. Wace, e que ele correu para a água ao perceber o que acontecia, mas era tarde demais para salvar a esposa. O sr. Wace ficou transtornado com a morte prematura de sua primeira esposa e, longe de desejar "apagá-la" de sua história pessoal, comentou publicamente o fato de que a tragédia aprofundou sua crescente fé religiosa, à qual se voltou em busca de conforto. Qualquer sugestão contrária é falsa, maldosa e altamente difamatória para com o sr. Jonathan Wace.

Além disso, é altamente difamatório descrever a igreja como uma "seita" ou sugerir que seus integrantes sofrem "lavagem cerebral". Todos os membros da IHU comparecem à igreja por livre e espontânea vontade e podem partir quando bem quiserem.

Em conclusão (...).

E-mails entre o ex-integrante da IHU sr. Kevin Pirbright e Sir Colin Edensor

Kevin Pirbright
20 de março de 2013
Carta do advogado da IHU
Para: Sir Colin Edensor

Prezado Colin,

Esta manhã recebi a carta de um advogado da IHU ordenando que eu exclua meu blog ou eles me farão pagar, levando-me aos tribunais etc. etc. O mesmo que fazem sempre com todos os ex-integrantes. Ótimo! Quero que isto chegue aos tribunais. Mas não tenho dinheiro para um advogado, então me pergunto se você me ajudaria, porque não creio que se possa conseguir defensoria pública em casos de difamação. Estou fazendo isso por todas as vítimas de lavagem cerebral, inclusive Will. É preciso trazer à luz o que aqueles cretinos estão fazendo.

O livro vai muito bem. Além do mais, tudo que estão fazendo contra mim agora só acrescenta novos capítulos!

Atenciosamente,

Kevin

Sir Colin Edensor
20 de março de 2013
Re: Carta do advogado da IHU
Para: Kevin Pirbright

Prezado Kevin,

Será um prazer ajudar com os honorários advocatícios. Recomendei meus próprios advogados, os Renton, que já estão cientes das atividades nefandas da IHU com relação a nosso filho. Mantenha-me informado sobre os acontecimentos, e é uma ótima notícia que o livro esteja indo bem. Creio que fará uma grande diferença.

Atenciosamente,

Colin

Trecho de uma entrevista com a atriz Noli Seymour na revista *Zeitgeist*, janeiro de 2014

Pergunto sobre os dois pequenos caracteres chineses tatuados pouco abaixo da orelha esquerda de Seymour: novos acréscimos à sua já extensa coleção de arte corporal.

"Ah, fiz no mês passado. Significam 'Jinzi', que quer dizer ouro. É uma referência à Profetisa Dourada da Igreja Humanitária Universal."

Fui informado de que Seymour não responderia a perguntas sobre sua associação com a controversa IHU, mas como ela própria tocou no assunto, pergunto sua opinião em relação aos persistentes boatos negativos sobre a igreja.

"Não é algo que Noli queira discutir", avisa o RP de Seymour, mas a cliente o ignora.

"Ah, francamente", diz ela, revirando os deslumbrantes olhos azul-claros. "Tem algo de MUITO sinistro em querer ajudar os sem-teto e dar férias às crianças cuidadoras, não é? Fala sério: as pessoas não têm nada melhor para fazer do que criticar um lugar que não faz nada além do bem?"

"Sério", prossegue, inclinando-se para mim pela primeira vez, com uma expressão sincera, "a Igreja Humanitária Universal é, tipo, a religião mais progressista de todos os tempos. Tudo é integrado. Ela procura a universalidade, porque a vida é assim, e a humanidade é a busca pela unidade e a plenitude. Esta é uma das coisas que mais me atraem nela. Existem fragmentos da verdade em todas as religiões, mas se não conseguirmos uma síntese, não vamos enxergar. Então existe uma imensa diversidade aí. Estudamos todo e qualquer Livro Sagrado. Você devia ir a uma reunião. Um monte de gente vai por curiosidade e nunca mais sai".

Sem me surpreender, a essa altura o RP de Seymour interfere, lembrando Noli de que estamos aqui para falar de seu último filme.

E-mails entre Sir Colin Edensor e seu advogado, David Renton

Sir Colin Edensor
27 de maio de 2014
Fundo Fiduciário de Will Edensor
Para: David Renton

Caro David,

Peço desculpas por ter ficado de cabeça quente em nosso telefonema esta manhã. Como sei que você compreende, toda essa situação tem sido muito difícil, em particular à luz do recente diagnóstico de Sally.

Entendo perfeitamente que Will é maior de idade e que se recusa a se submeter a outra avaliação psiquiátrica, mas fico frustrado com o problema do ovo e da galinha em que nos encontramos. Você diz que não existe fundamento para que um juiz determine que Will é mentalmente incapaz. <u>Ele ingressou em uma seita perigosa e rompeu todo o contato com a família e os amigos</u>. Certamente isto, em si e por si só, é prova de que ele é instável e dá fundamento para outra avaliação.

O simples fato de o dr. Andy Zhou ser um Dirigente na IHU deve desqualificá-lo para tratar ou avaliar membros da igreja. Entendo que Zhou também seja psicólogo em atividade, mas é de se pensar que sua associação com a IHU represente, no mínimo, um flagrante conflito de interesses quando se trata da avaliação da saúde mental de membros vulneráveis que estão de posse de grandes fundos fiduciários.

Como sabe, fui voto vencido na reunião dos curadores de Will na quinta--feira, em que a opinião da maioria era de que não existe base legal para reter os fundos dele. Isso leva a soma total que Will retirou do fundo desde seu ingresso na IHU a noventa e cinco mil libras. Não acredito que ele um dia tivesse alguma intenção de dar entrada na compra de uma casa ou adquirir um carro, porque ele ainda está morando na Fazenda Chapman e não há provas de que tenha feito aulas de direção.

Como lhe falei por telefone, Kevin Pirbright está disposto a testemunhar em juízo que pessoas ricas como Will recebem modelos de cartas para copiar de próprio punho quando solicitam fundos. Ninguém que conheça o meu filho pode acreditar que ele tenha escrito as duas últimas cartas enviadas ao Conselho de Curadores. Também observo que ele não menciona a Profetisa Afogada quando o assunto é pedir dinheiro.

Agradeceria qualquer conselho relativo a como sair do impasse em que nos encontramos. Creio que a doença de Sally tenha sido causada pelo estresse dos últimos dois anos, e ambos continuamos desesperadamente preocupados com nosso filho.

Cordialmente,

Colin

David Renton
27 de maio de 2014
Re: Fundo Fiduciário de Will Edensor
Para: Sir Colin Edensor

Caro Colin,

Obrigado por se desculpar. Entendo perfeitamente que é uma situação de imenso estresse para você e Sally, e vocês têm minha sincera solidariedade, em particular à luz do recente diagnóstico.

Embora você e eu tenhamos dúvidas e perguntas a respeito da Igreja Humanitária Universal, ela é uma entidade legalmente registrada e nunca foi acusada legalmente com sucesso.

Infelizmente, tenho preocupações quanto à credibilidade de Kevin Pirbright se o colocarmos diante de um juiz. Ele já foi obrigado a se retratar por imprecisões em postagens de seu blog sobre a IHU, e parte de suas alegações sobre a igreja forçam a credulidade, em particular os relatos sobre a Manifestação de Profetas, que ele insiste em atribuir a causas sobrenaturais.

Se você conhecer qualquer outro ex-integrante da IHU que possa ser convencido a testemunhar sobre o uso de controle coercitivo, modelos de cartas e assim por diante, creio que talvez tenhamos um caso, mas, infelizmente, acredito que suas chances são muito reduzidas se prosseguir com Kevin como sua única testemunha.

Lamento por este prognóstico pessimista, Colin. Se conseguir localizar outros ex-integrantes da igreja, ficarei feliz em reconsiderar.

Cordialmente,

David

Trecho de uma entrevista com o escritor Giles Harmon, revista *ClickLit*, fevereiro de 2015

CL: Alguns leitores viram neste novo romance uma mudança muito profunda em suas ideias sobre a religião.

GH: Não é de fato uma mudança. É um desenvolvimento, uma evolução. Estou apenas alguns passos adiante no caminho que percorria antes. O que aconteceu foi que me deparei com uma forma singular de satisfazer o que sinto ser a necessidade universal pelo divino, que não traz em sua esteira nenhum dos males acessórios das religiões tradicionais.

CL: Você doará todos os direitos autorais de *Um amanhecer sagrado* à Igreja Humanitária Universal?

GH: Sim, doarei. Fiquei profundamente impressionado com a mudança que a IHU produziu na vida de incontáveis pessoas vulneráveis.

CL: Houve um incidente em seu primeiro evento, em que um ex-membro da IHU foi expulso do local. Pode comentar a respeito disso?

GH: A polícia me disse que o coitado tinha uma grave doença mental, mas não sei mais do que isso.

CL: E está ciente dos comentários públicos que Sir Colin Edensor fez sobre a IHU? Especificamente, que é uma seita?

GH: Isso é um completo absurdo. Não consigo conceber algum grupo mais distante de uma seita. O lugar está repleto de profissionais inteligentes — médicos, escritores, professores —, e todo o *ethos* é examinar livremente toda e qualquer filosofia e sistema de crença, inclusive o ateísmo. Eu encorajaria qualquer pessoa inteligente e receptiva que esteja desiludida com a religião tradicional a dar uma passada em uma reunião da IHU, porque acho que pode se surpreender muito com o que vai encontrar lá.

E-mails entre Sir Colin Edensor e Kevin Pirbright

Sir Colin Edensor
2 de março de 2015
Evento de Giles Harmon
Para: Kevin Pirbright

Prezado Kevin,

Fiquei muito descontente ao ler sobre seu comportamento no evento de lançamento do livro de Giles Harmon. Estou perplexo por você achar que ajuda a qualquer um de nós quando se coloca em público e lança ofensas a um escritor respeitado. Tendo em vista que eles também publicam Harmon, não me surpreenderia se a Roper Chard rescindisse seu contrato.

Colin

Kevin Pirbright
20 de março de 2015
Re: Evento de Giles Harmon
Para: Sir Colin Edensor

Se você estivesse lá, entenderia por que me levantei e disse a Harmon o que pensava dele. Babacas ricos como ele e Noli Seymour nunca veem o que acontece na Fazenda Chapman. Eles estão sendo usados como instrumentos de recrutamento e são muito idiotas e arrogantes para perceberem isso.

O livro empacou, então a Roper Chard deve me dispensar mesmo. Estou lidando com muita coisa que penso ter reprimido. Houve uma noite em que todas as crianças receberam bebidas que agora suspeito estarem batizadas. Tenho pesadelos com os castigos. Também há grandes lapsos de tempo dos quais não consigo me lembrar de nada.

Posso sentir a presença da Profetisa Afogada em todo lugar. Se acontecer alguma coisa comigo, será por culpa dela.

Kevin

Cartas de Sir Colin e Lady Edensor a seu filho William

14 de dezembro de 2015

Caro Will,

Os médicos agora deram à sua mãe três meses de vida. Estou implorando a você que entre em contato conosco. Ela está atormentada pela ideia de talvez nunca mais vê-lo.

Papai

14 de dezembro de 2015

Querido Will,

Estou morrendo. Por favor, Will, deixe-me ver você. É meu último desejo. Por favor, Will. Não suporto partir deste mundo sem ver você de novo. Eu te amo muito e sempre, sempre amarei. Se pudesse te abraçar só mais uma vez, eu morreria feliz.

bjs,
Mamãe

2 de janeiro de 2016

Caro Will,

Sua mãe faleceu ontem. Os médicos acharam que ela teria mais tempo. Se estiver interessado em comparecer ao funeral, me avise.

Papai

PARTE UM

Ching/O Poço

O POÇO. Pode-se mudar uma cidade,
mas não se pode mudar um poço.

I Ching: O livro das mutações

1

(...) o homem superior é cuidadoso em suas palavras
E moderado no comer e beber.

I Ching: O livro das mutações

Fevereiro de 2016

O detetive particular Cormoran Strike estava no canto de uma pequena tenda abafada e lotada com um bebê choroso nos braços. A forte chuva caía nas lonas do alto, seu ruído irregular audível mesmo com a tagarelice dos convidados e os gritos do afilhado recém-batizado. O aquecedor atrás de Strike irradiava calor demais, mas ele não conseguia sair dali, porque três louras, todas em torno dos quarenta anos e segurando taças descartáveis de champanhe, o haviam aprisionado, revezando-se em perguntar, aos gritos, sobre seus casos mais noticiados pela imprensa. Strike concordara em segurar a criança "um minutinho" enquanto a mãe ia ao banheiro, mas ela já estava ausente pelo que parecia uma hora.

— Quando — perguntou a loura mais alta, elevando a voz — você percebeu que não tinha sido suicídio?

— Demorou um pouco — gritou Strike em resposta, ressentido porque nenhuma dessas mulheres se oferecia para segurar o bebê. Elas não conheciam algum misterioso truque feminino que o acalmasse? Ele tentou, com delicadeza, ninar a criança nos braços, o que resultou em mais gritos.

Atrás das louras havia uma mulher de cabelo castanho com um vestido rosa-choque que Strike tinha notado ainda na igreja. Ela falava e ria alto em seu banco antes de a cerimônia começar, e chamou muita atenção ao exclamar "aaaii" audivelmente enquanto a água benta era despejada na cabeça do bebê adormecido. Por conta disso, metade da congregação desviou a atenção para ela. Seus olhares se cruzavam. Os dela eram de um brilhante azul-marinho, habilidosamente maquiados de forma que se destacavam como águas-marinhas em contraste com a pele marrom-clara e o longo cabelo castanho-escuro. Strike desviou o olhar primeiro. Só pelo chapéu *fascinator* desalinhado e as reações lentas da avó orgulhosa tinham indicado a Strike que ela já havia bebido demais, o olhar da mulher de rosa dizia a ele que ela era encrenca.

— E o Estripador de Shacklewell — perguntou a loura de óculos —, você o capturou mesmo *fisicamente*?

Não, foi tudo telepaticamente.

— Com licença — disse Strike, porque tinha acabado de ver Ilsa, a mãe do afilhado, pelas portas duplas que davam na cozinha. — Preciso devolvê-lo à mãe dele.

Ele passou pelas louras decepcionadas e pela mulher de rosa, saindo da tenda, os demais convidados abrindo caminho diante dele como se o choro da criança fosse uma sirene.

— Ai, meu Deus, desculpe, Corm — disse Ilsa Herbert, com seu cabelo claro e de óculos. Ela estava recostada de lado, conversando com a detetive e sócia de Strike, Robin Ellacott, e o namorado dela, o agente do Departamento de Investigação Criminal Ryan Murphy. — Me dê aqui, ele precisa mamar. Venha comigo — disse ela a Robin —, podemos conversar... Pode pegar um copo de água para mim, por favor?

"Que ótimo", pensou Strike, vendo Robin se afastar para encher um copo na pia, deixando-o sozinho com Ryan Murphy que, como Strike, tinha bem mais de um e oitenta de altura. A semelhança terminava ali. Ao contrário do detetive particular, que parecia um Beethoven de nariz quebrado, de cabelo preto encaracolado e uma expressão naturalmente azeda, Murphy era de uma beleza clássica, com maçãs do rosto pronunciadas e cabelo castanho-claro ondulado.

Antes que qualquer um dos dois encontrasse um assunto para conversar, um velho amigo de Strike, Nick Herbert, gastroenterologista e pai do bebê que acabara de atacar os tímpanos do investigador, apareceu. Nick, cujo cabelo cor de areia começara a rarear aos seus vinte e poucos anos, estava meio careca.

— E então, como é ter renunciado a Satanás? — perguntou Nick a Strike.

— Meio puxado, obviamente — disse o detetive —, mas foi bom enquanto durou.

Murphy riu e o mesmo fez outra pessoa, bem atrás de Strike. Ele se virou: a mulher de rosa o havia seguido na saída da tenda. A finada tia de Strike, Joan, teria pensado que o vestido cor-de-rosa era inadequado para um batizado: uma roupa justa e envelopada, com um profundo decote em V e num comprimento que mostrava muito da perna bronzeada.

— Eu ia me oferecer para segurar o bebê — disse ela numa voz alta e meio rouca e sorrindo para Strike, que notou o olhar de Murphy descer ao decote da mulher e voltar aos olhos dela. — Eu *adoro* bebês. Mas aí você saiu.

— O que será que se faz com um bolo de batizado? — perguntou Nick, olhando o grande bloco intocado de bolo de frutas com cobertura que estava na ilha no meio da cozinha, encimado por um ursinho de pelúcia azul.

— Come-se? — sugeriu Strike, que estava faminto.

Só havia comido dois sanduíches antes de Ilsa lhe entregar a criança e, pelo que podia ver, os outros convidados tinham liquidado a maior parte da comida disponível enquanto ele estivera preso na tenda. Mais uma vez, a mulher de rosa riu.

— É, mas não é preciso tirar umas fotos primeiro ou algo assim? — perguntou Nick.

— Fotos — disse a mulher de rosa —, sem dúvida nenhuma.

— Então teremos de esperar — rebateu Nick. Olhando Strike de cima a baixo pelos óculos com armação de metal, ele perguntou: — Quanto perdeu até agora?

— Dezoito quilos — respondeu Strike.

— Está indo bem — comentou Murphy, magro e em boa forma em seu terno sem trespasse.

Vai à merda, seu filho da puta presunçoso.

2

Seis na quinta posição significa (...)
O companheiro abre caminho rompendo o que o envolve.
Se alguém vai a seu encontro,
Como pode ser isto um erro?

I Ching: O livro das mutações

Robin estava sentada na ponta da cama de casal no quarto conjugal. O cômodo, decorado em tons de azul, estava arrumado, a não ser por duas gavetas abertas ao pé do guarda-roupas. Robin estava familiarizada com os Herbert havia tempo suficiente para saber que fora Nick que as deixara assim: era uma das eternas queixas da esposa que ele nunca fechava gavetas nem portas de armários.

A advogada Ilsa estava acomodada em uma cadeira de balanço no canto, com o filho já mamando avidamente no seio. Como vinha de uma família rural, Robin não se abalava com as fungadelas do bebê. Strike as teria achado vagamente indecentes.

— Isso deixa a gente com muita sede — explicou Ilsa, que acabara de dar um belo gole no copo de água. Depois de entregá-lo a Robin, acrescentou: — Acho que a mamãe está de porre.

— Pois é. Nunca conheci ninguém tão feliz por ser avó — comentou Robin.

— É mesmo. — Ilsa suspirou. — Mas *a maldita* Bijou...

— Maldita o quê?

— A mulher escandalosa de rosa! Você deve ter notado, os peitos praticamente saltam para fora do vestido. Eu a *detesto* — falou Ilsa com veemência —, ela *precisa* ser o maldito centro das atenções o tempo todo. Estava na sala quando convidei outras duas pessoas, no gabinete dela, e ela supôs que também estava convidada e não encontrei um jeito de dizer não.

— O nome dela é Bijou? — Robin estava incrédula. — Como um doce?

— Como um tremendo pé no saco. O nome verdadeiro é Belinda — explicou Ilsa, que depois forçou uma voz sedutora e ribombante —, "mas todo mundo me chama de Bijou".

— E por que fazem isso?

— Porque é o que ela diz às pessoas para fazerem — falou Ilsa, irritada, e Robin riu. — Ela tem um caso com um conselheiro casado da rainha, e estou torcendo para não o encontrar num tribunal tão cedo, porque ela nos contou coisas demais sobre o que os dois aprontam na cama. Fica falando abertamente que tenta engravidar dele, fazê-lo largar a esposa... Mas talvez eu esteja sendo amarga... Bom, eu *sou* amarga. Não preciso de mulheres que vestem tamanho trinta e oito perto de mim agora. Este é quarenta e seis — disse, olhando o próprio vestido azul-marinho. — Nunca vesti quarenta e seis antes.

— Você acabou de dar à luz e está incrivelmente linda — declarou Robin. — Todo mundo está dizendo isso.

— Viu só, é por isso que gosto de você, Robin — disse Ilsa, estremecendo um pouco com a mamada entusiasmada do filho. — Como vão as coisas com Ryan?

— Bem — respondeu Robin.

— Quanto tempo tem mesmo? Sete meses?

— Oito.

— Hmm — murmurou Ilsa, sorrindo para o filho.

— O que isso quer dizer?

— Corm está odiando. A *cara* dele quando você e Ryan estavam de mãos dadas na frente da igreja. E notei que Corm emagreceu bastante.

— Foi necessário — falou Robin —, porque a perna dele piorou muito no ano passado.

— Se você acha... Ryan não bebe nada?

— Não, já te falei: ele era alcoólatra. Está sóbrio há dois anos.

— Ah... bom, ele parece legal. Quer ter filhos — acrescentou Ilsa, lançando um olhar à amiga. — Estava me contando mais cedo.

— Não vamos tentar ter um filho após apenas oito meses juntos, Ilsa.

— Corm nunca quis ter filhos.

Robin ignorou o comentário. Sabia muito bem que, por vários anos, Ilsa e Nick tiveram esperança de que ela e Strike passassem a ser mais do que grandes amigos e sócios na agência de detetives.

— Viu Charlotte no *Mail*? — perguntou Ilsa quando ficou claro que Robin não ia discutir os impulsos paternais de Strike nem a falta deles. — Com aquele tal de Dormer?

— Hmm — murmurou Robin.

— Eu poderia dizer "coitado", mas ele parece durão o suficiente para lidar com ela... Se bem que Corm também era, e isso não a impediu de foder com a vida dele o máximo que pôde.

Charlotte Campbell era a ex-noiva de Strike, com quem ele manteve uma relação de idas e vindas por dezesseis anos. Recém-separada do marido, Charlotte passou a aparecer muito em colunas de fofocas junto com o novo namorado, Landon Dormer, um *hotelier* americano bilionário e queixudo que já foi casado três vezes. Só o que Robin pensou ao ver as mais recentes fotos de paparazzi do casal foi que Charlotte, embora estivesse linda como sempre no *slip dress* vermelho, parecia estranhamente inexpressiva e vidrada.

Ouviram uma batida na porta do quarto e o marido de Ilsa entrou.

— O consenso — disse Nick à esposa — é que temos de tirar fotos antes de cortar o bolo de batizado.

— Bom, você terá de me dar mais tempo — respondeu Ilsa, atormentada —, porque ele só pegou um lado.

— E mudando de assunto, sua amiga Bijou está puxando assunto com Corm — acrescentou Nick, sorrindo.

— Ela não é minha amiga merda nenhuma — retorquiu Ilsa —, e é melhor você avisar que aquela lá é uma completa biruta. *Ai* — acrescentou ela irritada, olhando feio para o filho.

Na cozinha lotada, Strike continuava ao lado do bolo de batizado intocado, enquanto Bijou Watkins, cujo nome ele pediu que repetisse porque não acreditou na primeira vez, o sujeitava a uma saraivada de fofocas relacionadas ao próprio trabalho, pontuadas por gargalhadas das próprias piadas. Ela falava muito alto: Strike duvidava de que houvesse alguém na cozinha que não pudesse ouvi-la.

— ... com Harkness... George Harkness, sabe? O conselheiro da rainha?

— Sei — Strike mentiu.

Ou Bijou imaginava que os detetives particulares costumavam comparecer a julgamentos, ou era uma daquelas pessoas que imaginam que todo mundo está tão interessado nas minúcias e personalidades de sua profissão quanto elas próprias.

— ... então, eu estava no caso Winterson... Daniel Winterson? Informação privilegiada?

— Aham — resmungou Strike, correndo os olhos pela cozinha.

Ryan Murphy tinha sumido. Strike torcia para ter ido embora.

— ... e não podíamos pagar por outra anulação, lógico, então Gerry me disse assim: "Bijou, pegamos o juiz Rawlins. Vou precisar que você use seu sutiã de enchimento..."

Ela deu outra gargalhada enquanto vários homens a olhavam, alguns com um sorriso malicioso. Strike, que não esperava pela guinada naquela conversa, viu-se olhando para seu decote. Bijou tinha um corpo inegavelmente fabuloso, cintura fina, pernas longas e seios fartos.

— ... sabe quem é o juiz Rawlins, não sabe? Piers Rawlins?

— Sei — Strike mentiu de novo.

— Então, mulheres são o ponto fraco dele, daí estou entrando no tribunal assim...

Ela uniu os peitos com os braços e de novo soltou uma gargalhada gutural. Nick, que reaparecera na cozinha, olhou nos olhos de Strike e sorriu.

— ... pois é, tentamos de tudo, e quando saiu o veredito, Gerry me falou: "Tudo bem, da próxima terá de ser sem calcinha e você fica se abaixando para pegar a caneta."

Ela gargalhou pela terceira vez. Strike, que só podia imaginar como suas duas colegas de trabalho, Robin e a ex-policial Midge Greenstreet, reagiriam se ele começasse a sugerir essas estratégias para obter informações de testemunhas ou suspeitos, conformou-se com um sorriso superficial.

Neste momento, Robin voltou à cozinha, sozinha. Os olhos de Strike a seguiram enquanto ela passava pelos convidados até Nick para lhe dizer alguma coisa. Ele raras vezes vira Robin com o cabelo louro-arruivado preso, mas combinava com ela. Seu vestido azul-claro era muito mais recatado que o de Bijou e parecia novo: comprado em homenagem ao sr. Benjamin Herbert, perguntou-se Strike, ou para Ryan Murphy? Enquanto ele olhava, Robin se virou, viu-o e sorriu por cima do mar de cabeças.

— Licença — disse ele, interrompendo Bijou no meio de uma história —, preciso falar com alguém.

Strike pegou duas das taças de champanhe já servidas e colocadas ao lado do bolo de batizado e abriu caminho pela confusão de amigos e parentes que bebiam e riam, indo até Robin.

— Oi — disse ele. Não houve nenhuma oportunidade de conversar na igreja, embora eles estivessem lado a lado no banco da frente, renunciando conjuntamente a Satanás. — Quer uma bebida?

— Obrigada. — Robin pegou a taça. — Pensei que você não gostasse de champanhe.

— Não consigo encontrar uma cerveja. Recebeu meu e-mail?

— Sobre Sir Colin Edensor? — perguntou, baixando o tom. Em um acordo tácito, a dupla se esquivou do tumulto até um canto. — Sim. Estranho, outro dia eu estava lendo um artigo sobre a Igreja Humanitária Universal. Sabia que a sede deles fica a uns dez minutos de nosso escritório?

— Na Rupert Court, sei — confirmou Strike. — Tinha umas meninas com latas de coleta na Wardour Street da última vez que estive por lá. Quer ir comigo à reunião com Edensor na terça-feira?

— Claro — concordou Robin, que torcia para que Strike sugerisse isso. — Onde ele quer nos encontrar?

— No Reform Club. Ele é sócio. Murphy precisou ir embora? — perguntou Strike casualmente.

— Não — disse Robin, e olhou em volta —, mas precisou dar um telefonema de trabalho. Talvez esteja lá fora.

Ela se ressentia por ficar constrangida ao dizer isso. Devia conseguir falar com naturalidade sobre o namorado ao melhor amigo, mas, dada a falta de calor humano de Strike nas raras ocasiões em que Murphy telefonava para o escritório, Robin achava difícil.

— Como foi com Littlejohn ontem? — perguntou Strike.

— Tudo bem, mas acho que nunca conheci alguém tão calado.

— É uma mudança e tanto depois de Morris e Nutley, não é?

— Bom, é sim — falou Robin, insegura —, mas é meio irritante ficar sentada em um carro ao lado de alguém em completo silêncio por três horas. E se você disser alguma coisa, ele responde com um grunhido ou de maneira monossilábica.

Um mês antes, Strike conseguira encontrar um novo terceirizado para a agência. Um pouco mais velho, Clive Littlejohn também havia servido na Divisão de Investigação Especial e só recentemente deixara o exército. Era grandalhão e anguloso, com olhos de pálpebras caídas que davam a impressão de eterno cansaço e cabelo grisalho que mantinha com o corte militar. Na entrevista, explicou que ele e a esposa queriam uma vida mais estável para os filhos adolescentes depois dos constantes transtornos e ausências da vida no exército. Com base nas últimas quatro semanas, ele era consciencioso e confiável, mas Strike tinha de admitir que seu jeito taciturno era de um extremo incomum, e não conseguia se lembrar de ter visto Littlejohn abrir um sorriso que fosse.

— Pat não gosta dele — comentou Robin.

Pat era a gerente da agência, uma mulher com o cabelo de um preto inacreditável que fumava feito uma chaminé e tinha cinquenta e oito anos, mas parecia pelo menos uma década mais velha.

— Não confio no juízo de caráter de Pat — revelou Strike.

Ele notava a cordialidade da gerente para com Ryan Murphy sempre que o investigador aparecia para buscar Robin no escritório e não gostava disso. Irracionalmente, achava que todo mundo na agência devia demonstrar a mesma hostilidade que ele sentia por Murphy.

— Parece que Patterson esculhambou mesmo o caso Edensor — acrescentou Robin.

— Foi — confirmou Strike com uma satisfação evidente, que vinha do fato de ele e o diretor de uma agência de detetives rival, Mitch Patterson, se detestarem. — Eles foram descuidados demais. Estive lendo sobre a igreja desde que recebi o e-mail de Edensor e diria que seria um grande erro subestimar aquela gente. Se pegarmos o caso, pode ser que precisemos trabalhar disfarçados. Não posso fazer isso, a perna é peculiar demais. Talvez deva ser Midge. Ela não é casada.

— Eu também não — disparou Robin.

— Mas não seria o mesmo que você fingir ser Venetia Hall ou Jessica Robins. — Strike se referia aos disfarces que Robin assumira durante casos anteriores. — Não seria trabalho de horário comercial. Pode significar não poder ter contato com o mundo por algum tempo.

— E daí? — questionou ela. — Estou preparada para isso.

Robin tinha a forte sensação de que estava sendo testada.

— Bom — disse Strike, que já descobrira o que queria saber —, ainda não pegamos o caso. Se pegarmos, teremos de decidir quem se encaixa melhor no projeto.

Neste momento, Ryan Murphy reapareceu na cozinha. Robin automaticamente se afastou de Strike, de quem estava bem perto para manter a conversa confidencial.

— O que vocês estão tramando? — perguntou Murphy, sorrindo, mas os olhos estavam atentos.

— Nada — respondeu Robin. — Só coisas do trabalho.

Ilsa entrava na cozinha, segurando o filho, enfim saciado e adormecido.

— Bolo! — gritou Nick. — Padrinhos e avós aqui para as fotos, por favor.

Robin passou ao centro da festa enquanto as pessoas se amontoavam na cozinha, vindas da tenda. Por um ou dois segundos, lembrou-se das tensões de seu antigo casamento: não gostou da pergunta de Murphy nem de Strike ter pressionado para descobrir se ela estava tão comprometida com o trabalho como a solteira Midge.

— Você segura Benjy — disse Ilsa, quando Robin a alcançou. — Assim posso ficar atrás de você. Vou parecer mais magra.

— Que bobagem sua, você está ótima — falou Robin em voz baixa, mas aceitou o afilhado adormecido e se virou para a câmera, segurada por um tio de cara vermelha de Ilsa.

Houve muito empurrão e reposicionamento atrás da ilha em que estava o bolo: câmeras de celular foram erguidas. A mãe embriagada de Ilsa pisou dolorosamente no pé de Robin e pediu desculpas a Strike. O bebê adormecido era surpreendentemente pesado.

— Xiiiis! — gritou o tio de Ilsa.

— Combina com você! — exclamou Murphy, brindando a Robin.

Pelo canto do olho, Robin viu um fulgor de rosa-choque: Bijou Watkins tinha achado um jeito de chegar ao outro lado de Strike. O flash estourou várias vezes, o bebê nos braços de Robin se agitou, ainda adormecido, e o momento foi capturado para a posteridade: o sorriso cansado da avó orgulhosa, a expressão ansiosa de Ilsa, a luz refletida nos óculos de Nick o deixando um tanto sinistro e os sorrisos meio forçados dos padrinhos, que foram espremidos atrás do ursinho de pelúcia de cobertura azul — Strike ruminando sobre o que Murphy acabara de dizer e Robin notando como Bijou se inclinava para o detetive particular, decidida a sair na foto.

3

Ser circunspecto e não esquecer que a armadura é o caminho certo para a segurança.

I Ching: O livro das mutações

Strike voltou a seu apartamento no sótão na Denmark Street às oito da noite com a sensação gasosa que o champanhe sempre lhe dava e ligeiramente desanimado. Normalmente teria aproveitado o trajeto até sua casa para comprar algo para comer, mas, ao sair do hospital depois de uma internação de três semanas no ano anterior, recebera instruções estritas sobre perda de peso, fisioterapia e parar de fumar. Pela primeira vez desde que sua perna foi explodida no Afeganistão, ele fazia o que os médicos mandavam.

Sem muito entusiasmo, colocou verduras na panela a vapor recém-comprada, pegou um filé de salmão na geladeira e mediu uma porção de arroz integral, o tempo todo tentando não pensar em Robin Ellacott — e só conseguindo se manter consciente do quanto era difícil não pensar nela. Ele pode ter saído do hospital com muitas resoluções positivas, mas também ficou sobrecarregado com um problema intratável que não podia ser resolvido com mudanças no estilo de vida — um problema que, na verdade, o acompanhava havia muito mais tempo do que queria admitir, mas que, enfim, só confrontou quando estava deitado no leito hospitalar, vendo Robin sair para seu primeiro encontro com Murphy.

Já fazia vários anos que ele dizia a si mesmo que um caso com a sócia não valia o risco de sua amizade mais importante ou de colocar em perigo o negócio que eles construíram juntos. Se existiam dificuldades e privações ligadas a uma vida levada resolutamente só em um pequeno apartamento no sótão do escritório, Strike as considerava um preço bem pago pela independência e pela paz depois das intermináveis tempestades e dores de cabeça do longo relacionamento de idas e vindas com Charlotte. Entretanto, o choque de saber que Robin teria um encontro com Ryan Murphy o obrigara a admitir que a atração que sentia pela sócia desde o momento em que ela tirou o casaco pela primeira vez em seu escritório tinha se transformado, lentamente e contra sua vontade, em outra coisa, algo que ele enfim era forçado a nomear. O amor chegara numa forma que Strike não reconheceu e, sem dúvida, foi por isso que só percebera o perigo tarde demais para impedir.

Pela primeira vez desde que conheceu Robin, Strike não estava interessado em procurar uma relação sexual independente como distração e sublimação de qualquer sentimento inconveniente que pudesse ter pela sócia. Da última vez que buscou se consolar com outra mulher, apesar de bonita, acabou com uma perfuração de salto agulha na perna e uma amarga sensação de inutilidade. Na eventualidade de a relação de Robin com Murphy terminar, como Strike torcia com devoção para que acontecesse, ele não sabia se forçaria uma conversa a qual no passado teria resistido ao máximo, pensando em averiguar os verdadeiros sentimentos da própria Robin. As objeções a um caso com ela persistiam. Por outro lado ("Combina com você!", dissera aquele babaca do Murphy vendo Robin com um bebê nos braços), ele temia que a sociedade dos dois se rompesse de qualquer forma, porque Robin decidiria que se casar e ter filhos a interessava mais do que uma carreira como detetive. Assim, ali estava Cormoran Strike, mais magro, em melhor forma, de pulmões mais limpos, sozinho em seu sótão, cutucando furiosamente o brócolis com uma colher de pau, pensando em não pensar em Robin Ellacott.

O celular tocou como uma distração bem-vinda. Tirando o salmão, o arroz e as verduras do fogo, ele atendeu.

— Tudo beleza, Bunsen? — disse uma voz conhecida.

— Shanker — atendeu Strike. — O que manda?

O homem ao telefone era um velho amigo, embora Strike precisasse se esforçar muito para se lembrar de seu nome verdadeiro. A mãe de Strike, Leda, retirara da rua Shanker, com dezesseis anos, órfão de mãe e incuravelmente criminoso, depois de ter sido esfaqueado, e o levara para sua ocupação, a casa onde morava. Shanker mais tarde virou uma espécie de irmão adotivo de Strike e devia ser o único ser humano que nunca vira nenhum defeito na incuravelmente volúvel Leda, sempre em busca de novidades.

— Preciso de uma mãozinha — disse Shanker.

— Continue.

— Preciso achar um cara aí.

— Para quê? — quis saber Strike.

— Não, não é o que tu tá pensando — retrucou Shanker. — Não vou me meter com ele.

— Que bom — retrucou Strike, dando um trago do cigarro eletrônico que continuava a abastecer seu corpo de nicotina. — Quem é ele?

— O pai de Angel.

— Pai de quem?

— Angel — repetiu Shanker —, minha enteada.

— Ah — disse Strike, surpreso. — Você se casou?

— Não — respondeu Shanker com impaciência —, mas tô com a mãe dela, né?

— O que é, pensão alimentícia?

— Não. Descobrimos há pouco tempo que Angel tem leucemia.

— Que droga — falou Strike, sobressaltado. — Sinto muito.

— E ela quer ver o pai biológico, e não temos ideia de onde ele está. É um filho da puta — disse Shanker —, mas não o meu tipo de filho da puta.

Strike compreendia isso, porque os contatos de Shanker pelo mundo do crime em Londres eram extensos e podiam encontrar um vigarista profissional com facilidade.

— Tudo bem, me dê um nome e uma data de nascimento — pediu Strike, pegando uma caneta e o bloco. Shanker passou os dados, depois perguntou:

— Quanto?

— Você fica me devendo uma — respondeu Strike.

— Sério? — espantou-se Shanker. — Tá legal, então. Valeu, Bunsen.

Sempre impaciente com conversas telefônicas desnecessárias, Shanker desligou e Strike voltou ao brócolis com salmão, triste por saber da criança doente que queria ver o pai, mas, ainda assim, refletindo que seria útil Shanker lhe dever um favor. As pequenas dicas e toques, às vezes úteis, que Strike conseguia do velho amigo quando precisava atrair contatos na polícia tinham ficado mais caras à medida que a agência obtinha mais sucesso.

Com a refeição pronta, Strike levou o prato à mesinha da cozinha, mas, antes de poder se sentar, o celular tocou pela segunda vez. A chamada era redirecionada da linha fixa do escritório. Ele hesitou antes de atender porque teve a sensação de que sabia quem estava do outro lado.

— Strike.

— E aí, Bluey — disse uma voz um tanto arrastada. Havia muito barulho ao fundo, inclusive vozes e música.

Era a segunda vez que Charlotte lhe telefonava em uma semana. Como não tinha mais o número do celular de Strike, a linha do escritório era o único modo de entrar em contato com ele.

— Estou ocupado, Charlotte — disse num tom frio.

— Eu sabia que diria isso... Tô numa boate horrível. Você ia detestar...

— Estou ocupado — repetiu Strike e desligou.

Strike esperava que ela ligasse de novo, e assim foi. Deixou a chamada cair na caixa postal enquanto tirava o paletó do terno. Ao fazer isso, ouviu um farfalhar no bolso e retirou dele uma folha de papel que não deveria estar ali. Abrindo-a, viu um número de celular e o nome "Bijou Watkins". A mulher deve ser bem habilidosa, pensou, para ter colocado aquilo furtivamente em seu bolso sem que sentisse. Ele rasgou a folha de papel ao meio, colocou no lixo e se sentou para comer a refeição.

4

Nove na terceira posição significa:
Quando são inflamados os ânimos na família,
Uma grande severidade traz arrependimentos.

I Ching: O livro das mutações

Às onze horas da última terça-feira de fevereiro, Strike e Robin iam juntos de táxi do escritório ao Reform Club, um prédio grande e cinza do século XIX que ficava em Pall Mall.

— Sir Colin está na sala de café — informou o funcionário de fraque que pegou os nomes dos dois à porta e os conduziu pelo vasto saguão. Robin, que pensava estar razoavelmente elegante de calça e suéter pretos, que também serviriam para a vigilância que faria mais tarde, se sentia meio malvestida. Bustos de mármore branco montavam sentinela em pedestais quadrados e grandes telas a óleo de eminentes membros do Partido Whig olhavam com benevolência das molduras douradas, enquanto colunas de pedra canelada elevavam-se do piso frio até a sacada do segundo andar, subindo a um teto de vidro abobadado.

A sala de café, que implicava um espaço pequeno e aconchegante, provou-se um salão de jantar igualmente grandioso, com paredes verdes, vermelhas e douradas, janelas compridas e lustres dourados com globos de vidro fosco. Só havia uma mesa ocupada, e Robin reconheceu prontamente o potencial cliente, porque havia feito uma pesquisa on-line na noite anterior.

Sir Colin Edensor, que nasceu em uma família de classe trabalhadora em Manchester, desfrutara de uma carreira ilustre no serviço público, culminando no título de cavaleiro. Patrono de várias instituições filantrópicas voltadas para a educação e o bem-estar infantis, tinha uma reputação pacata de inteligência e integridade. Nos últimos doze meses, seu nome, que até então só aparecia em jornais respeitáveis, ganhara os tabloides porque as observações mordazes de Edensor sobre a Igreja Humanitária Universal atraíram a artilharia de um amplo leque de pessoas, inclusive uma atriz famosa, um escritor respeitado e vários jornalistas da cultura pop, que retratavam Edensor como um rico furioso pelo filho dilapidar seu fundo fiduciário para ajudar os pobres.

A fortuna de Sir Colin vinha do casamento com a filha de um homem que ganhou milhões com uma rede de lojas de roupas. O casal parecia feliz, uma vez que o casamento durara quarenta anos. Sally tinha morrido havia apenas dois meses, deixando três filhos, entre os quais William, o mais novo por uma diferença de dez anos. Robin supôs que os dois homens sentados com Sir Colin fossem os mais velhos.

— Seus convidados, Sir Colin — informou o funcionário, sem fazer de fato uma mesura, embora o tom de voz fosse baixo e deferente.

— Bom dia — cumprimentou o homem, sorrindo ao se levantar e trocar um aperto de mãos com os detetives.

O potencial cliente tinha uma cabeça cheia de cabelo grisalho e o tipo de fisionomia que engendra simpatia e confiança. Havia rugas de riso no rosto, a boca tinha os cantos naturalmente virados para cima e os olhos castanhos eram calorosos por trás dos óculos bifocais com armação dourada. O sotaque ainda era perceptivelmente de Manchester.

— Estes são James e Edward, irmãos de Will.

James Edensor, que era parecido com o pai, exceto pelo cabelo castanho-escuro e por aparentemente não ser tão bem-humorado, levantou-se para o aperto de mãos, enquanto Edward, com cabelo louro e grandes olhos azuis, permaneceu sentado. Robin notou uma cicatriz que descia pela têmpora de Edward. Uma bengala estava apoiada em sua cadeira.

— É um grande prazer ver vocês — disse Sir Colin, quando todos tinham se sentado. — Querem beber alguma coisa?

Quando Strike e Robin declinaram, Sir Colin deu um leve pigarro e falou:

— Bem, talvez eu deva começar dizendo que não sei se vocês serão capazes de nos ajudar. Como lhe disse por telefone, já tentamos usar detetives particulares e não deu certo. Pode até ter piorado as coisas. Mas vocês me foram altamente recomendados pela família Chiswell, que conheço há muito tempo. Izzy me garantiu que se vocês não se considerarem capazes de ajudar, me dirão prontamente, o que, na minha opinião, é um grande elogio.

— Certamente não assumimos casos perdidos — afirmou Strike.

— Sendo assim — continuou Sir Colin, unindo os dedos —, vou apresentar a situação e vocês podem me dar sua opinião de especialistas. Sim, por favor, fique à vontade — acrescentou ele, respondendo à pergunta não verbalizada de Strike enquanto este pegava seu bloco.

Mesmo que não soubesse da profissão anterior de Sir Colin, Strike reconheceria que era um homem experiente em dar informações de forma organizada e coerente, assim ele apenas preparou a caneta.

— Creio ser melhor começar por Will — disse o servidor público. — É nosso filho mais novo e ele foi... Não me agrada dizer um acidente, mas Sally tinha quarenta e quatro quando engravidou e levou algum tempo para perceber. Mas ficamos contentes depois de superar o choque.

— James e eu não ficamos — intrometeu-se Edward. — Ninguém gosta de pensar que seus pais de quarenta e poucos anos estão fazendo *aquilo* quando não estamos olhando.

Sir Colin sorriu.

— Muito bem, digamos apenas que foi um choque geral — resumiu. — Mas todos adoramos Will quando ele chegou. Era um garotinho maravilhoso. Sempre foi muito inteligente, mas aos seis ou sete anos tivemos receio de haver alguma coisa ligeiramente diferente. Will tinha entusiasmos passionais... obsessões, quase se pode dizer... e detestava perturbações na rotina. Coisas com que outras crianças lidavam calmamente o inquietavam. Ele não gostava de grandes grupos. Nas festinhas infantis, subia em silêncio para ler ou brincar sozinho. Ficamos preocupados, assim o levamos a um psicólogo e Will foi diagnosticado com um grau leve do espectro autista. Disseram-nos que não era nada dramático, nada grave. O psicólogo também nos disse que ele tinha um QI muito alto. Isso não foi surpresa nenhuma: a capacidade dele de processar informação e a memória eram extraordinárias, e sua idade de leitura estava pelo menos cinco anos à frente da idade real.

"Estou lhes contando tudo isso porque acredito que a combinação particular de capacidades e peculiaridades de Will explica, pelo menos em parte, como a IHU conseguiu recrutá-lo. Houve um incidente anterior que nos preocupou muito, e que devia ter sido um alerta.

"Quando Will tinha catorze anos, ele se envolveu com alguns meninos da escola que lhe disseram que eram socialistas radicais, travando uma espécie de guerra geral à autoridade. Ele era muito vulnerável a pessoas que parecessem gostar dele, porque a essa altura nunca tivera muitos amigos íntimos. Will se convenceu da filosofia de ruptura geral deles e começou a ler toda sorte de teoria socialista. Só percebemos o que estava acontecendo quando eles o convenceram a atear fogo na capela. Will ficou por um fio de ser expulso, e só o que o salvou foi uma confissão de última hora de uma colega de turma.

Ela sabia que aqueles meninos estavam fazendo uma pegadinha com Will para se divertirem, vendo até que ponto conseguiriam convencê-lo a ir.

"Sentamo-nos depois disto, Sally e eu, e tivemos uma conversa muito longa com ele. Ficou claro para nós que Will tinha problemas para identificar quando as pessoas eram desonestas. Para ele é tudo preto no branco, e Will espera que os outros sejam tão honestos quanto ele, o que foi uma tentação irresistível para os meninos que o levaram a provocar um incêndio.

"Mas, tirando este incidente, Will nunca se meteu em problemas e, quanto mais velho ficava, mais facilmente parecia fazer amigos. Como era característico, ele procurou e comprou livros para pesquisar autismo, e podia ser muito engraçado a esse respeito. Quando chegou no último ano na escola, Sally e eu estávamos confiantes de que se sairia bem na universidade. Ele já provara que podia fazer bons amigos e suas notas eram extraordinárias."

Sir Colin bebeu um gole de café. Strike, que apreciava como o servidor público relatava as informações, não fez perguntas, apenas esperou que ele continuasse.

— E então — retomou Sir Colin, baixando a xícara —, três meses antes de Will ter de partir para Durham, Ed se envolveu em um grave acidente de carro.

— Um caminhão perdeu o freio — explicou Ed. — Avançou alguns sinais de trânsito e bateu no meu carro.

— Minha nossa — disse Robin. — Você ficou...?

— Ele ficou em coma por cinco dias — respondeu Sir Colin — e teve de reaprender a andar. Como podem imaginar, toda a minha atenção e a de Sally se voltaram para Ed. Sally praticamente morava no hospital. Eu me culpo pelo que aconteceu depois disso — admitiu Sir Colin.

Os dois filhos fizeram menção de protestar, mas Sir Colin interrompeu:

— Não, deixem-me falar. Will foi para a universidade e eu não acompanhava com frequência como ele estava, como teria feito. Deveria ter feito mais perguntas, não devia ter levado as coisas ao pé da letra. Ele falou de pessoas com quem esteve tomando uns drinques, me disse que tinha ingressado em algumas sociedades, o curso não parecia um problema... Mas depois ele desapareceu. Simplesmente fez as malas e sumiu.

"Seu orientador nos avisou e ficamos extremamente preocupados. Fui pessoalmente à universidade e conversei com alguns amigos dele, que explicaram que Will tinha assistido a uma palestra da IHU na universidade, na qual conversou com certos membros que lhe passaram alguma literatura para ler e o convidaram a comparecer a um serviço religioso, o que ele fez.

O que aconteceu depois foi que Will reapareceu na faculdade, esvaziou o quarto e foi embora. Ninguém o viu desde então.

"Nós o localizamos por intermédio do templo na Rupert Court e descobrimos que ele estava na Fazenda Chapman, em Norfolk. Foi onde a IHU se originou e ainda é seu maior centro de doutrinação. Os membros não podem ter celulares, de forma que a única forma de contato com Will era por carta, então escrevemos. Por fim, depois de ameaçar com a polícia, conseguimos obrigar a igreja a nos deixar encontrar Will em seu Templo Central na Rupert Court.

"Deu tudo errado naquele encontro. Foi como falar com um estranho. Will estava totalmente diferente. Recebia tudo que dizíamos com o que agora sei que são os tópicos-padrão e o jargão da IHU, e recusou-se categoricamente a sair da igreja ou voltar a estudar. Eu perdi a cabeça, o que foi um grande erro, porque isso foi um prato cheio nas mãos da igreja e lhes permitiu me pintar como inimigo dele. Devia ter feito o que Sally fazia: simplesmente dar amor e mostrar que não estávamos tentando controlar nem enganá-lo, o que naturalmente era o que os Dirigentes da igreja diziam a nosso respeito.

"Se eu tivesse deixado Sally cuidar das coisas, talvez tivéssemos uma chance de tirá-lo de lá, mas fiquei furioso. Furioso por ele ter jogado fora a carreira acadêmica e furioso por ele provocar tanto alarido e preocupação quando ainda não sabíamos se Ed ia passar o resto da vida em uma cadeira de rodas."

— Em que ano foi isso? — perguntou Strike.

— Em 2012 — respondeu Sir Colin.

— Então ele está lá há quase quatro anos?

— Exatamente.

— E vocês só o viram uma vez desde seu ingresso na igreja?

— Uma vez pessoalmente e, em outras ocasiões, só em fotografias tiradas pela Patterson Inc. Mas Ed o viu.

— Não nos falamos — revelou Ed. — Tentei me aproximar de Will no ano passado na Wardour Street e ele se virou e correu de volta para o templo da Rupert Court. Desde então, andei pela área algumas vezes e o vi de longe, na rua, com sua lata de coleta. Ele parecia doente. Esquálido. É o mais alto de nós e parecia muito abaixo de seu peso.

— Pelo visto, eles são cronicamente mal alimentados na Fazenda Chapman — comentou Sir Colin. — Fazem muitos jejuns. Descobri muito sobre as atividades da igreja por meio de um jovem ex-integrante chamado Kevin Pirbright. Ele foi criado na igreja. Esteve lá desde os três anos de idade.

— É — confirmou James, que nos últimos minutos dera a impressão de um homem lutando para controlar a língua. — *Ele* tinha uma desculpa.

Houve um instante de um silêncio pesado.

— Desculpem-me — disse James, embora não parecesse sincero, mas evidentemente incapaz de voltar atrás no que disse, falou com veemência: — Olha, Will pode ter sido idiota demais para não perceber que atear fogo na capela de uma escola não ia resolver a pobreza no mundo, mas fala sério. *Fala sério.* De todos os momentos para entrar para uma seita, ele escolheu justamente aquele em que esperávamos para descobrir se Ed ia ficar paraplégico?

— Will não pensa assim — interveio Ed.

— Não, porque ele é um merdinha autocentrado e monomaníaco — declarou James, irritado. — Ele sabe muito bem o que está fazendo e teve muitas oportunidades de parar. Não pensem que ele é algum tolo inocente — avisou ele a Strike e Robin. — Will pode ser desdenhoso pra cacete com quem não é tão inteligente quanto ele, e vocês deviam ouvi-lo em uma discussão.

— James — alertou Ed em voz baixa, mas o irmão o ignorou.

— Minha mãe morreu no dia de Ano-novo. Um de seus últimos atos conscientes foi escrever uma carta a Will, *implorando* que a deixasse vê-lo mais uma vez. Nada. Nenhuma resposta. Will a deixou morrer preocupada com ele, desesperada para vê-lo, e também não foi ao funeral. Isto foi *decisão dele* e nunca vou perdoá-lo por isso. *Nunca.* Pronto. Falei — despejou James, batendo as mãos nas coxas e se levantando. — Desculpem-me, não posso fazer isso — acrescentou e, antes que alguém pudesse falar, saiu a passos firmes do salão.

— É. Achei que isso fosse acontecer — murmurou Ed.

— Peço mil desculpas — disse Sir Colin a Strike e Robin.

Seus olhos tinham ficado marejados.

— Não se preocupe conosco — respondeu Strike. — Já vimos coisa muito pior.

Sir Colin deu um pigarro de novo e disse, com um leve tremor na voz:

— O *derradeiro* ato consciente de Sally foi me pedir para tirar Will... Desculpem — acrescentou ele, enquanto as lágrimas escorriam por trás dos óculos e ele procurava um lenço.

Ed se esforçou para passar à cadeira ao lado do pai. Enquanto contornava a mesa, Strike notou que ele ainda tinha uma coxeadura pronunciada.

— Está tudo bem, pai — consolou ele, colocando a mão no ombro de Sir Colin. — Está tudo bem.

— Em geral, não nos comportamos assim em público — explicou Sir Colin aos detetives, esforçando-se para abrir um sorriso enquanto enxugava os olhos. — É só que Sally... Tudo isso é muito... muito recente...

Com o que Robin sentiu ser um timing deplorável, um funcionário se colocava ao lado da mesa para oferecer o almoço.

— Sim, ótima ideia — concordou Sir Colin com a voz embargada. — Vamos comer.

Quando os cardápios foram providenciados e os pedidos feitos, Sir Colin tinha recuperado a compostura. Depois de o garçom sair de alcance, ele falou:

— É claro que James tem razão, até certo ponto. Will tem um intelecto formidável e é implacável em um debate. Só estou tentando explicar que sempre houve uma... uma *ingenuidade* preocupante aliada ao seu cérebro muito potente. Ele é inteiramente bem-intencionado, quer de verdade fazer do mundo um lugar melhor, mas também gosta de certezas e regras às quais aderir. Antes de encontrar os profetas da IHU foi o socialismo, e antes disso ele foi um escoteiro muito chato para os seus líderes, porque não gostava de jogos barulhentos, mas igualmente chato para nós, com suas intermináveis boas ações, e sempre questionando se aquelas eram mesmo boas ações já que alguém tinha lhe pedido para fazê-las, e que talvez ele devesse pensar nos próprios atos de benevolência para que eles se qualificassem como tal.

"Mas o verdadeiro problema de Will é que ele não enxerga o mal. É apenas uma teoria, uma força mundial anônima que precisa ser erradicada. Will fica totalmente alheio quando está assim tão envolvido."

— E o senhor acha que a IHU é o mal?

— Ah, sim, sr. Strike — confirmou Sir Colin em voz baixa. — Sim, infelizmente acho.

— Já tentou visitá-lo? Marcar outro encontro?

— Sim, mas ele se recusou. Só os membros da igreja têm permissão para entrar na Fazenda Chapman, e quando Ed e eu tentamos comparecer a um serviço no Templo Central da Rupert Court para falar com Will, impediram nossa entrada. É um prédio religioso registrado, então eles têm o direito legal de barrar visitantes. Pelo fato de não podermos entrar, deduzimos que a igreja tem fotos dos familiares de Will e instruiu os membros a nos deixar de fora.

"Como lhe disse ao telefone, foi assim que a Patterson Inc estragou as coisas. Mandaram ao templo o mesmo homem que esteve vigiando a Fazenda Chapman. A fazenda tem câmeras por todo o perímetro, portanto as autoridades da igreja já sabiam como era o homem e, quando ele chegou à Rupert Court, disseram-lhe que sabiam quem ele era e para quem trabalhava, e que Will fora informado de que eu havia colocado detetives particulares atrás dele. Foi quando encerrei meu contrato com a Patterson Inc. Não só eles não descobriram nenhuma informação que me ajudasse a tirar Will de lá, como reforçaram a narrativa da igreja contra nossa família.

— Então Will ainda está na Fazenda Chapman?

— Até onde sabemos, sim. Às vezes, ele sai para coletar dinheiro em Norwich e em Londres. De vez em quando passa a noite no templo da Rupert Court, mas, em geral, fica na fazenda. Kevin me disse que os recrutas que não progridem para dar seminários e reuniões de orações em geral continuam nos centros de doutrinação, ou retiros espirituais, como a igreja os chama. Ao que parece, há muito trabalho pesado na Fazenda Chapman.

— Como o senhor conheceu esse… — Strike verificou as anotações — … Kevin Pirbright?

— Entrei em contato com ele através de seu blog sobre a IHU — respondeu Sir Colin.

— Ele estaria disposto a conversar conosco?

— Estou certo de que teria concordado — falou Sir Colin em voz baixa —, mas ele faleceu. Foi baleado em agosto do ano passado.

— Baleado? — repetiram Strike e Robin em uníssono.

— Sim. Uma única bala na cabeça, em casa, em seu apartamento em Canning Town. Não foi suicídio — afirmou Sir Colin, prevendo a pergunta de Strike. — Não encontraram nenhuma arma no local. Patterson falou com um contato da polícia: eles acreditam que tenha sido uma morte relacionada a drogas. Parece que Kevin estava traficando.

— O senhor tinha conhecimento disto?

— Não, mas eu não teria… Acho que o coitado queria me impressionar — disse Sir Colin com tristeza. — Queria parecer mais equilibrado do que realmente era. Ele não tinha mais ninguém, porque o restante da família ainda estava na IHU. Nunca fui ao apartamento dele, e foi só perto do fim que Kevin confessou o quanto lhe custava escrever sobre tudo que tinha acontecido, tentando encadear suas lembranças para o livro que preparava a respeito da IHU. Eu devia ter percebido, devia ter conseguido alguma terapia para ele. Devia ter me lembrado de que ele era um ser humano prejudicado em vez de tratá-lo como uma espécie de arma a ser usada contra a igreja.

"Não tive nenhuma notícia de Kevin no mês antes de ele ser baleado. A doença de Sally fora declarada terminal e eu o havia dispensado por se comportar de forma errática e inútil. Quer dizer, de uma forma que estava prejudicando a ele mesmo, independentemente do meu desejo de tirar Will da IHU. Ele fez uma cena durante o evento de lançamento do livro de Giles Harmon, xingando e gritando. Eu tentava com frequência convencê-lo de que esse tipo de tática podia sair pela culatra, mas ele era muito raivoso, muito amargurado.

— O *senhor* acha que foi um crime relacionado com drogas?

Ed lançou um olhar de soslaio ao pai, e Sir Colin hesitou antes de responder:

— Eu estava extenuado quando soube que ele tinha sido baleado e... para ser franco, meus pensamentos certamente foram direto para a IHU.

— Mas o senhor mudou de ideia?

— Sim, mudei. Eles não precisam de armas; têm advogados caros. São especialistas em calar a crítica: artigos escritos por jornalistas simpatizantes, celebridades fazendo relações públicas... Kevin era peixe pequeno, na verdade, mesmo que conseguisse terminar o livro. Eles já o haviam obrigado a retirar todas as alegações sérias que fizera no blog e também fizeram acusações de abusos contra ele.

— Que tipo de abuso?

— Sexual — informou Sir Colin. — Alegaram que ele abusara das irmãs. Segundo uma carta que Kevin recebeu do Conselho de Dirigentes, as duas meninas fizeram alegações bem detalhadas contra ele. Agora, sei tão bem quanto qualquer um que o abuso sexual é endêmico. Uma das instituições filantrópicas com as quais trabalho ajuda sobreviventes, então estou muito familiarizado com as estatísticas e não me iludo: muitas pessoas que na aparência são encantadoras fazem coisas horríveis a portas fechadas.

"É evidente que não posso desconsiderar a possibilidade de Kevin *ter* abusado daquelas meninas, mas, o natural seria que a igreja, se o considerasse culpado, tivesse informado à polícia, e não escrito uma carta o ameaçando. No geral, creio que foi só mais uma tentativa de assustá-lo, e como Kevin me contou sobre as atividades internas da igreja, acho provável que as irmãs tenham sido intimidadas a assinar aquelas declarações... Queria ter comparecido ao funeral de Kevin", falou Sir Colin com tristeza, "mas foi impossível. Fiz minha pesquisa: a mãe dele, que ainda está na igreja, decidiu enterrá-lo na Fazenda Chapman. Devo admitir que achei isso muito perturbador. Kevin lutou tanto para sair de lá..."

A comida de todos chegou. Strike, que havia pedido robalo no lugar do filé que realmente queria, perguntou:

— Pode-se fazer alguma coisa judicialmente, com relação a Will?

— Acredite em mim, eu tentei. — Sir Colin pegou os talheres. — Will tem um fundo fiduciário deixado a ele pelo pai de Sally. Até o momento ele retirou metade do dinheiro e deu à IHU. Queria que ele fosse avaliado por um psiquiatra, mas, quando a igreja soube disso, arrumou um deles para examiná-lo, que atestou que meu filho não sofre de transtorno algum. Will é maior de idade e foi declarado mentalmente capaz. É um impasse.

"Tentei despertar o interesse de contatos políticos tanto pela igreja quanto pela forma como operam, mas todos parecem ter medo de se meter, em vista dos seguidores famosos e do trabalho caritativo muito alardeado. Suspeito fortemente de que um parlamentar seja membro da igreja. Ele os apoia no Parlamento e fica muito agressivo com qualquer um que os critique. Busquei o interesse de alguns de meus contatos na imprensa por uma exposição ampla, mas eles também têm medo de ser processados. Ninguém quer se envolver nisso.

"Kevin estava disposto a levar a IHU aos tribunais com base no abuso sofrido por ele e sua família. Sally e eu ficamos muito felizes em financiar o caso, mas meus advogados acharam que as possibilidades de Kevin ter sucesso eram muito poucas. Não apenas por ele ter sido obrigado a admitir erros em seu blog, mas porque ele tinha umas crenças bem estranhas."

— Por exemplo?

— Kevin estava convencido de que o mundo dos espíritos era real. Na realidade, pensava que a IHU podia conjurar os mortos. Patterson tentou encontrar outras pessoas que pudessem testemunhar e deu em um grande nada.

— Já pensou em tirar Will de lá à força? Agarrando-o na Wardour Street?

— Sally e eu pensamos em fazer isso, como último recurso — admitiu Sir Colin —, mas ficamos assustados com a ideia quando descobrimos o que aconteceu com um jovem cuja família fez exatamente isso, em 1993. Seu nome era Alexander Graves. Ele também era de uma família abastada. O pai literalmente o sequestrou na rua quando o garoto coletava dinheiro. Graves estava péssimo mentalmente quando o apanharam e alguns dias depois se enforcou na casa da família.

Enquanto a comida esfriava, Sir Colin acrescentou:

— Li extensamente sobre controle mental nos últimos anos. Sei muito mais do que sabia no início sobre as técnicas que a IHU está usando e como são eficazes. Kevin me contou muito do que acontece ali, e é a manipulação clássica de uma seita: restrição de informações, controle de pensamentos e emoções, e assim por diante. Agora entendo por que Will mudou com tanta rapidez. Ele literalmente não está em seu juízo perfeito.

— Não pode estar — concordou Ed. — Não apareceu quando mamãe estava morrendo, tampouco foi ao funeral. James e a esposa tiveram gêmeos no ano passado e ele nem sequer os conheceu.

— Então o que exatamente pretende ao nos contratar? — perguntou Strike.

Sir Colin baixou os talheres para pegar uma velha valise preta embaixo da cadeira, da qual retirou uma pasta fina.

— Antes que os advogados da IHU obrigassem Kevin a excluir o blog, imprimi cópias. Também tenho dois longos e-mails, que explicam o envolvimento da família de Kevin na igreja e alguns incidentes que ele testemunhou ou em que esteve envolvido. Kevin menciona pessoas e lugares, e faz pelo menos uma alegação criminosa contra Jonathan Wace, o fundador da IHU. Se alguma das pessoas mencionadas nestes documentos puder ser convencida a falar, ou mesmo a testemunhar, em particular a respeito de coerção ou controle mental, talvez eu consiga fazer alguma coisa legalmente. No mínimo, gostaria de convencer a IHU a me deixar ver Will de novo.

— Mas, idealmente, gostaria de tirá-lo de lá?

— É claro — confirmou Sir Colin —, mas aceito que talvez não seja realista. O relatório da Patterson Inc também está aqui, se vale de alguma coisa. Eles se concentraram principalmente em observar os movimentos de Will e nas idas e vindas entre a Rupert Court e a Fazenda Chapman. A ideia deles era filmar comportamento abusivo ou intimidador, ou algum sinal de que Will estava infeliz ou sendo coagido. Duas pessoas da equipe deles o abordaram na rua, disfarçadas e tentaram entabular uma conversa, mas Will insistiu que estava perfeitamente feliz e tentou recrutá-los ou convencê-los a doar dinheiro... Então, o que vocês acham? — perguntou Sir Colin, olhando de Strike para Robin e voltando a Strike. — Somos um caso perdido?

Antes que Strike pudesse responder, Robin estendeu a mão para os documentos que Sir Colin apresentara.

— Não — disse ela. — Será uma grande satisfação ajudar.

5

Seis na quinta posição significa:
Dar duração ao próprio caráter pela perseverança.
Isto traz boa fortuna para uma mulher (...).

I Ching: O livro das mutações

— Não tem problema — disse Strike uma hora depois, em resposta ao pedido de desculpas de Robin por aceitar o caso sem o consultar. — Eu mesmo teria falado, mas minha boca estava cheia de batata.

Os sócios haviam se retirado a um pub próximo depois de deixar os Edensor. O Golden Lion era vitoriano, pequeno e ricamente decorado, e os dois estavam sentados em banquetas altas de couro a uma mesa redonda.

— Ontem à noite dei uma olhada no site da IHU — revelou Robin, que bebia um suco de laranja porque precisava sair em breve para um trabalho de vigilância. — Eles são donos de *muitos* imóveis de primeira linha. Aquele lugar na Rupert Court deve ter custado uma fortuna, ali bem no meio do West End, sem falar nos templos e centros em Birmingham e Glasgow. Será que eles *podem* ganhar tanto dinheiro assim legalmente?

— Bom, eles vendem cursos de autorrealização pelo país a quinhentas pratas por dia e retiros de oração por mil pratas. Além disso, têm dez mil membros coletando dinheiro, dando um quinto de seus salários e deixando heranças para eles. Tudo isso conta. É de imaginar que a receita federal tenha caído em cima deles, então ou estão limpos, ou têm um baita contador que sabe esconder as coisas duvidosas. Mas infelizmente não é crime tirar dinheiro de idiotas.

— Você concorda com James, então? Will é um idiota?

Strike tomou um gole de cerveja e falou:

— Eu diria que as pessoas que ingressam em seitas costumam ter um parafuso a menos.

— E Giles Harmon? Escritor rico e de sucesso, muito inteligente...

— Estou com Orwell nessa — disse Strike. — "Algumas ideias são tão idiotas que só intelectuais acreditam nelas." Olha, não consigo ver nenhum jeito de fazer isso direito que não seja colocar alguém disfarçado na Fazenda Chapman.

Robin passara os últimos dias se preparando exatamente para esta conversa.

— Isto significa comparecer primeiro ao templo da Rupert Court. Andei pesquisando: não dá para simplesmente aparecer na Fazenda Chapman, é preciso ser convidado a ir lá, o que significa ser recrutado em um dos templos. Quem for à Rupert Court vai precisar de um personagem elaborado, com um passado que vai ser explorado desde o primeiro contato com os membros da igreja, e acho que deve dar a impressão de ter muito dinheiro, para que seja uma perspectiva realmente atraente de recrutamento.

Strike, que sabia muito bem que ouvia uma preleção, disse:

— E imagino que você não esteja pensando que Barclay, Shah ou Littlejohn seriam convincentes como milionários fanáticos religiosos.

— Bom, duvido que Barclay durasse uma hora antes de começar a fazer piada de tudo isso. Littlejohn seria perfeito se a igreja fosse de uma ordem de voto de silêncio...

Strike riu.

— ... e Shah tem filhos pequenos, então não vai querer ficar afastado por semanas. Midge é uma possibilidade, mas ela nunca trabalhou disfarçada. Sei que eu também não, pelo menos não desse jeito — acrescentou Robin rapidamente, antes que Strike pudesse argumentar —, mas nunca tive um disfarce revelado, nem mesmo quando era Venetia Hall todo dia na Câmara dos Comuns.

— E se o trabalho durar semanas? — questionou Strike.

— Então vai durar semanas — respondeu Robin, com um leve dar de ombros.

Por acaso, Strike já havia decidido que Robin era a melhor pessoa para o trabalho, mas tinha um motivo secundário para aceitar a proposta dela. Uma separação forçada de algumas semanas enquanto ela estivesse na Fazenda Chapman podia representar alguma tensão na relação com Ryan Murphy, e havia pouca coisa que Strike quisesse mais do que isso. Porém, como não queria concordar tão prontamente para não ser suspeito de um motivo escuso, ele se limitou a assentir.

— Tudo bem, isso pode funcionar, mas preciso pensar bem.

— Eu sei. Não posso usar peruca na Fazenda Chapman, então estou pensando em fazer um corte radical no cabelo.

— Sério? — disse Strike sem pensar. Gostava do cabelo de Robin.

— Vou precisar. Já tem alguns anos que ando pelos arredores da Rupert Court. A última coisa de que precisamos é alguém me reconhecendo, em particular se me viram entrando e saindo do escritório.

— Certo, bom ponto — concordou Strike —, mas não precisa raspar a cabeça.

— Não vou tentar entrar para o Hare Krishna — rebateu Robin. — Estava pensando talvez em um corte mais curto e uma cor ousada. Uma garota que estudou em escolas particulares querendo parecer meio alternativa, mas não tão radical que vá assustar os pais a ponto de pararem de pagar suas contas. Talvez um relacionamento tenha acabado mal recentemente, sabe como é, e agora ela quer um senso de propósito e algo para preencher o espaço em que pensava que haveria um casamento.

— Você pensou *muito mesmo* nisso — disse Strike com um sorriso.

— É claro que pensei. Quero o trabalho.

— Por quê? — perguntou Strike. — Por que quer tanto assim?

— Sempre me interessei por controle mental. Abordamos a questão em meu curso na universidade.

Robin tinha estudado Psicologia antes de largar a faculdade. Uma graduação incompleta era uma das coisas que tinha em comum com Strike.

— Tudo bem, me parece bom. Pense em um disfarce completo e podemos reajustar o rodízio de tarefas, assim você prioriza as manhãs de sábado no templo.

— O único problema são as roupas — disse Robin. — Eu não pareço ter muito dinheiro, a julgar por elas.

— Você está sempre ótima — comentou Strike.

— Obrigada — disse Robin, ruborizando um pouco —, mas se tenho de convencer a IHU de que tenho muito dinheiro, coisas *assim* — falou, erguendo a bolsa, que já tinha há seis anos — não vão colar. Acho que talvez eu alugue algumas roupas e bolsas de grife. Nunca fiz isso, mas sei que é possível.

— Talvez eu possa ajudar nisso — disse Strike, inesperadamente. — Pode pegar umas coisas emprestadas com Pru.

— Quem?

— A minha irmã — explicou Strike. — Prudence. A terapeuta.

— *Ah* — murmurou Robin, intrigada.

Ela só havia conhecido dois dos oito meios-irmãos de Strike, e mesmo assim apenas brevemente. A família dele era complicada, para dizer o mínimo. Strike era o filho ilegítimo de um astro do rock, com quem ele se encontrou só duas vezes, e uma mãe falecida habitualmente descrita na imprensa como uma supergroupie. Embora Robin soubesse que Strike tinha finalmente concordado em encontrar a meia-irmã Prudence pela primeira vez alguns meses antes, não sabia que eles agora se entendiam tão bem a ponto de ela emprestar roupas caras a sua sócia.

— Acho que vocês têm o mesmo... — Strike fez um gesto vago em lugar de dizer "tamanho". — Vou perguntar. Talvez você tenha de ir à casa dela para experimentar.

— Não tem problema — disse Robin, um tanto desconcertada. — Seria ótimo, se Prudence não se importar de emprestar coisas a uma completa desconhecida.

— Você não é uma completa desconhecida, eu contei a ela tudo a seu respeito — corrigiu Strike.

— Então as coisas estão... indo bem? Entre você e Prudence?

— Estão — confirmou Strike. Ele bebeu outro gole da cerveja. — Gosto muito mais dela do que de qualquer outro dos filhos de meu pai... Não é muito difícil em comparação, admito.

— Você gosta de Al — apontou Robin.

— Vagamente. Ele ainda está irritado comigo porque não fui àquela porcaria de festa para Rokeby. Aonde você vai depois daqui?

— Vou render Dev em Bexleyheath — respondeu Robin, enquanto olhava a hora no celular. — Na verdade, preciso ir. E você?

— Tenho a tarde livre. Vou dar uma olhada nessas coisas no escritório e te mandar por e-mail. — Strike apontou a pasta de documentos que Colin Edensor entregara a Robin.

— Ótimo — disse Robin. — Então, a gente se vê amanhã.

6

Seis na quarta posição significa:
Um saco amarrado.
Nenhuma culpa, nenhum elogio.

I Ching: O livro das mutações

Robin passou a caminhada de seis minutos do Golden Lion à estação de Green Park fazendo o que resolutamente se treinou nos últimos oito meses para não fazer: pensar em Cormoran Strike em qualquer contexto que não fosse profissional e de amizade.

A percepção há muito adiada de que estava apaixonada pelo sócio no trabalho tinha explodido em Robin Ellacott no ano anterior ao descobrir que ele tinha um caso que escondia cuidadosamente dela. Àquela altura, Robin decidira que a única coisa a fazer era se desapaixonar, e foi neste espírito, algumas semanas depois, que concordara com um primeiro encontro com Ryan Murphy. Desde então, ela fizera o máximo para manter uma porta interior firmemente fechada para o que quer que sentisse por Strike, na esperança de que o amor murchasse e morresse por falta de atenção. Na prática, isto significava desviar firmemente os pensamentos dele quando sozinha e nunca, jamais, fazer comparações entre ele e Murphy, como Ilsa havia tentado fazer no dia do batizado. Quando, apesar de seus esforços, algumas lembranças indesejadas a invadiam — como Strike a havia abraçado no dia de seu casamento ou o momento perigoso e embriagado na frente do Ritz Bar, no trigésimo aniversário de Robin, quando ele avançou para beijá-la —, ela se lembrava de que o sócio era um homem perfeitamente feliz com a vida de solteiro pontuada por casos com mulheres (geralmente) lindas. Strike tinha quarenta e um anos, nunca se casara, morava de bom grado sozinho em um sótão espartano no escritório e tinha uma tendência profundamente arraigada a erguer barreiras à intimidade. Embora parte das reservas dele tivessem relaxado no que dizia respeito a Robin, ela não se esquecera da rapidez com que elas voltaram depois daquela noite no Ritz. Em resumo, Robin concluíra que Strike jamais quisera o que ela um dia pudesse ter desejado.

Era, portanto, um prazer e um alívio estar com Murphy, que tão claramente queria estar com ela. Além do fato de que o investigador era bonito e inteligente, os dois tinham o trabalho em comum, o que constituía um contraste muito bem-vindo com Matthew, o contador bem remunerado de quem ela se divorciara e que nunca entendera a preferência de Robin pelo que ele considerava uma carreira excêntrica e insegura. Robin também gostava de ter novamente uma vida sexual: uma vida sexual, aliás, que era consideravelmente mais satisfatória do que a que tivera com o ex-marido.

Entretanto, ainda havia algo entre ela e Ryan que Robin tinha dificuldades para identificar. Uma postura defensiva talvez expressasse isso melhor, e vinha, ela tinha certeza, do fato de cada um deles ter um casamento rompido no passado. Ambos sabiam o quanto as pessoas nos relacionamentos mais íntimos podiam se ferir e, portanto, se tratavam com cuidado. Mais sábia do que fora durante seus anos com Matthew, Robin cuidava para não falar demais sobre Strike com Ryan, não mencionar o histórico do sócio na guerra nem contar nenhuma história que o lançasse em uma luz divertida ou atraente.

Ela e Murphy compartilhavam muitos detalhes de suas respectivas histórias, mas Robin estava ciente de que ela, assim como Ryan, oferecia uma versão editada. Talvez fosse inevitável, depois de chegar aos trinta anos. Tinha sido muito fácil abrir o coração para Matthew, que ela conhecera na escola: apesar de na época ter acreditado que contava a ele todos os seus segredos, ao pensar no passado, percebia o pouco que tinha a contar na época. Robin precisou de seis meses para contar a Ryan sobre o estupro brutal que encerrara sua vida universitária e omitiu o fato de que um fator importante no fracasso de seu casamento fora a insistência ciumenta e desconfiada de Matthew em relação a Strike.

Ryan, por sua vez, nunca falava muito dos anos de bebedeira e lhe dera o que Robin suspeitava ser um relato higienizado de como ele e a ex-mulher tinham se separado. Ela supunha que essas coisas seriam discutidas algum dia, se o relacionamento continuasse. Nesse meio tempo, uma vida particular sem brigas por ciúme e ressentimentos desgastantes compunha uma ótima mudança.

Com tudo isso, remoer o subtexto emocional da conversa com Strike não podia fazer nenhum bem e deixava Robin se sentindo infiel a Murphy.

Strike provavelmente se sentia seguro para dizer coisas como "você está sempre ótima" e "contei a ela tudo a seu respeito" porque ela estava em um relacionamento sério com outro homem. Ao descer à estação, Robin disse firmemente a si mesma que Strike era seu melhor amigo e mais nada, e obrigou os pensamentos a voltarem ao trabalho em Bexleyheath.

7

Este hexagrama indica uma situação em que o princípio da escuridão, após ter sido eliminado, obstrui furtiva e inesperadamente mais uma vez de dentro e de baixo.

I Ching: O livro das mutações

Strike pretendia voltar ao escritório depois de terminar a cerveja, mas o Golden Lion estava tão agradável que lhe ocorreu que podia tranquilamente ler os documentos fornecidos por Colin Edensor ali, onde também havia cerveja. Assim, ele comprou uma segunda bebida e aproveitou a primeira oportunidade para substituir a banqueta por um banco de couro junto a uma mesa mais baixa, na qual abriu a pasta com documentos. No alto da pilha de papéis, estava um longo e-mail para Sir Colin Edensor escrito pelo finado Kevin Pirbright.

Prezado Colin,

Peço desculpas de antemão por este e-mail longo, mas você perguntou sobre o envolvimento de minha família com a Igreja Humanitária Universal e como eu consegui sair, então aqui está o relato.

Minha mãe ingressou na IHU quando eu tinha três anos e minhas irmãs tinham seis e oito. É importante dizer que minha mãe — fui criado para chamá-la de Louise, porque a IHU proíbe nomear relações consanguíneas — não é tola. Foi criada na pobreza e nunca teve a oportunidade de fazer uma faculdade nem nada, mas é brilhante. Casou-se jovem com meu pai, mas ele abandonou a família quando eu tinha um ano. Lembro-me de Louise ser muito bonita quando era mais nova.

Não sei quando ela ouviu Jonathan Wace pregar pela primeira vez, mas sei que se apaixonou por ele. Muitas mulheres na IHU sentem o mesmo.

De todo modo, Louise empacotou nossa casa barata e nos levou para a Fazenda Chapman. (Tive de reunir tudo isso a partir das coisas que minhas irmãs me contaram mais tarde, porque não tenho lembranças de nossa vida antes da IHU.)

Depois disso, não tínhamos para onde ir além das acomodações na IHU. Isto é muito comum. As pessoas despejam tudo na igreja como prova de seu compromisso com a nova vida. Alguns membros até vendem suas casas e dão todo o dinheiro à igreja.

Foi na Fazenda Chapman que a IHU foi fundada. Os cinco profetas estão enterrados lá e, porque fica bem no interior e não na cidade, tende a ser para onde os integrantes são enviados para redoutrinação, se necessário. Existem outros centros, e minha irmã mais velha, Becca, passou três anos em um deles em Birmingham (ela agora é do alto escalão da igreja), e Emily teve permissão para coletar dinheiro fora dali, mas Louise e eu nunca saímos da fazenda.

A IHU ensina que as relações familiares normais ou os relacionamentos sexuais monogâmicos são uma forma de posse materialista. Para ser uma boa pessoa, você precisa ter vínculo espiritual com todos dentro da igreja e amar a todos do mesmo modo. Louise tentou se fixar nisso depois de ingressar, mas nós três sempre soubemos que ela era nossa verdadeira mãe. A maior parte da educação das crianças consistia em ler tratados da IHU e decorá-los, mas Louise ensinou a mim, a Becca e a Emily, às escondidas, coisas como a tabuada enquanto limpávamos o galinheiro.

Quando era muito novo, eu realmente pensava que Jonathan Wace fosse meu pai. Todos o chamávamos de "Papa J", e eu sabia das relações familiares porque elas apareciam na Bíblia e em outros livros sagrados que estudávamos. Foi só aos poucos que percebi que eu não tinha parentesco com Papa J. Era muito confuso para uma criança pequena, mas a gente aceitava isso, porque era o que todo mundo fazia.

Mazu Wace, a esposa de Papa J, foi criada na Fazenda Chapman. Estava lá nos dias da Comunidade Aylmerton...

Strike interrompeu a leitura, olhando as últimas cinco palavras.
Nos dias da Comunidade Aylmerton.
A Comunidade Aylmerton.

Os celeiros em ruínas, as crianças correndo em disparada, os irmãos Crowther atravessando o pátio, a estranha torre arredondada que se destacava sozinha no horizonte como uma gigantesca peça de xadrez: ele via tudo isso de novo. Sua mãe chapada tentando fazer colares de margaridas para as garotinhas; noites em dormitórios decrépitos sem tranca nas portas; uma sensação constante de que tudo estava fora de controle e um instinto infantil de que havia algo errado, e que um perigo indefinível estava à espreita por perto, fora de vista.

Até este momento, Strike não sabia que a Fazenda Chapman era o mesmo lugar: era chamada de Forgeman quando ele morou lá, com uma coleção variada de famílias que aravam a terra e moravam em construções arruinadas, suas atividades dirigidas pelos irmãos Crowther. Embora não houvesse nenhuma sugestão religiosa na comuna Aylmerton, o desdém de Strike por seitas vinha diretamente dos seis meses na Fazenda Forgeman, que constituíram o período mais infeliz de sua infância instável e fragmentada. A comuna era dominada pela personalidade poderosa do irmão Crowther mais velho, um homem magro, de ombros caídos e cabelo oleoso com costeletas compridas e um bigode com as pontas viradas para cima. Strike ainda conseguia visualizar a expressão extasiada da mãe enquanto Malcolm Crowther dava palestras ao grupo à luz da fogueira, estabelecendo suas crenças radicais e filosofias pessoais. Ele se lembrava também da própria antipatia inerradicável pelo homem, antipatia que crescera a uma repulsa visceral.

Quando a polícia deu uma batida na fazenda, Leda já havia se mudado de lá com a família. Seis meses era o máximo de tempo que ela conseguia ficar em um mesmo lugar. Lendo sobre a ação policial nos jornais depois de voltar a Londres, ela se recusou a acreditar que a comunidade não estivesse sendo perseguida por seu pacifismo, as drogas leves e a filosofia de volta-à-terra. Por um bom tempo, insistira que os Crowther não podiam ter feito as coisas de que acabaram sendo acusados, sobretudo porque os próprios filhos lhe diziam que haviam escapado incólumes. Só depois de ler os relatos do julgamento foi que Leda, com relutância, passou a aceitar que tinha sido mais por sorte do que por capacidade crítica; que sua fantasia pastoral, na verdade, era um viveiro de pedofilia. Como de costume, ela ignorou todo o episódio como uma anomalia, depois continuou a existência indócil que fazia com que o filho e a filha, quando não eram largados na casa dos tios na Cornualha, tivessem que se mudar constantemente entre diferentes tipos de habitações inseguras e situações voláteis de escolha dela.

Strike bebeu uma terceira cerveja antes de se concentrar mais uma vez na página diante dele.

Mazu Wace, esposa de Papa J, foi criada na Fazenda Chapman. Ela era dos tempos da Comunidade Aylmerton, e a fazenda é como seu reino particular. Não acho que alguma vez ela tenha ido aos centros de Birmingham ou Glasgow, e só vai de vez em quando ao templo de Londres. Sempre morri de medo de Mama Mazu, como os integrantes devem chamá-la. Ela parece uma bruxa, de cara muito branca, cabelo preto, nariz comprido e pontudo e olhos estranhos. Sempre usava mantos em vez de moletons, como nós todos tínhamos de nos vestir. Eu costumava ter pesadelos com Mazu quando era pequeno, em que ela ficava me espiando por buracos de fechadura ou me vigiando de claraboias.

Mazu gostava do controle. É muito difícil explicar a alguém que não a conhece. Ela podia obrigar as pessoas a fazerem qualquer coisa, até machucarem a si mesmas, e eu nunca vi alguém se recusar. Uma de minhas primeiras lembranças da Fazenda Chapman é de um adolescente chamado Jordan que se açoitou no rosto com um mangual de couro. Lembro-me do nome dele porque Jonathan Wace costumava cantar o gospel "Roll, Jordan, Roll" sempre que o via. Jordan era muito maior que Mazu, mas ficou de joelhos e com o rosto coberto de vergões, e continuou se açoitando até ela dizer que era hora de parar.

Apesar de todos me dizerem como Mazu era boa e sagrada, sempre a considerei uma pessoa horrível. Pensando nisso agora, odiar Mazu foi o começo de meu questionamento de toda a igreja, embora na época eu só achasse que Mazu era má e não que toda a cultura da igreja fosse podre.

Mazu jamais gostou de Louise e sempre garantiu que ela recebesse as piores tarefas da fazenda, ao ar livre e em qualquer condição climática. À medida que eu crescia, percebia que era assim porque Jonathan e minha mãe estavam dormindo juntos. Mazu jamais gostava das mulheres com que Jonathan dormia.

É complicado explicar como despertei.

Alguns anos depois de ingressarmos na IHU, uma nova família se mudou para a Fazenda Chapman, os Doherty: mãe, pai e três filhos. Deirdre Doherty engravidou de novo enquanto eles moravam na fazenda e deu à luz a uma menina que Mazu chamou de Lin. (Mazu tinha o direito de escolher os nomes de todas as crianças nascidas na fazenda. Em geral, ela perguntava ao *I Ching* como o bebê deveria ser chamado. "Lin" é o nome de um dos hexagramas.)

Eu tinha doze anos quando o pai, Ralph, partiu no meio da noite, levando os três filhos mais velhos. Estávamos todos reunidos no templo na manhã seguinte e Jonathan Wace anunciou que Ralph Doherty era materialista e movido pelo ego, enquanto a esposa, que ficara lá com Lin, era um exemplo esplendoroso de um espírito puro. Lembro que nós todos a aplaudimos.

Fiquei muito confuso e chocado com a partida de Ralph e dos filhos, porque nunca soube de alguém que tivesse feito isso antes. Todos éramos ensinados que deixar a igreja arruinaria sua vida, que a existência materialista literalmente mataria a gente depois de termos nos tornado espíritos puros, que acabaríamos enlouquecendo e provavelmente cometendo suicídio.

E então, alguns meses depois de Ralph ter ido embora, Deirdre foi expulsa. Isto me chocou ainda mais do que a partida de Ralph. Não conseguia imaginar que pecado Deirdre poderia ter cometido para que a IHU a obrigasse a ir embora. Em geral, se alguém fazia algo errado, era punido. Se uma pessoa ficasse muito doente, podia sair para conseguir assistência médica, mas a IHU não costumava deixar as pessoas saírem, a não ser que elas estivessem com a saúde tão deteriorada que não conseguissem trabalhar.

Deirdre deixou Lin na fazenda ao partir. Eu devia ter ficado feliz, porque Lin ainda seria capaz de crescer como um espírito puro em vez de arruinar a vida no mundo materialista. Foi assim que a maioria dos integrantes entendeu, mas não eu. Embora eu não tivesse uma relação normal de mãe e filho com Louise, sabia que ela era minha mãe e que isto significava alguma coisa. No fundo, eu achava que Deirdre devia ter levado Lin, e esta foi a primeira rachadura séria em minha crença religiosa.

Descobri por que Deirdre foi expulsa por puro acaso. Estava na Punição por chutar ou empurrar outra criança. Não consigo me lembrar dos detalhes. Estava amarrado em uma árvore e me deixaram ali a noite toda. Dois adultos passaram. Lanternas a pilha eram proibidas na fazenda, então não sei quem eram, mas trocavam cochichos sobre o motivo da expulsão de Deirdre. Um dizia ao outro que ela tinha escrito no diário que

Jonathan Wace a havia estuprado. (Todos os integrantes da igreja que tivessem mais de nove anos tinham de manter diários como parte da prática religiosa. Os do alto escalão os liam uma vez por semana.)

Eu sabia o que era estupro, porque nos ensinaram que era uma das coisas terríveis que aconteciam no mundo materialista. Dentro da igreja, as pessoas faziam sexo com quem quisessem como uma forma de reforçar as ligações espirituais. Nos ensinavam que o estupro era diferente, uma forma violenta de posse materialista.

Não sei lhe dizer como me senti ao ouvir que Deirdre acusara Papa J de estupro. Eu era doutrinado a esse ponto: lembro-me de pensar que preferia ficar amarrado àquela árvore por uma semana inteira a ouvir o que acabara de ouvir. Fui criado para pensar que Jonathan Wace era a coisa mais próxima de Deus na Terra. A igreja ensina que permitir maus pensamentos a respeito de nosso líder ou da própria igreja significa que o Adversário está operando dentro de você para ressuscitar o falso eu, então tentei entoar cânticos, ali no escuro, uma das técnicas que aprendemos para interromper pensamentos negativos, mas não consegui me esquecer do que acabara de ouvir sobre Papa J.

A partir daí, fiquei cada vez mais perturbado. Não podia contar a ninguém o que tinha ouvido: primeiro, se Mazu me ouvisse contar uma história dessas, só Deus sabe o que teria me obrigado a fazer comigo mesmo. Tentei reprimir todo mau pensamento e toda dúvida, mas a rachadura em minha crença se ampliava cada vez mais. Comecei a notar a hipocrisia, o controle, as incoerências nos ensinamentos. Eles pregavam o amor e a gentileza, mas eram impiedosos com as pessoas por coisas que elas não podiam evitar. Por exemplo, Lin, a filha de Deirdre, começou a gaguejar quando era muito pequena. Mazu constantemente zombava dela por isso. Dizia que Lin podia parar, se quisesse, e que ela precisava rezar com mais afinco.

Na época, Becca, minha irmã mais velha, estava em um rumo totalmente diferente do nosso, viajando pelo país com Wace e ajudando a dar seminários e cursos de autorrealização. Minha outra irmã, Emily, tinha muita inveja de Becca. Às vezes, ela se juntava a missões fora da fazenda, mas não com a mesma frequência de Becca.

As duas olhavam Louise e eu com desdém, porque não havia esperança para nós, só servíamos para ficar na fazenda.

Na adolescência, eu tinha muita acne. Quando os integrantes da IHU saíam em público, deviam parecer bem arrumados e atraentes, mas Lin, Louise e eu não tínhamos permissão de coletar dinheiro na rua porque não combinávamos com a imagem da igreja — eu com a acne e Lin com a gagueira. Louise ficou grisalha cedo e parecia bem mais velha do que realmente era, talvez por trabalhar ao ar livre o tempo todo.

É difícil escrever a próxima parte. Agora sei que comecei a planejar minha saída da igreja quando estava perto dos vinte e três anos, mas, como nunca comemorávamos aniversários ali, foi só quando saí e encontrei minha certidão de nascimento que soube em que dia nasci.

Precisei de mais de um ano para ir embora, em parte porque tinha de criar coragem. Nada do que eu disser revelará o quanto a igreja incute em você a ideia de que não será capaz de sobreviver fora dela, que vai enlouquecer e se matar, porque o mundo materialista é demasiado corrupto e cruel. Mas o que mais me segurava ali era que eu queria que Louise fosse comigo. Ela tinha algum problema nas articulações. Só ouvi falar de artrite quando saí da igreja, mas acho que devia ser isso. Elas ficavam inchadas, e eu sabia que Louise sentia dor na maior parte do tempo. É claro que disseram a ela que era um sinal de impureza espiritual.

Um dia, quando fomos designados juntos aos deveres com os animais, comecei a lhe falar de minhas dúvidas. Ela começou a tremer, literalmente, então me disse que eu devia ir ao templo e rezar pedindo perdão. Depois começou a entoar para bloquear o que eu dizia. Nada do que eu disse a afetou. No fim, ela simplesmente fugiu de mim.

Morri de medo de que ela contasse aos Dirigentes que eu tinha dúvidas e sabia que precisava ir embora imediatamente. Então me arrastei por uma cerca nas primeiras horas da manhã seguinte, depois de roubar algum dinheiro de uma das caixas de coleta. Eu realmente temia cair morto depois que estivesse sozinho na estrada escura, que a Profetisa Afogada viria atrás de mim, saída das árvores.

Eu tinha esperanças de que Louise me seguisse, que minha saída a despertasse, mas já se passaram quase quatro anos e ela ainda está lá.

Desculpe, isto foi muito longo, mas é toda a história.

Kevin

O primeiro e-mail terminava ali. Strike pegou o segundo e, depois de se fortalecer com mais cerveja, continuou a ler.

Prezado Colin,

Muito obrigado por seu e-mail. Não me sinto corajoso, mas aprecio sinceramente que tenha dito isto. Porém, talvez você não pense mais assim depois de ler isto.

Você perguntou sobre os profetas e as Manifestações. Para mim, é muito difícil escrever isso, mas contarei o máximo que puder.

Eu tinha apenas seis anos quando Daiyu Wace se afogou, então não tenho lembranças muito vívidas da menina, mas sei que não gostava dela. Daiyu era a princesinha de Mazu e sempre tinha tratamento especial e muito mais liberdade do que as outras crianças.

Uma das adolescentes que morava na fazenda levou Daiyu para vender hortaliças de manhã cedo (a igreja vendia a produção a lojas locais) e elas pararam na praia de Cromer no caminho de volta. As duas foram nadar, mas Daiyu teve problemas e se afogou.

É evidente que foi uma imensa tragédia e não é de surpreender que Mazu tenha ficado arrasada, mas ela se tornou muito estranha e sombria depois disto. Agora, pensando bem, acho que foi daí que veio tanta crueldade com minha mãe e as crianças em geral. Ela não gostava especialmente de meninas. Jonathan tinha uma filha do casamento anterior, Abigail. Mazu conseguiu que ela se mudasse da Fazenda Chapman para um dos outros centros da IHU depois da morte de Daiyu.

Não posso dizer com certeza quando começou a ideia de Daiyu ser uma espécie de deidade, mas, com o tempo, Jonathan e Mazu a transformaram em uma. Chamavam-na de profetisa e alegavam que ela dizia todas aquelas coisas espiritualmente inspiradoras que depois passaram a fazer parte da doutrina da igreja. Até a morte de Daiyu foi algo sagrado, como se ela fosse um espírito tão puro que se dissolveu do mundo material. Minha irmã Becca costumava alegar que Daiyu tinha o poder da invisibilidade. Não sei se Becca realmente acreditava nisso ou só queria cair nas graças de Jonathan e Mazu, mas a ideia de que Daiyu conseguiu se desmaterializar antes mesmo de ter se afogado também foi acrescentada ao mito.

Já havia duas pessoas enterradas na Fazenda Chapman quando Daiyu morreu. Não conheci o primeiro cara. Era um americano chamado Rusty Andersen, que morava em um terreno à margem da Comunidade Aylmerton. Era um veterano do exército e, pelo que ouvi falar, ele era o que chamaríamos hoje em dia de um sobrevivencialista. Mazu e Jonathan alegaram que Andersen tinha ingressado na igreja antes de morrer, mas não sei se isto é verdade. Ele foi atropelado por um motorista bêbado na estrada numa noite, morreu e foi enterrado na fazenda.

O outro homem enterrado nas terras chamava-se Alexander Graves, que morreu aos vinte anos. Sem dúvida, fazia parte da igreja. Lembro-me vagamente de que ele era estranho e entoava cânticos o tempo todo. A família de Graves o sequestrou quando ele estava na rua coletando dinheiro para a IHU, mas logo depois de o levarem para casa, ele se suicidou. Deixou um testamento dizendo que queria ser enterrado na fazenda, e assim foi.

Todos nós conhecíamos a história de Andersen e Graves, porque eles eram usados como modelos por Jonathan e Mazu, exemplos do perigo de sair da fazenda/igreja.

Com o tempo, Andersen e Graves também passaram a ser profetas — era como se Daiyu precisasse de companhia. Andersen tornou-se o Profeta Ferido e Graves, o Profeta Roubado, e seus dizeres supostamente sagrados também passaram a fazer parte da doutrina.

O quarto profeta era Harold Coates, um médico cassado que estava nas terras desde os tempos da Comunidade Aylmerton também. Embora a igreja proibisse qualquer remédio (junto com cafeína, açúcar e álcool), Coates tinha permissão de cultivar ervas medicinais e tratar de problemas menores, porque era um de nós. Eles fizeram de Coates o Profeta Curador assim que ele foi enterrado.

A última entre os profetas era Margaret Cathcart-Bryce, a viúva podre de rica de um executivo. Tinha mais de setenta anos quando chegou à fazenda e era completamente apaixonada por Jonathan Wace. Seu rosto passara por tantas plásticas que era esticado e brilhava, e ela usava uma longa peruca prateada. Margaret deu a Wace dinheiro suficiente para começar uma enorme reforma na Fazenda Chapman, que estava mesmo em ruínas. Ela deve ter morado na fazenda por sete ou oito anos até morrer e deixar tudo que tinha ao Conselho de Dirigentes. Depois passou a ser a Profetisa Dourada.

Depois de pôr as mãos no dinheiro de Margaret, eles construíram um espelho d'água com uma estátua de Daiyu no meio, no pátio novo. Em seguida, desenterraram os quatro corpos que já estavam ali e voltaram a enterrá-los em torno do espelho d'água. Os túmulos novos não tinham seus nomes verdadeiros, só os nomes de profetas. Não havia um túmulo para Daiyu, porque nunca resgataram seu corpo. O inquérito revelou que ela foi levada pela correnteza no raso e simplesmente foi sugada direto para o mar. Então a estátua no espelho d'água era o memorial dela.

Todos os cinco profetas foram incorporados na religião, mas Daiyu/A Profetisa Afogada era sempre a mais importante. Era ela quem podia abençoar as pessoas, mas amaldiçoava quem se desviava.

A próxima parte é de compreensão difícil para as pessoas que não viram as provas.

Espíritos são reais. Existe um Além. Sei que isto é um fato. A IHU é má e corrupta, mas isso não quer dizer que parte de suas crenças não sejam verdadeiras. Vi acontecimentos sobrenaturais que não têm nenhuma explicação "racional". Jonathan e Mazu são pessoas más, e ainda questiono se o que eles invocavam eram espíritos ou demônios, mas eu os vi fazerem isso. Copos que ninguém tinha tocado se quebrando. Objetos levitando. Vi Jonathan cantar, depois erguer uma picape sem ajuda nenhuma, bem ali do chão. Eles nos avisavam que transgressões iam resultar no Adversário enviando demônios à fazenda, e acho que os vi, uma vez: formas humanas com cabeça de porco.

O dia da morte de cada profeta é marcado pela Manifestação deles. Só temos permissão de comparecer a uma Manifestação depois dos treze anos, e falar disso a quem é de fora é terminantemente proibido. Não fico confortável escrevendo detalhes das Manifestações. Só posso lhe dizer que vi provas cabais de que os mortos podem voltar. Isso não quer dizer que eu pense que os próprios profetas fossem verdadeiramente sagrados. Só sei que eles voltam nos aniversários de suas mortes. A Manifestação do Profeta Roubado é sempre muito assustadora, mas a Manifestação da Profetisa Afogada é a pior de todas. Até mesmo saber que se aproxima altera a atmosfera na Fazenda Chapman.

Eu não sei se a Profetiza Afogada pode se materializar em outro lugar que não seja a fazenda, mas sei que ela e os outros continuam a existir no Além e tenho medo de invocá-la ao quebrar o sigilo das Manifestações.

Talvez você pense que sou louco, mas estou falando a verdade. A IHU é pérfida e perigosa, mas existe outro mundo e eles descobriram uma maneira de entrar nele.

Kevin

8

Nove na quinta posição significa (...)
É favorável fazer oferendas e libações.

I Ching: O livro das mutações

Dois dias depois de aceitar o caso Edensor e ter pensado muito na melhor maneira de proceder, Strike ligou para Robin do escritório. Ela, que estava de folga, acabara de chegar ao salão de beleza. Pedindo desculpas ao cabeleireiro, que tinha acabado de pegar a tesoura, Robin atendeu.

— Oi. E aí?

— Já viu os documentos de Edensor que te mandei?

— Vi — disse Robin.

— Bom, estive pensando nisso e um bom começo seria conseguir os registros do censo, para descobrir quem tem morado na Fazenda Chapman nos últimos vinte anos. Se conseguirmos localizar ex-integrantes da IHU, talvez possamos confirmar algumas das declarações feitas por Pirbright sobre o que acontece por lá.

— Só dá para acessar os registros do censo até 1921 — informou Robin.

— Eu sei — disse Strike, que estava verificando os Arquivos Nacionais na internet —, e é por isso que vou pagar um curry a Wardle esta noite. Quer ir? Dei a ele uma dica sobre aquele paspalho que está usando notas falsas de dez por aí e, em troca, ele concordou em arranjar o relatório policial completo de Pirbright. Vou pagar um curry para amaciá-lo, porque quero convencê-lo a nos conseguir também os registros do censo.

— Desculpe, não posso ir — lamentou Robin —, Ryan tem ingressos para o teatro.

— Ah. — Strike pegou o cigarro eletrônico. — Tudo bem, só pensei em convidar.

— Desculpe — repetiu.

— Não tem problema, é seu dia de folga.

— Na verdade, estou prestes a cortar o cabelo — informou Robin, na ânsia de mostrar que ainda trabalhava no caso, mesmo que não pudesse se encontrar com o contato policial do sócio naquela noite.

— Ah, é? E quanto à cor, qual escolheu?

— Ainda não sei. Acabei de me sentar.

— Tudo bem, então. Eu também ia perguntar se você pode ir à casa de Prudence amanhã à noite. Ela ficará feliz em te emprestar algumas roupas.

A menos que Murphy tenha ingressos para a maldita ópera, é claro.

— Seria ótimo — disse Robin. — Onde ela mora?

— Strawberry Hill. Vou te mandar o endereço por mensagem. Teremos de nos encontrar lá, pois vou seguir o Pé-Grande até as cinco.

Com este plano combinado, Strike desligou e ficou sentado, carrancudo, enquanto dava longos tragos no cigarro eletrônico. A ideia de Murphy comprando ingressos para o teatro o irritou; sugeria um grau perigoso de esforço. Após oito meses de relacionamento, o policial certamente já deveria ter parado de fingir que prefere ver uma peça a ter uma refeição decente seguida por sexo. Levantando-se da mesa da sócia, Strike passou à antessala, onde a gerente do escritório, Pat, digitava em sua mesa. Evidentemente ela ouvira parte da conversa com Robin pela porta aberta, porque perguntou, com o cigarro eletrônico preso, como sempre, entre os lábios:

— Por que você o chama de Pé-Grande?

— Porque ele parece o Pé-Grande — declarou Strike, enquanto enchia a chaleira.

O homem em questão era o rico proprietário de uma empresa de software, cuja esposa acreditava que ele fazia visitas a profissionais do sexo. Depois de ser obrigado a dividir com ele um elevador lotado durante o último turno de vigilância, Strike podia testemunhar o fato de que o alvo não só era extremamente alto, peludo e desleixado, mas cheirava como alguém que há muito tempo não tomava um banho.

— Engraçado como as barbas aparecem e somem — comentou Pat, ainda digitando.

— É chamado de barbear-se. — Strike pegou canecas.

— Ha, ha. Quis dizer na moda. Costeletas e tal.

Uma lembrança indesejada de Malcolm Crowther sentado junto à fogueira na Fazenda Forgeman veio à mente de Strike: Crowther estava com uma garotinha e a encorajava a acariciar seu bigode.

— Quer uma xícara de chá? — ofereceu Strike, descartando a imagem mental.

— Pode ser — respondeu Pat, com a voz grave e rouca que em geral fazia com que alguém que telefonasse a confundisse com Strike. — Aquela mulher Hargreaves ainda não pagou a conta, aliás.

— Ligue para ela — disse Strike — e diga que precisamos que acerte tudo no fim do mês.

— O fim do mês já é na segunda.

— E ela tem milhões.

— Quanto mais ricos eles são, mais demoram a pagar.

— Tem alguma verdade nisso — admitiu Strike, que colocou a caneca de Pat na mesa, voltou a sua sala e fechou a porta.

Ele passou as três horas seguintes tentando localizar o pai ausente da enteada de Shanker. O sujeito tivera vários endereços nos últimos cinco anos, mas a pesquisa de Strike enfim o levou a concluir que o homem passou a usar o nome do meio, provavelmente para não ser localizado e ter que pagar a pensão alimentícia, e que morava em Hackney. Se era de fato a pessoa certa, trabalhava como motorista de caminhão intermunicipal, o que, sem dúvida, era adequado para um homem disposto a fugir de suas responsabilidades paternas.

Depois de enviar um e-mail ao terceirizado Dev Shah, pedindo que colocasse o endereço de Hackney sob vigilância e tirasse fotos de quem entrasse ou saísse de lá, Strike partiu para o jantar com Eric Wardle.

Strike concluíra que um restaurante de curry barato e padrão não seria suficiente para amaciar o amigo policial, a quem pretendia pedir um favor relacionado ao censo. Assim, reservou uma mesa no Cinnamon Club, que ficava a uma curta viagem de táxi.

No passado, o restaurante costumava ser a Biblioteca de Westminster, então suas muitas mesas de toalhas brancas ficavam em um salão amplo e arejado com paredes forradas de livros. Strike, que foi o primeiro a chegar, retirou o paletó, afrouxou a gravata, pediu uma cerveja e se sentou para ler as notícias do dia no celular. Só notou que Wardle tinha chegado quando a sombra do policial recaiu sobre a mesa.

— É um avanço em relação ao Bombay Balti — comentou o policial ao se sentar de frente para Strike.

— É, bom, os negócios vão indo bem ultimamente. — Strike colocou o telefone no bolso. — Como tem passado?

— Não posso reclamar — disse Wardle.

Quando se conheceram, Eric Wardle, o amigo de Strike, tinha uma beleza juvenil. Embora ainda fosse bonito, a cabeça antes repleta de cabelo estava ficando calva e ele parecia ter envelhecido mais do que os seis anos que realmente se passaram. Strike sabia que não era só o trabalho árduo que tinha gravado aqueles sulcos em torno da boca e dos olhos de Wardle; ele perdera um irmão, e sua esposa, April, o deixara seis meses antes, levando com ela o filho de três meses.

A conversa seguiu a linha convencional enquanto os dois olhavam o cardápio, e só depois de o garçom trazer a Wardle uma cerveja e anotar os pedidos foi que o policial passou uma pasta pela mesa.

— Isso foi tudo que consegui sobre a morte de Kevin Pirbright.

— Valeu — agradeceu Strike. — Como está indo nosso amigo falsário?

— Preso. — Wardle levantou a cerveja em um brinde. — E acho que pode ser convencido a entregar os superiores também. Você pode muito bem ter me garantido uma promoção há muito devida, então o jantar é por minha conta.

— Prefiro que me pague na mesma moeda — rebateu Strike.

— Sabia que você não tinha reservado esse lugar por capricho — comentou Wardle.

— Vamos esperar os pedidos chegarem e eu explico.

Depois que as entradas chegaram, Strike pediu o favor que queria: a ajuda de Wardle para ter acesso aos registros do censo que o público em geral não conseguia.

— Por que o interesse nessa Fazenda Chapman?

— É a sede da Igreja Humanitária Universal.

— Ah. Aquele lugar. April foi a uma de suas reuniões alguns anos atrás. Uma amiga dela da ioga ficou interessada e a levou. A amiga acabou ingressando, mas April só foi daquela vez.

Wardle mastigou e engoliu, depois acrescentou:

— Depois disso ela ficou meio estranha com o assunto. Eu fiz piada e ela não gostou, mas eu só disse aquilo porque nunca tive o menor respeito pela mulher que a levou. Ela gostava de cristais e meditação e merdas assim. Conhece o tipo.

Strike, que se lembrava bem das fases intermitentes de Leda de entoar cânticos de pernas cruzadas na frente de um Buda de jade, assentiu e perguntou:

— April achou que tinha alguma coisa ali, não achou?

— Acho que ela ficou na defensiva porque sabia o quanto as amigas da ioga me davam nos nervos... Provavelmente eu não devia ter sido tão babaca com isso — admitiu Wardle, mastigando morosamente. — E então, que registros do censo você quer?

— Todos de 1991 em diante.

— Porra, Strike.

— Estou tentando localizar ex-membros.

Wardle ergueu as sobrancelhas.

— É melhor você se cuidar.

— Como assim?

— Eles têm a fama de pegar pesado com quem tenta desacreditá-los.

— Fiquei sabendo.

— Que motivo esfarrapado eu dou ao censo? Eles não cedem informações com facilidade.

— Até agora tenho controle coercitivo, ataques físicos, uma alegação de estupro e um monte de maus-tratos infantis.

— Puta merda. Por que não bota assassinato e ficamos com o jogo completo?

— Me dê um tempo, só estou no caso há dois dias. E, por falar nisso: essa bala em Pirbright...

— A mesma arma usada em dois disparos anteriores relacionados com drogas. Eu não estava no caso, nunca ouvi falar do cara até você me ligar, mas dei uma olhada nas coisas. — Wardle indicou a pasta. — Parece bem claro. Ele devia estar fora de si, pelo estado do quarto. Dê uma olhada na primeira foto.

Strike empurrou o prato, abriu a pasta e olhou a foto.

— Merda.

— É, deve ter alguma por aí, embaixo de toda a imundície.

As fotos mostravam um quarto pequeno e imundo, roupas e lixos espalhados por todo lado. O corpo de Pirbright jazia coberto por uma lona plástica no meio do chão. Alguém — Pirbright, Strike supunha — tinha escrito em todas as paredes.

— Um bom exemplo de decoração junkie — comentou Wardle, enquanto o garçom voltava para retirar os pratos.

— Alguma coisa roubada? Parece que ele estava escrevendo um livro sobre a IHU.

— Pelo visto, estava escrevendo nas paredes — disse Wardle. — O quarto está exatamente como o senhorio encontrou. Acharam um saco de haxixe e um rolo de notas de vinte no fundo do guarda-roupas.

— Acham que ele foi morto por causa de um saco de haxixe?

— Pode ser tudo o que deixaram para trás. Ele deve ter roubado a mercadoria de alguém que não devia ou irritado o cliente errado.

— Onde fica esse lugar?

— Canning Town.

— Digitais?

— Só de Pirbright.

— Alguma ideia de como o assassino entrou e saiu?

— Achamos que usou uma chave-mestra e entrou pela porta da frente.

— Que organizado da parte deles.

Strike pegou o bloco e começou a escrever.

— É, foi bem limpo — concordou Wardle. — Um cara do mesmo andar alegou ter ouvido Pirbright falando com alguém antes de a pessoa entrar. Provavelmente achou que ia fazer uma venda. O vizinho ouviu um estouro abafado e a música de Pirbright parou de tocar. O assassino deve ter usado um silenciador, senão metade da rua teria ouvido um tiro, mas faz sentido o vizinho ter ouvido, porque as paredes no prédio não são nada além de compensado. A música interrompida também ajudou, porque a bala passou direto por Pirbright e bateu nesse rádio antigo que você vê aos pedaços.

Strike examinou de novo a foto do quarto de Pirbright. O rádio espatifado estava em fragmentos em uma mesa muito pequena no canto. Havia dois cabos plugados na tomada ao lado dele.

— Tinha mais alguma coisa aqui.

— É, parece um cabo de laptop. Talvez fosse a única coisa no quarto digna de ser roubada. Não sei por que ele se incomodava com um rádio, se tinha um laptop.

— O cara vivia na pobreza e talvez não estivesse familiarizado com download de música — disse Strike. — Pelo que soube a respeito da Fazenda Chapman, ele podia muito bem ter sido criado no final dos anos 1800, a julgar por toda a experiência que tinha com tecnologia.

Os curries haviam chegado. Strike afastou o arquivo policial, mas manteve o bloco aberto a seu lado.

— Então o vizinho ouve o disparo e a música para. E depois?

— O vizinho bate na porta — explica Wardle com a voz grossa e a boca cheia de *pasanda* de cordeiro —, mas ninguém atende. Achamos que a batida assustou o assassino e o fez sair pela janela, que foi encontrada aberta, com marcas consistentes com mãos enluvadas do lado de fora do peitoril.

— Que altura tem a janela?

— Primeiro andar, mas era um pouso tranquilo em uma grande lixeira comunitária logo abaixo.

— Ninguém o viu sair pela janela? — perguntou Strike, que ainda fazia anotações.

— Os moradores cujas janelas davam para lá estavam todos fora ou ocupados em suas casas.

— Alguma ajuda das câmeras de circuito interno?

— Conseguiram uma gravação de um sujeito grandalhão de preto se afastando da área, que podia estar carregando um laptop em uma ecobag, mas não tem uma visão clara do rosto. E isso é literalmente tudo que sei — disse Wardle.

Strike repôs a fotografia no arquivo da polícia enquanto Wardle perguntava:

— Robin ainda está saindo com Ryan Murphy?

— Tá — respondeu Strike.

— Sabia que ele é alcoólatra?

— É mesmo? — Strike disfarçou a expressão com um gole da cerveja.

Robin lhe contou tão pouco sobre a relação que ele não sabia dessa. Talvez, pensou (com uma pontada de algo que se assemelhava fortemente a esperança), Robin também não soubesse.

— É. Agora tá sóbrio. Mas ele não sabia beber. Um verdadeiro babaca.

— Em que sentido?

— Agressivo. Dava em cima de qualquer pessoa de saia. Tentou com April uma noite. Eu quase dei um murro no filho da puta.

— Sério?

— Ah, sim — repetiu Wardle. — Não surpreende que a mulher o tenha deixado.

Mas sua expressão se entristeceu depois de ter dito isso, lembrando-se, talvez, de que Murphy não era o único abandonado pela esposa.

— Mas ele está sóbrio agora, não está? — perguntou Strike.

— Está — afirmou Wardle. — Onde fica o banheiro aqui?

Depois de Wardle sair da mesa, Strike baixou a faca que segurava em uma das mãos e abriu de novo o arquivo policial, ainda colocando bife Madras na boca. Pegou as descobertas da autópsia de Kevin Pirbright, pulando o ferimento fatal na cabeça e concentrando-se nas linhas relacionadas com a toxicologia. O legista encontrara um nível baixo de álcool no corpo, mas nenhum vestígio de drogas ilícitas.

9

Mas não se deve ter pressa ao abolir abusos. Haveria um mau resultado, porque os abusos existem há muito tempo.

I Ching: O livro das mutações

O pescoço de Robin parecia exposto e gelado durante sua viagem de trem à casa de Prudence em Strawberry Hill na noite seguinte. Ela sinceramente torcia para que a contabilidade lhe permitisse reivindicar pelo menos metade do custo do corte de cabelo novo como despesa administrativa, porque foi o mais caro que ela já fizera. Na altura do queixo, com uma longa franja em degradé e as pontas descoloridas, em seguida tingidas de azul-claro. Depois de um olhar de choque, Murphy sorriu radiante para ela e disse que tinha gostado dele na noite anterior, o que, fosse ou não verdade, a fizera se sentir menos constrangida ao entrarem no Duke of York Theatre para assistir à *O pai*.

— Azul, é? — foram as primeiras palavras de Strike quando Robin entrou no BMW na frente da estação de Strawberry Hill. — Ficou bom.

— Obrigada. É minha esperança que isso também diga “Oi, tenho mais dinheiro do que juízo”.

— Talvez depois de você vestir as roupas chiques — sugeriu Strike, tirando o carro do estacionamento.

— Como foi com o Pé-Grande? — perguntou Robin, enquanto eles passavam por uma longa fila de imponentes casas eduardianas.

— Inútil e decepcionante — respondeu Strike. — Mas para um homem que vale alguns milhões, é de imaginar que ele pudesse pagar por um pente.

— Você não gosta mesmo de desleixo, não é? — falou Robin com ironia.

— Não em quem tem alternativas. É tão difícil assim se lavar? — Strike pegou a direita e continuou: — A propósito, Dev encontrou o cara de Shanker.

— Ah, que bom. — Embora não tivesse ilusões sobre a natureza profundamente criminosa de Shanker, por acaso ele certa vez ajudou Robin a escapar do ataque de um truculento suspeito de homicídio, e por isso ela ainda lhe era grata. — Como está a garotinha?

— Ele não disse, mas, com sorte, ver o pai vai animá-la. Chegamos...

Antes do que Robin esperava, eles viraram na entrada de carros de uma casa eduardiana particularmente grande, que não só a deixou um tanto intimidada, mas também a fez pensar com tristeza em seu antigo apartamento barato, em que ela precisava suportar o barulho quase constante da música do sujeito do andar de cima.

A porta de entrada se abriu antes que eles a alcançassem e revelou a meia-irmã de Strike, filha de uma famosa atriz e do astro do rock pai do sócio. Prudence estava com um vestido preto simples que não parecia nada excepcional para Strike, mas que Robin imaginou custar o equivalente mensal à sua hipoteca.

Como Sir Colin Edensor, Prudence tinha o tipo de rosto de que era difícil não gostar, ou assim pensou Robin. Embora não fosse tão bonita quanto a mãe, era muito atraente, com pele sardenta e cabelo preto, comprido e ondulado. Os olhos meio oblíquos e a boca pequena e sorridente contribuíam para uma aparência meio travessa. Longe de ser gorda, Prudence era curvilínea, algo que Robin, temerosa de que ela fosse magérrima e sem peitos, viu com alívio.

— Entrem, entrem! É um grande prazer te conhecer — cumprimentou Prudence, radiante enquanto apertava a mão de Robin.

— Igualmente. Meu cabelo não costuma ser assim — disse Robin, depois desejou não ter falado isso. Tinha visto seu reflexo no espelho do hall de Prudence. — Tudo isso faz parte de meu disfarce.

— Bom, ficou ótimo — elogiou Prudence, que se virou para Strike e lhe deu um abraço. — Nossa, mano, muito bem. Tem menos de você toda vez que te vejo.

— Se eu soubesse que isso faria todo mundo feliz, mandaria amputar a outra perna.

— Muito engraçado. Vamos para a sala de estar. Acabei de abrir um vinho.

Ela levou os dois detetives para uma sala grande de gosto requintado. De boas proporções, com grandes fotografias em preto-e-branco nas paredes, estantes abastecidas e um sofá de couro preto baixo em uma estrutura de metal tubular, o cômodo conseguia ser ao mesmo tempo estiloso e acolhedor.

— E então — Prudence gesticulou para Strike e Robin se sentarem no sofá, acomodou-se em uma grande poltrona cor de creme e serviu mais duas taças de vinho —, roupas. Posso perguntar para que serão?

— Robin precisa parecer uma garota rica que é tola o bastante para entrar em uma seita.

— Uma *seita*?

— Bom, é como algumas pessoas chamariam — Robin suavizou. — Eles têm um complexo no interior, e estou torcendo para ser recrutada e poder entrar lá.

Para surpresa dos dois detetives, o sorriso de Prudence desapareceu e foi substituído por uma expressão preocupada.

— Não seria a IHU, seria?

Sobressaltada, Robin olhou para Strike.

— Esta foi uma dedução muito rápida — ressaltou ele. — Por que acha que seria esta?

— Porque ela começou em Norfolk.

— Você teve um paciente que esteve lá — constatou Strike, com um pressentimento súbito.

— Eu não divulgo informações que identifiquem clientes, Cormoran — afirmou Prudence, a voz falsamente severa, empurrando a taça de vinho para ele pela mesa.

— Que pena — disse Strike com leveza. — Precisamos encontrar ex-integrantes.

Prudence o olhou atentamente por um ou dois segundos.

— Bom, tenho um dever de confidencialidade, não posso...

— Estava brincando. — Strike a tranquilizou. — Não estou atrás de um nome e um endereço.

Prudence bebeu um gole de vinho com a expressão séria. Por fim, falou:

— Não creio que será fácil conseguir que ex-integrantes falem. Há muita vergonha ligada a ter sido coagido daquele jeito e, em geral, um trauma considerável.

Vendo-os cara a cara, pela primeira vez Robin percebeu a semelhança do sócio com Jonny Rokeby. Ele e a meia-irmã tinham o mesmo maxilar definido, o mesmo espaçamento entre os olhos. Ela se perguntou — ela, que tinha três irmãos, todos dos mesmos pais — como era conhecer um parente consanguíneo em seus quarenta anos. Mas havia algo mais ali do que uma leve semelhança física entre irmãos: eles já pareciam ter estabelecido uma compreensão tácita.

— Tudo bem — disse Prudence sob o questionamento meio jocoso de Strike —, eu *trato* um ex-integrante da IHU. Na realidade, quando a pessoa revelou o que tinha lhe acontecido, pensei não ser a profissional certa para ajudar. Desfazer crenças é um trabalho especializado. Alguns se entregam demais a coisas de que foram privados lá dentro, como comida e álcool, por exemplo. Outros adotam comportamentos arriscados, como uma reação a ser controlado e monitorado. Readaptar-se a uma vida de liberdade não é fácil, e ser solicitado a desenterrar coisas que sofreram, ou foram forçados a fazer, pode ser imensamente angustiante.

"Por sorte, conheci um terapeuta americano que trabalhou com muitos sobreviventes de seitas e entrei em contato com ele, que fez algumas sessões virtuais com o meu paciente, o que ajudou imensamente, e agora eu assumi, com alguma assistência contínua do americano. É *assim* que sei sobre a IHU."

— Como seu paciente saiu de lá? — perguntou Strike.

— Por quê? Vocês foram contratados para fazer isso, tirar alguém de lá?

Strike fez que sim com a cabeça.

— Então precisam ter cuidado — alertou Prudence com seriedade. — Se a pessoa for como meu paciente, estará excepcionalmente frágil, e vocês causarão mais mal do que bem se pegarem pesado. Vocês precisam entender que as pessoas em seitas são reprogramadas. Não é realista esperar que elas simplesmente voltem ao normal num estalo.

— Como seu paciente conseguiu?

— A pessoa... não saiu por escolha própria — falou Prudence, hesitante.

— Quer dizer que foi expulsa?

— Não foi uma questão de... A pessoa teve problemas de saúde, mas não posso falar mais do que isso. Basta dizer que a IHU não permite que os integrantes saiam pela porta da frente, só quando deixam de ser úteis. Precisará ter muito cuidado, Robin. Já leu Robert Jay Lifton? *Thought Reform and the Psychology of Totalism*? Ou *Combating Cult Mind Control*, de Steven Hassan?

Robin negou com a cabeça.

— Vou te emprestar meus exemplares. Entregarei antes que você vá embora. Ser capaz de identificar as técnicas de controle da mente vai ajudar a resistir a elas.

— Robin é inteligente — comentou Strike. — Não vai engolir o que quiserem enfiar nela.

— Ser inteligente não serve de proteção, não quando se está sozinha — observou Prudence. — Comida restrita, cânticos forçados, controle rigoroso sobre seu ambiente físico, escavar sua psique em busca dos lugares em que eles podem aplicar mais pressão, num minuto te enchendo de amor, no outro te destruindo... Ninguém é invulnerável a isso, seja inteligente ou não... Mas, enfim, vamos experimentar umas roupas.

— É mesmo *muita* gentileza de sua parte, Prudence — disse Robin, enquanto a terapeuta a levava pela escada.

— Não é, não. — Prudence voltou a sorrir. — Eu estava *morrendo* de vontade de te conhecer, já que você claramente é a pessoa mais importante na vida de Corm.

As palavras provocaram em Robin um choque elétrico na boca do estômago.

— Ele… ele também é muito importante para mim.

Elas passaram pela porta aberta de um quarto muito bagunçado, que Robin entendeu pertencer a uma adolescente antes que uma menina de cabelo preto e minissaia saísse dele quicando, com uma jaqueta de couro numa das mãos e uma mochila na outra.

— Ah — disse, piscando para Robin. — Que cabelo legal!

Sem esperar por uma resposta, ela passou às pressas pelas duas e desceu correndo a escada. Prudence gritou:

— Me mande uma mensagem quando precisar que eu vá buscá-la!

— Mando — respondeu a garota, e elas a ouviram dizer: — Até mais, tio novo. — E a porta da frente foi batida.

— Esta era Sylvie — disse Prudence, levando Robin a um quarto grande de uma simplicidade luxuosa, depois a um closet forrado de prateleiras de roupas. — Corm disse que você precisava de duas ou três roupas?

— Seria o ideal — confirmou Robin. — Prometo que terei muito cuidado com elas.

— Ah, não se preocupe com isso, eu tenho roupas *demais*… É o meu fraco — confessou Prudence, com um sorriso culpado. — Sylvie só agora tem idade para começar a pegar emprestadas coisas com que não saio mais, então estou pensando em doar para a caridade. Que tamanho você calça?

— Trinta e sete — disse Robin —, mas…

— Perfeito. Eu também.

— … Sinceramente, você não precisa…

— Se quiser parecer rica, os acessórios contam — afirmou Prudence. — Na verdade, é muito emocionante ajudar alguém a se disfarçar. Corm é muito reservado com o que vocês dois fazem… Quer dizer, profissionalmente — acrescentou.

Ela começou a retirar vestidos e várias blusas e entregar a Robin, que viu etiquetas pelas quais nunca poderia pagar: Valentino, Chanel, Yves Saint Laurent.

— … E este *realmente* combina com você — disse Prudence cinco minutos depois, acrescentando um vestido Chloé à pesada pilha que Robin já segurava.

— Tudo bem, experimente tudo e veja o que fica bom. Terá privacidade total aqui. Declan só chega em casa daqui a uma hora.

Enquanto a porta se fechava após a saída de Prudence, Robin pôs a pilha de roupas na cama de casal, em seguida tirou o suéter e a calça jeans, olhando o quarto. Do piso de carvalho e da enorme cama de mogno ao lustre elegante e moderno, das cortinas longas e finas à TV de tela plana instalada na parede, tudo gritava bom gosto e muito dinheiro. Strike podia estar vivendo assim, pensou Robin, se engolisse o orgulho e a raiva e aceitasse a generosidade do pai — embora ela não soubesse se tinha sido Jonny Rokeby quem comprara esta casa.

No térreo, Prudence se reuniu a Strike na sala de estar, trazendo dois livros.

— Para Robin. — Ela os colocou na mesa de centro entre os dois.

— Valeu — disse Strike, enquanto ela completava sua taça de vinho. — Escute, posso te fazer uma pergunta?

— Pode — concordou Prudence, sentando-se de frente para ele.

— Essa pessoa que é paciente sua já testemunhou eventos sobrenaturais na Fazenda Chapman?

— Corm, não posso falar sobre isso.

— Não vou procurar por seu paciente. — Ele lhe garantiu. — Só estou interessado.

— Acho que talvez eu já tenha falado demais — esquivou-se Prudence.

— Entendi. Parei com as perguntas.

Inclinando-se para a frente, ele pegou *Combating Cult Mind Control*, virou e leu a sinopse na contracapa.

— Você me deixou mais preocupado com Robin indo para lá agora do que eu estava meia hora atrás — admitiu ele.

— Ótimo — declarou Prudence. — Desculpe, eu não quis dizer "ótimo que esteja preocupado", só acho que é melhor que ela entenda no que está se metendo.

— Por que diabos as pessoas entram para seitas? — questionou Strike. — Por que alguém daria dinheiro para que controlem sua vida?

— Porque elas não percebem que tudo vai terminar em controle total — respondeu Prudence. — Acontece aos poucos, passo a passo, e só depois de quem está entrando receber aprovação, validação e um senso de propósito... Você com certeza é capaz de entender o fascínio de descobrir uma verdade profunda. A chave para o universo?

Strike deu de ombros levemente.

— Tudo bem, que tal acreditar que você pode fazer diferença de verdade no mundo: aliviar o sofrimento, curar males sociais, proteger os mais fracos?

— Por que você precisaria estar em uma seita para fazer isso?

— Não precisa — disse Prudence, sorrindo —, mas eles sabem convencer as pessoas de que se associar é o melhor jeito possível de alcançar o paraíso na Terra, para não falar no Além.

"O único tipo de gente que a IHU talvez não consiga afetar muito, mas eles nem os recrutam, pra começo de conversa, são os apáticos sedentários. A IHU procura idealistas que possam transformar em evangelizadores, embora eu acredite que eles tenham graus inferiores de recrutas para fazer o trabalho agrícola na Fazenda Chapman. A coitada da pessoa que é minha paciente sabe muito bem que os outros pensam que eles são tolos e de vontade fraca por terem caído em tudo isso, e isto faz parte do motivo para que sintam tanta vergonha. Mas a verdade é que ser idealista e intelectualmente inquisitivo torna a pessoa muito mais vulnerável a ideologias como a da IHU… Vão ficar para jantar? É uma massa, nada refinado.

— Não precisa nos dar comida também — disse Strike.

— Mas eu quero. Fiquem, por favor. Declan chegará logo. A propósito, Robin é adorável.

— Sim, ela é — concordou Strike, olhando o teto.

No segundo andar, Robin decidira por três roupas, embora ainda estivesse acanhada por levar peças tão caras. Tinha acabado de vestir a calça jeans e o top quando Prudence bateu na porta.

— Entre — respondeu Robin.

— Escolheu?

— Sim. Se não tiver problema, gostaria de pegar estas emprestadas.

— Ótimo — disse Prudence, recolhendo as outras peças e levando para as araras de roupas, devolvendo-as aos cabides. — Sabe do que mais? — disse ela por cima do ombro. — Devia ficar com elas. Assim é mais fácil.

— Prudence… eu não posso — contestou Robin com a voz fraca. Sabia muito bem que as roupas que escolhera valiam pelo menos duas mil libras, mesmo sendo de segunda mão.

— E por que não? Se você quisesse *este* — disse Prudence, erguendo o vestido Chloé —, eu pediria para devolver, porque Declan gosta muito desse vestido em mim, mas sinceramente posso viver sem o que você escolheu. Já tenho coisas demais, como pode ver. *Por favor* — insistiu, enquanto Robin abria a boca para protestar de novo —, será a primeira vez que um de nós terá permissão para dar alguma coisa a Corm, mesmo que por tabela. Agora vamos ver os sapatos.

— Eu realmente não sei o que dizer.

Robin estava desconcertada. Teve medo de Strike não ficar satisfeito por ela aceitar o presente. Como se lesse os pensamentos de Robin, Prudence falou:

— Sei que Corm é sensível pra caramba em relação a receber qualquer coisa do papai, mas nada disso foi comprado por Jonny Rokeby, garanto a você. Eu ganho muito dinheiro e Declan fatura uma fortuna. Vem cá escolher os sapatos — acrescentou ela, levando Robin de volta ao closet. — Esses ficam ótimos com esse vestido. Experimente.

Enquanto calçava um scarpin Jimmy Choo, Robin perguntou:

— Você é próxima do seu pai?

— Hmm... — murmurou Prudence, de joelhos, mexendo nos calçados — ... acho que sou o mais próximo que se pode ser de alguém como Jonny Rokeby. Ele é meio juvenil. Dizem que você fica preso para sempre na idade em que ficou famoso, sabe? O que significa que papai, na verdade, nunca passou do final da adolescência. Toda a mentalidade dele é de recompensa imediata e de deixar que os outros catem os cacos. *Gosto* dele, mas ele não é um pai no sentido habitual, porque nunca precisou cuidar de si mesmo, que dirá de outra pessoa. Mas entendo perfeitamente por que Corm se irrita com ele. Não dá para imaginar duas pessoas tão diferentes. Experimente estas — acrescentou ela, passando a Robin um par de botas. Enquanto Robin calçava, Prudence prosseguiu:

"Papai tem a consciência realmente pesada com relação a Corm. Ele sabe que se comportou muito mal. Tentou entrar em contato alguns anos atrás. Não sei exatamente o que ele disse..."

— Rokeby ofereceu dinheiro para se encontrar com ele — disparou Robin sem rodeios.

Prudence estremeceu.

— Ai, meu Deus, não sabia disso... Meu pai teria achado generoso ou coisa assim... Idiota de merda... Está tão acostumado a jogar dinheiro nos problemas... Essas parecem apertadas demais.

— Estão sim, um pouco — admitiu Robin, abrindo o zíper das botas. — Sabe — acrescentou ela por impulso —, fico muito feliz que você e Corm mantenham contato. Acho que você pode ser, sei lá, o que lhe falta.

— É mesmo? — perguntou Prudence, parecendo satisfeita. — Porque eu quis conhecê-lo por anos. *Anos*. Não é fácil ser a filha bastarda birracial entre os outros. Todos nos damos bem, não me entenda mal, mas sempre estive meio dentro e meio fora do clã Rokeby e, sabendo que Corm estava lá fora, sem dar a mínima, vivendo do jeito dele…

"É claro que ele tem um medo eterno de que eu comece a analisá-lo" acrescentou Prudence, passando a Robin um par de Manolo Blahnik. "Já expliquei a ele várias vezes que eu não seria capaz disso, mesmo que quisesse. O relacionamento é… é complicado demais. Ele foi uma espécie de talismã para mim por muito tempo. A mera ideia dele. Não dá para ser objetiva com alguém assim, nunca… Vai ficar para jantar, não vai? Acabei de convidar Corm."

— Eu… Tem certeza? — disse Robin, sentindo-se meio encabulada.

— Meu Deus, sim, vai ser divertido. Declan gosta muito de Corm e vai ficar feliz em te conhecer. Certo, então você vai levar esses três, né? — Prudence colocou de lado mais centenas de libras em calçados. — Agora vamos achar uma bolsa…

Embaixo, na silenciosa sala de estar, Strike estava mais uma vez examinando a fotografia do quarto de Kevin Pirbright que Wardle lhe dera e que ele trouxe para mostrar a Robin. Por vários minutos, esteve fixando o olhar, tentando distinguir algumas coisas que o confundiam. Por fim, deu uma olhada em volta e localizou exatamente o que precisava: uma lupa antiga, colocada decorativamente em cima de uma pilha de livros de arte.

Dez minutos depois, Robin reapareceu na sala e soltou uma gargalhada de surpresa.

— Que foi? — perguntou Strike, erguendo a cabeça.

— Sherlock Holmes, presumo?

— Não sacaneie antes de ter experimentado — disse Strike, estendendo a foto e a lente de aumento. — Foi assim que a polícia encontrou o quarto de Kevin Pirbright. Wardle conseguiu para mim.

— *Ah.* — Robin se sentou no sofá ao lado de Strike e pegou de suas mãos a foto e a lupa.

— Dê uma olhada no que ele escreveu nas paredes — indicou Strike. — Veja se consegue ler alguma coisa. Esta foto é tudo o que temos, infelizmente, porque liguei para o senhorio esta tarde e, depois de a polícia terminar seu trabalho, ele pintou o quarto.

Robin levou a lupa de um lado a outro, tentando distinguir os rabiscos. Estava tão concentrada que tomou um susto com a porta da frente se fechando.

— Oi, tio novo — disse um adolescente negro, metendo a cabeça para dentro da sala. Pareceu desconcertado ao encontrar Robin também ali.

— Oi, Gerry — cumprimentou Strike. — Esta é minha sócia, Robin.

— Ah — disse o menino, vagamente constrangido. — Legal. Oi.

Ele desapareceu de novo.

Robin voltou ao exame atento da foto. Depois de um minuto de concentração intensa, ela começou a ler em voz alta:

— "*Cinco profetas*"... O que tem acima do espelho? É "*retaliação*"?

— Acho que sim — disse Strike, aproximando-se dela no sofá, suas coxas quase se tocando.

Muitos dos rabiscos de Pirbright nas paredes eram ilegíveis ou pequenos demais para serem lidos na fotografia, mas aqui e ali destacava-se uma palavra.

— "*Becca*" — Robin leu. — "*Pecado*"... "*palh*" qualquer coisa... Palha? Acho que isso é "*trama*", não é?

— É — disse Strike.

— "*A noite anterior*"... *a noite anterior...* Não consigo ler o resto.

— Nem eu. O que acha disso?

Strike apontava algo na parede acima da cama desarrumada. Quando os dois se inclinaram para olhar mais de perto, o cabelo de Strike roçou no de Robin, e ela sentiu outro pequeno choque elétrico na boca do estômago.

— Parece — disse ela — que alguém tentou apagar alguma coisa.... ou... descascaram o reboco?

— Foi o que pensei — concordou Strike. — Me parece que alguém literalmente arrancou o que havia sido escrito na parede, mas não tirou tudo. Wardle me disse que o vizinho de Pirbright bateu na porta depois de ouvir a música parar. Talvez isso tenha convencido o assassino a sair pela janela antes que tivesse tempo de remover a coisa toda.

— E ele deixou isso — falou Robin, olhando o que restava do que parecia ter sido uma frase ou expressão.

Escrita em letras maiúsculas e circulada várias vezes, havia uma palavra isolada que podia ser lida facilmente: *PORCOS*.

10

Seis na segunda posição significa:
Contemplação pela fresta da porta.
Favorável à perseverança de uma mulher.

I Ching: O livro das mutações

Graças, em grande parte, aos alertas de Prudence, Strike passou as duas noites seguintes lendo *Combating Cult Mind Control* no apartamento do sótão. Por conseguinte, insistiu que Robin passasse mais tempo do que o habitual na criação de sua personagem disfarçada antes de aparecer pela primeira vez no templo da Rupert Court. Embora tivesse total confiança na capacidade de Robin de raciocinar sozinha, parte do que lera, e especialmente os alertas de Prudence de que a igreja procurava pontos fracos na psique dos integrantes para melhor manipulá-los, deixou-o inquieto.

— Não deve haver nenhum ponto de semelhança entre a sua vida e a de Rowena — disse a ela, sendo Rowena Ellis o pseudônimo que Robin escolhera (era sempre mais fácil, em especial quando exausta ou apanhada de guarda baixa, ter um pseudônimo que fosse vagamente familiar). — Não se inspire em seu passado verdadeiro. Atenha-se à pura ficção.

— Eu sei — falou Robin com paciência —, não se preocupe, já pensei nisso.

— E não mude demais o sotaque. É esse tipo de coisa que escapole quando você está exausta.

— Strike, *eu sei* — repetiu ela, algo entre irritada e irônica. — Mas se eu não entrar logo lá, este corte de cabelo terá crescido e terei de mandar refazer.

Na sexta-feira antes do planejado aparecimento de Robin disfarçada no templo da IHU em Londres, Strike insistiu em testá-la no escritório, fazendo-lhe perguntas sobre os estudos de Rowena, sua carreira acadêmica, família, amigos, hobbies, bichos de estimação, ex-noivo e os detalhes do casamento supostamente cancelado, e a tudo isso Robin respondeu sem fazer nenhuma pausa nem titubear. Por fim, Strike perguntou por que "Rowena" foi ao templo da Rupert Court.

— Uma amiga me mostrou uma entrevista com Noli Seymour — disse Robin —, sobre universalidade e diversidade, então concordei em vir. Me pareceu interessante. Mas é claro que não estou me comprometendo com nada! — acrescentou, com um nervosismo convincente. — Só estou aqui para dar uma olhada!

— Muito bom — admitiu Strike, recostando-se na cadeira à mesa dos sócios e pegando a xícara de chá. — Certo, tudo a postos.

E assim, na manhã seguinte, Robin acordou cedo em seu apartamento em Walthamstow, tomou o café da manhã, vestiu uma calça Valentino, uma blusa Armani e um casaco Stella McCartney, pendurou uma bolsa Gucci no ombro, depois partiu para o centro de Londres, ao mesmo tempo nervosa e empolgada.

A Rupert Court, como Robin já sabia por ter trabalhado anos na região, era uma viela estreita com candeeiros de vidro que ligava a Rupert Street com a Waldour Street no ponto de convergência entre Chinatown e o Soho. De um lado da via ficavam vários negócios pequenos, inclusive um reflexologista chinês. A maior parte do outro lado era tomada pelo templo. No passado, devia ter sido um prédio comercial desinteressante que abrigava restaurantes ou lojas, mas as janelas inferiores e as portas foram bloqueadas, deixando apenas uma imensa entrada. Pelo que Robin podia ver por cima das cabeças da multidão que formava pacientemente uma fila para entrar, as pesadas portas duplas receberam uma moldura decorada, entalhada e enfeitada em vermelho e dourado, as cores espelhando as lanternas chinesas penduradas pela Wardour Street, atrás dela.

Ao se aproximar lentamente da porta com o restante da multidão, ela examinou disfarçadamente seus companheiros de templo. Havia um punhado de devotos mais velhos, mas a média de idade parecia estar entre os vinte e os trinta anos. Embora houvesse quem parecesse mais ousado — um jovem de dreadlocks azuis, por exemplo —, a maioria só se destacava por seu aspecto comum: sem olhares de fanatismo, sem olhos vagos, sem roupas rebuscadas ou resmungos estranhos.

Ao chegar perto o bastante para ver a entrada com clareza, Robin notou que os entalhes vermelhos e dourados que cercavam a porta representavam animais: um cavalo, uma vaca, um galo, um porco, um faisão, um cachorro e uma ovelha. Mal teve tempo de imaginar se seria uma referência indireta ao local de origem agrário da IHU quando viu o dragão de olhos dourados brilhantes.

— Bem-vindos... bem-vindos... bem-vindos... — diziam duas jovens sorridentes, enquanto a congregação passava pela soleira.

As duas vestiam um suéter de moletom laranja decorado com o logo da igreja: as letras "IHU" exibidas dentro de duas mãos pretas em formato de coração. Robin notou como as duas examinavam atentamente os rostos que se aproximavam e se perguntou se estariam tentando combinar imagens mentais com aqueles que consideravam indesejáveis, como a família de Will Edensor.

— Bem-vinda! — cantarolou a loura à direita, quando Robin passou por ela.

— Obrigada — disse Robin, sorrindo.

O interior do templo, do qual Robin já vira fotos na internet, era ainda mais impressionante no mundo real. O corredor entre as fileiras de bancos acolchoados era acarpetado em tom de escarlate e levava a um palco elevado atrás do qual havia uma tela quase do tamanho de uma de cinema. Esta exibia, então, uma imagem estática de dezenas de milhares de pessoas vestidas em cores diferentes, predominantemente vermelho e laranja, diante do que parecia um prédio sagrado ou palácio na Índia.

Robin não sabia se o brilho áurico que emanava das paredes e das cornijas se devia ou não a verdadeiras folhas de ouro, mas refletia a luz dos globos de vidro que pendiam baixos e continham várias lâmpadas, como cachos de uvas reluzentes. Figuras inocentes tinham sido pintadas à mão por toda a parte superior das paredes, de mãos dadas como as bonecas de papel que a mãe de Robin certa vez lhe ensinara a cortar quando criança. Todas as etnias estavam representadas ali, e Robin se lembrou da Disneylândia de Paris, que visitara em 2003 com o então namorado — e mais tarde marido —, Matthew, e do brinquedo chamado "O Mundo é Pequeno", em que barcaças rolavam mecanicamente por canais e bonecos de todo o mundo reproduziam para os visitantes uma música gravada.

Os bancos se enchiam rapidamente, e Robin pegou um lugar vago ao lado de um jovem casal negro. O homem parecia tenso, e a parceira sussurrava algo. Embora Robin não conseguisse ouvir tudo que diziam, pensou ter captado as palavras "mantenha a mente aberta".

Em uma prateleira rasa presa ao banco à frente de Robin estavam vários folhetos idênticos, e ela pegou um deles.

Bem-vindo à Igreja Humanitária Universal!
Nossa Missão, Nossos Valores, Nossa Visão

Robin colocou o folheto na bolsa para ler mais tarde e olhou em volta, tentando localizar Will Edensor. Eram vários os assistentes jovens e bonitos de moletom laranja espalhados pelo templo, mostrando lugares às pessoas ou conversando e brincando com os visitantes, mas não havia sinal dele.

Ao notar que alguns membros da congregação olhavam para cima, Robin voltou a atenção ao teto. Um mural fora pintado ali, de um estilo muito diferente das pessoas que pareciam bonecos nas paredes. Aquilo parecia uma versão Disney de Michelangelo. Cinco figuras gigantescas em mantos diáfanos voavam por um amanhecer em Technicolor, e Robin deduziu que eram os cinco profetas sobre os quais Kevin Pirbright escrevera em seu longo e-mail a Sir Colin Edensor.

A figura logo acima dela tinha barba e cabelo escuro e vestia laranja. Parecia sangrar de um corte na testa e havia manchas de sangue em seu manto. Certamente este era o Profeta Ferido. Depois aparecia um velho de aparência benévola, barba branca e manto azul que segurava o bastão de Esculápio, envolto por uma serpente: o Profeta Curador. A Profetisa Dourada era retratada como uma mulher de cabelo prateado cujo manto amarelo ondulava às costas; tinha uma expressão beatífica e espalhava joias sobre a terra.

A quarta figura era um jovem macilento que não sorria, de olhos sombreados. Usava um manto carmim e, para leve consternação de Robin, trazia um laço de forca no pescoço, com a corda voando atrás de si. Este, supôs, era o Profeta Roubado, Alexander Graves, que se enforcou uma semana depois de ser sequestrado e levado de volta à casa da família. Ela achou ao mesmo tempo estranho e sinistro que a igreja tivesse decidido retratá-lo com um rosto encovado e o método de sua destruição pendurado no pescoço.

Porém, foi a figura central que mais chamou a atenção de Robin. Menor e mais leve do que os outros quatro, tinha cabelo preto e comprido, vestia um manto branco e, embora fosse retratada suspensa no ar, arrastava ondas do mar em seu encalço. O rosto oval da Profetisa Afogada tinha uma beleza austera, mas, quer fosse por um truque da luz ou não, os olhos estreitos não exibiam íris, parecendo inteiramente pretos.

— Veio sozinha? — disse uma voz ao lado de Robin, o que a assustou. A jovem loura que a recebera na porta sorria para ela, de pé.

— Sim — confirmou Robin —, minha amiga devia vir comigo, mas estava de ressaca.

— Ai, meu Deus — disse a garota, ainda sorrindo.

— Pois é, fiquei meio irritada — falou Robin, rindo. — Era ela que queria vir!

Robin planejara tudo isso, é claro: melhor não parecer interessada demais, desesperada demais para fazer perguntas; muito melhor deixar que as roupas e as várias centenas de libras que valia sua bolsa causassem a própria impressão sedutora.

— Nada é por acaso — declarou a loura, radiante, para Robin. — Aprendi isso. Nada é por acaso. Você também escolheu um dia muito auspicioso para vir, se for sua primeira visita. Vai entender quando o serviço começar.

A loura se afastou, ainda sorrindo, enquanto uma batida alta no fundo do templo indicava o fechamento das portas. Um sino soou em algum lugar com um único dobre grave, e a congregação fez silêncio. Os assistentes vestidos de laranja se retiraram para posições ao longo das paredes, de pé.

E então, para surpresa de Robin, as primeiras notas de uma música pop muito conhecida começaram a tocar em alto-falantes ocultos: "Heroes", de David Bowie.

A imagem estática na tela de cinema tinha descongelado e os assistentes vestidos de laranja começaram a bater palmas no ritmo e cantar com a música, assim como a congregação.

Na tela, a câmera se deslocava por pessoas risonhas jogando pós coloridos umas nas outras, e Robin, que morava numa Londres multicultural havia bastante tempo para saber, pensou ter reconhecido o festival Holi. As luzes do templo diminuíram lentamente e um minuto depois a única luz emanava da tela de cinema, na qual hindus alegres de ambos os sexos ainda riam e se perseguiam. As cores do arco-íris voavam pelo ar, e eles pareciam dançar a música de Bowie e personificar sua letra, cada um deles um rei ou rainha que, nesta massa gloriosa, podia "derrotá-los", quem quer que eles fossem...

O filme lançava luzes multicoloridas e bruxuleantes no rosto da congregação. À medida que a música terminava, o mesmo acontecia com o filme, que era substituído por uma imagem estática do deus hindu Shiva, sentado de pernas cruzadas com uma serpente enrolada no pescoço e uma guirlanda de flores laranja pendendo sobre o peito despido. Um refletor brilhante surgiu no palco em que um homem se aproximava, e, como a luz dava a impressão de que a escuridão ao redor era muito profunda, parecia que ele tinha surgido do ar. Alguns dos que assistiam aplaudiram, inclusive todos os assistentes de sorriso radiante, que também soltaram exclamações de empolgação.

Robin reconheceu de imediato o homem parado sob a luz do refletor: era Jonathan Wace, conhecido por seus adeptos como "Papa J", o fundador da Igreja Humanitária Universal, em uma rara aparição presencial em um de seus templos. Alto, bonito e em boa forma, em meados de seus sessenta anos, nesta luz ele podia passar por duas décadas mais novo, com o cabelo escuro e basto na altura dos ombros entremeado de fios prateados, os olhos azul-escuros grandes e o maxilar quadrado com uma covinha no queixo. Seu sorriso era completamente cativante. Não havia sugestão de grandiloquência ou teatralidade na forma como recebeu os aplausos, mas, ao contrário, um sorriso caloroso e humilde, e ele fez um gesto desdenhoso, como que para acalmar a empolgação. Vestia um longo manto laranja bordado com fios dourados e usava um microfone auricular para que sua voz chegasse facilmente ao grupo de duzentas pessoas diante dele.

— Bom dia — saudou Wace, unindo as mãos em prece e se curvando.

— Bom dia — entoou pelo menos metade da congregação.

— Bem-vindos ao serviço de hoje que, como alguns de vocês devem saber, é particularmente importante para os integrantes da Igreja Humanitária Universal. Hoje, dia 19 de março, marca o início do nosso ano. Hoje é o Dia do Profeta Ferido.

Gesticulando para a imagem na tela, Wace prosseguiu:

— Este é o tipo de imagem que a maioria de nós associa a uma divindade. Aqui vemos Shiva, o benevolente e beneficente deus hindu, que encerra muitas contradições e ambiguidades. É um asceta e também um deus da fertilidade. Seu terceiro olho lhe dá iluminação, mas também tem o poder de destruição.

A imagem de Shiva sumiu da tela de cinema, substituída por uma indistinta fotografia em preto-e-branco de um jovem soldado americano.

— Esta — disse Wace, sorrindo — *não é* o tipo de imagem que a maioria de nós associa a um homem sagrado. Este é Rusty Andersen, que, quando jovem, no início dos anos 1970, foi enviado à guerra do Vietnã.

A imagem de Rusty Andersen sumiu e foi substituída por um filme reticulado com explosões e homens correndo e carregando rifles. A música nos alto-falantes do templo estava baixa e sinistra.

— Rust, como os amigos o chamavam, testemunhou e suportou atrocidades. Foi obrigado a cometer atos impronunciáveis. Mas, quando a guerra terminou… — A música ficou mais suave, mais esperançosa. — Ele foi para casa pela última vez, pegou o violão e seus pertences e foi vagar pela Europa.

A tela exibia uma sucessão de fotos antigas, o cabelo de Andersen mais comprido em cada uma delas. Ele tocava no que parecia ser as ruas de Roma; fazia o sinal da paz diante da torre Eiffel; caminhava com o violão às costas pela chuva de Londres, passando pela Horse Guards Parade.

— Por fim — retomou Wace —, ele chegou em um pequeno vilarejo de Norfolk chamado Aylmerton. Ali, soube de uma comunidade que vivia da terra e decidiu se juntar a ela.

A tela escureceu e a música parou.

— Infelizmente, a comunidade a que Rust se juntou não era tudo que ele esperava que fosse — prosseguiu —, mas ainda era seu ideal ter uma vida simples e viver próximo da natureza. Quando aquela primeira comunidade se desfez, Rust continuou a morar na cabana que ele mesmo tinha construído, autossuficiente, independente, ainda lidando com o trauma deixado pela guerra que foi obrigado a combater. Foi então que o conheci.

Uma nova música, alegre e animadora, enchia o templo, e uma foto de Rusty Andersen e de um Jonathan Wace de trinta e poucos anos preenchia a tela. Embora Robin imaginasse que a diferença de idade entre os dois não fosse muita, o Andersen surrado pelo tempo parecia muito mais velho.

— Ele tinha um sorriso maravilhoso, o Rust — continuou Wace, com a voz meio embargada. — Aferrava-se a sua existência solitária, embora de vez em quando eu atravessasse os campos para convencê-lo a vir comer conosco. Uma nova comunidade começava a se estabelecer no local, centrada não só na vida natural, mas em uma vida espiritual. A espiritualidade, no entanto, não interessava Rust. Ele vira demais, segundo me disse, para acreditar na alma imortal do homem ou na bondade de Deus.

Enquanto a fotografia se ampliava lentamente, de modo que o rosto de Rust Andersen passou a preencher toda a tela, Wace acrescentou:

— E então, uma noite, este guerreiro alquebrado e eu fomos caminhar juntos depois do jantar na fazenda, de volta pelos campos até sua cabana. Discutíamos, como sempre, religião e a necessidade do homem de uma Divindade Abençoada, e por fim eu disse a Rust: "Você pode afirmar com total certeza que não existe nada além desta vida? Pode ter certeza de que o homem volta para as trevas, que nenhuma força divina age a nossa volta ou dentro de nós? Não consegue nem mesmo admitir a possibilidade dessas coisas?" Então Rust olhou para mim e, depois de uma longa pausa, respondeu: "Eu admito a possibilidade."

"*Eu admito a possibilidade.* O *poder* dessas palavras, partindo de um homem que dera resolutamente as costas a Deus, ao divino, à possibilidade de redenção e salvação! E, enquanto ele dizia essas palavras espantosas, vi algo em seu rosto que jamais vira. Algo havia despertado nele, e naquele momento entendi que seu coração tinha, enfim, se aberto para Deus e eu, que Deus ajudara tanto, poderia lhe mostrar o que aprendera, o que vira, o que me fazia *saber* — não pensar, não acreditar, não ter esperança, mas *saber* — que Deus é real e que a ajuda está sempre ali, apesar de talvez não entendermos como alcançá-la nem como pedir por ela."

Com a música novamente sombria e o rosto sorridente de Andersen escurecendo na tela, Wace declarou:

— Mal podia imaginar que Rust e eu nunca teríamos essa conversa, que eu nunca teria a chance de mostrar o caminho a ele... porque vinte e quatro horas depois, ele estava morto.

A música parou. O silêncio no templo era absoluto.

— Um carro o atropelou nos arredores da fazenda. Um motorista bêbado matou Rust nas primeiras horas da manhã seguinte, enquanto ele fazia sua caminhada matinal, sendo ele insone e um homem que pensava melhor sozinho. Rust morreu na hora.

Outra foto preencheu a tela: a de um grupo cabisbaixo, acima de um monte de terra recém-cavado e coberto, na frente da cabana de Rust.

— Nós o enterramos na fazenda, onde ele encontrou algum conforto na natureza e na solidão. Fiquei desesperado. Foi um teste inicial para minha fé e, confesso abertamente, não consegui entender por que a Divindade Abençoada deixaria isto acontecer logo depois da possibilidade de Sua revelação a uma alma perturbada como Rust. Foi nesse estado de desespero que passei a limpar a cabana de Rust e, em sua cama, encontrei uma carta. Uma carta endereçada a mim, na caligrafia de Rust. Depois de todos aqueles anos, ainda a conheço de cor. Foi isto que Rust escreveu horas antes de sua morte:

Caro Jonathan,

Esta noite, rezei pela primeira vez desde que era um garotinho. Ocorreu-me que, se existe a possibilidade de que Deus seja real e que eu possa ser perdoado, então eu seria um tolo por não falar com Ele. Você me disse que Ele me enviaria um sinal se estivesse ali. Este sinal chegou. Não lhe contei o que foi porque você podia achar tolice, mas eu soube quando aconteceu e não acredito ter sido coincidência.

Agora desfruto de algo que não sentia havia anos: paz. Talvez vá durar, talvez não, mas ter esta sensação mais uma vez antes de morrer parece o vislumbre do paraíso.

Não sou bom em falar de meus sentimentos, como sabe, e não sei ao certo se lhe entregarei esta carta, mas registrar tudo isso parece a atitude certa. Agora sairei para caminhar depois de uma noite insone, mas desta vez pelo melhor dos motivos.

Sinceramente,

Rust

Ao lado de Robin, a jovem negra chorava copiosamente.

— E algumas horas depois disso, enquanto eu dormia, Rust foi levado para casa — disse Jonathan Wace. — Ele morreu horas depois do sinal que recebera, o que lhe propiciou uma noite de alegria e da paz que lhe fora negada por tanto tempo...

"Foi somente mais tarde, enquanto eu ainda o pranteava, ainda tentava ver sentido nos acontecimentos daquela noite, que percebi que Rust Andersen morreu na época do Holi, um importante festival hindu."

A tela de cinema atrás de Wace exibia mais uma vez o filme das pessoas alegres com mantos coloridos, jogando pó uns nos outros, rindo e dançando, espremidas na rua.

— Rust não gostava de multidões — explicou Wace. — Ele vagou de uma cidade a outra depois do Vietnã em busca de paz. Por fim, acomodou-se em um pedaço de terra desabitado e evitou a companhia humana. Comungar com os outros era uma alegria que ele raramente partilhava, e em geral de má vontade, só por necessidade de dinheiro ou comida. E enquanto eu pensava no Holi, e em Rust, pensei na incongruência de ele ter de voltar a Deus num momento daqueles... Mas então vi o quanto eu estava errado. E compreendi.

"Rust encontraria o Holi no além. Tudo de que sentia falta — conexão, risos, alegria — estaria ali para ele no paraíso. A Divindade Abençoada enviara um sinal a Rust e, ao levá-lo naquele dia, falou por intermédio dele a todos que o conheciam. 'Rust não precisa mais procurar. Ele alcançou o que lhe estava destinado na Terra: ter conhecimento de mim, o que, por sua vez, ensina a vocês. Celebrem o divino na crença absoluta de que um dia vocês também encontrarão a mesma felicidade que ele buscava.'"

As cores exuberantes sumiram de novo da tela e uma foto de diversas figuras divinas tomou seu lugar, inclusive Shiva, o guru Narak, Jesus e Buda.

— Mas o que é a Divindade Abençoada? De quem estou falando, quando falo de Deus? A qual destes, ou a incontáveis outros, vocês devem rezar? E minha resposta é: a todos ou a nenhum. O divino existe, e os homens tentaram desenhá-lo à sua própria imagem, por meio de sua imaginação, desde a aurora dos tempos. Não importa que nome dê a Eles. Não importa que palavras dê a sua adoração. Quando enxergamos para além dos limites que nos separam, limites de cultura e religião, que são criados pelo homem, nossa visão clareia e podemos, enfim, enxergar o além.

Sorrindo, Wace continuou:

— Alguns de vocês presentes não são crentes. Alguns vieram por curiosidade. Alguns duvidam, muitos desacreditam. Alguns talvez até passem a rir de nós. E por que não rir? O riso é alegre, e a alegria vem de Deus.

"Se eu lhes disser hoje que sei, sem sombra de dúvida, que existe vida após a morte e uma força divina que busca guiar e ajudar qualquer ser humano que a procure, vocês exigirão provas. Bom, direi, vocês têm o direito de pedir provas. Prefiro enfrentar um cético honesto a centenas que acreditam conhecer Deus, mas que, na realidade, estão à mercê de sua própria devoção, sua insistência de que só eles, e sua religião, encontraram o caminho certo.

"E alguns de vocês ficarão desapontados se eu disser que nada neste plano terreno acontece sem paciência e esforço. Vocês não esperariam conhecer nem entender as leis da física em um instante. Quão mais complexo é aquele que deu origem a tais leis? Quão mais misterioso?

"E, no entanto, vocês podem dar o primeiro passo agora. Um primeiro passo para a prova, para a certeza absoluta que eu tenho. Só precisam repetir as palavras ditas pelo Profeta Ferido, um quarto de século atrás, que lhe deram o sinal de que ele precisava e que levaram a sua exultação e ascensão ao paraíso. Basta dizerem: 'Eu admito a possibilidade.'"

Wace fez uma pausa. Ninguém falou nada.

— Se quiserem um sinal, pronunciem estas palavras agora: "Eu admito a possibilidade."

Algumas vozes esparsas repetiram as palavras e risos nervosos se seguiram.

— Juntos, então! — declarou Wace, radiante. — Juntos! *Eu admito a possibilidade!*

"*Eu admito a possibilidade*", repetiu a congregação, inclusive Robin.

Os assistentes começaram a aplaudir e o restante da congregação fez o mesmo, arrebatado pelo momento, alguns ainda rindo.

— Ótimo! — disse Jonathan, radiante, para todos eles. — E agora, correndo o risco de parecer o mais medíocre dos mágicos baratos — mais risos —, quero que todos pensem em uma coisa. Não falem em voz alta, não digam a ninguém, apenas pensem: pensem em um número ou em uma palavra. Um número ou uma palavra — repetiu ele. — Qualquer número. Qualquer palavra. Mas decidam isso agora, ainda no templo.

"Quarenta e oito", pensou Robin aleatoriamente.

— Logo — continuou Wace — vocês sairão deste templo e vão cuidar da vida. Caso esta palavra, ou este número, se apresente a vocês antes da meia-noite de hoje... Bom, pode ser coincidência, não pode? Pode ser o acaso. Mas vocês acabaram de admitir a *possibilidade* de ser outra coisa. Vocês admitiram a *possibilidade* de que a Divindade Abençoada esteja tentando falar com vocês, fazer *Sua* presença conhecida por vocês, através do caos e das distrações deste clamor mundano. Falar com vocês pelos únicos meios que Ela tem a *Sua* disposição nestes tempos, antes que vocês comecem a aprender a linguagem Dela, antes que sejam capazes de se livrar das impurezas deste plano terreno e vejam o Supremo com a plenitude que eu e muitos outros vemos...

Enquanto as imagens de deidades na tela de cinema atrás dele sumiam e o rosto sorridente de Rusty Andersen reaparecia, Wace acrescentou:

— Espero ao menos que a história do Profeta Ferido vá lembrar vocês de que mesmo os mais atormentados podem encontrar a paz e a alegria. Que mesmo aqueles que fizeram coisas medonhas podem ser perdoados. Que existe um lar para o qual todos podem ser chamados, se acreditarem que ele é possível.

Depois disto, Jonathan Wace fez uma leve mesura, o refletor se apagou e, enquanto a congregação aplaudia, as luzes do templo voltaram a brilhar. Mas Wace já tinha ido embora, e Robin teve de admirar a velocidade com que se ausentou do palco, o que, na verdade, lhe dava o ar de mágico.

— Obrigada, Papa J! — agradeceu a loura que havia falado com Robin antes, subindo no palco e ainda aplaudindo enquanto sorria para todos. — E agora, eu gostaria de dizer umas palavrinhas sobre a missão da IHU aqui na Terra. Buscamos uma sociedade mais justa e mais igualitária e trabalhamos para amparar os mais vulneráveis. Esta semana — disse ela, dando um passo de lado para deixar que um filme novo aparecesse na tela —, estamos coletando para o Projeto Jovens Cuidadores da IHU, que financia férias a jovens que cuidam de familiares com doenças crônicas e incapacitados.

Enquanto ela falava, um vídeo começou a ser exibido mostrando um grupo de adolescentes, primeiro correndo por uma praia, depois cantando em volta de uma fogueira, em seguida fazendo rapel e canoagem.

— Na IHU acreditamos não só na iluminação espiritual do indivíduo, mas também no trabalho pela melhoria das condições de pessoas marginalizadas, dentro e fora da igreja. Se puderem, por favor, considerem fazer uma doação ao nosso Projeto Jovens Cuidadores ao saírem, e se quiserem saber mais sobre a igreja e nossa missão, não hesitem em falar com nossos assistentes, que terão muito prazer em ajudar. Agora deixarei vocês com estas belas imagens de alguns de nossos projetos humanitários mais recentes.

Ela saiu do palco. Como as portas não tinham sido abertas, a maior parte da congregação permaneceu sentada, assistindo ao vídeo. As luzes do templo continuaram baixas, e David Bowie voltou a cantar enquanto a congregação, imóvel, assistia a outros vídeos mostrando sem-tetos tomando sopa, crianças radiantes levantando as mãos em uma sala de aula na África e adultos de diversas raças fazendo alguma terapia em grupo.

We could be heroes, cantava David Bowie, *just for one day*.

11

Seis na quinta posição (...)
O choque se aproxima cada vez mais (...)
Porém, nada está perdido.

I Ching: O livro das mutações

Strike, que estava ansioso para saber como tinha sido a primeira ida de Robin ao templo, não recebeu as primeiras tentativas de contato da sócia porque estava sentado no metrô, com uma sacola da Hamleys no colo. A quinta tentativa de Robin de entrar em contato com ele foi, enfim, bem-sucedida quando ele saiu do trem em Bromley South e estava a ponto de ligar para ela.

— Desculpe — apressou-se em dizer. — Estava sem sinal. Estou a caminho da casa de Lucy.

Lucy era a meia-irmã com quem Strike fora criado, porque ela era filha de sua mãe, e não de seu pai. Embora amasse Lucy, os dois tinham muito pouco em comum, e quem era de fora tendia a expressar incredulidade em relação ao parentesco entre eles, uma vez que Lucy era baixinha e loura. Strike ia tolerar a visita de hoje por um senso de dever, não por prazer, e antevia algumas horas complicadas.

— Como foi? — perguntou ele, partindo pela rua sob um céu que prometia chuva.

— Não o que eu esperava — confessou Robin, que tinha caminhado várias quadras para longe do templo até encontrar uma cafeteria com lugares na calçada onde, devido ao dia frio, não havia quem ouvisse sua conversa. — Pensei que seria um pouco mais fogo e enxofre, mas não foi nada disso, é justiça social de cabo a rabo e todo um discurso de como você é livre para ter dúvidas. Mas muito elegante, com filmes exibidos em uma tela de cinema e David Bowie tocando nos...

— *Bowie*?

— Sim, "Heroes". Mas a boa notícia é que Papa J estava lá em carne e osso.

— É mesmo?

— Ele é muito carismático.

— Tem de ser — grunhiu Strike. — Alguém tentou te recrutar?

— Não explicitamente, mas uma loura, que acho que sabe quanto devem custar as roupas de Prudence, me abordou quando eu saía. Disse que torcia para eu ter gostado e perguntou se eu tinha alguma dúvida. Falei que foi tudo muito interessante, mas não demonstrei muito interesse. Ela falou que esperava me ver ali de novo.

— Jogando duro — comentou Strike, que acabara de sentir a primeira gota de chuva gelada no rosto. — Boa sacada.

— Tive de deixar uma nota de vinte libras no balde de coleta ao sair — acrescentou —, porque estou com uma bolsa que vale quinhentas pratas. Mas garanti que o garoto da porta visse quanto eu estava doando.

— Tire do dinheiro das despesas — recomendou Strike.

— E eu... Nossa — disse Robin, entre o riso e o susto.

— Qual é o problema?

— Eu... nada.

Dois jovens americanos — altos, bem-nutridos, barbudos e com boné — tinham acabado de se sentar a duas mesas de Robin. Um deles vestia uma camisa polo, o outro, uma camiseta da NASCAR com o nome Jimmie Jones e um quarenta e oito grande.

— Nada de importante, te conto depois — disse Robin. — Só queria dar notícias. Vou te deixar em paz, já que está indo para a casa de Lucy. Te vejo na segunda.

Strike, relutante em abrir mão da distração que era a conversa com Robin enquanto ia a um encontro que temia, despediu-se e continuou andando, com um mau pressentimento que ficava cada vez mais profundo. Lucy parecera emocionada ao saber de sua visita, o que tornava ainda menos palatável a perspectiva de dar sua notícia.

A grande magnólia no jardim de Lucy e Greg, naturalmente, não exibia flores neste dia frio de março. Strike bateu na porta, que foi aberta quase de imediato por seu sobrinho preferido, Jack.

— Minha nossa — disse Strike. — Você cresceu uns vinte centímetros desde a última vez que te vi.

— Seria estranho se eu encolhesse — falou Jack, com um sorriso. — Você emagreceu.

— É, bom. Eu precisava encolher. — Strike limpou os pés no capacho. — Vai entender quando chegar na minha idade. Trouxe isso para você, e para Luke e Adam — acrescentou ele, entregando a sacola a Jack.

No hall, Lucy sorriu radiante para Strike ao ouvir as palavras. Antes ela havia expressado desprazer por ele tão obviamente favorecer o filho do meio.

— Que surpresa adorável — disse ela, abraçando o irmão. — Luke está no futebol com Greg, mas Adam está lá em cima. Entre, acabei de tirar um pão de banana do forno.

— O cheiro está ótimo. — Strike a acompanhou até a cozinha, com suas portas de vidro dando para um gramado. — Me dê um pedaço pequeno. Ainda faltam seis quilos para eu alcançar o peso que almejo.

— Fiquei tão feliz por você ter ligado, porque estou meio preocupada com Ted — disse Lucy, pegando alguns pratinhos no armário. Ted era o tio viúvo deles, que morava na Cornualha. — Liguei para ele hoje de manhã, e ele me contou a mesma história da última vez que telefonei, palavra por palavra.

— Acho que ele está solitário. — Strike sentou-se à mesa da cozinha.

— Talvez — disse Lucy, incerta —, mas estive pensando em dar um pulo lá para vê-lo. Quer ir também?

— Quero, mas me avise com certa antecedência — disse Strike, que experimentava a familiar sensação de opressão que Lucy costumava provocar nele sempre que era solicitado a se comprometer prontamente com arranjos futuros. Ele em geral tinha de lidar com a irritação da irmã quando não podia se encaixar tão de imediato em seus planos. Hoje, porém, Lucy apenas serviu um pedaço de pão de banana diante dele, seguido por uma xícara de chá.

— Então, por que a visita? Não que eu não esteja feliz por te ver.

Antes que Strike pudesse responder, Jack e Adam apareceram, cada um segurando arcos e dardos de brinquedo que tinham sido comprados por Strike com o propósito expresso de mandar os filhos de Lucy para o jardim enquanto os dois conversavam.

— Isso é demais! — disse Adam a Strike.

— Que bom que você gostou — falou Strike.

— Corm, não precisava! — disparou Lucy, claramente satisfeita por ele ter comprado. Em vista do número de vezes que se esquecera do aniversário dos sobrinhos, Strike sabia bem que esses presentes eram mais do que devidos. — É uma pena que esteja chovendo — comentou Lucy, olhando o jardim pela janela.

— Não muito — ressaltou Strike.

— Quero experimentar — disse Jack, confirmando sua posição como o favorito do tio. — Vou calçar as galochas — avisou à mãe e saiu correndo da cozinha.

Para alívio de Strike, Adam foi atrás do irmão mais velho.

— E então, por que está aqui? — perguntou Lucy de novo.

— Prefiro falar depois que os meninos não puderem ouvir.

— Ai, meu Deus... Você está doente? — Ela entrou em pânico.

— Não, claro que não. Eu só...

Jack e Adam voltaram correndo à cozinha, já de galochas.

— E casacos, meninos — disse Lucy, dividida entre a apreensão com o que Strike estava prestes a dizer e as necessidades dos filhos.

Quando os meninos enfim desapareceram de casaco na chuva, Strike deu um pigarro.

— Tudo bem, queria lhe falar de um caso que acabamos de pegar.

— Ah — disse Lucy, meio tranquilizada. — Por quê?

— Porque, se tivermos sucesso, e as chances no momento são pequenas, mas *se* tivermos, há uma possibilidade de sair na imprensa. E, se isto acontecer, também há uma leve possibilidade de haver alguma coisa sobre nós... você e eu... ali. De que algo possa ser desenterrado.

— O que, por exemplo? — perguntou Lucy, numa voz meio ríspida. — Eles já fizeram isso, não foi? "Filho de supergroupie." "A famosa baladeira Leda Strike."

— Não seria só sobre a mamãe — acrescentou Strike.

Ele notou a leve rigidez na expressão de Lucy. Ela não chamava Leda de "mãe" desde os 14 anos e, nos últimos tempos, deixava explícito o fato de que considerava a falecida tia Joan sua verdadeira mãe.

— O que é, então?

— Bom — começou Strike —, fui contratado para investigar a Igreja Humanitária Universal.

— E daí?

— Daí que a sede se localiza onde antes ficava a Comunidade Aylmerton.

Com a expressão vazia, Lucy afundou na cadeira como se as palavras a tivessem atingido fisicamente. Por fim, engoliu em seco e murmurou:

— Ah.

— Tive um tremendo choque quando percebi que eles começaram lá — revelou Strike. — Só descobri depois de ter aceitado o caso e...

Para horror de Strike, Lucy começou a chorar ruidosamente.

— Luce.

Ele estendeu a mão, mas a irmã puxou a dela da mesa para se envolver com os braços. Era uma reação muito pior do que Strike imaginara; havia previsto raiva e ressentimento por ele mais uma vez expor Lucy a fofocas nos portões da escola por seu passado heterodoxo.

— Meu Deus — disse Strike —, eu não...

— Não o quê? — disparou Lucy, com um traço de raiva, as lágrimas escorrendo pelo rosto.

— Me desculpe. Eu mesmo tive um choque quando vi...

Lucy se levantou e, aos tropeços, foi até onde o papel-toalha ficava em um suporte de metal. Arrancando várias folhas, enxugou o rosto, respirou fundo e disse, claramente se esforçando para recuperar o controle:

— Desculpe. É só que eu... não esperava...

Lucy estava completamente desolada. Strike se levantou da mesa e foi em sua direção. De certo modo, esperava que ela o empurrasse, mas a irmã deixou que ele a abraçasse e a puxasse para mais perto, tanto que chorava em seu peito. Os dois estavam assim por quase um minuto quando a porta da casa se abriu.

Lucy empurrou Strike prontamente e enxugou o rosto às pressas. Com uma falsa alegria, ela gritou:

— Como foi, Luke, vocês venceram?

— Vencemos — respondeu Luke do hall, e Strike notou que a voz dele tinha mudado desde que vira o menino pela última vez. — Três a um. Eles foram péssimos.

— Incrível! Se estiver com lama, vá direto para o banho — avisou Lucy. — O tio Corm está aqui — acrescentou.

Luke não respondeu a isto, correndo direto para o segundo andar.

O cunhado de Strike entrava na cozinha, com a calça de moletom molhada. Strike supôs que ele devia treinar ou ajudar o time do filho. Greg era um agrimensor por quem Strike nutria sentimentos que nunca chegaram ao nível do gostar.

— Está tudo bem? — perguntou ele, olhando de Strike para Lucy.

— Só estávamos falando de Ted — respondeu a mulher para explicar os olhos vermelhos e o rosto corado.

— Ah. Bom, estive falando com ela, é natural que Ted esteja ficando meio esquecido — disse Greg a Strike com desdém. — Ele está com quantos anos agora, uns oitenta?

— Setenta e nove — disse Lucy.

— Como eu disse, uns oitenta, né? — Greg foi pegar uma fatia de pão de banana.

— Vamos para a sala de estar — disse Lucy a Strike, pegando seu chá. — Podemos conversar sobre tudo isso lá.

Greg, que evidentemente não desejava conversar sobre o bem-estar do tio postiço, não fez objeção a ser excluído da conversa.

A sala, com a mobília de três peças na cor bege, não mudara desde a última vez que Strike esteve ali, a não ser pelas fotos escolares dos sobrinhos, que foram atualizadas. Uma foto grande do tio Ted com a tia Joan, datando dos anos 1980, tinha um lugar de destaque em uma prateleira. Strike se lembrava bem do casal daquele jeito: o cabelo de Joan tão alto quanto o laquê Elnett podia deixar, endurecido pela brisa do mar, e Ted, o maior e mais forte dos salva-vidas locais. Ao se sentar no sofá, Strike teve a sensação de que devia virar a foto para a parede antes de desencavar lembranças da Comunidade Aylmerton, porque a tia e o tio dedicaram grande parte da vida a tentar proteger os sobrinhos que Leda largava com eles, depois pegava de volta, com a imprevisibilidade com que fazia tudo.

Depois de cuidadosamente fechar a porta para o resto da família, Lucy sentou-se em uma poltrona e colocou a xícara de chá em uma mesa lateral.

— Desculpe — repetiu ela.

— Não peça desculpas — disse Strike. — Acredite em mim, eu sei.

— Sabe? — perguntou ela, com um tom estranho na voz.

— Era um maldito lugar horroroso — comentou Strike. — Não pense que eu esqueci.

— Alguma das pessoas que estavam na Aylmerton ainda está lá?

— Só uma, até onde sei — respondeu Strike. — Ela alega ter sido vítima dos Crowther. Casou-se com o líder da igreja.

— Qual é o nome dela?

— Mazu.

— Ai, meu Deus! — exclamou Lucy e cobriu o rosto de novo.

Uma suspeita horrível assaltava Strike. Ele acreditava que nada mais grave do que sentimentos feridos e às vezes fome tinha acontecido com qualquer um dos dois na Comunidade Aylmerton; que eles tinham escapado por pouco do que mais tarde apareceu em toda a imprensa. Em sua memória, sempre estava bem perto de Lucy, tentando garantir que ela não fosse convidada a lugar nenhum por qualquer dos irmãos Crowther. No colchão que dividiam no chão, irmão e irmã cochichavam à noite sobre o quanto odiavam o lugar, o quanto queriam que Leda os levasse embora. Deve ter sido só isso que aconteceu, não? Foi no que Strike acreditou por anos.

— Luce? — chamou ele.

— Você não se *lembra* dela? — disparou Lucy com selvageria, baixando as mãos. — Não se *lembra* daquela garota?

— Não — admitiu Strike.

Em geral, sua memória era excelente, mas Aylmerton era um borrão para ele, mais um sentimento do que um fato, um buraco negro sinistro de memória. Talvez ele tenha deliberadamente tentado esquecer as pessoas: era muito melhor relacionar a coisa toda a um lodaçal incógnito que nunca precisava ser atravessado, que tudo tinha acabado.

— Você *lembra*. Muito pálida. Nariz pontudo. Cabelo preto. Sempre com umas roupas vulgares.

Algo se agitou na memória de Strike. Ele viu um short muito curto, uma camiseta fina e cabelo embaraçado, escuro e um tanto oleoso. Ele tinha doze anos: seus hormônios ainda não haviam chegado ao pico da adolescência, em que o mais leve sinal de seios sem sustentação alguma provocavam uma excitação incontrolável, às vezes constrangedora de tão visível.

— É, isso parece familiar — disse ele.

— Então *ela* ainda está lá? — perguntou Lucy, com a respiração acelerada. — Na fazenda?

— Está. Como eu disse, ela é casada com…

— Se *ela* foi vítima — interrompeu Lucy entredentes —, tratou de espalhar isso a todas.

— Por que diz isso?

— Porque ela… porque ela…

Lucy tremia. Por alguns segundos não falou nada, depois explodiu numa torrente de palavras.

— Você faz ideia do quanto eu ficava feliz sempre que fazia um ultrassom e descobria que teria um menino? *Toda vez*. Eu não queria uma menina. Sabia que seria uma péssima mãe para uma menina.

— Você teria sido…

— Não, eu *não seria* — disparou Lucy com veemência. — Eu nem a deixaria ficar fora de *vista*! Sei que isso também acontece com os meninos, sei que acontece, mas as chances… as chances… em Aylmerton, era só com as meninas. Só as meninas.

Lucy ainda respirava com dificuldade, enxugando os olhos sem parar com o papel-toalha. Strike sabia que era covardia, porque viu que Lucy precisava contar, mas não queria fazer mais nenhuma pergunta, porque não queria ouvir as respostas.

— Ela me levou a ele — disse, enfim, Lucy.

— A quem?

— Ao dr. Coates. Eu tinha caído. Ela devia ter 15 ou 16 anos. Mazu me pegou pela mão. Eu não queria ir. "Você precisa ver o médico." Ela praticamente me arrastou.

Outro breve silêncio se desdobrou na sala, mas Strike sentia a raiva de Lucy lutando contra sua reserva habitual e a determinação de fingir que a vida a que Leda os sujeitou estava morta havia tanto tempo quanto ela mesma.

— Ele... — disse Strike devagar — ... *tocou*...

— Ele meteu quatro dedos em mim — falou Lucy brutalmente. — Fiquei sangrando por dois dias.

— Puta merda — disse Strike, passando a mão no rosto. — Onde eu estava?

— Jogando futebol — respondeu Lucy. — Eu também estava jogando. Foi assim que caí. Você deve ter pensando que ela estava me ajudando.

— Porra, Luce. Estou tão...

— Não foi culpa sua, foi culpa da minha suposta *mãe* — Lucy cuspiu as palavras. — Onde ela estava? Se drogando em algum lugar? Trepando com algum esquisito de cabelo comprido na mata? E aquela maldita Mazu me trancou com Coates, e ela *sabia*. Ela *sabia*. E eu a vi fazer isso com outras meninas pequenas. Levando-as aos aposentos dos Crowther. É disso que eu mais falo na terapia, por que não contei a ninguém, por que não consegui evitar que outras garotinhas se machucassem...

— Você faz terapia? — soltou Strike.

— Meu Deus do céu, *é claro* que faço terapia! — disparou Lucy em um sussurro furioso, enquanto alguém, talvez Greg, cheio de bolo de banana, passava pela porta da sala e subia a escada. — Depois daquela merda de infância... Você não faz?

— Não.

— Não — repetiu Lucy com amargura —, você não precisa, é claro, tão autossuficiente, tão inabalável...

— Não estou dizendo isso — retrucou Strike. — Eu não... Mas que merda...

— Não — ela explodiu, envolvendo o tronco com os braços outra vez. — Não quero... Deixa pra lá, não importa. Só que *importa sim* — disse Lucy, de novo com lágrimas escorrendo pelo rosto. — Não consigo me perdoar por não falar. Tinha outras garotinhas sendo levadas por aquela maldita Mazu e eu nunca disse nada, porque não queria contar o que tinha acontecido comi...

A porta da sala se abriu. Strike ficou espantado com a mudança abrupta de Lucy enquanto enxugava o rosto e endireitava as costas em um instante, para que quando Jack entrasse, ofegante e de cabelo molhado, ela estivesse sorrindo.

— É ótimo — anunciou Jack a Strike, erguendo o arco, radiante.

— Bom saber — comentou Strike.

— Jack, vá se enxugar, depois pode comer um pão de banana — disse Lucy, de uma forma que faria o resto do mundo imaginar que ela estava perfeitamente feliz.

Pela primeira vez na vida adulta dos dois, ocorreu a Strike que a determinação da irmã de se agarrar à estabilidade e ao senso de normalidade, sua recusa férrea em insistir interminavelmente nas terríveis possibilidades do comportamento humano, era uma demonstração de coragem extraordinária.

Depois de Jack sair e fechar a porta, Strike se voltou para Lucy e disse em voz baixa, e quase sinceramente:

— Queria que tivesse me contado isso antes.

— Teria aborrecido você. De todo modo, você sempre quis acreditar que Leda era maravilhosa.

— Não quis — disse ele, com total sinceridade. — Ela era... o que era.

— Ela não servia para ser mãe — rebateu Lucy com raiva.

— Não. Acho que nisso você deve ter razão.

Lucy o encarou por alguns segundos em um espanto silencioso.

— Esperei *anos* para te ouvir dizer isso. *Anos.*

— Eu sei — admitiu Strike. — Olha, sei que você acredita que *eu* a acho perfeita, mas é claro que não penso assim. Acha que vejo o tipo de mãe que você é, então me lembro de como era ela, e não consigo ver a diferença?

— Ah, Stick — disse Lucy, chorosa.

— Ela era o que era — repetiu Strike. — Eu a amava, não posso ficar sentado aqui e dizer o contrário. E ela pode ter sido um maldito pesadelo de muitas formas, mas sei que nos amava também.

— Amava *mesmo*? — questionou Lucy, enxugando os olhos com o papel-toalha.

— Você sabe que sim. Ela não nos manteve em segurança porque era tão ingênua que mal prestava para abrir uma porta de casa sozinha. Ela fodeu com nossos estudos porque ela própria detestava a escola. Arrastava uns homens horríveis para nossa vida porque sempre pensava que um deles seria o seu grande amor. Nada disso era por maldade, era simplesmente uma baita negligência.

— Pessoas negligentes causam muitos danos — afirmou Lucy, ainda enxugando as lágrimas.

— É, causam sim — confirmou Strike. — E ela causou. Principalmente para si mesma, no fim das contas.

— Eu não... *não queria que ela morresse* — Lucy soluçava.

— Meu Deus, Luce, eu sei que não!

— Sempre pensei que um dia eu ia desabafar tudo isso com ela... Mas então era tarde demais, e ela estava morta... E você diz que ela nos amava, mas...

— Você *sabe* que amava — insistiu Strike. — Você *sabe*, Luce. Lembra daquela história que ela costumava inventar pra gente? Como aquela merda se chamava mesmo?

— Os Raios de Lua — respondeu Lucy, ainda aos soluços.

— A família Raio de Lua — disse Strike. — Com a mamãe Raio de Lua e...

— ... Bombo e Mungo...

— Leda não demonstrava amor como a maioria das mães — continuou Strike —, mas ela não fazia *nada* como os outros. Não quer dizer que não existisse amor ali. Não quer dizer que ela não fosse irresponsável também.

Por alguns minutos o silêncio reinou outra vez, exceto pelas fungadelas de Lucy, que diminuíam. Por fim, ela enxugou o rosto com as mãos e ergueu a cabeça, os olhos vermelhos.

— Se está investigando essa tal igreja... Como é mesmo o nome?

— A IHU.

— Trate de pegar aquela maldita Mazu — falou Lucy em voz baixa. — Não me importo que ela própria tenha sofrido abusos. Sinto muito, mas não me importo. Ela permitiu que fizessem isso com outras meninas. Ela era alcoviteira deles.

Strike pensou em contar que não tinha sido contratado para pegar Mazu, mas, em vez disso, falou:

— Se eu tiver a oportunidade, certamente farei isso.

— Obrigada — agradeceu Lucy em voz baixa, ainda enxugando os olhos inchados. — Assim valeria a pena você aceitar o trabalho.

— Olha, tinha outra coisa que eu queria te contar — acrescentou ele, pensando, enquanto ouvia a própria voz, em que diabos estava se metendo. De uma forma confusa, o impulso veio de um desejo de ser franco como ela havia sido, de parar de se esconder dela. — Eu... hmm... entrei em contato com Prudence. Sabe quem... a outra filha ilegítima de Rokeby.

— É mesmo? — perguntou Lucy e, para surpresa de Strike, que escondera dela a relação crescente por medo de que ela sentisse ciúme ou que estivesse sendo substituída, a irmã sorriu em meio às lágrimas. — Stick, isso é ótimo!

— É? — disse ele, abalado.

— Ora, *é claro* que é! Há quanto tempo vocês estão em contato?

— Sei lá. Alguns meses. Ela me visitou no hospital quando eu... Você sabe...

Ele gesticulou com o polegar para o pulmão que tinha sido perfurado por um assassino encurralado.

— Como ela é? — quis saber Lucy, que parecia curiosa e interessada, mas nada ressentida.

— Legal. Quer dizer, ela não é você...

— Não precisa dizer isso — Lucy riu, trêmula. — Sei pelo que passamos juntos, e que ninguém jamais vai entender isso. Sabe, Joan *sempre* quis que você fizesse as pazes com Rokeby.

— Prudence não é Rokeby — retrucou Strike.

— Eu sei, mas ainda é bom que vocês estejam se vendo. Joan ficaria feliz.

— Não pensei que você reagiria assim.

— E por que não? Eu vejo os outros filhos do *meu* pai.

— Vê?

— Claro que sim! Não queria falar nisso, porque...

— Achou que eu ficaria magoado?

— Talvez porque me sinta culpada por ter uma relação com o *meu* pai e meios-irmãos, e você não ter — admitiu Lucy.

Depois de uma curta pausa, ela falou:

— Vi Charlotte no jornal, com o novo namorado.

— É — murmurou Strike. — Bom, Charlotte gosta de certo estilo de vida. Isso sempre foi um problema, sendo eu um duro.

— Você não tem vontade...?

— Meu Deus, não — disparou Strike. — Isso está morto e enterrado.

— Que bom. Fico realmente feliz. Você merece coisa muito melhor. Vai ficar para almoçar, não vai?

Dadas as revelações da manhã, Strike achou que não tinha escolha senão concordar.

12

As coisas inferiores parecem tão inofensivas e convidativas que o homem busca nelas um prazer; parecem tão pequenas e fracas que ele imagina poder brincar com elas sem se prejudicar.

I Ching: O livro das mutações

Strike fez um esforço pouco característico para parecer animado durante o almoço, tolerando o cunhado e o sobrinho mais velho com uma elegância que raras vezes demonstrara. Não saiu às pressas logo após a refeição, ficou até que a chuva tivesse passado e, quando foram ao jardim dos fundos ver Luke, Jack e Adam brincarem com seus arcos, até fingiu bom humor quando Luke, no que Strike recusou-se a acreditar que fosse um acidente, descarregou o dardo na face do tio, provocando uma gargalhada em Greg.

Só depois de sair da casa foi que Strike permitiu que o rosto relaxasse, descartando o sorriso inabalável que sustentara por grande parte das últimas duas horas. Depois de resistir firmemente à oferta de carona de Lucy, ele foi a pé até a estação sob um céu cinzento, remoendo tudo que acabara de ouvir.

Strike era um homem mentalmente resiliente que sobreviveu a muitos reveses na vida, incluindo a perda de parte da perna direita. Um dos instrumentos da disciplina pessoal que forjou na juventude e aprimorou no exército foi o hábito da compartimentalização que raras vezes falhara, mas neste momento não estava funcionando. Emoções que ele não queria sentir e lembranças que costumava reprimir se acercavam dele, e Strike, que detestava qualquer coisa que cheirasse a autocomplacência, voltou para a Denmark Street tão profundamente taciturno que mal registrou as estações do metrô que passavam e percebeu, quase tarde demais para desembarcar, que já estava na Tottenham Court Road.

Quando retornou ao apartamento no sótão, estava tão sombriamente infeliz quanto estivera durante tanto tempo. Por conseguinte, serviu-se de um uísque duplo, reabasteceu o cigarro eletrônico, sentou-se à mesa da cozinha e encarou o vazio enquanto alternava entre um gole da bebida e soltar o vapor na direção da janela ventosa.

Raras vezes sentiu tanta raiva da mãe como nesta tarde. Ela morreu do que foi determinado como overdose acidental quando Strike tinha dezenove anos, uma overdose que ele até hoje acreditava ter sido administrada por seu marido muito mais novo. A reação dele à notícia foi largar a universidade e ingressar na Polícia Militar, uma decisão que sabia que a mãe nada convencional teria achado ao mesmo tempo inexplicável e vagamente cômica. *Mas por quê?*, ele ouviu Leda perguntar em sua mente. *Você sabia que eu queria ordem, limites e uma vida sem uma maldita confusão interminável. Se você não fosse o que era, talvez eu não fosse o que sou. Talvez eu esteja colhendo o que você semeou, então não ouse rir do exército ou de mim, você, com seus parceiros pedófilos e os companheiros de ocupação e os viciados...*

Pensar em Leda desse jeito o levou inevitavelmente a pensar em Charlotte Campbell, porque ele sabia que muitos amigos próximos e familiares metidos a psicólogos achavam que ter sido tão irreparavelmente estragado pela criação de Leda tornava inevitável que fosse atraído a uma mulher igualmente caótica e instável. Aquilo sempre irritou Strike e ainda o irritava, sentado ali com seu uísque, olhando a janela do sótão, porque, por acaso, havia profundas diferenças entre a ex-noiva e a falecida mãe.

Leda tinha uma compaixão infinita por oprimidos e um otimismo incurável com relação à natureza humana que nunca a abandonaram. Na verdade, o problema tinha sido este: sua convicção ingênua e inquebrantável de que o verdadeiro mal só era encontrado nas repressões da respeitabilidade provinciana. Ela pode ter assumido riscos intermináveis, mas não era autodestrutiva: pelo contrário, esperava plenamente viver cem anos.

Charlotte, por outro lado, era profundamente infeliz, e Strike desconfiava ser a única pessoa que de fato conhecia as profundezas da infelicidade dela. A superfície da vida de Charlotte podia parecer glamorosa e tranquila, já que ela era extraordinariamente bonita e vinha de uma família rica que saía nos jornais, mas seu verdadeiro valor para as colunas de fofocas era a instabilidade. Havia várias tentativas de suicídio no passado de Charlotte e um longo histórico de avaliações psiquiátricas. Strike vira fotos dela na imprensa, de *slip dress* vermelho e olhar vidrado, e seu único pensamento foi que a mulher devia ter tomado alguma coisa para atravessar outra noite de farra, uma suposição fundamentada no fato de que ela ligara para seu escritório mais tarde na mesma noite, deixando um recado incoerente na secretária eletrônica, que ele apagou antes que mais alguém pudesse ouvir.

Strike tinha plena consciência de que Lucy, ou algum de seus amigos, acreditava que ele estava perpetuamente aprisionado na sombra lançada por essas duas cariátides tenebrosas, Leda e Charlotte. Queriam que ele se abrisse, enfim livre, para encontrar uma mulher menos complicada e um amor que não fosse maculado pela dor. Mas o que um homem devia fazer se, quando achasse que finalmente estava pronto para isso, percebesse que era tarde demais? Isolada das mulheres que se acotovelavam em seus pensamentos, Robin trazia afeto, embora manchado de uma amargura não menos fácil de suportar por ser autodirigida. Ele devia ter se manifestado, devia ter forçado uma conversa sobre seus respectivos sentimentos antes que Ryan Murphy atacasse e levasse o prêmio que Strike tão complacentemente achava que estava à disposição dele.

Que se foda isso.

Do lado de fora da janela, o céu escurecia rapidamente. Ele se levantou da mesa, foi ao quarto, voltou à cozinha com o bloco e o laptop e abriu os dois. O trabalho sempre foi seu maior refúgio, e a visão de um e-mail de Eric Wardle com o assunto *Informações do censo* no alto da caixa de entrada pareceu uma recompensa imediata por se afastar do álcool e voltar à investigação.

Wardle o deixou orgulhoso. Os três últimos censos na Fazenda Chapman estavam anexados: 1991, 2001 e 2011. Strike digitou uma breve mensagem de agradecimento a Wardle, depois abriu o primeiro anexo, correndo os olhos pela lista de nomes contida ali.

Depois de uma hora e meia cruzando referências na internet e tendo encontrado um bônus na forma de um artigo interessante sobre a igreja datando de 2005, o crepúsculo se aproximava. Strike se serviu de um segundo uísque, voltou a se sentar à mesa e olhou os resultados imediatos da pesquisa: uma lista de nomes, e só um deles tinha um endereço ao lado.

Ele olhou o celular, pensando na época em que ligava de vez em quando para a casa de Robin, quando ela ainda era casada. Aqueles telefonemas, ele sabia, às vezes criavam problemas, dado o ressentimento de Matthew pela crescente dedicação da esposa ao trabalho. Era sábado à noite: Robin e Murphy talvez estivessem em um restaurante ou na merda do teatro de novo. Strike tomou outro gole do uísque e clicou no número de Robin.

— Oi — disse ela, atendendo no segundo toque. — Tudo bem?

— Está podendo falar? Estive procurando por informações no censo.

— Ah, ótimo... Wardle conseguiu?

Strike ouviu o chocalhar do que pensou ser uma panela.

— Tem certeza de que não está ocupada?

— Não, está tudo bem. Estou cozinhando. Ryan vem jantar, mas ainda não chegou.

— Talvez eu tenha algumas pistas. Tem uma mulher chamada Sheila Kennett que morou na Fazenda Chapman com o falecido marido até os anos 1990. Ela é meio velha, mas consegui um endereço em Coventry. Fiquei pensando se você se importaria de dirigir até lá para entrevistá-la. Uma idosa... Melhor você do que eu.

— Sem problema — concordou Robin —, mas terá de ser na outra semana, porque Midge estará fora a partir de quarta-feira e vou cobri-la.

— Tudo bem. Também encontrei um artigo escrito por um jornalista chamado Fergus Robertson, que conseguiu que um ex-membro da IHU falasse com ele anonimamente em 2006. Tem um monte de supostas alegações: violência contra integrantes, apropriação indevida de fundos. Jornalistas protegem suas fontes, mas pensei que talvez tenha alguma que Robertson não colocou no artigo por medo de processos. Quer ir comigo, se ele concordar em conversar?

— Depende de quando — respondeu Robin —, tenho uma semana pesada com o caso novo do perseguidor, mas... *Ai*...

— Você está bem?

— Eu me queimei... Desculpe, eu... Espere um pouco, é Ryan.

Ele a ouviu ir até a porta. Desprezando um pouco a si mesmo, Strike esperou: queria muito que Ryan Murphy chegasse e encontrasse Robin ao telefone com ele.

"Oi", ele a ouviu dizer, depois veio a voz abafada de Murphy e o som inconfundível de um beijo. "O jantar está quase pronto", informou ela, e Murphy falou alguma coisa. Robin riu e disse "Não, é Strike", enquanto o sócio estava sentado de cenho franzido diante do laptop.

— Desculpe, Cormoran — disse Robin, de volta à ligação —, continue.

— Ainda não encontrei informações de contato de mais ninguém que tenha morado na Fazenda Chapman, mas vou continuar procurando e te mando por e-mail o que eu conseguir — informou Strike.

— É sábado à noite — comentou Robin. — Tire uma folga. Não! — acrescentou ela, rindo, e Strike supôs que fosse dirigido a Murphy, cujo riso ele também pôde ouvir. — Desculpe — repetiu Robin.

— Tudo bem. Vou te deixar em paz — disse ele, como Robin havia dito mais cedo e, antes que ela pudesse responder, Strike desligou.

Completamente irritado consigo mesmo, fechou o laptop com uma pancada e levantou-se para olhar o conteúdo da geladeira saudavelmente abastecida.

Ao pegar um pacote do que começava a pensar como "mais maldito peixe" para ver a data de validade, o celular tocou. Ele voltou à mesa para ver quem era, porque se fosse outra ligação redirecionada do escritório, não ia atender — a última coisa de que precisava naquele momento era Charlotte. Em vez disso, viu um número de celular desconhecido.

— Strike.

— Oi — disse uma voz atrevida e rouca. — Surpresa.

— Quem é?

— Bijou. Bijou Watkins. Nós nos conhecemos no batizado.

— Ah — disse Strike, e a lembrança de um decote e pernas apagaram pensamentos mais sombrios e isto, pelo menos, foi bem acolhido. — Oi.

— Imagino que você tenha planos — continuou ela —, mas estou toda produzida e o amigo que eu devia encontrar hoje está doente.

— Como conseguiu meu número?

— Ilsa — respondeu Bijou, com uma risada que ele se lembrava da cozinha dos Herbert. — Eu disse a ela que precisava de um detetive, para um caso em que estou trabalhando... Acho que ela não acreditou — acrescentou, com outra gargalhada.

— Não, ela é muito sagaz mesmo — disse Strike, segurando o celular a certa distância da orelha, o que deixava a risada um pouco menos estridente. Duvidava de que conseguisse suportar isso por muito tempo.

— E então... quer uma bebida? Ou jantar? Ou qualquer coisa?

Strike olhou o atum embrulhado que tinha na mão. Lembrou-se do decote. Ele tinha parado de fumar e de pedir delivery. Robin preparava o jantar para Ryan Murphy.

— Claro — respondeu. — Por que não?

13

Nove no início significa:
As pegadas se entrecruzam.

I Ching: O livro das mutações

O jeito extremamente taciturno de Clive Littlejohn, o mais recente terceirizado da agência, começava a incomodar outras pessoas além de Robin.

— Tem alguma coisa errada com ele — disse a Robin o colega terceirizado de Littlejohn, Barclay, na manhã de quarta-feira, quando os dois vigiavam do carro dele a entrada de um edifício residencial em Bexleyheath.

— Melhor ele do que Morris ou Nutley — falou Robin, reproduzindo com lealdade a frase de Strike.

— Esse é um padrão baixo pra cacete.

— Ele está trabalhando bem — comentou Robin.

— Ele tem aquele olhar fixo — rebateu Barclay. — Não pisca. Parece um maldito lagarto.

— Tenho certeza de que os lagartos piscam. Peraí... Aquele não é um deles?

— Não — respondeu Barclay, inclinando-se para a frente a fim de ver pelo para-brisa o homem que acabara de sair do prédio. — Esse é mais gordo do que os nossos.

No edifício que eles vigiavam, moravam dois irmãos em seus quarenta anos que, para a infelicidade da mais recente investigação da agência, eram muito parecidos. Um deles — alguns dias de vigilância ainda não tinham bastado para identificá-lo — assediava uma atriz chamada Tasha Mayo. A polícia não levava o problema a sério o bastante para a cliente, que começava a ficar, em suas próprias palavras, "apavorada". Uma série de incidentes banais, no início meramente irritantes, ultimamente se tornaram sinistros, com o envio de uma ave morta na caixa de correio da mulher, depois com a cola no buraco da fechadura na porta da casa dela.

— Quer dizer, eu sei que a polícia está sobrecarregada — dissera Tasha a Robin, enquanto a detetive estava no escritório, pegando os detalhes do caso. — Entendo isso, e sei que não houve nenhuma ameaça direta, mas eu *disse* a eles quem acho que está fazendo isso, dei uma descrição física e onde ele mora e tudo, porque ele me contou grande parte de sua história de vida em capítulos. Ele sempre fica zanzando pela entrada dos artistas e já dei autógrafo em uns quinze pôsteres e em pedaços de papel. As coisas ficaram feias quando eu disse que não tinha tempo para outra selfie. E ele continua aparecendo nos lugares aonde vou. Só quero que isso pare. Alguém riscou meu carro ontem à noite. Já chega para mim. Preciso que vocês o peguem no flagra.

Não era o primeiro caso de assédio em que a agência trabalhava, mas nenhum deles tinha envolvido aves mortas, e Robin, solidária à cliente, esperava pegar o perpetrador o quanto antes.

— Midge gosta dela — disse Barclay, vigiando a janela do suspeito.

— De quem, Tasha Mayo?

— É. Já viu aquele filme com ela, sobre as duas lésbicas vitorianas?

— Não. É bom?

— É péssimo — respondeu Barclay. — Uma hora e meia de poesia e jardinagem. A patroa adorou. Eu não, porque pelo visto sou um babaca insensível.

Robin riu.

— Midge teria chance com ela — continuou Barclay. — Tasha Mayo é bissexual.

— É mesmo?

— Segundo a patroa. Ela poderia se apresentar no *Mastermind* como especialista nesse tema: a vida sexual das estrelas. Ela é uma maldita enciclopédia ambulante sobre isso.

Eles ficaram em silêncio por alguns minutos, e Barclay, ainda olhando fixamente o quarto andar, perguntou:

— Por que eles não trabalham?

— Não sei — admitiu Robin.

— Seria bom se pegássemos os dois por fraude na previdência. Um pouco de serviço comunitário. Assim, ele não teria tempo de ficar atrás dela.

— Um dia o serviço comunitário ia terminar — disse Robin, bebendo o café. — O problema é que não sabemos como impedir alguém de ser obcecado.

— Dando uns murros? — sugeriu Barclay e, depois de pensar por um momento, acrescentou: — Acha que Littlejohn falaria alguma coisa se eu desse um murro nele?

— Talvez seja melhor procurar um assunto de interesse mútuo antes — aconselhou Robin.

— É esquisito pra cacete — disse Barclay —, não falar nunca. Só ficar sentado ali.

— *Este* é um deles — afirmou Robin, recolocando o café no porta-copos.

Um homem tinha acabado de sair do edifício, andando de mão no bolso. Como o irmão, tinha uma testa alta incomum, motivo pelo qual Barclay apelidara a dupla de Irmãos Frankenstein, o que acabou virando Frank Um e Frank Dois. Mal vestido com um anoraque velho, jeans e tênis, ele ia, Robin imaginou, para a estação.

— Beleza, eu vou com ele — disse ela, pegando a mochila que costumava usar nas vigilâncias —, e você fica aqui de olho no outro.

— Tá, tudo bem. Boa sorte.

Robin, que estava com um gorro que cobria o novo e chamativo corte de cabelo, seguiu Frank Um até a estação de Bexleyheath e, depois de uma curta espera, entrou no mesmo vagão do trem, no qual o manteve sob observação discreta a vários assentos de distância.

Passados alguns minutos, o celular de Robin tocou e ela viu o número de Strike.

— Bom dia. Onde está?

— Com um dos Franks — falou ela em voz baixa. — Estamos indo para Londres.

— Ah. Bom, só queria te dizer que convenci aquele jornalista de que falei a conversar comigo. Fergus Robertson. Vou encontrá-lo mais tarde no Westminster Arms. Já leu o artigo dele?

— Li, e li o seguinte também, sobre o que a igreja fez com ele depois que o primeiro foi publicado. Eles não gostam de críticas, não é mesmo?

— Não gostar é pouco — rebateu Strike. — Outra novidade é que acabei de localizar Will Edensor. Está coletando dinheiro no Soho hoje.

— Nossa, sério?

— É. Não me aproximei, por segurança, mas ele me parece péssimo. Tem mais de um e oitenta de altura e deve pesar menos do que você.

— Will parecia feliz? Todos os assistentes do templo sorriam sem parar.

— Não, não estava nada feliz. Também pedi a Pat para dar uma olhada no rodízio. Você poderia ir a Coventry na segunda metade da semana que vem, se der para você. Consegui o número de Sheila Kennett, a velha que morou anos na Fazenda Chapman. Se eu te mandar por mensagem, pode ligar para ela? Ver se estaria aberta a uma entrevista?

— Claro que sim — concordou Robin.

Mal havia colocado o celular no bolso quando ele tocou novamente: Ilsa.

— Oi — disse Robin. — Tudo bem?

— Mas que *merda* ele está fazendo? — disparou Ilsa.

— Quem está fazendo o quê?

— Corm!

— Eu não...

— Ele dormiu com aquela Bijou Watkins! Bom, eu digo "dormir" mas pelo visto foi de pé, encostado na parede do quarto dela.

Robin percebeu que estava boquiaberta e fechou a boca.

— Ele... não falou nada comigo.

— Não, *aposto* que não falou mesmo — disse Ilsa com raiva. — Ela inventou um motivo qualquer para conseguir o número dele comigo e não consegui pensar em um jeito de não dar, mas achei que ele teria o *bom senso*, depois de conhecê-la e ver como era a mulher, de não ficar a menos de *cem quilômetros* dela. Você precisa avisá-lo: ela é louca. Não consegue ficar com a porra da boca fechada, a essa altura metade do gabinete já sabe dos detalhes...

— Ilsa, não posso dizer a ele com quem dormir. Ou trepar de pé em uma parede do quarto — acrescentou Robin.

— Mas ela é uma completa *biruta*! Só o que quer é um marido rico e um filho, ela é totalmente franca sobre isso!

— Strike não é rico — observou Robin.

— Ela pode não saber disso, depois de todos aqueles casos famosos que ele andou resolvendo. Você *precisa* avisá-lo...

— Ilsa, não posso. *Você* avise a ele, se quiser. A vida sexual dele não é da minha conta.

Ilsa grunhiu.

— Mas por que *ela*, se ele quer uma foda substituta?

— Não sei — respondeu Robin, com total sinceridade e depois, baixando a voz, perguntou: — E o que você quer dizer com "foda substituta"?

— Ah, faça-me o favor — disse Ilsa, irritada. — Você sabe muito bem o que... Merda, é meu chefe, preciso ir. Tchau.

Esta conversa deixou Robin olhando o reflexo de Frank Um na janela suja do trem, refém de muitas emoções conflituosas que ela não queria desenredar. Uma imagem mental muito nítida se apresentou a ela enquanto Ilsa falava, de Bijou com seu vestido rosa-choque, as pernas compridas e bronzeadas envolvendo Strike, e não foi imediatamente possível apagar, em particular porque a imaginação de Robin conferira a Strike uma bunda muito peluda.

O trem finalmente parou em Waterloo East. Robin seguiu seu alvo a pé e depois em um metrô, do qual ele desembarcou em Piccadilly Circus.

Eles estavam tão perto do Theatreland que as esperanças de Robin de ela ter escolhido seguir o irmão certo aumentaram. Porém, em vez de ir para a Shaftsbury Avenue e ao teatro onde a peça de Tasha Mayo era apresentada, Frank Um foi para o Soho e, dez minutos depois, entrou em uma loja de gibis.

Como todo mundo que viu pela vitrine era homem, Robin concluiu que ficaria evidente que o seguia, então se afastou alguns metros e pegou o telefone para ligar para o número que Strike lhe dera.

Uma voz ofegante, meio rouca, fosse pela idade, por tabagismo ou ambos, atendeu.

— Alô?

— Alô, é a sra. Kennett? — perguntou Robin.

— Sim. Quem fala?

— Meu nome é Robin Ellacott. Sou detetive particular.

— Você é o quê? — disse a idosa.

— Uma detetive particular — repetiu Robin.

Compreensivelmente, houve uma curta pausa.

— O que você quer? — perguntou a voz do outro lado da linha, desconfiada.

— Fui contratada por alguém que está muito preocupado com um parente, que é membro da Igreja Humanitária Universal. Eu tinha esperanças de que a senhora conversasse comigo sobre a IHU. Só para termos um contexto. A senhora morou na Fazenda Chapman, não foi?

— Como sabe disso? — questionou Sheila Kennett bruscamente; era certo que parecia estar de posse de suas faculdades mentais.

— Pelos registros — respondeu Robin, deliberadamente vaga: não queria espalhar o fato de que Strike obtivera relatórios do censo.

— Isso já faz muito tempo — disse Sheila Kennett.

— Só queremos entender o contexto — explicou Robin. — Acho que a senhora esteve lá na mesma época da família Pirbright, não?

— Sim, estive. — Sheila ainda parecia desconfiada.

— Bom, estamos investigando algumas alegações feitas por Kevin Pirbright sobre a igreja, então imaginamos que…

— Ele morreu, não foi?

— Eu… Sim, morreu — confirmou Robin.

— É, eu vi no jornal. Fiquei pensando se seria o nosso Kevin — revelou Sheila. — Já pegaram quem fez aquilo?

— Não, até onde sei.

Houve outra curta pausa.

— Tudo bem — cedeu Sheila. — Não me importo de falar. Não tenho nada a perder, não mais.

— Isso é ótimo — disse Robin, em seguida pensou no quanto parecia insensível e acrescentou: — Quer dizer, obrigada. A senhora mora em Coventry, certo?

— É.

— Na quinta-feira que vem fica bom para a senhora? Daqui a oito dias?

— Tá, tudo bem. Robin, não é esse seu nome?

— Isso mesmo, Robin Ellacott.

— Nome de homem — comentou Sheila. — Por que seus pais lhe deram um nome de homem?

— Nunca perguntei — admitiu Robin, rindo.

— Hmm. Então tudo bem. A que horas?

— Ao meio-dia ficaria bom? — perguntou Robin, calculando rapidamente a distância até Coventry.

— Sim. Tudo bem. Colocarei a chaleira no fogo.

— Muito obrigada. Nos vemos então! — despediu-se.

Robin mandou uma mensagem a Strike para contar que tinha marcado a entrevista com Sheila Kennett, depois atravessou a rua para observar melhor a fachada da loja de gibis.

O dia estava frio e nublado, e ela ficou feliz por estar de gorro. Só se deu conta do quanto estava perto do templo da Rupert Court quando viu quatro jovens com latas de coleta dirigindo-se à Berwick Street.

Robin reconheceu Will Edensor imediatamente. Parecia doente e abatido, para não falar muito magro. As olheiras, que podia ver mesmo do outro lado da rua, conferiam a ele uma semelhança desagradável com a imagem do Profeta Roubado que ela vira no teto do templo. Como seus companheiros, vestia um colete laranja com o logo da igreja, que também estampava as latas de coleta.

O outro homem do grupo parecia dar instruções. Ao contrário dos outros três, era gordo e o cabelo estava desgrenhado. Apontou a rua e as duas meninas partiram obedientemente na direção indicada, enquanto Will continuou onde estava. Sua atitude fez Robin pensar em uma mula, acostumada a maus-tratos e não mais capaz de protestar.

O segundo homem voltou-se para Will e deu o que pareceu um sermão, durante o qual Will assentia com a cabeça mecanicamente, sem fazer contato visual. Robin queria estar perto o bastante para ouvir o que estava rolando, mas não se arriscaria a ser reconhecida por nenhum dos dois. Antes que o sermão tivesse terminado, Frank Um saiu da loja de gibis e Robin não teve alternativa senão segui-lo.

14

Nove na segunda posição significa:
Penetração sob a cama.
Sacerdotes e mágicos são usados com frequência.

I Ching: O livro das mutações

O Westminster Arms, onde Strike combinara de se encontrar com o jornalista Fergus Robertson, ficava bem ao lado da abadia de Westminster e do Parlamento. Ao seguir para o pub, o detetive sentiu pequenas pontadas de dor emanando da parte de trás do coto da perna. Embora o tendão tivesse se torcido, não tinha lhe causado problema algum nos últimos meses, em grande parte porque precisou suportar muito menos peso. Ele sabia exatamente o que provocara esse leve retorno dos sintomas: a necessidade de escorar Bijou Watkins, que, embriagada e em voz alta, expressou uma preferência por ser posta contra a parede do quarto no momento em que eles entraram no apartamento dela na noite de sábado.

A dor na perna voltou os pensamentos àquela noite. Ele supunha que duas horas e meia de uma conversa tediosa tivessem sido justificadas à luz dos dez minutos de sexo sem frescura que se seguiram. A aparência de Bijou era melhor do que a realidade — os seios impressionantes, como ele descobriu no quarto, eram falsos —, mas a vantagem de achá-la irritante foi a completa ausência de culpa pela falta de resposta dele às três mensagens que ela lhe enviara desde então, todas apinhadas de emojis. Seu mais velho amigo, Dave Polworth, teria dito que estavam quites, e Strike estava inclinado a concordar.

Ao entrar no Westminster Arms, Strike localizou Fergus Robertson, sobre quem tinha pesquisado antes no Google, sentado em um canto, a uma mesa para dois, digitando no laptop. Um sujeito baixo, rotundo e quase inteiramente calvo, cuja careca reluzente refletia a luz acima da mesa, Robertson estava sem paletó e mascava vigorosamente um chiclete enquanto trabalhava.

Strike pegou uma bebida para si, notando um ministro adjunto no bar, e foi até Robertson, que só parou de digitar quando Strike chegou à mesa.

— Ah — disse o jornalista, levantando a cabeça. — O famoso detetive.

— E o destemido repórter — rebateu Strike, sentando-se.

Eles trocaram um aperto de mãos por cima da mesa, os curiosos olhos azuis de Robertson percorrendo Strike. Ele emanava um ar de bom humor insolente. Havia um pacote de chicletes Nicorette ao lado de seu laptop.

— Soube que você conhece Dominic Culpepper — comentou Robertson, referindo-se a um jornalista que Strike detestava.

— Sim, conheço. Ele é um babaca.

Robertson riu.

— Soube que você transou com a prima dele.

— Não consigo me lembrar disso — mentiu Strike.

— Tem opinião sobre o Brexit?

— Nenhuma — disse Strike.

— Que pena — rebateu Robertson. — Preciso de mais trezentas palavras.

Ele fechou a tela do laptop.

— E então... Está indo atrás da IHU? — Robertson se recostou na cadeira, ainda mascando, entrelaçando os dedos sobre a pança de cerveja. — Terei direitos exclusivos da história se você encontrar um corpo embaixo do piso do templo?

— Não posso garantir isso — admitiu Strike.

— Então o que eu ganho com essa?

— A satisfação de uma boa ação — respondeu Strike.

— E eu lá pareço um escoteiro?

— Se eu descobrir alguma coisa digna dos jornais que não comprometa meu cliente — disse Strike, que já previra esta conversa —, você poderá ter.

— Vou confiar em você — declarou Robertson, soltando os dedos para pegar outro chiclete de nicotina no pacote, colocando-o na boca, depois bebendo mais cerveja.

— Então não tem medo de escrever sobre eles? — perguntou Strike.

— Não se me der alguma informação robusta. Eles são um bando de picaretas. Eu ficaria feliz pra cacete em ajudar a derrubar essa gente.

— Pelo visto, eles te fizeram cortar um dobrado.

— Quase perdi o emprego com aquele artigo — revelou Robertson. — Advogados na minha cola, o jornal se cagando todo, minha ex-mulher recebendo telefonemas anônimos em casa...

— Sério?

— Ah, sim. E você devia ter visto o que os malditos fizeram com minha página na Wikipédia.

— Você tem uma página na Wikipédia? — questionou Strike, surpreso.

— Não tinha antes de me meter com eles, mas depois que saiu meu artigo, a IHU fez uma para mim. "O jornalista em desgraça Fergus Robertson." "O notório alcoólatra Fergus Robertson." "O abusador doméstico F..." Eu nunca encostei um dedo na minha ex — acrescentou Robertson, meio na defensiva. — Então, sim: se você conseguir alguma coisa que possa ser provada, vou publicar e eles vão se arrepender do maldito dia em que me perseguiram.

Strike pegou bloco e caneta.

— O que você procurava neles, no início?

— Comecei a investigar os ricaços e as celebridades que tinham ingressado.

— O que atrai esse tipo de gente para lá?

— Para os ricaços, eles conseguem conviver com as celebridades. Para estas últimas, a IHU prepara sessões de fotos: não precisava fazer nada, só aparecer e tirar uma foto com jovens cuidadores ou os sem-teto. Gente como Noli Seymour pode parecer espiritualizada, sabe. E tem também o dr. Zhou.

— Só soube da existência dele quando li seu artigo.

— Você não vê televisão no café da manhã?

Strike fez que não com a cabeça.

— Ele tem um quadro fixo em um dos programas. Parece o Bruce Lee depois de um acidente de carro. Tem uma clínica em Belgravia, onde atende pessoas com mais dinheiro que juízo. Todo tipo de besteira. Sangria. Hipnose. Regressão a vidas passadas.

— No artigo, você disse que ele usava a clínica para recrutar para a IHU.

— Acho que ele é um dos principais pontos de entrada para os grandes doadores. Esta foi uma das coisas pelas quais os advogados da IHU me obrigaram a uma retratação.

— A ex-integrante com quem você conversou para o artigo...

— Coitadinha. — Robertson suspirou, sem indelicadeza. — Ela foi a única com quem consegui falar.

— Quanto tempo ela ficou lá?

— Cinco anos e meio. Foi com um colega de escola a um encontro. O colega foi embora depois da primeira semana e ela ficou. Ela é lésbica — disse Robertson —, e o papai não gostava que ela curtisse mulheres. A IHU estava se vendendo como totalmente a favor da inclusão, então pode entender como a garota caiu nessa. Ela é de uma família muito rica. A igreja extorquiu a maior parte de sua herança antes de cuspir a moça de lá.

— E ela lhe contou que foi espancada?

— Espancada, passou fome, obrigada a transar com homens, isso mesmo... Mas não consegui confirmar nada disso, e por isso cada coisa dita é "alegada". — Robertson tomou outro gole da cerveja, e continuou: — Não pude usar muita coisa que ela me disse, porque eu sabia que o jornal teria um processo enorme nas mãos. É claro que quase aconteceu, de todo modo. Se eu tivesse publicado a coisa toda, daria no mesmo.

— Ela alegou que houve apropriação indébita de fundos?

— Sim, principalmente dinheiro. Me disse que se eles fossem coletar na rua, tinham de ganhar certa quantia antes que pudessem parar. Não se esqueça de que eles botam gente para fazer isso nas ruas de Londres, Birmingham, Glasgow, Munique, San Francisco... Sabia que também estão na Alemanha e nos Estados Unidos?

— Sabia, vi o site deles.

— Pois é, ela disse que os garotos que coletavam tinham de conseguir cem libras antes de poder se sentar ou comer. Ela me contou que ninguém sabia onde toda aquela grana ia parar, mas o velho Papa J passava muito bem. Há boatos de que ele tem uma propriedade em Antígua, aonde os Dirigentes vão para retiros espirituais. Nada da porcaria da Fazenda Chapman para *eles*.

— Então você segurou algumas coisas porque era quente demais para o jornal?

— Foi. Quis proteger a minha fonte. Sabia que as pessoas pensariam que ela era uma doida se eu usasse tudo que ela alegava.

— Isso incluiria coisas sobrenaturais?

— Então já sabe disso, é? — perguntou Robertson, a boca ainda trabalhando no chiclete de nicotina. — É, exatamente. A Profetisa Afogada.

— Os ex-integrantes parecem ter muito medo da Profetisa Afogada.

— Bom, ela os persegue se eles vão embora.

— Persegue — repetiu Strike.

— É. Os integrantes aprendem que se revelarem os Segredos Divinos, ela vai aparecer e pegá-los.

— Quais são os Segredos Divinos?

— Ela não me contou.

Robertson virou o resto da cerveja.

— Dois dias depois de ela ter falado comigo, viu a Profetisa Afogada flutuando do lado de fora da janela do quarto nas primeiras horas da manhã. Ela me telefonou, desesperada, dizendo que tinha falado demais e que a Profetisa Afogada fora atrás dela, mas que eu ainda devia publicar a história. Tentei acalmá-la. Disse que ela precisava de terapia, mas ela não aceitou nada disso. Dizia sem parar: "Tem uma coisa que você não sabe, tem uma coisa que você não sabe." Desligou o telefone, trancou-se no banheiro dos pais e cortou os pulsos na banheira. Ela sobreviveu... mas por pouco.

— Que merda — disse Strike.

— É. O pai dela me culpou, o maldito... E continuava sendo um escroto com a filha por ela ter entrado para a seita e dado todo o dinheiro a eles, então de um lado eu tinha a família da fonte alegando que eu a levei ao suicídio, do outro a IHU ameaçando falir o jornal pelo que eles diziam ser alegações falsas, e eu no meio com meu emprego pendurado por um fio.

— Onde a garota está agora?

— Na Nova Zelândia, da última vez que soube. A tentativa de suicídio colocou a família em pânico, e o pai, enfim, parou de atormentá-la e conseguiu ajuda para ela. Mandou-a para uns parentes lá embaixo. Um novo começo.

— Você explicou a ela que qualquer coisa sobrenatural que ela tenha visto na igreja devia ser falsa?

— Sim, mas ela não se convenceu. — Robertson tirava uma bola de chiclete grande da boca, pressionava em um dos espaços vazios da embalagem, pegava outro pedaço e recomeçava a mascar. — Ela jurou que tinha visto fantasmas e magia... mas eles não chamam de magia, obviamente. Os espíritos puros, era essa a terminologia. Espíritos puros podiam fazer coisas sobrenaturais.

— E isso era quente demais para ser publicado?

— Bem que eu podia tomar outra cerveja — disse Robertson, empurrando o copo vazio para o detetive.

Strike soltou um suspiro, mas se levantou com o tendão latejando.

Quando voltou à mesa e colocou a cerveja nova diante de Robertson, o jornalista falou:

— Sabe quem foi Margaret Cathcart-Bryce?

— Uma velha rica que deixou toda a fortuna para a IHU em 2004, foi enterrada na Fazenda Chapman e agora é conhecida como a Profetisa Dourada.

— Essa mesmo — confirmou Robertson. — Bom, não foi uma morte boa.

— Como assim?

— Eles não acreditam em remédios na IHU. Minha fonte me disse que Cathcart-Bryce morreu em agonia, implorando por um médico. Disse que os Wace tiveram medo de que ela fosse levada para um hospital se deixassem um médico examiná-la, o que significaria alertar a família. Eles não queriam que um parente distante aparecesse e a convencesse a alterar o testamento. Se eu tivesse conseguido provar isso… mas não havia corroboração. Não dá para jogar uma coisa dessas sem checar. Procurei alguns parentes de Cathcart-Bryce, mas o mais próximo dela era um sobrinho-neto no País de Gales. Ele já se resignara com o fato de não receber nem um centavo do dinheiro dela e não deu a mínima para o que aconteceu com a tia. Não via a velha havia anos.

Strike tomou nota de tudo isso e perguntou:

— Mais alguma coisa?

— Tem — disse Robertson. Ele olhou em volta e baixou tom. — Sexo.

— Continue — pediu Strike.

— Eles chamavam de "vínculo espiritual", o que basicamente significa trepar com quem eles mandam. As meninas se provam acima de considerações materiais dando para quem forem ordenadas.

— É mesmo?

— Só começa a acontecer depois que a pessoa está lá dentro de verdade. Não querem assustar cedo demais. Só que minha fonte me contou que, depois que a pessoa se torna membro pra valer, não deve recusar ninguém que queira isso. No artigo, cheguei o mais perto que pude de tocar no assunto com um monte de "dizem os rumores" e "fontes alegam", mas meu editor não queria que nenhum dos integrantes famosos nos processasse por dizer que estavam estuprando alguém, então tive de tirar tudo.

Strike tomou nota mais uma vez.

— Sua fonte foi a única ex-integrante que você convenceu a falar?

— Foi — afirmou Robertson. — Todos os outros que tentei me mandaram à merda. Alguns ficaram com vergonha — disse ele com outro gole da cerveja —, constrangidos por terem caído naquela. Voltaram a uma vida normal e não queriam seu passado nos jornais. É compreensível. Outros ainda estavam muito zoados. Havia um casal que não consegui localizar. Talvez tenham morrido.

— Não tinha uma lista de ex-integrantes, tinha?

— Tinha, sim — confirmou Robertson.

— Ainda tem?

— Pode estar em algum lugar… Mas é toma lá, dá cá, né? Tenho a exclusiva, se você conseguir uma história?

— Com toda certeza.

— Tudo bem, vou ver se consigo desenterrar…

Robertson mascou o chiclete por um tempo, depois falou:

— Então, quando foi que Sir Colin Edensor te contratou?

— Não identifico meus clientes a jornalistas — respondeu Strike, sem alterar a expressão.

— Não custa nada tentar — comentou Robertson, com os olhos brilhando. — Edensor tem sido muito eloquente sobre a igreja nos últimos anos.

— Tem, é?

— Mas acho que tem alguns outros garotos ricos lá dentro — jogou Robertson, observando Strike atentamente. — Além de Will Edensor.

— Pode ter mesmo — concordou Strike sem se comprometer, olhando as anotações. — Ela lhe disse "Tem uma coisa que você não sabe"? E não era o fato de negarem um médico a Cathcart-Bryce?

— É, ela já havia me falado sobre a velha — disse Robertson, que voltava a abrir o laptop. — Você não tem mesmo uma opinião sobre o Brexit? Como afetaria os negócios de um detetive particular, se saíssemos da União Europeia?

— Nenhuma — afirmou Strike, levantando-se.

— Então posso colocar Cormoran Strike como um apoiador do Brexit?

— Pode ir se foder, é o que você pode fazer — rebateu Strike, e deixou o jornalista rindo a suas costas.

15

Nas amizades e nas relações próximas, um indivíduo deve tomar decisões cuidadosas. Ele se cerca ou de boas ou de más companhias; não pode ter as duas ao mesmo tempo.

I Ching: O livro das mutações

— Meu Deus, está horrível lá fora — foram as primeiras palavras de Robin a Strike quando voltaram a se encontrar, no domingo de Páscoa.

A tempestade Katie assolava Londres, derrubando árvores e postes, e Robin estava vermelha e descabelada. As janelas do escritório chocalhavam suavemente com o vento que uivava pela Denmark Street.

— Te mandei uma mensagem propondo uma atualização por telefone — disse Strike, que tinha acabado de ligar a chaleira.

— Eu já devia estar no metrô — comentou Robin, tirando o casaco e o pendurando. — Não me importei em vir. Muito revigorante, na verdade.

— Você não diria isso se tivesse sido atingida na cabeça por uma lata de lixo voadora — falou Strike, que acabara de ver cones de plástico tombando pela Charing Cross Road. — Café?

— Ótimo — disse Robin, tentando desembaraçar o cabelo com os dedos. — Pat tirou o dia de folga?

— É. Feriado bancário. O bom desse clima é que deve manter os irmãos Frank dentro de casa.

— Espero que sim — concordou Robin. — Outra boa notícia é que acho que estou mais perto de ser recrutada.

— Sério? — disse Strike, virando-se.

— Sim. Aquela loura que conheci da última vez veio direto até mim no momento em que entrei lá no sábado. "Ah, estou tão feliz por você ter voltado!" Eu disse a ela que tinha lido o folheto e achado interessante...

— E era mesmo?

— Não. Basicamente coisas genéricas sobre satisfação pessoal e como mudar o mundo. Ainda estou bancando a difícil. Disse a ela que amigos meus tentaram me alertar a ficar longe da IHU, dizendo-me que circulavam boatos sobre o lugar, sobre não ser o que parecia.

— E o que ela disse?

— Que tinha certeza de que eu não era tão intolerante a ponto de não dar à igreja uma chance de ser ouvida e que ela sabia que eu era uma livre-pensadora e uma pessoa muito independente.

— Muito astuto da parte dela — comentou Strike, com um sorriso malicioso. — Papa J estava lá?

— Não. Pelo visto, tive muita sorte por vê-lo da última vez, porque ultimamente ele não costuma aparecer. Em vez disso, tivemos Becca Pirbright, a irmã mais velha de Kevin.

— Ah, é? — Strike abriu a geladeira e pegou o leite. — Como ela é?

— Muito elegante e animada. Dentes perfeitos... Parece americana. Sem dúvida, não dá para saber que o irmão dela foi baleado na cabeça só alguns meses atrás. Se ela não estivesse de manto laranja, você pensaria que era uma oradora motivacional. Andando de um lado a outro, muitos gestos efusivos.

"Ah, e Noli Seymour estava lá. A atriz. Rolou uma comoção quando ela entrou. Muitos cochichos e dedos apontados."

— Tratamento especial?

— Muito. Um dos assistentes do templo foi correndo até ela e tentou levá-la a um banco na frente. Ela fez certo estardalhaço ao recusar e se sentou em um espaço no meio. Muito humilde. Chamou tanta atenção para a própria humildade que todo mundo estava olhando quando ela se sentou.

Strike sorriu.

— Li seu bilhete sobre a reunião com Fergus Robertson — continuou Robin.

— Que bom — disse Strike, entregando a Robin uma caneca e seguindo na frente até a sala interna. — Queria conversar com você sobre isso.

Robin pensou saber o que viria a seguir. Um dos motivos para ela ter decidido enfrentar a tempestade Katie para falar com Strike pessoalmente era uma suspeita de que ele estivesse prestes a sugerir — apesar das horas de trabalho que ela dedicou para criar a personagem de Rowena Ellis e da despesa do corte de cabelo — que, em vez dela, um dos terceirizados deveria entrar disfarçado na Fazenda Chapman.

— E então, leu sobre o negócio do vínculo espiritual? — perguntou Strike enquanto os dois se sentavam um de cada lado da mesa dos sócios.

— Estamos usando o eufemismo da IHU, não é? — Robin ergueu as sobrancelhas.

— Tudo bem, se prefere assim: leu sobre as mulheres sendo coagidas a dormir com quem a igreja diz que elas devem dormir?

— Li, sim.

— E?

— E ainda quero entrar lá.

Strike ficou calado, mas coçou o queixo, olhando para ela.

— Eles usam coerção emocional, e não a força física — retrucou Robin. — Não serei doutrinada, não é? Então não vai dar certo comigo.

— Mas se você estiver trancada lá dentro, e esta for a condição para manter seu disfarce…

— Se chegar a uma verdadeira tentativa de estupro, vou embora, diretamente para a polícia — falou Robin calmamente. — Missão cumprida: conseguimos algo contra a igreja.

Strike, que esperava esta atitude, continuava insatisfeito.

— O que Murphy pensa disso?

— Mas que raios isso tem a ver com Ryan? — questionou Robin, com a voz tensa.

Reconhecendo o erro estratégico, Strike respondeu:

— Nada.

Houve um breve silêncio, em que a chuva martelou na janela e o vento assoviou pelas calhas.

— Tudo bem, então, acho que temos de dividir esses ex-integrantes para encontrarmos um jeito de chegar a eles, ver se alguém quer falar — sugeriu Strike, rompendo o contato visual para abrir um arquivo no computador. — Já te enviei os nomes do censo. Robertson me mandou a lista dele ontem à noite. Só havia um nome que eu ainda não tinha: Cherie Gittins. Ele nunca conseguiu localizá-la, mas descobri um pouco sobre ela na internet. Ela foi a garota que levou Daiyu Wace para nadar no dia do afogamento, mas não consigo encontrar nenhum rastro dela depois de 1995.

— Quer que eu dê uma olhada? — prontificou-se Robin, abrindo seu bloco.

— Não custa nada. Uma notícia melhor: encontrei a família Doherty, o pai que foi embora com três dos filhos e a mãe que foi expulsa mais tarde.

— Sério?

— É, mas tive de ouvir um "não" categórico quanto a uma entrevista com o pai e dois dos filhos. O pai foi muito agressivo. A menina… digo menina, mas agora todos são adultos... ainda não retornou meu contato. É Niamh, a mais velha. Não consigo encontrar nenhum rastro da mãe, Deirdre, e fico imaginando se ela mudou de nome ou saiu do país. Nenhum atestado de óbito. Não tive muita sorte com Jordan também, o cara que Kevin Pirbright alega que foi açoitado na cara com um mangual de couro. Ele não está em nenhum relatório do censo, então devia estar de mudança entre os recenseamentos.

"Mas talvez eu tenha encontrado a filha mais velha de Jonathan Wace, Abigail. Se eu estiver certo, ela passou a usar o nome de solteira da mãe, Glover, depois de sair da igreja e é bombeira."

— Literalmente uma...?

— Se for a mulher certa, então sim, mangueira, sirene, a coisa toda. Não se casou, sem filhos que eu consiga localizar e mora em Eiling. Também acho que identifiquei a garota lésbica que ingressou na adolescência, aquela de quem Robertson falou no artigo.

— Já?

— Já. Ela está no censo de 2001 e seu nome é Flora Brewster. Idade e datas batem. O perfil no Facebook é cheio de fotos da Nova Zelândia e ela vem de uma família muito rica. O avô fundou uma construtora imensa: a Howson Homes.

— "*Você-ficaria-ah-tão-feliz-em-uma-Howson-Home*"? — perguntou Robin, quando lhe veio à mente o jingle dos anos 1990 que ela não sabia que lembrava.

— Até as paredes divisórias caírem, sim. A Howson Homes não tem fama de ser uma boa construtora.

— Entrou em contato com ela?

— Não, porque a conta no Facebook está inativa; ela não posta nada lá há mais de um ano, mas *encontrei* um cara chamado Henry Worthington-Fields, que é amigo dela no Facebook e mora em Londres. Acho que é possível ser o cara que a colocou lá dentro, que só ficou uma semana. Ele fala sobre uma velha amiga que a igreja quase destruiu. Muito raivoso, muito amargurado, sugestões sombrias sobre criminalidade. Enviei uma mensagem a ele, mas não houve retorno até agora. Se ele estiver disposto a falar, talvez eu consiga descobrir o que estava por trás do comentário de Flora a Fergus Robertson, "Tem uma coisa que você não sabe".

— Andei pensando nessa garota... Flora... depois de ler seu e-mail — disse Robin. — Com ela, são duas pessoas que se suicidaram, ou tentaram se suicidar, logo depois de sair da igreja. É como se eles partissem usando coletes invisíveis de suicidas. Depois a Profetisa Afogada aparece e os faz detonar o colete.

— Um jeito fantasioso de colocar a questão — comentou Strike —, mas sim, entendo o que quer dizer.

— Eu te contei que Alexander Graves está retratado no teto do templo com um laço de forca no pescoço?

— Não, não contou.

— É doentio, não? Eles chegam perto de glorificar o suicídio, colocando aquilo no teto. Equiparando a um martírio pela igreja.

— É de imaginar que convenha à IHU ter desistentes dando um fim à própria vida. Um problema que se resolve sozinho.

— Mas dá mais peso ao que Prudence disse, não é? Sobre não tirar Will Edensor de lá com muita rapidez, sem esperar que ele simplesmente volte ao...

Neste momento, eles ouviram um tinido no térreo e a porta da antessala se abriu. Strike e Robin se viraram, surpresos: ninguém mais deveria estar ali, porque Midge estava de folga e todos os outros terceirizados faziam vigilância.

Ali, na soleira da porta, estava Clive Littlejohn, atarracado e robusto com o casaco salpicado de chuva, o corte militar inalterado pela ventania. Os olhos de pálpebras caídas piscaram para os sócios visíveis pela porta aberta da sala. Tirando isso, ele permaneceu inexpressivo e estático.

— Bom dia — cumprimentou Strike. — Pensei que estivesse na cola do marido da cliente nova.

— Doente — disse Littlejohn.

— É mesmo?

— Ela mandou mensagem.

— Então... precisa de alguma coisa?

— Recibos — respondeu Littlejohn, colocando a mão no bolso interno do casaco e retirando um pequeno maço de papéis, que colocou na mesa de Pat.

— Tudo bem — disse Strike.

Littlejohn ficou parado por mais um ou dois segundos, depois se virou e saiu do escritório, fechando a porta de vidro.

— Parece até que ele é tributado por sílaba — comentou Robin em voz baixa.

Strike não disse nada, a fisionomia ainda tensa diante da porta de vidro.

— Qual é o problema? — perguntou Robin.

— Nenhum.

— Tem, sim. Por que está olhando com essa cara?

— Como ele pretendia entrar? Mudei o rodízio ontem à noite para podermos ter esta reunião, caso contrário eu estaria seguindo Frank Dois e você não teria motivo nenhum para vir aqui... sobretudo durante o que é praticamente um furacão — acrescentou Strike, enquanto a chuva batia na janela.

— *Ah* — murmurou Robin, com a expressão tão vaga quanto a de Littlejohn. — Você ouviu barulho de chave antes de a porta se abrir?

— Ele não tem uma chave — explicou Strike. — Ou não deveria ter.

Antes que qualquer um dos dois pudesse dizer alguma coisa, o celular de Robin tocou.

— Desculpe — disse ela a Strike, ao verificar o aparelho. — É Ryan.

Strike se levantou e foi para a antessala. Suas ruminações sobre o estranho comportamento de Littlejohn foram perturbadas pela voz de Robin e sua gargalhada. Evidentemente os planos da noite foram mudados devido ao mau tempo. E então seu próprio celular tocou.

— Strike.

— Oi — era a voz de Ilsa. — Como você está?

— Bem — respondeu ele, enquanto Robin baixava o tom na sala, e a irritação de Strike aumentou. — O que é que manda?

— Olha, espero que não pense que estou me metendo.

— Diga o que tem para me dizer, depois eu direi se está se metendo ou não — rebateu Strike, sem se dar ao trabalho de parecer muito simpático.

— Bom, você está prestes a receber um telefonema de Bijou.

— E você sabe disso porque...?

— Porque ela acabou de me contar. Na verdade, ela contou a mim e a outras três pessoas com quem eu estava conversando.

— E?

— Ela disse que você não tem respondido às mensagens dela, então...

— Você me ligou para me dar uma bronca por não responder às mensagens?

— Meu Deus, não, é o contrário!

Na sala, Robin ria de algo mais que Ryan havia dito. O homem simplesmente não podia ser assim tão engraçado, porra.

— Pode falar — disse Strike a Ilsa, indo à porta interna e fechando com uma firmeza maior do que a necessária. — Desembucha.

— Corm — disse Ilsa em voz baixa, e ele sabia que ela tentava não ser ouvida pelos colegas —, ela é louca. Ela já contou...

— Você me ligou para me dar conselhos que não pedi sobre minha vida amorosa, é isso mesmo?

Robin, que tinha encerrado o telefonema com Ryan, levantou-se e abriu a porta a tempo de ouvir Strike dizer:

— ... não, não estou. Então, sim, não se meta.

Ele desligou.

— O que foi isso? — perguntou Robin, surpresa.

— Ilsa — respondeu Strike rispidamente, voltando a se sentar à mesa dos sócios.

Robin, que suspeitava saber o motivo do telefonema de Ilsa, voltou a sua cadeira sem dizer nada. Notando esta falta de curiosidade incomum, Strike deduziu corretamente que Ilsa e Robin já haviam conversado sobre a noite que ele passara com Bijou.

— Você sabia que llsa pretendia me dizer como devo levar minha vida pessoal?

— Quê? — Robin ficou assustada com a pergunta e com o tom. — Não!

— Mesmo?

— Sim, não mesmo! — afirmou Robin, o que era verdade; ela podia ter dito a Ilsa para falar com Strike, mas não sabia que ela faria isso.

O celular de Strike tocou pela segunda vez. Ele nem se dera ao trabalho de salvar o número de Bijou entre seus contatos, mas, certo de quem estava prestes a ouvir, atendeu.

— Oi, estranho — disse a inconfundível voz alta e rouca.

— Oi — falou Strike. — Como está?

Robin se levantou e foi à sala vizinha, a pretexto de pegar mais café. Atrás dela, ouviu Strike dizer:

— É, desculpe por isso, estive ocupado.

Como tinha decidido não pensar no sócio em termos além daqueles da amizade e do trabalho, Robin decidiu acreditar que os sentimentos de irritação e mágoa que a dominavam eram causados pela irritabilidade de Strike e pela porta da sala quase batendo enquanto ela falava com Ryan. Era inteiramente problema dele se queria dormir com aquela mulher horrível de novo, e mais tolice da parte dele se não percebia que ela estava atrás dele pela fortuna que ele não tinha, ou pelo filho que ele não queria.

— Tá, tudo bem — ela ouviu Strike dizer. — A gente se vê lá.

Fazendo um esforço decidido de aparentar neutralidade, Robin voltou à mesa dos sócios com café fresco, ignorando o ar de desafio truculento de Strike.

16

A linha inicial traz boa fortuna, a segunda é favorável;
isto se deve ao tempo.
A terceira linha traz um auspício de infortúnio,
a quinta de doença (...).

I Ching: O livro das mutações

Nos dias que se seguiram, Strike e Robin só se comunicaram por mensagens de texto objetivas, sem piadas nem bate-papo. Robin estava mais irritada consigo mesma por remoer sobre a porta batida e a acusação de que esteve fofocando com Ilsa pelas costas do sócio do que estava com Strike por ter feito estas duas coisas.

Strike, que sabia que tinha agido de forma irracional, não pediu desculpas. Porém, uma autorrecriminação incômoda se juntara à irritação com Ilsa, e as duas coisas foram intensificadas pelo segundo encontro com Bijou.

Ele percebeu que havia cometido um erro cinco minutos depois de voltar a encontrá-la. Enquanto ela soltava gargalhadas das próprias histórias e falava alto sobre importantes conselheiros da rainha que davam em cima dela, ele ficou sentado quase em silêncio, perguntando-se no que tinha se metido. Decidido pelo menos a ter o que viera procurar, ele saiu do apartamento dela algumas horas depois com a leve sensação de repulsa pessoal e um forte desejo de nunca mais voltar a pôr os olhos nela. O único pequeno consolo foi que seu tendão desta vez não sofreu, porque ele indicou a preferência por ficar na horizontal durante o sexo.

Embora não fosse a primeira vez que Strike ia para a cama com uma mulher por quem não estava apaixonado, nunca na vida tinha transado com alguém de quem claramente não gostava. Todo o episódio, que ele considerava firmemente encerrado, tinha intensificado, e não aliviado, seu mau humor, obrigando-o a voltar a seus sentimentos por Robin.

Mal sabia Strike que a relação entre Robin e Murphy tinha sofrido seu primeiro golpe sério, um fato que Robin não pretendia de jeito nenhum compartilhar com o sócio.

A briga aconteceu na quarta-feira à noite em um bar perto de Piccadilly Circus. Robin, que devia partir para Coventry às cinco horas da manhã seguinte, não tinha gostado da ideia de uma ida ao cinema no meio da semana. Mas, como Murphy já havia comprado os ingressos, achou que não podia protestar. Ele parecia decidido a não recair em um padrão em que eles apenas se encontravam na casa um do outro para comer e fazer sexo. Robin achava que isto se devia a um temor de não a estar valorizando ou de cair em uma rotina, o que ela deduziu, por comentários indiretos, que tinha sido uma queixa da ex-mulher dele.

O gatilho para a briga dos dois foi uma observação fortuita de Robin sobre a estada planejada na Fazenda Chapman. Depois ficou claro que Murphy tinha uma ideia equivocada. Ele achava que ela só ficaria fora sete dias, se conseguisse ser recrutada, e ficou chocado ao descobrir que, na realidade, ela se comprometera com um trabalho sob disfarce sem data definida para terminar, que podia durar várias semanas. Murphy ficou irritado por Robin não ter explicado bem a questão, enquanto Robin ficou furiosa com o fato de ele não ter ouvido direito. Talvez não fosse culpa de Murphy que ele estivesse trazendo de volta lembranças desagradáveis do suposto direito do ex-marido dela de ditar os limites de seu compromisso profissional, mas a comparação era inevitável, uma vez que Murphy parecia pensar que Strike tinha pressionado Robin a fazer este trabalho penoso e que ela não fora assertiva o suficiente para recusar.

— Acontece que eu *quero* ir — disse Robin a Murphy, falando em um sussurro zangado, porque o bar estava lotado. Sem que os dois notassem, já estavam atrasados vinte minutos para sair para o cinema. — Eu me ofereci porque sei que sou a melhor pessoa para o trabalho... e, para sua informação, Strike esteve ativamente tentando me convencer a não ir.

— Por quê?

— Porque pode demorar demais — respondeu Robin, mentindo por omissão.

— E ele vai sentir sua falta, é isso que está dizendo?

— Quer saber, Ryan? *Vai à merda.*

Indiferente à curiosidade de um grupo de garotas ali perto, que olhava disfarçadamente para o belo Murphy, Robin vestiu o casaco.

— Vou para casa. Tenho de me levantar ao amanhecer para dirigir até Coventry, de todo modo.

— Robin...

Mas ela já se dirigia à porta.

Murphy a alcançou cem metros mais adiante na rua. O excessivo pedido de desculpas dele foi feito à vista da Shaftesbury Memorial Fountain, encimada por um cupido, onde o ex-marido tinha lhe pedido em casamento, o que não ajudou em nada a dissipar a sensação de *déjà-vu* de Robin. Porém, como Murphy assumia toda a culpa de forma galante, Robin sentiu que não tinha alternativa senão ceder. Como *Ave, César!* já estava na metade da sessão, eles foram a um restaurante italiano barato e se despediram, pelo menos superficialmente, de maneira amigável.

Ainda assim, Robin continuava deprimida quando partiu para o norte em seu velho Land Rover na manhã seguinte. Mais uma vez, fora obrigada a enfrentar a dificuldade de conciliar qualquer vida pessoal normal com a carreira escolhida. Pensou que pudesse ser mais fácil com Ryan, em vista da profissão dele, mas aqui estava ela de novo, justificando compromissos para os quais sabia que não teria dado a mínima importância, se fosse ele quem os tivesse assumido.

Sua viagem pela M1 foi monótona e, portanto, lhe deu pouca chance para dispersar as reflexões insatisfatórias. Mas, ao se aproximar do posto de gasolina Newport Pagnell, onde pretendia parar para tomar um café, Ilsa ligou. O Land Rover não tinha Bluetooth, então Robin esperou até estar na Starbucks para retornar o telefonema da amiga.

— Oi — disse ela, tentando aparentar mais ânimo do que sentia —, tudo bem?

— Tudo — disse Ilsa. — Só queria saber se Corm contou alguma coisa a você.

— Sobre Bijou? — perguntou Robin, que não se deu ao trabalho de fingir que não sabia do que Ilsa falava. — Além de me acusar de falar com você pelas costas dele, não.

— Ai, meu Deus. — Ilsa gemeu. — Desculpe. Eu só tentava avisar a ele...

— Eu sei. — Robin suspirou. — Mas sabe como ele é.

— Nick disse que devo pedir desculpas, o que é uma solidariedade de merda da parte de meu marido, devo dizer. Queria ver a cara de Nick se Bijou engravidasse de propósito. Acho que você não sabe...?

— Ilsa — disse Robin, interrompendo a amiga —, se está prestes a me perguntar se interroguei Strike sobre seus hábitos contraceptivos...

— Sabia que ela me disse... com outras cinco pessoas podendo ouvir, aliás... que ela pegou uma camisinha usada na lixeira, enquanto tinha um caso com aquele conselheiro casado, e inseriu dentro dela?

— Meu Deus — disse Robin, assustada e desejando muito não ter recebido esta informação. — Bom, eu... acho que Strike é cuidadoso, né?

— Tentei ser uma boa amiga — disse Ilsa, frustrada. — Por mais que ele seja um idiota, não quero que pague pensão alimentícia a um filho da maldita Bijou Watkins pelos próximos dezoito anos. Ela seria um pesadelo de mãe, quase tão ruim quanto Charlotte Campbell.

Quando Robin retornou ao Land Rover, sentia-se mais infeliz do que nunca, e foi preciso um esforço considerável para voltar a se concentrar no trabalho que precisava fazer.

Ela chegou à rua de Sheila Kennett faltando cinco minutos para o meio-dia. Ao trancar o Land Rover, Robin se perguntou, dado o que Kevin Pirbright havia dito sobre membros da igreja deixando todo o seu dinheiro na IHU, como Sheila conseguira pagar até mesmo por este pequeno bangalô, apesar da aparência desgastada.

Quando tocou a campainha, ela ouviu passos com uma velocidade que a surpreendeu, porque Sheila Kennett tinha oitenta e cinco anos.

A porta se abriu e revelou uma idosa diminuta cujo cabelo ralo e grisalho estava preso em um coque. Os olhos escuros, cujas íris mostravam halos corneanos acentuados, eram imensamente ampliados por fortes óculos bifocais. Ligeiramente recurvada, Sheila estava com um vestido vermelho largo, chinelos azul-marinho, um enorme aparelho auditivo, uma aliança de ouro escurecida e um crucifixo de prata no pescoço.

— Olá — disse Robin, sorrindo para ela. — Nos falamos por telefone. Sou Robin Ellacott, a...

— Detetive particular, não? — interrompeu Sheila, com sua voz ligeiramente rouca.

— Sim — confirmou Robin, estendendo a carteira de habilitação. — Eu mesma.

Sheila piscou para a carteira por alguns segundos, depois disse:

— Tudo bem. Entre, então — e deu um passo de lado para que Robin entrasse no hall acarpetado de marrom escuro. O bangalô tinha um leve cheiro de mofo.

— Você fica ali. — Sheila apontou a sala da frente a Robin. — Quer chá?

— Obrigada... Quer ajuda? — perguntou Robin, ao ver a Sheila de aparência frágil se arrastar para a cozinha. Sheila não respondeu. Robin torcia para que o aparelho auditivo estivesse ligado.

O papel de parede que descascava e a pouca mobília surrada revelavam a pobreza. Havia um sofá verde em ângulo reto com uma poltrona de tartã desbotada, com uma banqueta da mesma cor. A televisão era antiga e abaixo dela havia um videocassete igualmente antiquado, enquanto uma estante frágil guardava uma variedade de romances de tipologia grande. A única fotografia na sala estava no alto da estante e mostrava um casamento dos anos 1960. Sheila e o marido, Brian, cujo nome Robin sabia pelos relatórios do censo, foram retratados na frente de um cartório. Sheila, que foi muito bonita na juventude, tinha o cabelo preto em um penteado colmeia, o vestido de casamento no modelo princesa pouco abaixo dos joelhos. A foto era tocante pelo fato de Brian, com um leve ar brincalhão, sorrir radiante, como se não acreditasse na própria sorte.

Algo roçou no tornozelo de Robin: um gato cinza acabara de entrar na sala e a encarava com seus olhos verde-claros. Enquanto Robin se abaixava para lhe fazer um carinho atrás das orelhas, um tilintar anunciou o reaparecimento de Sheila, que segurava uma bandeja velha de estanho em que havia duas xícaras, um jarro e um prato do que Robin reconheceu como fatias de bolo pronto Mr. Kipling's Bakewell.

— Deixe comigo — disse Robin, porque parte do líquido quente já se derramava. Sheila permitiu que Robin tirasse a bandeja de suas mãos e a colocasse na mesinha de centro. A senhora pegou a própria xícara, colocou-a no braço da poltrona de tartã, sentou-se, pôs os pés minúsculos na banqueta, depois falou, olhando a bandeja de chá:

— Esqueci o açúcar. Vou...

Ela começou a luta para se levantar.

— Está tudo bem, eu não tomo com açúcar — falou Robin apressadamente. — A não ser que a senhora queira.

Sheila fez que não com a cabeça e relaxou na poltrona. Quando Robin se sentou no sofá, o gato pulou para o lado e se esfregou nela, ronronando.

— Ele não é meu — informou Sheila, vendo as travessuras do gato. — É da vizinha, mas gosta de ficar aqui.

— Dá pra ver. — Robin sorriu e passou a mão nas costas arqueadas do gato. — Qual é o nome dele?

— Smoky — respondeu Sheila, levando a xícara à boca. — Ele gosta de ficar aqui — ela repetiu.

— Posso fazer anotações? — perguntou Robin.

— Escrever as coisas? Tudo bem — concordou Sheila Kennett. Enquanto Robin pegava a caneta, Sheila soltou um beijo para o gato, mas ele a ignorou e continuou a roçar a cabeça em Robin. — Ingrato — reclamou ela. — Dei uma lata de salmão a ele ontem à noite.

Robin sorriu de novo e abriu o bloco.

— Então, sra. Kennett...

— Pode me chamar de Sheila. Por que fez isso no seu cabelo?

— Ah, isto? — disse Robin meio constrangida, levando a mão às pontas azuis do cabelo. — Só estou experimentando.

— Punk rock, é? — quis saber Sheila.

Decidindo não contar à senhora que ela estava uns quarenta anos atrasada, Robin disse:

— Um pouco.

— Você é uma garota bonita. Não precisa de cabelo azul.

— Estou pensando em voltar à cor natural. Então... posso perguntar quando foi que a senhora e seu marido moraram na Fazenda Chapman?

— Na época não se chamava Fazenda Chapman — disse a idosa. — Era a Fazenda Forgeman. Brian e eu éramos hippies. — Sheila piscou para Robin através das grossas lentes dos óculos. — Sabe o que são hippies?

— Sim.

— Bom, Brian e eu éramos. Hippies — repetiu Sheila. — Morando em uma comuna. Hippies — disse ela mais uma vez, como se gostasse do som da palavra.

— Lembra-se de quando foi...

— Em 1969 fomos para lá — respondeu Sheila. — Quando estava tudo começando. Plantamos erva. Sabe o que é erva?

— Sim, eu sei.

— Nós fumávamos muito disso — revelou Sheila, com uma risadinha rouca.

— Quem mais estava lá no começo, a senhora se lembra?

— Sim, eu me lembro de tudo — falou Sheila com orgulho. — Rust Andersen. Ele era americano. Morava em uma barraca no campo. Harold Coates. Me lembro de tudo. Às vezes não consigo me lembrar do dia de ontem, mas me lembro de tudo isso. Coates era um homem sórdido. Um homem muito sórdido.

— Por que diz isso?

— Crianças — disse Sheila. — Não sabe nada disso?

— Está falando de quando os irmãos Crowther foram presos?

— Eles mesmos. Uma gente sórdida. Horrível. Eles e os amigos deles.

O ronronar do gato encheu a sala conforme ele se pôs de costas. Robin o acariciava com a mão esquerda.

— Brian e eu nunca soubemos o que eles faziam lá — continuou Sheila. — Nunca sabíamos o que estava acontecendo. Ficávamos ocupados plantando e vendendo hortaliças. Brian tinha porcos.

— Ele tinha, é?

— Ele adorava os porcos dele, e as galinhas. As crianças corriam por todo lado. Eu mesma não tive filho nenhum. Abortos espontâneos. Tive nove ao todo.

— Ah, eu sinto muito — disse Robin.

— Nunca tivemos um filho — repetiu Sheila. — Queríamos ter filhos, mas não conseguimos. Tinha um monte de crianças correndo pela fazenda, e me lembro do seu amigo. Um sujeito grandalhão. Maior que alguns dos meninos mais velhos.

— Como disse? — Robin ficou atordoada.

— Seu sócio. Condoman Strike ou coisa assim, não é isso?

— Isso mesmo — confirmou Robin, olhando-a com curiosidade, e se perguntando se a idosa, que podia se repetir muito, mas parecia basicamente atenta, estaria, na verdade, senil.

— Quando contei à vizinha que você vinha me ver, ela leu para mim um artigo sobre você e ele. Ele estava lá, com a irmã e a mãe dele. Eu me lembro, porque meu Brian dava em cima de Leda Strike, e eu sabia, e nós brigávamos por causa disso. Ciúme. Eu o via olhando Leda o tempo todo. Ciúme — repetiu Sheila. — Mas não acho que Leda teria olhado para o meu Brian. Ele não era um astro do rock, o Brian.

Sheila soltou outra risada rouca. Fazendo o máximo para se recuperar do choque, Robin disse:

— Sua memória é muito boa, Sheila.

— Ah, eu me lembro de tudo que aconteceu na fazenda. Às vezes não me lembro do dia anterior, mas me lembro de tudo isso. Ajudei a pequena Ann a dar à luz. Harold Coates estava lá. Ele era médico. Eu ajudei. Ela passou por maus bocados. Bom... Ann tinha só catorze anos.

— É mesmo?

— Sim... Amor livre, sabe. Não era como agora. Era diferente.

— E o bebê?

— Ficou tudo bem. Mazu, como Ann a chamou, mas Ann foi embora não demorou muito. Deixou a neném na comuna. Não gostava de ser mãe. Nova demais.

— Então, quem cuidou de Mazu? — perguntou Robin. — O pai dela?

— Não sei quem era o pai, eu nunca soube com quem Ann andava. As pessoas dormiam com qualquer um. Mas não Brian e eu. Estávamos tentando ter filhos. Ocupados na fazenda. Não sabíamos de tudo que acontecia — disse Sheila, mais uma vez. — A polícia foi à fazenda, de repente. Alguém denunciou. Fomos todos interrogados. O meu Brian passou horas na delegacia. Deram uma busca em todos os quartos. Reviraram todas as nossas coisas pessoais. Depois disso, eu e Brian fomos embora.

— Foram?

— Fomos. Horrível — disse Sheila e, mais uma vez, enfatizou: — Nós não sabíamos. Nunca soubemos. Não é como se eles fizessem qualquer coisa no pátio. Ficávamos ocupados na fazenda.

— Para onde vocês foram, depois que saíram?

— Para cá — respondeu Sheila, indicando o bangalô com a mão manchada. — Era a casa de meus pais. Ah, eles ficaram zangados com todas as coisas que saíram nos jornais. E Brian não conseguia um emprego. Eu consegui. Escriturária. Não gostava. Brian sentia falta da fazenda.

— Quanto tempo vocês ficaram fora, Sheila, você se lembra?

— Dois anos... três anos... depois Mazu nos escreveu. Disse que estava tudo melhor, e eles tinham uma comunidade boa e nova. Brian era bom agricultor, sabe, por isso ela o queria, então nós voltamos.

— Lembra quem estava lá quando vocês voltaram?

— Não quer bolo?

— Obrigada, eu adoraria — Robin mentiu, pegando uma fatia. — Posso...?

— Não, eu peguei para você — disse Sheila. — O que você perguntou mesmo?

— Sobre quem estava na Fazenda Chapman quando vocês voltaram a morar lá.

— Não sei o nome de todo mundo. Tinha algumas famílias novas. Coates ainda estava lá. O que você me perguntou mesmo?

— Só sobre as pessoas — disse Robin —, quem estava lá quando vocês voltaram.

— Ah... Rust Andersen ainda estava em sua cabana. E o garoto Graves, um menino chique e magricela. Ele era novo. Ele ia à casa de Rust e passava metade da noite fumando. Erva. Sabe o que é erva? — perguntou ela de novo.

— Sim, sei — disse Robin, sorrindo.

— Não faz bem nenhum a algumas pessoas — falou Sheila num tom sensato. — O menino Graves não lidava bem com ela. Ficava estranho. Algumas pessoas não deviam fumar aquilo.

— Jonathan Wace estava na fazenda quando vocês voltaram?

— É isso mesmo, com a garotinha dele, Abigail. E Mazu tinha uma filha: Daiyu.

— O que a senhora achava dele? — perguntou Robin.

— Encantador. Era o que eu pensava na época. Ele aceitou todos nós. Encantador — ela repetiu.

— O que o fez ir morar na fazenda, a senhora sabe dizer?

— Não, eu não sei por que ele foi. Eu tinha pena de Abigail. A mãe dela morreu, então o pai a levou para a fazenda, e logo depois ela teve uma irmã

— E a senhora se lembra de quando foi que a ideia da igreja começou?

— Foi porque Jonathan costumava nos dar palestras sobre as crenças dele. Ele nos fazia meditar e começou a nos obrigar a ir coletar dinheiro na rua. As pessoas apareciam e o ouviam falar.

— Começou a ir muita gente para a fazenda?

— É, e estavam pagando. Alguns eram chiques. Depois Jonathan começou a viajar, dando suas palestras. Mazu cuidava das coisas lá. Ela deixou o cabelo crescer até a cintura... um cabelo preto e comprido... e dizia a todo mundo que era meio chinesa, mas ela nunca foi chinesa — disse Sheila, mordaz. — A mãe dela era branca como você e eu. Não teve nenhum chinês, nunca, na Fazenda Chapman. Mas nunca dissemos a ela que sabíamos que estava mentindo. Só estávamos felizes por voltar à fazenda, Brian e eu. O que você me perguntou mesmo?

— Só sobre a igreja e como começou.

— Ah... Jonathan dava cursos, com sua meditação e todas as religiões orientais e essas coisas, e depois ele começou a dar sermões, então construímos um templo na fazenda.

— E vocês eram felizes? — perguntou Robin.

Sheila piscou algumas vezes antes de responder.

— Éramos felizes às vezes. Às vezes éramos. Mas aconteceram coisas ruins. Rust foi atropelado por um carro, numa noite. Jonathan disse que era um julgamento, por todas as vidas que Rust tirou na guerra... E depois veio a família do garoto Graves e o agarrou na rua quando ele estava em Norwich, e soubemos que ele tinha se enforcado. Jonathan nos disse que era o que aconteceria com todos nós se fôssemos embora. Ele disse que Alex teve um vislumbre da verdade, mas não conseguiu lidar com o mundo. Então aquilo era um alerta para nós, foi o que Jonathan disse.

— A senhora acreditou nele? — perguntou Robin.

— Na época, sim. Eu acreditava em tudo que Jonathan dizia, na época. Brian também. Jonathan sabia fazer a gente acreditar, tinha um jeito de convencer você a fazer tudo certo, por ele. Você queria cuidar dele.

— Cuidar de Jonathan?

— É... Você precisava vê-lo chorando quando Rust e Alex morreram. Parecia que ele tinha sentido mais do que todos nós.

— A senhora disse que às vezes eram felizes na fazenda. Houve outros momentos em que...?

— Começaram a acontecer coisas desagradáveis — interrompeu a idosa. Seus lábios tremiam. — Era Mazu, não Jonathan. Não era Jonathan. Era ela.

— Que coisas desagradáveis? — perguntou Robin, com a caneta posicionada sobre o bloco.

— Só castigos — revelou Sheila com os lábios ainda tremendo. Depois de um silêncio de alguns segundos, ela falou: — Paul deixou os porcos escaparem, por acidente, e Mazu obrigou as pessoas a baterem nele.

— Lembra-se do sobrenome de Paul?

— Draper — informou Sheila, depois de uma breve pausa. — Todo mundo o chamava de Dopey. Ele parecia ter alguma deficiência intelectual. Não deviam ter deixado que ele cuidasse dos porcos. Ele deixou o portão aberto. O Dopey Draper.

— Sabe onde ele está agora?

Sheila negou com a cabeça.

— Lembra-se de um garoto chamado Jordan se açoitando?

— Foram muitas as vezes em que as pessoas eram açoitadas. É, eu me lembro de Jordan. Adolescente.

— Por acaso se lembra do sobrenome dele, Sheila?

Sheila pensou um pouco.

— Reaney. Jordan Reaney. Ele era um sujeito rude. Meteu-se em problemas com a polícia.

Enquanto Robin anotava o sobrenome de Jordan, o gato a seu lado, entediado pela falta de atenção, deu um salto leve do sofá e saiu da sala.

— Tudo piorou depois que Daiyu morreu — continuou Sheila, sem precisar de estímulos. — Sabe quem era Daiyu?

— A filha de Jonathan e Mazu — respondeu Robin. — Ela se afogou, não foi?

— Isso mesmo. Cherie a havia levado à praia.

— Seria Cherie Gittins? — perguntou Robin.

— Ela mesma. Uma menina tola, é o que ela era. Daiyu mandava nela.

— Por acaso, a senhora sabe o que aconteceu com Cherie depois que Daiyu morreu, Sheila?

— Castigada. — Sheila parecia muito aflita. — Todos que estiveram envolvidos foram castigados.

— O que quer dizer com "todos"?

— Cherie e os que não impediram as coisas. Os que viram as duas saindo na picape aquela manhã. Mas eles não sabiam! Eles pensaram que Daiyu tinha permissão! O meu Brian, e Dopey Draper, e a pequena Abigail. Eles todos foram castigados.

— Apanharam? — perguntou Robin, hesitante.

— Não — negou Sheila, agitada de repente. — Pior. Foi cruel.

— O que...?

— Deixa pra lá — interrompeu Sheila, as mãos pequenas em punhos trêmulos. — Melhor deixar isso quieto... Mas eles sabiam que Brian estava doente quando fizeram aquilo com ele. Ele sempre perdia o equilíbrio. Jonathan ficava dizendo a ele para ir rezar no templo, e então ele melhorou. Mas depois que o castigaram, ele ficou muito pior. Não conseguia enxergar direito, e eles ainda o obrigavam a se levantar e ir coletar dinheiro na rua... E no fim — disse Sheila, a agitação crescente —, Brian gritava e gemia. Não conseguia sair da cama. Eles o levaram para o templo. Ele morreu no chão do templo. Eu estava com ele. Ele ficou um dia inteiro quieto, depois morreu. Todo rígido no chão do templo. Acordei ao lado dele e vi que estava morto. Os olhos dele estavam abertos

A idosa começou a chorar. Robin, que lamentava desesperadamente por ela, procurou algum sinal de lenço pela sala.

— Tumor — Sheila soluçava. — Era o que ele tinha. Eles o abriram para descobrir o que era. Tumor.

Ela enxugou o nariz nas costas da mão.

— Deixe que eu... — Robin levantou-se e saiu da sala.

No pequeno banheiro junto do hall, que tinha uma pia e uma banheira velhas e cor-de-rosa, ela pegou um chumaço de papel higiênico e correu de volta à sala para dar a Sheila.

— Obrigada — agradeceu a idosa, enxugando os olhos e assoando o nariz enquanto Robin voltava a se sentar no sofá.

— Foi quando você partiu de vez, Sheila? — perguntou Robin. — Depois que Brian morreu?

Sheila fez que sim com a cabeça, as lágrimas ainda escorrendo por trás dos óculos.

— E eles me ameaçaram, tentaram me impedir de sair. Disseram que eu era uma pessoa má e que iam contar a todo mundo que fui cruel com Brian, e disseram que sabiam que eu tinha apanhado dinheiro, e que me viram maltratando os animais da fazenda… Eu *nunca* maltrato um animal. Nunca fiz isso…

"*Cruéis*", disse ela, com um soluço. "*Cruéis*, é o que eles são. Eu o achava tão bom, o Jonathan. Ele me disse, 'Brian estava quase melhor, Sheila, mas ainda não era um espírito puro, e por isso ele morreu. Você o impediu de ser um espírito puro, gritando com ele e não sendo uma boa esposa.' Ele *não* estava melhorando, nem um pouco", afirmou Sheila, com outro soluço. "Não estava. Ele não conseguia enxergar nem andar direito, e fizeram coisas horríveis com ele, depois ficavam gritando com ele porque ele não tinha coletado dinheiro suficiente na rua."

— Eu sinto muito, Sheila — disse Robin em voz baixa. — De verdade. Eu lamento muito.

Um miado baixo penetrou o silêncio. Smoky, o gato, tinha voltado.

— Ele quer comida — falou Sheila, chorosa. — Não está na hora — disse ela ao gato. — Você vai me meter em problemas com a vizinha se eu começar a te dar almoço.

Sheila parecia exausta. Robin, que não queria deixá-la neste estado, voltou a conversa gentilmente para gatos e seus hábitos errantes. Depois de mais ou menos dez minutos, Sheila tinha recuperado a compostura o suficiente para falar do próprio gato, que foi atropelado na rua, mas Robin sabia que sua angústia ainda estava perto da superfície, e seria crueldade pressionar para obter mais reminiscências.

— Muito obrigada por conversar comigo, Sheila — disse ela por fim. — Só mais uma pergunta, se não se importa. Sabe quando Cherie Gittins saiu da Fazenda Chapman? Tem alguma ideia de onde ela está agora?

— Ela saiu logo depois de Brian morrer. Não sei para onde foi. Foi culpa dela tudo aquilo ter acontecido! — acusou ela, com uma ressurgência da raiva. — Foi tudo culpa dela!

— Tem alguma coisa que eu possa fazer pela senhora antes de ir embora? — perguntou Robin, colocando o bloco na bolsa. — Talvez ligar para sua vizinha? Pode ser bom ter alguma companhia.

— Vocês vão fazê-los parar? — perguntou Sheila, chorosa, ignorando a sugestão de Robin.

— Vamos tentar — respondeu Robin.

— *Vocês precisam fazê-los parar* — disse Sheila com veemência. — Nós éramos hippies, Brian e eu, só isso. Hippies. Nunca soubemos no que tudo aquilo ia se transformar.

17

Para a insensatez juvenil, nada traz menos esperança
do que se enredar em fantasias vazias.
Quanto mais obstinadamente se apega a estas fantasias irreais,
mais humilhação sofrerá.

I Ching: O livro das mutações

— Você conseguiu tirar muito dela — comentou Strike. — Excelente trabalho.

Robin, que estava sentada no Land Rover estacionado comendo um sanduíche de atum que comprara em uma cafeteria próxima, não conseguiu resistir a ligar para Strike depois de sair da casa de Sheila. Ele parecia consideravelmente menos rabugento do que da última vez que se falaram.

— Mas é pavoroso, né? — disse ela. — Ninguém conseguiu assistência médica para o coitado do marido dela.

— É mesmo. O problema é que ele tomou a decisão de não ir para o hospital, não foi? Então é muito difícil conseguir uma acusação criminal por isto. Não é como Margaret Cathcart-Bryce, que pediu um médico insistentemente.

— Supostamente — ressaltou Robin. — Não temos confirmação disso.

— É, o problema é esse — disse Strike, que estava na rua, na frente do edifício dos irmãos Frank. — O que realmente precisamos saber é de algum crime que tenha várias testemunhas dispostas a se apresentar em um tribunal e falar, o que começo a pensar que será uma tarefa difícil pra cacete.

— Pois é — concordou Robin. — Depois de todo esse tempo, não consigo ver ninguém acreditando nos relatos de Sheila de espancamentos e açoites sem corroboração. Mas vou procurar por Paul Draper e Jordan Reaney.

— Ótimo. Com sorte, eles podem confirmar os ataques que eles e outros sofreram… Ah, lá vem ele.

— Quem?

— Um dos Franks. Não consigo distinguir os dois.

— Frank Um tem um pouco de estrabismo e Frank Dois é mais careca.

— Então é o Dois — constatou Strike, observando o homem. — Tomara que esteja indo para o centro de Londres, senão terei de pedir a Dev que me renda antes. Vou entrevistar o amigo de Facebook da herdeira dos imóveis Flora Brewster às seis. Ele me ligou ontem à noite.

— Ah, que bom. Onde vai encontrá-lo?

— No pub Grenadier, em Belgravia — respondeu Strike, partindo atrás do alvo, que ia para a estação. — Foi escolha dele. Parece que ele trabalha por ali. Ele também alega que temos uma amizade em comum.

— Deve ser algum cliente — disse Robin. O número de londrinos muito ricos que procuraram a agência em busca de ajuda tem aumentado constantemente, ano após ano, e recentemente eles trabalharam para alguns bilionários.

— Então, isso foi tudo que Sheila disse? — perguntou Strike.

— Hm... sim, acho que sim — respondeu Robin. — Vou redigir melhor minhas anotações e mando para você por e-mail.

— Ótimo. Bom, é melhor eu ir, vamos pegar o trem. Boa viagem.

— Tudo bem, tchau — disse Robin e desligou.

Ela ficou sentada ali por um momento, contemplando o último pedaço do sanduíche, que era muito seco, depois o recolocou no saco de papel e pegou um iogurte e uma colher de plástico. Sua leve hesitação antes de responder à última pergunta de Strike se devia ao fato de que tinha omitido a menção à presença dele na Comunidade Aylmerton quando menino. Robin supôs que Strike não quisesse falar sobre isso, uma vez que ele mesmo não tinha revelado a questão.

Sem saber o quanto chegara perto de uma conversa que definitivamente não queria ter, Strike passou a viagem a Londres sentindo-se um pouco menos insatisfeito com o mundo depois de restaurar as relações amistosas com Robin. Seu humor ficou melhor, mas por motivos menos sentimentais, quando Frank Dois o levou a Notting Hill, depois foi à mesma esplanada de casas de tom pastel onde morava sua cliente, a atriz Tasha Mayo.

— Ele esteve escondido atrás de carros estacionados, olhando pelas janelas dela — Strike informou a Dev Shah uma hora depois, quando este apareceu para assumir a vigilância. — Tirei algumas fotos. Mas ele ainda não tentou forçar nenhuma entrada.

— Deve estar esperando anoitecer — sugeriu Shah. — Mais romântico.

— Tem falado com Littlejohn ultimamente? — perguntou Strike.

— "Falado" — repetiu Shah, refletindo. — Não, acho que não se pode chamar isso de falar. Por quê?

— O que você acha dele? — quis saber Strike. — Cá entre nós.

— Esquisito — respondeu Shah sem rodeios, encarando o chefe.

— É, estou começando a...

— Lá está ela — interrompeu Shah.

A porta da casa da atriz se abriu e uma loura magra e de cabelo curto foi à calçada, com uma bolsa de ginástica pendurada no ombro. Partiu em uma caminhada animada na direção do metrô, lendo algo no celular. O Frank mais novo partiu em perseguição, com o celular erguido, parecendo filmá-la.

— Maldito perseguidor — foram as últimas palavras de Shah antes de partir, deixando Strike livre para ir ao Grenadier.

O local escolhido por Henry Worthington-Fields para se encontrar com Strike era um pub a que o detetive tinha ido anos antes, porque era um dos preferidos de Charlotte e seus amigos bem-relacionados. A fachada elegantemente pintada era vermelha, branca e azul; cestos de flores pendiam ao lado das janelas e havia uma guarita escarlate ao lado da porta.

O interior estava exatamente como Strike se lembrava: gravuras e pinturas militares nas paredes, mesas muito polidas, bancos de couro vermelho e centenas de cédulas de diferentes moedas presas no teto. Parecia que o pub era assombrado pelo fantasma de um soldado que morrera de tanto apanhar depois de ser descoberto trapaceando nas cartas. O dinheiro deixado por visitantes era para pagar pela dívida do fantasma, mas isto não deu certo, porque o soldado espectral continuava a assombrar o pub — ou assim dizia a história contada a turistas.

Tirando dois alemães que discutiam as cédulas no teto, a clientela era inglesa, os homens vestidos principalmente de terno ou com o tipo de calça colorida preferida da classe alta, as mulheres com vestidos elegantes ou jeans. Strike pediu uma cerveja sem álcool e se sentou para beber enquanto lia no telefone o artigo de Fergus Robertson sobre o iminente plebiscito do Brexit, olhando regularmente para saber se seu entrevistado já havia chegado.

Strike identificou Henry Worthington-Fields assim que ele entrou no pub, principalmente porque tinha o olhar preocupado comum naqueles prestes a falar com um detetive particular. Henry tinha trinta e quatro anos, embora parecesse mais novo. Alto, magro e pálido, com cabelo ruivo ondulado, usava óculos de armação grossa, um terno bem cortado e uma gravata vermelha chamativa com estampa de ferraduras. Parecia que trabalhava ou em uma galeria de arte, ou como vendedor de artigos de luxo, e qualquer um dos dois combinava com a localização de Belgravia.

Depois de comprar o que parecia gim-tônica, Henry olhou Strike por um ou dois segundos e se aproximou da mesa.

— Cormoran Strike? — A voz era de classe alta e ligeiramente afetada

— O próprio — confirmou Strike, estendendo a mão.

Henry se sentou no banco de frente para o detetive.

— Pensei que estaria, sei lá, escondido atrás de um jornal com buracos cortados para os olhos ou coisa assim.

— Só faço isso quando estou seguindo alguém a pé — revelou Strike, e Henry riu: um riso nervoso, que durou um pouco mais do que pedia a piada.
— Obrigado por se encontrar comigo, Henry, agradeço muito.

— Tudo bem — disse Henry.

Ele bebeu um gole de gim.

— Quer dizer, quando recebi sua mensagem, dei uma pirada, sei lá, *quem é esse sujeito?* Mas procurei seu nome e Charlotte me disse que você é uma boa pessoa, então...

— Charlotte? — repetiu Strike.

— Isso. Charlotte Ross? Eu a conheço do antiquário onde trabalhei. Arlington and Black? Ela estava redecorando a casa, encontramos algumas peças muito boas. Quando pesquisei sobre você, soube que vocês eram... Então telefonei para ela. Charlotte é adorável, é uma de minhas clientes preferida. Eu falei "Olha, Charlie, devo falar com esse cara?" ou coisa assim, e ela disse "Sim, sem dúvida nenhuma". Então é isso... Aqui estou.

— Que bom — disse Strike, decidido a manter o tom e a expressão o mais agradáveis que conseguisse. — Bom, como eu disse em minha mensagem, notei que você foi muito franco sobre a IHU em sua página no Facebook, então eu...

— É, então, olha — interrompeu Henry, remexendo-se, pouco à vontade, no banco —, eu preciso dizer... queria dizer, sei lá, antes que a gente entre nesse assunto... Na verdade, é meio que uma condição... Você não vai atrás de Flora, vai? Porque ela ainda não está bem. Só estou falando com você para que ela não tenha de fazer isso. Charlotte disse que você não veria problemas nisso.

— Bom, não cabe a Charlotte decidir — rebateu Strike, ainda se obrigando a parecer agradável —, mas se Flora tem problemas de saúde mental...

— Ela tem, nunca ficou bem desde que saiu da IHU. Mas sinceramente eu acho... Bom, alguém precisa responsabilizar a igreja — disse Henry. — Então é um prazer falar, mas só se você não chegar perto de Flora.

— Ela ainda está na Nova Zelândia?

— Não, isso não funcionou, ela voltou para Londres, mas, sério, você não pode falar com ela. Porque acho que isso pode ser a gota d'água. Flora não suporta mais falar nisso. Da última vez que contou a alguém o que aconteceu, ela tentou se suicidar em seguida.

Apesar da afeição de Henry por Charlotte (homens gays, segundo a experiência de Strike, eram mais suscetíveis a não enxergar defeitos em sua bela, divertida e imaculadamente vestida ex-noiva), Strike tinha de respeitar Henry pelo desejo de proteger a amiga.

— Tudo bem, eu concordo. Então, você já teve contato direto com a IHU?

— Tive, aos dezoito anos. Conheci um cara num bar e ele disse que eu devia ir para a Fazenda Chapman, para fazer um curso. Ioga e meditação, essas coisas. Ele era um gato — acrescentou Henry, com outra risada nervosa. — Um cara mais velho e bonito.

— Ele falou alguma coisa de religião?

— Não exatamente. Foi mais como espiritualidade, sabe? Ele fez parecer interessante e descolado. Sei lá, ele falava de combater, tipo, o materialismo e o capitalismo, mas também disse que a gente podia aprender... Bom, eu sei que isso parece loucura, mas ele disse que a gente podia aprender... não magia, mas fazer coisas acontecerem com seu próprio poder, se você estudasse o bastante... Eu tinha saído recentemente do colégio, então... pensei em ir com ele e ver do que se tratava... Sim, eu chamei Flora para ir comigo. Éramos amigos do colégio, fomos da Marlborough. Éramos meio parecidos... Nós dois éramos gays e tal, e gostávamos de coisas que ninguém mais gostava, então eu disse a Flora: "Vem comigo, vamos passar só uma semana lá, vai ser divertido." Era o tipo de coisa que se faz nas férias, sabe?

— Algum problema para você se eu fizer anotações?

— Hmm... não, tudo bem — disse Henry.

Strike pegou o bloco e a caneta.

— Então, você foi abordado em um bar... Onde foi, em Londres?

— Foi. Ele não existe mais, o bar. Na verdade, não ficava longe daqui.

— Qual era o nome do homem que o convidou, você se lembra?

— Joe — informou Henry.

— Era um bar gay?

— Não era um bar *gay* — disse Henry —, mas o dono do bar era gay, então sim... era um lugar legal. Então pensei, sei lá, esse cara, o Joe, deve ser legal também.

— E isso foi no ano 2000?

— Foi.

— Como você e Flora foram para a Fazenda Chapman?

— Eu fui dirigindo, graças a Deus — acrescentou Henry com fervor —, porque assim eu tinha o carro ali e podia dar o fora. A maioria dos outros chegou de micro-ônibus, então tiveram de esperar que o micro-ônibus os levasse de volta. Fiquei feliz pra caralho por estar com meu carro.

— E o que aconteceu quando vocês chegaram lá?

— Hm... Bom, era preciso entregar todas as suas coisas, e eles te davam aqueles moletons para vestir, e, depois que trocamos de roupa, eles nos fizeram sentar em um celeiro, ou coisa assim, e Flora e eu nos olhamos de lado e ficamos, tipo, rindo. A gente pensava: "Mas que merda viemos fazer aqui?"

— E depois, o que aconteceu?

— Depois fomos para uma grande refeição comunitária e eles tocaram "Heroes" do David Bowie antes de a comida chegar. Em alto-falantes. É, e depois... ele chegou. Papa J.

— Jonathan Wace?

— Isso. Ele falou com a gente.

Strike esperou.

— E, quer dizer, dá para entender como as pessoas caem nessa — admitiu Henry, inquieto. — Enquanto ele falava, era, tipo assim... Ele dizia que as pessoas passam a vida toda perseguindo coisas que nunca as farão felizes. Elas morrem infelizes e frustradas sem jamais perceber que estava tudo ali para encontrarem. Tipo, o caminho verdadeiro ou coisa assim. Mas ele disse que as pessoas ficam, sei lá, enterradas em toda essa bobagem materialista... E ele era realmente... ele tinha alguma coisa... Ele não era do tipo figurão, não era o que se esperava. Flora e eu ficamos, sei lá... A gente conversou depois... Ele era como um de nós.

— O que quer dizer com isso?

— Sei lá, ele entendia como é ser... como era não ser... sei lá, ser diferente, sabe? Ou talvez você não saiba, não sei — acrescentou Henry, rindo e dando de ombros. — Mas Flora e eu não estávamos mais irritados, ficamos meio... Bem, sei lá, fomos para nossos alojamentos. Separados, é claro; eles colocam homens e mulheres em alojamentos diferentes. Parecia que tínhamos voltado ao internato, na verdade — revelou Henry, com outra risadinha.

"No dia seguinte, eles nos acordaram lá pelas cinco horas, ou coisa assim, e tivemos de fazer meditação antes do café da manhã. Depois de comermos, fomos divididos em grupos separados. Não fiquei com Flora. Eles separavam as pessoas que se conheciam.

"E depois disso, sei lá, a coisa toda ficou intensa. Mal se tinha um minuto para pensar, e a gente nunca ficava sozinho. Sempre tinha alguém da IHU com você, falando com você. Ou você estava numa palestra, ou estava entoando cânticos no templo, ou ajudava a trabalhar a terra, ou dava comida aos animais, ou fazia coisas para vender na rua, ou cozinhava... E as pessoas estavam constantemente lendo literatura da IHU para você... Ah, sim, e tinha uns grupos de discussão em que todo mundo se sentava em roda e ouvia alguém da IHU falar e a gente fazia perguntas. Tinha atividades até umas onze da noite, e a gente ficava tão cansado no final do dia que mal conseguia pensar, e daí tudo recomeçava às cinco da manhã.

"E eles nos ensinavam aquelas técnicas que... Sei lá, se você tivesse um pensamento negativo, sobre a igreja ou sobre qualquer coisa, tinha de entoar cânticos. Eles chamavam isso de matar o falso eu, porque, tipo, o falso eu vai lutar contra o bem porque foi doutrinado pela sociedade a pensar que certas coisas são a verdade, quando elas não são, e você tem de combater o falso eu constantemente para manter a mente aberta e aceitar a verdade.

"Só tinham se passado dois dias, mas parecia um mês. Eu estava cansado e sentia muita fome na maior parte do tempo. Eles nos disseram que era proposital, que o jejum aguça a percepção."

— E como você se sentiu a respeito da igreja, com tudo isso acontecendo?

Henry deu mais um gole em seu gim-tônica.

— Nos primeiros dias, eu pensava: "Não vejo a hora dessa merda terminar." Mas tinha uns caras lá, membros efetivos, que eram muito simpáticos e me ajudavam a fazer coisas, e eles pareciam muito felizes... E era, sei lá... era um mundo diferente, você meio que se perde, perde seu controle, acho. Sei lá, eles estão constantemente te dizendo como você é ótimo, e você começa a querer a aprovação deles — admitiu Henry, desconfortável. — Não dava para evitar. E toda aquela conversa de espírito puro... Eles faziam parecer que você seria um super-herói ou coisa assim depois que se tornasse um. Sei que isso parece loucura, mas, se você estivesse lá, não ia parecer, tudo pelo jeito como eles falavam.

"No terceiro dia, Papa J fez outro longo discurso no templo. Não era o tipo de templo que eles têm agora, porque isso foi antes de começar a entrar dinheiro de verdade lá. O templo da fazenda era só outro celeiro, na época, mas eles a transformaram na construção mais bonita, pintaram o interior com todos aqueles símbolos de diferentes religiões e colocaram um tapete velho no qual todo mundo se sentava.

"Ele falou do que iria acontecer se o mundo não despertasse, e basicamente a mensagem era: as religiões normais separam, mas a IHU une, e quando as pessoas se unirem em todas as culturas, e quando elas se tornarem a versão mais elevada de si mesmas, elas serão uma força imbatível e poderão mudar o mundo. E tinha um monte de pessoas negras na Fazenda Chapman, assim como brancos, então aquilo parecia prova do que ele estava dizendo. E eu... Você simplesmente acreditava nele. Parecia... Não tinha nada de que se pudesse discordar, sei lá... Dar um fim à pobreza e essas coisas, e se tornar seu ser mais elevado... E Papa J era alguém com quem você queria estar. Sei lá, ele era muito afetuoso e parecia... Ele era, sei lá, o pai que você teria se pudesse escolher, sabe?"

— E o que o fez mudar de ideia? Por que você foi embora, no final da semana?

O sorriso desapareceu do rosto de Henry.

— Aconteceu uma coisa que meio... meio que alterou como eu me sentia com tudo aquilo.

"Tinha uma mulher em gestação bem avançada na fazenda. Não consigo me lembrar do nome dela. De todo modo, ela estava com nosso grupo uma tarde quando estávamos arando, com cavalos Shire, e era um trabalho muito duro, e eu ficava olhando para ela e pensando: "Será que ela devia estar fazendo isso?" Mas, sabe como é, eu tinha dezoito anos, então, o que eu sabia?

"E tínhamos terminado a última parte que devíamos fazer, e ela se recurvou. Ficou ajoelhada na terra, de moletom, e segurava a barriga. Fiquei apavorado, pensei que ela ia, sei lá, dar à luz ali mesmo.

"E um dos outros integrantes se ajoelhou ao lado dela, mas ele não a ajudou nem nada, só começou a entoar cânticos em voz alta na cara da garota. Depois outros se juntaram ao coro. E eu fiquei assistindo àquilo e pensando: 'Por que eles não a ajudam?' Mas eu fiquei meio... paralisado", confessou Henry, com uma expressão envergonhada. "Fiquei, sei lá... É assim que fazem as coisas por aqui e talvez... talvez dê certo? Então eu não... Mas ela parecia muito mal, e por fim um deles correu para a sede da fazenda, enquanto todos os outros ainda entoavam cânticos para ela.

"E o cara que saiu para buscar ajuda voltou com a esposa de Wace."

Pela primeira vez, Henry hesitou.

— Ela é... Ela era de arrepiar. Eu gostei de Wace de cara, mas tinha alguma coisa nela... Eu não entendia por que eles estavam juntos. Enfim, quando ela nos alcançou, todo mundo parou de cantar, e Mazu ficou de pé perto da mulher e simplesmente... *encarou*. Nem mesmo falou. E a grávida parecia aterrorizada e se esforçou para se levantar, e ainda parecia sentir muita dor ou estar prestes a desmaiar, mas ela saiu dali cambaleando com Mazu.

"E nenhum dos outros me encarava. Agiam como se nada tivesse acontecido. Procurei pela gestante no jantar naquela noite, mas ela não estava lá. Na verdade, não voltei a vê-la antes de ir embora.

"Eu queria falar com Flora sobre o que tinha acontecido, mas não consegui me aproximar dela e, obviamente, ela estava em um alojamento diferente naquela noite.

"E então, na última noite, tivemos outra palestra de Papa J, no templo. Eles apagaram todas as luzes e ficamos na frente de um grande cocho de água, que era iluminado por dentro com, sei lá, lâmpadas subaquáticas, e ele fez alguma coisa com a água. Sei lá, ela se levantava quando ele ordenava, e formava espirais, e depois ele a separou e a fez se juntar de novo...

"Isso me assustou", disse Henry. "Fiquei pensando 'Só pode ser um truque', mas não conseguia entender como ele fazia aquilo. Depois ele fez a água formar um rosto, um rosto humano. Uma menina gritou. E aí a água voltou ao normal de novo e eles acenderam as luzes do templo, e Papa J falou: 'No fim, tivemos a visita de um espírito. Às vezes eles vêm, especialmente se há muitos Receptivos reunidos.' E ele disse que achava que o novo admitido devia ser particularmente receptivo para que isso acontecesse.

"E então nos perguntaram se estávamos prontos para renascer. E as pessoas avançavam uma por uma e entravam no cocho, mergulhavam e eram puxadas de volta, e todo mundo aplaudia, e Papa J as abraçava, e elas ficavam de pé ao lado da parede com os outros membros.

"Eu estava me cagando de medo", revelou Henry. "Nem consigo explicar... Era, sei lá, a pressão para se juntar, e ter todas aquelas pessoas aprovando a gente, era muito intenso, e estava todo mundo assistindo, e eu não sabia o que ia acontecer se dissesse não.

"E aí eles chamaram Flora, e ela simplesmente foi direto para o cocho, entrou, mergulhou, foi puxada e foi ficar encostada na parede, radiante.

"E eu juro, não sabia se ia ter a força para dizer não, mas *graças a Deus* tinha uma garota na minha frente, uma garota negra com uma tatuagem do Buda na nuca, e eu nunca vou me esquecer dela, porque se ela não estivesse ali... Então eles chamaram o nome dela, e ela disse: 'Não, não quero me juntar.' Tipo, em alto e bom som. E o clima simplesmente ficou *pesado*. Todo mundo ficou, sei lá, olhando feio a garota. E Papa J era o único que ainda sorria, e ele falou toda a lenga-lenga dele sobre como sabia que o mundo material tinha uma sedução forte, e basicamente insinuava que ela queria ir trabalhar para petrolíferas ou coisa assim, em vez de salvar o mundo. Mas ela não cedeu, embora chorasse um pouco.

"E aí eles chamaram meu nome e eu disse: 'Não quero me juntar também.' E vi a cara de Flora. Parecia que eu tinha dado um bofetão nela.

"Depois eles chamaram as duas últimas pessoas, e elas se juntaram.

"E aí, enquanto todo mundo comemorava e aplaudia todos os novos membros, Mazu veio a mim e à garota que tinha dito não e falou 'Vocês dois venham comigo', e eu disse 'Quero falar com Flora primeiro, eu vim com ela'. Mazu respondeu: 'Ela não quer falar com você.' Flora já estava sendo levada embora com os outros membros. Ela nem olhou para trás.

"Mazu nos levou à sede da fazenda e falou 'O micro-ônibus só vai levar vocês amanhã, então terão de ficar aqui enquanto isso', e ela nos mostrou um quartinho sem camas e com grades na janela. E eu falei 'Eu vim de carro' e disse à garota 'Quer uma carona para Londres?', e ela concordou, então nós fomos embora...

"Desculpe, eu preciso muito de outra bebida", disse Henry com a voz fraca.

— É por minha conta — informou Strike, levantando-se.

Quando voltou à mesa com uma nova gim-tônica para Henry, encontrou o rapaz limpando as lentes dos óculos com a gravata de seda, abalado.

— Obrigado — disse ele, recolocando os óculos e aceitando o copo, tomando um longo gole. — Meu Deus, só de falar nisso... E eu só fiquei uma semana lá.

Strike, que tinha feito várias anotações sobre tudo que Henry acabara de contar, voltava algumas páginas do bloco.

— A gestante... Você voltou a vê-la?

— Não — respondeu Henry.

— Como era ela? — perguntou Strike, pegando a caneta de novo.

— Hm... loura, de óculos... Não me lembro muito bem.

— Chegou a ver violência contra alguém na Fazenda Chapman?

— Não — negou Henry —, mas Flora sem dúvida viu. Ela me contou, quando saiu de lá.

— E isso foi quando?

— Cinco anos depois. Fiquei sabendo que estava em casa, então liguei para ela. A gente se encontrou para beber e eu fiquei muito chocado com a aparência dela. Estava muito magra. Parecia muito doente. E ela não estava bem. Da cabeça.

— Em que sentido?

— Nossa, simplesmente de... *todos* os sentidos. Ela conversou meio que normalmente por algum tempo, depois começou a rir do nada. Sei lá, uma risada bem artificial. Depois ela tentou parar e me disse "Isso sou eu fazendo minha cara de feliz", e... não sei se era alguma coisa que eles a forçavam a fazer, sei lá, rir se estivesse triste ou coisa assim, mas era assustador. E ela continuou com os cânticos. Era como se não tivesse controle de si mesma.

"Perguntei a Flora por que tinha saído e ela me contou que aconteceram coisas ruins e que não queria falar nelas, mas depois de tomar uns dois drinques ela, sei lá, começou a desabafar tudo. Disse que tinha sido espancada com um cinto e me contou sobre a parte sexual, como ela teve de dormir com quem mandavam, e ela ficava rindo e tentando se controlar... Foi horrível vê-la daquele jeito. E depois de um terceiro drinque", disse Henry, baixando a voz, "ela disse que tinha visto a Profetisa Afogada matar alguém".

Strike ergueu os olhos do bloco.

— Mas ela não contou... Ela não me deu detalhes — acrescentou Henry rapidamente. — Pode ter sido uma coisa que ela... Não algo imaginado, mas... Quer dizer, ela não estava bem. Estava apavorada quando disse isso. Ela estava bêbada, tinha ficado de porre com três drinques. Não bebia álcool havia cinco anos, então é lógico que...

— Ela não te contou quem foi morto?

— Não, a única coisa que disse foi que outras pessoas tinham testemunhado isso além dela. Flora disse algo assim: "Todo mundo estava lá." Depois entrou em pânico de verdade e me disse que não tinha falado sério e que eu devia esquecer, que a Profetisa Afogada viria atrás dela agora que ela falou. Eu disse: "Está tudo bem, eu sei que você só estava brincando..."

— Você acreditou nisso? Que era só uma brincadeira? — Strike quis saber.

— Não — disse Henry, hesitante —, ela não estava brincando, mas... Sei lá, ninguém denunciou nada parecido, não é? E se foram muitas testemunhas, é de imaginar que alguém teria procurado a polícia, certo? Talvez a igreja tenha fingido que alguém foi morto para assustar as pessoas?

— Talvez — disse Strike.

Henry olhou a hora no relógio.

— Na verdade, eu preciso estar em outro lugar em vinte minutos. É só...?

— Só mais algumas perguntas, se não se importa — interrompeu Strike. — Este sujeito, Joe, que recrutou você. Você o viu muito depois que chegaram à fazenda?

— Ele ficava meio por perto, mas nunca mais voltei a falar com ele.

— O que ele fazia em um bar? O álcool é proibido pela igreja, não é?

— É — confirmou Henry. — Não sei... Talvez estivesse bebendo um refrigerante?

— Tudo bem... Tinha muitas crianças na fazenda?

— Algumas, sim. Algumas famílias moravam lá.

— Consegue se lembrar de um homem chamado Harold Coates? Ele era médico.

— Hm... talvez — disse Henry. — Um cara meio velho?

— Ele seria bem velho na época, sim. Você o viu perto das crianças?

— Não, acho que não.

— Tudo bem, acho que é só isso — anunciou Strike, pegando um cartão de visita na carteira. — Se você se lembrar de mais alguma coisa, qualquer coisa que queira me dizer, é só me telefonar.

— Pode deixar — confirmou Henry, pegando o cartão antes de tomar o que restava do segundo gim-tônica.

— Agradeço por se encontrar comigo, Henry, de verdade — disse Strike, levantando-se para trocar um aperto de mãos.

— Tudo bem — falou Henry, também de pé. — Espero que sirva de alguma coisa. Sempre me senti um merda por ter deixado Flora lá, para começo de conversa, então... É... Foi por isso que concordei em falar com você. Bom, é isso então, tchau. Foi um prazer te conhecer.

Enquanto Henry caminhava até a porta, uma mulher de cabelo escuro entrou no pub e, com raiva e uma sensação de completa inevitabilidade, Strike reconheceu Charlotte Ross.

18

Trovão e vento: a imagem da DURAÇÃO.
Assim o homem superior permanece firme
E não muda de rumo.

I Ching: O livro das mutações

Strike desconfiara de que Charlotte estivesse a caminho no momento em que Henry havia falado de sua ligação mútua. Cabeças se viravam. Strike vira isto acontecer por anos; Charlotte tinha o tipo de beleza que corria por um ambiente como uma brisa gelada. Enquanto ela e Henry soltavam exclamações de surpresa (da parte de Henry, provavelmente genuína) e trocavam amabilidades à porta, Strike pegou suas coisas.

— Corm — disse uma voz atrás dele.

— Oi, Charlotte — respondeu, de costas para ela. — Estou de saída.

— Preciso falar com você. Por favor. Por cinco minutos.

— Infelizmente preciso estar em outro lugar.

— Corm, *por favor.* Eu não pediria se não fosse... *Por favor* — repetiu ela, mais alto.

Sabia que Charlotte era capaz de fazer uma cena se não conseguisse o que queria. Ela era uma mulher que gerava notícia e ele também era de interesse dos jornais. Por isso, temia que, se de fato acontecesse uma cena, haveria fofocas e talvez um vazamento a um jornalista.

— Tudo bem, vou te dar cinco minutos — falou ele com frieza, sentando-se de novo com o último dedo que restava da cerveja sem álcool.

— Obrigada — agradeceu ela sem fôlego e de imediato partiu para o bar a fim de comprar uma taça de vinho.

Ela voltou alguns minutos depois, tirou o casaco, revelando um vestido de seda verde-escuro, preso na cintura por um cinto preto e grosso, depois sentou-se no lugar que Henry havia deixado. Estava mais magra do que Strike já vira, mas bonita como sempre, mesmo aos quarenta e um anos. O cabelo preto e comprido caía abaixo dos ombros; os olhos verdes mosqueados eram cercados por cílios grossos e naturais e, se ela usava maquiagem, era sutil demais para ser percebida.

— Eu sabia que você estaria aqui, como deve ter deduzido — disse ela, sorrindo, querendo que ele sorrisse também, que risse de sua artimanha. — Sugeri este pub a Hen. Ele é um amor, não é?

— O que você quer?

— Você emagreceu à beça. Está ótimo.

— O que você quer? — repetiu Strike.

— Conversar.

— Sobre...

— É complicado, tá bom? — disse Charlotte, bebendo um gole de vinho. — Preciso de um momento.

Strike olhou o relógio. Charlotte o olhou feio por cima da borda da taça.

— Está bem. Acabei de descobrir que tenho câncer.

O que quer que Strike esperasse, não era isso. Embora a suspeita fosse impalatável e talvez injustificável, ele se viu se perguntando se ela estaria mentindo. Sabia que ela não só era muito manipuladora, mas irresponsável — às vezes de forma autodestrutiva — na busca do que queria.

— Lamento saber disso — disse ele formalmente.

Ela o olhou, ruborizando um pouco.

— Acha que estou mentindo, não é?

— Não. Seria desprezível demais mentir com uma coisa dessas.

— Sim — concordou Charlotte —, seria. Vai me perguntar de que tipo ou como...?

— Achei que você fosse me contar — cortou Strike.

— Mama — disse ela.

— Certo. Bom. Espero que você fique bem.

Lágrimas encheram os olhos dela. Ele a vira chorar cem vezes, por angústia, certamente, mas também raiva, e por ser contrariada, e não se comoveu.

— É só o que você tem a dizer?

— O que mais posso dizer? Eu *espero* que você fique bem. Pelo bem de seus filhos, além de qualquer outra coisa.

— E é... e só *isso*? — sussurrou Charlotte.

No passado, talvez ela começasse a gritar, indiferente à presença de testemunhas, mas Strike percebeu que ela sabia que esta tática seria insensata já que ele não estava ligado a ela.

— Charlotte — falou em voz baixa, inclinando-se para ter certeza de que não era ouvido pelos outros —, não sei de quantas formas diferentes posso deixar isso claro para você. Nós terminamos. Eu desejo seu bem, mas terminamos. Se você tem câncer...

— Então você *acha mesmo* que estou mentindo?

— Deixe-me terminar. Se você tem câncer, devia estar se concentrando em sua saúde e em seus entes queridos.

— Meus entes queridos — repetiu Charlotte. — Sei.

Ela se recostou no banco de couro e enxugou os olhos com as costas da mão. Dois homens no bar olhavam. Talvez Charlotte também tenha notado a plateia, porque cobria o rosto com as mãos e começava a soluçar.

Puta merda.

— Quando foi diagnosticado? — perguntou, para que ela parasse de chorar.

Charlotte ergueu os olhos cintilantes uma vez e os enxugou.

— Na semana passada. Na sexta.

— Como?

— Fui para um exame de rotina na terça e... É isso, eles me telefonaram na sexta e me disseram que tinham achado uma coisa.

— E eles já sabiam que era câncer?

— Sim — confirmou ela, rápido demais.

— Bom, como eu disse... Espero que você fique bem.

Ele fez menção de se levantar, mas ela estendeu a mão pela mesa e o segurou firme no pulso.

— Corm, por favor, me escute. É sério. Por favor. *Por favor.* Isto é vida ou morte. Quer dizer, isso faz uma pessoa... Você se lembra — ela sussurrou, olhando-o nos olhos —, depois de ter sua perna estourada... Quer dizer, meu Deus... isso faz você perceber o que é importante. Depois daquilo, você me quis. Não foi? Não era eu a única pessoa no mundo que você queria na época?

— Eu quis? — questionou Strike, olhando seu belo rosto. — Ou só peguei o que estava me oferecendo porque era mais fácil?

Ela se retraiu, soltando seu pulso.

Todos os relacionamentos têm sua própria mitologia definida, e no cerne do relacionamento de Strike e Charlotte havia uma crença compartilhada de que, no ponto mais triste da vida dele, quando ele estava deitado em um leito hospitalar com metade da perna e a carreira militar perdidas, a volta dela o salvou, dando-lhe algo a que se agarrar, um motivo para viver. Ele sabia que tinha acabado de quebrar um tabu sagrado, profanando o que para ela era não só uma fonte de orgulho, mas o fundamento de sua certeza de que, por mais que Strike pudesse negar, ele ainda amava a mulher que fora generosa o bastante para amar um homem mutilado e, então, sem profissão e falido.

— Espero que você fique bem.

Ele se levantou antes que Charlotte pudesse se recuperar para retaliar e saiu, de certo modo esperando que um copo de cerveja o atingisse na nuca. Por um golpe de sorte, um táxi preto e vago entrou no campo de visão assim que ele chegou à calçada e, dois minutos depois de deixá-la, Strike estava acelerando dali de volta à Denmark Street.

19

Nove na primeira posição significa:
O impasse chega ao fim.

I Ching: O livro das mutações

"… uma conspiração tão vasta que é literalmente invisível, porque vivemos nela, porque ela forma nosso céu e nossa terra, e assim o único jeito — *o único jeito* — de escapar, é entrar, quase literalmente, em uma realidade diferente, a *verdadeira realidade*."

Era manhã de sábado. Robin estava sentada no templo da Rupert Court havia quarenta e cinco minutos. O orador de hoje era o homem que ela vira dando uma bronca em Will Edensor na Berwick Street e que havia se apresentado como filho de Papa J, Taio. Isto lhe rendeu alguns aplausos, a que Robin se juntou enquanto se recordava da descrição que Kevin Pirbright fizera de Taio como o "capanga volátil" da IHU.

Taio, de cabelo escuro e desgrenhado, tinha os mesmos olhos azuis do pai, e também podia ter tido o maxilar quadrado de Jonathan, se não carregasse vários quilos a mais de peso, o que lhe acrescentava uma enorme papada. Parecia a Robin um rato que comeu demais: o nariz era comprido e pontudo e a boca incomumente pequena. A fala de Taio era vigorosa e didática, e embora se ouvissem murmúrios ocasionais de aquiescência da congregação enquanto ele falava, ninguém chorava nem ria.

Na primeira fileira do templo estava sentado o famoso autor Giles Harmon, que Robin reconhecera ao passar por ele na entrada. Um homem baixo, com cabelo grisalho e comprido de dândi, Harmon tinha feições finas, quase delicadas, e se portava com consciência de si, como um homem que esperava ser observado. Entrou no templo acompanhado por um homem impressionante de uns quarenta anos, de cabelo preto, feições eurasianas e uma cicatriz profunda descendo da lateral do nariz, que era ligeiramente torto, até o queixo.

A dupla andou pelo corredor central lentamente, acenando a conhecidos e assistentes do templo. Ao contrário de Noli Seymour, os dois não mostraram humildade, mas sorriram com aprovação conforme os frequentadores abriram caminho para eles e se mudaram para uma fileira atrás.

"Ande logo com isso", pensou Robin, cansada, enquanto Taio continuava a falar. Ryan tinha ficado no apartamento na noite anterior e, depois do sexo, eles conversaram muito, principalmente sobre os riscos de trabalhar disfarçada. Robin não tinha nem a ignorância, nem a arrogância de pensar que não precisava de conselhos, mas a última coisa em que pensou antes de dormir foi "graças a Deus eu não te contei sobre o vínculo espiritual".

Finalmente, Taio Wace encerrou sua fala. Os aplausos, embora respeitosos, não foram tão entusiasmados como teriam sido para o pai dele ou Becca Pirbright. As luzes do templo se acenderam e David Bowie voltou a cantar. Robin foi propositalmente lenta ao se levantar do banco, atrapalhando-se com a bolsa Gucci na esperança de que a assistente loura a abordasse outra vez. Giles Harmon passou, acenando com a cabeça solenemente para os lados. Seu companheiro mais alto continuou perto do palco, o centro de um grupo de pessoas.

Robin se demorou no corredor, sorrindo vagamente, olhando os Profetas pintados no teto como se fosse a primeira vez que os via. Estava quase abaixo da Profetisa Afogada com seu manto branco e os olhos pretos e malévolos quando uma voz familiar disse:

— Rowena?

— Oi! — disse Robin.

A loura que a abordara antes tinha aparecido, radiante como antes e segurando uma pilha de folhetos mais grossos do que aqueles que costumavam ficar nas prateleiras atrás dos bancos.

— É tão bom que tenha voltado aqui!

— Pois é — concordou Robin, sorrindo também —, parece que não consigo ficar longe, né?

Enquanto a loura ria, Robin notou alguém parado bem atrás dela. Ao se virar, viu-se quase olho no olho com Taio Wace e experimentou um espasmo de aversão. Não conseguia se lembrar de sentir uma antipatia tão forte e imediata por um homem, e precisou de cada grama de autodisciplina para sorrir para ele, de olhos arregalados e simpática, e dizer:

— Foi muito inspirador. Seu sermão, quero dizer. Eu adorei.

— *Obrigado* — disse ele, sorrindo com complacência enquanto colocava a mão levemente às costas dela. — Fico muito feliz que tenha apreciado.

— Esta é Rowena, Taio — informou a loura. — Parece que ela é...

— *Muito* Receptiva — interveio Taio Wace, a mão ainda pousada de leve na alça do sutiã de Robin. — Sim, isto é evidente.

Robin sentiu o forte impulso de tirar o braço dele dali a tapa, mas ficou firme, sorrindo.

— Estaria interessada em ir a um de nossos retiros? — perguntou Taio.

— Era exatamente o que eu ia dizer! — disse a loura, radiante.

— E como seria? — perguntou Robin, cada nervo protestando contra a pressão contínua da mão de Taio Wace em suas costas.

— Uma semana de seu tempo — informou ele, olhando-a fixo nos olhos. — Na Fazenda Chapman. Para explorar as coisas com um pouco mais de profundidade.

— Ah, nossa — disse Robin —, parece interessante...

— Acho que vai achar muito estimulante — declarou Taio.

— É realmente ótimo — a loura garantiu a Robin. — Só o contato com a natureza, e explorar ideias e meditar...

— Nossa — repetiu Robin.

— Pode tirar uma folga do trabalho? — perguntou Taio, com a mão ainda às costas de Robin.

— Na verdade, no momento estou numa transição entre empregos — respondeu Robin.

— Que oportuno! — a loura falou entusiasmada.

— Quando seria? — perguntou Robin.

— Temos um micro-ônibus partindo da frente da estação Victoria às dez da manhã da próxima sexta-feira — informou a loura. — Na verdade, temos três grupos indo à Fazenda Chapman nesse dia. Tome...

Ela estendeu a Robin um dos folhetos que tinha nas mãos.

— É toda informação de que vai precisar, o que levar...

— Muito obrigada — agradeceu Robin, sorrindo. — Sim, eu adoraria ir!

Taio Wace deslizou a mão para a base das costas de Robin antes de desfazer o contato.

— Nos veremos na sexta, então — disse ele e se afastou.

— Isto é tão bacana — disse a loura, abraçando Robin, que riu, surpresa. — Espere só. Sinceramente, tive um pressentimento em relação a você. Você será um espírito puro bem rápido.

Robin se encaminhou para a saída. Outra assistente do templo entregava um dos folhetos a um jovem magro e de pele marrom-clara usando óculos e camiseta do Homem-Aranha. O homem alto e bonito com a cicatriz no rosto conversava com um dos coletores de caridade na porta. Enquanto Robin passava por ele, seus olhos foram dela para o folheto em sua mão, e ele sorriu.

— Ansioso para vê-la na fazenda — falou, estendendo a mão grande e seca. — Dr. Zhou — acrescentou, em um tom que dizia *mas é claro que você já sabe disso.*

— Ah, sim, mal posso esperar — disse Robin, sorrindo para ele.

Ela estava de volta à Wardour Street antes de se permitir desfazer o sorriso fixo. Depois de olhar por cima do ombro para se certificar de que não havia nenhum assistente do templo por perto, Robin pegou o celular da bolsa e ligou para Strike.

— A terceira vez dá sorte... Estou dentro.

PARTE DOIS

Shêng/Ascensão

A madeira cresce dentro da terra:
A imagem da ASCENSÃO.
Assim o homem superior, de caráter devoto,
Reúne pequenas coisas
Para alcançar algo elevado e grandioso.

I Ching: O livro das mutações

20

Acima da terra, o lago:
A imagem da APROXIMAÇÃO.
Assim o homem superior renova as armas
Para encontrar o imprevisto.

I Ching: O livro das mutações

— Muito bem, então — disse Midge, que voltara das férias na Califórnia já havia uma semana, mas cujo bronzeado forte, que destacava os olhos verdes, não dava sinais de desbotar. Ela alisou um mapa na mesa dos sócios. — Aqui está. A Fazenda Chapman.

Era manhã de quarta-feira e Strike tinha baixado as persianas da sala para bloquear o sol esmaecido de abril, que ofuscava sem aquecer. Uma luminária de mesa estava acesa sobre o mapa, em que foram feitas várias anotações com tinta vermelha.

Barclay, Midge e Dev passaram os sete dias anteriores se revezando entre Londres e Norfolk, fazendo uma vigilância atenta dos arredores da base da IHU enquanto garantiam que as câmeras não pegassem nenhum rosto com frequência demasiada. Midge usou duas perucas diferentes. Eles também afixaram placas falsas nos veículos para dirigir pelo perímetro da fazenda.

— Estas — começou Midge, apontando uma série de cruzes vermelhas que os três terceirizados tinham acrescentado à periferia das terras da Fazenda Chapman — são câmeras. Eles levam a segurança a sério. Todo o perímetro é vigiado. Mas este — ela apontou um círculo vermelho que ficava na beira de um trecho de mata — é o ponto cego. Barclay descobriu.

— Tem certeza? — perguntou Strike, olhando o escocês, que bebia chá em uma caneca do Celtic naquela que, em geral, era a cadeira de Strike.

— Tenho — confirmou Barclay, inclinando-se para apontar. — As duas câmeras de cada lado estão instaladas em árvores e são meio distantes. Eles notaram que não dão cobertura adequada, porque fortificaram ali. Arame farpado a mais. O terreno do lado de dentro da cerca estava coberto de espinheiros também.

— "Estava"? — perguntou Robin.

— É. Abri um caminho entre eles. Foi assim que confirmei que eles não conseguem ver nada ali: ninguém veio me dizer para dar o fora, e eu fiquei ali umas três horas. Passei por cima do arame farpado, quase me castrei, porra… não há de quê… e abri a picada até atrás. Agora tem uma pequena clareira ali, não dá para ver da estrada. Se eu não tivesse feito isso — disse Barclay a Robin —, você ia ter de explicar por que estava sempre cheia de espinhos e arranhões.

— Ótimo trabalho — elogiou Strike.

— Obrigada, Sam — disse Robin cordialmente.

— A última coisa que fiz foi checar o que acontece quando eles *veem* alguém chegando perto da cerca do perímetro, na câmera de segurança — retomou Midge, apontando a cruz azul circulada. — Subi na cerca aqui. Cinco minutos depois, tinha um cara correndo até mim com uma foice. Eu me fiz de burra. Uma andarilha que achava que a fazenda podia ter uma loja legal. Ele acreditou em mim. A fazenda fica perto de uma trilha, a Lion's Mouth. Lugar bonito.

— Tudo bem — disse Strike, levando de uma cadeira para a mesa uma pedra de plástico de aparência realista —, isto ficará no ponto cego, bem junto da cerca do perímetro.

Ele abriu para mostrar o conteúdo a Robin.

— Minilanterna, caneta e papel, para o caso de eles não te darem nada lá dentro. Você nos escreve um bilhete, coloca na pedra e põe a pedra no lugar onde as câmeras não podem te ver. Nós pegamos toda quinta-feira às nove da noite, colocamos uma mensagem de resposta que você possa ler ali mesmo e depois rasgar.

"Se você não entregar uma carta da quinta, um de nós fica na vizinhança e vigia a pedra. Se não tivermos notícias suas até a noite de sábado, entraremos com tudo."

— Cedo demais — disse Robin. — Faça isso na segunda.

— Por quê?

— Porque se eu ficar preocupada em cumprir cada prazo da quinta, corro o risco de me atrapalhar. Só quero uma margem maior.

— Que instruções eles te deram? — perguntou Midge a Robin.

— Nada de telefones nem dispositivos eletrônicos. Disseram que podem verificar quando…

— Não leve — disseram Midge e Barclay ao mesmo tempo.

— Não, você sem dúvida não quer a IHU de posse de seu telefone — Strike concordou. — Deixe-o aqui, no cofre do escritório. A chave de casa também. Não leve nada que ligue você a sua vida real.

— E vou levar um casaco impermeável — informou Robin —, três mudas de roupas íntimas e só. As pessoas recebem moletons para vestir quando chegam e deixam a roupa do dia em um armário. Nada de álcool, açúcar, cigarros ou drogas, lícitas ou não...

— Eles te obrigam a deixar os remédios? — quis saber Barclay.

— O corpo vai se curar sozinho se o espírito for puro o suficiente — disse Robin, de cara séria.

— Mas que merda — resmungou Barclay.

— Vamos ser honestos, a IHU não quer gente que precise de remédios — comentou Strike. — Nenhum diabético vai suportar o regime de fome por muito tempo.

— E nada de produtos de toalete. São fornecidos por eles — acrescentou Robin.

— Não pode levar nem o seu desodorante? — perguntou Midge, indignada.

— Eles não querem que você se lembre de sua vida do lado de fora — explicou Robin. — Não querem você pensando em si mesmo como um indivíduo.

A esta observação, seguiram-se alguns minutos de silêncio.

— Você vai ficar bem, não vai? — perguntou Barclay.

— Sim, vou ficar bem. Mas se alguma coisa der errado, tenho vocês todos, não é? E minha confiável pedra.

— Dev vai até lá de carro esta noite para colocar a pedra na posição certa — informou Strike. — Talvez você tenha de tatear um pouco para encontrar. Queremos que pareça que está ali há uma eternidade.

— Bem — disse Barclay, batendo nas coxas e se levantando —, vou sair para render Littlejohn. Frank Um deve estar pronto para algum assédio leve depois de almoçar.

— É, eu tenho que liberar Dev — disse Midge, olhando o relógio. — Ver o que o Pé-Grande está aprontando.

— Ele ainda não se encontrou com ninguém? — quis saber Robin, que esteve tão imersa nos preparativos para a Fazenda Chapman e a pesquisa sobre ex-integrantes da IHU que não teve tempo de ler o arquivo do Pé-Grande.

— Ele foi ao clube Stringfellows — debochou Midge —, mas a esposa não vai conseguir metade de seus negócios só por causa de uma dança sensual, não que eu esteja disposta a ajudá-la com isso, aquela vaca esnobe.

— Aqui somos Time Cliente, mesmo que sejam uns filhos da puta — lembrou Strike.

— Eu sei, eu sei — rebateu Midge, indo para a antessala, onde a jaqueta de couro estava pendurada —, mas você fica cansado de ajudar pessoas que nunca trabalharam um maldito dia na vida.

— Quando eu encontrar um órfão faminto que possa pagar para nos contratar, passarei o caso diretamente a você — informou Strike.

Midge retribuiu com uma saudação sarcástica, depois disse a Robin:

— Se eu não vir você antes de partir, boa sorte.

— Obrigada, Midge.

— É, toda sorte do mundo — acrescentou Barclay. — E, na pior das hipóteses, se você estiver prestes a sofrer uma lavagem cerebral, pegue um prego enferrujado e enterre na palma da mão. Funcionou para Harry Palmer em *Ipcress: arquivo confidencial*.

— Bom conselho — disse Robin. — Vou tentar contrabandear um para lá.

Os dois terceirizados saíram do escritório.

— Tenho mais uma coisa para te dizer — disse Robin a Strike, sentada em seu lado habitual à mesa dos sócios. — Acho que encontrei Jordan Reaney. O cara que foi obrigado a se açoitar na cara com o mangual de couro, lembra? Ele estava usando o nome do meio na Fazenda Chapman. O nome verdadeiro dele é Kurt.

Ela digitou "Kurt Reaney" e virou a tela de seu PC para Strike, que se viu diante da foto de registro policial de um homem muito tatuado. Um ás de espadas foi pintado em sua face esquerda e um tigre tatuado cobria o pescoço.

— Ele foi sentenciado a dez anos por assalto a mão armada com agravantes. Kurt Jordan Reaney — explicou Robin, deslizando a cadeira em volta da mesa para olhar a foto ao lado de Strike. — Ele estaria no final da adolescência quando Sheila o conheceu, e essa informação bate. Olhei os registros on-line de sempre e consegui o máximo de endereços dele que pude. Tem um hiato nos registros on-line entre 1993 e 1996, depois ele reaparece em um apartamento em Canning Town. Sabemos que o Jordan da IHU tinha medo da polícia, porque Kevin Pirbright disse que era com isso que Mazu o ameaçava enquanto o obrigava a se açoitar.

— Parece o nosso cara — comentou Strike —, mas não se pode telefonar para um sujeito na prisão.

— Talvez uma carta? — sugeriu Robin, mas sem muita convicção.

— "Prezado sr. Reaney, depois de ver sua foto de registro policial, o senhor me parece o tipo de homem que gostaria muito de ajudar em uma investigação criminal..."

Robin riu.

— Algum parente próximo? — perguntou Strike.

— Bom, tem uma mulher com o mesmo sobrenome morando no último endereço dele.

— Vou tentar chegar a ele por intermédio dela. E o outro garoto que foi espancado? — disse Strike. — Aquele de QI baixo?

— Paul Draper? Ainda não encontrei nenhum rastro dele. Cherie Gittins também parece ter desaparecido da face da Terra.

— Tudo bem, vou continuar cavando enquanto você estiver na Fazenda Chapman. Deixei um recado no quartel dos bombeiros para Abigail Glover também.

— A filha de Wace?

— Exatamente.

Strike então foi à porta que separava a sala da antessala, onde Pat estava sentada digitando, e a fechou.

— Escute — pediu ele.

Robin se preparou, tentando não parecer exasperada. Murphy tinha dito "escute" exatamente naquele tom na sexta-feira à noite, cinco minutos depois de ejacular e imediatamente antes de embarcar em seu discurso ensaiado sobre os riscos de trabalhar sob disfarce.

— Quero te dizer uma coisa antes de você ir para lá.

Ele parecia sério, mas hesitante, e Robin sentiu um frio na barriga, como aconteceu quando Prudence disse que Robin era a pessoa mais importante na vida de Strike.

— Existe uma pequena chance... *muito* pequena, na verdade, mas ainda assim é melhor você saber... que alguém ali possa falar alguma coisa a meu respeito, então queria te avisar de antemão, assim você não vai ficar chocada e estragar o disfarce.

Robin sabia o que viria a seguir, mas ficou calada.

— Eu estive na Comunidade Aylmerton por seis meses, com minha mãe e Lucy, em 1985. Não estou dizendo que as pessoas vão se lembrar *de mim*, eu era só uma criança, mas minha mãe era uma subcelebridade. Bom, ela aparecia nos jornais, de todo modo.

Por alguns segundos, Robin debateu o que seria melhor dizer e decidiu pela sinceridade.

— Na verdade, Sheila Kennett se lembrou de você e de sua mãe. Eu não quis comentar nada — acrescentou ela — antes que você me contasse.

— Ah — disse Strike. — Tá certo.

Eles se olharam.

— Um maldito lugar de merda — cuspiu Strike —, mas não aconteceu nada comigo lá.

Ele, sem querer, deu uma leve ênfase na palavra *comigo*.

— Eu tenho outro motivo para te contar isso — prosseguiu. — Aquela tal de Mazu. Não confie nela.

— Não confio, ela parece mesmo...

— Não, estou falando sério, não suponha que exista algum senso de... — Ele procurou a palavra certa — ... você sabe, *sororidade* ali. Não quando se trata do vínculo espiritual. Se ela quiser te levar a algum sujeito...

Houve uma batida na porta.

— Que foi? — disse Strike, com certa impaciência.

Apareceu a cara simiesca de Pat, carrancuda. Ela disse a Strike, em sua voz grave e rouca:

— Tem uma mulher ao telefone querendo falar com você. O nome dela é Niamh Doherty.

— Passe a ligação para cá — disse Strike prontamente.

Ele foi até seu lado da mesa e o telefone tocou em segundos.

— Cormoran Strike.

— Alô — disse uma hesitante voz feminina. — Hm... Meu nome é Niamh Doherty. Você deixou um recado com meu marido, perguntando se eu responderia a algumas perguntas sobre a Igreja Humanitária Universal?

— Sim, deixei — confirmou Strike. — Muito obrigado por me telefonar.

— Não há de quê. Posso perguntar por que quer falar comigo?

— Sim, naturalmente — disse Strike, com os olhos em Robin. — Minha agência foi contratada para investigar alegações sobre a igreja feitas por um ex-integrante. Estamos procurando corroboração, se conseguirmos encontrar.

— Ah — murmurou Niamh. — Certo.

— Seria uma conversa extraoficial — Strike garantiu a ela. — Só para ter contexto. Soube que a senhora era muito jovem quando esteve lá, não?

— Sim, eu fiquei lá dos oito aos onze anos.

Houve uma pausa.

— Já tentou o meu pai? — perguntou Niamh.

— Sim, mas ele não quer conversar.

— Não mesmo... Entendo se não puder dizer, mas por que está tentando corroborar essas alegações? Está trabalhando para algum jornal ou...?

— Não, não um jornal. Nosso cliente tem um parente dentro da igreja.

— Ah — repetiu Niamh —, entendi.

Strike esperou.

— Tudo bem — disse ela por fim —, não me importo de conversar com você. Na verdade, se puder ser amanhã ou na sexta-feira...

— Amanhã seria ótimo — respondeu Strike, que tinha os próprios motivos para preferir a quinta-feira.

— Obrigada, seria ótimo, porque estou de folga do trabalho... Acabamos de nos mudar de casa. E é meio insolente perguntar isso, mas se importaria de vir aqui? Não fica longe de Londres. Chalfont St Giles.

— Não, sem problema — garantiu Strike, pegando uma caneta para anotar o endereço.

Quando ele desligou, Strike se virou para Robin.

— Que tal uma ida a Chalfont St Giles comigo amanhã?

— Ela concordou em conversar?

— Sim. Seria bom você ouvir o que ela tem a dizer, antes de ir para lá.

— Claro que sim — disse Robin, levantando-se. — Tudo bem se eu for para casa agora? Preciso resolver umas coisas antes de partir para a fazenda.

— Claro, sem problema.

Depois que Robin saiu, Strike ficou sentado ao computador, seu humor bem melhor do que quando acordou. Tinha acabado de aniquilar a possibilidade de Robin passar todo o último dia livre com Ryan Murphy antes de partir disfarçada. Se seus atos pareciam, mesmo que levemente, as maquinações de Charlotte Ross com relação a ele mesmo, sua consciência continuava surpreendentemente tranquila enquanto ele procurava no Google lugares agradáveis para almoçar em Chalfont St Giles.

21

O perigo do céu está no fato de que não se pode subir a ele (...)
Os efeitos da época de perigo são verdadeiramente grandes.

I Ching: O livro das mutações

O vilarejo em que Strike e Robin entraram na manhã seguinte, que ficava a uma hora de Londres, tinha uma beleza sossegada. Enquanto passavam de carro por prédios com vigamento de madeira que davam para uma praça, Strike, que tinha aceitado quando Robin se oferecera para dirigir seu BMW, olhou a torre de pedra cinza na igreja da paróquia e viu uma placa informando que eles estavam no vilarejo mais bem-cuidado de Buckinghamshire.

— Nada disso vai sair barato — comentou ele, ao saírem da High Street e entrarem na Bowstridge Lane.

— É aqui — anunciou Robin, parando ao lado de uma casa quadrada e independente, de tijolos fulvos. — Chegamos dez minutos adiantados, devemos esperar ou...?

— Esperar — disse Strike, que não pretendia apressar a entrevista. Quanto mais tempo levasse, mais provavelmente Robin ia querer comer alguma coisa antes de voltar a Londres. — Já fez a mala para amanhã?

— Coloquei meu casaco impermeável e roupas íntimas em uma bolsa, se chama isso de fazer a mala — disse Robin.

O que ela não disse a Strike foi que na véspera tinha percebido pela primeira vez que não poderia levar seus anticoncepcionais para a Fazenda Chapman. Depois de ler as letras miúdas no folheto que lhe deram, eles listavam especificamente os medicamentos proibidos. Ela também não contou a Strike que ela e Murphy chegaram perto de uma briga na noite anterior, quando Murphy anunciou que tinha tirado o dia de folga para ficar com ela, como uma surpresa, e Robin lhe contou que ia de carro a Buckinghamshire com o sócio.

O celular de Strike tocou. Chamada não identificada.

— Strike.

— Oi — cumprimentou uma voz feminina. — Aqui é Abigail Glover.

Strike murmurou para Robin "a filha de Jonathan Wace" e colocou o celular no viva-voz para que ela ouvisse a conversa.

— Ah, que bom — disse ele. — Recebeu o recado que deixei no quartel?

— Recebi — confirmou ela. — Do que se trata?

— Da Igreja Humanitária Universal — respondeu Strike.

A estas palavras, seguiu-se um completo silêncio.

— Ainda está aí? — Strike quis saber.

— Estou.

— Eu queria saber se a senhora estaria disposta a conversar comigo — perguntou ele.

Mais silêncio. Strike e Robin se olharam. Por fim, uma única interrogação foi emitida do telefone:

— Por quê?

— Sou detetive...

— Sei quem você é.

Ao contrário do pai, o sotaque de Abigail era da genuína classe trabalhadora de Londres.

— Bom, estou tentando investigar algumas alegações a respeito da igreja.

— Alegações de quem?

— De um homem chamado Kevin Pirbright — informou Strike —, que agora está morto, infelizmente. Ele chegou a entrar em contato com a senhora? Ele estava escrevendo um livro.

Houve outro silêncio, o mais longo até então.

— Você trabalha para algum jornal? — perguntou ela, desconfiada.

— Não, para um cliente particular. Queria saber se gostaria de conversar comigo. Pode ser extraoficialmente — acrescentou Strike.

Outro longo silêncio se seguiu.

— Alô?

— Não sei — disse ela por fim. — Vou precisar pensar nisso. Te ligo se eu... Eu te ligo depois.

A linha ficou muda.

Robin, percebendo que estivera prendendo a respiração, soltou o ar.

— Bom, não posso dizer que estou surpresa. Se eu fosse filha de Wace, não ia querer ser lembrada disso também.

— Não — concordou Strike —, mas ela seria muito útil se aceitasse conversar... A propósito, deixei um recado com a esposa de Jordan Reaney ontem, depois que você foi embora. Eu a localizei no trabalho. Ela é manicure em um lugar chamado Kuti-cles, com K.

Ele olhou a hora no painel do carro.

— Acho que devemos entrar.

Strike tocou a campainha, e eles ouviram o latido de um cachorro, e, quando a porta se abriu, um fox terrier de pelo duro disparou lá de dentro com tal velocidade que passou por Strike e Robin, derrapou na área pavimentada na frente da casa, virou-se, correu de volta e começou a pular nas pernas deles, pelas costas, latindo descontroladamente.

— *Calma*, Basil! — gritou Niamh.

Robin ficou espantada com a juventude dela: tinha vinte e poucos anos e, pela segunda vez ultimamente, Robin se viu comparando o próprio apartamento com a casa de outra pessoa. Niamh era baixa e roliça, com cabelo preto na altura do ombro e olhos azuis muito brilhantes, e vestia jeans e um moletom com uma citação de Charlotte Brontë na frente: *Sempre prefiro ser feliz a ser digna.*

— Desculpem-me — disse Niamh a Strike e Robin, antes de falar: — Basil, *pelo amor de Deus.* — Ela pegou o cachorro pela coleira e o arrastou para dentro. — Entrem. Desculpem — ela repetiu por cima do ombro ao arrastar o cão excitado demais pelo piso de madeira para a cozinha no final do corredor —, nós nos mudamos no último domingo e ele está agitado desde então... *Fora* — acrescentou ela, empurrando o cachorro para o jardim por uma porta dos fundos, que fechou firmemente depois que ele saiu.

A cozinha era no estilo fazenda, com um fogão Aga roxo e pratos exibidos em um armário. Havia uma mesa de madeira escovada cercada de cadeiras pintadas de roxo, e a porta da geladeira estava coberta de pinturas infantis, a maioria manchas e traços de tinta, presas ali por ímãs. Também havia — e isto, pensou Robin, explicava como uma garota de vinte e cinco anos passou a morar em uma casa tão cara — uma foto de Niamh de biquíni, de braços dados com um homem de calção de banho, que parecia ter pelo menos quarenta. Um cheiro de algo assando no forno fez Strike salivar.

— Muito obrigada por nos receber, sra...

— Pode me chamar de Niamh — disse a anfitriã que, sem precisar cuidar do fox terrier, parecia nervosa. — Sentem-se, por favor. Acabei de assar uns biscoitos.

— Você acabou de se mudar e já está assando biscoitos? — disse Robin, sorrindo.

— Ah, eu adoro assar biscoitos, isso me acalma — explicou Niamh, virando-se para pegar as luvas de forno. — Enfim, estamos bem apertados de tempo agora. Só consegui uns dias de folga porque tinha algumas horas acumuladas.

— No que você trabalha? — perguntou Strike, que tinha se sentado na cadeira mais próxima da porta, em que Basil gania e arranhava, ansioso para voltar para dentro.

— Sou contadora — respondeu Niamh, retirando biscoitos da assadeira com uma espátula. — Chá? Café?

Quando os dois detetives e Niamh estavam com suas xícaras de chá e os biscoitos em uma travessa no meio da mesa, os ganidos de Basil ficaram tão lastimáveis que Niamh o deixou entrar no cômodo.

— Ele vai sossegar — falou, enquanto o cachorro zunia em volta da mesa, abanando o rabo furiosamente. — Em algum momento.

Niamh se sentou, fazendo ajustes desnecessários nas mangas do moletom.

— De quem é a obra de arte? — perguntou Robin, apontando as criações com manchas na geladeira, tentando deixar Niamh mais à vontade.

— Ah, do meu filho, Charlie — respondeu Niamh. — Ele tem dois anos. Está com o pai agora de manhã. Nigel achou que seria mais fácil conversar com vocês sem Charlie aqui.

— E então este é Nigel? — Robin quis saber, sorrindo ao apontar a foto na praia.

— Sim — confirmou Niamh. Ela parecia sentir que algo precisava ser explicado. — Eu o conheci em meu primeiro emprego. Na verdade, ele era meu chefe.

— É mesmo? — disse Robin, tentando não parecer crítica. Considerando a perda de cabelo de Nigel, o casal na foto mais parecia pai e filha.

— Bem — disse Strike —, como falei por telefone, estamos buscando informações sobre a Igreja Humanitária Universal. Posso tomar notas?

— Sim, tudo bem — concordou Niamh, nervosa.

— Podemos começar pelo ano em que você e sua família foram para a Fazenda Chapman? — perguntou Strike, estalando a ponta da caneta.

— Foi em 1999 — informou a jovem.

— E você tinha oito anos, não é isso?

— Sim, e meu irmão Oisin tinha seis, e minha irmã Maeve tinha quatro.

— O que fez seus pais ingressarem na igreja, sabe dizer? — perguntou Strike.

— Foi meu pai, e não a mamãe — respondeu Niamh. — Ele sempre foi meio, hmm... É difícil de descrever. Quando éramos pequenos, ele era de extrema esquerda, mas hoje em dia foi o máximo que pôde para a extrema direita. Na verdade, não falo com ele há três anos... Ele só foi piorando. Telefonemas com discursos estranhos, acessos de raiva. Nigel acha que é melhor eu não ter contato com ele.

— Sua família era religiosa? — continuou o detetive.

— Antes da IHU, não. Não, só me lembro de papai chegando em casa uma noite, incrivelmente animado, porque teve uma reunião e conversou com Papa J, que o converteu no ato. Era como se meu pai tivesse descoberto o significado da vida. Ele falou sem parar de uma revolução social. Levou para casa um exemplar do livro de Papa J, *A resposta*. Minha mãe só... foi junto com ele — disse Niamh com tristeza. — Talvez ela tenha pensado que tudo ficaria melhor dentro da igreja, não sei.

"Ela nos disse que ia ser divertido. Nós choramos ao deixar a casa e nossos amigos, e ela nos disse para não fazer isso na frente de papai porque ele ficaria zangado. Qualquer coisa por uma vida tranquila, essa era a minha mãe... Mas nós odiamos, desde o momento em que chegamos lá. As roupas não eram as nossas. Nem tínhamos brinquedos. Eu me lembro de Maeve chorando pelo ursinho de pelúcia que ela levava para a cama toda noite. Tínhamos levado para a fazenda, mas foi tudo trancado no momento em que chegamos, inclusive o ursinho de Maeve."

Niamh bebeu um gole do chá, depois falou:

— Não quero ser dura com minha mãe. Pelo que consigo me lembrar, ela passou por maus bocados com as oscilações de humor de meu pai e com o jeito errático dele. Ela também não era muito forte. Tinha um problema cardíaco desde criança. Lembro que era muito passiva.

— Ainda tem contato com ela? — Foi a vez de Robin perguntar.

Niamh fez que não com a cabeça. Seus olhos ficaram marejados.

— Não a vejo desde que a deixamos na Fazenda Chapman, em 2002. Ela ficou lá, com nossa irmã mais nova. Na verdade, é parte do motivo para eu concordar em ver vocês — revelou Niamh. — Gostaria de saber... se por acaso vocês descobrirem o que aconteceu com ela... Escrevi à igreja alguns anos atrás, tentando descobrir onde ela estava, e recebi uma carta dizendo que ela havia saído em 2003. Não sei se é verdade. Talvez ela não tenha conseguido nos encontrar depois de sairmos, porque papai nos levou para Whitby, onde nunca tínhamos morado, e mudou nosso sobrenome. Talvez ela não quisesse nos encontrar, não sei, ou talvez meu pai tenha dito a ela para ficar longe de nós. Acho que pode ter tido notícias dela ou da IHU depois que fomos embora, porque ele recebeu umas cartas que o deixaram furioso. Talvez tenham sido encaminhadas de nosso antigo endereço. De todo modo, ele as rasgou em pedacinhos bem pequenos para não podermos ler. Éramos proibidos até de mencionar a mamãe depois que saímos da fazenda.

— O que fez seu pai levar vocês dali, você sabe? — Strike quis saber.

— Só sei o que ele dizia quando nos arrastou de lá. Era de noite. Tivemos de pular várias cercas. Todos queríamos que a mamãe fosse conosco... Ficamos pedindo a papai para nos deixar buscá-la, Maeve chamava pela mamãe e meu pai bateu nela. Disse que a mamãe era uma puta — falou Niamh, infeliz —, o que simplesmente era *loucura*, porque, na igreja, as mulheres deviam... Quer dizer, elas eram compartilhadas entre todos os homens. Mas meu pai devia pensar que mamãe não estava participando de tudo isso, o que só... É difícil de acreditar, sério mesmo, mas é *tão* típico dele. Ele pensou que podia ingressar na igreja e ter a parte que quisesse, e deixar o resto, o que foi idiotice: a igreja é completamente contra o casamento. Todo mundo deve dormir com todo mundo. Pelo que ouvi meu pai dizer a nosso tio depois, ele não acreditava que Lin fosse dele... Odeio de verdade dizer tudo isso porque, pelo que me lembro da mamãe, ela era bem... sabe como é... pudica. Não acho que ela *quisesse* dormir com alguém além de meu pai. A coisa toda é tão... tão bizarra — disse Niamh, desolada. — Não dá para explicar a pessoas que não entendem a IHU. Em geral, eu digo que minha mãe morreu quando eu tinha onze anos. É mais fácil.

— Sinto muito — disse Robin, que não conseguia pensar em mais nada para dizer.

— Ah, eu estou bem — falou Niamh, que já não parecia tão jovem, mas muito mais velha que sua idade. — Comparada com Oisin e Maeve, eu fiquei bem. Eles nunca superaram a IHU. Maeve vive em médicos, constantemente tira licença médica do trabalho e toma uma tonelada de remédios. Ela come demais, engordou muito e nunca teve um relacionamento estável. E Oisin bebe demais. Já tem filhos com duas mulheres diferentes, e ele só tem vinte e três anos. Trabalha em subempregos só para ter dinheiro pra beber. Tentei ajudar, cuidar dos dois um pouco, porque sou a única que conseguiu passar por aquilo tudo meio intacta e sempre me senti culpada por isso. Os dois têm raiva de mim. "Para você, está tudo bem, você se casou com um velho rico." Mas eu lidei melhor com tudo, desde o momento em que saímos. Eu me lembro de nossa vida antes da igreja, então a mudança não foi um choque tão grande. Recuperei-me na escola mais rápido do que eles e não tive mais a mamãe por perto... Mas até hoje não consigo suportar David Bowie. A IHU costumava tocar "Heroes" o tempo todo, para animar as pessoas. Nem precisa ser essa música. Só a voz dele... Quando Bowie morreu, e ficavam tocando as músicas dele sem parar no rádio, eu detestei...

— Por acaso, você tem fotos de sua mãe? — perguntou Strike.

— Sim, mas são muito antigas.

— Não tem problema. No momento só tentamos ligar nomes a rostos.

— Está lá em cima — disse Niamh. — Quer que eu...?

— Se não for incômodo — pediu Strike.

Niamh saiu da cozinha. Strike se serviu de um biscoito.

— Muito bom — disse ele, com a boca cheia de gotas de chocolate.

— Não dê nenhum a ele — avisou Robin, enquanto Basil, o cachorro, colocava as patas dianteiras na perna de Strike. — Chocolate faz muito mal aos cães.

— Ela falou que você não pode comer — disse Strike ao fox terrier, metendo o resto do biscoito na boca. — A decisão não é minha.

Eles ouviram os passos de Niamh voltando, e ela reapareceu.

— Esta é a minha mãe — disse ela, passando uma foto polaroide desbotada a Strike.

Ele calculou que devia ter sido tirada no início dos anos 1990. Uma Deirdre Doherty de cabelo claro olhava para ele com óculos de armação quadrada.

— Obrigado — agradeceu Strike, tomando nota. — Se importa se eu tirar uma foto disto? Não vou levar a original.

Niamh assentiu, e Strike fotografou com o celular.

— Então vocês ficaram três anos na Fazenda Chapman? — retomou Strike.

— Isso, mas eu só soube depois que saímos, porque não tinha relógio nem calendário nenhum lá dentro.

— É mesmo? — disse Robin, pensando em seus compromissos nas noites de quinta com a pedra de plástico.

— Não, e eles nunca comemoram aniversários nem nada assim. Eu me lembro de andar pela mata e pensar: "Hoje pode ser meu aniversário. Não sei." Mas as pessoas que dirigiam o lugar deviam saber de nossas datas de nascimento, porque aconteciam certas coisas quando a gente chegava a idades diferentes.

— Que tipo de coisas? — perguntou Strike.

— Bom, até os nove anos, a gente dormia em um alojamento misto. Depois passamos a um alojamento feminino e tínhamos de começar a manter um diário para leitura dos mais velhos da igreja. É claro que não se podia dizer o que realmente pensávamos. Logo descobri que se eu escrevesse uma coisa que tivesse aprendido ou algo de que tivesse gostado, ficava tudo bem. "Hoje aprendi mais sobre o que é o falso eu" — disse ela, adotando uma voz monótona —, "e meios de combater meu falso eu. Entendo que o falso eu é a parte ruim de mim que quer coisas ruins. É muito importante derrotar o falso eu. Gostei do jantar desta noite. Comemos frango e arroz e teve música."

Por baixo da mesa, Basil, enfim, tinha sossegado, a cabeça peluda pousada no pé de Robin.

— E então, quando a gente fazia treze anos, se mudava para o alojamento dos adultos — continuou Niamh — e começava a comparecer a Manifestações e a treinamentos para alcançar o espírito puro. As crianças que foram criadas na igreja me contaram que os espíritos puros tinham poderes especiais. Lembro-me de uma noite fantasiar que eu conseguia ter o espírito puro bem rápido, explodia as paredes do alojamento, pegava minha mãe, Oisin e Maeve e voava com eles dali... Não sei se pensei que fosse mesmo possível... Depois de ficar lá por um tempo, a gente começava a acreditar em loucuras.

"Mas não sei dizer como é ter um espírito puro", acrescentou Niamh, com um sorriso irônico, "porque eu só tinha onze anos quando fomos embora".

— Então, qual era a rotina para as crianças mais novas? — incitou Strike.

— Decoreba do dogma da igreja, muitas coisas para colorir e às vezes ir ao templo entoar cânticos — revelou Niamh. — Era terrivelmente chato, e tínhamos uma supervisão intensa. Não havia ensino. Muito de vez em quando nos deixavam ir brincar na mata.

O tom de Niamh ficou um pouco mais leve.

— Eu me lembro de um dia na mata em que Oisin e eu encontramos um machado. Ali tinha uma árvore grande com um buraco. Se a gente subisse bem alto nos galhos, podia ver dentro do buraco. Um dia Oisin pegou um galho comprido, ficou cutucando dentro do tronco e viu uma coisa no fundo. Era desse tamanho — Niamh separou as mãos — e a lâmina parecia meio enferrujada. Deveria ser usado para cortar madeira, mas Oisin estava convencido de que havia sangue nele. Mas não pudemos retirar. Não conseguimos alcançar.

"Não contamos a ninguém. A gente aprende a nunca contar nada a ninguém, mesmo que fosse algo inocente, mas inventamos toda uma história em segredo sobre como Mazu tinha apanhado uma criança levada na mata e a matado ali. Nós, de certo modo, acreditávamos nisso, eu acho. Todos morríamos de medo de Mazu."

— Tinham medo? — perguntou Robin.

— Meu Deus, sim — confirmou Niamh. — Ela era... Não era como ninguém que eu tenha conhecido, antes ou depois.

— Em que sentido? — Strike quis saber.

Niamh estremeceu inesperadamente, depois soltou uma risada meio envergonhada.

— Ela... Sempre pensei nela como uma aranha gigante. Você não quer saber o que a aranha pode fazer com você, só sabe que não quer ficar perto dela. Era assim que eu me sentia com relação a Mazu.

— Ficamos sabendo — disse Strike — que aconteciam espancamentos e açoites.

— Eles mantinham as crianças distantes de coisas assim — explicou Niamh —, mas às vezes víamos adultos com hematomas ou cortes. Aprendemos a nunca fazer perguntas.

— E sabemos que um garoto ficou amarrado em uma árvore no escuro a noite toda — acrescentou Robin.

— Sim, isso... isso era uma punição bem comum, para crianças. Eu acho — relatou Niamh. — As crianças não deviam falar do que acontecia com elas se fossem levadas para ser disciplinadas, mas é claro que as pessoas cochichavam a respeito nos alojamentos. Eu, particularmente, nunca tive uma punição ruim — acrescentou ela. — Andava na linha e cuidei para que Oisin e Maeve também andassem. Não, a questão não era o que acontecia com a gente, era o que tínhamos medo de *poder* acontecer. Sempre havia a sensação do perigo à espreita.

"Mazu e Papa J podiam fazer coisas sobrenaturais... Quer dizer, é lógico que *não eram* coisas sobrenaturais, agora eu sei disso, mas, na época, eu acreditava. Achava que eles tinham poderes. Os dois podiam mover objetos só apontando para eles. Eu o vi levitar também. Todos os adultos acreditavam que era real ou agiam como se acreditassem, então é claro que fazíamos o mesmo. Mas o pior para as crianças era a Profetisa Afogada. Sabem a respeito dela?"

— Sabemos um pouco — confirmou Robin.

— Mazu costumava nos contar histórias sobre ela. Era uma garotinha perfeita que nunca fez nada de errado e foi escolhida para este importante destino. Aprendemos que ela se afogou de propósito, para provar que o espírito era mais forte do que a carne, mas que voltou à Fazenda Chapman com o vestido branco com que se afogou e que aparecia na mata onde costumava brincar e... e nós a vimos — revelou Niamh em voz baixa. — Algumas vezes, à noite, eu a via, de pé entre as árvores, olhando para nosso alojamento.

Niamh estremeceu.

— Sei que deve ter sido um truque, mas depois disso tive pesadelos durante anos. Eu a via do lado de fora de minha janela em Whitby, encharcada no vestido branco, com o cabelo preto e comprido de Mazu, me encarando, porque todos fomos maus e saímos da fazenda. Todas as crianças da Fazenda Chapman ficavam petrificadas com a Profetisa Afogada. "Ela está ouvindo. Ela vai saber se você mentir. Ela vai aparecer e te encontrar, no escuro." Isso bastava para nos meter medo e garantir o bom comportamento.

— Tenho certeza que sim — afirmou Robin.

Strike tirou do bolso do paletó uma lista dobrada.

— Posso listar alguns nomes para ver se você se lembra de algumas pessoas? — perguntou ele a Niamh, que concordou com a cabeça, mas não deu sinais de reconhecimento da primeira meia dúzia de nomes que Strike leu.

— Desculpe, faz muito tempo, e se eles não estavam em nosso alojamento...

O primeiro nome que Niamh reconheceu foi o de Kevin Pirbright, e Robin viu, por sua reação, que ela não sabia que ele tinha morrido.

— Kevin Pirbright, sim! Eu me lembro dele e da irmã, Emily. Eles eram legais. E tinham uma irmã mais velha, Becca, que voltou logo depois de termos chegado.

— Como assim, "voltou"? — perguntou Strike, com a caneta a postos.

— Ela ficou três anos no centro de Birmingham. Ela meio que estava sendo preparada pelo Papa J como uma futura líder da igreja. Era muito mandona. A favorita de Papa J e Mazu. Eu não gostava muito dela.

Strike prosseguiu na leitura dos nomes, mas Niamh negou com a cabeça até ele dizer "Flora Brewster".

— Ah, sim, acho que me lembro dela. Era adolescente, não é? Eu a ajudei a fazer sua primeira boneca de milho... Faziam muito, na Fazenda Chapman, para vender em Norwich.

Strike continuou percorrendo a lista de nomes.

— Paul Draper? Ele teria sido mais velho que você. Adolescente também.

— Não, não me lembro de Paul.

— Jordan Reaney? Também adolescente.

— Não, lamento.

— Cherie Gittins?

— Também não. Quer dizer, eles *podem* ter estado lá, mas não me lembro se estavam.

— Margaret Cathcart-Bryce?

— Ai, meu Deus, sim, eu me lembro dela — afirmou Niamh prontamente. — Era muito estranha e toda esticada, tinha feito muita coisa no rosto.

Era uma das mulheres ricas que costumavam visitar a fazenda o tempo todo. Tinha outra que gostava de cuidar dos cavalos, e outras faziam "ioga" com Papa J, mas Margaret era a mais rica de todas.

Strike prosseguiu com a lista, mas o único nome que Niamh reconheceu foi Harold Coates.

— Ele era médico, não era?

— É isso mesmo — confirmou Strike. — Você o via com frequência?

— Eu não, mas Maeve, sim. Ela tinha urticária de nervoso. Era ele que tratava dela.

— Lembra-se da filha de Jonathan Wace? — perguntou Robin.

— Bom, não — respondeu Niamh, confusa. — Ela tinha morrido.

— Desculpe, não Daiyu. Eu quis dizer a filha mais velha dele, Abigail.

— Ah, ele tinha outra? — perguntou Niamh, surpresa. — Não, eu não a conheci.

— Tudo bem — disse Strike, depois de fazer uma última anotação —, isso foi útil, muito obrigado. Estamos tentando determinar uma cronologia, descobrir quem esteve lá e quando.

— Lamento não conseguir me lembrar mais — comentou Niamh.

Com as xícaras de chá terminadas, todos se levantaram da mesa, Robin se desvencilhando cuidadosamente de Basil.

— Se — começou Niamh, hesitante — descobrirem alguma coisa sobre minha mãe, vocês vão me informar?

— Claro que sim — afirmou Strike.

— Obrigada. Desde que tive Charlie, penso muito na mamãe... Oisin e Maeve dizem que não se importam, mas acho que significaria muito para eles também se descobríssemos o que aconteceu com ela...

Strike, Robin notou, mostrava uma severidade incomum quando os três foram ao hall, mesmo levando em conta o azedume natural de sua expressão relaxada. À porta de entrada, Robin agradeceu a Niamh pelo tempo e pelos biscoitos. Basil ficou ofegante atrás deles, abanando o rabo, evidentemente convencido de que ainda podia conseguir diversão e petiscos adulando estranhos.

Strike então se virou para a sócia.

— Vá na frente. Preciso ter uma palavrinha em particular com Niamh.

Embora surpresa, Robin não fez perguntas e saiu. Quando o som de seus passos tinha sumido, Strike voltou-se para Niamh.

— Perdoe-me por perguntar isto — disse ele em voz baixa, olhando-a —, mas sua irmã mais nova algum dia falou o que Harold Coates fazia para curar a urticária?

— Acho que ele passava alguma pomada, só isso — respondeu Niamh, desconcertada.

— Ela nunca falou de mais nada que tivesse acontecido quando ele tratava dela?

— Não — respondeu, com o medo estampado no rosto.

— Quantos anos tem sua irmã mais nova? Vinte e um?

— Sim — confirmou Niamh.

— Harold Coates era pedófilo — revelou Strike, e Niamh arquejou e cobriu o rosto com as mãos. — Acho que deve perguntar a ela o que aconteceu. Ela talvez precise de mais ajuda do que antidepressivos, e pode ser um alívio para ela contar a alguém.

— Ai, meu Deus — sussurrou Niamh entre os dedos.

— Eu lamento muito. Não serve de muito consolo, eu sei, mas Maeve não foi de forma alguma a única.

22

Nove no topo significa:
Cuide de sua conduta e pondere os sinais favoráveis.
I Ching: O livro das mutações

— Quer almoçar enquanto repassamos a entrevista? — perguntou Strike, já de volta ao carro. — Niamh recomendou um bom lugar aqui perto — mentiu. Na verdade, ele encontrara o restaurante Merlin's Cave na internet, no dia anterior.

Robin hesitou. Tendo tirado o dia de folga, Murphy esperava que ela voltasse o quanto antes, para passarem as últimas horas juntos. Entretanto, a conversa meio tensa ao telefone na noite anterior, em que Murphy se conteve para não ficar abertamente irritado, a deixara agastada. O namorado, que supostamente queria que ela estivesse com o melhor preparo possível antes de trabalhar sob disfarce, se ressentira de Robin falar com uma última testemunha antes de partir, e seu comportamento lembrava demais o do ex-marido.

— Sim, tudo bem — concordou. — Mas não posso ficar muito tempo, eu... hmm... disse a Ryan que voltaria.

— Tudo bem — disse Strike, feliz por ter conquistado o almoço. Com sorte, o atendimento seria lento.

O Merlin's Cave, que ficava na praça, era um pub rural com uma fachada de tijolinhos. Strike e Robin foram levados a uma mesa para dois em uma área agradável do restaurante, com vidraças dando para um jardim nos fundos.

— Se eu dirigir na volta — começou Strike, enquanto se sentava —, você pode beber. Última chance para ter álcool antes da Fazenda Chapman.

— Não me importa, posso beber depois — retrucou Robin.

— Murphy não vê problemas em você beber na frente dele, né?

Robin ergueu os olhos do cardápio que a garçonete acabara de entregar. Não se lembrava de ter dito a Strike que Murphy era alcoólatra.

— Sim, ele não tem problemas com isso. Foi Ilsa que...?

— Wardle — rebateu Strike.

— Ah — murmurou Robin, voltando a olhar o cardápio.

Strike não tinha a intenção de contar o que Wardle dissera sobre o comportamento de Murphy quando ainda bebia, em grande parte porque sabia como ele pareceria para Robin ao dizer isso. Entretanto, falou:

— O que o fez desistir?

— Ele disse que não gostava de si mesmo bêbado — respondeu Robin, preferindo olhar o cardápio, e não para Strike. Suspeitava de que o sócio procurava um jeito de partilhar informações que ela talvez não quisesse ouvir. Dada a recente irritação de Strike com o que ele considerava a intromissão de Ilsa, Robin achou muito hipócrita da parte dele começar a interrogá-la sobre o passado de Murphy.

Sentindo o ligeiro aumento da frieza na mesa, Strike não insistiu. Quando ambos fizeram os pedidos, e Strike tinha pedido pão, ele falou:

— E então, o que achou de Niamh?

Robin baixou o cardápio.

— Bom, além de sentir muita pena dela, achei que nos deu algumas coisas interessantes. Especialmente aquela fotografia da mãe. Pela descrição de Henry Worthington-Fields da grávida que ele viu trabalhando no arado prestes a desmaiar...

— É, acho que foi Deirdre Doherty — disse Strike —, e agora sabemos de seu problema cardíaco que, junto com o trabalho braçal e uma quarta gestação, explicaria ela quase desmaiar ou o que quer que tenha sofrido.

— Mas sabemos que ela sobreviveu àquilo, passou bem pelo parto e viveu mais dois anos, pelo menos — comentou Robin.

A garçonete servia a água de Robin, a cerveja sem álcool de Strike e um cesto de pães. Strike pegou um pãozinho (a dieta podia voltar depois que Robin estivesse na Fazenda Chapman) e esperou que a garçonete saísse para voltar a falar.

— Acha que Deirdre morreu?

— Eu *não quero* pensar nisso — revelou Robin —, mas existe a possibilidade, né?

— E as cartas que o marido rasgava?

— Talvez não tivessem nada a ver com Deirdre. Não acredito que teria sido assim *tão* difícil localizar a família, se ela realmente saiu da Fazenda Chapman em 2003. E você não acha suspeito que ela tenha deixado a filha mais nova lá quando supostamente foi expulsa?

— Se Kevin Pirbright tinha razão, e Lin era filha de Jonathan Wace, talvez Wace não estivesse disposto a abrir mão dela.

— Se Kevin Pirbright tinha razão — disse Robin —, Lin era fruto de um estupro, e se Deirdre estava disposta a escrever em seu diário que Wace a havia estuprado, ela era um perigo real para ele e para a igreja.

— Acha que Wace a assassinou, enterrou-a na fazenda e depois disse a todo mundo que a havia expulsado à noite, para evitar testes de DNA? Porque só o que ele precisava fazer era dizer que o sexo foi consensual, conseguir que alguns integrantes da seita declarassem oficialmente que Deirdre foi alegremente para o quarto dele por livre e espontânea vontade, e seria muito difícil conseguir uma condenação. Como você acabou de observar, Deirdre ficou na Fazenda Chapman, mesmo depois da partida do resto da família. Isso não cairia bem no tribunal. Nem o fato de que o marido achava que ela era uma puta e não queria mais nada com ela.

Percebendo a expressão de Robin, Strike acrescentou:

— Não estou dizendo que acho que algum desses argumentos seja justo ou válido. Só estou sendo realista sobre as chances de Deirdre de convencer um júri.

— Por que, afinal, ela escreveu sobre o estupro no diário? — perguntou Robin. — Ela sabia que o diário seria lido por um superior, o que não bate com o jeito como Niamh descreveu a mãe. Não parece o ato de uma mulher passiva.

— Talvez estivesse desesperada. Talvez tivesse esperança de que o diário fosse lido por alguém que ela pensava poder ajudar. — Strike deu uma mordida no pão. — Vou continuar tentando localizar Deirdre enquanto você estiver na fazenda. Ela seria uma testemunha do cacete, se conseguíssemos encontrá-la.

— É claro que ela não precisava ser assassinada — disse Robin, ainda seguindo a própria linha de raciocínio. — Se Deirdre tinha o coração fraco antes de ir para a Fazenda Chapman e foi obrigada a trabalhar sem alimentação adequada, pode ter morrido de causas naturais.

— Se foi o que aconteceu, e eles não registraram a morte, temos um crime. O problema é que, para provar, precisamos de um corpo.

— É uma fazenda — comentou Robin. — Ela pode ter sido enterrada em qualquer lugar, por hectares.

— E não vamos conseguir que as autoridades cavem todas as lavouras com base em um pressentimento, sem provas.

— Eu sei — disse Robin. — Também tem a história de não poder ter calendário nem relógio…

— É, eu ia falar sobre isso com você.

— Mesmo que consigamos encontrar pessoas dispostas a falar, eles terão problemas de credibilidade — continuou Robin. — "Quando isto aconteceu?" "Não tenho a menor ideia." Assim fica fácil ter um álibi falso. Só as pessoas do topo sabem a hora… literalmente.

— É, mas o problema mais imediato é que você terá de achar um jeito de acompanhar o passar dos dias sem que ninguém saiba disso.

— Vou pensar em alguma coisa — falou Robin —, mas se vocês puserem datas e dias da semana nos bilhetes para mim, ajudarão a me orientar.

— Bem pensado — disse Strike, pegando o bloco e tomando nota a este respeito.

— E — continuou Robin, sentindo-se um tanto estranha por perguntar isso —, se eu colocar um ou outro bilhete para Ryan na pedra, junto com meu relatório para você, pode encaminhar a ele?

— Claro — garantiu Strike, fazendo outra anotação, com a expressão impassível. — Mas me faça um favor também: se tiver a chance de pegar o machado sujo de sangue na árvore oca, trate de pegar.

— Tudo bem, vou tentar — concordou Robin, sorrindo.

— Sua família sabe o que você está prestes a fazer, aliás?

— Não dei detalhes. Só disse que vou trabalhar disfarçada por um tempo. Ryan vai ligar para eles e dar notícias. Sinceramente, eu espero que Abigail Glover decida falar com você — acrescentou Robin, de novo querendo fugir do assunto Murphy —, porque adoraria ter mais informações sobre o pai dela. Você notou que não há muito sobre o passado de Wace por aí?

— É, notei, mas noto que ele não se importa de as pessoas saberem que ele estudou em Harrow.

— Não, mas depois disso fica tudo meio nebuloso, né? O pai dele era "homem de negócios", mas sem detalhes sobre que tipo de negócios, a primeira esposa morreu tragicamente e depois disso ele encontrou a religião e fundou a IHU. Basicamente é isso.

A comida chegou. Strike, que ainda se abstinha de batatas fritas, olhou com tanta inveja para o prato de Robin que ela riu.

— Pegue um pouco. Só pedi porque a partir de amanhã terei uma dieta de fome.

— Não — negou Strike com tristeza. — Ainda preciso perder mais seis quilos.

Ele tinha acabado de cortar o peito de frango quando o celular voltou a tocar, desta vez, de um número desconhecido de Londres. Baixando os talheres, ele atendeu.

— Alô?

— Ah... Oi — disse uma mulher. — Você é Cameron Strike?

— Eu mesmo — confirmou ele, que raras vezes se dava ao trabalho de corrigir o erro. — Quem fala?

— Ava Reaney. Você deixou um recado para mim para eu te ligar?

— Sim — disse Strike, escrevendo *esposa de Reaney* no bloco e virando-o para Robin. — Deixei. Na verdade, estava pensando se pode mandar uma mensagem a seu marido por mim, sra. Reaney.

— A Jordan? Pra quê? — perguntou, a voz desconfiada. Havia muito ruído de fundo, inclusive música pop. Strike supôs que Aba Reaney estivesse em seu salão de manicure.

— Estou tentando encontrar o máximo possível de pessoas que moraram na Fazenda Chapman — respondeu Strike.

— O que... O lugar daquela seita? — perguntou Ava Reaney.

— Esse mesmo. Acho que seu marido esteve lá nos anos 1990, não foi?

— Foi, sim — confirmou ela.

— Então, será que pode...?

— Não — cortou ela. — Estamos separados.

— Ah. Lamento saber disso — falou Strike.

— Ele tá lá dentro — informou Ava.

— É, eu sei, e foi por isso que...

— Ele é um filho da puta. Vou me divorciar dele.

— Entendo. Bom, alguém poderia levar uma mensagem a ele, para saber se está disposto a falar comigo sobre a IHU?

— Posso pedir à irmã dele, se quiser — ofereceu Ava. — Ela vai lá na semana que vem. Olha, você é aquele cara que pegou o estripador de Shacklewell?

— Sim, sou eu — confirmou Strike.

— É *ele mesmo* — disse Ava em voz alta, aparentemente para alguém por perto, antes de falar: — Então está atrás de gente da IHU, é? Não — corrigiu-se: —, isso é explorar, não é?

— Jordan alguma vez falou com você sobre o tempo que passou lá? — quis saber Strike.

— Não muito. Mas ele tem pesadelos com isso — acrescentou ela, com certa satisfação maldosa.

— É mesmo?

— É. Com os porcos. Ele tem medo de porcos.

Ela riu, assim como a pessoa desconhecida perto dela.

— Tudo bem, então, se não se importa de pedir à irmã de Jordan para lhe passar minha mensagem… Você tem meu número, não tem?

— É, eu tenho. Tá legal. A gente se fala.

Strike desligou.

— Pelo visto, Jordan Reaney tem pesadelos com porcos, datando de sua época na Fazenda Chapman.

— Ah, é?

— É… Você entende muito deles?

— Do que, de porcos? Na verdade, não.

— Que pena. Achei que você fosse especialista em agricultura.

— Os javalis podem ser agressivos — informou Robin. — Disso eu sei. Nosso veterinário ficou muito ferido por um deles quando eu estava na escola. O animal o empurrou na grade de metal… ele levou umas mordidas feias e teve umas costelas quebradas.

O celular de Strike vibrou com a chegada de uma mensagem. Robin teve um vislumbre de emojis antes de o parceiro pegar o aparelho na mesa e colocar no bolso.

Ela deduziu, corretamente, que a mensagem fosse de Bijou Watkins. Por um ou dois segundos, pensou em transmitir ao sócio o alerta de Ilsa sobre o comportamento de Bijou na cama, mas, considerando a reação de Strike da última vez que alguém tentou interferir em seu novo relacionamento, decidiu não falar nada. Afinal, esta era a última vez que o veria por algum tempo, e ela preferia se separar dele em bons termos.

23

Nove no início significa:
Companheirismo com homens no portão.

I Ching: O livro das mutações

Às nove e meia do dia seguinte, Robin saía da estação Victoria para a manhã fria e nublada. Por um momento, ficou parada com a bolsa meio vazia no ombro, olhando os táxis, o enxame de passageiros e ônibus, e teve um instante de pânico: não havia micro-ônibus, e ela procurou o folheto da IHU no bolso para ver se estava na estação e no horário certos, embora soubesse muito bem que sim. Porém, assim que encontrou o folheto, localizou uma mulher de túnica laranja segurando uma placa com o logo da igreja, as mãos formando o coração, e reconheceu Becca Pirbright, a irmã mais velha de Kevin, que havia ministrado o segundo serviço religioso do templo a que Robin comparecera.

Apesar de antes Robin ter comparado Becca com uma oradora motivacional, ocorria-lhe, naquele momento, que ela mais parecia a idealização de uma escoteira: bonita e elegante, de olhos escuros com cílios grossos, cabelo castanho brilhante e um rosto oval com uma pele sedosa, que formava covinhas quando ela sorria. Acenando para que recém-chegados hesitantes se reunissem a sua volta, ela emanava uma autoridade alegre e natural.

Ao lado de Becca estava um jovem baixo e corpulento que tinha testa baixa, olhos escuros, cabelo desgrenhado e prognatismo. Ao olhá-lo, Robin percebeu um leve tique no olho direito; começava a piscar, aparentemente de forma descontrolada, e o rapaz levou a mão às pressas para cobrir. Ele também vestia uma túnica laranja e segurava uma prancheta. Sete ou oito pessoas de mochilas e bolsas já se agrupavam em volta da dupla quando Robin se juntou ao grupo.

— Oi — disse ela.

— Olá! — saudou Becca. — Você é uma de nós?

— Acho que sim — respondeu Robin. — Rowena Ellis?

O jovem da prancheta fez uma marca no nome dela.

— Que bom! Meu nome é Becca e este é Jiang. Ele será nosso motorista.

— Oi — disse Robin, sorrindo para Jiang, que se limitou a grunhir.

O nome "Jiang" fez Robin se perguntar se o jovem seria outro filho de Jonathan Wace, embora não se parecesse nem um pouco com o líder da igreja.

Os companheiros iniciados de Robin formavam um grupo eclético. Ela reconheceu o jovem de pele marrom e óculos que estava de camiseta do Homem-Aranha no templo, mas os outros eram desconhecidos. Incluíam um homem de cara rosada que parecia estar no final dos sessenta anos e tinha um ar professoral, com o paletó de tweed e o cabelo branco ralo; duas adolescentes que pareciam inclinadas a dar risadinhas, uma das quais era roliça, de cabelo verde-neon, a outra pálida, loura e cheia de piercings. Um clima de tensão pairava sobre o grupo, como se estivessem prestes a começar a prova em um concurso importante.

Às cinco para as dez, o grupo tinha crescido a vinte pessoas e o nome de todos fora verificado na lista. Becca os levou pela rua movimentada e, por uma transversal, até um micro-ônibus branco e elegante com o logo da IHU na lateral. Robin se viu em um lugar à janela bem atrás das duas adolescentes. O jovem de óculos sentou-se ao lado dela.

— Oi, meu nome é Amandeep — disse ele.

— Rowena — devolveu Robin, sorrindo.

Enquanto o micro-ônibus arrancava da calçada, Becca pegou um microfone e o ligou, ajoelhando-se em um banco na frente, para se dirigir aos recém-chegados.

— Então, bom dia! Meu nome é Becca Pirbright e tenho sido abençoada por fazer parte da Igreja Humanitária Universal desde que tinha oito anos. Darei a vocês um breve resumo do que podem esperar durante o retiro de uma semana, depois será um prazer responder a qualquer pergunta que vocês tenham! Vamos só esperar termos saído de Londres, assim não serei presa por não usar o cinto de segurança! — explicou ela, e ouviram-se umas risadinhas enquanto ela voltava a se sentar.

Ao atravessarem Londres, eclodiram conversas em voz baixa dentro do micro-ônibus, mas parecia haver um acordo tácito de que as vozes deveriam ser respeitosamente baixas, como se eles já estivessem dentro de um espaço religioso. Amandeep contou a Robin que fazia doutorado em engenharia, Robin contou a ele sobre o casamento cancelado e sua carreira imaginária em relações públicas, e a maior parte do ônibus ouviu o homem de sessenta e tantos anos anunciar que era professor de filosofia antropológica e se chamava Walter Fernsby. Becca, Robin notou, observava os passageiros por um espelho posicionado bem acima do para-brisa, virado para os assentos, e não para a rua. O leve movimento no ombro direito de Becca sugeria que ela tomava notas.

Quando o micro-ônibus chegou à M11, Becca ligou o microfone de novo e, se dirigindo aos passageiros pelo espelho virado, falou:

— Oi! Então, agora que estamos realmente a caminho, darei a vocês uma ideia do que esperar quando chegarmos à Fazenda Chapman, que tem um lugar muito importante na história de nossa igreja. Algum de vocês leu o livro *A resposta*, de Papa J?

A maioria dos passageiros levantou a mão. Robin, porém, não tinha lido o livro de Jonathan Wace antes de entrar para a igreja de propósito, porque queria, ao mesmo tempo, um pretexto para fazer perguntas e para se apresentar como alguém que ainda precisava ser convencida das verdades da igreja.

— Bom, como saberão aqueles que leram *A resposta*, seguimos os ensinamentos dos cinco profetas, que estão todos sepultados ou têm um memorial na Fazenda Chapman.

"Sua estada na fazenda se concentrará no que gostamos de chamar de 'a tríade': estudos, serviço e prática espiritual. Vocês serão submetidos a uma ampla gama de atividades, algumas das quais são tarefas práticas ao ar livre, outras concentradas em suas necessidades espirituais. Achamos que as pessoas aprendem muito sobre elas mesmas, talvez ainda mais do que aprendem sobre nós, durante esses retiros.

"Para que comecem, passarei a vocês alguns questionários. Por favor, respondam da melhor forma possível... Também lhes passarei canetas. Estamos chegando a um bom trecho em reta da rodovia, então, com sorte, ninguém terá enjoo por causa do movimento!"

Houve outra onda de risos nervosos. Becca passou uma pilha de questionários grampeados a uma das pessoas atrás dela, e algumas canetas foram, então entregues aos passageiros, que ficaram com um de cada.

Robin notou, ao pegar uma caneta, que ela fora numerada. Ela olhou a lista de perguntas no papel. De certo modo, esperava um questionário médico, mas, em vez disso, viu o que rapidamente percebeu ser uma espécie de teste de personalidade. O respondente teria de marcar uma série de declarações "concordo fortemente", "concordo um pouco", "discordo um pouco" ou "discordo fortemente", e escrever seu nome no alto da página.

1. *Depois que tomo uma decisão, não mudo de ideia.*
2. *Prefiro trabalhar em meu próprio ritmo.*
3. *Tenho muitos amigos e conhecidos.*
4. *As pessoas gostam de me falar de seus problemas.*
5. *Fico satisfeito quando alcanço meus objetivos.*

O questionário cobria dez páginas. Muitas declarações eram versões reformuladas de outras que já haviam aparecido. Robin passou ao trabalho, respondendo na pessoa de Rowena, que era mais gregária e mais preocupada com a aprovação dos outros do que sua criadora. As duas adolescentes nos bancos da frente riam enquanto comparavam respostas.

Levou quarenta minutos para o primeiro questionário preenchido ser devolvido a Becca. Robin entregou o seu logo depois disso, mas ficou propositalmente com a caneta, para ver o que aconteceria. Quando o último de todos os questionários foi entregue, Becca voltou ao microfone.

— Estou sentindo falta das canetas dez e catorze! — falou ela alegremente, e Robin fez um estardalhaço ao perceber que, distraidamente, tinha colocado a caneta dez no bolso. A caneta catorze foi localizada debaixo de um banco, depois de rolar para lá. — Teremos uma parada rápida para ir ao banheiro aqui — avisou Becca ao microfone, enquanto o micro-ônibus entrava em um posto de gasolina da Shell. — Vocês têm trinta minutos. Não se atrasem na volta ao micro-ônibus, por favor!

Ao descer os degraus do veículo, Robin viu que Becca folheava os questionários.

Depois de ir ao banheiro, Robin voltou ao estacionamento. Sabendo o que viria pela frente, teve o forte desejo de comprar chocolate, embora não estivesse com fome. Em vez disso, olhou a primeira página dos jornais na loja. O eterno plebiscito do iminente Brexit os dominava.

— Bom, espero que estejam todos se sentindo aliviados! — disse Becca alegremente ao microfone, depois que todo mundo tinha voltado ao ônibus, provocando mais risadinhas dos passageiros. — Teremos só mais uma hora até chegarmos à Fazenda Chapman, então vou falar um pouco mais sobre o que vocês devem esperar de lá, e depois lhes darei a oportunidade de fazer perguntas.

"Como devem saber, uma das prioridades da IHU é produzir uma mudança significativa no mundo materialista."

— Amém a isso! — exclamou Walter Fernsby, o professor de filosofia, o que fez muitos de seus companheiros voltarem a rir.

— Nossas principais preocupações filantrópicas — continuou a sorridente Becca — são a falta de habitação, o vício, as mudanças climáticas e a privação social. Naturalmente, todas estas questões são inter-relacionadas e todas são males gerados por uma sociedade capitalista e materialista. Esta semana, vocês se unirão a nós em nossos esforços para literalmente mudar o mundo. Talvez vocês pensem que sua contribuição seja pequena demais para fazer a diferença, mas nosso ensinamento é de que cada ato de misericórdia ou generosidade, cada minuto de tempo dedicado a melhorar o mundo, ou para ajudar outro ser humano, tem seu próprio poder espiritual que, se explorado, pode produzir transformações quase milagrosas.

"E esta mudança não deve ser meramente exterior. Acontece uma mudança interior quando dedicamos a vida a servir. Nós nos tornamos mais do que já sonhamos poder ser. Testemunhei pessoas alcançando seu pleno poder espiritual, livrando-se de todo o materialismo, tornando-se capazes de atos extraordinários.

"Ao chegarem à Fazenda Chapman, vocês serão divididos em pequenos grupos. Posso lhes garantir que não ficarão entediados! Os grupos se revezam por diferentes atividades. Vocês comparecerão ao templo e a palestras, mas também vão confeccionar objetos que venderemos para fins caritativos e cuidarão dos animais que temos na fazenda, que fazem parte de nosso compromisso com a agricultura ética e uma vida em harmonia com a natureza. Talvez vocês até sejam solicitados a cozinhar e fazer algumas tarefas de limpeza: atos de cuidados simples que provam o compromisso com nossa comunidade e o cuidado de nossos irmãos e irmãs dentro da igreja.

"Então, alguém tem alguma pergunta para mim?"

Meia dúzia de mãos dispararam para cima.

— Sim? — disse Becca, sorrindo para a menina roliça de cabelo verde.

— Oi... hmm... com que rapidez a maioria das pessoas alcança o espírito puro?

— Eu ouço essa pergunta *toda vez*! — afirmou Becca, e os passageiros riram junto com ela. — Tudo bem, então... A resposta é que não existe resposta. Não vou mentir para você: para a maioria das pessoas, demora um pouco, mas existem definitivamente indivíduos com os quais acontece rápido. O fundador de nossa igreja, que chamamos de Papa J, é excepcional e mostrava sinais de ser um espírito puro aos treze ou catorze anos. Mas se vocês leram *A resposta*, sabem que ele ainda não tinha percebido por que podia fazer coisas que a maioria das pessoas não conseguia. Sim? — disse ela à adolescente loura sentada ao lado da primeira a perguntar.

— A gente pode escolher o próprio grupo?

— Infelizmente, não — respondeu Becca com gentileza. — Queremos que todos tenham a melhor experiência individual possível durante o retiro, o que significa que tendemos a colocar pessoas que se conhecem em grupos diferentes.

Robin viu as adolescentes se olharem, desanimadas, enquanto Becca continuava.

— Não se preocupe, vocês ainda vão se ver! Compartilharão um alojamento à noite. Mas queremos que tenham uma experiência individual que possam processar de seu próprio jeito singular... Sim? — disse ela a Walter, o professor.

— Se tivermos uma habilidade específica que possa ser útil à igreja, devemos declará-la? Para que sejamos de mais utilidade?

— Esta é uma ótima pergunta — afirmou Becca. — Temos alguns indivíduos muito bem dotados na igreja: artistas, médicos, cientistas, que no início realizaram o que, no mundo materialista, seriam consideradas tarefas bem humildes, sabendo que este é um passo para a iluminação. Dito isto, avaliamos cada integrante depois de eles terem concluído o que chamamos de Serviço, para colocá-los onde eles possam servir melhor à igreja e a sua missão maior. Sim, cavalheiro de óculos?

— O que vocês dizem às pessoas que alegam que a IHU, na verdade, é uma seita? — perguntou Amandeep.

Becca riu. Robin não notou sequer uma fração de segundo de consternação.

— Eu diria que a igreja, sem dúvida, atrai calúnias e atenção negativa. A pergunta que devemos fazer é: por quê? Defendemos a igualdade racial, queremos redistribuição de riqueza. Direi apenas isso: julguem por si mesmos, depois de uma semana. Mantenham a mente aberta e não deixem que a mídia dominante, ou pessoas com interesses investidos no *status quo*, lhes digam qual é a verdade. Vocês estão no limiar de enxergar verdades que, sinceramente, os deixarão maravilhados. Já vi centenas de vezes. Os céticos aparecem por curiosidade. Alguns são ativamente hostis, mas não conseguem acreditar quando veem o que realmente somos... Pois não?

— Papa J estará na Fazenda Chapman, quando estivermos lá?

Quem perguntou era uma mulher de meia-idade com um cabelo ruivo que parecia tingido em casa e óculos grandes e redondos.

— Você é a Marion, não é? — perguntou Becca, e a mulher fez que sim com a cabeça. — Papa J circula entre nossos templos e centros, mas acredito que ele passará na Fazenda Chapman esta semana, sim.

— *Ah!* — Marion suspirou, radiante, unindo as mãos com força, como que em oração.

24

A força sombria possui beleza, mas a deixa velada.
Assim deve ser um homem ao entrar no serviço a um rei.

I Ching: O livro das mutações

O micro-ônibus tinha atravessado Norwich e chegara à área rural. Depois de uma viagem de meia hora por pistas ladeadas de sebes, Robin, enfim, viu a placa para a Lion's Mouth, uma estrada estreita e arborizada. A detetive, que havia memorizado o mapa com as anotações dos terceirizados, localizou câmeras dispostas discretamente nas árvores à direita.

Logo depois da entrada da Lion's Mouth, eles pegaram uma estrada bem conservada. Portões elétricos se abriram à aproximação do micro-ônibus, que seguiu por uma curta entrada até chegar a um estacionamento, em que já estavam parados dois micro-ônibus idênticos. À frente havia uma longa construção térrea de tijolos claros que, apesar de suas janelas góticas, parecia recém-construída e, ao longe, no horizonte para além da fazenda, Robin viu uma torre alta e circular que parecia a peça gigante de um jogo de xadrez.

Os passageiros desembarcaram, carregando as bolsas de viagem e mochilas. Becca os levou para dentro, onde encontraram uma sala semelhante ao vestiário de uma academia de luxo. Na parede oposta à da porta, havia armários. À direita tinha um balcão e, atrás dele, uma mulher negra e sorridente de tranças longas, vestida em um moletom laranja. Do lado esquerdo, havia uma série de cabines de troca.

— Muito bem, pessoal! — disse Becca. — Formem uma fila aqui para que Hattie possa entregar seus moletons!

— Tudo bem, todos prestem atenção, por favor! — falou a assistente, batendo palmas. — Vou lhes dar um moletom, tênis, pijama, bolsa e chave do armário, e vocês podem se trocar na cabine. Coloquem o casaco impermeável, a roupa íntima e o pijama em sua bolsa da IHU. Depois, coloquem as roupas com que vieram, as joias e bijuterias, celulares, dinheiro, cartões de crédito etc. na bolsa que trouxeram, e a coloquem no armário! Vou pedir que assinem um comprovante, para mostrar qual é o armário de vocês, e vocês me entregarão a chave.

Robin se juntou à fila e logo, equipada com um pijama de algodão branco, um par de tênis meio surrados, um conjunto de moletom laranja de tamanho médio e uma bolsa feita de juta com o logo da igreja, passou à cabine e trocou de roupa.

Depois de vestir o moletom, calçar os tênis e guardar o pijama, a roupa íntima e o casaco na sacola de juta, Robin colocou a bolsa de viagem no armário — ela não havia levado cartões de crédito, porque estavam todos no nome de Robin Ellacott, só uma carteira com dinheiro —, entregou a chave à mulher de tranças e assinou o documento que comprovava que suas posses estavam no armário vinte e nove.

— Só uma verificação rápida — disse a assistente e vasculhou a bolsa de juta de Robin para ver o conteúdo, depois a orientou, com um gesto de cabeça, a se sentar em um banco com os outros que já haviam se trocado.

A adolescente loura queria saber, chorosa, por que Hattie exigia que ela removesse os muitos piercings e argolas das orelhas e do nariz.

— Isto estava especificado no folheto — falou a assistente calmamente —, nada de joias ou bijuterias. Está tudo ali, preto no branco, querida. É só colocar no armário.

A menina procurou apoio à sua volta, mas não recebeu nenhum. Por fim, começou a puxar as peças de metal, com os olhos marejados. A amiga de cabelo verde observava, e Robin achou que ela estivesse dividida entre a solidariedade e um desejo de se misturar com os espectadores silenciosos no banco.

— Maravilha! — disse Becca, depois que todos estavam vestidos no moletom laranja e tinham as bolsas de juta penduradas nos ombros. — Muito bem, pessoal, venham conosco!

O grupo se levantou, com as bolsas nos ombros, e seguiu Becca e Jiang por uma segunda porta, que dava em um caminho entre os prédios quadrados de tijolinhos claros. Imagens multicoloridas de impressões de mãos de crianças tinham sido coladas nas janelas do prédio à esquerda.

— Algumas de nossas salas de aula! — informou Becca por cima do ombro. — E os alojamentos das crianças!

Neste momento, uma procissão de crianças pequenas, todas vestidas com miniaturas dos moletons laranja, saiu de uma das salas, levadas por duas mulheres. Os novos recrutas pararam para que as crianças passassem ao prédio oposto; e as crianças os olharam, espantadas. Robin notou que todas tinham o cabelo cortado bem curto.

— Awn — disse a adolescente de cabelo verde, enquanto as crianças desapareciam. — Que *fo-fos*!

Enquanto o grupo passava pela arcada no final do caminho, Robin ouviu um arquejar de alguém bem à frente, e, quando ela também chegou ao pátio pavimentado depois da arcada, entendeu o motivo.

Eles estavam diante de um enorme prédio de cinco lados construído de pedra avermelhada. Colunas de mármore branco se erguiam dos dois lados de uma ampla escadaria também de mármore branco, levando a duas portas douradas. As portas estavam fechadas, mas tinham um entalhe decorado, vermelho e dourado, semelhante ao que cercava a entrada do templo na Rupert Court, retratando os mesmos animais, só que em uma escala muito maior.

Na frente do templo, no centro do pátio, havia quatro sarcófagos simples de pedra, posicionados em torno de uma fonte e de um espelho d'água central, como raios do sol. No meio da fonte ficava a estátua de uma garotinha, cujo cabelo comprido espiralava em volta dela, como que se a criança estivesse debaixo d'água, e o rosto estava virado para cima, o braço direito erguido para o céu. A fonte que jorrava atrás dela fazia a superfície do espelho d'água circundante ondular e cintilar.

— Nosso templo — disse Becca, sorrindo para os olhares de surpresa e admiração reverente dos recém-chegados — e nossos profetas.

Becca os levou para o espelho d'água, onde ela e Jiang se ajoelharam rapidamente, mergulharam um dedo na água e passaram na testa. Juntos, eles disseram:

— Que a Profetisa Afogada abençoe todos que a veneram.

Robin não procurou ver como seus companheiros iniciados reagiram a este comportamento incomum, porque estava principalmente interessada em memorizar a disposição espacial das construções. O prédio à esquerda do pátio parecia a sede original da fazenda. Originalmente uma casa simples e comum com as paredes cobertas de pedras arredondadas, estava claro que tinha sido ampliada e substancialmente reformada, com alas extras e uma entrada refeita com portas duplas, nas quais dois dragões foram entalhados.

De frente para a sede da fazenda, do outro lado do pátio, havia quatro construções bem mais simples que Robin pensou que mais pareciam alojamentos.

— Muito bem — disse Becca —, as mulheres virão comigo e os homens seguirão Jiang. Vamos nos reencontrar na fonte.

Becca levou as mulheres ao alojamento um pouco à direita.

O interior lembrou Robin um sanatório grande e antiquado. Havia fileiras de camas de armação de metal sobre um piso reluzente. As paredes eram pintadas de um branco absoluto. Havia um grande sino de cobre pendurado no meio do teto, ligado a uma corda grossa cuja ponta pendia ao lado da entrada.

— Escolham qualquer cama em que ainda não haja um pijama — orientou Becca — e coloquem suas bolsas nas caixas embaixo dela. Vocês encontrarão diários em seus travesseiros! — exclamou ela depois que as mulheres já se afastavam para encontrar onde dormir. — Pedimos que registrem seus pensamentos e impressões diariamente! Este é um jeito de avaliar o progresso espiritual e também um meio de ajudar os Dirigentes a guiar melhor vocês em sua jornada conosco. Seus diários serão recolhidos e lidos toda manhã! Por favor, escrevam seu nome com clareza na capa e, por favor, *não arranquem páginas.*

A maioria das mulheres tinha se dirigido naturalmente para o outro lado do alojamento, onde havia janelas com vista para a mata, mas Robin, que queria uma cama o mais perto possível da porta, localizou uma junto à parede e, andando mais rápido que as outras, conseguiu garanti-la colocando o pijama em cima do travesseiro. O diário em branco tinha um lápis preso a ele por um cordão. Olhando em volta, ela viu três ou quatro mesinhas de madeira escorando o tipo de apontador de lápis robusto e de manivela que ela usava na escola primária. Depois de colocar a bolsa de juta na caixa de vime embaixo da cama, ela escreveu o nome Rowena Ellis na capa do diário.

— Se alguém precisar usar o banheiro — falou Becca em voz alta, apontando para uma porta que dava em um banheiro comunitário —, fica bem ali!

Embora não estivesse com vontade de usar o toalete, Robin aproveitou a oportunidade para examinar o cômodo comunitário, em que havia uma fileira de vasos sanitários e outra de chuveiros. Toalhas e pacotes de absorventes estavam dispostos em cestos abertos. As janelas foram instaladas no alto, acima das pias.

Quando todas as mulheres que desejavam usar o banheiro assim o fizeram, Becca levou o grupo de volta ao pátio, onde se reuniram com os homens.

— Por aqui — indicou Becca, à frente do grupo.

Ao darem a volta pelo templo, eles passaram por alguns membros da igreja que andavam na direção contrária, todos com sorrisos radiantes, cumprimentando-os. Entre eles estava uma adolescente de, no máximo, dezesseis anos, cujo cabelo castanho-acinzentado era comprido e fino, de pontas clareadas pelo sol, e, no rosto magro e ansioso, tinha enormes olhos azul-escuros. Ela sorriu automaticamente à vista dos recém-chegados, mas, ao olhar para trás, Robin viu o sorriso desaparecer do rosto da menina como se um interruptor tivesse sido desligado.

Atrás do templo havia um pátio menor e, à esquerda, o que parecia ser uma pequena biblioteca construída da mesma pedra vermelha do templo. Suas portas estavam abertas e ali dentro havia algumas pessoas de moletom laranja sentadas a mesas, lendo. Também havia outras construções mais antigas, inclusive celeiros e galpões que davam a impressão de existirem ali havia décadas. Havia uma construção mais nova à frente que, embora não fosse tão grandiosa quanto o templo, ainda assim devia ter custado uma fortuna. Era longa e ampla, de alvenaria e madeira, e, quando Becca os levou para dentro, mostrou-se um salão de jantar espaçoso com vigas no teto e muitas mesas sobre cavaletes em um piso de pedra. Em uma extremidade tinha um palco, com o que Robin supôs que seria chamada uma mesa superior. Um retinir e um cheiro leve e desanimador de legumes cozidos indicavam a proximidade de uma cozinha.

Cerca de quarenta pessoas vestidas de moletom laranja já estavam sentadas a uma mesa, e Robin, lembrando-se de que os micro-ônibus também tinham trazido recrutas de outras cidades além de Londres, supôs que estivesse olhando para mais recém-chegados. Como que para confirmar, Becca disse a seu grupo para se juntar àqueles que já estavam sentados, depois afastou-se para ter uma conversa em voz baixa com alguns de seus companheiros integrantes.

Foi então que Robin viu Will Edensor, tão alto e magro que o moletom ficava pendurado do corpo. Alguns centímetros de um tornozelo peludo eram visíveis entre o alto do tênis e a bainha da calça. Ele exibia um sorriso fixo, parado ali em silêncio, aparentemente esperando instruções. Ao lado de Will estava Taio Wace, com seu nariz pontudo e cabelo desgrenhado, muito mais gordo que qualquer dos outros membros da igreja. Becca e Jiang consultavam pranchetas e anotações e conversavam em voz baixa.

— Walter Fernsby — disse uma voz alta no ouvido de Robin, dando-lhe um susto. — Ainda não nos apresentamos.

— Rowena Ellis — respondeu Robin, apertando a mão do professor.

— E você? — perguntou Fernsby à menina roliça de cabelo verde.

— Penny Brown — apresentou-se a menina.

— Muito bem, pessoal, posso ter sua atenção? — disse uma voz alta, e fez-se silêncio enquanto Taio Wace avançava alguns passos. — Para quem não me conhece, sou Taio, filho de Jonathan Wace.

— Oooh — disse Marion, a mulher ruiva de meia-idade. — *Filho* dele?

— Vocês serão separados em cinco grupos — informou Taio —, que podem mudar à medida que progredir sua estada, mas por ora estes serão seus companheiros de trabalho no início de sua Semana de Serviço. O primeiro grupo será Madeira.

Taio passou a chamar os nomes. Enquanto os Grupos Madeira e Metal eram formados e levados dali por um integrante da igreja, Robin notou que aqueles encarregados não só separavam as pessoas que evidentemente se conheciam, como também misturavam os ocupantes dos três micro-ônibus. Will Edensor partiu do salão de jantar à frente do Grupo Água.

— Grupo Fogo — anunciou Taio. — Rowena Ellis...

Robin avançou e assumiu seu lugar ao lado de Taio, que sorriu.

— Ah — disse ele. — Você veio.

Robin se obrigou a sorrir também. O nariz pálido e pontudo e a boca pequena a faziam lembrar, mais do que nunca, um rato albino.

Taio continuou a ler os nomes até que Robin estivesse junto de outras onze pessoas, inclusive Marion Huxley, a ruiva de óculos, e Penny Brown, a adolescente de cabelo verde e curto.

— Grupo Fogo — disse Taio, entregando sua prancheta a Becca —, venha comigo.

Pela leve centelha de surpresa no rosto de Becca, Robin teve a sensação de que não era este o plano, e torceu muito para que a decisão de Taio de liderar o Grupo Fogo não tivesse nada a ver com ela.

Taio levou seu grupo para fora do salão de jantar e virou à direita.

— Lavanderia — informou, apontando o prédio de tijolos atrás do salão de jantar.

À frente ficava o campo. Vultos de laranja pontilhavam as lavouras, que se estendiam até onde a vista alcançava, e Robin viu dois cavalos Shire longe, arando.

— Galinhas — disse Taio com desdém, enquanto eles viravam à esquerda acompanhando uma trilha margeada por salsa-selvagem e passavam por um galinheiro gigantesco em que galinhas carijós e castanhas cacarejavam e ciscavam. — Ali atrás — falou, apontando o polegar por cima do ombro —, temos porcos e colmeias. Estas — acrescentou ele, apontando um conjunto de prédios menores — são as oficinas.

— Aaah, que legal — disse, feliz, a Penny do cabelo verde.

Taio abriu a porta do segundo prédio. Eles foram recebidos pelo barulho de máquinas de costura.

Duas jovens e um homem estavam sentados do outro lado da sala, usando as máquinas para fazer o que pareciam sacos pequenos e moles, até que Robin percebeu que o pequeno grupo de pessoas sentadas à mesa mais próxima os recheava e transformava em pequenas tartarugas fofas. Os trabalhadores olharam quando a porta se abriu, sorrindo. Estavam sentados a uma cadeira de distância, deixando espaço para cada um dos recém-chegados se sentarem entre dois integrantes da igreja.

— Grupo Fogo, chamado ao serviço — informou Taio.

Um homem de aparência simpática, no início dos quarenta anos, levantou--se, segurando uma tartaruga com metade do enchimento.

— Maravilha! — exclamou ele. — Sentem-se, por favor!

Robin encontrou um espaço entre uma menina muito bonita que parecia chinesa e estava sentada um pouco mais distante da mesa que os outros, devido ao fato de se encontrar em gestação avançada, e uma mulher branca e de meia-idade cuja cabeça fora inteiramente raspada, tendo restado apenas uma quantidade mínima de fios cinza curtos. Tinha bolsas arroxeadas sob os olhos e as articulações das mãos, pelo que Robin percebeu, estavam muito inchadas.

— Verei vocês no salão de jantar — avisou Taio. Seus olhos se demoraram em Robin quando ele fechou a porta.

— Bem-vindos! — saudou, animado, o líder da atividade, observando os recém-chegados. — Estamos confeccionando isto para serem vendidos nas ruas. Todo o lucro será destinado ao nosso projeto Lares para a Humanidade. Como vocês devem saber…

Enquanto ele falava das estatísticas da crise habitacional e de como a igreja tentava aliviar o problema, Robin disfarçadamente fez uma avaliação da sala. As paredes continham placas grandes e emolduradas, cada uma delas com uma declaração curta: *Eu admito a possibilidade*; *Eu sou chamado ao serviço*; *Eu vivo para amar e doar*; *Eu sou o mestre de minha alma*; *Eu vivo para além da mera matéria*.

— … é um prazer dizer que nossas hospedarias em Londres agora tiraram quase mil pessoas das ruas.

— Nossa! — exclamou Penny, a do cabelo verde.

— E, na verdade, temos uma beneficiária do esquema aqui conosco — revelou o líder da atividade, apontando a chinesa grávida. — Wan estava em péssima situação, mas encontrou nossa hospedaria e agora é uma integrante valiosa da família Humanitária Universal.

Wan assentiu, sorrindo.

— Tudo bem, então vocês vão encontrar estofamento e sacos vazios a seu lado. Depois que sua caixa estiver cheia, levem-na de volta a nossos costureiros e eles vão fechar nossas tartarugas.

Robin estendeu a mão para a caixa entre ela e Wan e começou a trabalhar.

— Qual é o seu nome? — perguntou a mulher de cabeça raspada em voz baixa.

— Rowena — respondeu Robin.

— Meu nome é Louise — disse a mulher, e Robin se lembrou de que a mãe de Kevin Pirbright se chamava Louise.

Ela se perguntou por que a cabeça de Louise estava raspada. Fora da fazenda, ela teria suposto que a mulher passava por quimioterapia, mas as crenças espirituais da IHU tornavam isto improvável. A pele de Louise era desgastada pelo tempo e ressecada; parecia que passava a maior parte da vida ao ar livre.

— Você é rápida — acrescentou ela, vendo Robin começar a estofar a tartaruga de brinquedo. — De onde você é?

— Primrose Hill, em Londres — disse Robin. — E você?

— É uma região bonita. Você tem família?

— Uma irmã mais nova — disse Robin.

— Seus pais estão vivos?

— Sim — respondeu Robin.

— O que eles fazem?

— Meu pai é gerente de fundos hedge. Minha mãe tem sua própria empresa.

— Que tipo de empresa?

— Ela fornece apoio em recursos humanos a outras empresas — explicou Robin.

Louise trabalhava devagar, devido à rigidez nas mãos. Todas as unhas, Robin percebeu, estavam quebradas. Em volta da mesa, os integrantes da igreja conversavam com o recém-chegado à direita deles e, pelo que Robin podia ouvir das conversas, todas eram muito parecidas com o diálogo dela com Louise: perguntas rápidas que pretendiam extrair muitas informações pessoais. Em pausas muito breves no interrogatório de Louise, ela entreouviu Marion Huxley dizer a sua vizinha que era viúva e que fora dona de uma funerária com o marido.

— Você não é casada? — perguntou Louise a Robin.

— Não... eu ia me casar, mas nós terminamos — disse Robin.

— Ah, que pena. O que a deixou interessada na IHU?

— Na verdade, foi uma amiga minha. Ela quis vir, mas me deixou na mão e acabei indo ao templo sozinha.

— Isso não foi uma coincidência — declarou Louise, exatamente como dissera a loura na primeira visita de Robin ao templo. — A maioria dos espíritos puros foram chamados assim, pelo que parece o acaso. Conhece a fábula da tartaruga cega? A tartaruga cega que mora nas profundezas do mar e vem à tona uma vez a cada cem anos? Buda disse: imagine que tem um jugo boiando no mar. Quais são as chances de a tartaruga cega e velha vir à tona exatamente no ponto que forçaria seu pescoço a atravessar o jugo? Para a maioria das pessoas, encontrar a iluminação é difícil assim... Você é uma boa trabalhadora — Louise a elogiou de novo, enquanto Robin concluía a quarta tartaruga de pelúcia. — Acho que você será um espírito puro bem rápido.

Do outro lado de Robin, Wan também contava a sua vizinha a parábola da tartaruga cega. Ela se perguntou se teria o atrevimento de perguntar a Louise por que sua cabeça estava raspada, mas decidiu que talvez fosse uma pergunta pessoal demais para começar, então, em vez disso, falou:

— Há quanto tempo você...?

Mas Louise a atropelou, como se nem a tivesse ouvido.

— Você tirou férias do trabalho para vir para a Fazenda Chapman?

— Não — disse Robin, sorrindo. — Na verdade, no momento não estou trabalhando.

25

O lugar correto para a mulher é no interior;
O lugar correto para o homem é no exterior.

I Ching: O livro das mutações

O sol de fim de tarde penetrou as retinas de Strike pelas laterais dos óculos escuros enquanto ele caminhava pela Sloane Avenue, pronto para assumir a vigilância do Pé-Grande. Seus pensamentos estavam inteiramente em Robin ao imaginar o que estaria acontecendo na Fazenda Chapman naquele momento, o que ela achava do novo ambiente e se conseguiria encontrar a pedra de plástico escondida junto à cerca do perímetro, do lado de dentro do terreno.

Enquanto Strike se aproximava de seu destino, Shah, que estivera vigiando o hotel enorme hotel Chelsea Cloisters, se afastou, procedimento comum para um revezamento quando estavam de frente para um prédio com muitas janelas, das quais podia ter alguém olhando a rua. Porém, um minuto depois, Strike recebeu um telefonema do terceirizado fora de vista.

— Oi, e aí?

— Ele está aí dentro há uma hora e meia — reportou Shah. — Está lotado de profissionais do sexo. Principalmente do Leste Europeu. Mas eu queria dar uma palavrinha sobre Littlejohn.

— Pode falar.

— Ele te contou que trabalhou na Patterson por alguns meses, antes de nos procurar?

— Não — respondeu Strike, de cara amarrada. — Não contou.

— Um cara que eu conhecia lá, que agora é chefe de segurança de um banco na cidade, me disse ontem que Littlejohn estava trabalhando para eles. O sujeito saiu de lá antes de Littejohn, mas, pelo que meu conhecido ficou sabendo, ele foi demitido. Sem detalhes.

— Muito interessante — comentou Strike.

— Pois é. Ele é mesmo ex-militar, não é?

— Sim, foi da investigação da polícia. Eu chequei as referências dele — confirmou Strike. — A história dele é de que não trabalhava havia alguns meses quando nos procurou. Tudo bem, obrigado. Vou falar com ele.

Strike estava prestes a guardar celular no bolso quando o aparelho vibrou e ele viu outra mensagem repleta de emojis de Bijou.

Olá investigador internacional forte e misterioso 🕵🔎 Que tal um "encontro" essa semana? 🍆💞 Acabei de comprar um sutiã e uma cinta-liga e não tenho ninguém para mostrar 😂😂 Posso mandar fotos se quiser 😉🖤😝

— Meu Deus — resmungou Strike, devolvendo o celular ao bolso e pegando o cigarro ele. Esta seria a segunda mensagem de Bijou que ele ignorava. Duas fodas, na visão de Strike, não exigiam uma notificação formal de término, embora ele suspeitasse de que a maioria das mulheres que conhecia discordaria dele.

Do outro lado da rua, duas adolescentes saíram do Chelsea Cloisters, vestidas no que pareciam pijamas e tênis. Conversando, elas sumiram de vista, voltando meia hora depois com barras de chocolate e garrafas de água, e desapareceram dentro do grande prédio de pedra e tijolos.

A tarde lentamente dava lugar à noite, e o alvo de Strike saiu do prédio, sendo filmado, sem saber, pelo detetive. Peludo e desalinhado como sempre, o Pé-Grande partiu pela rua, aparentemente mandando uma mensagem a alguém. Era evidente que uma das vantagens de ser dono de uma empresa de software era ter tempo e meios para passar horas de um dia útil em um hotel. Enquanto Strike seguia o Pé-Grande de volta à Sloane Square, o celular do detetive tocou outra vez.

— Strike.

— Oi — disse uma voz feminina. — É Abigail Glover de novo. Nós conversamos ontem.

— Ah, sim — disse Strike, surpreso —, obrigado por retornar.

— Só queria mais umas informações — disse Abigail. — Não estou concordando com nada.

— Tudo bem — concordou Strike.

— Para quem você está trabalhando?

— Não posso revelar isto, infelizmente — retrucou Strike. — Confidencialidade com o cliente.

— Você falou naquele cara, o Pirbright.

— Sim. Como eu disse, fui contratado para investigar alegações que Kevin estava fazendo sobre a igreja.

O Pé-Grande tinha reduzido o passo e se retirava para uma soleira para ler outra mensagem. Encenando estar igualmente absorto em sua própria conversa ao telefone, Strike também parou e fingiu interesse no trânsito.

— Pirbright estava escrevendo um livro, né? — perguntou Abigail.

— Como sabe disso?

— Ele me contou quando ligou para o meu trabalho.

Strike teve o pressentimento de que sabia exatamente o que incomodava Abigail.

— Não fui contratado para ajudar a terminar o livro de Pirbright.

Como Abigail não respondeu, ele acrescentou:

— Nosso cliente está tentando retirar um parente da IHU. Pirbright contou ao cliente certos incidentes que testemunhou enquanto estava na igreja, e o cliente quer descobrir o que é verdade ou não nas alegações de Pirbright.

— Ah — disse Abigail. — Entendi.

O Pé-Grande partira de novo. Strike o seguiu, com o celular ainda grudado na orelha.

— Não estou tentando identificar ex-integrantes da igreja nem expor suas identidades — ele tranquilizou Abigail. — Caberá a cada testemunha decidir se quer que seja oficial...

— Eu não quero — disparou Abigail.

— Compreendo, mas ainda gostaria de conversar com você.

Mais à frente, o Pé-Grande parou de novo, desta vez para falar com uma adolescente magra e negra que ia na direção do hotel que ele acabara de deixar. Strike ativou às pressas a câmera do celular e tirou algumas fotos. Quando recolocou o telefone na orelha, Abigail falava:

— ... fim de semana?

— Ótimo — disse ele, na esperança de Abigail ter concordado em se encontrar com ele. — Onde gostaria...?

— Não no meu apartamento, meu inquilino é muito enxerido. Me encontro com você às sete horas de domingo no Forester da Seaford Road.

26

A Alegria é o lago (...) é uma feiticeira; é a boca e a língua. Significa estragar e partir-se (...).

I Ching: O livro das mutações

Robin não sabia quanto tempo ficou estofando tartarugas de brinquedo, mas, se tivesse de adivinhar, diria duas horas. Neste período, sua identidade falsa foi tão completamente testada que ela só podia ficar feliz por ter dedicado tantas horas a dar vida a Rowena. Quando Louise perguntou, Robin soube dar os nomes dos gatos imaginários dos seus pais imaginários.

Ela podia ter se preocupado que o meticuloso interrogatório de Louise indicasse suspeita de sua boa fé, só que todos os novos recrutas, pelo que Robin podia ouvir, foram submetidos a questionários semelhantes. Era como se os membros estabelecidos tivessem recebido um roteiro de perguntas a fazer, e Robin teve a sensação de que as partes mais importantes do que contara a Louise teriam sido memorizadas e seriam passadas a outra pessoa no momento devido.

A sala em que o Grupo Fogo fazia brinquedos ficou progressivamente mais abafada enquanto eles trabalhavam, e o interrogatório incansável deixava tão pouco tempo para pensar que Robin ficou aliviada quando Becca chegou à porta, sorrindo e deixando entrar uma brisa fresca.

— Obrigada por seu serviço — disse ela ao grupo, unindo as mãos como que em oração e se curvando. — Agora, por favor, venham comigo!

Todos se agruparam atrás de Becca, passando pelo galinheiro, dentro do qual o Grupo Madeira conduzia as galinhas de volta a seu abrigo. Ao ver como o sol estava baixo, Robin percebeu que devia ter passado mais tempo com as tartarugas de brinquedo do que imaginara. Não havia mais ninguém de laranja pontilhando os campos e ela não conseguia ver os dois cavalos Shire.

Becca os levava ao que Robin supunha ser a parte mais antiga da fazenda. À frente havia uma antiga pocilga de pedra e, depois dela, meio hectare lamacento de terra, onde porcos vagavam. Robin viu dois adolescentes de chapéu e luvas de apicultor cuidando das colmeias. Amarrados a uma parede próxima estavam os dois cavalos imensos, ainda com os arreios, os corpos soltando vapor no ar que esfriava.

— Como expliquei a alguns de vocês no micro-ônibus — disse Becca —, esta ainda é uma fazenda em atividade. Um de nossos dogmas centrais é viver em harmonia com a natureza e se comprometer com a produção ética de alimentos e a sustentabilidade. Agora deixarei vocês com Jiang, que lhes dará instruções.

Jiang, o motorista do micro-ônibus, se aproximava.

— Tudo bem, você... você... você... e você — disse ele em voz baixa, apontando quatro pessoas ao acaso — encontrarão galochas no galpão, você pega os baldes de lavagem, você leva os porcos de volta ao chiqueiro.

Robin notou, enquanto ele falava, que Jiang não tinha vários dentes. Como Louise, sua pele era ressecada e rachada, dando-lhe a aparência de alguém que fica ao ar livre em qualquer condição climática. Enquanto ele começava a dar instruções, seu tique voltou; o olho direito passou a piscar incontrolavelmente de novo e ele o cobriu com a mão, fingindo coçá-lo.

— Vocês quatro — disse Jiang, apontando para Robin e outros três — tiram os arreios dos cavalos e depois passam uma escova nas plumas. Os outros vão limpar os arreios quando forem retirados.

Jiang deu escovas e pentes ao grupo de escovação e o deixou com seu trabalho, desaparecendo no estábulo, enquanto atrás deles aqueles que tentavam atrair os porcos para o chiqueiro chamavam e incentivavam, balançando baldes de comida.

— Ele disse *plumas*? — perguntou a Penny do cabelo verde, perplexa.

— Ele quis dizer o pelo acima dos cascos — explicou Robin.

Um grito vindo do campo fez com que todos se virassem: a viúva Marion Huxley tinha escorregado e caído na lama. Os porcos investiram contra os que carregavam baldes: Robin, nascida no campo, cujo tio era agricultor, sabia que eles deviam ter colocado a comida no cocho e aberto o portão entre o chiqueiro e o campo, e não tentado levar os porcos para dentro no estilo Flautista de Hamelin.

Era um prazer realizar uma tarefa física e não ser bombardeada de perguntas. Os arreios que eles retiraram dos cavalos eram muito pesados; Robin e Penny lutaram para levá-los ao estábulo, onde alguns de seu grupo esperavam, sentados, para limpá-los. Os cavalos Shire tinham mais de um metro e oitenta cada e exigiam muita escovação; Robin teve de subir em um engradado para alcançar seu dorso largo e as orelhas. Sentia uma fome cada vez maior. Ela havia suposto, erroneamente, que dariam algo para comer na hora da chegada.

Quando os ineptos condutores de porcos conseguiram convencer seus encarregados temporários a voltar ao chiqueiro e os cavalos e os arreios estavam limpos, para satisfação de Jiang, o sol vermelho caía lentamente sobre os campos. Becca estava de volta. Robin torcia para que estivesse prestes a anunciar o jantar; estava faminta.

— Obrigada por seu serviço — disse a sorridente Becca, unindo as mãos e se curvando, como antes. — Agora venham comigo ao templo, por favor!

Becca os levou a passar de volta pelo salão de jantar, a lavanderia e a biblioteca, depois ao pátio central, onde a fonte da Profetisa Afogada reluzia vermelha e laranja ao sol poente. O Grupo Fogo seguiu Becca pela escada de mármore e pelas portas que se abriram.

Em cada detalhe, o interior do templo era tão impressionante quanto o exterior. As paredes internas eram de um dourado fosco, com muitas criaturas escarlates — fênix, dragões, cavalos, galos e tigres — cabriolando juntos como companheiros improváveis. O piso era de um mármore preto brilhante e os bancos, que eram acolchoados de vermelho e pareciam laqueados de preto, estavam organizados em torno de um palco central em forma de pentágono.

Os olhos de Robin foram naturalmente para o alto, ao teto elevado. Na metade da altura, as paredes se estreitavam, porque uma sacada corria por toda a volta do templo, e atrás dela havia nichos igualmente espaçados e sombreados em arco, que lembravam Robin os camarotes em um teatro. Os cinco profetas pintados em seus respectivos mantos laranja, escarlate, azul, amarelo e branco olhavam os fiéis lá de cima.

Uma mulher em um longo manto laranja com contas âmbar estava no palco elevado, esperando por eles. Seus olhos eram sombreados por uma longa cortina de cabelo preto que caía abaixo da cintura; apenas o nariz pontudo e comprido era claramente visível. Só ao se aproximar foi que Robin viu que um dos olhos estreitos e muito escuros da mulher era visivelmente mais alto do que o outro, conferindo-lhe um estranho olhar torto, e, por motivos que Robin não conseguia explicar, um tremor percorreu seu corpo, como se ela tivesse vislumbrado algo pálido e viscoso observando-a das profundezas de um fosso de pedra.

— *Nĭ hăo* — disse a mulher com uma voz grave. — Bem-vindos.

Ela fez um gesto de dispensa para Becca, que saiu, fechando as portas do templo em silêncio.

— Sentem-se, por favor — pediu a mulher ao Grupo Fogo, apontando bancos bem de frente para ela. Quando todos os recrutas tinham tomado seus lugares, ela falou: — Meu nome é Mazu Wace, mas os membros da igreja me chamam de Mama Mazu. Meu marido é Jonathan Wace…

Marion Huxley soltou um suspiro fraco.

— … fundador da Igreja Humanitária Universal. Vocês já nos prestaram serviços, e agradeço por isso.

Mazu uniu as mãos no estilo oração e se curvou, como eles tinham visto Becca fazer. Os olhos tortos e sombreados dispararam de um rosto a outro.

— Estou prestes a lhes apresentar uma das técnicas de meditação que usamos para fortalecer o eu espiritual, porque não podemos combater os males do mundo antes de conseguirmos controlar nosso falso eu, que pode ser tão destrutivo quanto qualquer coisa que possamos encontrar lá fora.

Mazu passou a andar de um lado a outro na frente deles, o manto se abrindo em leque atrás dela, cintilando na luz de lanternas penduradas. No pescoço, em um cordão preto, tinha um peixe de madrepérola.

— Quem aqui às vezes é tomado de vergonha ou culpa?

Todos levantaram as mãos.

— Quem aqui às vezes se sente ansioso e sobrecarregado?

Todos levantaram as mãos de novo.

— Quem às vezes sente desesperança diante das questões do mundo, como as mudanças climáticas, as guerras e a crescente desigualdade?

Todo o grupo levantou a mão pela terceira vez.

— É perfeitamente natural sentir essas coisas — afirmou Mazu —, mas emoções como essas travam nosso crescimento espiritual e nossa capacidade de realizar a mudança. Agora ensinarei a vocês um exercício simples de meditação. Aqui, na igreja, chamamos de meditação da alegria. Quero que todos se levantem…

Eles se levantaram.

— Espalhem-se um pouco. Vocês devem ficar à distância de um braço um do outro.

Houve algum arrastar de pés.

— Começamos com os braços relaxados ao lado do corpo. Agora, devagar, bem devagar, levantem os braços e, ao fazerem isso, respirem fundo e prendam a respiração, enquanto suas mãos se unem acima da cabeça.

Quando todos tinham feito isso, Mazu falou:

— E soltem o ar, baixando lentamente os braços. E sorriam. Massageiem o maxilar ao fazerem isso. Sintam a tensão dos músculos. Continuem sorrindo!

Uma pequena lufada de riso nervoso passou pelo grupo.

— Muito bem — disse Mazu, encarando todos eles, e sorriu de novo, sem humor nenhum, como antes. Sua pele era tão clara que os dentes, em contraste, pareciam amarelos. — E agora... quero todo mundo rindo.

Outra onda de risos percorreu o grupo.

— Isso mesmo! Não importa que no início estejam fingindo. Apenas riam. Vamos lá, agora!

Alguns recrutas forçaram uma risada falsa, que provocou risos verdadeiros de seus companheiros. Robin ouvia o próprio riso falso junto dos risinhos aparentemente sinceros da Penny do cabelo verde.

— Vamos lá — incentivou Mazu, olhando para Robin. — Ria para mim.

Robin riu mais alto e flagrou o olhar de um jovem de cabelo castanho-acinzentado que gargalhava decidido, embora sem nenhuma sinceridade, e se viu achando graça e dando uma gargalhada de verdade. O som contagiante fez com que os vizinhos se juntassem a ela, e logo Robin duvidou se havia uma única pessoa que não estivesse genuinamente rindo.

— Continuem! — insistiu Mazu, gesticulando para eles, como se regesse uma orquestra. — Continuem rindo!

Por quanto tempo o grupo riu, Robin não sabia; talvez só cinco minutos, talvez dez. Sempre que sentia o rosto doer e voltava ao riso forçado, o riso autêntico voltava a dominá-la.

Por fim, Mazu levou um único dedo à boca e o riso parou. O grupo ficou ali, de pé, meio sem fôlego, ainda sorrindo.

— Estão sentindo? — perguntou Mazu. — Vocês têm controle sobre o próprio estado de espírito e o estado mental. Agarrem-se a isto e começarão a trilhar caminho que leva ao espírito puro. Depois de chegar lá, vocês vão desbloquear um poder que nunca souberam ter... E nos ajoelhamos.

A ordem pegou todo mundo de surpresa, mas todos obedeceram e, por instinto, fecharam os olhos.

— Divindade Abençoada — entoou Mazu —, agradecemos pela fonte de alegria que colocou em todos nós, que o mundo materialista se esforça tanto para extinguir. Enquanto exploramos nosso próprio poder, honramos o seu, que está para sempre além de nossa plena compreensão. Cada um de nós é espírito antes de ser carne, contendo um fragmento da força que anima o universo. Agradecemos pela lição de hoje e por este momento de alegria. E agora, levantem-se.

Robin se colocou de pé com os outros. Mazu desceu do palco, a cauda do manto ondulando sobre os degraus de mármore preto, e os levou para as portas fechadas do templo. Ao se aproximar delas, apontou um dedo branco para as maçanetas. Elas giraram sozinhas e as portas se abriram lentamente. Robin supôs que alguém as tivesse aberto de fora, mas não havia ninguém ali.

27

O trovão sai ressoando da terra:
A imagem do ENTUSIASMO.
Assim os reis antigos faziam música
Em honra ao mérito
E a ofereciam com esplendor
À Deidade Suprema (...).

I Ching: O livro das mutações

— *Você viu isso?* — cochichou Penny no ouvido de Robin, enquanto elas desciam a escada do templo. — Ela abriu as portas sem nem tocar nelas!

— Eu vi — confirmou Robin, cuidadosamente assombrada. — O que *foi* aquilo?

Ela estava certa de que a abertura da porta devia ser um truque, com o uso de algum mecanismo oculto, mas a coisa a enervou de tão convincente.

À frente, no pátio antes deserto, estava Becca Pirbright. Olhando para trás, Robin viu que Mazu tinha se retirado para dentro do templo.

— Como foi a meditação da alegria? — perguntou Becca.

Houve um coro de "foi ótima" e "maravilhosa".

— Antes de irmos jantar — "Graças a Deus", pensou Robin, mas teve o pensamento interrompido: —, só gostaria de dizer uma palavrinha sobre outra de nossas práticas espirituais na IHU.

"Esta", continuou Becca, gesticulando para a estátua no espelho d'água, "é a Profetisa Afogada, que em vida se chamava Daiyu Wace. Eu, na verdade, tive o privilégio de conhecê-la e testemunhei proezas espirituais extraordinárias dela.

"Cada um de nossos profetas exemplificou em vida um princípio de nossa igreja. A Profetisa Afogada nos ensina, primeiramente, que a morte pode chegar a qualquer um de nós, a qualquer momento, então sempre devemos estar espiritualmente preparados para reingressar no mundo espiritual. Em segundo lugar, seu sacrifício pessoal nos mostra a importância da obediência à Divindade Abençoada. Em terceiro, ela prova a realidade da vida após a morte, porque continua a se deslocar entre os planos terreno e espiritual.

"Sempre que passamos por sua fonte, nos ajoelhamos, nos ungimos com sua água e reconhecemos seus ensinamentos dizendo 'Que a Profetisa Afogada abençoe todos que a veneram'. Com isto, não pretendemos dizer que Daiyu é uma deusa. Ela apenas personifica o espírito puro e o reino superior. Convido vocês a se ajoelharem junto da água e se ungirem antes do jantar."

Cansados e com fome como estavam, ninguém se recusou.

— Que a Profetisa Afogada abençoe todos que a veneram — murmurou Robin.

— Muito bem, Grupo Fogo, venha comigo! — chamou Becca, sorrindo, quando todos prestaram o tributo à Profetisa Afogada e ela os levou para o salão de jantar. Robin percebia o ponto frio da água na testa quando a brisa soprava.

O Grupo Fogo foi o último a entrar no salão. Robin estimou que umas cem pessoas já estivessem sentadas às mesas, embora não houvesse sinal de crianças pequenas, que provavelmente tinham sido alimentadas antes. Os assentos vagos estavam espalhados, assim os membros de seu grupo foram obrigados a se separar e encontrar lugares onde conseguissem. Robin correu os olhos pelo salão em busca de Will Edensor, enfim o localizando a uma mesa lotada que não tinha vaga, então pegou um assento entre duas pessoas desconhecidas.

— Veio para a Semana de Serviço? — perguntou um jovem sorridente de cabelo louro ondulado.

— Sim — respondeu Robin.

— Agradeço por seu serviço — disse ele imediatamente, unindo as mãos e se curvando um pouco.

— Eu... não sei o que responder a isso — admitiu ela, e o rapaz riu.

— A resposta é: "E eu pelo seu."

— Com a mesura? — perguntou Robin, e ele riu de novo.

— Com a mesura.

Robin uniu as mãos, curvou-se e disse:

— E eu pelo seu.

Antes que qualquer um dos dois pudesse voltar a falar, dos alto-falantes ocultos começou uma música: "Heroes", de David Bowie. O louro soltou um uivo e se levantou, como quase todo mundo. Irromperam vivas enquanto Jonathan e Mazu entravam no salão, de mãos dadas. Robin viu Marion

Huxley, a viúva do agente funerário, colocando as mãos no rosto como se tivesse acabado de ver um astro do rock. Jonathan acenava para os animados integrantes da igreja, enquanto Mazu exibia um sorriso amável, a cauda do manto deslizando no piso. Ouviram-se muitos gritos de "Papa J!" enquanto o casal se dirigia à mesa superior, onde Taio Wace e Becca Pirbright já estavam sentados. Olhando em volta, Robin viu Jiang sentado diante de seu prato de latão limpo em meio a integrantes comuns. A semelhança dos olhos estreitos e escuros de Jiang e Mazu fez Robin suspeitar de que ele, no mínimo, fosse meio-irmão de Taio. Enquanto Robin observava, o olho de Jiang voltou a se contrair incontrolavelmente e ele o escondeu rápido com a mão.

Mazu assumiu seu lugar à mesa superior, mas Jonathan foi para a frente dela, de mãos erguidas, gesticulando para os integrantes da igreja se aquietarem. Robin mais uma vez ficou impressionada com a boa aparência dele e o quão pouco ele parecia um homem de sessenta e poucos anos.

— Obrigado — disse ele com um sorriso autodepreciativo, usando um microfone sem fio que ampliava a voz, superando os alto-falantes. — Obrigado… É bom estar em casa.

Will Edensor, que era fácil de ser localizado pela altura, sorria e dava vivas com o restante do salão e, por um momento, lembrando-se da mãe moribunda de Will, Robin se viu completamente solidária a James Edensor, que chamara o filho de idiota.

— Vamos reabastecer nosso corpo material, depois conversaremos! — declarou Jonathan.

Mais vivas e mais aplausos. Jonathan assumiu seu lugar entre Mazu e Becca Pirbright.

Os trabalhadores da cozinha surgiram de uma porta lateral, empurrando grandes tonéis de metal sobre rodas, dos quais serviram comida nos pratos de latão. Os quatro na mesa superior, Robin notou, recebiam pratos de porcelana já cheios de comida.

Quando chegou sua vez, Robin recebeu um bocado de um lodo marrom que parecia conter legumes excessivamente cozidos, seguido por uma porção de macarrão instantâneo. Os legumes tinham sido temperados com cúrcuma demais e o macarrão passara do ponto de cozimento, com uma consistência de cola. Robin comeu o mais lentamente que pôde, tentando enganar o estômago e levá-lo a acreditar que consumia mais calorias do que havia ali, porque ela sabia que o valor nutricional daquela refeição era muito baixo.

Os dois vizinhos homens de Robin mantiveram um fluxo constante de conversa, perguntando seu nome, de onde ela era e o que a havia atraído à igreja. Ela logo descobriu que o jovem de cabelo louro ondulado estivera na Universidade de East Anglia, que recebera uma das reuniões de Papa J. O outro, que tinha um corte à escovinha, tinha ido a um dos centros para dependentes químicos administrados pela igreja e fora recrutado lá.

— Já viu alguma coisa? — perguntou este último a Robin.

— Quer dizer o tour pela prop...?

— Não — interrompeu ele. — Quero dizer... Você sabe. O espírito puro.

— Ah — disse Robin, entendendo. — Vi Mazu fazer as portas do templo se abrirem sozinhas só apontando para elas.

— Você pensou que fosse um truque?

— Bom — começou Robin com cautela —, não sei. Quer dizer, pode ter...

— Não é um truque — afirmou o jovem. — É o que você pensa no começo, depois percebe que é real. Devia ver as coisas que Papa J pode fazer. Espere só. No começo, você acha que tudo deve ser um monte de besteira, depois começa a ver o que significa ser um espírito puro. É de arrepiar. Já leu *A resposta*?

— Não — respondeu Robin —, eu...

— Ela não leu *A resposta* — repetiu o jovem de cabelo à escovinha, inclinando-se para se dirigir ao outro vizinho de Robin.

— Ah, cara, você precisa ler *A resposta* — afirmou o louro, rindo. — Minha nossa.

— Vou te emprestar meu exemplar — falou o homem de cabelo à escovinha. — Mas quero de volta, porque Papa J escreveu uma coisa nele para mim, está bem?

— Tudo bem, muito obrigada — agradeceu Robin.

— Nossa — disse ele, meneando a cabeça e rindo. — Nem acredito que você não leu *A resposta*. Ele, tipo, te dá todas as ferramentas e explica... Não posso fazer isso tão bem como Papa J, você precisa ver nas palavras dele. Mas posso te dizer em primeira mão: existe vida após a morte, e uma guerra espiritual se alastra aqui na Terra, e se conseguirmos vencer...

— É — intrometeu-se o do cabelo louro ondulado, que estava sério. — *Se* vencermos.

— Temos de vencer — declarou o outro com veemência. — *Temos* de vencer.

Por um espaço entre os dois que jantavam de frente para ela, Robin viu Louise, da cabeça raspada, que comia muito lentamente e ficava olhando a mesa superior, ignorando a tagarelice dos que estavam a seu lado. Havia muitas outras mulheres de meia-idade espalhadas pelo salão, Robin notou, e a maioria era parecida com Louise, como se há muito tempo tivessem abandonado qualquer interesse pela própria aparência, os rostos com vincos profundos e o cabelo cortado bem curto, embora ela fosse a única com a cabeça inteiramente raspada. Olhando-a, Robin se lembrou do que Kevin dissera sobre a mãe dele estar apaixonada por Jonathan Wace. Será que o sentimento sobrevivia a tantos anos de servidão? Teria valido a perda do filho?

Uma das pessoas que foram recolher os pratos era a adolescente que Robin notara antes, com o cabelo comprido, acinzentado e descorado pelo sol e os olhos grandes e ansiosos. Quando os pratos foram retirados, mais trabalhadores da cozinha apareceram com pilhas de tigelas de metal em seus carrinhos. Mostraram-se cheias de maçã cozida, que Robin achou muito amarga, sem dúvida porque o açúcar refinado era proibido na igreja. Ainda assim, ela comeu tudo, enquanto os vizinhos falavam da guerra santa.

Robin não sabia que horas eram. O céu do lado de fora da janela estava escuro e a distribuição de comida para cem pessoas foi muito demorada. Por fim, as tigelas também foram retiradas e alguém diminuiu as luzes do teto, embora deixasse a mesa superior iluminada.

De uma só vez, aqueles nas mesas sobre cavaletes começaram a aplaudir e dar vivas de novo, alguns até batendo na mesa com as canecas de latão para água. Jonathan Wace se levantou, contornou a mesa, o microfone religado, e mais uma vez acalmou a multidão fazendo um gesto moderador.

— Obrigado, meus amigos. Obrigado... Estou aqui, diante de vocês esta noite, com esperança e medo no coração. Esperança e medo — acrescentou ele, olhando à volta solenemente. — Primeiro quero dizer a vocês que esta igreja, esta comunidade de almas, que agora se estende a dois continentes...

Houve mais alguns uivos e vivas.

— ... representa o maior desafio espiritual ao Adversário que o mundo já viu.

O salão aplaudiu.

— Posso sentir seu poder — declarou Jonathan, levando o punho fechado ao peito. — Sinto-o quando falo com nossos irmãos e irmãs americanos, senti quando falei esta semana em nosso templo em Munique, senti hoje quando voltei a entrar neste lugar e quando fui ao templo para me purificar. E esta noite quero destacar algumas pessoas que me deram esperança. Com pessoas assim do nosso lado, o Adversário certamente deve tremer...

Wace, que não portava anotações, chamava vários nomes, e quando cada pessoa era identificada, soltava um gritinho ou berrava, levantando-se de um salto enquanto aqueles sentados em volta delas aplaudiam.

— E por fim, mas não menos importante — afirmou Wace —, Danny Brockles.

O jovem com o corte à escovinha ao lado de Robin levantou-se de um salto com tal rapidez que lhe deu uma forte cotovelada.

— Ai, meu Deus — dizia ele, sem parar, e Robin viu que ele chorava. — Ai, meu Deus.

— Vamos lá, todos vocês — disse Jonathan Wace. — Vamos lá, pessoal, mostrem sua apreciação por estas pessoas...

O salão de jantar ressoou mais gritos e aplausos. Todos que foram chamados estavam aos prantos e pareciam extasiados por terem sido reconhecidos por Wace.

Wace começou a falar das realizações de cada integrante. Uma das meninas tinha coletado mais dinheiro na rua do que qualquer outro, por um período de quatro semanas. Outra menina recrutara uma dúzia de novos membros para a Semana de Serviço. Quando, enfim, Jonathan Wace chegou a Danny Brockles, o jovem chorava tanto que Wace se aproximou dele e o abraçou, enquanto Brockles chorava no ombro do líder da igreja. Os espectadores, a essa altura gritando freneticamente, levantaram-se para ovacioná-los de pé.

— Conte-nos o que você fez esta semana, Danny — pediu Wace. — Conte a todos por que tenho tanto orgulho de você.

— N-n-não c-c-consigo. — Danny soluçava, completamente vencido.

— Então eu direi a eles — disse Wace, virando-se para a multidão. — Nosso centro de serviços a dependentes químicos em Northampton foi ameaçado de fechamento por agentes do Adversário.

Explodiu uma tempestade de vaias. Parecia que a notícia sobre o centro para dependentes químicos era desconhecida de todos, à exceção dos ocupantes da mesa superior.

— Esperem... esperem... esperem... — pediu Jonathan, fazendo seus gestos habituais de calma com a mão esquerda, enquanto segurava o braço de Danny com a direita. — Becca levou Danny para explicar o quanto o centro o havia ajudado. Danny se colocou na frente daqueles materialistas e falou com tanta eloquência, com tanto poder, que garantiu a continuação do serviço. Ele fez isso. *Danny fez isso.*

Wace levantou o braço de Danny. Seguiu-se uma tempestade de vivas.

— Com pessoas como Danny conosco, será que o Adversário deve ter medo? — gritou Jonathan, e os gritos e aplausos ficaram ainda mais altos.

Jonathan chorava, lágrimas escorriam por seu rosto. Este espetáculo de emoção provocou um nível de histeria no salão que Robin começou a achar quase enervante, e continuou mesmo após as seis pessoas selecionadas voltarem a seus lugares, até que por fim, enxugando os olhos e fazendo seu gesto de pedir calma, Jonathan conseguiu se fazer ouvir de novo, a voz ligeiramente rouca.

— E agora, com pesar, devo trazer a vocês boletins do mundo materialista...

Caiu um silêncio no salão quando Jonathan começou a falar.

Ele contou da guerra que prosseguia na Síria e descreveu as atrocidades ali, depois falou da corrupção maciça entre as elites financeira e política do mundo. Falou do surto de Zika no Brasil, que levava a tantos abortos espontâneos ou ao nascimento de bebês gravemente debilitados. Descreveu exemplos individuais de pobreza e desespero aterradores que tinha testemunhado ao comparecer a projetos administrados pela igreja no Reino Unido e nos Estados Unidos, e enquanto falava destas injustiças e desastres, podia estar descrevendo coisas que tinham acometido sua própria família, de tão fundo que pareciam tocá-lo. Robin se lembrou das palavras de Sheila Kennett: *ele tinha um jeito de convencer você a fazer tudo certo, por ele. Você queria cuidar dele... Parecia que ele tinha sentido mais do que todos nós.*

— Este, então, é o mundo materialista — disse Jonathan por fim. — E se nossa tarefa parece esmagadora, é porque as forças do Adversário são poderosas... desesperadamente poderosas. O inevitável Fim de Jogo se aproxima, e é por isso que lutamos para apressar a chegada do Caminho de Lótus. Peço a vocês que se unam a mim em meditação. Para aqueles que ainda não aprenderam nosso mantra, as palavras estão impressas aqui.

Duas garotas de moletom laranja subiram ao palco, segurando grandes quadros brancos, em que estava escrito: *Lokah Samastah Sukhino Bhavantu.*

— Respirem fundo, levantem os braços — instruiu Jonathan e, embora os bancos junto das mesas fossem apertados, cada braço foi lentamente erguido, e houve uma inspiração coletiva. — E expirem — falou Jonathan em voz baixa e a sala exalou.

"E agora: *Lokah Samastah Sukhino Bhavantu. Lokah Samastah Sukhino Bhavantu. Lokah Samastah Sukhino Bhavantu...*"

Robin pegou a pronúncia do mantra dos vizinhos. Cem pessoas entoaram, e entoaram, e entoaram mais um pouco, e Robin começou a sentir uma estranha calma tomar seu corpo. O ritmo parecia vibrar dentro dela, hipnótico e tranquilizador, a voz de Jonathan a única que podia ser distinguida entre as muitas, e logo ela não precisou ler as palavras no quadro — era capaz de repeti-las automaticamente.

Por fim, os primeiros acordes de "Heroes", de David Bowie, se mesclaram com as vozes da multidão, e a essa altura os cânticos transformaram-se em vivas, e todos se levantaram e passaram a se abraçar. Robin foi puxada para um abraço com o extasiado Danny, depois por seu vizinho louro. Os dois jovens se abraçaram e toda a multidão cantava a canção de Bowie e batia palmas ritmadas. Embora estivesse cansada e com fome, Robin sorriu enquanto aplaudia e cantava com os demais.

28

Este hexagrama é composto do trigrama Li superior, isto é, a chama, que arde para o alto, e Tui inferior, isto é, o lago, que se infiltra embaixo (...).

I Ching: O livro das mutações

Strike teve de alterar o rodízio para encaixar a entrevista com Abigail Glover na noite de domingo. Só então viu que Clive Littlejohn estava ausente do trabalho havia quatro dias. Como queria ver a reação do terceirizado quando perguntasse por que ele não tinha revelado o emprego anterior na Patterson Inc, Strike decidiu adiar a conversa até que pudesse acontecer pessoalmente.

Ele passou a tarde de sábado na casa de Lucy, porque ela convencera o tio Ted a vir para uma rápida visita. Não havia dúvida de que Ted envelhecera consideravelmente desde a morte da tia deles. Parecia que tinha encolhido, e por várias vezes perdeu o fio da meada na conversa. Por duas vezes, chamou Lucy de "Joan".

— O que você acha? — sussurrou Lucy a Strike na cozinha, onde ele foi ajudá-la a servir café.

— Bom, não acho que ele pense que você *é* Joan — comentou Strike em voz baixa. — Mas sim... acho que precisamos levá-lo para uma avaliação. Por alguém que possa avaliar demência.

— Seria o clínico dele, não? — sugeriu Lucy. — Primeiro?

— Provavelmente — concordou Strike.

— Vou ligar e ver se consigo uma hora para ele. Sei que ele nunca sai da Cornualha, mas seria muito mais fácil cuidar dele aqui.

A culpa, que não se devia inteiramente ao fato de Lucy cuidar bem mais de Ted do que Strike, levou Strike a dizer:

— Se você marcar a consulta, irei à Cornualha e o acompanharei. Mando notícias.

— É sério, Stick? — falou Lucy, espantada. — Ai, meu Deus, isso seria o *ideal*. Você é basicamente a única pessoa que pode impedi-lo de cancelar.

Strike voltou à Denmark Street naquela noite acossado por uma leve depressão, que se tornou familiar. Falar com Robin, mesmo sobre assuntos do trabalho, tendia a melhorar seu humor, mas esta opção não existia e talvez não fosse possível por semanas. Outra mensagem de Bijou, que chegou enquanto ele preparava uma omelete, não provocou nada além de irritação.

Então está disfarçado em algum lugar e não pode mandar mensagens ou estou levando um gelo? **

Ele comeu a omelete à mesa da cozinha. Depois de terminar, pegou o celular pensando em lidar com pelo menos um problema de forma rápida e limpa. Depois de pensar por alguns instantes e desprezar a ideia de terminar com o que, na opinião dele, nunca tinha começado, digitou:

Ocupado, sem tempo para encontros num futuro próximo

Se ela tivesse algum orgulho, pensou ele, este seria o fim do problema.

Ele passou a maior parte de um domingo gelado em vigilância, sendo rendido por Midge às quatro horas, depois foi de carro a Ealing para seu encontro com Abigail Glover.

O Forester, na Seaford Road, era um pub grande com um exterior de colunas de madeira, jardineiras nas janelas e paredes de ladrilhos verdes, sua placa mostrando um toco de madeira com um machado emperrado. Strike pediu a habitual cerveja sem álcool e pegou uma mesa de canto para dois ao lado da parede revestida de madeira.

Vinte minutos se passaram e Strike começava a pensar se Abigail teria mudado de ideia sobre o encontro, quando uma mulher alta e impressionante entrou no bar, com roupa de ginástica por baixo de um casaco jogado apressadamente nos ombros. A única foto que encontrara de Abigail na internet era pequena e ela estava de macacão, cercada por colegas bombeiros, todos homens. O que não foi capturado pela fotografia era o quanto Abigail era bonita. Ela herdara os grandes olhos azul-escuros do pai e seu queixo firme com covinha, mas os lábios eram mais cheios do que os de Wace, a pele clara, impecável, e as maçãs do rosto pronunciadas podiam ser de uma modelo. Ele sabia que Abigail estaria com trinta e poucos anos, mas o cabelo, preso em um rabo-de-cavalo, já estava grisalho. Apesar disso, combinava com ela e a fazia parecer mais nova, e sua pele era ótima e sem marcas. Ela cumprimentou dois homens no bar, depois o localizou e veio a passos largos até a mesa de Strike.

— Abigail? — disse ele, levantando-se para um aperto de mãos.

— Desculpe pelo atraso. Hora marcada não é meu ponto forte. O pessoal do trabalho me chama de "A atrasada Abigail Glover". Eu estava na academia. Perdi a noção do tempo. É minha válvula de escape.

— Está tudo bem, agradeço por ter concordado em...

— Quer uma bebida?

— Deixe que eu...

— Tudo bem, vou pegar a minha.

Ela tirou o casaco, revelando top e leggings de lycra. Um dos homens que ela cumprimentara no bar assoviou. Abigail lhe mostrou o dedo médio, o que provocou gargalhadas, enquanto procurava a carteira na bolsa de ginástica.

Strike a observou comprar a bebida. A visão de trás mostrava muitos músculos, o que o fez refletir que seus próprios exercícios diários nem chegavam perto de um efeito tão impactante. Abigail era quase tão larga quanto as costas do homem ao lado dela, que evidentemente a achava muito atraente, embora ela não desse a impressão de retribuir o interesse do sujeito. Ele se perguntou se Abigail seria gay, depois se perguntou se imaginar isso seria ofensivo.

Após pegar a bebida, Abigail voltou à mesa, sentou-se de frente para Strike e tomou um longo gole de vinho branco. Um dos joelhos dela ficou quicando.

— Lamento não podermos fazer isso em minha casa. Patrick, meu inquilino, ele é um pé no saco com a IHU. Ficaria muito empolgado se soubesse que *você* os está investigando.

— Ele é seu inquilino há muito tempo? — perguntou Strike, puramente para puxar conversa.

— Três anos. Ele é legal, sério. É divorciado e precisava de um quarto, e eu precisava alugar. Só que, desde que contei a ele onde fui criada, ele fica insistindo, "você devia escrever um livro sobre sua infância, ganhar uma grana de verdade". Queria nunca ter dito nada a ele sobre isso. Eu só tinha bebido vinho demais numa noite. Tinha estado em um incêndio horrível em que morreram uma mulher e duas crianças.

— Lamento saber disso — disse Strike.

— É o trabalho — falou Abigail, com um leve dar de ombros —, mas às vezes pega a gente. Esse foi um deles... Incêndio criminoso... causado pelo próprio pai, que tentou dar um golpe na seguradora de sua loja, no térreo. *Ele* ficou bem, o filho da puta... Odeio quando tem crianças envolvidas.

Conseguimos resgatar o mais novo vivo, mas foi tarde demais. A inalação de fumaça acabou com ele.

— O que a fez se juntar ao corpo de bombeiros?

— Viciada em adrenalina — respondeu Abigail com um sorriso fugaz, o joelho ainda quicando. Ela bebeu outro gole do vinho. — Eu tinha saído da Fazenda Chapman e só queria *viver*, porra, queria ver alguma ação e fazer algo que tivesse *sentido*, em vez de fazer umas merdas de bonecas de palha para vender para crianças famintas da África... se é mesmo para lá que o dinheiro vai. Duvido. Mas nunca tive muita educação formal. Tive de estudar para conseguir o certificado de conclusão do ensino médio quando saí. Passei por um fio. Mais velha que todas as outras crianças na turma. Ainda assim, eu estava entre as que tiveram sorte. Pelo menos sei ler.

Enquanto ela pegava a taça de novo, um homem barbudo passou pela mesa deles.

— Baixou o Tinder, foi, Ab?

— Vai se foder — disse Abigail com frieza.

O homem sorriu com malícia, mas não se afastou.

— Baz — disse ele, estendendo a mão para Strike.

— Terry — mentiu Strike, apertando-a.

— Bom, é melhor se cuidar, Terry — avisou Baz. — Ela se livra dos homens feito diarreia.

Ele se afastou se pavoneando.

— Cretino — resmungou Abigail, olhando por cima do ombro. — Não teria vindo se soubesse que *ele* estava aqui.

— Colega de trabalho?

— Não, é amigo de Patrick. Saí para beber com ele algumas vezes e depois disse que não queria mais vê-lo, aí ele ficou puto. E aí Patrick tomou um porre com ele e deu com a língua nos dentes a respeito do que contei sobre a IHU, e agora, sempre que o babaca me vê, usa isso para... a culpa é minha — disse ela com raiva. — Devia ficar de boca fechada. Quando os homens escutam...

A voz dela falhou e ela bebeu outro gole do vinho. Strike, que supunha que Baz soubesse das práticas de vínculo espiritual da igreja, perguntou-se pela primeira vez quão novas eram as meninas quando era esperado que começassem a participar disso.

— Bom, como eu disse por telefone, esta conversa é estritamente extraoficial — garantiu o detetive. — Nada será publicado.

— A não ser que você bote a igreja abaixo — rebateu Abigail.

— Talvez você esteja superestimando minha capacidade.

Ela esvaziava rapidamente a taça de vinho. Depois de observá-lo por um momento com seus olhos azul-escuros, ela disse, com certa agressividade:

— Acha que sou uma covarde, não acha?

— Provavelmente essa é a última coisa que eu pensaria — retrucou Strike. — Por quê?

— Não acha que eu devia tentar expor aquela gente? Escrever um daqueles malditos livros? Bom — acrescentou ela, antes que Strike pudesse responder —, eles têm advogados muito melhores do que posso pagar com um salário de bombeira, e já tive que aturar muita coisa relacionada a IHU, vindo de pessoas como *aquele* babaca sabendo.

Ela apontou um dedo furioso para Baz, que estava sozinho ao balcão.

— Não vou publicar nada — Strike garantiu a ela. — Só quero...

— É, você falou por telefone — ela o interrompeu —, e quero dizer uma coisa que me ocorreu sobre esse Kevin Pirbright. Teve uma coisa que ele disse que me deixou muito perturbada.

— O que foi?

— Foi sobre a minha mãe — disse Abigail — e como ela morreu.

— Como sua mãe morreu, se não se importa de eu perguntar? — falou Strike, embora já soubesse.

— Ela se afogou na praia de Cromer. Ela era epilética. Teve uma crise. Estávamos nadando de volta à areia, apostando corrida. Olhei em volta quando já estava raso e achei que tinha vencido, mas... ela havia sumido.

— Sinto muito — disse Strike —, me parece extremamente traumático. Quantos anos você tinha?

— Sete. Mas aquele merda do Kevin, por telefone... ele queria que eu dissesse que meu pai a afogou.

Abigail deu um longo gole no vinho antes de declarar:

— *Não é verdade*. Meu pai nem estava na água quando aconteceu, estava comprando sorvete. Ele voltou correndo quando me ouviu gritar. Ele e um homem qualquer arrastaram minha mãe para a areia. Meu pai tentou fazer respiração boca-a-boca, mas já era tarde demais.

— Sinto muito — repetiu Strike.

— Quando Pirbright disse que meu pai a matou... foi como se ele estivesse tirando algo de mim... A única coisa boa que eu tenho, de antes da Fazenda Chapman, é que meus pais se amavam muito, e se eu não tenho isso, então *tudo é* uma merda, sabe?

— Sim — confirmou Strike, que tinha de se esforçar muito para encontrar conforto nas lembranças da própria mãe —, eu sei bem.

— Pirbright ficou dizendo: "Ele a matou, não matou?", "Foi *ele*, não foi?" E eu dizia "Não, ele não fez porra nenhuma", e acabei mandando ele à merda e desligando. Isso me abalou, ele me encontrar e ligar para o meu trabalho — revelou Abigail, com um ar de leve surpresa pela própria reação. — Depois disso, tive uns dias bem ruins.

— Não me surpreende — comentou Strike.

— Ele disse que tinha sido abandonado pelo editor dele. Parecia pensar que se eu desse a ele os detalhes sórdidos, ele conseguiria outro contrato. Você leu o livro dele?

— Não existe livro — revelou Strike.

— Como é? — perguntou Abigail, franzindo a testa. — Ele estava mentindo?

— Não, mas o laptop dele foi roubado, presumivelmente pelo assassino.

— Ah... tá. Recebi uma ligação da polícia depois que ele foi baleado. Acharam o número do quartel no quarto dele. No início, eu nem entendi. Achei que ele tivesse se suicidado. Ele parecia estranho por telefone. Instável. Depois vi no jornal que ele traficava drogas.

— É o que a polícia pensa — comentou Strike.

— Está em toda parte — afirmou Abigail. — Essa é a única coisa certa que a IHU faz: nada de drogas. Arrastei muitos viciados de espeluncas que eles incendiaram por acidente, sei bem o que é isso.

Ela olhou em volta. Baz ainda estava de pé junto ao balcão.

— Eu pego — falou Strike.

— Ah. Valeu — disse ela, surpresa.

Quando Strike voltou com uma nova taça de vinho, ela agradeceu e falou:

— Então, como você sabe sobre essas alegações que ele fez sobre a igreja, se não existe livro nenhum?

— Pirbright estava mandando e-mails a nosso cliente. Importa-se de eu fazer anotações?

— Não — respondeu ela, mas parecia tensa enquanto ele pegava o bloco.

— Só quero deixar uma coisa clara — anunciou Strike. — Acredito que a morte de sua mãe tenha sido um acidente. Só vou fazer as perguntas a seguir para ter certeza de ter coberto tudo. Sua mãe tinha seguro de vida?

— Não. Nós estávamos quebrados quando ela morreu. Era sempre ela que tinha um emprego fixo.

— O que ela fazia?

— Qualquer coisa... Trabalhava em lojas, fazia alguma faxina. Nós nos mudávamos muito.

— Seus pais tinham algum imóvel?

— Não, era sempre alugado.

— Os familiares de um de seus pais não poderiam ter ajudado financeiramente? — perguntou Strike, lembrando-se da formação em Harrow.

— Meus avós paternos emigraram para a África do Sul. Meu pai não se dava com eles. Talvez porque eles o tenham mandado para 'Arrow, e meu pai tenha acabado virando um vigarista. Acho que ele costumava arrumar algum dinheiro com os pais, mas eles se cansaram disso.

— Seu pai nunca teve um emprego?

— Não um emprego direito. Tinha uns esquemas duvidosos, coisa de enriquecer rápido. Ele se virava com o sotaque e o charme. Eu me lembro de um negócio de carro de luxo que faliu.

— E a família da sua mãe?

— Da classe trabalhadora. Uns duros. Minha mãe era muito bonita, mas acho que a família do meu pai achava que ela era uma pobretona... talvez outro motivo para eles não terem aprovado. Ela era dançarina quando eles se conheceram.

Consciente de que a palavra "dançarina" não implicava necessariamente o Royal Ballet, Strike decidiu não fazer mais perguntas nesse sentido.

— Quanto tempo depois da morte de sua mãe o seu pai levou você para a Fazenda Chapman?

— Uns dois meses, acho.

— O que o fez se mudar para lá, você sabe?

— Lugar barato para se viver. — Abigail bebeu mais vinho. — Fora do radar. Escondido das dívidas dele. E porque havia um, como é que se diz... vácuo no poder do grupo que morava ali. Sabe do que tô falando? Sobre as pessoas que estavam na Fazenda Chapman, antes de a igreja começar?

— Sei, sim — confirmou Strike.

— Só descobri depois que saí. Ainda tinha alguns deles lá quando chegamos. Meu pai se livrava de qualquer um que ele não quisesse ali, mas deixou aqueles que seriam úteis.

— Ele assumiu o comando rapidamente, não foi?

— Ah, sim — disse Abigail, sem sorrir. — Se ele fosse um executivo ou coisa assim... mas era comum demais para ele. Mas ele sabia fazer as pessoas quererem coisas, e era bom em identificar talentos. Ele ficou com o velho esquisito que dizia que era médico. E um casal que sabia administrar a fazenda, e tinha um cara chamado Alex Graves, que meu pai deixou ficar porque a família dele era rica. E *Mazu*, é claro — disse Abigail, com desprezo. —

Ele deixou que *ela* ficasse. A polícia não devia ter deixado *ninguém* para trás — acrescentou ela com vigor, antes de tomar outro longo gole do vinho. — É como um câncer. Você tem de arrancar a coisa toda, ou vai voltar ao lugar de onde começou. Às vezes, consegue coisa pior.

Ela já havia bebido a maior parte da segunda taça de vinho.

— Mazu é filha de Malcolm Crowther — acrescentou. — Ela é Malcolm cuspida e escarrada.

— Sério?

— É. Quando eu saí, pesquisei sobre eles. E descobri o que o irmão mais velho fez também, e pensei: "Ah, foi ali que ela aprendeu tudo. Com o tio dela."

— O que quer dizer com "aprendeu tudo"? — Strike quis saber.

— Gerald era um mágico infantil antes de ir morar na fazenda.

Outra lembrança veio a Strike naquele momento, do pai dos dois irmãos Crowther mostrando a garotinhas truques com cartas perto da fogueira, e nesse momento ele não sentiu nada além de solidariedade para com a comparação que Abigail fez da comunidade com um câncer.

— Quando você diz "foi ali que ela aprendeu tudo"...?

— Prestígio... não, prestidigitação, não é isso? Ela era boa nisso — afirmou Abigail. — Eu tinha visto mágicos na televisão, sabia o que ela aprontava, mas as crianças mais velhas achavam que ela sabia mesmo fazer magia. Mas eles não chamavam de magia. Espírito puro — disse Abigail, torcendo a boca.

Ela olhou por cima do ombro a tempo de ver Baz sair do pub.

— Ainda bem — disse ela, levantando-se de pronto. — Quer outra cerveja?

— Não, estou bem — respondeu Strike.

Quando Abigail voltou com o terceiro vinho e se sentou novamente, Strike perguntou:

— Quanto tempo depois de vocês se mudarem para a Fazenda Chapman sua irmã nasceu?

— Ela nunca nasceu.

Strike achou que ela devia ter compreendido mal.

— Estou falando de quando Daiyu...

— Ela não era minha irmã — interrompeu Abigail. — Ela já estava lá quando nós chegamos. Era filha de Mazu com Alex Graves.

— Mas eu pensei...

— Sei o que você pensou. Depois que Alex morreu, Mazu fingiu que Daiyu era do meu pai.

— Por quê?

— Porque a família de Alex tentou obter a custódia dela depois que ele se suicidou. Mazu não queria entregar Daiyu, então ela e meu pai inventaram a história de que Daiyu na realidade era dele. A família de Alex levou o caso à justiça. Lembro que Mazu ficou furiosa quando recebeu a ordem judicial dizendo que ela precisava fornecer amostras de DNA de Daiyu.

— Isso é interessante — comentou Strike, que tomava notas rapidamente. — As amostras foram coletadas?

— Não — negou Abigail —, porque ela se afogou.

— Certo — disse Strike, erguendo a cabeça. — Mas Alex Graves achava que Daiyu era dele?

— Ah, sim. Ele fez um testamento e colocou Daiyu como única bene... bem... como se diz mesmo?

— Beneficiária?

— Isso... Eu te falei que não estudei muito — falou Abigail em voz baixa. — Talvez eu devesse ler mais. Às vezes penso em tentar um curso ou coisa assim.

— Nunca é tarde demais — observou Strike. — Então havia um testamento, e Daiyu ia receber tudo que Graves tinha a legar?

— É. Ouvi Mazu falando sobre isso com meu pai.

— Ele tinha muito a deixar?

— Sei lá. Ele parecia um mendigo, mas a família dele era rica. Às vezes eles iam ver o filho na fazenda. Na época, a IHU não era rigorosa com visitantes, as pessoas ainda podiam entrar de carro. Os Graves eram chiques. Meu pai fez a irmã de Graves comer na mão dele. Uma garota gorducha. Ele conseguia isso com qualquer um que tivesse dinheiro.

— Então depois que Daiyu morreu, sua madrasta...

— Não a chame assim — disparou Abigail, incisiva. — Eu nunca uso a palavra "mãe" para aquela vadia, nem mesmo madrasta.

— Peço desculpas — falou Strike. — Mazu, então... ela supostamente herdou tudo que Graves deixou?

— Acho que sim — disse Abigail, dando de ombros. — Fui mandada para o centro de Birmingham logo depois que Daiyu morreu. Mazu sempre odiou me ver, não ia me deixar ficar se a filha *dela* estava morta. Eu fugi da rua em Birmingham quando estava coletando para a igreja. O que tinha conseguido no dia pagou por uma passagem de trem para Londres e a casa da mãe da minha mãe. É no apartamento dela que eu moro agora. Ela deixou para mim, que Deus a tenha.

— Quanto anos você tinha quando saiu da igreja?

— Dezesseis.

— Teve algum contato com seu pai desde então?

— Nenhum — disse Abigail —, e eu prefiro assim.

— Ele nunca tentou te encontrar nem fazer contato com você?

— Não. Eu era uma Desviada, né? É assim que eles chamam as pessoas que vão embora. Ele não podia ter uma filha que fosse uma Desviada, não o Chefe da Igreja. Deve ter ficado tão feliz quanto eu com a minha partida.

Abigail tomou mais um gole de vinho. As faces brancas começavam a ficar rosadas.

— Sabe de uma coisa — disse ela subitamente —, antes da igreja, eu gostava dele. Talvez o amasse. Eu sempre gostei de ser um dos caras, e ele andava comigo, jogava bola e coisas assim. Era legal comigo mesmo eu sendo uma moleca e tudo, mas, depois de Mazu, ele mudou. Ela é uma maldita sociopata — declarou Abigail com ferocidade — e mudou meu pai.

Strike decidiu não responder a este comentário. É claro que ele sabia que era possível ocorrer uma mudança alquímica de personalidade sob uma forte influência, em particular naqueles cujo caráter não estava plenamente formado. Porém, pelo relato da própria Abigail, Wace era um oportunista carismático e amoral quando se casou com a primeira esposa; a segunda, ao que parecia, apenas fora a cúmplice ideal na ascensão dele ao status de Messias.

— Ele começou a me falar de todas as coisas que Mazu não gostava em mim — continuou Abigail. — Mazu disse a ele que eu era muito assanhada. Eu tinha oito anos, só gostava de jogar futebol... Depois ele me disse que eu não podia mais chamá-lo de "pai", e tinha de dizer Papa J, como todo mundo.

"É um mundo masculino", disse Abigail Glover, jogando a cabeça para trás, "e mulheres como Mazu sabem onde está o poder e fazem o jogo, elas querem garantir que os homens estejam felizes e, assim, os homens deixam que elas mesmas tenham um pouco do poder. Ela obrigava todas as meninas a fazer... coisas que ela não tinha de fazer. *Ela* não fazia. Ela estava lá", Abigail levantou a mão horizontalmente o mais alto que pôde, "e nós estávamos aqui embaixo", ela apontou o chão. "Ela pisava em todas nós pra poder ser a maldita rainha."

— Mas ela era diferente em relação a própria filha, não era?

— Ah, era — confirmou Abigail, tomando outro gole de vinho. — Daiyu era uma pirralha mimada, mas isso não quer dizer... O que aconteceu com ela... foi horrível. Ela era irritante, mas... Eu também fiquei chateada. Mazu achava que eu não tinha me importado, mas me importei. Trouxe tudo de volta à tona, o que aconteceu com mamãe, tudo. Eu odeio o maldito mar. Nem mesmo vi a droga do *Piratas do Caribe.*

— Algum problema voltarmos ao que aconteceu com Daiyu? — perguntou Strike. — Vou entender se preferir não falar nisso.

— Podemos falar, se você quiser — disse Abigail —, mas eu estava na fazenda quando aconteceu, então não posso contar muita coisa.

Sua língua estava muito mais solta. Strike deduziu que ela não tivesse comido nada entre a academia e o pub: o vinho tinha um efeito evidente, apesar da forte constituição de Abigail.

— Você se lembra da garota que levou Daiyu à praia naquela manhã?

— Lembro que ela era loura e um pouco mais velha que eu, mas agora não conseguiria identificá-la numa fila de reconhecimento. Eu não tinha amigos, porque ninguém devia ser próximo das pessoas. Eles costumavam chamar isso de posse material ou coisa assim. Às vezes eu conseguia que as pessoas me tratassem bem porque era filha do meu pai, mas eles logo percebiam que isso não valia de nada. Se eu elogiasse alguém, Mazu provavelmente cuidava para que fosse castigado.

— Então você não tem ideia de onde Cherie Gittins está agora?

— Era esse o nome dela, é? Achei que era Cheryl. Não, não sei nada dela.

— Fiquei sabendo — começou Strike — que Cherie dirigia a picape ao sair da Fazenda Chapman, passando por você e outras duas pessoas, na manhã em que Daiyu se afogou.

— Como diabos você soube disso? — perguntou Abigail, aparentemente mais irritada do que impressionada.

— Minha sócia entrevistou Sheila Kennett.

— Puta merda, a velha Sheila ainda está viva? Pensei que tivesse morrido há muito tempo. É, eu e um cara chamado Paul e o marido de Sheila estávamos trabalhando cedo... Era preciso alimentar os animais, coletar ovos e começar o café da manhã. Aquela Cherie e Daiyu passaram pela gente com a picape, para fazer a venda de hortaliças. Daiyu acenou para nós. Ficamos surpresos, mas pensamos que Daiyu tinha permissão de ir. Ela conseguia fazer uma centena de coisas que as outras crianças não podiam.

— E quando foi que você descobriu que ela havia se afogado?

— Perto da hora do almoço. Mazu já estava puta da vida, tinha descoberto que Daiyu tinha saído com Cherie, e estávamos na merda, aqueles que viram as duas passando e não as fizeram parar.

— Seu pai ficou perturbado?

— Ah, sim. Lembro que ele chorou. Abraçando Mazu.

— Ele chorou?

— Ah, sim — disse Abigail com azedume. — Ele consegue abrir o berreiro como nenhum homem que você tenha conhecido... Mas não acho que gostasse muito de Daiyu, na verdade. Ela não era dele, e os homens nunca sentem o mesmo por crianças que não são deles, né? Tem um cara no trabalho, o jeito como ele fala do enteado...

— Soube que vocês todos foram castigados... Cherie e vocês três que viram a picape passar?

— Sim, fomos.

— Sheila ainda está muito aborrecida porque o marido foi punido. Ela acha que o que fizeram com ele colaborou para sua saúde ruim.

— Não teria ajudado mesmo — disse Abigail rapidamente. — Sheila contou a sua sócia o que aconteceu com a gente?

— Não — respondeu Strike, que julgou melhor não mentir.

— Bom, se Sheila não falou, eu não vou falar — afirmou Abigail. — Esse é o tipo de coisa que o tal Pirbright queria de mim. Descobrir tudo sobre o expo... expurgo... todos os detalhes sujos. Não vou desenterrar isso de novo para que as pessoas possam me imaginar na minha maldita... Deixa pra lá.

A voz de Abigail estava bem arrastada. Strike, que não tinha perdido inteiramente a esperança de ainda poder obter detalhes da punição que ela sofrera, virou para uma página em branco do bloco e disse:

— Soube que Cherie passava muito tempo com Daiyu.

— Sim, Mazu deixava muito Daiyu com as meninas mais velhas.

— Você compareceu ao inquérito sobre a morte de Daiyu?

— Sim. Brian já tinha morrido na época, o pobre coitado, mas eu e Paul tivemos de dar provas, porque vimos as duas passando na picape. Ouvi dizer que Cheryl fugiu depois que tudo acabou, e eu entendo. Mazu só a deixou viver aquele tempo todo por causa do inquérito. Depois que acabou, ela estava com os dias contados.

— Quer dizer figurativamente?

— Não, quero dizer pra valer. Mazu a teria matado. Ou a obrigado a se matar.

— Como ela faria isso?

— Você entenderia, se a conhecesse — murmurou Abigail.

— Mazu obrigava você a fazer coisas? Quer dizer, coisas para se ferir?

— Todo santo dia.

— Seu pai não interferia?

— Eu parei de procurar por ele ou falar com ele sobre isso. Não adiantava nada. Teve uma vez, na Revelação…

— O que é isso?

— Você tem de dizer coisas de que se envergonha e ser purificado. Então, uma menina disse que tinha se masturbado, e eu ri. Eu devia ter uns doze anos. Mazu me fez bater a cabeça na parede do templo até que eu quase tive uma concussão.

— O que aconteceria se você se recusasse?

— Alguma coisa pior — declarou Abigail. — Sempre era melhor aceitar a primeira oferta.

Ela olhou para Strike com uma estranha mistura de desafio e defensiva.

— É esse tipo de coisa que Patrick quer que eu ponha no meu livro. Contar ao mundo todo que fui tratada como merda, para que gente como o maldito Baz possa jogar na minha cara.

— Não vou publicar nada disso — Strike a tranquilizou. — Só estou procurando confirmação, ou não, das coisas que Pirbright disse a meu cliente.

— Vamos lá, então. O que mais ele disse?

— Pirbright alegou que houve uma noite em que todas as crianças receberam bebidas batizadas. Ele era mais novo que você, mas será que você soube de alguém sendo drogado?

Abigail bufou, girando a taça vazia entre os dedos.

— Você não podia ter café, nem açúcar, nem birita… nada. Nem mesmo te davam paracetamol. Ele ficou tagarelando comigo no telefone sobre pessoas voando. Ele devia pensar que eram drogas que deram a ele, e não que ele foi enganado por algum truque de mágica idiota de Mazu, ou que ele estava pirando.

Strike anotou.

— Tudo bem, a próxima é estranha. Kevin achava que Daiyu podia ficar invisível, ou disse que uma das irmãs dele acreditava que ela podia.

— O quê? — disse Abigail, rindo um pouco.

— Pois é — disse Strike —, mas ele parecia dar importância a isso. Será que ela desapareceu em algum momento, antes de sua morte?

— Não que eu me lembre, mas eu não acharia estranho ela dizer que podia ficar invisível. Ela aprendeu mágica, como a mãe.

— Tudo bem, a próxima pergunta também é estranha, mas queria te perguntar sobre porcos.

— Porcos?

— É — confirmou Strike. — Pode não significar nada, mas eles são mencionados toda hora.

— Como?

— Sheila Kennett disse que Paul Draper foi espancado por deixar alguns fugirem, e a esposa de Jordan Reaney disse que ele tinha pesadelos com porcos.

— Quem é Jordan Reaney?

— Não se lembra dele?

— Eu... ah, talvez — disse ela lentamente. — Era o cara alto que dormia demais e que devia estar na picape?

— Que picape?

— Se for quem estou pensando, ele devia ter ido com Cheryl... Cherie... vender hortaliças na manhã em que Daiyu se afogou. Se ele tivesse ido, não haveria espaço para Daiyu. Era uma picape pequena de cabine simples. Só tinha espaço para dois na frente.

— Não sei se ele devia ter ido vender hortaliças — comentou Strike —, mas, de acordo com Pirbright, Reaney foi obrigado por Mazu a se açoitar no rosto com um mangual de couro, por algum crime não especificado que ela parece ter pensado merecer esse castigo.

— Eu já te disse, esse tipo de coisa acontecia o tempo todo. E por que a mulher de Reaney está falando por ele? Ele morreu?

— Não, está na prisão por assalto a mão armada.

— Um desperdício de bala — resmungou Abigail. — Ele sabe onde encontrar Mazu.

— Kevin Pirbright também escreveu a palavra "porcos" na parede do quarto dele.

— Tem certeza de que ele não falava da polícia?

— Pode ser, mas "porcos" também podia ser um lembrete para ele mesmo, sobre algo que ele queria incluir no livro.

Abigail olhou a taça vazia.

— Outro? — sugeriu Strike.

— Tentando me embebedar?

— Retribuindo o tempo que está me concedendo.

— Encantador. Tá, obrigada — disse ela.

Quando Strike voltou com a quarta bebida, Abigail tomou um gole, depois ficou sentada em silêncio por quase um minuto. Strike, que suspeitava de que ela quisesse falar mais do que talvez tivesse se dado conta, esperou.

— Tá legal — disse ela de repente —, é o seguinte: se quer saber a verdade. Se as pessoas que estavam na Fazenda Chapman nos anos 1990 têm pesadelos com porcos, não seria porque os bichos fugiram.

— E por quê, então?

— *O porco age no abismo.*

— Como disse?

— É do *I Ching*. Sabe o que é?

— Hmm… É um livro de adivinhação, não é?

— Mazu dizia que era um orác… Como é mesmo a palavra?

— Oráculo?

— É. Isso. Mas eu descobri, depois que saí, que ela não o usava direito.

Como não estava falando com Robin, que já conhecia bem a opinião dele sobre leitura da sorte, Strike decidiu não debater se era possível usar um oráculo direito.

— O que quer dizer com…?

— Devia ser, sei lá, usado pela pessoa que procura, sei lá, orientação ou sabedoria, essas merdas. Você conta as varetas e depois olha o significado do hexa-alguma coisa que você fez no I Ching. Mazu gosta de tudo que é chinês. Ela finge ser meio chinesa. Até parece. Enfim, ela não deixava mais ninguém tocar nas varetas. Ela fazia as leituras e trapaceava.

— Como?

— Ela usava para decidir os castigos e tal. Dizia que consultava o I Ching para saber quem estava dizendo a verdade. Olha, se você é um espírito puro, a *vibração divina* — disse Abigail, a voz transbordando desdém — opera por você, então se você faz alguma coisa como o I Ching… ou as cartas, ou cristais, ou sei lá o quê… elas vão funcionar, mas não para alguém que não é tão puro.

— E é daí que vêm os porcos?

— O hexa-alguma-coisa-grama… vinte e nove — disse Abigail. — O Abismo. É um dos piores hexagramas para sair. "*A água é a imagem associada com o Abismo; dos animais domésticos, o porco é um daqueles que vive na lama e na água.*" Ainda sei de cor essa merda, de tanto que ouvi. Então, se o hexagrama vinte e nove aparecia… e aparecia *muito* mais do que deveria, porque são sessenta e quatro hexagramas diferentes… você era um mentiroso imundo: você era um porco. E Mazu te obrigava a andar de quatro, até ela dizer que era hora de se levantar.

— Isso aconteceu com você?

— Ah, sim. As mãos e os joelhos sangrando. Me arrastando pela lama… na noite depois que Daiyu se afogou — revelou Abigail, com os olhos vidrados —, Mazu nos obrigou: eu, o velho Brian Kennett, Paul Draper, esse tal de Jordan e Cherie pelados e engatinhando pelo pátio com uma maldita máscara de porco e todo mundo olhando. Por três dias e três noites, tivemos de ficar nus e de quatro, e tivemos de dormir no chiqueiro com os porcos de verdade.

— Puta merda!

— É, agora você sabe — debochou Abigail, que parecia meio furiosa e meio abalada — e pode colocar num maldito livro e ganhar uma grana preta com ele.

— Eu já lhe falei que isto não vai acontecer.

Abigail enxugou dos olhos as lágrimas de fúria. Eles ficaram em silêncio por alguns minutos até que, subitamente, Abigail bebeu o que restava da quarta taça de vinho e falou:

— Vamos lá fora comigo, quero fumar.

Eles saíram do pub juntos, Abigail com a bolsa de ginástica e o casaco jogado nos ombros. Estava frio na calçada, com uma brisa firme. Abigail se protegeu melhor com o casaco, recostou-se na parede de tijolinhos, acendeu um Marlboro Light, tragou fundo e soprou a fumaça para as estrelas. Parecia recuperar a compostura enquanto fumava. Quando Strike disse "Pensei que você era viciada em saúde", ela respondeu sonhadoramente, olhando o céu:

— Eu sou. Quando estou malhando, estou malhando. E quando estou na farra, é pra valer. E quando estou trabalhando, sou boa pra cacete nisso... Não existe tempo suficiente no mundo — disse ela, olhando-o de lado — para *não* estar na Fazenda Chapman. Entende o que quero dizer?

— É — murmurou Strike. — Acho que entendo.

Ela o encarou, olhar meio turvo, e era tão alta que eles ficavam quase olho no olho.

— Você é meio sexy.

— E você está definitivamente embriagada.

Ela riu e se afastou da parede.

— Devia ter comido alguma coisa depois de malhar... Devia ter bebido água. A gente se vê, Crameron... Cormarion... sei lá que nome você tem.

E com um gesto de despedida, ela foi embora.

29

Assim, em todas as suas transações, o homem superior
Considera atentamente o início.

I Ching: O livro das mutações

Strike voltou à Denmark Street pouco depois das dez, após comprar alguma comida no caminho. Depois de um insosso jantar de frango grelhado e legumes no vapor, ele decidiu descer ao escritório vazio para seguir a linha de raciocínio engendrada por sua entrevista com Abigail Glover. Disse a si mesmo que era por ser mais fácil trabalhar no PC do que no laptop, mas estava consciente de um desejo de usar a mesa dos sócios, onde ele e Robin costumavam ficar um de frente para o outro.

Os ruídos familiares do trânsito que roncava pela Charing Cross Road se misturavam com ocasionais gritos e risos dos transeuntes. Strike abriu a pasta no computador em que já havia salvado o relato do afogamento de Daiyu Wace, encontrado nos arquivos da British Library, que lhe davam acesso a décadas de matérias na imprensa, inclusive aquelas de jornais locais.

A morte da criança merecera apenas breves menções na imprensa nacional, embora nem todos os veículos tenham publicado a história. Porém, os jornais do norte de Norfolk *Lynne Advertiser* e *Diss Express* publicaram reportagens mais completas. Strike as relia.

Daiyu Wace tinha se afogado de manhã cedo em 29 de julho de 1995, durante o que foi definido como um mergulho espontâneo no mar com uma garota de dezessete anos descrita como sua babá.

O artigo do *Lynne Advertiser* tinha fotos das duas meninas. Mesmo com o efeito borrado do jornal, Daiyu tinha cabelo claro, comprido e brilhante, rosto redondo e um prognatismo enfatizado por um dente ausente, olhos escuros e estreitos. A foto de Cherie Gittins mostrava uma adolescente com cachos louros frisados e o que parecia um sorriso forçado.

Os fatos apresentados pelos dois jornais eram idênticos. Cherie e Daiyu decidiram nadar, Daiyu teve dificuldades, Cherie tentou alcançá-la, mas a criança fora puxada para fora de alcance por uma forte correnteza. Cherie saiu da água e tentou soar o alarme. Ela chamou o sr. e a sra. Heaton da Garden Street, Cromer, que passavam por ali, e o sr. Heaton correu para avisar à guarda costeira enquanto a sra. Heaton continuou com Cherie. Citavam o sr. Heaton dizendo que ele e a esposa tinham visto "uma jovem histérica correndo para nós de roupa de baixo" e que eles perceberam que havia alguma coisa muito errada quando viram a pilha de roupas de criança descartadas no cascalho a uma curta distância.

Strike, que nasceu na Cornualha, com um tio da guarda costeira, sabia mais sobre marés e afogamentos do que a média das pessoas. Uma correnteza como aquela em que Daiyu parece ter entrado a nado levaria com facilidade uma menina de sete anos, em especial porque ela não era forte nem sabia, presumivelmente, que devia nadar em paralelo à praia para escapar do perigo, e não tentar combater uma força que desafiaria até um nadador forte e experiente. O artigo no *Diss Express* concluía citando um salva-vidas que dava exatamente este conselho àqueles com a falta de sorte de se encontrar em situação semelhante. Strike também sabia que os gases que levam os corpos a subirem à tona se formam com muito mais lentidão na água fria. Mesmo no final de julho, o mar do Norte no início da manhã estaria gelado, e se o pequeno corpo tivesse sido arrastado para o fundo do mar, logo poderia ser devorado por crustáceos, peixes e piolhos-do-mar. Strike ouvira de seu tio histórias como essa quando criança.

Ainda assim, Strike encontrou algumas incongruências no relato. Embora nenhum dos dois jornalistas locais tivesse dado atenção a isso, era estranho, para dizer o mínimo, que as duas meninas tivessem ido à praia antes do nascer do sol. É claro que podia haver algum motivo inocente e não revelado, como um desafio ou uma aposta. Sheila Kennett sugerira que Daiyu mandava na relação com a menina mais velha. Talvez Cherie Gittins fosse fraca demais para resistir à pressão da filha do líder da seita, decidida a nadar independentemente da hora e da temperatura. O sorriso afetado de Cherie não sugeria uma personalidade forte.

Enquanto o céu escurecia fora da janela do escritório, Strike fez uma nova busca pelos arquivos de jornais, desta vez procurando relatos do inquérito sobre Daiyu. Encontrou um datado de setembro de 1995 no *Daily Mirror*. Algumas características do caso claramente aguçaram o interesse do jornal de circulação nacional.

CRIANÇA CONSIDERADA "PERDIDA NO MAR"

Um veredito de "perdida no mar" foi divulgado hoje pelo gabinete da legista de Norwich, onde um inquérito fora aberto sobre o afogamento de Daiyu Wace, de sete anos, da Fazenda Chapman, em Felbrigg.

O inquérito foi conduzido na ausência de um corpo, o que não é comum.

O chefe da guarda costeira local, Graham Burgess, declarou em juízo que, apesar das extensas buscas, provou-se impossível encontrar os restos mortais da garotinha.

"Havia uma forte correnteza perto da margem naquela manhã, que pode ter levado uma criança pequena por uma longa distância", disse Burgess no gabinete. "A maioria das vítimas de afogamento acaba por vir à tona ou é lançada na praia, mas infelizmente uma minoria permanece irrecuperável. Gostaria de oferecer as sinceras condolências da guarda costeira à família."

Cherie Gittins, de 17 anos (foto), uma amiga da família de Daiyu, levou a estudante do primário para nadar de manhã cedo no dia 29 de julho, depois que a dupla tinha entregado hortaliças da fazenda em uma loja local.

"Daiyu sempre me importunava para levá-la à praia", disse Gittins, visivelmente aflita, à legista, Jacqueline Porteous. "Achei que ela só quisesse botar os pés na água. A água estava muito fria, mas ela mergulhou direto. Ela sempre foi muito corajosa e gostava de aventuras. Fiquei preocupada, então fui atrás dela. Em um minuto ela estava rindo, no outro tinha sumido — afundou e não voltou para a superfície.

"Não consegui alcançá-la, nem mesmo via onde ela estava. A luz estava ruim porque era cedo demais. Voltei à areia e fiquei pedindo socorro aos gritos. Vi o sr. e a sra. Heaton passeando com o cachorro. O sr. Heaton foi telefonar para a polícia e a guarda costeira.

"Jamais quis que algo de ruim acontecesse com Daiyu. Esta foi a pior coisa que já me aconteceu e eu nunca vou superar isso. Eu só quero pedir desculpas aos pais de Daiyu. Eu sinto muito, muito mesmo. Eu daria absolutamente tudo para trazer Daiyu de volta."

Fornecendo provas, Muriel Carter, proprietária de uma cafeteria à beira-mar, disse ter visto Gittins levando a criança à praia, pouco antes de o sol nascer.

> "Elas levavam toalhas e achei que era uma péssima hora para ir nadar, por isso a imagem não saiu de minha cabeça."
>
> Entrevistada depois do inquérito, a enlutada mãe, sra. Mazu Wace (24), disse:
>
> "Nunca imaginei que alguém levaria minha filha sem permissão, que dirá para nadar no mar, no escuro. Ainda rezo para que a encontremos, para darmos a ela um enterro decente."
>
> O sr. Jonathan Wace (44), pai da menina morta, falou:
>
> "Este foi um momento brutal e naturalmente agravado pela incerteza, mas o inquérito nos deu um senso de desfecho. Minha esposa e eu somos sustentados por nossa fé religiosa, e eu gostaria de agradecer à comunidade local por sua gentileza."

Strike pegou o bloco que ainda estava no bolso, com a entrevista com Abigail Glover, releu o artigo do *Mirror* e tomou nota de alguns pontos que lhe pareceram interessantes, junto com os nomes das testemunhas mencionadas. Também analisou a nova foto de Cherie Gittins, que parecia ter sido tirada na frente do gabinete da legista. Ela parecia muito mais velha ali, as pálpebras mais caídas, os contornos anteriores de bebê no rosto mais definidos.

Ele ficou sentado com seu cigarro eletrônico, pensando por mais uns minutos, depois fez outra busca nos arquivos de jornais. Procurava informações relacionadas com Alex Graves, o homem que, se Abigail estivesse falando a verdade, era o pai biológico de Daiyu.

Levou vinte minutos, mas Strike, enfim, encontrou o obituário de Graves em um exemplar do *Times*:

> ***Graves, Alexander Edward Thawley****, falecido em casa, Garvestone Hall, Norfolk, em 15 de junho de 1993, após uma longa doença. Filho amado do coronel e da sra. Edward Graves e querido irmão saudoso de Phillipa. Funeral privado. Sem flores. Doações, se desejadas, à Mental Health Foundation. "Não digas que a luta é vã."*

Como Strike esperava, o obituário cuidadosamente redigido escondia mais do que revelava. A "longa doença" certamente se referia aos problemas de saúde mental em vista da sugestão para doações, enquanto o "funeral privado", para o qual não deram data, presumivelmente aconteceu na Fazenda Chapman, onde Graves foi enterrado de acordo com o desejo declarado por ele em seu testamento. Todavia, o redator do obituário estava decidido a determinar que Garvestone Hall era sua "casa".

Strike procurou Garvestone Hall no Google. Embora fosse uma residência particular, havia várias fotos da casa na internet, devido a sua origem medieval. A mansão de pedra tinha torres hexagonais, janelas de chumbo retangulares e jardins espetaculares, com topiaria, estatuária, canteiros de flores de disposição complexa e um pequeno lago. O terreno, Strike leu, de vez em quando era aberto ao público para levantar fundos para a caridade.

Soprando vapor de nicotina no escritório silencioso, Strike se perguntou de novo quanto dinheiro Graves, que, segundo Abigail, parecia um mendigo, tinha deixado à menina que acreditava ser sua filha.

O céu lá fora era de um preto fundo e aveludado. Quase distraidamente, Strike procurou "profetisa afogada IHU" no Google.

O primeiro link levava ao site da IHU, mas também apareceram várias imagens idealizadas de Daiyu Wace. Strike clicou em "imagens" e rolou lentamente pelas muitas fotos idênticas de Daiyu como era retratada no templo da Rupert Court, com o manto branco e o cabelo voando para trás, ondas estilizadas em rastro a suas costas.

Mais para o final da página, porém, Strike viu uma imagem que chamou sua atenção. Esta mostrava Daiyu como era em vida, embora de uma forma muito mais sinistra. O desenho a lápis e carvão tinha tornado esquelético seu rosto arredondado. Onde deveriam aparecer os olhos, havia órbitas vazias. A imagem era do Pinterest. Strike clicou no link.

O desenho fora postado por um usuário que se denominava Torment Town. A página só tinha doze seguidores, o que não o surpreendeu nem um pouco. Torment Town tinha postado apenas desenhos com o mesmo caráter de pesadelo do primeiro.

Uma criança pequena, nua e de cabelo comprido estava em posição fetal no chão, o rosto oculto, com duas patas fendidas de cada lado. A imagem era cercada por duas mãos peludas em garra formando um coração, uma clara paródia do símbolo da IHU.

As mesmas mãos peludas formavam o coração em torno de um desenho da parte inferior do corpo de um homem nu, embora o pênis ereto tenha sido substituído por um porrete com cravos.

Uma mulher amordaçada era retratada sendo estrangulada por uma das mãos em garra, as letras IHU desenhadas nas duas pupilas dilatadas.

Daiyu aparecia repetidamente, às vezes só seu rosto, em outras de corpo inteiro, em um vestido branco que pingava água no chão em torno dos pés descalços. O rosto arredondado sem olhos fitava janelas, o cadáver gotejante flutuava pelos céus e espiava por entre árvores escuras.

Uma pancada alta fez Strike se sobressaltar. Uma ave tinha batido na janela do escritório. Por dois segundos, ele e o corvo piscaram um para o outro e depois, em um borrão de penas pretas, o pássaro se foi.

Com a frequência cardíaca um pouco elevada, Strike voltou a atenção às imagens na página de Torment Town. Parou naquela mais complexa até então: um retrato meticulosamente produzido de um grupo de pé em torno de um tanque d'água de cinco lados. As figuras em volta do tanque estavam encapuzadas, os rostos nas sombras, mas o de Jonathan Wace estava iluminado.

Sobre a água pairava o espectro de Daiyu, olhando o tanque do alto, com um sorriso sinistro. Onde deveria haver o reflexo de Daiyu, havia uma mulher diferente flutuando na água. Tinha o cabelo claro e óculos de armação quadrada, mas, como Daiyu, não tinha olhos, só as órbitas vazias.

30

(...) uma princesa leva suas damas de companhia como um cardume de peixes a seu marido e assim ganha os favores dele.

I Ching: O livro das mutações

As mulheres no alojamento foram acordadas às cinco da manhã, como sempre, pelo soar do grande sino de cobre na quarta manhã de Robin na Fazenda Chapman. Depois do mesmo desjejum insuficiente de mingau aguado que comeram todo dia até então, os novos recrutas foram solicitados a permanecerem no salão de jantar, porque seus grupos seriam reconfigurados.

Cada membro do Grupo Fogo com exceção de Robin saiu para se juntar a outros grupos. Seus novos companheiros incluíam o professor Walter Fernsby, Amandeep Singh — que tinha usado a camiseta de Homem-Aranha no templo — e uma jovem de cabelo curto e espigado chamada Vivienne.

— O que tá pegando? — perguntou ela ao se juntar aos outros.

Apesar de seus esforços de coloquialismo, Robin notou, enquanto Vivienne trocava observações com os outros, que seu sotaque era irremediavelmente de classe média alta.

Robin estava quase certa de que os grupos recém-formados não tinham sido escolhidos ao acaso. O Grupo Fogo parecia consistir apenas de pessoas de educação superior, cuja maioria claramente tinha dinheiro ou vinha de famílias abastadas. O Grupo Metal, por sua vez, continha algumas pessoas que tiveram mais dificuldades com as tarefas diárias, inclusive Marion Huxley, a viúva ruiva e de óculos, e dois recrutas que Robin já ouvira reclamar de cansaço e fome, como a Penny Brown do cabelo verde.

Depois da reorganização dos grupos, o dia prosseguiu do mesmo jeito que os anteriores. Robin e o restante do Grupo Fogo foram conduzidos por uma mescla de tarefas, algumas físicas, algumas espirituais. Depois de alimentar os porcos e colocar palha fresca nos ninhos das galinhas, eles foram levados a sua terceira palestra sobre a doutrina da igreja, conduzida por Taio Wace, depois tiveram uma sessão de cânticos no templo, durante a qual Robin, já cansada, entrou em um agradável estado parecido com o transe que a deixou com um bem-estar crescente. Ela conseguia recitar *Lokah Samastah Sukhino Bhavantu* sem precisar verificar as palavras ou a pronúncia.

Depois do templo, eles foram levados a uma nova oficina de artesanato.

— Grupo Fogo, chamado ao serviço — anunciou Becca Pirbright enquanto eles entravam em um espaço um pouco maior do que aquele em que fizeram tartarugas de pelúcia. Nas paredes estavam pendurados vários tipos diferentes de objetos de palha de milho tecida e trançada: estrelas, crucifixos, corações, espirais e bonecas, muitos com acabamento de fitas. Em um canto distante da sala, duas integrantes da igreja — Robin reconheceu a mulher que estava na mesa de recepção quando eles chegaram e a grávida Wan — trabalhavam em uma grande escultura de palha. Também havia pilhas de palha em uma longa mesa central, na frente de cada assento. À cabeceira da mesa estava Mazu Wace em seu manto laranja comprido, com o peixe de madrepérola no pescoço, segurando um livro com capa de couro.

— *Nǐ hǎo* — disse ela, gesticulando para que o Grupo Fogo tomasse seus lugares.

Havia menos membros permanentes da igreja sentados à mesa do que na sessão de confecção de tartarugas. Entre eles estava a adolescente de cabelo castanho-acinzentado comprido e grandes olhos azuis que Robin já havia notado. Robin propositalmente escolheu um lugar ao lado dela.

— Como vocês sabem — começou Mazu —, vendemos nosso artesanato para levantar fundos para os projetos filantrópicos da igreja. Temos uma longa tradição de fazer objetos de palha de milho na Fazenda Chapman e cultivamos nossa palha especificamente para este fim. Hoje vocês farão alguns pratos comemorativos simples — explicou Mazu, dirigindo-se à parede e apontando um objeto de palha trançada com hastes de trigo se abrindo em leque embaixo. — Os membros regulares ajudarão e, enquanto estiverem trabalhando, lerei para vocês a lição de hoje.

— Oi — disse Robin à adolescente ao lado, enquanto Mazu começava a folhear o livro —, meu nome é Rowena.

— Eu sou L-L-Lin — a menina gaguejou.

Robin se deu conta então de que a menina devia ser filha de Deirdre Doherty, que foi fruto, se Kevin Pirbright merecesse crédito, do estupro perpetrado por Jonathan Wace.

— Isso parece complicado — comentou Robin, vendo os dedos finos de Lin trabalhando a palha.

— Na v-v-v-erdade, não é — disse Lin.

Robin notou que Mazu ergueu a cabeça do livro, irritada, ao ouvir a voz de Lin. Embora Lin não tenha olhado para Mazu, Robin teve certeza de que ela registrou a reação, porque começou a mostrar a Robin o que fazer, sem falar nada. Robin se lembrou de Kevin Pirbright escrevendo em seu e-mail a Sir Colin que Mazu zombava de Lin pela gagueira desde a infância.

Depois que todos estavam envolvidos no trabalho, Mazu disse:

— Falarei a vocês esta manhã sobre a Profetisa Dourada, cuja vida foi uma linda lição. O mantra da Profetisa Dourada é *Eu Vivo para Amar e Doar.* As palavras seguintes foram escritas pelo próprio Papa J.

Ela baixou os olhos ao livro aberto nas mãos e Robin viu *A resposta, de Jonathan Wace* impresso na lombada em dourado.

— "Era uma vez uma mulher materialista e mundana que se casou com o único objetivo de viver o que o mundo da bolha considera uma vida satisfatória e de suce..."

— Podemos fazer perguntas? — interrompeu Amandeep Singh.

Robin sentiu uma tensão imediata entre os membros regulares da igreja.

— Em geral, respondo as perguntas no final da leitura — disse Mazu com frieza. — Vai perguntar o que significa "mundo da bolha"?

— É — confirmou Amandeep.

— Está prestes a ser explicado — declarou Mazu com um sorriso duro e frio. Voltando ao livro, ela continuou a leitura: — "Às vezes chamamos o mundo materialista de 'mundo da bolha' porque seus habitantes vivem dentro de uma bolha impelida pelo consumo, obcecada pelo status e saturada de ego. Posse é a chave para o mundo da bolha: a posse de coisas e a possessividade de outros seres humanos, que são reduzidos a objetos carnais. Aqueles que conseguem enxergar para além dos muros chamativos e multicoloridos da bolha são considerados estranhos, iludidos — até loucos. Entretanto, os muros do mundo da bolha são frágeis. Basta um vislumbre da Verdade para que se rompam, assim aconteceu com Margaret Cathcart-Bryce."

"'Ela era uma mulher rica, fútil e egoísta. Fez com que médicos operassem seu corpo, para melhor imitar a juventude tão venerada no mundo da bolha, que vive apavorada com a morte e a decadência. Ela não teve filhos por opção própria, por medo de estragar a silhueta perfeita, e amealhou uma grande riqueza sem dar um centavo, satisfeita por viver uma vida de tranquilidade material que outros moradores da bolha invejavam por seus adereços.'"

Robin estava atentamente dobrando as palhas ocas sob a orientação silenciosa de Lin. Pelo canto do olho, viu a gestante Wan passar a mão do lado da barriga intumescida.

— "A doença de Margaret era a do falso eu" — Mazu leu. — "Este é o eu que anseia por validação externa. Seu eu espiritual tinha sido negligenciado e desprezado por muito tempo. Seu despertar chegou depois da morte do marido pelo que o mundo chama de acaso, mas que a Igreja Humanitária Universal reconhece com parte do projeto eterno."

"'Margaret veio ouvir uma de minhas palestras. Ela me contou, posteriormente, que tinha comparecido porque não tinha nada melhor para fazer. É claro que eu estava bem consciente de que as pessoas costumavam ir a minhas reuniões puramente para ter alguma novidade para contar nos jantares da moda. Ainda assim, nunca escarneci da companhia dos ricos. Isto em si é uma forma de preconceito. Todo julgamento baseado na riqueza de uma pessoa é pensamento da bolha.'

"'Assim, falei no jantar e os presentes assentiram e sorriram. Não duvidei de que alguém me preencheria cheques em apoio a nossa obra caritativa no final da noite. Custaria pouco a eles e talvez lhes desse um senso de sua própria bondade.'

"'Mas quando vi os olhos de Margaret fixos em mim, entendi que ela era o que às vezes chamo de sonâmbula: uma pessoa que tem uma ótima capacidade espiritual não despertada. Apressei a palestra, ansioso para falar com esta mulher. Aproximei-me dela na conclusão de nossa fala e, com algumas frases curtas, apaixonei-me tão profundamente como nunca acontecera na minha vida.'"

Robin não foi a única a erguer a cabeça quando Mazu leu estas palavras.

— "Alguns ficarão chocados ao me ouvirem falar de amor. Margaret tinha setenta e dois anos, mas quando dois espíritos compassivos se encontram, a chamada realidade física se dissolve na irrelevância. Amei Margaret instantaneamente, porque seu verdadeiro eu me chamou de trás da face de máscara, implorando pela libertação. Eu já havia passado por suficiente treinamento espiritual para enxergar com uma clareza que escapa aos olhos físicos. A beleza que está na carne sempre murchará, enquanto a beleza do espírito é eterna e imutável..."

A porta da oficina se abriu. Mazu levantou a cabeça. Jiang Wace entrava, atarracado e rabugento em seu moletom laranja. Ao ver Mazu, seu olho direito começou a se contrair e ele o cobriu às pressas.

— O doutor Zhou quer ver Rowena Ellis — falou ele em voz baixa.

— Sou eu. — Robin ergueu a mão.

— Tudo bem — disse Mazu —, vá com Jiang, Rowena. Agradeço por seu serviço.

— E eu pelo seu — devolveu Robin, unindo as mãos e baixando a cabeça para Mazu, o que angariou outro de seus sorrisos duros e frios.

31

Nove na quinta posição (...)
Não se deve experimentar um remédio desconhecido.

I Ching: O livro das mutações

— Você pega as coisas rápido — comentou Jiang, enquanto ele e Robin passavam pelo galinheiro.

— Como assim? — perguntou Robin.

— Descobrir as respostas certas — respondeu Jiang, ainda passando a mão no olho com o tique, e Robin pensou ter detectado certo ressentimento. — Já.

À esquerda deles ficavam os campos. Marion Huxley e Penny Brown cambaleavam pela terra profundamente sulcada, levando os cavalos Shire a arar interminavelmente, um exercício inútil, uma vez que o campo já estava arado.

— O Grupo Metal. — Jiang riu com sarcasmo.

Confirmada a impressão de que a reconfiguração dos grupos desta manhã tinha sido um exercício de hierarquia, Robin se limitou a perguntar:

— Por que o dr. Zhou quer me ver?

— Razões médicas — explicou. — Ver se você está pronta para jejuar.

Eles passaram pela lavanderia e pelo salão de jantar, depois pelos celeiros mais antigos, um dos quais tinha um cadeado com teias de aranha na porta.

— O que vocês guardam ali? — perguntou Robin.

— Lixo — disse Jiang. Depois, dando um susto em Robin, ele gritou: — Ei!

Jiang apontava para Will Edensor, que estava agachado na sombra de uma árvore no caminho e parecia reconfortar uma criança de uns dois anos. Will Edensor colocou-se de pé num salto como se tivesse sido escaldado. A garotinha, cujo cabelo branco não tinha sido raspado como o das outras crianças, mas se destacava como uma flor de dente-de-leão, levantou os braços, implorando a Will para pegá-la no colo. Um grupo de crianças em idade de creche cambaleava atrás dele entre outras árvores, sob a supervisão de Louise Pirbright e sua cabeça raspada.

— Está de serviço com as crianças? — gritou Jiang a Will.

— Não — respondeu Will. — Ela só caiu e eu...

— Você está cometendo *posse materialista* — gritou Jiang, e o cuspe voou de sua boca.

Robin tinha certeza de que sua presença deixava Jiang mais agressivo, que ele sentia satisfação de reafirmar autoridade na frente dela.

— Foi só porque ela caiu — explicou Will. — Eu ia para a lavanderia e...

— Então vá para a *lavanderia*!

Will correu em suas pernas compridas. A garotinha tentou segui-lo, tropeçou, caiu e chorou mais do que nunca. Em alguns segundos, Louise tinha apanhado a menina no colo e se retirava com ela para as árvores onde perambulavam as demais crianças.

— Ele foi avisado — declarou Jiang, partindo novamente. — Terei de denunciar isto.

Jiang parecia ter prazer com a perspectiva.

— Por que ele não pode ficar perto das crianças? — perguntou Robin, correndo para acompanhar Jiang, enquanto davam a volta pelo templo.

— Não é nada disso — disse Jiang rapidamente, respondendo à pergunta que não fora feita. — Mas precisamos ter cuidado com quem trabalha com os pequenos.

— Ah, sim — murmurou Robin.

— Não por causa de... É espiritual — grunhiu Jiang. — As pessoas recebem um golpe do ego com a posse materialista. Isso interfere no desenvolvimento espiritual.

— Entendi — disse Robin.

— Você precisa matar o falso eu — continuou Jiang. — Ele ainda não matou o falso eu dele.

Eles atravessavam o pátio. Quando se agacharam na fonte da Profetisa Afogada entre os túmulos do Profeta Roubado e da Profetisa Dourada, Robin pegou uma pedrinha que estava no chão e escondeu na mão esquerda antes de mergulhar o indicador da direita na água, ungindo a testa e entoando "Que a Profetisa Afogada abençoe todos que a veneram".

— Sabe quem ela era? — perguntou Jiang a Robin, enquanto se levantava e apontava a estátua de Daiyu.

— Hm... O nome dela era Daiyu, não era? — disse Robin, ainda com a pedrinha na mão fechada.

— É, mas você sabe quem ela era? Para *mim*?

— Ah — disse Robin. Ela já sabia que falar em relações familiares era algo desaprovado na Fazenda Chapman, porque sugeria uma aliança contínua com os valores materialistas. — Não.

— Minha irmã — revelou Jiang em voz baixa, sorrindo.

— Você se lembra dela? — Robin teve o cuidado de aparentar espanto.

— Lembro — confirmou ele. — Daiyu costumava brincar comigo.

Eles foram para a entrada da sede. Quando Jiang avançou pouco à frente para abrir as portas da sede decoradas com dragões, Robin, longe da vista de todos, guardou a pedrinha na frente do moletom, dentro do sutiã.

Havia um lema em latim incrustado no piso de pedra logo depois da entrada da sede: STET FORTUNA DOMUS. O hall era claro, imaculadamente limpo e decorado, as paredes brancas cobertas de arte chinesa, inclusive painéis de seda emoldurados e máscaras de madeira entalhada. Uma escada escarlate subia em curva para o segundo andar. Havia no hall várias portas fechadas, todas pintadas de preto brilhante, mas Jiang passou por elas com Robin e entrou à direita, em um corredor que dava em uma das alas novas.

Bem no final do corredor, ele bateu em outra porta preta e brilhante e a abriu.

Robin ouviu o riso de uma mulher e, enquanto a porta se abria, viu a atriz Noli Seymour recostada em uma mesa de ébano, aparentemente achando graça de algo que o dr. Zhou tinha lhe dito. Era uma jovem magra de cabelo escuro muito curto, usando o que Robin reconheceu como um autêntico vestido Chanel.

— Ah, oi — disse ela, rindo. Robin teve a impressão de que Noli reconheceu vagamente Jiang, mas não conseguia se lembrar do nome dele. A mão de Jiang saltou outra vez ao olho que piscava. — Andy estava me fazendo *rugir*... Tive de vir aqui para meus tratamentos — ela fez um leve beicinho — depois de ele ter nos *abandonado* em Londres.

— Abandonar *você*? Nunca — disse Zhou com sua voz grave. — Então, vai passar a noite aqui? Papa J voltou.

— Voltou? — Noli deu um gritinho e levou as mãos ao rosto, radiante. — Ai, meu Deus, eu não o vejo há semanas!

— Ele disse que você pode ficar no quarto de sempre — informou Zhou, apontando o segundo andar. — Os membros ficarão contentes ao verem você. Agora, tenho de examinar esta moça — disse ele, apontando para Robin.

— Tudo bem, querido — disse Noli, oferecendo o rosto para um beijo.

Zhou segurou suas mãos, deu-lhe dois beijinhos no rosto e Noli passou por Robin em uma nuvem de tuberosa, dando uma piscadela ao passar e dizendo:

— Você está em *muito* boas mãos.

A porta se fechou após Noli e Jiang saírem, deixando Robin e dr. Zhou a sós.

A sala luxuosa e meticulosamente arrumada tinha cheiro de sândalo. Um tapete *art déco* vermelho e dourado cobria o piso de madeira escura encerada. Uma estante do chão ao teto do mesmo ébano do restante da mobília guardava livros com capa de couro e também o que Robin reconheceu como centenas de diários como aquele colocado em sua cama, as lombadas rotuladas com os nomes dos donos. Atrás da mesa havia mais prateleiras com centenas de pequenos frascos marrons arrumados com precisão e rotulados em uma letra bem pequena, uma coleção de frascos de rapé chineses antigos e um Buda dourado e gordo, sentado de pernas cruzadas em um pedestal de madeira. Uma mesa de exames de couro preto ficava abaixo de uma das janelas, que dava para uma parte da propriedade protegida do pátio por árvores e arbustos. Aqui, Robin viu três cabanas idênticas de madeira, cada uma delas com portas de correr de vidro, que ainda não tinham sido mostradas a nenhum dos recrutas.

— Sente-se, por favor — disse Zhou, sorrindo ao apontar para Robin a cadeira de frente para sua mesa que era igualmente de ébano e estofada em seda vermelha. Robin percebeu como era confortável ao afundar nela: as cadeiras da oficina eram de plástico rígido e madeira, e o colchão de sua cama estreita era muito firme.

Zhou usava um terno preto e gravata e uma camisa branca imaculada. Pérolas brilhavam discretamente nas abotoaduras. Robin supôs que ele fosse birracial, porque tinha bem mais de um e oitenta de altura — os chineses que ela costumava ver em Chinatown, perto do escritório, em geral eram mais baixos. Era um homem inegavelmente bonito, com o cabelo preto penteado para trás com gel e as maçãs do rosto pronunciadas. A cicatriz que corria do nariz ao maxilar sugeria mistério e perigo. Ela podia entender por que Zhou atraía espectadores de televisão, embora ela pessoalmente não visse apelo nenhum na elegância e na aura leve, mas detectável, de presunção.

Zhou abriu uma pasta na mesa e Robin viu várias folhas de papel, sendo a primeira delas o questionário que ela havia preenchido no ônibus.

— Então — disse Zhou, sorrindo —, o que está achando da vida na igreja até agora?

— Muito interessante — respondeu Robin —, e estou achando as técnicas de meditação incríveis.

— Você sofre de um pouco de ansiedade, não? — perguntou Zhou, sorrindo para ela.

— Às vezes — disse Robin, sorrindo também.

— Baixa autoestima?

— De vez em quando. — Robin deu de ombros levemente.

— Creio que você recentemente sofreu um golpe emocional, não?

Robin não tinha certeza se ele fingia intuir isto sobre ela ou se aquela era uma admissão de que algumas das folhas de papel na mesa dele continham os detalhes biográficos que ela confidenciara a integrantes da igreja.

— Hm... sim — falou, rindo um pouco. — Meu casamento foi cancelado.

— A decisão foi sua?

— Não — respondeu Robin, e não sorria mais. — Dele.

— Decepção familiar?

— Minha mãe, bem... Pois é, eles não ficaram felizes.

— Eu lhe garanto que no futuro você ficará muito feliz por não ter seguido adiante — afirmou Zhou. — Muita infelicidade social vem da falta de naturalidade do estado conjugal. Já leu *A resposta*?

— Ainda não, mas um dos membros da igreja se ofereceu para me emprestar o exemplar dele, e Mazu agora mesmo...

Zhou abriu uma das gavetas da mesa e pegou um exemplar novo em brochura do livro de Jonathan Wace. A imagem na capa era de uma bolha estourando, com duas mãos formando um coração em volta dela.

— Aqui está — disse Zhou. — Seu próprio exemplar.

— Muito obrigada! — Robin fingiu prazer enquanto se perguntava quando é que teria tempo para ler, entre as palestras, o trabalho e o templo.

— Leia o capítulo sobre posse materialista e egomotividade — Zhou a instruiu. — Agora...

Ele pegou um segundo questionário, este em branco, e do bolso tirou uma caneta-tinteiro laqueada.

— Vou avaliar sua aptidão ao jejum, o que chamamos de purificação.

Ele perguntou a idade de Robin, pediu-lhe que subisse numa balança, anotou o peso e depois a convidou a se sentar novamente para tirar a pressão.

— Meio baixa — comentou Zhou, olhando os números —, mas está quase na hora do almoço... Nada com que se preocupar. Vou auscultar seu coração e os pulmões.

Enquanto Zhou pressionava a cabeça fria do estetoscópio em suas costas, Robin sentiu a pedrinha que tinha metido no sutiã se enterrar nela.

— Muito bom — disse Zhou, afastando o estetoscópio, sentando-se e fazendo uma anotação no questionário antes de continuar as perguntas sobre problemas de saúde preexistentes. — E onde conseguiu essa cicatriz no braço?

Robin entendeu de imediato que a cicatriz de vinte centímetros, coberta pelas mangas compridas do moletom, deveria ter sido reportada por uma das mulheres do alojamento onde ela se despia à noite.

— Eu caí por uma porta de vidro — respondeu.

— É mesmo? — disse Zhou, pela primeira vez demonstrando alguma incredulidade.

— Sim — confirmou.

— Não foi uma tentativa de suicídio?

— Meu Deus, não — disse Robin, rindo como quem não acredita. — Tropecei em um degrau e atravessei a mão direto pela vidraça de uma porta.

— Ah, entendo... Você fazia sexo regularmente com seu noivo?

— Eu... Sim — disse Robin.

— Estava usando anticoncepcionais?

— Sim. Pílula.

— Mas veio sem ela?

— Sim, as instruções diziam que...

— Ótimo — cortou Zhou, ainda escrevendo. — Os hormônios sintéticos são excepcionalmente prejudiciais. Não deve colocar em seu corpo nada que não seja natural, nunca. O mesmo é válido para camisinhas, DIU... Tudo isso perturba o fluxo de seu qi. Sabe o que é qi?

— Em nossa palestra, Taio disse que é uma espécie de força vital.

— A energia vital, composta de Yin e Yang — explicou Zhou, assentindo. — Você já tem um leve desequilíbrio. Não se preocupe — falou ele suavemente, ainda escrevendo —, vamos cuidar disso. Já teve alguma IST?

— Não — Robin mentiu.

Na verdade, o estuprador que encerrara sua carreira acadêmica tinha lhe passado clamídia, contra a qual ela tomou antibióticos.

— Você tem orgasmo durante o sexo?

— Sim. — Robin sentiu o rubor subir pelo rosto.

— Sempre?

— Na maioria das vezes.

— Seu teste de tipologia a coloca no decanato Fogo-Terra, que significa Guerreira-Portadora-da-Dádiva — continuou Zhou, olhando para ela. — É uma natureza muito auspiciosa.

Robin não se sentiu particularmente lisonjeada por esta avaliação, sobretudo porque respondeu como a fictícia Rowena, e não como a própria Robin. Ela também teve a sensação de que "Portadora-da-Dádiva" podia ser sinônimo de alvo financeiro. Porém, disse com entusiasmo:

— Isso é muito interessante.

— Eu mesmo elaborei o teste de tipologia — declarou Zhou com um sorriso. — Nós o achamos muito preciso.

— De que tipo o senhor é? — perguntou Robin.

— Curador-Místico — respondeu Zhou, evidentemente satisfeito com a pergunta, o que era a intenção de Robin. — Cada quinteto corresponde a um de nossos profetas e um dos cinco elementos chineses. Você pode ter notado que damos a nossos grupos os nomes dos elementos. Porém — disse Zhou com seriedade, se recostando na cadeira —, você não deve pensar que eu adoto alguma tradição rígida. Prefiro uma síntese do que há de melhor na medicina do mundo. As práticas ayurvédicas têm grande valor, mas, como você viu, não desprezo o estetoscópio nem o medidor de pressão sanguínea. Mas não tenho negócios com a Big Pharma. Um esquema de proteção global. Não há uma só cura no nome deles.

Em vez de contestar esta declaração, Robin se conformou com um olhar um tanto confuso.

— A verdadeira cura só é possível a partir do espírito — afirmou Zhou, colocando a mão no peito. — Existem amplas evidências do fato, mas naturalmente, se o mundo todo adotasse a filosofia de cura da IHU, essas empresas perderiam bilhões em receita.

"Seus pais ainda estão juntos?", perguntou ele, com outra mudança súbita de assunto.

— Sim — confirmou Robin.

— Você tem irmãos?

— Tenho, uma irmã.

— Eles sabem que você está aqui?

— Sim — confirmou.

— Eles lhe dão apoio? Estão felizes por você explorar seu desenvolvimento espiritual?

— Hmm... um pouco, sim... eu acho — disse Robin, com outra risadinha. — Eles pensam que estou fazendo isso porque estou deprimida. Porque o casamento foi cancelado. Minha irmã acha meio estranho.

— E você, acha que é estranho?

— Nem um pouco — respondeu Robin, num tom de desafio.

— Que bom — disse Zhou. — Seus pais e sua irmã consideram você um objeto de carne deles. Levará tempo para você se reorientar para um padrão de vínculo mais saudável.

"Agora", disse ele vivamente, "você está apta a um jejum de vinte e quatro horas, mas precisamos cuidar desse desequilíbrio de qi. Estas tinturas", falou, levantando-se, "são muito eficazes. Todas naturais. Eu mesmo as preparo".

Ele escolheu três frasquinhos marrons na prateleira, serviu um copo de água para Robin, acrescentou duas gotas de cada frasco, girou o copo e entregou a ela. Perguntando-se se seria imprudente beber algo cujos ingredientes não conhecia, mas tranquilizada com a quantidade, Robin tomou tudo.

— Muito bem. — Zhou sorriu para ela. — Agora, se você tem pensamentos negativos, sabe o que fazer, não? Precisa de sua meditação de cânticos e da meditação da alegria.

— Sim — concordou Robin, sorrindo ao colocar o copo vazio na mesa.

— Muito bem, então, você está apta para o jejum — disse ele em um tom que era uma clara dispensa.

— Muito obrigada. — Robin se levantou. — Posso perguntar — ela apontou as cabanas de madeira visíveis pela janela da sala — o que são elas? Não as vimos em nosso tour.

— Quartos de Retiro — informou Zhou. — Mas são para uso exclusivo dos membros plenos da igreja.

— Ah, entendi.

Zhou a acompanhou até a porta. Robin não se surpreendeu ao encontrar Jiang esperando por ela no corredor. Já sabia que o único motivo permissível para ficar sozinha era uma ida ao banheiro.

— É hora do almoço — avisou Jiang, enquanto eles voltavam pela sede da fazenda.

— Que bom — disse Robin. — Vou jejuar amanhã, melhor criar forças.

— Não diga isso — repreendeu Jiang com severidade. — Você não deve se preparar para o jejum, só espiritualmente.

— Desculpe — disse Robin, parecendo intencionalmente intimidada. — Não quis dizer... Ainda estou aprendendo.

Quando eles foram ao pátio, encontraram-no cheio de membros da igreja indo para o salão de jantar. Havia um grupo grande perto da fonte da Profetisa Afogada enquanto as pessoas esperavam para pedir sua bênção.

— Na verdade — disse Robin a Jiang —, acho que vou dar um pulo no banheiro antes do almoço.

Ela saiu antes que Jiang pudesse protestar e foi para o alojamento feminino, que estava deserto. Depois de usar o banheiro, Robin correu até sua cama. Para sua surpresa, um segundo objeto estava no travesseiro ao lado do diário noturno: um exemplar muito antigo e bastante desgastado da mesma brochura que tinha nas mãos. Abrindo-o, ela viu uma inscrição em uma letra espalhafatosa:

Para Danny, Mártir-Místico,
Minha esperança, minha inspiração, meu filho.
Com amor sempre, Papa J

Robin se lembrou da insistência de Danny Brockles para que ela lhe devolvesse o livro, então colocou o próprio exemplar de *A resposta* na cama e pegou o dele para levar ao almoço. Depois se ajoelhou, retirou a pedrinha do pátio que estava no sutiã e a colocou cuidadosamente ao lado de outras três, que escondia entre a estrutura da cama e o colchão. Ela saberia que era terça-feira sem este método de contar o passar dos dias, mas também sabia que, se o cansaço e a fome piorassem, ver o número de pedrinhas que coletara podia ser o único recurso para acompanhar a passagem do tempo.

32

O homem superior mantém-se em guarda contra o que ainda não está à vista e alerta para o que ainda não pode ser ouvido (...).

I Ching: O livro das mutações

Clive Littlejohn voltou ao trabalho na quarta-feira. Strike lhe mandou uma mensagem às nove, dizendo que queria conversar pessoalmente a uma da tarde no escritório, depois de ambos terem passado a tarefa de vigilância a outros terceirizados.

Infelizmente, este plano deu errado. Às nove e dez, logo depois de Strike ter assumido posição na frente do edifício dos irmãos Frank em Bexleyheath, Barclay ligou para ele.

— Tá nos Franks?

— Tô — confirmou Strike.

— É, bom, achei que você devia saber: são os dois — disse Barclay. — Não é só o mais novo. Estive olhando as fotos que tirei na frente da casa dela ontem à noite e era o mais velho que estava rondando por lá à meia-noite. Eles estão nessa juntos. Uma dupla de pervertidos.

— Merda — xingou Strike.

Eles tinham acabado de pegar outro caso de possível infidelidade conjugal, então a notícia de que precisavam dobrar o efetivo com os Franks não era bem-vinda.

— Está de folga hoje, né? — perguntou a Barclay.

— Estou. Dev está na nova esposa pulando a cerca e Midge tentando falar com aquela profissional do sexo que você fotografou falando com o Pé-Grande.

— Tudo bem — disse Strike, considerando brevemente, mas rejeitando a ideia de pedir a Barclay para esquecer o dia de folga —, obrigado por me informar. Vou olhar o rodízio, ver como podemos manter os dois sob vigilância de agora em diante.

Imediatamente depois de Barclay desligar, Strike recebeu uma mensagem de Littlejohn dizendo que o Pé-Grande, que raras vezes ia ao escritório, tinha escolhido o dia de hoje para ir de carro à empresa em Bishop's Stortford, que ficava a sessenta e cinco quilômetros de onde Strike estava. Por mais que Strike quisesse olhar na cara de Littlejohn quando perguntasse sobre a omissão da Patterson Inc em seu currículo, ele decidira que seria mais rápido e mais tranquilo fazer o trabalho por telefone, então ligou para Littlejohn.

— Oi — disse Littlejohn.

— Esqueça a reunião da uma hora — disse-lhe Strike. — Podemos falar agora. Queria perguntar por que você não me disse que trabalhou para Mitch Patterson por três meses antes de me procurar.

A resposta imediata a estas palavras foi o silêncio. Strike esperou, olhando as janelas dos Franks.

— Quem te disse isso? — disse Littlejohn por fim.

— Não importa quem me disse. É verdade?

Mais silêncio.

— É — admitiu Littlejohn.

— Pode me dizer por que não tocou no assunto?

A terceira pausa longa não melhorou o humor de Strike.

— Escute...

— Tive de ir embora — interrompeu Littlejohn.

— Por quê?

— Patterson não gostava de mim.

— E por que não?

— Não sei — admitiu Littlejohn.

— Você fez merda?

— Não... Conflito de personalidades — rebateu Littlejohn.

Mas você não tem uma maldita personalidade.

— Houve alguma briga?

— Não — afirmou Littlejohn. — Ele só me disse que não precisava mais de mim.

Strike tinha certeza de que havia algo que ele não estava contando.

— Tem outra coisa — falou. — O que você estava fazendo no escritório no domingo de Páscoa?

— Recibos — respondeu Littlejohn.

— Pat estava de folga. Era feriado bancário. Não haveria ninguém no escritório.

— Eu me esqueci — replicou Littlejohn.

Strike manteve o telefone na orelha, pensando. Seus instintos emitiam um alerta, mas o cérebro lembrava que eles não conseguiriam cobrir todos os casos atuais sem Littlejohn.

— Preciso desse emprego — afirmou Littlejohn, falando sem ser estimulado pela primeira vez. — As crianças estão se ajeitando. Tenho uma hipoteca para pagar.

— Não gosto de desonestidade — declarou Strike —, e isto inclui mentir por omissão.

— Não queria que você pensasse que eu não daria conta do trabalho.

Ainda de cenho franzido, Strike falou:

— Considere isto uma advertência verbal. Se esconder mais alguma coisa de mim, está fora.

— Entendido — confirmou Littlejohn. — Não vou esconder.

Strike desligou. Embora fosse difícil encontrar novos terceirizados com a qualidade necessária, ele achou que precisaria procurar de novo. O que quer que estivesse por trás do fato de Littlejohn não ter falado de seu período na Patterson Inc, a experiência de Strike com gestão de pessoas, dentro e fora do exército, ensinara que onde havia uma mentira, era quase certo haver outras.

O telefone em sua mão tocava. Ao atender, ele ouviu a voz grave e rouca de Pat.

— Tenho uma ligação do coronel Edward Graves para você.

— Pode passar — disse Strike, que deixara um recado para os pais de Alexander Graves em uma antiquada secretária eletrônica na manhã de segunda-feira.

— Alô? — disse uma voz idosa.

— Bom dia, coronel Graves. Aqui é Cormoran Strike. Obrigado por retornar meu contato.

— Você é o detetive, não?

A voz, que era nitidamente de classe alta, também era desconfiada.

— É isso mesmo. Gostaria de falar com o senhor sobre a Igreja Humanitária Universal e seu filho, Alexander.

— Sim, foi o que você disse no recado. Por quê?

— Fui contratado por alguém que está tentando tirar um parente da igreja.

— Bom, não posso dar conselhos a eles — disse o coronel com amargura.

Decidindo não dizer a Graves que ele já sabia como dera errado o plano de retirar Alexander, Strike falou:

— Também me perguntei se o senhor estaria disposto a conversar comigo sobre sua neta, Daiyu.

Ao fundo, Strike ouviu uma voz de idosa, mas o que dizia era indistinguível. O coronel Graves disse "Me dê um minuto, Baba", antes de responder a Strike.

— Nós mesmos contratamos um detetive. O homem se chamava O'Connor. Você o conhece?

— Não, infelizmente.

— Pode ter se aposentado... Tudo bem. Vamos conversar com você.

Espantado, Strike disse:

— É muita gentileza de sua parte. Pelo que sei, o senhor está em Norfolk?

— Garvestone Hall. Pode nos encontrar em qualquer mapa.

— Na semana que vem está bem para o senhor?

O coronel Graves concordou e um encontro foi marcado para a terça-feira seguinte.

Enquanto recolocava o telefone no bolso, Strike viu algo que não esperava. Os dois irmãos Frankenstein tinham acabado de sair do edifício, mal vestidos como sempre, com perucas que disfarçavam parcialmente a testa alta, entretanto facilmente reconhecíveis para Strike, que ficou familiarizado com seu estoque limitado de roupas e o andar ligeiramente cambaleante. Intrigado com o irrisório esforço de se disfarçar, Strike os seguiu a um ponto de ônibus onde, depois de uma espera de dez minutos, os irmãos embarcaram na linha 301. Foram para o andar superior enquanto Strike continuou no inferior, mandando uma mensagem a Midge para dizer que os Franks estavam em movimento e que a informaria onde encontrá-lo para assumir a vigilância.

Quarenta e cinco minutos depois, os Franks desembarcaram no ponto da Beresford Square em Woolwich, Strike em seu encalço, de olho na parte de trás das perucas mal-ajustadas. Depois de caminhar por um tempo, os irmãos pararam para colocar luvas, depois entraram em uma loja da Sports Direct. Strike teve o pressentimento de que a decisão de não ir a uma loja de material esportivo perto de casa fazia parte da mesma tentativa equivocada de subterfúgio que os fizera usar perucas. Assim, depois de enviar uma mensagem a Midge sobre a localização atual deles, Strike seguiu os dois loja adentro.

Embora não tivesse classificado nenhum dos irmãos como um gênio, rapidamente Strike revisava para baixo sua estimativa da inteligência deles. O irmão mais novo ficava olhando as câmeras de segurança. A certa altura, a peruca escorregou e ele a endireitou. Eles zanzavam pela loja com uma indiferença estudada, pegando objetos ao acaso e mostrando um ao outro, antes de ir para a seção de escalada. Strike começou a tirar fotos.

Depois de uma conversa aos cochichos, os Franks escolheram um bom pedaço de corda. Seguiu-se uma desavença sussurrada, aparentemente sobre o mérito de duas marretas diferentes. Por fim, eles escolheram a de borracha, depois foram para o caixa, pagaram pelas mercadorias e saíram da loja, com os pacotes pesados embaixo do braço e Strike ainda em seu encalço. Logo depois disso, os irmãos pararam para descansar em um McDonald's. Strike achou desaconselhável segui-los ali dentro, então ficou na rua, observando a entrada. Tinha acabado de mandar uma mensagem a Midge com uma atualização quando seu telefone tocou novamente, desta vez de um número desconhecido.

— Cormoran Strike.

— É — disse uma voz agressiva. — O que você quer?

— Quem fala? — perguntou Strike. Ele ouvia ao fundo um tilintar e vozes de homem.

— Jordan Reaney. Minha irmã disse que você esteve importunando a minha família.

— Não foi importunação — retrucou Strike. — Liguei para sua ex-mulher para ver se…

— Ela não é minha ex, porra, ela é minha mulher, então por que você está importunando ela?

— Não estava importunando — repetiu Strike. — Só estava tentando enviar um recado a você porque queria conversar sobre a IHU.

— E por que diabos você quer isso?

— Porque estou fazendo uma investiga…

— Fica longe da minha mulher e da minha irmã, tá entendendo?

— Não tenho a intenção de procurar nenhuma das duas. Você estaria dispos…

— Não tenho porra nenhuma a dizer sobre nada, tá entendendo? — disse Reaney, quase aos gritos.

— Nem mesmo sobre porcos? — perguntou Strike.

— Mas que merda… Por que porcos? Quem te falou sobre os malditos porcos?

— Sua esposa me contou que você tem pesadelos com eles.

Um pressentimento fez Strike afastar um pouco o celular da orelha. E estava certo: Reaney começou a gritar.

— MERDA! PRA QUE ELA TE CONTOU ISSO? VOU QUEBRAR SUAS MALDITAS PERNAS SE VOCÊ FALAR DE NOVO COM A PORRA DA MINHA MULHER, SEU ESCROTO DO CARALHO…

Seguiu-se uma série de pancadas altas. Strike deduziu que Reaney estivesse batendo o telefone da prisão na parede. Um segundo homem gritou: "EI, REANEY!" Na sequência, barulhos de briga. A linha ficou muda.

Strike recolocou o celular no bolso. Por dez minutos inteiros, ficou fumando o cigarro eletrônico e pensando, olhando a porta do McDonald's. Por fim, pegou o telefone de novo e ligou para o velho amigo Shanker.

— Tudo beleza, Bunsen? — disse a voz conhecida, atendendo depois de alguns toques.

— Como está Angel? — perguntou Strike.

— Começou o tratamento na semana passada — respondeu Shanker.

— Ela conseguiu ver o pai?

— Conseguiu. Ele não queria… o babaca… mas eu convenci o cara.

— Que bom — falou Strike. — Olha, preciso de um favor.

— É só falar — disse Shanker.

— É sobre um sujeito chamado Kurt Jordan Reaney.

— E?

— Eu queria conversar sobre isso pessoalmente — disse Strike. — Está livre mais tarde? Posso ir até você.

Depois de Shanker concordar, eles combinaram de se encontrar naquela mesma tarde em uma cafeteria do East End conhecida de ambos, e Strike desligou.

33

Não se pode evitar uma leve digressão do bem (...).

I Ching: O livro das mutações

Depois de passar a Midge a vigilância dos Franks, Strike pegou o metrô para a estação de Bethnal Green. Mal tinha andado dez metros pela rua quando seu telefone, sempre movimentado, vibrou no bolso. Com um passo de lado para deixar que os outros passassem, ele viu mais uma mensagem de Bijou Watkins.

Anda menos ocupado? Pq aqui está o que vc está perdendo. ***

Ela havia anexado duas fotos dela de lingerie, tiradas com um celular no espelho. Strike as olhou superficialmente, fechou a mensagem e a deletou. Não tinha a intenção de encontrá-la de novo, mas aquelas fotografias tendiam a enfraquecer sua determinação, porque ela estava inegavelmente fabulosa de sutiã vermelho, cinta-liga e meias.

O Pellici's, que ficava na Bethnal Green Road, era uma instituição do East End: uma cafeteria pequena e secular de um italiano onde o revestimento de madeira *art déco* dava a sensação incongruente de se estar comendo batata frita em um vagão do Expresso do Oriente. Strike escolheu uma mesa de canto, de costas para a parede, pediu café, depois pegou um exemplar abandonado do *Daily Mail* que o cliente anterior deixara na mesa ao lado.

Pulando a habitual discussão sobre o plebiscito do Brexit, ele parou na página cinco, na qual havia uma enorme foto de Charlotte com Landon Dormer, ambos segurando taças de champanhe e rindo. A legenda informava que Charlotte e o namorado tinham comparecido a um jantar de arrecadação de fundos pela fundação filantrópica de Dormer. A matéria abaixo sugeria um possível noivado.

Strike examinou esta foto por mais tempo do que tinha olhado as de Bijou. Charlotte estava com um vestido longo e dourado justo e parecia inteiramente despreocupada, com um braço fino apoiado no ombro de Dormer, o cabelo comprido e preto ondulado. Será que ela mentira sobre o câncer, ou se fazia de corajosa? Ele observou atentamente Dormer com seu maxilar quadrado, que também parecia tranquilo. Strike ainda olhava a foto quando uma voz acima dele falou:

— E aí, Bunsen.

— Shanker — disse Strike, jogando o jornal de volta à mesa vizinha e estendendo a mão, que Shanker apertou antes de se sentar.

Magro e pálido, Shanker tinha deixado a barba crescer desde que Strike o vira da última vez, o que disfarçava mais a cicatriz funda que lhe conferia um esgar permanente. Estava com uma calça jeans apertada e um moletom cinza largo. Tatuagens cobriam os pulsos, os nós dos dedos e o pescoço.

— Tá doente? — disparou para Strike.

— Não, por quê?

— Você emagreceu.

— Isso é intencional.

— Ah, bom — disse Shanker, rapidamente estalando os dedos, um tique que tinha desde que Strike o conhecia.

— Quer alguma coisa? — perguntou Strike.

— É, um café cai bem — falou Shanker. Depois de feito o pedido, ele perguntou: — E aí, o que você quer com Reaney?

— Você o conhece pessoalmente?

— Sei quem ele é — respondeu Shanker, cujo extenso conhecimento do crime organizado em Londres constrangeria a polícia. — Andava com a firma de Vincent. Ouvi dizer que foi pego no trabalho que tava fazendo. Os idiotas quase mataram aquele agenciador.

— E você sabe onde ele está?

— Sei, na penitenciária Bedford. Por acaso tenho uns parceiros ali agora.

— Eu estava torcendo para você dizer isso. Reaney tem informações que podem ajudar em uma de nossas investigações, mas ele não está cooperando.

Shanker não demonstrou surpresa com a guinada na conversa. A garçonete colocou o café diante dele. Strike agradeceu a ela, porque Shanker parecia não ter a intenção de fazê-lo, depois esperou até que ela se afastasse para falar:

— Quanto?

— Não, pode ficar me devendo essa. Você me ajudou com a parada da Angel.

— Valeu, Shanker. Eu agradeço.

— Só isso?

— É, mas eu queria sua opinião sobre outro assunto.

— Então quero comer alguma coisa — avisou Shanker, olhando em volta, inquieto. — Peraí.

— O cardápio está aqui — disse Strike, empurrando-o para Shanker.

Há muito tempo ele sabia do jeito habitual do companheiro de obter o que queria, que era exigir, depois ameaçar, quer o pedido fosse de realização possível ou não. Shanker dispensou o cardápio.

— Quero rolinho de bacon.

Depois de fazer o pedido, Shanker se virou para Strike.

— O que mais?

— Teve um tiroteio ano passado em Canning Town. Um cara chamado Kevin Pirbright foi baleado na cabeça com a mesma arma usada em dois tiroteios anteriores relacionados com drogas. A polícia encontrou drogas e dinheiro na casa dele. A teoria deles é de que Pirbright teve conflitos com um traficante local, mas pessoalmente acho que eles estão deduzindo isso a partir da arma que foi usada.

"O cara foi criado numa igreja", continuou Strike. "Duvido que soubesse onde pôr as mãos em drogas, que dirá começar a traficar em quantidades que perturbassem os barões das drogas locais. Fiquei pensando o que você acharia disso... profissionalmente falando."

— Que arma era?

— Beretta 9000.

— Essa é popular — comentou Shanker, dando de ombros.

— Canning Town é seu território. Ouviu alguma coisa sobre um cara novo levando um tiro no próprio apartamento?

O rolinho de Shanker chegou. Mais uma vez, Strike agradeceu à garçonete, na ausência de qualquer reconhecimento da parte de Shanker. Este último deu uma grande mordida no rolinho e disse:

— Não.

Strike sabia muito bem que se o tiro dado em Pirbright tivesse partido de um colega de Shanker, o amigo dificilmente admitiria. Por outro lado, ele esperaria alguma agressividade retaliatória se Strike desse a impressão de estar sondando os assuntos de associados de Shanker, onde ele não deveria se meter.

— Então você acha...?

— Armação, né — disse Shanker, ainda mastigando. — Tem certeza de que não é um porco vendido?

Strike, habituado com a tendência de Shanker de atribuir metade dos delitos em Londres à polícia corrupta, disse:

— Não vejo por que a polícia ia querer este cara em particular morto.

— Pode ter alguma coisa a ver com um porco, né? Minha tia ainda acha que foi um cana que deu um tiro em Duwayne.

Strike se lembrou do primo de Shanker, Duwayne, que, como Pirbright, foi baleado, e o assassino jamais apanhado. Sem dúvida era mais fácil para a tia de Shanker colocar mais uma morte na conta das autoridades, uma vez que o outro filho tinha morrido em uma perseguição em alta velocidade com a polícia. Pelo menos metade da ampla família de Shanker estava envolvida em algum nível de atividade criminosa. Como Duwayne era de uma gangue desde os treze anos, Strike pensava que podia ser do interesse de muito mais gente ele ser executado do que da polícia, uma opinião que ele tinha o tato de não expressar.

— As pessoas com quem Pirbright tinha negócios definitivamente não eram da polícia.

Strike tentava se convencer de que não queria um rolinho de bacon. O de Shanker tinha um cheiro muito bom.

— Reaney morre de medo de porcos — acrescentou Strike. — Do bicho, quero dizer.

— Ah, é? — disse Shanker, ligeiramente interessado. — Acho que não vamos conseguir botar um porco para dentro de Bedford, Bunsen.

Enquanto Strike ria, seu celular tocou de novo e ele viu o número de Lucy.

— Oi, Lucy, tudo bem?

— Stick, Ted tem consulta com o clínico na sexta-feira da semana que vem.

— Tudo bem — falou Strike. — Estarei lá.

— Sério? — disse Lucy, e ele ouviu sua incredulidade porque, pela primeira vez, ele não dizia que tinha de verificar a agenda ou ficava irritado por ser solicitado a se comprometer com uma data.

— É, eu já te falei, estarei lá. A que horas?

— Dez da manhã.

— Tudo bem. Vou até lá na quinta — falou. — Vou ligar para Ted avisando que vou com ele.

— É tão generoso de sua parte, Stick.

— Não é, não — disse Strike, cuja consciência ainda o perturbava depois das recentes revelações de Lucy. — É o mínimo que posso fazer. Olha, estou no meio de uma coisa. Ligo para você mais tarde, está bem?

— Sim, claro.

Lucy desligou.

— Tá tudo bem? — perguntou Shanker.

— Tá — respondeu Strike, colocando o telefone no bolso. — Bom, meu tio pode ter demência, não sei. O irmão da minha mãe — acrescentou ele.

— É mesmo? Lamento saber disso. É uma merda, a demência. Meu velho tem.

— Não sabia disso — falou Strike.

— Pois é — disse Shanker. — Início precoce. Da última vez que o vi, ele não tinha a menor ideia de quem eu era. Mas olha só, ele teve muitos filhos, mal conseguia se lembrar de como eu era mesmo quando ainda não estava senil, aquele velho escroto e galinha. Por que você não teve filhos? — perguntou Shanker, como se a ideia tivesse acabado de lhe ocorrer.

— Não quero — respondeu Strike.

— Não quer ter filhos? — questionou Shanker, o tom sugerindo que isso era o mesmo que não querer respirar.

— Não — afirmou Strike.

— Seu maldito ingrato — disse Shanker, contemplando Strike com incredulidade. — Os filhos são tudo que importa. Puta merda, olha só a sua mãe. Vocês três eram tudo pra ela.

— É — disse Strike automaticamente. — Bom...

— Você devia ver Alyssa quando Angel adoeceu. Porra, aquilo é amor de verdade, cara.

— É... Bom, diga que desejo tudo de bom a ela, tá? E a Angel também.

Strike se levantou, com a conta na mão.

— Valeu por isso, Shanker. É melhor eu ir andando. Tenho muito trabalho pela frente.

Depois de pagar pelos cafés e o rolinho de bacon, Strike voltou pela Bethnal Green Road, perdido em pensamentos não inteiramente produtivos.

Vocês três eram tudo pra ela.

Strike nunca pensou em Leda com três filhos, mas seu velho amigo o lembrou da existência de alguém em quem Strike devia pensar no máximo uma vez por ano: o meio-irmão muito mais novo que foi fruto do casamento da mãe com o assassino dela. O menino, que recebera dos pais o nome previsivelmente excêntrico de Switch, nasceu logo depois de Strike partir para a Universidade Oxford. Ele não sentia literalmente nada pelo bebê chorão, mesmo quando uma Leda radiante insistia para que o filho mais velho segurasse o irmão. A lembrança mais nítida de Strike dessa época era a sua própria sensação de pavor por deixar Leda em casa com o marido cada vez mais errático e agressivo. O bebê tinha sido apenas uma complicação a mais, manchado para sempre aos olhos de Strike por ser filho de Whittaker. O meio-irmão tinha acabado de completar um ano quando Leda morreu e então foi adotado pelos avós paternos.

Ele não tinha curiosidade sobre o paradeiro atual de Switch nem desejo de encontrá-lo ou conhecê-lo. Até onde sabia, Lucy sentia o mesmo. Mas então Strike se corrigiu: ele não sabia como Lucy se sentia. Talvez Switch fosse um dos meios-irmãos com quem ela mantinha contato, escondendo isto do irmão mais velho que arrogantemente pressupunha que sabia tudo a respeito dela.

Strike voltou a entrar na estação Bethnal Green, com o peso da culpa e da inquietação. Teria ligado para Robin se ela estivesse disponível, não para incomodá-la com seus problemas pessoais, mas para que ela soubesse que Shanker estava disposto a ajudar a soltar a língua de Jordan Reaney, que Shanker também achava que a polícia estava errada a respeito do assassinato de Pirbright e que os irmãos Frank tinham saído disfarçados para comprar corda. Mais uma vez, a realidade de ela estar indisponível, e talvez permanecer assim pelo futuro próximo, o fazia perceber o quanto ouvir a sua voz costumava melhorar seu estado de espírito. Strike estava ainda mais consciente do quanto ele, o homem mais autossuficiente do mundo, passara a depender do fato de que ela estava sempre ali, e sempre a seu lado.

34

Trata-se de uma batalha feroz invadir e disciplinar o
País do Demônio, as forças da decadência.
Mas a luta também tem suas recompensas. Agora é a hora de
deitar as fundações do poder e do domínio para o futuro.

I Ching: O livro das mutações

Robin ansiava pela solidão, por dormir e comer, mas a rotina na Fazenda Chapman era planejada para propiciar o mínimo possível dessas três coisas, e alguns recrutas começavam a mostrar o esgotamento. Robin testemunhara a Penny Brown do cabelo verde levando uma bronca de Taio Wace por deixar cair alguns lençóis limpos da pilha grande que ela carregava pelo pátio. Becca Pirbright levou o Grupo Fogo rapidamente para o chiqueiro, mas não a tempo de evitar que eles vissem Penny cair aos prantos.

De formas sutis e nem tão sutis, um tom apocalíptico começou a penetrar nas críticas ao materialismo e à desigualdade social com que os novos recrutas eram bombardeados. A falta de contato com o mundo servia para aumentar a sensação de estar em um bunker, com os membros da igreja providenciando boletins regulares sobre os horrores da guerra na Síria e a morte lenta do planeta. Uma urgência cada vez maior permeava esses informes: só os despertos podiam evitar a catástrofe global, porque o povo da bolha continuava, egoísta e apaticamente, apressando a perdição da humanidade.

Papa J e a IHU eram abertamente descritos como a melhor esperança do mundo. Embora Wace não tivesse aparecido desde o primeiro jantar, Robin sabia que ele ainda estava na fazenda, porque integrantes da igreja faziam menção frequente a este fato em vozes sussurradas e reverentes. A infrequência de seus aparecimentos parecia estimular, e não resfriar, a adoração dos seguidores. Robin supunha que ele ficasse entocado na sede, comendo separado da massa de membros que, apesar da aliança declarada da igreja com a produção orgânica e fontes alimentares éticas, comia refeições compostas principalmente de macarrão instantâneo barato, com pequenas quantidades de proteína na forma de carne e queijo processados.

Na quarta-feira de manhã, Mazu Wace, que, ao contrário do marido, era vista com frequência deslizando pelo pátio, realizou uma sessão conjunta no templo com os grupos Fogo e Madeira. Uma roda de cadeiras laqueadas fora montada no palco pentagonal e, quando todos tomaram seus lugares, Mazu deu uma breve palestra sobre a necessidade da morte e do renascimento espirituais que, segundo ela, só podiam acontecer depois da aceitação, da cura ou da renúncia à dor e à ilusão do passado. Ela, então, convidou os membros do grupo a relatar injustiças ou crueldades perpetradas a eles por familiares, parceiros ou amigos.

Depois de algum estímulo, as pessoas começaram a contar suas histórias. Um jovem membro do Grupo Madeira chamado Kyle, que era magro e parecia nervoso, fez um relato detalhado da reação furiosa do pai ao saber que o filho era gay. Ao contar ao grupo que a mãe tinha se colocado ao lado do marido e contra ele, Kyle não se conteve e chorou. O restante do grupo murmurou apoio e solidariedade, mas Mazu ficou sentada em silêncio e, quando Kyle terminou sua história, ela a resumiu enquanto erradicava quaisquer palavras ligadas a relacionamentos familiares, substituindo-as por expressões como "objeto de carne" e "posse materialista", então disse:

— Agradeço pela coragem de contar sua história, Kyle. Os espíritos puros são intocáveis pelos males materialistas. Desejo a você uma morte rápida do falso eu. Quando ele se for, sua mágoa e seu sofrimento também partirão.

Um por um, os outros membros do grupo passaram a falar. Alguns claramente lutavam com uma mágoa profunda provocada por relacionamentos de fora, ou pela falta deles, mas Robin não conseguiu evitar a suspeita de que alguns estavam cavando fundo para achar algum trauma e até o exagerando, para se adequar melhor ao grupo. Quando convidada por Mazu a contribuir, Robin contou a história do casamento cancelado e a decepção da família, e admitiu que o abandono do noivo a havia deixado desolada, em particular porque ela abrira mão do emprego para viajar com ele depois que fossem casados.

Os que estavam na roda, muitos já lacrimosos depois de contar as próprias histórias, ofereceram comiseração e solidariedade, mas Mazu disse a Robin que dar importância a profissões era conivência com sistemas de controle perpetuados dentro do mundo da bolha.

— Um senso de identidade baseado em empregos, ou em qualquer uma das armadilhas do mundo da bolha, é inerentemente materialista — afirmou ela. — Quando rejeitamos firmemente os desejos do ego e começamos a nutrir nosso espírito, a dor desaparece e o verdadeiro eu pode emergir, um eu que não se importará mais se os objetos de carne saírem desta vida.

Mazu dirigiu-se, por fim, a uma menina magricela com rosto em formato de coração que continuou visivelmente em silêncio. Seus braços estavam cruzados com firmeza, assim como as pernas, com um pé enganchado no outro.

— Gostaria de partilhar com o grupo como você sofreu por posse materialista?

Em uma voz um pouco hesitante, a garota respondeu:

— Eu não sofri nada.

Os olhos escuros e tortos de Mazu a contemplaram.

— Absolutamente nada?

— Não, nada.

Robin julgou que a menina estava no final da adolescência. Seu rosto se avermelhou um pouco sob o escrutínio da roda.

— Minha família nunca me fez mal nenhum — disse ela. — Sei que aconteceram umas coisas terríveis a algumas pessoas aqui, mas não comigo. Não comigo — ela repetiu, com um dar de ombros rígidos.

Robin podia sentir a animosidade do grupo para com a garota, tão forte quanto se a estivessem hostilizando abertamente, e desejou que ela não voltasse a falar, mas foi em vão.

— E não acho certo chamar os pais que amam seus filhos de "posse materialista". — Ela soltou. — Desculpem, mas eu não penso assim.

Vários membros do grupo, inclusive Amandeep, falavam ao mesmo tempo. Mazu interferiu e gesticulou para Amandeep continuar sozinho.

— Existe uma dinâmica de poder em todas as estruturas familiares convencionais — disse ele. — Você não pode negar que exista coerção e controle, mesmo que sejam bem-intencionados.

— Bom, crianças pequenas precisam de limites — disse a garota.

A maioria do grupo falava ao mesmo tempo, alguns com raiva. Vivienne, a garota de cabelo preto espigado que em geral se esforçava muito para dar a máxima impressão de ser da classe trabalhadora, falou mais alto, e os outros se calaram para deixar que ela continuasse.

— O que você chama de "limites" é uma justificativa para os abusos, tá? No caso da minha família *foi mesmo* abuso, e quando você diz coisas assim, não só invalida as experiências de pessoas que foram prejudicadas, *realmente prejudicadas*, pelo desejo dos pais de controlá-las — Kyle assentia vigorosamente —, como também perpetua e apoia os mesmos malditos sistemas de controle dos quais alguns de nós tentam escapar, tá legal? Então, mesmo se você não sofreu, bom, nenhum tipo de bullying, talvez seja melhor ouvir e aprender com as pessoas que sofreram, ok?

Ouviram-se muitos murmúrios de concordância. Mazu ficou calada, deixando que o grupo lidasse com a dissidente. Pela primeira vez, Robin pensou ter visto um sorriso verdadeiro no rosto da mulher.

A garota com cara de coração foi francamente excluída naquela tarde por outros membros do Grupo Fogo. Robin, que queria poder ter dito algumas palavras de gentileza ou apoio, fez como a maioria e a ignorou.

Suas vinte e quatro horas de jejum começaram na noite de quarta-feira. Robin recebeu apenas uma caneca de água quente com sabor de limão na hora do jantar. Olhando os outros recrutas a sua volta, ela percebeu que só os grupos Fogo, Madeira e Terra passavam pelo jejum; os grupos Metal e Água receberam a lavagem habitual de legumes cozidos e macarrão. Robin pensou ser improvável que os grupos Metal e Água tivessem sido reprovados em massa na avaliação física do dr. Zhou. Por comentários murmurados de seus companheiros de jejum, alguns dos quais estavam sentados perto dela, Robin entendeu que eles se viam mais dignos do que aqueles que eram alimentados, parecendo considerar um distintivo de honra todas aquelas horas seguintes de fome forçada.

Robin acordou no dia seguinte, que era o último de seu retiro de sete dias, depois de algumas horas de sono que foram perturbadas pela fome roendo o estômago. Esta era a noite em que ela devia encontrar a pedra de plástico no limite da fazenda, e essa ideia a deixou ao mesmo tempo empolgada e assustada. Ainda não tentara sair do alojamento à noite e estava apreensiva não só com a possibilidade de ser interceptada no caminho até a mata, como também de encontrar o caminho para o lugar certo no escuro.

Depois do café da manhã, que para os três grupos que jejuavam consistiu em outra caneca de água com limão, todos os recrutas foram reunidos pela segunda vez desde a seleção em grupos na chegada, depois levados por integrantes da igreja à ala esquerda da sede da fazenda. Ali dentro havia uma sala vazia com chão de pedra, e no meio dela uma escada de madeira íngreme que dava no porão.

Abaixo havia uma sala revestida de madeira que Robin pensou ter quase o tamanho de toda a sede. Duas portas à esquerda mostravam o espaço do porão se estendendo para além do que era visível. Havia um palco do outro lado da escada, na frente de uma tela quase tão grande quanto a do templo da Rupert Court. Refletores irradiavam uma iluminação suave e o chão estava coberto por um tapete de palha. Os recrutas foram instruídos a se sentar no chão de frente para o palco, e Robin foi inevitavelmente lembrada de estar de volta à escola primária. Alguns recrutas tiveram dificuldade para obedecer à ordem, inclusive Walter Fernsby, que quase caiu por cima de seu vizinho ao se abaixar de um jeito rígido e desajeitado no chão.

Depois que todos estavam sentados, as luzes no teto foram apagadas, deixando o palco iluminado.

No refletor do palco entrou Jonathan Wace, vestido em seu manto laranja comprido, bonito, de cabelo longo, queixo com covinha e olhos azuis. Irromperam aplausos espontâneos, não só dos assistentes da igreja, mas também dos recrutas. Por um espaço à esquerda, Robin via o rosto emocionado e ruborizado da viúva Marion Huxley, que tinha uma paixão evidente por Wace. Amandeep foi um dos que mais aplaudiram.

Jonathan abriu o costumeiro sorriso autodepreciativo, gesticulou para que as pessoas se acalmassem, depois uniu as mãos, curvou-se e disse:

— Agradeço a vocês por seu serviço.

— E eu pelo seu — disseram em coro os recrutas, também numa mesura.

— Não são apenas palavras — afirmou Wace, sorrindo para todos eles. — Eu sinceramente sou grato pelo que vocês nos deram esta semana. Vocês sacrificaram seu tempo, sua energia e a força muscular para nos ajudar a cuidar da fazenda. Vocês arrecadaram fundos para nosso trabalho filantrópico e começaram a explorar a própria espiritualidade. Mesmo que não continuem conosco, terão feito um bem real e duradouro... a nós, a si mesmos e às vítimas do mundo materialista. E agora — disse, o sorriso desaparecendo — vamos falar desse mundo.

Uma música sinistra de órgão tocou em alto-falantes ocultos. A tela atrás de Wace ganhou vida. Nela os recrutas viram passar sucessivamente clipes de chefes de Estado, celebridades ricas e autoridades de governo, enquanto Wace falava do recente vazamento de documentos de uma firma de advocacia do exterior: os Panama Papers, que Robin vira no noticiário antes de ir para a Fazenda Chapman.

— Fraude... cleptocracia... evasão fiscal... violação de sanções internacionais... — disse Wace, que usava um microfone. — A elite materialista e suja do mundo exposta em toda a sua duplicidade, escondendo a riqueza, da qual apenas uma fração poderia resolver a maior parte dos problemas do mundo...

Na tela, reis, presidentes e primeiros-ministros incriminados sorriam e acenavam de palanques. Atores famosos apareciam radiantes em tapetes vermelhos e palcos. Executivos de ternos elegantes dispensavam perguntas de jornalistas.

Wace começou a falar eloquente e furiosamente da hipocrisia, do narcisismo e da ganância. Comparou os pronunciamentos públicos com o comportamento privado. Os olhos da plateia faminta e exausta o acompanhavam enquanto ele andava para a frente e para trás do palco. A sala estava quente e o chão coberto de palha era desconfortável.

Em seguida tocou uma música melancólica de piano com um vídeo de pessoas sem-teto mendigando nas entradas das lojas mais caras de Londres, depois de crianças de barriga inchada morrendo no Iêmen, ou dilaceradas e aleijadas por bombas sírias. A visão de um garotinho coberto de sangue e poeira, em um estado quase cataléptico de choque enquanto era levado a uma ambulância, encheu os olhos de Robin de lágrimas. Wace também chorava.

Vozes em coro e timbales acompanhavam o filme catastrófico das mudanças climáticas e da poluição: geleiras se desfazendo, a luta de ursos polares entre blocos de gelo que derretiam, vista área do desmatamento de florestas tropicais, e estas imagens eram intercaladas com flashbacks dos plutocratas em seus carros e salas de reuniões. Crianças aleijadas sendo carregadas de prédios desabados eram contrastadas com imagens de casamentos milionários de celebridades; selfies em aviões particulares eram seguidas por imagens comoventes do furacão Katrina e do tsunami do oceano Índico. Na sombra, os rostos em volta de Robin estavam estupefatos e, em muitos casos, chorosos, e Wace não era mais o homem de fala mansa e autodepreciativo que eles conheceram, mas gritava de fúria, enraivecido com a tela e a venalidade do mundo.

— E tudo isso, tudo isso podia ser impedido se um número suficiente de pessoas fosse despertado do sono em que caminham para sua perdição! — berrou ele. — *O Adversário e seus agentes assediam o mundo, que precisa despertar de seu sono ou perecerá!* E quem os despertará, se não nós?

A música terminava lentamente. As imagens escureciam na tela. Wace estava ali sem fôlego, aparentemente exausto do longo discurso, o rosto molhado de lágrimas, a voz rouca.

— Vocês — disse ele com a voz fraca, estendendo as mãos para aqueles sentados no chão diante dele — foram chamados. Vocês foram escolhidos. E hoje têm uma chance. Retornem ao sistema ou se separem. Separem-se e *lutem.*

"Faremos um curto intervalo", informou Wace, enquanto as luzes eram acesas. "Não... *não*", disse ele, quando ouviram-se alguns aplausos. "Não há motivo nenhum para ficar feliz com o que acabo de mostrar a vocês. Nenhum."

Acovardados, os que aplaudiam desistiram. Robin estava desesperada por um sopro de ar fresco, mas enquanto Wace desaparecia, assistentes da igreja abriam uma porta à esquerda para uma segunda sala revestida e sem janelas, em que uma comida fria tinha sido posta.

Em comparação com o anterior, o espaço novo era apertado. A porta para a sala da palestra fora fechada, aumentando a claustrofobia. Quem jejuava foi encaminhado a uma mesa que continha garrafas térmicas com água quente e fatias de limão. Alguns recrutas decidiram se sentar encostados na parede enquanto comiam seus sanduíches ou bebiam a água quente. Filas se formaram em outras duas portas que levavam a toaletes. Robin tinha certeza de que eles haviam passado a manhã inteira na sala de palestra. A garota de cara de coração que contestara Mazu na véspera, no templo, estava sentada em um canto com a cabeça nos braços. Robin estava preocupada com Walter, o professor de filosofia, que parecia instável de pé, o rosto pálido e suado.

— Você está bem? — perguntou em voz baixa enquanto ele se recostava na parede.

— Ótimo, ótimo — respondeu Walter, sorrindo e segurando a caneca. — O espírito permanece forte!

Por fim, a porta para a sala de palestra se abriu novamente. Já estava escuro e as pessoas cambaleavam e sussurravam pedidos de desculpas ao tentarem encontrar um lugar vago onde se sentar.

Quando todos, enfim, voltaram a se acomodar no chão, Jonathan Wace reapareceu sob o refletor. Robin ficou feliz ao vê-lo sorrindo. Sinceramente, não queria ouvir mais daquela arenga.

— Vocês ganharam uma trégua — disse Wace, para uma onda de risos aliviados de sua plateia. — Está na hora de meditar e entoar cânticos. Assumam uma posição confortável. Respirem fundo. Levantem os braços acima da cabeça ao inalarem… baixem os braços lentamente… e exalem. E: *Lokah Samastah Sukhino Bhavantu… Lokah Samastah Sukhino Bhavantu…*

Era impossível pensar enquanto se entoava. A sensação de medo, culpa e horror de Robin aos poucos cedia. Ela sentiu que se dissolvia no cântico ensurdecedor que ecoava nas paredes de madeira, assumindo seu próprio poder, existindo de forma independente daqueles que o entoavam, uma força sem corpo que vibrava entre as paredes e dentro dela mesma.

O cântico continuou por mais tempo do que já haviam feito. Robin sentia a boca seca e tinha uma vaga consciência de que estava a ponto de desmaiar, mas de algum modo o cântico a sustentou, segurou-a, permitiu que suportasse a fome e a dor.

Finalmente Wace apelou a uma parada, sorrindo para todos eles, e Robin, embora fraca e com um calor desconfortável, ficou com a sensação de bem-estar e euforia que o cântico sempre lhe dava.

— Vocês — disse Wace em voz baixa, mais rouca e grave do que nunca — são extraordinários.

E, a contragosto, Robin sentiu um orgulho irracional da aprovação de Wace.

— Pessoas extraordinárias — prosseguiu Wace, andando na frente deles de novo. — E vocês não têm ideia disso, têm? — Ele sorriu para os rostos voltados para cima. — Vocês não percebem o que são. Um grupo verdadeiramente extraordinário de recrutas. Notamos desde o momento em que chegaram. Os membros da igreja me disseram: "Estes são especiais. Estes podem ser aqueles que estivemos esperando."

"O mundo oscila à beira de um precipício. São dez para a meia-noite e o Armagedom acena para nós. O Adversário pode estar vencendo, mas a Divindade Abençoada ainda não desistiu de nós. A prova? Enviaram vocês a nós... E com vocês, podemos ter uma chance.

"Eles já falaram com vocês, pelos meios a Sua disposição, através do ruído do mundo materialista. Por isso vocês estão aqui.

"Mas vocês respiraram ar puro esta semana. O ruído sumiu e vocês veem e ouvem com mais clareza do que antes. Agora é hora de um sinal da Divindade. Agora é o momento para vocês enxergarem de verdade. Compreenderem de verdade."

Wace se ajoelhou. Fechou os olhos. Enquanto os recrutas olhavam, ele disse em uma voz vibrante:

— Divindade Abençoada, se for de Sua vontade, envie-nos Sua mensagem. Que a Profetisa Afogada venha a nós, aqui, para provar que existe vida após a morte, que o espírito puro vive independentemente do corpo material, que a recompensa para uma vida de serviço é a vida eterna. Divindade Abençoada, creio que estas pessoas são dignas. Enviem Daiyu a nós agora.

O silêncio na sala escura e abafada era absoluto. Os olhos de Wace ainda estavam fechados.

— Divindade Abençoada — sussurrou ele —, deixem-na vir.

Um arquejar coletivo foi emitido dos espectadores.

A cabeça espectral de uma menina apareceu do nada no palco. Ela sorria.

Alarmada, Robin olhou por cima do ombro, procurando um projetor, mas não havia facho de luz e a parede era sólida. Ela voltou a olhar para a frente, com o coração acelerado.

A figura espectral e sorridente formava um corpo. Tinha cabelo preto e comprido e usava um vestido branco e longo. Levantou a mão e acenou, pueril, para o grupo. Algumas pessoas acenaram para ela. A maioria parecia apavorada.

Wace abriu os olhos.

— Você veio a nós — disse.

Daiyu se virou devagar para ele. Os recrutas podiam enxergar através dela, ver Wace ajoelhado atrás, sorrindo e chorando.

— Obrigado — disse-lhe Wace, com um soluço de choro. — Não a chamo de volta por motivos egoístas, você sabe disso… mas ver você…

Ele engoliu em seco.

— Daiyu — sussurrou ele —, eles estão prontos?

Daiyu se virou lentamente para o grupo. Seus olhos percorreram os recrutas. Ela sorriu e assentiu.

— Foi o que pensei — disse Wace. — Vá em paz, pequena.

Daiyu levou a mão à boca e pareceu mandar um beijo para os recrutas. Lentamente, começou a sumir de vista, até que por um breve momento apenas seu rosto brilhava no escuro. E então ela desapareceu.

Os espectadores ficaram completamente imóveis. Ninguém falou, ninguém se virou para o vizinho para comentar sobre o que acabara de ver. Wace se levantou, enxugando os olhos na manga do manto.

— Ela retorna do Paraíso quando sabe que precisamos dela. Ela fez a vontade de seu tolo Papa J. Ela percebe que vocês são especiais demais para que os deixemos escapulir. Agora — disse Wace em voz baixa —, por favor, venham comigo ao templo.

35

Nove na posição superior (...)
Alcança-se o caminho do céu.

I Ching: O livro das mutações

Os recrutas se levantaram quando as luzes foram acesas. Wace desceu e andou entre eles, parando aqui e ali para cumprimentar algumas pessoas pelo nome, embora nunca tivesse sido apresentado a elas. Aqueles que recebiam a honra ficavam pasmos.

— Rowena — disse ele, sorrindo para Robin. — Ouvi coisas maravilhosas a seu respeito.

— Obrigada — agradeceu Robin com a voz fraca, deixando que ele tomasse suas mãos nas dele.

As pessoas em volta de Robin a olharam com inveja e um respeito crescente enquanto Wace passava, liderando o caminho de volta pela escada para a sede da fazenda.

Os recrutas o seguiram. Ao se aproximar do alto da escada, Robin viu o sol poente pelas janelas: o grupo havia passado o dia todo na sala escura e abafada. Ela sentia uma fome atroz e o corpo estava dolorido do trabalho físico e de ficar sentada no chão desconfortável.

E então chegou a seus ouvidos um rock alto, berrando dos alto-falantes do pátio. Integrantes da igreja tinham formado duas filas, compondo um caminho entre a sede e o templo, e cantavam e batiam palmas no ritmo da música. Robin foi atingida pelo ar úmido do fim de tarde no momento em que o refrão começava.

I don't need no one to tell me 'bout heaven
I look at my daughter, and I believe...

Robin andou com seus companheiros recrutas entre as filas de integrantes da igreja, que cantavam. Gotas de chuva a atingiram e ela ouviu o trovão soar mais alto que a música.

Sometimes it's hard to breathe, Lord,
At the bottom of the sea, yeah yeah...

Wace levava os recrutas pela escada do templo, que estava iluminado por muitos candeeiros e velas.

O palco pentagonal central passara a ser uma piscina de cinco lados. Robin percebeu que a piscina estava ali o tempo todo, por baixo de uma pesada tampa preta. A água abaixo parecia preta como breu devido às laterais escuras. Mazu estava de frente para eles, refletida como que em um espelho escuro. Não vestia mais laranja, mas um manto branco e longo combinando com o da filha no teto. Wace subiu os degraus para ficar ao lado dela.

A música terminou depois que todos, membros da igreja e recrutas, tinham entrado no templo. As portas se fecharam com uma pancada alta. Aqueles que lideraram os recrutas na sede da fazenda os instruíram aos sussurros para ficar de pé e de frente para a piscina, depois ocuparam os assentos ao redor.

Faminta, dolorida, suada e emocionalmente esgotada, Robin só pensava que a água fria parecia convidativa. Seria maravilhoso afundar ali, experimentar alguns momentos de solidão e paz.

— Esta noite — disse Jonathan Wace —, vocês têm uma decisão a tomar de livre e espontânea vontade. Continuar conosco ou voltar ao mundo materialista. Quem entre vocês dará um passo e entrará na água? Ser renascido esta noite. Purificar-se do falso eu. Sair da água purificadora como seu verdadeiro eu. Quem entre vocês está preparado para dar este primeiro passo fundamental para o espírito puro?

Ninguém se mexeu por um ou dois segundos. Então Amandeep passou por Robin.

— Eu vou.

Os integrantes da igreja, que assistiam a tudo, explodiram em vivas e aplausos. Jonathan e Mazu estenderam os braços. Amandeep avançou, subiu os degraus ao lado da piscina e Jonathan e Mazu lhe deram instruções que não puderam ser ouvidas pelos outros. Ele tirou tênis e meias, depois deu um passo em direção a água, afundou brevemente sob a superfície e reapareceu, com os óculos tortos, mas rindo. Os vivas e aplausos dos integrantes da igreja ecoaram pelo templo enquanto Jonathan e Mazu ajudavam o encharcado

Amandeep a subir ao outro lado, o moletom pesado da água. Ele pegou seus tênis e meias e foi levado dali por dois integrantes, por uma porta no fundo do templo.

Kyle foi o próximo na água. Recebeu a mesma aclamação quando reemergiu.

Robin decidiu que não queria mais esperar e passou por outros recrutas para chegar à frente do grupo.

— Quero me juntar — disse ela, para outra explosão de vivas.

Ela avançou, subiu os degraus e tirou meias e tênis. A um sinal de Jonathan, entrou na piscina surpreendentemente funda e se deixou cair na água fria. Seus pés encontraram o fundo e ela se impeliu para cima, e o silêncio glorioso foi espatifado quando ela rompeu a superfície para os aplausos e gritos ruidosos de aprovação.

Jonathan Wace a ajudou a sair. Pesada no moletom ensopado, com o cabelo nos olhos, Robin recebeu as meias e os tênis de um sorridente Taio Wace, que a acompanhou pessoalmente ao fundo do templo e por uma porta a uma antessala, onde Amandeep e Kyle já tinham vestido moletons limpos e secos e enxugado o cabelo, ambos evidentemente extasiados. Mais moletons limpos e dobrados esperavam em bancos de madeira que acompanhavam as paredes. Do lado oposto, uma porta que Robin sabia que devia levar para fora.

— Tome — disse o sorridente Taio, entregando uma toalha a Robin. — Pegue um moletom e se troque.

Amandeep e Kyle viraram educadamente o rosto enquanto Robin tirava a blusa, muito consciente de que sua roupa íntima também estava encharcada, mas Taio a observou abertamente, com um sorriso malicioso.

— Quantos mais você acha que vão se juntar? — perguntou Amandeep a Taio.

— Veremos — respondeu ele, sem tirar os olhos de Robin, que tinha se sentado e tentava remover a calça do moletom e vestir a seca sem que alguém visse o quanto sua calcinha tinha ficado transparente. — Precisamos de todas as pessoas que conseguirmos. Esta é uma luta do bem contra o mal, pura e simplesmente... É melhor eu voltar — acrescentou quando Robin, então vestida, passou a calçar as meias.

— Nem acredito nisso — disse Amandeep sem fôlego, enquanto a porta se fechava à saída de Taio. — Vim para cá pensando: "Este lugar é loucura. É uma seita." Eu ia escrever um artigo para meu jornal estudantil. E entrei para a droga da seita.

Ele começou a rir incontrolavelmente, e Kyle e Robin fizeram o mesmo.

Na meia hora seguinte, entrava cada vez mais gente na sala, em um estado semelhante de riso quase histérico. Walter Fernsby entrou, meio trôpego e trêmulo, seguido imediatamente por Penny Brown, cujo cabelo verde estava colado em volta do rosto como algas. Marion Huxley apareceu, tremendo, aparentemente desorientada, mas também inclinada a rir. Logo a sala de troca ficou lotada de pessoas discutindo animadamente a materialização de Daiyu no porão e o próprio orgulho de ter ingressado na igreja.

E então passaram-se dez minutos em que ninguém mais apareceu. Depois de fazer uma contagem rápida e silenciosa, Robin estimou haver uma meia dúzia de indecisos, inclusive a garota com rosto em formato de coração que se recusara a criticar sua família ao Grupo Fogo e a amiga loura de Penny. Na verdade, Penny olhava ansiosamente em volta e não ria mais. Outros dez minutos se passaram, e então uma porta para fora foi aberta por Will Edensor.

— Por aqui — disse ele, e levou os novos membros da igreja para fora do templo, na direção do salão de jantar.

Estava escuro, e arrepios correram pelo corpo de Robin e embaixo do cabelo ainda molhado. Penny Brown ainda procurava, ansiosa, a amiga que viera com ela à Fazenda Chapman.

Os novos integrantes da igreja entraram no salão de jantar para uma ovação em pé dos membros que tinham saído do templo antes deles. Evidentemente, houve muita atividade durante as horas em que os recrutas ficaram trancados no porão embaixo da sede da fazenda. Lanternas de papel douradas e escarlates, do tipo que se balança na brisa na Wardour Street, foram penduradas das vigas do teto e um cheiro apetitoso de carne cozida enchia o ar. Trabalhadores da cozinha já se movimentavam entre as mesas, empurrando seus enormes tonéis de metal sobre rodas.

Robin se deixou cair no lugar vago mais próximo e bebeu parte da água morna que já fora servida em um copo de plástico na frente dela.

— Parabéns — falou Louise, com uma voz baixa.

Robin se virou e a viu de cabeça raspada, empurrando um tonel cheio de curry de frango. Louise o servia nos pratos de latão, acrescentando duas colheres de arroz.

— Obrigada — disse Robin, agradecida.

A mulher abriu um sorriso discreto, depois se afastou.

Embora não fosse o melhor curry do mundo, foi, sem dúvida, a refeição mais apetitosa e satisfatória que Robin recebera desde sua chegada à Fazenda Chapman, e a que mais continha proteína. Ela comeu rápido, tão desesperada por calorias que não conseguiu se conter. Depois de terminado o curry, ela recebeu uma tigela de iogurte misturado com mel, que foi a melhor coisa que comeu a semana toda.

Um ar de festividade enchia o salão. Havia muito mais risos do que o habitual, e Robin imaginou que este banquete seria o motivo. Ela notava que Noli Seymour tinha se juntado à mesa superior, vestida em um manto laranja, e pela primeira vez Robin percebeu que a atriz devia ser uma Dirigente da igreja. Ao lado de Noli estavam sentados dois homens de meia-idade, também de manto laranja. Respondendo a uma pergunta, o jovem sentado ao lado de Robin lhe disse que um deles era um multimilionário que fizera fortuna com embalagens e o outro era um membro do Parlamento. Robin guardou os nomes dos dois para sua carta a Strike.

Jonathan e Mazu Wace entraram no salão de jantar para aplausos renovados depois que a maioria havia acabado de comer. Não havia sinal da menina do rosto em formato de coração nem dos outros recrutas que não tinham entrado na água, e Robin se perguntou para onde teriam ido, se eram mantidos em algum lugar sem comida e se a ausência prolongada dos Wace se deveria a uma última tentativa de persuasão.

Ela temia a perspectiva de outro discurso de Wace, mas, em vez disso, voltou a tocar música dos alto-falantes enquanto os Wace assumiam seus lugares. Com um gesto, Jonathan pareceu indicar que a informalidade era permitida, que a festa devia começar. Uma antiga música do R.E.M. berrava pelo salão de jantar e alguns membros da igreja, repletos de carne pela primeira vez em quem sabe quanto tempo, levantaram-se para dançar.

It's the end of the world as we know it
And I feel fine...

36

Nove na terceira posição significa:
Uma retirada contida
É penosa e arriscada.

I Ching: O livro das mutações

A festa continuou por pelo menos duas horas. Jonathan Wace desceu da mesa superior, causando gritos de empolgação, e foi dançar com algumas adolescentes. O milionário das embalagens também foi dançar, movendo-se como alguém cujas articulações precisavam de lubrificação, inserindo-se no grupo em volta de Wace. Robin continuou sentada em seu banco de madeira, com um sorriso forçado, mas querendo nada mais do que voltar ao alojamento. A ingestão de uma refeição decente depois do jejum, a música alta, a dor nos músculos após um longo dia sentada no chão duro: tudo exacerbava a exaustão.

Por fim, ela ouviu os acordes iniciais de "Heroes" e entendeu que a noite estava prestes a terminar, tão certo quanto se estivesse tocando uma música tradicional de réveillon. Ela teve o cuidado de cantar junto e parecer feliz, e foi recompensada quando, enfim, todos formaram uma fila para os alojamentos na chuva que começara a cair enquanto eles comiam, a não ser pelos lacaios, como Louise, que ficaram para tirar a mesa.

Apesar de se sentir exausta até os ossos, aquela parte da mente de Robin que continuava lembrando o motivo de ela estar ali lhe dizia que esta noite seria a melhor oportunidade de encontrar a pedra de plástico. Todos na fazenda tinham desfrutado de uma rara refeição satisfatória e era mais provável que adormecessem rapidamente. E de fato, as mulheres em volta dela se despiram depressa, vestiram o pijama, escreveram nos diários e se deitaram para dormir.

Robin fez um breve registro no diário, depois também vestiu o pijama, mas continuou com a calcinha ainda úmida. Olhando em volta para ter certeza de que ninguém a observava, ela foi para a cama ainda de meia e tênis, escondendo o moletom embaixo da coberta. Depois de dez minutos, as luzes, que eram controladas por um interruptor geral em algum lugar, enfim se apagaram.

Ela ficou deitada no escuro, ouvindo a chuva, esforçando-se a continuar acordada, embora as pálpebras pesassem. Logo roncos e respirações lentas e pesadas podiam ser ouvidos com o bater da chuva na janela. Ela não se atrevia a esperar demais nem a tentar pegar o casaco impermeável embaixo da cama. Evitando fazer ruído com os lençóis, conseguiu vestir o moletom por cima do pijama. Depois, com lentidão e cautela, saiu da cama e andou furtivamente até a porta do alojamento, pronta para dizer a quem acordasse que estava a caminho do banheiro.

Abriu a porta com cuidado. Não havia luzes elétricas no pátio deserto, embora o espelho d'água e a fonte de Daiyu reluzissem ao luar e uma única janela acesa brilhasse no andar superior da sede da fazenda.

Robin tateou o caminho pela lateral do prédio e pela faixa de terreno entre os alojamentos feminino e masculino, o cabelo rapidamente ficando mais molhado pela chuva. Quando chegou ao final da passagem, seus olhos tinham se aclimatado um pouco ao escuro. O objetivo era o trecho de mata densa visível da janela do alojamento, que ficava depois de um pequeno campo em que nenhum dos recrutas ainda havia entrado.

Árvores e arbustos tinham sido plantados no final da passagem entre os alojamentos, cobrindo a visão do campo. Ao andar cautelosamente pelas moitas, tentando não tropeçar nas raízes, ela viu luz e parou entre os arbustos.

Ela encontrou outros Quartos de Retiro, como os que vira da sala do dr. Zhou, protegidos dos alojamentos por um paisagismo cuidadoso. Através dos arbustos, via a luz brilhando de trás de cortinas que tinham sido fechadas diante das portas de correr de vidro de um desses cômodos. Robin teve medo de que alguém pudesse sair para caminhar ou olhar para fora. Esperou um minuto, pensando nas opções, depois decidiu se arriscar. Saindo do abrigo das árvores, avançou rastejando, passando a dez metros da cabana.

Foi então que percebeu que não havia o perigo de alguém sair imediatamente do Quarto de Retiro. Dali saíam batidas ritmadas e grunhidos, junto com gritinhos que podiam ser de prazer ou dor. Robin se apressou.

Um portão gradeado separava o campo da área com paisagismo onde ficavam os Quartos de Retiro. Robin decidiu pular o portão em vez de tentar abri-lo. Depois de chegar ao outro lado, ela desatou a correr, os pés produzindo ruídos no terreno molhado, consumida por um pânico quase descontrolado. Se houvesse câmeras de visão noturna cobrindo a fazenda, ela seria detectada a qualquer momento; a agência pode ter feito uma avaliação criteriosa do perímetro, mas não tinha como saber que tipo de tecnologia de vigilância era usada dentro da fazenda. Seu lado racional insistia em lhe dizer que não havia sinal de câmera em lugar nenhum, ainda assim o medo a acossava e ela correu para a escuridão mais funda que era a mata.

Foi um alívio chegar ao abrigo das árvores, mas outro medo passou a dominá-la. Parecia que estava vendo outra vez a forma sorridente e translúcida de Daiyu que tinha aparecido no porão algumas horas antes.

"Foi um truque", disse Robin a si mesma. "Você sabe que foi um truque."

Mas ela não entendia como fora feito, e era fácil demais acreditar em fantasmas enquanto se embrenhava a esmo por uma mata, passando por urtigas e pisando em raízes retorcidas, com o estalar de galhos sob os pés soando alto como tiros na quietude da noite e com a chuva batendo no dossel de árvores.

Robin não sabia se ia na direção certa, porque, na ausência de qualquer carro de passagem, não tinha como saber onde ficava a estrada. Ela andou às cegas por dez minutos até que, com um zunido e um golpe de luz, um carro de fato passou na estrada a sua direita e ela percebeu que estava a vinte metros do perímetro.

Ela precisou de quase meia hora para encontrar a pequena clareira que Barclay tinha aberto junto à cerca, do lado de dentro, com seu reforço de arame farpado. Agachando-se, Robin tateou o chão e, enfim, os dedos sentiram algo quente e liso que não era natural. Ela tirou a pedra de plástico do mato onde fora colocada e abriu as duas metades com as mãos trêmulas.

Depois de ligar a minilanterna, ela viu a caneta, papel e um bilhete na conhecida letra de Strike, e seu coração saltou como se estivesse vendo o sócio pessoalmente. Tinha acabado de pegar a mensagem quando ouviu vozes na mata atrás dela.

Apavorada, Robin desligou a lanterna e se achatou no chão no trecho mais próximo de urtiga, protegendo o rosto o melhor que podia com os braços, certa de que as batidas do coração seriam audíveis a quem a estivesse seguindo. Esperando um grito ou uma ordem para se mostrar, ela não ouviu nada, apenas passos. Depois uma menina falou:

— P-p-pensei ter visto uma luz agora mesmo.

Robin ficou deitada imóvel e fechou os olhos, como se de alguma forma isto a tornasse menos visível.

— Deve ser a lua na cerca — disse uma voz masculina. — Vamos. O que você queria...?

— Eu p-p-p-preciso que você me f-f-faça aumentar de novo.

— Lin... não posso.

— Você p-p-p-precisa fazer — insistiu a menina, que parecia prestes a chorar. — Ou e-e-e-eu terei d-d-d-e ir com ele de novo. Eu n-n-não posso, Will. Eu n-n-n...

Ela começou a chorar.

— Shh! — disse Will freneticamente.

Robin ouviu um farfalhar de tecido e murmúrios. Ela imaginou que Will estivesse abraçando Lin, cujo choro parecia abafado.

— Por que n-n-n...

— Você sabe por quê — sussurrou ele.

— Eles v-v-vão me mandar p-p-para Birmingham se eu n-n-n-não for com ele e eu n-n-não posso deixar Qing, eu n-n-n...

— Quem disse que você vai para Birmingham? — perguntou Will.

— M-M-M-M-Mazu, se eu n-n-n-não for com e-e-e-e...

— Quando foi que ela te disse isso?

— O-o-o-o-ontem, mas se eu aumentar t-t-talvez ela n-n-não m-m-m...

— Ai, Deus — suspirou Will, e Robin nunca ouviu duas palavras mais carregadas de desespero.

Houve mais silêncio e sons fracos de movimento.

"Por favor, que não estejam transando", pensou Robin, de olhos bem fechados, deitada em meio à urtiga. "Por favor, não, por favor."

— Ou p-p-p-podemos fazer o q-q-q-q-que Kevin f-f-fez — sugeriu Lin, a voz embargada do choro.

— Você perdeu o juízo? — disparou Will asperamente. — Ser condenada para sempre, aniquilar nosso espírito?

— Eu n-n-n-não vou deixar Qing! — Lin gemeu.

De novo Will a fez baixar o tom freneticamente. Houve outro silêncio, em que Robin pensou poder ouvir um beijo de natureza reconfortante e não passional.

Ela devia ter previsto que outra pessoa além da Agência de Detetives Strike e Ellacott estaria ciente do ponto cego das câmeras e da cobertura útil das árvores. Para voltar em segurança para o alojamento, Robin dependia do que a dupla faria. Ficou petrificada, com medo de um deles chegar mais perto do local onde ela estava, porque, se outro carro passasse, sem dúvida revelaria o moletom laranja berrante. Não teve alternativa senão ficar enroscada em meio à urtiga. Como ia explicar a lama e as manchas de mato no moletom limpo era um problema com que teria de se preocupar se conseguisse sair a salvo das árvores.

— Não pode dizer a Mazu que você tem alguma coisa… Como é aquela coisa que você tem?

— Cistite. — Lin chorava. — Ela n-n-n-não vai acreditar em m-m-m-mim.

— Tudo bem — disse Will —, então… então… você terá de fingir que está doente de outra coisa. Peça para ver o dr. Zhou.

— M-m-mas vou ter que m-m-m-melhorar no fim… *Não posso deixar Qing!* — gemeu a menina de novo.

— *Pelo amor de Deus, não grite!* — pediu Will, apavorado.

— *Por que* você não me f-f-faz aumentar de novo?

— Não posso, você não entende, eu não posso…

— Você está c-c-com medo!

Robin ouviu passos voltando rapidamente e teve certeza de que a menina corria, com Will atrás dela, porque a voz dele parecia mais distante quando ele voltou a falar:

— Lin…

— Se você não v-v-vai me f-f-f-azer aumentar…

As vozes ficaram indistinguíveis. Robin continuou imóvel no esconderijo, o coração aos saltos, o ouvido atento ao que acontecia. A dupla ainda discutia, mas ela não conseguia distinguir mais o que diziam. Não sabia quanto tempo tinha ficado deitada, escutando. Outro carro passou zunindo. Por fim, as vozes e os passos desapareceram.

Robin ficou deitada ali por mais cinco minutos, com medo de a dupla voltar, depois sentou-se cautelosamente.

O bilhete de Strike ainda estava amassado em sua mão. Ela respirou fundo algumas vezes, depois voltou a ligar a lanterna, alisou o papel e leu.

Quinta-feira, 14 de abril

Espero que tudo esteja indo bem aí. Dev vai deixar este bilhete e ficará nos arredores até sábado, verificando a pedra até que você tenha colocado um bilhete nela. Se não chegar nada, veremos você no domingo.

Encontrei-me com Abigail Glover, filha de Jonathan Wace. Algumas coisas muito interessantes. Ela alega que Daiyu não era filha de Wace, mas de Alexander Graves. Pelo visto, quando a menina morreu, houve uma briga pela custódia dela entre os Wace e os pais de Graves. Abigail presenciou e sofreu muita violência aí, tendo sido ela mesma trancada no chiqueiro, nua, por três noites depois que Daiyu se afogou, mas não está disposta a testemunhar, infelizmente.

Na terça vou me encontrar com os pais de Graves. Contarei a você como foi.

Ainda tentando localizar Cherie Gittins, a garota que levou Daiyu para nadar. Estive pesquisando sobre a morte de Daiyu e tenho perguntas. Qualquer coisa que você descobrir por aí será útil.

Pode ser que eu tenha encontrado um jeito de convencer Jordan Reaney a conversar comigo – Shanker tem uns amigos lá dentro com ele.

Littlejohn está me preocupando. Ele não me disse que trabalhou para Patterson por três meses antes de nos procurar. Estou tentando encontrar um substituto.

Os Franks continuam com o assédio e talvez estejam planejando um sequestro.

Cuide-se. Na hora que quiser sair, é só dizer. Derrubaremos a porta, se necessário.

Bj, S

Robin não sabia por que o bilhete lhe dera vontade de chorar, mas uma lágrima caiu no papel. A ligação com a vida lá fora a afetara como um remédio, fortalecendo-a, e a oferta de derrubar a porta e o único beijo ao lado da inicial de Strike parecia um abraço.

Ela pegou a caneta, apoiou um pequeno maço de papéis no joelho e começou a escrever, desajeitada, com a lanterna na mão esquerda.

Tudo indo bem. Esta noite ingressei na igreja. Submersão total na piscina do templo.

Will Edensor esteve aqui e entreouvi uma conversa entre ele e Lin, filha de Deirdre Doherty. Ela implorava para Will fazê-la "aumentar" de novo, para não ter de dormir com "ele". Não sei quem é "ele". Lin até sugeriu ir embora, mas Will parece completamente doutrinado, diz que isso significaria a danação. Não posso ter certeza, mas se ela já teve um filho aqui, pode ser de Will. Se for o caso, ela teria dado à luz enquanto ainda era menor de idade, porque não parece muito velha agora.

Ainda não testemunhei nenhuma violência, mas a privação de sono e a pouca alimentação são reais.

Esta noite vi o espírito de Daiyu se materializar do nada, mexendo-se e acenando para todos nós. Jonathan W a conjurou. Não sei como foi feito, mas tenho de dizer que foi eficaz e acho que convenceu quase todo mundo.

Robin fez uma pausa, tentando se lembrar de mais alguma coisa que Strike achasse significativa. Tremia de frio e estava tão cansada que mal conseguia raciocinar.

Acho que é só isso, lamento não ter mais. Com sorte, agora que sou uma verdadeira integrante da igreja, vou começar a ver as coisas ruins.

Parece uma boa ideia se livrar de Littlejohn quando você puder.

Bj, Robin

Ela dobrou o bilhete, colocou na pedra segura e a recolocou onde tinha encontrado. Depois, com o coração pesado, rasgou o bilhete de Strike em pedacinhos e começou a voltar pelas árvores para a fazenda distante, jogando pedaços do bilhete em diferentes trechos de urtiga enquanto prosseguia.

Porém, ela estava tão cansada que perdeu o senso de orientação. Logo se viu em um denso grupo de árvores que, sem dúvida, não se lembrava de ter atravessado. O pânico começou a crescer nela de novo. Por fim, ela se obrigou a andar entre dois troncos tomados de trepadeiras, deu alguns passos por uma pequena clareira e então, com um gritinho que não conseguiu reprimir, caiu em algo duro e afiado.

— Merda — Robin gemeu, apalpando a parte inferior da perna. Estava dolorida, mas felizmente não havia um rasgo na calça. Tateando em volta, encontrou a coisa em que tropeçara: parecia um toco de madeira ou poste quebrado no chão. Ela se levantou e, ao fazer isso, viu ao luar que havia vários postes quebrados dispostos em um círculo rudimentar. Sem dúvida eram obra de alguém e tinham um caráter ritualístico enervante, engastados em meio à mata circundante. Robin se lembrou da história de Kevin Pirbright de ficar amarrado a uma árvore a noite toda como castigo quando tinha doze anos. Teriam sido esses postes aqui, nos quais um grupo inteiro de crianças podia ser amarrado? Se assim fosse, parecia que não os usavam mais havia tempos, porque estavam apodrecendo lentamente nas profundezas da mata.

Mancando um pouco, Robin partiu outra vez e enfim, com a ajuda de um luar fugaz, encontrou a margem da mata.

Só quando estava andando de volta no escuro pelo campo molhado na direção da fazenda foi que se lembrou de que não tinha escrito um bilhete para Murphy. Cansada e abalada demais para voltar, ela decidiu que escreveria um pedido de desculpas na próxima vez. Quinze minutos depois, ela pulava o portão gradeado. Passou então pelos Quartos de Retiro escuros e silenciosos e, com um alívio profundo, entrou de mansinho no alojamento sem ser detectada.

PARTE TRÊS

Chien/Obstrução

OBSTRUÇÃO significa dificuldade.
O perigo está à frente.
Ver o perigo e saber ficar imóvel, isto é sabedoria.

I Ching: O livro das mutações

37

Pela determinação é certo encontrar algo.
Daí se segue o hexagrama VIR AO ENCONTRO.

I Ching: O livro das mutações

Apesar de o recebimento da carta de Robin da Fazenda Chapman não ter exatamente o mesmo efeito em Strike que a dele teve nela, a ausência de um bilhete para Ryan Murphy o animou imensamente, um fato que ele escondeu de Dev Shah, quando este último confirmou que só havia encontrado uma carta dentro da pedra de plástico ao verificar antes do amanhecer.

— É bom saber que ela está bem — foi o único comentário de Strike depois de ler a mensagem de Robin na mesa dos sócios. — E é uma tremenda informação que ela já conseguiu. Se Will Edensor é pai de uma criança ali, temos uma explicação parcial para o motivo de ele não ir embora.

— É — concordou Dev. — Medo de um processo. Estupro de vulnerável, não é? Vai contar a Sir Colin?

Strike hesitou, franzindo a testa e passando a mão no queixo.

— Se a criança for mesmo de Will, ele um dia terá de saber, mas prefiro conseguir mais informações primeiro.

— Menor de idade é menor de idade — ressaltou Dev.

Strike nunca vira Shah tão determinado.

— Concordo. Mas não sei se posso julgar o que acontece lá pelos padrões normais.

— Fodam-se os padrões normais — disparou Dev. — Mantenha seu pau dentro da calça perto de crianças.

Houve um silêncio curto e tenso, seguido pelo anúncio de Dev de que ele precisava dormir um pouco depois de passar a noite toda no carro, e ele foi embora.

— O que o aborreceu? — perguntou Pat, enquanto a porta de vidro se fechava com mais força do que o necessário e Strike saía da sala interna com uma caneca vazia na mão.

— Sexo com meninas menores de idade — respondeu Strike, indo à pia para lavar a caneca antes de partir para mais vigilância do Pé-Grande. — Não por parte de Dev — acrescentou ele.

— Bom, *disso* eu sabia — disse Pat.

Como Pat podia saber disso, Strike não perguntou. Dev era tranquilamente o terceirizado mais bonito empregado pela agência, e Strike sabia, por experiência própria, que as simpatias da gerente eram mais prontamente dirigidas a homens bonitos. Uma associação de ideias o fez dizer:

— Aliás, se Ryan Murphy telefonar, diga que não tinha bilhete de Robin para ele esta semana.

Algo no olhar incisivo de Pat fez Strike acrescentar:

— Não tinha nenhum na pedra.

— Tudo bem, não estou te acusando de ter queimado — rebateu Pat, virando-se para sua digitação.

— Está tudo bem? — perguntou Strike. Embora ele duvidasse que alguém já tivesse comparado Pat a um raio de sol eterno, ele não se lembrava de já a ter visto ficar rabugenta desse jeito sem provocação.

— Tudo ótimo — disse Pat, balançando o cigarro eletrônico enquanto olhava de cara feia o monitor.

Strike decidiu que o melhor a fazer era lavar a caneca em silêncio.

— Bom, vou sair para vigiar o Pé-Grande — informou ele. Ao se virar para pegar o casaco, seus olhos caíram em uma pequena pilha de recibos na mesa de Pat. — São de Littlejohn?

— São — respondeu Pat, com os dedos movendo-se rapidamente pelo teclado.

— Posso dar uma olhada?

Ele os folheou. Não havia nada de incomum nem extravagante ali; na verdade, no máximo, ficavam do lado modesto.

— O que você acha de Littlejohn? — perguntou Strike a Pat, colocando os recibos ao lado dela.

— Como assim, o que acho de Littlejohn? — Pat o olhou feio.

— Exatamente o que eu perguntei.

— Nada contra — disse Pat, depois de um ou dois segundos. — Ele é legal.

— Robin me disse que você não gosta dele.

— No começo achei que ele era meio calado, só isso.

— Então ele está puxando mais conversa? — sondou Strike.

— É — disse Pat. — Bom... não... mas é sempre educado.

— Você nunca notou o cara fazendo algo estranho? Com um comportamento esquisito? Mentindo sobre alguma coisa?

— Não. Por que está me perguntando isso?

— Porque, se você tivesse notado, não seria a única — respondeu Strike. Ele estava intrigado: Pat nunca mostrara nem a mais leve inclinação de fazer rodeios quando julgava alguém: cliente, funcionário ou, na verdade, o próprio Strike.

— Ele é legal. Faz o trabalho bem, não faz?

Antes que Strike pudesse responder, o telefone da mesa de Pat tocou.

— Ah, oi, Ryan — disse ela com um tom mais caloroso.

Strike decidiu que era hora de ir embora e assim o fez, fechando em silêncio a porta de vidro ao passar.

Os próximos dias renderam pouco progresso no caso da IHU. Não houve notícias de Shanker sobre uma possível entrevista com Jordan Reaney. Cherie Gittins continuava inalcançável em todos os bancos de dados consultados por Strike. Das testemunhas da natação matinal de Cherie e Daiyu, a dona da cafeteria que vira Cherie levando a menina à praia enquanto carregava toalhas tinha morrido cinco anos antes. Ele tentou entrar em contato com o sr. e a sra. Heaton, que viram Cherie correndo histérica pela praia depois de Daiyu desaparecer sob as ondas e que ainda moravam em um endereço em Cromer, mas ninguém atendia na linha fixa, a qualquer hora que Strike ligasse. Ele considerou a possibilidade de ir de carro a Cromer depois de Garvestone Hall, mas como a agência estava sobrecarregada com os casos atuais e ele já planejava ir à Cornualha no final daquela semana, decidiu não sacrificar algumas horas de estrada apenas para encontrar uma casa desocupada.

Sua ida de carro a Norfolk em uma manhã ensolarada de terça-feira foi tranquila até que, em um trecho reto e plano da A11, Midge telefonou para falar sobre o mais recente caso que a agência pegou, de suposta infidelidade conjugal, em que o marido queria a esposa vigiada. O cliente fora aceito tão recentemente que ainda não tinham atribuído nenhum apelido nem ao cliente, nem ao alvo, embora Strike entendesse do que Midge estava falando quando ela disse sem preâmbulos:

— Peguei a dona Não-sei-o-nome no ato.

— Já?

— Já. Tirei fotos dela saindo do apartamento do amante esta manhã. Visitando a mãe uma ova. Talvez eu deva dar uma enrolada. Não vamos ganhar muito com essa.

— Mas é boa publicidade boca a boca — rebateu Strike.

— Peço a Pat para notificar o próximo da lista de espera?

— Vamos dar uma semana — disse Strike depois de hesitar um pouco. — O trabalho com os Frank precisa do dobro do efetivo agora que sabemos que são os dois. Olha, Midge, aproveitando que falo com você... Tem alguma coisa acontecendo entre Pat e Littlejohn?

— Como assim?

— Eles tiveram alguma briga ou coisa parecida?

— Não que eu saiba.

— Ela ficou meio estranha quando perguntei o que pensava dele, hoje de manhã.

— Bom, ela não gosta dele — disse Midge. — Nenhum de nós gosta — acrescentou ela, com sua franqueza de sempre.

— Estou procurando recomendações para um substituto — informou Strike, o que era verdade: na noite anterior, ele mandara e-mail a vários contatos na polícia e no exército em busca de possíveis candidatos. — Tudo bem, bom trabalho com a Dona Coisa. A gente se vê amanhã.

Ele dirigiu pela paisagem inesgotavelmente plana, que tinha o habitual efeito sombrio em seu estado de espírito. A comunidade Aylmerton sempre maculara Norfolk em sua mente; ele não via beleza na imensidão aparente do céu pressionando a terra nem nos ocasionais moinhos e pântanos.

Seu GPS o guiou por uma série de estradas rurais estreitas e sinuosas, até que, por fim, ele viu a primeira placa para Garvestone. Três horas depois de ter saído de Londres, Strike entrou no vilarejo, passando por uma igreja de torre quadrada, uma escola e a prefeitura, uma atrás da outra, e se viu do outro lado três minutos depois. Quatrocentos metros após Garvestone, ele viu uma placa de madeira o orientando a subir um caminho à direita para a mansão. Logo depois, ele dirigia pelos portões abertos para o que antigamente fora o lar do Profeta Roubado.

38

Seis no alto (...)
Não luz, mas escuridão.
Primeiro ele subiu ao firmamento,
Depois mergulhou nas profundezas da terra.

I Ching: O livro das mutações

O caminho era ladeado por uma sebe alta, então Strike viu pouco do jardim até chegar ao pátio de cascalho na frente da casa, que era uma construção irregular, mas impressionante, de pedra cinza azulada, com janelas góticas e uma porta de entrada de carvalho maciço aonde se chegava por uma escada de pedra. Ele parou por alguns segundos depois de sair do carro para ver o gramado verde e imaculado, os leões de topiaria e o espelho d'água cintilando ao longe. Depois uma porta rangeu e uma voz masculina, rouca, mas firme, disse:

— Olá!

Um idoso saiu da casa, se apoiando em uma bengala de mogno no alto da escada de entrada. Vestia uma camisa por baixo de um blazer de tweed e a gravata regimental marrom e azul dos Granadeiros. Ao lado dele estava um labrador amarelo imenso de gordo, abanando o rabo, mas evidentemente decidindo esperar que o recém-chegado subisse a escada em lugar de descer para recebê-lo.

— Não posso mais descer a maldita escada sem ajuda, desculpe-me!

— Não tem problema — disse Strike, o cascalho triturando sob seus pés enquanto ele se aproximava da porta. — Coronel Graves, eu presumo?

— Como vai você? — perguntou Graves, trocando um aperto de mãos.

Ele tinha um bigode basto e branco e um leve prognatismo, lembrando um pouco um coelho ou, em uma avaliação menos gentil, a personificação padrão de um pateta de classe alta. Os olhos que piscavam por trás das lentes dos óculos de aro de aço eram leitosos de catarata e um grande aparelho auditivo da mesma cor de sua pele se projetava de uma orelha.

— Entre, entre... Vem, Gunga Din — acrescentou ele.

Strike tomou a exortação como um convite ao labrador gordo que farejava a bainha de sua calça e não a ele.

O coronel Graves se arrastou à frente de Strike para um hall grande, a bengala batendo alto no piso de madeira escura e encerada, o labrador ofegante guardando a retaguarda. Retratos a óleo vitorianos do que Strike não duvidava que fossem ancestrais olhavam os dois homens e o cachorro. O lugar tinha uma beleza envelhecida e serena aprimorada pela luz que entrava por uma grande janela de chumbo acima da escada.

— Bela casa — elogiou Strike.

— Meu avô comprou. Barão da cerveja. Mas a cervejaria acabou há tempos. Graves Stout, já ouviu falar?

— Infelizmente, não.

— Saiu do mercado em 1953. Ainda tem algumas garrafas no porão. Coisa ruim. Meu pai nos obrigava a beber. A fundação da fortuna da família e coisa e tal. Chegamos — informou o coronel, ofegando tão alto quanto o cachorro enquanto abria uma porta.

Eles entraram em uma grande sala de visitas de um conforto acolhedor de classe alta, com sofás e poltronas fundos de chintz desbotado, mais janelas dando para jardins esplêndidos e uma cama de cachorro feita de tweed, em que o labrador se jogou com o ar de ter tido mais do que sua parcela diária de exercícios.

Três pessoas estavam sentadas em torno de uma mesa baixa tomada de um aparelho de chá e o que parecia um pão de ló vitoriano caseiro. Em uma poltrona estava uma idosa de cabelo branco e ralo, vestida de azul-marinho e pérolas. Suas mãos tremiam tanto que Strike se perguntou se teria doença de Parkinson. Um casal no final dos quarenta anos estava sentado lado a lado no sofá. As sobrancelhas bastas do homem careca e seu notável nariz romano lhe conferiam a aparência de uma águia. A gravata, a não ser que o sujeito fingisse ser o que não era, o que Strike achava improvável neste contexto, proclamava que ele já fora da Marinha Real. Sua esposa, roliça e loura, usava um suéter de cashmere cor-de-rosa e saia de tweed. O cabelo estava preso atrás com um laço de veludo, um estilo que Strike não via desde os anos 1980, enquanto as faces avermelhadas e tomadas de veias sugeriam uma vida com muito tempo ao ar livre.

— Minha esposa, Barbara — apresentou o coronel Graves —, nossa filha, Phillipa e seu marido, Nicholas.

— Bom dia — cumprimentou Strike.

— Olá — disse a sra. Graves. Phillipa meramente assentiu para Strike, sem sorrir. Nicholas não fez nem som, nem gesto de boas-vindas.

— Sente-se — disse o coronel, gesticulando para Strike se sentar em uma poltrona de frente para o sofá. Ele baixou lentamente em uma cadeira de espaldar alto com um grunhido de alívio.

— Como quer seu chá? — perguntou a sra. Graves.

— Forte, por favor.

— Bom homem — anunciou o coronel. — Não suporto chá fraco.

— Eu preparo, mamãe — disse Phillipa e, de fato, as mãos da sra. Graves tremiam tanto que Strike achou aconselhável que ela não lidasse com água fervendo. — Bolo? — perguntou a jovem, muito séria, depois de ter lhe passado o chá.

— Adoraria uma fatia — disse Strike. Dane-se a dieta.

Depois de todos serem servidos e Phillipa voltar a se sentar, Strike falou:

— Bom, fico muito grato pela oportunidade de conversar com vocês. Entendo que isto não deve ser fácil.

— Garantiram a nós que você não é um caçador qualquer — informou Nicholas.

— É bom saber — comentou Strike, seco.

— Sem querer ofender — disse Nicholas, embora suas maneiras fossem as de um homem que não se importava de ser ofensivo e podia até se orgulhar de si mesmo por isso —, mas achamos importante checar você.

— Temos sua garantia de que não seremos arrastados para os tabloides? — quis saber Phillipa.

— Parece que você costuma aparecer lá — observou Nicholas.

Strike podia ter salientado que nunca deu uma entrevista à imprensa, que a maior parte do interesse jornalístico que ele levantara se devia a casos criminais resolvidos e que não estava em seu controle se a imprensa se interessaria por sua investigação. Em vez disso, falou:

— No momento, o risco de a imprensa se interessar é de leve a inexistente.

— Mas você acha que podemos todos ser arrastados? — Phillipa o pressionou. — Porque nossos filhos não sabem nada a respeito disso. Eles acham que o tio morreu de causas naturais.

— Já faz muito tempo, Pips — disse a sra. Graves. Strike achou que ela estava meio nervosa com a filha e o genro. — Já se passaram trinta e três anos. Allie agora teria cinquenta e dois — acrescentou ela em voz baixa, a ninguém em particular.

— Se pudermos impedir que outra família passe pelo que passamos — disse o coronel Graves em voz alta —, será um prazer para nós. É uma obrigação — acrescentou ele, com um olhar ao genro que, apesar dos olhos toldados, era incisivo. Virando-se rigidamente na cadeira para se dirigir a Strike, ele continuou: — O que você quer saber?

— Bom — disse Strike —, gostaria de começar por Alexander, se não houver problema.

— Nós sempre o chamamos de Allie aqui — disse o coronel.

— Como ele se interessou pela igreja?

— Uma longa história — começou o coronel Graves. — Ele estava doente, sabe... mas só percebemos depois de um bom tempo. Como chamam mesmo? — perguntou ele à esposa, mas foi a filha que respondeu.

— Depressão maníaca, mas devem ter outra palavra elegante para isso hoje em dia.

O tom de Phillipa sugeria ceticismo com relação à profissão psiquiátrica e seus métodos.

— Quando ele era mais novo — disse a sra. Graves com a voz hesitante —, pensávamos que ele era apenas *levado*.

— Problemas por toda a escola — explicou o coronel Graves, assentindo melancólico. — Expulso do rugby, no fim das contas.

— E por quê? — perguntou Strike.

— Drogas — respondeu o coronel Graves sombriamente. — Eu estava estacionado na Alemanha nessa época. Nós o levamos para ficar conosco. Colocamos na escola internacional para fazer os exames, mas ele não gostou. Brigas homéricas. Sentia falta dos amigos. "Por que Pips pode ficar na Inglaterra?" Eu dizia: "Pips não foi apanhada fumando maria-joana no alojamento, é por isso." Eu esperava que ficar perto de militares, sabe... talvez mostrasse outro jeito de viver a ele. Eu sempre torci... mas é isso.

— A avó dele se ofereceu para ficar com Allie na casa dela, em Kent — disse a sra. Graves. — Ela sempre amou Allie. Ele teve de terminar os exames no colégio local, mas quando tivemos notícia dele, Allie tinha sumido. A avó ficou desesperada. Peguei um avião para a Inglaterra para ajudar a procurar por ele e o encontrei com um de seus antigos colegas de escola, em Londres.

— Tom Bantling — acrescentou o coronel Graves, assentindo lugubremente. — Os dois estavam entocados em um porão, se drogando o dia todo.

Tom acabou se acertando, veja você — ele acrescentou com um suspiro. — Agora tem a Ordem do Império Britânico... O problema foi que quando Baba o encontrou, Allie tinha feito dezoito anos. Não podíamos obrigá-lo a vir para casa nem a fazer nada que ele não quisesse.

— Como ele se sustentava? — perguntou Strike.

— Ele tinha algum dinheiro herdado da outra avó — informou a sra. Graves. — Ela deixou para você também, não foi, querida? — acrescentou ela a Phillipa. — Você usou o seu para comprar Bugle Boy, não foi?

A sra. Graves gesticulou para um armário de frente abaulada em que estavam muitas fotografias em porta-retratos de prata. Depois de um segundo de confusão, Strike percebeu que sua atenção era dirigida a uma das fotos maiores, que retratava uma Phillipa corpulenta, adolescente e radiante com traje completo de caça, sentada no alto de um cavalo cinza gigantesco, presumivelmente Bugle Boy, com cães sabujos reunidos atrás deles. O cabelo, escuro na fotografia, estava amarrado atrás no que parecia o mesmo laço de veludo que ela usava hoje.

— Então Allie tinha dinheiro suficiente para viver sem precisar trabalhar? — questionou Strike.

— Sim, até ele torrar tudo — confirmou o coronel Graves —, o que ele fez em cerca de um ano. Depois deu entrada em não sei o que de desemprego. Eu decidi sair do exército. Não queria deixar Baba aqui sozinha, tentando ajeitar a vida dele. Começou a ficar óbvio que tinha alguma coisa muito errada.

— Ele mostrava sinais claros de doença mental na época?

— Sim — confirmou a sra. Graves —, ele estava ficando muito paranoico e estranho. Ideias esquisitas sobre o governo. Mas o pior é que não pensávamos em doença mental na época, porque ele sempre foi meio...

— Ele nos dizia que recebia mensagens de Deus — informou o coronel Graves. — Achamos que eram as drogas. Pensamos que se ele ao menos parasse de fumar essa maldita maria-joana... Ele se desentendeu com Tom Bantling e passou a dormir no sofá dos outros até que eles ficavam irritados e o expulsavam. Tentamos acompanhar os passos dele, mas às vezes não sabíamos onde ele estava.

— E então ele se meteu em um problema *horrível*, em um pub. Nick estava com ele, não estava? — perguntou a sra. Graves ao genro. — Eles estudavam na mesma escola — explicou ela a Strike.

— Eu tentava botar juízo na cabeça de Allie — explicou Nicholas —, quando um camarada esbarrou nele, e ele o atacou com um copo de cerveja. Cortou a cara do sujeito, que precisou levar pontos. Allie foi indiciado.

— E com razão também — ladrou o coronel. — Não se pode questionar isso. Conseguimos um advogado para ele, amigo nosso, e Danvers arrumou um psiquiatra.

— Allie só concordou porque morria de medo da prisão — revelou a sra. Graves. — Era um medo real dele, de ser preso. Acho que foi por isso que ele não gostou do internato.

Phillipa revirou muito levemente os olhos, sem ser notada pelos pais, porém Strike percebeu.

— Então o psiquiatra diagnosticou essa não sei o que maníaca — continuou o coronel Graves — e lhe prescreveu medicamentos.

— E ele disse que Allie *não devia mais* fumar maconha — acrescentou a sra. Graves. — Conseguimos que Allie ficasse limpo para o tribunal, mandamos cortar o cabelo e assim por diante, e ele ficou *maravilhoso* de terno. E o juiz foi realmente muito gentil, e basicamente disse que achava que seria melhor para Allie prestar serviço comunitário. E na época — a sra. Graves suspirou —, pensamos que ele ser preso foi uma bênção disfarçada, não foi, Archie? É claro, não queríamos que o coitado sofresse alguma coisa.

— E ele voltou a morar aqui? — perguntou Strike.

— É isso mesmo — confirmou o coronel Graves.

— E seu estado mental melhorou?

— Sim, ficou *muito* melhor — declarou a sra. Graves. — E você adorava tê-lo em casa, não é mesmo, Pips?

— Hmm — murmurou Phillipa.

— Era como tê-lo de volta a como ele era quando garotinho — disse a sra. Graves. — Ele era tremendamente doce e engraçado...

As lágrimas encheram seus olhos.

— Desculpe-me — sussurrou ela, atrapalhando-se ao procurar um lenço na manga.

O coronel Graves assumiu a expressão impassível e inexpressiva do inglês médio de classe alta quando confrontado com uma demonstração aberta de emoção. Nicholas disfarçou espanando farelos de bolo da calça jeans. Phillipa apenas olhou dura e fixamente o bule de chá.

— Que serviço comunitário Allie prestou? — perguntou Strike.

— Bom, foi onde ela meteu as garras nele, sabe — declarou o coronel Graves com intensidade. — Projeto comunitário a cinquenta minutos daqui, em Aylmerton. Limpar lixo e coisas assim. Tinha umas duas pessoas lá da Fazenda Chapman, e *ela* era uma delas. Mazu.

O nome mudou o clima na sala. Embora o sol ainda entrasse pelas janelas, parecia ter escurecido, de algum modo.

— No início, ele não nos contou que tinha conhecido a garota — disse o coronel.

— Mas ele passava mais tempo do que o necessário em Aylmerton — acrescentou a sra. Graves. — Chegava em casa muito tarde. Sentíamos cheiro de álcool em seu hálito de novo e sabíamos que ele não devia beber com os remédios.

— E então teve outra briga — prosseguiu o coronel —, e ele soltou que tinha conhecido alguém, mas disse que sabia que não íamos gostar dela, e por isso ele a levava ao pub em vez trazer em casa. E eu disse: "Do que você está falando, não íamos gostar dela? Como você sabe disso? Traga para nos apresentar. Traga a garota para um chá!" Tentando deixá-lo feliz, sabe. E ele trouxe. Ele trouxe aquela garota...

"Ele fez parecer que Mazu era filha de um fazendeiro, antes de trazer para nos apresentar. Não tinha nada de errado nisso. Mas eu vi que ela não era filha de fazendeiro no momento em que pus os olhos nela."

— Nunca tínhamos conhecido nenhuma das namoradas dele — revelou a sra. Graves. — Foi um choque.

— E por qual motivo? — perguntou Strike.

— Bom — começou a sra. Graves —, ela era muito nova e...

— Imunda — completou Phillipa.

— ... meio sujinha — continuou a sra. Graves. — Cabelo preto comprido. Magricela, com jeans sujos e uma espécie de bata.

— Não falava nada — acrescentou o coronel Graves.

— Nem uma palavra — confirmou a sra. Graves. — Só ficou sentada ao lado de Allie, onde Nick e Pips estão agora, agarrada ao braço dele. Tentamos ser gentis, não foi? — disse ela, num tom melancólico, ao marido. — Mas ela só nos olhava através do cabelo. E Allie entendeu que não gostamos dela.

— *Ninguém* poderia ter gostado dela — afirmou Nicholas.

— Você a conheceu também? — perguntou Strike.

— Conheci depois — respondeu Nicholas. — Me deu calafrios pelo corpo todo.

— Não era timidez — disse a sra. Graves. — Eu entenderia se fosse timidez, mas não era por isso que ela não falava nada. Ela passava uma sensação de verdadeira... *maldade*. E Allie ficou na defensiva... não foi, Archie?... "Vocês acham que gosto dela porque sou doente mental." Bom, *é claro* que não pensávamos assim, mas sabíamos que ela estava encorajando a... a parte instável dele.

— Era evidente que ela era a personalidade mais forte — declarou o coronel Graves, assentindo.

— Ela não podia ter mais de dezesseis anos e Allie tinha vinte e três quando a conheceu — disse a sra. Graves. — É muito difícil de explicar. Por fora, parecia... Quer dizer, *nós* pensamos que ela era nova demais para ele, mas Allie estava...

Sua voz falhou.

— Mas que *merda*, Gunga — bradou Nicholas, com raiva.

O fedor do peido do cachorro velho tinha acabado de chegar às narinas de Strike.

— Mas que comida vocês deram a ele? — Phillipa perguntou aos pais.

— Ele comeu um pouco do nosso coelho ontem à noite — admitiu a sra. Graves num tom de desculpas.

— Você mima demais esse cachorro, mamãe. — Phillipa perdeu o controle com a mãe. — É mole demais com ele.

Strike teve a sensação de que o acesso de raiva desproporcional não era realmente por causa do cachorro.

— Quando foi que Allie se mudou para a fazenda? — perguntou.

— Logo depois de recebermos os dois para o chá — respondeu a sra. Graves.

— E a essa altura ele ainda estava com o seguro-desemprego?

— Sim — disse o coronel —, mas tem um fundo de investimentos da família. Ele conseguiu requerer os fundos dele depois de fazer dezoito anos.

Strike pegou bloco e caneta. Os olhos de Phillipa e Nicholas acompanharam atentamente seus movimentos.

— Ele começou a pedir dinheiro no momento em que foi morar com Mazu, mas os curadores não iam dar dinheiro a ele só para torrar à toa — informou o coronel. — E então Allie apareceu um dia aqui, do nada, para nos dizer que Mazu estava grávida.

— Disse que queria dinheiro para comprar coisas para o bebê e deixar Mazu confortável — relatou a sra. Graves.

— Daiyu nasceu em maio de 1988, não é verdade? — perguntou Strike.

— Isso mesmo — confirmou a sra. Graves. O tremor nas mãos tornava arriscado cada gole do chá. — Nasceu na fazenda. Allie nos telefonou e fomos de carro até lá para ver a criança. Mazu estava deitada em uma cama suja, ninando Daiyu, e Allie estava muito magro e agitado.

— Tão mal quanto estava antes de ser preso — observou o coronel Graves. — Sem os remédios. Disse a nós que não precisava deles.

— Levamos presentes para Daiyu, e Mazu nem mesmo nos agradeceu — disse sua esposa. — Mas continuamos visitando. Estávamos preocupados com Allie, e com o bebê também, porque as condições de vida eram muito pouco sanitárias. Mas Daiyu era um amor. Parecida com Allie.

— Cuspida e escarrada — acrescentou o coronel.

— Só que de cabelo preto, e Allie era louro — disse a sra. Graves.

— Por acaso vocês têm uma foto de Allie? — perguntou Strike.

— Nick, você poderia...? — indagou a sra. Graves.

Nicholas estendeu a mão e pegou uma foto em um porta-retratos atrás daquele que mostrava Phillipa montando o grande cavalo cinza.

— Esta é do aniversário de vinte e dois anos de Allie — informou a sra. Graves, enquanto Nicholas passava a foto por cima do aparelho de chá. — Quando ele estava bem, antes de...

A foto mostrava um grupo, no centro do qual estava um jovem de cabeça pequena, cabelo louro e um rosto distintamente arredondado, mas seu sorriso torto era cativante. Ele era muito parecido com o coronel.

— Sim, Daiyu era muito parecida com ele — concordou Strike.

— E como *você* sabe disso? — perguntou Phillipa com frieza.

— Vi uma foto dela em uma antiga matéria de jornal — explicou o detetive.

— Pessoalmente, sempre achei que ela fosse parecida com a mãe — afirmou Phillipa.

Strike olhava o restante do grupo na fotografia. Phillipa estava ali, de cabelo escuro e corpulenta como na foto de caça, e ao lado dela estava Nick, o cabelo com corte militar, o braço direito em uma tipoia.

— Machucou-se fazendo exercícios? — perguntou Strike a Nicholas, devolvendo a fotografia.

— O quê? Ah, não. Só um acidente idiota.

Nicholas pegou a fotografia com Strike e a recolocou com cuidado no lugar, escondendo-a de novo atrás daquela da esposa com o caçador magnífico.

— Lembram-se de Jonathan Wace indo morar na fazenda? — questionou Strike.

— Ah, sim — confirmou a sra. Graves em voz baixa. — Ficamos completamente surpresos. Mas ele era a melhor coisa no lugar, não era, Archie? E você gostava dele, não gostava, Pips? — disse ela timidamente. — No começo?

— Ele era mais educado que Mazu, só isso — respondeu Phillipa, sem sorrir.

— O camarada parecia inteligente — disse o coronel Graves. — Mais tarde percebemos que era tudo encenação, mas ele era encantador quando você o conhecia. Falava da agricultura sustentável que eles iam praticar. Fazia parecer muito válido.

— Eu chequei o homem — informou Nicholas. — Ele não estava mentindo. Ele *foi mesmo* a Harrow. Aparentemente, se destacou na sociedade de teatro.

— Ele nos disse que ia ficar de olho em Allie, Mazu e o bebê — revelou a sra. Graves. — Cuidar para que ficasse tudo bem. Pensamos que ele fosse uma coisa *boa*, na época.

— Depois as coisas religiosas começaram a surgir — continuou o coronel Graves. — Palestras de filosofia oriental e sei lá mais o quê. No início, achamos inofensivo. Estávamos muito mais preocupados com o estado mental de Allie. As cartas aos curadores continuaram chegando, claramente ditadas por outra pessoa. Fazendo-o se passar por sócio da fazenda, sabe. Conversa fiada, mas difícil de refutar. Eles pegaram uma boa parte do fundo, de um jeito ou de outro.

— Sempre que íamos à fazenda, Allie estava pior — relatou a sra. Graves —, e sabíamos que tinha alguma coisa entre Mazu e Jonathan.

— A única vez que ela abria um sorriso era quando Wace estava por perto — disse o coronel Graves.

— E ela começou a tratar Allie *pavorosamente* — acrescentou a sra. Graves. — Com *desprezo*, sabe. "Pare de tagarelar." "Pare de se fazer de bobo." E Allie ficava entoando e jejuando e não sei mais o que Jonathan o mandava fazer.

— Queríamos que Allie fosse a um médico, mas ele dizia que remédios eram veneno e que ele ficaria bem se mantivesse o espírito puro — disse o coronel Graves. — E então, um dia, Baba foi visitar... Vocês dois estavam com ela, não estavam?

— Sim — confirmou Phillipa rigidamente. — Tínhamos acabado de voltar da lua de mel. Levamos fotos do casamento. Não sei por quê. Até parece que Allie tinha algum interesse. E teve uma briga.

"Eles alegaram que ficaram ofendidos por eu não ter convidado Daiyu para ser a dama de honra", disse ela, com uma risadinha. "Que absurdo. Mandamos convites a Allie e Mazu, mas sabíamos que eles não iriam. Jonathan não deixava Allie sair da fazenda na época, só para coletar dinheiro na rua. A história da dama de honra era só uma desculpa para espicaçar Allie e fazê-lo pensar que nós todos odiávamos ele e sua filha."

— Não que *quiséssemos* que ela fosse a dama de honra — disse Nicholas. — Ela era...

Sua esposa lhe lançou um olhar e ele se calou.

— Naquela época, Allie não dizia coisa com coisa — informou a sra. Graves desesperadamente. — Eu disse a Mazu: "Ele precisa de tratamento. Precisa de um médico."

— Wace nos disse que Allie só precisava purificar seu ego, e besteiras assim — relatou Nicholas. — E eu deixei que ficasse por isso mesmo. Eu falei que se ele quisesse viver como um porco era problema dele, e se ele quisesse falar besteira com idiotas crédulos que pagavam pelo prazer, tudo bem, mas a família já estava farta daquela porcaria. E eu disse a Allie: "Se você não consegue enxergar o papo furado disso tudo, então você é ainda mais tolo do que eu pensava que fosse, você precisa cair em si, agora entre no maldito carro..."

— Mas ele não veio — completou a sra. Graves —, e então Mazu disse que ia conseguir uma ordem de restrição contra nós. Ela ficou satisfeita por termos brigado. Era o que ela queria.

— Foi quando decidimos que alguma coisa precisava ser feita — disse o coronel Graves. — Contratei O'Connor, o detetive de que lhe falei por telefone, para desencavar o histórico de Mazu e Wace, conseguir alguma coisa que pudéssemos usar contra eles.

— Ele conseguiu alguma coisa? — perguntou Strike, pronto para tomar notas.

— Alguma coisa sobre a garota. Descobriu que ela nascera na Fazenda Chapman. O'Connor achava que ela era uma das crianças Crowther... Sabe dessa história? A mãe tinha morrido. Ela deixou a garota na fazenda e foi trabalhar como prostituta em Londres. Overdose de drogas. Vala comum.

"Wace era claramente um patife, mas não tinha condenação por crime nenhum. Os pais estavam na África do Sul. A morte da primeira esposa parece ter sido um simples acidente. Então pensamos: épocas desesperadas pedem medidas desesperadas. Colocamos O'Connor vigiando a fazenda. Sabíamos que Allie às vezes ia a Norwich para coletar dinheiro.

"Nós o agarramos na rua, eu, meu cunhado e Nick", continuou o coronel Graves. "Metemos o garoto na traseira do carro e trouxemos para cá. Ele ficou furioso. Nós o arrastamos para dentro, para esta sala, e o mantivemos aqui a tarde toda e na maior parte da noite, tentando colocar algum juízo nele."

— Ele só ficava entoando cânticos e nos dizendo que precisava voltar ao templo — disse a sra. Graves, inconsolável.

— Chamamos o médico de família local — prosseguiu o coronel. — Ele só apareceu no dia seguinte, tarde. Um sujeito jovem, novo na clínica. No momento em que ele entrou, Allie se recompôs o suficiente para dizer que o tínhamos sequestrado e o estávamos obrigando a ficar aqui. Disse que queria voltar para a Fazenda Chapman e pediu ao sujeito para chamar a polícia.

"No momento em que o médico saiu, Allie começou a gritar e jogar os móveis pela sala... Se aquele maldito médico o tivesse visto *desse jeito*... E, enquanto ele atirava as coisas, a camisa se desabotoou e vimos marcas em suas costas. Hematomas e vergões."

— Eu disse a ele: "O que fizeram com você, Allie?" — informou a sra. Graves, lacrimosa. — Mas ele não respondia.

— Nós o levamos para cima de novo, para o antigo quarto dele — disse o coronel Graves —, e ele trancou a porta para nós. Tive receio de que saísse pela janela, então fui ao gramado para ficar vigiando. Com medo de ele pular, sabe, tentando voltar à Fazenda Chapman. Fiquei ali a noite toda.

"No dia seguinte, de manhã cedo, dois policiais apareceram. O médico denunciou que estávamos retendo um homem contra a vontade dele. Explicamos o que estava acontecendo. Queríamos que a emergência o examinasse. A polícia disse que precisavam vê-lo primeiro, então subi para pegá-lo. Bati à porta. Nenhuma reposta. Fiquei preocupado. Nick e eu arrombamos a porta."

O coronel Graves engoliu em seco, depois disse em voz baixa:

— Ele estava morto. Enforcou-se com um cinto, pendurado em um gancho do lado de dentro da porta.

Houve um breve silêncio, rompido apenas pelos roncos do labrador gordo.

— Sinto muito — disse Strike. — Deve ter sido estarrecedor para todos vocês.

A sra. Graves, que enxugava os olhos com um lenço de renda, sussurrou:

— Com licença.

Ela se levantou e saiu da sala. Parecendo irritada, Phillipa foi atrás dela.

— Agora olho o passado — disse o velho em voz baixa, depois que a filha tinha fechado a porta — e penso "O que podíamos ter feito diferente?" Se eu tivesse de fazer tudo isso de novo, acho que ainda o teria forçado a entrar no carro, mas o levaria direto a um hospital. Eu o teria internado. Mas ele morria de medo de ficar preso. Achei que ele nunca nos perdoaria.

— E poderia terminar da mesma forma — observou Strike.

— Sim — concordou o coronel Graves, olhando o detetive nos olhos. — Também penso nisso desde então. Ele estava fora de si. Chegamos tarde demais quando o pegamos. Devíamos ter agido anos antes.

— Houve uma autópsia, imagino?

O coronel Graves confirmou com a cabeça.

— Nenhuma surpresa quanto à causa da morte, mas queríamos uma opinião profissional sobre as marcas nas costas. A polícia foi à fazenda. Wace e Mazu alegaram que ele fizera aquilo consigo mesmo, e outros membros da igreja os apoiaram.

— Eles alegaram que ele se açoitava?

— Disseram que ele se sentia pecaminoso e estava mortificando a própria carne... Pode me servir outra xícara de chá, por favor, Nick?

Strike observou Nicholas mexer na água quente e no coador de chá e se perguntou por que algumas pessoas resistiam aos saquinhos. Depois que o coronel recebeu uma nova xícara, ele perguntou:

— Consegue se lembrar dos nomes dessas pessoas que viram Allie se açoitando?

— Não me lembro mais. Um bando de impostores. O relatório do legista foi inconclusivo. Ele achava possível que o próprio Allie tivesse feito aquilo. Complicado conseguir testemunhas oculares do passado.

Strike anotou, depois falou:

— Soube que Allie fez um testamento.

— Logo depois de Daiyu nascer — informou o coronel Graves, assentindo. — Usaram um advogado de Norwich, não a firma que a família sempre usou.

O velho olhou a porta pela qual a esposa e a filha tinham desaparecido, depois disse num tom mais baixo:

— Nele, Allie estipulava que, se morresse, queria ser enterrado na Fazenda Chapman. Me fez pensar que Mazu já esperava que ele morresse jovem. Queria controlá-lo até na morte. Isso partiu o coração de minha esposa. Eles nos impediram de ir ao funeral. Nem mesmo nos disseram quando ia acontecer. Nenhuma despedida, nada.

— E como ficaram os bens de Allie?

— Foi tudo para Daiyu — respondeu o coronel Graves.

— Não havia muito a legar, presumivelmente, uma vez que ele tinha torrado a herança, não?

— Bom, não — negou o coronel Graves com um suspiro. — Na realidade, ele tinha algumas ações, bem valiosas, deixadas a ele por meu tio, que nunca se casou. Allie recebeu o nome dele, então ele, ah... — o coronel Graves olhou para Nicholas — ... sim, bom, ele deixou tudo para Allie. Achamos que Allie ou se esqueceu das ações, ou estava doente demais para saber como transformá-las em dinheiro. Não tivemos pressa nenhuma de lembrar a ele.

Mas não estávamos restringindo Mazu e a criança! O fundo da família sempre foi para qualquer coisa que a criança precisasse. Mas sim, Allie tinha muitos investimentos em que não tinha tocado, e seu valor aumentava continuamente.

— Posso perguntar quanto valiam?

— Duzentas e cinquenta mil libras — informou o coronel Graves. — Isso foi direto para Daiyu quando Allie morreu... E ela também estava na linha para herdar esta casa.

— É mesmo?

— Sim — confirmou o coronel Graves com um riso vazio. — Nenhum de nós previu isto. Os advogados queriam repassar tudo depois que Allie morreu e descobriram o vínculo. Tenho certeza de que meu avô pretendia que a casa fosse para o filho mais velho de cada geração. Isto era comum na época, sabe... O lugar foi transmitido de meu avô para meu pai e depois para mim... Ninguém verificou a papelada por décadas, nunca foi necessário. Mas, quando Allie morreu, desencavamos os documentos e, para nossa surpresa, dizia "prole mais velha". É claro que, com o passar das gerações, o primogênito sempre foi um menino. Talvez meu avô não imaginasse uma garota nascendo primeiro.

A porta da sala de visitas se abriu e a sra. Graves e Phillipa voltaram. Phillipa ajudou a mãe a se sentar enquanto Strike ainda escrevia os detalhes da herança considerável de Daiyu.

— Pelo que soube, vocês tentaram obter a guarda de Daiyu depois da morte de Allie? — perguntou ele, levantando a cabeça novamente.

— É verdade — confirmou o coronel Graves. — Mazu se recusava a nos deixar ver a menina. Depois ela se casou com Wace. Bom, *de jeito nenhum* a filha de Allie ia ser criada ali para ser açoitada e sofrer maus-tratos e todo o resto. Então demos entrada no processo de pedido de guarda. Colocamos O'Connor de novo no caso e ele localizou duas pessoas que estiveram em sessões de meditação na fazenda e disseram que as crianças eram negligenciadas, estavam magras demais e andavam por ali com roupas inadequadas, sem estudos e assim por diante.

— Foi quando Mazu começou a alegar que Wace era o verdadeiro pai de Daiyu? — perguntou Strike.

— Já sabia disso, é? — perguntou o coronel, com aprovação. — Hmm. Confie em um Boina Vermelha. Confie no exército! — acrescentou ele, com um sorriso malicioso para o genro, que parecia ostensivamente entediado. — Sim, eles começaram a alegar que ela não era filha de Allie coisa nenhuma. Se a pegássemos, eles perderiam o controle daquelas ações, entende? Então pensamos "Tudo bem, vamos provar quem é o pai" e pressionamos por uma amostra de DNA. Ainda tentávamos obter o DNA quando chegou o telefonema. Era Mazu. Ela disse: "Ela morreu." — O coronel Graves imitou quem coloca um fone invisível no gancho. — *Click*... Pensamos que ela estivesse mal-intencionada. Que talvez tivesse levado Daiyu para algum lugar e a escondido... jogando conosco, sabe? Mas no dia seguinte vimos a notícia no jornal. Afogada. Nenhum corpo. Foi levada pelo mar.

— Vocês compareceram ao inquérito? — perguntou Strike.

— Mas é claro que sim — afirmou o coronel Graves em voz alta. — Eles não podiam nos impedir de entrar no gabinete da legista.

— Vocês ficaram lá durante todo o procedimento?

— Do início ao fim — confirmou o coronel Graves. — Todos eles chegando para assistir, com seus mantos e sei lá mais o quê. Wace e Mazu surgiram numa Mercedes novinha em folha. A legista estava preocupada com a ausência do corpo. É claro que estaria. Não era comum. Era a cabeça da legista em jogo, se ela estivesse errada. Mas a guarda costeira confirmou que tinha tido uma correnteza longa ali por alguns dias.

"Eles levaram uma testemunha especialista, do tipo busca e resgate, que disse que corpos podem afundar na água fria e demorar para subir à tona, ou serem apanhados em algo no fundo do mar. Dava para ver que a legista ficou aliviada. Isso facilitou tudo. E as testemunhas tinham visto a garota, Cherie, levando-a para a praia. O garoto retardado..."

— É "com dificuldade de aprendizado" hoje em dia, Archie — interrompeu Nicholas, que parecia sentir prazer em corrigir o sogro, depois da piada dele sobre a superioridade do exército em relação à marinha. — Não pode dizer coisas assim.

— Mas dá no mesmo, não é? — rebateu o coronel Graves com irritação.

— Você tem sorte de não ter mais de lidar com o maldito sistema educacional — disse Nicholas. — Teria muitos problemas ali por falar tão francamente assim.

— A testemunha se chamava Paul Draper? — perguntou Strike.

— Não me lembro do nome. Um garoto baixo. Olhar vago. Parecia assustado. Achei que ele teria problemas, sabe, porque ele vira a garota Cherie levando Daiyu de carro da fazenda.

— As pessoas que viram a picape saindo da fazenda *tiveram mesmo* problemas — informou Strike. — Foram castigadas por não terem impedido.

— Bom, isso tudo fazia parte da encenação de Wace, não é? — rebateu o coronel, carrancudo, para Strike. — Provavelmente disse à menina para ter certeza de ter gente vendo-as sair, assim eles poderiam testemunhar depois. Fingir que não estavam por trás daquilo.

— Acha que os Wace mandaram Cherie afogá-la?

— Ah, sim — confirmou o velho soldado. — Sim, eu acho. Morta, ela valia duzentos e cinquenta mil libras. E eles não perderam a esperança de pôr as mãos nesta casa também, até que gastamos mais dinheiro com advogados para nos livrar deles.

— Fale-me de Cherie — pediu Strike.

— Uma cabeça de vento — disparou o coronel Graves. — Tagarelou muito no banco das testemunhas. Consciência pesada. Claro como a luz do dia. Não digo que a garota realmente empurrou Daiyu para baixo da água. Só que a levou ali no escuro, onde sabiam que tinha uma correnteza forte, e deixou a natureza seguir seu curso. Não seria difícil. Por que elas estavam nadando, afinal, àquela hora da manhã?

— Por acaso o senhor colocou O'Connor para investigar Cherie Gittins?

— Ah, sim. Ele a localizou na casa de uma prima em Dulwich. "Cherie Gittins" não era seu nome verdadeiro, ela tinha fugido de casa. Seu nome verdadeiro era Carine Makepeace.

— Esta — disse Strike, tomando nota — é uma informação extremamente útil.

— Vai encontrá-la? — perguntou o coronel.

— Espero que sim — afirmou Strike.

— Que bom — disse o coronel Graves. — Ela sumiu quando O'Connor chegou perto dela. Partiu no dia seguinte e ele não conseguiu encontrá-la de novo... Mas é ela quem realmente sabe o que aconteceu. Ela é a chave.

— Bom, acho que é tudo que tenho a perguntar — anunciou Strike, olhando as anotações. — Estou muito agradecido por seu tempo. Isto foi extremamente útil.

— Eu o acompanho à porta — ofereceu-se Phillipa, inesperadamente se levantando.

— Adeus — disse o coronel, estendendo a mão para Strike. — Mantenha-nos informados se descobrir alguma coisa, sim?

— Manterei — garantiu Strike. — Muito obrigado pelo chá e pelo bolo, sra. Graves.

— Espero que descubra alguma coisa — disse fervorosamente a mãe de Allie.

O velho labrador acordou ao ouvir passos e foi pachorrando atrás de Strike e Phillipa quando eles saíram da sala. Ela guardou silêncio até descerem a escada para o pátio de cascalho. O cachorro passou por eles e chegou a um trecho imaculado de gramado, sobre o qual se agachou e produziu uma bosta de tamanho extraordinário.

— Queria lhe dizer uma coisa — disse Phillipa.

Strike se virou para ela. Usando o mesmo tipo de calçados rasteiros preferidos pela princesa Diana, Phillipa era vinte centímetros mais baixa que ele e teve de levantar a cabeça para olhá-lo com seus olhos azuis e frios.

— Nada de bom — começou Phillipa Graves — pode vir de você desencavar a morte de Daiyu. *Nada.*

Strike tinha conhecido outras pessoas durante sua carreira de detetive que expressaram sentimentos semelhantes, mas nunca conseguiu invocar nenhuma simpatia por elas. A verdade, para Strike, era sacrossanta. A justiça era o único outro valor que ele considerava superior.

— O que a faz dizer isso? — perguntou ele, com toda a educação que conseguiu reunir.

— *É óbvio* que foi Wace que fez — afirmou Phillipa. — Sabemos disso. Sempre soubemos.

Ele a olhou, tão perplexo como teria ficado se encontrasse uma espécie inteiramente nova.

— E você não quer vê-lo no tribunal?

— Não — declarou Phillipa num tom de desafio. — Eu simplesmente *não me importo.* Só o que quero *é esquecer toda essa maldita coisa.* Por toda a minha infância... por toda a minha *vida*, antes de ele se suicidar... era *Allie, Allie, Allie.* Allie é levado, Allie está doente, onde está Allie, o que vamos fazer com Allie, Allie tem uma filha, o que devemos fazer com a filha de Allie, vamos dar mais dinheiro a ele, agora são Allie e Daiyu, você *vai* convidá-los a seu casamento, não vai, querida, coitado do Allie, o louco Allie, o *Allie morto.*

Strike não teria ficado surpreso se soubesse que esta era a primeira vez que Phillipa Graves dizia essas coisas. Seu rosto ficara vermelho e ela tremia um pouco, não como a mãe, mas porque cada músculo estava tenso de fúria.

— E assim que ele se foi era *Daiyu, Daiyu, Daiyu.* Eles mal notaram o *meu* primeiro filho quando nasceu, ainda era Allie, tudo Allie... e Daiyu era uma criança *horrível.* Não devíamos dizer isso, Nick e eu, ah, não, eu devia ficar de lado, *de novo*, pela *filha daquela mulher vil*, e fingir que a amava e a queria *aqui*, na casa de *nossa* família, e a herdasse. Acha que você vai fazer alguma coisa maravilhosa, não é, provando que eles fizeram isso? Bom, vou lhe dizer onde vai chegar. *Allie Allie, Allie* para a família, tudo de novo, um monte de publicidade, meus filhos indagados na escola sobre a prima assassinada e o tio suicida... o *Profeta Roubado* e a *Profetisa Afogada*, sei como os chamam... vão aparecer em livros, provavelmente, se você provar que eles a afogaram, não só nos jornais... e meus filhos terão de ter Allie enforcado pairando sobre eles para sempre também. E você acha, se provar que eles a mataram, que isso vai parar aquela igreja maldita? É claro que não. A IHU não vai a lugar nenhum, não importa o que *você* possa pensar. Então se alguns idiotas querem ir para lá e ser chicoteados pelos Wace... Bom, é uma decisão deles, não é? Quem você está *realmente* ajudando?

A porta de Garvestone Hall se abriu de novo. Nick andou lentamente para o cascalho, com a fisionomia ligeiramente aborrecida. Era um homem em boa forma, quase da altura do detetive.

— Está tudo bem, Pips?

Phillipa se virou para o marido.

— Só estou dizendo a ele — falou ela, furiosa — como *nós* nos sentimos.

— O senhor concorda com sua esposa, sr... Desculpe-me, não sei seu sobrenome — disse Strike.

— Delauney — disse Nicholas com frieza, colocando a mão no ombro da esposa. — Sim, concordo. As possíveis repercussões para nossa família podem ser graves. E, afinal, não há como trazer Daiyu de volta, há?

— Pelo contrário — disse Strike. — Minha informação é de que a igreja a traz de volta regularmente. Bom, agradeço por seu tempo.

Enquanto dava partida no motor, o detetive ouviu a porta de carvalho bater. O labrador, esquecido no gramado, olhou Strike dar a ré e arrancar, ainda abanando ligeiramente o rabo.

39

Seis na quarta posição significa:
As roupas mais elegantes transformam-se em trapos.
Tenha cuidado o dia todo.

I Ching: O livro das mutações

Os cinco primeiros dias de Robin como membro plenamente comprometido da Igreja Humanitária Universal trouxeram alguns desafios.

O primeiro foi tentar disfarçar o estado de sujeira do moletom na manhã depois de sua ida à mata. Por sorte, ela foi enviada com alguns outros para coletar ovos antes de o sol nascer e conseguiu fingir um escorregão e uma queda no galinheiro, o que justificou as manchas. Dois integrantes da igreja com olhos de águia perguntaram a ela no café da manhã sobre as marcas de urtiga no pescoço e no rosto, e ela lhes disse que achava que podia ser alérgica a alguma coisa. A resposta nada solidária foi que as doenças do corpo material refletiam o estado espiritual da pessoa.

Logo depois do desjejum naquele dia, Jonathan Wace deixou as instalações, levando várias pessoas, inclusive Danny Brockles. Todos os Dirigentes da igreja, exceto Mazu e Taio, também partiram. Os integrantes da igreja que ficaram se reuniram no estacionamento para se despedir de Papa J. Wace partiu em uma Mercedes prata, enquanto os que o acompanhavam formaram uma fila de carros menores, a multidão atrás deles gritando e aplaudindo.

Naquela tarde, dois micro-ônibus trouxeram membros da igreja que tinham sido transferidos dos centros de Birmingham e Glasgow.

Robin se interessou por estes recém-chegados, porque Kevin Pirbright dissera que os integrantes da igreja que precisavam de redoutrinação eram enviados de volta à Fazenda Chapman. Pessoas rebeldes ou insatisfeitas certamente estariam inclinadas a falar mais livremente sobre a igreja, e assim Robin queria ficar de olho nelas, pretendendo atraí-las para uma conversa.

A recém-chegada que mais interessou Robin foi a segunda pessoa de cabeça raspada que ela viu na fazenda: uma jovem encovada e magra, quase careca, que tinha sobrancelhas muito grossas. Ela parecia mal-humorada e sem inclinação a voltar a se reunir com as pessoas da Fazenda Chapman, para as quais ela parecia ser uma figura conhecida. Infelizmente, a mulher de cabeça raspada e os outros membros transferidos da igreja receberam imediatamente tarefas de status inferior, como lavanderia e cuidados dos animais, enquanto Robin fazia um intensivo com palestras cada vez mais exigentes sobre a doutrina da igreja.

A tarde de terça-feira trouxe o segundo desafio sério que Robin enfrentou, o que a fez perceber que seus preparativos para ficar disfarçada não foram tão completos como havia pensado.

Todos os novos membros foram reunidos e levados mais uma vez à sala do porão que ficava embaixo da sede da fazenda. Robin começara a ter medo daquela sala, porque passou a associá-la com horas de uma doutrinação particularmente intensa. Essas sessões sempre pareciam acontecer no final da tarde, quando os níveis de energia estavam mais baixos e a fome em seu auge, e a sala sem janelas ficava claustrofóbica e quente. Concordar com qualquer proposição feita era o jeito mais fácil de os integrantes apressarem a libertação do chão duro e da voz insistente de quem estivesse palestrando.

Nesta tarde foi a eternamente alegre Becca que estava ali, esperando por eles no palco em frente à tela grande, que estava apagada.

— Agradeço a vocês por seu serviço — disse Becca, unindo as mãos e se curvando em reverência.

— E eu pelo seu — responderam em coro os membros sentados da igreja, também com uma mesura.

Um jovem, então, começou a distribuir canetas e papel, o que era uma ocorrência muito incomum. Estes meios básicos de expressão pessoal eram impiedosamente controlados na Fazenda Chapman; até os lápis com que escreviam nos diários ficavam presos por uma cordinha. As canetas eram numeradas, como aquelas do micro-ônibus.

— Esta tarde, vocês darão um passo importante em sua libertação das posses materialistas — começou Becca. — A maioria de vocês terá alguém no mundo materialista que a essa altura estará esperando alguma comunicação.

A tela atrás de Becca se acendeu, mostrando palavras impressas.

Componentes-chave da posse materialista

- Propriedade presumida com base na biologia.
- Abusos (físicos, emocionais, espirituais).

- Raiva com atos/crenças que contestam o materialismo.
- Tentativas de perturbar o desenvolvimento espiritual.
- Coerção disfarçada de preocupação.
- Exigência de serviço/trabalho emocional.
- Desejo de dirigir o rumo de sua vida.

— Quero que cada um de vocês pense na pessoa ou nas pessoas que demonstram mais fortemente os sete sinais-chave da posse materialista com relação a vocês. Uma boa maneira é se perguntar quem ficará com mais raiva de vocês se dedicarem à Igreja Humanitária Universal.

"Vivienne", disse Becca, apontando a menina do cabelo preto espigado, que sempre tentava decididamente parecer menos de classe média do que realmente era. "Quem demonstra os sinais-chave mais fortemente na *sua* vida?"

— Minha mãe e meu padrasto, definitivamente — respondeu Vivienne de pronto. — Todos os sete pontos.

— Walter? — perguntou Becca, apontando para ele.

— Meu filho — respondeu Walter de imediato. — A maioria desses pontos se aplicaria a ele. Minha filha seria muito mais compreensiva.

— Marion? — continuou Becca, apontando para a mulher de meia-idade e cabelo ruivo que sempre ficava rosada e esbaforida à simples menção de Jonathan Wace, e cujas raízes do cabelo aos poucos ficavam prateadas.

— Acho que... minhas filhas — respondeu Marion.

— É difícil cortar os laços materialistas — disse Becca, andando pelo palco com seu manto laranja comprido e o sorriso frio e duro —, mas eles são os laços que mais os vinculam ao mundo da bolha. E impossível tornar-se um espírito puro antes de terem dissolvido essas ligações e se livrado dos anseios do falso eu.

A imagem na tela atrás de Becca mudou, mostrando uma carta escrita. Todos os nomes tinham recebido uma tarja preta.

— Este é um exemplo de um caso de extrema posse materialista, que foi enviado a um de nossos membros por um familiar supostamente amoroso, alguns anos atrás.

Fez-se silêncio na sala enquanto o grupo lia o que estava escrito na tela.

████

Recebemos sua carta no mesmo dia. ████ *foi internada no hospital com um derrame maciço, provocado pelo estresse que ela sofreu depois da morte de* ████ *e pela preocupação inteiramente evitável com você. Dado o trabalho importante que você está fazendo salvando o mundo de Satanás, você provavelmente não dá a mínima se* ████ *vai viver ou morrer, mas pensei em só te informar das consequências de seus atos. Quanto a arrancar mais algum dinheiro de* ████*, infelizmente para você agora eu tenho uma procuração, então considere esta carta um convite a você e à IHU para irem à merda.*

████████

— Está tudo aí, não é verdade? — disse Becca, olhando a tela. — Chantagem emocional, obsessão materialista com dinheiro, zombaria de nossa missão, mas o mais importante, falsidade. O familiar idoso em questão não tinha sofrido derrame nenhum e foi descoberto que quem escreveu a carta estava desviando dinheiro da conta dele.

Um misto de gemidos com sussurros foi emitido pela maioria das pessoas sentadas no chão duro e coberto de palha. Alguns menearam a cabeça.

— Quero que pensem na pessoa ou nas pessoas que mais provavelmente tentarão esse tipo de tática com vocês. Vocês vão escrever a elas uma carta calma e compassiva declarando claramente por que decidiram se unir à igreja. Olhem — disse Becca, enquanto a imagem na tela mudava de novo —, existem algumas frases que achamos mais eficazes para explicar, de um jeito que os materialistas possam entender, a jornada espiritual que vocês começaram. Porém, vocês devem se sentir livres para escrever a carta do jeito que pareça autêntico para vocês.

Agora o pânico tomava conta de Robin. Para quem diabos ela mandaria uma carta? Robin tinha medo de que a IHU verificasse para saber se o endereço e o destinatário eram autênticos. Os recrutas não receberam envelopes: claramente, as cartas seriam lidas antes do envio. Os pais fictícios de Rowena eram os destinatários mais óbvios da carta, mas sua inexistência certamente seria exposta no momento em que ela colocasse um endereço que pudesse ser localizado.

— Posso ajudar? — disse uma voz baixa atrás de Robin.

Becca notara que Robin não estava escrevendo, e tinha passado por entre as pessoas sentadas no chão para falar com ela.

— Bom, eu queria escrever a meus pais — respondeu Robin —, mas eles estão em um cruzeiro. Nem consigo me lembrar do nome do navio.

— Ah, entendo — disse Becca. — Bom, você tem uma irmã, não tem? Por que não escreve a seus pais por intermédio dela?

— Ah, esta é uma boa ideia — comentou Robin, que podia sentir o suor aumentar por baixo do moletom. — Obrigada.

Robin baixou a cabeça sobre a carta, escreveu *Querida Theresa*, depois olhou de novo a tela, fingindo procurar frases para copiar, mas na verdade pensando em uma solução para seu dilema. Sem pensar, ela dera a Theresa um emprego em uma editora, e queria tê-la feito estudante, porque em um alojamento estudantil poderia ser mais difícil localizar sua presença. Na esperança de dificultar o máximo possível para a IHU concluir que Theresa definitivamente não existia, Robin escreveu:

Não consigo me lembrar quando você disse que ia se mudar, mas com sorte...

Robin pensou rapidamente. Um apelido seria mais seguro, porque podia se aplicar a qualquer um que realmente morasse no endereço aleatório que ela estava prestes a escrever. Seus olhos caíram na parte de trás da cabeça careca do professor Walter.

... o Carequinha vai encaminhar esta carta, se você já tiver ido embora.

Robin voltou a olhar a tela. A maior parte de uma carta modelo estava ali, pronta para ser copiada.

Carta de Declaração de Associação com a IHU

Querido X,

[Como você sabe,] acabo de completar um retiro de uma semana na Igreja Humanitária Universal. Eu [sinceramente gostei dela/achei-a muito inspiradora/aprendi muito], assim decidi ficar e [buscar meu desenvolvimento espiritual/explorar mais o autodesenvolvimento/ajudar nos projetos filantrópicos da igreja].

Robin copiou zelosamente uma versão deste parágrafo, depois passou ao segundo.

A Fazenda Chapman é uma comunidade fechada e não usamos dispositivos eletrônicos porque achamos que perturbam o ambiente meditativo espiritual. Porém, as cartas são passadas aos integrantes, então, se desejar, escreva para mim aqui na Fazenda Chapman, Lion's Mouth, Aylmerton, Norfolk, NR11 8PC.

Robin copiou esta parte, depois olhou a tela mais uma vez. Ali estavam os últimos conselhos sobre o conteúdo da carta e como encerrá-las.

Não use expressões como "não se preocupe comigo", que podem abrir as portas para chantagem emocional.

Quando assinar, evite termos familiares como "mamãe" ou "vovó", e termos como "amor". Use seu nome, não diminutivos nem apelidos, o que demonstra aceitação contínua de posse materialista.

Escreva o endereço para enviar a carta no verso da folha.

Robin escreveu:

Por favor, diga a nossos pais que vou ficar, porque eu sei que eles estão fazendo um cruzeiro. É ótimo ter um senso de propósito de novo e estou aprendendo muito. Rowena.

Virando a folha, ela escreveu uma rua que conhecia do trabalho de vigilância em Clapham, escolheu um número de casa ao acaso, depois inventou um código postal do qual só o começo, SW11, deveria ser correto.

Ao erguer a cabeça, ela viu que a maioria das pessoas tinha terminado de escrever. Levantando a mão, ela passou a carta terminada à sorridente Becca e esperou que todos os outros completassem a tarefa. Por fim, quando todas as cartas, folhas de papel e canetas tinham sido recolhidas, eles tiveram permissão de se levantar e formar uma fila para subir a escada.

Ao chegar ao pátio, Robin viu o dr. Andy Zhou andando depressa em direção às portas duplas entalhadas da sede da fazenda, levando o que parecia uma maleta médica. Ele tinha um ar desligado e ansioso que formava um forte contraste com sua suavidade habitual. Enquanto aqueles que estiveram escrevendo as cartas-modelo se reuniam em torno da fonte da Profetisa Afogada para prestar seus respeitos habituais ao passarem, Robin se deixou ficar para trás, observando Zhou. As portas da sede se abriram e ela teve um vislumbre de uma indiana idosa. Zhou passou pela soleira e desapareceu de vista, e as portas se fecharam. Robin, que vivia em expectativa diária de ouvir que a grávida Wan entrara em trabalho de parto, perguntou-se o que explicaria a pressa de Zhou.

— Que a Profetisa Afogada abençoe todos que a veneram — ela murmurou quando chegou a sua vez na beira, passando água fria na testa, como sempre, antes de voltar a andar com Kyle, Amandeep e Vivienne, que dizia:

— ... provavelmente ficar com muita raiva, como se eu ligasse. É sério, os dois podiam estar em um manual sobre o "falso eu". Só depois de ter vindo para cá foi que comecei a processar plenamente o que eles fizeram comigo, entende?

— Total — disse Kyle.

Os que escreveram as cartas estavam entre os primeiros a chegar ao salão de jantar e, por conseguinte, puderam escolher seus lugares. Robin, que via cada refeição como uma oportunidade de coletar informações, porque era a única hora em que todos os integrantes da igreja se misturavam, escolheu se sentar ao lado de um grupo de membros que conversava aos sussurros. Eles estavam profundamente envolvidos e não perceberam de imediato que ela estava sentada ao lado deles.

— ... disse que Jacob está muito mal, mas acho que o dr. Zhou...

O orador, um jovem negro com dreadlocks curtos, se calou. Para exasperação de Robin, Amandeep, Kyle e Vivienne a haviam seguido até a mesa. A voz alta desta última tinha alertado os que trocavam cochichos para a presença deles.

— ... e então eles podem ir pro inferno, francamente — dizia Vivienne.

— Não usamos esta expressão — disse o homem de dreadlocks a Vivienne, que ruborizou.

— Desculpe, eu não pretendia...

— Não desejamos o inferno a ninguém — afirmou o jovem. — Os membros da IHU não querem engrossar as fileiras do Adversário.

— Não, claro que não — disse Vivienne, ruborizada. — Eu peço mil desculpas. Na verdade, preciso ir ao banheiro...

Um minuto depois a jovem de cabeça raspada e ar rabugento, que recentemente fora transferida de outro centro da IHU, entrou no salão, que se enchia rapidamente. Depois de olhar em volta, ela foi para o espaço vago de Vivienne. Robin pensou ter visto passar pela cabeça de Kyle a ideia de dizer que o lugar já estava ocupado, mas depois de abrir a boca, ele voltou a fechá-la.

— Oi — disse o sempre falante Amandeep, estendendo a mão para a mulher de óculos. — Amandeep Singh.

— Emily Pirbright — resmungou a mulher, apertando a mão dele.

— Pirbright? Nossa... Becca é sua irmã? — quis saber Amandeep.

Robin entendia a surpresa de Amandeep, porque as duas jovens não se pareciam nem um pouco. Além do contraste entre o cabelo brilhante e bem-cuidado de Becca e a cabeça quase careca de Emily, a perpétua expressão de mau humor desta última formava um contraste ainda maior com a alegria aparentemente inesgotável de Becca.

— Não usamos palavras como "irmã" — disse Emily. — Ainda não aprendeu isso?

— Ah, sim, desculpe — disse Amandeep.

— Becca e eu fomos objetos de carne uma da outra, se é o que quer dizer — afirmou Emily com frieza.

O grupo de membros estabelecidos da igreja, que estivera cochichando quando Robin se sentou, virava o corpo sutilmente, dando as costas para Emily. Era impossível não chegar à conclusão de que Emily tinha caído em desgraça, e o interesse de Robin pela menina dobrou. Felizmente para ela, a sociabilidade incorrigível de Amandeep rapidamente se reafirmou.

— Então você foi criada na fazenda? — perguntou ele a Emily.

— Fui — confirmou Emily.

— Becca é mais velha ou...?

— Mais velha.

Robin achou que Emily estava consciente da exclusão silenciosa que sofria do grupo ao lado dela.

— Esse é outro antigo objeto de carne meu, olha — disse ela.

Robin, Amandeep e Kyle olharam para onde Emily apontava e viram Louise empurrando o habitual tonel sobre rodas com macarrão, servindo os pratos da mesa ao lado. Louise levantou a cabeça, olhou nos olhos de Emily, depois voltou impassivelmente para seu trabalho.

— Que, ela é sua...?

Amandeep se conteve bem a tempo.

Alguns minutos depois, Louise chegou à mesa deles. Emily esperou até que Louise estivesse prestes a largar uma concha de macarrão em seu prato e falou em voz alta:

— E Kevin era mais novo que Becca e eu.

A mão de Louise tremeu: o macarrão quente escorregou do prato de Emily para seu colo.

— *Ai!*

Sem expressão alguma, Louise seguiu pela fila.

De cara amarrada, Emily pegou o macarrão no colo, colocou no prato e deliberadamente separou com o garfo os únicos pedaços de vegetal fresco daquilo que Robin tinha certeza que eram tomates enlatados e comeu o resto da refeição.

— Não gosta de cenoura? — perguntou Robin. As refeições eram tão parcas na Fazenda Chapman que ela nunca vira ninguém deixar de limpar o prato.

— O que você tem com isso? — retrucou Emily agressivamente.

Robin fez o restante da refeição em silêncio.

40

... o mais sagrado dos sentimentos humanos é o da reverência pelos ancestrais.

I Ching: O livro das mutações

Na quinta-feira, Strike fez a longa viagem a St Mawes de trem e balsa. O tio ficou tão surpreso e contente ao vê-lo que Strike percebeu que Ted se esquecera de que ele ia, apesar de ter telefonado pela manhã para dizer ao tio a que horas chegaria.

A casa que a meticulosa Joan antes liderava estava empoeirada, embora Strike tenha ficado satisfeito ao ver a geladeira bem abastecida de comida. O detetive deduziu que os vizinhos de Ted tinham estado por ali, para ter certeza de que ele teria o bastante para comer e dando uma olhada nele com regularidade. Isto aumentou a culpa de Strike por não fazer mais para apoiar Ted, cuja conversa era desconexa e repetitiva.

A visita ao médico na manhã seguinte não colaborou em nada para dissipar suas preocupações.

— Ele perguntou a Ted que dia era hoje e ele não soube dizer — Strike contou a Lucy por telefone depois do almoço. Ele tinha deixado Ted com uma xícara de chá na sala de estar, depois escapuliu para o quintal com o pretexto de usar o cigarro eletrônico e andava pelo gramado pequeno.

— Bom, não é tão grave, é? — quis saber Lucy.

— Depois disse a Ted um endereço e o fez repetir, o que Ted conseguiu bem, então disse a Ted que ia pedir a ele para repetir o endereço alguns minutos depois, mas ele não conseguiu.

— Ah, não — lamentou Lucy.

— Ele perguntou se Ted conseguia se lembrar de matérias recentes no jornal e Ted disse “Brexit” sem problemas. Depois ele lhe pediu para preencher os números na imagem de um relógio. Ted fez bem a tarefa, mas depois teve de marcar os ponteiros que indicassem dez para as onze, e Ted se perdeu. Não conseguiu fazer.

— Ah, merda — Lucy sussurrou, desconsolada. — E qual é o diagnóstico?

— Demência — disse Strike.

— Ted ficou aborrecido?

— É difícil de saber. Tive a impressão de que ele sabe que está acontecendo alguma coisa. Ele me disse ontem que está esquecendo muito as coisas e que isso o preocupa.

— Stick, o que vamos fazer?

— Não sei. Eu acredito que haja poucas chances de ele se lembrar de apagar o fogão à noite. Ele deixou a torneira quente aberta uma hora atrás, simplesmente se afastou e esqueceu. Talvez seja a hora de ir para uma casa de repouso.

— Ele não vai querer isso.

— Eu sei — disse Strike, parando de andar para olhar a faixa de mar visível do quintal de Ted. As cinzas de Joan foram lançadas ali do velho veleiro de Ted, e uma parte irracional dele procurou orientação no mar distante e cintilante. — Mas estou preocupado de ele morar sozinho, caso a doença avance. A escada é íngreme e ele não tem firmeza nos pés.

O telefonema terminou sem nenhum plano definido para o futuro de Ted. Strike voltou à casa e encontrou o tio dormindo profundamente em uma poltrona, então se retirou em silêncio para a cozinha para verificar os e-mails no laptop que levara de Londres.

No alto da caixa de entrada havia uma mensagem de Midge. Ela anexara uma cópia escaneada da carta que Robin tinha colocado na pedra de plástico na noite anterior.

O primeiro parágrafo lidava com a volta da insatisfeita Emily Pirbright à fazenda e da esperança não realizada de Robin de obter informações dela. O segundo parágrafo descrevia a sessão do porão em que os novos recrutas tiveram de escrever a suas famílias, e concluía:

... assim, pode, por favor, escrever uma carta de Theresa, confirmando o recebimento da carta em que digo que ingressei na igreja? Faça com que ela pareça preocupada, eles vão esperar por isso.

Outra notícia: alguém na fazenda pode estar doente, possivelmente se chama Jacob. Vi o dr. Zhou correndo para lá e parecia preocupado. Ainda não tenho mais detalhes, vou tentar descobrir mais.

Esta tarde tivemos nossa primeira Revelação. Todos ficamos sentados em roda no templo. Da última vez que nos reunimos assim foi para falar do quanto sofremos no mundo lá fora. Agora foi bem diferente. As pessoas foram chamadas a se sentar no meio e confessar coisas de que se envergonhavam. Quando faziam isso, quem estava falando era maltratado e recebia gritos dos outros. Todas acabaram aos prantos. Não fui chamada, então provavelmente serei na próxima vez. Mazu conduziu a sessão de Revelação e definitivamente estava gostando.

Nada de novo sobre Will Edensor. Eu o vejo de longe às vezes, mas nenhuma conversa. Lin ainda está aqui. Havia a possibilidade de ela ir para Birmingham, não consigo me lembrar se já contei.

Acho que é só. Estou muito cansada. Espero que esteja tudo bem com você bj

Strike leu a carta duas vezes, observando particularmente o "estou muito cansada" no final. Ele tinha de admirar a engenhosidade de Robin em pensar em um jeito de ocultar o paradeiro dos parentes tão em cima da hora, mas, como Robin, ele achava que devia ter previsto a necessidade de um endereço de correspondência seguro. Strike também pensou se haveria uma carta para Murphy esta semana, mas não conseguia pensar em um jeito de perguntar sem levantar as suspeitas de Pat e dos outros terceirizados. Em vez disso, mandou uma mensagem a Midge pedindo-lhe para escrever a carta de Theresa, porque ele temia que sua própria letra fosse muito obviamente masculina.

Enquanto os roncos de Ted ainda emanavam da sala de estar, Strike abriu o e-mail seguinte, que era de Dev Shah.

Depois de passar horas no dia anterior procurando registros on-line de Cherie Gittins com o nome de batismo de Carine Makepeace, Strike, enfim, conseguiu encontrar sua certidão de nascimento e o atestado de óbito do pai dela, que morreu quando Carine tinha cinco anos, e da prima em Dulwich com quem ela ficou depois de fugir da Fazenda Chapman. Porém, a mãe de Cherie, Maureen Agnes Makepeace, nascida Gittins, ainda estava viva e morava em Penge, então Strike pedira a Shah para lhe fazer uma visita.

Fui a Ivychurch Close esta manhã, escrevera Shah. **Maureen Makepeace e seu apartamento estão se desfazendo. Ela tem a aparência e a fala de quem bebe mt, mt agressiva. O vizinho me chamou quando cheguei perto da porta. Ele torcia para ser da prefeitura, porque houve discussões sobre lixeiras, barulho etc. Maureen disse que não tem contato com a filha desde que ela fugiu aos quinze anos.**

Apesar de habituado com pistas que a nada conduziam como essa, Strike ainda assim ficou decepcionado.

Ele preparou uma xícara de chá, resistiu a um biscoito de chocolate e sentou-se diante do laptop enquanto os roncos de Ted continuavam a trovejar pela porta aberta.

A dificuldade em localizar Carine/Cherie deixava Strike cada vez mais interessado nela. Ele começara a procurar no Google por combinações e variações dos dois nomes que sabia que a garota havia usado. Só quando voltou aos arquivos de jornais da British Library foi que, por fim, encontrou uma ocorrência do nome "Cherie Makepeace" em um exemplar do *Manchester Evening News* datado de 1999.

— *Te peguei* — murmurou ele, enquanto duas fotos de arquivos policiais apareciam na tela, uma exibindo um jovem de cabelo comprido e dentes podres, a outra, uma loura despenteada que, por baixo do delineador pesado, era claramente reconhecível como Cherie Gittins da Fazenda Chapman.

A matéria no jornal descrevia um roubo e um esfaqueamento cometidos por Isaac Mills, que era o nome do jovem dos dentes podres. Ele roubara morfina, temazepam, diazepam e dinheiro de uma farmácia e esfaqueara um cliente que tentou intervir. A vítima sobreviveu, mas Mills, ainda assim, foi sentenciado a cinco anos de prisão.

A matéria concluía:

> Cherie Makepeace, 21, também conhecida como Cherry Curtis, levou Mills de carro à farmácia no dia do assalto e esperou por ele na rua. Makepeace alegou que não sabia das intenções de Mills de roubar a farmácia e não sabia que ele estava de posse de uma faca. Foi condenada por cumplicidade com um criminoso e recebeu uma sentença de seis meses, seguida por condicional de três anos.

Strike anotou os nomes Carine/Cherie/Cherry junto com os sobrenomes Gittins/Makepeace/Curtis. De onde tinha saído o último deles, ele não sabia; talvez ela simplesmente tivesse inventado. Mudanças constantes de nome sugeriam alguém que não queria ser encontrado, mas Strike tendia a acreditar que a avaliação do coronel Graves de Cherie como "cabeça de vento" e "facilmente influenciada" fora correta, dado seu olhar estupefato na foto do *Manchester Evening News*.

Ele navegava para a página do Pinterest de Torment Town, com seus desenhos sinistros de Daiyu Wace e paródias grotescas do logo da IHU.

Torment Town não respondera à mensagem que Strike havia lhe enviado e que ele levara mais tempo para compor do que aquelas poucas palavras podiam sugerir.

Desenhos incríveis. Tirou de sua imaginação?

Um ronco particularmente alto vindo da sala fez Strike desligar o laptop, sentindo-se culpado. Ele logo precisaria voltar a Falmouth para o trem noturno. Era hora de acordar Ted para que eles tivessem uma última conversa antes de deixá-lo, mais uma vez, com sua solidão.

41

Tem-se coragem e o desejo de realizar a tarefa, não importa o que aconteça.

I Ching: O livro das mutações

O relato da Revelação que Robin enviou a Strike fora breve e objetivo, em parte porque ela não tinha nem tempo, nem energia para entrar em detalhes estando exausta, agachada em meio a urtigas no escuro, parando regularmente para checar se estava ouvindo passos, mas aquilo a abalou mais do que ela queria admitir na carta. Mazu encorajara aqueles da roda a usar as palavras mais obscenas e abusivas que conseguissem encontrar quando criticassem a confissão, e Robin pensou que seria improvável se esquecer da visão de Kyle recurvado na cadeira, chorando, enquanto outros gritavam "pervertido" e "bicha" em resposta a sua admissão de que ainda sentia vergonha por ser gay.

Quando o tempo de Kyle na berlinda terminou, Mazu lhe disse calmamente que ele era mais resistente por ter se submetido à Revelação, que ele enfrentara a "externalização de sua vergonha interior" e deu os parabéns ao grupo por fazer o que ela sabia ter sido difícil para eles também. Ainda assim, a expressão facial daqueles que gritaram palavras abusivas para Kyle permanecia gravada na memória de Robin: eles tiveram permissão para ser cruéis como quisessem, independentemente de seus verdadeiros sentimentos por Kyle ou por sua homossexualidade, e ela ficou perturbada com o entusiasmo com que participaram, mesmo sabendo que sua própria vez no meio da roda ainda chegaria.

Robin aprendia rapidamente que, na Fazenda Chapman, práticas que fora dali seriam consideradas abusivas ou coercitivas eram desculpadas, justificadas e disfarçadas por uma quantidade imensa de jargão. O uso de insultos e linguagem ofensiva durante a Revelação era justificado como parte da TRP, ou Terapia de Resposta Primal. Quando uma pergunta era feita sobre contradições ou incoerências na doutrina da igreja, a resposta quase sempre era que isso seria explicado por uma VNS (Verdade de Nível Superior), que seria revelada quando eles tivessem progredido mais no caminho para o espírito puro. Uma pessoa que colocasse as próprias necessidades acima daquelas do grupo era considerada uma presa da EM (egomotividade); aquela que continuava a valorizar bens ou status mundanos era uma PB, ou Pessoa da Bolha; e deixar a igreja era "ser DV", isto é, tornar-se Desviado. Expressões como falso eu, objeto de carne e posse materialista eram empregadas despreocupadamente entre os novos membros, que começaram a recontextualizar toda a experiência passada e presente no linguajar da igreja. Também havia muita conversa sobre o Adversário, que não era apenas Satanás, mas também todas as estruturas temporais de poder popularizadas pelos agentes do Adversário.

A intensidade da doutrinação avançou ainda mais durante a terceira semana de Robin na fazenda. Novos membros eram constantemente bombardeados com imagens e dados estatísticos pavorosos sobre o mundo lá fora, às vezes por horas seguidas. Embora Robin soubesse que isto era feito para criar um senso de urgência com relação à guerra que a IHU supostamente travava com o Adversário e para ligar ainda mais estreitamente os recrutas com a igreja, como a única esperança do mundo, ela duvidava de que alguém com grau normal de empatia pudesse deixar de ficar angustiado e ansioso depois de ser obrigado a ver centenas e mais centenas de imagens de crianças famintas e feridas, ou saber das estatísticas sobre tráfico humano e da pobreza no mundo, ou ouvir como a floresta tropical seria inteiramente destruída em mais duas décadas. Era difícil não concordar que o planeta estava à beira de um colapso, que a humanidade tinha tomado caminhos terríveis e que enfrentaria um pavoroso acerto de contas se não mudasse de rumo. A ansiedade induzida por este bombardeio constante de notícias horrendas era tanta que Robin acolhia bem os momentos em que os recrutas eram levados ao templo para entoar cânticos no chão duro, quando ela experimentava o alívio abençoado de não pensar, de se perder na voz coletiva do grupo. Por uma ou duas vezes, ela se viu murmurando *Lokah Samastah Sukhino Bhavantu* mesmo quando ninguém por perto entoava o mantra.

Sua única armadura real contra a investida da doutrinação era lembrar a si mesma, constantemente, o que fora fazer na fazenda. Infelizmente, a terceira semana dentro da igreja produziu muito pouca informação útil. Ainda era impossível entabular uma conversa com Emily Pirbright e Will

Edensor devido ao sistema tácito de segregação aplicado na fazenda. Apesar da riqueza de Will e de quase uma vida inteira de Emily associada à igreja, ambos no momento agiam como lavradores e criados domésticos, enquanto Robin continuava a passar a maior parte do tempo no templo ou na sala de palestras. Ainda assim, ela tentou ficar de olho nos dois, disfarçadamente, e suas observações a levaram a algumas deduções.

A primeira era que Will Edensor tentava manter contato pessoal, o máximo que se atrevia, com a criança de cabelo branco que Robin antes o vira reconfortar. Ela estava quase certa de que Qing era a filha que ele tivera com Lin Doherty, uma conclusão reforçada quando viu Lin fazendo carinho na criança na sombra de uns arbustos perto da sede da fazenda. Will e Lin estavam ambos em clara violação dos ensinamentos da igreja sobre a posse materialista e arriscavam-se a penalidades severas se sua busca contínua por manter uma relação parental com a filha fosse descoberta por Mazu, Taio e Becca, que atualmente reinavam supremos na Fazenda Chapman na ausência de Jonathan Wace.

Ainda mais intrigante, Robin notara claros sinais de tensão e possível aversão entre as irmãs Pirbright. Ela não se esquecera de que Becca e Emily acusaram o irmão morto de abusar sexualmente delas, entretanto não vira sinais de solidariedade entre a dupla. Ao contrário, sempre que elas se encontravam fisicamente próximas, não se olhavam nos olhos e em geral se afastavam uma da outra o mais rápido possível. Uma vez que os membros da igreja costumavam fazer questão de se cumprimentar sempre que passavam um pelo outro no pátio, e uma cortesia cuidadosa era observada quando se tratava de abrir portas para os outros, ou ceder ao outro lugares no salão de jantar, este comportamento definitivamente não podia ser atribuído ao medo de sucumbir à posse materialista. Robin imaginava se Becca tinha medo de ser maculada pela leve aura de desgraça que pendia sobre a cabeça raspada de Emily, ou se seria outra fonte de animosidade, mais pessoal. Parecia que só havia um vínculo entre as irmãs: o desdém pela mulher que as trouxera ao mundo. Nem uma vez Robin viu qualquer sinal de calor humano para com Louise nem o reconhecimento de sua presença da parte de uma das irmãs.

Robin ainda acompanhava a passagem dos dias com as pedrinhas que pegava diariamente. A aproximação da terceira quinta-feira na fazenda trouxe a familiar mistura de empolgação e nervosismo, porque, embora ela ansiasse por comunicação de fora, a jornada noturna à pedra de plástico continuava desgastante.

Quando as luzes se apagaram, ela se vestiu mais uma vez embaixo das cobertas, esperou que as outras mulheres se silenciassem — e pelos roncos habituais para provar que adormeciam — e depois se levantou da cama sem fazer barulho.

A noite estava fria e ventosa, uma brisa firme soprava pelo campo escuro enquanto Robin o atravessava, e ela entrou na mata ao som do farfalhar e do rangido de árvores ao redor. Para seu alívio, encontrou a pedra de plástico com mais facilidade do que antes.

Quando abriu a pedra, viu uma carta de Strike, um bilhete na letra de Ryan e, para seu prazer, uma pequena barra de chocolate Cadbury's Dairy Milk. Colocando-se atrás de uma árvore, ela rasgou a embalagem do chocolate e o devorou em algumas mordidas, com tanta fome que não conseguiu reduzir o ritmo para saboreá-la. Depois acendeu a lanterna e abriu a carta de Ryan.

Querida Robin,

Foi ótimo ter notícias suas, eu estava ficando preocupado. A fazenda parece bizarra, embora, sendo uma garota do campo, você provavelmente não esteja odiando tanto quanto eu odiaria.

Não tenho muitas novidades. Ocupado no trabalho. Atualmente com um novo caso de assassinato, mas falta alguma coisa sem o envolvimento de uma detetive particular gostosa.

Tive uma longa conversa por telefone com sua mãe ontem à noite. Ela está preocupada com você, mas eu a tranquilizei.

Minha irmã em San Sebastian quer que a gente vá lá em julho porque ela está ansiosa para te conhecer. Não seria uma maneira tão ruim de comemorar sua saída deste lugar.

Estou com muita saudade, então por favor não entre para a igreja para nunca mais voltar.

Com amor, Ryan

PS: Suas plantas ainda estão vivas.

Apesar da recente ingestão de chocolate, esta carta não conseguiu melhorar o humor de Robin. Saber que Ryan e a mãe estavam preocupados com ela não acalmava a culpa e o medo que a IHU se ocupava em inculcar nela. Tampouco conseguia pensar em coisas como férias de verão, quando todo dia parecia durar uma semana.

Ela passou para o bilhete de Strike.

Quinta-feira, 28 de abril

Muito bom trabalho seu ter pensado rapidamente em sua irmã. Midge escreveu uma carta a você da Plympton Road 14, NW6 2JJ (o endereço estará na carta). É a casa da irmã de Pat (ela tem um sobrenome diferente do de Pat, então não é uma ligação que possa ser facilmente descoberta – pode ser a senhoria de Theresa). Ela vai nos avisar se você responder, vamos pegar a carta e Midge poderá responder novamente.

Encontrei-me com a família Graves. Por acaso, Alex Graves tinha duzentos e cinquenta mil libras para deixar de herança e que Mazu recebeu quando Daiyu morreu. O coronel Graves está convencido de que os Wace e Cherie estavam em conluio no afogamento. Não tive sorte para localizar Cherie Gittins, apesar de algumas pistas possíveis. Sua vida pós-fazenda sem dúvida sugere que ela tem algo a esconder: várias trocas de nomes e um conflito com a lei na forma de um namorado assaltante de farmácia.

Não tenho outras novidades. Os Franks têm estado sossegados. Ainda tentando encontrar um substituto para Littlejohn. Wardle talvez conheça alguém, e estou tentando marcar uma entrevista.

Não se esqueça: no momento em que estiver farta, basta falar e vamos te buscar.

Bj, S

Ao contrário do bilhete de Ryan, a carta de Strike trazia algum conforto, porque Robin estava preocupada com o que ia fazer para manter viva a ficção de Theresa. Ela destampou a caneta com os dentes e passou a responder a Strike, pedindo desculpas pela falta de informações concretas, mas dizendo que não queria sair da fazenda antes de ter alguma coisa que Sir Colin pudesse usar contra a igreja. Depois de terminar o bilhete com agradecimentos pelo chocolate, escreveu uma mensagem rápida a Ryan, colocou os dois com a lanterna e a caneta na pedra de plástico, depois rasgou as cartas recebidas e a embalagem de chocolate. Em lugar de espalhar os fragmentos na mata, ela passou a mão por baixo do arame farpado e os deixou na estrada, onde a brisa imediatamente os levou embora. Robin viu os pontos brancos desaparecerem no escuro e teve inveja deles por escaparem da Fazenda Chapman.

Então voltou pela mata sussurrante, tremendo um pouco, apesar de estar de pijama por baixo do moletom, e partiu de volta pelo campo.

42

Nove na quinta posição significa:
Um melão coberto de folhas de salgueiro.
As linhas ocultas (...)
O melão, como o peixe, é um símbolo do princípio da escuridão.

I Ching: O livro das mutações

Robin tinha quase chegado ao portão gradeado quando ouviu vozes e viu lanternas percorrendo a passagem entre os alojamentos masculino e feminino. Apavorada, ela se abaixou atrás da sebe, certa de que sua cama desocupada tinha sido descoberta.

— ... verifique o Campo de Baixo e a mata — ordenou uma voz que ela pensou reconhecer como a de Taio.

— Ele não iria tão longe assim — disse uma segunda voz masculina.

— Faça o que mandei, porra — disparou Taio. — Vocês dois procuram nos Quartos de Retiro, todos eles.

Um homem pulou o portão gradeado, com a lanterna balançando-se, a quase três metros de onde Robin estava agachada. A luz da lanterna disparou para ela e se afastou enquanto ele partia, e ela viu os dreadlocks curtos do homem negro que dera uma bronca em Vivienne por usar a expressão "vá para o inferno".

— *Bo!* — berrou ele, seguindo para a mata. — Bo, cadê você?

O pânico de Robin era tanto que ela levou alguns segundos para se dar conta de que eles, afinal, não procuravam por ela, mas sua situação ainda era precária. As mulheres certamente não iam dormir por muito tempo com aquela gritaria, e, se a turma das buscas entrasse no alojamento dela e procurasse pelo tal de Bo, logo descobririam que faltavam duas pessoas, e não uma. Esperando que as vozes e as luzes do grupo de buscas se afastassem, Robin pulou rapidamente o portão, depois se agachou atrás de outros arbustos quando Jiang saiu do Quarto de Retiro mais próximo, também portando uma lanterna. Depois que ele seguiu para o escuro, ela foi furtivamente a uma parede perto do alojamento feminino e percebeu que mais pessoas com lanternas corriam pelo pátio, o que significava que ela não tinha a mínima chance de entrar pela porta sem ser vista.

Ela se movimentou na maior velocidade e silêncio possíveis pelas árvores e arbustos na parte dos fundos do alojamento, pretendendo alcançar o lado mais antigo da fazenda, que dispunha de muitos esconderijos, e logo se viu atrás do celeiro dilapidado que sempre estava trancado. Sua familiaridade com os prédios antigos da fazenda a fez tatear pelos fundos até que os dedos encontraram exatamente o que ela esperava: uma abertura em que uma tábua de madeira tinha apodrecido e a seguinte podia ser empurrada para dentro o suficiente a fim de abrir espaço para ela se espremer, agarrando o cabelo e arranhando dolorosamente o corpo.

O ar dentro do celeiro era úmido e bolorento, mas havia mais luz ali do que ela esperava, devido a uma abertura no teto pelo qual entrava o luar. A lua iluminava um velho trator, implementos agrícolas quebrados, pilhas de engradados e pedaços de cerca. Alguma coisa, sem dúvida um rato, fugiu correndo da intrusa.

Lanternas passavam na frente do celeiro, lançando feixes dourado pelos espaços nas paredes de tábua. Vozes próximas e distantes ainda gritavam: "Bo? *Bo!*"

Robin continuou onde estava, com medo de se mexer e bater em alguma coisa. Notou uma pilha de pertences pessoais quase de sua altura, amontoados em um canto e cobertos de uma grossa camada de poeira. Havia roupas, bolsas femininas, carteiras, sapatos, brinquedos de pelúcia e livros, e Robin teve uma lembrança terrível de uma foto que vira do monte de sapatos pertencentes às vítimas da câmara de gás de Auschwitz.

As buscas do lado de fora tinham se deslocado. Cheia de curiosidade sobre aqueles antigos pertences, Robin pulou cuidadosamente um carrinho de mão virado para examiná-los. Depois de três semanas sem ver nada além de moletons laranja e tênis, e de não ler nada além da literatura da igreja, era estranho ver diferentes tipos de roupas e calçados, para não falar do antigo livro infantil ilustrado com cores vivas.

Havia algo de perturbador, até de sinistro, no monte de antigas posses, jogado com o que parecia um desdém incalculável. Robin notou um único sapato de salto que, no passado, talvez, uma adolescente tivesse cobiçado e valorizado, e um coelho de pelúcia, a cara coberta de teias de aranha. Onde estavam seus donos? Depois de um ou dois minutos, ocorreu-lhe uma possível explicação: alguém que saísse da fazenda furtivamente, à noite, seria obrigado a deixar os pertences que tinha trancado nos armários.

Ela estendeu a mão para uma bolsa velha perto do alto da pilha. Uma nuvem de poeira se ergueu quando Robin a abriu. Não havia nada ali dentro, apenas uma antiga passagem de ônibus. Ela devolveu a bolsa ao lugar e, ao fazê-lo, notou a borda enferrujada de uma lata de biscoitos retangular com a estampa *Barnum's Animals*. Ela adorava esse biscoito quando criança, mas não pensava nele havia anos. Ver a embalagem neste contexto estranho lembrou-a dolorosamente da segurança da casa de sua família.

— BO! — berrou uma voz bem perto do celeiro, levando o tal rato a raspar e correr nas sombras. Depois, em algum lugar ao longe, uma voz feminina gritou:

— ENCONTREI!

Robin ouviu uma confusão de vozes, algumas expressando alívio, outras exigindo saber como Bo tinha "saído", e decidiu que sua melhor opção era deixar o celeiro e se apresentar como se estivesse procurando por Bo o tempo todo.

Ela havia dado alguns passos de volta à abertura na parede dos fundos quando parou, petrificada, observando a pilha empoeirada de antigos pertences, tomada pelo impulso de olhar aquela lata de biscoitos *Barnum's Animals*. Como estava com frio, nervosa e exausta, levou vários minutos para entender por que seu subconsciente lhe dizia que a presença da lata na fazenda era estranha. Depois ela percebeu: havia uma total proibição de açúcar ali, então por que alguém teria trazido biscoitos para cá? Apesar da necessidade urgente de se juntar ao grupo de buscas lá fora antes que sua ausência fosse notada, Robin pulou rapidamente o carrinho de mão e tirou a lata da pilha.

A tampa mostrava a imagem de quatro animais de circo enjaulados e balões, junto com "85º Aniversário" escrito dentro de um círculo dourado. Ela a abriu, esperando que a lata estivesse vazia, porque estava muito leve, mas ao contrário: tinha várias fotos polaroide desbotadas ali dentro. Incapaz de enxergar o que mostravam na luz fraca, Robin as pegou e meteu dentro do sutiã, como fazia diariamente com as pedrinhas do calendário. Depois recolocou a tampa, reinseriu a lata onde tinha encontrado, correu à abertura na parede dos fundos e se espremeu para fora.

A julgar pelo barulho distante que vinha do pátio, quase todo mundo na fazenda estava acordado. Robin partiu numa corrida, passando pelo salão de jantar e pelo templo, e se juntou à multidão, que estava principalmente de pijama, em um momento em que a atenção de todos estava em Mazu Wace, postada entre os túmulos do Profeta Roubado e da Profetiza Dourada, com seu manto laranja comprido. Ao lado dela estava Louise Pirbright, que segurava uma criança ainda de colo, com fralda e agitada, que Robin deduziu ser o errante Bo. Além do choro da criança, o silêncio era completo. Mazu nem precisou elevar a voz para que todos ali a ouvissem.

— Quem estava de serviço no alojamento?

Depois de uma curta hesitação, duas adolescentes foram para a frente da multidão, uma de cabelo curto e claro, a outra com longos cachos escuros. Esta última chorava. Robin, que observava pelo mar de cabeças na frente dela, viu as duas meninas se ajoelharem, como se tivessem ensaiado o movimento, e engatinharem até os pés de Mazu.

— Por favor, Mama…

— Pedimos mil perdões, Mama!

Quando elas chegaram à bainha do manto de Mazu, esta o levantou ligeiramente e olhou, inexpressiva, as duas meninas chorando e beijando seus pés. Depois disse bruscamente:

— Taio.

Seu filho mais velho abriu caminho pela multidão que olhava.

— Leve as duas ao templo.

— Mama, *por favor.* — A menina de cabelo claro gemeu.

— Vamos — disse Taio, agarrando os braços das duas e as arrastando à força para que se colocassem de pé.

Robin ficou muito perturbada ao ver como a menina de cachos tentou se agarrar à perna de Mazu, e a completa frieza na expressão da mulher vendo o filho arrastá-las dali. Ninguém perguntou o que ia acontecer com as meninas; ninguém falou nada nem se mexeu.

Enquanto Mazu dava as costas para o grupo, Louise disse:

— Devo levar Bo de volta ao…? — mas Mazu a interrompeu.

— Não. Você — ela apontou para Penny Brown e continuou: — e você — disse ela a Emily Pirbright —, levem-no de volta ao alojamento e fiquem lá.

Penny foi pegar o garotinho, mas ele se agarrava a Louise, que se desvencilhou dele e o entregou. Os gritos dele desapareceram conforme Penny e Emily correram pela arcada que levava ao alojamento das crianças.

— Vocês podem voltar para a cama — disse Mazu à multidão que olhava. Ela se virou e foi para o templo.

Nenhuma das mulheres se olhou nem se falou na volta em fila ao alojamento. Robin pegou o pijama na cama, depois correu ao banheiro, trancou-se em um cubículo e retirou as polaroides do sutiã para examiná-las.

Estavam todas desbotadas, mas Robin ainda podia distinguir as imagens. A foto de cima mostrava a figura de uma jovem roliça e nua, de cabelo escuro — possivelmente uma adolescente — com uma máscara de porco, de pernas bem abertas. A segunda mostrava uma jovem loura sendo penetrada por trás por um homem agachado, ambos de máscara de porco. A terceira mostrava um homem magro e musculoso com uma caveira tatuada no bíceps, sodomizando um homem mais baixo. Robin olhou rapidamente todas as fotos. No total, quatro pessoas nuas eram retratadas em várias combinações sexuais em um espaço que Robin não reconheceu, mas que parecia uma latrina externa, talvez até o celeiro que ela acabara de deixar. Usavam máscaras de porco em cada imagem.

Robin devolveu as fotos ao sutiã e as deixou ali enquanto tirava o moletom. Depois saiu do cubículo, apagou a luz do banheiro e voltou à cama. Ao se acomodar para enfim dormir, um grito distante penetrou o silêncio, emanando do templo.

— *Por favor, não... por favor, não, Mama... não, por favor, por favor!*

Se alguma das mulheres nas camas a sua volta também tinha ouvido, nenhuma delas emitiu um som que fosse.

43

Seis na quarta posição significa:
Envolver-se com a tolice traz humilhação.

I Ching: O livro das mutações

Seis dias depois de Robin ter encontrado, sem o conhecimento de Strike, as antigas polaroides na lata de biscoito enferrujada, o detetive promoveu uma reunião da equipe à tarde, a que compareceram todos da agência, exceto Littlejohn, que estava em serviço de vigilância. Strike optara por fazer a reunião na deserta sala no porão de seu pub preferido do bairro, que até recentemente se chamava Tottenham, mas passara a se chamar Flying Horse. Como torcedor do Arsenal, Strike aprovou inteiramente a mudança. Enquanto esperava pelos terceirizados, ele verificou o Pinterest para saber se Torment Town tinha respondido a sua mensagem, mas não havia alteração nenhuma na página.

— Não estou reclamando, mas por que estamos fazendo isso aqui? — perguntou Barclay dez minutos depois. O homem de Glasgow foi o último a chegar à sala acarpetada de vermelho e, como tinha a tarde de folga, parara no balcão para comprar uma cerveja.

— Para o caso de Littlejohn decidir voltar ao escritório — respondeu Strike.

— Vamos tramar a queda dele, é?

— Ele talvez não trabalhe para nós por muito tempo, então não há necessidade de ele saber mais de nossos negócios — explicou Strike. — Vou entrevistar o amigo de Wardle amanhã e, se tudo correr bem, Littlejohn estará fora.

Shah, Midge e Barclay disseram “Que ótimo” juntos. Pat, Strike notou, continuou em silêncio.

— Onde ele está agora? — perguntou Midge.

— Nos Franks — informou Strike.

— E por falar nisso, tenho uma coisa deles — anunciou Barclay, tirando do bolso interno do paletó duas folhas de papel que, quando abertas, revelaram-se fotocópias de artigos de jornal. — Estive pensando se podíamos pegá-los por fraude previdenciária e acabei encontrando isso.

Ele empurrou os papéis para Strike. As duas notícias eram curtas, mas uma delas trazia uma foto policial do irmão mais velho. O sobrenome dado não era o que os irmãos Frank usavam atualmente, embora o nome de batismo permanecesse o mesmo.

— O mais novo foi condenado por conduta sexual inapropriada — disse Barclay a Shah e Midge, enquanto Strike lia. — Recebeu condicional. O mais velho supostamente é o cuidador do mais novo. Não sei qual é o problema dele.

— E o mais velho foi condenado por assédio — destacou Strike, lendo o segundo artigo — de outra atriz. O juiz o deixou sair com uma condicional, porque ele é cuidador do irmão.

— Típico — comentou Midge com raiva, batendo o copo na mesa, para leve consternação de Shah, que estava sentado ao lado dela. — Já vi isso umas *cinquenta vezes* quando estava na polícia. Dão muito desconto a homens assim, e todo mundo fica surpreso quando um dos escrotos é acusado de estupro.

— Bom trabalho descobrindo isso, Barclay — declarou Strike. — Acho...

O celular de Strike tocou e ele viu o número de Littlejohn. Ele atendeu.

— Parece que o Frank Um está colocando um envelope na caixa de correio da porta de entrada da cliente — reportou Littlejohn. — Te mandei o vídeo.

— Onde ele está agora?

— Indo embora.

— Tudo bem. Vou ligar para a cliente e avisar. Fique com ele.

— Certo.

Littlejohn deligou.

— Frank Um acabou de colocar alguma coisa pela caixa de correio da cliente — informou Strike ao restante da equipe.

— Mais aves mortas? — perguntou Midge.

— Não, a não ser que caibam em um envelope. Acho que temos de avisar à polícia que os Franks são fichados com outro sobrenome. A visita de um policial pode fazê-los recuar. Vou cuidar disso — acrescentou Strike, tomando nota. — Qual é a última do Pé-Grande?

— Ele voltou a Chelsea Cloisters ontem — respondeu Shah.

— Aquela jovem que você fotografou com ele na rua não vai nos dar nada — disse Midge a Strike. — Fui falar com ela em uma lanchonete na rua. Sotaque forte do Leste Europeu, muito nervosa. Essas garotas vêm a Londres na esperança de ter contratos de modelo, não é? Estava torcendo para ela querer uma grana por entregá-lo, mas acho que está apavorada demais para falar.

— Um de nós precisa entrar naquele lugar, se passar por cliente — sugeriu Barclay.

— Achei que as fotos dele entrando e saindo dali bastariam para a mulher dele — comentou Shah.

— Ela acha que o marido vai dar alguma desculpa — informou Strike, que recebera um e-mail irritado da cliente naquela manhã. — Quer algo de que ele não consiga se livrar.

— Tipo o quê, uma foto dele recebendo um boquete? — perguntou Barclay.

— Não seria má ideia. Pode ser melhor entrar no prédio como algum vendedor ou inspetor de segurança, e não como cliente — sugeriu Strike. — Mais liberdade para andar por ali e talvez pegá-lo saindo de um dos quartos.

Seguiu-se uma discussão sobre que detetive devia pegar o trabalho e os possíveis disfarces. Shah, que conseguira bancar o negociante de arte internacional em um caso anterior, enfim foi designado à tarefa.

— Técnico de aquecimento é meio que um rebaixamento — retrucou ele.

— Vamos te conseguir identidade e documentação falsa — avisou Strike.

— E aí, já vamos pegar um caso novo da lista de espera? — perguntou Midge.

— Vamos esperar mais um pouco — disse Strike. — Primeiro vamos garantir um substituto para Littlejohn.

— Quem vai ver a pedra de plástico amanhã? — perguntou Barclay.

— Eu — afirmou Strike.

— Ela deve estar perto de sair — comentou Midge. — Já faz um mês.

— Ela ainda não conseguiu nada que Edensor possa usar contra a igreja — ponderou Strike. — Você conhece Robin: não faz nada pela metade. Tudo bem, acho que é só isso. Dou notícias sobre o substituto de Littlejohn assim que possível.

— Posso dar uma palavrinha com você? — perguntou Shah a Strike, depois que os outros foram para a porta.

— Sim, claro — concordou Strike, voltando a se sentar. Para surpresa dele, o terceirizado pegou um exemplar da *Private Eye* no bolso de trás.

— Já leu isso?

— Não — disse Strike.

Shah folheou a revista, depois a passou pela mesa. Strike viu uma coluna circulada a caneta.

O conselheiro da rainha Andrew "Honey Badger" Honbold, o litigante por difamação preferido do Reino Unido e autoproclamado árbitro moral, em breve pode precisar desesperadamente dos próprios serviços. A antiga preferência de Honey Badger por subalternas jovens e bonitas é, sem dúvidas, inteiramente avuncular. Porém, um informante na Câmara da Corte de Lavington conta ao *Eye* que uma jovem curvilínea e de cabelo escuro esteve espalhando histórias do talento e do vigor de Badger em um contexto que não era o dos tribunais. A beldade judicial até foi ouvida prevendo a ruptura iminente do casamento de Badger com a puritana Lady Matilda.

Baluartes do circuito caritativo de Londres, os Honbold estão casados há vinte e cinco anos e têm quatro filhos. Um recente perfil na *Times* destacou a probidade pessoal do mais destacado advogado antivulgaridade do Reino Unido.

"Vi de perto o que insultos e insinuações provocam em pessoas que não merecem", esbravejou Honey Badger, "e pessoalmente eu endureceria as leis antidifamação para proteger os inocentes".

Dizem os boatos que a tal dama indiscreta estende sua generosidade a certo Cormoran Strike, o detetive particular cada vez mais popular. Será que ela obteve dicas de câmeras ocultas e microfones? Se for assim, é melhor que o honorável Honbold torça para só ter de lidar com insultos e insinuações.

— Merda — xingou Strike. Ele olhou para Shah e não achou nada melhor para dizer, então repetiu o "*merda*".

— Achei que você deveria saber — disse Shah.

— Saímos uma vez... não, duas vezes. Ela nunca me falou nada sobre esse Honbold.

— Tá — disse Shah. — Bom, sabe como é... ele não é popular com a imprensa, então é possível que continuem essa história.

— Vou cuidar disso — avisou Strike. — Ela não vai me arrastar para a confusão dela.

Mas ele tinha plena consciência de que já fora arrastado para a confusão de Bijou, e Shah parecia pensar exatamente o mesmo.

Eles se separaram na calçada do Flying Horse, Shah voltando ao escritório para terminar uma papelada e deixando Strike consumido de fúria e autorrecriminação na frente do pub. Ele tinha experiência suficiente nos dois tipos de infortúnio para saber que havia uma grande diferença entre se sentir uma vítima de golpes aleatórios do destino e ter de admitir que seus problemas foram criados pela própria tolice. Ele foi avisado por Ilsa que Bijou era faladeira e indiscreta, e o que fez? Trepou com ela uma segunda vez. Depois de evitar os holofotes por anos, dando testemunho em casos judiciais apenas com a barba crescida, recusando toda oferta de entrevista à imprensa e terminando uma relação anterior com uma mulher que queria que ele posasse com ela em eventos famosos, ele foi conscientemente para a cama com uma faladeira que, por acaso, tinha no currículo um amante casado e famoso.

Ele ligou para o número de Bijou, mas caiu na caixa postal. Depois de deixar um recado dizendo para ela telefonar assim que fosse possível, ele ligou para Ilsa.

— Oi — disse ela, fria.

— Ligando para pedir desculpas — disse Strike, o que era só parte da verdade. — Eu não devia ter sido tão cruel com você. Sei que só estava tentando cuidar de mim.

— Sim, estava mesmo — afirmou Ilsa. — Tudo bem, desculpas aceitas.

— Bom, você provou que estava totalmente certa — comentou Strike. — Estou na *Private Eye* de hoje, ligado a ela e ao amante casado dela.

— Ah, merda, não é Andrew Honbold, é? — perguntou Ilsa.

— Você o conhece?

— Ligeiramente.

— O *Eye* está insinuando que, além de dormir com ela, eu a ajudei a grampear o quarto de Honbold.

— Corm, eu sinto muito... Ela vem tentando tirá-lo da esposa há séculos. Ela fala abertamente nisso.

— Não consigo ver Honbold se casando com ela, se ele achar que ela colocou um detetive particular pra cima dele. Onde ela está agora, você sabe?

— Está na Câmara de Lavington — informou Ilsa.

— Tudo bem, vou esperar por ela lá — disse Strike.

— Isso é sensato?

— Será mais fácil matá-la de medo pessoalmente do que por telefone — afirmou Strike num tom grave, já se dirigindo ao metrô.

44

Um homem deve se isolar do inferior e do superficial.
O importante é permanecer firme.

I Ching: O livro das mutações

Esta, Strike pensou, era a primeira vez que ele ficava feliz por Robin estar na Fazenda Chapman. Ele tinha feito uma tremenda idiotice e, embora as consequências provavelmente fossem mais graves para ele do que para toda a agência, Strike preferia que Robin continuasse alheia à confusão em que ele se metera.

Depois de procurar o endereço, Strike fez a curta viagem na linha Central, saindo do metrô em Holborn e se dirigindo ao Lincoln's Inn. Depois, assumiu posição atrás de uma árvore nos jardins dos quais podia vigiar a fachada neoclássica da Câmara da Corte de Lavington e esperou.

Estava ali havia uma hora, vendo algumas pessoas entrarem e outras saírem do prédio, quando seu celular tocou. Esperando ver o número de Bijou, ele viu, em vez disso, o de Shanker.

— E aí, Bunsen, tô te ligando pra dizer que tu tá dentro, com Reaney. Dia 28 de maio. Não consegui nada antes disso.

— Valeu, Shanker, é uma ótima notícia — disse Strike, ainda mantendo os olhos treinados na entrada do prédio de Bijou. — Ele sabe que eu vou, não é?

— Ah, sim, ele sabe — confirmou Shanker. — E você vai ter alguma segurança lá, pra garantir que ele coopere.

— Melhor ainda. Muito obrigado.

— Tá legal, boa caçada — disse Shanker e desligou.

Strike tinha acabado de colocar o celular no bolso quando a porta da Câmara da Corte de Lavington se abriu e Bijou desceu a escada com um casaco vermelho-vivo, partindo na direção da estação do metrô. Strike deixou que ela tomasse a dianteira, depois a seguiu. Enquanto andava, ele pegou o celular e ligou de novo para o número dela. Ela tirou o telefone da bolsa, ainda andando, olhou, depois recolocou na bolsa sem atender.

Como queria interpor alguma distância entre ele e a Câmara para reduzir a possibilidade de ser visto por colegas de trabalho de Bijou, Strike continuou a andar cinquenta metros atrás de seu alvo até que ela entrou na estreita Gate Street. Ali, ela reduziu o passo, pegou o celular de novo, aparentemente para ler uma mensagem que acabara de receber e, enfim, parou para mandar uma resposta. Strike apertou o passo e, quando ela recolocou o celular na bolsa, ele a chamou.

Bijou se virou e ficou claramente apavorada ao ver quem a havia chamado.

— Quero ter uma palavrinha ali — disse ele implacável, apontando um pub chamado Ship, que ficava metido em uma via para pedestres visível entre dois prédios.

— Por quê?

— Já leu a *Private Eye* de hoje?

— Eu... Sim.

— Então você sabe por quê.

— Eu não...

— Quer ser vista comigo? Então devia ter atendido o telefone.

Ela deu a impressão de que queria se recusar a ir com ele, mas deixou que a levasse para a viela. Quando ele abriu a porta do Ship, ela entrou passando por ele, com uma expressão fria.

— Prefiro lá em cima — disse ela.

— Por mim, tudo bem — concordou Strike. — O que quer beber?

— Não importa... Vinho tinto.

Cinco minutos depois, Strike se juntou a ela no segundo andar, no Oak Room de teto baixo e pouca iluminação. Bijou tirara o casaco, revelando um vestido vermelho justo, e estava sentada em um canto de costas para o salão. Strike pôs seu vinho na mesa antes de se sentar de frente para ela, com um uísque duplo. Não pretendia ficar tempo suficiente para uma cerveja.

— Você andou abrindo a boca a meu respeito.

— Não, não fiz isso.

— "Um informante na Câmara da Corte de Lavington"...

— Sei o que está escrito!

— Você precisa deixar muito claro a esse tal de Honbold que eu nunca lhe dei nenhum conselho sobre vigilância.

— Eu já disse isso a ele!

— Ele viu o artigo, foi?

— Viu. E o *Mail* esteve atrás dele. E o *Sun*. Mas ele vai negar tudo — acrescentou ela, com o lábio inferior tremendo.

— Aposto que vai mesmo.

Strike observou sem nenhuma solidariedade enquanto Bijou procurava um lenço nos bolsos e enxugava os olhos cuidadosamente para não borrar a maquiagem.

— O que você vai fazer quando os jornais aparecerem no seu apartamento?

— Dizer a eles que nunca dormi com ele. É o que Andrew quer.

— Você vai negar ter dormido comigo também.

Bijou não disse nada. Desconfiando saber o que estava por trás daquele silêncio, ele disse:

— Não serei um dano colateral em tudo isso. Nós nos conhecemos em um batizado, só isso. Se você ainda pensa que Honbold vai ser incentivado a abandonar a esposa por ciúme por termos trepado, é ilusão sua. Duvido que ele nem sequer encoste um dedo em você depois disso.

— Seu *filho da puta* — resmungou ela, ainda enxugando os olhos e o nariz. — Eu *gostei* de você.

— Você estava fazendo um joguinho que estourou na sua cara, mas não serei apanhado no fogo cruzado, então entenda isso agora: haverá consequências se você tentar livrar a cara dizendo que temos um caso.

— Você está me *ameaçando*? — ela sussurrou sobre o lenço úmido.

— É um aviso. Delete as mensagens que me enviou e tire meu número de seu telefone.

— Ou o quê?

— Ou haverá consequências — repetiu ele. — Sou detetive particular. Descubro coisas sobre as pessoas, coisas que elas acham que estavam muito bem escondidas. Se existe algo no seu passado que você se importe de ver publicado no *Sun*, eu pensaria muito bem antes de me usar para tentar alavancar uma proposta de casamento de Honbold.

Bijou não chorava mais. Sua expressão tinha endurecido, mas Strike pensou que ela estava mais pálida por baixo da maquiagem. Por fim, ela pegou o celular, deletou as informações de contato, as mensagens que eles trocaram e as fotos que ela havia mandado a ele. Strike então fez o mesmo com o próprio telefone, bebeu todo o uísque em um gole só e se levantou.

— Tudo bem — disse ele —, é só negar tudo e isso deve passar.

Ele saiu do Ship sem sentir remorso nenhum pelas táticas que tinha empregado, mas consumido de fúria com ela e consigo mesmo. O tempo diria se ia encontrar o *Mail* em sua porta, mas enquanto voltava caminhando para a estação do metrô de Holborn, Strike jurou a si mesmo que esta seria a última vez que arriscava a própria privacidade ou a carreira por um caso sem sentido que só aconteceu para não ter de pensar em Robin Ellacott.

45

Mas todo relacionamento entre indivíduos traz nele o perigo de que possam ser dados maus passos (...).

I Ching: O livro das mutações

Robin teve de carregar por uma semana as polaroides que tinha encontrado até colocá-las na pedra de plástico na noite de quinta-feira. Ela não se atrevia a escondê-las em nenhum lugar do alojamento, mas saber que estavam perto de sua pele era uma fonte sempre presente de ansiedade, caso alguma escorregasse de baixo da blusa do moletom. Sua quarta ida à mata e a volta foram misericordiosamente tranquilas, e, despercebida, ela voltou sã e salva a sua cama, profundamente aliviada por ter se livrado das fotografias.

Na noite seguinte, depois de um dia de palestras e cânticos, Robin voltou ao alojamento com as outras mulheres e encontrou conjuntos de moletons escarlates em cima das camas, em lugar do laranja.

— Por que a mudança na cor? — disse vagamente a viúva Marion Huxley.

Marion, cujo cabelo ruivo crescera e revelava quase três centímetros de prata, costumava fazer perguntas bem básicas ou falar quando outros continuariam em silêncio.

— Ainda não terminou de ler *A resposta*? — rebateu Vivienne, do cabelo espigado. — A gente deve ter entrado na Temporada do Profeta Roubado. A cor dele é o vermelho.

— Muito bem, Vivienne — elogiou Becca Pirbright, sorrindo de algumas camas de distância, e Vivienne ficou visivelmente empertigada.

Mas havia algo mais na cama de Robin ao lado do moletom escarlate dobrado: uma caixa de removedor de tintura de cabelo com uma folha de papel por cima, com o que ela reconheceu como uma citação de *A resposta*.

O Falso Eu anseia pelo que é artificial e não é natural.
O Verdadeiro Eu anseia pelo que é genuíno e natural.

Robin olhou o alojamento e viu que a Penny Brown do cabelo verde também examinava uma caixa de removedor de tintura. Seus olhos se encontraram: Robin sorriu e apontou para o banheiro, e Penny, sorrindo também, assentiu.

Para surpresa de Robin, Louise estava junto da pia, raspando cuidadosamente a cabeça no espelho. Seus olhos se encontraram brevemente. Louise baixou os olhos primeiro. Depois de enxugar a cabeça completamente careca, ela saiu do banheiro sem dizer nada.

— As pessoas estavam me dizendo — sussurrou Penny — que ela está de cabeça raspada há, tipo, *um ano.*

— Nossa — disse Robin. — E você sabe por quê?

Penny fez que não com a cabeça.

Apesar de cansada, e ressentida por ter de abrir mão de seu valioso tempo de sono para remover a tintura azul do cabelo, Robin ainda assim estava feliz pela oportunidade de falar livremente com outra integrante da igreja, em particular alguém cuja rotina diária diferia tão acentuadamente da dela.

— Como tem passado? Eu mal te vejo desde que estivemos juntas no Grupo Fogo.

— Ótima — disse Penny. — Bem de verdade.

Sua cara redonda estava mais magra do que na chegada à fazenda, e Penny tinha olheiras. Lado a lado no espelho do banheiro, Robin e Penny abriram as caixas e passaram o produto no cabelo.

— Se este é o começo da Temporada do Profeta Roubado — comentou Penny —, veremos uma Manifestação em breve.

Ela parecia ao mesmo tempo animada e assustada.

— Foi incrível ver a Profetisa Afogada aparecer, não foi? — perguntou Robin.

— Foi — respondeu Penny. — É isso que realmente... Quer dizer, depois de ver isso, não tem como você voltar à vida normal, tem? É, tipo, a prova.

— Sem dúvida — concordou Robin. — Senti o mesmo.

Penny olhou desconsolada para seu reflexo, com o cabelo verde coberto por uma pasta branca e espessa.

— Eu ia deixar crescer mesmo — disse ela, com um ar de quem tenta se convencer de que estava feliz por fazer o que fazia.

— E aí, o que você tem feito? — perguntou Robin.

— Hmm, um monte de coisas — respondeu Penny. — Cozinhar, trabalhar na lavoura. Estive ajudando Jacob também. E tivemos uma palestra muito boa hoje de manhã, sobre o vínculo espiritual.

— É mesmo? — disse Robin. — Ainda não tive essa... Como Jacob está?

— Ele *sem dúvida* está melhorando — afirmou Penny, evidentemente com a impressão de que Robin sabia tudo sobre Jacob.

— Ah, que bom. Soube que ele não ficou muito bem.

— Quer dizer, ele não ficou, é claro — prosseguiu Penny, entre a ansiedade e a cautela. — É meio complicado, né? Porque alguém assim, que não consegue entender o falso eu e o espírito puro, também não consegue se curar.

— É verdade — concordou Robin, assentindo com a cabeça —, mas você acha que ele está melhorando?

— Ah, sim. Sem dúvida.

— É gentileza de Mazu deixar que ele fique na fazenda — comentou Robin, sondando sutilmente.

— É — repetiu Penny —, mas ele não pode ficar no alojamento, com todos os problemas que tem.

— Não, claro que não — disse Robin, tateando com cuidado. — O dr. Zhou parece ser bem legal.

— É, é mesmo uma sorte Jacob ter o dr. Zhou, porque seria um pesadelo se ele estivesse lá fora — afirmou Penny. — Lá fora, gente como Jacob vai para a eutanásia.

— Você acha?

— Claro que vai — confirmou Penny, sem acreditar na ingenuidade de Robin. — O Estado não quer cuidar deles, então eles são eliminados sem alarde pelo NHS, os Nazistas que Honram o Sofrimento, como chama o dr. Zhou — acrescentou ela, antes de olhar ansiosamente no espelho o cabelo e dizer: — Quanto tempo acha que já tem? É difícil saber, sem um relógio nem nada...

— Talvez cinco minutos? — sugeriu Robin.

Procurando tirar proveito da menção de Penny à falta de relógios, e para encorajar a menina a compartilhar qualquer coisa de negativo que ela pudesse ter notado na IHU, ela disse descontraída:

— Engraçado ter que tirar a tintura do cabelo. O cabelo de Mazu não pode ser naturalmente tão preto, pode? Ela tem uns quarenta anos e não tem um fio branco que seja.

A atitude de Penny mudou instantaneamente.

— Criticar a aparência das pessoas é puro julgamento materialista.

— Eu não estou…

— A carne não é importante. O espírito é de suma importância.

Seu tom era didático, mas os olhos eram temerosos.

— Eu sei, mas se não importa nossa aparência, por que temos de tirar a tintura? — rebateu Robin com sensatez.

— Porque… Estava no papel em cima da caixa. O verdadeiro eu é natural.

Parecendo alarmada, Penny correu para um box e fechou a porta.

Quando estimou que tinham se passado vinte minutos, Robin tirou o moletom, lavou o produto do cabelo, enxugou-se, verificou no espelho se todos os vestígios de tintura azul tinham sumido, depois voltou ao alojamento escuro de pijama.

Penny, porém, continuou escondida no box do chuveiro.

46

Um indivíduo se vê em um ambiente mau com o qual
está comprometido por laços externos.
Mas ele tem um relacionamento interior
com um homem superior (...).

I Ching: O livro das mutações

A rotina dos recrutas de alto nível mudou com a chegada da Temporada do Profeta Roubado. Eles não passavam mais manhãs inteiras vendo vídeos de atrocidades de guerra e fome no porão da sede da fazenda, mas ouviam mais palestras sobre os nove passos para o espírito puro: confissão, serviço, despojamento, união, renúncia, aceitação, purificação, mortificação e sacrifício. Recebiam conselhos práticos sobre como alcançar os passos um a seis, que podiam ser trabalhados concomitantemente, mas o restante ficou envolto em mistério, e só quem era julgado com domínio da primeira meia dúzia era considerado digno de aprender a alcançar os três últimos.

Robin também teve de suportar uma segunda sessão de Revelação. Pela segunda vez, ela escapou de se sentar na berlinda no centro da roda, embora Vivienne e o idoso Walter tivessem sido menos afortunados. Vivienne foi atacada por seu hábito de mudar o sotaque para disfarçar a formação endinheirada e foi acusada de arrogância, de ser autocentrada e hipócrita até ser reduzida a um pranto, enquanto Walter, que admitiu uma rixa antiga com um ex-colega de sua antiga universidade, foi insultado por egomotividade e julgamento materialista. Ele foi o único entre aqueles que tinham sido submetidos à Terapia de Resposta Primal a não chorar. Ele empalideceu, mas assentiu de maneira ritmada, quase com avidez, enquanto a roda lhe lançava insultos e acusações.

— Sim — ele murmurava, piscando intensamente atrás dos óculos —, sim... é verdade... é tudo verdade... muito ruim... sim, de fato... falso eu...

Enquanto isso, a calça do conjunto de moletom de tamanho M que Robin recebera uma semana antes continuava a escorregar de sua cintura, porque ela havia emagrecido muito. Além da irritação de ter de puxá-la constantemente para cima, isto não a perturbava tanto quanto a consciência de que ela aos poucos ficava institucionalizada.

Quando chegou à Fazenda Chapman, Robin registrava seu cansaço e a fome como anormais, e notou os efeitos da claustrofobia e da pressão do grupo durante as palestras no porão. Aos poucos, porém, passou a ignorar o cansaço e se adaptou com menos comida. Ela ficou alarmada ao constatar que o hábito inconsciente de entoar baixinho tornava-se cada vez mais frequente, e até se pegou pensando com o linguajar da igreja. Refletindo sobre a razão do desconhecido Jacob, que claramente estava doente demais para ser útil à igreja, estar sendo mantido na Fazenda Chapman, ela se viu enquadrando a possibilidade de sua partida como um "retorno ao mundo materialista".

Nervosa pelo que ainda era objetiva o bastante para reconhecer como doutrinação parcial, Robin experimentou uma nova estratégia para manter a objetividade: tentar analisar os métodos que a igreja usava para forçar a aceitação de sua visão de mundo.

Ela notou como a dureza e a leniência eram aplicadas a integrantes da igreja. Os recrutas ficavam tão agradecidos por qualquer folga na pressão constante para ouvir, aprender, trabalhar ou entoar que mostravam uma gratidão desproporcional pelas mínimas recompensas. Quando crianças mais velhas tinham permissão para correr à mata no perímetro por um tempo de lazer supervisionado, elas partiam com a alegria que Robin imaginava que as crianças lá de fora pudessem exibir quando lhes diziam que elas iam à Disneylândia. Uma palavra gentil de Mazu, Taio ou Becca, cinco minutos de tempo sem supervisão, uma colherada a mais de macarrão no jantar: estas coisas provocavam sentimentos de calidez e prazer que mostravam quão normalizadas já haviam se tornado a obediência e a privação forçadas. Robin estava consciente de que ela também começava a ansiar pela aprovação das referências da igreja e que este anseio tinha origem em um impulso animalesco de autoproteção. A reorganização constante dos grupos e a ameaça sempre presente do ostracismo impedia o desenvolvimento de qualquer sentimento de verdadeira solidariedade entre os membros. Aqueles que davam palestras inculcavam neles que o espírito puro não via um ser humano como melhor ou mais digno de amor do que qualquer outro. A lealdade devia fluir para cima, para o divino e os chefes da igreja, mas nunca horizontalmente.

Entretanto, sua estratégia de analisar objetivamente os meios de doutrinação da igreja foi apenas parcialmente bem-sucedida. Mantida em um estado permanente de cansaço, refletir sobre como a obediência era forçada, e não simplesmente respeitada, exigia um esforço constante. Por fim, Robin descobriu o truque de se imaginar contando a Strike o que ela fazia. Isto a obrigou a descartar todo o jargão da igreja, porque ele não entenderia ou, mais provavelmente, zombaria dele. A ideia de Strike rindo do que ela precisava fazer — embora ela lhe desse o mérito de duvidar de que ele acharia a Revelação divertida — era um meio melhor de manter o pé na realidade que existia fora da Fazenda Chapman, e até de romper o hábito de entoar, porque ela passou a imaginar Strike sorrindo com ironia sempre que se pegava fazendo isso. Nem uma vez ocorreu a Robin que podia ter se imaginado conversando com Murphy, ou com qualquer uma de suas amigas, em vez de Strike. Ela ansiava desesperadamente pela próxima carta dele, em parte porque queria saber sua opinião sobre as polaroides que tinha colocado na pedra de plástico na quinta anterior, mas também porque a visão de sua letra provava que ele era real, não só uma fantasia útil de sua imaginação.

A jornada pelo campo escuro e pela mata na quinta-feira seguinte foi a mais fácil até então, porque a rota pelas árvores tornava-se conhecida. Quando ela abriu a pedra de plástico e acendeu a lanterna, viu a carta mais longa de Strike até então e duas barras de Cadbury's Flakes. Só ao abrir a embalagem de uma delas e se posicionar atrás de uma árvore, para ter certeza de que a luz da lanterna não seria visível a alguém que olhasse da fazenda para a mata, foi que ela percebeu que não havia bilhete de Ryan. Nervosa e faminta demais para se preocupar com isso, ela começou a devorar o chocolate enquanto lia a carta de Strike.

Oi,

A sua última carta foi mesmo muito interessante. A lata que você descreveu data de 1987. Supondo que a pessoa que tirou as polaroides fosse dona da lata, e supondo que a lata tenha sido levada para a fazenda quando nova, ela estava aí antes de a igreja começar, o que pode sugerir que nosso pornógrafo amador estava aí nos dias da comuna, mesmo que seus modelos tenham chegado depois. Pode ser os Crowther, Coates, o próprio Wace, Rust Andersen, ou alguém de quem nada sabemos. Estou inclinado a descartar os Crowther ou Coates, porque eles eram especializados em pré-púberes. O cabelo da garota loura parece o de Cherie Gittins, mas evidentemente pode ter tido mais de uma loura cacheada aí. Também me perguntei sobre o garoto com a tatuagem no braço. Shanker conseguiu um encontro para mim com Jordan Reaney, então vou perguntar se ele tem alguma caveira na manga.

Outra notícia: Frank Um colocou um cartão de aniversário por baixo da porta da cliente. É difícil conseguir um processo por causa disso, mas Barclay descobriu que um irmão foi indiciado por importunação sexual e o outro já pegou pena por assédio. Liguei para Wardle e acho/espero que a polícia faça uma visita a eles.

Ainda estamos enrolados com Littlejohn, infelizmente. Wardle recomendou um ex-policial e eu o entrevistei, mas ele aceitou um emprego com Patterson. Diz que paga mais. Novidade para mim, já que Dev disse que eles pagam menos do que nós. Talvez ele só tenha me achado um babaca.

Pat está de mau humor.

Murphy pede desculpas pela ausência de uma carta, ele teve de ir para o norte. Manda lembranças.

Cuide-se aí e a qualquer hora que quiser partir, estamos preparados.

Bj, S

Robin abria a embalagem do segundo chocolate, apoiava a pilha de papel em branco no joelho e passava a responder, parando regularmente para dar mais mordidas no Flakes e tentar se lembrar de tudo que precisava dizer a Strike.

Depois de pedir desculpas por não ter nenhuma novidade sobre Will Edensor, ela continuou:

Eu te contei sobre as duas garotas que deixaram o garotinho escapar. Elas tiveram a cabeça raspada. Claramente é uma punição, o que significa que Louise e Emily Pirbright foram punidas também, mas ainda não sei o motivo. Não consegui falar com Emily Pirbright de novo. Duas noites atrás também vi as costas da garota negra, cuja cama fica a duas da minha. Tinha marcas estranhas, como se ela tivesse sido arrastada no chão. Não tive nenhuma oportunidade de falar com ela. O problema é que todo mundo aqui foge/evita as pessoas que foram repreendidas ou punidas, e assim fica muito óbvio se a gente tenta uma aproximação com elas.

Soube mais a respeito de Jacob por uma menina que esteve ajudando a cuidar dele. Ela disse que ele está melhorando (não sei se é verdade) e que as pessoas "como ele" vão para a eutanásia no mundo materialista...

Flagrando-se, Robin riscou a palavra.

... no mundo ~~materialista~~ lá fora. Ela também disse que pessoas como Jacob não entendem realmente o falso eu e o espírito puro, então não conseguem se curar. Ficarei atenta para saber mais.

Agora estamos no meio de um monte de palestras sobre como se tornar um espírito puro. São nove passos, e o terceiro é quando você começa a ceder muito dinheiro à igreja, para se despojar do materialismo. Estou meio preocupada com o que vai acontecer quando eles exigirem que eu comece a fazer transferências bancárias, uma vez que acham que posso pagar mil libras em bolsas.

Ainda não quero sair...

Robin se interrompeu aqui, ouvindo um farfalhar nas folhas, com as costas doloridas de ficar apoiada na casca nodosa da árvore, o traseiro e as coxas úmidas da relva molhada. O que ela escrevera era uma mentira: queria muito ir embora. A ideia de seu apartamento, da cama confortável e de uma volta ao escritório era incrivelmente tentadora, mas ela estava certa de que ficar daria oportunidades de descobrir algo incriminador contra a igreja que seria impossível de obter de fora.

... porque não consegui nada que Colin Edensor possa usar. Com sorte, terei alguma coisa esta semana. Juro que estou tentando.

Ainda não tive de fazer a Revelação. Vou ficar mais feliz depois que tirar isso do caminho.

Bj, R

Obs.: Por favor, continue mandando chocolate.

47

Nove no início significa:
Quando a erva daninha é arrancada, a grama vem com ela.

I Ching: O livro das mutações

Strike esperou para ler a mensagem mais recente de Robin da Fazenda Chapman antes de terminar um relatório preliminar para Sir Colin Edensor. A questão que mais o afligia era se revelaria ou não a possibilidade de Will ser pai de uma criança com uma menor de idade na Fazenda Chapman. Na opinião de Strike, a conversa entreouvida que Robin tinha mencionado não podia ser considerada uma prova, e ele receava aumentar a ansiedade de Sir Colin sem estar certo dos fatos. Assim, omitiu a menção à suposta paternidade de Will e concluiu:

Próximos Passos Propostos

Agora temos o relato que R.E. obteve de uma testemunha ocular sobre coerção e lesões físicas, além da experiência em primeira mão de subnutrição, privação forçada de sono e uma técnica "terapêutica" que creio que psicólogos legítimos concordariam que é abusiva. R.E. acredita que ainda pode descobrir evidências de atividades mais graves/criminosas na Fazenda Chapman. Dado que nenhum membro da igreja que R.E. e eu entrevistamos até agora está disposto a testemunhar contra a igreja ou pode ser uma testemunha crível em vista do longo tempo desde que saíram de lá, recomendo que R.E. permaneça infiltrada no momento.

Entrevistarei outro ex-integrante da IHU no dia 28 de maio e estou procurando ativamente por outros. A prioridade é identificar as pessoas que aparecem nas fotografias que R.E. encontrou, porque sugerem a prática de abuso sexual como forma de disciplina.

Se tiver alguma dúvida, por favor, entre em contato.

Depois de enviar o relatório protegido por senha a Sir Colin, Strike bebeu o que restava em sua xícara de chá e se sentou por alguns momentos olhando pela janela da cozinha no sótão, refletindo sobre vários de seus dilemas atuais.

Como havia previsto, o artigo da *Private Eye* levou a telefonemas de três jornalistas diferentes, todos cujas publicações tinham se enredado com o conselheiro da rainha Andrew Honbold no tribunal e, por conseguinte, estavam ávidos para espremer o máximo de notícia possível de seu caso extraconjugal. Por instruções de Strike, Pat respondia com uma declaração de uma única linha negando qualquer envolvimento com Honbold ou pessoas associadas a ele. O próprio Honbold soltou uma declaração negando veementemente o artigo da *Eye* e ameaçando-os com um processo judicial. O nome de Bijou não apareceu na imprensa, mas Strike tinha a sensação desagradável de que ainda poderia haver outras repercussões de seu caso imprudente e estava atento a qualquer jornalista oportunista que pudesse vigiar o escritório.

Enquanto isso, ele ainda não conseguira localizar nenhum dos antigos membros da igreja com quem mais queria conversar, continuava empacado com Littlejohn e estava atormentado por preocupações com o tio Ted, a quem telefonou na noite anterior e que parecia ter se esquecido de que vira o sobrinho recentemente.

Strike voltou a atenção ao laptop aberto na mesa da cozinha. Mais com esperança do que expectativa, ele acessou a página do Pinterest de Torment Town, mas não havia novas imagens nem qualquer resposta à sua pergunta se o artista usava a imaginação como inspiração para seus desenhos.

Ele tinha acabado de se levantar para lavar sua xícara quando o celular tocou com uma chamada transferida do escritório. Strike atendeu e mal tinha dito seu nome quando uma voz aguda e furiosa gritou:

— *Passaram uma maldita cobra viva pela minha porta!*

— O quê? — disse Strike, completamente perplexo.

— Uma *COBRA*, porra! Um daqueles *filhos da puta* colocou uma maldita *cobra* pela caixa de correio da minha porta!

Rapidamente, Strike percebeu que estava falando com a atriz que os Franks assediavam, cujo nome ele tinha se esquecido momentaneamente, e que sua equipe devia ter pisado feio na bola.

— Isso aconteceu esta manhã? — Ele se sentou na cadeira da cozinha e abriu o rodízio no laptop para ver quem estava com os Franks.

— Não sei, acabei de encontrá-la na minha sala de estar. Pode ter ficado *dias* aqui!

— Você ligou para a polícia?

— Que *sentido* tem falar com a polícia? Estou pagando *você* pra dar um fim a isso!

— Eu compreendo, mas o problema imediato é a cobra.

— Ah, *isso* está tudo bem — disse ela, felizmente sem gritar. — Eu a coloquei no banheiro. É só uma cobra-do-milho. Eu já tive uma, não tenho *medo* delas. Bom — acrescentou a atriz acaloradamente —, não tenho medo delas até vê-las deslizando de baixo do sofá quando eu não sabia que estavam ali.

— Entendo completamente — disse Strike, que tinha acabado de descobrir que Barclay e Midge acompanhavam os Franks. — Seria bom ter uma ideia aproximada de quando você acha que pode ter chegado, porque estamos mantendo os irmãos sob vigilância constante e eles não se aproximaram de sua porta desde que o mais velho deixou seu cartão de aniversário. Vi o vídeo e, sem dúvida, não era uma cobra na mão dele.

— Então está me dizendo que tenho um *terceiro* maluco atrás de mim?

— Não necessariamente. Estava em casa na noite passada?

— Sim, mas...

Ela se interrompeu.

— *Ah.* Na verdade, eu me *lembro* de ouvir o tilintar da caixa de correio ontem à noite.

— A que horas?

— Deve ter sido por volta das dez. Eu estava no banho.

— Você verificou para saber se tinham passado alguma coisa pela porta?

— Não. Eu meio que registrei que não tinha nada lá quando desci para beber alguma coisa. Achei que tinha confundido um barulho da rua com a caixa de correio.

— Precisa de ajuda para se livrar da cobra? — perguntou Strike, que achava que era o mínimo que podia fazer.

— Não. — Ela suspirou. — Vou ligar para a polícia ambiental ou coisa assim.

— Tudo bem, vou entrar em contato com as pessoas que coloquei seguindo os irmãos, descobrir onde eles estiveram ontem à noite às dez e depois retorno a você. É bom saber que não está abalada demais, Tasha — acrescentou ele, o nome tendo lhe ocorrido naquele instante.

— Obrigada — disse ela, apaziguada. — Tudo bem, vou esperar seu retorno.

Quando ela desligou, Strike telefonou para Barclay.

— Você passou a noite com o Frank Um, não foi?

— Foi — confirmou Barclay.

— Onde ele estava por volta das dez?

— Em casa.

— Tem certeza?

— Tenho, e o irmão dele também. Frank Dois não saiu nos últimos dias. Talvez esteja doente.

— Nenhum deles chegou perto da casa da fulana ultimamente?

— Frank Um deu uma volta por lá na segunda-feira. Midge estava com ele.

— Beleza. Vou ligar para ela. Obrigado.

Strike encerrou a chamada e telefonou a Midge.

— Ele sem dúvida não colocou nada pela porta da frente — afirmou Midge, quando Strike explicou por que estava telefonando. — Só zanzou na calçada oposta, olhando as janelas dela. Ficou em casa nos últimos dias, e o irmão também.

— Foi o que Barclay disse.

— Ela não pode ter *outro* perseguidor, pode?

— Foi exatamente o que ela me perguntou — falou Strike. — Pode ser a ideia bizarra de algum fã de um presente-surpresa, acho. Pelo visto, ela já teve uma cobra-do-milho.

— Não importa quantas cobras você já teve, você não quer alguém colocando uma cobra pela merda da sua porta à noite — rebateu Midge.

— Concordo. Já viu alguém da polícia fazendo uma visita aos Franks?

— Nada — disse Midge.

— Tudo bem, vou ligar para a cliente de novo. Isto pode significar manter alguém na casa dela por algum tempo, assim como nos Franks.

— Mas que merda. Quem teria pensado que uma dupla de perseguidores ia virar um trabalho tão intensivo?

— Eu não — admitiu Strike.

Depois de ter desligado o telefone, ele pegou o cigarro eletrônico, franzindo um pouco a testa enquanto inalava nicotina, perdido em pensamentos por um minuto. Em seguida voltou a atenção ao rodízio semanal.

Littlejohn e Shah tiveram a noite anterior de folga. As atividades extraconjugais do Pé-Grande eram restritas às horas do dia e ele ficava em casa à noite com sua esposa desconfiada e irritadiça. Strike ainda se perguntava se a ideia que ele acabara de ter seria ridícula, quando o celular tocou de novo, uma ligação encaminhada mais uma vez do escritório. Esperando a cliente atriz, ele percebeu tarde demais que falava com Charlote Campbell.

— Sou eu. Não desligue — falou ela rapidamente. — É de seu interesse ouvir o que tenho a dizer.

— Então diga — disse Strike, irritado.

— Uma jornalista do *Mail* me ligou. Estão tentando traçar um perfil vulgar de você, dizendo que dorme com as clientes mulheres. Tal pai, tal filho, esse tipo de coisa.

Strike sentia a tensão agarrar cada parte de seu corpo.

— Eu disse a ela que não acreditava que você dormisse com clientes, que é muito honrado e que tem uma ética rigorosa com esse tipo de coisa. E disse que você não é nada parecido com seu pai.

Strike não sabia o que sentia, a não ser uma leve surpresa misturada com algum vestígio espectral do que costumava sentir por ela, ressuscitado pela voz triste que às vezes ouvia no final de suas piores brigas, quando até o amor indestrutível de Charlotte pelo conflito deixava-a esgotada e atipicamente sincera.

— Sei que andaram sondando algumas ex suas também — acrescentou Charlotte.

— Quem? — perguntou Strike.

— Madeline, Ciara e Elin. Madeline e Elin disseram que nunca contrataram um detetive particular e se recusaram a fazer qualquer comentário. Ciara disse que simplesmente riu quando o *Mail* ligou para ela, depois desligou.

— Mas como é que eles sabem sobre Elin? — disse Strike, mais para si mesmo do que para Charlotte. Aquele caso, que tinha terminado acrimoniosamente, acontecera com o que ele pensava ter sido uma discrição completa de ambas as partes.

— Querido, as pessoas falam. — Charlotte suspirou. — Você devia saber disso, já que é seu trabalho induzi-las a falar. Mas eu só queria que você soubesse, ninguém está cooperando e eu fiz o que pude. Você e eu ficamos juntos por mais tempo, então... então isso deve valer alguma coisa.

Strike tentou encontrar algo para dizer e, por fim, invocou um: "Bom... obrigado."

— Não tem de quê. Sei que você acha que quero acabar com sua vida, mas não quero. Eu *não quero.*

— Nunca pensei que você quisesse acabar com a minha vida — admitiu Strike, passando a mão no rosto. — Só achei que você não se importava de perturbá-la um pouco.

— O que você...?

— Criando confusão — disparou Strike. — Com Madeline.

— Ah — murmurou Charlotte. — É... eu fiz isso, um pouco.

A resposta forçou uma risada relutante de Strike.

— Como você está? — perguntou ele. — Como está de saúde?

— Estou bem.

— Mesmo?

— Sim. Quer dizer, eles detectaram cedo.

— Tudo bem, obrigado por fazer o que pôde com o *Mail*. Só me resta torcer para eles não conseguirem o bastante para seguir com isso.

— Bluey — disse ela com urgência, e ele se abalou.

— Que foi?

— Podemos tomar um drinque? Só um drinque. Para conversar.

— Não — respondeu ele, cansado.

— Por que não?

— Porque — disse ele — acabou. Eu já te disse isso, várias vezes até. Nós terminamos.

— E não podemos nem ser amigos?

— Meu Deus, Charlotte, nós nunca fomos amigos. Era esse todo o problema. Nós *nunca* fomos amigos, porra.

— Como você pode dizer...?

— Porque é a verdade — cortou ele energicamente. — Amigos não fazem com o outro o que nós fizemos. Amigos se protegem. Eles querem que o outro fique bem. Eles não despedaçam o outro sempre que aparece um problema.

A respiração dela chegava entrecortada no ouvido de Strike.

— Você está com Robin, não está?

— Minha vida amorosa não é mais de sua conta. Eu disse isso no pub na outra semana, desejo o seu bem, mas eu não...

Charlotte desligou.

Strike recolocou o telefone na mesa da cozinha e pegou o cigarro eletrônico de novo. Vários minutos se passaram antes de ele conseguir controlar os pensamentos desordenados. Enfim, voltou a atenção ao rodízio na tela diante dele, os olhos fixos no nome de Littlejohn e, depois de refletir um pouco mais, pegou o celular de novo e ligou mais uma vez para Shanker.

48

... a maldade do homem inferior volta-se contra ele próprio.
Sua casa é destruída. Há aqui uma manifestação da natureza.
I Ching: O livro das mutações

Logo depois do meio-dia da terça-feira, Strike seria encontrado subindo a escada rolante da estação de Sloane Square, preparado para assumir a vigilância do Pé-Grande, que mais uma vez se entregava a seu passatempo preferido no hotel grande cheio de profissionais do sexo. Entre os cartazes pequenos e emoldurados nas paredes da escada rolante, muitos anunciando shows no West End e produtos de beleza, Strike notou vários trazendo uma foto atraente de "Papa J", o logo em formato de coração da IHU e a legenda "*Você admite a possibilidade?*".

O detetive acabara de sair da estação para a rua chuvosa quando o celular tocou e ele ouviu a voz de Shah, que estava estranhamente embargada.

— Debei um choco.

— Você o quê?

— O caba be badeu, chaindo do quardo, a gadoda adrás dele usaba chó beia... Desgulba, eu dô changrando.

— O que aconteceu? — perguntou Strike, embora pensasse saber.

— Ele be deu um choco na cara.

Cinco minutos depois, Strike entrava no Rose and Crown na Lower Sloane Street para encontrar seu terceirizado mais bonito sentado em um canto com o lábio cortado, o olho esquerdo e o nariz inchados, e uma cerveja na mesa diante dele.

— Esdou bem, bão quebrou — informou Shah, gesticulando para o nariz e antevendo a primeira pergunta de Strike.

— Gelo — foi a única resposta de Strike, que caminhou até o balcão e voltou com uma cerveja sem álcool para ele, um copo com gelo e um pano limpo que pegara com o barman curioso. Shah virou o gelo na toalha, enrolou e pressionou no rosto.

— Baleu. Aqui — disse Shah, empurrando o celular pela mesa. A tela estava quebrada, mas a foto do Pé-Grande era nítida atrás do vidro partido. Nela, o homem era visto gritando, a boca escancarada, o punho erguido, uma garota seminua de cara apavorada atrás dele.

— Ora, isso é o que eu chamo de prova — disse Strike. — Excelente trabalho. Então o truque do técnico de aquecimento funcionou?

— Dão brecisei. Chegui um sujeido gordo ba dendro, adrás do Bé-Grande. Birei o corredor. Beguei ele chaindo. Ele é rábido bra um cara barrudo.

— Muito bom, cara — disse Strike. — Tem certeza de que não quer ir ao médico?

— Dão, fou ficar bem.

— Ficarei feliz de me livrar desse caso — admitiu Strike. — Midge tem razão, a cliente é um pé no saco. Acho que ela consegue um acordo multimilionário.

— É — disse Shah. — Caso nofo, endão? Da lisda de esbera?

— Isso — confirmou Strike.

— Besbo com os Franks agora um dabalho pa três?

— Então você soube da cobra?

— É, o Barclay be condou.

— Bom, não é mais um trabalho para três. De volta a dois.

— Cobo achim?

— Porque tenho o terceiro vigiado por dois caras freelancers — informou Strike. — Eles não costumam trabalhar do lado da lei, mas têm experiência em vigilância, em geral filmando lugares para roubar. Está me custando uma fortuna, mas quero provar que Littlejohn tem algum envolvimento com Patterson. Esse escroto vai se arrepender do dia em que tentou armar pra cima de mim.

— Qual é o bobema dele com bochê, afinal de condas?

— Patterson fica puto por eu ser melhor do que ele — afirmou Strike.

Dev riu, mas parou de repente, estremecendo.

— Eu te devo um telefone novo — comentou Strike. — Me dê o recibo e vou te reembolsar. Você precisa ir para casa e descansar. Mande-me essa foto e vou ligar para a esposa do Pé-Grande assim que voltar ao escritório.

Uma ideia súbita ocorreu a Strike.

— Quantos anos tem a sua esposa?

— Guê? — perguntou Shah, levantando a cabeça.

— Estive tentando localizar uma mulher de trinta e oito anos, para o caso da IHU — explicou Strike. — Ela usou pelo menos três nomes falsos, até onde sei. Onde as mulheres dessa idade se distraem na internet, você tem alguma ideia?

— Bubsned, probabelmende — respondeu Shah.

— O quê?

— Bub... berda... *Mumsnet* — disse Dev, enunciando com dificuldade. — Aisha dá chembre lá. Ou Fadeboog.

— Mumsnet e Facebook — repetiu Strike. — É, bem pensado. Vou tentar esses.

Ele estava de volta ao escritório meia hora depois e encontrou Pat ali sozinha, reabastecendo a geladeira com leite, o rádio tocando sucessos dos anos 1960.

— Dev acabou de levar um soco na cara do Pé-Grande — informou Strike, pendurando o casaco.

— *O quê?* — disparou Pat com a voz rouca, olhando com frieza para Strike como se ele fosse pessoalmente responsável.

— Ele está bem — acrescentou Strike, passando por ela até a chaleira. — Vai para casa colocar gelo no nariz. Quem é o próximo na lista de espera?

— Aquele esquisito com a mãe.

— Todos eles têm mãe, não é? — retrucou Strike, largando um saquinho de chá na xícara.

— Esse quer a mãe vigiada — explicou Pat. — Acha que ela está torrando a herança dele com um michê.

— Ah, certo. Se puder puxar o arquivo para mim, vou ligar para ele. Littlejohn deu as caras por aqui hoje?

— Não — respondeu Pat, enrijecendo.

— Ele telefonou?

— Não.

— Me informe se ele aparecer ou ligar. Ficarei aqui. Não se preocupe de me interromper, só estarei tentando encontrar uma agulha no palheiro do Facebook e do Mumsnet.

Depois de acomodado em sua mesa, Strike deu dois telefonemas. A esposa do Pé-Grande ficou em um êxtase de gratidão ao ver uma prova concreta da infidelidade do marido milionário. O homem que queria vigiar os movimentos da mãe, e que tinha um sotaque de classe alta tão acentuado que Strike teve dificuldade para acreditar que ele não estava fingindo, também ficou satisfeito ao receber notícias do detetive.

— Eu estava pensando em entrar em contato com Patterson, se não tivesse notícias suas em breve.

— Não vai querer usá-los, eles são uma merda — rebateu Strike, e foi recompensado com uma gargalhada surpresa.

Depois de pedir a Pat para mandar ao novo cliente um contrato por e-mail, Strike voltou a sua mesa, abriu o bloco em que escrevera cada combinação possível de nomes e sobrenomes que sabia que Cherie Gittins tinha usado na juventude, logou no Facebook usando um perfil falso e começou sua busca metódica.

Como esperava, o problema não era ter poucos resultados, mas resultados demais. Eram múltiplos resultados para cada nome que ele tentava, não só na Grã-Bretanha, mas também na Austrália, Nova Zelândia e nos Estados Unidos. Desejando poder contratar alguém para fazer esse trabalho enfadonho para ele em vez de pagar a dois parceiros de crime de Shanker para vigiar Littlejohn, ele seguiu — ou, no caso de contas privadas, enviou solicitações de amizade — cada mulher cuja foto poderia ser a de Cherie Gittins aos trinta e oito anos.

Duas horas e meia, três xícaras de chá e um sanduíche depois, Strike encontrou uma conta no Facebook configurada como privada com o nome Carrie Curtis Woods. Ele incluiu "Carrie" em sua busca como uma versão reduzida de "Carine". Como o sobrenome duplo não tinha hífen, ele suspeitou de que a dona da conta seria americana e não inglesa, mas a fotografia chamou sua atenção. A mulher sorridente tinha o mesmo cabelo louro cacheado e a beleza insípida da primeira foto de Cherie que ele tinha encontrado. Na foto, ela abraçava duas meninas que Strike supôs serem suas filhas.

Strike tinha acabado de enviar uma solicitação de amizade a Curtis Wood quando a música na antessala cessou abruptamente. Ele ouviu uma voz masculina. Depois de um ou dois segundos, o telefone tocou na mesa de Strike.

— O que foi?

— Tem um tal de Barry Saxon aqui querendo te ver.

— Nunca ouvi falar dele — falou Strike.

— Ele disse que te conheceu. Disse que conhece uma Abigail Glover.

— Ah — disse Strike, fechando o Facebook, enquanto a lembrança de um homem barbudo e carrancudo se apresentava: Baz, do pub Forester. — Tudo bem. Me dê um minuto, depois mande-o entrar.

49

Nove na terceira posição significa...
Um bode arremete contra uma cerca
E assim prende os chifres.

I Ching: O livro das mutações

Strike se levantou e foi ao quadro de avisos na parede, onde havia prendido vários itens relacionados com o caso IHU, e dobrou as abas de madeira para esconder as polaroides de adolescentes com máscara de porco e a do quarto de Kevin Pirbright. Tinha acabado de se sentar quando a porta se abriu e Barry Saxon entrou.

Ele julgou que o homem teria uns quarenta anos. Era muito baixo, com bolsas sob os olhos castanhos e fundos, e o cabelo e a barba davam a impressão de que seu dono passara muito tempo cuidando deles. Ele parou diante de Strike, com as mãos nos bolsos da calça jeans, os pés bem separados.

— Então seu nome não era Terry — acusou ele, lançando um olhar incisivo para o detetive.

— Não — disse Strike. — Como me encontrou?

— Ab contou a Patrick e ele me contou.

Com certo esforço, Strike se lembrou de que Patrick era o inquilino de Abigail Glover.

— Abigail sabe que você está aqui?

— É pouco provável — respondeu Saxon, com um leve bufo.

— Quer se sentar?

Saxon lançou um olhar desconfiado para a cadeira que Robin costumava usar, depois tirou as mãos dos bolsos e aceitou o convite.

Ele e Saxon talvez tenham tido contato direto por menos de dois minutos, mas Strike pensava conhecer o tipo de homem que estava sentado à sua frente. A tentativa de Saxon de destruir o que pensava ser o encontro de Abigail com "Terry", combinada com a atual atitude de ressentimento fumegante, lembrou Strike de um marido traído que foi um dos poucos clientes que ele chegou a rejeitar. Naquele caso, Strike se convenceu de que, se localizasse a ex-mulher do homem, que ele alegava estar resistindo insensatamente a qualquer contato, apesar do fato de existirem coisas inespecíficas que precisavam "ser resolvidas", ele estaria facilitando um ato de vingança e talvez violência. Embora este homem em particular usasse um terno Savile Row e não a camisa xadrez vermelha justa, Strike pensou reconhecer em Saxon a mesma sede velada de vingança.

— Como posso ajudar? — perguntou Strike.

— Não quero ajuda nenhuma — disse Saxon. — Tenho umas coisas pra te dizer. Você está investigando aquela igreja, né? Aquela do pai de Ab?

— Não discuto investigações em curso, lamento — afirmou Strike.

Saxon se remexeu, irritado, na cadeira.

— Ela escondeu coisas quando conversou com você. Não contou a verdade. Um homem chamado Kevin qualquer coisa foi baleado, não foi?

Como esta informação era de conhecimento público, Strike não viu motivos para negar.

— E ele tentava expor a igreja, não é?

— Ele era um ex-membro. — Strike respondeu sem se comprometer.

— Tudo bem, então... *Ab sabe que a igreja atirou nele.* Ela sabe que a igreja o matou. E ela mesma matou alguém quando estava lá! Nunca te contou *isso*, contou? E ela me ameaçou. Disse que eu sou o próximo!

Strike não ficou muito impressionado com estas declarações dramáticas, como Saxon evidentemente esperava dele. Ainda assim, puxou o bloco para si.

— Podemos começar pelo começo?

A expressão de Saxon ficou levemente menos insatisfeita.

— O que você faz para se sustentar, Barry?

— E pra que quer saber disso?

— Pergunta padrão — declarou Strike —, mas você não precisa responder se não quiser.

— Sou condutor do metrô. Assim como Patrick — acrescentou ele, como se para reforçar que não estava sozinho nessa.

— Há quanto tempo conhece Abigail?

— Dois anos, então sei *muita* coisa sobre ela.

— Você a conheceu na casa de Patrick?

— É, um bando de nós foi beber lá. Ela vivia cercada de homens, como eu logo descobri.

— E você e ela saíram juntos depois disso, a sós? — perguntou Strike.

— Ela te disse isso, foi? — questionou Saxon, e era difícil saber se ele estava mais irritado ou satisfeito.

— Contou, depois de você aparecer na nossa mesa no pub — revelou Strike.

— O que foi que ela disse? Porque aposto que ela não te falou a verdade.

— Só que você e ela saíram para uns drinques juntos.

— Foi mais do que uns drinques, *muito* mais. Ela topa tudo. Depois percebi com quantos outros caras ela saía. Tenho sorte por nunca ter pegado nada — disse Saxon, com uma leve empinada no queixo.

Familiarizado com o desdém masculino e comum por mulheres que desfrutavam de uma vida sexual aventurosa que ou os excluía, ou não mais os incluía, Strike continuou com as perguntas que pretendiam simplesmente avaliar quanto crédito devia ser dado a qualquer informação que Saxon tivesse a oferecer. Ele desconfiava de que a resposta seria zero.

— Então foi você que terminou o relacionamento?

— É, eu não ia aturar aquilo — afirmou Saxon, com outra leve empinada no queixo —, mas aí ela ficou puta comigo porque fui à academia e ao Forester e apareci no apartamento dela para ver Patrick. Me acusou de estar perseguindo ela. Não fique se achando, querida. Sei *muita* coisa sobre ela — repetiu Saxon. — Então ela não devia estar me ameaçando, porra!

— Você disse que ela matou alguém enquanto estava na igreja — prosseguiu Strike, com a caneta posicionada.

— É... Bom... Algo do tipo — disse Saxon. — Porque, olha só, Patrick a ouviu tendo um pesadelo, e ela gritava: "Corta menor, corta menor!" E ele foi bater na porta dela... Patrick disse que Ab fazia uns barulhos horríveis... Isso foi depois de ela se encontrar com você. Ela disse a Patrick que a conversa que vocês tiveram tinha trazido umas coisas à tona.

Strike rapidamente chegava à conclusão de que Abigail e sua criação eram uma fonte de interesse libidinoso para seu inquilino e o amigo que chegava a ser quase um passatempo doentio. Em voz alta, ele disse:

— Como Abigail matou essa pessoa?

— Tô te falando. Ela disse a Patrick que tinha um garoto na fazenda que era, sei lá — Saxon bateu o dedo na têmpora —, meio bobo, e ele fez uma coisa errada e foi chicoteado. E aí ela e a outra garota sentiram pena dele, então correram, pegaram o chicote e o esconderam.

"E aí, quando a madrasta dela não conseguiu encontrar, ela disse a um grupo deles para arrancar o couro do garoto, e Ab se juntou ao grupo, chutando e esmurrando ele. E depois que a madrasta decidiu que o garoto já tinha tido o bastante, disse que ia dar uma busca na fazenda atrás do chicote e que quem pegou ia ter problemas. Então Ab e a amiga saíram correndo para a cozinha onde tinham escondido ele e tentaram cortá-lo com uma tesoura quando a madrasta entrou e achou as duas, e aí elas tiveram de se chicotear."

Havia um leve traço de prazer obsceno na voz de Saxon ao dizer isso.

— E o garoto bobo morreu — concluiu ele.

— Depois do espancamento?

— Não — disse Saxon —, alguns anos depois, após sair da fazenda. Mas foi culpa dela, dela e dos outros que deram uma surra nele, porque ela disse a Patrick que o menino nunca mais foi o mesmo depois do espancamento, talvez dano cerebral ou coisa assim. E ela viu no jornal que ele tinha morrido e deduziu que foi pelo que tinham feito com ele.

— Por que a morte dele estava no jornal?

— Porque ele se meteu numa situação ruim, o que ele não teria feito se não tivesse dano cerebral, então ela matou o cara, tipo isso. Ela mesma disse. Bateu e chutou ele. *Ela* fez isso.

— Ela foi forçada a fazer isso — Strike corrigiu Saxon.

— Continua sendo lesão corporal dolosa — rebateu Saxon. — Ainda assim ela fez.

— Ela era uma criança, ou adolescente, em um ambiente muito abus…

— Ah, tá, você também caiu nesse papinho, é? — Saxon ironizou. — Ela te botou na palma da mão? Você nunca viu essa mulher irritada e com raiva. Garotinha de igreja? Ela tem um gênio de dar medo…

— Se isto fosse um crime, eu mesmo seria culpado — declarou Strike. — O que ela disse sobre Kevin Pirbright?

— Bom, foi aí que ela me *ameaçou* — respondeu Saxon, protestando de novo.

— E quando foi isso?

— Dois dias atrás, no Grosvenor…

— O que é isso, um bar?

— Pub. É, então, ela saiu desse porque eu estava lá. É um país livre, porra. Não é da conta dela onde eu bebo. Ela estava com um babaca da academia. Só o que eu fiz foi dar um aviso de amigo a ele…

— Como aquele que você me deu?

— É — confirmou Saxon, com outra empinada leve do queixo —, porque os homens precisam saber como é essa mulher. Eu saí do banheiro e ela esperava por mim. Tinha bebido umas e outras, ela bebe feito um maldito gambá, e ficou me dizendo para parar de segui-la em todo canto, e eu falei "Você acha que é o merda do seu pai, é? Dizendo a todo mundo onde pode ir, caralho", e ela falou "Quer meter meu pai nisso, eu posso dar um sumiço em você, vou contar a ele que você anda por aí falando mal da igreja, você não sabe com quem está se metendo", e eu falei que ela estava de papo furado e ela começou a bater no meu ombro — Saxon inconscientemente levantou a mão para tocar o suposto local onde Abigail bateu nele — e ela disse: "Eles têm armas..."

— Ela disse que a igreja tinha armas?

— Disse, e aí ela falou "Eles mataram agorinha um cara por falar merda sobre eles, então você precisa parar de me irritar", e eu disse "O que o corpo de bombeiros vai achar quando eu for na polícia contar que você tá me ameaçando?". Eu tenho *muita* sujeira dela, se ela quer fazer esse joguinho — afirmou Saxon, mal tomando fôlego. — E você sabe o que eles fazem naquela igreja, né? Todo mundo comendo todo mundo o tempo todo? Ela foi criada assim, mas se ela não gosta disso, por que ainda fica trepando com um cara diferente toda noite? Dois de uma vez, uma...

— Ela disse que *viu* armas na Fazenda Chapman?

— É, e ela viu a maldita arma do crime e nunca denunciou...

— Ela não pode ter visto a arma que matou Kevin Pirbright. Ele foi morto por um modelo que não existia na época.

Temporariamente abalado, Saxon disse:

— Ela ainda ameaçou me dar um tiro, cacete!

— Bom, se você acha que foi uma ameaça crível, por favor, procure a polícia. Me parece uma mulher tentando assustar um cara que não aceita um não como resposta, mas talvez eles enxerguem isso de um jeito diferente.

Strike pensou saber o que estava por trás dos diminutos olhos castanhos de Saxon. Ocasionalmente, quando as pessoas dominadas por um ressentimento obsessivo desabafavam sua ira e suas mágoas, algo nelas, algum pequeno vestígio de constrangimento, ouvia a si mesmas como os outros as ouvem, e elas ficavam surpresas ao descobrirem que não pareciam tão inocentes ou mesmo racionais como se imaginavam ser.

— Talvez eu procure a maldita polícia — disse Saxon, levantando-se.

— Boa sorte nessa. — Strike também se levantou. — Nesse meio tempo, posso telefonar a Abigail e recomendar que ela encontre um inquilino que não conte ao amigo sempre que ela grita dormindo.

Talvez porque Strike fosse quinze centímetros mais alto, Saxon se contentou em bufar.

— Se é essa sua maldita atitude...

— Obrigado por vir — cortou Strike, indo abrir a porta para a antessala.

Saxon passou por Pat e bateu a porta de vidro ao sair.

— Nunca confie em homens com olhinhos de porco — rosnou a gerente do escritório.

— Você teria razão em não confiar nele — disse Strike —, mas não pelos olhinhos de porco.

— O que ele queria?

— Vingança — respondeu Strike sucintamente.

Ele voltou à sala, sentou-se à mesa dos sócios e leu as poucas anotações que tinha feito enquanto Saxon falava.

Paul Draper dano cerebral? Morte no jornal? Armas na Fazenda Chapman?

Com relutância, mas sabendo que era o único jeito garantido de ter resultados rápidos, ele pegou o celular e digitou o número de Ryan Murphy.

50

Seis no início significa:
Quando sob os pés há geada,
O gelo sólido não está longe.

I Ching: O livro das mutações

Vários acontecimentos recentes na Fazenda Chapman fizeram a ansiedade revirar as entranhas de Robin como um parasita.

Uma coisa era dizer a Strike, na segurança do escritório, que ela não tinha medo de ser coagida a fazer sexo sem proteção com homens da igreja, outra bem diferente era passar duas horas sentada durante uma palestra sobre vínculo espiritual no porão da fazenda e ver todas as mulheres em volta dela assentindo fervorosamente enquanto ouviam que "a carne não é importante, o espírito é de suma importância". (Robin soube, então, de onde Penny Brown tinha tirado esta frase.)

— O que nós combatemos — disse Taio do palco — é a posse materialista. Nenhum ser humano possui outro nem deve criar nenhum tipo de contexto para controlar ou limitar o outro. Isto é inevitável nas relações carnais, que chamamos de RC e que são baseadas no instinto da posse. As RC são inerentemente materialistas. Elas veneram a aparência física e, inevitavelmente, tolhem a natureza daqueles que nelas estão envolvidos. Entretanto, o mundo da bolha as exalta, em especial quando elas vêm envoltas em armadilhas materialistas de propriedade, casamentos e o tal núcleo familiar.

"Não deve existir vergonha ligada ao desejo sexual. É uma necessidade natural e saudável. Concordamos com os hindus que um dos objetivos de uma vida bem vivida é o Kama, ou o prazer sensual. No entanto, quanto mais puro o espírito, menos provável será ansiar pelo que é superficialmente atraente em detrimento do que é espiritualmente bom e verdadeiro. Onde dois espíritos estão em harmonia... quando cada um deles sente a vibração divina operando neles e por intermédio deles... o vínculo espiritual ocorre com naturalidade e beleza. O corpo, que é subserviente ao espírito, demonstra fisicamente e canaliza a ligação espiritual sentida por aqueles que transcenderam os laços materialistas."

Embora achasse impossível discordar que o mundo lá fora estava cheio de crueldade e apatia enquanto ela era assolada por imagens de crianças famintas e vítimas de bombardeios, desta vez Robin não teve dificuldade nenhuma de se desligar do ambiente e analisar o argumento de Taio enquanto ele falava. Se você cortar todo o jargão da IHU, pensou ela, ele está argumentando que pureza espiritual significa concordar com o sexo com qualquer um que queira, por menos atraente que você ache a pessoa. Dormir com apenas uma pessoa que você realmente deseja fazia de você um agente frívolo do Adversário, enquanto o sexo com Taio — e essa ideia provocou em Robin um tremor íntimo — provava sua bondade inata.

Mas parecia que ela estava sozinha neste ponto de vista, porque todos a sua volta, homens e mulheres, assentiam em concordância: sim, a possessividade e o ciúme eram ruins; sim, era um erro controlar as pessoas; sim, não havia nada de errado com o sexo, ele era puro e belo quando feito no contexto de uma relação espiritual, e Robin se perguntou por que eles não conseguiam escutar o que ela escutava.

Robin pensou se estaria imaginando os olhos azuis e tortos de Taio viajando até ela com mais frequência do que a qualquer outro dos ouvintes, ou o leve sorriso malicioso que torcia sua boca pequena sempre que olhava na direção dela. Provavelmente era paranoia, mas Robin não conseguia se convencer inteiramente de que estivesse imaginando isso. O holofote não favorecia Taio: seu cabelo grosso e oleoso caía sobre o rosto feito uma peruca, colocava o pálido e comprido nariz de rato em um relevo acentuado e enfatizava a papada.

Algo nas maneiras autoconfiantes de Taio lembrou Robin de seu estuprador de meia-idade de pé no tribunal, elegante de terno e gravata, dando uma risadinha quando disse ao júri que ficou muito surpreso que uma jovem estudante como Robin o tivesse convidado a seu alojamento para fazer sexo. Ele explicou que estava apenas cedendo aos desejos dela ao estrangulá-la, porque ela disse que "gostava de sexo bruto". As palavras dele fluíam com facilidade; ele foi sensato e racional, e insinuou calmamente que Robin se arrependera de sua carnalidade desenfreada e decidira passar pela pavorosa provação de um julgamento para encobrir a própria vergonha. Ele não teve dificuldades de olhar para ela no tribunal; fazia isso sem parar enquanto testemunhava, com um leve sorriso brincando nos lábios.

No final da sessão, Taio os presenteou com uma exposição do tipo de poder que o espírito puro possuía: deu as costas a eles e levitou a centímetros do palco. Robin viu com os próprios olhos, viu os pés dele deixarem o chão, os braços se erguerem para o alto e, depois de dez segundos, viu Taio voltar ao chão com um baque. Houve arquejos e aplausos, e Taio sorriu para todos, os olhos oscilando mais uma vez a Robin.

Ela quis sair do porão o mais rápido possível depois disso, mas, enquanto ia para a escada de madeira, Taio a chamou pelo nome.

— Eu estava observando você — disse ele, de novo sorrindo com malícia conforme descia do palco. — Você não gostou do que eu dizia.

— Não, achei realmente interessante — mentiu Robin, tentando parecer animada.

— Você não concordou — insistiu Taio, que estava tão perto que Robin sentia o odor corporal pungente. — Creio que ache difícil se livrar do contexto materialista do sexo. Você estava noiva, não é verdade? E seu casamento foi cancelado?

— Sim — confirmou Robin.

— Então até recentemente a posse materialista era muito atraente para você.

— Acho que sim, mas concordo com o que você disse sobre controlar e limitar as pessoas...

Taio estendeu a mão e acariciou sua face. Robin teve de resistir ao impulso de tirar a mão dele dali. Sorrindo, ele falou:

— Percebi que você era uma Receptiva na primeira vez que a vi, no templo da Rupert Court. "O Receptivo é o mais dedicado de todas as coisas no mundo." Isso é do *I Ching*. Já leu?

— Não — disse Robin.

— Algumas mulheres... as Receptivas são mulheres, os Criativos, homens... tendem, por constituição, a se dedicar a um homem. É da natureza delas. Estas mulheres podem ser membros muito valiosos da igreja, mas, para se tornar um espírito puro, devem perder sua ligação com o status material ou qualquer ideia de posse. Não é inaceitável preferir apenas um homem, desde que não se tente limitá-lo ou controlá-lo. Assim, existe um caminho para seu progresso, mas você precisa se conscientizar desta tendência em você.

— Eu vou — afirmou Robin, tentando aparentar gratidão pela contribuição dele.

Outro grupo de integrantes da igreja tinha descido a escada, pronto para sua palestra, e Robin teve permissão de sair, mas viu a ruga entre as sobrancelhas grossas de Taio se aprofundar enquanto ela se virava, e teve medo de que sua aquiescência tenha tido um entusiasmo insuficiente ou, pior, que ela devesse ter reagido fisicamente às carícias dele.

Outros, como Robin rapidamente descobriu, já começavam a demonstrar disposição de ignorar o material e adotar o espiritual. Por várias vezes nos dias que se seguiram, Robin notou jovens mulheres, inclusive a Vivienne do cabelo espigado, largarem as atividades programadas, depois reaparecerem vindas da área dos Quartos de Retiro, às vezes na companhia de um homem. Ela estava certa de que era uma questão de tempo até que ela também fosse pressionada a fazer parte disso.

A ocorrência seguinte que a desestabilizou foi por sua própria culpa: Robin foi até a pedra de plástico uma noite antes — pelo menos, ela achava que era uma noite antes, mas não tinha meios de saber quantas pedrinhas a mais tinha apanhado, esquecendo-se de que já tinha feito aquilo naquele mesmo dia. Na verdade, podia estar quarenta e oito horas adiantada. Sua decepção quando não encontrou nenhuma carta de Strike e nenhum chocolate foi grande. Alguém da agência apanharia sua decepcionante carta sem notícias, mas ela não se atrevia a fazer outra jornada noturna antes de ser absolutamente necessário, devido ao que tinha acontecido na manhã depois de sua ida prematura.

Ela ficou numa alegria silenciosa ao saber que o grupo iria a Norwich pela primeira vez para coletar dinheiro para os muitos empreendimentos filantrópicos da IHU. Isto lhe daria uma oportunidade de verificar a data em um jornal e recomeçar a coleta de pedrinhas a partir do dia certo. Porém, logo depois do café da manhã, Robin foi chamada de lado por uma mulher de expressão severa que nunca havia falado com ela.

— Mazu quer que você fique na fazenda hoje — informou ela. — Você vai para a lavoura de legumes ajudar os trabalhadores ali.

— Ah — murmurou Robin, enquanto Becca Pirbright levava os outros de seu grupo porta afora do salão de jantar, alguns olhando para Robin com curiosidade. — Hmm... tudo bem. Devo ir para lá agora?

— Sim — disse a mulher rispidamente e se afastou.

Robin estava na Fazenda Chapman havia tempo suficiente para reconhecer os sinais sutis de alguém em desgraça. Todos que estavam sentados à mesa de desjejum rapidamente viraram a cara quando ela os olhou. Constrangida, Robin se levantou e levou a tigela vazia de mingau e o copo para um carrinho perto da parede.

Ao sair do salão de jantar e se dirigir à grande lavoura de legumes, onde nunca havia trabalhado, Robin se perguntou, nervosa, o que tinha feito para ser rebaixada dos recrutas de alto nível. Teria sido seu entusiasmo insuficiente ao conceito do vínculo espiritual? Será que Taio ficou desgostoso com a reação dela à conversa dos dois e a dedurou à mãe? Ou uma das mulheres do alojamento denunciou tê-la visto sair à noite?

Ela encontrou vários adultos plantando sementes de cenoura no canteiro, inclusive Wan, em gestação muito avançada. Várias crianças em idade pré-escolar também estavam ali, com seus minimoletons escarlate. Uma das crianças era Qing, do cabelo branco, fácil de reconhecer graças ao cabelo de flor de dente-de-leão. Só quando o homem mais próximo de Qing se levantou foi que Robin reconheceu Will Edensor.

— Me disseram para vir ajudar — informou Robin.

— Ah — disse Will. — Tudo bem. Bom, as sementes estão aqui.

Ele mostrou a ela o que fazer, depois voltou ao próprio plantio.

Robin se indagou se o silêncio dos outros adultos se devia a sua presença. Nenhum deles falava, só com as crianças, que eram mais um estorvo do que uma ajuda, mais interessadas em pegar as sementes e enterrar os dedos na terra do que em plantar alguma coisa.

Um cheiro forte vindo do chiqueiro emanava da lavoura, pelo vento. Robin estava trabalhando havia alguns minutos quando Qing andou até ela. A criança tinha uma pá rudimentar de madeira, que batia na terra.

— Qing, venha cá — chamou Will. — Venha me ajudar a plantar.

A menina lutou para atravessar a terra úmida.

Enquanto espalhava sementes no sulco, recurvada e se movendo lentamente, Robin observou Will Edensor pelo canto do olho. Esta era a primeira oportunidade que tinha de ficar perto dele, tirando a conversa noturna entre ele e Lin, que ele não sabia que Robin ouvira. Embora ele fosse jovem, seu cabelo já recuava, realçando uma aparência de fragilidade e doença. Acelerando a semeadura, ela conseguiu, com aparente naturalidade, chegar a um ponto ao lado de Will, que trabalhava em um sulco adjacente com Qing.

— Ela é sua, não é? — disse ela a Will, sorrindo. — É parecida com você.

Ele lançou a Robin um olhar irritado e resmungou:

— Não existe "minha". Isso é posse materialista.

— Ah, me desculpe, é claro — disse Robin.

— A essa altura você já devia ter internalizado isso — retrucou Will num tom sentencioso. — Isto é básico.

— Desculpe — repetiu Robin. — Eu vivo me metendo em problemas sem querer.

— Não existe "em problemas" — disparou Will, no mesmo tom crítico. — A demarcação espiritual fortalece.

— O que é demarcação espiritual? — questionou Robin.

— *A resposta*, capítulo catorze, parágrafo nove — respondeu Will. — Isto também é básico.

Ele não se deu ao trabalho de manter a voz baixa. Robin sabia que outros lavradores ouviam. Uma jovem de óculos, cabelo comprido e sujo e uma verruga saliente no queixo exibia um leve sorriso.

— Se você não entender por que ocorreu a demarcação espiritual — continuou Will, sem ser solicitado —, precisa entoar e meditar... Qing, não faça isso — disse ele, porque a garotinha enterrava a pá onde ele tinha acabado de plantar as sementes. — Vem pegar mais sementes — chamou, levantando-se e levando Qing, de mãos dadas, até a caixa onde estavam os pacotes.

Robin continuou trabalhando, intrigada com a diferença em Will na presença de líderes da igreja, quando ele parecia envergonhado e derrotado, e aqui, entre os lavradores, onde ficava autoconfiante e dogmático. Ela também refletia em silêncio sobre a hipocrisia do jovem. Robin vira claros sinais de que Will e Lin tentavam manter uma relação parental com Qing, desafiando os ensinamentos da igreja, e a conversa que entreouvira dele com Lin na mata provara que ele tentava ajudar Lin a evitar o vínculo espiritual com outro homem. Robin se questionou se Will estaria alheio ao fato de que transgredia os preceitos da IHU, ou se o tom de sermão era para ser ouvido pelos outros.

Quase como se tivesse lido os pensamentos de Robin, a menina de óculos disse com um forte sotaque de Norfolk:

— Não tem como ganhar de Will sobre a doutrina da igreja. Ele a conhece pelo avesso.

— Eu não tentava ganhar nada — falou Robin mansamente.

Will voltou, com Qing a reboque. Decidida a continuar fazendo Will falar, Robin disse:

— Este é um lugar maravilhoso para as crianças crescerem, não é?

Ele se limitou a soltar um grunhido.

— Elas vão conhecer o caminho certo desde o começo... ao contrário de mim.

Will olhou para Robin de novo, depois disse:

— Nunca é tarde demais. A Profetisa Dourada tinha setenta e dois anos quando encontrou O Caminho.

— Eu sei — disse Robin —, isso me dá certo conforto. Vou conseguir se continuar trabalhando...

— Não é trabalhando, é se libertando para descobrir — Will a corrigiu. — *A resposta*, capítulo três, parágrafo seis.

Robin começava a entender por que James, irmão de Will, o achava irritante.

— Bom, é isso que estou tentando...

— Você não devia tentar. O processo é de permitir.

— Eu sei, era o que eu estava dizendo — disse Robin, enquanto cada um deles espalhava sementes e as cobria com terra. Qing mexia, indolente, em uma erva daninha. — Sua garo... Quer dizer, *esta* garotinha... O nome dela é Qing?

— Sim — confirmou Will.

— Ela não vai cometer os mesmos erros que eu porque será ensinada a se permitir direito, não é?

Will levantou a cabeça. Seus olhos se encontraram, a expressão de Robin deliberadamente inocente, e o rosto de Will pouco a pouco ficando escarlate. Fingindo não ter notado, Robin voltou ao trabalho, dizendo:

— Tivemos uma palestra muito boa sobre o vínculo espiritual outro...

Will se levantou abruptamente e voltou às sementes. Pelas duas horas seguintes que Robin passou na lavoura de legumes, ele não ficou perto dela.

Aquela noite foi a primeira na Fazenda Chapman em que Robin teve dificuldade para dormir. Os acontecimentos recentes a obrigaram a encarar um fato incontroverso: fazer o que ela fazia ali — descobrir coisas para descrédito da igreja e convencer Will Edensor a reconsiderar sua aliança — significava necessariamente forçar os limites. As táticas que serviram para que fosse aceita como membro pleno da igreja tinham de ser abandonadas — a obediência canina e a aparente doutrinação não serviam mais a seus objetivos.

Ainda assim, ela sentia medo. Duvidava que um dia fosse capaz de transmitir a Strike — sua referência, a pessoa que a mantinha mentalmente sã — como a atmosfera na Fazenda Chapman intimidava, como era assustador saber que estava cercada por cúmplices voluntários ou como ficava nervosa com a perspectiva dos Quartos de Retiro.

51

Nove no topo (...)
Bebe-se vinho
Em total confiança.
Nenhuma culpa.
Mas se molha sua cabeça,
Perderá a confiança.

I Ching: O livro das mutações

Por menos que Strike quisesse se encontrar com Ryan Murphy para um drinque, a falta de ação da Polícia Metropolitana na questão do assédio dos Franks ressaltava a inutilidade dos contatos pessoais quando se queria uma ação rápida sobre um problema que a polícia, sobrecarregada, não considerava de importância imediata. Como era improvável que alguém na força policial, além de Murphy, tivesse um interesse maior em determinar se havia ou não armas na Fazenda Chapman, Strike engoliu a crescente antipatia pelo homem. Alguns dias depois de ter entrado em contato com ele, Strike chegou ao St. Stephen's Tavern em Westminster para ouvir o que o agente de investigação criminal tinha conseguido descobrir.

Da última vez que Strike entrou neste pub em particular foi com Robin, e, como Murphy ainda não tinha chegado, ele tomou a cerveja na mesma mesa de canto que ele e a sócia detetive tinham usado anteriormente, reconhecendo um instinto vagamente territorial. Os bancos de couro verde assemelhavam-se àqueles da Câmara dos Comuns, a uma curta distância dali, e Strike sentou-se abaixo de um dos espelhos jateados, resistindo ao impulso de ler o cardápio, porque ainda não tinha alcançado o peso pretendido e a comida do pub era uma das coisas que ele, com relutância, decidira dispensar.

Apesar de não estar particularmente satisfeito por ver o belo Murphy, ficou feliz ao ver uma pasta embaixo do braço do homem, porque isto sugeria que ele tinha resultados para compartilhar de uma pesquisa que o próprio Strike era incapaz de realizar.

— Boa noite — cumprimentou Murphy, depois de pegar uma caneca do que o olho de águia de Strike notou, com decepção, que era cerveja sem álcool. O policial se sentou de frente para Strike, colocou a pasta na mesa entre os dois e disse: — Tive de dar uns telefonemas para conseguir isso.

— Trabalho da polícia de Norfolk, suponho? — deduziu Strike, que ficou muito feliz com a dispensa de uma conversa pessoal.

— No início, mas a Delegacia Especializada de Repressão à Pedofilia foi prontamente acionada quando eles perceberam com o que estavam lidando. Foi o maior círculo de pedofilia desmantelado no Reino Unido àquela altura. Era visitado por homens de toda parte do país.

Murphy pegou algumas cópias de fotografias e passou a Strike.

— Como pode ver aí, eles descobriram muita coisa ruim: amarras, mordaças, brinquedos sexuais, chicotes, palmatórias...

Todos estes objetos estariam presentes, pensou Strike, quando ele, Lucy e Leda estiveram na fazenda e, a contragosto, uma série de lembranças fragmentadas se impuseram enquanto Strike virava as páginas: Leda, emocionada perto da fogueira enquanto Malcolm Crowther falava de revolução social; a mata onde as crianças corriam livres, às vezes com o corpulento Gerald as perseguindo, suando e rindo, fazendo cócegas até que elas não conseguissem respirar se ele as apanhasse; e — ah, merda — aquela garotinha enroscada e chorando na relva alta enquanto outras crianças mais velhas lhe perguntavam qual era o problema e ela se recusava a falar... Ele tinha ficado entediado com ela... só queria sair daquele lugar sórdido e arrepiante...

— ... mas veja a página cinco.

Strike obedeceu e se deparou com a foto de uma arma preta.

— Parece que dispara uma faixa dizendo "Bang".

— Disparava — confirmou Murphy. — Estava em um lote de acessórios de mágica que um dos irmãos Crowther tinha na casa.

— Deve ser Gerald — disse Strike. — Ele trabalhou como animador infantil antes de se dedicar exclusivamente à pedofilia.

— Isso. Bom, eles ensacaram tudo que tinha na casa dele para procurar digitais de crianças, porque ele alegava nunca ter levado criança nenhuma para lá.

— Não creio que minha fonte confundiria um acessório com o objeto verdadeiro — afirmou Strike, olhando a foto da arma de plástico nada convincente. — Ela sabia que Gerald Crowther fazia truques de mágica. E Rust Andersen, conseguiu alguma coisa sobre ele?

— Consegui — confirmou Murphy, pegando outra folha de papel da pasta. — Ele foi detido e interrogado em 1986, como todos os outros adultos. A casa dele... digo casa, só que mais parecia um galpão glorificado... estava limpa. Nenhum brinquedo sexual ou gravações.

— Não acho que ele tenha feito parte da Comunidade Aylmerton propriamente — comentou Strike, correndo os olhos pelo depoimento de Rust Andersen como testemunha.

— Isso bate com o que está aqui. — Murphy deu um tapinha na pasta. — Nenhuma das crianças o implicou nos maus-tratos, e duas delas nem mesmo sabiam quem ele era.

— Nascido em Michigan — leu Strike, em voz alta —, recrutado para o exército aos dezoito anos...

— Depois que ele saiu, foi viajar pela Europa e não voltou aos Estados Unidos. Mas não pode ter trazido armas para o Reino Unido com o Exército Republicano Irlandês ativo na época e a segurança rígida nos aeroportos. É claro, nada impede que alguém da fazenda tivesse permissão para um rifle de caça.

— Isso me ocorreu também, embora minha informação tenha sido de "armas", no plural.

— Bom, se elas estavam lá, foram muito bem escondidas, porque o pessoal da delegacia especializada praticamente desmontou o lugar.

— Eu sabia que era uma dica fraca para sustentar uma batida — disse Strike, devolvendo a papelada a Murphy. — A menção a armas pode ter sido feita apenas como ameaça.

Os dois homens beberam suas cervejas. Um nítido ar de constrangimento pendia sobre a mesa.

— Mas, então, quanto tempo calcula que vai precisar dela lá dentro? — perguntou Murphy.

— Não cabe a mim decidir. Ela pode sair quando quiser, mas, no momento, quer ficar. Disse que só sai quando conseguir alguma coisa sobre a igreja. Você conhece Robin.

Mas não tão bem quanto eu.

— É, ela é dedicada — afirmou Murphy.

Depois de uma curta pausa, ele falou:

— Engraçado, vocês dois indo atrás da IHU. A primeira vez que ouvi falar deles foi cinco anos atrás.

— Ah, é?

— É. Eu ainda vestia farda. Um cara perdeu o controle do carro na rua e passou direto pela vitrine de uma Morrisons. Doidão de coca. Ficava dizendo "Sabe quem eu sou?" enquanto eu o prendia. Eu não tinha a menor ideia. Por acaso, ele tinha participado de um reality show que nunca vi. Jacob Messenger, era o nome dele.

— Jacob? — Strike repetiu, procurando pelo bloco no bolso.

— É. Ele era um completo babaca, todo bombado e com bronzeado falso. Atropelou uma mulher que fazia compras com o filho. O menino ficou bem, mas a mãe, péssima. Messenger pegou um ano, saiu em seis meses. Quando ouvi falar dele de novo, estava no jornal porque tinha entrado para a IHU. Tentando melhorar a reputação, sabe como é. Ele viu a luz e seria um bom garoto dali em diante e tome aqui uma foto minha com umas crianças deficientes.

— Interessante — comentou Strike, que tomara nota disso. — Parece que tem um Jacob na Fazenda Chapman que está muito doente. Sabe o que esse Messenger faz da vida agora?

— Não tenho ideia — respondeu Murphy. — E então, o que ela está fazendo por lá? Ela não me conta muita coisa nas cartas.

— Não, bom, ela não tem tempo para relatos duplicados, no meio da noite, na mata — disse Strike, no fundo desfrutando do fato de Murphy ter precisado perguntar. Ele resistiu a olhar os bilhetes que Robin escrevia para Ryan, mas ficava satisfeito ao ver que eram muito mais curtos do que os dele. — Ela está indo bem. Parece continuar incógnita sem problema nenhum. Mas nada que possamos usar como ameaça crível contra a igreja.

— É pedir demais esperar que algo criminoso aconteça bem na frente dela.

— Se eu conheço Robin — *e eu conheço muito bem* —, ela não vai ficar sentada esperando que alguma coisa aconteça.

Os dois beberam mais cerveja. Strike imaginou que Murphy tivesse algo mais a dizer e estava preparando várias réplicas fortes, fosse contra a sugestão de que Strike tinha agido com imprudência ao enviar Robin disfarçada ou que ele fizera isso com a intenção de atrapalhar a relação dos dois.

— Não sabia que você era amigo de Wardle — comentou Murphy. — Ele não é muito fã meu.

Strike se limitou a aparentar reserva.

— Eu agi como babaca uma noite, no pub. Antes de parar de beber.

Strike fez um ruído indefinido entre o reconhecimento e a concordância.

— Meu casamento estava indo por água abaixo na época — continuou Murphy.

Strike sabia que Murphy queria saber o que Wardle tinha dito, e estava curtindo ser o mais inescrutável possível.

— E aí, o que você vai fazer agora? — perguntou Murphy, quando o silêncio contínuo deixou bem claro que Strike não ia revelar que podres ele sabia sobre Murphy. — Dizer a Robin para procurar pelas armas?

— Vou dizer a ela para ficar de olho, certamente. Mas obrigado por isso. Foi muito útil.

— É, bom, tenho muito interesse em que minha namorada não leve um tiro — retrucou Murphy.

Strike notou o tom irritado, sorriu, olhou o relógio e anunciou que precisava ir.

Talvez não tenha descoberto muito a respeito de armas na Fazenda Chapman, mas, ainda assim, sentia que os vinte minutos tinham sido bem gastos.

PARTE QUATRO

䷮

K'un/Opressão (Exaustão)

Não há água no lago:
A imagem da EXAUSTÃO.
Assim o homem superior arrisca a vida
Para cumprir sua vontade.

I Ching: O livro das mutações

52

Nove na segunda posição significa (...)
Há alguma fofoca.

I Ching: O livro das mutações

Estou tão cansada... Você nem acreditaria no cansaço que sinto... Eu só quero ir embora...

Robin se dirigia ao detetive particular dentro de sua cabeça enquanto retirava esterco com um forcado do estábulo dos cavalos Shire. Cinco dias tinham se passado desde o rebaixamento do grupo de alto nível, mas seu descenso ao nível mais baixo dos trabalhadores da fazenda não mostrava sinais de ser revertido, nem ela tomara conhecimento de qualquer coisa que tivesse feito para merecer a punição. Além de períodos muito breves de cânticos no templo, todo o tempo de Robin era dedicado ao trabalho braçal: cuidar da criação, faxina ou trabalhar na lavanderia ou cozinhas.

Uma nova leva de possíveis membros tinha chegado para sua Semana de Serviço, mas Robin não tinha nada a ver com eles. Ela os viu sendo levados pela fazenda, em suas diferentes tarefas, mas evidentemente não era considerada digna de confiança para conduzi-los por ali, como Vivienne e Amandeep faziam.

Aqueles que realizavam o árduo trabalho doméstico e agrário não recebiam mais comida do que os que ficavam sentados em palestras e seminários, e tinham menos tempo para dormir, acordando cedo para coletar os ovos do desjejum e limpar os pratos toda noite depois do jantar para cem pessoas. A exaustão de Robin chegava a tal nível que as mãos tremiam sempre que estavam livres de ferramentas ou pilhas de pratos, sombras bruxuleavam regularmente em sua visão periférica e cada músculo do corpo doía como se ela estivesse gripada.

Descansando por um momento no cabo do forcado — o dia de primavera não estava particularmente quente, mas ela ainda assim transpirava —, Robin olhou o chiqueiro visível pela porta do estábulo, onde duas porcas muito grandes cochilavam no sol intermitente, ambas cobertas de lama e fezes, um odor sulfuroso e amoníaco vagando para Robin no ar úmido. Ao contemplar seus focinhos, os olhos minúsculos e o pelo áspero que lhes cobria os corpos, ela se lembrou de que Abigail, filha de Wace, uma vez foi obrigada a dormir nua entre eles, em toda aquela sujeira, e sentiu repulsa.

Ela ouvia vozes vindas da lavoura de legumes, onde algumas pessoas plantavam e capinavam. Robin teve certeza de que a parca quantidade de vegetais produzida nos canteiros perto do chiqueiro estava ali meramente para manter a farsa de que os integrantes da igreja viviam da terra, porque ela vira a despensa imensa contendo prateleiras de macarrão, tomates enlatados de marca própria e latas de sopa em pó que alimentariam um batalhão.

Robin tinha retornado à limpeza quando um tumulto nos canteiros chegou a seus ouvidos. Voltando à entrada do estábulo, viu Emily Pirbright e Jiang Wace trocando gritos enquanto os outros trabalhadores olhavam, horrorizados.

— Vai fazer o que mandaram!

— *Não* vou — gritou Emily, que tinha o rosto escarlate.

Jiang tentou colocar à força uma enxada nas mãos de Emily, com tal violência que ela cambaleou alguns passos para trás, mas, ainda assim, se manteve firme.

— Não vou fazer essa merda! — gritou ela a Jiang. — Não vou e você não pode me obrigar, porra!

Jiang levantou a enxada sobre a cabeça de Emily, avançando para ela. Alguns dos que assistiam gritaram "Não!", e Robin, de forcado na mão, disparou para fora do estábulo.

— Deixe a garota em paz!

— Você, volte ao trabalho! — gritou Jiang a Robin, mas parece que ele pensou melhor antes de bater em Emily, pegando-a pelo pulso e tentando arrastá-la para os canteiros.

— Vai se foder! — berrou ela, batendo nele com a mão livre. — Vai se foder, sua maldita aberração!

Dois jovens de moletom escarlate corriam até a dupla em luta e em alguns segundos conseguiram convencer Jiang a soltar Emily, que de imediato contornou o estábulo correndo e sumiu de vista.

— Agora você está encrencada! — gritou Jiang, que suava. — Mama Mazu vai te dar uma lição!

— O que aconteceu? — disse uma voz atrás de Robin, que se virou e viu, deprimida, a jovem de óculos com a verruga grande no queixo, que ela conhecera na lavoura. O nome da garota era Shawna, e nos últimos dias Robin a havia visto mais do que gostaria.

— Emily não quis trabalhar nos canteiros — informou Robin, que ainda se perguntava o que pode ter inspirado o ato de resistência de Emily. Embora ela costumasse ser rabugenta, Robin observara que, em geral, aceitava seu trabalho com resignação.

— Ela vai pagar por isso — declarou Shawna, com muita satisfação. — Você vem comigo às salas de aula. Vamos pegar a Sala Um por uma hora. Eu posso escolher minha ajudante — acrescentou ela com orgulho.

— E a limpeza do estábulo? — perguntou Robin.

— Um deles pode fazer — respondeu Shawna, gesticulando solenemente para os trabalhadores na lavoura. — Vamos.

Assim, Robin encostou o forcado na parede do estábulo e seguiu Shawna no chuvisco, ainda refletindo sobre o comportamento de Emily, que ela acabara de relacionar com sua recusa a comer legumes no jantar.

— Ela está encrencada, a Emily — informou Shawna a Robin, ao passarem pelo chiqueiro. — Você vai querer ficar longe dela.

— Por que está encrencada? — perguntou Robin.

— Ha ha, espera só pra ver — disse Shawna, com uma presunção enlouquecedora.

Dado o status inferior de Shawna, Robin imaginou que a menina de dezoito anos tivera muito poucas oportunidades de ser condescendente com alguém na Fazenda Chapman, e ela parecia querer aproveitar a mais rara das oportunidades. Como Robin havia descoberto nos últimos dias, o silêncio de Shawna durante a palestra de Will Edensor sobre a doutrina da igreja estava longe de representar a verdadeira natureza da garota. Na verdade, ela era exaustiva e falava sem parar.

Nos últimos dias Shawna procurava por Robin sempre que possível, tomando para si a tarefa de testar a compreensão dela em relação a várias expressões da IHU, depois reformulando as respostas de Robin, em geral tornando-as definições menos exatas ou simplesmente erradas. Suas conversas revelaram a crença de Shawna de que o Sol girava em torno da Terra, que o líder do país se chamava Primo Sinistro e que Papa J tinha contato constante com extraterrestres, uma alegação que Robin não ouvira de mais ninguém na Fazenda Chapman. Ela não achava que Shawna soubesse ler, porque a garota fugia de material escrito, até das instruções no verso de pacotes de sementes.

Shawna tinha conhecido Papa J por intermédio de um dos projetos da IHU para crianças desfavorecidas. Sua conversão a crente e membro da igreja parecia ter sido quase instantânea, entretanto partes fundamentais dos ensinamentos da IHU não conseguiam penetrar na mente altamente permeável que Shawna tinha para outras coisas. Ela costumava esquecer que ninguém devia nomear relações familiares e, apesar da insistência da IHU de que a fama e a riqueza eram atributos insignificantes do mundo materialista, mostrava um interesse estupefato nos visitantes famosos da fazenda, chegando até a especular sobre o custo e marca dos sapatos de Noli Seymour.

— Já soube de Jacob? — perguntou a Robin, quando passaram pelo velho celeiro onde ela tinha encontrado a lata de biscoitos e as polaroides.

— Não — respondeu Robin, que ainda se perguntava por que Emily tinha uma aversão tão intensa a vegetais.

— Papa J o visitou ontem.

— Ah, ele voltou?

— Ele não precisa *vir*. Pode visitar as pessoas em espírito.

Shawna olhou para Robin de lado pelas lentes sujas dos óculos.

— Não acredita em mim?

— É claro que acredito — afirmou Robin, fazendo um esforço para soar convincente. — Vi coisas incríveis aqui. Vi a Profetisa Afogada aparecer quando Papa J a invocou.

— Não é aparecer — rebateu Shawna prontamente. — É *malifestação.*

— Ah, sim, claro.

— Papa J diz que está na hora de Jacob fazer a passagem. A alma está doente demais. Ele não vem agora.

— Pensei que o dr. Zhou o estivesse ajudando — comentou Robin.

— Ele fez muito mais do que fariam lá fora por alguém como Jacob — declarou Shawna, fazendo eco a Penny Brown —, mas Papa J disse que não tem mais sentido continuar.

— Qual é exatamente o problema de Jacob?

— Ele está marcado.

— Está o quê?

— Marcado — sussurrou Shawna — *pelo demônio.*

— Como é possível dizer que alguém foi marcado pelo demônio? — perguntou Robin.

— Papa J sempre sabe. Tem gente marcada pra todo lado. As almas delas não são normais. Alguns estão em governos, então precisamos arrancá-los.

— Como assim, "arrancar"?

— Se livrar deles — explicou Shawna, dando de ombros.

— Como?

— Como tiver de ser feito, porque esse é um dos jeitos de a gente chegar ao Caminho de Lótus mais rápido. Sabe o que é o Caminho de Lótus, não sabe?

Robin ia dizer que o Caminho de Lótus é uma expressão para o paraíso terreno que desceria quando a IHU vencesse a batalha contra o mundo materialista, e que continuaria suavemente no além, mas Shawna a interrompeu.

— Lá vai ela. A BP, olha só.

Becca Pirbright atravessava o pátio à frente delas, o cabelo brilhando ao sol. Robin já entreouvira murmúrios sobre Becca dos trabalhadores da lavoura e das cozinhas. O consenso era que Becca era nova demais para ter ascendido tão rapidamente na igreja e tinha uma opinião muito inflada de si mesma.

— Sabe por que a gente a chama de "BP"?

— Porque ela parece viver em sua própria bolha pessoal? — Robin tentou adivinhar.

— É — disse Shawna, mostrando decepção por Robin entender a piada. — Vamos — resmungou ela com desdém, enquanto Becca se ajoelhava rapidamente na fonte da Profetisa Afogada. — Ela está sempre exibindo o quanto ela e Daiyu eram amigas, mas é mentira dela. Sita me contou. Você conhece Sita?

— Sim — confirmou Robin. Ela havia conhecido a idosa durante sua última sessão nas cozinhas.

— Ela disse que BP e Daiyu nunca se viram. Sita se lembra de tudo isso, do que aconteceu.

— Sobre o afogamento de Daiyu? — perguntou Robin, vendo Becca desaparecer no templo.

— É, e todos os milagres que BP diz que viu Daiyu fazer. Sita não acha que BP viu tudo o que ela diz que viu. E Emily é *irmã* de BP.

— Sim, eu...

— Achamos que é por isso que Papa J não aumenta BP, como ela quer.

— Ele não o quê? — falou Robin com inocência.

— Aumenta ela — disse Shawna, enquanto elas paravam na fonte de Daiyu para se ajoelhar e passar a água na testa. — *Que a Profetisa Afogada abençoe todos que a veneram*. Você não sabe de *nada*, né? — acusou Shawna, levantando-se. — Aumentar quer dizer ter um filho! Eu tive dois aqui — declarou ela com orgulho.

— Dois?

— É, um logo depois que cheguei, e que foi para Birmingham, e uma que é nascida do espírito, então ela vai ser melhor do que o primeiro. Todos nós sabemos que BP quer aumentar com Papa J e não consegue. Ela tem uma irmã perturbada, e tem também o Jacob.

Completamente confusa, Robin perguntou:

— O que Jacob tem a ver com isso?

— Mas você não sabe de *nada* mesmo, né? — repetiu Shawna, rindo.

Elas passaram embaixo da arcada para a área onde ficavam o alojamento e as salas de aula das crianças e entraram por uma porta com o número um.

A sala de aula era um espaço decrépito com desenhos feitos por crianças presos de qualquer jeito nas paredes. Vinte crianças pequenas de moletom escarlate já estavam sentadas às mesas — suas idades, Robin conjecturou, entre dois e cinco anos. Ela ficou surpresa por não haver mais, uma vez que havia cem pessoas ali fazendo sexo sem proteção, mas ficou principalmente impressionada com a estranha passividade delas. Os olhos vagavam, os rostos eram inexpressivos e muito poucas mexiam em alguma coisa, exceto a pequena Qing, que estava agachada embaixo da mesa apertando massinha de modelar no chão, o cabelo branco contrastando com o corte à escovinha do restante da turma.

Com o aparecimento de Robin e Shawna, a mulher que estava lendo para eles se levantou com um ar de alívio.

— Estamos na página trinta e dois — informou ela a Shawna, entregando-lhe o livro. Shawna esperou até que a mulher tivesse fechado a porta para jogar o livro na mesa dos professores e dizer:

— Tudo bem, vamos começar por alguma coisa.

Ela pegou uma pilha de papel de colorir.

— Vocês podem fazer um bom retrato de um profeta — informou à turma, e passou metade da pilha para Robin distribuir. — Essa é minha — acrescentou Shawna despreocupadamente, apontando para uma garotinha pálida, antes de gritar "volta pra sua carteira!" para Qing, que começou então a chorar. — Ignore essa menina — Shawna aconselhou Robin. — Ela precisa aprender, essa daí.

Assim, Robin distribuiu as folhas de colorir, e todas elas mostravam o contorno de um profeta da IHU. O laço de forca do Profeta Roubado, que Robin esperaria ser omitido de imagens para colorir para crianças tão novas, pendia orgulhosamente de seu pescoço. Quando ela passou pela mesa de Qing, disfarçadamente se abaixou, arrancou a massinha de modelar do chão e devolveu à garotinha, cujo choro diminuiu um pouco.

Andando entre as crianças para incentivá-las e apontar alguns lápis, Robin se viu ainda mais perturbada com o comportamento delas. Depois de ter dado atenção a cada uma, elas estavam prontas para demonstrar afeto a ela de um jeito enervante, embora Robin fosse uma completa estranha. Uma garotinha foi para o colo de Robin sem pedir; outras crianças brincavam com seu cabelo ou se agarravam a seu braço. Robin achou triste e inquietante seu anseio pelo tipo de proximidade amorosa que era proibido pela igreja.

— Pare com isso — disse Shawna a Robin da frente da sala. — Isso é posse materialista.

Então Robin se desvencilhou delicadamente das crianças grudentas e passou, em vez disso, a examinar algumas imagens presas na parede, e parte delas claramente tinha sido desenhada por estudantes mais velhos, porque seu tema era discernível. A maioria retratava a vida cotidiana na Fazenda Chapman, e ela reconheceu a torre semelhante a uma peça de xadrez gigante que era visível no horizonte.

Uma imagem chamou a atenção de Robin. Tinha a legenda *Arvre* e mostrava uma árvore grande com o que parecia um machado desenhado na base do tronco. Ela ainda olhava este desenho, que sem dúvida fora feito recentemente, em vista do frescor do papel, quando a porta da sala se abriu atrás dela.

Virando-se, Robin viu Mazu, que vestia um manto escarlate longo. Um silêncio absoluto caiu na sala. As crianças pareciam petrificadas.

— Mandei Vivienne ao estábulo para buscar Rowena — disse Mazu calmamente — e soube que você a retirou da tarefa que determinei para ela.

— Me disseram que eu podia escolher minha própria ajudante — falou Shawna, que de repente ficara apavorada.

— De seu *próprio grupo* — rebateu Mazu. A voz calma desmentia a expressão no rosto branco e fino com os olhos tortos e quase pretos. — Não de qualquer outro grupo.

— Me desculpe — murmurou Shawna. — Eu pens…

— Você não é capaz de pensar, Shawna. Já provou isso várias vezes. Mas vou fazer você pensar.

O olhar de Mazu percorreu as crianças sentadas, parando em Qing.

— Corte o cabelo dela — ordenou a Shawna. — Estou cansada de ver essa bagunça. Rowena — disse ela, olhando diretamente para Robin pela primeira vez —, venha comigo.

53

Uma linha yang se desenvolve abaixo de duas linhas yin e pressiona para o alto. Este movimento é tão violento que desperta terror (...).

I Ching: O livro das mutações

Zonza de medo, Robin atravessou a sala de aula e saiu atrás de Mazu. Queria pedir desculpas, dizer a Mazu que não sabia que cometia uma transgressão ao concordar em acompanhar Shawna até a sala, mas temia piorar sem querer a sua situação.

Mazu parou a alguns passos da sala de aula e se virou para Robin, que também parou. Aquilo era fisicamente o mais próximo que as duas mulheres já haviam ficado, e Robin percebia que, como Taio, Mazu não parecia se importar muito com a higiene pessoal. Ela sentia seu cecê, mal disfarçado por um forte cheiro de incenso. Mazu não disse nada, simplesmente olhou com seus olhos escuros e tortos para Robin, que se viu obrigada a romper o silêncio.

— Eu... peço mil desculpas. Não sabia que Shawna não tinha autoridade para me tirar do estábulo.

Mazu continuou a encará-la sem dizer nada, e Robin de novo sentiu um medo estranho e visceral tingido de repulsa que não podia ser inteiramente explicado pelo poder que a mulher detinha na igreja. Niamh Doherty descrevera Mazu como uma aranha gigante; a própria Robin a via como algo maligno e viscoso à espreita no fundo de um poço de pedra; nenhuma das duas descrições captava com exatidão seu caráter estranho. Robin tinha a sensação de olhar um abismo escancarado cujas profundezas eram invisíveis.

Ela supôs que Mazu esperasse algo mais que um pedido de desculpas, mas não tinha ideia do que seria. Depois ouviu tecido farfalhar. Baixando os olhos, viu que Mazu tinha erguido alguns centímetros da bainha do manto, revelando pés sujos em sandálias. Robin voltou a olhar para aqueles estranhos olhos descasados. Foi tomada por um impulso histérico de rir — Mazu não estava esperando que Robin beijasse seus pés, como as meninas que deixaram a criança escapar do alojamento, não é? —, mas ele morreu ao olhar o rosto de Mazu.

Por talvez cinco segundos, Robin e Mazu se encararam, e Robin entendeu que se tratava de um teste, que perguntar se Mazu realmente queria este tributo seria tão perigoso quanto revelar seu nojo ou incredulidade.

Faça logo.

Robin se ajoelhou, curvou-se rapidamente sobre o pé com unhas pretas, roçou-o com os lábios e se levantou.

Mazu não deu sinais de sequer ter percebido o tributo, mas baixou o manto e andou como se nada tivesse acontecido.

Robin sentia-se trêmula e humilhada. Olhou em volta para saber se alguém testemunhara o que acabara de acontecer. Tentou imaginar o que Strike diria, se a tivesse visto, e se sentiu trespassada por outra onda de constrangimento. Como podia explicar por que fizera aquilo? Strike ia achar que ela havia perdido o juízo.

Na fonte de Daiyu, Robin se ajoelhou e murmurou a observância de costume. Ao lado dela, Mazu disse em voz baixa:

— Abençoe-me, minha filha, e que sua punição justa caia sobre quem se desviou do Caminho.

Mazu então se levantou, ainda sem olhar ou falar com Robin, e foi para o templo. Com uma onda de pânico, Robin a seguiu, com um pressentimento do que estava prestes a acontecer. E de fato, ao entrar no templo, Robin viu todos seus antigos associados de alto nível, inclusive Amandeep, Walter, Vivienne e Kyle, sentados em roda, em cadeiras colocadas no palco preto, brilhante e pentagonal. Todos tinham uma expressão severa. Sentindo aumentar o próprio mau presságio, Robin viu que Taio Wace também estava presente.

— Rowena assumiu uma tarefa diferente daquela a que foi designada, por isso você não conseguiu encontrá-la, Vivienne — informou Mazu, subindo a escada ao palco e se sentando em uma cadeira vaga, abrindo o cintilante manto vermelho-sangue ao fazê-lo. — Ela pagou o tributo da humildade, mas agora descobriremos se este foi um gesto vazio. Traga sua cadeira para o meio da roda, Rowena. Bem-vinda à Revelação.

Robin pegou uma cadeira vaga e a levou ao centro do palco preto, abaixo do qual ficava a piscina batismal funda e escura. Sentou-se e tentou aquietar as pernas trêmulas pressionando-as com as palmas das mãos, que ficaram úmidas.

As luzes do templo começaram a baixar, deixando apenas um refletor no palco. Robin não conseguia se lembrar de as luzes diminuindo em qualquer das outras sessões de Revelação.

"Controle-se", disse a si mesma. Tentou imaginar Strike sorrindo para ela, mas não deu certo: o tempo presente era real demais, assomando-se sobre ela, mesmo enquanto as faces e corpos daqueles que a cercavam ficavam cada vez mais indistintos no escuro, e seus lábios formigavam estranhamente, como se o contato com o pé de Mazu tivesse deixado neles algum resíduo ácido.

Mazu apontou um dedo branco e comprido e as portas do templo se fecharam com uma pancada atrás de Robin, dando-lhe um susto.

— Um lembrete — disse Mazu calmamente, dirigindo-se àqueles da roda. — A Terapia de Resposta Primal é uma forma de purificação espiritual. Neste espaço seguro e sagrado, usamos palavras do mundo materialista para contrapor ideias e comportamentos materialistas. Haverá uma purificação, não só de Rowena, mas de nós mesmos, porque desenterramos e comunicamos termos e expressões que não usamos mais, porém que ainda se demoram em nosso subconsciente.

Robin viu as figuras sombrias em volta dela assentirem. Sua boca estava completamente seca.

— Então, Rowena — disse Mazu, cujo rosto estava tão pálido que Robin ainda conseguia distingui-lo, com aqueles olhos escuros e tortos brilhando. — Este é o momento para você confessar coisas que possa ter feito, ou pensado, sobre as quais sente uma vergonha profunda. O que gostaria de revelar primeiro?

Pelo que pareceu um longo tempo, embora, sem dúvida, tenham se passado apenas alguns segundos, Robin não conseguiu pensar em nada para dizer.

— Bom — ela enfim começou, a voz soando artificialmente alta no templo silencioso —, eu trabalhava com relações públicas e acho que havia muito foco nas aparências e no que os outros...

O final de sua frase foi tragado em uma explosão de vaias da roda.

— Falso eu! — gritou Walter.

— Esquivando-se — acusou uma voz feminina.

— Não pode culpar a sua profissão pelo *seu* comportamento — disse Amandeep.

Os pensamentos de Robin estavam morosos depois de dias de trabalho braçal. Precisava de algo que satisfizesse seus inquisidores, mas a mente em pânico deu um branco.

— Nada a dizer? — perguntou Mazu, e Robin distinguia seus dentes amarelados no escuro enquanto ela sorria. — Bom, veremos se conseguimos achar um jeito de entrar. Desde o ingresso em nossa comunidade, você se sente no direito de criticar a cor de meu cabelo, não é verdade?

Houve um arquejo coletivo pela roda. Robin sentiu uma onda de suor frio. Por isso ela tinha sido rebaixada para o trabalho agrícola, porque perguntou a Penny Brown o motivo de o cabelo de Mazu ainda ser preto como breu em seus quarenta anos?

— Como — disse Mazu, falando ao restante da roda — vocês chamariam alguém que julga a aparência de outra pessoa?

— Rancorosa — disse uma voz do escuro.

— Fútil — falou uma segunda.

— Cretina — acrescentou uma terceira.

— Desculpe — disse Robin com a voz rouca —, eu sinceramente não pretendia...

— Não, não. Não precisa pedir desculpas *a mim* — interrompeu Mazu com brandura. — *Eu* não dou nenhuma importância à aparência física. Mas é um sinal, não é, do que você acha importante?

— Julga muito a aparência das pessoas, é? — perguntou uma voz feminina atrás de Robin.

— Eu... acho que...

— "Acho que" está em uma zona nebulosa — rosnou Kyle.

— Ou você julga, ou não julga — declarou Amandeep.

— Então... eu julgava — disse Robin. — Quando trabalhava como RP, havia uma tendência...

— Deixe as tendências para lá — explodiu Walter. — Deixe o RP para lá! O que *você* fez? O que *você* disse?

— Lembro-me de dizer que uma cliente era grande demais para o vestido dela — Robin inventou. — Ela me ouviu e me senti péssima com isso.

Uma tempestade de vaias estourou em cima dela. Taio, que estava sentado ao lado da mãe, era a única pessoa que continuava em silêncio, mas sorria ao observar Robin.

— *Você* se sentiu péssima, Rowena? — perguntou Mazu com tranquilidade. — Ou só está nos dando exemplos simbólicos, para não confessar a verdadeira vergonha?

— Eu...

— Por que seu casamento foi cancelado, Rowena?

— Eu... Nós brigávamos muito.

— E de quem era a culpa? — Vivienne exigiu saber.

— Minha — falou Robin desesperadamente.

— Qual era o motivo de suas brigas? — perguntou Amandeep.

Não deve haver nenhum ponto de semelhança entre a sua vida e a de Rowena, Strike havia dito, mas ele não estava ali, atordoado pelo cansaço e pelo medo, obrigado a inventar uma história do nada.

— Eu... achava que meu noivo era meio... Ele não tinha um emprego decente, não ganhava muito...

Robin estava invertendo a verdade: era Matthew quem reclamava de seu salário baixo quando ela começou a trabalhar para Strike, Matthew quem achava que ser detetive particular era uma piada, e não uma profissão.

O restante do grupo passou a xingá-la, suas vozes ecoando nas paredes escuras, e Robin só conseguia distinguir uma ou outra palavra: *vaca mercenária de merda, interesseira, escória gananciosa*. O sorriso de Taio se alargava.

— Conte *especificamente* o que você dizia a seu noivo — Walter quis saber.

— Que a chefe dele estava tirando proveito dele...

— As palavras *exatas*.

— "Ela está tirando proveito de você", "ela só mantém você porque você é barato"...

Enquanto eles a vaiavam e insultavam, ela vasculhou a memória em busca de coisas que Matthew havia dito sobre Strike durante o casamento dos dois.

— ... "Ela está a fim de você", "é uma questão de tempo até ela avançar"...

A roda começou a gritar.

— Vaca controladora!

— Ciumenta, autocentrada...!

— Piranha egoísta e convencida!

— Continue — incentivou Mazu.

— ... e ele adorava o emprego — continuou Robin, a boca tão seca que os lábios grudavam nos dentes —, e eu dificultei o máximo possível que ele continuasse lá...

Os gritos ficaram mais altos, fazendo eco nas paredes do templo. Na luz fraca, ela podia ver dedos apontando em sua direção, clarões de dentes, e Taio ainda sorria. Robin sabia que devia chorar, que a clemência só vinha depois que a pessoa no centro da roda desmoronava, mas, embora conseguisse ver pontinhos de luz pipocando diante dos olhos, algo obstinado nela resistia.

A roda exigia a escavação dos detalhes íntimos e das cenas feias. Robin enfeitou cenas de seu casamento, invertendo as posições dela e de Matthew: era ela que achava que o parceiro estava assumindo riscos demais.

— Que riscos? — perguntou Amandeep. — Qual era o trabalho dele?

— Ele era uma espécie de…

Mas Robin não conseguiu pensar: que trabalho arriscado seu parceiro imaginário teria?

— … Não quero dizer riscos físicos, era mais que ele sacrificava nossa segurança financeira…

— O dinheiro é muito importante para você, não é, Rowena? — declarou Mazu, mais alto que os maus-tratos contínuos do grupo.

— Acho que era, antes de eu vir para cá…

As ofensas ficaram mais derrisórias: o grupo não acreditava que ela havia mudado. Mazu deixou que os insultos continuassem por um minuto inteiro. As vozes ecoavam nas paredes escuras, chamando-a de imprestável, patética, esnobe, covarde, narcisista, materialista, desprezível…

Pelo canto do olho, ela viu algo branco e cintilante bem acima, na sacada que circulava o templo. Vivienne gritou e se levantou, apontando.

— Olha! *Olha!* Lá em cima! Uma garotinha, olhando para nós! Eu a *vi*!

— É Daiyu — disse Mazu calmamente, olhando o balcão vazio. — Às vezes ela se manifesta, quando a energia psíquica é particularmente forte. Ou talvez tenha vindo como um alerta.

Fez-se silêncio. O grupo ficou inquieto. Alguns ainda olhavam fixamente a sacada, outros olhavam por cima do ombro, como se temessem que o espírito chegasse mais perto. O coração de Robin parecia prestes a sair pela boca.

— O que finalmente fez seu noivo terminar a relação, Rowena? — perguntou Mazu.

Robin abriu a boca, mas a fechou. Não podia nem usaria Matthew como seu modelo aqui. Recusava-se a fingir que tinha dormido com outro.

— Fala logo! — berrou Walter. — Desembucha!

— Ela está tentando inventar alguma coisa — Vivienne escarneceu.

— Conte a verdade! — disse Amandeep, os olhos brilhando através dos óculos —, nada mais que a verdade!

— Eu menti para ele — disse Robin com a voz rouca. — A mãe dele morreu, e eu menti que conseguiria voltar a tempo para ajudar no funeral, porque tinha uma coisa que eu queria fazer no trabalho.

— Sua piranha egoísta e egocêntrica — Kyle cuspiu as palavras.

— Sua merdinha — acusou Vivienne.

Lágrimas quentes explodiram dos olhos de Robin. Ela se curvou, sem fingir nada. Sua vergonha era verdadeira: ela realmente tinha mentido para Matthew como descreveu, e se sentiu culpada por isso meses depois do fato.

A cacofonia de insultos e provocações do grupo continuou até que Robin ouviu, com um calafrio de pavor, uma voz infantil aguda se juntando, mais alta que todos os outros.

— Você é *má*. Você é uma pessoa *má*.

O palco virou. Com um gritinho, Robin caiu de lado da cadeira enquanto ele virava. O restante da roda também perdeu o equilíbrio: eles também caíram das cadeiras instáveis, Walter batendo no chão com um grito de dor. A perna da cadeira de Kyle acertou o ombro de Robin enquanto ela escorregava pela superfície lisa da tampa virada, tentando não cair na nesga de água escura que se revelava por baixo, lançando o braço e se impelindo para a beira da piscina.

— Ai meu Deus, ai meu Deus — Vivienne gemeu, esforçando-se para chegar à borda mais larga do palco, onde estavam Mazu e Taio, imperturbáveis.

Todos lutavam para sair da superfície virada e escorregadia: todos pareciam apavorados com a possibilidade de escorregar na água escura, embora tivesse parecido acolhedora durante o batismo. A maioria do grupo se ajudava, mas ninguém estendeu a mão a Robin, que teve de se impelir para a beira da piscina sozinha, com o ombro dolorido onde a cadeira de Kyle a havia atingido. Quando todos tinham saído do palco virado, Mazu fez um gesto. A tampa que cobria a água moveu-se suavemente de volta a seu lugar e as luzes do templo se acenderam.

— Daiyu é muito sensível a determinados tipos de maldade — afirmou Mazu, os olhos escuros em Robin, que estava molhada de lágrimas e sem fôlego. — Ela própria não teve um funeral, assim é particularmente sensível com a santidade de rituais que cercam a morte.

Embora a maior parte do grupo parecesse apenas assustada e continuasse a espiar ao redor em busca de mais algum sinal de Daiyu, alguns olhavam para Robin com uma expressão acusatória. Ela não conseguiu achar voz para dizer que, na verdade, compareceu ao funeral da mãe de Matthew. Tinha certeza de que qualquer tentativa de autodefesa pioraria as coisas.

— Vamos terminar a Revelação aqui — anunciou Mazu. — Quando Daiyu se manifesta no templo, as coisas podem ficar perigosas. Vocês estão liberados para almoçar.

Robin se virou para sair, mas, antes que tivesse dado um passo para as portas do templo, a mão de alguém se fechou em seu braço.

54

Seis na segunda posição
Dificuldades se acumulam (...)
Ele quer cortejar quando chegar a hora.
A donzela é casta,
Ela não se compromete.

I Ching: O livro das mutações

— Está tudo bem com você agora — disse uma voz baixa no ouvido de Robin, enquanto Mazu passava depressa. — Acabou. Você se saiu bem.

Robin se virou, percebeu que era Taio Wace quem a segurava e se desvencilhou de sua mão. A expressão dele ficou sombria.

— Desculpe — disse Robin, enxugando as lágrimas do rosto com a manga. — Eu... Obrigada...

— Assim está melhor.

Taio recolocou a mão em seu braço, os nós dos dedos pressionando-lhe o seio, e desta vez Robin não resistiu.

— A Revelação sempre é difícil na primeira vez — disse Taio.

Robin permitiu que ele a levasse para fora do templo, usando o braço livre para conter o nariz que escorria. Mazu tinha desaparecido, mas o restante do grupo ia para a fonte de Daiyu. Lançaram olhares furtivos a Taio e Robin enquanto eles atravessavam o pátio sem parar.

Só quando ele a conduziu pela passagem entre os alojamentos masculino e feminino, que era tão familiar a ela por suas jornadas noturnas à mata, Robin percebeu para onde ele a levava. E de fato, momentos depois eles passavam pelos arbustos que protegiam os Quartos de Retiro. Robin tinha uma fração de segundo para decidir o que fazer: estava certa de que não haveria como voltar atrás caso se afastasse de Taio, que seu status despencaria a um ponto do qual não haveria recuperação. Ela também sabia que Strike a aconselharia a se desvencilhar e partir imediatamente; podia ver a expressão do parceiro, ouvir sua raiva por ela não ter aceitado suas advertências, e se lembrou de garantir a ele que a IHU só usava coerção emocional, que não haveria possibilidade de estupro.

A porta de vidro do Quarto de Retiro mais próximo se abriu, deslizando. O escritor Giles Harmon estava ali, de casaco de veludo, a mão ainda no zíper que ele claramente tinha acabado de fechar, o cabelo prateado de dândi no sol do meio-dia.

— Giles — disse Taio, parecendo surpreso e nem um pouco satisfeito.

— Ah, olá, Taio — respondeu Harmon, sorrindo.

Houve um pequeno movimento na cabana atrás de Harmon e, para horror de Robin, saiu Lin, descabelada e parecendo meio doente. Sem olhar nos olhos de ninguém, ela se afastou rapidamente.

— Eu não sabia que você estava aqui — disse Taio, ainda segurando Robin pelo braço.

— Cheguei hoje de manhã. — Harmon não parecia se incomodar com o tom de Taio. — Localizei uma oportunidade maravilhosa. A Associação Britânica de Criadores está procurando patrocínio para seu projeto de Ética e Artes. Se a IHU estiver disposta, acho que podemos intermediar uma parceria muito frutífera.

— Isto vai exigir uma discussão do Conselho — afirmou Taio.

— Mandei um e-mail a Papa J — informou Harmon —, mas sei que ele está ocupado, então pensei em vir aqui e falar dos aspectos práticos com você e Mazu. Estou pensando em ficar alguns dias — disse ele, respirando teatralmente o ar campestre. — Uma mudança abençoada em relação a Londres.

— Tudo bem, podemos conversar na sede mais tarde — declarou Taio.

— Ah, claro, claro — concordou Harmon, com um leve sorriso, e pela primeira vez seus olhos pararam brevemente em Robin. — Vejo você lá.

Harmon foi embora, cantarolando.

— Vamos — chamou Taio, puxando Robin para dentro da cabana que Harmon e Lin tinham acabado de desocupar.

O interior sombrio com paredes de madeira tinha aproximadamente dois metros quadrados e era dominado por uma cama de casal coberta por um lençol muito sujo e amarfanhado. Dois travesseiros encardidos estavam no chão e uma lâmpada nua pendia de seu fio acima da cama. O cheiro de pinho e poeira como de um barracão se misturava com um forte odor de gente sem banho.

Enquanto Taio puxava uma cortina fina sobre as portas de vidro, Robin soltou:

— Não posso.

— Não pode o quê? — perguntou Taio, virando-se para ela.

A blusa de seu moletom escarlate se esticava sobre a barriga grande, e ele tinha um cheiro rançoso; o cabelo era seboso, e o nariz pontudo e a boca pequena nunca estiveram tão semelhantes aos de um rato.

— Você sabe o quê — disse Robin. — Simplesmente não posso.

— Vai fazer você se sentir melhor — afirmou Taio, avançando para ela. — Muito melhor.

Ele tentou pegá-la, mas Robin estendeu a mão, mantendo-o à distância de um braço com a mesma força que usou para não cair na piscina batismal. Ele tentou ultrapassar seu braço, mas, como Robin ainda resistia, ele deu meio passo para trás. Evidentemente alguma cautela com a lei fora da Fazenda Chapman perdurava nele e Robin, ainda decidida a continuar no centro, se pudesse, falou:

— Não está certo. Não sou digna.

— Sou um Dirigente. Eu decido quem é digno e quem não é.

— Eu não deveria estar aqui! — disse Robin, permitindo-se chorar de novo e imprimindo um tom histérico à voz. — Você me ouviu, no templo. É tudo verdade, tudo aquilo. Eu sou má, sou podre, sou impura...

— O vínculo espiritual purifica — insistiu Taio, de novo tentando vencer as mãos resistentes de Robin. — Vai se sentir muito melhor com isso. Venha...

Ele tentou tomá-la nos braços.

— *Não* — Robin arquejou, livrando-se dele e se colocando de costas para a porta. — Não pode querer estar comigo, agora que ouviu como eu sou.

— Você precisa disso — falou Taio com insistência. — Venha cá.

Ele se sentou na cama suja e deu um tapinha no espaço ao lado dele. Robin exagerou a aflição, chorando ainda mais alto, os gemidos ecoando nas paredes de madeira, o nariz escorrendo livremente, inalando profundamente como se estivesse à beira de uma crise de pânico.

— Controle-se! — ordenou Taio.

— Não sei o que fiz de errado, estou sendo punida e não sei por quê, não consigo entender isso, tenho de ir...

— *Venha cá* — repetiu Taio com mais insistência, de novo dando tapinhas na cama.

— Eu queria fazer isso, realmente acreditei, mas não sou o que você procura, agora eu percebo isso...

— Este é seu falso eu falando!

— Não é, é meu eu verdadeiro...

— Agora você está demonstrando um alto nível de egomotividade — falou Taio asperamente. — Acha que sabe mais do que eu. Você não sabe. É por isso que afastou seu noivo de você, porque não consegue subordinar seu ego. Você aprendeu tudo isso em palestras: não existe um eu, só fragmentos do todo. Você deve se render ao grupo, à união... *Sente-se* — acrescentou ele energicamente, mas Robin permaneceu de pé.

— Quero ir embora. Eu quero sair.

Ela apostava no fato de que Taio Wace não ia querer ser responsável pela partida dela. Ela devia ser rica e era, sem dúvida, articulada e tinha instrução, o que significava que podia ser levada a sério se falasse de suas experiências negativas na igreja. Mais importante, ela acabara de testemunhar um escritor famoso saindo de um Quarto de Retiro com uma menina que nem parecia maior de idade.

A luz que caía da lâmpada do teto destacava o nariz de rato e o cabelo sujo de Taio. Depois de um silêncio de um ou dois segundos, ele disse com frieza:

— Você sofreu a demarcação espiritual porque ficou para trás dos outros recrutas.

— Como? — perguntou Robin, injetando uma nota de desespero na voz e ainda sem enxugar o nariz, porque queria repelir Taio o máximo possível. — Eu tentei...

— Você fez declarações disruptivas, como aquele comentário sobre o cabelo de Mazu. Você não se integrou completamente, fracassou em deveres simples para com a igreja...

— O quê, por exemplo? — quis saber Robin com uma raiva autêntica, cada centímetro do corpo dolorido depois dos longos dias de trabalho braçal.

— Renúncia a valores materialistas.

— Mas eu...

— Terceiro passo para o espírito puro: *despojamento.*

— Eu não...

— Todos os outros que se juntaram com você fizeram doações à igreja.

— Eu queria — Robin mentiu —, mas não sei como!

— Então você devia ter perguntado. Os não materialistas oferecem livremente, eles não esperam por formulários ou convites. *Eles oferecem*. Enxugue seu nariz, pelo amor de Deus.

Robin propositalmente espalhou o ranho no rosto com a manga e fungou alto e molhado.

— "Eu vivo para amar e doar" — Taio citou. — Você foi Tipificada como Portadora da Dádiva, como a Profetisa Dourada, mas está guardando seus recursos em lugar de compartilhá-los.

Enquanto ele dizia isso, seus olhos se desviaram para os seios de Robin.

— E eu sei que você não tem inibições físicas com o sexo — acrescentou ele, com a sombra de um sorriso. — Pelo visto, você sempre tem orgasmos.

— Acho que eu devia ir ao templo — disse Robin meio descontrolada. — A Divindade Abençoada está me dizendo para entoar, posso sentir.

Robin sabia que enfurecia e ofendia Taio, e que ele não acreditava que alguma divindade estivesse falando com ela; mas foi ele que realizou os seminários na sala do porão sobre abrir a mente e o coração à força divina, e contradizê-la significava solapar as palavras que ele próprio havia pronunciado. Talvez, também, o desejo dele tenha sido dissipado por ela espalhar muco no rosto, porque depois de alguns segundos ele se levantou lentamente.

— Acho que é melhor você cumprir penitência para a comunidade — afirmou ele. — Pegue produtos de limpeza na cozinha, lençóis limpos na lavanderia e limpe estes três Quartos de Retiro.

Ele puxou a cortina, abriu a porta e saiu.

Fraca devido ao alívio imediato, mas ainda apavorada pelo mal que possa ter causado ao rejeitá-lo, Robin se recostou por um momento na parede, limpou o rosto o melhor que pôde com o moletom, depois olhou em volta.

Uma torneira fora instalada na parede em um canto, com uma mangueira curta e um ralo abaixo dela. Um frasco viscoso de sabonete líquido e uma flanela úmida e suja estavam ao lado do buraco em uma parte do piso de madeira mofado. Presumivelmente, as pessoas se lavavam antes de fazer sexo. Tentando descartar a horrível imagem mental de Taio ensaboando sua ereção antes de se juntar a ela na cama, Robin partiu em busca de um balde e um esfregão. Porém, ao sair da proteção que os arbustos conferiam aos Quartos de Retiro, ela parou de súbito.

Emily Pirbright estava sozinha diante da fonte da Profetisa Afogada, de pé em um engradado de madeira. Tinha a cabeça baixa e segurava uma cartolina em que havia alguma coisa escrita.

Robin não queria se aproximar da fonte com Emily ali, mas tinha medo de ser punida se parecesse deixar de prestar tributo a Daiyu. Fingindo nem mesmo enxergar Emily, ela avançou para a fonte, mas, quase a contragosto, seus olhos foram atraídos à figura silenciosa.

O rosto e o cabelo de Emily estavam sujos de terra, assim como seu moletom escarlate. Ela encarava o chão, tão decididamente insensível à presença de Robin quanto esta pretendia ficar à presença de Emily.

As palavras escritas na cartolina entre as mãos sujas de lama de Emily diziam: *EU SOU UMA PORCA SUJA.*

55

Céu e terra não se unem (...)
Assim o homem superior recorre a seu valor interior
Para escapar das dificuldades.

I Ching: O livro das mutações

... e Taio me levou para um dos quartos [ilegível] e queria o vínculo espiritual, mas consegui me livrar dele. Giles Harmon tinha acabado de estar ali com Lin. Ela é muito nova, deve ser menor de idade, não sei.

Emily e [ilegível] (não consigo lembrar se te falei dela, ela é muito ~~noa~~ nova) foram punidas por desobediência. Emily teve de ficar de pé em um engradado com uma placa que dizia que ela era uma porca suja, mas Shawna só [ilegível] e voltou quarenta e cinco horas depois e estava péssima.

Descobri por que eu fui [ilegível] do grupo. Foi porque não dei dinheiro nenhum. Terei de procurar Mazu e oferecer uma doação, mas como vamos [ilegível] isso, pode pensar em alguma coisa porque é o único jeito de eu conseguir ficar.

Também estive na sala de aula de crianças pequenas pela primeira vez e elas não estão bem, estão estranhas e parecem ter sofrido lavagem cerebral, é horrível.

Shawna disse que Becca Pirbright está mentindo sobre sua [ilegível] com Daiyu. Não entendi isso, vou tentar descobrir mais. Acho que é só isso. Shawna também falou [ilegível] sobre Jacob ser o motivo de Papa J não ter filhos com Becca. Ela também disse que Jacob está [ilegível] pelo demônio.

Bj, R

Esqueci, tem uma imagem de uma árvore com um machado na [ilegível] das crianças, parece recente, vou tentar descobrir se puder, mas é difícil pensar em um motivo para entrar na mata durante o dia.

Strike, sentado à mesa dos sócios no escritório, leu a carta de Robin duas vezes, notando a deterioração da letra e os erros de grafia. Este era o primeiro dos relatórios dela que continha pistas concretas, para não falar de informações que a igreja, sem dúvida, não queria públicas, mas sua expressão não demonstrava satisfação; ao contrário, ele estava de cenho franzido ao reler a frase sobre o vínculo espiritual. Ao ouvir passos, ele disse, ainda com os olhos no papel:

— Estou um pouco preocupado com ela.

— Por quê? — perguntou Pat em seu barítono habitual, colocando uma xícara ao lado de Strike.

— Desculpe, achei que fosse Midge — disse Strike. A terceirizada tinha acabado de lhe entregar a carta, que havia apanhado na noite anterior.

— Ela teve de sair, está com os Franks. Qual é o problema com Robin?

— Exaustão e desnutrição, provavelmente. Valeu — acrescentou ele, pegando o chá.

— Ryan acabou de telefonar — informou Pat.

— Quem? Ah, Murphy.

— Ele queria saber se tinha alguma mensagem de Robin.

— Sim, tem — confirmou Strike, entregando o papel dobrado. Ele resistiu a ler, mas ficou feliz ao ver pelo verso da folha que parecia conter apenas duas ou três linhas. — Não conte a ele que eu disse que estou preocupado com Robin — acrescentou Strike.

— Por que eu contaria? — perguntou Pat, carrancuda. — E você tem uns recados de voz. Um às nove da noite passada, de um homem chamado Lucas Messenger. Ele disse que é irmão de Jacob.

— Merda — xingou Strike, que ignorava todos os telefonemas do escritório encaminhados a seu celular à noite, com o pressuposto de que eram de Charlotte. — Tudo bem, vou ligar para ele.

— E mais três da mesma mulher — acrescentou Pat, a expressão austera —, todos de hoje cedo. Ela não disse o nome, mas...

— Delete — cortou Strike, pegando o telefone.

— Acho que você devia ouvir.

— E por quê?

— Ela está fazendo ameaças.

Eles se olharam por alguns segundos. Strike rompeu o contato visual primeiro.

— Vou ligar para Messenger, depois ouvirei os recados.

Quando Pat fechou a porta do escritório, Strike telefonou para Lucas Messenger. Depois de alguns toques, uma voz masculina disse:

— Sim?

— Aqui é Cormoran Strike. Você deixou um recado para mim ontem à noite.

— Ah... — Uma leve distorção na linha disse a Strike que ele tinha passado para o viva-voz. — Você é o detetive, né? O que Jacob fez? Atirou o carro em outra vitrine?

Strike ouviu alguns risos ao fundo e calculou que Lucas estivesse compartilhando a conversa com colegas de trabalho.

— Estou tentando descobrir onde ele está.

— Por que quer saber? O que ele fez?

— Seu irmão entrou para a Igreja Humanitária Universal?

A risada do outro lado da linha desta vez foi mais alto.

— É, ele entrou, sim. Idiota.

— E onde ele está agora?

— Na Alemanha, acho. Não temos contato. Ele é meu meio-irmão. A gente não se dá bem.

— Você sabe quando ele foi para a Alemanha?

— Sei lá, em algum momento do ano passado?

— Foi uma coisa da IHU? Ele foi enviado para o centro de Munique?

— Não, acho que ele conheceu uma garota. Ele é cheio de ideias, não dou ouvidos à metade do que ele fala.

— Seus pais sabem onde Jacob está?

— Também não falam com ele. Tiveram uma briga.

— Consegue pensar em alguém que possa estar em contato com Jacob?

— Não — disse Lucas. — Como eu disse, a gente não se dá bem.

Sendo esta a extensão das informações de Lucas, Strike desligou um minuto depois, tendo escrito no bloco *Jacob Messenger Alemanha?*. Virando a cadeira giratória, ele olhou o quadro na parede em que tinha prendido várias fotos e anotações relacionadas com o caso da IHU.

Em uma coluna à esquerda havia fotos de pessoas que Strike ainda tentava localizar. No alto estavam as fotos da garota cujos vários nomes incluíam Carine, Cherie e Cherry, e um print do perfil no Facebook de Carrie Curtis Woods, que ele torcia para que fosse a mesma pessoa.

Abaixo das fotos de Cherie estava uma foto de Jacob Messenger, de cabelo preto e bronzeado, que posava em uma praia de calção de banho, retesando os músculos abdominais e sorrindo radiante para a câmera. Strike sabia que a breve centelha de Messenger com a fama chegou ao auge quando ele ficou em terceiro lugar em um reality show, para o qual esta foi uma foto de publicidade. O julgamento e a prisão de Jacob por dirigir alcoolizado tinham colocado seu nome nos jornais, e seu último aparecimento na imprensa trazia fotos dele na clínica para dependentes químicos da IHU, com uma camiseta branca e apertada com o logo da igreja, anunciando o quanto ganhara desde que ingressara nela. Desde então, ele sumira de vista.

Strike se levantou, arrancou a página com *Jacob Messenger Alemanha?* e prendeu ao lado da foto do jovem antes de pegar de novo a carta de Robin e reler as frases sobre ele. *Shawna também falou sobre Jacob ser o motivo de Papa J não ter filhos com Becca. Não entendi isso, vou tentar descobrir mais. Ela também disse que Jacob está [ilegível] pelo demônio.* Strike olhou emburrado da carta para a foto do radiante Jacob, com seu calção de estampa tropical e dentes brancos e brilhantes, perguntando-se se Messenger seria de fato o Jacob que jazia doente na Fazenda Chapman e, se fosse, como este fato podia ter relação com o desinteresse de Jonathan Wace em ter filhos com Becca Pirbright.

Seu olhar passou à foto seguinte na coluna da esquerda: a foto desbotada de Deirdre Doherty de óculos. Apesar de todo o esforço de Strike, ele ainda não descobrira qualquer pista do paradeiro de Deirdre, na internet ou fora dela.

A foto de baixo do lado esquerdo do quadro era um desenho: o estranho retrato feito por Torment Town de uma mulher de cabelo claro e óculos flutuando em uma piscina escura. Strike ainda tentava descobrir a verdadeira identidade de Torment Town, que, enfim, respondera a sua mensagem on-line.

Ao comentário de Strike, *Desenhos incríveis. Tirou de sua imaginação?*, o artista anônimo tinha escrito:

Obrigado. Mais ou menos.

Strike respondeu:

Você é muito talentoso. Devia fazer uma HQ. De terror.

Ao que Torment Town respondera:

Ninguém ia querer ler isso hahaha

Strike então disse:

Você não gosta mesmo da IHU, não é?

Mas a isto, Torment Town não deixou resposta alguma. Strike receava ter ido ao ponto rápido demais e se arrependeu, não pela primeira vez, de não poder colocar Robin para trabalhar na extração de confidências de quem desenhou aquelas imagens. Robin sabia cultivar confiança on-line, como havia provado quando convenceu uma adolescente a dar informações vitais em um de seus casos anteriores.

Strike fechou o Pinterest e abriu o Facebook. Carrie Curtis Woods ainda não havia aceitado sua solicitação de amizade.

Com um suspiro, ele se impeliu com relutância da cadeira e levou a xícara de chá e o cigarro eletrônico para a antessala, onde Pat estava sentada digitando, com o cigarro eletrônico entre os lábios, como sempre.

— Tudo bem — disse Strike, sentando-se no sofá vermelho de frente para a mesa de Pat —, vamos ouvir essas ameaças.

Pat apertou um botão no telefone da mesa e a voz de Charlotte, arrastada de bebida como Strike esperava, encheu a sala.

"Sou eu, atenda, seu covarde de merda. *Atenda*..."

Alguns momentos de silêncio, depois a voz de Charlotte veio quase como um grito.

"Tudo bem, então, vou deixar uma porra de um recado para sua maldita e preciosa *Robin* ouvir quando pegar seus recados, antes de te pagar o boquete matinal. Eu estava lá quando sua perna foi estourada, embora estivéssemos separados, eu fiquei com você e te visitei todo santo dia, e te dei um lugar para ficar quando toda sua maldita família cagava pra você, e todo mundo a minha volta dizia 'Você sabe que ele é desonesto' e 'O que você está fazendo? Ele é um merda abusivo', e eu não dei ouvidos, mesmo depois de *tudo que você fez comigo*, eu estava lá pra você, e agora quando preciso de um amigo, você não pode sequer me encontrar pra um maldito café quando eu tenho câncer, seu *sanguessuga* do caralho, e ainda estou te protegendo da merda da imprensa, embora eu possa contar a eles coisas que iam *acabar* com você, eu podia *acabar com você* se contasse a eles, e por que eu devia ser leal a..."

Um bip alto cortou o recado. A expressão de Pat era impassível. Houve um clique e começou um segundo recado.

"Atenda. *Atenda, porra*, seu filho da puta covarde... Depois de *tudo que você fez comigo*, você espera que eu te defenda da imprensa. Você se mandou depois que sofri um aborto, você me jogou *daquele maldito barco*, você trepava com toda mulher que dava em cima de você quando estávamos juntos, a preciosa Robin sabe no que ela está se meten..."

Desta vez não houve bip: Pat tinha batido a mão em um botão do telefone, silenciando o recado. A silhueta de Littlejohn aparecera do lado de fora do vidro fosco na porta para o poço da escada. A porta se abriu.

— Bom dia — disse Strike.

— Bom dia — devolveu Littlejohn, olhando para Strike com seus olhos de pálpebras caídas. — Preciso arquivar meu relatório sobre o Michê.

Strike observou em silêncio enquanto Littlejohn pegava a pasta na gaveta e acrescentava algumas folhas de anotações. Pat começara a digitar de novo, o cigarro eletrônico se balançando entre os lábios, ignorando os dois. Quando

Littlejohn recolocou a pasta na gaveta, virou-se para Strike e, pela primeira vez, pelo que eles sabiam, iniciou uma conversa.

— Acho que você devia saber, talvez eu esteja sendo seguido.

— Seguido? — repetiu Strike, de sobrancelhas erguidas.

— É. Tenho certeza de ter visto o mesmo cara me observando, com três dias de diferença.

— Algum motivo para alguém ficar vigiando você?

— Não — disse Littlejohn, com um leve desafio.

— Nada que não esteja me contando?

— O quê, por exemplo? — quis saber Littlejohn.

— A esposa não quer se divorciar? Credores tentando te localizar?

— Claro que não — disse Littlejohn. — Achei que tivesse alguma coisa a ver com este lugar.

— Com o quê, a agência? — perguntou Strike.

— É... Você fez alguns inimigos pelo caminho, não fez?

— Fiz — confirmou Strike, depois de um gole do chá —, mas estão quase todos na cadeia.

— Você se meteu com terroristas no ano passado — apontou Littlejohn.

— A pessoa que estava te vigiando parecia terrorista? — perguntou Strike.

— Um cara negro e magricelo.

— Então não deve ser neonazista — comentou Strike, tomando nota mentalmente para dizer a Shanker que o cara negro e magrela precisava ser substituído.

— Pode ser a imprensa — sugeriu Littlejohn. — Aquela matéria na *Private Eye* sobre você.

— Acha que eles confundiram você comigo?

— Não — negou Littlejohn.

— Bom, se quer dar aviso prévio porque está com medo de...

— Não estou com medo — falou Littlejohn rispidamente. — Só achei que você devia saber.

Como Strike não respondeu, Littlejohn acrescentou:

— Talvez eu tenha me enganado.

— Não, é bom ficar de olhos abertos — disse Strike, sem sinceridade. — Me informe se vir o cara de novo.

— Pode deixar.

Littlejohn saiu do escritório sem dizer mais nada, lançando um olhar de lado a Pat ao passar por ela. A gerente do escritório ainda olhava decidida o monitor. Depois que os passos de Littlejohn desapareceram, Strike apontou o telefone.

— Tem muito mais disso aí?

— Ela ligou de novo — disse Pat —, mas é mais do mesmo. Ameaçando procurar a imprensa com todos os absurdos inventados dela.

— Como sabe que são absurdos inventados? — falou Strike com perversidade.

— Você nunca a atacou, eu sei disso.

— Você não sabe da missa a metade — disparou Strike, irritado, levantando-se do sofá para pegar uma banana na área da cozinha, em vez do biscoito de chocolate que realmente queria.

— Você pode ser um sujeito rabugento — afirmou Pat de cara feia —, mas não consigo ver você batendo em uma mulher.

— Obrigado pelo voto de confiança — disse Strike. — Diga isso ao *Mail* quando eles ligarem… e delete essas mensagens.

Ciente de que estava descarregando a raiva na gerente do escritório, ele se obrigou a dizer:

— Você tem razão: eu nunca a atirei de um barco e também nunca fiz nenhuma das outras coisas que ela disse aos gritos.

— Ela não gosta de Robin — comentou Pat, olhando para ele, seus olhos escuros e sagazes atrás das lentes dos óculos de leitura. — Ciumenta.

— Não tem nada…

— Eu sei *disso* — interrompeu Pat. — Ela está com Ryan, não está?

Strike deu uma mordida mal-humorada na banana.

— E o que você vai fazer? — perguntou ela.

— Nada — respondeu Strike de boca cheia. — Não negocio com terroristas.

— Hmm — murmurou Pat. Ela deu um trago fundo do cigarro eletrônico, depois falou através de uma nuvem de vapor: — Não se pode confiar em quem bebe. Nunca se sabe o que eles podem fazer quando estão sem freio.

— Não vou ficar encurralado pelo resto da minha vida — afirmou Strike. — Ela tirou dezesseis anos de mim, porra. Já chega.

Jogando a casca da banana na lixeira, ele voltou ao escritório.

A guinada de Charlotte da gentileza para a recriminação e as ameaças veementes não surpreendia Strike, que suportou suas oscilações de humor por anos. Inteligente, divertida e em geral cativante, Charlotte também era capaz de um rancor insondável, para não falar de uma imprudência autodestrutiva que a levara a cortar relacionamentos por capricho ou assumir riscos físicos extremos. Vários psiquiatras e terapeutas tiveram algo a dizer ao longo dos anos, cada um tentando encurralar sua imprevisibilidade e infelicidade em alguma classificação médica elegante. Receitaram remédios, ela passou por vários psicólogos e foi internada em instalações terapêuticas, e ainda assim Strike sabia que alguma coisa em Charlotte resistia teimosamente à ajuda. Ela sempre insistira que nada que a profissão médica ou psiquiátrica tivesse a oferecer nunca, jamais a ajudaria. Só Strike podia fazer isso, ela afirmara inúmeras vezes: só ele podia salvá-la de si mesma.

Sem perceber, Strike havia se sentado na cadeira de Robin e não na própria, de frente para o quadro em que tinha prendido as anotações e as imagens relacionadas com o caso da IHU, mas pensando em Charlotte. Ele se lembrava bem da noite no barco de um dos amigos dela, a briga feia que explodiu depois de Charlotte consumir uma garrafa e meia de vinho e a partida apressada do restante dos convidados embriagados, o que deixou Strike sozinho para lidar com uma Charlotte portando uma faca, ameaçando se apunhalar. Ele a desarmou fisicamente e, no processo, ela escorregou no chão. Mesmo depois disso, quando recuperou a compostura, Charlotte alegou que ele a havia empurrado. Sem dúvida, se Strike tivesse ouvido a terceira mensagem, seria acusado de outros ataques, de infidelidade e crueldade. No relato de Charlotte, quer estivesse bêbada ou com raiva, ele era um monstro de um sadismo sem igual.

Seis anos após o término definitivo da relação, Strike passou a ver que o problema incorrigível entre eles era que ele e Charlotte nunca conseguiram concordar com o que era a realidade. Ela questionava tudo: horários, datas e eventos, quem disse o quê, como as brigas começavam, se eles estavam juntos ou tinham terminado quando ele teve outros relacionamentos. Ele ainda não sabia se o aborto espontâneo que ela alegava ter sofrido pouco antes de eles se separarem tinha sido real: ela nunca lhe mostrou provas da gravidez, e as datas incertas podiam sugerir ou que ela não sabia quem era o pai, ou que a coisa toda era imaginária. Sentado ali naquele momento, Strike se perguntou como ele, cuja vida profissional inteira foi uma busca interminável pela verdade, pôde ter suportado isso por tanto tempo.

Com uma careta, Strike se levantou de novo, pegou o bloco e a caneta e se aproximou do quadro na parede, dispondo-se a se concentrar, porque na manhã seguinte iria à penitenciária Bedford para entrevistar Jordan Reaney. Seus olhos tornaram a percorrer a coluna da esquerda até a foto de Cherie Gittins, cujo período na Fazenda Chapman coincidira com o de Reaney. Depois de olhar as fotos por um momento, ele chamou Pat pelo interfone.

— Você tem uma filha, não tem? — perguntou assim que ela entrou na sala.

— Tenho — respondeu Pat, desconfiada.

— Quantos anos ela tem?

— Mas por que diabos está me perguntando isso? — retrucou Pat, com a cara simiesca se avermelhando.

Strike, que nunca a vira ruborizar, não sabia o que tinha engendrado esta reação estranha. Pensando que ela talvez tivesse imaginado que ele tinha planos desonrosos para sua filha, que ele nem conhecia, Strike disse:

— Estou tentando ter acesso ao perfil de uma mulher no Facebook. É privado e ela não aceitou minha solicitação de amizade. Eu pensei que, se sua filha já estivesse no Facebook, com uma história estabelecida, talvez ela tivesse uma chance melhor. Outra mãe pode parecer menos...

— Minha filha não está no Facebook.

— Tudo bem. Desculpe — acrescentou ele, mas não sabia por que estava se desculpando.

Strike teve a impressão de que Pat queria dizer mais alguma coisa, mas, depois de alguns segundos, ela voltou à antessala e, logo em seguida, recomeçou a digitar no computador.

Ainda confuso com a reação dela, Strike voltou ao quadro, os olhos nas fotos da coluna da direita, que mostravam quatro pessoas que moraram na Fazenda Chapman e morreram por causas não naturais.

No alto, um recorte de um jornal antigo sobre a morte de Paul Draper, que Strike encontrara alguns dias antes. Com a manchete "Casal sentenciado pelo homicídio de 'escravo moderno'", o artigo detalhava como Draper estava dormindo na rua quando um casal lhe ofereceu uma cama para passar a noite. Ambos os supostos salvadores tinham condenações por violência e colocaram Draper para fazer trabalho de pedreiro para eles, obrigando-o a dormir no galpão de obras. A morte de Draper seis meses depois tinha ocorrido durante um espancamento. O corpo desnutrido e parcialmente queimado fora encontrado em uma obra próxima. O detetive não teve sucesso na localização de nenhum parente vivo de Draper, cuja foto exibia um jovem de dezenove anos de aparência tímida, rosto redondo e cabelo curto e ralo.

O olhar de Strike se deslocava às polaroides que Robin enviara da Fazenda Chapman, mostrando o quarteto nu com máscaras de porco. O cabelo do homem sendo sodomizado pelo homem tatuado podia ser o de Draper, embora, em vista da idade das polaroides, fosse impossível ter certeza.

Abaixo da imagem de Draper estava a única foto de Kevin Pirbright que Strike conseguira encontrar, também retirada de uma reportagem sobre seu assassinato. Mostrava um jovem pálido de aparência arrependida cuja pele era marcada por cicatrizes de acne. Ao lado da foto de Kevin estava a da cena do crime. Pela enésima vez, Strike olhou aquele pedaço da parede arrancado e a única palavra que restava: "porcos".

As duas últimas fotos no quadro eram as mais antigas: aquelas de Jennifer, a primeira esposa de Jonathan Wace, e de Daiyu.

O penteado com permanente de Jennifer Wace lembrava a Strike as meninas que ele conhecera na época de escola em meados dos anos 1980, mas ela fora uma mulher muito atraente. Nada que Strike descobrira até então contradizia a crença da filha de que o afogamento tinha sido um completo acidente.

Por fim, ele voltou a atenção para a imagem de Daiyu. Com o rosto arredondado, o prognatismo e os dentes que faltavam, ela sorria da foto desfocada de jornal para o detetive: morta aos sete anos, na mesma praia em que morreu Jennifer Wace.

Ele se virou do quadro e pegou o telefone novamente. Já fizera várias tentativas infrutíferas de entrar em contato com os Heaton, que testemunharam Cherie correndo e gritando na praia depois do afogamento de Daiyu. Ainda assim, mais por esperança do que por expectativa, ele ligou novamente para o número deles.

Para seu assombro, o telefone foi atendido depois de três toques.

— Alô? — disse uma voz feminina.

— Oi — falou Strike —, é a sra. Heaton?

— Não, aqui é Gillian — respondeu a mulher, que tinha um forte sotaque de Norfolk. — Quem fala?

— Estou tentando entrar em contato com o sr. e a sra. Heaton — informou Strike. — Eles venderam a casa?

— Não — disse Gillian —, só estou aqui para regar as plantas. Eles ainda estão na Espanha. Quem está falando? — perguntou ela novamente.

— Meu nome é Cormoran Strike. Sou detetive particular e estava me perguntando se poderia falar...

— *Strike?* — interrompeu a mulher do outro lado da linha. — Não é aquele que pegou o estrangulador?

— Sou eu. Eu tinha esperança de falar com o sr. e a sra. Heaton sobre o afogamento de uma garotinha em 1995. Eles foram testemunhas no inquérito.

— Puxa vida, sim — confirmou Gillian. — Eu me lembro disso. Somos velhos amigos.

— Alguma possibilidade de eles voltarem ao país em breve? Gostaria de falar com eles pessoalmente, mas se eles não puderem...

— Bom, Leonard quebrou a perna, sabe — revelou Gillian —, então eles pararam em Fuengirola por mais tempo. Eles têm uma casa lá. Mas ele está melhorando. Shelley acha que eles voltarão daqui a umas duas semanas.

— Se importaria de perguntar se eles estão dispostos a conversar comigo quando voltarem para casa? Irei com satisfação a Cromer — acrescentou Strike, que queria dar uma olhada no lugar em que Jennifer e Daiyu tinham morrido.

— Ah — disse Gillian, que parecia muito animada. — Tudo bem. Sei que eles terão prazer em ajudar.

Strike deu seu número à mulher, agradeceu a ela, desligou, depois voltou para o quadro na parede mais uma vez.

Só havia mais um item preso ali: alguns versos de um poema que tinha sido impresso em um jornal de Norfolk como parte de um tributo de viúvo enlutado à sua esposa morta:

Surgiu aquele gélido mar em Cromer como um túmulo veloz
Para além dela, ali envolta
À praia, desvairado, mas a onda de pico atroz
Por ela passou e a lançou de volta (...)

A imagem era poderosa, mas não era de Wace. Strike teve a sensação, ao ler os versos, de já ter ouvido algo parecido e lá estava: ele os identificou como "Um Amigo Escapa do Afogamento na Costa de Norfolk", do poeta George Barker. Wace retirara os versos de abertura do poema de Barker e trocou os pronomes, porque o amigo de Barker era um homem.

Foi um exemplo descarado de plágio, e Strike ficou surpreso por ninguém do jornal ter notado. Ele não estava interessado só na ousadia do ladrão, mas no egoísmo do viúvo que queria posar como um homem de dotes poéticos logo depois do afogamento da esposa, para não falar da escolha de um poema que descrevia como Jennifer deve ter morrido, e não suas qualidades em vida. Embora Abigail tenha pintado o pai como um vigarista e narcisista, ela alegou que Wace ficou genuinamente perturbado com a morte de sua mãe. O ato vulgar de roubar o poema de Barker para se colocar no jornal local não era, na opinião de Strike, o ato de um homem verdadeiramente de luto.

Por mais um minuto, ele ficou olhando as fotos de indivíduos que morreram de causas não naturais: dois por afogamento, um por espancamento e um por um único tiro na cabeça. Seu olhar passou de novo às polaroides dos quatro jovens com máscaras de porco. Depois, ele voltou a se sentar à mesa e escreveu mais algumas perguntas para Jordan Reaney.

56

Seis no início significa (...)
Até um porco magro pode causar estragos.

I Ching: O livro das mutações

Na manhã seguinte, a balança do banheiro de Strike informava que ele estava a apenas quatro quilos do peso pretendido. Este reforço em seu moral permitiu que ele resistisse à tentação de parar para um donut no posto de gasolina a caminho da penitenciária de Bedford.

A prisão era um prédio feio de tijolos vermelhos e amarelos. Depois de enfrentar a fila para apresentar a permissão de visita, ele e os demais familiares e amigos foram conduzidos a um salão de visitantes que parecia uma academia de ginástica verde e branca, com mesas quadradas dispostas a intervalos regulares. Strike reconheceu Reaney, que já estava sentado, do outro lado do salão.

O prisioneiro, que usava jeans e um casaco de moletom cinza, parecia o que sem dúvida era: um homem perigoso. Com mais de um e oitenta de altura, magro, mas de ombros largos, a cabeça estava raspada e os dentes eram de um marrom-amarelado. Quase todo centímetro visível de pele era tatuado, inclusive o pescoço, coberto pela cara de um tigre, e parte de seu rosto macilento, onde um ás de espadas enfeitava a maior parte da face esquerda.

Enquanto Strike se sentava de frente para ele, Reaney olhou para um prisioneiro negro e forte que o observava em silêncio a uma mesa de distância, e naqueles poucos segundos Strike notou uma série de linhas tatuadas, três interrompidas, três contínuas, nas costas da mão esquerda de Reaney, e também viu que o ás de espadas escondia parcialmente o que parecia uma antiga cicatriz facial.

— Obrigado por concordar em me ver — disse Strike, quando o prisioneiro se virou para ele.

Reaney grunhiu e piscou, Strike notou, de um jeito exagerado, mantendo os olhos fechados uma fração a mais do que o normal. O efeito era estranho, como se seus grandes olhos azul-brilhantes de cílios grossos estivessem surpresos por se acharem num rosto daqueles.

— Como falei por telefone — continuou Strike, pegando o bloco —, estou atrás de informações sobre a Igreja Humanitária Universal.

Reaney cruzou os braços e colocou as mãos embaixo das axilas.

— Quantos anos você tinha quando ingressou lá? — perguntou Strike.

— Dezessete.

— O que o fez entrar para a igreja?

— Precisava de um lugar para morar.

— Norfolk é meio fora de mão para você. Foi criado em Tower Hamlets, não foi?

Reaney pareceu descontente por Strike saber disso.

— Só fui pra Tower Hamlets quando tinha doze anos.

— Onde morou antes disso?

— Com a minha mãe, em Norfolk. — Reaney engoliu em seco, e seu pomo de adão pronunciado fez ondular a tatuagem de tigre no pescoço. — Depois ela morreu e fui pra Londres, morar com meu velho. Depois fui prum orfanato, depois fiquei um tempo sem-teto, depois fui pra Fazenda Chapman.

— Então nasceu em Norfolk?

— É.

Isso explicava como um jovem com o histórico de Reaney tinha acabado no interior. A experiência de Strike sobre tipos como ele era de que raras vezes se libertavam da pressão gravitacional da capital, se é que isso acontecia.

— Você tinha família lá?

— Não. Só queria dar uma variada.

— A polícia estava atrás de você?

— Esse costumava ser o caso — disse Reaney, sem sorrir.

— Como você soube da Fazenda Chapman?

— Eu e outro garoto estávamos dormindo na rua em Norwich e conhecemos duas meninas que coletavam pra IHU. Elas nos levaram para lá.

— O outro garoto era Paul Draper?

— Era — confirmou Reaney, de novo com desagrado por Strike saber demais.

— O que você acha que deixou as meninas da IHU tão dispostas a recrutar dois homens que dormiam na rua?

— Precisavam de gente pra fazer o trabalho pesado na fazenda.

— Você teve de ingressar na igreja, como condição para morar lá?

— Foi.

— Quanto tempo você ficou?

— Três anos.

— É muito tempo, naquela idade — comentou Strike.

— Eu gostava dos bichos — rebateu Reaney.

— Mas não dos porcos, como já determinamos.

Reaney passou a língua pelo interior da boca, piscou com força, depois falou:

— Não. Eles fediam.

— Pensei que eles fossem limpos.

— Pensou errado.

— Você costuma ter pesadelos com coisas que fedem?

— Eu só não gosto de porcos.

— Nada a ver com o porco "agindo no abismo"?

— Hein? — resmungou Reaney.

— Soube que o porco tem um significado particular no I Ching.

— No quê?

— O livro de onde você tirou o hexagrama tatuado nas costas da sua mão esquerda. Posso ver?

Reaney aquiesceu, mas de má vontade, tirando a mão de baixo da axila e estendendo para Strike.

— Que hexagrama é esse? — perguntou Strike.

Reaney deu a impressão de preferir não responder, mas por fim disse:

— O cinquenta e seis.

— O que significa?

Reaney piscou com força duas vezes antes de murmurar:

— O viajante.

— Por que o viajante?

— "*Ele tem poucos amigos: este é o viajante.*" Eu era um moleque quando fiz isso — murmurou ele, metendo a mão de novo embaixo da axila.

— Eles fizeram de você um crente, foi?

Reaney ficou calado.

— Nenhuma opinião sobre a religião da IHU?

Reaney lançou outro olhar para o prisioneiro corpulento na mesa vizinha, que não falava com sua visita, mas olhava feio para ele. Com um movimento irritado dos ombros, Reaney murmurou de má vontade:

— Eu vi coisas.

— O quê, por exemplo?

— Umas coisas que eles podiam fazer.

— Quem são "eles"?

— Eles. Aquele Jonathan e... Ela ainda está viva? — perguntou Reaney. — Mazu?

— Por que não estaria?

Reaney não respondeu.

— Que coisas você viu os Wace fazerem?

— Só... faziam coisas desaparecerem. E... espíritos e tal.

— Espíritos?

— Eu vi a mulher fazer um espírito aparecer.

— Como era o espírito? — perguntou Strike.

— Como um fantasma — respondeu Reaney, sua expressão desafiando Strike a achar isso engraçado. — No templo. Eu vi. Tipo... transparente.

Reaney piscou com força de novo e disse:

— Você falou com mais alguém que esteve lá?

— Você acreditava que o fantasma era real? — perguntou Strike, ignorando a pergunta de Reaney.

— Sei lá... É, talvez — disse Reaney. — Você não estava lá, porra — acrescentou ele, com uma leve exibição de raiva, mas depois de um olhar por cima da cabeça de Strike a um carcereiro que rondava, ele acrescentou, com uma calma forçada: — Mas talvez fosse um truque. Não sei.

— Soube que Mazu obrigou você a se açoitar na cara — disse Strike, observando Reaney atentamente, e, como esperado, um tremor passou pelo rosto do prisioneiro. — O que você tinha feito?

— Bati num cara chamado Graves.

— Alexander Graves?

Reaney ficou ainda mais desconfortável com esta nova evidência de que Strike fizera o dever de casa.

— É.

— Por que bateu nele?

— Ele era um babaca.

— Em que sentido?

— Irritante pra caralho. Falava merda o tempo todo. E ele enchia meu saco pra cacete. Ele me dava nos nervos, então, uma noite, dei umas porradas nele, é. Mas a gente não devia ter raiva um do outro lá. Amor fraterno — disse Reaney — e essas baboseiras.

— Você não me parece um homem que concordaria em se chicotear.

Reaney não disse nada.

— Essa cicatriz no seu rosto é do chicote?

Reaney continuou calado.

— Ela o ameaçou com o quê, para te obrigar a se açoitar? — perguntou Strike. — A polícia? Mazu Wace sabia que você tinha ficha criminal?

Mais uma vez, aqueles olhos azuis e brilhantes de cílios grossos piscaram com força, mas enfim Reaney falou:

— É.

— Como eles sabiam?

— Você tinha que confessar coisas. Na frente do grupo.

— E você contou a eles que estava fugindo da polícia?

— Falei que tive uns problemas. Você é… sugado — disse Reaney. O tigre ondulou de novo. — Você não consegue entender, se não fez parte daquilo. Você falou com quem mais que esteve lá?

— Algumas pessoas — disse Strike.

— Quem?

— Por que quer saber?

— Curiosidade, só isso.

— De quem você diria que era mais próximo na Fazenda Chapman?

— Ninguém.

— Porque "o viajante tem poucos amigos"?

Talvez porque não fosse possível nenhuma outra forma de rebater esse leve sarcasmo, Reaney soltou a mão direita para tirar meleca do nariz. Depois de olhar a ponta do dedo e dar um peteleco no resultado desta operação rumo ao chão, ele voltou a colocar a mão embaixo da axila e olhou feio para Strike.

— Eu e Dopey éramos parceiros.

— *Ele* teve uma experiência ruim com uns porcos, pelo que soube. Deixou que alguns saíssem por acidente e foi espancado por isso.

— Não me lembro disso.

— Sério? Era para ser açoitado, mas duas garotas esconderam o chicote, então os membros da igreja foram instruídos a bater nele.

— Não me lembro disso — repetiu Reaney.

— Minha informação é que o espancamento foi tão grave que pode ter deixado Draper com dano cerebral.

Reaney mordeu o lado interno da bochecha por alguns segundos, depois repetiu:

— Você não estava lá, porra.

— Eu sei — concordou Strike —, por isso estou te perguntando o que aconteceu.

— Dopey não regulava bem antes de ser espancado — disse Reaney, mas pareceu ter se arrependido dessas palavras assim que escaparam dele e acrescentou energicamente: — Não pode colocar Dopey na minha conta. Tinha um monte de gente dando chutes e pontapés nele. O que você quer, afinal de contas?

— Então você não tinha amizade com ninguém além de Draper, na Fazenda Chapman? — perguntou Strike, ignorando a pergunta de Reaney.

— Não — respondeu Reaney.

— Conheceu Cherie Gittins?

— Conhecia um pouco.

Strike detectou inquietação no tom de Reaney.

— Por acaso você sabe para onde ela foi, depois que saiu da Fazenda Chapman?

— Não faço ideia.

— E Abigail Wace, você a conheceu?

— Um pouco — repetiu Reaney, ainda inquieto.

— E Kevin Pirbright?

— Não.

— Ele era criança quando você esteve lá.

— Eu não tinha nada a ver com as crianças.

— Kevin Pirbright entrou em contato com você recentemente?

— Não.

— Tem certeza?

— Sim, eu tenho certeza, porra. Sei quem fez contato comigo e quem não fez.

— Ele estava escrevendo um livro sobre a IHU. Eu esperava que ele tivesse tentado falar com você. Ele se lembrava de você.

— E daí? Ele nunca me encontrou.

— Pirbright morreu baleado no próprio apartamento, em agosto.

— Eu estava aqui em agosto. Como posso ter dado um tiro nele?

— Houve um período de dois meses em que Kevin estava vivo e escrevendo um livro, e você ainda estava em liberdade.

— E daí? — perguntou Reaney de novo, piscando furiosamente.

— O laptop de Kevin foi roubado pelo assassino.

— Acabei de dizer, eu estava aqui quando ele levou o tiro, então como posso ter roubado a merda do laptop dele?

— Não estou sugerindo que você roubou. Estou te contando que quem levou o laptop provavelmente sabe se você falou ou não com Pirbright. Não é difícil conseguir a senha de alguém, se você está apontando uma arma para a pessoa.

— Não sei de que merda você tá falando — disse Reaney. — Eu nunca falei com ele.

Mas havia suor acima do lábio superior de Reaney.

— Consegue imaginar os Wace matando para defender a igreja?

— Não — respondeu Reaney automaticamente. Depois: — Não sei. Como é que eu ia saber disso?

Strike virou uma página no bloco.

— Viu alguma arma quando esteve na Fazenda Chapman?

— Não.

— Tem certeza disso?

— Tenho, claro que tenho certeza, caralho.

— Você não levou armas para lá?

— Não, porra. Quem te disse isso?

— Os animais eram abatidos na fazenda?

— O quê?

— Os membros da igreja torciam pessoalmente o pescoço das galinhas? Abatiam porcos?

— Galinhas, sim — revelou Reaney. — Porcos, não. Eles iam pro matadouro.

— Já testemunhou alguém matando um animal com um machado?

— Não.

— Já escondeu um machado em uma árvore na mata?

— De que merda tá tentando me acusar? — rosnou Reaney, agressivo. — Tá armando o quê?

— Estou tentando descobrir por que tinha um machado escondido numa árvore.

— Não sei, caralho. Por que eu saberia? É só por causa da má fama, é? Primeiro, armas, e agora está tentando me acusar por um maldito machado? Nunca matei ninguém na Fazenda Chapman, se é o que você quer...

Pelo canto do olho, Strike viu o prisioneiro negro e forte que observava Reaney se mexer na cadeira. Reaney pareceu sentir o exame do homem maior, porque se interrompeu de novo, mas teve mais dificuldade para conter a agitação, mexendo-se na cadeira e piscando furiosamente.

— Você parece perturbado — comentou Strike, olhando para ele.

— Perturbado? — rosnou Reaney. — Você vem aqui dizendo que eu matei...

— Eu nunca falei na morte de ninguém. Perguntei sobre os animais sendo abatidos.

— Eu nunca... As coisas naquela fazenda... Você não estava lá. Não sabe porra nenhuma sobre como era.

— O sentido desta entrevista é descobrir como era.

— O que acontecia lá, o que você era obrigado a fazer, isso fica passando na sua cabeça, é por isso que tenho os malditos pesadelos, mas eu nunca matei ninguém, tá legal? E não sei nada sobre porra de machado nenhum — acrescentou Reaney, embora não olhasse na cara de Strike ao dizer isso; aqueles olhos que piscavam com força vagavam pelo salão como se procurassem um porto seguro.

— O que quer dizer com "o que você era obrigado a fazer"?

Reaney mordia a bochecha de novo. Por fim, voltou a olhar para Strike e disse energicamente:

— Todo mundo tinha que fazer coisas que não queria.

— Tipo o quê?

— Tipo tudo.

— Me dê exemplos.

— Fazer coisas para humilhar as pessoas. Pegar merda com uma pá e limpar a mando deles.

— Quem são "eles"?

— Eles. A família, os Wace.

— Alguma coisa em particular que você teve de fazer continua passando na sua cabeça?

— Tudo — admitiu Reaney.

— O que você quer dizer com "limpar" a mando dos Wace?

— Só... Você fala a minha língua, porra... Limpar os banheiros, essas coisas.

— Tem certeza de que era só isso?

— É, eu tenho certeza, caralho.

— Você estava na fazenda quando Daiyu Wace se afogou, não estava?

Ele viu os músculos do maxilar de Reaney enrijecerem.

— Por quê?

— Você estava lá, não é?

— Eu estava dormindo durante a coisa toda.

— Não deveria estar na picape naquela manhã? Com Cherie?

— *Quem te disse isso?*

— Por que isso importa?

Como Reaney se limitou a piscar, Strike ficou mais específico.

— Você não deveria sair para vender verduras?

— É, mas eu dormi demais.

— Quando foi que você acordou?

— Por que está me perguntando isso?

— Já te falei, quero informações. Quando você acordou?

— Não sei. Quando todo mundo fazia um estardalhaço porque a pequena vad… — Reaney interrompeu o que estava falando.

— A pequena…? — Strike o estimulou. Sem obter resposta, continuou: — Devo entender que você não gostava de Daiyu?

— Ninguém gostava dela, porra. Uma maldita mimadinha de merda. Pergunte a quem esteve lá.

— Então você acordou quando estava todo mundo agitado porque Daiyu tinha desaparecido?

— Foi.

— Você ouviu as pessoas no serviço de manhã cedo dizendo aos Wace que tinham visto Daiyu sair na picape com Cherie?

— Por que quer saber dessa merda?

— *Você os ouviu dizendo que ela havia saído na picape?*

— Não vou falar por eles. Você que pergunte o que eles viram.

— Estou perguntando se *você* ouviu, quando acordou.

Aparentemente decidindo que esta resposta não podia incriminá-lo, Reaney enfim murmurou:

— É… eles viram a garota sair.

— Jonathan e Mazu estavam presentes na fazenda quando você acordou?

— Sim.

— Quanto tempo você levou para descobrir que Daiyu tinha se afogado?

— Não consigo me lembrar.

— Tente.

O tigre ondulou mais uma vez. Os olhos azuis piscaram com muita força.

— Naquela mesma manhã, mais tarde. A polícia apareceu. Com Cherie.

— Ela estava aflita com o afogamento de Daiyu?

— Claro que tava, porra — disparou Reaney.

— Cherie deixou a fazenda de vez pouco antes de você, não foi?

— Não consigo me lembrar.

— Acho que consegue, sim.

Reaney chupou as faces encovadas. Strike teve a sensação de que esta era uma expressão habitual que antecedia a violência. Ele olhou firme para Reaney, que piscou primeiro com força.

— É, ela foi embora depois do lance do inquérito.

— O inquérito?

— É.

— E ela não te contou para onde ia?

— Não contou a ninguém. Foi embora no meio da noite.

— E o que fez *você* ir embora?

— Só estava de saco cheio do lugar.

— Draper foi embora depois de você?

— Foi.

— Vocês mantiveram contato?

— Não.

— Você manteve contato com alguém da IHU?

— Não.

— Você gosta de tatuagens — comentou Strike.

— Hein?

— Tatuagens, você tem muitas.

— E daí?

— Alguma coisa no seu braço direito? — perguntou Strike.

— Por quê?

— Posso ver?

— Não, você não pode, caralho — rosnou Reaney.

— Vou pedir de novo — disse Strike calmamente, inclinando-se para a frente —, desta vez lembrando a você o que provavelmente vai acontecer depois que esta entrevista acabar, quando eu informar a meu amigo que você não cooperou.

Reaney arregaçou lentamente a manga do moletom. Não havia caveira no bíceps, mas um demônio preto de olhos vermelhos.

— Isso está cobrindo alguma coisa?

— Não — respondeu Reaney, puxando a manga para baixo.

— Tem certeza?

— É, tenho.

— Estou perguntando — começou Strike, pegando as duas polaroides que Robin encontrara no celeiro da Fazenda Chapman do bolso interno do paletó — porque pensei que você um dia pode ter tido uma caveira onde está o demônio.

Ele colocou as duas fotos na mesa, de frente para Reaney. Uma mostrava o homem alto e magro com a tatuagem da caveira penetrando a garota roliça de cabelo preto, a outra exibia o mesmo homem sodomizando outro, mais baixo, cujo cabelo curto e ralo podia ser o de Paul Draper.

A testa de Reaney tinha começado a brilhar à luz implacável do teto.

— Não sou eu.

— Tem certeza? Porque pensei que isto podia explicar os pesadelos com porcos melhor do que o cheiro da merda deles.

Suado e pálido, Reaney empurrou as fotos para longe com tal violência que uma delas caiu no chão. Strike a pegou e colocou as duas no bolso.

— Esse espírito que você viu — retomou —, como ele era?

Reaney não respondeu.

— Você sabia que Daiyu se rematerializa constantemente agora na Fazenda Chapman? — perguntou Strike. — Eles a chamam de a Profetisa...

De repente, Reaney se levantou. Se a cadeira de plástico e a mesa não fossem presas no chão, Strike apostaria que o prisioneiro as teria derrubado.

— Ei! — disse um carcereiro próximo, mas Reaney andava rapidamente para a porta da prisão principal.

Dois carcereiros o alcançaram e o acompanharam pela porta ao corredor. Prisioneiros e visitantes se viraram para ver Reaney sair intempestivamente, mas logo voltaram a suas conversas, com medo de perder os preciosos minutos.

Strike olhou nos olhos do prisioneiro parrudo, que fazia uma pergunta silenciosa a uma mesa de distância. Strike fez um sutil gesto de negativa. Outros espancamentos não deixariam Jordan Reaney mais cooperativo, Strike tinha certeza disso. Ele já conhecera homens apavorados, homens que temiam algo pior do que a dor física. A pergunta era: o que exatamente colocava Jordan Reaney em tal estado de alarme que ele estava disposto a enfrentar a pior justiça da prisão em vez de revelar?

57

Nove no início (...)
Quando vir pessoas más,
Guarde-se contra os erros.

I Ching: O livro das mutações

Para alívio de Robin, a carta seguinte de Strike dava uma solução para o problema de doar dinheiro à IHU.

Falei com Colin Edensor e ele está disposto a disponibilizar mil libras para doação. Se conseguir as informações da conta, vamos providenciar uma transferência bancária.

Por conseguinte, Robin pediu permissão para visitar Mazu na sede da fazenda na manhã seguinte.

— Quero fazer uma doação à igreja — explicou ela à mulher de expressão dura que supervisionava seu turno na cozinha.

— Tudo bem. Vá agora, antes do almoço — disse a mulher, com o primeiro sorriso que Robin recebia dela. Feliz por escapar da névoa de macarrão e cúrcuma fervendo, Robin tirou o avental e saiu.

O dia de junho estava nublado, mas o sol saiu de trás de uma nuvem e transformou a fonte de Daiyu em um tanque de diamantes enquanto Robin atravessava o pátio deserto. Felizmente, Emily não estava mais de pé no engradado. Permaneceu ali por quarenta e oito horas inteiras, ignorada e não mencionada por todos que passavam, como se ela sempre tivesse estado ali e fosse ficar para sempre. Robin sentiu ainda mais pena quando manchas de urina apareceram na calça do conjunto de moletom de Emily e marcas de lágrimas riscaram seu rosto enlameado, mas imitou todos os outros membros da igreja e agiu como se a mulher fosse invisível.

A outra ausência que atualmente tornava melhor a sua vida na Fazenda Chapman era a de Taio Wace, que visitava o centro de Glasgow. A eliminação do medo sempre presente de ele tentar levá-la de novo ao Quarto de Retiro era um alívio tão grande que Robin até sentia menos cansaço do que o de costume, embora o regime de trabalho braçal continuasse.

Ela se ajoelhou junto à fonte de Daiyu, prestou o tributo de sempre, depois se aproximou das portas duplas e entalhadas da sede da fazenda. Ao chegar perto delas, Sita, uma idosa de pele marrom com uma trança longa de cabelo grisalho abriu a porta de dentro, carregando um saco plástico volumoso. Enquanto passavam uma pela outra, Robin sentiu o fedor de fezes.

— Pode me dizer onde fica a sala de Mazu? — perguntou ela a Sita.

— Atravesse direto a casa, nos fundos.

Assim Robin passou pela escada, seguiu o corredor acarpetado de vermelho ladeado de máscaras chinesas e painéis pintados, direto para o coração da sede. Ao passar pelo que supunha ser a cozinha, sentiu cheiro de cordeiro assado, que fazia um forte contraste com o miasma deprimente de legumes enlatados fervidos que ela acabara de deixar para trás.

No final do corredor, de frente para ela, havia uma porta laqueada de preto, fechada. Ao se aproximar, ela ouviu vozes em seu interior.

— ... questão ética, sem dúvida? — disse um homem que Robin tinha quase certeza de que era Giles Harmon. Embora ele tivesse dito que ficaria apenas alguns dias, agora já fazia uma semana que estava na fazenda, e Robin o vira levando outras adolescentes para os Quartos de Retiro. Harmon, que nunca usava o moletom escarlate como os integrantes comuns, em geral estava de jeans e o que pareciam camisas caras. Seu quarto na sede dava para o pátio e ele costumava ser visto digitando na mesa de frente para a janela.

A voz de Harmon não estava tão cuidadosamente moderada, como de costume. Na verdade, Robin pensou ter ouvido um traço de pânico.

— Tudo que fazemos aqui é ético — disse uma segunda voz masculina, que ela reconheceu prontamente como a de Andy Zhou. — Este *é* o caminho ético. Lembre-se, ele não sente o que sentimos. Não existe alma ali.

— Você aprova? — perguntou Harmon a alguém.

— Totalmente — disse uma voz que Robin não teve problemas para identificar como a de Becca Pirbright.

— Bom, se *você* pensa assim. Afinal, ele é seu...

— Não existe ligação, Giles — interrompeu Becca, quase com raiva. — Não existe ligação nenhuma. Estou surpresa por você...

— Desculpe, desculpe — falou Harmon num tom apaziguador. — Valores materialistas... Vou meditar agora. Tenho certeza de que o que todos pensam é o melhor. Vocês estão lidando com a situação há mais tempo que eu, é claro.

Robin achou que ele disse isso como quem ensaia uma defesa. Ela ouviu passos e teve segundos para correr de volta para o hall, fazendo o menor ruído possível nos pés com tênis para que quando Harmon abrisse a porta da sala, parecesse que ela se dirigia para lá a dez metros de distância.

— Mazu está livre? — perguntou Robin. — Tive permissão para vê-la.

— Ela estará, daqui a alguns minutos — disse Harmon. — Acho que você deve esperar aqui.

Ele passou por ela e foi para a escada. Segundos depois, a porta do escritório se abriu pela segunda vez e saíram o dr. Zhou e Becca.

— O que está fazendo aqui, Rowena? — quis saber Becca, e Robin pensou que seu sorriso radiante estava um pouco mais forçado do que o habitual.

— Quero fazer uma doação à igreja — informou Robin. — Me disseram que eu devia falar com Mazu sobre isso.

— Ah, entendo. Sim, entre, ela está ali — disse Becca, apontando o escritório. Ela e Zhou se afastaram, as vozes baixas demais para que Robin entendesse o que diziam.

Preparando-se um pouco, Robin se aproximou da porta da sala e bateu.

— Entre — disse Mazu, e Robin entrou.

A sala, que havia sido anexada à parte dos fundos da construção, estava tão abarrotada e colorida, e tinha um cheiro tão forte de incenso, que Robin teve a sensação de ter passado por um portal e entrado em um bazar marroquino. Uma profusão de estatuetas, deidades e ídolos se espremia nas prateleiras.

A foto ampliada de Daiyu estava em uma moldura dourada no alto de um armário chinês, onde papel de incenso queimava em um prato. Flores e pequenas oferendas de comida foram colocadas diante dela. Por uma fração de segundo, Robin sentiu um espasmo inteiramente inesperado de compaixão por Mazu, que estava sentada de frente para ela a uma mesa de ébano parecida com a de Zhou, com seu vestido longo vermelho-sangue, o cabelo preto na altura da cintura caindo dos dois lados do rosto branco e o pingente de madrepérola em formato de peixe cintilando no peito.

— Rowena — disse ela sem sorrir, e o momento de gentileza de Robin desapareceu como se nunca tivesse existido, porque ela parecia sentir de novo o cheiro do pé sujo de Mazu, revelado a ela para ser beijado.

— Hmm... gostaria de fazer uma doação à igreja.

Mazu a examinou sem sorrir por um momento, depois falou:

— Sente-se.

Robin obedeceu. Ao se sentar, notou um objeto desconexo na prateleira atrás da cabeça de Mazu: um pequeno aromatizador de ar de plástico branco, que parecia inteiramente inútil naquela sala cheia de incenso.

— Então você decidiu que quer nos doar dinheiro, é isso? — perguntou Mazu, examinando Robin com aqueles olhos escuros e tortos.

— Sim. Taio conversou comigo — disse Robin, certa de que Mazu saberia disto —, e andei pensando e, bom, vejo que ele tinha razão. Eu *ainda* estou tendo dificuldade com o materialismo e está na hora de ser coerente com o que digo.

Um leve sorriso apareceu na face comprida e pálida.

— Ainda assim, você rejeitou o vínculo espiritual.

— Eu me sentia péssima depois da Revelação, não achei que fosse digna — afirmou Robin. — Mas quero erradicar o falso eu, quero mesmo. Sei que tenho muito trabalho a fazer.

— Quanto pretende doar? Você não trouxe nenhum cartão de crédito.

Robin registrou esta admissão de que seu armário fora aberto e vasculhado.

— Theresa me disse para não trazer. Theresa é minha irmã, ela... ela não queria que eu viesse para cá. Disse que a IHU é uma seita — falou Robin num tom de desculpas.

— E você deu ouvidos a sua irmã.

— Não, mas na verdade vim para cá só para explorar as coisas. Não sabia que ia ficar. Se eu soubesse como ia me sentir depois de minha Semana de Serviço, teria trazido todos os meus cartões de banco... Mas, se me deixar escrever para Theresa, vou conseguir providenciar uma transferência bancária para a conta da igreja. Gostaria de doar mil libras.

Ela viu, pelo leve arregalar dos olhos de Mazu, que ela não esperava uma doação tão generosa.

— Muito bem — disse ela, abrindo uma gaveta em sua mesa e retirando uma caneta, papel e um envelope em branco. Também empurrou pela mesa uma carta modelo para ser copiada e um cartão impresso com os dados bancários da IHU. — Pode fazer isso agora. Por sorte — acrescentou Mazu, pegando um molho de chaves em outra gaveta —, sua irmã escreveu a você esta manhã. Eu ia pedir a alguém para lhe entregar a carta dela no almoço.

Mazu se dirigia ao armário em que o retrato de Daiyu estava e o destrancou. Robin teve um vislumbre de pilhas de envelopes unidos por elásticos. Mazu pegou um deles, voltou a trancar o armário e disse, ainda segurando a carta:

— Voltarei em um minuto.

Quando a porta se fechou às costas de Mazu, Robin deu uma olhada rápida na sala, o olho caindo em uma tomada no rodapé, em que não havia nada plugado. Com a câmera que ela acreditava estar oculta no aromatizador de ar gravando cada movimento, ela não se atrevia a examinar, mas suspeitava, depois de usar ela mesma dispositivos semelhantes, que esta tomada inocente também fosse um dispositivo de gravação disfarçado. Talvez Mazu tenha saído da sala para ver o que ela faria se ficasse sozinha, então Robin não saiu da cadeira, mas passou a copiar a carta modelo.

Mazu voltou alguns minutos depois.

— Tome — disse ela, estendendo a carta endereçada a Robin.

— Obrigada — agradeceu Robin, abrindo-a. Tinha certeza de já ter sido aberta e lida, a julgar pela cola suspeitosamente forte usada para voltar a lacrá-la. — Ah, que bom — comentou Robin, correndo os olhos pela carta na letra de Midge —, Theresa me deu seu novo endereço, eu não tinha.

Ela terminou de copiar a carta modelo, endereçou o envelope e o lacrou.

— Posso postar para você — informou Mazu, estendendo a mão.

— Obrigada — repetiu Robin, levantando-se. — Eu me sinto muito melhor por fazer isso.

— Não devia doar dinheiro para "se sentir melhor" — rebateu Mazu.

As duas tinham a mesma altura, mas, de algum modo, Robin ainda sentia que Mazu era mais alta.

— Seu obstáculo pessoal para o espírito puro é a egomotividade, Rowena — afirmou ela. — Você continua a colocar o eu materialista à frente do coletivo.

— Sim — concordou Robin. — Eu... *estou* tentando.

— Bom, veremos — disse Mazu, com um leve acenar da carta que Robin acabara de lhe entregar, e Robin deduziu que só quando os fundos estivessem em segurança na conta bancária da IHU ela seria considerada alguém que obtivera progresso espiritual.

Robin saiu da sede da fazenda com sua carta. Embora fosse a hora do almoço e ela estivesse com muita fome, fez um desvio para o banheiro feminino para examinar mais atentamente o papel que tinha nas mãos.

Robin notou, virando o papel sob a luz da cabine do banheiro, que havia uma tira quase imperceptível de corretivo: alguém cobrira a data em que fora enviada. Virando o envelope, ela viu que a hora e a data de postagem tinham sido borradas. Tão exausta que não conseguia mais estimar o tempo com muita precisão, e sem ter como recorrer a nenhum calendário, Robin não conseguia lembrar exatamente quando pedira a carta falsa de Theresa, mas duvidava de que algum dia saberia de sua existência se Mazu não quisesse que ela tivesse o endereço de Theresa.

Pela primeira vez, ocorreu a Robin que um motivo para a falta de resposta de Will Edensor às cartas informando que a mãe estava morrendo podia ser o fato de ele nunca as ter recebido. Will tinha a posse de um grande fundo de investimento, e certamente era do interesse da igreja que ele continuasse na fazenda, placidamente entregando dinheiro, em vez de descobrir, ao saber da morte da mãe, que não podia vê-la como um objeto de carne, ou tratar seu amor como posse materialista.

58

Duas filhas moram juntas, mas suas mentes não estão dirigidas a preocupações em comum.

I Ching: O livro das mutações

Robin soube que as mil libras de Colin Edensor deviam ter entrado na conta bancária da IHU porque alguns dias depois de dar a Mazu a carta ordenando a transferência, ela foi reintegrada ao grupo original de recrutas de alto nível. Ninguém falou de sua sessão de Revelação nem lhe deu as boas-vindas de volta; todos se comportaram como se ela nunca tivesse saído.

Este silêncio mutuamente acordado se estendia à ausência inexplicável de Kyle do grupo. Robin sabia que não devia perguntar como ele havia transgredido, mas tinha certeza de que ele fizera algo de errado, porque logo o localizou fazendo o tipo de trabalho braçal pesado de que ela acabara de ser liberada. Robin também notou que Vivienne desviava o olhar sempre que o grupo e Kyle se cruzavam.

Robin descobriu qual tinha sido o crime de Kyle quando estava sentada de frente para Shawna no jantar daquela noite.

Depois de recrutar imprudentemente Robin para ajudar nas aulas das crianças, Shawna teve a cabeça raspada. Embora ela parecesse intimidada quando apareceu careca pela primeira vez, sua natureza fundamentalmente loquaz e indiscreta se reafirmava, e as primeiras palavras orgulhosas a Robin foram:

— Vou aumentar de novo.

Ela acariciou o baixo-ventre.

— Ah — murmurou Robin. — Meus parabéns.

— Não fale assim — Shawna a ridicularizou. — Não estou fazendo isso *por mim*. Você devia dar os parabéns à igreja.

— Certo — disse Robin, cansada.

Ela se sentou propositalmente com Shawna na esperança de saber mais sobre Jacob, porque tinha o pressentimento de que fora sobre o destino dele que entreouvira Harmon, Zhou e Becca discutirem na sala de Mazu, mas tinha esquecido quão irritante a garota podia ser.

— Já soube *dele*? — perguntou Shawna a Robin em um cochicho alegre, enquanto Kyle passava pela ponta da mesa.

— Não — respondeu Robin.

Shawna riu.

As pessoas ao lado delas estavam imersas em sua própria conversa entusiasmada. Shawna olhou de lado para se certificar de que não seria ouvida antes de se inclinar e cochichar para Robin:

— Ele disse que não consegue fazer o vínculo espiritual com... mulheres. Disse isso na cara de Mazu.

— Bom — falou Robin com cautela, também aos cochichos —, quer dizer... ele é gay, não é? Então...

— Isso é materialismo — rebateu Shawna, mais alto do que pretendia, e um dos jovens ao lado delas olhou em volta. Shawna, contra os desejos de Robin, falou alto com eles: — Ela acha que existe esse negócio de ser "gay".

Claramente decidindo que nada de bom viria de uma resposta a Shawna, o jovem se voltou para sua conversa.

— Os corpos não importam — disse Shawna a Robin com firmeza. — Só o espírito importa.

Ela se inclinou de novo, mais uma vez falando em cochichos conspiratórios.

— Vivienne queria o vínculo espiritual com ele e eu soube que ele fugiu, tipo, *chorando*, hahaha. Pensar que as pessoas não servem para dormir com você é se deixar levar pelo ego.

Robin assentiu em silêncio, o que pareceu ter deixado Shawna satisfeita. Enquanto comiam, Robin tentou levar Shawna ao assunto de Jacob, mas além da alegação confiante de Shawna de que ele ia fazer a passagem em breve, porque Papa J tinha decretado, não descobriu mais nenhuma informação.

A carta seguinte de Robin a Strike não tinha informações úteis. Porém, dois dias depois de colocá-la na pedra de plástico, ela e os outros recrutas de alto nível, menos Kyle, foram levados a outra sessão de artesanato por Becca Pirbright.

Era um dia quente de junho, com céu limpo, e Becca vestia uma camiseta com o logo da igreja em vez do blusão de moletom, embora os membros comuns continuassem a usar os pesados conjuntos. Papoulas e margaridas silvestres floresciam pelo caminho até as casas pré-fabricadas, e Robin podia ter se animado, só que o dia quente na Fazenda Chapman fazia os pensamentos se voltarem a todos os lugares em que ela preferia estar. Até o centro de Londres, nunca o mais confortável dos lugares em uma onda de calor, tinha um caráter idílico para ela ultimamente. Ela podia usar um vestido de verão em vez deste moletom grosso, comprar uma garrafa de água quando quisesse, andar a qualquer lugar, livre...

Um murmúrio de susto foi emitido pelo grupo ao se aproximar da casa pré-fabricada onde em geral faziam objetos de palha. As mesas tinham sido colocadas do lado de fora, para que eles não tivessem de suportar o abafamento da sala de artesanato, mas sua surpresa não tinha nada a ver com a realocação das mesas.

Vários integrantes da igreja estavam construindo um homem de palha de três metros e meio de altura ao lado da casa. Parecia ter uma forte estrutura de arame, e Robin percebia que a grande escultura de palha em que anteriormente vira Wan trabalhando era a cabeça.

— Fazemos um desses todo ano, em comemoração à Manifestação do Profeta Roubado — informou a sorridente Becca ao grupo, que contemplava o grande homem de palha ao se sentar às mesas de artesanato. — O profeta foi um artesão habilidoso, então...

A voz de Becca falhou. Emily tinha acabado de sair de trás da escultura de palha, com as mãos cheias de fios. A cabeça de Emily tinha sido raspada recentemente; como Louise, ela claramente ainda não recebera permissão para deixar o cabelo crescer. Emily lançou a Becca um olhar frio e desafiador antes de voltar ao trabalho.

— ... então nós o celebramos pelos meios que ele escolheu para se expressar — concluiu Becca.

Enquanto o grupo automaticamente estendia as mãos para as pilhas de palha, Robin viu que os companheiros tinham avançado para a produção das lanternas de Norfolk, que eram mais complexas do que o que ela fizera antes. Como parecia que ninguém a ajudaria, ela pegou as instruções laminadas na mesa para ver o que precisava fazer, o sol batendo em suas costas.

Becca desapareceu na sala de artesanato e voltou com o exemplar surrado de *A resposta* que Mazu usara para ler enquanto eles trabalhavam. Tirando um marcador de seda que indicava onde tinham parado da última vez, Becca pigarreou e começou a ler.

— "Chego agora a uma parte de minha história pessoal de fé que é pavorosa e milagrosa, angustiante e alegre ao mesmo tempo."

"'Primeiro preciso declarar que, para aqueles que vivem no mundo da bolha, o que estou prestes a relatar — ou pelo menos minha reação a isto, e a compreensão que tenho — provavelmente será desconcertante, até chocante. Como, perguntarão, a morte de uma criança pode ser milagrosa ou alegre?'

"'Devo começar descrevendo Daiyu. Os materialistas a chamariam de minha filha, mas eu a teria amado igualmente se não houvesse laço carnal.'

"'Desde muito cedo, era evidente que Daiyu nunca precisaria ser despertada. Ela nasceu desperta e suas capacidades metafísicas eram extraordinárias. Ela podia domar animais selvagens com um olhar e localizar infalivelmente objetos perdidos, por mais distantes que estivessem. Ela não mostrava interesse em brincadeiras e brinquedos infantis, mas voltava-se instintivamente para a escrita, capaz de ler antes que lhe ensinassem e falar verdades que muita gente levaria uma vida inteira para compreender.'"

— E ela podia ficar invisível — disse uma voz fria atrás do imenso homem de palha.

Vários do grupo olharam para Emily, mas Becca ignorou a interrupção.

— "Conforme crescia, seus poderes só ficaram mais excepcionais. A ideia de uma menina de quatro ou cinco anos alcançando seu chamado espiritual teria parecido absurda para mim se eu não tivesse testemunhado. Todo dia sua sabedoria aumentava e ela dava mais provas de sua comunicação pura com a Divindade Abençoada. Mesmo criança, ela me ultrapassava em muito na compreensão. Passei anos lutando para entender e explorar meus próprios dons espirituais. Daiyu simplesmente aceitou suas capacidades como algo natural, sem conflitos íntimos, sem confusão."

"'Agora penso e me pergunto como não entendi qual era seu destino, embora ela tenha me falado dele, alguns dias antes de seu fim terreno:'

"'Papa, devo visitar a Divindade Abençoada logo, mas não se preocupe, eu vou voltar.'

"'Imaginei que ela estivesse falando do estado de espírito puro atingido quando eles veem a face da divindade com clareza e que eu mesmo alcancei, entoando, jejuando e meditando. Eu sabia que Daiyu, como eu, já vira e falara com a Divindade. A palavra 'visitar' devia ter me alertado, mas eu não podia enxergar o que ela via com clareza.'

"'O instrumento escolhido pela Divindade foi uma jovem que levou Daiyu para o mar escuro enquanto eu dormia. Daiyu foi alegremente para o horizonte antes que o sol tivesse nascido e desapareceu do mundo material, seu corpo carnal se dissolvendo no mar. Ela estava o que o mundo chama de morta.'

"'Meu desespero não teve limites. Passaram-se semanas até eu entender que foi por esta razão que Daiyu foi enviada a nós. Ela não tinha dito a mim, muitas vezes: 'Papa, eu existo além da matéria?' Ela fora enviada para ensinar a todos nós, mas a mim em particular, que a única verdade, a única realidade, é o espírito. E quando compreendi plenamente, e depois de dizer isso à Divindade Abençoada, Daiyu retornou.'

"'Sim, ela voltou a mim, eu a vi tão claramente...'"

Emily riu com desdém. Becca fechou o livro com um baque e se levantou enquanto os artesãos apreensivos fingiam não olhar.

— Venha cá por um momento, por favor, Emily — disse Becca à irmã.

Com uma expressão de desafio, Emily baixou a palha que prendia no tronco da estátua gigante e seguiu Becca para a cabana. Decidida a entender o que estava acontecendo, Robin, que sabia que havia um pequeno banheiro químico nos fundos da sala de artesanato, murmurou "Banheiro" ao resto do grupo.

Todas as janelas da casa pré-fabricada estavam abertas, sem dúvida em um esforço para refrescá-la o bastante para permitir o trabalho ali. Robin contornou a construção até ficar fora de vista dos outros trabalhadores, depois se esgueirou para ficar abaixo da janela dos fundos, através da qual as vozes de Becca e Emily, embora baixas, podiam ser ouvidas.

— ... não entendo qual é o problema, eu estava concordando com você.

— Por que você riu?

— Por que acha que eu ri? Não se lembra, quando reconhecemos Lin...

— Cale a boca. *Cale a sua boca agora.*

— Tudo bem, eu vou...

— Volte aqui. *Volte aqui.* Por que você disse isso, sobre a invisibilidade?

— Ah, agora eu tenho permissão para falar? Bom, foi o que você disse que aconteceu. Foi *você* que me disse o que dizer.

— Isso é mentira. Se quiser contar uma história diferente agora, pode falar, ninguém vai te impedir!

Emily soltou algo entre um arquejar e uma risada.

— Sua *hipócrita* imunda.

— Fala a pessoa que voltou para cá porque sua EM está descontrolada!

— A *minha* EM? Olhe para você! — disse Emily com desprezo. — Tem mais EM neste lugar do que em qualquer dos outros centros.

— Bom, disso você saberia, já que foi expulsa de vários deles. Pensei que você tinha percebido que estava pendurada por um fio, Emily.

— Quem disse?

— Mazu. Você tem sorte por não estar no Marco Três, depois de Birmingham, mas ainda pode acontecer.

Robin ouviu passos e deduziu que Becca tivesse decidido sair com sua frase ameaçadora, mas Emily voltou a falar, parecendo desesperada.

— Você preferia que eu seguisse o caminho de Kevin, não é? Simplesmente me matar.

— Como *se atreve* a falar de Kevin, e comigo?

— Por que não devo falar dele?

— *Eu sei o que você fez, Emily.*

— O que foi que eu fiz?

— Você falou com Kevin, para o livro dele.

— O quê? — disse Emily, sem expressão. — Como?

— Aquele quarto nojento onde ele se suicidou estava coberto de escritos, e ele escreveu o *meu nome* na parede, e alguma coisa sobre uma trama.

— Você acha que Kevin ia querer ter contato *comigo*, depois de nós...?

— *Cala a boca*, pelo amor de Deus, *cala a boca!* Você não se importa com ninguém, só consigo mesma, não é? Nem com Papa J, nem com a missão...

— Se Kevin sabia algo sobre você e uma trama, não fui *eu* que contei a ele. Mas ele sempre concordou comigo que você é uma grande mentirosa.

Robin não sabia o que Becca tinha feito, mas Emily soltou um arquejar que parecia de dor.

— Você precisa comer seus legumes — disse Becca, a voz ameaçadora irreconhecível, comparada com o tom animado em que ela geralmente falava. — Está me ouvindo? E vai trabalhar na lavoura e gostar disso, ou vou dizer ao Conselho que eu sei que você colaborou com Kevin.

— Não vai — retrucou Emily, chorando —, não vai fazer isso, sua covarde, porque você sabe o que eu posso dizer a eles, se eu quiser!

— Se está falando sobre Daiyu, vá em frente. Vou informar Papa J e Mazu sobre esta conversa, então...

— Não... não, Becca, não...

— É o meu dever — afirmou Becca. — Pode dizer a eles o que você acha que viu.

— Não, Becca, *por favor*, não conte a eles...

— Daiyu podia ficar invisível, Emily?

Houve um breve silêncio.

— Sim — respondeu Emily, com a voz trêmula —, mas...

— Ou ela podia, ou não podia. Qual das duas?

— Ela... podia.

— Correto. Então não me deixe ouvir você dizer nada de diferente, *nunca mais*, sua porquinha imunda.

Robin ouviu passos, e a porta da cabana bateu.

59

(...) para o homem ponderado, tais ocorrências são graves augúrios que ele não despreza.

I Ching: O livro das mutações

Depois de terem comprado cordas enquanto usavam disfarces duvidosos, os irmãos Frank adquiriram um furgão muito velho. Considerando isso, a vigilância contínua deles da casa da atriz e a presença dos dois irmãos anteriormente em tribunais por delitos sexuais, Strike foi obrigado a concluir que a dupla talvez planejasse um sequestro. Ele entrou em contato com a Polícia Metropolitana pela segunda vez e lhes deu as informações mais recentes, que incluíam fotos dos dois irmãos zanzando em volta da casa da cliente, e avisou Tasha Mayo para tomar todas as precauções possíveis.

— Aconselho fortemente que você mude sua rotina — disse-lhe ele por telefone. — Varie o horário em que sai para a academia e coisas assim.

— Gosto de minha rotina — resmungou ela. — Tem certeza de que não está levando isso a sério *demais*?

— Bom, vou passar por idiota se por acaso eles estiverem planejando um acampamento, mas eles sem dúvida aumentaram a vigilância de sua casa ultimamente.

Houve uma breve pausa.

— Você está me assustando.

— Seria negligência não lhe dar minha opinião sincera. Não pode ir para a casa de alguém e passar um tempo lá? Uma amiga, um familiar?

— Talvez — falou ela com tristeza. — Meu Deus. Achei que eles eram só meio esquisitos e irritantes, e não realmente *perigosos*.

No dia seguinte, Strike estava sentado a uma mesa no restaurante Jean-Georges do Connaught Hotel, da qual podia observar as travessuras da mãe rica do mais novo cliente, que tinha setenta e quatro anos e almoçava com um homem de quarenta e um. Strike usava óculos de que não precisava, mas que tinham uma câmera minúscula oculta na armação. Até aquele momento gravara muitos risos da mulher, em particular depois que seu companheiro de terno preto, que foi solícito ao ajudá-la com o casaco e cuidou para que ela estivesse sentada com conforto, foi confundido com um garçom por um dos clientes na mesa vizinha.

Depois de ver o casal pedir comida e vinho, Strike pediu uma salada de frango e tirou os óculos, posicionando-os na mesa para que continuasse gravando. Ao fazer isso, viu uma mulher de cabelo escuro e vestido preto muito bonita, que também jantava sozinha. Ela sorriu.

Strike virou a cara, sem retribuir o sorriso, pegou o telefone para ler as notícias do dia, que inevitavelmente eram dominadas pelo Brexit. O plebiscito aconteceria dali a uma semana, e Strike estava completamente entediado com a cobertura febril que gerava.

E então ele viu o link para uma matéria com o título:

Viscondessa Presa por Atacar Namorado Bilionário

Ele clicou no link. Uma Charlotte despenteada apareceu na tela do telefone, flanqueada por uma policial em uma rua escura.

> A ex It-Girl dos anos 1990 Charlotte Campbell, 41, agora viscondessa Ross, foi presa por acusação de agressão ao bilionário hotelier americano Landon Dormer, 49.
>
> Os vizinhos de Dormer em Mayfair chamaram a polícia nas primeiras horas de 14 de junho, preocupados com barulhos que vinham da residência. Um deles, que pediu para não ser identificado, disse ao *Times*:
>
> "Ouvimos gritos, um bate-boca e vidro quebrado. Ficamos muito preocupados, então chamamos a polícia. Não sabíamos o que estava acontecendo. Pensamos que talvez fosse uma invasão."
>
> Ross, cujo casamento com o visconde de Croy terminou em divórcio no ano passado, é mãe de gêmeos e tem um histórico bem documentado de abuso de substâncias. Já internada na Symonds House, uma instalação psiquiátrica apadrinhada pelos ricos e famosos, a modelo e jornalista em tempo parcial é presença constante nas colunas de fofocas desde sua fuga do Cheltenham Ladies' College na adolescência. Com artigos na *Harpers & Queen* e na *Vogue*, ela aparece frequentemente na primeira fila das semanas de moda de Paris e Londres e foi eleita a Solteira Mais Cobiçada de Londres em 1995. Anteriormente teve um longo relacionamento com Cormoran Strike, o detetive particular e filho do astro do rock Jonny Rokeby.

Boatos de um noivado iminente com o bilionário Dormer circularam nas colunas de fofocas por meses, mas uma fonte próxima do hotelier disse ao *Times*: "Landon não pretendia se casar com ela mesmo antes de isso acontecer, mas depois disso, acredite em mim, eles vão terminar. Ele não gosta de dramas ou chiliques."

A irmã de Ross, a decoradora Amelia Crichton, 42, disse ao *Times*: "Esta agora é uma questão judicial, então infelizmente não posso dizer nada além de expressar minha confiança de que, se for a julgamento, Charlotte será absolvida."

O *Times* procurou Charlotte Ross e Landon Dormer para conversar.

Havia vários links abaixo do artigo: Charlotte no almoço de uma coleção de joias no ano anterior. Charlotte dando entrada na Symonds House um ano antes disso, e a aquisição de Landon Dormer de um dos mais antigos hotéis cinco estrelas de Londres. Strike os ignorou, rolando a página para ver novamente a fotografia no alto. A maquiagem de Charlotte estava borrada, o cabelo desgrenhado, e ela olhava com desafio a câmera enquanto era levada pela policial.

Strike verificou se os óculos na mesa estavam filmando. Enquanto a salada de frango era depositada diante dele, seu telefone tocou. Reconhecendo o código da Espanha, ele atendeu.

— Cormoran Strike.

— Aqui é Leonard Heaton — disse uma voz jocosa com um forte sotaque de Norfolk. — Soube que está me procurando.

— Procuro informações. Obrigado por me telefonar, sr. Heaton.

— Não estrangulei ninguém. Fiquei em casa a noite toda com minha esposa.

Evidentemente, o sr. Heaton se considerava engraçado. Alguém — Strike supunha que a esposa — ria ao fundo.

— Sua vizinha o informou do que isso se trata, sr. Heaton?

— Ah, a garotinha que se afogou — disse Heaton. — Por que está desencavando isso agora?

— Um cliente meu está interessado na Igreja Humanitária Universal — respondeu Strike.

— Ah — disse Heaton. — Tudo bem, nós topamos. Estaremos em casa em uma semana, está bem para você?

Depois de combinar data e hora, Strike desligou e passou a comer a salada, mantendo os óculos fazendo a vigilância por ele, com a mente inevitavelmente em Charlotte.

Embora geralmente causasse a maior parte dos danos a si mesma quando estava com raiva ou aflita, Strike ainda tinha uma pequena cicatriz acima da sobrancelha causada pelo cinzeiro que Charlotte jogara nele enquanto ele saía de seu apartamento pela última vez. Ela o atirou nele muitas vezes durante as brigas, tentando arranhar seu rosto ou esmurrá-lo, mas tinha sido muito mais fácil lidar com isso do que com mísseis voadores, uma vez que ele era consideravelmente maior do que ela e, como ex-pugilista, sabia se esquivar de ataques.

Ainda assim, pelo menos quatro de seus términos aconteceram depois de ela tentar machucá-lo fisicamente. Ele se lembrava do choro depois, dos pedidos desesperados de desculpas, dos juramentos de que nunca mais faria aquilo, promessas que às vezes ela cumpria por até um ano.

Sem notar o que comia, os olhos de Strike vagaram para os clientes que conversavam, as janelas de vitral e o estofamento cinza de bom gosto. Entre Bijou e seu amante conselheiro da rainha, e o suposto ataque de Charlotte ao bilionário, seu nome vinha aparecendo na imprensa com frequência demais para seu gosto. Ele pegou os óculos que escondiam a câmera e os recolocou.

— Com licença.

Ele levantou a cabeça. Era a mulher de preto, que tinha parado em sua mesa a caminho da saída.

— Você não é Corm...?

— Não, desculpe, você deve ter me confundido com outra pessoa — disse ele, abafando a voz dela, que era bem alta. Seu alvo e o jovem amigo pareciam imersos demais na conversa para notarem alguma coisa, mas duas outras cabeças se viraram.

— Desculpe-me. Pensei ter reconhecido...

— Você está enganada.

Ela bloqueava sua visão do alvo.

— Desculpe-me — repetiu ela, sorrindo. — Mas você é tremendamente parecido...

— Você está enganada — repetiu ele com firmeza.

Ela apertou os lábios, mas seus olhos pareciam achar graça ao sair do restaurante.

60

Seis na terceira posição significa:
Contemplação de minha vida
Decide o caminho
Entre avançar e bater em retirada.

I Ching: O livro das mutações

Na noite de sexta-feira, Robin esperou que as mulheres a sua volta adormecessem e saiu de novo do alojamento. Esta noite sentia-se mais nervosa e estressada do que já estivera desde a primeira vez que fez a jornada pelo escuro até a pedra de plástico na mata. Ela estava vinte e quatro horas atrasada para entregar sua carta, e sentia, portanto, uma pressão maior para garantir à agência que estava tudo bem. Ela pulou o portão gradeado como sempre, correu pelo campo escuro e entrou na mata.

Dentro da pedra de plástico, encontrou duas barras de Yorkie e cartas de Strike, Murphy e Shah. Ela leu as cartas dos três homens à luz da minilanterna. A de Ryan era basicamente uma pergunta mal velada sobre quando ela sairia da Fazenda Chapman. Strike disse a ela que logo entrevistaria os Heaton, que encontraram Cherie Gittins na praia pouco depois do afogamento de Daiyu.

O bilhete de Shah dizia:

Chequei a pedra ontem à noite e ainda estou na vizinhança. Strike disse que se não houver nada até a meia-noite de amanhã, ele vai chegar com a cavalaria no domingo.

— Pelo amor de Deus, Strike — murmurou Robin, tirando a tampa da caneta com os dentes. O atraso de um dia não parecia justificar medidas tão extremas. Apesar da fome, Robin tinha muito mais a escrever do que o habitual, então protelou o chocolate, pegou a caneta, colocou a lanterna entre os lábios e começou a trabalhar.

Oi, Cormoran,

Desculpe pelo atraso, mas foi inevitável, vou explicar por que a seguir. MUITA COISA aconteceu esta semana, então espero que a tinta desta caneta não acabe.

1. *Briga entre as irmãs Pirbright*
Ouvi Emily acusar Becca de mentir sobre o afogamento de Daiyu. Emily parece muito infeliz e acho que se eu conseguir fazer amizade com ela, talvez ela fale. Becca também acusou Emily de colaborar com Kevin em seu livro, por causa do que estava escrito nas paredes de Kevin Pirbright — Becca viu a foto do quarto dele.
Obs.: Aparentemente ninguém contou a Emily que Kevin foi assassinado. Ela acha que ele cometeu suicídio. Não sei se Becca sabe da verdade.

2. *Manifestação do Profeta Roubado*
Isto aconteceu na quarta-feira à noite. Mazu conduzia o serviço, contando a todos nós sobre Alexander Graves e como ele foi morar na Fazenda Chapman devido a sua família abusiva. Um imenso homem de palha, maior do que o tamanho natural, estava no meio de uma plataforma elevada sob um holofote e

Robin parou de escrever. Não teve tempo para processar inteiramente o que acontecera no templo e, com os dedos entorpecidos de frio, duvidava que conseguisse transmitir a Strike como a Manifestação foi assustadora: a escuridão absoluta permeada por dois holofotes, um apontado para Mazu, com seu manto vermelho-sangue, o peixe de madrepérola brilhando no cordão do pescoço, e o outro na enorme figura de palha. Mazu ordenou que a figura de palha fornecesse provas de que o Profeta Roubado vivia no mundo espiritual e um grito rouco emanou da figura, ecoando pelas paredes do templo: "*Deixem-me ficar no templo! Não deixem que eles me levem, não deixem que me machuquem de novo!*"

Robin voltou à carta:

quando Mazu ordenou, a figura falou e levantou os braços. Vi quando eles a construíram: era só uma estrutura de arame coberta de palha, então como fizeram com que se mexesse, eu não sei. Mazu disse que o Profeta morreu para mostrar aos membros como os espíritos puros são vulneráveis quando expostos de novo à maldade materialista. E então um laço de forca desceu serpenteando do teto

Robin viu tudo isso de novo enquanto escrevia: a corda grossa descendo sinuosa no escuro, o laço caindo no pescoço da figura, depois apertando.

e a corda ergueu a figura e ela começou a se debater e girar, tentando entoar, depois ficou flácida.

Talvez isso não pareça tão assustador quanto no momento em que eu vi, mas foi apav...

Robin pensou melhor; não queria que Strike pensasse que ela estava cedendo. Riscando a palavra, ela escreveu:

muito arrepiante.

3. *Wan*

Logo depois de voltarmos ao alojamento feminino, após a Manifestação, Wan entrou em trabalho de parto. Eles claramente têm um procedimento estabelecido para quando as mulheres dão à luz, porque um grupo delas, inclusive Louise Pirbright e Sita (mais sobre ela a seguir) entraram rapidamente em ação para ajudá-la. Becca correu do alojamento para avisar a Mazu, depois ficou voltando de hora em hora para ver o que estava acontecendo e reportar à sede da fazenda.

Eles têm uma espécie de kit medieval no banheiro, com uma tira de couro para Wan morder e fórceps enferrujados. Wan não deveria fazer barulho nenhum. Era minha noite de ir à pedra de plástico, mas não pude sair do alojamento porque todas as mulheres estavam acordadas.

Wan ficou em trabalho de parto por trinta e seis horas. Foi absolutamente medonho e o mais perto que cheguei de revelar quem eu sou e dizer a eles que ia procurar a polícia. Não sei o que é normal em um parto, mas ela parecia perder uma quantidade imensa de sangue. Eu estava presente quando a criança de fato nasceu porque uma mulher da equipe de parto não conseguiu lidar mais com aquilo e me ofereci para tomar seu lugar. A criança estava em posição pélvica e eu estava convencida de que ia nascer morta. Ela no início estava azulada, mas Sita a reanimou. Depois de tudo isso, Wan não olhou para o bebê. Só disse: "Entregue a Mazu." Não vejo a criança desde então. Wan ainda está na cama no alojamento feminino. Sita disse que ela vai ficar bem e, meu Deus, espero que seja verdade, mas ela parece péssima.

4. Sita

As mulheres que passaram duas noites com Wan tiveram permissão de colocar o sono em dia hoje. Consegui conversar com Sita no alojamento depois que todas nós acordamos e me sentei ao lado dela no jan

— Merda — resmungou Robin, sacudindo a caneta. Como temia, parecia prestes a ficar sem tinta.

E então Robin ficou petrificada. Na ausência da caneta riscando o papel, ela ouviu algo mais: passos e uma voz feminina entoando baixinho e incansavelmente.

— *Lokah Samastah Sukhino Bhavantu... Lokah Samastah Sukhino Bhav...*

O cântico parou. Robin desligou a lanterna que segurava na boca e se atirou entre a urtiga de novo, mas era tarde demais: ela sabia que quem entoava tinha visto a luz.

— Quem está aí? *Quem está aí?* Não c-c-c-consigo te ver!

Robin se sentou lentamente, metendo lanterna, caneta e papel atrás dela.

— Lin — disse Robin. — Oi.

Desta vez, a garota estava sozinha. Um carro passou zunindo e, enquanto a luz dos faróis corria por Lin, Robin viu que seu rosto pálido estava raiado de lágrimas e as mãos cheias de plantas que ela arrancara pela raiz. Pelo que pareceu muito tempo, embora na verdade fossem alguns segundos, as duas se encararam.

— P-p-p-por que você está aqui?

— Eu precisava de ar fresco — respondeu Robin, retraindo-se por dentro com a mentira inadequada —, e depois... depois fiquei meio tonta, então me sentei. Foram dias intensos, não é? Com Wan e... e tudo.

Na fraca luz da lua, Robin viu que a garota olhava as árvores, na direção da câmera de segurança mais próxima.

— Mas o que f-f-fez você vir *para cá*?

— Eu me perdi um pouco — Robin mentiu —, mas então vi a luz da estrada e vim para cá, assim eu podia me recuperar. O que está fazendo acordada?

— N-n-não conte a n-n-n-ninguém que me viu — disse Lin. Seus olhos grandes brilharam na face encoberta pelas sombras. — Se c-c-contar a alguém, vou dizer que você estava fora da c-c-c-c...

— Não vou contar...

— ... *cama* e que eu vi você e s-s-s-segui...

— ... eu prometo — disse Robin com urgência. — Não vou contar.

Lin se virou e correu para as árvores, ainda segurando as plantas arrancadas. Robin ficou escutando até que os passos de Lin sumissem completamente, deixando um silêncio interrompido somente pelo farfalhar noturno da mata.

Ondas de pânico tomaram Robin, sentada ali, imóvel, pensando nas possíveis repercussões desse encontro inesperado. Ela virou a cabeça e olhou o muro atrás dela.

Shah estava por perto. Seria melhor pular o muro para a estrada e esperar que ele voltasse para ver a pedra? Se Lin falasse, se contasse aos líderes da igreja que tinha encontrado Robin no ponto cego do perímetro com uma lanterna que ela sem dúvida não deveria ter...

Por vários minutos, Robin ficou imóvel, pensando, mal notando a terra fria abaixo dela e a brisa que levantava o cabelo de seu pescoço picado pela urtiga. Depois, tomando uma decisão, ela tateou em volta em busca da carta inacabada, da caneta e da lanterna, releu o que já tinha relatado e continuou a escrever.

Ela parece ter mais de setenta anos e está aqui desde os primeiros dias da igreja. Veio para cá a convite de Wace para ensinar ioga e me disse que logo percebeu que Papa J era "um swami muito grande", então ela ficou.
Consegui que ela falasse sobre Becca com muita facilidade, porque Sita não gosta dela (quase ninguém gosta). Quando falei que Becca conhecia a Profetisa Afogada, ela me disse que Becca tinha muito ciúme de Daiyu quando as duas eram crianças. Disse que todas as garotinhas adoravam Cherie, e Becca tinha muito ciúme por Daiyu receber atenção especial dela.

Robin parou de escrever outra vez, perguntando-se se contaria a Strike seu encontro com Lin. Podia imaginar o que ele diria: saia daí agora, você está vulnerável, não pode confiar em uma adolescente que sofreu lavagem cerebral. Porém, depois de refletir por mais um minuto, assinou a carta sem mencionar Lin, pegou outra folha de papel e passou à tarefa de explicar a Murphy por que ainda não estava pronta para sair da Fazenda Chapman.

61

Nove na terceira posição.
O dia todo o homem superior é criativamente ativo.
Ao cair da noite, sua mente é acossada por preocupações.

I Ching: O livro das mutações

A principal emoção de Strike ao receber as notícias mais recentes de Robin da Fazenda Chapman foi alívio porque as vinte e quatro horas de atraso não se deviam a um ferimento ou doença, embora seu conteúdo tenha dado muita coisa para ele pensar, de modo que o detetive releu a carta várias vezes à mesa, com o bloco aberto ao lado.

Apesar de não duvidar de que a Manifestação do Profeta Roubado tivesse sido desconcertante para os que estavam presentes, Strike ainda concordava com Abigail Glover: Mazu Wace aperfeiçoou os truques de mágica baratos que Gerald Crowther lhe ensinara ao ponto em que era capaz de realizar ilusões de larga escala, usando iluminação, som e distração.

O relato de Robin do parto de Wan, por outro lado, o perturbou genuinamente. Ele esteve se concentrando tanto em mortes na Fazenda Chapman, com um foco particular na manutenção dos registros, que negligenciou possíveis violações com relação aos nascimentos. Perguntava-se o que teria acontecido se a mãe ou o bebê morressem, por que Mazu, uma mulher sem formação médica, tinha de ver o bebê no momento em que ele nascia e por que ninguém punha os olhos no récem-nascido desde então.

As passagens relacionadas a Becca Pirbright também interessaram a Strike, em particular sua acusação de que a irmã tinha passado informações a Kevin para o livro dele. Depois de reler estes parágrafos, ele se levantou da mesa para voltar a examinar a foto do quarto de Kevin Pirbright presa no quadro da parede. Mais uma vez seu olhar percorreu a escrita que era legível nas paredes e que incluía o nome de Becca.

Uma busca na internet permitiu que ele encontrasse fotos da Becca adulta no palco, em seminários da IHU. Ele se lembrou de que Robin a descrevera como uma oradora motivacional, e certamente aquela mulher de sorriso radiante e cabelo brilhante usando o moletom com logotipo tinha um ar corporativo. Ele ficou particularmente interessado no fato de Becca ter ciúmes da atenção que Daiyu recebia de Cherie Gittins. Strike fez mais algumas anotações relativas às perguntas que pretendia fazer aos Heaton, que encontraram Cherie desesperada na praia de Cromer depois do afogamento de Daiyu.

A semana seguinte foi agitada, embora improdutiva em termos de progresso em qualquer dos casos nos quais a agência trabalhava. Além de suas várias outras preocupações gerais e pessoais, a mente de Strike continuava voltando à mulher de cabelo escuro no Connaught, que alegou tê-lo reconhecido. Foi a primeira vez que um desconhecido fez isso, e preocupou Strike ao ponto de ele fazer algo que jamais fizera: pesquisar o próprio nome no Google. Como torcia e esperava, havia pouquíssimas fotos dele disponíveis on-line: aquela mais usada pela imprensa que fora tirada quando ainda era um policial militar — e muito mais novo e em melhor forma. O restante o mostrava exibindo uma barba cheia que crescia convenientemente rápido quando ele precisava, que ele sempre usava quando tinha de fornecer provas em julgamentos. Strike ainda achava estranho que a mulher o tivesse reconhecido, de barba feita e óculos, e não conseguia fugir da suspeita de que ela estivera tentando chamar atenção para ele, sabotando assim sua vigilância.

Depois de descartar a possibilidade de ela ser jornalista — a abordagem direta no meio do restaurante apenas para confirmar sua identidade seria um comportamento estranho —, ficou com três explicações possíveis.

Primeira: ele tinha conseguido sua própria stalker. Strike achava isso altamente improvável. Embora tivesse muitas evidências para provar que era atraente a certos tipos de mulher, e sua carreira investigativa tivesse lhe ensinado que até as pessoas aparentemente bem-sucedidas e ricas podiam abrigar impulsos estranhos, Strike achava muito difícil imaginar que uma mulher tão bonita e bem-vestida o estivesse seguindo por diversão.

Segunda: a mulher tinha alguma relação com a Igreja Humanitária Universal. A conversa dele com Fergus Robertson deixou claro a que extremos a igreja estava disposta a chegar para proteger seus interesses. Seria possível que ela fosse uma das integrantes mais ricas e mais influentes da igreja? Se fosse este o caso, a IHU evidentemente sabia que a agência os investigava, o que tinha graves implicações não só para o caso, mas para a segurança de

Robin. Na verdade, podia implicar que Robin tinha sido identificada na Fazenda Chapman.

A última possibilidade e, em sua opinião, a mais provável, era de que a mulher fosse uma segunda agente de Patterson. Neste caso, a abordagem ruidosa e pública pode ter acontecido puramente para chamar a atenção e destruir seu trabalho. Foi esta possibilidade que fez Strike mandar, por mensagem, uma descrição da mulher a Barclay, Shah e Midge, dizendo-lhes para ficar atentos a ela.

Na noite anterior a sua ida a Cromer, Strike trabalhou até tarde no escritório vazio, lidando com a tediosa papelada enquanto comia uma salada de quinoa embalada. Era o dia do plebiscito do Brexit, mas Strike não teve tempo para votar: os Franks decidiram se separar naquele dia e ele ficou preso vigiando o irmão mais novo em Bexleyheath.

Uma combinação de tédio e fome o deixou particularmente irritado com o toque do telefone do escritório quase às onze da noite. Certo de que era Charlotte, ele deixou cair na caixa postal. O telefone tocou de novo vinte minutos depois e, faltando um minuto para a meia-noite, tocou pela terceira vez.

Enfim fechando as várias pastas na mesa, Strike assinou alguns documentos e se levantou para arquivar tudo.

Antes de sair do escritório para o apartamento, ele parou na mesa de Pat de novo e apertou um botão no telefone dela. Não queria que mais ninguém ouvisse as acusações de Charlotte: uma vez foi o suficiente.

"Bluey, atenda. É sério, Bluey, por favor, atenda. Estou desesp..."

Strike pressionou deletar, depois tocou o recado seguinte. Ela parecia ao mesmo tempo furiosa e suplicante.

"*Eu preciso falar com você.* Se tiver alguma humanidade no..."

Ele pressionou para apagar, depois deu play.

Um sussurro malévolo encheu a sala, e ele imaginava a expressão de Charlotte, porque a vira assim em sua forma mais destrutiva, quando não havia limites para seu apetite por magoar.

"Você vai desejar ter atendido, sabia? Vai desejar. E também a sua preciosa *Robin* de merda, quando ela souber quem você realmente é. Eu sei onde ela mora, está me entendendo? Vou fazer um favor a el..."

Strike bateu a mão no telefone, deletando o recado.

Ele sabia por que Charlotte estava levando as coisas a esse ponto: ela enfim tinha admitido para si mesma que o ex-noivo nunca mais ia voltar. Por quase seis anos ela acreditou que ele sentia o mesmo desejo que ela não conseguia erradicar em si mesma, e que sua beleza, sua vulnerabilidade e a longa história compartilhada os reuniria, independentemente do que acontecera antes e do quanto ele estivesse decidido a não voltar. Os lampejos de discernimento de Charlotte e sua capacidade extraordinária de farejar pontos fracos pareciam beirar a bruxaria. Ela intuíra corretamente que ele devia estar apaixonado pela sócia, e isto certamente a levava a novas alturas de revanchismo.

Strike teria de se reconfortar com a crença de que as ameaças de Charlotte eram vazias, mas não podia: ele a conhecia bem demais. Possíveis hipóteses passaram por sua cabeça, cada uma mais prejudicial do que a outra: Charlotte revirando a casa de Robin, Charlotte localizando Murphy, Charlotte cumprindo a ameaça e falando com a imprensa.

Ele se divertira maliciosamente com Murphy no pub, recusando-se a revelar o que poderia ter ouvido de Wardle sobre a má reputação de Ryan. Relembrando a situação, sentia que aquele momento de pequeno prazer tinha sido perigoso. Ryan Murphy não teria senso de lealdade para com Strike se Charlotte decidisse mentir sobre como Strike "realmente era" nem hesitaria em repassar a Robin qualquer que fosse o veneno que Charlotte pudesse escolher soltar na imprensa.

Depois do que pode ter sido um minuto ou dez, Strike percebeu que ainda estava ao lado da mesa de Pat, cada músculo dos braços e do pescoço tensos. O escritório parecia estranho, quase hostil, sob as luzes do teto e com a escuridão se fechando nas janelas. Enquanto se dirigia à porta com os nomes dos sócios gravados no vidro, não encontrou muito conforto na situação além de que Charlotte não poderia emboscar Robin — ela estava na Fazenda Chapman.

62

Nove na segunda posição (...)
Suportar insensatos com benevolência traz boa fortuna.

I Ching: O livro das mutações

No carro a caminho da casa dos Heaton em Cromer, Strike soube que os britânicos tinham votado pela saída da União Europeia. Ele desligou o rádio depois de uma hora ouvindo comentaristas especulando sobre o que isto significaria para o país e, em vez disso, ouviu *Swordfishtrombones*, de Tom Waits.

Ele podia ter escolhido pegar a carta mais recente de Robin na volta de Cromer, mas tinha designado Midge para o trabalho. Depois de ter feito isso uma vez, ele aprendeu, do jeito difícil, como era complicado para um homem a quem faltava metade da perna pular o muro e o arame farpado sem se machucar ou cair nas urtigas do outro lado. Porém, ele deliberadamente escolheu passar de carro pela entrada da Lion's Mouth e da Fazenda Chapman, embora, em circunstâncias normais, fosse o último lugar que se arriscaria a ir. Inevitavelmente, mais lembranças desagradáveis o assaltaram ao passar pelos portões elétricos, e ele viu no horizonte a curiosa torre que parecia uma gigante peça de xadrez; lembrou-se de ser convencido, aos onze anos, de que tinha algo a ver com os irmãos Crowther, que aquilo era alguma torre de vigia, e embora na ocasião não soubesse exatamente o que acontecia nas cabanas e nas barracas, fora de vista, seu radar interior para o mal imaginara crianças trancadas ali. O fato de Robin estar momentaneamente tão próxima, mas inatingível, não melhorou em nada seu estado de espírito, e ele partiu da Fazenda Chapman com um humor pior do que estava durante o café da manhã, quando seus pensamentos foram dominados pelas ameaças de Charlotte na noite anterior.

Por ser da Cornualha, a proximidade do mar em geral o animava, mas ao entrar em Cromer ele viu muitos muros e construções velhas cobertas de sílex arredondado, o que o lembrou desagradavelmente da sede da fazenda em que Leda costumava desaparecer para debater filosofia e política, deixando os filhos sem supervisão e desprotegidos.

Ele parou o BMW em um estacionamento no centro da cidade e saiu para um céu nublado. Os Heaton moravam na Garden Street, uma rua aonde se podia ir a pé e que se estreitava em uma via de pedestres ao se aproximar da praia, o mar emoldurado entre casas antigas como um pequeno quadrado de azul-petróleo sob o céu cinzento. A casa deles ficava do lado esquerdo da rua: uma residência avarandada de aparência sólida, com a porta de entrada verde que dava diretamente na calçada. Strike imaginava que seria um lugar barulhento para se morar, com os pedestres indo e voltando da praia, das lojas e do pub Wellington.

Quando bateu na porta usando uma aldrava em formato de ferradura, um cachorro começou a latir furiosamente lá de dentro. A porta foi aberta por uma mulher no início dos sessenta anos, cujo cabelo platinado era curto e a pele tinha a cor e a textura de couro antigo. O cachorro, que era bem pequeno, peludo e branco, estava preso ao colo considerável da mulher. Por uma fração de segundo, Strike pensou ter batido na casa errada, porque vinham gargalhadas de trás dela, audíveis mesmo com o cachorro que ainda latia.

— Convidei amigos — explicou ela, com um sorriso radiante. — Eles queriam te conhecer. Todo mundo está emocionado.

Você só pode estar de sacanagem.

— A senhora deve ser...?

— Shelley Heaton — falou, estendendo a mão em que tilintava uma pesada pulseira de ouro. — Entre. Len está ali com os outros. *Cale a boca*, Dilly.

Os latidos do cachorro diminuíram. Shelley levou Strike por um corredor escuro e entrou à esquerda em uma sala de estar confortável, mas não muito grande, que parecia cheia de gente. Sombras vagas de turistas de férias vagavam de um lado a outro nas cortinas de renda: como Strike esperava, o barulho da rua era constante.

— Este é Len — disse Shelley, apontando um homem grande, de cara vermelha, com a pior tentativa de esconder a calvície que Strike via em anos. A perna direita de Leonard Heaton, envolta em uma bota cirúrgica, estava pousada em um pufe quadrado. A mesa ao lado dele era apinhada de fotos em porta-retratos, muitas do cachorro nos braços de Shelley.

— Ele chegou — disse Len Heaton em voz alta, estendendo a mão suada e adornada com um grande anel de sinete. — Cameron Strike, eu presumo?

— Eu mesmo — confirmou Strike, trocando um aperto de mãos.

— Fiz um chá agorinha mesmo — avisou Shelley, olhando avidamente para Strike. — Não comecem nada sem mim!

Ela baixou o cãozinho e saiu com um tilintar das joias. O cachorro trotou atrás dela.

— Estes são nossos amigos George e Gillian Cox — informou Leonard Heaton, apontando o sofá, onde três pessoas roliças, também na casa dos sessenta, estavam espremidas —, e esta é Suzy, irmã de Shell.

Os olhos ansiosos de Suzy pareciam passas no rosto flácido. George, cuja pança quase pousava nos joelhos, era inteiramente careca e ofegava um pouco, embora estivesse parado. Gillian, que tinha cabelo grisalho crespo e usava óculos prateados, disse com orgulho:

— Foi comigo que você falou, por telefone.

— Sente-se — disse Heaton a Strike confortavelmente, apontando a poltrona de costas para a janela e de frente para a dele próprio. — Satisfeito com o plebiscito?

— Ah, sim — respondeu Strike, que julgou pela expressão de Len Heaton que esta era a resposta certa.

Durante os poucos minutos que a esposa de Heaton levou para entrar e sair da cozinha pegando chá, xícaras, pratos e bolo de limão, exclamando regularmente "Esperem por mim, quero ouvir tudo!", Strike teve muito tempo para perceber que as três louras que o haviam encurralado no batizado do afilhado eram meras amadoras na bisbilhotice. Os ocupantes do sofá o bombardearam de perguntas, não só sobre todos os casos que apareceram nos jornais, mas também sobre sua filiação, a meia perna ausente e até — aqui, sua boa vontade determinada quase lhe faltou — sua relação com Charlotte Campbell.

— Isso já faz muito tempo — disse ele com uma firmeza que era compatível com a educação, antes de se voltar a Leonard Heaton. — Então vocês voltaram agora da Espanha?

— Sim, isso mesmo — respondeu Leonard, cuja testa descascava. — Compramos um lugarzinho em Fuengirola depois que vendi minha empresa. Normalmente ficamos lá de novembro a abril, mas...

— Ele quebrou a maldita perna — disse Shelley, enfim se sentando na cadeira ao lado do marido, empoleirando o cachorrinho branco no joelho e olhando avidamente para Strike.

— Pare com o "maldita" — disse Leonard, sorrindo.

Ele tinha o ar de um piadista acostumado a comandar o ambiente, mas não pareceu se ressentir do monopólio temporário de Strike no centro do palco, talvez porque ele e a esposa estivessem gostando de fazer o papel de empresários que trouxeram esta exposição impressionante para a diversão dos amigos.

— Conte a ele o que você aprontava quando a quebrou — Shelley instruiu o marido.

— O assunto aqui não é esse — disse um sorridente Leonard, claramente querendo ser incentivado.

— Vamos, Leonard, conte — insistiu Gillian, rindo.

— Então eu conto — afirmou Shelley. — *Minigolfe.*

— Sério? — perguntou Strike, sorrindo educadamente.

— O maldito *minigolfe*! — exclamou Shelley. — Eu falei com ele: "Como foi que você conseguiu quebrar uma perna jogando *minigolfe*?"

— Tropecei — defendeu-se Leonard.

— Bêbado — acusou Shelley, e a plateia no sofá gargalhou mais alto.

— Cale a boca, mulher — disse Leonard, com uma inocência provocante. — Tropecei. Podia ter acontecido com qualquer um.

— Engraçado como essas coisas acontecem com *você* — rebateu Shelley.

— Eles são assim mesmo! — comentou a risonha Gillian a Strike, convidando-o a desfrutar do humor doidivanas dos Heaton. — Não param nunca!

— Ficamos em Fuengirola até ele andar melhor — explicou Shelley. — Ele não gostou da ideia de pegar um avião e teria dificuldade para descer a escada do calçadão em casa. Tivemos de perder alguns programas de verão, mas esse é o preço que eu pago por casar com um homem que quebra a perna tentando colocar uma bola de golfe na boca de um palhaço.

O trio do sofá rugiu de rir, disparando olhares ansiosos para Strike, para ver se ele estava adequadamente entretido, e o detetive continuava a sorrir com toda a sinceridade que conseguia invocar enquanto pegava bloco e caneta, e nisso um silêncio que parecia vibrar de empolgação tomou conta da sala. Longe de atenuar o humor de todos, a perspectiva de reviver a morte acidental de uma criança parecia ter um efeito estimulante entre os presentes.

— Bom, é ótimo que tenham concordado em me receber — começou Strike aos Heaton. — Como eu disse, procuro por um relato de testemunha ocular do que aconteceu naquele dia na praia. Agora já faz muito tempo, eu sei, mas...

— Bom, estávamos acordados bem cedo — interrompeu Shelley avidamente.

— É, no amanhecer — acrescentou Leonard.

— Antes do amanhecer — Shelley o corrigiu. — Ainda escuro.

— Devíamos ir de carro a Leicester...

— Para o funeral de minha tia — intrometeu-se Shelley.

— Não dá pra deixar um maltês pra trás — falou Leonard. — Eles derrubam o lugar de tanto uivar quando você sai, então precisávamos passear com ela antes de entrar no carro. Não se deve levar cachorros à praia na temporada de férias...

— Mas Betty era como Dilly, ela fazia pequenininho, e sempre recolhíamos — completou Shelley comodamente. Depois de uma fração de segundo de confusão, Strike percebeu que ela se referia ao cocô da cadela.

— Então nós a levamos à praia, bem ali — continuou Leonard, apontando para a esquerda. — E a garota apareceu correndo, do escuro, gritando.

— Me deu um baita susto — comentou Shelley.

— Pensamos que ela tivesse sofrido um ataque sexual ou coisa assim — explicou Leonard, não sem certo desfrute.

— Lembram-se do que ela falou?

— "Socorro, socorro, ela afundou", algo assim — respondeu Leonard.

— "Acho que ela se afogou" — acrescentou Shelley.

— Achamos que ela falava de uma cachorra. Quem vai nadar às cinco da manhã no mar do Norte? Ela estava de roupa de baixo. Encharcada — informou Leonard com um sorriso malicioso e mexendo as sobrancelhas. Shelley bateu no marido com as costas da mão com o anel.

— Comporte-se — censurou Shelley, sorrindo para Strike, enquanto quem estava no sofá bufou com o riso renovado.

— Ela não estava de traje de banho?

— De roupa de baixo — Leonard repetiu sorrindo. — Um frio de congelar.

Shelley bateu nele de novo enquanto os outros riam no sofá.

— No começo pensei que ela tivesse tirado a roupa para ir atrás da cadela — revelou Shelley. — Nem me ocorreu que estivesse nadando.

— E ela disse "Socorro, ela afundou"? — perguntou Strike.

— Sim, alguma coisa parecida — declarou Leonard. — Depois falou "A gente estava bem ali" e foi correndo para...

— Não, não — cortou Shelley. — Ela primeiro pediu para chamarmos a guarda costeira.

— Não, não — repetiu Leonard. — Primeiro ela nos mostrou a coisa.

— Não, não — insistiu Shelley —, ela disse: "Chame a guarda costeira, chame a guarda costeira."

— Como foi que eu vi a coisa, então?

— Você viu a coisa depois que voltou, seu dorminhoco — falou Shelley, para mais risos do sofá.

— Que coisa era essa? — perguntou Strike.

— Toalhas e roupas... o vestido e os sapatos da garotinha — explicou ela. — A menina me levou até lá e, quando vi os sapatos, percebi que eram de uma criança. Pavoroso — acrescentou, mas seu tom era prosaico.

Strike sabia que o afogamento remontava a um passado distante para os Heaton. O choque que pode ter provocado neles duas décadas antes já havia diminuído.

— Eu voltei com você — disse Leonard obstinadamente. — Não ia chamar a guarda costeira por causa de um cachorro. Eu estava lá, vi os sapatos...

— Tudo bem, Leonard, você estava conosco, que seja do seu jeito — cedeu Shelley, revirando os olhos.

— E *depois* fui telefonar para a guarda costeira — afirmou Leonard, satisfeito.

— E você ficou com Cherie, sra. Heaton?

— Sim, e eu disse a ela: "O que diabos você estava fazendo na água a essa hora da manhã?"

— E o que ela respondeu? — perguntou Strike.

— Disse que a garotinha queria nadar.

— Eu disse a Shelley depois — intrometeu-se Leonard. — "É para isso que serve a palavra 'não'." Vemos crianças assim aqui todo verão, mimadas demais. Nunca tivemos filhos...

— E como eu ia cuidar de crianças? Já fico ocupada demais com você, quebrando sua maldita perna jogando minigolfe — interveio Shelley, atraindo mais risos do sofá. — Eu devia dizer não a *você* com mais frequência.

— Você já me diz muito não, por isso não temos filhos — acusou Leonard, o que provocou guinchos de risos de George, Gillian e Suzy, e outro tapa da esposa sorridente.

— Cherie lhe contou o que tinha acontecido no mar? — perguntou Strike pacientemente a Shelley.

— Sim, ela disse que a garotinha foi longe demais e afundou, disse que tentou alcançá-la e não conseguiu, então nadou de volta à areia. Depois ela nos viu e veio correndo.

— E como Cherie lhe pareceu? Transtornada?

— Mais assustada do que transtornada, eu achei — respondeu Shelley.

— Shell não gostou dela — comentou Leonard.

— *Ele* gostou dela porque ela proporcionou uma boa vista matinal — declarou Shelley, enquanto o coro do sofá ria. — Ela me falou: "Eu mesma quase me afoguei, a correnteza está muito forte." Querendo solidariedade para si enquanto havia uma criança morta.

— Você foi muito dura…

— Não fui *eu* que fiquei dura, Len — alfinetou Shelley.

O trio no sofá gritou com uma gargalhada escandalizada e os Heaton lançaram um olhar triunfante a Strike, como quem diz que duvida que ele já tenha se divertido desse jeito durante uma investigação. O maxilar do detetive começava a doer de tantos sorrisos falsos que ele tinha de abrir.

— E ela riu e tudo — contou Shelley a Strike, mais alto que a risada dos outros. — Eu disse a ela, vista suas roupas, não tem sentido ficar parada aqui desse jeito. "Ah, sim", disse ela, e riu.

— De nervoso — afirmou Leonard. — Choque.

— Você não estava lá quando isso aconteceu — rebateu Shelley. — Tinha ido telefonar.

— A senhora não acha que ela ficou genuinamente transtornada por Daiyu ter se afogado, sra. Heaton? — perguntou Strike.

— Bom, ela chorava um pouco, mas se fosse eu…

— Você não foi com a cara dela — disse Leonard a Shelley.

— Ela se curvou para Betty e fez carinho nela — acrescentou Shelley. — Por que ela brincava com uma cadela quando uma garotinha estava se afogando?

— Choque — insistiu Leonard firmemente.

— Quanto tempo ficou afastado dali, sr. Heaton? — perguntou Strike.

— Uns vinte minutos? Meia hora?

— E a guarda costeira chegou rápido?

— Eles chegaram lá pouco depois de eu voltar para a praia — respondeu ele. — Vimos o barco saindo, vimos as luzes, e a polícia estava na praia logo depois disso.

— Ela ficou muito assustada quando a polícia chegou lá — revelou Shelley.

— Natural — comentou Leonard.

— Ela fugiu — disse Shelley.

— Que nada… — Leonard zombou.

— Fugiu — insistiu Shelley. — "O que é aquilo?" Ela saiu para ver alguma coisa na praia. Seixos ou mato ou coisa assim. O sol começava a nascer a essa hora. Foi uma desculpa — afirmou. — Ela queria parecer ocupada quando eles chegaram, fuçando o mato.

— Isso não é fugir — rebateu Leonard.

— Um amontoado de algas parecia com uma menina de sete anos? Ela estava encenando para a polícia. "Olha como estou procurando por ela." Não, eu não gostei dela — declarou Shelley a Strike desnecessariamente. — Irresponsável, não foi? A culpa foi dela.

— O que aconteceu quando a polícia chegou, conseguem se lembrar? — perguntou Strike.

— Eles perguntaram como a garotinha e ela chegaram ali, porque ela não era moradora — respondeu Shelley.

— Ela nos levou à velha picape detonada, toda coberta de terra e palha, no estacionamento — acrescentou Leonard. — Disse que elas eram daquela fazenda, aquele lugar da igreja cheio de gente esquisita, pros lados de Aylmerton.

— Vocês já sabiam da Igreja Humanitária Universal? — questionou Strike.

— Uns amigos nossos de Felbrigg nos contaram sobre o lugar — respondeu Shelley.

— Gente esquisita — repetiu Leonard. — Então ficamos no estacionamento e a polícia queria que todos fôssemos para a delegacia prestar depoimento. Eu falei: "Temos de ir a um funeral." A garota chorava. Depois a velha Muriel saiu da cafeteria, para ver o que estava havendo.

— Seria Muriel Carter, que viu Cherie levar Daiyu para a praia?

— Fez o dever de casa, não é? — comentou Shelley, tão impressionada com a meticulosidade de Strike quanto Jordan Reaney ficou desconcertado. — Sim, ela mesma. Era dona de uma cafeteria naquela parte da praia.

— Vocês a conheciam?

— Nunca falamos com ela antes de tudo isso acontecer — respondeu Shelley —, mas a conhecemos depois disso. Ela disse à polícia que tinha visto Cherie carregando a garotinha para fora da picape e em direção à praia. Ela achou idiotice, àquela hora da manhã, vendo Cherie com toalhas e tal.

— Muriel estava na cafeteria muito cedo — comentou Strike. — Isso deve ter sido... o que, às cinco da manhã?

— A máquina de café estava com defeito — informou Leonard. — Ela levou o marido para tentar consertar antes da hora de abrir.

— Ah, certo — disse Strike, anotando.

— Muriel disse que a criança estava sonolenta — retomou Shelley. — Eu disse a Leonard depois: "Então ela não a importunou para ir nadar, isso foi só uma desculpa." Achei que era Cherie que queria nadar, e não a garotinha.

— Dá um tempo, mulher — disse Leonard antes de se dirigir a Strike: — O único motivo para Muriel pensar que a menina estava sonolenta foi porque Cherie a carregava. Crianças gostam de ser carregadas, isso não quer dizer nada.

— E o que apareceu no inquérito? — perguntou Shelley a Leonard incisivamente. — Sobre a natação dela? Conte a ele. — Mas antes que Leonard pudesse falar, Shelley continuou: — Cherie era campeã de natação. Ela disse isso no inquérito, quando testemunhou.

— Campeã — zombou Leonard, revirando os olhos —, ela não era *campeã*, só era boa nisso quando criança.

— Ela fez parte de uma equipe — revelou Shelley, ainda falando com Strike. — Ganhou medalhas.

— E daí? — retrucou Leonard. — Isso não é nenhum crime.

— Se *eu* fosse a porcaria de uma campeã de natação, eu teria ficado para ajudar a garotinha, e não voltado para a areia — afirmou Shelley, e ouviu-se um murmúrio de concordância vindo do sofá.

— Não importa quantas medalhas você tenha ganhado, uma correnteza é uma correnteza — disse Leonard, parecendo descontente.

— Isso é interessante — comentou Strike, e Shelley ficou animada. — Como o assunto da natação de Cherie apareceu no inquérito, a senhora se lembra?

— Sim, lembro — confirmou Shelley —, porque ela tentava dar a impressão de que não tinha sido a responsável, levando a garotinha para o mar, porque ela própria era uma boa nadadora. Eu disse a Len depois: "As medalhas fazem você enxergar no escuro, por acaso?" "As medalhas te dão o direito de levar para o mar do Norte uma garotinha que não sabe nadar?"

— Então foi determinado no inquérito que Daiyu não sabia nadar?

— Sim — respondeu Leonard. — A mãe dela disse que ela nunca aprendeu.

— Não gostei daquela mãe — afirmou Shelley. — Parecia uma bruxa.

— Ela usava um manto, não usava, Shell? — perguntou Suzy do sofá.

— Um manto preto e comprido — relatou Shelley, assentindo. — É de imaginar que se você vai a um tribunal, vestirá roupas apropriadas. É simplesmente respeitoso.

— É a religião deles — interveio Leonard, esquecendo-se de que tinha acabado de descrever os integrantes da igreja como gente esquisita. — Não se pode impedir uma pessoa de seguir sua religião.

— Se quer minha opinião, era *Cherie* que queria nadar — disse Shelley a Strike, desconsiderando a interferência do marido. — A criança estava com sono, *ela* não pediu para ir. Foi ideia de Cherie.

— Você não sabe disso — ponderou Leonard.

— Eu nunca disse que sabia — disse Shelley calmamente. — Eu *suspeitei.*

— Lembra-se de algum detalhe que Cherie deu sobre sua carreira na natação? — perguntou Strike. — O nome de um clube? Onde ela treinava? Estou tentando localizar Cherie e se conseguir encontrar antigos colegas, ou um treinador...

— Espere aí — disse Leonard, empertigando-se.

— Que foi? — Shelley quis saber.

— Talvez eu possa ajudar com isso.

— Como? — perguntou Shelley com ceticismo.

— Porque eu falei com ela depois do inquérito. Ela chorava do lado de fora. Um familiar da garotinha tinha acabado de falar com ela... insultado, provavelmente. Mas o sujeito se afastou rapidinho quando fui até ela — relatou Leonard, estufando o peito levemente. — Fiquei com pena dela e falei: "Eu sei que você fez tudo que pôde, querida." Você não estava lá, estava no banheiro — disparou Leonard, antecipando Shelley. — Ela me disse, chorando, algo como "Mas eu podia ter evitado", e...

— Espere um momento — pediu Strike. — Ela disse "Mas eu podia ter evitado"?

— Sim — confirmou Leonard.

— Estas exatas palavras? "Eu podia ter evitado" e não "Eu podia tê-la salvado"?

Leonard hesitou, distraidamente alisando alguns dos poucos fios de cabelo grisalho que mal conseguiam cobrir a careca.

— Sim, foi "Eu podia ter evitado" — confirmou ele.

— Não é possível que consiga se lembrar das exatas palavras, não depois desse tempo todo — ironizou Shelley.

— Cale a boca, mulher — disse Leonard pela segunda vez, não mais sorrindo. — Consigo, e vou lhe dizer por quê, porque eu respondi a ela: "Nada nesse mundo ia parar uma correnteza." Foi o que eu disse. E então ela falou "Eu nunca mais vou nadar de novo", ou coisa assim, e eu disse "Isso é tolice, depois de todas as medalhas", e ela riu um pouco...

— Riu! — exclamou Shelley, indignada. — Riu, e tinha uma criança morta!

— … e ela começou a me contar um pouco do que tinha vencido, e depois você veio do banheiro — disse Leonard a Shelley — e falou que precisávamos voltar para Betty, então fomos embora. Mas eu sei que ela treinava ao ar livre porque…

— Porque você começou a imaginá-la de roupa de baixo outra vez, provavelmente — acusou Shelley, de olho na plateia, mas ninguém riu; estavam interessados na história de Leonard.

— … porque ela disse que treinava em uma piscina pública. Eu me lembro disso. Você foi muito dura com essa garota — afirmou ele, olhando a esposa de lado. — Ela não era tão má quanto você faz parecer.

— Foi culpa dela — declarou Shelley, implacável, com um murmúrio de apoio das duas mulheres no sofá. — Uma coisa idiota de se fazer, levar uma criança que não sabe nadar para a praia, àquela hora da manhã. Falei com a tia da garotinha no banheiro — acrescentou, possivelmente para desempatar o placar entre ela e Leonard, que tinha despertado tanto interesse em Strike —, e ela concordou que a menina era a culpada e agradeceu a mim e a Leonard pelo que fizemos ao chamar a guarda costeira e tal, e disse que era um alívio que tudo tivesse acabado. Mulher chique — acrescentou Shelley judiciosamente —, mas muito gentil.

— Estou quase acabando, só mais algumas perguntas — avisou Strike, lançando um olhar a suas anotações para ver se tinha deixado passar alguma coisa. — Um de vocês dois viu mais alguém na praia, antes de a polícia chegar?

— Não, não tinha… — começou Shelley, mas Leonard a interrompeu.

— Tinha. Tinha aquele corredor.

— Ah, sim, tinha ele — confirmou Shelley de má vontade. — Mas *ele* não teve nada a ver com aquilo.

— Quando foi que vocês o viram? — perguntou Strike.

— Ele passou correndo por nós — respondeu Leonard. — Logo depois de chegarmos à praia.

— Correndo para o lugar onde vocês encontraram Cherie ou para longe dali? — continuou Strike.

— Para longe — informou Leonard.

— Lembram-se de como ele era?

— Um sujeito grande, eu acho — respondeu Leonard —, mas estava escuro.

— E ele estava sozinho? Corria sem carregar nada?

— Não, ele não carregava nada — afirmou Leonard.

— Considerando o horário, vocês acham que ele teria passado por Cherie e Daiyu quando elas ainda estavam na praia? Ou depois de elas entrarem na água?

Os Heaton se entreolharam.

— Depois — disse Leonard. — Não deu nem cinco minutos depois que vimos o sujeito, e ela saiu do mar, gritando.

Strike fez uma anotação, depois perguntou:

— Vocês viram ou ouviram algum barco na área? Antes da chegada da guarda costeira, quero dizer.

Os dois Heaton negaram com a cabeça.

— E a picape estava vazia quando vocês chegaram perto dela?

— Sim, vazia e trancada — afirmou Leonard.

— E por quanto tempo a guarda costeira procurou pelo corpo, vocês sabem?

— Ah, eles fizeram isso por alguns dias — disse Leonard.

— Eles disseram no inquérito que ela deve ter sido arrastada para baixo e ficou presa em algum lugar — acrescentou Shelley. — É triste, na verdade — disse a mulher, acariciando as orelhas da cachorrinha. — Quando se pensa nisso... Pobre garotinha.

— Uma última coisa — disse Strike —, por acaso se lembram de outro afogamento na praia, em 1988? Uma mulher que teve uma convulsão na água, não muito longe da areia.

— Peraí um minutinho — falou o ofegante George do sofá. — Oitenta e oito? Eu me lembro disso. Eu estava *lá*!

Todos os seus companheiros o olharam, surpresos.

— Ah — disse George, empolgado —, se for o que estou pensando, ela também estava com uma garotinha!

— Parece que é isso mesmo — confirmou Strike. — A mulher afogada estava com o marido e a filha. Você viu o que aconteceu?

— Vi um sujeito de cabelo comprido correndo para o mar e depois ele e outro sujeito a arrastando para a areia. A garotinha chorava e gritava. Uma coisa horrível. O primeiro homem fez um boca a boca nela até a ambulância chegar, mas acho que não adiantou, ela morreu. Saiu no jornal. Epilética. Uma coisa horrível.

— O que isso tem a ver com a nossa garotinha? — perguntou uma curiosa Shelley.

— O homem cuja esposa morreu de convulsão na água era o padrasto de Daiyu — respondeu Strike.

— *Não!* — exclamaram Shelley e Suzy ao mesmo tempo.

— Sim — confirmou Strike, fechando o bloco.

— Mas que coincidência *estranha* — comentou Shelley, de olhos arregalados.

— É mesmo, não é? — disse Strike. — Bom, acho que é tudo. Vocês foram muito úteis, obrigado. Podem me dizer como chegar à parte da praia onde encontraram Cherie?

— Siga direto por nossa rua e vire à esquerda — explicou Leonard, apontando. — Não tem como errar, a velha cafeteria e o estacionamento ainda estão lá.

— E onde...? — começou Strike, virando-se para George, mas ele se antecipou à pergunta.

— No mesmo lugar — disparou, e as três mulheres arquejaram. — Exatamente no mesmo lugar.

63

O coração pensa constantemente. Isto não pode ser alterado,
mas os movimentos do coração — isto é, os pensamentos
de um homem — devem se restringir à situação imediata.
Todo pensamento que vai além disto só faz sofrer o coração.

I Ching: O livro das mutações

Strike precisou de mais vinte minutos para se desvencilhar dos Heaton e seus amigos, mas o fez com todo o tato e a simpatia que conseguiu invocar, porque podia precisar falar com eles de novo. Depois de sair, relaxou os músculos faciais com alívio, seguiu até o final da Garden Street e pegou o calçadão.

O céu era de um cinza homogêneo, com um trecho prateado onde o sol tentava romper. Enquanto caminhava pelo calçadão elevado, Strike pegou o cigarro eletrônico no bolso. Mesmo depois de emagrecer tanto no ano anterior, a ponta de seu coto estava dolorida e os músculos da coxa direita, tensos. Por fim, ele localizou um curto trecho de cabanas que vendiam café, hambúrgueres e brinquedos de praia, e ao lado havia um pequeno estacionamento.

Este, então, era o lugar onde, vinte anos antes, Cherie Gittins tinha estacionado a antiga picape da fazenda e levado Daiyu para o mar.

Uma brisa salgada fez os olhos de Strike arderem quando ele se apoiou na grade e fitou a praia. Apesar do clima nada propício, ainda havia gente andando pelos trechos de areia parda pontilhada por sílex redondos, do mesmo tipo que adornava as paredes mais antigas da cidade. Várias gaivotas empoleiravam-se entre as pedras desgastadas pelo mar, como pedras maiores. Strike não conseguia ver nem algas, nem conchas, nem qualquer bandeira de perigo; o mar parecia bem plácido e seu cheiro salgado, combinado com o familiar e ritmado som do ir e vir das ondas, intensificou uma melancolia subjacente que ele fazia o máximo para manter afastada.

Foco.

Dois afogamentos aconteceram ali, com sete anos de diferença, com duas pessoas ligadas a Jonathan Wace. O que a chorosa Cherie disse a Leonard Heaton? "Eu podia ter evitado." Não "Eu podia tê-la *impedido*", mas "Eu podia ter *evitado*". Evitado o quê? Uma trama, como Kevin Pirbright escrevera na parede do quarto? E se for o caso, engendrada por quem?

Não escapou a Strike que, embora três testemunhas tivessem visto Cherie e Daiyu saírem da Fazenda Chapman, e outra testemunha tenha visto a jovem carregando a garota para a praia, não havia testemunha nenhuma para o que realmente aconteceu depois que elas chegaram ao mar. Nem os Heaton, nem o corredor que passou por eles (que não apareceu nas matérias de jornal) tinham algo a dizer a respeito disso. Pelo período de tempo crítico em que Daiyu desaparecera para sempre, o mundo só tinha a palavra, sem corroboração, de Cherie Gittins e os mitos que giravam em torno da Profetisa Afogada.

Ainda estava escuro quando elas chegaram à praia, pensou Strike, olhando a areia coberta de sílex. Será que Cherie teria combinado de se encontrar com alguém ali? Ela era uma nadadora muito boa; isso teria feito parte do plano? Teria Cherie mergulhado na água escura, Daiyu talvez se agarrando aos ombros dela, de modo que a menina pudesse ser levada a um barco ancorado, onde alguém esperava? Teria essa pessoa levado Daiyu, talvez a matado e enterrado em outro lugar, deixando Cherie nadar de volta à areia e encenar a tragédia do afogamento acidental? Ou seria possível que Daiyu ainda estivesse viva em algum lugar, com um nome diferente? Afinal, algumas crianças sequestradas não eram mortas, mas mantidas em cativeiro, ou criadas por famílias sem ligações consanguíneas com elas.

Ou Cherie teria carregado Daiyu até a praia porque a criança a certa altura da viagem fora dopada? Ela devia estar viva e alerta ao sair da Fazenda Chapman, uma vez que acenou para as pessoas que viram a picape passar. Será que Cherie lhe deu uma bebida batizada no caminho ("Teve uma noite em que todas as crianças receberam bebidas que agora acho que podiam estar batizadas", escrevera Kevin Pirbright), e assim Daiyu se afogou — não porque tivesse ido de maneira imprudente para a parte mais funda da água, mas porque mal estava consciente enquanto Cherie a mantinha sob a superfície? Neste caso, a destreza de Cherie na natação teria sido necessária para arrastar o corpo até a parte funda, na esperança de que se perdesse para sempre, e assim ninguém pudesse fazer uma autópsia?

Ou a verdade estava entre estas duas teorias? Um corpo arrastado para um barco, no qual podia ser amarrado a pesos e jogado em um trecho do mar onde a guarda costeira não pensaria em dar buscas, porque a maré teria levado Daiyu para um lado totalmente diferente? Ainda assim, se houvesse um barco ancorado na praia escura, teria sido uma sorte excepcional não ser notado pela guarda costeira: a margem de tempo era pequena demais para qualquer coisa que não fosse uma embarcação grande e potente escapar da área a tempo, e, neste caso, os Heaton certamente teriam ouvido o motor no mar, na quietude do amanhecer.

É claro que havia outra possibilidade: que este fosse um caso de dois acidentes autênticos, acontecendo no mesmo lugar, com sete anos de diferença.

Surgiu aquele gélido mar em Cromer como um túmulo veloz...

Strike olhou a massa de água imensurável, perguntando-se se o que restava de Daiyu estaria em algum lugar ali, seus ossos limpos há muito tempo, embolados em uma rede de pesca, talvez, o crânio rolando suavemente no fundo do mar enquanto as ondas se quebravam no alto. Neste caso, "Eu podia ter evitado" significaria "Eu podia ter evitado que ela exigisse ir para o mar" ou "Eu podia ter evitado fazer tudo que ela mandava".

Pare com isso.

Tudo bem, ele argumentou consigo mesmo, *onde está a prova de que não foi uma coincidência?*

O denominador comum. Jonathan Wace.

Isto não é uma prova. Faz parte da coincidência.

Afinal, se Wace planejara o assassinato da enteada para pôr as mãos nas duzentas e cinquenta mil libras que Daiyu valia morta, por que instruir Cherie a levá-la exatamente no mesmo lugar onde a primeira mulher perdera a vida?

Porque os assassinos tendem a ser criaturas de hábito? Porque, depois de conseguir assassinar alguém, eles se prendem ao mesmo *modus operandi*? Poderia Wace ter planejado um ousado duplo blefe à polícia? "Se eu quisesse afogá-la, por que faria isso *ali*?" Poderia Wace ter sido tão arrogante a ponto de crer que podia encantar a todos e levá-los a acreditar que tudo não passava de uma medonha guinada do destino?

Só que havia um problema com esta teoria também: a morte da primeira sra. Wace realmente foi acidental. O testemunho de George corroborou o de Abigail: Wace não estava na água quando a esposa se afogou, e ele tentou ao máximo salvá-la. A não ser... Observando as ondas se quebrarem no sílex abaixo, Strike se perguntou se seria possível induzir uma crise epilética em alguém. Ele pegou o bloco no bolso e escreveu um lembrete a si mesmo para pesquisar sobre isso. Depois voltou a olhar o mar, adiando o momento em que teria de caminhar de novo e pensando em Cherie Gittins.

A garota que tão tolamente levara de carro o namorado larápio e armado com faca à farmácia em plena luz do dia alguns anos depois, e que teve a língua solta o suficiente para dizer "Eu podia ter evitado" a Leonard Heaton na frente do gabinete da legista, não era um gênio. Não. Se o desaparecimento de Daiyu foi planejado, Strike tinha certeza de que Cherie seria um instrumento, e não a arquiteta da trama.

Seu estômago roncou alto. Ele estava cansado, com fome e a perna ainda doía. A última coisa que tinha vontade de fazer era dirigir para Londres naquela noite. Afastando-se do mar com relutância, ele refez os passos, registrando a presença de um enorme e feio hotel de tijolinhos vermelhos dando para o píer ao entrar na Garden Street. A tentação de se instalar em algum lugar aumentava diante da visão do pub King's Head, que tinha um bar ao ar livre pavimentado, metido na High Street, à esquerda dele. A entrada dos fundos do Hotel de Paris (por que Paris?) ficava bem de frente para o bar, acenando, convidativa.

Foda-se.

Ele ia explicar a noite fora ao contador detalhista da agência alegando ter sido detido por sua investigação. Dentro do King's Head, viu um cardápio no balcão antes de pedir uma cerveja Doom Bar e hambúrguer com fritas, justificando este último pelos sete dias anteriores de bom comportamento dietético.

O bar úmido estava vazio, o que convinha a Strike, porque ele queria se concentrar. Depois de se acomodar a uma mesa com seu cigarro eletrônico, ele pegou o celular e voltou ao trabalho. Procurando por piscinas públicas na vizinhança da casa em que Cherie passou a infância, ele encontrou uma em Herne Hill. Sem esquecer que sua carreira juvenil na natação teria acontecido sob seu nome de batismo Carine Makepeace, Strike continuou a busca no Google e, por fim, na quarta página de resultados, encontrou o que procurava: uma antiga foto de uma equipe de natação formada por meninas e meninos, postada na página no Facebook de uma mulher chamada Sarah-Jane Barnett.

Ali, no centro da foto, estava uma menina de onze ou doze anos, em cujo rosto gorducho Strike reconheceu o sorriso afetado da adolescente mais tarde conhecida como Cherie Gittins. Abaixo da foto, Sarah-Jane escrevera:

> Lembranças felizes da velha piscina pública de Brockwell! Ah, ter essa boa forma toda de novo, mas era mais fácil quando eu tinha doze anos! L-R John Curtis (por quem todas nós éramos apaixonadas!!!), Tamzin Couch, Stuart Whitely, Carrie Makepeace, esta que vos fala, Kellie Powers e Reece Summers.

Strike abriu a página no Facebook de Carrie Curtis Woods, que ainda não aceitara sua solicitação de amizade. Porém, sabia que Cherie antes também atendia por Carrie, e, melhor ainda, tinha um motivo para ela ter escolhido o pseudônimo "Curtis": em tributo a um crush de infância.

Depois de terminar o hambúrguer, a batata frita e a cerveja, Strike voltou ao estacionamento para pegar uma pequena mochila contendo escova de dentes, creme dental, cueca limpa e um carregador de telefone, que ele mantinha na mala do carro para hospedagens noturnas imprevistas, depois voltou ao Hotel de Paris.

Ele podia ter previsto o interior pelo exterior: havia grandeza nas arcadas altas, nos lustres de cristal e na escada sinuosa do saguão, mas um toque de albergue da juventude no quadro de cortiça em que a história laminada do hotel tinha sido impressa. Incapaz como sempre de deixar uma pergunta sem resposta, Strike deu uma olhada ali e soube que o hotel tinha sido fundado por um homem cuja família fugira da França durante a revolução.

Como esperava, ele conseguiu um quarto individual, e como supunha inevitável na temporada de verão, não tinha vista para o mar, mas dava para os telhados de Cromer. Procurando por pontos positivos, ele notou que o quarto era limpo e a cama parecia confortável, e que estava trancado nele, cercado pelo mesmo esquema de amarelos e vermelhos suaves do saguão, Strike se sentiu claustrofóbico, o que sabia ser inteiramente irracional. Entre sua infância e o exército, ele já dormira em carros, barracas fixadas no chão duro, ocupações, naquele celeiro medonho da Fazenda Chapman e em um estacionamento de vários andares em Angola: não tinha motivos para reclamar de um quarto de hotel perfeitamente adequado.

Mas enquanto pendurava o paletó e olhava em volta para determinar quanta ajuda para se equilibrar estava disponível entre a cama e o banheiro, distância que ele teria de percorrer com uma perna só na manhã seguinte, a angústia que estivera combatendo o dia todo o dominou. Deixando-se cair na cama, ele passou a mão no rosto, incapaz de se distrair por mais tempo das causas gêmeas de sua angústia: Charlotte e Robin.

Strike desprezava a autopiedade. Tinha testemunhado a pobreza extrema, traumas e dificuldades, tanto no serviço militar quanto durante a carreira de detetive, e era grato por tudo. As ameaças de Charlotte à meia-noite, no entanto, o corroíam por dentro. Se ela as cumprisse, as consequências não seriam agradáveis. Ele já atraíra suficiente interesse da imprensa para saber como uma ameaça poderia ser grave para seus negócios, e já estava lidando com uma tentativa de sabotagem de Patterson. Torcia para nunca ter de abandonar seu escritório de novo, ou perder clientes que precisavam de um detetive anônimo, nem se tornar uma celebridade relutante, e menos ainda uma celebridade marcada com a suspeita de violência contra uma mulher.

Mais uma vez, ele pegou o telefone e procurou no Google seu nome e o de Charlotte.

Havia alguns links, principalmente de artigos de jornal antigos em que a relação dos dois fora mencionada de passagem, inclusive o mais recente, sobre o ataque de Charlotte a Landon Dormer. Então a mulher ainda não falara nada. Sem dúvida, ele saberia assim que ela o fizesse: amigos prestativos lhe mandariam mensagens expressando sua indignação, como as pessoas sempre faziam ao ler más notícias, pensando que isto ajudaria.

Ele bocejou, plugou o celular no carregador e, embora ainda fosse cedo, foi tomar um banho antes de dormir. Tinha esperança de que a água quente melhorasse seu humor, mas ao se ensaboar descobriu os pensamentos vagando para Robin, o que não servia em nada de consolo. Ele estava com ela nas duas últimas visitas a cidades costeiras, ambas durante outros casos: comera batata frita com ela em Skegness e eles passaram a noite em quartos vizinhos em Whitstable.

Strike se lembrava particularmente do jantar no hotel que dividiram naquela noite, logo depois de ele ter terminado com a última namorada e antes de Robin ter seu primeiro encontro com Ryan Murphy. Robin, ele se lembrava, usava uma blusa azul. Eles beberam vinho Rioja e riram juntos, e esperando no segundo andar ficavam aqueles dois quartos, lado a lado, no último andar. Tudo, pensou ele, fora propício: o vinho, a vista para o mar, os dois solteiros, ninguém mais por perto para interromper, e o que ele fez? Nada. Até contar a ela que seu relacionamento — curto, insatisfatório e empreendido puramente para se distrair do desejo inconveniente pela parceira — tinha terminado podia precipitar uma conversa que teria atraído os sentimentos da própria Robin, mas, em vez disso, ele manteve a reserva habitual, decidido a não estragar a amizade e a parceria profissional dos dois, mas com medo, também, da rejeição. Sua única tentativa bêbada e admitidamente abortada de beijar Robin, na frente do Ritz Hotel no aniversário de trinta anos dela, foi recebida com um olhar de horror que continuava marcado em sua memória.

Nu, ele retornou ao quarto para tirar a prótese. Enquanto ela se separava inadvertidamente com a almofada de gel na extremidade do coto, ele ouviu as gaivotas rodando no alto ao pôr do sol e desejou ter dito alguma coisa naquela noite em Whitstable, porque, se tivesse falado, talvez não se sentisse tão infeliz e depositando todas as esperanças em Ryan Murphy sucumbir a mais uma bebida alcoólica.

64

Nove na terceira posição (...)
Escurecimento da luz durante a caçada no sul (...)
Não se deve esperar perseverança tão cedo.

I Ching: O livro das mutações

Na manhã seguinte, Strike acordou confuso quanto a sua localização. Sonhou que estava sentado ao lado de Robin no velho Land Rover dela e trocavam histórias sobre afogamentos, que, no sonho, ambos tinham vivido várias vezes.

De olhos turvos, ele pegou o celular para desativar o despertador e imediatamente viu que sete mensagens de texto tinham chegado na última meia hora: de Pat, Lucy, Prudence, Shanker, Ilsa, Dave Polworth e do jornalista Fergus Robertson. Com uma onda de medo, ele abriu a mensagem de Pat.

Sua irmã acabou de telefonar. Eu disse que você não estava. Espero que você esteja bem.

Strike abriu a seguinte, de Lucy.

Stick, eu sinto muito. Acabei de ver. É horrível. Não sei mais o que dizer. Espero que você esteja bem bjs

Com um mau presságio real, Strike se sentou na cama e abriu a mensagem de Fergus Robertson.

Tenho a redação inteira perguntando se você tem algum comentário. Pode ser sensato dar alguma coisa a eles, tirar todo mundo do seu pé. Não sei se você sabe, mas correm boatos de que ela deixou um bilhete.

Com o coração desagradavelmente acelerado, Strike abriu o navegador do telefone e digitou o nome de Charlotte.

A Morte de uma It-Girl: Charlotte Campbell Encontrada Morta

Ex-Adolescente Rebelde Charlotte Campbell É Encontrada Morta por Faxineira

Charlotte Campbell Morta após Acusação de Agressão

Ele olhou fixamente as manchetes, incapaz de absorver o que via. Depois entrou no link da última matéria.

Charlote Campbell, modelo e socialite, suicidou-se aos 41 anos, confirmou o advogado da família na noite de sexta-feira. Em uma declaração feita ao Times, *a mãe e a irmã de Campbell disseram:*

"Nossa amada Charlotte tirou a própria vida na noite de quinta-feira. Charlotte sofria de um estresse considerável depois de uma acusação sem fundamento de agressão e subsequente assédio da imprensa. Pedimos respeito à nossa privacidade neste momento difícil, em particular pelos adorados filhos jovens de Charlotte."

"Perdemos a mulher mais divertida, inteligente e original que qualquer um de nós conhecia", disse o meio-irmão de Campbell, o ator Sacha Legard, em uma declaração à parte. "Sou uma das pessoas de coração partido que a amavam, lutando para compreender o fato de que nunca mais voltarei a ouvir seu riso. A morte se acha sobre ela como geada precoce sobre a flor mais doce de todo o campo."

Filha mais nova do apresentador Sir Anthony Campbell e da modelo Tara Clairmont, Campbell casou-se com Jago Ross, visconde de Croy, em 2011. O casal teve gêmeos antes de se divorciar no ano passado. Antes de seu casamento, ela teve um longo namoro com o detetive particular Cormoran Strike, filho mais velho do astro do rock Jonny Rokeby. Mais recentemente Campbell namorou Landon Dormer, bilionário americano e magnata do império dos hotéis Dormer, mas o relacionamento terminou dez dias antes com a prisão de Campbell por agressão. Amigos de Dormer afirmam que ele precisou levar pontos no rosto depois de uma altercação no apartamento de Dormer em Fitzrovia.

Campbell, que ganhou as manchetes pela primeira vez por ter fugido do Cheltenham Ladies' College aos 14 anos, formou-se em línguas clássicas em

Oxford antes de se tornar presença constante na cena social de Londres. Descrita como "volúvel e hipnótica" pela Vogue, *ela trabalhou intermitentemente como modelo e redatora de moda e passou vários períodos em reabilitação entre os anos 1990 e 2000. Em 2014 foi internada na controversa Symonds House, uma clínica psiquiátrica particular também para dependentes químicos, na qual foi hospitalizada depois do que mais tarde foi descrito como uma overdose acidental.*

Acredita-se que o corpo de Campbell teria sido encontrado por uma faxineira na manhã de ontem em seu apartamento em Mayfair.

O sangue pulsava nos ouvidos de Strike. Ele voltou lentamente pelo artigo.

Duas fotos acompanhavam a matéria: a primeira mostrava Charlotte de beca com os pais no dia de sua formatura em Oxford, nos anos 1990. Strike se lembrava de ver a foto na imprensa enquanto estava estacionado na Alemanha com a polícia militar. Sem o conhecimento de Sir Anthony e sua esposa, Tara, que o odiavam, ele e Charlotte já haviam retomado seu caso de longa distância.

A segunda foto mostrava Charlotte sorrindo para a câmera, com uma gargantilha pesada cravejada de esmeraldas. Esta era de uma publicidade de uma coleção de joias, e o pensamento irrelevante piscou por seu cérebro entorpecido de que a designer, que ele namorou brevemente, certamente ficaria feliz pela foto ter sido usada.

— Merda — resmungou ele, impelindo-se dos travesseiros. — *Merda.*

O choque lutava com uma forte sensação de absoluta inevitabilidade. A derradeira mão do jogo tinha sido lançada e Charlotte fora eliminada, sem nada mais a apostar e nenhum lugar onde encontrar crédito. Ela deve ter feito isso logo depois de telefonar a ele. Será que um dos recados que ele deletou deixava suas intenções explícitas? Depois de ameaçar procurar Robin e dizer quem Strike realmente era, teria Charlotte desmoronado e pedido a ele para entrar em contato com ela mais uma vez? Teria ameaçado se suicidar (como fizera tantas vezes antes disso) se ele não lhe desse o que ela queria?

Sem entusiasmo, Strike abriu as outras mensagens que tinha recebido. Ele podia ter previsto todas, menos a de Dave Polworth. Dave sempre detestou Charlotte e costumava dizer a Strike que ele era um idiota por aceitá-la de volta continuamente.

Que merda isso, Diddy.

Foram estas as exatas palavras de Polworth quando o visitou pela primeira vez no hospital Selly Oak, depois da perda de meia perna de Strike.

O detetive baixou o telefone sem responder a nenhuma das mensagens, lançou uma perna e depois a outra para fora da cama e pulou para o banheiro, usando a parede e o batente da porta para se equilibrar. Em meio a muitas emoções que o assaltavam, havia um eco terrível do dia em que descobriu que a mãe tinha morrido. Embora ele tenha ficado arrasado, o fardo de se preocupar e temer que carregara como um peso morto por todo o segundo casamento de Leda com um homem mais novo violento, volátil e usuário de drogas tornara-se redundante: Strike nunca mais precisaria temer ouvir notícias horríveis, porque elas tinham chegado. Um traço semelhante e vergonhoso de alívio se retorcia em meio a suas emoções conflitantes: o pior tinha acontecido, então ele nunca mais teria medo do pior.

Depois de esvaziar a bexiga e escovar os dentes, ele se vestiu e pôs a prótese, esquecendo-se inteiramente do café da manhã. Pagou a conta do hotel, tão distraído que não saberia de que gênero era a pessoa na recepção.

Será que ele teria impedido este acontecimento? Sim, provavelmente, mas a que custo? Contato contínuo, exigências e súplicas crescentes para se reunir a uma mulher que vivia meio viciada na própria dor. Ele tinha abandonado a esperança de qualquer possibilidade de uma verdadeira mudança em Charlotte havia muito tempo, devido a sua resistência imperturbável a qualquer auxílio que não fosse álcool, drogas e Cormoran Strike.

Ele saiu da Cromer chuvosa pensando na família complicada e fragmentada de Charlotte, que era repleta de padrastos e meios-irmãos e dividida por rixas e vícios. *Nossa amada Charlotte...*

Strike passava pela Fazenda Chapman. Olhou à esquerda e de novo viu a estranha torre no horizonte. Sem pensar, pegou o acesso seguinte à esquerda. Ia descobrir o que realmente era aquela torre.

Mas por que isso agora?, disse a voz colérica de Charlotte em sua cabeça. *Que importa isso?*

Importa para mim, Strike respondeu em silêncio.

Seu único refúgio e distração infalível em épocas de problemas, desde que ele se entendia por gente, era desembaraçar e desvendar, tentar impor a ordem àquele mundo caótico, resolver mistérios, coçar a persistente comichão pela verdade. Descobrir o que esta torre realmente era não tinha nada a ver com Charlotte, mas tudo a ver com Charlotte. Ele não era mais um garotinho, ameaçado vagamente pela torre de vigia, embora existissem muito mais coisas com que se preocupar, com a mãe fora de vista na mata e predadores que o cercavam a toda volta. Nem era o rapaz de dezenove anos que se apaixonou pela estudante mais bonita de Oxford, deslumbrado e desarmado demais por ela parecer amá-lo para conseguir enxergá-la com clareza. Se ia fazer alguma coisa hoje, era desmistificar a torre que espreitava sua memória como um símbolo de uma das piores épocas de sua vida.

Ele só precisou de alguns minutos para chegar ao alto do morro no BMW, e lá estava: uma igreja, como ele deveria saber que era uma igreja muito antiga de Norfolk, de frente para um chão de sílex como tantas construções por que passou em Cromer.

Ele saiu do carro. Uma placa na entrada do pequeno cemitério lhe dizia que esta era a Igreja de São João Batista. Levado por impulsos que não entendia inteiramente, ele passou pelo portão e se viu tentando abrir a porta da igreja. Esperava que estivesse trancada, mas conseguiu fazê-lo.

O interior era pequeno, tinha paredes brancas e estava vazio. Os passos de Strike ecoavam enquanto ele andava pela nave central, os olhos fixos em um crucifixo dourado e simples no altar. Depois ele se sentou em um dos bancos de madeira dura.

Não acreditava em Deus, mas algumas pessoas que ele amava e admirava acreditavam. Sua tia Joan tinha uma fé discreta, e a crença em determinadas formas e estruturas formaram um contraste chocante com o desdém da mãe dele por limites e toda forma de respeitabilidade provinciana. Joan tinha obrigado Strike e Lucy a comparecerem à escola dominical durante os períodos que passaram em St. Mawes, e essas sessões o entediavam e oprimiam quando criança, e, no entanto, a lembrança daquelas lições era estranhamente agradável enquanto ele estava sentado ali naquele banco: o quanto a ida à praia se tornava mais doce depois daquelas aulas? O quanto os jogos de imaginação que ele e Lucy faziam eram mais satisfatórios depois de liberados das atividades cansativas que eram obrigados a realizar enquanto Ted e Joan comungavam? Talvez, ele pensou vagamente, um pouco de tédio não fizesse mal às crianças.

Passos atrás de Strike o fizeram se virar.

— Bom dia — disse o recém-chegado, um homem na meia-idade de cara comprida e branca e olhos mansos, parecendo uma ovelha. Sua calça estava presa com clipes para ciclismo, coisa que Strike não via havia anos.

— Bom dia — respondeu o detetive.

— Está tudo bem?

Strike se perguntou se o homem seria o pároco. Ele não tinha colarinho de padre, mas, claro, não era domingo. *Como pode pensar nisso agora, por que se importa com o colarinho de padre dele, por que essa mania de entender as coisas?*

— Alguém que conheço faleceu há pouco.

— Sinto muito saber disto — disse o homem, com uma sinceridade tão evidente que Strike falou, como que para consolar o estranho:

— Já fazia algum tempo que ela não estava bem.

— Ah — disse o homem. — Mesmo assim.

— É — concordou Strike.

— Vou deixá-lo sozinho — disse o outro, a voz aos sussurros, e ele andou pela nave da igreja e sumiu de vista, entrando no que Strike supunha ser a sacristia, provavelmente retirando-se para que Strike pudesse rezar em paz. Ele, de fato, fechou os olhos, mas não para falar com Deus. Sabia o que Charlotte teria dito a ele, se estivesse ali.

Agora saí da sua cola, Bluey. Você devia ficar feliz.

Eu não queria você morta, respondeu ele, dentro de sua cabeça.

Mas você sabia que só você podia me salvar. Eu te avisei, Bluey.

Você não pode segurar alguém ameaçando se suicidar se a pessoa for embora. Isso não está certo. Você tem filhos. Devia ter ficado viva por eles.

Ah, tudo bem. Ele podia imaginar o sorriso frio dela. *Bom, se é assim que você quer colocar a questão. Eu morri. Não posso argumentar.*

Não faça esse joguinho comigo. A raiva dele crescia como se ela realmente estivesse ali, naquela igreja silenciosa. *Eu te dei tudo que tinha a dar. Suportei merdas que nunca mais vou suportar na vida.*

Robin é uma santa, não é? Que tédio, disse Charlotte, sorrindo com malícia para ele. *Antigamente você gostava de um desafio.*

Ela não é mais santa do que eu, mas é uma boa pessoa.

E, para sua raiva, ele sentiu as lágrimas surgindo.

Quero uma boa pessoa para variar, Charlotte. Estou de saco cheio de sujeira, confusão e cenas. Quero algo diferente.

Robin se mataria por você?

É claro que não. Ela tem mais juízo.

Tudo o que tivemos, tudo que compartilhamos, e você quer alguém sensato? O Cormoran que conheci teria rido da ideia de querer alguém sensato. Não se lembra? "Sóis podem se pôr e nascer novamente, mas para nós há um breve dia e uma noite eterna. Dá-me mil beijos..."

Eu era um garoto todo fodido quando recitei isso a você. Não sou mais assim. Mas ainda preferia que você tivesse vivido e sido feliz.

Eu nunca fui feliz, disse aquela Charlotte que às vezes era brutalmente honesta, quando nada mais dava certo e outra cena perversa tinha deixado os dois exaustos. *Eu me divertia, às vezes. Mas nunca fui feliz.*

É, eu sei.

E ele fez eco ao homem gentil com os clipes para ciclismo.

Mesmo assim.

Ele abriu os olhos marejados para olhar o crucifixo no altar. Podia não acreditar, mas o crucifixo significava algo para ele, ainda assim. Simbolizava Ted e Joan, ordem e estabilidade, mas também o que não pode ser conhecido nem resolvido, o anseio humano por significado no caos, e a esperança de algo além do mundo de dor e luta intermináveis. Alguns mistérios eram eternos e insolúveis pelo homem, e havia alívio em aceitar isso, em admitir. A morte, o amor, a complexidade infindável dos seres humanos: só um tolo alegaria entender plenamente qualquer um deles.

E enquanto estava sentado naquela igreja antiga e modesta, com a torre redonda que perdera seu aspecto sinistro quando ele a vira de perto, Strike pensou no adolescente que deixou Leda e sua ingenuidade perigosa só para se apaixonar por Charlotte e sua sofisticação igualmente perigosa e entendeu, pela primeira vez, que ele não era mais a pessoa que desejava qualquer uma das duas coisas. Perdoou o adolescente que buscou uma força destrutiva porque achava que podia domá-la e, assim, consertar o mundo e tornar tudo compreensível e seguro. Ele não era tão diferente de Lucy, afinal. Os dois decidiram remodelar seus mundos, só que faziam isso de formas diferentes. Se ele tivesse sorte, teria metade da vida para viver de novo, e estava na hora de desistir de coisas muito mais prejudiciais do que o cigarro e as batatas fritas, de admitir para si mesmo que ele devia procurar algo novo, e não o que era perigoso, mas conhecido.

O homem com cara de ovelha reapareceu. Ao voltar pela nave central, ele parou, hesitante, ao lado de Strike.

— Espero que tenha encontrado o que procurava.

— Encontrei — disse Strike. — Obrigado.

PARTE CINCO

䷥

K'uei/Oposição

Acima, fogo; abaixo, o lago;
A imagem da OPOSIÇÃO.
Assim em meio a toda comunhão
O homem superior mantém sua individualidade.

I Ching: O livro das mutações

65

A linha é gerada entre duas linhas fortes;
pode ser comparada com uma mulher que perdeu o véu e é,
por conseguinte, exposta a ataques.

I Ching: O livro das mutações

Como Strike não via motivo para informar a Robin nem sobre o suicídio de Charlotte, nem seu desvio à Igreja de São João Batista em sua carta seguinte, ela só soube que ele tinha ido a Cromer para entrevistar os Heaton. Saber que o sócio tinha passado a um quilômetro e meio da Fazenda Chapman a caminho do litoral deixou Robin ainda mais solitária. Ela também pensava nas duas cidades costeiras que eles visitaram juntos durante investigações anteriores, especialmente o jantar em Whitstable: o coral branco nas lareiras contra paredes cor de ardósia, e a visão de Strike rindo de frente para ela, emoldurada por uma janela pela qual ela via o mar ficar índigo na luz que desvanecia. Por sorte, o cansaço de Robin reduziu sua tendência a remoer ou analisar os sentimentos que estas lembranças evocavam.

À luz da lanterna, ela leu três vezes o relato dele da entrevista com os Heaton, querendo ter absoluta certeza de se lembrar de tudo antes de rasgá-lo. Ainda mais decidida a descobrir o máximo que pudesse sobre a morte de Daiyu, Robin resolveu renovar os esforços de fazer amizade com Emily Pirbright, uma tarefa muito mais fácil de planejar do que de realizar. Nos dias que se seguiram, ela tentou, sem sucesso, se colocar próxima de Emily até que, uma semana depois de receber a última carta de Strike, surgiu uma oportunidade inesperada.

Robin foi abordada no desjejum pelo jovem de dreadlocks curtos, que informou que ela se uniria ao grupo que ia a Norwich naquela manhã para coletar dinheiro para a igreja.

— Arrume-se — disse-lhe ele. — Haverá um moletom limpo na sua cama. O micro-ônibus parte em meia hora.

Robin se acostumara à menção despreocupada de períodos de tempo que eram impossíveis de serem medidos pelos membros comuns da igreja, e tinha aprendido que era mais seguro supor que a instrução significava "faça o mais rápido possível". Por conseguinte, engoliu o que restava do mingau em vez de tentar, como era seu hábito, fazê-lo durar mais.

Quando entrou no alojamento, ela viu moletons novos dispostos nas camas, que já não eram escarlates, mas sim brancos. A partir disto, Robin deduziu que a igreja passara para a temporada da Profetisa Afogada. Depois ela viu Emily, que tirava a blusa vermelha.

— Ah, você também vai, Emily? — disse Vivienne, surpresa, quando entrou no alojamento alguns minutos depois de Robin. Emily lançou a Vivienne um olhar hostil enquanto se virava, vestindo uma blusa limpa.

Robin deliberadamente saiu do alojamento junto com a Emily em silêncio, na esperança de se sentar ao lado dela no micro-ônibus, mas as duas tinham percorrido apenas alguns metros quando Robin ouviu uma voz masculina chamando: "Rowena!"

Robin se virou e seu estado de espírito despencou: Taio tinha voltado à fazenda. Ele também estava com um moletom branco e limpo, e parecia ter lavado o cabelo pela primeira vez na vida.

— Oi — disse Robin, tentando parecer feliz por vê-lo, enquanto Emily andava, de cabeça baixa e braços cruzados.

— Escolhi você para ir com o grupo de angariação hoje — informou Taio, acenando para atravessar o pátio com ele —, porque estive pensando em você enquanto estava fora, pensando que você devia ter mais algumas oportunidades de demonstrar uma mudança de raciocínio. Soube que fez uma doação à igreja, aliás. Muito generosa.

— Não — disse Robin, que não ia cair no tipo de armadilha que os líderes da igreja costumavam montar para os incautos —, não foi generosa. Você tinha razão, eu devia ter feito isso antes.

— Boa garota — elogiou Taio, estendendo a mão e massageando a nuca de Robin, provocando calafrios em suas costas e nos braços de novo. — Sobre a outra questão — acrescentou ele em voz mais baixa, a mão ainda em seu pescoço —, vou esperar que você me procure e peça pelo vínculo espiritual. Isto mostrará uma verdadeira mudança de atitude, um verdadeiro abandono da motivação egoica.

— Tudo bem — disse Robin, incapaz de olhar para ele. Ela viu Emily encarando os dois, inexpressiva.

Caixas de mercadorias e de coleta da IHU com o logo em formato de coração já eram carregadas no micro-ônibus por Jiang e outros dois homens. Quando Robin entrou no ônibus, descobriu Emily já sentada ao lado de Amandeep, então decidiu se sentar ao lado de Walter, com Emily do outro lado do corredor.

Ainda era muito cedo e o céu tinha um brilho perolado. Enquanto o micro-ônibus pegava a rua e passava pelos portões automáticos, Robin teve uma onda de euforia: estava emocionada por ver o mundo de novo, como se tivesse embarcado em um avião para férias fabulosas. A perna direita de Emily, ela notou, se agitava de nervosismo.

— Muito bem — começou Taio, falando da frente do ônibus, que o irmão Jiang dirigia. — Uma palavra para aqueles que ainda não angariaram fundos para nós. Alguns de vocês cuidarão da barraca de venda de mercadorias, o restante usará as caixas de coleta. Qualquer interesse pela igreja, entreguem um panfleto. A coleta de hoje será dividida entre nosso centro para jovens em Norwich e nosso programa de consciência das mudanças climáticas. Temos cartazes, mas estejam preparados para responder a perguntas.

"Lembrem-se, cada contato com uma PB é uma oportunidade de salvar uma alma, então quero ver muita positividade. Todas as interações com o público são uma chance de mostrar como somos apaixonados por nossa missão de mudar o mundo."

— Isso aí, isso aí — disse Walter em voz alta; ele estava bem mais magro do que quando ingressou na igreja e a pele tinha um tom meio cinzento. Não parecia nem confiante, nem falante como na chegada à Fazenda Chapman, e suas mãos tremiam levemente.

Quase uma hora depois de sair da fazenda, o micro-ônibus passou pelo rio Wensum e entrou na cidade de Norwich. Robin, que só vira a cidade quando viajou à Fazenda Chapman, notou mais paredes cobertas de sílex e muitos pináculos de igrejas no horizonte. As fachadas coloridas das lojas, os outdoors e restaurantes trouxeram uma dupla sensação de familiaridade e estranheza. Era esquisito ver pessoas em roupas normais cuidando da vida, todos de posse do próprio dinheiro, do próprio telefone, da própria chave de casa.

Pela primeira vez, Robin apreciava a coragem que deve ter tido Kevin Pirbright, que morou na fazenda desde os três anos, de se libertar e entrar no que para ele deve ter parecido um mundo estranho e avassalador cujas regras desconhecia, sem dinheiro quase, sem emprego, e só com o moletom que vestia. Como Kevin conseguiu um quarto alugado, ainda que pequeno e desgastado? Que desafio deve ter sido descobrir como pedir benefícios previdenciários, comprar um laptop, começar a escrever o livro. Olhando para Emily, Robin viu a mulher paralisada por tudo que via pela janela e perguntou-se quando teria sido a última vez que Emily teve permissão para colocar os pés fora de um dos centros da IHU.

Após Jiang estacionar o micro-ônibus, as mercadorias foram descarregadas e três dos homens mais jovens levaram no ombro os pesados componentes da barraca que iam montar. O restante, inclusive Robin, carregou as caixas de tartarugas de pelúcia, artefatos de palha, cartazes e panfletos. Taio não carregou nada, mas andou à frente, de vez em quando incitando o resto do grupo que lutava para acompanhar, os postes de metal da barraca tilintando em um saco do exército.

Depois que eles chegaram ao cruzamento de três ruas para pedestres, que seria uma via movimentada depois da abertura das lojas circundantes, os jovens experientes montaram a barraca com uma rapidez surpreendente. Robin ajudou a dispor as mercadorias e prendeu cartazes lustrosos de projetos da IHU na frente da barraca.

Ela estava esperançosa de receber uma caixa de coleta, porque isso lhe daria mais liberdade; até podia escapulir para uma loja e ver o jornal. Porém, Taio lhe disse para cuidar da barraca com Vivienne. Depois informou aos que partiam para coletar dinheiro que os integrantes faziam "em média" cem libras por dia. Embora não tenha dito isso explicitamente, Robin sabia que os coletores entenderam a mensagem de que não deviam voltar sem essa quantia, e ela olhou frustrada enquanto Emily e Jiang, que foram colocados em dupla, saíram de vista.

Depois que as lojas abriram, o número de pessoas que passavam pela barraca aumentava constantemente. Taio zanzou por ali na primeira hora, observando Robin e Vivienne interagirem com os clientes e criticando--as entre as vendas. O que mais chamava atenção eram as tartarugas fofas, populares com as crianças. Taio disse a Robin e Vivienne que se as pessoas decidissem não comprar uma tartaruga ou objeto de palha, ainda assim lhes devia ser oferecida a caixa de coleta para que fizessem um donativo para os projetos da igreja, uma estratégia que era surpreendentemente eficaz: a maioria daqueles a quem pediam doavam algumas moedas ou uma cédula para escapar do constrangimento de não ter comprado nada.

Por fim, para alívio de Robin, Taio partiu para verificar como estavam se saindo aqueles com as caixas de coleta. Assim que ele saiu de alcance, Vivienne virou-se para Robin e disse, em sua voz costumeira de suposta classe trabalhadora que falhava quando ela se esquecia:

— Nem acredito que ele deixou Emily vir.

— Por quê? — perguntou Robin.

— Não sabe do que aconteceu em Birmingham?

— Não, o que foi?

— Ela entrou em uma RC com um cara de lá.

Isto, Robin sabia, significava um relacionamento que alguém de fora da igreja consideraria comum: uma parceria monogâmica começando por atração sexual mútua, que a IHU considerava uma extensão doentia do instinto de posse.

— Ah, nossa — disse Robin. — Não sabia.

— É, mas não foi só isso — continuou Vivienne. — Ela contou ao cara um monte de mentiras que o fizeram questionar sua fé, e ele acabou falando com um líder da igreja sobre isso, e por isso ela foi transferida para a Fazenda Chapman.

— Nossa — repetiu Robin. — Que mentiras?

De novo, Vivienne olhou em volta antes de falar:

— Tá legal, não espalhe isso, mas você sabe que ela e Becca conheciam a Profetisa Afogada?

— Sim, eu ouvi falar nisso — respondeu Robin.

— Bom, era coisa sobre Daiyu, aparentemente. Um monte de merda.

— O que ela disse?

— Não sei — admitiu Vivienne —, mas foi tão ruim que o cara quase saiu da igreja.

— Como você sabe de tudo isso? — perguntou Robin, com o cuidado de aparentar admiração pelo conhecimento superior de Vivienne.

— Estive conversando com uma das outras meninas que foram transferidas. Ela me contou que Emily e esse cara estavam, tipo, escapulindo juntos e recusando o vínculo espiritual com outras pessoas. Era puro materialismo. A menina acha que Emily, na verdade, tentava fazê-lo virar Desviante com ela.

— Que coisa horrível — comentou Robin.

— É mesmo — concordou Vivienne. — Pelo visto, eles tiveram de arrastá-la para o micro-ônibus. Ela gritava "Eu te amo" para o cara. — A expressão de Vivienne era de nojo. — Dá pra imaginar? Mas graças a Deus ele só se afastou.

— É — disse Robin. — Graças a Deus.

Vivienne virou-se para atender a uma mãe cuja criança pequena a arrastara para ver as tartarugas de pelúcia. Quando elas partiram, o garotinho agarrado à tartaruga nova, Vivienne voltou-se para Robin:

— Sabia que Papa J esteve em Los Angeles? — Sua voz se suavizou quando ela disse "Papa J"; claramente, a companheira de Robin estava tão encantada pelo fundador da igreja quanto a maioria das mulheres da Fazenda Chapman, e até alguns homens. — Bom, ele volta na semana que vem.

— É mesmo? — perguntou Robin.

— É. Ele sempre volta para a Manifestação da Profetisa Afogada... Já teve vínculo espiritual com ele?

— Não — respondeu Robin. — Você teve?

— Não. — Vivienne suspirou, deixando o desejo bem evidente.

Taio voltou várias vezes nas duas horas seguintes para ver quanto dinheiro tinha no cofre embaixo da mesa. Em uma das ocasiões, ele chegou mastigando e espanou flocos do que parecia massa folhada em volta da boca. Não sugeriu a nenhuma das duas que comesse alguma coisa nem lhes trouxe comida alguma.

As horas passaram e Robin começou a ficar tonta pelo que ela sabia, pela posição do sol, que devia ser o meio da tarde. Embora habituada à fome e ao cansaço na fazenda, era um novo desafio ficar parada em um único lugar por tanto tempo, tendo de sorrir, ter uma conversa animada e fazer proselitismo pela igreja enquanto o sol batia nela, e sem sequer a refeição habitual de macarrão malfeito e legumes cozidos demais para sustentá-la.

— Robin!

— Sim?

Ela se virou automaticamente para a pessoa que chamara seu nome e, um segundo de horror congelante depois, percebeu o que tinha feito. Um garotinho segurava uma ave de pelúcia de peito vermelho na mão e a apresentava à tartaruga que o pai acabara de comprar para ele. Vivienne olhou para Robin com estranheza.

— É meu apelido — disse Robin a Vivienne, com um riso forçado, enquanto pai e filho se afastavam. — Era como minha ir... Quer dizer, um de meus objetos de carne me chamava, às vezes.

— Ah — disse Vivienne. — Por que ela te chamava de Robin?

— Tinha um livro sobre Robin Hood — Robin inventou desesperada. — Era o preferido dela, antes de eu nascer. Ela queria que meus pais me chamassem de Rob...

Ela se interrompeu. Taio corria pela rua na direção delas, de cara vermelha e suado, e cabeças se viraram enquanto ele passava desajeitado com seu moletom branco por compradores, a expressão ao mesmo tempo colérica e em pânico.

— Problemas. — Ele ofegou, ao chegar à barraca. — Emily sumiu.

— O quê? — Vivienne arquejou.

— O *maldito* Jiang — disse Taio. — Me dê o cofre e guardem as mercadorias. Precisamos encontrá-la.

66

DIMINUIÇÃO combinada com veracidade (...)
É favorável empreender algo.
Como pode ser realizado?
Podem-se utilizar duas pequenas tigelas para o sacrifício.

I Ching: O livro das mutações

Quando Taio saiu às pressas carregando o cofre, Robin e Vivienne guardaram o que estava na barraca, deixando de pé a estrutura de metal.

— Deixa isso tudo aí — disse Vivienne em pânico, enquanto Robin metia a última das tartarugas e peças de palha nas caixas. — Ai, meu Deus. E se ela virou Desviante?

A caixa de coleta chocalhava nas mãos de Robin enquanto ela e Vivienne saíam correndo pela Castle Street. Robin refletiu sobre a completa e inquestionável aceitação de Vivienne do fato de que uma mulher adulta decidir romper com o grupo era uma coisa perigosa. Será que o pânico da própria Vivienne não a fazia se perguntar por que este controle rigoroso era necessário? Aparentemente, não: ela disparava para cada loja por onde passavam, tão alarmada quanto uma mãe estaria ao descobrir que o filho desapareceu. Com os moletons brancos iguais, a caixa de coleta barulhenta agarrada ao peito de Robin, a dupla atraía mais olhares sobressaltados de quem passava.

— É ela ali? — Vivienne arquejou.

Robin viu o lampejo de branco que Vivienne tinha localizado, mas, por acaso, era um jovem careca com uma camisa de futebol da Inglaterra.

— Espere. — Robin ofegou, parando. — Vivienne, espere! Devemos nos separar, assim cobrimos mais terreno. Você procura por ali — Robin apontou para a Davey Place —, e eu vou por aqui. Nos encontramos de novo na barraca, se não tivermos achado Emily em uma hora, está bem?

— E como vamos saber...?

— Pergunte a hora a alguém!

— Tudo bem — concordou Vivienne, embora aparentasse medo de ficar sozinha —, acho que faz sentido.

Temendo que Vivienne mudasse de ideia se tivesse tempo para pensar, Robin saiu correndo de novo e, olhando por cima do ombro, ficou aliviada ao ver Vivienne desaparecer na Davey Place.

De imediato Robin virou à esquerda em uma transversal, saindo em uma rua larga, que passava por um imenso morro relvado no alto do qual ficava o castelo de Norwich, um cubo de pedra enorme, imponente e com ameias.

Ela se recostou na parede de uma loja para recuperar o fôlego. Abalos secundários por ter sido tão tola de responder a seu nome verdadeiro ainda ricocheteavam por ela. Será que sua explicação foi boa? Será que Vivienne esqueceria o lapso, no choque de ouvir que Emily tinha desaparecido? Olhando a fachada imponente do castelo, ela ouviu a voz de Strike na cabeça:

Você está exposta. Colocou sua verdadeira identidade ao alcance de qualquer um que desconfie de você. Vá embora agora. Mais um erro e você está ferrada.

E isso, pensou Robin com culpa, era sem Strike saber que Lin a flagrara com a lanterna na mata. Ela só podia imaginar o que ele diria a respeito disso também.

Só porque ela não falou ainda não quer dizer que não vá falar. Só precisa de algumas pessoas para partilhar suas suspeitas.

Robin imaginou ir a uma cabine telefônica, como o pai de Niamh Doherty fez tantos anos atrás, e dar um telefonema a cobrar ao escritório para dizer a Pat que ela precisava sair. A ideia de ouvir a voz áspera de Pat, de saber que ela nunca teria de voltar à Fazenda Chapman, de estar segura para sempre contra a ameaça de Taio e do vínculo espiritual, era incrivelmente tentadora.

Mas contra tudo isso, havia o trabalho ainda por fazer. Ela não tinha descoberto nada suficientemente prejudicial sobre a igreja para forçar um encontro entre Will Edensor e sua família. Embora tivesse algumas poucas informações que podiam ser comprometedoras, como a ligação de Giles Harmon com a possivelmente menor de idade Lin, Robin duvidava de que sua palavra se sustentaria contra o poder dos advogados da IHU, em particular porque era muito improvável que Lin, nascida e criada na IHU, desse provas contra um Dirigente da igreja.

Preciso ficar, disse ela a Strike em sua cabeça, *e eu sei que você ficaria também, se estivesse no meu lugar.*

Robin fechou os olhos por um momento, exausta e faminta, e entre os pensamentos desconexos que deslizavam por sua mente estava: *E tem Ryan.*

Ryan, em quem ela pensava muito menos do que em Strike ultimamente... Mas isso, sem dúvida, era porque ela estava concentrada demais no trabalho... Era natural, inevitável...

Robin respirou fundo e partiu de novo, procurando por Emily na rua, embora tivesse certeza de que a mulher há muito fora embora. Pode ter pegado uma carona ou dado um telefonema a cobrar a algum parente que pudesse vir buscá-la. Com sorte, porém, a agência conseguiria localizar Emily lá fora...

— *O quê?* — exclamou Robin, parando abruptamente, os olhos em um exemplar dobrado do *Times* em um suporte na entrada de uma banca de jornais. Evidentemente, os britânicos votaram pela saída da União Europeia.

Robin tinha acabado de retirar o jornal do suporte para ler a matéria quando viu uma figura vestida de branco de longe. Jiang aproximava-se da direção contrária, com uma expressão furiosa. Robin devolveu o jornal apressadamente, virou-se e correu de volta ao lugar de onde viera: não achava que Jiang a avistara e não queria se encontrar com ele. Depois de correr por uma transversal estreita para pedestres, ela entrou em uma arcada coberta que não tinha visto antes. Olhando para trás, viu Jiang passar na frente do castelo e sumir de vista.

A arcada em que Robin se encontrava era muito bonita e antiga, com um teto de vidro abobadado alto, ladrilhos Art Nouveau acima das fachadas e luzes pendentes como campânulas gigantes. Desesperada por mais notícias do mundo, Robin continuou andando, procurando uma banca de jornais até que, pelo canto do olho, viu uma mancha branca.

Por um espaço entre as bonecas coloridas exibidas na vitrine de uma loja de brinquedos, ela viu a careca Emily vidrada nas prateleiras de brinquedos como que hipnotizada, sua caixa de coleta aninhada no peito.

Depois de um momento atordoada, Robin virou para entrar na loja. Andando em silêncio com seus tênis, ela contornou o final de uma fila de prateleiras.

— Emily?

A jovem se sobressaltou e olhou para Robin como se nunca a tivesse visto.

— Hmm... As pessoas estão procurando por você. Você está... O que está fazendo?

O ressentimento que às vezes beirava a raiva que Emily exibia na Fazenda Chapman tinha desaparecido. Ela estava branca feito giz e tremia.

— Está tudo bem. — Robin falou como se estivesse se dirigindo a alguém desorientado que tivesse acabado de sofrer um acidente físico.

— Taio está com raiva? — sussurrou Emily.

— Ele está preocupado — disse Robin, não inteiramente honesta.

Se ela não soubesse ser impossível, teria pensado que Emily tomara algum estimulante. Tinha as pupilas dilatadas e um músculo no rosto tremia.

— Fiz uma coisa para ele... sabe o que... no Quarto de Retiro... aquela coisa em que você chupa o...?

— Sim — interrompeu Robin, muito consciente das vozes de crianças do outro lado das prateleiras.

— ... então ele me deixou vir a Norwich.

— Tudo bem — disse Robin.

Várias possibilidades passavam por sua cabeça. Ela podia ligar para Strike e ver se ele pegaria Emily, aconselhá-la a procurar um parente, se ela tivesse algum fora da igreja, ou dizer a ela para procurar a polícia, mas todas essas opções necessariamente revelariam a sua falta de aliança para com a IHU e, se Emily se recusasse, Robin teria colocado a própria segurança nas mãos da mulher que tremia incontrolavelmente na frente das prateleiras de bonecas Sylvanian Families.

— Por que queria tanto vir a Norwich? — perguntou ela em voz baixa, certa da resposta, mas querendo ouvir da boca de Emily.

— Eu ia... Mas não consigo. Só vou acabar me matando. É por isso que eles nos avisam. Não se pode sobreviver aqui fora, depois que se chega ao passo oito. Acho que devo estar mais perto do espírito puro do que eu pensava — comenta Emily, com uma tentativa de riso.

— Eu não sabia disso — revelou Robin, aproximando-se de Emily. — Sobre o passo oito.

— *Eu sou a mestre de minha alma* — declarou Emily, e Robin reconheceu o mantra do Profeta Roubado. — Depois que seu espírito evolui de verdade, você não consegue se reintegrar ao mundo materialista. Ele vai matar você.

O olhar de Emily voltou às prateleiras de Sylvanian Families: pequenos modelos de animais vestidos como humanos, embalados como pais e filhos, com suas casas e mobília variada atrás deles.

— Olha — disse ela a Robin, apontando os animais. — É tudo posse materialista. Objetos de carne pequenininhos e suas casas... Tudo em caixas... *Eu terei* de entrar na caixa agora — acrescentou Emily, com outro riso que se transformou em choro.

— Que caixa?

— A caixa para quando você é má — sussurrou Emily. — *Muito* má...

A mente de Robin disparava.

— Escute — disse ela. — Vamos dizer a eles que você precisou ir ao banheiro, mas que passou mal, está bem? Você quase desmaiou, e uma mulher veio ajudar e só deixou você sair depois que se recompôs. Eu vou te apoiar... vou dizer que quando entrei no banheiro, a mulher ameaçava chamar uma ambulância. Se nós duas contarmos a mesma história, você não será punida, está bem? Eu vou te apoiar — repetiu. — Vai ficar tudo bem.

— Por que você me ajudaria? — perguntou Emily, sem acreditar.

— Porque eu quero.

Emily levantou de maneira patética a caixa de coleta.

— Não consegui o bastante.

— Posso te ajudar com isso. Vou aumentar um pouco a sua. Espere aqui.

Robin não teve nenhum receio de deixar Emily, porque sabia que ela estava petrificada de medo e incapaz de se mexer. A garota na caixa registradora, que batia papo com um jovem, entregou uma tesoura de trás da mesa quase distraidamente. Robin voltou a Emily e usou a ponta da tesoura para abrir a caixa de coleta.

— Vou ter que ficar com alguma coisa, porque Vivienne viu dinheiro entrando — explicou Robin, tirando a maior parte do dinheiro e colocando na caixa de Emily. — Pronto.

— Por que está fazendo isso? — sussurrou Emily, vendo Robin meter a última nota de cinco libras pela fenda.

— Eu já te disse, porque eu quero. Fique aqui, preciso devolver a tesoura.

Quando retornou, ela encontrou Emily exatamente onde a tinha deixado.

— Tudo bem, vamos...?

— Meu irmão se suicidou e foi tudo culpa nossa — disse Emily meio bruscamente. — Minha e de Becca.

— Você não pode ter certeza disso.

— Posso, sim. Fomos nós, nós fizemos isso com ele. Ele atirou em si mesmo. É possível conseguir armas com muita facilidade no mundo materialista — disse Emily com um olhar nervoso para os clientes que passavam pela vitrine da loja de brinquedos, como se temesse que eles estivessem armados.

— Pode ter sido um acidente — sugeriu Robin.

— Não, não foi, definitivamente não foi. Becca me fez assinar uma coisa... Ela me disse que eu reprimi o que ele fez conosco. Ela sempre faz isso — disse Emily, com a respiração acelerada e superficial —, me dizer o que aconteceu e o que não aconteceu.

Apesar da genuína preocupação com Emily e da necessidade urgente de voltar ao grupo, esta era uma abertura que Robin não podia ignorar.

— O que Becca disse que não aconteceu?

— Não posso contar a você — respondeu Emily, voltando o olhar para as fileiras de animais em dupla, felizes e sorridentes em suas caixas com embalagem de celofane. — Olha — disse ela, apontando uma família de quatro porcos. — Demônios porcos... Isto é um sinal — acrescentou, com a respiração acelerada.

— Um sinal do quê? — perguntou Robin.

— De que eu preciso calar a boca.

— Emily, são só brinquedos — Robin a tranquilizou. — Não são sobrenaturais, não são sinais. Você pode me contar qualquer coisa. Eu não vou te entregar.

— A última pessoa que me disse isso estava em Birmingham, e ele não... ele não estava falando a verdade... ele...

Emily começou a chorar. Sacudiu a cabeça enquanto Robin colocava uma das mãos de maneira consoladora em seu braço.

— Não, não faça isso... Você vai se meter em problemas sendo gentil comigo... Você não devia me ajudar. Becca vai garantir que seja castigada por isso...

— Não tenho medo de Becca — afirmou Robin.

— Bom, devia ter — disse Emily, respirando fundo em um esforço para se controlar. — Ela vai... fazer *qualquer coisa* para proteger a missão. *Qualquer coisa*. Eu... eu devia saber.

— Como você poderia ameaçar a missão? — perguntou Robin.

— Porque — começou Emily, olhando dois pandas pequenos com fraldas rosa e azul — eu sei de coisas... Becca disse que era nova demais para me lembrar... — Depois, em uma torrente de palavras, Emily disparou: — Mas eu *não era* tão pequena, tinha nove anos, e eu sei, porque eles me transferiram do alojamento das crianças depois que aconteceu.

— Depois que aconteceu o quê? — quis saber Robin.

— Depois que Daiyu ficou "invisível" — respondeu Emily, seu tom irônico na palavra. — Eu *sabia* que Becca estava mentindo, mesmo na época, só colaborei porque — outras lágrimas jorraram — eu amava... *amava*...

— Você amava Becca?

— Não... não... Isso não importa, não importa... Eu não devia estar... falando de nada disso... Esqueça, por favor...

— Vou esquecer — Robin mentiu.

— É só Becca — prosseguiu Emily, lutando para recuperar o controle de novo, enxugando o rosto — me dizendo que estou *mentindo* o tempo todo... Ela não é... desde que ela saiu... sinto que ela não é quem era antes.

— Quando ela saiu? — perguntou Robin.

— Há séculos... Eles a mandaram para Birmingham... Eles separavam objetos de carne... Devem ter pensado que éramos próximas demais... E quando ela voltou... ela não era... ela era realmente um deles, não tolerava ouvir uma palavra contra qualquer um deles, nem Mazu. Às vezes — prosseguiu Emily —, tenho vontade de *gritar* a verdade, mas... isso é se deixar levar pelo ego...

— Dizer a verdade não é se deixar levar pelo ego — afirmou Robin.

— Você não devia falar assim — aconselhou Emily, aos soluços. — Foi assim que me transferiram.

— Eu entrei para a igreja para encontrar a verdade — afirmou Robin. — Se este é só outro lugar onde não se pode dizer a verdade, não quero ficar.

— "Um único evento, mil recordações diferentes. Só a Divindade Abençoada sabe a verdade" — declarou Emily, citando *A resposta.*

— Mas a verdade existe — disse Robin com firmeza. — Nem tudo é opinião ou lembranças. A verdade *existe.*

Emily olhou para Robin com o que parecia um fascínio assustado.

— Você acredita nela?

— Em quem? Em Becca?

— Não. Na Profetisa Afogada.

— Eu... Sim, acho que sim.

— Bom, não devia — sussurrou Emily. — Ela não era o que dizem que era.

— Como assim?

Emily olhou pela vitrine da loja de brinquedos, depois falou:

— Ela sempre fazia coisas secretas na fazenda. Coisas *proibidas.*

— Que tipo de coisas?

— Coisas no celeiro e na mata. Becca viu também. Ela diz que estou inventando, mas sabe o que aconteceu. Eu *sei* que ela se lembra — falou Emily desesperadamente.

— O que você viu Daiyu fazer no celeiro e na mata?

— Não posso contar a você. Mas eu *sei* que ela não morreu. Eu *sei* disso.

— O quê? — disse Robin sem entender.

— Ela não morreu; está em algum lugar aí fora, adulta. Ela nunca se afo...

Emily soltou um leve arquejar. Robin se virou: uma mulher de blusa e calça branca tinha virado o canto das prateleiras, segurando as mãos de dois garotinhos barulhentos, e Robin entendeu que Emily por um momento confundiu aquela mãe com outro membro da IHU. Os dois garotinhos começaram a gritar, pedindo o trenzinho de *Thomas e seus amigos.*

— Eu quero o Percy. Olha o Percy aqui! Quero o Percy!

— Você vai mesmo dizer que eu senti que ia desmaiar? — sussurrou Emily para Robin. — No banheiro, e tudo mais?

— Sim, claro que sim — confirmou Robin, com medo de pressionar ainda mais Emily nesse momento, mas com esperanças de ter estabelecido uma relação que sobrevivesse na fazenda. — Você está bem para ir agora?

Emily fez que sim com a cabeça, ainda fungando, e seguiu Robin para fora da loja. Elas deram alguns passos embaixo da arcada quando Emily segurou Robin pelo braço.

— Taio quer que você faça o vínculo espiritual com ele, não quer?

Robin assentiu.

— Bom, se você não quiser — disse Emily em voz baixa —, precisa fazer com Papa J quando ele voltar. Nenhum outro homem tem permissão de tocar em uma das esposas espirituais de Papa J. Becca é uma esposa espiritual, por isso nunca tem de ir aos Quartos de Retiro com ninguém.

— Não sabia disso — disse Robin.

— Só vá com Papa J — aconselhou Emily — e você vai ficar bem.

— Obrigada, Emily — agradeceu Robin, que apreciava a intenção útil por trás das palavras, embora não o conselho em si. — Vamos, é melhor a gente se apressar.

67

Não sou eu que procuro o jovem tolo;
É o jovem tolo que me procura.

I Ching: O livro das mutações

Strike levou a carta seguinte de Robin para reler enquanto fazia a vigilância noturna dos Franks na segunda-feira, porque achou muita coisa interessante nela.

Wan, Robin escreveu, tinha se mudado da Fazenda Chapman, embora Robin não soubesse para onde fora. Ela deixou a criança com Mazu, que batizou a garotinha de Yixin, e a carregava pela fazenda e falava como se fosse a mãe biológica dela. Robin também descreveu sua ida a Norwich, mas, como não mencionou a reação acidental ao próprio nome verdadeiro, Strike não ficou sobrecarregado com novas preocupações pela segurança da sócia enquanto refletia sobre a afirmativa de Emily de que Daiyu, na verdade, não se afogara.

Mesmo sem evidências comprobatórias, a opinião de Emily interessou ao detetive, porque o fez retornar às próprias reflexões no calçadão em Cromer, quando ele ponderou a possibilidade de que Daiyu tivesse sido levada para a praia não para morrer, mas para ser entregue a outra pessoa. Sentado no carro escuro, olhando regularmente as janelas do apartamento dos Franks que estavam iluminadas, o que era típico para o horário, ele se perguntou com que probabilidade Daiyu teria sobrevivido à ida à praia, sem chegar à conclusão alguma.

Os Wace tinham um motivo claro para o desaparecimento de Daiyu: evitar que a família Graves obtivesse DNA e recuperasse o controle das duzentas e cinquenta mil libras em ações de empresas sólidas. A morte não era necessária para este objetivo: bastava colocar Daiyu fora do alcance dos Graves. Mas se Daiyu não morreu, onde estava? Será que havia parentes de

Mazu ou Jonathan de que ele não tinha conhecimento e que concordariam em receber a menina?

Daiyu teria vinte e oito anos se estivesse viva. Estaria ela satisfeita por permanecer em silêncio, sabendo que uma seita crescera em torno de seu suposto afogamento aos sete anos?

Na penúltima linha da carta, Robin respondia à pergunta que Strike fizera na última comunicação: ela tinha algum motivo para acreditar que seu disfarce podia ser revelado na Fazenda Chapman, dado que uma mulher desconhecida abordara Strike, aparentemente para perturbar sua vigilância?

Não sei se esta mulher de que você falou tem algo a ver com a igreja, mas não acho que alguém aqui saiba ou suspeite de quem realmente sou.

Um movimento na porta do prédio dos Franks fez Strike levantar a cabeça. Os dois irmãos andavam, meio trôpegos, para seu furgão dilapidado, carregando caixas pesadas e o que pareciam sacos de mantimentos. Enquanto alcançava o veículo, o Frank mais novo tropeçou e várias garrafas grandes de água mineral viraram e rolaram de uma caixa. Strike, que a essa altura os filmava, viu o irmão mais velho repreender o caçula, baixando a própria caixa para ajudar o outro. Strike deu um zoom e viu o que parecia um rolo de corda se projetando da caixa do irmão mais velho.

Ele deu uma vantagem ao furgão e o seguiu. Depois de uma curta viagem, eles pararam em frente a um grande depósito, em Croydon. Ali, o detetive observou enquanto os dois descarregavam as caixas e mantimentos e desapareciam dentro do prédio.

É claro que não era um crime comprar corda ou um furgão, nem alugar um depósito e colocar comida e água ali, mas Strike considerou esta atividade muito sinistra. Por mais que tentasse, não conseguia pensar em outra explicação plausível para essas atividades além daquela de que os irmãos planejavam o rapto e o cárcere de atriz que eles pareciam decididos a castigar por ser insuficientemente complacente com suas exigências de atenção. Até onde ele sabia, a polícia ainda não fizera uma visita de advertência aos Franks. Ele não conseguia deixar de suspeitar de que a questão não era vista como prioridade porque Mayo podia pagar uma agência de detetives particulares para vigiar seus perseguidores.

Ele ficou ali vigiando a entrada do prédio por vinte minutos, mas os irmãos não saíram. Depois de um tempo, sabendo que ouviria o furgão dar a partida, fez algo a que resistira e, no telefone, procurou no Google "Funeral de Charlotte Campbell".

Desde que os leitores de jornais souberam da morte de Charlotte, outros detalhes de seu suicídio vazaram para a imprensa. Assim Strike soube que Charlotte tinha tomado um coquetel de bebida e antidepressivos antes de cortar os pulsos e sangrar na banheira. A faxineira encontrou a porta do banheiro trancada às nove da manhã e, depois de bater e chamar em vão, ligou para a polícia, que arrombou a porta do cômodo. Por mais que preferisse o contrário, a imaginação de Strike insistia em lhe mostrar um quadro nítido de Charlotte submersa no próprio sangue, o cabelo preto flutuando na superfície recoberta.

Ele se perguntou que local de descanso a família escolheria para Charlotte. A família do falecido pai dela era escocesa, enquanto a mãe, Tara, nascera e vivera em Londres. Quando Strike soube pelo *Times* que Charlotte seria enterrada no cemitério de Brompton, um dos mais elegantes da capital, deduziu que Tara deve ter dado o voto de Minerva. A escolha de Brompton também garantia publicidade, e Tara sempre teve um fraco por isso. Strike pôde então ver fotografias dos que compareceram ao enterro no site do *Daily Mail* enquanto estava sentado ali, no escuro.

Muitas pessoas vestidas de preto que saíram do funeral de Charlotte naquele mesmo dia eram familiares a ele: o visconde Jago Ross, ex-marido de Charlotte, parecendo como sempre uma raposa do ártico dissoluta; Valentine Longcaster, o meio-irmão de cabelo caído; Sacha Legard, o meio-irmão bonito, que era ator; Madeline Courson-Miles, a designer de joias que Strike já havia namorado; Izzy Chiswell, uma velha amiga de Charlotte do colégio; Ciara Porter, uma modelo com quem Strike saiu uma vez; e até Henry Worthington-Fields, o ruivo magricela que trabalhava no antiquário preferido de Charlotte. Sem nenhuma surpresa, a ausência de Landon Dorner tinha sido notada.

Strike não recebera um convite ao funeral, mas isso não o incomodava: no que lhe dizia respeito, ele tinha se despedido na pequena igreja de Norfolk que dava para a Fazenda Chapman. De todo modo, em vista de sua história pessoal com algumas das pessoas que teriam sido suas companheiras de luto, o funeral sem dúvida seria uma das ocasiões mais desconfortáveis de sua vida.

A última foto no *Mail* era de Tara. Pelo que Strike podia ver através do grosso véu preto do chapéu, as feições antes bonitas tinham sido fortemente distorcidas pelo que parecia um uso excessivo de preenchimento cosmético. Ela era flanqueada, de um lado, pelo quarto marido, e do outro, por Amelia, a única irmã com quem Charlotte compartilhava os dois pais e que era dois anos mais velha que sua ex-noiva. Esta foi a irmã que ligou para o escritório de Strike na manhã seguinte ao anúncio do suicídio de Charlotte à imprensa e que, ao saber por Pat que Strike estava indisponível, simplesmente desligou. Amelia não entrou em contato com Strike desde então, nem ele tentou falar com ela. Se os boatos de que Charlotte deixou um bilhete suicida fossem verdadeiros, ele estava feliz em continuar ignorando o que dizia.

A batida de uma porta de carro o fez levantar a cabeça. Os irmãos Frank tinham saído do depósito e davam a partida no furgão. Ele pegou na quarta tentativa e Strike os seguiu de volta até o edifício onde moravam. As luzes do apartamento deles se apagaram depois de vinte minutos e Strike voltou ao noticiário no telefone, para matar tempo até Shah chegar e rendê-lo às oito horas.

O plebiscito do Brexit podia ter acabado, mas o assunto ainda dominava as manchetes. Strike rolou por esses artigos sem abrir, fumando seu cigarro eletrônico, até que, com apreensão, viu outro rosto conhecido: o de Bijou Watkins.

A foto, tirada quando Bijou saía de casa, mostrava-a com um vestido azul justo que realçava seu corpo. O cabelo preto estava recém-penteado, ela estava habilidosamente maquiada, como sempre, e portava uma pasta elegante na mão. Ao lado da foto de Bijou havia outra, de uma mulher corpulenta, de cara lavada e cabelo frisado com um desfavorável vestido de noite de cetim cor-de-rosa, cuja legenda dizia ser Lady Matilda Honbold. Acima das duas fotografias, a manchete: *O Divórcio de Andrew "Honey Badger" Honbold.*

Strike passou os olhos pelo artigo e no parágrafo quatro encontrou o que temia: seu próprio nome.

> *Católico, um empenhado doador do Partido Conservador e patrono da Campanha pelo Jornalismo Ético e do Apoio Católico à África, a suposta infidelidade de Honbold foi reportada primeiro pela* Private Eye. *A revista alegou que a amante sem nome de Honbold também desfrutara de um caso com o conhecido detetive particular Cormoran Strike, histórias que foram negadas por Honbold, Watkins e Strike, com Honbold ameaçando um processo contra a revista.*

— Merda — resmungou Strike.

Ele achava que o boato de seu envolvimento com Bijou estivesse acabado. A última coisa de que precisava era uma placa no *Times* dizendo a Patterson e Littlejohn exatamente onde procurar sujeira.

Pontualmente às oito da manhã, Shah chegou para fazer a vigilância dos Franks.

— Bom dia — disse ele, sentando no banco do carona do BMW.

Antes que Strike pudesse dizer o que tinha se passado durante a noite, Shah pegou seu telefone e falou:

— Esta é a mulher que viu no Connaught? Consegui algumas.

Strike correu as fotos. Todas mostravam diferentes ângulos da mesma mulher de cabelo escuro, que usava um gorro e jeans baggy, e estava na esquina da Denmark Street mais próxima do escritório.

— É — disse ele —, é parecida com ela. Quando tirou essas?

— Ontem à noite. Ela estava lá quando eu saí do escritório.

— Ela trabalhava para a Patterson Inc quando você esteve por lá?

— Definitivamente não. Eu não teria me esquecido dela.

— Tudo bem, me faça um favor e encaminhe isto a Midge e Barclay.

— O que você acha que ela procura?

— Se for outra agente de Patterson, pode estar verificando que clientes pegamos para tentar afugentá-los. Ou pode estar tentando identificar pessoas que trabalham para a agência, para ver se consegue alguma coisa contra elas.

— Vou adiar o início do vício em heroína, então.

Strike contou o que acontecera na noite anterior a Shah e voltou para o centro de Londres, cansado e irritado, e seu humor não melhorou quando viu um pôster gigantesco, que normalmente teria deixado passar, enquanto aguardava em um sinal de trânsito. Mostrava Jonathan Wace contra um fundo azul-escuro, repleto de estrelas, vestido em um manto branco, de braços estendidos, um sorriso na cara bonita voltada para o céu. A legenda dizia: "SUPERSERVIÇO 2016! INTERESSADO NA IGREJA HUMANITÁRIA UNIVERSAL? CONHEÇA PAPA J NO OLYMPIA NA SEXTA-FEIRA, 12 DE AGOSTO DE 2016!"

— A irmã de Charlotte Ross ligou de novo — foram as primeiras palavras, um tanto quanto indesejadas, de Pat quando um Strike de barba por fazer apareceu às nove e meia com um rolinho de bacon na mão que tinha comprado a caminho do escritório; a dieta que se danasse.

— Ligou? Algum recado? — perguntou Strike.

— Ela disse que vai passar um mês no campo, mas gostaria de se encontrar com você quando voltar.

— Ela espera alguma resposta minha? — Strike quis saber.

— Não, foi só isso que ela disse.

Strike grunhiu e foi à chaleira.

— E você recebeu um telefonema de Jacob Messenger.

— Quê? — disse Strike, surpreso.

— Ele falou que o meio-irmão informou que você procurava por ele. Disse que pode ligar a qualquer hora desta manhã.

— Me faça um favor — disse Strike, mexendo o adoçante no café. — Telefone e pergunte se ele topa uma chamada via FaceTime. Quero ter certeza de que é realmente ele.

Strike foi para sua sala, ainda pensando na mulher bonita que aparentemente mantinha o escritório sob vigilância. Se conseguisse se livrar da confusão com Patterson, a vida seria consideravelmente menos complicada, para não falar mais barata.

— Ele concordou com o FaceTime — anunciou Pat cinco minutos depois, entrando na sala de Strike com um Post-It com o número de Messenger. Depois que ela saiu, Strike abriu o FaceTime no computador e digitou o número dele.

A chamada foi atendida quase imediatamente pelo mesmo jovem bronzeado que sorria radiante na foto do quadro de Strike. Com o sorriso de dentes brancos, o cabelo escuro penteado para trás e as sobrancelhas feitas, ele parecia empolgado por falar com Strike, enquanto a principal emoção do detetive era a frustração. Quem estava gravemente doente ou morrendo na Fazenda Chapman claramente não era Jacob Messenger.

Alguns minutos depois, Strike soube que o interesse de Messenger pela igreja foi despertado quando seu agente recebeu um pedido para Jacob comparecer a um dos projetos de caridade da IHU, continuou por uma sessão de fotos em que o jovem ganhou um moletom da IHU, perdurou por uma curta entrevista à imprensa em que ele falou de seu novo interesse pela espiritualidade e as obras de caridade, e murchou ao ser convidado para um retiro de uma semana na fazenda, sem a presença da mídia.

— Eu não queria ir para a porcaria da fazenda — admitiu Jacob, os dentes brancos e ofuscantes bem à mostra quando ele riu. — Por que eu ia querer isso?

— Certo — comentou Strike. — Bom, isso foi muito…

— Mas escute — interrompeu Jacob —, já pensou em fazer um programa?

— Fazer o quê?

— Tipo ser a mosquinha na parede, seguir suas coisas de investigação. Pesquisei sobre você. É sério, acho que meu agente ficaria interessado. Eu estava pensando, se você e eu juntarmos forças, você pode ficar, tipo, me mostrando os detalhes do trabalho, com uma equipe de gravação…

— Eu não…

— Pode ser uma boa publicidade — disse Messenger, enquanto uma loura em um minivestido passava pela tela atrás dele, parecendo perdida. —

Vai melhorar sua visibilidade. Não estou me gabando nem nada, mas eu sem dúvida conseguiria um público para nós…

— É, isso não funcionaria — disse Strike com firmeza. — Adeus.

Ele desligou enquanto Messenger ainda falava.

— Babaca idiota — resmungou Strike, levantando-se de novo para arrancar a foto do garoto do quadro da IHU, rasgá-la ao meio e jogar na lixeira. Depois ele escreveu QUEM É JACOB? em uma folha de papel e prendeu onde estivera a foto de Messenger.

Recuando alguns passos, Strike contemplou mais uma vez as várias fotos das pessoas mortas, não localizadas e desconhecidas ligadas à igreja. Além do bilhete sobre Jacob, a única outra mudança recente no quadro era outra folha de papel, que ele prendeu depois de ir a Cromer. Dizia CORREDOR NA PRAIA? e também estava na coluna "ainda a ser encontrado/identificado".

De cenho franzido, Strike olhou de foto em foto, parando na de Jennifer Wace, com seu cabelo comprido e o batom fosco, congelada para sempre nos anos 1980. Desde a ida a Cromer, Strike tentara descobrir o máximo possível sobre como alguém pode induzir uma convulsão em uma pessoa epilética e, pelo que podia ver, a única possibilidade plausível seria retirar a medicação ou, talvez, substituí-la por alguma substância ineficaz. Mas, supondo que Wace tivesse de fato mexido nos comprimidos da esposa, como ele podia saber que ia acontecer uma convulsão naquele momento específico, enquanto Jennifer estava na água? Como método de assassinato, era ridiculamente incerto, embora, é claro, não menos arriscado que levar uma criança para nadar e torcer para o mar esconder seu corpo para sempre.

Coçando o queixo com a barba por fazer, o detetive se perguntou se não estaria se concentrando no que podia se revelar um beco sem saída. Estaria ele se juntando às fileiras de teóricos da conspiração, que viam tramas e estratagemas ocultos onde pessoas mais sãs diziam, como Shelley Heaton, "Essa é uma coincidência *estranha*", e vida que segue? Seria arrogante, perguntou-se, pensar que tinha conseguido traçar uma ligação onde ninguém mais tivera sucesso? É possível, mas ele já fora chamado de arrogante, com mais frequência pela mulher que jazia recém-enterrada no cemitério de Brompton, e isso nunca o dissuadiu de fazer exatamente o que ele se decidira a fazer.

68

Nove na segunda posição significa:
O abismo é perigoso.
Deve-se buscar obter apenas as pequenas coisas.

I Ching: O livro das mutações

Um estranho estado de espírito parecia ter contagiado a Fazenda Chapman desde que os moletons dos integrantes passaram para o branco. Havia um nervosismo no ar, uma tensão. Robin notou uma tendência maior por parte dos membros da igreja de ser mais performaticamente atenciosos no tratamento dos outros, como se uma entidade oculta estivesse em vigilância e julgamento constantes.

A ansiedade generalizada aumentou a da própria Robin. Embora não tivesse exatamente mentido na última carta a Strike, ela também não contou toda a verdade.

Quando ela e Emily voltaram à barraca abandonada em Norwich e contaram a história sobre o desmaio no banheiro, Taio deu a impressão de ter aceitado o relato ao pé da letra. Aliviado por ter Emily de volta, a maior parte da ira de Taio foi dirigida a Jiang por perdê-la de vista e colocá-la à mercê das pessoas da bolha, e ele passou a maior parte da viagem de volta à Fazenda Chapman resmungando o que pareciam insultos e imprecações para a nuca do irmão. Jiang não respondia, continuava recurvado e em silêncio sobre o volante.

Porém, nos dias que se seguiram Robin detectou uma mudança na atitude de Taio. Sem dúvida, a grande quantidade de dinheiro que Emily supostamente tinha coletado sozinha, combinada com a quantia muito pequena que ficou na caixa de coleta da barraca, tinha levantado suspeitas. Por várias vezes, Robin pegou Taio olhando fixamente para ela de maneira nada amigável, e também notou olhares de lado de outros que estiveram em Norwich. Um dia,

Robin viu Amandeep silenciando apressadamente Vivienne e Walter quando ela se aproximou deles no pátio e entendeu ser ela o assunto da conversa. Robin se perguntou se Vivienne havia contado a alguém sobre sua resposta ao verdadeiro nome e, se contara, até que ponto a informação fora divulgada.

Robin sabia que tinha chegado ao limite absoluto dos erros permitidos e, como não estava disposta a fazer sexo nem com Taio, nem com Jonathan Wace, estava na prorrogação em seu jogo na Fazenda Chapman. Como ia sair, ainda não sabia. Seria preciso certa coragem para dizer a Taio e Mazu que queria ir embora, e talvez fosse mais fácil lutar com o arame farpado no perímetro à noite. Entretanto, sua preocupação imediata, dado que seu tempo, sem dúvida, se esgotava, era identificar prioridades e alcançá-las o mais rápido possível.

Primeiro, ela queria tirar proveito da compreensão secreta que tinha conquistado com Emily para obter o máximo possível de informações dela. Segundo, estava decidida a tentar engendrar uma conversa pessoal com Will Edensor, para dar a Sir Colin informações atualizadas sobre o filho. Por fim, achava que podia procurar o machado escondido em uma árvore na mata.

Robin sabia que mesmo essa programação limitada seria espinhosa. Fosse deliberado ou não (e Robin suspeitava de que fosse), desde que eles voltaram de Norwich, ela e Emily receberam tarefas que as mantinham o mais afastadas possível. Ela notou que Emily sempre era flanqueada pelas mesmas pessoas no salão de jantar, como se tivessem recebido uma ordem para mantê-la sob vigilância o tempo todo. Emily por duas vezes tentou se sentar ao lado de Robin no salão, antes de ser bloqueada por uma das pessoas que parecia ser sua sombra constante. Os olhos das duas se encontraram várias vezes no alojamento e, em uma dessas ocasiões, Emily abriu um sorriso fugaz antes de se virar rapidamente assim que Becca entrou.

Pegar Will Edensor sozinho também era complicado, porque o contato de Robin com ele sempre foi ínfimo, e, desde seu turno conjunto na lavoura, ela raras vezes recebia uma tarefa com o garoto. O status dele na Fazenda Chapman ainda era o de trabalhador braçal, apesar de sua evidente inteligência e do dinheiro investido, e tal trabalho conjunto era sempre supervisionado, sem permitir, portanto, nenhuma oportunidade para conversa.

Quanto ao machado supostamente escondido na mata, ela sabia que seria insensato usar a lanterna para procurar à noite, porque o facho podia ser avistado por alguém que olhasse das janelas do alojamento. Infelizmente, dar uma busca na mata durante o dia seria igualmente difícil. Além de ser utilizado como ocasional playground de aventuras para as crianças, o terreno sem cultivo mal era usado e, tirando Will e Lin, que iam lá ilicitamente, e o jovem que procurara por Bo ali na noite do seu desaparecimento, Robin nunca vira um adulto entrar lá. No momento, ela não sabia como ia escapulir de suas tarefas ou justificar a presença na mata, se fosse encontrada.

Desde a excursão a Norwich, Robin parecia ter conquistado um novo status híbrido: parte trabalhadora braçal e parte recruta de alto nível. Não foi convidada a voltar à cidade para angariar fundos, embora continuasse a estudar a doutrina da igreja com seu grupo. Robin tinha a sensação de que suas mil libras de doação a tornaram valiosa demais para ser inteiramente relegada ao status de criada, mas passava por uma espécie de condicional tácita. Vivienne, que sempre era um bom barômetro de quem estava nas boas graças e quem não estava, ignorava-a educadamente.

A carta seguinte de Robin a Strike foi curta e, como ela bem sabia, decepcionante como fonte de informações, mas na manhã seguinte à colocação da carta na pedra de plástico, aconteceu um evento significativo na Fazenda Chapman: a volta de Jonathan Wace.

Todos saíram para ver a Mercedes prata de Papa J passar pela entrada seguida por um comboio de carros menores e, antes que o cortejo tivesse parado, todos os integrantes começaram a gritar e aplaudir, inclusive Robin. Quando Wace saiu do carro, a multidão ficou quase histérica.

Estava bronzeado, descansado e bonito como sempre. Os olhos ficaram marejados de novo quando olhou o grupo aplaudindo, e ele colocou a mão no coração e fez uma de suas leves mesuras autodepreciativas. Quando foi até Mazu, que segurava a bebê Yixin nos braços, ele a abraçou e examinou encantado a criança, como se fosse dele — o que, Robin de repente percebeu, podia muito bem ser. Os gritos da multidão ficaram ensurdecedores e Robin tratou de aplaudir com tanto entusiasmo que suas mãos doíam.

Do carro atrás do de Wace, saíram cinco jovens, todos desconhecidos, e Robin pensou, principalmente devido a seus dentes perfeitos, que eram americanos. Dois jovens mauricinhos e três garotas notavelmente bonitas, todos com o moletom branco da IHU, sorriram radiantes para os integrantes britânicos da igreja, e Robin deduziu que eles tivessem sido trazidos para a Fazenda Chapman do centro em San Francisco. Ela viu Jonathan apresentá-los um por um a Mazu, que os recebeu educadamente.

Naquela noite, houve outro banquete no salão de jantar, que mais uma vez fora decorado com lanternas de papel vermelhas e douradas. Eles receberam carne de verdade pela primeira vez em semanas e Wace fez um longo e fervoroso discurso sobre as guerras na Síria e no Afeganistão, e criticou os discursos de campanha do candidato presidencial Donald Trump. Os visitantes americanos, Robin notou, assentiam com veemência enquanto Wace pintava um quadro nítido do terror fascista que seria desencadeado se Trump vencesse as eleições.

Depois de descrever os horrores do mundo materialista, Wace passou a relatar o sucesso contínuo da IHU e explicou como a igreja, sozinha, podia reverter as forças do mal que se manifestavam no planeta. Ele elogiou os visitantes americanos por seus esforços de angariação de fundos e descreveu a criação iminente de um novo centro da IHU em Nova York, depois convocou várias pessoas ao palco para elogiá-las por seus esforços individuais. Evidentemente Mazu manteve Wace informado sobre os acontecimentos na Fazenda Chapman, porque Amandeep foi um dos chamados ao palco. Ele chorava e meneava a cabeça ao se aproximar de Wace, que o abraçou antes de anunciar que Amandeep tinha igualado o recorde de fundos coletados em um único dia para a igreja. Os cinco americanos que tinham chegado havia pouco se levantaram para aplaudir e soltar uivos, com os punhos socando o ar.

Quando o discurso de Wace terminou, começou a música, como no final do banquete anterior, e as pessoas foram dançar. Robin se levantou também: estava decidida a mostrar entusiasmo sempre que possível e torcia para encontrar um jeito, na confusão, de falar ou com Will, ou com Emily. Porém, isso foi impossível. Ela se viu, em vez disso, dançando de frente para Kyle, que tinha sido um recruta de alto nível, mas cuja incapacidade ou recusa de fazer sexo com Vivienne o havia relegado a um dos trabalhadores mais inferiores da fazenda. Inexpressivo, mexia-se desajeitado na frente de Robin, nunca a olhava nos olhos, e ela se perguntou onde ele se imaginava, até notar que a boca dele estava constante e silenciosamente se mexendo em um mantra que não tinha relação com a música.

69

Ao lidar com as pessoas tão intratáveis e tão difíceis de influenciar como um porco ou um peixe (...) deve-se primeiro se livrar de todo preconceito e, por assim dizer, deixar que a psique do outro aja (...).

I Ching: O livro das mutações

O desjejum na Fazenda Chapman costumava ser a refeição mais silenciosa do dia, dado que acontecia às cinco e meia da manhã. Durante a estada anterior de Jonathan Wace na fazenda, sua presença em refeições comunitárias se limitara a dois jantares, e, assim, quando Wace e Mazu entraram no salão às seis horas da manhã depois de sua chegada, Robin deduziu, pelos olhares de surpresa de todos que a cercavam, que aquele era um evento muito incomum. Houve uma explosão de aplausos hesitantes: cabeças se viraram e um completo silêncio recaiu quando Wace foi ao palco, já com o microfone. Mazu se colocou ao lado dele, sem sorrir, o rosto sombreado pelo cabelo preto e comprido.

— Meus amigos — disse Wace com um sorriso triste —, minha amada esposa sofreu uma perda. Como alguns de vocês podem ter percebido, ela usava um pingente especial: um peixe de madrepérola. Pertenceu a Daiyu, a Profetisa Afogada. O peixe foi encontrado na cama de Daiyu na manhã de sua ascensão.

Um leve arquejar percorreu o salão.

— Minha esposa notou duas noites atrás que o cordão tinha se partido e o peixe fora perdido. Ela procurou, mas não encontrou. Vocês entendem, estou certo disto, que não estou lhes pedindo para fazer uma busca por um símbolo materialista e sem importância. Este é um artefato da igreja. Nós, Mazu e eu, ficaremos profundamente gratos a quem conseguir recuperar esse objeto precioso. Estou pedindo a todos que deixem de lado as tarefas habituais e nos ajudem a encontrá-lo.

Robin farejou uma oportunidade. Houve apenas uma vez, na noite em que o pequeno Bo desaparecera do alojamento infantil, que a rígida estrutura coletiva da fazenda tinha se dissolvido. Se todo mundo tomasse rumos separados, espalhando-se pelos terrenos da igreja, ela podia realizar alguma coisa. Dando uma olhada rápida no salão, localizou Becca se aproximando da mesa onde Emily estava sentada, dando instruções. Robin tinha certeza de que o grupo fora orientado a se manter unido durante as buscas.

Will Edensor, por sua vez, já saía do salão, sozinho. Pegando sua tigela de mingau, Robin se apressou a colocar a sua em um dos carrinhos e foi atrás dele.

Estava quente, mas caía uma leve chuva de verão. Will se dirigia ao pátio, de cabeça baixa, olhando para o chão. Fingindo procurar ela mesma o pingente perdido, Robin passou lentamente pelos celeiros e a lavanderia, olhando disfarçadamente Will, que logo chegou ao pátio e começou a procurar. Robin olhava em torno da base do túmulo do Profeta Curador, a chuva escorrendo por sua nuca, quando uma voz alta disse:

— Eu já olhei aí.

— Oi, Shawna — disse Robin, com um aperto no coração.

— Will! — chamou Shawna, cuja gravidez começava a ficar evidente. — Eu já olhei aí também!

Will ficou calado, virou-se e partiu na direção da sede da fazenda. Para decepção de Robin, outros dois homens se juntaram a ele, e Robin deduziu, pelos gestos, que eles sugeriam uma busca conjunta e sistemática no jardim atrás da sede.

— Ouvi alguém dizer que pode ter caído na sala de aula das crianças — mentiu Robin para Shawna, decidida a se livrar da garota, se pudesse. — Pelo visto, Mazu esteve lá uns dias atrás.

— Então, vamos — disse Shawna.

— Não posso — recusou Robin com pesar. — Eles me disseram para ir à cozinha depois do pátio, mas não entendo por que estaria lá. Aposto que quem encontrar será uma espécie de herói.

— É — concordou Shawna. — Será mesmo. Vou para as salas de aula.

Ela saiu. Assim que Shawna sumiu de vista, Robin partiu, não para a lavanderia, mas para a passagem entre os alojamentos masculino e feminino, de olho no chão, ainda fingindo procurar o peixe caído. Ela sabia que assumia um risco ao atravessar o campo à luz do dia e entrar na mata, mas, como Emily e Will estavam fora de alcance, estava decidida a cumprir um de seus objetivos.

Robin se manteve à margem do campo em vez de atravessá-lo em linha reta, olhando frequentemente para trás e desejando vestir outra cor que não branco, que se destacaria contra a sebe se alguém olhasse na direção do portão.

Por fim, chegou ao santuário das árvores e começou a busca por qualquer tronco que parecesse antigo o bastante para conter o buraco e o machado descritos por Niamh Doherty.

Era estranho estar na mata à luz do dia, e ainda mais estranho não tomar o caminho habitual para a pedra de plástico. O mato estava alto, descuidado e talvez até perigoso para as crianças que brincavam ali, em vista do número de galhos caídos. Passando por baixo deles, levantando bem o pé ao passar por cima de raízes e urtigas, tateando troncos em busca de buracos, Robin sabia que teria uma sorte excepcional se encontrasse a árvore certa no tempo em que podia ficar ali em segurança.

Uma garoa caía nas folhas enquanto Robin passava por um carvalho grosso cujo tronco era lamentavelmente sólido. Ela logo se viu na beira da pequena clareira em que entrou uma vez à noite, onde um círculo de postes grossos tinha sido cravado no chão. A maioria havia apodrecido até virar tocos, embora alguns mostrassem indícios de terem sido cortados com um machado.

Robin entrou cautelosamente no anel, mais uma vez notando a aparência ritualística. O chão era irregular e escorregadio com folhas apodrecidas. Alguém, sem dúvida, cortara os postes e Robin se perguntava se fora este o motivo de um machado ser levado para a mata: para tentar destruir o anel. Teria o machado ficado escondido devido à dificuldade de contrabandeá-lo de volta à fazenda principal? Seria melhor deixar que a suspeita do roubo recaísse em todos, do que ser apanhado com ele?

Ela se curvou para examinar algo preto que pensou ser um pedaço de carvão, mas não era; depois de alguns segundos, Robin concluiu que era um nó de corda queimado. Em vez de pegá-lo, ela apanhou uma pedrinha no chão, que serviria como o marcador daquele dia, e estava colocando em seu sutiã quando o estalo inconfundível de um galho partido por pés humanos a fez se virar. Jiang estava entre duas árvores na beira da clareira.

— Jiang — disse Robin forçando um riso, embora o suor brotasse no pescoço e no peito —, você me deu um tremendo susto.

— O que está fazendo? — perguntou ele, desconfiado.

— Procurando pelo pingente de Mazu — respondeu Robin. Pelo menos foi encontrada agachada, olhando o chão.

— Por que estaria aqui? — indagou Jiang. Seu olho direito começara a piscar. Ele o esfregou para disfarçar o tique.

— Tive uma sensação estranha de que poderia estar — explicou Robin, com a voz aguda e artificial a seus ouvidos —, então pensei em dar uma olhada.

— Está brincando de ser Daiyu? — ironizou Jiang, e Robin se lembrou de que um dos supostos dons da Profetisa Afogada era encontrar objetos perdidos, por mais distantes que estivessem.

— Não — negou Robin. — Não, eu não sei por quê, mas só senti essa pressão para vir às árvores. Achei que talvez uma das crianças tivesse apanhado o peixe, trazido para cá e deixado cair.

A desculpa parecia fajuta até mesmo para Robin.

— Este lugar é estranho, não é? — acrescentou ela, gesticulando para os tocos de postes em círculo. — Para o que acha que servia esse anel? Parece uma Stonehenge em miniatura.

— Parece o quê? — perguntou Jiang, irritado.

— É um monumento pré-histórico — explicou Robin. — Em Wiltshire.

— *Eu* sei o que você está aprontando — afirmou Jiang, avançando para ela.

— O quê? — disse Robin, confusa.

— Você ia encontrar Emily aqui.

— O q... Não, não ia. Por que faria isso...?

— *Amigas*, não são?

— Eu mal a conheço.

— Quando estávamos na lavoura, você veio interferir...

— Eu sei. Pensei que você ia bater nela com a enxada.

Jiang avançou alguns passos, arrastando os pés pelo mato crescido. O denso dossel no alto fazia com que sombras mosqueadas se mexessem em seu rosto. Seu olho piscava freneticamente. Ele levantou a mão para escondê-lo de novo.

— Emily foge para trepar — declarou Jiang.

Era a primeira vez que Robin ouvia o sexo sendo descrito como algo diferente do vínculo espiritual na igreja.

— Eu... não sei nada a respeito disso.

— Você era *lésbica* lá fora?

— Não — afirmou Robin.

— Então, como sabia onde Emily estava, em Norwich?

— Eu não sabia. Só verifiquei todos os banheiros que consegui encontrar, e ela estava em um deles.

— Vocês estavam *se pegando* no banheiro?

— Não — repetiu Robin.

— Por que ela está olhando tanto pra você desde Norwich, então?

— Não tinha notado que ela olha para mim — mentiu.

Ela não sabia se a acusação obscena de Jiang era feita para chocar ou ofender, ou porque ele realmente acreditasse nisso: nunca lhe dera a impressão de ser muito inteligente, embora certamente se provasse surpreendentemente observador. Como se lesse os pensamentos dela, Jiang disse:

— Eu vejo mais do que todos eles, até de olhos fechados.

— Posso te fazer uma pergunta? — disse Robin.

Ela precisava apaziguá-lo: Jiang era potencialmente violento, e a interferência dela na lavoura, assim como sua associação com Emily, cujo desaparecimento o levara a ser atormentado pelo irmão na volta de Norwich, claramente o deixava com uma animosidade considerável para com ela.

— O que é?

— Você obviamente tem uma posição muito alta na igreja.

Ela sabia que isto não era verdade; Jiang não tinha uma verdadeira posição de autoridade, embora exibisse um claro gosto por exercer o poder dentro do alcance limitado que lhe deram. Ele baixou a mão que escondia o olho do tique.

— Sim.

— Bom — disse Robin —, como é possível que você pareça trabalhar mais do que qualquer outro da... — Ela deliberadamente deixou as palavras "sua família" pender no ar antes de concluir: — *Você* sabe... em sua posição?

— Eu não tenho falso eu — respondeu ele. — Não preciso de nada dessas outras merdas.

Como esperava, Jiang pareceu sutilmente lisonjeado pela pergunta dela, e Robin sentiu uma ligeira redução em sua agressividade.

— Só notei que você meio que... *vive* o que todos nós devíamos fazer. Você não se limita a pregar.

Por um momento, ela teve medo de ter exagerado, mas Jiang endireitou os ombros, com o início de um sorriso malicioso na cara suja.

— Por isso você não trepou com Taio? Porque ele não vive o que prega?

— Eu não quis dizer que Taio não...

— Porque você tem razão — disse Jiang, de novo agressivo. — Ele é cheio de EM, ele e aquela Becca. Os dois. Eu trabalho mais do que qualquer um.

— Eu sei. Eu vi. Você nunca para. Fica do lado de fora em qualquer clima, ajudando a administrar a fazenda, e não é porque não conhece a doutrina. O que você me falou sobre as crianças e a posse materialista... Sabe, naquele dia em que Will estava preocupado com a garotinha loura? Aquilo me marcou muito. Na verdade, abriu meus olhos para como essa coisa materialista de pais e filhos é estranha e abusiva.

— Que bom — disse Jiang. Ele deu um desnecessário puxão para cima na calça do moletom. O tique tinha diminuído e Jiang quase sorria. — É bom você se lembrar disso.

— Você tem um jeito de colocar as coisas com muita clareza. Não me entenda mal — acrescentou Robin, com o cuidado de parecer nervosa —, Taio e Becca são bons nisso, mas eles...

— Taio queria trepar com ela — interrompeu Jiang, sorrindo, voltando ao que parecia ser seu assunto preferido. — Sabia disso?

— Não — respondeu Robin.

— Mas aí Papa J fez o vínculo com ela, então Taio não tem mais permissão.

— *Ah* — disse Robin, de sobrancelhas erguidas, e mentiu: — Eu *achei mesmo* que tinha sentido alguma coisa entre Becca e Taio...

— Então você também fica de olhos abertos?

Talvez porque ele tão raramente fosse elogiado ou valorizado, Jiang parecia quase amistoso.

— Sabe no que eu sempre fui bom, melhor do que Taio quando éramos crianças? — perguntou ele a Robin.

— Não. No quê?

— Tem um jogo de cartas, e você tem de formar pares e lembrar onde estão as figuras — explicou Jiang, com um orgulho patético. — Eu me lembro das coisas — disse ele, batendo a unha suja na têmpora. — E eu *vejo* as coisas. Mais do que eles.

— Dá para perceber — comentou Robin, seu único objetivo era sair da mata enquanto Jiang estava em seu estado mental amistoso. — E então... acha que devo continuar procurando o peixe aqui ou é inútil?

Jiang parecia satisfeito por ela ter pedido sua opinião.

— Ninguém vai encontrá-lo aqui — disse ele, olhando as folhas e galhos caídos, as raízes retorcidas e a urtiga.

— Não, tem razão — concordou Robin. — Esta é minha primeira vez na mata. Não sabia que a vegetação estava tão crescida.

Ela deu um passo na direção de Jiang e, para seu imenso alívio, ele simplesmente se virou para andar com ela, de volta a sua origem.

— Tem uma árvore ali — começou Jiang, apontando um freixo envelhecido, visível pelo mato mais novo — com um buraco, e tem um machado escondido ali.

— Minha nossa — disse Robin, com o cuidado de observar a posição da árvore.

— Eu achei aqui, quando era criança. Ninguém mais sabe — afirmou Jiang com complacência.

— O que será que um machado está fazendo em uma árvore?

— Ha! — exclamou Jiang, sorrindo com malícia de novo. — Foi Daiyu que escondeu ali. Mas não conte isso a ninguém.

— Sério? — perguntou Robin. — Foi a Profetisa Afogada que escondeu?

— Foi — confirmou ele.

— Como você sabe disso?

— Eu sei e pronto — afirmou Jiang, com exatamente a mesma presunção que Shawna sempre demonstrava quando tinha a oportunidade. — Eu sei das coisas. Já te falei. Fico de olhos abertos.

Eles saíram da mata e começaram a atravessar o campo, Robin com o cuidado de parar de vez em quando e sondar alguma relva, fingindo que ainda procurava o peixe de madrepérola de Mazu, mas também pensando em um jeito de levar a conversa de volta a Daiyu sem levantar as suspeitas de Jiang. A chuva tinha passado; a relva cintilava, ranúnculos e trevos brilhavam, como se esmaltados, no sol fraco.

— Quer saber de outra coisa? — perguntou Jiang, a meio caminho do portão gradeado.

— Sim — confirmou Robin, com completa sinceridade.

— Tem alguém aqui, agora, que esteve aqui muito tempo atrás. Voltou de novo... e eu sou o único que percebe.

Ele lança um olhar astuto para Robin com seus olhos escuros e estreitos.

— Sério? — disse Robin. — E quem é?

— Ha! Não vou te contar — respondeu Jiang. — Mas eu estou de olho.

— Não pode me dizer se é homem ou mulher? — provocou Robin.

— Você é enxerida, hein? — comentou Jiang com o sorriso se alargando. — Não, isso só eu devo saber. Engraçado que Taio e Becca são tão inteligentes e eles nunca perceberam. Vou procurar Papa J quando terminar minhas investigações — acrescentou ele com um ar de importância.

Eles pularam o portão gradeado. Robin ardia de curiosidade.

As cortinas do Quarto de Retiro mais próximo estavam fechadas, o que significava que estava em uso. Robin previu um comentário grosseiro de Jiang, mas seu bom humor parece ter sumido de algum modo quando eles passaram pela cabana.

— Sabe por que eu não posso entrar neles? — perguntou ele, apontando para trás com o polegar sujo.

— Não — respondeu Robin. Era uma boa notícia que Jiang não tivesse permissão de fazer o vínculo espiritual; ela estava com medo de que sua bajulação fosse interpretada como abertura sexual.

— Ninguém te contou? — Jiang, desconfiado de novo, quis saber. — Nem Taio?

— Não. Ninguém me disse nada.

— É por causa de Jacob — disse ele com amargura. — Mas não foi culpa minha, foi de Louise, o dr. Zhou disse isso. Não vai acontecer de novo.

— Como Jacob *está*? — perguntou Robin, na esperança de resolver esse mistério de uma vez por todas.

— Não sei, eu nunca o vejo. Não foi minha culpa.

O pátio ainda estava cheio de gente, todos observando atentamente o chão em busca de algum sinal do peixe caído de Mazu e, para alívio de Robin, seu reaparecimento com Jiang não suscitou nenhum olhar ou comentário.

— Preciso ir ao banheiro — disse Robin a Jiang, sorrindo para provar que ela não tentava se livrar dele, o que não tinha a intenção de fazer, porque o jovem se mostrava uma fonte inesperada de possíveis pistas interessantes. — Depois podemos procurar mais.

— Tá, tudo bem — disse Jiang, satisfeito.

Depois de entrar no alojamento, que estava deserto, Robin correu até sua cama para depositar a mais recente pedrinha embaixo do colchão, marcando outro dia na Fazenda Chapman. Ao se ajoelhar, porém, viu que várias pedrinhas que ela já colocara ali esta semana tinham sido deslocadas e estavam espalhadas pelo chão.

Desconcertada, ela passou a mão embaixo do colchão, encontrando apenas uma pedrinha no lugar. Depois seus dedos tocaram algo pequeno, achatado, solto e liso. Ela pegou e viu um peixe perolado, brilhante e de entalhe complexo.

Robin apressadamente pegou todas as pedrinhas deslocadas, meteu dentro do sutiã, levantou-se de um salto e correu ao banheiro. Ali ela subiu na pia, abriu a janela alta, olhou para ver se a barra estava limpa e jogou o peixe para fora. Ele caiu em uma moita de grama.

Robin pulou para ao chão, limpou as pegadas na pia e abriu a torneira bem a tempo: um grupo de mulheres entrava no alojamento.

— Oi — disse Robin, saindo do banheiro e torcendo para que seu rosto não estivesse muito vermelho.

Vivienne, que estava entre as mulheres, a ignorou, dizendo ao grupo:

— Olhem *em todo canto*, está bem? Até embaixo do colchão.

— Como o pingente pode estar embaixo de um colchão? — perguntou Robin a Vivienne, com o coração ainda acelerado do choque da descoberta que tinha feito.

— Não sei, é o que Becca quer — respondeu Vivienne, irritada.

— Ah, tá — disse Robin.

— Não vai ajudar? — perguntou Vivienne, enquanto Robin ia para a saída.

— Desculpe, Jiang quer que eu o ajude.

Ao sair para se reencontrar com Jiang, ela notou Becca falando com o dr. Zhou do outro lado da fonte da Profetisa Afogada.

— Onde devemos procurar? — perguntou Robin a Jiang. Ela não pretendia de forma alguma encontrar o peixe na moita; que outra pessoa fizesse isso.

— Nas salas de artesanato — sugeriu Jiang, que claramente gostava que Robin consultasse suas ordens.

— Ótimo — disse Robin.

Enquanto se afastavam, Robin olhou para Becca e não se surpreendeu ao descobrir que os olhos dela os seguiam.

70

Assim o homem superior perdoa os erros
E desculpa as más ações.

I Ching: O livro das mutações

Strike estava tendo um dia extremamente cansativo.

Logo depois das dez, enquanto seguia o Michê e a mãe do cliente na Selfridges, Shanker telefonou. Na esperança da confirmação de que Littlejohn trabalhava disfarçado para a Patterson Inc, Strike atendeu rapidamente, colocando um dedo no outro ouvido para bloquear o barulho de música e os clientes tagarelas.

— Oi — disse Strike —, o que conseguiu?

— Reaney tentou se suicidar. Achei que você gostaria de saber.

— Ele *o quê*?

— Isso mesmo — disse Shanker. — Overdose. Meu parceiro na Bedford me ligou agora e contou.

— Quando foi isso?

— Uns dias atrás. Babaca idiota. Comprou e roubou todos os comprimidos que podia e tomou tudo.

— Merda. Mas ele ainda está vivo?

— Por pouco. No hospital. Meu parceiro disse que ele estava amarelo e coberto de vômito quando o pessoal o encontrou.

— Alguém sabe por que ele fez isso?

— Sim, ele recebeu uma ligação da mulher, uma semana atrás. Depois disso, começou a comprar tudo que qualquer um podia oferecer e tomou a coisa toda.

— Tudo bem. Valeu por me informar.

— Beleza. Tem muita coisa rolando, né?

— O quê? Ah — disse Strike, percebendo que Shanker falava de Charlotte. — É, acho que sim. Olha, pode dar uma pressionada naqueles garotos seus? Preciso de algo sobre Littlejohn, e rápido.

Strike desligou e partiu no encalço do Michê e sua companheira, pensando em Reaney quando o vira da última vez, afastando aquelas polaroides de jovens nus com máscaras de porco, depois se levantando, pálido e suado, após a menção à Profetisa Afogada.

Strike passou a próxima hora e meia zanzando pela Selfridges atrás de seus alvos.

— Ele comprou dois ternos e um relógio por conta dela até agora — informou Strike a Barclay às três horas, quando este chegou para rendê-lo.

— Começando a pensar que estou na linha de trabalho errada — comentou Barclay. — Um Rolex ia cair bem.

— Se você conseguir olhar nos olhos dessa mulher e dizer que ela é bonita, bem que merece um.

Strike saiu da loja e andou pela Oxford Street, ansiando por um kebab. Estava atravessando a rua quando o celular tocou de novo, desta vez de um número desconhecido.

— Strike.

— Sou eu — disse uma voz feminina.

— "Eu" quem? — perguntou Strike, irritado.

— Bijou. *Não fique zangado.* Tive de pedir seu número a Ilsa de novo. *Isto é sério, por favor, não desligue.*

— O que você quer?

— Não posso falar por telefone. Podemos nos encontrar?

Enquanto Strike hesitava, um jovem de skate esbarrou nele ao passar e lhe deu vontade de jogar o escrotinho sem consideração na sarjeta.

— Estou na Oxford Street. Posso te dar vinte minutos no Flying Horse, se você correr.

— Tudo bem — disse ela e desligou.

Strike levou quinze minutos para chegar ao pub e já encontrou Bijou ali, sentada à mesa alta no fundo, abaixo da cúpula de vidro, enrolada em um casaco preto e segurando o que parecia água. Strike comprou uma cerveja que sentia ser mais que merecida e se juntou a ela na mesa.

— Desembucha — disse ele, omitindo um cumprimento.

Bijou olhou em volta antes de dizer em voz baixa:

— Alguém grampeou o escritório de Andrew. Ele acha que foi você.

— Ah, porra. — Strike sentia ter chegado a sua capacidade mental para problemas e obstáculos imprevistos. — Deve ter sido algum maldito jornal. Ou a mulher dele.

— Eu *disse* isso a ele — afirmou Bijou, com os olhos azuis brilhantes marejados —, mas ele não acredita em mim!

— Bom, o que você espera que eu faça?

— Fale com ele. — Bijou choramingou. — *Por favor.*

— Se Honbold não acredita em você, por que diabos acreditaria em mim?

— *Por favor,* Cormoran! Eu... estou grávida!

Por uma fração de segundo, ele sentiu que gelo seco tinha descido pelas tripas, e evidentemente seu horror transpareceu no rosto, porque ela acrescentou rapidamente:

— Não se preocupe, não é *seu*! Só descobri... É de Andy, mas...

O rosto de Bijou se enrugou e ela enterrou o rosto nas belas mãos bem-cuidadas. Strike supôs que o conselheiro da rainha Andrew Honbold não tivesse demonstrado alegria com o fato de que um embrião de sua criação estivesse aninhado dentro do corpo cosmeticamente aprimorado de uma amante que ele acreditava ter grampeado o gabinete dele.

— Honbold permitiu o acesso de alguém novo ao gabinete dele recentemente? Tem feito reuniões com alguém que não conhecia antes?

— *Eu* não sei — respondeu Bijou, erguendo o rosto lacrimoso. — *Eu* acho que é a desgraçada da Matilda. Você vai falar com ele? *Por favor?*

— Vou pensar no assunto — disse Strike, não porque fosse solidário a Bijou, mas porque lhe ocorrera uma ideia que era desagradável, mas plausível. Ela estendeu a mão sobre a mesa, mas o detetive retirou a dele, lembrando-se desagradavelmente de Charlotte.

— Eu só ia te agradecer — disse ela, com a sugestão de um beicinho.

— Não agradeça. Não estou prometendo fazer nada.

Ela deslizou da banqueta e ficou parada por um momento, olhando-o. Strike sentiu que Bijou desejava algum sinal de que ele ainda a desejava, o que, mais uma vez, o lembrou Charlotte.

— Cormoran...

— Eu falei que vou pensar no assunto.

Ela pegou a bolsa e saiu.

Strike, que tinha papelada esperando por ele no escritório, bebeu a cerveja e tentou se convencer de que não queria um hambúrguer com fritas. Havia uma ardência por trás dos olhos, causada pelo cansaço. O estômago roncava. A miríade de problemas do dia parecia zumbir em volta dele como mosquitos. Andrew Honbold, Bijou, Patterson: ele já não tinha muito com que se preocupar, sem todas essas dificuldades extras?

Cedendo, ele foi ao balcão pedir comida. Ao voltar à mesa abaixo da cúpula, Strike pegou o celular e, em um espírito masoquista, olhou a conta de Carrie Curtis Woods no Facebook, que naturalmente não tinha aceitado sua solicitação de amizade, e a página no Pinterest de Torment Town, em que nenhum comentário novo tinha sido postado desde o dele. Cansado do impasse, ele digitou outra pergunta a Torment Town, decidido a arrancar qualquer coisa de quem administrava a conta.

Conheceu uma mulher chamada Deirdre Doherty?

E enviou. Se o desenho da mulher de cabelo claro e óculos flutuando na piscina escura fosse de Deirdre, certamente provocaria uma reação.

Em seguida, procurou o número do telefone do salão de manicure da esposa de Reaney, o Kuti-cles. Depois de perguntar por Ava, houve uma espera de alguns segundos e ele a ouviu se aproximar do telefone enquanto falava alto com alguém ao fundo:

— ... deixe aí dentro e não toque. Alô?

— Oi, sra. Reaney, é Cormoran Strike de novo. O detetive particular.

— Ah — suspirou Ava, parecendo insatisfeita. — Você.

— Acabo de ter notícias de Jord...

— É, eu sei que ele teve uma overdose.

— Soube que a senhora ligou para ele uma semana antes disso. Era sobre seu divórcio?

— Eu não liguei para ele. Por que faria isso? Ele sabe sobre o divórcio há meses.

— Então não telefonou para ele uma semana atrás?

— Não telefono para Jordan há séculos. Mudei meus números para que ele parasse de me atormentar. Deve ter sido uma das namoradas dele, fingindo que era eu para ter certeza de que seria atendida. Ele coloca o pau em qualquer coisa, o Jordan. Primeiro, ele te dá uns pegas, depois uns tabefes. Ela merece ele, seja lá quem for.

— Certo — disse Strike, raciocinando rápido. — Parece uma reação extrema ao telefonema, se foi só uma namorada. Ele já tentou suicídio alguma vez?

— Não, uma pena. Olha — acrescentou ela, em um tom mais baixo —, se quer a verdade, prefiro ele morto. Não teria de ficar olhando por cima do ombro a vida inteira. Entendeu?

— Entendi — confirmou Strike. — Obrigado por seu tempo.

Ele ficou sentado por mais um minuto, pensando. É claro que o telefonema de uma mulher desconhecida se passando pela esposa de Reaney poderia não ter nada a ver com sua tentativa de suicídio; a conexão pode ter sido só um pressuposto do parceiro de Shanker.

O celular tocou de novo: o número do escritório.

— Oi, Pat.

— Oi — disse ela. — Vai voltar ao escritório esta tarde?

— Já, já. Estou em um almoço tardio no Flying Horse. Por quê?

— Queria dar uma palavrinha com você.

— Que tipo de palavrinha? — perguntou Strike, franzindo o cenho enquanto esfregava os olhos doloridos.

— Bom — começou Pat —, acho que você não vai gostar.

— *O que é?* — Strike estava prestes a perder o controle.

— Só preciso te contar uma coisa.

— Não pode me dizer o que é agora? — perguntou ele, cujo pescoço estava rígido de tensão.

— Prefiro falar pessoalmente.

Que diabos a gerente do escritório precisava comunicar pessoalmente, Strike não conseguia imaginar. Porém, Strike tinha uma leve noção de que, se empregasse alguém de recursos humanos, seria aconselhado a concordar com o pedido e possivelmente não xingar Pat.

— Tudo bem, venha ao pub. Estou esperando por um hambúrguer — disse ele.

— Ok. Chego aí em cinco minutos — informou Pat.

A gerente e o hambúrguer de Strike chegaram exatamente na mesma hora. Pat se sentou na cadeira deixada vaga por Bijou e a inquietação de Strike aumentou, porque a expressão no rosto simiesco de Pat era assustada e ela segurava firme a bolsa no colo, como se tentasse se proteger.

— Quer beber alguma coisa? — ofereceu ele.

— Não — disse Pat.

Por mais que quisesse as batatas fritas, Strike sentia que devia ouvir Pat antes de comer.

— Pode falar — incentivou. — Qual é o problema?

Pat engoliu em seco.

— Tenho sessenta e sete anos.

— Você o quê?

— Tenho sessenta e sete. De idade — acrescentou ela.

Strike se limitou a olhar para ela.

— Eu menti — admitiu Pat com a voz rouca. — Em meu currículo.

— É — disse Strike. — Mentiu.

— Bom, precisei mentir. Ninguém quer alguém da minha idade.

Strike desconfiava de que talvez soubesse o motivo para Pat de repente pôr isso em pratos limpos.

— Estou demitida, não estou?

— Ai, meu Deus, não chore — pediu Strike, vendo o lábio de Pat tremer; já bastava uma mulher chorosa por dia. — Littlejohn sabe disso, pelo que deduzo?

— Como você sabia? — Pat arquejou.

— Ele esteve te chantageando?

— Não até recentemente — revelou Pat, pegando um lenço na bolsa e pressionando nos olhos. — Ele me disse que soube logo depois de começar a trabalhar conosco. Eu não podia te dizer sem admitir minha verdadeira idade, podia?

"Mas eu estava no banheiro agora há pouco e quando entrei no escritório, ele estava lá, e estava com o arquivo Edensor e acho que estava prestes a tirar fotos dele, porque estava com o telefone na mão. Eu disse 'Que diabos você acha que está fazendo?' e ele fechou a pasta e disse: 'Você não viu isso e eu vou esquecer que é uma aposentada, está bem?'"

— Acha que ele conseguiu as fotos?

— Não, eu ouvi quando ele passou pelo banheiro. Não teria dado tempo.

Strike pegou duas batatas e comeu, enquanto Pat o observava. Quando Strike voltou a falar, ela repetiu:

— Estou demitida, não estou?

— Devia ter me contado.

— Você não teria me contratado se eu contasse verdade — rebateu Pat, as lágrimas caindo mais rápido do que ela conseguia enxugar.

— Não estou falando na época, estou falando agora. Ah, pare de chorar, você não está demitida. Onde vou conseguir outra gerente como você?

— *Ah* — murmurou Pat e, pressionando o lenço no rosto, começou a chorar para valer.

Strike se levantou e foi até o balcão, comprando uma dose de vinho do Porto, a bebida preferida de Pat, e voltando para colocá-la na frente dela.

— Por que diabos você quer continuar trabalhando aos sessenta e sete anos?

— Porque gosto de trabalhar. — Pat deu um gole na bebida, enxugando freneticamente o rosto. — Fico entediada em casa.

— Eu também — compartilhou Strike, que tinha feito algumas deduções enquanto estava no balcão. — Então, quantos anos tem a sua filha?

— Fez cinquenta há pouco tempo — disse Pat em voz baixa. — Eu a tive nova.

— Por isso você quase arrancou minha cabeça quando perguntei?

Pat fez que sim com a cabeça.

— Ela está no Facebook?

— Nunca sai dele — admitiu Pat, pegando o vinho com a mão instável.

— Então...

— Sim. Vou pedir a Rhoda. Ela gosta de ajudar — informou Pat, dando um gole hesitante no vinho.

— Onde está Littlejohn?

— Saiu. Tomei cuidado para que ele já tivesse ido antes de ligar para você. Ele entrou em um táxi no final da rua. Não ficou feliz por eu ter dado o flagra. Vai ficar fora por uma semana — informou Pat, assoando o nariz. — Vai de férias à Grécia.

— Quando eu acabar com ele, Littlejohn vai desejar ter ficado por lá.

Ele começou a comer o hambúrguer. Quando Pat terminou a bebida, falou:

— É melhor voltar, eu estava no meio do rodízio da semana que vem... Obrigada, Cormoran.

— De nada — disse Strike, dando uma mordida no sanduíche. Pat foi embora.

Strike sabia muito bem que era culpado de uma incoerência. Ele condenou Littlejohn com base no princípio de que onde havia uma mentira, haveria outras, mas estava confiante de que a mentira de Pat não nascera de uma falta fundamental de honestidade. Era bem o contrário: ela, em geral, era honesta demais para o gosto dele. Nos primeiros dias após sua contratação, Strike quase a demitira, mas o tempo trouxe uma completa revolução em seus sentimentos: ele se chatearia muito se a perdesse. Ainda assim, pensou, ao estender a mão distraidamente para pegar mais fritas, podia atrasar o aumento de salário que pretendia dar a ela. Uma coisa era perdoar, mas era uma estratégia ruim de gerenciamento recompensar funcionários por pôr tudo em pratos limpos só quando eram obrigados a isso.

Nos dez minutos seguintes, Strike ficou sozinho para desfrutar do hambúrguer. Quando por fim acabou de comer, pegou o celular e ligou de novo para Shanker.

— Quero identificar a chamada que Reaney recebeu, antes da overdose. Sabe de alguém no esquema lá em Bedford?

— Sempre tem alguém no esquema, Bunsen — comentou Shanker, cínico como sempre.

— Quinhentas pratas para você e quinhentas para a pessoa, se ela conseguir me dar qualquer informação sólida sobre aquele telefonema — disse Strike com imprudência —, em especial o número que ligou.

71

Mesmo em meio ao perigo aparecem intervalos de paz (...)
Se possuirmos força interior suficiente, tiraremos proveito
desses intervalos (...).

I Ching: O livro das mutações

Apesar da sondagem sutil, Jiang não revelou nada mais sobre Daiyu ou Jacob durante a busca pelo peixe de madrepérola, tampouco disse a Robin que pessoa supostamente tinha reaparecido na Fazenda Chapman depois de uma longa ausência. A única coisa que ela soube com certeza foi que a vida íntima de Jiang era dominada por duas inquietações: uma sensação de prejuízo pelo irmão ter progredido tanto na igreja enquanto ele era relegado ao status de lavrador e motorista e um interesse lascivo na vida sexual de outros integrantes da igreja, algo que parecia vir da frustração que sentia com a própria exclusão dos Quartos de Retiro. Porém, o encontro dos dois na mata definitivamente deixara Jiang mais gentil para com Robin do que havia sido até então, e isso servia de algum conforto, porque ela sentia que precisava de todos os aliados que conseguisse ali.

Robin não tinha dúvidas de que Becca escondera o peixe de Mazu embaixo de seu colchão. Robin vira a expressão confusa e a raiva dela quando o pingente foi encontrado na grama alta por um Walter triunfante, e seu olhar imediato e acusador a Robin. Exatamente o que levara Becca a tentar incriminá-la, Robin não sabia, mas seu melhor palpite era de que assim como Taio, ela suspeitava de que alguma aliança tivesse sido forjada entre Emily e Robin em Norwich e, por conseguinte, estava decidida a ver a irmã em desgraça, punida ou até transferida da Fazenda Chapman.

Becca era uma inimiga terrível de se ter. Robin temia que não fosse preciso muito para romper o silêncio de Lin, Jiang ou Vivienne, se Becca os pressionasse à procura de alguma informação incriminadora que eles tivessem sobre si. Idas não autorizadas à mata, posse de uma lanterna, o fato de ela ter respondido ao nome verdadeiro: Robin respeitava o bastante a inteligência de Becca para saber que ela não levaria muito tempo para deduzir que "Rowena" era uma investigadora infiltrada. Embora Robin tivesse contado a Strike sobre o pingente na última carta, mais uma vez deixou de mencionar que Lin a encontrara na mata, e também não contou sobre seu lapso tolo na frente de Vivienne.

Como se não isso bastasse para ficar nervosa, Robin também estava consciente de que, para cada dia em que deixava de procurar Taio e lhe oferecer sexo, seu status na Fazenda Chapman piorava. Taio a olhava feio de longe enquanto ela se deslocava pelo local, e Robin começava a temer uma exigência direta pelo vínculo espiritual que, se recusada, certamente geraria alguma crise. Entretanto, hora a hora, dia a dia, se segurava, na esperança de ainda poder obter mais informações de Emily ou de Jiang, ou encontrar uma oportunidade de falar com Will Edensor.

Enquanto isso, Noli Seymour, o dr. Zhou e os demais Dirigentes da igreja tinham ido à fazenda. Robin entendeu, por conversas entreouvidas, que a Manifestação da Profetisa Afogada, que se aproximava rapidamente, em geral atraía todo o conselho ao local de nascimento da igreja. Enquanto o dr. Zhou ficava recluso em sua luxuosa sala e Giles Harmon continuava a passar a maior parte de cada dia digitando em seu quarto, visível a todos que atravessavam o pátio, Noli e dois homens vestiam o moletom branco, como integrantes comuns. Embora não se rebaixassem a dormir nos alojamentos, os três podiam ser vistos andando pela fazenda e realizando várias tarefas, cada um com um ar de virtude consciente e, em geral, com uma inépcia que teria atraído uma crítica feroz se eles fossem qualquer outro membro da igreja.

Robin, que permanecia em um estranho limbo em algum lugar entre recruta de alto nível e trabalhadora braçal, certa noite foi enviada para ajudar a preparar o jantar, depois de uma longa sessão sobre a doutrina da igreja ministrada por Mazu. Ela entrou na cozinha e viu Will Edensor cortando uma pilha de cebolas. Robin vestiu um avental e foi ajudá-lo sem esperar receber ordens.

— Obrigado — murmurou Will, quando se juntou a ele.

— Não tem de quê — respondeu Robin.

— Sempre fazem isso comigo — comentou Will, enxugando os olhos lacrimosos e avermelhados na manga.

— Fica mais fácil se você congelar primeiro — disse Robin.

— É mesmo?

— É, mas agora é meio tarde para fazermos isso. Acho que teremos de trabalhar rápido.

Will sorriu. Por um breve momento, ele pareceu muito mais novo do que de costume.

O barulho na cozinha era incessante, com o clangor das panelas enormes, o silvo do exaustor acima de fogões industriais e o borbulhar e espirros da lavagem habitual de legumes enlatados, cozinhando em várias bocas a gás.

— Há quanto tempo você está na igreja, Will? — perguntou Robin.

— Hmm... quatro anos, ou coisa assim.

— Então é o tempo que terei de ficar aqui para conhecer a doutrina tão bem quanto você?

Ela achou que a pergunta ou o lisonjearia, ou o faria dar um sermão, e qualquer das opções proporcionaria uma abertura para pressioná-lo sobre sua aliança com a IHU.

— Você só precisa estudar — disse ele monotonamente.

Perguntando-se se o jovem estava sendo menos opinativo porque seus olhos o incomodavam, ou por algum motivo mais sério, Robin continuou:

— Então você esteve aqui em quatro Manifestações da Profetisa Afogada?

Will assentiu, depois falou:

— Mas não posso falar sobre isso. Você precisa viver a coisa para realmente entender.

— Parece que tive uma espécie de prévia — começou Robin — em minha sessão de Revelação. Daiyu foi ao templo. Ela fez o palco virar.

— É, fiquei sabendo — comentou Will.

— Sei que eu mereci — afirmou Robin —, então acho que devo ficar feliz por ter acontecido. É como você me disse na lavoura, não existe "em problemas", existe? Tudo é fortalecimento.

Por alguns momentos, Will ficou em silêncio. Depois falou:

— Já esteve na biblioteca?

— Procurei pelo peixe de Mazu lá — disse Robin. — Ainda não fui em busca de livros.

Embora belamente equipada, com mesas de mogno e luminárias de leitura de bronze, a biblioteca continha poucos livros e metade deles havia sido escrita por Jonathan Wace. O restante do acervo compreendia textos sagrados de todas as principais religiões. Robin teria acolhido com prazer uma hora de quietude na biblioteca, mas duvidava de que conseguisse se concentrar por muito tempo no guru Granth Sahib ou na Torá sem cair no sono.

— Já leu a Bíblia? — perguntou Will.

— Hmm... partes dela — falou Robin com cautela.

— Eu estava lendo ontem. João, capítulo 1, versículo 4:1: "Amados, não creiais em todo espírito, mas provai se os espíritos são de Deus, porque já muitos falsos profetas se têm levantado no mundo."

Robin o encarou. Podia estar enganada, em vista dos olhos vermelhos e inchados de Will, mas pensou que ele parecia preocupado.

— *Ai, meu Deus,* vou precisar de ajuda — falou alto uma voz feminina. Robin e Will olharam. Noli Seymour tinha acabado de entrar na cozinha com um moletom branco imaculado e fazia uma expressão cômica, com as mãos no rosto. — Sou uma *péssima* cozinheira! — disse ela, olhando ao redor. — Vocês que são especialistas precisam me ajudar!

Se Noli imaginara que haveria um estouro para ajudá-la, ou que os trabalhadores da cozinha ficariam encantados com sua confissão de desamparo, calculou mal. Cansados e suados, nenhum deles sorriu, embora Sita tenha lhe dado um avental. Robin teve um pressentimento sobre o que estava prestes a acontecer e não deu outra: uma das mulheres mais velhas apontou para Noli a pilha de cebolas que Robin e Will atacavam, sem dúvida pensando que era ali que ela poderia causar menos danos. Noli era uma atriz habilidosa o suficiente para fingir entusiasmo.

— Ótimo... hmm... vocês têm luvas?

— Não — disse a mulher, voltando ao panelão que continha um galão de tomates enlatados borbulhando no fogão.

— Oi, meu nome é Noli — disse a atriz a Will e Robin. — Vocês têm...? Ah, obrigada — falou, quando Robin lhe passou uma faca. — E qual é o nome de vocês?

Eles responderam.

— Rowena, nossa, que engraçado, fiz Rowena em *Ivanhoé* na faculdade de teatro — disse Noli, olhando de lado para Robin enquanto fatiava sua cebola, tentando imitá-la. — Foi meio que um desafio, na verdade. Preferia muito mais fazer personagens com *substância*, sabe? E Rowena era basicamente só bonita, boazinha e nobre — Noli revirou os olhos —, e eu pensei: "Hmm, não seria mais fácil usar um manequim ou coisa parecida?" Ai, meu Deus, espero que não tenham te dado esse nome por causa de Lady Rowena! — acrescentou Noli, com uma leve gargalhada. — Seus pais eram fãs ou coisa assim?

Antes que Robin pudesse responder, Will, cujos olhos escorrendo ainda estavam fixos na cebola que cortava, murmurou:

— Posse materialista.

— O quê? — perguntou Noli.

— "Pais" — disse Will, ainda sem olhar para Noli.

— Ah... sim, é — concordou Noli. — Mas você entendeu o que eu quis dizer.

— Não, não foi por causa de Lady Rowena — revelou Robin.

— Acabei rotulada, sabe? — disse Noli, que fazia o máximo para tocar o mínimo possível na cebola que cortava, segurando-a firme com a ponta dos dedos. — Estou *sempre* dizendo a meu agente: "Pelo menos uma vez, pode me conseguir um papel com *caráter*?" Venho sentindo *muito mais* isso desde que entrei para a igreja — acrescentou ela com ardor.

O trio cortou em silêncio por algum tempo até que Will, depois de enxugar os olhos irritados na manga do moletom de novo, olhou para Noli e disse:

— Você vai mesmo fazer um filme sobre a Profetisa Afogada?

A atriz olhou para ele, sobressaltada.

— Mas *como* você sabia disso?

— Vai fazer? — insistiu Will, os olhos avermelhados fixos no trabalho de novo.

— Bom, não é só sobre... Não tem nada definido. Estive conversando com Papa J sobre talvez fazer um filme sobre *ele*. Mas como você sabia disso? — repetiu ela, com outra risadinha.

— Era eu lhe servindo batatas quando você conversava com Papa J — informou Will. — Na sede da fazenda.

Os trabalhadores da cozinha em sua vizinhança imediata ouviam a conversa. Alguns tinham deliberadamente reduzido o ritmo da tarefa para fazer menos barulho.

— Ah, *claro* que era você, sim — comentou Noli, mas Robin sabia que ela não tinha lembrança alguma de Will. — Bom, é uma coisa que acho que pode ser muito interessante. Podemos garantir uma boa parcela dos lucros para a IHU, obviamente. Acho que seria um jeito incrível de levar a consciência da igreja a um público mais amplo. É claro que *Papa J* não acha que alguém veria um filme sobre ele — acrescentou, com uma risadinha. — Isso é engraçado em Papa J, ele não percebe *o que é*, né? Ele é tão modesto, é uma das coisas que sinceramente admiro nele, é uma mudança e tanto em relação às pessoas que encontro no *meu* trabalho, posso garantir.

— Você seria Daiyu, no filme? — quis saber Will.

— Não, claro que não, sou velha demais — respondeu Noli. — Gostaria *muito* de fazer a primeira esposa dele, porque ele me contou um pouco a respeito dela, e ela parece uma... Bom, ela não era nenhuma Lady Rowena, podemos dizer assim.

— Não acha estranho — começou Will, ainda cortando cebolas — que Papa J tenha se casado duas vezes e ninguém na igreja possa se casar?

— O quê? — disparou Noli, e sua faca escorregou da cebola que ela desfigurava.

— *Will!*

Uma das mulheres mais velhas tinha falado, seu tom um alerta claro. Os trabalhadores da cozinha em volta dos cortadores de cebola voltaram à vida: houve uma retomada do clangor e do barulho habitual enquanto eles se afastavam.

— É claro que não é estranho — afirmou Noli. — O primeiro casamento dele foi antes mesmo de ele... Enfim, é uma Verdade de Nível Superior, não é?

— Como assim? — perguntou Will, ainda olhando a cebola que cortava.

— Papa J e Mama Mazu, você não pode... Não é a mesma coisa. Eles são como nossos pais... os pais de todos nós.

— Posse materialista — repetiu Will em voz baixa.

— Ah, por fav...

— Já leu o Bhagavad Gita?

— Sim, claro — confirmou Noli, claramente mentindo.

— O senhor Krishna fala de pessoas de natureza demoníaca. *"Vaidosas, teimosas, inebriadas de orgulho na riqueza, elas se sacrificam somente na aparência, com ostentação."*

— Aimeudeus, existe *tanta* gente que age assim! — exclamou Noli. — O último programa que fiz...

Mas a voz dela foi tragada por outra. Alguém gritava fora da cozinha.

72

Nove na terceira posição (...)
A mulher está grávida, mas não dá à luz.
Infortúnio.

I Ching: O livro das mutações

A porta da cozinha se abriu com estrondo e revelou Penny, cujo cabelo antes verde estava desgrenhado e castanho, e a frente de seu moletom estava suja do que parecia sangue.

— É Lin — ela gemeu. — No banheiro feminino. Ela está... Ai, meu Deus...

Robin e Will foram os primeiros a se mexer. Ela o seguiu em uma corrida, o avental impedindo um pouco o movimento dos joelhos, e atrás de si ouvia algumas mulheres mais velhas também correndo. Eles dispararam pelo caminho para o pátio, mas na porta do alojamento, Will parou. Os homens não deviam entrar no alojamento feminino. Robin passou esbarrando nele, correu pelo alojamento vazio e pela porta do banheiro.

— Ai, meu Deus! — exclamou ela em voz alta.

Havia uma poça de sangue escorrendo por baixo da porta de um dos reservados do banheiro. Ela via as pernas manchadas de sangue de Lin, imóveis.

— Lin — gritou Robin, batendo na porta fechada, mas não houve resposta.

Robin correu para o reservado vizinho, subiu na privada, segurou o alto da divisória e se impeliu por ela.

— Merda — xingou ela, descendo e escorregando no sangue que cercava a adolescente, que estava sentada e arriada, encostada na privada.

Sua primeira hipótese era suicídio, mas prontamente viu que o sangue, do qual parecia haver uma quantidade apavorante, parecia sair da vagina de Lin. A calça do moletom estava encharcada e ela ofegava, enquanto o pescoço, o rosto e as mãos estavam cobertos de uma erupção vermelha.

— Lin — chamou Robin —, o que aconteceu?

— M-m-me deixa — murmurou Lin. — M-m-me deixa em p-p-paz.

Robin ouviu passos do lado de fora do reservado e apressadamente destrancou a porta, revelando os rostos preocupados de Penny e um sortimento de trabalhadoras da cozinha.

— Vou buscar o dr. Zhou — avisou Sita, que desapareceu.

— N-não — Lin arquejou. — Zhou n-n-não, Zhou n-n-não…

— Você precisa de um médico, Lin — declarou Robin. — Precisa ver um médico.

— Ele n-n-não… N-n-não quero ele… Estou bem… Está tudo bem…

Robin segurou a mão de Lin, que estava quente.

— Vai ficar tudo bem — prometeu ela.

— N-n-não vai — disse Lin, fraca, ofegando. —N-n-não se ela t-t-trouxer Zhou… P-p-p-or favor…

Robin ouvia homens falando fora do alojamento e alguns minutos depois, mais alto que todos, ela ouviu o dr. Zhou.

— Saiam do caminho! — gritou ele ao entrar no banheiro, e as mulheres que cercavam o reservado se espalharam. Robin continuou exatamente onde estava e sentiu os dedos de Lin se apertarem nos dela quando Zhou apareceu na porta.

— Mas que raios você fez consigo mesma? — gritou ele, olhando Lin de cima, e Robin viu o pânico no rosto dele.

— Nada… nada… — respondeu Lin ofegante.

— Eu acho — arriscou Robin, sentindo-se terrivelmente culpada por trair Lin, mas com medo das consequências se não falasse — que ela pode ter comido umas ervas.

— Que ervas? — gritou Zhou, a voz ecoando nas paredes ladrilhadas.

— Lin, diga a ele — pediu Robin. — Por favor, diga a ele. Pense em Qing — sussurrou.

— A-a-arte… mísia — respondeu Lin, arquejante.

— Levante-se — rosnou Zhou.

— Está louco? — disparou Robin, olhando para ele. — Ela não consegue ficar de pé!

— Tragam dois homens aqui! — berrou Zhou para as mulheres que se retiraram para o alojamento.

— O que você vai fazer? — Robin quis saber.

— Você, saia! — berrou Zhou para Robin, que continuou exatamente onde estava, ainda segurando a mão de Lin.

Will e Taio apareceram na porta do reservado. Taio parecia enojado; Will, simplesmente apavorado.

— Enrolem uma toalha nela — ordenou Zhou —, não vamos sujar tudo aqui. Depois a levem para a sede da fazenda.

— N-n-não — disse Lin, começando a resistir debilmente enquanto Taio tentava passar uma toalha de banho em volta dela.

— Eu faço isso — declarou Robin, afastando a mão de Taio.

Lin foi puxada para ficar de pé, com a toalha a envolvendo, depois carregada por Will e Taio.

— Limpe essa sujeira — foram as palavras de Zhou para Robin ao partir e, enquanto ele saía do banheiro, ela o ouviu gritar com outra pessoa: — Você, vá ajudá-la.

A calça do moletom de Robin estava encharcada do líquido vermelho e quente. Ela se levantou lentamente, as narinas tomadas do cheiro ferroso do sangue de Lin, enquanto Penny voltava de mansinho ao banheiro, de olhos arregalados.

— O que houve com Lin? — sussurrou ela.

— Acho que tentou provocar um aborto — respondeu Robin, que tinha náuseas.

— *Ah* — murmurou Penny. — Eu não sabia o que fazer. Simplesmente vi o sangue por baixo da porta...

As ramificações do que tinha acabado de acontecer atingiam Robin. Ela se perguntou se Lin ia morrer, se Zhou teria competência para lidar com a emergência. Ela também sabia que reagira à crise como Robin Ellacott, e não como Rowena Ellis, gritando com Zhou e ignorando suas ordens, afastando Taio, colocando-se ao lado da garota que tentou abortar o filho. E ainda teve a admissão de que ela sabia que Lin tinha comido alguma erva.

— O dr. Zhou me mandou te ajudar na limpeza — falou Penny, tímida.

— Está tudo bem — disse Robin, que queria muito ficar sozinha. — Posso fazer isso.

— Não — Penny parecia nauseada, mas decidida —, ele me mandou... Você realmente gritou com ele — acrescentou ela, nervosa.

— Eu estava em choque — disse Robin.

— Eu sei... mas o médico *é ele*.

Robin não disse nada, mas foi pegar as toalhas duras e ásperas que as mulheres usavam depois do banho, abriu sobre o sangue e começou a enxugar, enquanto se perguntava como diabos ia explicar que sabia que Lin tinha aquelas ervas sem admitir que a vira, à noite, na mata onde elas cresciam.

Imitando Robin, Penny também pegou uma toalha para secar o sangue. Quando a maior parte dele foi retirada, Robin jogou a toalha suja no cesto da lavanderia, foi pegar outra e molhou com água fria da torneira. Ao fazer isso, ela olhou as janelas altas acima da pia de novo. Seu coração martelava quase dolorosamente enquanto imaginava como seria ir embora imediatamente. Tinha acabado de ouvir a primeira indicação de que Will Edensor talvez tivesse dúvidas a respeito da igreja, mas não sabia como usar a conversa para se livrar dos problemas em que, sem dúvida, tinha se metido. Se conseguisse dispensar Penny, podia pular por uma daquelas janelas e cair do outro lado do prédio, fora de vista do pátio; depois podia correr para a mata enquanto os superiores estavam distraídos com Lin, soar o alarme e conseguir uma ambulância para a fazenda. Isto certamente era o certo a fazer. Seu tempo tinha acabado.

Ela voltou à sujeira no chão com a toalha molhada e passou a limpar os últimos vestígios de sangue.

— Vá jantar — disse ela. — Vou terminar aqui, está quase limpo.

— Tudo bem — concordou Penny, colocando-se de pé. — Tomara que você não tenha problemas.

— Obrigada — agradeceu Robin.

Ela esperou até que os passos de Penny sumissem, depois se levantou, jogou a toalha molhada no cesto da lavanderia e tinha dado dois passos até a pia quando uma figura de branco apareceu na soleira.

— Papa J quer ver você — informou Louise Pirbright.

73

Encontramo-nos mais próximos do senhor das trevas (...).
I Ching: O livro das mutações

— Não terminei — disse Robin atordoada, apontando o chão, que ainda estava rosado.

— Vou mandar outra pessoa fazer isso. — Louise tinha as mãos à frente do corpo, entrelaçando os dedos de articulações inchadas, nervosa. — É melhor você vir.

Robin precisou de um momento para obrigar as pernas trêmulas a se comportar. Seguiu Louise na saída do banheiro e pelo alojamento deserto. Por um breve momento, pensou em fugir correndo pela passagem entre os alojamentos e pulando o portão gradeado, mas não tinha confiança de que conseguiria chegar à mata sem ser apanhada: havia gente demais no pátio, alguns agrupados em torno da fonte de Daiyu para fazer a reverência habitual, outros se dirigindo ao salão de jantar.

Louise e Robin também pararam na fonte. Quando Robin disse "Que a Profetisa Afogada abençoe todos que a veneram", sentiu a língua colar no céu da boca. Depois de molhar a testa com a água, ela seguiu Louise para as portas com entalhes de dragões da sede da fazenda.

Ali dentro, elas passaram pela escada com carpete escarlate, depois pararam junto a uma porta preta e brilhante do lado esquerdo do corredor, na qual Louise bateu.

— Entre — disse a voz de Jonathan Wace.

Louise abriu a porta, indicando que Robin devia entrar, depois a fechou.

A sala em que Robin tinha entrado era grande e muito bonita. Ao contrário do escritório de Mazu, ali nada era atulhado. As paredes eram cobertas por um tecido azul-pavão, contra o qual estatuetas de marfim e prata, em sua maioria chinesas, estavam em estantes modernas e elegantes, sob uma luz cuidadosamente dirigida. Um fogo ardia sob uma moderna lareira de mármore branco. Na frente desta, em um sofá de couro preto, estava sentado Jonathan Wace, sozinho, comendo a uma mesa baixa laqueada de preto que continha vários pratos.

— Aí está você — disse Wace, sorrindo ao baixar os talheres e se levantar. — Rowena.

Ele usava uma versão luxuosa do moletom branco que quase todos na fazenda usavam, feita aparentemente de seda pura. Nos pés, calçava chinelos de couro que pareciam muito caros. Robin sentiu a cor deixar seu rosto enquanto ele se aproximava dela.

Wace a puxou para um abraço. Robin ainda se sentia tremer e sabia que ele podia sentir também, porque a abraçava com tanta força que seus seios foram esmagados no peito dele. Wace tinha cheiro de colônia de sândalo e a abraçou por um tempo longo demais. Robin tentou relaxar, mas cada músculo estava tenso. Por fim, Wace afrouxou os braços, embora ainda a segurasse, para poder olhar para ela, sorrindo.

— Você é mesmo maravilhosa, não é verdade?

Robin não sabia se era sarcasmo. Parecia sincero. Por fim, ele a soltou.

— Venha — disse Wace, e voltou ao sofá, apontando a ela uma poltrona de couro preto que ficava em ângulo reto em relação ao fogo.

— Soube que você ajudou a fazer o parto do bebê de Mazu, Rowena — disse Wace. — Obrigado, de verdade, por seu serviço.

Confusa por um momento, Robin percebeu que ele falava da filha de Wan.

— Ah — murmurou ela. Sua boca ainda estava tão seca que era difícil pronunciar palavras. — Sim.

— E esta noite você proporcionou algum consolo à pequena Lin — continuou Wace, ainda sorrindo ao colocar guisado no prato. — Você está perdoada — acrescentou ele — por falar imoderadamente com o dr. Zhou.

— Eu... Ah, bom... Quer dizer, obrigada — disse Robin.

Ela teve a certeza de que Wace fazia algum jogo. O cheiro da comida intensa, surgindo imediatamente depois do cheiro de sangue, revirava o estômago de Robin. "Respire", disse a si mesma. "Fale."

— Lin vai ficar bem? — perguntou.

— "O caminho Yang vai e volta, para cima e para baixo" — Wace recitou, ainda sorrindo. — Ela foi tola, como você deve ter percebido. Por que não contou a alguém que ela consumia artemísia? — perguntou ele, parecendo despretensioso, enquanto voltava a pegar os talheres.

— Eu não sabia — respondeu Robin, com o suor brotando no couro cabeludo de novo. — Só deduzi. Eu a tinha visto com umas plantas algum tempo atrás.

— Quando foi isso?

— Não consigo me lembrar. Só a vi segurando as ervas um dia. Quando vi aquela assadura que ela teve esta noite, achei que parecia uma alergia.

— Não existem alergias — disse Wace suavemente. — A assadura foi a carne dela se revoltando com o que o falso eu a obrigou a fazer.

— O dr. Zhou pode ajudá-la?

— Naturalmente. Ele compreende o trabalho espiritual melhor que qualquer pessoa viva hoje.

— Ele vai levá-la a um hospital?

— Está tratando dela neste momento, e Taio está prestes a transferi-la a um local de recuperação, assim não precisa se afligir por Lin — informou Wace. — Quero conversar sobre *você*. Eu ouvi... relatos conflitantes.

Ele sorriu, mastigando. Depois, arregalando os olhos, engoliu e disse:

— Mas que grosseria de minha parte... Você está perdendo o jantar.

Ele apertou uma pequena campainha entre os vários pratos na mesa. Instantes depois, apareceu a careca Shawna, sorrindo radiante.

— Shawna, mais um prato, copo e talheres para Rowena, por favor — pediu Wace.

— Sim, Papa J — respondeu Shawna com um ar presunçoso e uma mesura antes de sair da sala.

— Obrigada — agradeceu Robin, tentando fazer o papel de uma mulher inocente e membra da igreja que queria desesperadamente a aprovação de Jonathan Wace. — Desculpe, mas... que relatos conflitantes a meu respeito?

— Bom — disse Wace —, soube que você é uma trabalhadora muito esforçada. Nunca reclama de cansaço. Mostra engenhosidade e coragem... O parto foi longo, pelo que soube, e você deixou de dormir para ajudar. Também encontrou Emily em Norwich quando ela passou mal, não foi? E acredito que antes disso correu em defesa dela quando Jiang dava instruções. E então, esta noite, você foi a primeira a ir em auxílio de Lin. Creio que teremos de chamá-la de Ártemis. Sabe quem é Ártemis?

— Hmm... a deusa grega da caça?

— Caça — repetiu Jonathan. — Interessante você falar primeiro em caça.

— Só porque vi estátuas dela com um arco e uma flecha — acrescentou Robin, que pressionava as mãos nos joelhos para que não tremessem. — Na verdade, não sei muito a respeito dela.

A porta se abriu e Shawna reapareceu com tudo que Wace havia solicitado. Colocou um prato, talheres e copo diante de Robin, fez outra mesura a Wace, radiante, e desapareceu, fechando a porta.

— Coma — Wace ordenou a Robin, servindo ele mesmo seu copo de água. — Existem muitas contradições em Ártemis, como em muitas representações humanas do divino. Ela é uma caçadora, mas também protetora da caça, de meninas que chegam à idade de se casar, a deusa do parto e, estranhamente, da castidade.

Ele a olhou antes de voltar a atenção para a comida. Robin bebeu um gole da água, tentando atenuar a secura na boca.

— Pessoalmente — continuou Wace —, não desprezo os ensinamentos daqueles que as pessoas das religiões convencionais veem como pagãos. Não acredito que a concepção cristã de Deus seja mais válida do que a dos gregos antigos. Toda tentativa subjetiva de traçar um quadro completo da Divindade Abençoada é necessariamente parcial e falha.

"Menos a sua", pensou Robin. Ela se serviu de guisado e polenta, então deu uma garfada. Foi uma das melhores coisas que comeu na vida, ou talvez fosse simplesmente porque estava privada de comida de verdade havia muito tempo.

— E você foi generosa com a igreja, Ártemis — comentou Wace. — Mil libras! Obrigado — disse ele, com a familiar expressão de humildade e gratidão, enquanto colocava uma das mãos no coração.

— Eu deveria ter feito isso antes — disse Robin.

— Por que diz isso? — perguntou Wace, de sobrancelhas erguidas.

— Porque eu sei que outras pessoas doaram antes de mim. Eu devia ter...

— Não existe "devia ter" — interrompeu ele. — Só o que conta é o que é *feito*. A jornada ao espírito puro é essencialmente um processo de se tornar ainda mais ativo. Orações, meditação, estudos: são ações. O arrependimento é inativo e só é útil quando nos impele adiante, a *mais* ação. Assim, tudo isso é muito bom, mas — disse Wace, o sorriso sumindo — seu diário é meio... decepcionante.

O coração de Robin acelerou. Quando se travava do diário, ela usava a dica que Niamh Doherty tinha lhe dado: uma coisa desfrutada, outra aprendida, todo dia.

— Sem perguntas — disse Wace. — Sem dúvidas. Certamente nenhum sinal da vida interna de Rowena.

— Eu tentava não mostrar egomotividade — justificou Robin.

Wace soltou uma gargalhada que lhe deu um susto.

— Era exatamente o que eu esperava que você dissesse, Ártemis.

Robin não gostava da repetição do novo apelido. Ela sabia que pretendia ao mesmo tempo elogiá-la e desestabilizá-la.

— E soube que você faz o mesmo nas palestras de doutrina. Nunca procura uma discussão ou esclarecimento. Você é estudiosa, mas silenciosa. Sem curiosidade.

— Eu pensei...

— ... que mostraria egomotividade? De forma alguma. É uma máxima minha que eu prefiro enfrentar um cético honesto a centenas que acreditam conhecer Deus, mas que na realidade estão à mercê de sua própria devoção. Mas me interessa essa falta de curiosidade e argumentação, porque você não é submissa, não é? Não de verdade. Você mostrou isso repetidas vezes.

Enquanto Robin lutava para encontrar uma resposta, ouviu movimento do lado de fora da sala, um tumulto, depois a voz de Lin.

— Eu n-n-não quero ir... n-n-não! N-n-n-não!

— Música. — Wace baixou os talheres com um tilintar, levantou-se e foi calmamente a um painel discreto na parede.

Ao acionar um botão, a sala se encheu de música clássica. Robin ouviu a batida das portas da frente da fazenda. Teve tempo de se lembrar de que Lin quase certamente era filha do próprio Wace antes de ele voltar ao sofá e falar, como se nada tivesse acontecido:

— Estou intrigado com você, Ártemis. Por um lado, passividade, obediência sem questionamento, uma ética de trabalho impassível, um diário que não faz perguntas, uma grande doação à igreja.

"Mas, por outro, uma individualidade forte e dinâmica. Fora dos seminários doutrinários, você contesta a autoridade e resiste a um envolvimento mais profundo com os preceitos da igreja. Demonstra uma forte adesão materialista à importância do corpo em detrimento das necessidades do espírito. Por que essas contradições, Ártemis?"

Robin, que se sentia um pouco mais forte pela ingestão de comida e água, falou:

— Estou tentando aprender e mudar. Eu era briguenta antes de ingressar na igreja. Por isso meu noivo terminou comigo. Eu devia... meu falso eu ainda está ali, ainda se agarra a mim.

— Uma resposta muito boa, elegante, apropriada — comentou Wace, sorrindo de novo.

— Estou tentando ser sincera — disse Robin. Ela se perguntou se chorar ajudaria a convencer Wace de sua sinceridade. Não seria preciso muito para o choro sair, depois dos choques da última hora.

— Fiquei sabendo — continuou Wace — que a única vez que você parece ter mostrado algum interesse em desafiar a doutrina da igreja foi com o jovem Will, na lavoura.

— Eu não o estava desafiando — afirmou Robin, com o cuidado de não parecer na defensiva. — Cometi um erro e ele me corrigiu. Na verdade, várias vezes.

— Ah, bom... Will é melhor na memorização da doutrina do que em vivê-la — disse Wace, sorrindo de novo. — É um jovem muito inteligente, mas ainda não tem o espírito puro porque ele falha, constantemente, no passo seis. Sabe qual é o passo seis?

— "O espírito puro sabe que a aceitação é mais importante do que a compreensão" — recitou Robin.

— Muito bem — declarou Wace. — O mundo materialista procura a compreensão onde o espírito puro procura a verdade. Onde o materialista vê contradições, o espírito puro apreende que todas as noções e ideias díspares fazem parte do todo, que só a Divindade pode compreender. Will não consegue se livrar da adesão à concepção materialista do conhecimento. Ele tenta, parece conseguir, mas depois tem uma recaída.

Ele examinou o rosto de Robin, mas ela não disse nada, certa de que mostrar um interesse particular por Will seria perigoso. Quando ficou claro que não ia obter uma reação, Wace continuou:

— E você desafiou Jiang quando ele instruía Emily, também na lavoura.

— Sim — confirmou Robin —, reagi por instinto. Eu estava...

— "Por instinto" — repetiu Wace — é uma escolha de palavras interessante, e uma grande favorita dos materialistas. Só quando a humanidade se livrar das emoções básicas que chamamos de "instinto" talvez vençamos nossa batalha contra o mal. Mas o seu, para usar sua palavra, "instinto" parece se envolver particularmente com Disruptivos, Ártemis.

— Não entendo o que quer dizer — retrucou Robin.

— Will. Emily. Até a calada e pequena Lin tem tendências Disruptivas — declarou Wace.

— Eu mal conheço eles — disse Robin.

Wace ficou em silêncio por uns momentos. Limpou o prato, depois a boca com um guardanapo de linho e falou:

— Sua Revelação foi difícil, pelo que soube. Daiyu se manifestou.

— Sim — disse Robin.

— Ela faz isso quando sente que a igreja está ameaçada.

Wace olhou para Robin, sem sorrir, e ela se obrigou a sustentar seu olhar, a compor as feições em uma expressão de confusão e não de pânico. Os olhos grandes e azul-escuros dele ficaram opacos.

— Você... você acredita mesmo que eu seja uma ameaça à igreja?

As palavras saíram em um sussurro, que não era fingido. A garganta de Robin estava apertada.

— Bom, veremos — declarou Wace, sem sorrir. — Levante-se para mim.

Robin deixou os talheres caírem no prato e se levantou.

— Aqui — disse ele, afastando-se do sofá a uma parte de carpete desimpedida no meio da sala.

Eles estavam de frente um para o outro. Robin não sabia o que vinha a seguir: às vezes Becca ou Mazu os lideravam em movimentos simples de ioga como parte de suas meditações, e Wace parecia prestes a dar instruções físicas.

Depois de encará-la de maneira imparcial por dez segundos, ele estendeu as mãos e as colocou em seus seios, com os olhos cravados nos dela. Robin ficou imóvel, sem sentir nada além de choque. Parecia estar assistindo de fora do próprio corpo; mal sentia Wace acariciá-la.

— O espírito é tudo que importa — disse Wace. — O corpo é imaterial. Concorda?

Robin disse "sim" automaticamente, ou tentou dizer, mas não saiu som algum de sua boca.

Wace retirou a mão direita de seu seio, a colocou entre suas pernas e começou a esfregar.

No exato momento em que Robin se afastou com um sobressalto, a porta atrás dela se abriu. Ela e Wace se viraram, a mão dele caindo de seu seio. Becca e Mazu entraram na sala, a primeira de moletom branco, a última com um longo manto branco — uma noiva bruxa com o cabelo preto e comprido. Com a porta aberta, a bebê Yixin podia ser ouvida chorando no segundo andar.

Teria sido difícil dizer qual das duas mulheres parecia mais furiosa e indignada. Nem Mazu, nem Becca pareciam ter aprendido a lição da posse materialista: ambas, era evidente, estavam coléricas por encontrarem as mãos de Wace em Robin. Depois de alguns momentos congelados de silêncio, Becca disse em uma voz alta e fria:

— Giles tem uma pergunta.

— Então mande-o entrar. Você pode ir, Ártemis — avisou Wace, inteiramente relaxado e voltando a sorrir.

— Obrigada — disse Robin.

Ela sentiu o odor particular de Mazu, de sujeira e incenso, ao passar pelas duas mulheres furiosas. No corredor, Robin apertou o passo, a bebê chorando alto, a mente um zumbido de pânico, o corpo ardendo onde Wace a havia tocado, como se ele a tivesse marcado através das roupas.

Fuja agora.

Mas eles vão me ver nas câmeras.

Robin abriu as portas com entalhe de dragões. O sol se punha avermelhado no céu. O pátio estava entrecruzado por gente ocupada com suas tarefas depois do jantar. Robin foi automaticamente para a fonte de Daiyu, sua superfície cintilando como rubis ao pôr do sol, o bater constante da água em seus ouvidos.

— Que a Profetisa Afogada abenço…

Mas Robin não conseguiu pronunciar estas palavras. Sabendo que ia vomitar e sem se importar de atrair olhares curiosos, ela desatou a correr para o alojamento, onde chegou em uma das privadas bem a tempo de vomitar a pequena quantidade de guisado e polenta que engolira com Jonathan Wace, depois caiu de joelhos para um vômito seco, o corpo pegajoso de repulsa.

74

Nove no alto significa (...)
A perseverança coloca a mulher em perigo.
A lua está quase cheia.

I Ching: O livro das mutações

Dois dias se passaram, durante os quais o medo estava constantemente com Robin, em um grau que ela jamais sentiu. Não havia refúgio, nenhum local seguro: ela sabia que deveria haver uma ordem para mantê-la em vigilância constante e atenta, porque uma ou outra integrante da igreja estava sempre a seu lado em todas as horas de vigília, mesmo quando ela ia ao banheiro. O único aspecto positivo no ambiente era que Taio, que levara Lin a algum local desconhecido, ainda não tinha voltado à fazenda.

Foi preciso mais coragem do que nunca para Robin sair da cama na noite de quinta-feira para escrever a Strike. Ela esperou muito mais do que o de costume para partir, decidida a garantir que todos dormiam profundamente e certa de que não havia qualquer risco de cochilar, porque seu nível de adrenalina estava alto demais. Depois de fugir do alojamento, Robin acelerou pelo campo para a mata, convencida de que ouviria um grito atrás dela a qualquer momento.

Quando chegou ao muro do perímetro, encontrou duas cartas na pedra. Murphy lhe dizia que ia passar duas semanas em San Sebastian e, embora escrevesse carinhosamente, ela notou uma sugestão de desagrado com o fato de que ela não poderia ir com ele. O bilhete de Strike detalhava a tentativa de suicídio de Jordan Reaney.

Depois de escrever suas duas respostas, Robin ficou sentada no chão frio, petrificada de indecisão. Deveria ir embora enquanto tinha a chance? Pular o arame farpado e esperar por quem aparecesse para coletar as cartas e pegá-la também? Era tarde demais para conseguir uma ambulância para Lin, mas a intensidade da vigilância que atualmente sofria a fez se perguntar se seria capaz de realizar mais alguma coisa, se ficasse. Estava perdendo a esperança até de conseguir falar com Emily Pirbright de novo, uma vez que as duas viviam cercadas por outros membros da igreja.

Entretanto, havia Will, que mostrara sinais claros de duvidar da igreja durante sua conversa com Noli na cozinha. Sabendo que não se tratava de nenhuma anomalia, que Will continuava falhando no passo seis para o espírito puro, ela entendia, enfim, por que um jovem inteligente e instruído com um grande fundo de investimento estava sendo mantido na Fazenda Chapman em vez de ser encaminhado para realizar seminários e viajar pelo mundo com Jonathan Wace. Se ao menos conseguisse engatar uma última conversa com Will, valeria a pena ficar.

Então Robin dobrou as cartas e as colocou na pedra de plástico, rasgou os bilhetes de Ryan e Strike e os espalhou na estrada, passou mais dois minutos devorando o Double Decker que a agência deixara para ela, depois partiu de volta pela mata.

Tinha andado apenas dez metros quando ouviu um carro reduzir atrás dela e correu para trás de uma árvore. Pela luz interna do carro, Robin viu Barclay, e ficou olhando enquanto ele saía do Mazda, pulava cuidadosamente a cerca de arame farpado e pegava as mensagens dela na pedra de plástico. Ainda escondida, olhando através dos galhos, Robin pensou em chamá-lo, mas não teve coragem. Separada do colega por apenas dez metros, ela se sentia como um fantasma que não tinha o direito de conversar com os vivos. Viu Barclay pular o muro de volta, entrar no carro e arrancar, depois se virou devagar, reprimindo o impulso de chorar.

Robin atravessou o campo gelado e, enfim, chegou ao alojamento sem ser descoberta. Em parte devido ao açúcar no sistema, mas também porque o pânico gerado por sua jornada demorava a ceder, Robin ficou acordada pelo resto da noite e se sentiu quase aliviada quando o sino que despertava a todos tocou.

75

Assim o homem superior controla sua raiva
E contém seus instintos.

I Ching: O livro das mutações

— O que você acha?

Strike, que tinha acabado de ler a última missiva de Robin da Fazenda Chapman, olhou para Barclay, que trouxera a carta de Norfolk vinte minutos antes e estava de pé na soleira da porta da sala interna, com uma xícara de café que Pat tinha preparado para ele.

— Está na hora de ela sair — disse Strike. — Talvez tenhamos o bastante aqui para uma investigação policial, se eles não levaram essa Lin a um hospital.

— É — concordou Barclay —, e isso antes de considerar o ataque sexual.

Strike ficou calado, baixando os olhos novamente para as últimas linhas da carta de Robin.

e Wace me apalpou. Não foi longe porque Mazu e Becca entraram.

Sei que você vai dizer que eu devia sair, mas preciso descobrir se Will pode ser convencido a ir embora. Não posso sair agora, estou perto demais. Mais uma semana talvez baste.

Por favor, se puder, veja se Lin deu entrada em algum hospital local, estou morta de preocupação.

Bjs
Robin

— É, ela sem dúvida precisa sair — afirmou Strike. — Na próxima carta, vou pedir que espere perto da pedra e vamos buscá-la. Já chega.

Ele estava preocupado, não só pelo que Robin denominou apalpada de Wace — o que exatamente isso significava? —, mas pelo fato de ela ter testemunhado algo que era altamente incriminador para a igreja. Foi exatamente por isto, é claro, que a sócia foi para a Fazenda Chapman, mas Strike não previra que Robin ficaria por lá mais tempo, uma testemunha perigosa de um delito grave. Embora entendesse por que ela teria admitido ver Lin com aquelas plantas, Robin se comprometeu seriamente ao fazer isso e devia ter saído imediatamente depois. Havia um quadro na parede atrás dele mostrando quantas pessoas conectadas a Papa J morreram ou desapareceram.

— O quê? — resmungou, com a impressão de que Barclay acabara de falar com ele.

— Eu perguntei o que você vai fazer esta manhã.

— Ah — disse Strike. — Demitir Littlejohn.

Ele puxou uma foto no celular e passou o aparelho a Barclay.

— A primeira coisa que ele fez depois de voltar da Grécia foi procurar Patterson. Já estava mais do que na hora de eu conseguir alguma coisa por todo o dinheiro que estive despejando nisso.

— Ótimo — disse Barclay. — Podemos substituí-lo por quem tirou esta foto?

— Não, a não ser que você queira este escritório despojado de qualquer coisa que possa ser vendida na terça-feira.

— Onde vai fazer isso?

— Aqui. Ele está a caminho.

— Posso ficar e assistir? Talvez seja minha única chance de ouvir a voz dele.

— Você não tem que ficar com Frank Dois?

— Sim, tenho — Barclay suspirou. — O que significa que ficarei vendo o cara olhar Mayo por horas. Se eles vão mesmo agir, queria que se apressassem, porra.

— Quer ver nossa cliente sequestrada, é?

— Você me entendeu. Isso pode durar meses.

— Tenho a sensação de que vai esquentar em breve.

Barclay saiu. Strike teve o prazer de ouvi-lo passar por Littlejohn na porta: estava ansiando por isso.

— Bom dia — disse Littlejohn, aparecendo à soleira que Barclay tinha acabado de deixar vaga, o cabelo grisalho e curto arrumado como sempre, os olhos cansados da vida fixos em Strike. — Posso tomar um café antes de…?

— Não — cortou Strike. — Entre, sente-se e feche a porta.

Littlejohn pestanejou, mas obedeceu. Parecendo preocupado, ele foi até a cadeira de Robin na mesa dos sócios e se sentou.

— Pode me explicar isto? — perguntou Strike, empurrando o telefone pela mesa, com a tela para cima, exibindo uma foto tirada no dia anterior de Littlejohn e Patterson na frente do escritório deste último em Marylebone.

O silêncio que se seguiu durou quase dois minutos. Strike, que por dentro debatia se Littlejohn estava prestes a dizer "Eu só o encontrei por acaso" ou "Tudo bem, você me pegou", deixou que o silêncio se desenrolasse na sala sem ser perturbado. Por fim, o terceirizado soltou um ruído em algum ponto entre um grunhido e um arquejar. Depois, o que Strike não tinha previsto, começou a chorar.

Se pedissem a Strike para classificar todo mundo que vira chorar recentemente de acordo com o grau de solidariedade que sentia pela aflição da pessoa, ele teria dado o último lugar a Bijou sem hesitar. Naquele momento, porém, percebeu que havia uma categoria de chorão que ele desprezava ainda mais do que uma mulher que fez um jogo duplo que estourou na cara dela: um homem que fez o máximo para derrubar os negócios de outra pessoa, destruir a reputação desta pessoa, solapar uma investigação de homens que assediavam uma mulher e provocar nela mais medo e alarme, e tudo isso, presumivelmente, por dinheiro, mas que parecia esperar compaixão por ser descoberto.

Embora tentado a dar ao homem o que Strike teria considerado um bom motivo para chorar, ele julgou que poderia haver capital a ser obtido do que supunha ser a tentativa de Littlejohn de mostrar arrependimento. Strike, portanto, não fez comentários enquanto o homem chorava, mas esperou para ver o que vinha depois.

— Eu tenho muitas dívidas — Littlejohn finalmente soltou. — Eu me meti numa enrascada. Apostas on-line. Blackjack. Tenho um problema.

Vou te mostrar o maldito problema. Espere só.

— E por que isso é relevante?

— Estou enterrado até o pescoço. — Littlejohn soluçou. — A patroa não sabe o quanto é ruim. Mitch — disse, brandindo o telefone que mostrava a foto de Patterson — me fez um empréstimo para tirar os piores do meu pé. Sem juros.

— E em troca, você concordou em me derrubar.

— Eu nunca...

— Você plantou uma cobra na casa de Tasha Mayo. Você tentou entrar neste escritório quando não devia ter ninguém aqui, provavelmente para grampeá-lo. Você foi apanhado por Pat tirando fotos do arquivo Edensor...

— Ela mentiu para você, essa Pat.

— Se vai me dizer que ela tem sessenta e sete anos, eu já sei. Grande merda.

A decepção de Littlejohn com esta informação inútil era palpável, mas Strike ficou satisfeito ao ver que denunciar os outros era a estratégia preferida do cara para sair de confusões. Muita coisa podia ser feita com um homem desses.

— Por que Patterson está fazendo isso? — perguntou Strike.

— Ele tem alguma merda séria contra você — respondeu Littlejohn, tentando conter o muco que saía do nariz. — É um velho amigo de Roy Carver. Ele culpa você por Carver ter sido obrigado a sair e ficou irritado por você levar toda a publicidade, e os clientes quererem você, e não ele. Disse que você está tirando todos os negócios dele. Ficou muito puto por Colin Edensor nos demitir e vir para cá.

As lágrimas ainda caíam dos olhos cansados de Littlejohn.

— Mas eu prefiro trabalhar para você. Prefiro ficar aqui. Eu podia ser útil a você.

Com imensa dificuldade, Strike se conteve e não perguntou que utilidade poderia ter um homem traiçoeiro e de vontade fraca que não tinha nem moral para se recusar a aterrorizar uma mulher que já estava assustada, nem miolos para não ser flagrado como sabotador. Strike só podia supor que fosse esta mistura de ilusão e desejo que levara Littlejohn a perder uma fortuna no blackjack.

— Bom, se você quer ser útil — disse Strike —, pode começar agora. Me devolva meu telefone.

Ele puxou a foto da mulher de cabelo preto que estivera espreitando na esquina da Denmark Street.

— Quem é ela?

Littlejohn olhou a foto, engoliu em seco e disse:

— É, ela é da turma de Mitch. Eu disse a ele que achava que você estava me vigiando. Ele pôs Farah com você, como reforço.

— Qual é o nome completo dela? — perguntou Strike, abrindo o bloco.

— Farah Navabi — respondeu Littlejohn em voz baixa.

— E o que você sabe sobre grampos no gabinete de Andrew Honbold?

— Nada — disse Littlejohn, rápido demais.

— Preste atenção — falou Strike baixinho, inclinando-se para a frente. — Honbold não ia simplesmente deixar qualquer um entrar lá. A mulher dele já o pegou em delito, ela não precisa grampeá-lo para extorquir o homem. Alguém pensou que valia a pena colocar um grampo ilegal no gabinete de Honbold, e meu nome e o dele estiveram na imprensa ultimamente. Então, quando eu sair e procurar Honbold e mostrar a ele a foto de Patterson, a *sua* foto, a de Farah...

— Foi Farah — revelou Littlejohn em voz baixa.

— Foi o que pensei — disse Strike, recostando-se na cadeira. — Bom, acho que acabamos por aqui. Você vai entender por que, dadas as circunstâncias, vou pedir a Pat que cancele seu pagamento.

— Não, escute — disse Littlejohn no que parecia pânico: evidentemente ele podia ver que seu emprego na Patterson Inc seria encerrado em breve também. — Tenho mais coisas para você.

— O quê, por exemplo?

Littlejohn pegou o próprio telefone no bolso, digitou alguma coisa, depois o empurrou pela mesa. Strike se viu olhando uma fotografia de Midge e Tasha Mayo rindo juntas na frente da casa de Mayo em Notting Hill, as duas segurando sacolas de compras da Waitrose.

— Passe para a direita — avisou Littlejohn.

Strike assim o fez e viu uma foto de Midge saindo da casa de Mayo naquela noite.

— A segunda foi na noite passada — informou Littlejohn. — Eu ia encaminhar a Mitch.

— Tenho certeza de que há uma explicação inocente — disse Strike, que duvidava muito. — Se essa é sua melhor aposta...

— Não é... Tenho coisas sobre Patterson.

— Eu posso conseguir, se quiser.

— Não, escute — repetiu Littlejohn —, posso te conseguir uma coisa sobre o caso da igreja. Mitch tem uma gravação. Ele não entregou quando Edensor o demitiu.

— E que gravação seria essa? — perguntou um Strike cético.

— Daquele Kevin sei lá o que, que saiu da igreja... Kevin Purvis?

— Pirbright — corrigiu Strike.

— Isso, exatamente. Mitch conseguiu uma gravação escondida dele.

— Por que Patterson gravaria escondido Pirbright, quando Pirbright já havia contado a Colin Edensor tudo o que sabia?

— Eles brigaram, Pirbright e Edensor — revelou Littlejohn. — Não foi? Antes de Pirbright levar o tiro? Eles não estavam se falando.

O nível de interesse de Strike aumentou um pouco, porque era verdade que Sir Colin e Kevin Pirbright tinham discutido e eventualmente diminuído o contato no intervalo entre Kevin interpelar Giles Harmon na leitura do livro dele e o assassinato do próprio Pirbright.

— Teve um e-mail, acho que foi um e-mail que Pirbright mandou a Edensor — continuou Littlejohn, com a expressão suplicante —, em que dizia estar juntando as peças de coisas que ele tinha reprimido ou algo assim, não é? Mitch não chegava a lugar nenhum no caso, então mandou Farah bater um papo com Pirbright e ver que novidade podia tirar dele. Pirbright não estava mentalmente bem, sabe, então Mitch ficou preocupado que, se o entrevistassem, Pirbright tagarelasse no blog. Ele estava ficando linguarudo demais.

— Por que Patterson não entregou esta gravação a Edensor?

— Porque a qualidade é péssima. Não dá para ouvir muito. Farah pisou na bola, mas depois disse a Mitch que Pirbright não tinha contado nada de útil mesmo.

— E esta é a evidência valiosa que você acha que vai me convencer a te manter no emprego? Uma gravação que não pode ser ouvida, de uma conversa que não continha nada de útil?

— É, mas é você, né? — arriscou Littlejohn, desesperado. — *Você* pode fazer alguma coisa com isso.

Se havia uma coisa que verdadeiramente só piorava tudo, na opinião de Strike, eram tentativas de bajulação depois de provada a traição. Mais uma vez, custou algum esforço a ele reprimir um "vai se foder" na lata.

— Se é inútil, por que Patterson não descartou?

— Ele... Bom, ele botou no cofre e se esqueceu da coisa. Vi ali da última vez que abri.

— Tudo bem — disse Strike lentamente —, me traga a gravação e podemos ter outra conversa sobre suas perspectivas de emprego.

Uma conversa bem curta.

— Obrigado — agradeceu Littlejohn efusivamente. — Obrigado mesmo, Cormoran, nem sei como agradecer. Eu preciso muito deste emprego, você não entende como tem sido para mim, toda essa tensão, mas assim que eu tiver um trabalho regular vou poder resolver alguma coisa, conseguir um empréstimo ou coisa assim... Você não vai se arrepender disso. Sou um homem leal — disse Littlejohn descaradamente —, não me esqueço de um favor. Você não terá ninguém mais dedicado nesta agência...

— Pode poupar tudo isso. Você ainda não me trouxe a gravação.

Depois de Littlejohn estar seguramente fora do escritório, Strike ligou para Midge.

— Fala — disse ela, atendendo depois de dois toques.

— Quer me contar por que você anda fazendo compras com nossa cliente?

— O quê? — disparou Midge, assustada.

— Você. Tasha Mayo. Waitrose — respondeu Strike, mal conseguindo manter a calma.

— Eu não estava fazendo compras com ela — disse Midge, parecendo incrédula. — Uma delas arrebentou, foi só isso.

— O que arrebentou?

— Uma das sacolas dela, o que você acha? Eu só ajudei a pegar todas as coisas.

— E ajudá-la a catar as compras é uma boa maneira de manter o disfarce?

— Mas que merda, Strike — reclamou Midge, irritada —, o que eu devia fazer, ficar parada ali e vê-la perseguir latas pela rua toda? Eu pareceria mais suspeita se não a tivesse ajudado. É o que as mulheres fazem, elas se ajudam.

— Por que estava saindo da casa dela ontem à noite?

— Não era noite coisa nenhuma, nem eram nove horas... E como você...?

— *Responda à maldita pergunta.*

— Ela me ligou — disse Midge, parecendo ofendida. — Ela ouviu uns barulhos na porta dos fundos. O irmão foi para o norte e ela estava nervosa, sozinha ali, depois de você a aterrorizar por causa dos Franks.

— O que era o barulho?

— Um gato tinha derrubado a tampa da lixeira.

— Quanto tempo você ficou na casa dela?

— Sei lá, tipo, uma hora?

— *Mas que merda ficou fazendo ali por uma hora?*

— Já te falei, ela está nervosa! Como você...?

— Você foi fotografada. Littlejohn acabou de me mostrar as fotos.

— Aquele babaca escroto — xingou Midge.

— O que aconteceu enquanto você estava dentro da casa?

— Mas que merda está insinuando? — disparou Midge acaloradamente.

— Estou te fazendo uma pergunta direta.

— Tomamos um café, tá legal?

— E como foi que você não notou Littlejohn vigiando a casa?

— Ele não estava lá. Deve ter sido outra pessoa.

— Estou tirando você do caso Mayo — declarou Strike. — Pode ficar com o Michê de agora em diante.

— Não fiz nada de errado! — protestou Midge. — Pergunte a Tasha!

— É o que vai parecer para os jornais — rebateu Strike.

— *Você pensou nisso quando pegou aquela advogada dos peitos falsos?*

— Vou fingir que não ouvi essa — disse Strike, trincando os dentes. — Eu te falei como vai ser. *Fique longe de Mayo.*

Ele desligou, fervilhando.

76

Aqui cada passo, para frente ou para trás, leva ao perigo.
Escapar está fora de cogitação.

I Ching: O livro das mutações

A Manifestação da Profetisa Afogada era iminente, e Robin foi instruída a se juntar ao grupo que decorava a frente do templo com longas faixas brancas em que tinham sido impressas ondas azul-escuras estilizadas. Isto acarretou subir em escadas altas e, enquanto lutava para prender uma das faixas pouco abaixo do telhado do templo, Robin pensou como seria fácil alguém embaixo chutar a escada em que ela estava: um acidente trágico, como sem dúvida chamariam. Porém, não foi feita nenhuma tentativa contra sua vida e ela voltou sã e salva ao chão, recriminando-se pela paranoia.

— Ficou legal, né? — comentou um dos jovens americanos bonitos que Wace tinha trazido de Los Angeles, que também ajudaram a decorar o templo. As faixas tremulavam na brisa, de modo que as ondas impressas pareciam cair de lado.

— Sim, ficou ótimo — concordou Robin. — Sabe quando será a Manifestação?

Ela temia o reaparecimento de Daiyu no templo quase tanto quanto temia a possibilidade de ser convocada de novo à sede da fazenda para ver Jonathan Wace.

— Em uma semana — respondeu o americano. — Cara, mal consigo esperar. Ouvi muito falar nisso. Vocês são abençoados, morando aqui, onde a igreja começou.

Ele olhou para Robin, sorrindo.

— Ei, quer um vínculo espiritual?

— Ela não pode.

Foi Shawna quem falou. Ela também esteve ajudando a decorar o templo, subindo em escadas animadamente, embora a gravidez lhe conferisse uma barriga definida.

— Hein? — resmungou o americano.

— Esposa espiritual — disse Shawna, com um sorriso largo antes de se afastar para ajudar Walter, que lutava para retrair uma das escadas.

— Ah, cara, eu não tinha percebido — disse o americano a Robin, e parecia assustado.

— Está tudo bem — tranquilizou Robin, mas o jovem escapou rapidamente de sua presença, como se temesse ser visto falando com ela.

Robin ficou confusa e alarmada com o que Shawna dissera. Certamente as mulheres não viravam esposas espirituais só porque Jonathan Wace as atacara sexualmente, certo? Ela ajudou a carregar as escadas de volta ao celeiro, consumida por novos temores.

Nos dias que se seguiram, Robin sentiu uma corrente de fofoca girando em volta dela. Estava nos olhares enviesados das mulheres e até de alguns homens, e em especial nos olhares antagônicos de Vivienne. Desde que Shawna fizera o anúncio na frente do templo, o boato de que Robin era a nova esposa espiritual de Papa J evidentemente tinha se espalhado.

Como ninguém tinha feito uma pergunta direta, nem mesmo as pessoas que garantiam que ela não fosse a lugar nenhum desacompanhada, Robin não estava em condições de contradizer a informação; na verdade, nem estava inteiramente certa dos fatos ela mesma. Será que o mero apalpar das mãos de Wace bastava para criar uma esposa espiritual? Porém, se Shawna saltara para uma falsa conclusão, como Robin suspeitava, temia ser acusada de começar ela própria a mentira. Na realidade, Robin tinha uma sensação desagradável de que este dilema que não procurara podia ser o que finalmente revelaria seu disfarce, que a pequena explosão de inveja causada por Shawna levasse todos que suspeitassem dela a reunir o que sabiam. Robin se viu constantemente fantasiando o término de tudo e correndo para a mata, embora não houvesse dúvida de que uma tentativa frustrada de fuga deixaria sua situação muito pior. A coisa sensata a fazer, ela sabia, era partir pelo ponto cego do perímetro na noite de quinta-feira, quando alguém da agência estaria nos arredores para pegá-la. Se partisse então, ela perderia a Manifestação da Profetisa Afogada, que sabia que aconteceria na sexta à noite. Era uma experiência que Robin estava muito feliz por dispensar, depois do ocorrido durante sua sessão de Revelação.

Taio tinha voltado à fazenda, sem Lin. Robin, que o vira apenas de longe, evitou diligentemente fazer contato visual. Todos os seus esforços estavam concentrados em garantir uma conversa pessoal e particular com Will Edensor. Descobrir até onde iam suas dúvidas a respeito da igreja justificaria tudo por que ela passou, e ela sairia sabendo que verdadeiramente fizera progresso no caso.

Na tarde de terça-feira, Robin foi enviada para trabalhar na lavanderia, uma construção utilitária de alvenaria e piso de concreto, abrigando fileiras de máquinas de lavar e secadoras tamanho industrial em polias, que podiam ser içadas ao teto. As mulheres que acompanharam Robin à porta saíram depois de vê-la entrar, claramente achando que havia gente suficiente colocando e tirando roupas e lençóis das máquinas para ficar de olho nela.

O barulho e o zumbido constantes das máquinas de lavar exigiam que os trabalhadores elevassem as vozes se quisessem ser ouvidos. Depois de receber um saco de roupa suja e instruções sobre a configuração certa da máquina, Robin virou um canto para a segunda fila de máquinas de lavar e, com uma onda de empolgação, viu Will ajoelhado na frente de uma delas, arrastando um monte de roupa molhada para um cesto. Ao lado dele, configurando uma segunda máquina, estava Marion Huxley, que era obviamente apaixonada por Jonathan Wace quando chegou à fazenda e com quem Robin não interagia havia semanas.

O regime de trabalho punitivo e a perda de peso considerável tiveram um extremo efeito de envelhecimento em Marion, cujo rosto esquálido arriava e estava muito diferente de como parecia quando ela embarcou no micro-ônibus em Londres. O cabelo ruivo tingido crescera e mostrava cinco centímetros de raízes brancas.

Nem Will, nem Marion ouviram a aproximação de Robin, e só quando ela escolheu a máquina de lavar vizinha à de Will foi que ele a olhou.

— Oi — disse Robin.

— Oi — murmurou Will.

Depois de descarregar a massa embolada de roupas molhadas, ele pegou o cesto pesado e se afastou.

Robin começou a carregar a própria máquina de lavar. O barulho em volta era tanto que só quando uma voz falou alto em seu ouvido, "*Ei!*", foi que ela percebeu que Marion tentava falar com ela.

— Oi — disse Robin, sorrindo antes de perceber que Marion parecia furiosa.

— Não sei como você tem a audácia de andar por aí com esse sorriso malicioso!

— Como disse? — Robin ficou pasma.

— É isso mesmo! *Mentindo* sobre Papa J.

— Eu não disse uma palavra sobre...

— Você alegou ter vínculo espiritual com ele.

— Não, eu...

— E *todos nós sabemos* que você está mentindo. Você não é esposa espiritual!

— Eu nunca disse...

— E sabe do que mais? — disse Marion. — *A Profetisa Afogada vai dar um jeito em você.*

— Eu não sei do que você...

— Ela já foi vista — declarou Marion. — Na mata. Ela virá, perto da hora da Manifestação. Ela virá defender Papa J.

Robin sabia que olhava a autêntica face do fanatismo. Algo rígido e estranho habitava sob a pele do ser humano que a encarava, algo com o qual não se podia discutir. Ainda assim, ela se ouviu dizer, suplicante, o nome da mulher, sem nenhuma ideia do que ia dizer, mas antes que pudesse encontrar alguma coisa, Marion cuspiu em sua cara.

Robin sentiu a saliva atingi-la pouco abaixo do olho esquerdo e algo se rompeu dentro dela, um último vestígio de moderação. *Eles são todos loucos. São uns malditos loucos.* Robin empurrou rudemente Marion de lado e saiu, indo até onde Will Edensor colocava moletons e meias molhados na secadora.

— Will — disse ela em uma voz mais alta que o barulho das máquinas. — Quer um vínculo espiritual?

— O quê?

— Quer um vínculo espiritual? — repetiu Robin, enunciando claramente.

— Ah — murmurou Will. Ele dava a impressão de que Robin acabara de lhe oferecer um café: mostrou pouco interesse, mas nenhum constrangimento ou surpresa, e ela se perguntou quantas vezes ele tinha ido aos Quartos de Retiro nos últimos quatro anos. — Tá, tudo bem.

Eles foram juntos para a porta, Robin furiosa com Marion, com a igreja, com a hipocrisia e a insanidade. Não podia mais fingir. Estava farta de tudo aquilo.

— Aonde...? — disse uma mulher mais velha perto da porta, desconfiada.

— Vínculo espiritual — respondeu Robin com firmeza.

— *Ah* — murmurou ela. Parecia confusa e em pânico, provavelmente porque não sabia o que devia ser prioridade: Robin ser mantida sob vigilância ou um ato de submissão e conformidade que parecia demonstrar a verdadeira aliança à IHU. — Eu… Tudo bem…

Em silêncio, Robin e Will seguiram juntos pelo caminho para o pátio, ela tentando formular um plano de ação. As ondas de alarme e ansiedade mal eram registradas em sua fúria e determinação de forçar Will a dizer alguma coisa de útil em suas últimas horas na fazenda.

Quando eles chegaram ao Quarto de Retiro, Robin abriu a porta de vidro e deu um passo para trás, deixando Will entrar primeiro. Depois fechou as cortinas sobre as janelas, para que a única luz viesse da lâmpada pendurada no teto.

Em silêncio, Will se sentou na cama para tirar as meias e os tênis.

— Will — disse Robin —, não precisa disso, eu só queria conversar com você.

Ele a encarou.

— Isto não é permitido. Ou fazemos o vínculo espiritual, ou vamos embora.

Will se levantou e tirou a blusa do moletom, revelando um tronco pálido e sem pelos, cada costela visível na luz severa do teto. Ao se virar para jogar a roupa em um canto, Robin viu em suas costas as mesmas marcas estranhas que ela havia notado na menina negra que tinha deixado Bo escapar do alojamento infantil, como se sua coluna tivesse ficado em carne viva.

— O que aconteceu com você? — perguntou ela. — O que são essas marcas nas suas costas?

— Eu estive na caixa — respondeu Will em voz baixa.

— Por quê?

Will ignorou a pergunta e começou a tirar a calça do moletom e a cueca cinza, ficando completamente nu na frente dela, com o pênis flácido.

— Will, eu só queria…

— Tire a roupa — disse ele, indo ao canto da cabana, onde a mangueira curta estava presa à torneira. Pegando o sabonete escorregadio no chão, ele começou a lavar a genitália.

— Aquilo que você disse a Noli, na cozinha — arriscou Robin, elevando a voz por conta do barulho de água no piso de madeira —, me fez pen…

— Esqueça isso! — disparou Will, olhando para ela por cima do ombro. — Foi por isso que tive de ir para a caixa. Eu não devia ter falado. Se vai falar sobre isso, vou embora.

Ele se enxugou com uma toalha que parecia mofada, sentou-se na cama suja e começou a se masturbar num esforço para ter uma ereção.

— Will, pare — pediu Robin, virando a cara. — Por favor, pare.

Ele parou, mas não por causa de Robin. Algo que parecia um cortador de grama tinha rugido perto da cabana. Robin foi ao espaço nas cortinas e viu Amandeep aparando ali, com uma expressão de determinação cruel.

— Quem é? — perguntou Will, de trás dela.

— Amandeep — informou Robin. — Aparando a grama.

— Isso é porque você está no Marco Três — afirmou Will. — Ele está garantindo que você fique aqui. Tire a roupa. — Ele recomeçou a masturbação. — Tire a roupa, temos de fazer tudo em vinte minutos.

— Por favor, pare de fazer isso — Robin implorou a ele. — Por favor. Eu só queria conversar com você.

— Tire a roupa — repetiu ele, a mão ainda trabalhando furiosamente.

— Will, o que você disse...

— Esqueça o que eu disse — retorquiu ele com raiva, ainda no esforço para ter uma ereção. — Era o falso eu, não significava nada.

— Por que você falou, então?

— Eu estava... Não gosto de Seymour, é só isso. Ela não devia ser uma Dirigente. Ela é uma PB. Não entende a doutrina.

— Mas o que você disse fazia sentido — insistiu Robin —, *existe* uma contradição entre...

— "O conhecimento humano é finito" — recitou Will —, "a verdade divina é infinita." *A resposta*, capítulo onze.

— Você acredita em tudo o que a igreja diz? Tudo mesmo? — perguntou Robin, obrigando-se a se virar e ficar de frente para ele, com o pênis semiereto na mão.

— "A recusa persistente em fundir o eu com o coletivo revela egomotividade contínua." *A resposta*, capítulo cinco.

O motor do aparador de grama continuava a rugir bem ao lado das portas de vidro.

— Pelo amor de Deus — disparou Robin, presa entre Amandeep e Will se masturbando —, você é muito inteligente, então por que tem medo de *pensar*, por que só fica fazendo citações?

— "Os padrões de pensamento materialista são arraigados em uma tenra idade. Romper com esses padrões exige, em primeiro lugar, o foco da mente em verdades essenciais pela repetição e a meditação." *A resposta*, cap...

— Então você voluntariamente fez uma lavagem cerebral em si mesmo?

— *Tire a roupa!* — Will se levantou, elevando-se sobre ela, a mão ainda tentando manter a ereção. — É um pecado vir aqui para outra coisa que não seja o vínculo espiritual!

— Se me obrigar a fazer sexo com você — declarou Robin em voz baixa —, será estupro, e acho que a IHU não vai gostar de ser processada.

O aparador de grama bateu na parede mais distante da cabana. A mão de Will parou de se mexer. Ele ficou diante dela, aflitivamente magro, ainda segurando o pênis.

— Para onde levaram Lin? — perguntou Robin, decidida a romper a muralha dele.

— Um lugar seguro — respondeu, antes de acrescentar com raiva: — Mas não tem nada a ver com você.

— Então devo me fundir com o coletivo eliminando meus pensamentos, e fazer sexo com qualquer um que queira isso, mas não posso ficar preocupada com uma companheira da igreja, é isso que está dizendo?

— Você precisa calar a boca — disse Will furiosamente —, porque eu sei coisas sobre você. Você estava na mata à noite, com uma lanterna.

— Não, não estava — negou Robin automaticamente.

— Estava, sim. Eu não disse nada para proteger Lin, mas não pode fazer mal a ela agora.

— Por que você queria proteger Lin? Isto é posse materialista, cuidar de outra pessoa mais do que dos outros. É porque ela é mãe de sua filha? Porque Qing pertence a todos na igreja, não só a…

— Cale a boca — ordenou Will, e levantou a mão, ameaçador. — *Cale essa maldita boca.*

— Não tem citações para nada disso? — perguntou Robin, com mais raiva do que medo. — Você não contou a ninguém que eu tinha uma lanterna durante todos os dias desde que Lin se foi. Por que não me denunciou?

— Porque eles vão dizer que eu devia ter feito isso antes!

— Ou, no fundo, você gosta de pensar que alguém estava vagando por aí com uma lanterna à noite?

— E por que ia gostar?

— Você podia ter recusado vir comigo para o Quarto de Ret…

— Não, não podia, você tem de ir quando é convidado…

— Acho que você tem dúvidas sobre a igreja.

Os olhos de Will se estreitaram. Ele largou o pênis e recuou vários passos.

— Meu pai te mandou aqui?

— Por que você pensaria isso?

— Ele já fez isso. Mandou um homem para me espionar.

— Não sou uma espiã.

Will pegou a calça e a blusa do conjunto de moletom no chão e começou a se vestir. Certo de que ele ia sair e revelar imediatamente a conversa, Robin, planejando fugir para a mata no momento em que saísse da cabana, falou:

— E se eu te dissesse que sua família me enviou?

Will deu um salto onde estava ao puxar a calça de moletom para cima.

— Vou procurar Papa J agora mesmo — disse ele, furioso. — Vou contar a ele...

— Will, sua família te ama...

— Eles me odeiam — cuspiu. — *Especialmente* o meu pai.

— Isso não é verdade!

Will se abaixou para pegar o casaco, o rosto agora corado pela raiva.

— Minha mã... Sally me ama. Ele não. Ele me escreve mentiras, tentando me obrigar a abandonar a igreja.

— Que mentiras ele te escreveu?

— Ele fingiu que mam... que Sally estava doente. Eu não liguei, particularmente — acrescentou Will com selvageria, vestindo a blusa do moletom. — Agora ela significa tanto para mim quanto você. Não sou o objeto de carne dela. De todo modo, ela sempre defendeu meu... Colin. Mas ma... Sally não estava doente. Ela está bem.

— Como sabe disso? — questionou Robin.

— Eu sei.

— Will — disse Robin —, sua mãe morreu. Ela faleceu em janeiro.

Will ficou petrificado. Lá fora, o cortador de grama gemeu quando Amandeep desligou o motor. Evidentemente ele tinha contado os vinte minutos.

— Isso é mentira.

— Bem que eu gostaria — Robin sussurrou —, mas não est...

Um movimento apressado e feroz e o bater de pés descalços na madeira. Robin ergueu os braços tarde demais e o soco de Will a pegou em cheio na face, e com um grito de dor e choque ela caiu de lado, bateu na parede e desabou no chão.

Através de uma névoa de dor, ela ouviu a porta de vidro deslizar e as cortinas sendo abertas.

— O que houve? — quis saber Amandeep.

Will disse alguma coisa que Robin não entendeu por conta do zumbido nos ouvidos. O pânico que sentia não era nada comparado à dor lancinante e latejante no maxilar, tão grande que ela se perguntou se estaria quebrado.

Mãos a colocaram rudemente na cama.

— ... tropeçou?

— É, e bateu a cara na parede. Não foi? — gritou Will com Robin.

— Foi — confirmou ela, incapaz de saber se estava falando alto demais. Pontos pretos estouravam diante dos olhos.

— Vocês já terminaram? — perguntou Amandeep.

— Sim, claro. Por que acha que ela está vestida?

— Onde vocês estavam, antes do vínculo?

— Na lavanderia — respondeu Will.

— Vou voltar agora — avisou Robin.

Ela se levantou, trêmula, com o cuidado de não olhar para Will. Fugiria no segundo em que pudesse; passaria pelo portão gradeado e atravessaria o campo até o perímetro.

— Vou levar os dois de volta à lavanderia — informou Amandeep.

A cabeça de Robin girava de dor e pânico. Ela massageou o maxilar, que sentia inchar rapidamente.

— Podemos fazer isso sozinhos — disse ela.

— Não — declarou Amandeep, segurando firme o pulso de Robin. — Foi determinado que vocês dois precisam de mais apoio espiritual.

77

Seis no alto (...)
Amarrado com cordas e cabos,
Preso entre as muralhas espinhosas de uma prisão (...)
Infortúnio.

I Ching: O livro das mutações

Depois de mais três horas na lavanderia, durante as quais ninguém comentou sobre seu rosto cada vez mais inchado, Robin foi escoltada ao templo para a sessão de meditação liderada por Becca. Olhando por cima do ombro, ela viu Will se afastar do restante do grupo e ir a passos firmes à sede da fazenda, deixando até de se ajoelhar junto à fonte de Daiyu. Tomada de pânico, Robin se ajoelhou obedientemente no chão duro do templo, os lábios formando as palavras do mantra, a mente fixa somente na fuga. Talvez pudesse escapar, pensou ela, para algum canto sombreado do templo no final da sessão, esconder-se até que os outros tivessem saído, depois partir para o ponto cego no perímetro. Ela ia correr pelo campo, encontrar um telefone público — qualquer coisa, menos passar outra noite na Fazenda Chapman.

Porém, no final da sessão de cântico, Becca, que esteve liderando a meditação do palco pentagonal elevado que escondia a piscina batismal, desceu antes que Robin tivesse qualquer chance de colocar em prática o plano arriscado e foi diretamente a ela, enquanto todos os outros saíam em fila do templo para o salão de jantar.

— Sofreu um acidente, Rowena?

— Sim — disse Robin. Doía falar; a dor do maxilar se irradiava para a têmpora. — Escorreguei e caí.

— Onde isso aconteceu?

— No Quarto de Retiro.

— Com quem você estava no Quarto de Retiro? — Becca exigiu saber.

— Will Edensor — informou Robin.

— Foi Will que sugeriu o vínculo espiritual ou foi você?

— Fui eu — respondeu Robin, porque sabia que os trabalhadores da lavanderia a haviam testemunhado se aproximar de Will.

— Entendo — resmungou Becca.

Antes que ela pudesse perguntar mais alguma coisa, uma figura de perfil apareceu na soleira do templo e Robin, com os batimentos cardíacos triplicados, viu Jonathan Wace com seu pijama de seda. As lâmpadas sutis do teto do templo o iluminavam enquanto ele ia até elas, sorrindo.

— Agradeço a você por seu serviço, Becca — disse ele, unindo as mãos e se curvando.

— E eu pelo seu — rebateu Becca, com um sorriso fascinado enquanto também se curvava.

— Boa noite, Ártemis, a casta… Mas o que aconteceu aqui? — disse Wace, colocando um dedo sob o queixo de Robin e virando-o para a luz. — Você sofreu um acidente?

Tão incerta se ele fazia um jogo com ela quanto se sentira na ocasião anterior, na sede da fazenda, Robin disse entre dentes:

— Sim. Eu escorreguei.

— No Quarto de Retiro — acrescentou Becca, cujo sorriso tinha desaparecido com as palavras "Ártemis, a casta".

— É mesmo? — perguntou Wace, passando o dedo de leve no inchaço com hematoma. — Bom, isto representa um ponto de inflexão, não é, Ártemis? E com quem escolheu ter o vínculo?

— Will Edensor — informou Becca antes que Robin pudesse responder.

— Por Deus — disse Wace em voz baixa. — Esta é uma escolha interessante, depois do que lhe falei sobre ele em nosso último encontro.

Robin não sabia se conseguiria falar, mesmo se quisesse. Sua boca ficara seca de novo e Wace continuava a virar seu rosto para cima, o que lhe provocava dor.

— Bom, não perca o jantar — disse Wace, soltando-a depois de outro olhar investigativo. — Tenho coisas a discutir com Becca.

— Obrigada — Robin se forçou a dizer.

— Obrigada, *Papa J* — disse Becca.

— Obrigada, Papa J — murmurou Robin.

Ela se afastou com a rapidez que pôde. Ao chegar à escada do templo, viu duas mulheres que faziam sua escolta habitual esperando por ela, então foi obrigada a andar com ambas ao salão de jantar.

"Esta noite", disse a si mesma. "Você vai esta noite."

Isto, é claro, supondo-se que ela não fosse convocada de volta à sede da fazenda para se explicar. A cada segundo, enquanto comia o macarrão, Robin esperava um tapinha no ombro, mas isto não aconteceu. Seu rosto inchado e roxo atraía alguns olhares, mas ninguém perguntou o que tinha acontecido, o que era um alívio, porque falar doía e ela preferia ficar em paz.

Quando o jantar terminou, Robin foi com o restante das mulheres para o alojamento. Ao entrarem no pátio, algumas que estavam à frente soltaram exclamações de surpresa.

Dezesseis adolescentes, todas de manto branco e segurando tochas acesas, subiam a escada do templo ao crepúsculo. Enquanto os espectadores paravam para olhar, as meninas se posicionaram aos pares nos oito degraus de pedra que levavam às portas do templo, viradas para o pátio, depois ficaram ali em silêncio, com o rosto iluminado pelo fogo. Os olhos de cada garota foram pintados com sombra escura para imitar maquiagem escorrida, o que lhes conferia uma aparência muito sinistra.

— Contagem regressiva para a Manifestação — Robin ouviu uma mulher dizer atrás dela.

— Quanto tempo elas vão ficar ali? — disse uma voz que Robin reconheceu como a de Penny.

— Só esta noite. Amanhã é a vez dos meninos. Depois, dos Dirigentes.

Robin entrou horrorizada no alojamento. Se membros da igreja fariam vigília na escada do templo pelas três noites seguintes, ela não teria chance nenhuma de fugir do alojamento sem ser vista. Pegando o pijama, foi ao banheiro, trancou-se no mesmo cubículo onde encontrou Lin sangrando, sentou-se na tampa da privada e combateu o impulso de desmoronar e chorar. A incerteza do que ia acontecer a apavorava.

A porta do banheiro se abriu com uma pancada e Robin ouviu os sons de dentes sendo escovados e torneiras abertas. Sabendo que o reservado seria necessário a mais alguém, ela se levantou, destrancou a porta, foi para o alojamento e começou a trocar de roupa, vestindo o pijama.

— *Ai, meu Deus, vejam!*

O grito vinha do outro lado do alojamento: um grupo de mulheres tinha corrido à janela. Algumas arquejavam, outras cobriam a boca com a mão.

— O que é? — perguntou Marion Huxley, correndo para olhar. — É ela?

— Sim… sim… *Vejam!*

Robin subiu na cama, assim poderia ver por cima das cabeças.

Uma pequena figura luminosa, com um vestido branco e leve, estava imóvel no meio do campo que Robin atravessou com tanta frequência. Brilhou por alguns segundos a mais, depois desapareceu.

As mulheres à janela se viraram, falando em sussurros apavorados e assombrados. Algumas pareciam assustadas, outras emocionadas. Marion Huxley voltou para o alojamento sorrindo e, ao chegar a sua cama, lançou a Robin um olhar de triunfo maldoso.

PARTE SEIS

䷜

K'an/O Abismal

Adiante e para trás, abismo no abismo.
Em tais perigos, pare primeiro e espere,
Caso contrário, cairá em um precipício.
Não aja desta maneira.

I Ching: O livro das mutações

78

Na vida do homem (...) agir por impulso de cada capricho
é um erro e, se nele persiste, leva à humilhação.

I Ching: O livro das mutações

Se Strike soubesse o que tinha ocorrido com sua sócia nas vinte e quatro horas anteriores, teria dirigido a toda velocidade para Norfolk. Porém, como continuava alheio aos acontecimentos na Fazenda Chapman, ele acordou na manhã de quarta-feira decidido a pegar Robin na noite seguinte, depois de informar aos terceirizados que queria fazer ele mesmo o serviço.

A balança do banheiro mostrava uma indesejada recuperação de dois quilos e meio, sem dúvida devido ao recente retorno de hambúrgueres, batatas fritas e rolinhos de bacon à dieta. Decidido a ser rigoroso de novo, Strike, portanto, teve como desjejum mingau feito com água. Enquanto comia, olhou o Pinterest no telefone, para ver se Torment Town tinha respondido a sua pergunta sobre Deirdre Doherty. Para seu desânimo, encontrou a página inteira deletada. Os muitos desenhos grotescos, inclusive a Daiyu sem olhos e a mulher de cabelo claro flutuando na piscina pentagonal, tinham sumido, deixando Strike sem a menor ideia de quem tinha desenhado, mas com a forte suspeita de que sua pergunta incentivou o ato, o que sugeria que a loura na piscina de fato representava Deirdre.

No momento exato em que ele resmungava um "*Merda*", o celular em sua mão tocou e ele viu, com um mau pressentimento, o número de Lucy.

— O que aconteceu? — perguntou ele. Lucy não ligaria às seis e meia da manhã sem ter um bom motivo.

— Stick, sei que é cedo demais — disse Lucy, cuja voz estava embargada do choro —, mas falei ao telefone com o vizinho de Ted. Eles notaram que a porta da frente dele estava aberta, foram olhar e ele tinha sumido, não está lá.

Parecia que uma névoa gelada descia em Strike.

— Eles chamaram a polícia — informou Lucy — e não sei o que fazer, se vou até lá...

— Fique aí, por enquanto. Se não o encontrarem nas próximas horas, nós dois vamos lá.

— Você pode ir?

— É claro — confirmou Strike.

— Eu me sinto tão culpada — admitiu Lucy, aos prantos. — Sabíamos que ele estava mal...

— Se... quando o encontrarem — disse Strike —, vamos conversar sobre o que fazer. Pensaremos num plano.

Ele também se sentia extraordinariamente culpado com a ideia do tio confuso partindo ao amanhecer para um destino desconhecido. Lembrando-se do velho veleiro de Ted, o *Jowanet*, e do mar em que as cinzas de Joan desapareceram, Strike rezou para ser apenas uma fantasia pensar que o velho tinha ido para lá.

Seu primeiro compromisso do dia não foi planejado para tirar da cabeça os problemas pessoais, e ele se ressentiu de ter de fazer isso. Depois de vários dias de procrastinação, o amante de Bijou, Andrew Honbold, enviou um curto e-mail a Strike convidando-o a seu apartamento para discutir "a questão como uma consulta". Strike concordara com esta reunião porque queria encerrar para sempre as complicações em que sua ligação irrefletida com Bijou o envolvera, mas não estava em um estado de espírito muito conciliatório ao se aproximar do duplex de Honbold pouco antes das nove da manhã, a mente ainda no tio na Cornualha.

Depois de tocar a campainha da residência supostamente recém-alugada do advogado, que ficava apenas a dois minutos da Câmara da Corte de Lavington, Strike teve tempo para estimar que o lugar deveria custar a Honbold mais de dez mil libas por mês. Bijou tinha motivos muito lucrativos para ser descuidada com os anticoncepcionais.

A porta foi aberta por um homem alto de aparência arrogante, com a papada semelhante a de um cão de caça, uma pele raiada de veias, uma pança substancial e o cabelo muito branco que recuava e mostrava uma careca com manchas de idade. Honbold levou Strike a uma ampla área de estar com uma decoração cara, mas sem graça e que não combinava com seu ocupante, cuja aparência à la William Hogarth pedia um ambiente com cortinas de veludo e mogno polido.

— Então — disse Honbold em voz alta, quando os dois se sentaram um de frente para o outro, com a mesa de centro de vidro entre eles —, você tem informações para mim.

— Sim, eu tenho — confirmou Strike, perfeitamente satisfeito pela dispensa das amabilidades. Pegando o celular, ele o colocou na mesa com a fotografia de Farah Navabi na Denmark Street. — O senhor a reconhece?

Honbold pegou os óculos de leitura com armação dourada no bolso da camisa, depois o telefone, que segurou a distâncias variadas dos olhos, como se a foto pudesse se transformar em uma mulher diferente se ele achasse o número certo de centímetros do qual olhar.

— Sim — disse ele por fim —, mas ela certamente não estava vestida assim quando a conheci. Seu nome é Aisha Khan e ela trabalha para a Tate and Brannigan, que faz gestão de reputação. Jeremy Tate me telefonou para saber se eu a receberia.

— O senhor retornou a ligação?

— Se eu fiz o quê? — bradou Honbold, lançando a voz como se tentasse alcançar o fundo do tribunal.

— O senhor ligou para a Tate and Brannigan, para verificar se foi realmente Jeremy Tate quem lhe telefonou?

— Não — respondeu Honbold —, mas procurei por ela. Em geral não recebo as pessoas *ad hoc* assim, sem o cliente. Ela estava no website deles. Tinha acabado de ingressar.

— Tinha uma foto dela no website?

— Não — admitiu Honbold, parecendo inquieto.

— O nome verdadeiro dela — disse Strike — é Farah Navabi. Ela é uma detetive disfarçada que trabalha para a Patterson Inc.

Houve um segundo de silêncio.

— *Vagabunda!* — explodiu Honbold. — Ela trabalha para algum tabloide, é? Ou para minha maldita esposa?

— Pode ser um ou outro — disse Strike —, mas Patterson plantou alguém na minha agência nos últimos meses. O objetivo pode ter sido me levar ao banco dos réus por grampear seu gabinete. Em algum momento Navabi ficou sozinha em sua sala?

— Sim — grunhiu Honbold, passando a mão no cabelo ralo. — Eu a deixei entrar, mas precisei ir ao banheiro. Ela ficou alguns minutos ali, sozinha. *Merda* — ele explodiu de novo. — Ela foi tão convincente!

— Claramente, atuar é seu ponto forte, porque ela não é muito boa na vigilância secreta.

— Aquele maldito Mitchell Patterson… Como ele se safou, depois de toda a merda de escuta telefônica que ele fez… Vou acabar com ele nem que seja a última coisa que eu…

O celular de Strike tocou.

— Com licença — disse ele, pegando o aparelho na mesa. — Luce?

— Ele foi encontrado.

— Ah, graças a Deus — disse Strike, sentindo o alívio tomar-lhe o corpo como um banho de água quente. — Onde ele estava?

— Na praia. Disseram que estava muito confuso. Stick, vou para lá agora, convencê-lo a voltar comigo, só para uma visita, assim podemos conversar com ele sobre o que ele quer. Não pode continuar assim.

— Tudo bem. Quer que eu...?

— Não, posso cuidar disso sozinha, mas você pode vir a nossa casa depois que eu o trouxer, para me ajudar a conversar com ele? Amanhã à noite?

— Sim, claro — confirmou Strike, sentindo-se um pouco deprimido. Outra pessoa teria de buscar Robin na Fazenda Chapman.

Ele voltou à sala de Honbold e o encontrou segurando um bule de café.

— Aceita? — ofereceu, de má vontade.

— Seria ótimo — disse Strike, sentando-se de novo.

Depois que os dois homens estavam sentados, um silêncio meio constrangedor se instalou na sala. Como ambos tinham feito sexo com a mesma mulher mais ou menos na mesma época, e Bijou estava grávida, Strike supôs que aquilo fosse inevitável, mas não seria ele a tocar no assunto.

— Bijou me disse que vocês tomaram uns drinques — falou o advogado em tom de censura. — Mais nada.

— É verdade — mentiu Strike.

— Se conheceram num batizado, pelo que sei. Do filho de Isla Herbert.

— Ilsa — Strike o corrigiu. — Sim, Ilsa e o marido são velhos amigos meus.

— Então Bijou não...?

— Ela nunca falou no senhor. Não discuto trabalho fora do escritório, e ela nunca perguntou sobre isso.

Isto, pelo menos, era verdade. Bijou não tinha falado sobre nada além dela mesma. Honbold olhava pensativamente para Strike. Depois de beber um gole do café, ele disse:

— Você é muito bom no que faz, não é? Ouvi muitos elogios de clientes.

— É bom saber disso.

— Gostaria de me ajudar a conseguir alguma coisa sobre minha esposa?

— Nossa lista de clientes está cheia, infelizmente — respondeu Strike. Ele não tinha se livrado da confusão Bijou-Honbold só para mergulhar direto nela de novo.

— Que pena. Matilda só quer vingança. *Vingança* — vociferou Honbold, e Strike podia imaginar o homem usando a peruca de advogado enquanto atirava a palavra para um júri.

Ele passou a enumerar as muitas formas ultrajantes com que a esposa se comportava atualmente, e uma delas era se recusar a lhe dar acesso à adega dele no porão.

Strike o deixou, desejando apenas reduzir a animosidade de Honbold em relação a ele de uma vez por todas. Embora o sotaque, as queixas e os temas de sua ira fossem muito diferentes, ele se lembrou de Barry Saxon enquanto ouvia Honbold. Assim como o condutor do metrô, o conselheiro da rainha parecia perplexo e ofendido que uma mulher que ele havia enganado quisesse retribuir, tornando as coisas desagradáveis para ele.

— Bom, obrigado pelo café — disse Strike, quando surgiu uma pausa conveniente, e se levantou. — Vou aguardar ansiosamente ver Patterson no tribunal.

— "Assim será" — citou Honbold, também se levantando e, elevando a voz já alta, declamou: — "*E onde o delito estiver, que a grande lâmina caia.*"

79

Seis na terceira posição significa:
Acontecimentos infelizes podem ser enriquecedores.
I Ching: O livro das mutações

Aliviado por ter um problema eliminado da lista, Strike voltou ao escritório, comendo e detestando a barra de alfarroba que comprou no caminho em homenagem a seu compromisso renovado com o emagrecimento. De certo modo, esperava que Littlejohn abdicasse da promessa de entregar a gravação de Pirbright hoje, dando-lhe uma oportunidade de desafogar sua irritação em um alvo que a merecesse.

— Littlejohn deixou isto aqui — foram as primeiras palavras de Pat quando ele entrou no escritório.

Ela apontou um envelope pardo simples ao lado dela, dentro do qual havia um objeto pequeno e oval. Strike resmungou, dirigindo-se à chaleira.

— E Midge esteve aqui há pouco — continuou Pat. — Está de péssimo humor. Disse que você a ofendeu.

— Se ela acha que o chefe fazer perguntas legítimas sobre suas práticas de trabalho é uma ofensa, ela vive muito na defensiva — disse Strike, irritado, acrescentando um saquinho de chá extra na xícara, sentindo que precisava de toda cafeína que conseguisse obter.

Na verdade, sua raiva de Midge tinha amainado um pouco nos últimos dias. Por menos que quisesse admitir, ele sabia que tinha exagerado com ela por ter sido apanhada pela câmera na casa de Tasha Mayo, devido à própria ansiedade com as consequências do divórcio de Honbold. Ele esteve considerando a possibilidade de dizer a Midge que ela podia voltar ao caso dos Franks desde que não houvesse mais intimidade com a cliente, mas a notícia de que esteve se queixando com Pat o irritou.

— Eu já tinha conhecido uma lésbica antes — comentou Pat.

— Ah, é? — disse Strike, enquanto a tampa da chaleira começava a chocalhar. — Ela falou mal do chefe pelas costas também?

— Não — respondeu Pat. — Ela *era* a chefe. Uma boa mulher. As pessoas a achavam dura feito uma pedra, mas, no fundo, ela era mansa. Muito gentil quando me divorciei.

— Esta é uma insinuação bastante óbvia de que devo me humilhar por magoar os sentimentos de Midge?

— Ninguém falou nada de humilhação.

— E é melhor mesmo, porque isso não vai acontecer — retrucou Strike.

— Não precisa ser rude — rebateu Pat. — Enfim, Rhoda fez o que você pediu.

Strike levou alguns segundos para se lembrar de que era a filha de Pat.

— Está brincando? — Ele se voltou para Pat.

— Não. Ela entrou no perfil daquela Carrie Curtis Woods no Facebook.

— A melhor notícia que tive o dia todo. Quer uma xícara?

Depois que os dois estavam com o chá, Pat logou no Facebook com a senha da filha e navegou pela conta da mulher que Strike torcia para ter sido Cherie Gittins vinte e um anos antes. Virando o monitor para Strike poder ver, Pat soltou baforadas de seu cigarro eletrônico, enquanto o observava ler a página com atenção.

Strike rolou lentamente para baixo, examinando atentamente as muitas fotos das duas filhas louras e pequenas de Carrie Curtis Woods. As fotos da própria Carrie mostravam uma mulher que era mais gorda do que na imagem do perfil. Nada indicava que ela tivesse um emprego, embora houvesse muitas menções a seu trabalho voluntário na escola das filhas. E então...

— É ela — disse Strike.

A foto, que fora postada para marcar o aniversário de Carrie Curtis Woods, mostrava-a no dia do casamento, quando ela era pelo menos dois números de roupa menor. Ali, inconfundivelmente, estava a loura com o sorriso afetado que, no passado, era uma reclusa na Fazenda Chapman: mais velha, usando menos delineador nos olhos e um vestido de renda apertado, o cabelo louro e cacheado puxado em um coque, ao lado de um homem atarracado com sobrancelhas grossas. Um pouco mais abaixo na página havia um número de telefone: Carrie Curtis Woods oferecia aulas de natação a crianças entre um e três anos.

— Pat, você arrasou.

— Foi Rhoda, não eu — falou Pat rispidamente.

— O que ela gosta de beber?

— Gim.

— Vou mandar uma ou duas garrafas para ela.

Mais cinco minutos de navegação ajudaram Strike a identificar o marido de Carrie Curtis Woods, Nathan Woods, que era eletricista, e a cidade onde ela morava.

— Mas onde diabos fica Thornbury? — resmungou ele, passando para o Google Maps.

— Gloucestershire — disse Pat, que lavava as xícaras na pia. — Meu primo Dennis mora por aquelas bandas.

— Merda — xingou Strike, lendo os posts mais recentes de Carrie Curtis Woods. — Ela vai à Andaluzia no sábado.

Depois de verificar o rodízio semanal, Strike ligou para Shah para pedir que ele buscasse Robin na Fazenda Chapman na noite seguinte.

— Acho que vou a Thornbury na sexta-feira — disse Strike, depois de desligar. — Me encontrar com Carrie antes que ela viaje de férias. Robin estará exausta, sem condições para uma viagem a Gloucestershire depois que sair.

No fundo, ele achava que se conseguisse fazer a viagem em um dia, teria uma desculpa para passar na casa de Robin naquela noite para um interrogatório completo, uma ideia muito animadora, uma vez que ele sabia que Murphy ainda estava na Espanha. Sentindo-se um pouco mais animado, Strike deslogou do Facebook, pegou seu chá e foi para a própria sala levando o envelope pardo deixado por Littlejohn.

Dentro dele havia uma fita minúscula de ditafone, embrulhada em uma folha de papel com uma data escrita à mão. A gravação fora feita quase um mês depois de Sir Colin e Kevin terem brigado pela importunação deste último no lançamento do livro de Giles Harmon e cinco dias antes do assassinato de Kevin. Strike pegou um ditafone na gaveta da mesa, inseriu a fita e apertou play.

Ele entendeu de imediato por que Patterson não tinha entregue a gravação a Sir Colin Edensor: teria sido difícil imaginar uma propaganda pior para as habilidades de vigilância de sua agência. Para começar, existiam dispositivos muito melhores para esse tipo de trabalho do que um ditafone, que tinha de ser escondido. A gravação era de uma qualidade extremamente ruim: o pub ao qual Farah levou Kevin estava lotado e barulhento, um erro de principiante pelo qual Strike teria repreendido severamente qualquer um dos próprios terceirizados. Era, ele pensou, o tipo de coisa que teria feito seu ex-funcionário, o nada saudoso Nutley.

A voz de Farah aparecia com mais clareza do que a de Kevin, talvez porque o ditafone estivesse mais perto dela. Pelo que Strike conseguiu distinguir, ela sugeriu duas vezes que eles fossem a um lugar mais tranquilo nos primeiros cinco minutos, mas Kevin, pateticamente, disse que eles deviam ficar, porque ele sabia que era o bar preferido dela. Pelo visto, Kevin fora completamente convencido de que a bela Navabi estava interessada sexualmente nele.

Strike colocou o volume no máximo e ouviu atentamente, tentando entender o que era dito. Farah ficava pedindo a Kevin para falar alto ou repetir as coisas, e ele foi obrigado a voltar a gravação e ouvir várias vezes, de caneta a postos, tentando transcrever qualquer coisa audível.

No início, pelo que Strike conseguiu entender, a conversa deles não teve nada a ver com a IHU. Por dez minutos, Farah falou indistintamente sobre seu suposto trabalho de comissária de bordo. Por fim, a igreja foi mencionada.

Farah: … bem interessada na IHU…
Kevin: … Não faça isso… irmãs… ainda em b… talvez deixe uma d…

Em algum lugar onde Farah e Kevin estavam sentados, explodiu uma música tumultuada e, obviamente, era clara como um sino.

And we were singing hymns and arias,
"Land of my Fathers", "Ar hyd y nos".

— Mas que merda — resmungou Strike. O grupo, que ele supunha que fosse de galeses idosos, porque não sabia quem mais cantaria uma música de Max Boyce, passou os dez minutos seguintes lutando para se lembrar de toda a letra, soltando intermitentemente fragmentos de versos que definhavam de novo, deixando a conversa entre Kevin e Farah inaudível. Por fim, os galeses voltaram apenas a falar alto e Strike conseguiu pegar de novo o fio fraco do que Farah e Kevin diziam.

Kevin: … ente má. Má.
Farah: … Como eles eram ma...?
Kevin: … aus, cruéis… hipóc… tou escrevendo um l…
Farah: uau, isso é ót…

Um dos galeses voltou a cantar.

Will is very happy though his Money all has gone:
He swapped five photos of his wife for one of Barry John.

Estes versos foram ovacionados e, quando a gritaria diminuiu, Strike ouviu Kevin de novo: "... sculpe, preciso d..."

Pela ausência de conversa por parte de Farah, Strike deduziu que Kevin tivesse ido ao banheiro.

Os próximos cinquenta minutos de gravação eram inúteis. Não só o barulho no pub aumentou ainda mais, como a voz de Kevin foi ficando progressivamente mais indistinta. Strike podia ter dito a Farah que era um erro liberar bebida a um jovem que fora criado sem tocar em álcool, e logo Kevin tinha a voz arrastada e tagarelava a esmo, Farah tentando ao máximo acompanhar o que ele dizia.

Kevin: ... e ela se afogou... disse quela se afogou...
Farah: (alto) ... falando de Dai...?
Kevin: ... oisas estranhas acontecen... oisas que fiquei... empre lembro... tro deles...
Farah: (alto) Quatro? Você disse qua...?
Kevin: ... mais e só Shree... boa para as crianças, e ela... Bec fez Em m... visível... esteira...
Farah: (alto) ... ecca fez Em mentir, você diss...?
Kevin: ... drogadas... ela deixou... ela conseguia as coisas... contrabando... deixou ela com os alu... Não ligava pra ela... ela tinha chocolate uma vez e roubei um po... mas tirana...
Farah: (alto) ... ossa... tirana?
Kevin: ... inha mesada... vou dizer pra ela... vou encontrar m...
Farah: (muito alto) Alguém da igreja vai te encontrar, Kev...?
Kevin: ... e responder por isso...

Strike deu pause, voltou e ouviu de novo.

Kevin: ... vou dizer pra ela... vou encontrar m...
Farah: (muito alto) Alguém da igreja vai te encontrar, Kev...?
Kevin: ... e responder por isso... opey... foi sim...
Farah: (insistente) Você vai encontrar alguém da...?
Kevin: ... ela pegou pesado... e os porcos...
Farah: (irritada) Esqueça os porcos.

— Deixe-o falar dos malditos porcos — resmungou Strike para o gravador.

Kevin: ... le gostava dos porcos... teve o que... por que... e eu não tava no chiq... e Bec... me segurou porque... ilha de Wace... não sou dedo-du...

Farah: ... Daiyu na mata?

Kevin: ... não sei... ela est... acho que teve uma trama... nisso juntos... sempre junt... se eu estiver certo... buição... na mata... não foi um... ventania soprando... ogo, mas úmido demais... estranho e eu... me ameaç... e do nad... devia ir para punição... ecca me disse... desculpe, tenho...

Strike ouviu um barulho alto, como se uma cadeira tivesse caído. Teve a impressão de que Kevin pode ter saído desajeitado para o banheiro, possivelmente para vomitar. Continuou ouvindo, mas não aconteceu nada por mais vinte e cinco minutos, exceto pelos galeses que ficaram mais animados. Por fim, ele ouviu Farah dizer:

"Com licença... se você vai... no banheiro? Ele está de azul..."

Cinco minutos depois, uma voz alta de galês disse:

"Ele está péssimo, querida. Acho que vai ter de levar o cara para casa."

"Ah, pelo amor de De... brigada por ver, qualquer..."

Houve um farfalhar, o som de respiração e a gravação terminou.

80

Condições externas estorvam o progresso, como a perda dos raios da roda impede o avanço de uma carroça.

I Ching: O livro das mutações

Shah partiu para Norfolk ao meio-dia de quinta-feira, levando uma carta de Strike instruindo Robin a ficar ao lado da pedra de plástico depois de ler, porque Shah estaria esperando nos arredores com o farol do carro apagado e um alicate de corte preparado para garantir uma passagem segura pelo arame farpado. Strike foi jantar na casa de Lucy naquela noite sentindo-se surpreendentemente animado, considerando que estaria acordado às seis da manhã seguinte para dirigir até Gloucestershire e não ansiava pela noite que tinha pela frente.

Embora Ted estivesse satisfeito por ver o sobrinho, ficou imediatamente claro para Strike que o tio tinha piorado nas poucas semanas desde a última vez que o vira. Havia certa confusão, um distanciamento, que não estava presente antes. Ted sorria e assentia, mas Strike não estava convencido de que ele acompanhava a conversa. O tio olhava com um ar de perplexidade os três filhos de Lucy num alvoroço para dentro e para fora da cozinha e os tratou com uma cortesia formal que sugeria que ele não sabia quem eram.

As tentativas de Strike e Lucy de atrair Ted a uma conversa sobre onde e como queria morar não chegavam a lugar nenhum, porque Ted tendia a aceitar todas as propostas feitas, mesmo que fossem contraditórias. Ele concordou que queria ficar na Cornualha, que podia ser melhor se mudar para Londres, que ele precisava de um pouco mais de ajuda e depois, com uma súbita centelha do velho Ted, declarou, espontaneamente, que estava se virando bem e ninguém devia se preocupar com ele. Durante o jantar, Strike sentiu tensão entre a irmã e o cunhado, e depois que Ted foi acomodado na sala diante da televisão com uma xícara de café descafeinado, houve uma conversa desconfortável do trio em que Greg deixou clara sua crueldade.

— Ela quer que Ted more conosco — disse ele a Strike, carrancudo.

— Eu falei que se vendêssemos a casa na Cornualha, podíamos construir um anexo nos fundos — explicou Lucy ao irmão.

— E perder metade do jardim — rebateu Greg.

— Eu não o quero em um asilo — protestou Lucy, chorosa. — Joan teria *odiado* a ideia de Ted em um asilo.

— O que você vai fazer, largar o emprego? — questionou Greg. — Porque ele será um trabalho de tempo integral, se piorar muito.

— Eu acho — começou Strike — que precisamos que Ted faça uma avaliação médica completa antes de decidirmos qualquer coisa.

— Isso só adia o problema — retrucou Greg, cuja irritação, sem dúvida, era fundamentada no fato de ser improvável que Strike fosse afetado por qualquer mudança nos arranjos da vida de Ted.

— Existem asilos e asilos — disse Strike a Lucy, ignorando Ted. — Se o colocarmos em algum lugar decente em Londres, podemos vê-lo regularmente. Pegá-lo para passar uns dias...

— E então Lucy vai ficar correndo atrás dele como se Ted morasse aqui — afirmou Greg, insinuando claramente que Strike não correria atrás de ninguém. — Ele quer ficar na Cornualha, acabou de dizer.

— Ele não sabe o que quer — rebateu Lucy num tom estridente. — O que aconteceu na terça foi um aviso. Ele não pode mais morar sozinho, não é seguro, qualquer coisa pode acontecer com ele... E se ele tentar sair com o barco?

— Era com isso que eu estava preocupado — admitiu Strike.

— Então vendam o barco — sugeriu Greg com raiva.

A conversa terminou, como Strike podia ter previsto desde o começo, sem nenhuma decisão além de conseguir que Ted fosse a um especialista em Londres. Como estava exausto depois da viagem inesperada a Londres, Ted foi dormir às nove e Strike saiu logo depois disso, torcendo para aproveitar ao máximo o sono antes de se levantar para a viagem de carro a Thornbury.

Ele decidiu que não avisaria Cherie, ou Carrie, de sua chegada, devido ao padrão que ela estabelecera de fuga e reinvenção: Strike tinha a sensação de que se ligasse primeiro, ela trataria de ficar indisponível. Ele duvidava de que a mulher que postava incontáveis fotos no Facebook das idas da família a Longleat e Paultons Park, de suas contribuições para as vendas de bolo da escola e das fantasias bonitas que fazia para as filhas pequenas fosse gostar de ser lembrada de seu passado desagradável.

Strike viajava pela rodovia havia duas horas quando recebeu um telefonema de Tasha Mayo, perguntando por que Midge não estava mais cuidando dela e pedindo que ela fosse recolocada no caso. A palavra "cuidando" não ajudou a dissipar a leve suspeita de Strike de que Midge passara a ser mais do que amiga da atriz, e ele não gostava muito que os clientes ditassem quem queriam designado a eles.

— Simplesmente, para mim é mais natural ser vista andando por aí com outra mulher — explicou a ele.

— Se o que minha agência fornecesse fosse segurança particular, e se quiséssemos que fosse uma segurança discreta, eu concordaria — disse Strike —, mas vocês não devem andar por aí juntas, uma vez que o que fornecemos é vigilância...

Para sua consternação, Strike percebeu que Tasha chorava. Ele ficou comovido: ultimamente parecia ter de lidar com uma trilha interminável de gente chorando.

— Olha — disse ela aos soluços —, não posso pagar a você *e* a um segurança particular, e eu *gosto* dela, ela faz com que me sinta segura, e prefiro ter alguém por perto com quem eu possa rir...

— Tudo bem, tudo bem — cedeu Strike. — Vou recolocar Midge na função.

Embora Strike não gostasse do que considerava uma mudança nos termos daquela missão, não podia fingir que era irracional Mayo querer uma guarda-costas.

— Se cuida — ele encerrou sem muita convicção, e Tasha desligou.

Depois de fazer contato com uma fria Midge para dar a notícia, Strike continuou dirigindo.

Vinte minutos depois, Shah telefonou.

— Você a pegou? — perguntou Strike, sorrindo na expectativa de ouvir a voz de Robin.

— Não — respondeu Shah. — Ela não apareceu, e a pedra sumiu.

Pela segunda vez em duas semanas, Strike sentiu como se gelo invadisse suas entranhas.

— Como é que é?

— A pedra de plástico sumiu. Nenhum sinal dela.

— Puta merda. Fique aí. Estou na M4. Chego assim que puder.

81

O trigrama superior K'an significa o Abismal, o perigoso. Seu movimento é para baixo (...).

I Ching: O livro das mutações

Três noites de vigília tinham sido mantidas na escada do templo, tornando impossível para Robin sair da cama. Na quarta-feira, meninos adolescentes de mantos brancos e longos substituíram as meninas, e na quinta à noite os Dirigentes da igreja assumiram suas posições na entrada do templo, as chamas bruxuleantes das tochas iluminando os rostos pintados de Jonathan e Mazu Wace, Becca Pirbright, Taio Wace, Giles Harmon, Noli Seymour e outros, todos com borrões pretos em volta dos olhos. Daiyu tinha aparecido mais duas vezes à noite, sua figura espectral visível ao longe, das janelas dos fundos dos alojamentos.

O fantasma, as figuras vigilantes na escada do templo, o medo constante, a impossibilidade de escapar ou pedir ajuda: tudo fazia Robin sentir que habitava um pesadelo do qual não conseguia acordar. Ninguém a confrontara sobre sua verdadeira identidade, ninguém tinha falado com ela sobre o que aconteceu no Quarto de Retiro com Will nem contestou sua explicação de por que seu rosto estava inchado e com hematomas, e ela achou tudo isso mais sinistro do que tranquilizador. Robin tinha certeza de que um acerto de contas estava a caminho em uma hora à escolha da igreja, e temia que a Manifestação fosse o momento em que aconteceria. *A Profetisa Afogada vai dar um jeito em você.*

Ela viu Will de longe, cuidando, inexpressivo, de suas tarefas diárias. Ocasionalmente via seus lábios se mexerem em silêncio e deduziu que o rapaz estivesse entoando. Uma vez, ela o viu agachado para falar com a pequena Qing, antes de se afastar às pressas enquanto Mazu percorria o pátio com a bebê Yixin nos braços. Robin ainda estava sendo acompanhada a todo lugar aonde ia.

O dia da Manifestação foi marcado por um jejum para todos os membros da igreja, que mais uma vez receberam água quente com limão no lugar do café da manhã. Os Dirigentes da igreja, que supostamente colocavam o sono em dia na sede da fazenda depois da vigília noturna, continuavam fora de vista. Exausta, faminta e assustada, Robin alimentou as galinhas, limpou os alojamentos e passou algumas horas na sala de artesanato, estofando mais tartarugas de pelúcia para vender em Norwich. Ela se lembrava o tempo todo de seu pedido despreocupado de um dia a mais a Strike, e devia estar atrasada para colocar uma carta na pedra de plástico. Se ela não o tivesse contrariado, alguém da agência viria buscá-la no dia seguinte, embora ela soubesse o bastante da Fazenda Chapman para ter certeza de que quem tentasse entrar pelo portão da frente seria rejeitado.

"Se eu passar pela Manifestação", pensou ela, "vou embora amanhã à noite". Depois tentou zombar de si mesma por pensar que podia *não* passar pela Manifestação. "O que acha que vai acontecer, um sacrifício ritual?"

Depois de uma refeição noturna de mais água quente com limão, todos os integrantes da igreja a partir dos treze anos foram instruídos a voltar aos alojamentos e vestir as roupas que estavam nas camas. Eram mantos brancos e longos feitos de um algodão gasto e muito lavado que podem muito bem ter sido lençóis antes. A perda do moletom fez Robin se sentir ainda mais vulnerável. As mulheres, vestidas com os mantos, conversavam em voz baixa, esperando ser convocadas ao templo. Robin não falou com ninguém, desejando poder invocar fisicamente, de algum jeito, aqueles que se importavam com ela no mundo lá fora.

Quando o sol enfim se pôs, Becca Pirbright reapareceu no alojamento feminino, também de manto, embora o dela, como o de Mazu, fosse de seda e enfeitado com contas.

— Todas vocês, tirem os sapatos — Becca instruiu as mulheres que aguardavam. — Vocês caminharão descalças, como a Profetisa entrou no mar, aos pares, pelo pátio, em silêncio. O templo estará às escuras. Assistentes guiarão vocês a seus lugares.

Elas formaram uma fila, obedientes. Robin se viu andando ao lado de Penny Brown, cujo rosto, antes redondo, estava encovado e aflito. Elas atravessaram o pátio sob um céu limpo e estrelado, sentindo frio mesmo com os mantos de algodão e pés descalços, e duas a duas entraram no templo, que estava escuro como breu.

Robin sentiu a mão de alguém segurá-la pelo braço e foi levada, ela supôs, passando pelo palco pentagonal, depois empurrada para ficar de joelhos no chão. Ela não sabia mais quem estava a seu lado, embora pudesse ouvir um farfalhar e a respiração, nem sabia como aqueles que ajudavam as pessoas a chegar a seus lugares conseguiam enxergar o que faziam.

Depois de um tempo, as portas do templo se fecharam com estrondo. E então, a voz de Jonathan Wace soou no escuro:

— Juntos: *Lokah Samastah Sukhino Bhavantu... Lokah Samastah Sukhino Bhavantu...*

Os membros passaram a entoar o mantra. A escuridão parecia intensificar o ronco e o ritmo das palavras, mas Robin, que antes sentia alívio ao dissipar sua voz na multidão, não experimentou nem euforia, nem alívio. O medo continuava a arder como um carvão alojado sob o diafragma.

— ... e terminamos — disse Wace.

Fez-se silêncio de novo. E então Wace falou:

— Daiyu, amada Profetisa, oradora da verdade, portadora da justiça, venha a nós em santidade. Abençoe-nos com sua presença. Ilumine o caminho para nós, que possamos enxergar com clareza o próximo mundo.

Houve outro silêncio em que ninguém se mexeu. Depois, alto e claro, veio o riso de uma garotinha.

— Oi, Papa.

Robin, que estava ajoelhada de olhos bem fechados, abriu-os. Estava tudo escuro: não havia sinal de Daiyu.

— Vai se manifestar para nós, minha filha? — disse a voz de Wace.

Outra pausa. E então...

— Papa, estou com medo.

— *Você* está com medo, minha filha? — perguntou Wace. — *Você?* A mais corajosa de nós, e a melhor?

— Tem algo *errado*, Papa. Vem vindo gente má.

— Sabemos que existe maldade no mundo, minha pequena. É por isso que lutamos.

— Dentro e fora — disse a voz de criança. — Lutamos dentro e fora.

— O que quer dizer, Daiyu?

— O Papa inteligente sabe.

Mais silêncio.

— Daiyu, você fala de influências malignas dentro de nossa igreja?

Não houve resposta.

— Daiyu, ajude-me. O que isso significa, lutar dentro e fora?

A voz infantil começou a gemer de aflição, o choro e os soluços ecoando nas paredes do templo.

— Daiyu! Daiyu, Abençoada, não chore! — disse Wace, com a pegada familiar na voz. — Minha pequena, eu lutarei por você!

O choro se aquietou. Fez-se silêncio novamente.

— Venha a nós, Daiyu — chamou Wace, suplicante. — Mostre-nos você viva. Ajude-nos a arrancar o mal pela raiz, dentro e fora.

Por alguns segundos, nada aconteceu. E então, um brilho muito fraco apareceu a pouca distância do chão na frente de Robin, e ela percebeu que estava ajoelhada na primeira fila da multidão que cercava a piscina batismal pentagonal, da qual emanava a luz esverdeada.

A água brilhante subia na forma suave de uma redoma e, girando lentamente por dentro, estava a figura de uma criança flácida, sem olhos, vestida de branco.

Houve vários gritos. Robin ouviu uma garota gritar: "Não, não, não!"

A água afundou de novo e, com ela, a figura pavorosa, e depois de alguns segundos a água esverdeada voltou a ficar plana, embora o brilho fosse ainda mais intenso, e assim as figuras de Jonathan e Mazu, que estavam na beira da piscina com mantos brancos compridos, eram iluminadas de baixo.

Então Mazu falou:

— Eu, que dei à luz a Profetisa Afogada, dediquei minha vida a honrar seu sacrifício. Quando partiu deste mundo para se juntar à Divindade Abençoada, ela conferiu dons àqueles de nós destinados a realizar o combate contra o mal na Terra. Recebi o dom da visão divina pela graça de minha filha, e sua Manifestação me confirma em meu dever. Existem aqueles entre nós que Daiyu testará esta noite. Estas pessoas não têm nada a temer se seu coração, como o dela, for puro...

"Chamo à piscina Rowena Ellis."

A multidão ajoelhada arquejou e sussurrou. Robin sabia o que ia acontecer, mas, ainda assim, as pernas mal conseguiam sustentar seu peso enquanto ela se levantava e ia para a frente.

— Você entrou na piscina uma vez, Rowena — afirmou Mazu, olhando-a de cima. — Esta noite, você se unirá a Daiyu nestas águas sagradas. Que ela lhe dê sua bênção.

Robin subiu a escada para ficar na beira da piscina iluminada. Olhando para baixo, não conseguia ver nada além do fundo escuro. Sabendo que a resistência ou a recusa seriam tomadas como sinais infalíveis de culpa, ela subiu na beira e se permitiu cair sob a superfície da água fria.

A luz na água diminuiu. Robin esperou que os pés tocassem o fundo, mas eles não encontraram resistência: o fundo da piscina tinha desaparecido.

Ela tentou nadar para a superfície, mas então, para seu pavor, sentiu algo parecido com uma corda lisa se enrolar em seus tornozelos. Em pânico, ela lutou, tentando se libertar, mas o que a segurava a arrastou para baixo. Na escuridão, ela bateu braços e pernas, tentou subir, mas o que a segurava era mais poderoso e ela viu fragmentos de lembranças — os pais, seu lar de infância, Strike no Land Rover —, e parecia que a água fria a esmagava, pressionando-lhe o cérebro, era impossível respirar, então ela abriu a boca em um grito silencioso e sugou a água…

82

Os trigramas Li, luz, e Chên, choque, terror,
dão os pré-requisitos para uma purificação da atmosfera
pela tempestade de um julgamento criminoso.

I Ching: O livro das mutações

Mãos apertavam com força sua caixa torácica. Robin vomitou.

Estava deitada no chão frio do templo, na escuridão de breu. Uma cara aterrorizante se agigantava para ela usando o que pareciam óculos de esqui. Ofegante, Robin tentou se levantar e foi forçada a se deitar de novo por quem pressionava seu peito. Ela ouvia vozes assustadas no escuro e via figuras sombrias se movendo a sua volta pela luz esverdeada da piscina.

— Taio, retire Rowena do templo — falou Mazu calmamente.

Tremendo e completamente encharcada, Robin foi colocada de pé. Ela teve outra ânsia, depois vomitou mais água e caiu e joelhos. Taio, que, ela percebia, usava óculos de visão noturna, puxou-a de novo rispidamente para que ficasse de pé, depois a fez andar pelo templo escuro, as pernas de Robin quase cedendo a cada passo. As portas se abriram automaticamente e ela viu o pátio à luz das estrelas, e sentiu o ar noturno e enregelante na pele molhada. Taio a levou bruscamente pelas portas com entalhe de dragão da sede da fazenda, depois para a entrada lateral que dava na escada para o porão.

Eles passaram em silêncio pelo anfiteatro deserto do subsolo. Taio destrancou a segunda porta que levava para fora da sala com o telão, por onde Robin nunca tinha passado. Só o que havia naquela sala era uma mesa pequena, junto da qual havia duas cadeiras de plástico e pernas de metal.

— Sente-se aqui — disse Taio, apontando para uma das cadeiras — e espere.

Robin se sentou. Taio saiu e trancou a porta.

Apavorada, ela lutou consigo mesma para não chorar, mas perdeu a briga. Inclinando-se para a mesa, escondeu o rosto com hematomas nos braços e soluçou. Por que não foi embora com Barclay uma semana antes? Por que tinha ficado?

Não sabia por quanto tempo havia chorado antes de se recompor, tentando respirar fundo lentamente. O horror do quase afogamento era eclipsado pelo pavor do que viria pela frente. Ela se levantou e tentou a porta, embora soubesse que estava trancada, depois se virou para olhar a sala, sem ver nada além de paredes nuas: nenhuma abertura de ventilação, nenhuma janela nem alçapão, apenas uma câmera preta, muito pequena e redonda em um canto do teto.

Robin sabia que devia pensar, se preparar para o que estava por vir, mas se sentia tão fraca depois do jejum de vinte e quatro horas que não conseguia fazer o cérebro trabalhar. Os minutos se arrastavam, Robin tremendo no manto molhado, e ela se perguntou por que demoravam tanto. Será que outras pessoas estavam sendo submetidas ao quase afogamento na piscina? Sem dúvida, outras infrações tinham sido cometidas na Fazenda Chapman, por pessoas com quem ela nunca havia falado.

Por fim, uma chave girou na fechadura e quatro pessoas de manto entraram na sala: Jonathan, Mazu, Taio e Becca. Wace sentou-se na cadeira de frente para Robin. Os outros três ficaram enfileirados junto à parede, observando.

— Por que acha que Daiyu está com tanta raiva de você, Rowena? — perguntou Wace em um tom calmo e equilibrado, como um Dirigente de escola decepcionado.

— Eu não sei — sussurrou Robin.

Ela daria qualquer coisa para ser capaz de olhar dentro da mente de Wace e ver o que ele já sabia.

— Acho que você sabe — disse Wace com gentileza.

Houve um minuto de silêncio. Por fim, Robin falou:

— Eu estive pensando em... ir embora.

— Mas *isto* não teria deixado Daiyu com raiva — afirmou Wace, com um leve riso. — Os membros da igreja são livres para partir. Não forçamos ninguém. Você deve saber disto, não?

Robin achou que ele estivesse atuando para a câmera no canto, que talvez também captasse áudio.

— Sim, acho que sim.

— Só pedimos que os membros da igreja não tentem manipular os outros nem agir com crueldade para com eles — acrescentou Wace.

— Não acho que eu tenha feito isso — rebateu Robin.

— Não? — questionou Wace. — E quanto a Will Edensor?

— Não entendo o que você quer dizer — Robin mentiu.

— Depois da ida dele ao Quarto de Retiro com você — disse Wace —, ele pediu material para escrever, para entrar em contato com a pessoa que costumava chamar de mãe.

Robin precisou de toda a força para fingir perplexidade.

— Por quê? — perguntou ela.

— É o que queremos que você... — começou Taio asperamente, mas o pai ergueu a mão para fazê-lo se calar.

— Taio, deixe que ela responda.

— *Ah* — murmurou Robin, como se tivesse acabado de se lembrar de alguma coisa. — Eu disse a ele... Ai, meu Deus. — Robin ganhava tempo. — Eu disse a ele que achava... Você vai ficar zangado — falou, permitindo-se chorar de novo.

— Só fico zangado com injustiça, Rowena — esclareceu Wace em voz baixa. — Se você foi injusta... conosco, ou com Will... haverá uma sanção, mas compatível com a transgressão. Como o I Ching nos diz, as penalidades não devem ser impostas injustamente. Devem se restringir a um objetivo que proteja contra os excessos injustificados.

— Eu disse a Will — começou Robin — que eu me perguntava se todas as nossas cartas eram entregues.

Mazu soltou um silvo baixo. Becca meneava a cabeça em negativa.

— Você estava ciente de que Will tinha assinado uma declaração garantindo não entrar em contato com a família dele? — perguntou Wace.

— Não — respondeu Robin.

— Alguns membros da igreja, como Will, assinam voluntariamente uma declaração de que não desejam mais receber cartas de antigos objetos de carne. Passo cinco: renúncia. Nestes casos, a igreja preserva cuidadosamente a correspondência, que pode ser vista a qualquer momento, se o integrante assim desejar. Will nunca fez uma solicitação dessas, e assim suas cartas estão arquivadas em segurança.

— Eu não sabia disso — disse Robin.

— Então por que ele de repente quis escrever à mãe, depois de quase quatro anos sem contato?

— Eu não sei.

Ela tremia, muito consciente da transparência do manto molhado. Seria possível que Will tivesse guardado segredo da maior parte da conversa dos dois?

Ele certamente tinha motivos para omitir que Robin possuía uma lanterna, devido à possível punição que sofreria por não ter revelado isso antes. Quem sabe ele também deixara de mencionar que ela testou sua fé?

— Tem certeza de que não disse nada a Will no Quarto de Retiro que o deixaria aflito em relação à mulher que ele antigamente chamava de mãe?

— *Por que eu falaria sobre a mãe dele?* — perguntou Robin, desesperada. — Eu... eu contei a ele que achava que a carta da minha irmã não tinha sido entregue assim que chegou. Desculpe — disse Robin, permitindo-se chorar de novo. — Não sabia das declarações de renúncia ao contato. Isso explica por que tinha tantas cartas no armário de Mazu. Desculpe, eu peço mil desculpas.

— Essa lesão no seu rosto... O que *realmente* aconteceu? — perguntou Wace.

— Will me empurrou ao passar por mim — respondeu Robin. — E eu caí.

— Parece que Will estava com raiva. Por que ele teria raiva de você?

— Ele não gostou que eu falasse das cartas. Acho que levou para o lado pessoal.

Houve um breve silêncio em que os olhos de Jonathan encontraram os de Mazu. Robin não se atrevia a olhar para a mulher. Parecia que veria seu destino derradeiro nos olhos dela.

Jonathan se virou para Robin.

— Em algum momento você falou na morte de familiares?

— Não na morte — Robin mentiu. — Eu posso ter falado: "E se alguma coisa aconteceu com um deles?"

— Então você continua a ver os relacionamentos em termos materialistas? — questionou Wace.

— Estou tentando não ver assim — disse Robin —, mas é difícil.

— Emily realmente ganhou todo aquele dinheiro que estava em sua caixa de coleta no final da viagem de vocês a Norwich? — perguntou Wace.

— Não — admitiu Robin, depois de uma pausa de vários segundos. — Eu dei um pouco a ela da caixa da barraca.

— Por quê?

— Fiquei com pena, porque ela não conseguiu muito sozinha. Ela não estava muito bem — falou Robin desesperadamente.

— Então você mentiu para Taio? Você deturpou o que realmente aconteceu?

— Eu não... Sim, acho que sim — admitiu Robin, perdida.

— Como podemos acreditar em alguma coisa que você diz, agora que sabemos que está disposta a mentir para Dirigentes da igreja?

— Sinto muito — choramingou Robin, mais uma vez permitindo-se chorar. — Eu não vi isso como uma coisa ruim, ajudá-la... Me desculpe...

— Os males pequenos crescem, Rowena — afirmou Wace. — Você pode dizer a si mesma: "O que importa, uma mentirinha aqui, outra ali?", mas o espírito puro sabe que não podem existir mentiras, grandes ou pequenas. Disseminar falsidades é abraçar o mal.

— Sinto muito — repetiu ela.

Wace olhou para Robin por um momento, então falou:

— Becca, preencha um formulário PA e traga para mim, com outro em branco.

— Sim, Papa J — disse Becca e saiu da sala. Quando a porta se fechou, Jonathan se inclinou para a frente e falou em voz baixa:

— Você quer nos deixar, Rowena? Porque, se for assim, é inteiramente livre para fazer isso.

Robin olhou naqueles opacos olhos azul-escuros e se lembrou das histórias de Kevin Pirbright e Niamh Doherty, de Sheila Kennett e Flora Brewster, que ensinaram a ela que se houvesse alguma saída fácil e segura da Fazenda Chapman, não seria necessário privação, colapso mental ou fugas no meio da noite por arames farpados para libertá-los. Ela não acreditava mais que os Wace deixariam de matar para se proteger ou a seu feudo lucrativo. A oferta de Wace foi para a câmera, para provar que Robin recebera o direito de uma escolha livre que, na realidade, não era escolha nenhuma.

— Não — respondeu. — Quero ficar. Quero aprender. Quero fazer melhor.

— Isso significará pagar penitência — apontou Wace. — Você compreende isso?

— Sim — confirmou Robin. — Compreendo.

— E você concorda que qualquer penitência deve ser proporcional a seu próprio comportamento confesso?

Ela fez que sim com a cabeça.

— Diga em voz alta — ordenou Wace.

— Sim — disse Robin. — Eu concordo.

A porta atrás de Wace se abriu. Becca tinha voltado com duas folhas de papel e uma caneta. Também trazia uma navalha e uma lata de espuma para barbear.

— Quero que você leia o que Becca escreveu para você — prosseguiu Wace, enquanto Becca colocava os dois formulários e a caneta diante de

Robin na mesa — e, se concordar, copie as palavras no formulário em branco, depois assine.

Robin leu o que estava escrito na letra redonda e elegante de Becca.

Eu fui traiçoeira.

Eu disse falsidades.

Eu manipulei um companheiro membro da igreja e minei sua confiança na igreja.

Eu manipulei e encorajei um membro da igreja a mentir.

Eu agi e falei infringindo diretamente os ensinamentos da igreja sobre bondade e companheirismo.

Por meus próprios pensamentos, palavras e atos, eu prejudiquei o vínculo de confiança entre mim e a igreja.

Eu aceito uma punição proporcional como penitência por meu comportamento.

Robin pegou a caneta e os quatro acusadores observaram enquanto ela copiava o texto, depois assinava como Rowena Ellis.

— Agora Becca vai raspar sua cabeça — informou Wace — como uma marca…

Taio fez um leve movimento. O pai o olhou por um momento, depois sorriu.

— Muito bem, vamos esquecer a cabeça raspada. Taio, vá com Becca e pegue a caixa.

A dupla saiu da sala, deixando Wace e Mazu observando Robin em silêncio. Robin ouviu passos raspando o chão, depois a porta se abriu mais uma vez e revelou Taio e Becca carregando uma pesada caixa de madeira, do tamanho de uma mala grande de viagem, com um buraco retangular do tamanho de um envelope numa ponta e uma tampa com dobradiça que podia ser trancada.

— Deixarei você agora, Ártemis — avisou Wace, levantando-se, os olhos de novo marejados. — Mesmo tendo sido grande o pecado, detesto a necessidade de uma punição. Queria — disse, colocando a mão no coração e continuando: — que não fosse necessário. Fique bem, Rowena. Verei você do outro lado, purificada, assim espero, pelo sofrimento. Não pense que não reconheço seus dons de inteligência e generosidade. Estou muito feliz — disse ele, fazendo uma leve mesura —, apesar de tudo, por você ter escolhido permanecer conosco. Oito horas — acrescentou ele a Taio.

E saiu da sala.

Taio então abriu a tampa da caixa.

— De cara para baixo — disse ele a Robin, apontando o buraco retangular. — Ajoelhe-se e se coloque em atitude de penitência. Depois fecharemos a tampa.

Tremendo incontrolavelmente, Robin se levantou. Ela entrou na caixa, de frente para o buraco retangular, depois ajoelhou-se e se enroscou. O fundo da caixa não tinha sido lixado: ela sentia as farpas da superfície enterrando-se em seus joelhos através do manto fino e molhado. Depois a tampa foi batida em sua coluna.

Ela olhou pelo buraco retangular e viu Mazu, Taio e Becca saírem da sala, só a bainha dos mantos e os pés visíveis. Mazu, a última a sair, apagou a luz, fechou a porta da sala e a trancou.

83

Nove na quinta posição (...)
Em meio a grandes obstruções,
Chegam os amigos.

I Ching: O livro das mutações

Strike, que tinha chegado à Lion's Mouth à uma hora daquela tarde, estava sentado no escuro em seu BMW no ponto cego do perímetro da Fazenda Chapman com os faróis apagados. Shah lhe entregara o binóculo de visão noturna e o alicate de corte, e Strike usava o primeiro para procurar na mata qualquer sinal de uma figura humana. Ele mandou Shah de volta a Londres: não tinha sentido dois deles sentados ali no escuro por horas.

Era quase meia-noite e chovia muito quando o celular de Strike tocou.

— Algum sinal dela? — perguntou Midge, ansiosa.

— Não — respondeu ele.

— Ela *perdeu* uma quinta-feira antes — comentou Midge.

— Eu sei — disse Strike, olhando as árvores escuras pela janela pontilhada de chuva —, mas por que diabos a pedra sumiu?

— Será que ela própria não mudou de lugar?

— É possível — comentou Strike —, mas não consigo entender o motivo.

— Tem certeza de que não quer companhia?

— Não, estou bem sozinho.

— E se ela não aparecer esta noite?

— Combinamos que eu não faria nada até o domingo — disse Strike —, então ela terá outra noite, supondo-se que não apareça nas próximas horas.

— Meu Deus, espero que esteja tudo bem.

— Eu também — concordou Strike. Com o objetivo de manter a relação mais amistosa com Midge, mesmo no meio de suas preocupações maiores, ele perguntou: — Tudo bem com Tasha?

— Sim, acho que sim — respondeu ela. — Barclay está na frente da casa dela.

— Ótimo — disse Strike. — Minha reação pode ter sido exagerada com as fotos. Não queria dar a Patterson outro motivo para nos atacar.

— Eu sei. E peço desculpa pelo que eu disse sobre a dos peitos falsos.

— Desculpa aceita.

Quando Midge desligou, Strike continuou olhando fixamente a mata pelo binóculo de visão noturna.

Seis horas depois, Robin ainda não tinha aparecido.

84

Seis na quinta posição (...)
Persistentemente doente, e ainda assim não morre.

I Ching: O livro das mutações

Toda tentativa de aliviar a pressão ou a dormência nas pernas doloridas de Robin resultava em mais dor. A tampa áspera da caixa arranhava suas costas quando ela tentava fazer ajustes mínimos na posição. Dobrada sobre si mesma na completa escuridão, com medo e dor demais para escapar do presente dormindo, ela se imaginou morrendo, trancada na caixa dentro de uma sala também trancada. Ela sabia que ninguém sequer ouviria se ela gritasse, mas chorava intermitentemente. Depois do que devem ter sido duas ou três horas, Robin foi obrigada a urinar dentro da caixa. As pernas ardiam com o peso que suportavam. Ela não tinha a que se apegar, exceto por Wace ter dito "oito horas". Haveria uma libertação. Ela chegaria. Robin precisava se agarrar a isso.

E, por fim, chegou. Robin ouviu a chave girar na tranca da porta. A luz foi acesa. Dois pés com tênis se aproximaram da caixa e a tampa foi aberta.

— Saia — ordenou uma voz feminina.

Inicialmente Robin achou quase impossível se desdobrar, mas, impelindo-se para cima com as mãos, ela se obrigou a ficar de pé, as pernas dormentes e fracas. O manto seco grudava nos joelhos, que tinham sangrado durante a noite.

Hattie, a mulher negra de tranças longas que verificou seus pertences quando ela chegou, apontou em silêncio para que se sentasse à mesa, depois saiu da sala para pegar uma bandeja, que colocou na frente de Robin. Ali havia uma porção de mingau e um copo de água.

— Quando terminar de comer, vou te acompanhar ao alojamento. Você tem permissão para tomar um banho antes de começar suas tarefas diárias.

— Obrigada — falou Robin, fraca. A gratidão por ser libertada era ilimitada; queria que a mulher de expressão pétrea gostasse dela, que visse que ela havia mudado.

Ninguém olhou para Robin quando ela e sua acompanhante atravessaram o pátio, parando como sempre na fonte de Daiyu. Robin notou que todos usavam moletons azuis. Evidentemente a temporada da Profetisa Afogada tinha terminado: começara a temporada do Profeta Curador.

Sua acompanhante ficou do lado de fora do reservado do chuveiro enquanto Robin se lavava com o sabonete líquido ralo que era fornecido. Os joelhos estavam arranhados, em carne viva, assim como uma parte da coluna. Ela se enrolou em uma toalha e seguiu Hattie de volta ao alojamento vazio, onde encontrou um moletom azul e calcinha limpos em cima da cama. Quando se vestiu, observada pela outra mulher, ouviu:

— Você vai cuidar de Jacob hoje.

— Tudo bem — disse Robin.

Ela ansiava por se deitar na cama e dormir, porque estava quase delirante de cansaço, mas seguiu Hattie humildemente para fora do alojamento. Nada lhe importava, só a aprovação dos Dirigentes da igreja. O terror da caixa ficaria com ela para sempre; Robin só queria não ser castigada. Tinha medo de que alguém da agência chegasse para buscá-la porque, se fizessem isso, ela podia ser trancada na caixa de novo e escondida. Queria que a deixassem onde estava; tinha medo de que os colegas colocassem sua segurança em um risco ainda maior. Talvez, em algum momento do futuro, quando recuperasse a coragem e sua vigilância vinte e quatro horas por dia fosse suspensa, conseguisse achar um jeito de se libertar, mas não conseguia pensar tão longe assim hoje. Robin devia obedecer. A obediência era a única segurança.

Hattie levou Robin de volta à sede da fazenda, passando pelas portas com entalhes de dragões e subindo a escada acarpetada de vermelho. Elas andaram por um corredor com mais portas pretas e brilhantes e pegaram uma segunda escada, estreita e sem carpete, que dava em um corredor com um teto inclinado. No final dele, havia uma porta de madeira simples, que sua acompanhante abriu.

Ao entrar no pequeno quarto do sótão, Robin foi atingida pelo cheiro desagradável de urina e fezes humanas. Louise estava sentada ao lado de um catre. Havia várias caixas de papelão desordenadas pelo chão coberto de folhas de jornal velho, e, junto delas, um saco de lixo preto parcialmente cheio.

— Diga a Rowena o que fazer, Louise — ordenou a mulher que acompanhara Robin. — Depois, você pode ir dormir.

Ela saiu.

Robin olhou o ocupante do catre, apavorada. Jacob talvez tivesse um metro de altura, mas, embora estivesse nu, a não ser por uma fralda, não parecia uma criança. Seu rosto estava encovado, a pele fina se esticava sobre os ossos e o tronco; os braços e pernas eram atrofiados e Robin via hematomas e o que supunha serem escaras na pele muito branca. Ele parecia dormir, e a respiração era gutural. Robin não sabia se tinha sido doença, incapacidade ou negligência persistente que havia colocado Jacob naquele estado lastimável.

— Qual é o problema dele? — sussurrou.

Para horror de Robin, a única resposta de Louise foi um estranho ruído de lamento.

— Louise? — disse Robin, alarmada pelo som.

Louise se recurvou, a cabeça careca nas mãos, e o ruído se transformou em um guincho animalesco.

— Louise, pare! — disse Robin freneticamente. — Por favor, pare!

Ela segurou Louise pelos ombros.

— Nós duas seremos punidas de novo — falou Robin muito nervosa, certa de que a gritaria do sótão seria investigada por quem estivesse nos andares abaixo, que a única segurança das duas era o silêncio e a obediência. — Pare com isso! *Pare!*

O ruído diminuiu. Louise apenas se balançava para a frente e para trás na cadeira, com o rosto ainda oculto.

— Eles estão esperando que você saia. Só me diga o que fazer — pediu Robin, com as mãos ainda nos ombros da mulher mais velha. — Me diga.

Louise levantou a cabeça, os olhos injetados, o olhar arruinado, a cabeça careca cortada em dois lugares onde, sem dúvida, ela havia raspado enquanto estava exausta, com as mãos artríticas. Se ela tivesse desmoronado em qualquer outro momento, Robin teria sentido mais compaixão do que impaciência, mas só lhe importava evitar qualquer vigilância ou punição a mais, e a última coisa que queria era ser acusada, de novo, de causar angústia em outro membro da igreja.

— *Me diga o que fazer* — repetiu ela duramente.

— Tem fraldas ali — sussurrou Louise, as lágrimas ainda escorrendo enquanto apontava uma das caixas de papelão —, e lenços umedecidos ali. Ele não vai precisar de comida… Dê a ele água em um copo de canudinho. — Ela apontou para um no peitoril da janela. — Deixe o jornal no chão… às vezes ele vomita. Ele… às vezes tem umas crises também. Tente impedi-lo de bater na grade. E tem um banheiro do outro lado, se você precisar.

Louise se colocou de pé com dificuldade e ficou parada por um momento, olhando a criança moribunda. Para surpresa de Robin, ela colocou os dedos na boca, beijou-os, depois os colocou delicadamente na testa de Jacob. Em seguida e em silêncio, saiu do quarto.

Robin foi lentamente para a cadeira de madeira dura que Louise deixara vaga, com os olhos em Jacob, e se sentou.

O menino claramente estava à beira da morte. Aquela era a coisa mais monstruosa que já vira na Fazenda Chapman, e Robin não entendia por que justo hoje fora enviada para cuidar dele. Por que mandar alguém aqui que tinha mentido e infringido as regras, e que confessou ter questionado sua fidelidade à igreja?

Embora estivesse exausta, Robin achava que sabia a resposta. Ela estava sendo transformada em cúmplice do destino de Jacob. Talvez os Wace soubessem, em alguma parte há muito reprimida deles, que seria considerado um crime no mundo lá fora esconder esta criança, deixá-la em inanição e não lhe permitir assistência médica alguma a não ser o "trabalho espiritual" proporcionado por Zhou. Aqueles enviados para vigiar seu declínio constante, e que não procuravam ajuda para ele, seriam considerados culpados pelas autoridades de fora da Fazenda Chapman se um dia descobrissem o que tinha acontecido. Robin estava ainda mais envolvida no autossilenciamento, condenada por estar neste quarto e não procurar ajuda para a criança. Ele podia morrer enquanto estivesse de vigia e, neste caso, os Wace teriam algo contra ela para sempre. Diriam que foi por culpa dela, não importava qual fosse a verdade.

Em voz baixa e completamente inconsciente, Robin começou a sussurrar:

— *Lokah Samastah Sukhino Bhavantu... Lokah Samastah Sukhino Bhavantu...*

Com algum esforço, ela se deteve.

Não posso enlouquecer. Não posso enlouquecer.

85

A paciência no sentido mais elevado significa colocar freios na força.

I Ching: O livro das mutações

Sabendo que não podia permanecer nos arredores da Fazenda Chapman à luz do dia sem ter o carro apanhado pela câmera e certo de que Robin não conseguiria chegar ao perímetro antes que a noite voltasse a cair, Strike se registrou em um dos chalés do Felbrigg Lodge que ficava próximo, o único hotel em um raio de quilômetros. Pretendia tirar algumas horas de sono, mas ele, que em geral era capaz de dormir em qualquer superfície, inclusive no chão, viu-se tenso demais para relaxar até quando estava deitado na cama de dossel. Parecia muito incongruente se deitar em um quarto confortável e elegante com papel de parede cor de creme e estampa floral, cortinas de tartã, inúmeras almofadas e uma cabeça de alce de cerâmica sobre a lareira, quando seus pensamentos estavam nesse grau de agitação.

Ele tinha falado despreocupadamente em "entrar com tudo" se Robin ficasse muito tempo sem fazer contato, mas a ausência da pedra de plástico o fazia temer que ela tivesse sido identificada como detetive particular e feita refém. Pegando o telefone, procurou fotos de satélite da Fazenda Chapman. Havia muitas construções ali e Strike considerou a possibilidade da existência de porões ou cômodos ocultos em algumas delas.

É claro que ele podia fazer contato com a polícia, mas Robin tinha entrado para a igreja voluntariamente e ele teria de dar muitos saltos processuais para convencê-los de que valia a pena conseguir um mandado. Strike não se esquecera de que também existiam centros da IHU em Birmingham e Glasgow a que a parceira poderia ter sido transferida. E se Robin se tornasse a nova Deirdre Doherty, de quem não se encontrava vestígio, embora a igreja alegasse que ela fora embora trinta anos antes?

O celular de Strike tocou. Era Barclay.

— O que está havendo?

— Ela também não apareceu na noite passada.

— Porra — xingou Barclay. — Qual é o plano?

— Vou dar mais esta noite, mas se ela não aparecer, vou chamar a polícia.

— Isso — disse Barclay —, melhor assim.

Quando Barclay desligou, Strike ficou deitado por um tempo, ainda dizendo a si mesmo que devia dormir enquanto podia, mas, depois de vinte minutos, se levantou. Após preparar uma xícara de chá com a chaleira fornecida, ficou por alguns minutos olhando por uma das janelas, pela qual podia ver um ofurô pertencente a este chalé.

Seu celular tocou de novo. Era Shanker.

— E aí?

— Você me deve quinhentas pratas.

— Conseguiu informação sobre o telefonema a Reaney?

— É. Foi feito de um número com código de área 01263. Uma mulher ligou pra prisão, disse que era a esposa dele e era urgente...

— Era com certeza uma mulher? — perguntou Strike, anotando o número.

— O informante disse que parecia mulher. Eles combinaram uma hora para a mulher ligar pra ele. Ela alegou que não estava em casa e não queria que ele tivesse o número da amiga. Foi tudo que consegui.

— Tudo bem, a grana é sua. Valeu.

Shanker desligou. Feliz por ter o que fazer por alguns minutos além de ficar angustiado com o que tinha acontecido com Robin, Strike procurou o código de área em questão. Cobria uma grande área que incluía Cromer, Lion's Mouth, Aylmerton e até o chalé em que ele se encontrava no momento.

Depois de retirar algumas almofadas, Strike se sentou no sofá, fumando seu cigarro eletrônico, bebendo chá e desejando que o tempo passasse rapidamente, para poder voltar à Fazenda Chapman.

86

Seis na quarta posição significa:
Esperando em sangue.
Saia do poço.

I Ching: O livro das mutações

Robin ficou sentada com Jacob o dia todo. Ele, de fato, teve uma crise: ela tentou impedi-lo de se ferir batendo nas grades do catre e, por fim, o menino relaxou e ela o deitou delicadamente de costas. Robin trocou a fralda dele três vezes, colocando as sujas no saco de lixo preto que estava ali para este fim, e tentou lhe dar água, mas o garoto parecia incapaz de engolir.

Ao meio-dia, uma das adolescentes que ficaram de vigília na frente do templo quatro noites antes levou comida para Robin. A menina não lhe disse nada e seus olhos evitavam Jacob. Exceto por essa interrupção, Robin ficou inteiramente sozinha. Podia ouvir gente andando pela sede da fazenda abaixo, e sabia que só lhe haviam permitido esta solidão porque seria impossível sair dali pela escada da fazenda sem que a percebessem. O cansaço ainda ameaçava dominá-la; por várias vezes, cochilou na cadeira dura e acordou num solavanco enquanto escorregava de lado.

À medida que as horas passavam, ela começou a ler as páginas dos jornais forradas no chão numa tentativa de ficar acordada. Assim, ela soube que o primeiro-ministro, David Cameron, tinha renunciado depois que o país votou pela saída da União Europeia, que Theresa May assumira o lugar dele e que o Inquérito de Chilcot havia descoberto que o Reino Unido tinha entrado na Guerra do Iraque antes de as opções pacíficas pelo desarmamento terem se esgotado.

As informações que foram negadas a Robin por tanto tempo, informações sem o filtro da interpretação de Jonathan Wace, tiveram um efeito peculiar nela. Parecia que vinham de uma galáxia diferente, fazendo-a sentir o isolamento de uma forma ainda mais aguda, embora, ao mesmo tempo, a puxassem mentalmente de volta ao mundo lá fora, o lugar onde ninguém sabia o que eram "objetos de carne" nem ditavam o que você devia vestir ou comer, tampouco tentavam regular o linguajar com o qual você pensava e falava.

Dois impulsos contraditórios travavam uma batalha em seu íntimo. O primeiro estava associado à exaustão; induzia à cautela e à obediência e a entoar para expulsar todo o restante de sua mente. Lembrava as horas pavorosas na caixa e sussurrava que os Wace eram capazes de coisa pior, se ela infringisse mais alguma regra. O segundo perguntava como podia voltar a suas tarefas cotidianas sabendo que um garotinho estava sendo lentamente assassinado por inanição dentro das paredes da sede da fazenda. Lembrava que ela conseguira escapulir do alojamento à noite muitas vezes sem ser apanhada. Induzia Robin a assumir o risco mais uma vez e fugir.

Ela recebeu uma segunda tigela de macarrão e um copo de água na hora do jantar, dessa vez trazidos por um garoto que também evitava cautelosamente olhar Jacob e parecia repugnado com o cheiro do quarto, a que Robin tinha se acostumado.

A noite caía, e Robin tinha lido quase todos os jornais espalhados pelo chão. Sem querer acender a luz elétrica por medo de perturbar a criança no catre, ela se levantou e foi à pequena janela do sótão para continuar a ler um artigo sobre o líder trabalhista Jeremy Corbyn. Depois de terminar, virou a página e viu a manchete SOCIALITE MORTA NO BANHO, SEGUNDO INQUÉRITO, antes de perceber que a foto abaixo era de Charlotte Ross.

O arquejar de Robin foi tão alto que Jacob se mexeu no catre. Com uma das mãos na boca, Robin leu o artigo, o jornal a centímetros dos olhos na luz moribunda. Ela acabara de ler quanto álcool e comprimidos para dormir Charlotte tinha tomado antes de cortar os pulsos na banheira quando ouviu uma leve batida na porta do sótão.

Robin jogou o artigo sobre Charlotte no chão e se apressou a voltar à cadeira enquanto a porta se abria e revelava Emily, cuja cabeça, como a da mãe, fora raspada recentemente.

Emily fechou a porta em silêncio. Pelo que Robin podia ver dela no cômodo que escurecia rapidamente, ela parecia apreensiva, quase chorosa.

— Rowena... eu sinto muito, sinto muito *mesmo*.

— Pelo quê?

— Eu contei a eles que você me deu dinheiro em Norwich. Não queria, mas eles me ameaçaram com a caixa.

— Ah, isso... Está tudo bem. Eu também confessei. Era idiotice esperar que eles não fossem notar.

— Você pode ir. Jiang está esperando no térreo para te acompanhar ao alojamento.

Robin se levantou e, a alguns passos da porta, uma coisa estranha aconteceu. Ela de súbito soube — não foi um palpite ou uma esperança, foi uma *certeza* — que Strike acabara de chegar ao ponto cego da cerca do perímetro. A convicção era tão forte que a fez parar. Em seguida, ela se virou lentamente para Emily.

— Quem são os pais de Jacob?

— Eu não... Nós não... Você não devia perguntar essas coisas.

— Fale — ordenou Robin.

Robin podia distinguir apenas o branco dos olhos de Emily na luz mortiça da janela. Depois de alguns segundos, Emily disse aos sussurros:

— Louise e Jiang.

— Lou... Sério?

— Sim... Jiang não tem permissão para ir com mulheres mais novas. Ele é um HNA.

— O que isso quer dizer?

— Homem que Não Aumenta. Alguns homens não podem ir com mulheres férteis. Não acho que alguém tenha pensado que Louise ainda podia engravidar, mas... então veio Jacob.

— O que você quis dizer quando me contou que Daiyu fazia coisas proibidas na fazenda?

— Nada — sussurrou Emily, em pânico. — Esqueça o que eu...

— Preste atenção — disse Robin (ela sabia que Strike estava lá, tinha certeza disso) —, *você me deve essa.*

Depois de alguns segundos de silêncio, Emily sussurrou:

— Daiyu costumava escapulir em vez de fazer as lições, é só isso.

— O que ela fazia quando escapulia?

— Ela ia para a mata e ao celeiro. Perguntei e ela disse que fazia magia com outras pessoas que eram espíritos puros. Às vezes, ela tinha doces e pequenos brinquedos. Não nos contava onde tinha conseguido, mas mostrava para nós. Ela não era o que dizem que era. Ela era mimada. Má. Becca também viu tudo isso. Ela finge que não...

— Por que me disse que Daiyu não se afogou?

— Eu não posso...

— *Fale.*

— Você precisa ir — sussurrou Emily freneticamente. — Jiang está esperando por você.

— Então fale rápido — pressionou Robin. — *O que fez você dizer que Daiyu não se afogou?*

— Porque... Era só... Daiyu me disse que ia embora com a menina mais velha e ia morar com ela. — A voz de Emily parecia estranhamente saudosa.

— Quer dizer Cherie Gittins?

— Como...?

— *Era Cherie?*

— Sim... Eu fiquei com tanto ciúme. Todas nós adorávamos Cherie, ela parecia... parecia uma... o que eles chamavam de mãe.

— Onde entra a invisibilidade nisso?

— Como é que você...?

— *Fale.*

— Foi na noite antes de elas irem à praia. Cherie deu a todos nós bebidas especiais, mas eu não gostei do sabor. Despejei a minha na pia. Quando todo mundo foi dormir, vi Cherie ajudando Daiyu a sair pela janela do alojamento. Eu sabia que ela não queria que ninguém visse aquilo, então fingi que dormia, e ela voltou para a cama.

— Ela empurrou Daiyu pela janela e depois voltou para a cama?

— Foi, mas ela só devia estar ajudando Daiyu a fazer o que a menina quisesse. Daiyu podia meter as pessoas em problemas com Papa J e Mazu, se não fizessem o que ela queria.

De baixo, veio um grito:

— Rowena?

— Estou no banheiro — respondeu Robin. Virando-se para Emily, que ela não conseguia mais ver no escuro, disse: — Rápido... Você algum dia contou a Kevin o que viu? Me diga, *por favor.*

— Sim. Depois. Anos depois. Quando contei a Becca que vi Cherie ajudando Daiyu a sair pela janela, ela disse: "Você não viu isso, não é possível ter visto. Se não conseguiu ver Daiyu na cama dela, foi porque ela pode ficar invisível." Becca também adorava Cherie, faria qualquer coisa por ela. Quando Cherie foi embora, passei dias chorando. Era como perder... Ai, meu Deus — disse Emily, em pânico.

Passos vinham pelo corredor. A porta se abriu e a luz foi acesa. Jiang se revelou na soleira, com um moletom azul. Os olhos de Jacob se abriram e ele começou a chorar. Carrancudo, Jiang evitou olhar o filho.

— Desculpe — disse Robin a Jiang. — Precisei ir ao banheiro e depois tive de dizer a Emily quando dei água para ele da última vez e troquei as...

— Não preciso dos detalhes — vociferou Jiang. — Vamos.

87

Nove na quarta posição significa:
E então a companhia chega,
E nele você pode confiar.

I Ching: O livro das mutações

Enquanto Jiang e Robin desciam a escada, ele disse:

— Esse quarto fede.

O olho dele piscava mais do que nunca.

Robin não falou nada. Talvez fosse seu avançado estado de exaustão, mas ela parecia ter se tornado uma massa de nervos e hipersensibilidades: assim como a certeza de que Strike chegara ao perímetro, Robin tinha a sensação de que quanto mais tempo permanecesse na sede da fazenda, pior seria.

Ao descerem o último lance da escada acarpetada de escarlate e chegar ao hall, Robin ouviu uma gargalhada e Wace apareceu de uma sala lateral, com uma taça do que parecia vinho. Ele estava com uma versão de seda do moletom azul usado pelos membros comuns, o chinelo de couro caro nos pés.

— Ártemis! — disse ele, sorrindo como se a noite anterior não tivesse acontecido, como se não soubesse que havia ordenado que ela fosse trancada em uma caixa, ou que estivesse sem dormir havia há trinta e seis horas. — Somos amigos de novo?

— Sim, Papa J — disse Robin, com o que esperava ser uma humildade adequada.

— Boa garota — respondeu Wace. — Um momento. Espere aqui.

Ai, meu Deus, não.

Robin e Jiang esperaram enquanto Wace entrava no estúdio das paredes azul-pavão. Robin ouviu mais risos.

— Pronto — falou o sorridente Wace, reaparecendo com Taio. — Antes de você descansar, Ártemis, seria um ato muito bonito de contrição reafirmar seu compromisso com nossa igreja pelo vínculo espiritual com aquele que mais tem ensinado a você.

O coração de Robin começou a bater tão acelerado que ela achou que fosse desmaiar. Parecia que não tinha ar suficiente no hall para seus pulmões inflarem.

— Sim — Robin se ouviu dizer. — Tudo bem.

— Papa J! — ouviu-se uma voz alegre, e Noli Seymour apareceu rebolando da sala de estar, corada, não mais vestindo o moletom, mas calça de couro e uma camiseta branca apertada. — Ai, meu Deus, desculpe — ela riu, vendo o grupo.

— Não há por que se desculpar — disse Wace, estendendo um braço e puxando Noli para seu lado. — Estávamos apenas organizando um belo vínculo espiritual.

— Aaah, que sorte a sua, pegou Taio, Rowena? — perguntou Noli. — Se eu não fosse espiritualmente casada...

Noli e Wace riram. Taio permitiu que os lábios se curvassem em um sorriso malicioso. Jiang se limitou a ficar amuado.

— Vamos, então? — disse Taio a Robin, segurando-a firmemente pela mão. A dele estava quente e úmida.

— Jiang — disse Wace —, vá com eles, espere do lado de fora e acompanhe Ártemis ao alojamento depois.

Enquanto Robin e os dois irmãos Wace iam para a porta da frente, Robin ouviu Noli falar:

— Por que você a chama de Ártemis?

Ela perdeu a resposta de Wace em outra gargalhada vinda da sala de estar.

A noite estava fria e sem nuvens, com muitas estrelas e uma lua fina como uma unha. Taio levou Robin para a fonte da Profetisa Afogada e ela se ajoelhou entre os dois irmãos de Daiyu.

— Que a Profetisa Afogada abençoe todos que a veneram.

— Preciso ir ao banheiro — disse Robin ao se levantar de novo.

— Não precisa, não — rebateu Taio, puxando-a.

— Preciso, sim — insistiu Robin. — Só quero fazer xixi.

Ela morria de medo de Jiang dizer: "Você foi ao banheiro agorinha mesmo." Em vez disso, ele disse, de cara feia para o irmão:

— Deixa ela fazer xixi, porra.

— Tudo bem — cedeu Taio. — Seja rápida.

Robin correu ao alojamento. A maioria das mulheres se preparava para dormir.

Ela abriu caminho até o banheiro. Marion Huxley estava recurvada sobre a pia, escovando os dentes.

Em um movimento fluido, Robin subiu na pia ao lado de Marion, e, antes que a mulher pudesse gritar de surpresa, tinha aberto a janela, impelindo-se pelo peitoril alto, passado uma perna e, por fim, enquanto Marion gritava "*O que está fazendo?*", se jogado, batendo no chão do outro lado com tanta força que se desequilibrou e caiu.

Mas se levantou em um instante e correu — sua única vantagem sobre os irmãos Wace, dada a fome e a exaustão presentes, era o quanto ela conhecia o caminho para o ponto cego no escuro. Pela pulsação nos ouvidos, ela escutou sons distantes. Estava passando pelo portão gradeado e disparava pelo campo molhado, a respiração acelerada e entrecortada — Robin estava de azul, muito mais difícil de enxergar no escuro do que o branco —, e podia ouvir Taio e Jiang atrás dela.

— *Pegue-a... PEGUE-A!*

Ela abriu caminho pela mata, seguindo a rota familiar, saltando urtiga e raízes, passando por árvores familiares...

E no BMW, Strike a viu chegando. Jogando de lado o binóculo de visão noturna e pegando o alicate de corte de trinta centímetros, ele saiu do carro correndo. Tinha cortado três arames farpados quando Robin gritou:

— Eles estão vindo, eles estão vindo, me ajude...

Ele passou os braços sobre o muro e a puxou para cima; a calça do moletom de Robin se rasgou no arame restante, mas ela já estava na estrada.

Strike ouvia o barulho de homens correndo.

— Quantos?

— Dois... Vamos embora, por favor...

— Entre — disse ele, passando por ela —, entre no carro... VAI! — gritou ele ao mesmo tempo que Taio Wace irrompeu por um grupo de árvores e correu para a figura em silhueta à frente.

Enquanto Taio se atirava no detetive, Strike girou o pesado alicate e bateu de lado na cabeça dele. O homem desmoronou e a figura que o seguia parou numa derrapada. Antes que qualquer dos dois homens pudesse voltar a atacar, Strike se dirigiu ao carro. Robin já dera a partida no motor; ela viu Taio se levantar de novo, mas Strike já estava dentro do veículo; ele bateu o pé no acelerador e, em uma explosão emocionante de velocidade, eles foram embora dali, Strike encontrando uma libertação gloriosa para seus dias de ansiedade, Robin tremendo e chorando de alívio.

88

QUIETUDE significa parar.
Quando é hora de parar, pare.

I Ching: O livro das mutações

— Pisa fundo, vai, vai! — disse Robin freneticamente. — Eles vão ver o número da placa nas câmeras...

— Não importa que vejam, a placa é falsa — informou Strike.

Ele a olhou de lado e, mesmo na luz fraca, ficou apavorado com o que viu. Ela parecia ter perdido uns bons doze quilos e o rosto inchado estava coberto de sujeira e hematomas.

— Temos de chamar a polícia — disse Robin —, tem uma criança morrendo lá... Jacob, é isso que Jacob é, uma criança, e eles pararam de alimentá-lo. Passei o dia todo com ele. *Temos de chamar a polícia.*

— Vamos ligar quando pararmos. Chegaremos em cinco minutos.

— Onde? — perguntou, alarmada.

Ela imaginou que viajariam direto para Londres; queria impor a maior distância possível entre ela e a Fazenda Chapman, queria voltar para Londres, para a sanidade e a segurança.

— Peguei um quarto em um hotel na estrada — respondeu Strike. — Então chamaremos a força local, se quiser a polícia.

— E se eles estiverem atrás da gente? — indagou Robin, olhando por cima do ombro. — E se eles saírem procurando?

— Que venham — grunhiu Strike. — Nada me dará mais prazer do que meter porrada em mais alguns deles.

Mas quando ele a olhou de novo, viu o medo nu e cru.

— Eles não virão — afirmou em sua voz normal. — Não têm autoridade fora da fazenda. Eles não podem te levar de volta.

— Não — disse ela, mais para si mesma do que para ele. — Não, eu... acho que não...

Seu súbito ressurgimento na liberdade era intenso demais para Robin absorver em alguns segundos. Ondas de pânico a atingiam constantemente: ela imaginava o que estava acontecendo na Fazenda Chapman, perguntando-se com que rapidez Jonathan Wace saberia que ela fora embora. Achava quase impossível conceber que a jurisdição dele não se estendia a esta estrada escura e estreita margeada de árvores, ou mesmo ao interior do carro. Strike estava a seu lado, alto, forte e real, e ocorreu a Robin o que teria acontecido ele não estivesse ali, apesar de sua absoluta certeza de que ele a esperava.

— Chegamos — disse Strike cinco minutos depois, parando em um estacionamento às escuras.

Enquanto ele deligava o motor, Robin abriu o cinto de segurança, levantou-se um pouco do banco, jogou os braços nele, enterrou a cara em seu ombro e caiu em prantos.

— *Obrigada.*

— Está tudo bem — garantiu Strike, passando os braços em volta dela e falando em seu cabelo. — Meu trabalho, né... Você saiu — acrescentou ele em voz baixa —, está tudo bem agora...

— Eu sei. — Robin soluçava. — Desculpe... desculpe...

Os dois estavam em posições muito inconvenientes para se abraçar, especialmente porque Strike ainda usava o cinto de segurança, mas nenhum deles se soltou por vários longos minutos. Strike acariciou delicadamente as costas de Robin e ela se grudou a ele em um abraço apertado, pedindo desculpa enquanto molhava a gola da camisa dele. Em vez de se retrair quando Strike colocou os lábios no alto da sua cabeça, Robin estreitou ainda mais o abraço.

— Está tudo bem — repetia ele. — Está tudo bem.

— Você não sabe — disse Robin entre soluços. —, você não sabe...

— Pode me contar depois — disse Strike. — Temos muito tempo.

Ele não queria soltá-la, mas tinha lidado com pessoas traumatizadas demais no exército — na verdade, foi uma dessas pessoas, depois que o carro em que viajava foi alvo de uma explosão, levando metade de sua perna — para saber que ser solicitado a reviver a calamidade logo depois dela, quando o que se precisava realmente era de conforto físico e gentileza, significava que as informações tinham de esperar.

Eles atravessaram juntos o gramado até um dos três chalés à frente, o braço de Strike nos ombros de Robin. Quando ele destrancou a porta e recuou para que ela entrasse, Robin passou pela soleira em um estado de incredulidade, os olhos indo da cama de dossel à multiplicidade de almofadas que Strike achava excessiva, da chaleira colocada em uma cômoda à televisão no canto. O quarto parecia inimaginavelmente luxuoso: era possível preparar uma bebida quente para si mesmo, ter acesso a notícias, ter controle do próprio interruptor de luz...

Ela se virou para o sócio enquanto ele fechava a porta.

— Strike — falou, com um riso trêmulo —, você está tão *magro.*

— *Eu* é que estou magro?

— Acha que posso comer alguma coisa? — perguntou ela timidamente, como se estivesse pedindo algo absurdo.

— É claro que sim — respondeu Strike, indo ao telefone. — O que vai querer?

— Qualquer coisa. Um sanduíche... Qualquer coisa...

Robin andou inquieta pelo quarto enquanto ele discava o número da recepção, tentando se convencer de que ela realmente estava ali, tocando superfícies, olhando o papel de parede florido e a cabeça de alce de cerâmica. Depois, por uma das janelas, Robin viu o ofurô, a água escurecida pela noite refletindo as árvores atrás dele, e parecia ver a criança sem olhos surgindo de novo das profundezas da piscina batismal. Strike, que observava a sócia, a viu se retrair e virar o rosto.

— A comida está a caminho — disse-lhe, depois de desligar. — Tem biscoitos ao lado da chaleira.

Ele fechou a cortina enquanto ela pegava dois biscoitos embalados em plástico e rasgava a embalagem. Depois de devorá-los em algumas dentadas, ela disse:

— Preciso telefonar para a polícia.

A ligação, como Strike podia ter previsto, não foi fácil. Enquanto Robin estava sentada na cama, explicando ao telefonista da emergência por que estava ligando e descrevendo as condições e a localização do menino chamado Jacob, Strike escreveu "Estamos aqui: Felbrigg Lodge, casa de hóspedes Bramble" em uma folha de papel e passou a ela. Robin leu o endereço quando pediram a localização. Enquanto Robin ainda falava, Strike mandou uma mensagem a Midge, Barclay, Shah e Pat.

Peguei Robin. Ela está bem.

Strike não estava convencido de que a segunda frase fosse verdadeira, a não ser no sentido muito amplo de não haver uma lesão física incapacitante.

— Eles vão mandar alguém para falar comigo — disse Robin a Strike, por fim, depois de desligar. — Disseram que pode levar uma hora.

— Isso te dá tempo para comer. Contei aos outros que você saiu. Eles estavam se cagando de medo por você.

Robin recomeçou a chorar.

— Desculpe — disse ela, ofegante, pelo que parecia a centésima vez.

— Quem bateu em você? — perguntou Strike, vendo as marcas roxo-amareladas na face esquerda.

— O quê? — perguntou, tentando conter a torrente de lágrimas. — Ah... Will Edensor...

— O q...?

— Eu contei que a mãe dele tinha morrido — falou Robin, infeliz. — Foi um erro... ou... Não sei se foi um erro... Estava tentando vencer a resistência dele... Foi uns dias atrás... era isso ou fazer sexo com ele... Desculpe — repetiu ela —, aconteceu muita coisa nos últimos dias... Foi...

Ela suspirou.

— Strike, eu sinto muito por Charlotte.

— Mas como diabos você soube disso? — perguntou ele, surpreso.

— Vi em um jornal velho hoje à tarde... É terrível...

— É o que é — comentou, muito mais interessado em Robin naquele momento do que em Charlotte. O celular dele vibrou. — É Barclay — falou, lendo a mensagem. — Ele disse: "Porra, que bom."

— Ah, Sam. — Robin soluçava. — Eu o vi uma semana atrás... Foi uma semana atrás? Eu fiquei olhando, da mata... Devia ter ido naquela hora, mas achei que não tinha o bastante para sair... Desculpe, não sei por que não paro de ch-chorar...

Strike se sentou ao lado dela na cama e a envolveu com o braço de novo.

— Desculpe — disse ela, chorando e se aconchegando nele —, me desculpe...

— Pare de pedir desculpas.

— É só... alívio... Eles me trancaram em uma c-caixa... E Jacob... E a Manifestação foi... — Robin arquejou de novo. — Lin, e Lin, você a encontrou?

— Ela não está em nenhum dos hospitais procurados por Pat — revelou Strike —, a não ser que tenha dado entrada com outro nome, mas...

O celular dele vibrou de novo.

— É Midge — informou, e leu a mensagem em voz alta. — "Porra, obrigada por isso."

O telefone zumbiu pela terceira vez.

— Shah. "Valeu, porra." O que você acha de darmos a todos eles dicionários como presente de Natal?

Robin começou a rir e descobriu que não conseguia parar, enquanto as lágrimas ainda escorriam dos olhos.

— Espere aí — pediu Strike, enquanto o telefone zumbia de novo. — Temos um ponto fora da curva. Pat disse: "Ela está bem mesmo?"

— Ah... eu adoro Pat — comentou Robin, seu riso imediatamente se transformando em choro.

— Ela tem sessenta e sete — disse Strike.

— Sessenta e sete o quê?

— Foi exatamente o que eu disse quando ela me contou. Sessenta e sete anos de idade.

— S-sério? — gaguejou Robin.

— É. Mas eu não a demiti. Achei que você ia ficar puta comigo.

Houve uma batida na porta e Robin se assustou com tal violência que parecia ter ouvido tiros.

— É só o seu conhaque — tranquilizou Strike, levantando-se.

Depois de pegar a taça com a mulher prestativa do hotel, entregar à parceira e se sentar de novo na cama ao lado dela, Strike falou:

— Mudando de assunto: Littlejohn era plantado. Pela Patterson Inc.

— Ai, meu Deus! — exclamou Robin, que tinha acabado de beber um gole do conhaque.

— É. Mas a boa notícia é que ele prefere trabalhar para nós, e me garantiu que é muito confiável e leal.

Robin riu ainda mais alto e parecia incapaz de impedir as lágrimas de escorrerem. Strike, que estava deliberadamente falando da vida fora da Fazenda Chapman em vez de interrogá-la sobre o que tinha acontecido lá dentro, riu também, mas, em silêncio, registrava tudo que Robin lhe dissera sobre seus últimos dias: *eles me trancaram numa caixa. Era isso ou fazer sexo com ele. E a Manifestação foi...*

— E Midge ficou puta comigo porque pensei que ela e Tasha Mayo talvez estivessem ficando íntimas demais.

— *Strike!*

— Não se dê ao trabalho, Pat já me deu uma bronca. Ela já conheceu outra lésbica, então é bem a área de expertise dela.

Podia haver um toque de histeria nos risos de Robin, mas Strike, que sabia o valor do humor depois do terror e a necessidade de enfatizar que Robin tinha se reunido ao mundo, continuou a reportar o que esteve acontecendo na agência enquanto ela estava fora, até que a mulher do hotel bateu na porta de novo, desta vez trazendo sopa e sanduíches.

Robin tomou algumas colheradas da sopa como se fizesse dias que não visse comida, mas depois de alguns minutos baixou a colher e empurrou a tigela na mesa de cabeceira.

— Tudo bem se eu só...?

Puxando as pernas para a cama, ela se deitou de lado no travesseiro e dormiu instantaneamente.

Strike se levantou com cuidado da cama para não acordá-la e foi para uma poltrona, sem sorrir. Estava preocupado: Robin parecia muito mais frágil do que qualquer de suas cartas sugerira e, pela parte rasgada da calça de moletom, ele via a pele ferida no joelho esquerdo, que dava a impressão de que ela estivera ajoelhada. Ele supôs que devia ter previsto a drástica perda de peso e a exaustão profunda, mas a histeria, o medo desenfreado, a estranha reação ao ver o ofurô, os fragmentos nefastos de informação, tudo isso compunha algo mais grave do que ele esperava. Mas que merda era a "caixa" em que Robin fora trancada? E por que ela disse que a única alternativa a ser esmurrada na cara era o sexo sob coação com o filho do cliente deles? Strike sabia que a sócia era fisicamente corajosa; na verdade, houve mais de uma ocasião em que ele a teria considerado imprudente por isso. Se não tivesse confiança nela, nunca a teria deixado entrar disfarçada na Fazenda Chapman, mas sentia que devia ter posto um dos homens em vez dela, que devia ter negado o pedido de Robin para fazer o trabalho.

O barulho de um carro fez Strike se levantar e olhar pelas cortinas.

— Robin — disse ele em voz baixa, voltando à cama —, a polícia está aqui.

Ela continuou dormindo, então Strike sacudiu seu ombro, hesitante, ao que Robin acordou sobressaltada e o encarou com expressão selvagem, como se Strike fosse um estranho.

— Polícia — disse ele.

— Ah, tudo bem... tá legal...

Ela se esforçou para se sentar. Strike foi abrir a porta.

89

Seis na quarta posição significa:
Graça ou simplicidade?
Um cavalo branco chega como se tivesse asas.
Ele não é um salteador,
Deseja cortejar no devido momento.

I Ching: O livro das mutações

Os policiais de Norfolk eram dois homens: um mais velho, impassível e ficando careca, e o outro jovem, magricela e atento, e eles passaram oitenta minutos tomando o depoimento de Robin. Strike entendia que quisessem um relato o mais completo possível do que Robin alegava, dado que começar uma investigação significaria obter um mandado judicial que autorizasse a entrada em um complexo de propriedade de uma organização rica e muito litigiosa. Todavia, e embora ele próprio tivesse agido da mesma forma nessas circunstâncias, Strike ficou irritado com o interrogatório lento e metódico e o esclarecimento doloroso de cada mínimo detalhe.

— Sim, no último andar — disse Robin, pela terceira vez. — No final do corredor.

— E qual é o sobrenome de Jacob?

— Deve ser ou Wace, ou Birpright... Pirbright, desculpe — disse Robin, que lutava para continuar alerta. — Não sei qual dos dois... mas são os nomes dos pais dele.

Strike via os olhos dos homens indo do moletom rasgado com o logo da IHU ao hematoma no rosto de Robin. Sem dúvida, pareciam considerar a história muito estranha: ela admitira ter sido esmurrada no queixo, mas disse que não queria prestar queixa e desconsiderou perguntas sobre o machucado no joelho, insistindo que simplesmente queria que eles resgatassem a criança que estava morrendo no quarto do último andar, atrás de portas duplas com entalhes de dragões. Eles lançaram olhares de suspeita para Strike: o homem alto que observava a entrevista em silêncio seria o responsável pelo hematoma? A explicação de Robin de que ela era detetive particular na agência Strike & Ellacott em Londres foi tratada se não com franca suspeita, pelo menos com certa reserva: a impressão dada era de que tudo isso precisaria ser verificado e que o que podia ser aceito sem questionamentos na capital não necessariamente seria levado ao pé da letra em Norfolk.

Por fim, os policiais pareceram sentir que não haveria mais a ser esclarecido esta noite e foram embora. Depois de vê-los se dirigindo ao estacionamento, Strike voltou ao quarto e encontrou Robin comendo o sanduíche que tinha abandonado temporariamente.

— Escute — disse Strike —, este é o único quarto vago. Pode ficar com a cama, vou juntar duas poltronas ou coisa assim.

— Não seja ridículo. Eu estou com Ryan, você está com… Qual é o nome mesmo?… Bougie…

— É verdade — concordou Strike, depois de hesitar um pouco.

— Então podemos dividir a cama — sugeriu Robin.

— Murphy está na Espanha — disse ele, meio ressentido por ter de falar no homem.

— Eu sei — afirmou Robin. — Ryan me disse isso na última c… — Ela bocejou. — Carta.

Depois de terminar o sanduíche, ela falou:

— Você não tem nada com que eu possa dormir, tem?

— Tenho uma camiseta — respondeu Strike, tirando-a da bolsa de viagem.

— Obrigada… Eu queria muito tomar um banho.

Robin se levantou e foi ao banheiro, levando a camiseta de Strike.

Ele se sentou na poltrona em que tinha ouvido a entrevista dos policiais com Robin, tomado por várias emoções conflituosas. Ela parecia menos desorientada por ter comido, tirado um cochilo e falado com a polícia, o que era um alívio, embora ele não conseguisse deixar de imaginar se um observador imparcial pensaria que ele estava tirando proveito da situação se dividisse a cama com Robin. Não podia imaginar Murphy ficando feliz com isso — não que manter Murphy feliz fosse uma preocupação.

O barulho do chuveiro aberto no banheiro deu asas a pensamentos que ele sabia que não deveria ter. Levantando-se de novo, recolheu os talheres e pratos usados por Robin, batendo-os ruidosamente ao colocá-los na bandeja, que ele pôs do lado de fora da porta, para ser recolhida. Depois fez um rearranjo desnecessário em seus pertences, pôs o telefone para carregar e pendurou o paletó, com o cuidado de bater os cabides: ninguém podia acusá-lo de ficar sentado em uma poltrona, ouvindo o chuveiro e imaginando a sócia nua.

Robin, enquanto isso, passava sabonete nos joelhos arranhados, sentindo o cheiro do gel desconhecido, começando a entender que realmente não estava mais na Fazenda Chapman. Embora o interrogatório da polícia tivesse sido oneroso, de certo modo a alicerçou. Embaixo da água quente, agradecida pela privacidade, com a porta que podia ser trancada e a ideia de Strike ali ao lado, ela refletiu que existiam coisas piores do que aquilo por que passou: havia uma criança que não tinha forças para fugir, que não tinha amigos para resgatá-la e, portanto, estava completamente à mercê do regime da Fazenda Chapman. Apesar do cansaço físico, ela se sentia desperta e nervosa de novo.

Depois de se enxugar, ela usou o creme dental de Strike, limpou os dentes o melhor que pôde com o canto de uma toalha de rosto e vestiu a camiseta dele, que no corpo dela parecia um minivestido. Em seguida, desejando poder queimar tudo imediatamente, ela levou o conjunto de moletom dobrado e os tênis da IHU para o quarto, colocou-os em uma poltrona e, sem perceber que Strike evitava encará-la, foi para a cama. A taça de conhaque que ele havia pedido ainda estava na mesa de cabeceira. Robin a pegou e bebeu outro gole grande: tinha um contraste desagradável com o creme dental, mas ela gostou de como ardeu na garganta.

— Está tudo bem? — perguntou Strike.

— Sim — disse ela, sentando-se encostada nos travesseiros. — Meu Deus, é tão... tão *bom* ter saído de lá.

— Fico feliz em ouvir isso — falou Strike com sinceridade, ainda evitando olhar para ela.

— Eles são cruéis — acrescentou Robin, depois de beber outro gole do conhaque —, *cruéis*. Achei que eu sabia no que estava... Nós vimos coisas, você e eu, mas a IHU é diferente.

Strike sentiu que ela precisava falar, mas teve receio de fazê-la retroceder ao estado de aflição em que estava antes de conversar com a polícia.

— Não precisa me contar agora — disse ele —, mas devo deduzir que a última semana foi ruim?

— Ruim — disse Robin, cuja cor tinha voltado depois de alguns goles de conhaque — é pouco.

Strike se recostou na poltrona e Robin passou a relatar os acontecimentos dos últimos dez dias. Não se deteve no medo que sentiu e omitiu alguns detalhes — Strike não precisava saber que ela se urinou dentro da caixa, nem tinha de ouvir que apenas horas antes ela se convencera de que teria que enfrentar um estupro, pela segunda vez na vida, e não precisava saber onde Jonathan Wace pôs as mãos na noite em que ficaram a sós, no estúdio azul-pavão — mas os fatos foram suficientes para confirmar parte dos piores temores do sócio.

— Cacete — foi a primeira coisa que disse quando ela terminou de falar. — Robin, se eu s…

— Tinha de ser eu — cortou ela, prevendo corretamente o que ele ia dizer. — Se você colocasse Barclay lá, ou Shah, eles nunca conseguiriam muita coisa. Tinha de ser uma mulher para ver tudo que eu vi.

— Essa caixa… é um maldito método de tortura.

— E dos bons — afirmou Robin, com um sorriso fraco, corada pelo conhaque.

— Se…

— Eu decidi entrar. Não cabia a você. Eu quis.

— Mas…

— Pelo menos agora sabemos.

— Sabemos do quê?

— Até onde eles estão dispostos a ir. Posso imaginar Wace chorando enquanto apertava o gatilho de uma arma. "Queria não precisar fazer isso."

— Você acha que eles mataram Kevin Pirbright?

— Sim, acho.

Strike decidiu não debater a questão, embora fosse tentadora. Uma coisa era deixar Robin desabafar, mas teorizar sobre assassinato era um passo longe demais considerando que era quase meia-noite e ela estava com as faces coradas pelo conhaque, mas com os olhos vazios de cansaço.

— Tem certeza sobre dividir a...?

— Tenho, zero problema — garantiu Robin, com a voz meio arrastada.

Então Strike se arrumou no banheiro, saindo dez minutos depois de samba-canção e a camiseta que usara o dia todo. Robin parecia ter adormecido onde estava sentada.

Strike apagou a luz e se acomodou na cama, tentando não acordá-la, mas quando, enfim, pôs todo o seu peso no colchão, Robin se mexeu e procurou a mão dele no escuro. Encontrando-a, ela a apertou.

— Eu sabia que você estava lá — murmurou ela sonolenta, meio adormecida. — Eu *sabia* que você estava lá.

Strike não disse nada, apenas continuou segurando a mão de Robin até que, cinco minutos depois, ela soltou um longo suspiro, largou a mão dele e rolou de lado.

PARTE SETE

䷗

Fu/Retorno (O Ponto de Transição)

Saída e entrada sem erro.
Amigos chegam sem culpa.
Para adiante e para trás segue o caminho.
No sétimo dia vem o retorno.
É favorável ter aonde ir.

I Ching: *O livro das mutações*

90

Agora é hora de lutar.
A transição deve ser concluída.

I Ching: O livro das mutações

Cinco dias após Robin deixar a Fazenda Chapman, Strike saiu do escritório ao meio-dia para se encontrar com Sir Colin Edensor e oferecer uma atualização completa sobre o caso IHU. Sob protestos de Robin, Strike insistiu que ela tirasse uma semana inteira de folga, porque ele ainda estava preocupado com a saúde mental e física da sócia, e ficou feliz ao ouvir que os pais dela tinham vindo de Yorkshire para lhe fazer companhia.

Sir Colin, que acabara de voltar de uma semana de férias com a família do filho mais velho, naturalmente queria uma atualização completa e imediata das descobertas de Robin. Como ia ao centro de Londres para uma reunião do conselho filantrópico, propôs a Strike almoçar no restaurante Rules, em Covent Garden. Embora Strike temesse que o glamour confortável do antigo restaurante proporcionasse um pano de fundo incompatível com as revelações que certamente iam desanimar o servidor público aposentado, ele não fez objeção à oferta de um almoço decente, e, portanto, aceitou. Porém, decidiu recusar a sobremesa e escolheu ir a pé do escritório a Covent Garden, em tributo a seu compromisso contínuo com a perda de peso.

Transcorridos cinco minutos do trajeto, desfrutando o sol, o celular tocou e ele viu o número de Lucy.

— Oi — disse ele, atendendo —, como está?

— Acabo de voltar do especialista com Ted.

— Ah, merda, me desculpe — disse Strike, com um familiar revirar de culpa nas entranhas. — Eu devia ter te ligado. Foi uma semana muito agitada. O que ele falou?

— Bom, o especialista foi muito gentil e minucioso — informou Lucy —, mas ele sem dúvida não acha que Ted esteja apto a continuar morando sozinho.

— Certo. É bom saber que a opção de voltar à velha casa não existe mais. Qual foi a reação de Ted? Ele assimilou tudo?

— Ele meio que acatou a ideia enquanto estávamos lá, mas literalmente acabou de me dizer que acha que deve ir para casa. Eu o encontrei duas vezes fazendo as malas nos últimos dias, mas se você o distrair, ele fica muito feliz em descer e ver TV ou comer alguma coisa. Não sei o que fazer agora.

— Greg está se coçando para tirá-lo do quarto de hóspedes?

— Não está *se coçando* — rebateu Lucy na defensiva —, mas conversamos muito e acho que *seria* complicado ter Ted morando conosco enquanto nós dois trabalhamos. Ele continuaria sozinho na maior parte do dia.

— Luce, acho que vai ter que ser uma casa de repouso em Londres.

Ele já esperava que a irmã começasse a chorar e não ficou decepcionado.

— Mas Joan ia *odiar*...

— O que ela teria odiado — disse Strike com firmeza — seria Ted quebrar o pescoço tentando descer aquela escada ou ele vagar e se perder de novo porque ninguém está de olho nele. Se vendermos a casa na Cornualha, poderemos colocá-lo em um bom lugar aqui onde nós dois poderemos visitar.

— Mas as *raízes* dele... A Cornualha é tudo que ele conhece...

— Não é tudo o que ele conhece — disse Strike. — Ele foi um Boina Vermelha por sete anos, percorreu o lugar todo. Quero ter certeza de que ele está sendo alimentado e que alguém está atento à saúde dele. Se morar aqui, podemos vê-lo regularmente e levá-lo para passear. É um maldito pesadelo ele ficar a cinco horas e meia de distância, o tempo todo alguma coisa dando errado. E antes que você diga que ele vai sentir falta dos amigos, metade deles já morreu, Luce.

— Eu sei, é só que...

— Esta é a resposta. Você sabe que é.

Strike sabia que em algum lugar por trás da aflição de Luce havia o alívio por ele assumir o controle, que a decisão não fosse só dela. Depois de mais algumas palavras de conforto e incentivo, ela se despediu, fungando, porém mais calma. Isso deixou Strike com alguns minutos para relegar os problemas da própria família ao fundo da mente e se concentrar naqueles dos Edensor.

O restaurante Rules, a que Strike nunca tinha ido, ficava na Maiden Lane e tinha uma impressionante fachada de velho mundo. Depois de dizer ao *maître* com quem ia se encontrar, Strike foi conduzido pelo restaurante, cujas paredes eram tomadas de galhadas, gravuras vitorianas e relógios antigos, a uma mesa cercada de veludo vermelho em que Sir Colin, com a expressão gentil de sempre, estava sentado.

— É bondade sua atender a uma conveniência minha — disse Sir Colin enquanto trocavam um aperto de mãos. Ele olhava o rosto de Strike com muita ansiedade, em busca de alguma indicação do que estava prestes a ouvir.

— Fico muito agradecido pelo almoço — respondeu Strike, acomodando-se à mesa. — Aproveitou as férias?

— Ah, sim, foi maravilhoso passar algum tempo com os netos. Pensando constantemente no quanto Sally teria... Mas de todo modo...

Um garçom chegou para oferecer cardápios e bebidas. Os dois homens recusaram estas últimas.

— E então, sua sócia saiu da Fazenda Chapman? — perguntou Sir Colin.

— Sim, saiu — confirmou Strike —, e nos conseguiu muitas informações boas. Primeiramente — continuou, que não via como amortecer o pior golpe e achava que era melhor desferi-lo imediatamente —, Will não sabe que sua esposa faleceu.

A mão de Sir Colin foi à boca.

— Eu sinto muito — disse Strike. — Sei que deve ser difícil ouvir isso.

— Mas nós escrevemos cartas — disse Sir Colin, trêmulo, baixando a mão. — Nós escrevemos *várias vezes.*

— Robin descobriu que os membros da igreja são pressionados a assinar uma declaração dizendo que não querem receber cartas de fora da fazenda. Parece ser algo que a igreja faz com as pessoas que avançaram certos níveis ao que eles chamam de espírito puro... Em outras palavras, pessoas que eles acham que realmente têm aprisionadas, cujo isolamento eles querem solidificar. A partir do momento em que a declaração é assinada, a igreja retém toda a correspondência. Supostamente pode ser vista, se solicitada, mas, pelo que Robin me disse, pedir para ler cartas colocaria um integrante da igreja na linha para o rebaixamento imediato a trabalho braçal e possíveis punições.

Strike se calou enquanto quatro homens rotundos de ternos caros passavam pela mesa, depois prosseguiu:

— Alguém da igreja, provavelmente Mazu Wace, que Robin diz ser encarregada da correspondência, informou Will de que o senhor escreveu para dizer que a mãe dele estava doente. Robin acha que deve ter sido para eles terem cobertura, em caso de ação judicial de sua parte. Ela acredita que Mazu teria encorajado Will a ver isto como um ardil para manipulá-lo e perguntado se ele queria mais notícias. Se ele dissesse "sim", Robin acredita que ele teria sido castigado, talvez severamente. De todo modo, sabemos que mais nenhuma outra informação sobre sua falecida esposa foi repassada. Quando Robin contou a Will que a mãe tinha morrido, ele ficou muito aflito e foi imediatamente aos superiores da igreja pedir para escrever ao senhor. Imagino que o senhor não tenha recebido nenhuma carta.

— Não — disse Sir Colin, a voz fraca. — Absolutamente nada.

— Bom, este foi o último contato com Will que Robin teve antes de fugir, mas...

— O que quer dizer com "fugir"?

— Ela se viu em uma situação perigosa da qual precisou fugir à noite.

Um garçom apareceu para pegar o pedido da comida. Strike esperou até que o homem estivesse fora de alcance para voltar a falar.

— Em uma notícia um pouco melhor, Will certamente tem dúvidas a respeito da igreja. Robin o testemunhou contestando uma Dirigente sobre a doutrina da igreja, e Jonathan Wace a informou que Will continua preso ao passo seis para o espírito puro, que significa aceitar os ensinamentos da igreja, em vez de compreendê-los.

— Este é o Will que eu conheço — comentou Sir Colin, parecendo um pouco mais encorajado.

— Sim, evidentemente isto é bom — afirmou Strike, desejando não ter de frustrar imediatamente quaisquer esperanças tênues que tivesse levantado —, mas, ah, tem outra coisa que Robin descobriu que explica por que Will não deu ouvidos a essas dúvidas e saiu. Eu não lhe contaria isto se não tivéssemos motivos muito fortes para acreditar, mas parece que ele é pai de uma criança na Fazenda Chapman.

— Ai, meu Deus — exclamou Sir Colin, perplexo.

— Obviamente, sem um teste de DNA, não podemos ter certeza absoluta — continuou Strike —, mas Robin disse que a garotinha é parecida com Will, e, ao observar o comportamento dele com a criança e pelas conversas que entreouviu por lá, ela tem certeza de que Will é o pai.

— Quem é a mãe?

Desejando ter qualquer outra resposta, Strike disse:

— Ela se chama Lin.

— Lin... Não é aquela sobre quem Kevin escreveu? A que gagueja?

— Sim, essa mesma — confirmou Strike.

Nenhum dos dois disse em voz alta o que Strike tinha certeza de estar em destaque na mente de Sir Colin: que Lin era fruto do estupro de Deirdre Doherty por Jonathan Wace. Strike baixou a voz. Por menos que quisesse alarmar ainda mais Edensor, sentia que seria antiético esconder a próxima informação.

— Receio ser provável que Lin fosse menor de idade quando deu à luz a filha de Will. De acordo com Robin, Lin não parece ter mais de quinze ou dezesseis anos e, pelo que pôde avaliar, a criança tem por volta de dois anos.

Strike não podia culpar inteiramente Sir Colin por enterrar o rosto nas mãos. Depois ele respirou fundo, deixou as mãos caírem, endireitou-se na cadeira e falou em voz baixa:

— Ainda bem que James não está aqui.

Lembrando-se da fúria do filho mais velho de Sir Colin sobre Will durante a única reunião que tiveram antes, Strike concordou em silêncio.

— Acho que é importante lembrar que é uma ofensa passível de punição na Fazenda Chapman recusar o "vínculo espiritual", como eles chamam o sexo. A relação de Will e Lin precisa ser vista neste contexto. Os dois foram preparados para acreditar que o vínculo espiritual não era apenas aceitável, mas correto.

— Mesmo assim...

— A igreja não comemora aniversários. A própria Lin pode não saber quantos anos tem. Will pode ter acreditado que ela era maior de idade quando aconteceu.

— Entretanto...

— Não creio que Lin queira prestar queixa — disse Strike, mais uma vez baixando a voz quando um casal corpulento de meia-idade foi levado a sua mesa. — Robin disse que ela gosta de Will e ama a filha que eles tiveram. Will parece ter carinho por Lin também. Robin acha que, conforme as dúvidas de Will em relação à igreja cresciam, sua consciência do que é considerado imoral no mundo fora da fazenda começou a se reafirmar, porque ele agora se recusa a fazer sexo com ela.

O garçom chegou com a comida dos dois. Strike olhou com certa inveja o filé e o pudim de rim de Sir Colin; ele pediu robalo e já estava começando a ficar enjoado de peixe.

Sir Colin comeu uma única garfada, depois baixou os talheres, parecendo nauseado. Ansioso para aliviar um cliente por quem sentia mais solidariedade do que muitos outros que o contrataram na agência, Strike disse:

— Mas Robin nos trouxe algumas pistas sólidas, e tenho a esperança de que pelo menos uma delas leve a um caso contra a igreja. Primeiro, tem um garotinho chamado Jacob.

Strike relatou o estado de saúde precário de Jacob, a negligência e a falta de tratamento médico que ele vem suportando, depois descreveu o depoimento de Robin à polícia, horas depois de ter saído do complexo da igreja.

— Se as autoridades conseguirem entrar na fazenda e examinarem o menino, o que podem já ter feito, teremos algo muito significativo contra a IHU. Robin espera ter notícias da polícia a qualquer momento.

— Bom, isto certamente... Não é boa notícia, não para a pobre criança — disse Sir Colin —, mas se conseguirmos ao menos colocar os Wace em desvantagem, para variar...

— Exatamente — disse Strike. — E Jacob foi só uma das pistas obtidas por Robin. A seguinte é a própria Lin. Ela foi retirada da fazenda depois de ter uma reação adversa a umas plantas que ingeriu numa tentativa de provocar um aborto. Não de um filho de Will — acrescentou Strike. — Como eu lhe disse, ele agora se recusa a dormir com ela.

— O que quer dizer com "retirada"?

— Ela não queria partir, sem dúvida por causa da filha, mas eles a tiraram à força da fazenda. Ainda não conseguimos localizá-la. Não deu entrada em nenhum hospital. É claro que pode estar em um dos outros centros da IHU, mas pesquisei um pouco e meu pressentimento é de que ela esteja em uma clínica de propriedade do dr. Zhou, em Borehamwood.

— Conheço o lugar — disse Sir Colin. — Patterson colocou uma agente dele lá para dar uma olhada, mas não conseguiu nada que servisse. Parece ser um spa respeitado, sem irregularidades evidentes, e ninguém tentou recrutar a detetive deles para a IHU.

— Mesmo assim, parece o local mais provável para eles terem escondido Lin. Como eu disse, ela precisava de assistência médica urgente e não creio que eles a quisessem em um lugar em que não pudesse ser vigiada por um membro importante da igreja, porque ela sem dúvida representa risco de fuga. Robin a ouviu sugerindo a Will que eles fizessem "o que Kevin fez".

"Se conseguirmos localizar Lin e tirá-la das garras deles, teremos uma testemunha muito valiosa. Robin acha que Lin valorizaria obter a guarda da filha mais do que sua lealdade para com a igreja, e se conseguirmos retirar a criança, talvez Will também saia. Mas quero ter muito cuidado na tentativa de localizar Lin, porque não queremos assustar a IHU e levá-los a escondê-la em algum lugar inacessível. Se concordar em pagar as despesas, gostaria de colocar um dos nossos na clínica. Não Robin, obviamente, mas talvez outra detetive mulher."

— Sim, claro. Tenho o dever de cuidar da menina. Afinal, ela é mãe de minha neta...

Os olhos dele ficaram marejados.

— Peço *desculpas*... Sempre que nos encontramos, parece que eu...

O garçom retornou à mesa para perguntar a Sir Colin se havia algum problema com o filé e o pudim de rim.

— Não — disse Sir Colin com a voz fraca —, está muito bom. Só não estou particularmente com fome... *Eu sinto muito* — acrescentou ele a Strike, enxugando os olhos enquanto o garçom voltava a se retirar. — Sally realmente queria uma neta, sabe. Temos muitos meninos nas duas famílias... Mas que isto aconteça nestas circunstâncias...

Strike esperou que Sir Colin se recompusesse para continuar:

— Robin conseguiu uma terceira pista possível: uma das irmãs de Kevin Pirbright.

Ele contou a história da tentativa frustrada de fuga de Emily em Norwich.

— Receio que significaria mais custos — acrescentou Strike —, mas sugiro colocar um dos nossos em Norwich, para tentar uma abordagem direta a Emily da próxima vez que ela sair para coletar dinheiro para a igreja. Robin nos deu uma boa descrição física. Ela e Emily criaram uma ligação ali e creio que Emily pode ser convencida a partir, se um de nossos agentes mencionar Robin.

— Sim, eu ficaria feliz se você tentasse isso — declarou Sir Colin, cuja refeição praticamente intocada esfriava diante dele. — Sinto que seria como fazer algo por Kevin se eu ajudasse sua irmã a sair... bem — disse Sir Colin, que claramente estava abalado, mas tentava se concentrar nos aspectos positivos. — Sua sócia fez um trabalho impressionante. Ela realizou mais em quatro meses do que Patterson em dezoito.

— Contarei a ela que o senhor disse isso. Significará muito para ela.

— Ela não pôde vir almoçar? — perguntou Sir Colin.

— Não — disse Strike. — Quero que ela descanse por um tempo. Robin passou por muita coisa lá dentro.

— Mas você não gostaria que ela testemunhasse — disse Sir Colin, sem nenhuma sugestão de pergunta na voz. Era um alívio para Strike ter um cliente inteligente, para variar.

— Não como as coisas estão. Os advogados da igreja teriam um prato cheio com a falta de imparcialidade de Robin, uma vez que ela foi paga para entrar ali e conseguir provas contra eles. A cultura do medo na igreja é tanta que acho que eles se fechariam ainda mais e apavorariam qualquer um na

Fazenda Chapman que pudesse respaldar o relato de Robin. Se ela começar a falar de eventos sobrenaturais e técnicas de tortura sem corroboração...

— Técnicas de tortura?

— Ela foi trancada numa caixa por oito horas, ajoelhada e incapaz de se mexer.

Pelo que Strike podia ver na iluminação favorável e difusa, Sir Colin ficara bem pálido.

— Kevin me disse que foi amarrado a árvores à noite e essas coisas, mas nunca falou em ser trancado em uma caixa.

— Acho que ela é reservada para transgressões muito piores — disse Strike, preferindo não contar a Sir Colin que o filho dele tinha sido submetido à mesma punição.

Ele hesitava, considerando como contextualizar melhor o que queria dizer. Detestaria estragar a esperança muito frágil que tinha induzido no cliente e estava consciente demais de que Sir Colin já se comprometera a triplicar os honorários que pagava à agência.

— As pistas de Robin definitivamente nos colocam em uma posição muito melhor do que estávamos — falou. — Se tivermos sorte e conseguirmos tirar Lin e Emily, e se elas estiverem dispostas a falar, e se houver uma investigação policial sobre Jacob, sem dúvida vamos desferir alguns golpes pesados na igreja.

— Mas estes "se" são significativos — observou Sir Colin.

— É verdade. Precisamos ser realistas. Os Wace são especialistas em combater críticos. Eles podem escolher alguns bodes expiatórios para levar a culpa por tudo que Robin, Lin e Emily alegarem, e isto supondo que as outras duas estejam dispostas a testemunhar. Talvez elas não estejam preparadas para tomar posição contra uma igreja que as intimidou e coagiu pela maior parte de suas vidas.

— Não, entendo que é melhor ainda não soltar rojões — concordou Sir Colin.

— Sempre me volta algo que a filha mais velha de Wace me disse — comentou Strike. — Foi algo do tipo: "É como um câncer. Você tem de arrancar a coisa toda, ou vai voltar ao lugar de onde começou."

— Mas como arrancar algo que tem metástase em outros continentes?

— Bom — começou Strike —, pode haver um jeito. Kevin algum dia falou com o senhor mais detalhadamente sobre Daiyu?

— Daiyu? — perguntou Sir Colin, confuso. — Ah, quer dizer a Profetisa Afogada? Não mais do que ele colocou no blog e nos e-mails que entreguei a você. Por quê?

— Porque o único jeito seguro de derrubar a igreja seria destruir o mito da Profetisa Afogada. Se conseguirmos quebrar o pilar central de todo seu sistema de crenças...

— Isto não seria muito ambicioso? — questionou Sir Colin.

Como Strike temia, ele parecia meio desconfiado.

— Estive investigando o que realmente aconteceu naquela praia em Cromer e tenho muitas perguntas. Agora localizei a testemunha-chave: Cherie Gittins, a mulher que levou Daiyu à praia onde ela se afogou. Tenho esperanças de entrevistá-la em breve. E depois temos o assassinato de Kevin.

Neste momento, o garçom apareceu para recolher os pratos e oferecer o cardápio de sobremesas. Os dois homens recusaram, mas pediram café.

— O que tem o assassinato de Kevin? — perguntou Sir Colin, quando o garçom saiu.

— Infelizmente — começou Strike —, creio ser muito mais provável que a IHU tenha assassinado Kevin do que ele estivesse traficando drogas.

— Mas...

— No início, eu compartilhava de sua opinião. Não conseguia entender por que precisariam dar um tiro nele. Eles têm advogados excelentes e Kevin sem dúvida era instável e fácil de desacreditar. Mas quanto mais prosseguia a investigação, menos eu engolia a teoria do tráfico de drogas.

— Por quê? O que você descobriu?

— Mais recentemente, soube de uma alegação não fundamentada de que havia armas na Fazenda Chapman. A fonte era secundária — admitiu Strike — e não era particularmente confiável, então terei de confirmar este relato, mas ainda acho que seria insensato subestimar os tipos de contatos que a IHU pode ter feito nos últimos trinta anos. Não havia armas na batida feita na fazenda em 1986, mas desde então eles tiveram pelo menos um criminoso violento morando ali. Eles só precisavam recrutar quem soubesse como pôr as mãos ilegalmente em armas, supondo-se que Wace já não tivesse esse conhecimento.

— Você realmente acha que eles assassinaram Kevin por causa do livro? — perguntou Sir Colin, com ceticismo.

— Não acho que o livro, em si e por si, fosse um problema, porque um jornalista que entrevistei chamado Fergus Robertson já havia acusado a IHU de quase tudo que Kevin alegava: agressão física, abuso sexual e jogos mentais sobrenaturais. A igreja perseguiu Robertson pesadamente com advogados, mas ele ainda está vivo.

Os cafés chegaram.

— Então qual é o motivo, se não o livro? — Sir Colin quis saber.

— Kevin lhe disse que estava juntando algumas peças em suas últimas semanas de vida, não foi? Coisas que ele havia reprimido?

— Sim. Como eu lhe disse, ele ficava cada vez mais errático e perturbado. Arrependo-me profundamente de não ter dado mais apoio...

— Não creio que qualquer apoio pudesse impedi-lo de ser baleado. Acho que Kevin concluiu alguma coisa sobre o afogamento de Daiyu. A igreja seria capaz de intimidar um editor para deletar alegações sem fundamento, mas eles haviam perdido o poder de intimidar Kevin a se calar em sua vida cotidiana. E se ele tagarelasse suas suspeitas para a pessoa errada?

— Mas, como você diz, isto é uma conjectura.

— O senhor estava ciente de que Patterson não entregou todas as provas quando foi demitido?

— Não — disse Sir Colin. — Não estava.

— Bom, consegui uma entrevista com Kevin que eles gravaram escondidos, cinco dias antes de ele ser baleado. É um trabalho porco: a maior parte do que ele disse está inaudível, e por isso eles não se incomodaram em entregar ao senhor. Naquela gravação, Kevin disse à agente de Patterson que pretendia encontrar alguém da igreja para "responder por isso". O que seria "isso", eu não sei, mas ele falou muito de Daiyu durante a conversa. E o senhor nunca foi ao quarto de Kevin, foi?

— Não... Queria ter ido.

— Bom, ele havia escrito nas paredes, e alguém raspou algumas palavras do reboco. Pode ter sido o próprio Kevin, é claro, mas existe a possibilidade de ter sido o assassino.

"Robin conseguiu da irmã de Kevin, Emily, uma informação estranha sobre os movimentos de Daiyu na noite antes de supostamente ter se afogado. O que Emily disse bate com algo que Kevin havia escrito na parede do quarto, sobre uma trama. Na verdade", disse Strike, pegando a xícara de café, "Emily não acredita que Daiyu esteja morta".

— Mas — disse Sir Colin, ainda de cenho franzido —, isto é improvável, não?

— Improvável, mas não impossível. Por acaso, viva ou morta, Daiyu valia muito dinheiro. Ela era a única beneficiária do testamento de seu pai biológico, e ele tinha muito a legar. Onde não há corpo, deve haver dúvida... Por isso quero conversar com Cherie Gittins.

— Com todo o respeito — começou Sir Colin, com o tom educado, mas firme, que Strike imaginava que ele mantivesse em discussões de projetos políticos absurdos em sua vida profissional —, tenho mais esperanças de que as pistas de sua sócia levem a meu objetivo imediato, que é tirar Will da Fazenda Chapman, do que a alguém que possa colocar a igreja abaixo.

— Mas o senhor não faz objeção a minha entrevista com Cherie Gittins?

— Não — disse Sir Colin lentamente —, mas não gostaria que esta investigação degenerasse em uma sondagem sobre a morte de Daiyu Wace. Afinal, foi considerada como um acidente e você não tem provas de que não foi, tem?

Strike, que não podia culpar o cliente por este ceticismo, garantiu a Sir Colin que o objetivo da agência ainda era tirar o filho dele da IHU. O almoço foi concluído de maneira amigável, com Strike prometendo passar qualquer nova informação imediatamente, em particular relacionada com a investigação policial dos maus-tratos a Jacob.

Ainda assim, era nas mortes de Daiyu Wace e Kevin Pirbright que Strike pensava ao voltar para a Denmark Street. Sir Colin Edensor estava certo ao dizer que ele ainda não tinha provas concretas para corroborar suas suspeitas. Na verdade, podia ser muito ambicioso pensar que ele seria capaz de destruir o mito da Profetisa Afogada, que sobrevivera incontestado por vinte e um anos. Mas afinal, pensou o detetive, ainda com fome depois da parca refeição de peixe, porém notando o quanto andava com mais facilidade sem os vários quilos de que se livrara, às vezes era surpreendente o que o esforço concentrado na busca de um objetivo válido podia realizar.

91

Nove na quarta posição significa:
A alegria ponderada não está em paz.

I Ching: O livro das mutações

Enquanto Strike tomava um café com Sir Colin Edensor, Robin bebia uma xícara de chá à mesa de sua sala de estar, com o laptop e o bloco abertos diante dela, trabalhando arduamente e desfrutando da paz temporária. O homem do andar de cima, cuja música em geral era audível, estava no trabalho, e ela conseguira que os pais saíssem pedindo a eles para comprar mantimentos.

A adaptação de Robin da vida na Fazenda Chapman a seu apartamento em Londres mostrou-se muito mais complicada do que havia previsto. Ela se sentia agitada, desorientada e sobrecarregada, e não só pela liberdade — a supervisão constante da mãe, apesar de bem-intencionada, estava a irritando, porque a fazia se lembrar da vigilância implacável da qual acabara de escapar. Ela percebia, talvez tarde demais, que o que realmente precisava na volta a Londres era de silêncio, espaço e solidão para se recolocar no mundo e se concentrar no longo relatório para Strike em que ela tabulava tudo que ainda não tinha contado sobre a vida na Fazenda Chapman. A culpa pelos quatro meses de ansiedade dos pais por ela a fez concordar com a visita deles, mas, por mais que os amasse, só o que Robin queria era que eles voltassem para Yorkshire. Infelizmente, eles ameaçavam ficar outra semana, "para te fazer companhia" e "cuidar de você".

Com um peso no coração, ela ouviu as portas do elevador no patamar. Enquanto se levantava para abrir a porta para os pais, o celular na mesa atrás dela começou a tocar.

— Desculpe — disse ela à mãe, que estava carregada de sacolas pesadas da Waitrose —, preciso atender, pode ser Strike.

— Você deveria estar de folga! — observou Linda, um comentário que Robin ignorou. E efetivamente, ao se virar para o telefone, ela viu o número do sócio e atendeu.

— Oi — disse Robin, enquanto Linda dizia, propositalmente alto:

— Não demore, compramos bolo. Você devia estar comendo e de pés pra cima — acrescentou Linda.

— Hora ruim? — perguntou Strike.

— Não — respondeu Robin —, mas pode me dar dois minutos? Eu ligo de volta.

Ela desligou e foi à porta da cozinha apertada, onde os pais guardavam as compras.

— Vou dar uma saída para pegar um pouco de ar fresco — avisou Robin.

— O que não podemos ouvir? — perguntou a mãe.

— Nada, ele só vai me dar uma atualização que pedi — respondeu Robin, mantendo o tom leve com certa dificuldade. — Volto em dez minutos.

Ela saiu às pressas do apartamento, com a chave na mão. Depois de chegar à Blackhorse Road, que lhe oferecia fumaça de escapamento e não ar fresco, ela ligou para Strike.

— Está tudo bem?

— Estou bem, estou bem — disse Robin, agitada. — É só a minha mãe me dando nos nervos.

— Ah — murmurou Strike.

— Eu já disse a ela *centenas de vezes* que foi decisão minha ir para a Fazenda Chapman, e decisão minha ficar esse tempo todo, mas...

Robin reprimiu o final da frase, mas Strike entendeu perfeitamente o que ela estava prestes a dizer.

— Ela acha que a culpa é toda minha?

— Bom — começou Robin, que não queria dizer isso, mas precisava desabafar —, sim. Eu *disse* a ela que precisei discutir com você para me deixar fazer o trabalho e que você queria que eu saísse antes. Eu até disse a ela que ela devia ficar agradecida por você estar lá quando eu fugi, mas ela... *Meu Deus*, ela me dá nos nervos.

— Você não pode culpa-la — falou Strike, sensato, lembrando-se de como ele ficou apavorado com a aparência de Robin quando a viu pela primeira vez. — São os seus pais, é claro que vão ficar preocupados. Quanto você contou a eles?

— Isso que é o pior! Não contei nem *um décimo*! Precisei dizer que não tinha comida suficiente, porque isso é óbvio, e eles sabem que eu não estou dormindo muito bem — Robin estava prestes a admitir que tinha acordado na noite anterior gritando enquanto dormia —, mas em vista do que eu *podia* ter contado... E acho que Ryan esteve botando pilha neles, dizendo o quanto estava preocupado o tempo todo em que estive lá. Ele está tentando pegar um voo da Espanha para cá antes do previsto, mas sinceramente a última coisa de que preciso é ele e minha mãe juntos... Ah, e a IHU colocou um cartaz imenso de Jonathan Wace na lateral de um prédio na minha rua.

— Anunciando o Superserviço no Olympia? É, está em todo canto.

— Parece que não consigo *me livrar* da... Desculpe, sei que estou sendo reclamona — disse Robin, exalando pesadamente enquanto se recostava em uma parede bem situada e olhava o trânsito. Pelo menos não conseguia ver a cara de Wace dali. — Me conte de Colin Edensor. Como ele encarou tudo?

— Mais ou menos bem, como esperado. Cheio de elogios a você e todas as pistas que conseguiu. Ele aprovou a verba para tentar encontrar Lin e para tirar Emily de lá, mas ficou muito menos entusiasmado com a ideia de desmascarar o mito de Daiyu. Não posso dizer que tenha sido uma surpresa. Sei muito bem que é um tiro no escuro.

— A polícia ainda não me deu retorno sobre Jacob.

— Bom, leva tempo conseguir mandados — comentou Strike —, embora eu tenha pensado que a essa altura eles teriam feito contato, em se tratando de uma criança à beira da morte.

— É, exatamente. Olha, Strike, eu sinceramente acho que posso...

— Você está de folga por uma semana — ele interrompeu. — Precisa colocar o sono em dia e comer. Um médico provavelmente diria que devia ficar fora mais tempo.

— Olha, sabe que Jiang disse ter reconhecido alguém que esteve na Fazenda Chapman muito tempo atrás? Eu te contei isso? Não consigo me lembrar.

— Contou, sim — confirmou Strike, que considerava um mau sinal que a conversa de Robin estivesse dando muitos saltos.

— Tudo bem, então estive tentando descobrir quem pode ser, e acho que é...

— Robin...

— ... ou Marion Huxley, ou Walter Fernsby. Jiang fez parecer que a pessoa *acabou* de voltar, e eles são os únicos da leva recente com idade suficiente para ter estado lá anos antes. Então estou tentando localizar...

— Isso pode esperar — disse Strike em voz alta, atropelando a fala de Robin. — Tudo isso pode esperar.

— Pelo amor de Deus, você parece a minha mãe! Ela fica me interrompendo quando tento procurar as coisas, como se eu fosse uma… uma convalescente geriátrica.

— Não acho que você seja uma convalescente geriátrica — afirmou Strike com paciência —, só acho que você precisa de folga. Se Walter ou Marion já estiveram lá, podemos investigar isso quando você estiver…

— Não diga "melhor", não estou doente. Strike, quero pegar essa maldita igreja, quero descobrir alguma coisa sobre eles, quero…

— Sei o que você quer e quero a mesma coisa, mas eu não quero minha sócia tendo um colapso.

— Eu não vou…

— Vá descansar um pouco, coma alguma coisa e se acalme, porra. Preste atenção — acrescentou ele, antes que ela pudesse responder. — Vou de carro a Thornbury na segunda-feira para tentar entrevistar Cherie Gittins… ou Carrie Curtis Woods, como se chama agora. Ela voltará das férias, o marido deverá estar no trabalho, e acho que ela estará em casa com as filhas, porque não há sinal na página do Facebook de ela ter um emprego. Quer ir comigo para entrevistá-la?

— Meu Deus, sim — disparou Robin com fervor. — Isso me dará uma desculpa para me livrar dos meus pais, dizer a eles que voltarei ao trabalho. Mais um pouco disso e vou acabar perdendo a cabeça de vez. O que vai fazer no resto do dia?

— Estarei com os Franks esta noite — respondeu Strike. — Está tudo pronto para eles fazerem a grande jogada, e até agora nada. Queria que se apressassem.

— Você *quer* que eles tentem raptar Tasha Mayo?

— Sinceramente, sim. Assim podemos conseguir a prisão dos filhos da puta. Te contei que um deles pegou pena por assédio e o outro por ato obsceno? E que eles estão usando um sobrenome diferente do que costumavam usar? Um bom lembrete para todos nós que os esquisitos não são necessariamente inofensivos.

— Estive pensando nisso constantemente desde que saí da Fazenda Chapman — disse Robin. — Pensando em como a igreja ficou tão grande, como eles se safaram com isso por todo esse tempo. As pessoas simplesmente deixam que eles continuem… Meio estranho, mas inofensivo…

— Se você conhecesse minha mãe — falou Strike, que esperava para atravessar a Charing Cross Road —, teria visto o mais puro exemplo dessa mentalidade que vi na vida. Era motivo de orgulho para ela gostar de alguém que fosse meio esquisito. Na verdade, quanto mais esquisito, melhor, e foi assim que acabei com Shanker como irmão adotivo. E, por falar nisso, ele me ligou ontem à noite para dizer que Jordan Reaney está de volta à cela, mas sob vigilância por suicídio.

— Está pensando em entrevistá-lo de novo?

— Não acho que tenha sentido. Acho que ele vai ficar calado mesmo que os amigos de Shanker arranquem o couro dele outra vez. Aquele homem tem muito medo.

— Medo da Profetisa Afogada? — perguntou Robin, a quem Strike contou a história de seu encontro com Reaney na volta do Felbrigg Lodge para Londres.

— Não tinha Profetisa Afogada quando Reaney estava na igreja. Daiyu ainda estava viva na maior parte do tempo dele lá. Não, quanto mais penso nisso, mais acho que o que assusta Reaney é ser pego na saída.

— O que significa...?

— Que ele fez alguma coisa e tem medo de ser apanhado no momento em que sair da prisão.

— Mas ele não pode ter tido nada a ver com o afogamento de Daiyu. Você me disse que ele acordou tarde.

— Eu sei, mas ele pode ter feito muitas coisas duvidosas que não tenham nenhuma relação com Daiyu. Ele pode ter medo de ser responsabilizado pelo que apareceu naquelas polaroides.

— Acha que ele é um deles?

— Sei lá. Ele pode ser o cara da tatuagem de caveira. Agora tem um demônio no braço, que pode estar cobrindo uma marca antiga. O Tatuado com Caveira sodomizava um homem que sabemos que tinha QI baixo e possivelmente dano cerebral, então Reaney pode ter medo de pegar pena por estupro.

— Meu Deus — disse Robin em voz baixa —, isso tudo é tão horrível.

— Claro que se *foi mesmo* ele, Reaney pode argumentar no tribunal que foi obrigado a isso — afirmou Strike. — Se a igreja realmente tem armas, alguém podia ter apontado uma para aqueles garotos com máscara de porco e os obrigado a fazer aquilo. Mas posso entender por que Reaney não queria o episódio divulgado. Estupradores e pedófilos estão na base da cadeia alimentar, até entre condenados cruéis.

"De todo modo", continuou, lembrando-se meio tarde demais de que não devia encorajar a sócia a se concentrar em violência e depravação, mas incentivá-la a manter a mente em questões mais agradáveis, "vá comer bolo e ver um filme com sua mãe ou coisa assim. Isso deverá deixá-la feliz".

— Ela deve ter escondido meu laptop enquanto estou aqui falando com você. Vou te informar se a polícia me der um retorno sobre Jacob.

— Faça isso — pediu Strike —, mas nesse meio tempo…

— Donuts e comédias românticas. — Robin suspirou. — Tá, tudo bem.

92

O poder das pessoas inferiores é crescente.
O perigo se aproxima de alguém; já existem claros sinais (...).
I Ching: O livro das mutações

Aliviada com a perspectiva de voltar à investigação na segunda-feira, Robin subiu de elevador até seu apartamento. Na sala de estar, ela fechou em silêncio o laptop, com a intenção de voltar ao trabalho depois que os pais estivessem metidos no sofá-cama naquela noite, e aceitou uma xícara de chá fresco e uma bomba de chocolate da mãe.

— O que ele queria? — perguntou Linda, sentando-se no sofá.

— Me dizer para pegar leve e comer bolo, então ele ficaria feliz com isso — respondeu ela, apontando a bomba.

— Então Ryan vem para Londres...?

— No domingo que vem, a não ser que consiga um voo antes — informou Robin.

— Nós gostamos de Ryan — comentou Linda.

— Que bom — disse Robin, fingindo não ter ouvido o *mas não de Strike* que não foi falado.

— Ele foi muito bom em nos manter atualizados — acrescentou Linda, mais uma vez com um adendo silencioso: *ao contrário de Strike.* — Acha que ele quer ter filhos?

Ah, pelo amor de Deus.

— Não sei — Robin mentiu. Ryan, na verdade, deixara bem claro que queria ter filhos.

— Ele sempre pergunta por Annabel — acrescentou Linda calorosamente, referindo-se à sobrinha de Robin. — Na verdade, temos uma novidade. Jenny está grávida de novo.

— Que incrível! — exclamou Robin, que gostava da cunhada, mas perguntou-se por que esta informação tinha sido ocultada dela até então.

— E — disse Linda, respirando fundo — a namorada de *Martin* também está grávida.

— Eu nem sabia que ele tinha namorada — rebateu Robin. Martin, que vinha imediatamente depois dela na ordem de nascimentos, era o único filho que ainda morava com os pais e tinha um histórico irregular de empregos.

— Eles só estão juntos há três meses — explicou Linda.

— Como ela é?

Linda e Michael se olharam.

— *Bom* — disse Linda, e o monossílabo ressoava com reprovação.

— A garota gosta de uma bebida — disse Michael.

— O nome dela é Carmen — informou Linda.

— Martin está feliz?

— Na verdade, não sabemos — admitiu Linda.

— Pode ser que isso dê um jeito nele — disse Robin, que não estava convencida, mas achava melhor ser otimista na frente dos pais.

— Foi o que eu disse — falou Michael. — Ele está falando em conseguir a habilitação para carga. Dirigir caminhão por longa distância, sabe.

— Bom, ele sempre gostou de dirigir — comentou Robin, preferindo não falar nos muitos quase acidentes que Martin teve, quando estava cheio de álcool e fanfarronice.

— Como você — disse o pai —, com sua qualificação de direção avançada.

Robin tinha feito o curso de direção avançada nos meses depois do estupro que encerrara sua carreira universitária, quando dirigir um veículo lhe devolvia um senso de segurança e controle. Aliviada pela oferta de um assunto que não era sobre filhos nem sua profissão, Robin passou a falar do velho Land Rover e se ele passaria na vistoria seguinte.

A tarde passou relativamente tranquila porque Robin achou um documentário na TV que felizmente prendeu o interesse dos pais. Coçando-se para voltar ao laptop, mas com medo de perturbar a frágil calma, Robin assistiu distraidamente até que, com o cair da noite, sugeriu uma comida delivery e pediu um Deliveroo.

As pizzas tinham acabado de chegar quando soou a campainha do apartamento.

— Robin Ellacott? — disse uma voz fina de homem, quando Robin atendeu ao interfone.

— Sim?

— Aqui é o policial Blair Harding. Podemos entrar?

— Ah, sim, claro — disse Robin, apertando o botão para abrir a portaria.

— O que a polícia quer com você? — perguntou Linda, alarmada.

— Está tudo bem — respondeu Robin num tom tranquilizador. — Eu estava esperando por isso... Dei um depoimento sobre algo que testemunhei na Fazenda Chapman.

— O quê?

— Mãe, está tudo bem — repetiu Robin. — Tem a ver com alguém que não estava recebendo assistência médica adequada. A polícia disse que ia me dar um retorno.

Em vez de ser arrastada a dar mais explicações, Robin foi ao patamar esperar pela chegada dos policiais, perguntando-se se eles achariam estranho se ela pedisse pela atualização sobre Jacob na viatura deles, na rua.

As portas do elevador se abriram alguns minutos depois, revelando um policial branco e uma policial asiática bem mais baixa, cujo cabelo preto estava preso em um coque. Ambos pareciam sérios, e Robin de repente ficou ansiosa: Jacob teria morrido?

— Oi — disse ela apreensiva.

— Robin Ellacott?

— Sim... É sobre Jacob?

— É isso mesmo — confirmou a policial, olhando a porta aberta do apartamento de Robin. — É aqui que você mora?

— Sim — respondeu Robin, desconcertada com a severidade da expressão dos policiais.

— Podemos entrar? — perguntou a mulher.

— Sim, claro.

Linda e Michael, que tinham se levantado, pareciam preocupados ao verem os dois policiais entrando no apartamento atrás da filha.

— Estes são meus pais — informou Robin.

— Oi — cumprimentou o policial. — Sou o policial Harding e esta é a policial Khan.

— Olá — disse Linda hesitante.

— Você obviamente sabe do que se trata — declarou Khan, olhando para Robin.

— Sim. Jacob. O que aconteceu?

— Estamos aqui para convidá-la a comparecer à central, srta. Ellacott — informou Harding.

Robin, que sentia o estômago despencar em câmera lenta sem saber exatamente o motivo, falou:

— Não podem simplesmente me dizer o que aconteceu aqui?

— Estamos convidando você para um interrogatório policial — informou Khan.

— Não entendo — disse Robin. — Está me dizendo que estou presa?

— Não — respondeu Harding. — Este seria um depoimento voluntário.

— Sobre o quê? — perguntou Linda, antes que Robin conseguisse falar.

— Temos uma acusação de maus-tratos infantis — explicou o policial Harding.

— Contra… contra *mim*?.

— É isso mesmo — confirmou Harding.

— *O quê?* — Linda explodiu.

— É um depoimento voluntário — repetiu Harding.

Robin estava vagamente ciente de que Linda ainda falava, mas não conseguiu apreender o que ela dizia.

— Tudo bem — disse ela calmamente. — Vou pegar meu casaco.

Porém, a primeira coisa que ela fez foi voltar à mesa, pegar uma caneta e escrever o número do celular de Strike, o único que sabia de cor além do dela própria.

— Ligue para Strike — pediu ela ao pai, colocando o número nas mãos dele.

— Para onde a estão levando? — Linda exigiu saber dos policiais. — Queremos ir!

A policial Khan deu o nome da delegacia.

— Vamos encontrar o local, Linda — afirmou Michael, porque era evidente a todos que Linda pretendia ou entrar à força na viatura, ou seguir na cola da polícia.

— Vai ficar tudo bem — Robin tranquilizou os pais, pegando o casaco. — Vou resolver isso. *Ligue para Strike* — acrescentou, com firmeza, antes de pegar a chave e seguir a polícia, saindo do apartamento.

93

As sementes são o primeiro começo imperceptível de movimento,
o primeiro sinal de felicidade (ou infortúnio) que se apresenta.
O homem superior percebe as sementes (...).

I Ching: O livro das mutações

No exato momento em que Robin entrou na viatura policial na Blackhorse Road, Strike estava sentado no BMW em Bexleyheath observando os irmãos Frank entrarem no velho furgão, que estava estacionado a uma curta distância do edifício onde moravam. Depois de deixar o furgão partir, Strike foi a seu encalço e ligou para Midge.

— Fala.

— Onde está Mayo?

— Comigo. Bom, não *comigo*... Estou esperando que ela saia da academia.

— Eu disse a ela para variar a rotina, merda.

— É a única noite em que ela sai do teatro, e está menos movimentada essa...

— Acho que pode ser hoje. Eles acabaram de entrar no furgão com o que pareciam balaclavas nas mãos.

— Ah, merda — xingou Midge.

— Olha, se Mayo topar, e só se ela topar, sugiro agirmos normalmente. Vamos deixar acontecer. Vou tirar Barclay do Michê para garantir efetivo suficiente e pegaremos os malditos na tentativa.

— Ela vai topar — afirmou Midge, que parecia empolgada. — Ela só quer que isso acabe.

— Ótimo. Mantenha-me informado de sua localização. Estou de olho neles agora e vou te falar se houver alguma mudança. Vou ligar para Barclay.

Strike desligou, mas antes de conseguir fazer contato com Barclay, um número desconhecido ligou para ele. Strike rejeitou a chamada e ligou para Barclay.

— Onde você está?

— Na frente da casa da dona Ricaça. Ela estava toda animadinha com o Michê pela rua.

— Bom, preciso de você em Notting Hill agora. Parece que os Franks estão planejando sua grande jogada. Balaclavas, os dois no furgão…

— Ótimo, quero esmurrar alguém. Minha sogra está aqui. Te vejo lá.

Assim que Barclay encerrou a ligação, o telefone de Strike tocou de novo. Ele bateu o dedo no painel, com os olhos ainda no furgão que se separava do BMW por um Peugeot 108.

— Quem esteve irritando a IHU, então? — disse uma voz irônica.

— Quem fala?

— Fergus Robinson.

— Ah — murmurou Strike, surpreso de ouvir o jornalista —, você. Por que está perguntando?

— Porque sua página na Wikipédia triplicou de tamanho — explicou o jornalista, que dava a impressão de ter tomado uns drinques. — Reconheço a moda da casa. Espancando namoradas, trepando com clientes, problemas com bebida, problemas com o papai… O que você conseguiu sobre eles?

— Nada que possa te contar por enquanto — disse Strike —, mas isso não quer dizer que um dia não terei alguma coisa.

O irmão Frank que dirigia ou havia percebido que estava sendo seguido, ou era inepto, porque tinha acabado de receber várias buzinadas do Peugeot por ligar a seta tarde demais. A notícia de Robertson, embora profundamente indesejada por Strike, teria de ser processada depois.

— Só achei que você deveria saber — falou o jornalista. — Mas temos um acordo, né? Eu consigo a história se…

— É, tudo bem — disse Strike. — Preciso ir.

Ele deligou.

Os Franks sem dúvida pareciam ir para Notting Hill, pensou Strike, enquanto eles entravam no túnel Blackwall. O mesmo número desconhecido de antes ligou de novo. Ele o ignorou porque os Franks tinham acabado de acelerar e, embora isto pudesse significar que estavam com medo de perder Tasha ao sair da academia, Strike ainda receava que eles tivessem percebido que eram seguidos por ele.

O telefone tocou de novo: Prudence, sua irmã.

— Cacete — ele rosnou para o viva-voz. — Estou ocupado.

Ele deixou a chamada cair na caixa postal, mas Prudence voltou a telefonar. De novo, Strike ignorou a ligação, embora vagamente perturbado; Prudence nunca tinha feito isso. Quando ela ligou pela terceira vez, Strike atendeu.

— Estou no meio de um negócio — falou. — Posso te ligar depois?

— Vai ser rápido — disse Prudence. Para surpresa de Strike, ela parecia furiosa.

— Tudo bem, o que foi?

— Eu pedi a você *com muita clareza* para ficar longe de minha cliente que foi da IHU!

— Do que você está falando? Eu nem cheguei perto dela.

— Ah, jura? — ironizou Prudence. — Ela acabou de me contar que alguém a abordou na internet, cavando informações. Ela está completamente transtornada. Quem quer que fosse a ameaçou com o nome de uma mulher que ela conheceu na igreja.

— Não sei quem é sua cliente — declarou Strike, de olho no furgão à frente — e não ameacei ninguém na internet.

— Quem mais a teria localizado e dito que sabia que ela havia conhecido essa mulher? *Corm?* — acrescentou ela, quando ele não respondeu prontamente.

— Se — começou Strike, que tinha acabado de ligar os pontos — ela tinha uma página no Pinterest...

— Então *foi* você?

— Não sei quem é sua cliente — repetiu ele, irritado. O número desconhecido que continuava ligando tentou de novo. — Vi os desenhos dela e deixei alguns comentários, é só isso. Não faço ideia de quem estava por trás da co... Preciso ir — disse ele, interrompendo a chamada, enquanto os Franks cruzavam correndo um sinal vermelho, deixando Strike atrás de um Hyundai com um amassado grande na traseira.

— MERDA! — berrou Strike, olhando, impotente, os Franks acelerarem fora de vista.

O número desconhecido ligou de novo.

— Mas que merda — bradou Strike, rejeitando a chamada e ligando para Midge, que atendeu prontamente. — Onde você está?

— Tasha está no banho.

— Tudo bem, não a deixe sair da academia antes de ter notícias minhas. Barclay está a caminho, mas os filhos da puta cruzaram um sinal vermelho e eu os perdi. Eles talvez tenham notado que eu os estava seguindo. Fique onde está até eu ligar.

O Hyundai arrancou e Strike, escolhendo a própria rota para Notting Hill, ligou para Barclay.

— Estou quase chegando — disse o escocês.

— Eu não, perdi os filhos da puta. Talvez eles tenham me visto.

— Tem certeza? Eles são bem tapados.

— Até os idiotas acertam de vez em quando.

— Acha que eles vão abortar?

— É possível, mas temos de supor que vai acontecer. Midge e Mayo vão esperar na academia até eu dizer a elas para saírem. Me liga se vir o furgão.

Felizmente, o número desconhecido que insistia em atormentar Strike parecia ter desistido. Ele dirigiu rumo a Notting Hill com a velocidade que podia sem incorrer em uma multa, tentando adivinhar onde os Franks podiam tentar pegar Tasha Mayo, e estava a dez minutos da casa dela, o sol se pondo, quando Barclay ligou.

— Eles estão aqui — informou. — Estacionados no beco sem saída a duas quadras da academia. Estão com as malditas balaclavas.

— Onde você está?

— Na calçada oposta, a cinquenta metros.

— Tudo bem, vou ligar para Midge e te retorno.

— O que está havendo? — perguntou Midge, atendendo no primeiro toque.

— Eles estacionaram a duas quadras da academia em um beco à esquerda de quem vai para a casa dela. Você está com Mayo?

— Estou — confirmou Midge.

— Coloque-a na linha.

Ele ouviu Midge dizer alguma coisa à atriz, depois a voz nervosa de Tasha.

— Alô?

— Sabe o que está acontecendo?

— Sei.

— Você tem uma escolha. Posso te pegar na academia e levar direto para casa, mas se fizermos isso, eles vão tentar outro dia, ou...

— Quero que termine esta noite — declarou Tasha, mas ele ouvia a tensão em sua voz.

— Eu garanto que você não correrá perigo. Eles são idiotas e estamos preparados para eles.

— O que quer que eu faça?

— Quando eu disser, você vai sair da academia sozinha. Quero filmá-los tentando colocar você no furgão. Não vamos deixar acontecer, mas posso lhe garantir que você terá alguns segundos desagradáveis e talvez um ou dois hematomas.

— Sou atriz — disse Tasha, com uma risadinha trêmula. — Só vou fingir que alguém vai gritar "corta".

— Serei eu — informou Strike. — Tudo bem, me passe para Midge.

Quando Tasha obedeceu, Strike disse:

— Quero que você saia da academia agora, sozinha, vá direto para o beco e consiga um bom ponto de observação atrás do furgão deles, mas em algum lugar onde eles só possam te ver quando as coisas esquentarem. Quero isto gravado, caso a câmera de segurança não pegue.

— Barclay não pode fazer isso enquanto eu...?

— *O que acabei de dizer?*

— Tudo bem — disse Midge, melindrada, e desligou.

Strike entrou na rua onde ficava a academia de Tasha, estacionou, depois ligou para Barclay.

— Vá caminhando na direção de Tasha quando eles chegarem nela. Estarei atrás dela. Vou te avisar quando ela estiver a caminho.

— Certo — disse Barclay.

Strike viu Midge saindo da academia na escuridão que se adensava. Ele conseguiu distinguir Barclay, andando do outro lado da rua. Esperou até que os dois estivessem fora de vista, depois saiu do BMW e ligou para Tasha.

— Vá para a porta, mas só saia quando eu disser. Estarei bem atrás de você, e Barclay à frente. Finja estar mandando uma mensagem. Midge já está atrás do furgão dos Franks. Eles escolheram um lugar onde não devem ver nenhum de nós chegando.

— Tudo bem — respondeu Tasha, nervosa.

— Beleza — disse Strike, a quinze metros da entrada da academia —, pode ir.

Tasha saiu da academia, com uma bolsa no ombro, a cabeça baixa, usando o telefone. Strike a seguiu, mantendo uma curta distância entre ele e a atriz. O celular tocou de novo: ele o pegou, rejeitou a chamada e o meteu no bolso.

Tasha se aproximava do beco. Ao passar por baixo de um poste, Strike ouviu as portas do furgão se abrirem.

Os homens de balaclava estavam correndo, o primeiro com uma grande marreta na mão enluvada. Enquanto ele desatava a correr, Strike ouviu Barclay gritar "EI!" e o grito de Tasha.

O grito de Barclay levou o da marreta a olhar — as mãos de Strike se fecharam nos ombros de Tasha enquanto ele a puxava de lado, e a arma desajeitada a errou por um metro; Strike também se esquivou dela, a mão esquerda em punho atingindo o maxilar coberto de lã com tanta força que a vítima soltou um grito agudo e caiu de costas na calçada, onde ficou momentaneamente atordoado, de braços estendidos como Cristo.

— Fique *deitado* — rosnou Strike, batendo no outro de novo quando ele tentou se levantar.

O homem de Barclay agarrava o escocês pela cintura numa tentativa infrutífera de escapar de seus socos, mas, enquanto Strike olhava, as pernas de Frank Dois cederam.

— Dê uma busca no furgão — Strike gritou para Midge, que tinha saído correndo do esconderijo, com o celular ainda erguido, filmando —, veja se tem alguma amarra... *Fique deitado, porra* — acrescentou ele, batendo de novo na cabeça do primeiro irmão.

— E VOCÊ — gritou Barclay, cujo próprio Frank tinha acabado de tentar lhe dar um murro no saco e levado um chute no diafragma em resposta.

— Ai, meu Deus — murmurou Tasha, depois de pegar a marreta. Ela olhou da vítima de Barclay que gemia, em posição fetal, para aquela que Strike imobilizara. — Ele está... Você o deixou inconsciente?

— Não — respondeu Strike, porque ele acabara de ver o homem da balaclava ajeitar um pouco sua posição. — Ele está fingindo, o maldito filho da puta. Chama-se defesa pessoal, otário — acrescentou ele à figura prostrada, enquanto Midge voltava correndo com várias algemas de plástico.

— Talvez a gente não precise chamar a polícia — comentou Barclay, olhando do outro lado da rua alguém, que passeava com um cocker spaniel, assistindo imóvel à cena, hipnotizado.

— Melhor assim — disse Strike, que juntava os pulsos do Frank à força, o homem tendo parado de fingir estar inconsciente. Depois disto, Strike retirou a balaclava e viu a familiar testa alta, o estrabismo e o cabelo ralo. — Bom, *isso* não saiu como você esperava, não é?

Em uma voz inesperadamente alta, o homem falou:

— Quero meu assistente social! — Isso surpreendeu Strike e o fez gargalhar.

— Pronto, babaca — disse Barclay, que tinha conseguido algemar seu próprio homem e tirar sua máscara, e a essa altura o irmão mais novo começou a chorar.

— Eu não fiz nada. Não entendo.

— Cala a boca — rosnou Barclay, e olhou para Strike ao acrescentar: — Bom movimento com os pés. Especialmente para um cara que só tem um deles.

— Valeu — disse Strike. — Vamos... — Seu celular voltou a tocar. — *Puta que pariu.* Alguém fica... *O quê?* — disse ele com raiva, atendendo ao número desconhecido.

Barclay, Midge e Tasha viram Strike empalidecer.

— Onde? — disse ele. — Tudo bem, estou indo para lá agora.

— O que foi? — perguntou Midge, enquanto Strike desligava.

— Era o pai de Robin. Ela foi levada para interrogatório.

— *Como é?*

— Podem lidar com esses dois sem mim, até a polícia chegar?

— Sim, claro. Temos a marreta — afirmou Midge, tirando-a das mãos de Tasha.

— Bom argumento — comentou Strike. — Conto a vocês o que está havendo assim que descobrir.

Ele se virou e partiu o mais rápido que permitia o joelho que latejava.

94

Existem forças secretas em operação, unindo aqueles
que se pertencem. É preciso se render a esta atração;
assim não cometeremos erros.

I Ching: O livro das mutações

Strike levou uma hora para chegar à delegacia aonde Robin fora levada. Ao reduzir, procurando uma vaga para estacionar, passou por três figuras que pareciam conversar na frente do prédio quadrado de pedra. Depois de encontrar uma vaga e voltar a pé para a delegacia, ele reconheceu o trio como Robin e os pais dela.

— Strike — Robin falou, aliviada quando ela o viu.

— Oi — disse Strike, estendendo a mão a Michael Ellacott, um homem alto com óculos de armação grossa. — Me desculpe por não ter atendido antes. Eu estava no meio de um negócio que não podia interromper.

— O que aconteceu? — perguntou Robin.

— Os Franks agiram. O que está...?

— Nós vamos levar Robin para casa — interrompeu Linda. — Ela passou por...

— Pelo amor de Deus, mãe — reclamou Robin, desvencilhando-se da mão da mãe que estava em seu braço —, preciso contar a Cormoran o que acabou de acontecer.

— Ele pode ir conosco ao apartamento — disse Linda, como se este fosse um favor que Strike não merecia.

— Sei que ele pode ir a *meu* apartamento — rebateu Robin, que rapidamente chegava ao ponto de ruptura com a mãe —, mas não é o que vai acontecer. Ele e eu vamos sair para beber. Fiquem com minhas chaves.

Ela as colocou nas mãos do pai.

— Vocês podem pegar um táxi e Cormoran me leva depois. Olha, tem um táxi aqui.

Robin levantou a mão e o táxi preto reduziu.

— Eu prefiro... — Linda começou.

— *Eu vou sair para beber com Cormoran.* Eu *sei* que você está preocupada, mãe, mas não há nada que possa fazer a respeito disso. *Eu* preciso resolver isso.

— É compreensível sua mãe ficar preocupada — disse Strike, mas, a julgar pela expressão gelada de Linda, este esforço de cair nas graças dela não teve sucesso. Depois que os pais foram metidos no táxi, Robin esperou que o veículo tivesse arrancado para soltar um imenso suspiro de alívio.

— I-na-cre-di-tá-vel.

— Para ser justo...

— Eu preciso *muito* beber alguma coisa.

— Tem um pub ali, passei por ele agora — disse Strike.

— Você está mancando? — perguntou Robin, quando eles partiram.

— Está tudo bem, eu torci o joelho um pouco quando esmurrei Frank Um.

— Ai, meu Deus, foi...?

— Está tudo bem, a polícia já teve ter pegado os dois. Mayo está segura... Me conte o que aconteceu na delegacia.

— Vou precisar de álcool primeiro — declarou Robin.

O pub estava lotado, mas uma mesinha de canto ficou disponível um minuto depois de eles entrarem. A estrutura corporal de Strike, sempre útil nessas situações, garantiu que outros candidatos à mesa fossem impedidos de alcançá-la antes de Robin conseguir.

— O que vai querer? — perguntou a Robin, enquanto ela arriava na banqueta.

— Alguma coisa forte... E pode me trazer umas batatinhas? Eu ia jantar uma pizza quando a polícia chegou. Não como nada desde o meio da tarde.

Strike voltou à mesa cinco minutos depois com um uísque duplo puro, uma caneca de cerveja para ele e seis pacotes de batata chips com sal e vinagre.

— Obrigada — disse Robin com entusiasmo, pegando o copo.

— Tá, agora me conte o que aconteceu — pediu Strike, baixando o corpo na banqueta desconfortável, mas Robin tinha devorado metade do uísque puro com tal rapidez que engasgou e passou um minuto tossindo antes de conseguir voltar a falar.

— Desculpe — ela ofegou, os olhos lacrimejando. — Bom, a polícia de Norfolk esteve na fazenda. Jonathan e Mazu ficaram completamente perplexos com o motivo para a polícia querer dar uma busca no último andar da sede, mas os levaram lá em cima...

— E não tinha Jacob nenhum — Strike adivinhou.

— Correto. Não havia nada no último quarto além de umas malas velhas. Eles deram a busca em todo o último andar, mas ele não estava lá, porém, quando a polícia perguntou onde estava Jacob, Jonathan disse, ah, você quer *Jacob*, e os levou a ele... só que não era Jacob.

— Eles mostraram uma criança diferente?

— Exatamente. Ele perguntou a Jacob e ele disse que uma moça desagradável chamada Robin...

— Ele usou seu nome verdadeiro?

— Sim — disse Robin, desolada. — Vivienne deve ter contado. Eu respondi acidentalmente a "Robin" um dia... Fingi que era um apelido e tenho certeza de que ela acreditou em mim na hora, mas acho... Enfim, o falso Jacob disse à polícia que eu o levei ao banheiro e... fiz coisas com ele.

— Que coisas?

— Pedi a ele para tirar a calça e me mostrar seu pintinho. Ele alega que, quando se recusou a fazer isso, eu bati na cabeça dele.

— Merda — resmungou Strike.

— E não é só isso. Eles colocaram duas testemunhas adultas dizendo que eu era grossa com as crianças na fazenda e tentava ficar sozinha com elas. A polícia não me disse quem foram essas pessoas, mas eu disse que, se foram Taio e Becca, eles têm bons motivos para querer me incriminar em uma acusação de abuso infantil. Expliquei que eu estava lá para investigar a igreja. Tive a sensação de que Harding, o policial, achou que eu era convencida ou coisa assim, por trabalhar na nossa agência.

— Tem uma explicação para isso — comentou Strike. — Patterson é um velho amigo de Carver, como descobri por Littlejohn. A polícia gravou o interrogatório?

— Sim.

— Como terminou?

— Eles me disseram que não tinham mais perguntas no momento — informou Robin. — Acho que a policial acreditou em mim, mas não tenho certeza quanto a Harding. Ele ficava voltando ao mesmo assunto, tentando me fazer mudar a história, e a certa altura ficou bem enérgico. Perguntei a eles se alguém ia voltar à fazenda e encontrar o verdadeiro Jacob, mas obviamente, como agora sou uma pessoa suspeita, não vão me contar isso. Mas *que diabos* os Wace fizeram com esse menino? E se...?

— Você já fez tudo que podia por Jacob — interrompeu Strike. — Com sorte, você preocupou a polícia o bastante para obrigá-los a dar outra busca. Coma suas batatinhas.

Robin abriu um dos pacotes e obedeceu.

— Eu já sabia que a igreja devia ter nos identificado — revelou Strike. — Fergus Robertson me ligou há pouco. Parece que minha página na Wikipédia recebeu uma repaginada da IHU.

— Ah, não — disse Robin.

— Era inevitável. Alguém encontrou a pedra de plástico e Taio deu uma boa olhada em mim na cerca do perímetro antes de eu bater nele. Agora temos de tentar limitar os danos.

— Já leu essas novas coisas na Wikipédia?

— Ainda não, não tive tempo, mas Robertson me deu uma boa ideia do que está lá. Talvez eu precise de uma ordem judicial para derrubar a página. Na verdade, conheço um cara com quem posso me aconselhar.

— Quem?

— Andrew Honbold. Ele é conselheiro da rainha. Parceiro de Bijou.

— Achei que você e Bijou estivessem...?

— Meu Deus, não, ela é completamente descompensada — interrompeu Strike, esquecendo-se de que fingiu ainda estar com Bijou quando ele e Robin estiveram no Felbrigg Lodge. — Honbold está em bons termos comigo no momento, e como difamação é especialidade dele...

— Ele está em bons termos com você? — repetiu Robin, completamente confusa. — Mesmo que...?

— Ele acha que Bijou e eu não tivemos nada mais que alguns drinques, e ela não vai me desmentir, não quando está grávida de um filho dele.

— Certo — disse Robin, que achava vertiginoso este massacre de informações.

— Murphy já conseguiu agendar o voo? — perguntou Strike, que torcia por uma resposta negativa.

— Não, ele não conseguiu nenhum — respondeu Robin. — Então será no domingo.

— E ele vai ficar de boa com você indo a Thornbury na segunda?

— Sim, claro que sim — confirmou Robin, abrindo o segundo pacote de batatinhas. — Ele mesmo volta a trabalhar na segunda-feira. Imagina, Ryan pode me largar depois que descobrir que estou enfrentando indiciamento por abuso infantil.

— Você não será indiciada — falou Strike com firmeza.

"Para você, é fácil falar", pensou a trêmula Robin, mas em voz alta, ela disse:

— Bom, espero que não, porque descobri esta tarde que logo terei mais dois sobrinhos. Prefiro não ser impedida de vê-los...

95

O empreendimento requer cautela (...) a natureza obscura da linha presente sugere que ela pode silenciar aqueles que soam o alarme.

I Ching: O livro das mutações

Para enorme alívio de Robin, os pais partiram para Yorkshire ao meio-dia de domingo. Isto lhe permitiu, enfim, concluir o relatório sobre a Fazenda Chapman que ela preparava para Strike. Ele tinha acabado de enviar a Robin um documento semelhante, dando-lhe todas as informações que tinha descoberto enquanto ela esteve fora. Robin ainda lia quando Murphy chegou, direto do aeroporto.

Ela havia se esquecido não só de como ele era bonito, mas como era gentil. Embora Robin tivesse tentado afastar suas consideráveis preocupações numa tentativa de tornar o reencontro feliz, as perguntas de Ryan, que felizmente foram feitas sem o tom acusatório e indignado que ela notara na voz prepotente da mãe, extraíram muito mais informações do que Linda recebera sobre a longa estadia da filha na Fazenda Chapman. Robin também contou a Murphy o que aconteceu quando ela foi interrogada pelos policiais Khan e Harding.

— Vou descobrir o que está acontecendo por lá — garantiu Murphy. — Não se preocupe com isso.

Ligeiramente embriagada — o álcool a afetava muito mais depois do longo período de abstinência e da perda de peso —, Robin entrou no quarto. Ela havia comprado camisinhas antes da chegada de Ryan, depois de uma pausa forçada dos anticoncepcionais nos últimos quatro meses. O sexo, que na Fazenda Chapman fora um perigo quase constante em vez de um prazer, foi um alívio bem-vindo, como o vinho, e aplacou temporariamente a ansiedade. Enquanto estava deitada nos braços de Murphy depois, seu cérebro meio enevoado pela bebida e pelo cansaço que sentia desde que voltara a Londres, ele baixou a boca a seu ouvido e sussurrou:

— Notei uma coisa enquanto você esteve fora. Eu te amo.

— Eu também te amo.

Apanhada de guarda baixa, ela disse essas palavras automaticamente, como tinha feito centenas de vezes nos anos com Matthew. Ela as pronunciou mesmo quando não foi sincera, porque é isso que se espera que uma pessoa faça quando ela tem uma aliança de casamento no dedo e está tentando fazer o relacionamento dar certo, embora os pedaços estivessem se desfazendo em suas mãos e não se soubesse como reuni-los. A inquietação agitou seu cérebro embotado pela bebida. Será que tinha acabado de mentir ou estava se preocupando demais?

Murphy a puxou para mais perto, murmurando palavras de carinho, e Robin o abraçou e reagiu da mesma forma. Embora estivesse tonta do vinho e do cansaço, continuou consciente por meia hora depois de Murphy dormir. Será que ela o amava? Teria dito isso de improviso? Robin ficou sinceramente feliz ao vê-lo, eles fizeram um ótimo sexo e ela estava imensamente grata pela sensibilidade e o tato que ele demonstrou na conversa sobre a Fazenda Chapman, mesmo que ela tivesse deixado de fora algumas das piores partes. Mas o que sentia era amor? Talvez fosse. Ainda ruminando, ela afundou em sonhos com a Fazenda Chapman, acordando ofegante às cinco da manhã, acreditando-se de volta à caixa.

Murphy, que não pretendia passar a noite porque devia voltar ao trabalho no dia seguinte, teve de sair do apartamento às seis para voltar em casa e trocar de roupa. Robin, que tinha combinado de buscar Strike com o Land Rover para a longa viagem a Thornbury, ficou consternada com o alívio que sentiu por não ter muito tempo para conversar com o namorado.

Quando ela encostou na frente da estação de Wembley, onde tinha combinado de pegar Strike às oito, viu que ele já estava ali, fumando seu cigarro eletrônico enquanto a esperava.

— Bom dia — cumprimentou ele, entrando no carro. — Como está se sentindo?

— Bem — respondeu Robin.

Embora ela parecesse um pouco mais descansada do que na semana anterior, ainda estava pálida e abatida.

— Murphy conseguiu voltar?

— Bom, o avião dele não caiu, se é o que quer dizer — disse Robin, que na verdade não queria falar de Murphy naquele momento.

Embora surpreso com a resposta um tanto cáustica, Strike ficou perversamente encorajado: será que a atração mútua entre Robin e Murphy definhara durante os quatro meses de separação forçada? Com o objetivo de enfatizar que embora Murphy pudesse não valorizá-la, ele certamente o faria, Strike disse:

— Então, li seu relatório. Um trabalho bom pra cacete. Bom trabalho com Fernsby e Huxley também.

A pesquisa on-line de Robin, concluída no intervalo entre a partida dos pais e a chegada de Murphy, permitiu-lhe enviar a Strike uma longa lista de universidades em que Walter tinha trabalhado, os nomes da ex-mulher e dos filhos, e os títulos de seus dois livros esgotados.

Quanto a Marion, Robin descobriu que ela havia sido criada como uma quacre e foi muito ativa na igreja até abandoná-la em favor da IHU. Robin também descobriu os nomes e endereços de suas duas filhas.

— Fernsby parece um sujeito inquieto — comentou Strike.

— É verdade — concordou Robin. — Os acadêmicos não costumam se mudar tanto, não é? Mas não tinha data de início nem de fim, então é difícil saber se houve um período entre empregos que ele possa ter passado na fazenda.

— E Marion abandonou a funerária da família — acrescentou Strike.

— Sim — disse Robin. — Ela é meio patética. Completamente obcecada por Jonathan Wace, mas relegada à lavanderia e à cozinha na maior parte do tempo. Acho que o sonho dela seria se tornar uma esposa espiritual, mas não creio que exista muita chance. Os corpos não devem importar lá dentro, mas acredite em mim, Wace não vai dormir com nenhuma mulher da sua própria idade. Nem com viúvas de agentes funerários, de todo modo... Talvez, se outra Profetisa Dourada aparecer, ele vá.

Strike abriu a janela para continuar fumando.

— Não sei se você viu — começou ele, relutando em introduzir o assunto, mas achando necessário —, mas a IHU tem estado ocupada na Wikipédia. Você, hm, tem uma página agora.

— Eu sei — revelou Robin. Havia descoberto na tarde anterior. Alegava que ela ia para a cama com qualquer homem de quem quisesse extrair informações e que o marido tinha se divorciado dela por conta dessas várias infidelidades. Ela não falou na existência da página da Wikipédia com Murphy. Podia ser irracional, mas as alegações sem fundamento ainda deixavam Robin se sentindo meio suja.

— Mas eu estou cuidando disso — informou Strike. — Honbold tem sido muito útil. Ele me colocou em contato com um advogado que vai disparar algumas cartas. Verifiquei de novo esta manhã e a Wikipédia já havia marcado as duas páginas como não confiáveis. Ainda bem, porque a IHU continua acrescentando coisas. Viu a parte que eles colocaram ontem à noite, dizendo que nós nos aliamos com vigaristas e fantasistas que estão atrás de subornos?

— Não — disse Robin. Isto evidentemente foi acrescentado depois de Murphy ter chegado a sua casa.

— Tem links para alguns sites listando todos os trastes que ajudaram a atacar nobres empreendimentos filantrópicos. Kevin Pirbright, a família Graves, Sheila Kennett e todos os três irmãos Doherty estão na lista. Eles dizem que a família Graves negligenciou e maltratou Alexander, que Sheila atormentava o marido e que os Doherty são bêbados e vagabundos. Também dizem que Kevin Pirbright abusou sexualmente das irmãs.

— Por que estão atacando Kevin agora?

— Devem estar com medo de que tenhamos falado com ele antes de Kevin morrer. Eles não se deram ao trabalho de manchar a reputação de Jordan Reaney; acho que ele já fez isso por conta própria. Também não perseguiram Abigail Glover. Provavelmente, Wace prefere não chamar atenção para o fato de que a própria filha fugiu da igreja aos dezesseis anos. Mas a possiblidade de a imprensa se interessar por todos esses ex-integrantes ficou um pouco maior, então achei melhor telefonar e avisar a eles.

— Como eles reagiram?

— Sheila ficou aborrecida e acho que Niamh se arrependeu de ter falado conosco.

— Ah, não — disse Robin com tristeza.

— Ela tem medo do efeito no irmão e na irmã. O coronel Graves nos disse que queria "meter umas duas balas na IHU", mas eu disse a ele que retaliar pela imprensa só vai atrair mais atenção para a besteirada on-line e que estou cuidando disso legalmente. Ele ficou satisfeito ao saber que estamos prestes a entrevistar Cherie-barra-Carrie. E não sei como Abigail se sente, porque ela não atendeu.

O celular de Strike toou. Tirando-o do bolso, ele viu um número desconhecido.

— Alô?

— Aqui é Nicholas Delaunay — disse uma voz fria de classe alta.

— Olá — respondeu Strike, passando ao viva-voz e murmurando "genro de Graves" para Robin. — Peço desculpas pelo barulho, estamos...

— A caminho de entrevistar Cherie Gittins — interrompeu Delaunay. — Sim. Meu sogro me contou. Evidentemente você não ouviu uma maldita palavra do que minha esposa disse, no Hall.

— Eu ouvi tudo que sua esposa disse.

— Mas ainda está decidido a causar estragos?

— Não, só decidido a fazer meu trabalho.

— E danem-se as consequências, não é?

— Como não posso prever as consequências...

— As consequências, que são *inteiramente* previsíveis, já estão na maldita internet! Acha que quero que meus filhos vejam o que está sendo escrito sobre a família da mãe deles, a família *deles*...?

— Seus filhos costumam procurar minha agência ou a IHU no Google?

— Você já *admitiu* que, inteiramente devido a você, a imprensa provavelmente vai sair à caça...

— É uma possibilidade, não uma garantia.

— Cada momento em que essas malditas mentiras difamatórias estão no ar, existe o risco de jornalistas as verem!

— Sr. Delaunay...

— *É tenente-coronel Delaunay!*

— Ah, peço desculpas, tenente-coronel, mas seus sogros...

— *Eles* podem concordar com toda essa merda, mas Phillipa e eu não!

— Estou surpreso por ter de dizer isso a um homem de sua patente, mas o senhor não pertence a esta cadeia de comando, tenente-coronel.

— Estou envolvido nisso, minha família está envolvida, e eu tenho o direito de...

— Eu respondo a meu cliente e meu cliente quer a verdade.

— Que verdade? *Que verdade?*

— Existe mais de uma? — questionou Strike. — É melhor atualizar minha biblioteca de filosofia.

— Seu macaco arrivista de uma figa! — gritou Delaunay e desligou. Sorrindo, Strike devolveu o telefone ao bolso.

— Por que ele te chamou de macaco? — perguntou Robin, rindo.

— Gíria para polícia militar. Melhor do que o que chamávamos a Marinha.

— O que era?

— Cuzões — respondeu Strike.

Ele olhou o banco traseiro e viu uma bolsa de viagem.

— Não tem biscoitos — informou Robin — porque você disse que ainda está de dieta.

Strike suspirou enquanto levava a bolsa para a frente a fim de pegar a garrafa térmica de café.

— Delaunay realmente está com tanta raiva por causa dos filhos? — perguntou Robin.

— Não sei. Talvez. Não entendo por que ele e a esposa simplesmente não contam aos filhos o que aconteceu. Mentiras assim sempre voltam para te assombrar.

Eles seguiram em silêncio por alguns minutos, até que Robin falou:

— Você já falou com Midge sobre entrar disfarçada na clínica de Zhou?

— Não — disse Strike, que se servia de café. — Queria discutir isso com você, à luz destas coisas na Wikipédia. Acho que temos de supor que a igreja tentará identificar todos os nossos agentes, e você viu o site da clínica de Zhou? Viu o custo de uma estadia de três dias?

— Vi — respondeu Robin.

— Bom, mesmo que eles ainda não tenham identificado Midge como uma dos nossos, não sei se ela vai se misturar bem. Ela não parece o tipo de mulher que está disposta a gastar dinheiro com um tratamento charlatão.

— Que tratamento específico você chama de charlatão?

— Reiki — explicou Strike. — Sabe o que é?

— Sei — confirmou Robin, sorrindo, porque ela conhecia a aversão do sócio por qualquer coisa que cheirasse a misticismo. — O praticante coloca as mãos sobre você, para curar sua energia.

— Curar sua energia — Strike zombou.

— Uma antiga colega de escola fez. Disse que sentiu o calor se movendo por todo o corpo sempre que as mãos eram impostas e depois disso teve uma verdadeira sensação de paz.

— Diga a ela que se ela me der quinhentas pratas, eu lhe preparo uma garrafa de água quente e sirvo uma dose de gim.

Robin riu.

— Agora você vai me dizer que não sou uma Guerreira-Portadora-da-Dádiva.

— Não é o quê?

— Foi o que Zhou disse que eu era. A gente tem de preencher um questionário e é classificado de acordo com as respostas dadas. As categorias são alinhadas com os profetas.

— Pelo amor de Deus — resmungou Strike. — Não, o que precisamos é de alguém que se encaixe no papel, com roupas de grife e a atitude certa de quem tem dinheiro... Prudence seria o ideal, agora que parei para pensar, mas como agora ela está seriamente irritada comigo...

— Irritada por quê? — perguntou Robin, preocupada.

— Eu não... Merda, esqueci de colocar Torment Town na sua atualização.

— Torment... o quê?

— Torment Town. É... ou era... uma conta anônima no Pinterest. Eu procurava por fotos da Profetisa Afogada e achei vários desenhos no estilo terror, todos tendo como tema a IHU. Uma imagem de Daiyu chamou minha atenção, porque era verdadeiramente parecida com ela. Elogiei o artista, que me agradeceu, depois eu disse: "Você não gosta da IHU, não é?", ou coisa assim, e a pessoa ficou em silêncio.

"Mas havia uma imagem que Torment Town tinha desenhado, de uma mulher boiando em uma piscina escura, com Daiyu pairando acima dela. A mulher era loura, usava óculos e era meio parecida com aquela foto antiga de Deirdre Doherty que pegamos com Niamh. Depois de não ter resposta a minha pergunta sobre a IHU por dias, eu pensei, foda-se, e perguntei à pessoa se ela já conheceu uma mulher chamada Deirdre Doherty, e foi então que a coisa toda desapareceu.

"Corta para a noite em que você foi levada a interrogatório: recebi um telefonema de Prudence, me acusando de identificar a cliente dela e a ameaçar."

Para surpresa de Strike, Robin não disse nada. Olhando de lado para a sócia, ele pensou que Robin parecia mais pálida do que ao entrar no carro.

— Você está bem?

— Qual era o formato da piscina? — perguntou Robin.

— O quê?

— A piscina no desenho de Torment Town. Que formato tinha?

— Hmm... um pentágono.

— Strike — disse Robin, cujos ouvidos tiniam —, acho que sei o que aconteceu com Deirdre Doherty.

— Quer parar o carro? — perguntou ele, porque Robin tinha ficado branca.

— Não, eu... Na verdade — disse Robin, que estava meio tonta —, sim.

Robin ligou a seta e parou no acostamento. Depois que estavam estacionados, ela virou a cara abatida para Strike e falou:

— Deirdre se afogou no templo, durante a Manifestação da Profetisa Afogada. A piscina no templo da Fazenda Chapman tem cinco lados. Deirdre tinha o coração fraco. Talvez eles quisessem puni-la porque ela havia escrito que Wace a estuprou, mas a coisa foi longe demais. Ela ou se afogou, ou teve um ataque cardíaco.

Strike ficou em silêncio por um momento, pensando nas possibilidades, mas não conseguiu encontrar falhas no raciocínio de Robin.

— Merda.

A cabeça de Robin girava. Ela sabia exatamente como devem ter sido os últimos momentos de Deirdre Doherty com vida, porque passou exatamente pela mesma situação, na mesma piscina. Deirdre também teria visto fragmentos de sua vida bruxulear diante dela — os filhos, o marido que a havia abandonado, talvez flashes de uma infância há muito passada —, e depois a água teria esmagado o ar de seus pulmões, ela teria engolido quantidades fatais e sufocado no escuro...

— O quê? — perguntou num torpor, porque Strike falava e ela não tinha ouvido nem uma palavra.

— Eu disse: então temos uma testemunha de homicídio culposo cometido pela igreja, talvez até doloso, e ela está do lado de fora?

— Sim — confirmou Robin —, mas não sabemos quem ela é, sabemos?

— É aí que você se engana. Sei exatamente quem ela é... Bom — Strike se corrigiu —, estou disposto a apostar mil pratas nisso.

— E como diabos você poderia saber?

— Deduzi. Para começar, Prudence não é barata. Ela é muito querida na área e escreveu livros de sucesso. Você viu a casa em que eles moram... Prudence recebe os clientes em um escritório na frente de sua sala de estar. Ela é muito discreta e nunca revela nomes, mas eu sei muito bem que a lista de clientes dela está cheia de celebridades fodidas e pessoas ricas que tiveram colapsos, então quem quer que seja Torment Town, ela ou a família deve ter dinheiro. Provavelmente também mora em Londres ou perto. Prudence deixou escapar que a cliente é mulher, e sabemos que Torment Town deve ter estado na Fazenda Chapman na mesma época de Deirdre Doherty.

— Então...

— É Flora Brewster, a herdeira do império de imóveis. Ela estava no censo de 2001 como moradora da Fazenda Chapman. O amigo de Flora, Henry, me disse que ela ficou na igreja por cinco anos e Deirdre desapareceu em 2003.

"De acordo com Fergus Robertson, a família de seu contato despachou-a para a Nova Zelândia depois de sua tentativa de suicídio, mas Henry Worthington-Fields disse que Flora voltou ao país, embora ainda com a saúde mental comprometida. Ele me pediu para não me aproximar dela, mas sei onde Flora mora, porque eu pesquisei: Strawberry Hill. A cinco minutos a pé da casa de Prudence e Declan."

— *Ah* — murmurou Robin. — Mas não podemos nos aproximar dela, podemos? Não se ela está assim tão frágil.

Strike não disse nada.

— Strike, não podemos — afirmou Robin.

— Não quer justiça para Deirdre Doherty?

— É claro que quero, mas...

— Se Brewster queria manter privado o que testemunhou, por que desenhou e postou na internet?

— Não sei — disse Robin distraidamente. — As pessoas processam as coisas de formas diferentes. Talvez, para ela, esse fosse um jeito de desabafar.

— Ela teria feito melhor desabafando tudo para a maldita polícia, em vez de fazer desenhos e reclamar de como se sente infeliz com Prudence.

— Isso não é justo — falou Robin acaloradamente. — Falando como alguém que viveu o que acontece na Fazenda Chapman...

— Não vejo você sentada se lamentando nem decidindo que vai fazer desenhos de tudo que testemunhou...

— Só fiquei quatro meses, Flora ficou cinco anos! Você me disse que ela era gay e foi obrigada a dormir com homens... Isso quer dizer cinco anos de estupro corretivo. Percebe que até onde sabemos, Flora pode ter tido filhos que foi obrigada a abandonar quando eles a expulsaram?

— Por que ela não voltou para os filhos?

— Se ela teve o colapso mental completo que Henry descreveu a você, pode ter acreditado que eles estavam em um lugar seguro: em um lugar em que podiam crescer com a aprovação da Profetisa Afogada! *Todo mundo* sai daquele lugar alterado, mesmo os que parecem estar bem, superficialmente. Acha que Niamh teria se casado com um homem com idade para ser pai dela se não tivesse tido a família destruída pela igreja? Ela procurou a segurança em uma figura paterna!

— Mas você fica satisfeita por Niamh nunca saber o que aconteceu com a mãe dela?

— É claro que não fico *satisfeita* — disparou Robin com raiva —, mas não quero isso na minha consciência se empurrarmos Flora a uma segunda tentativa de suicídio!

Arrependendo-se do tom que usou, Strike disse:

— Olha, eu não pretendia...

— *Não* diga que não pretendia me aborrecer — disse Robin entre os dentes. — É o que os homens *sempre* dizem... Estou *com raiva*, não triste. Você não entende. Não sabe o que aquele lugar faz com as pessoas. Eu sei e...

O celular de Strike tocou de novo.

— Merda — disse ele. — Abigail Glover. É melhor eu atender.

Robin virou a cara para o trânsito, de braços cruzados. Strike atendeu à ligação e passou ao viva-voz, para Robin poder ouvir.

— Oi.

— Oi — falou Abigail. — Recebi seu recado, sobre a imprensa.

— Certo — disse Strike. — Lamento ser o portador de más notícias, mas, como eu disse, acho que não existe nada de imediato…

— Eu ia te perguntar uma coisa — Abigail interrompeu.

— Pode falar.

— Baz Saxon foi te procurar?

— Hm… foi — admitiu Strike, decidindo que a sinceridade era a melhor política.

— Aquele *filho da puta*!

— Ele mesmo te contou ou...?

— O maldito Patrick me contou! Meu inquilino. Já chega para mim. Eu disse a Patrick pra dar o fora do meu apartamento. É tudo um maldito *jogo* para eles, aqueles dois filhos da puta — acrescentou ela, e Strike podia ouvir sua aflição, assim como a raiva. — Estou enjoada e cansada de ser o maldito reality show deles!

— Acho que um inquilino novo é uma boa.

— E o que Baz te disse? Que vou trepar com qualquer coisa que se mexe, menos com ele?

— Ele certamente me pareceu um homem rancoroso — afirmou Strike. — Mas como você está na linha, queria saber se pode responder a mais algumas perguntas.

— Você não…

A voz dela foi momentaneamente tragada, enquanto duas carretas articuladas passavam pelo Land Rover.

— Desculpe — falou Strike, elevando a voz. — Estou na A40 e não ouvi a maior parte do que você falou.

— Eu *disse* — gritou ela — que você não deve acreditar em nada que aquele filho da puta falou a meu respeito… exceto que eu o ameacei. Eu *ameacei mesmo*. Tinha bebido um pouco, e ele estava se metendo comigo e com Darryl, aquele cara da academia, e eu perdi a cabeça.

— É compreensível — disse Strike —, mas quando você disse a Saxon que a igreja tinha armas, foi para assustá-lo ou é verdade?

— Para assustar — respondeu Abigail. Depois de uma leve hesitação, ela acrescentou: — Mas eu posso… elas talvez não fossem verdadeiras. Não sei. Não posso jurar em um tribunal que foi o que eu vi.

— Então você *viu* uma arma, ou armas?

— Vi. Bom… foi o que me pareceu.

Robin virou a cabeça para o telefone na mão de Strike.

— Onde estavam essas armas? — perguntou ele.

— Com Mazu. Um dia entrei no estúdio dela para dizer uma coisa e vi o cofre aberto, e ela bateu a porta. Pareciam duas armas. Ela era estranha sobre a Fazenda Chapman, eu já te falei. Era o reino particular dela. Mazu costumava falar de quando a polícia apareceu na época dos Crowther. Quando vi as armas, pensei, ela não vai ser apanhada de novo... Mas sei lá, talvez não fossem armas de verdade, eu só vi de relance.

— Eu agradeço por isso — disse Strike. — Já que estou falando com você, queria perguntar...

— Baz te falou de meus pesadelos? — perguntou Abigail, em uma voz abafada.

Strike hesitou.

— Sim, mas não era isso que eu ia perguntar, e me deixe enfatizar, no que me diz respeito, o fato de você e sua amiga tentarem evitar um açoitamento diz muito mais...

— Não faça isso — interrompeu Abigail. — Não... Não tente fazer... *Filhos da puta.* Eu nem mesmo posso ter um maldito pesadelo particular.

— Eu compreendo...

— Ah, cala a boca — disparou Abigail. — Só cala a maldita boca. Você não "compreende". Você não sabe de nada.

Strike sabia que ela estava chorando. Entre os ruídos baixos que vinham do telefone e o olhar pétreo da sócia no banco ao lado, ele não se sentia particularmente bem consigo mesmo.

— Desculpe — disse ele, embora não soubesse bem pelo que estava se desculpando, a não ser deixar Barry Saxon entrar em seu escritório. — Eu não ia tocar nesse assunto. Ia perguntar a você sobre a irmã de Alex Graves, Phillipa.

— O que tem ela? — perguntou Abigail, numa voz embargada.

— Quando nos encontramos, você me disse que seu pai a fazia comer na mão dele.

— Fazia mesmo.

— Ela andou pela fazenda um tempo, então?

— É, ia ver o irmão — revelou Abigail, que claramente tentava soar natural. — O que está fazendo na A40?

— Vou a Thornbury.

— Nunca ouvi falar. Tudo bem, então, vou te deixar em paz.

E antes que Strike pudesse dizer mais alguma coisa, ela desligou.

Strike olhou para Robin.

— O que você acha?

— Acho que ela tem razão — disse Robin. — Precisamos ir.

Ela ligou o motor e, depois de esperar por uma folga no trânsito, pegou a estrada de novo.

Eles seguiram por cinco minutos sem se falar. Desejando fomentar um clima mais agradável, Strike finalmente disse:

— Eu não mencionar o pesadelo dela. Me senti mal com isso.

— E onde está sua sensibilidade quando se trata de Flora Brewster? — questionou Robin com frieza.

— Tudo bem — disse Strike, irritado —, não vou chegar perto da Brewster, mas como foi você que viveu todo o maldito horror da Fazenda...

— Eu nunca chamei de "horror", não estou dizendo que passei por *crimes de guerra* nem nada assim...

— Mas que merda, não estou dizendo que você exagera como as coisas foram ruins, estou dizendo que se tem uma testemunha de que eles realmente *mataram* alguém, eu pensei...

— A realidade — cortou Robin com raiva — é que Abigail Glover faz mais o seu tipo do que Flora Brewster, então você se sente mal por fazê-la chorar, enquanto...

— Como assim, "mais o meu..."?

— Se ergueu por esforço próprio, entrou para o corpo de bombeiros, finge que nada disso nunca acont...

— Se faz você se sentir melhor, ela tem um problema que beira o alcoolismo e parece perigosamente promíscua.

— *É claro* que não faz com que eu me sinta melhor — rebateu Robin, furiosa —, mas você fica na defensiva com gente rica! Está julgando Flora porque ela pode pagar para ver Prudence e está "só sentada ali", enquanto...

— Não, é sobre Brewster fazer arte em vez de...

— E se ela estava tão mentalmente doente que não sabia o que era real ou não? Você por acaso pressionou Abigail sobre o que eram as supostas armas?

— Ela não estava postando desenhos delas com logotipos da IHU! Mas perceba que Brewster não estava doente demais para se esconder no momento em que mencionei Deirdre Doherty, pensando: "Merda, isso recebeu um pouco mais de atenção do que eu queria!"

Robin não respondeu a isso, mas ficou de olhos fixos na estrada.

O clima gelado dentro do carro persistiu na rodovia, cada sócio consumido por seus próprios pensamentos desconfortáveis. Strike teve a experiência sempre desagradável de ter seus próprios preconceitos expostos. Independentemente do que tenha alegado a Robin, ele *havia* formado um quadro mental nada lisonjeio da jovem que desenhou o corpo de Deirdre Doherty, e se ele fosse completamente sincero (o que não tinha a intenção de ser em voz alta), ele a *havia* classificado na mesma categoria que as mulheres que gostavam de sessões de reiki na clínica palaciana do dr. Zhou, para não falar nos filhos do pai dele que viviam da riqueza da família, com terapeutas caros e médicos particulares à mão sempre que precisavam, amortecidos das duras realidades da vida de trabalhadores por seus fundos de investimento. Sem dúvida, a garota Brewster passou por maus bocados, mas ela também teve anos ao sol de Kiwi para refletir sobre o que vira na Fazenda Chapman e, em vez de buscar justiça para a mulher que se afogou e dar um desfecho para os filhos privados da mãe, ela ficou no confortável apartamento dela em Strawberry Hill e se entregou à arte.

Os devaneios íntimos de Robin eram perturbadores de um jeito diferente. Embora ela sustentasse o que disse ao sócio, estava desconfortavelmente consciente (e não pretendia admitir isso) de que, no fundo, queria forçar uma discussão. Uma pequena parte dela procurava perturbar o prazer e a tranquilidade que ela sentiu ao se ver de volta ao Land Rover com Strike, porque tinha acabado de dizer a Murphy que o amava e não devia estar sentindo um prazer genuíno com a perspectiva de horas de estrada com outro. Nem devia estar pensando no homem que ela supostamente amava com culpa e desconforto...

O silêncio no carro durou meia hora, até que Robin, ressentindo-se do fato de que ela é que teria de quebrar o gelo, mas com vergonha pelos motivos ocultos que a levaram a ficar tão zangada, disse:

— Olha, me desculpe por ter me exaltado. Eu só... Talvez esteja mais do lado de Flora do que do seu porque...

— Eu entendo — disse Strike, aliviado por ela ter falado. — Não, eu não pretendo... Sei que não estive nos Quartos de Retiro.

— Não, não consigo ver Taio querendo um vínculo espiritual com você — comentou Robin, mas a imagem mental de Taio tentando levar Strike, que era consideravelmente maior, para uma das cabanas de madeira a fez rir.

— Não precisa ofender — resmungou Strike, pegando um café de novo. — Podíamos ter um belo lance juntos se eu não tivesse arrebentado a cabeça dele com aquele alicate.

96

O castigo nunca é um fim em si mesmo, mas serve apenas para restaurar a ordem.

I Ching: O livro das mutações

— Merda — reclamou Strike.

Pouco mais de duas horas depois de ele e Robin terem resolvido a discussão, eles chegaram à Oakleaze Road, em Thornbury, encontrando a casa de Carrie Curtis Woods vazia. A casa geminada, modesta, mas bem conservada, que dividia um gramado sem cerca com sua gêmea, era quase indistinguível de todas as outras casas à vista, a não ser por ligeiras variações no estilo da porta de entrada.

— E sem carro nenhum — comentou Strike, olhando a entrada de automóveis vazia. — Mas eles sem dúvida voltaram de férias, eu verifiquei a página dela no Facebook antes de sair hoje de manhã. Ela registra praticamente cada movimento da família.

— Talvez ela tenha ido fazer compras, se eles acabaram de voltar do exterior.

— Talvez — disse Strike —, mas acho que podemos ficar meio expostos se zanzarmos por aqui por muito tempo. Muito aberto. Não dá para escapar num lugar desses.

Havia janelas para todo lado que ele olhava e os gramados planos na frente de todas as casas não proporcionavam cobertura nenhuma. O velho Land Rover também era visível, entre todos os carros de família.

— O que me diz de irmos comer alguma coisa e voltarmos daqui a mais ou menos uma hora?

Então eles retornaram ao carro e arrancaram de novo.

A cidade era pequena e eles chegaram à High Street em minutos. Ali havia menos uniformidade, com lojas e pubs de variados tamanhos, alguns pintados em tons pastel ou exibindo toldos antiquados. Robin por fim estacionou na frente do pub Malthouse. O interior se mostrou espaçoso, moderno, de paredes brancas, com carpete e cadeiras em padrão xadrez cinza.

— Cedo demais para o almoço — resmungou Strike de mau humor, voltando do balcão com dois pacotes de amendoim, uma cerveja sem álcool para ele e um suco de tomate para Robin, que estava sentada junto a uma janela de sacada que dava para a rua.

— Não importa — disse ela —, veja seu telefone. Barclay acabou de nos mandar uma mensagem.

Strike se sentou e pegou o celular. Seu terceirizado tinha enviado a todos da agência uma mensagem com uma palavra só: **FERRADO**, com um link para uma matéria de jornal, que Strike abriu.

Robin começou a rir ao ver a expressão do sócio mudar para pura alegria. A matéria, que era curta, tinha a manchete: PRESO O DETETIVE FAVORITO DOS TABLOIDES.

> *Mitchell Patterson, que foi inocentado de infração no escândalo do grampo telefônico da News International em 2011, foi preso sob a acusação de grampear ilegalmente o gabinete de um importante advogado.*

Strike soltou uma gargalhada tão alta que cabeças se viraram.

— Excelente, caralho — disse ele. — Agora posso demitir Littlejohn.

— Não aqui — observou Robin.

— Não — concordou Strike, olhando em volta —, não muito discreto. Tem mesas lá fora, vamos para lá.

— Minha presença é necessária? — perguntou Robin, sorrindo, mas já pegava seu copo, os amendoins e a bolsa.

— Estraga-prazeres — disse Strike, ao atravessarem o pub. — Barclay teria pagado uma grana para ouvir isso.

Depois de se sentarem em bancos a uma mesa pintada de marrom, Strike ligou para Littlejohn e colocou o celular no viva-voz de novo.

— Oi, chefe — disse Littlejohn, ao atender. Ele tinha passado a chamar Strike de "chefe" desde que Strike revelou saber que ele tinha sido plantado. O ânimo do tom de Littlejohn sugeria que o terceirizado duas-caras ainda não sabia que Patterson fora preso, e a expectativa agradável de Strike aumentou.

— Onde você está? — perguntou Strike.

— Seguindo o Michê — informou Littlejohn. — Estamos em Pall Mall.

— Soube de Mitch esta manhã?

— Não. Por quê?

— Ele foi preso — respondeu Strike.

Nenhum som de fala humana foi emitido no telefone de Strike, embora desta vez eles pudessem ouvir o ronco do trânsito de Londres ao fundo.

— Ainda está aí? — perguntou Strike com um sorriso malicioso.

— Estou — respondeu o terceirizado, rouco.

— Então, você está demitido.

— Você... O quê? Você não pode... Você disse que ia ficar comigo...

— Eu disse que ia pensar no assunto — ressaltou Strike. — Eu pensei e decidi que você pode ir à merda.

— Seu babaca — rebateu Littlejohn. — Seu maldito...

— Estou te fazendo um favor, se você pensar bem nisso — interrompeu Strike. — Você vai precisar de muito mais tempo livre com a polícia querendo que você os ajude no inquérito.

— Seu maldito... filho da puta... eu ia... eu tinha coisas para você do caso da igreja... *coisas novas*...

— Claro que tinha — ironizou Strike. — Tchau, Littlejohn.

Ele desligou, pegou a cerveja, tomou um longo gole, ansiando por álcool, depois baixou o copo. Robin ria, mas meneava a cabeça.

— Que foi? — perguntou Strike, sorridente.

— É uma sorte não termos um departamento de recursos humanos.

— Ele é terceirizado, só o que devo a ele é dinheiro. Mas ele não vai receber nenhum.

— Ele pode te processar por isso.

— E eu posso dizer ao tribunal que ele colocou uma cobra por baixo da porta de Tasha Mayo.

Eles comeram os amendoins e tomaram as bebidas sob vasos suspensos e o sol brilhante de agosto.

— Você não acha que ele *realmente* tinha alguma coisa para nós sobre a IHU? — perguntou Robin depois de um tempo.

— Não, está de papo furado — respondeu Strike, baixando o copo vazio.

— E se ele for ao escritório enquanto estivermos fora e...?

— Tentar fotografar os arquivos de caso outra vez? Não se preocupe com isso. Tomei precauções. Pedi a Pat para fazer isso na semana passada. Se o maldito tentar usar uma chave-mestra de novo, vai ter o que merece... O que me lembra — acrescentou Strike, pegando um jogo novo de chaves no bolso. — Vai precisar dessas. Tudo bem, vamos ver se Cherie/Claire já chegou em casa.

97

K'an representa o porco abatido no pequeno sacrifício.

I Ching: O livro das mutações

Havia quarenta minutos que Strike e Robin estavam sentados no Land Rover, estacionado a algumas portas da casa ainda vazia de Carrie Curtis Woods, quando um Kia Picanto prata passou por eles.

— Strike — chamou Robin, depois de ter um vislumbre de uma loura ao volante.

O carro entrou na entrada da família Woods. A motorista saiu. Tinha cabelo curto, louro e encaracolado, e usava jeans apertados que não a valorizavam, pois faziam a gordura sob a camiseta branca que vestia sobressair acima do cós da calça. Estava bronzeada, usava muita maquiagem e as sobrancelhas eram mais finas do que estava na moda, conferindo-lhe uma aparência de surpresa. Tinha uma sacola de poliéster pendurada no ombro.

— Vamos — disse Strike.

Carrie Curtis Woods estava a meio caminho da porta quando ouviu passos atrás dela e se virou, com as chaves na mão.

— Boa tarde — cumprimentou Strike. — Meu nome é Cormoran Strike e esta é Robin Ellacott. Somos detetives particulares. Acreditamos que a senhora morou na Fazenda Chapman em meados dos anos 1990, com o nome de Cherie Gittins? Gostaríamos de lhe fazer algumas perguntas, se não houver problemas.

Por duas vezes antes, enquanto trabalhava para a agência, Robin pensou que uma entrevistada poderia desmaiar. A cara de Carrie perdeu toda a cor saudável, deixando a pele bronzeada desigual e amarelada e os lábios pálidos. Robin se preparou, a postos para correr e interromper a queda da mulher no concreto duro.

— Só queremos conhecer o seu lado da história, Carrie — acrescentou Strike.

Os olhos da mulher dispararam para as janelas dos vizinhos do outro lado da rua e de volta a Strike. Ele estava interessado no fato de que ela não pediu a eles que repetissem seus nomes, como as pessoas costumavam fazer, quer por confusão ou para ganhar tempo. Tinha a sensação de que o aparecimento deles não era uma surpresa completa, que ela vinha temendo algo parecido. Talvez a IHU tivesse uma página no Facebook, e ela tenha visto os ataques a ele e Robin ali, ou talvez ela temesse esse ajuste de contas há anos.

Os segundos passaram e Carrie ainda estava petrificada, e já era tarde demais para negar de forma crível que ela não sabia do que eles estavam falando ou que nunca foi Cherie Gittins.

— Tudo bem — disse ela por fim, a voz pouco mais do que um sussurro.

Ela se virou e foi até a porta. Strike e Robin a seguiram.

O interior da casa pequena tinha cheiro de desinfetante Pledge. A única coisa deslocada no corredor era um pequeno carrinho cor-de-rosa de boneca, que Carrie moveu de lado para que Strike e Robin pudessem entrar na combinação de sala de estar e de jantar, que tinha um papel de parede azul--claro e um conjunto estofado azul de três peças com almofadas listradas de malva, todas equilibradas em suas pontas.

Fotos de família ampliadas em molduras de estanho cobriam a parede atrás do sofá. As duas meninas pequenas de Carrie Curtis Woods, familiares a Strike de sua espiada na página do Facebook, estavam retratadas em várias delas, às vezes com um ou outro dos pais. As meninas eram louras, tinham covinhas e estavam sempre sorrindo. Faltavam vários dentes à mais nova.

— Suas filhas são lindas — comentou Robin, virando-se para sorrir para Carrie. — Elas não estão em casa?

— Não — respondeu Carrie num grasnado.

— Brincando na casa de amigas? — perguntou Robin, que tentava acalmar os nervos da mulher.

— Não. Levei agora para a casa da avó. Elas queriam dar os presentes que compraram para ela na Espanha. Estivemos de férias.

Mal havia algum vestígio de Londres em sua voz: a mulher falava do jeito arrastado de Bristol, alongando as vogais, cortando as consoantes no final das palavras. Ela se deixou cair em uma poltrona, colocando a sacola de compras no chão a seus pés.

— Podem se sentar — disse ela, fraca. Strike e Robin se sentaram no sofá.

— Há quanto tempo mora em Thornbury, Carrie? — perguntou Robin.

— Dez… onze anos?

— O que a fez se mudar para cá?

— Conheci meu marido — respondeu ela. — Nate.

— Certo — disse Robin, sorrindo.

— Ele estava em uma despedida de solteiro. Eu trabalhava no pub quando todos eles entraram.

— Ah.

— Então eu me mudei, porque ele morava aqui.

O rápido bate-papo revelava que Carrie tinha se mudado para Thornbury apenas duas semanas depois de conhecer Nathan em Manchester. Ela conseguiu um emprego de garçonete em Thornbury, ela e Nate acharam um apartamento para alugar e se casaram apenas dez meses depois.

A rapidez com que ela se mudou para ficar com um homem que tinha acabado de conhecer e sua transformação camaleônica no que podia ser uma nativa de Thornbury fez Strike pensar que Carrie era de um tipo que ele já conhecera. Essas pessoas se agarram a personalidades dominantes, grudam como visgo em uma árvore, absorvendo suas opiniões, seus maneirismos e espelhando seu estilo. Carrie, que no passado usou delineador preto nos olhos antes de levar no carro o namorado que portava uma faca para assaltar uma farmácia e esfaquear um espectador inocente, dizia a Robin em seu sotaque adotado que as escolas locais eram muito boas e falava no marido com algo parecido com reverência: como ele trabalhava longas horas e não se relacionava com pessoas que não faziam o mesmo, porque ele sempre fora assim, muito esforçado. Seu nervosismo parecia se dissipar um pouco durante a conversa banal. Ela parecia feliz com a oportunidade de expor sua vidinha para consideração dos detetives. O que quer que tenha feito no passado, estava livre de culpa.

— Então — começou Strike, quando se apresentou uma pausa conveniente —, estamos aqui para fazer algumas perguntas, se não for incômodo. Fomos contratados para investigar a Igreja Humanitária Universal e estamos particularmente interessados no que aconteceu com Daiyu Wace.

Carrie teve uma leve contorção, como se uma entidade invisível tivesse puxado suas cordinhas.

— Esperamos que a senhora possa nos dar alguns detalhes sobre ela — acrescentou Strike.

— Tudo bem.

— Algum problema se eu tomar notas?

— Não — respondeu Carrie, vendo Strike pegar a caneta.

— A senhora confirma que era a mulher que morou na Fazenda Chapman em 1995 com o nome de Cherie Gittins?

Carrie fez que sim com a cabeça.

— Quando ingressou na igreja? — perguntou Robin.

— Em noventa e... três — respondeu ela. — Acho que sim. É, foi em 1993.

— O que a fez entrar para a igreja?

— Eu tinha ido a uma reunião. Em Londres.

— O que a atraiu à IHU? — perguntou Strike.

— Nada — disse Carrie asperamente. — O prédio tinha aquecimento, só isso. Eu tinha fugido... fugido de casa. Estava dormindo em um albergue... Não me dava com minha mãe. Ela bebia. Tinha um namorado novo e... Pois é.

— Quanto tempo depois dessa reunião a senhora foi para a Fazenda Chapman? — perguntou Strike.

— Fui logo depois que a reunião terminou... Eles tinham um micro-ônibus na frente.

As mãos dela estavam se torcendo, os nós dos dedos, brancos. Havia uma tatuagem de henna no dorso de uma delas, sem dúvida feita na Espanha. Talvez, Robin pensou, suas filhas pequenas também tivessem flores e arabescos desenhados nas mãos.

— O que achou da Fazenda Chapman, quando foi para lá? — perguntou Strike.

Houve uma longa pausa.

— Bom, era... estranha, não era?

— Estranha?

— É... Mas eu gostava de uma parte dela. Gostava de ficar com as crianças.

— Elas também gostavam de você — comentou Robin. — Ouvi coisas muito boas sobre você de uma mulher chamada Emily. Ela estava com sete ou oito anos quando você a conheceu. Lembra-se dela? Emily Pirbright?

— Emily? — disse Carrie distraidamente. — Hmm... talvez. Não sei bem.

— Emily tem uma irmã, Becca.

— Ah... sim. Você... Onde Becca está agora?

— Ainda na igreja — informou Robin. — As duas irmãs estão. Emily me disse que realmente amava você... Que as duas amavam. Disse que todas as crianças sentiam o mesmo por você.

A boca de Carrie descreveu um arco tragicômico para baixo e ela começou a chorar, em silêncio.

— Eu não pretendia perturbá-la — falou Robin apressadamente, porque Carrie se curvou para a sacola a seus pés e pegou um pacote de lenços. Enxugou os olhos e assoou o nariz, dizendo entre os soluços:

— Desculpem, desculpem…

— Está tudo bem — disse Strike. — Nós entendemos que isto deve ser difícil.

— Posso pegar alguma coisa para você, Carrie? — perguntou Robin. — Um copo de água?

— S-s-sim, por favor — choramingou Carrie.

Robin foi da sala para a cozinha, que ficava ao lado da área de jantar. Strike deixou Carrie chorar sem lhe oferecer palavras de conforto. Ele julgava que o sofrimento dela fosse verdadeiro, mas estabeleceria um precedente ruim fazê-la pensar que o choro era um jeito de abrandar os entrevistadores.

Robin, que enchia um copo com água da torneira na cozinha pequena, mas imaculada, notou pinturas das filhas de Carrie na porta da geladeira, todas assinadas ou por Poppy, ou por Daisy. Uma tinha a legenda *Eu e Mamãe* e mostrava duas figuras louras de mãos dadas, as duas com vestido de princesa e coroa.

— Obrigada — murmurou Carrie quando Robin voltou para a sala e lhe entregou o copo. Ela bebeu um gole, depois voltou a olhar para Strike.

— Podemos continuar? — perguntou ele formalmente.

Carrie assentiu, os olhos avermelhados e inchados, a maquiagem escorrida das faces, deixando-as acinzentadas. Strike pensou que ela parecia um leitão, mas Robin lembrou-se das adolescentes fazendo vigília antes da Manifestação da Profetisa Afogada.

— Então você conheceu Daiyu na fazenda? — perguntou ele.

Carrie fez que sim.

— O que achou dela?

— Achei uma menina adorável — respondeu Carrie.

— É mesmo? Porque algumas pessoas nos disseram que ela era mimada.

— Bom… talvez um pouco. Ela ainda assim era meiga.

— Soubemos que a senhora passava muito tempo com ela.

— Sim — confirmou Carrie, depois de outra breve pausa —, acho que sim.

— Emily me disse — começou Robin — que Daiyu costumava se gabar que você e ela iriam embora e morariam juntas. Isso é verdade?

— Não! — disparou Carrie, parecendo chocada.

— Daiyu inventou isso, então? — perguntou Strike.

— Se… se foi o que ela disse, sim.

— Por que acha que ela alegaria que ia embora para morar com a senhora?

— Não sei.

— Talvez para fazer ciúme nas outras crianças? — sugeriu Robin.

— Talvez — concordou Carrie —, sim.

— O que achava dos Wace? — perguntou Strike.

— Eu... achava o mesmo de todo mundo.

— O que isso significa?

— Bom, eles eram... Eles podiam ser rigorosos — disse Carrie —, mas era por uma boa causa, eu acho.

— A senhora achava isso? — prosseguiu Strike. — Que a causa da igreja era boa?

— Ela fazia coisas boas. *Algumas* coisas boas.

— Teve alguma amizade em particular na Fazenda Chapman?

— Não — respondeu Carrie. — Não se podia ter amigos especiais.

Ela segurava a água com força, fazendo a superfície tremer.

— Tudo bem, vamos falar da manhã em que a senhora levou Daiyu a Cromer — falou Strike. — Como aconteceu?

Carrie pigarreou.

— Ela só queria ir comigo à praia.

— Já havia levado outras crianças à praia?

— Não.

— Mas disse sim a Daiyu?

— Foi.

— Por quê?

— Bom... porque ela queria ir e... ela ficava insistindo... então eu concordei.

— Não ficou preocupada com o que os pais dela iam dizer? — perguntou Robin.

— Um pouco — admitiu Carrie —, mas pensei que íamos voltar antes de eles acordarem.

— Conte para nós tudo que aconteceu — pediu Strike. — Como a senhora acordou tão cedo? Não tinha relógios na Fazenda Chapman, tinha?

Cherie pareceu infeliz por ele saber disto, e ele foi lembrado do claro desprazer de Jordan Reaney por Strike ter tantas informações.

— Quem estava na entrega das verduras recebia um relógio pequeno para acordar.

— A senhora estava dormindo no alojamento infantil na noite antes da ida à praia, não estava?

— Estava — admitiu ela inquieta —, eu cuidava das crianças.

— E quem ia cuidar das crianças depois que a senhora fosse vender as verduras?

Após outra pausa, Carrie disse:

— Bom… devia ter alguém lá, depois que eu saí. Sempre tinha dois adultos ou adolescentes passando a noite com as crianças.

— Quem era a outra pessoa de serviço naquela noite?

— Eu… não consigo me lembrar.

— Tem certeza de que tinha outra pessoa lá, Carrie? — perguntou Robin. — Emily me disse que em geral ficavam dois adultos no alojamento, mas que naquela noite era só você.

— Ela está errada — afirmou Carrie. — Sempre tinha duas pessoas.

— Mas não consegue se lembrar de quem era a outra pessoa? — insistiu Strike.

Carrie negou com a cabeça.

— Então a senhora foi acordada por um despertador. E depois, o que aconteceu?

— Bom, eu… eu acordei Daiyu, né?

— Jordan Reaney também recebeu um despertador?

— Como?

— Ele devia estar na entrega das verduras também, não é?

Outra pausa.

— Ele dormiu demais.

— Não teria espaço para Daiyu se ele não estivesse dormindo, teria?

— Não me lembro de todos os detalhes agora. Só sei que acordei Daiyu, nos vestimos e fomos para a picape.

— A senhora precisou colocar as verduras na picape? — indagou Strike.

— Não. Já estava tudo lá. Da noite anterior.

— Então a senhora e Daiyu entraram, levando toalhas para ir nadar?

— Sim.

— Posso lhe fazer uma pergunta? — disse Robin. — Por que Daiyu estava de vestido, e não de moletom, Carrie? Ou os membros da igreja não usavam moletom nos anos 1990?

— Não, nós usávamos… mas ela quis usar o vestido.

— As outras crianças podiam usar roupas comuns? — perguntou Strike.

— Não.

— Daiyu tinha tratamento especial por ser filha dos Wace?

— Eu acho que sim… um pouco — admitiu Carrie.

— Então a senhora saiu da fazenda de carro. Passou por alguém?

— Passei. Pelas pessoas que estavam de serviço cedo.

— Lembra-se de quem eram elas?

— Lembro... Não sei-o-que Kennett. E um cara chamado Paul, e uma garota chamada Abigail.

— Para onde vocês foram, depois que saíram da fazenda?

— A duas mercearias.

— Que mercearias?

— Tinha uma em Aylmerton e uma em Cromer onde costumávamos vender.

— Daiyu saiu da picape em uma das mercearias?

— Não.

— Por que não?

— Bom... por que sairia? — rebateu Carrie, e pela primeira vez Strike ouviu um traço de desafio. — Alguém vinha das lojas para descarregar as caixas. Eu só precisava cuidar para que recebessem o que tinham encomendado. Ela ficou na picape.

— E depois, o que aconteceu?

— Nós fomos à praia — respondeu Carrie, a voz perceptivelmente mais forte.

— Como desceram à praia?

— Como assim?

— Vocês andaram, correram...?

— Nós andamos. Eu carreguei Daiyu.

— Por quê?

— Ela me pediu.

— Alguém viu isso?

— Sim... uma senhora em uma cafeteria.

— Viu que ela olhou para vocês naquela hora?

— Vi.

— A senhora estacionou muito perto da cafeteria dela?

— Não. Ficamos meio longe.

Estranhamente, pensou Strike, ela parecia mais confiante agora que eles discutiam o que presumivelmente eram os acontecimentos mais traumáticos de suas lembranças do que ao falar da Fazenda Chapman.

— O que aconteceu quando vocês chegaram à praia?

— Tiramos a roupa.

— Então pretendiam nadar, e não só entrar na água?

— Não, só entrar na água.

— Então, por que tirar toda a roupa?

— Eu não queria que Daiyu ficasse com o vestido encharcado. Falei que ela ficaria desconfortável na volta. Daiyu disse que não ia tirar o vestido se eu não tirasse meu moletom, então eu tirei.

— E depois, o que aconteceu?

— Nós fomos para o mar. Entramos um pouco e ela quis ir mais fundo. Eu sabia que ela iria. Ela era assim.

— Assim como?

— Corajosa — respondeu Carrie. — Aventureira.

Estas foram as exatas palavras que ela usou no inquérito, lembrou-se Strike.

— E então ela foi mais para o fundo?

— Foi. E fui atrás dela. E depois ela meio que... se atirou para a frente, como se fosse nadar, mas eu sabia que ela não podia. Gritei para ela voltar. Ela estava rindo. Estava em um lugar onde ainda dava pé. Ela se afastava, tentava me fazer ir atrás dela. E então... ela sumiu. Simplesmente afundou.

— E o que a senhora fez?

— Nadei para tentar pegá-la, é lógico — disparou Carrie.

— A senhora é boa nadadora, não é? — indagou Strike. — Dá aulas, certo?

— Sim — confirmou Carrie.

— Também chegou na correnteza?

— Cheguei — confirmou ela. — Fui puxada para ela, mas sabia o que fazer. Eu saí, mas não consegui pegar Daiyu nem a via mais, então voltei para a areia, para chamar a guarda costeira.

— E foi quando encontrou os Heaton passeando com o cachorro?

— Sim, exatamente.

— E a guarda costeira apareceu e a polícia chegou?

— Sim — confirmou Carrie.

Robin teve a sensação de que ela relaxou um pouco enquanto dizia isso, como se tivesse chegado ao final de uma provação. Strike virou uma folha no bloco em que estivera escrevendo.

— A sra. Heaton disse que a senhora correu para a praia quando a polícia chegou e começou a mexer em algas marinhas.

— Não, não fiz isso — falou Carrie rapidamente.

— Ela se lembrava com muita clareza.

— Não aconteceu — garantiu ela, o desafio pronunciado.

— E então a polícia chegou — comentou Strike — e levou a senhora para a picape, não foi?

— Foi — confirmou Carrie.

— E o que aconteceu depois?

— Não me lembro exatamente — disse Carrie, mas ela de imediato se contradisse. — Eles me levaram para a central, e eu contei a eles o que tinha acontecido, e depois eles me levaram para a fazenda.

— E informaram aos pais de Daiyu o que tinha acontecido?

— Só a Mazu, porque Papa J não estava... Não, ele *estava* lá — ela se corrigiu —, ele não deveria estar, mas estava. Vi Mazu primeiro, mas Papa J me chamou para vê-lo pouco depois, para falar comigo.

— Jonathan Wace não deveria estar na fazenda naquela manhã? — Strike quis saber.

— Não. Quer dizer, sim, deveria. Não me lembro. Achei que ele ia sair naquela manhã, mas ele não foi. E não o vi no momento em que voltei, então achei que ele tinha saído, mas ele estava lá. Já se passou muito tempo — acrescentou ela. — Fica tudo embaralhado.

— Onde Wace deveria estar naquela manhã?

— Não sei, não me lembro — respondeu Carrie, meio desesperada. — Eu cometi um erro: ele estava lá quando voltei, eu só não o vi. Ele estava lá — repetiu.

— Você foi punida por levar Daiyu à praia sem permissão? — perguntou Robin.

— Fui — confirmou Carrie.

— Que punição recebeu? — continuou Robin.

— Não quero falar nisso — disse Carrie, com a voz tensa. — Eles ficaram furiosos. Tinham todo o direito de ficar. Se alguém levasse uma de minhas filhas...

Carrie soltou algo entre um arquejar e uma tosse e começou a chorar de novo. Balançou-se para a frente e para trás, soluçando nas mãos por alguns minutos. Quando Robin gesticulou em silêncio para Strike sobre uma oferta de conforto a Carrie, ele negou com a cabeça. Sem dúvida seria acusado de ser insensível outra vez na viagem de volta, mas queria ouvir as próprias palavras de Carrie, e não sua reação à solidariedade ou à ira de outra pessoa.

— Eu me arrependi a minha vida toda, *a minha vida toda*. — Carrie soluçava, levantando o rosto de olhos inchados, as lágrimas ainda escorrendo pelas faces. — Senti que não merecia Poppy e Daisy quando as tive! Eu não devia ter concordado... Por que fiz isso? *Por quê?* Eu me fiz essa pergunta inúmeras vezes, mas juro que eu jamais quis… Eu era nova, sabia que era errado, jamais quis que isso acontecesse, ai, meu Deus, e depois ela estava morta e era *real*, era *real*…

— O que quer dizer com isso? — perguntou Strike. — O que quer dizer com "era real"?

— Não era uma brincadeira, não estava fingindo… Quando a gente é jovem, não acha que coisas assim *acontecem*… Mas era real, ela não ia voltar…

— O inquérito deve ter sido muito difícil para a senhora.

— Claro que foi — disparou Carrie, com o rosto molhado, a respiração ainda laboriosa, mas com um traço de raiva.

— O sr. Heaton disse que a senhora falou com ele do lado de fora, depois que acabou.

— Não me lembro disso.

— Ele se lembra. Ele se lembra particularmente de a senhora dizer a ele: "Eu podia ter evitado."

— Eu nunca disse isso.

— Está negando que disse "eu podia ter evitado" ao sr. Heaton?

— Sim. Não. Eu não… Talvez eu tenha dito algo como: "Eu podia ter evitado que ela fosse tão no fundo." Foi o que eu quis dizer.

— Então agora se lembra de dizer isso?

— Não, mas se eu disse… foi isso que eu quis dizer.

— Só é uma forma estranha de dizer — comentou Strike. — "Eu podia ter evitado", e não "eu podia tê-la impedido". A senhora tinha conhecimento de uma batalha de custódia por Daiyu na época em que a levou à praia?

— Não.

— Não ouviu falar de a família Graves querer que Daiyu fosse morar com eles?

— Eu ouvi… ouvi algo de que havia pessoas que queriam levar Daiyu da mãe dela.

— Eram os Graves.

— Ah. Pensei que fossem assistentes sociais — revelou Carrie, e ela acrescentou meio desvairada —, eles têm muito poder.

— Por que diz isso?

— Uma amiga minha tem um filho adotivo. Ela passou por uma fase terrível com os assistentes sociais. Alguns deles são loucos por poder.

— Podemos retornar à noite antes de a senhora e Daiyu irem nadar? — perguntou Strike.

— Eu já contei tudo a vocês. Já disse tudo.

— Soubemos que a senhora deu uma bebida especial às crianças naquela noite.

— Não, não dei! — rebateu Carrie, ruborizando.

— Os Pirbright se lembram de outra forma.

— Bom, eles estão errados! Talvez outra pessoa tenha dado bebidas a eles, e eles ficaram confusos naquela noite. *Eu* nunca dei nada.

— Então não deu nada às crianças mais novas que as fizesse dormir mais rápido?

— É claro que não!

— Havia algum remédio assim na fazenda? Algum comprimido ou suspensão para dormir?

— Não, nunca. Coisas assim não eram permitidas.

— Emily disse que ela não gostou da bebida e jogou fora — acrescentou Robin. — E ela me disse que depois que todo mundo estava dormindo, você ajudou Daiyu a pular a janela do alojamento.

— Isso não aconteceu. Isso nunca aconteceu. É uma mentira — afirmou Carrie. — Eu nunca, *nunca* a ajudei a pular uma janela.

Carrie parecia bem mais aflita com esta alegação do que quando discutia o afogamento.

— Então Emily inventou tudo isso?

— Ou ela sonhou. Ela pode ter sonhado.

— Emily disse que Daiyu escapulia muito pela fazenda — prosseguiu Robin. — Ela alegava que fazia magia com outras crianças na mata e nos celeiros.

— Bom, *eu* nunca a vi escapulir.

— Emily também me disse que Daiyu às vezes tinha comida e brinquedos proibidos, coisas que não eram permitidas às outras crianças. Você conseguia essas coisas para ela?

— Não, claro que não! Não podia ter conseguido, mesmo que eu quisesse. Não podíamos ter dinheiro. Eu nunca fui fazer compras. Ninguém fazia. Não era permitido.

Um curto silêncio se seguiu a estas palavras. Carrie viu Strike tirar o celular do bolso. A cor estava sumindo e voltando de seu rosto, e a mão com a tatuagem de henna agora girava freneticamente a aliança.

Strike tinha deixado de propósito as polaroides dos jovens nus com máscaras de porco no escritório. Como Reaney as derrubou no chão durante a entrevista, Strike repensou se seria aconselhável que testemunhas enfurecidas ou assustadas manuseassem provas originais.

— Gostaria que desse uma olhada nessas fotos — disse ele a Carrie. — São seis. Pode correr para a direita para ver as outras.

Ele se levantou e estendeu o celular a Carrie. Ela começou a tremer visivelmente ao olhar a tela.

— Sabemos que a loura é a senhora — afirmou Strike.

Carrie abriu a boca, mas no início não saiu nenhum som. Depois ela sussurrou:

— Não sou eu.

— Infelizmente não acredito na senhora — disse ele. — Acho que é, e o homem com a tatuagem de caveira é Jordan Reaney...

— Não é.

— Quem é ele, então?

Houve uma longa passa. Depois Carrie sussurrou:

— Joe.

— Qual é o sobrenome dele?

— Não me lembro.

— Joe ainda estava na fazenda quando a senhora saiu?

Ela confirmou com a cabeça.

— E quem é o homem mais baixo? — Ele se referia à pessoa que, na segunda foto, penetrava a loura por trás.

— Paul — sussurrou Carrie.

— Paul Draper?

Ela assentiu de novo.

— E a garota de cabelo comprido?

Outra longa pausa.

— Rose.

— Qual é o sobrenome dela?

— Não me lembro.

— O que aconteceu com ela?

— Não sei.

— Quem tirava as fotos?

Mais uma vez, Carrie abriu a boca e voltou a fechá-la.

— Quem tirava as fotos? — Strike repetiu.

— Eu não sei — ela sussurrou de novo.

— Como pode não saber?

Carrie não respondeu.

— Isto era uma punição? — perguntou Strike.

A cabeça de Carrie se balançou de novo.

— Isto é um sim? Alguém a obrigou a fazer isso?

Ela confirmou com a cabeça.

— Carrie — disse Robin —, a pessoa que tirou as fotos também estava de máscara?

Carrie levantou a cabeça para encará-la. Parecia que a mulher deixara o próprio corpo: Robin nunca vira alguém que parecesse tanto uma sonâmbula, cada músculo do rosto frouxo, os olhos vagos.

Depois, sobressaltando Carrie e Robin, uma música começou a tocar de dentro da sacola de compras aos pés de Carrie.

I like to party, mm-mm, everybody does
Make love and listen to the music
You-ve got to let yourself go-go, go-go, oh-oh....

Carrie se abaixou automaticamente, mexeu na sacola, pegou o celular e atendeu, interrompendo a música.

— Oi, Nate — sussurrou. — Sim... Não, eu as levei para a casa da sua mãe... É... Não, estou bem. Posso te ligar depois?... Não, estou bem. Estou bem. Te ligo de volta.

Depois de desligar, Carrie olhou de Robin para Strike, depois disse, numa voz monótona:

— Vocês precisam ir embora agora. Vocês precisam sair.

— Tudo bem — disse Strike, que sabia que não tinha sentido pressioná-la mais. Ele pegou um de seus cartões na carteira. — Se houver algo mais que queira nos dizer, sra. Woods...

— Vocês precisam sair.

— Se quiser nos contar algo mais sobre a morte de Daiyu...

— Vocês precisam sair — disse Carrie mais uma vez.

— Sei que isto é muito difícil — insistiu Strike —, mas se a senhora foi obrigada a fazer algo de que agora se arrepende...

— *SAIAM DAQUI!* — gritou Carrie Curtis Woods.

98

K'an significa algo profundamente misterioso (...)

I Ching: O livro das mutações

Strike e Robin voltaram ao Land Rover em silêncio.

— Quer almoçar? — perguntou Strike, enquanto afivelava o cinto de segurança.

— Sério que a primeira coisa que você...?

— Estou com fome.

— Tudo bem, mas não vamos voltar ao Malthouse. Estará lotado agora.

— Não quer discutir o passado sombrio da sra. Woods em um lugar onde os vizinhos possam ouvir?

— Não — respondeu Robin. — Não mesmo. Este é um lugar pequeno.

— Com pena dela, é?

Robin olhou para a casa de Carrie Curtis Woods, depois falou:

— Só não fico à vontade rondando por aqui. Vamos comprar alguma coisa para comer no carro? Podemos parar depois de sairmos de Thornbury.

— Tudo bem, desde que seja muita comida.

— Ah, sim — comentou Robin, ligando o motor —, eu me lembro de sua teoria de que nada comido em uma viagem de carro contém calorias.

— Exatamente. É preciso aproveitar ao máximo essas oportunidades.

Então eles compraram comida na High Street, voltaram ao Land Rover e saíram de Thornbury. Depois de cinco minutos, Strike falou:

— Aqui está bom. Pare ao lado daquela igreja.

Robin entrou na Greenhill Road e estacionou ao lado do cemitério.

— Comprou torta de porco? — perguntou ela, olhando a sacola.

— Algum problema com isso?

— Nenhum. Só queria ter trazido biscoitos, antes de qualquer coisa.

Strike deu umas mordidas satisfatórias em sua primeira torta antes de falar:

— E então: Carrie.

— Bom — começou Robin, que comia um sanduíche de queijo —, tem alguma coisa estranha, não tem? *Muito* estranha.

— Por onde quer começar?

— O alojamento — respondeu Robin. — Ela ficou muito preocupada em falar disso tudo: Daiyu saindo pela janela, o fato de que devia haver dois adultos ali, as bebidas especiais. Mas quando falava no afogamento...

— É, saía tudo com muita fluência. É claro que ela contou essa história várias vezes; a prática faz a perfeição...

A dupla ficou sentada em silêncio por alguns segundos, depois Strike falou:

— "A noite anterior."

— O quê?

— Kevin Pirbright escreveu na parede do quarto dele: *a noite anterior.*

— Ah... bom, sim. Por que todas essas coisas *aconteceram* na noite anterior?

— E sabe o que mais precisa de explicação? Como Carrie sabia que ele não ia aparecer?

— Talvez ela tenha dado a ele uma bebida especial também? Ou uma comida especial?

— Ótimo argumento — comentou Strike, pegando o bloco.

— Mas onde ela conseguiu essas coisas em quantidade suficiente para drogar todas essas pessoas, se nunca fazia compras e não tinha acesso a dinheiro?

— *Alguém* deve ter feito as compras, a não ser que a igreja produza seu próprio papel higiênico e sabão em pó — observou Strike. — Os serviços de entrega não eram tão comuns em 1995.

— É verdade, mas... Ah, espere aí. — Uma ideia repentina ocorreu a Robin. — Talvez ela não tenha precisado comprar drogas. E se o que usou já fosse cultivado lá?

— Ervas medicinais, quer dizer?

— Valeriana é sonífera, não é?

— Você precisaria de alguma experiência para mexer com plantas.

— É verdade — concordou Robin, lembrando-se do sangue no banheiro e nas erupções cutâneas de Lin.

Houve outro breve silêncio enquanto os dois pensavam.

— Carrie ficou na defensiva sobre Daiyu não sair da picape naquelas duas mercearias diferentes também — disse Strike.

— Talvez Daiyu não quisesse sair. Não havia motivos para ter de fazer isso.

— E se Carrie deu a Daiyu uma "bebida especial" em algum momento entre a menina acenar em despedida para a turma trabalhando cedo de manhã e levá-la para o mar? Talvez Daiyu estivesse sonolenta demais para sair da picape, mesmo que quisesse.

— Então acha que Carrie a matou?

— Você não?

Robin comeu mais do sanduíche antes de responder:

— Não consigo ver assim. Não consigo imaginá-la fazendo isso.

Ela esperou pela concordância de Strike, mas não veio nenhuma.

— Você *realmente* acha que a mulher que acabamos de conhecer podia segurar aquela criança embaixo d'água até ela morrer? — perguntou-lhe Robin. — Ou arrastá-la para o fundo, sabendo que ela não sabia nadar?

— Eu acho — começou Strike — que a proporção de pessoas que podem ser convencidas a cometer atos terríveis, nas circunstâncias certas, é mais alta do que a maioria de nós prefere pensar. Conhece o experimento de Milgram?

— Sim — confirmou Robin. — Os participantes eram instruídos a administrar choques elétricos cada vez mais fortes em alguém sempre que a pessoa dava uma resposta errada a uma pergunta. E sessenta e cinco por cento da pessoas continuaram aumentando a tensão até que estavam administrando o que pensavam ser um nível perigosamente alto de eletricidade.

— Exatamente — falou Strike. — Sessenta e cinco por cento.

— Todos os participantes do estudo eram homens.

— Não acha que as mulheres teriam concordado?

— Foi só uma observação — comentou Robin.

— Porque se você acha que mulheres jovens não são capazes de cometer atrocidades, vou te recomendar Patricia Krenwinkel, Susan Atkins e... não sei como as outras se chamavam.

— Quem? — perguntou Robin, perplexa.

— Estou falando da família Manson, que só diferia da IHU ao dar uma ênfase um pouco maior ao assassinato e muito menos à receita, embora, pelo que dizem, Charles Manson teria ficado feliz em arrumar dinheiro também. Eles cometeram nove assassinatos no total, um deles de uma atriz grávida, e aquelas jovens participaram de tudo na íntegra, ignorando as súplicas das vítimas por clemência, mergulhando os dedos no sangue das vítimas para escrever... Meu Deus — disse Strike, com uma gargalhada, ao se lembrar de um detalhe que tinha esquecido —, *elas* escreveram "porcos" na parede também. Com sangue.

— Tá brincando?

— É verdade. "Morte aos porcos".

Depois de terminar as duas tortas de porco, Strike procurou na sacola por uma barra de Yorkie e a maçã que tinha comprado depois de pensar melhor.

— Como nos sentimos a respeito de "Joe" e "Rose"? — perguntou ele, enquanto abria o chocolate.

— Você parece cético.

— Não consigo deixar de pensar que "Rose" pode ter sido um nome que ela inventou naquele momento, uma vez que batizou as filhas de Poppy e Daisy.

— Se ela ia mentir, por que não negaria o próprio envolvimento? — perguntou Robin.

— Teria sido tarde demais. A reação dela quando viu as fotos a entregou.

— Mas sabemos que Paul Draper era real.

— É, mas ele morreu, não foi? Não pode testemunhar.

— Mas... de certo modo, ainda pode.

— Vai sacar um tabuleiro Ouija agora?

— Ha-ha. Não. Estou dizendo que se Carrie sabe que Paul morreu, ela também deve saber *como* ele morreu: mantido escravizado e espancado até a morte.

— E daí? — perguntou Strike.

— O que aconteceu com Draper na Fazenda Chapman torna aquelas polaroides *mais* incriminadoras, e não menos — explicou Robin. — Ele foi condicionado a aceitar maus-tratos na igreja, e isso o deixou vulnerável àquela dupla de sociopatas que o mataram.

— Não sei se Carrie tem inteligência suficiente para pensar nisso tudo — comentou Strike.

Os dois ficaram em silêncio por um minuto, comendo e seguindo as próprias linhas de raciocínio, até Strike falar:

— Não viu nenhuma máscara de porco enquanto esteve lá, viu?

— Não.

— Hmm — murmurou Strike. — Talvez eles tenham enjoado delas depois de descobrirem as virtudes da caixa. Ou talvez o que está naquelas polaroides seja um segredo até para a maioria das pessoas da igreja. Alguém estava curtindo seu fetiche privativamente, sabendo muito bem que não havia como atribuir nenhum tipo de interpretação espiritual àquilo.

— E essa pessoa tinha a autoridade para forçar os adolescentes a fazer o que fosse mandado e calar a boca depois.

— Parece que os porcos eram uma preocupação particular de Mazu. Dá para imaginar Mazu dizendo a adolescentes para tirar a roupa e abusar uns dos outros?

Robin pensou na pergunta antes de responder devagar:

— Se me perguntasse antes de eu ir se uma mulher pode obrigar crianças a fazer algo assim, eu teria dito que é impossível, mas ela não é normal. Acho que é uma verdadeira sádica.

— E Jonathan Wace?

Robin sentiu como se as mãos de Wace a tocassem novamente quando Strike mencionou seu nome. Calafrios subiram mais uma vez por seu tronco.

— Não sei. É possível.

Strike pegou o telefone e exibiu novamente as fotos. Robin, que sentia já tê-las visto o bastante, virou-se para olhar o cemitério pela janela.

— Bom, sabemos uma coisa a respeito de Rose, se é seu verdadeiro nome — começou Strike, com os olhos fixos na garota roliça de cabelo preto e comprido. — Ela não estava há muito tempo na Fazenda Chapman quando isto aconteceu. Está bem-nutrida demais. Todos os outros são muito magros. Eu podia jurar — acrescentou ele, os olhos passando ao jovem da tatuagem de caveira — que esse cara é Reaney. A reação dele quando lhe mostrei a... Ah, merda. Espere aí. *Joe.*

Robin se virou.

— Henry Worthington-Fields me disse que um homem chamado Joe o recrutou para a igreja em um bar gay.

— *Ah*...

— Se este é mesmo Joe, "Rose" parece muito mais crível como o nome da garota. É claro — disse Strike pensativamente — que existe *uma* pessoa que tem mais a temer com estas fotos do que qualquer outras.

— Sim — concordou Robin. — Quem fotografou.

— Exatamente. Os juízes não tendem a olhar com muita gentileza as pessoas que fotografam outras sendo estupradas.

— O abusador e o fotógrafo devem ter sido a mesma pessoa, não é?

— Gostaria de saber — disse Strike.

— Como assim?

— Talvez o preço por não se açoitar na cara de novo foi Reaney tirar essas fotos? E se ele foi obrigado a tirá-las por seu mestre?

— Bom, isso explica a insistência de Carrie em não saber quem tinha fotografado — comentou Robin. — Duvido que muita gente fosse querer ter Jordan Reaney com um ressentimento contra elas e suas famílias.

— É bem verdade.

Depois de comer o restante da barra de chocolate, Strike pegou a caneta e começou a fazer uma lista de tarefas.

— Tudo bem, precisamos tentar localizar Joe e Rose. Também gostaria de esclarecer se Wace estava ausente da fazenda naquela manhã, porque Carrie se enrolou nessa, não foi?

— E como vamos descobrir isso, depois de todo esse tempo?

— Só Deus sabe, mas não faz mal tentar — respondeu Strike.

Ele começou a comer a maçã sem entusiasmo nenhum. Robin tinha acabado o sanduíche quando seu telefone tocou.

— Oi — disse Murphy. — Como está indo em Thornbury?

Strike, que pensou ter reconhecido a voz de Murphy, fingiu interesse no lado do carona na rua.

— Bem — começou Robin. — Quer dizer... interessante.

— Se quiser vir esta noite, tenho uma coisa que também vai achar interessante.

— O que é? — perguntou Robin.

— As gravações das entrevistas com as pessoas que estão te acusando de abuso infantil.

— Ai, meu Deus.

— Não preciso dizer que eu não deveria ter isso. Cobrei um favor.

A ideia de ver alguém da Fazenda Chapman de novo, mesmo em filme, provocou calafrios em Robin pela segunda vez em dez minutos.

— Tudo bem — disse ela, olhando o relógio —, a que horas você chegará em casa?

— Lá pelas oito, provavelmente. Tem muita coisa para colocar em dia aqui.

— Tá, beleza. Te vejo lá, então.

Ela desligou. Strike, que depreendeu pelo que tinha ouvido que a relação de Robin e Murphy na verdade não tinha se desintegrado com a separação, falou:

— Está tudo bem?

— Ótimo — respondeu Robin. — Ryan conseguiu as gravações das entrevistas das pessoas dizendo que abusei de Jacob.

— Ah — disse Strike. — Certo.

Ele não só se ressentia de Murphy conseguir obter informações que ele não conseguia, como se ressentia de Murphy estar em condições de informar ou ajudar Robin quando ele não podia fazê-lo.

Robin olhava fixamente pelo para-brisa. Sua pulsação estava acelerada: a acusação de abuso infantil, que ela tentou relegar ao fundo de sua mente, parecia se agigantar diante dela, bloqueando o sol de agosto.

Strike, que suspeitava de que algo passava pela cabeça da sócia, falou:

— Eles não vão até o fim com isso. Terão de retirar a queixa.

"E como pode ter tanta certeza?", pensou Robin, mas, consciente de que sua provação não era culpa de Strike, respondeu meramente:

— Bom, espero que sim.

— Alguma outra ideia sobre Carrie Curtis Woods? — perguntou Strike, torcendo para distraí-la.

— Hmm… — murmurou Robin, obrigando-se a se concentrar. — Na verdade, sim. Carrie perguntar o que aconteceu com Becca foi estranho. Ela não parecia se lembrar de nenhuma das outras crianças.

Strike, que parecia não ter registrado particularmente este momento, disse:

— Sim, agora que falou nisso… Que idade Becca tinha mesmo quando Daiyu morreu?

— Onze — respondeu Robin. — Então ela não estaria no alojamento infantil naquela noite. Velha demais. E temos o "Não era uma brincadeira, não estava fingindo", não é?

Mais uma vez, os dois ficaram em silêncio, mas seus pensamentos corriam em trilhos paralelos.

— Acho que Carrie sabe ou acredita que Daiyu está morta — disse Robin. — Não sei… Talvez *tenha sido* um afogamento acidental.

— Dois afogamentos, exatamente no mesmo lugar? Sem corpo? Bebidas possivelmente batizadas? Uma fuga pela janela?

Strike afivelou o cinto de segurança.

— Não — disse ele —, Daiyu ou foi assassinada, ou ainda está viva.

— O que são possibilidades *muito* diferentes — observou Robin.

— Eu sei, mas se conseguirmos provar uma ou outra, a Profetisa Afogada, me perdoe pelo trocadilho, morreu na praia.

99

Esta linha representa o mal que está para ser arrancado.

I Ching: O livro das mutações

Robin chegou ao apartamento de Murphy em Wanstead às dez para as oito da noite. Como o próprio apartamento, o de Murphy era um quarto e sala barato e tinha vizinhos insatisfatórios, neste caso o de baixo, e não o de cima. Ficava em um edifício mais antigo e menor do que o de Robin, com escada em vez de elevador.

Robin subiu os familiares dois lances de escada, levando a bolsa para passar a noite e uma garrafa de vinho que pensou poder precisar, uma vez que a peça central do entretenimento da noite seria assistir entrevistados em vídeo acusando-a de abuso infantil. Torcia muito para que o cheiro de curry viesse do apartamento de Murphy, porque ansiava por uma comida quente depois de um dia de amendoins e sanduíches.

— Ah, que maravilha. — Robin suspirou quando Murphy abriu a porta e ela viu as embalagens de comida delivery na mesa.

— Eu ou a comida? — perguntou Murphy, curvando-se para beijá-la.

— Você, por comprar a comida.

Quando eles começaram a sair, Robin achara o interior do apartamento de Murphy francamente deprimente porque, tirando o fato de que não havia caixas de papelão e as roupas dele estavam penduradas em um armário, parecia que ele tinha acabado de se mudar. É claro que o apartamento de Strike era igual, no sentido de que não havia nenhum objeto decorativo, exceto pela foto escolar dos sobrinhos que Lucy nunca deixava de enviar a ele, atualizada todo ano. Porém, o fato de Strike morar em um sótão conferia a seu apartamento certo caráter, o que faltava inteiramente à casa de Murphy. Foram necessárias algumas idas ao apartamento de Robin para Murphy comentar em voz alta, com um ar de leve surpresa, que fotos e plantas faziam uma surpreendente diferença no ambiente, o que fez Robin rir. Porém, ela não fez a mais leve tentativa de mudar o apartamento de Murphy: não deu almofadas ou pôsteres de presente, nenhuma sugestão útil. Ela sabia que essas coisas podiam ser interpretadas como uma declaração de intenção de propriedade e, com todos os defeitos, seu próprio apartamento lhe era caro pela independência que dava a ela.

Entretanto, a sala parecia menos nua do que o habitual esta noite. Não só estavam ali as três plantas de Robin que ela pedira a Murphy para manter vivas enquanto estivesse na Fazenda Chapman, em uma mesa lateral, como também uma única foto emoldurada na parede, e velas acesas na mesa entre as bandejas de comida.

— Você andou decorando — comentou ela.

— Gostou? — perguntou Ryan.

— É um mapa — disse Robin, aproximando-se para ver a foto.

— Um mapa antigo.

— De Londres.

— Mas é antigo. O que dá classe a ele.

Robin riu e se virou para suas plantas.

— E você *realmente* manteve estas aqui…

— Não vou mentir. Duas delas morreram. Comprei substitutas. Esta — ele apontou um filodendro que Strike tinha comprado para Robin como presente de casa nova — deve ser bem difícil de matar. É a única sobrevivente.

— Bom, agradeço pelas substitutas — disse Robin — e por salvar Phyllis.

— Elas todas têm nome?

— Sim — confirmou ela, embora não fosse bem a verdade. — Mas eu não chamaria as novas pelo nome das mortas. Mórbido demais.

Ela notou que o laptop de Murphy estava na mesa, ao lado do curry e dos pratos.

— Os vídeos estão aí?

— Estão — disse Murphy.

— Já viu?

— Vi. Quer esperar para depois do jantar...?

— Não — respondeu Robin. — Prefiro acabar logo com isso. Podemos ver enquanto estivermos comendo.

E assim eles se sentaram à mesa. Enquanto Murphy servia uma taça de vinho e Robin amontoava frango e arroz no prato, ele falou:

— Escute, antes de assistirmos… O que eles estão dizendo claramente é papo furado.

— Estranhamente, eu já sabia disso — disse Robin, tentando parecer despreocupada.

— Não, é sério, é *claramente* papo furado — insistiu Murphy. — Eles não são convincentes... Só uma parece que pode ser pra valer, mas depois ela sai por uma tangente estranha.

— Quem?

— Becca qualquer coisa...

— Pirbright — informou Robin. Sua pulsação começava a disparar de novo. — Sim, estou certa de que Becca é convincente.

— Ela só fala com mais naturalidade do que os outros. Se não caísse numa história absurda no final, ela poderia se passar por crível. Você vai ver o que quero dizer quando assistir.

— Quem mais depôs?

— Uma mulher mais velha chamada Louise e uma mais nova chamada Vivienne.

— *Louise* deu evidências contra mim? — disparou Robin, furiosa. — Eu esperaria isso de Vivienne, que está desesperada para ser esposa espiritual, mas *Louise*?

— Olha, essas duas pareciam seguir um roteiro. Não consegui as gravações da criança que te acusou, meu contato não me passou. Entendo a posição dele... É um menino de sete anos. Eu nem devia ter isso aí. Mas eu soube que o garoto se comportou como se tivesse sido treinado.

— Tudo bem — disse Robin, bebendo um longo gole de vinho. — Mostre-me Becca.

Murphy clicou na pasta, depois em um dos vídeos dentro dela, e Robin viu a sala de interrogatório da polícia, vista de cima. A câmera estava fixada em um canto perto do teto. Um policial grande e de aparência robusta estava visível, de costas para a câmera, e assim sua careca que parecia tonsurada apanhava a luz.

— Acho que é um dos caras que me interrogou no Felbrigg Lodge.

Murphy deu play. Uma policial levou Becca até a sala e gesticulou para que ela fosse a uma cadeira vaga. O cabelo escuro de Becca brilhava como sempre, a pele sedosa estava imaculada, o sorriso tímido e humilde. Em seu moletom azul limpo e tênis muito brancos, ela podia ser uma jovem líder de algum inofensivo acampamento de verão.

O policial disse a Becca que a entrevista seria gravada e ela assentiu. Ele perguntou seu nome completo, depois há quanto tempo ela morava na Fazenda Chapman.

"Desde que tinha oito anos", respondeu Becca.

"E você cuida das crianças?"

"Não estou *diretamente* envolvida no cuidado das crianças, mas supervisiono nosso programa de educação domiciliar", explicou Becca.

— Ah, francamente — disse Robin à Becca na tela. — *Que* programa de educação domiciliar? "O espírito puro sabe que a aceitação é mais importante do que a compreensão."

"... envolve?", perguntou a policial.

"Garantir o cumprimento dos padrões da legislação..."

— Merda nenhuma — rebateu Robin em voz alta. — Desde quando inspetores materialistas entram na Fazenda Chapman?

Murphy pausou o vídeo.

— Que foi? — perguntou Robin.

— Se vai falar junto com ela — respondeu Murphy com gentileza —, não vai conseguir ouvir.

— Desculpe — disse Robin, frustrada. — Eu só... É difícil ouvir essa ladainha de novo. Aquelas crianças não estão sendo instruídas, elas estão sofrendo uma lavagem cerebral. Desculpe, continue. Vou ficar quieta.

Ela comeu uma garfada de curry e Murphy reiniciou o vídeo.

"... educacional. Os membros com habilidades específicas dão aulas, depois da devida verificação de antecedentes, obviamente. Temos dois professores qualificados de escola primária, mas também temos um professor que está introduzindo as crianças em conceitos básicos de filosofia e um escultor muito talentoso que as dirige em projetos de arte." Becca soltou uma risadinha depreciativa. "Provavelmente elas têm a melhor educação primária do país! Temos *tanta* sorte com as pessoas que se juntam a nós. Eu me lembro de que no ano passado fiquei preocupada que nosso ensino de matemática pudesse estar um pouco para trás, e então chegou à fazenda um pós-graduado em matemática que analisou o trabalho das crianças e me disse que tinha visto notas piores no nível avançado!"

Robin se lembrou da casa pré-fabricada onde crianças trancadas se sentavam com a cabeça raspada, colorindo estupidamente desenhos do Profeta Roubado com o laço de forca no pescoço. Ela se lembrou da escassez de livros na sala de aula e na grafia do desenho com legenda "Arvre".

Ainda assim, a postura de Becca era mesmo convincente. Ela passou por uma educadora entusiasmada e diligente, meio nervosa por falar com a polícia, é claro, mas sem nada a esconder, e decidida a cumprir o seu dever.

"É tremendamente perturbador", disse ela com fervor. "Nunca nos aconteceu nada parecido. Na verdade, nem mesmo sabemos se o nome dela era realmente Rowena Ellis."

Robin via a verdadeira Becca espiando de trás da fachada inocente e cuidadosa: os olhos escuros estavam vigilantes, tentando extrair informações da polícia. Pela data do vídeo, ela sabia que esta entrevista acontecera no final da tarde seguinte a sua fuga da Fazenda Chapman: a essa altura, a igreja devia ter procurado informações sobre quem Robin realmente era.

"O que a faz pensar que ela usava um nome falso?", perguntou a policial.

"Uma de nossos integrantes a ouviu responder a 'Robin'", explicou Becca, observando a reação dos policiais. "Não é necessariamente indicativo... Quer dizer, uma vez tivemos outra mulher na fazenda que usou um nome falso, mas ela não pode ter sido mais..."

"Vamos voltar ao início", interrompeu o policial. "Onde você estava quando aconteceu o incidente?"

"Na cozinha", disse Becca, "ajudando a preparar o jantar".

Robin, que nem uma vez viu Becca ajudar a preparar o jantar ou qualquer uma das tarefas mais inferiores na fazenda, reprimiu outro comentário mordaz. Sem dúvida, esta atividade tinha sido escolhida para apresentar uma persona que trabalhava duro e era pragmática.

"Quando teve conhecimento de que algo havia acontecido?"

"Bom, Vivienne entrou na cozinha, procurando por Jacob..."

— *Como Jacob poderia estar andando?* — disparou Robin com raiva. — Ele estava *morrendo*! Desculpe — acrescentou ela rapidamente, enquanto a mão de Murphy se deslocava para o mouse. Ela bebeu um gole de vinho.

"... e Louise estivera supervisionando algumas crianças na lavoura de legumes, e Jacob tinha se machucado com uma pá. Aparentemente, Rowena se ofereceu para levá-lo às cozinhas para lavar o corte e colocar um curativo... temos um kit de primeiros socorros ali.

"Como eles não voltaram, Vivienne foi procurá-los, mas é claro que não tinham ido à cozinha. Achei estranho, mas a essa altura não fiquei preocupada. Disse a Vivienne para voltar às outras crianças e que eu ia procurar por Rowena e Jacob, o que fiz. Pensei que talvez Jacob precisasse do banheiro, então foi onde procurei primeiro. Abri a porta e..."

Becca meneou a cabeça e fechou os olhos escuros: uma mulher chocada e escandalizada.

"Não entendi o que estava vendo", disse ela em voz baixa, abrindo os olhos. "Rowena e Jacob estavam lá, o menino com a calça abaixada, chorando...

Eles não estavam em um reservado, estavam na área da pia. Quando ele me viu, correu para mim e disse, '*Becca, Becca, ela me machucou!*'"

"E o que Rowena fez?"

"Bom, ela simplesmente passou por mim sem dizer nada. Obviamente, naquela hora eu estava muito mais preocupada com Jacob. Eu disse que tinha certeza de que Rowena não o havia machucado de propósito, mas então ele me contou que ela puxou a calça dele e expôs sua genitália, depois tentou tirar uma foto..."

— *Como?* — Robin explodiu. — Com o que eu ia tirar uma foto? Eu não podia ter um maldito telefone nem um… Desculpe, não pare, não pare — acrescentou ela às pressas a Murphy.

"… e bateu na cabeça dele, quando ele não ficou parado", disse Becca. "E, quer dizer, levamos a segurança das crianças *tremendamente* a sério dentro da igreja..."

— Claro que levam — ironizou Robin, furiosa, incapaz de se controlar —, as crianças pequenas engatinhando de fralda à noite…

"… nunca tivemos *nenhum* caso de abuso sexual na Fazenda Chapman..."

— Palavras estranhas — gritou Robin para a Becca na tela — vindas de uma mulher que disse que o irmão abusou sexualmente dela!

Murphy parou o vídeo de novo.

— Você está bem? — perguntou ele com gentileza, colocando a mão no ombro de Robin.

— Sim… Não… Bom, *é lógico* que não estou — disse Robin, levantando-se e passando as mãos no cabelo. — É papo furado, tudo papo furado, e *ela*…

Robin apontou a Becca na tela, paralisada e de boca aberta, mas não conseguiu encontrar palavras para expressar adequadamente seu desprezo.

— Vamos ver o resto depois de...? — Murphy começou a falar.

— Não — cortou Robin, jogando-se na cadeira —, desculpe, eu só estou *tão* furiosa. *O menino de que ela está falando não é Jacob!* Onde está o verdadeiro? Morreu? Está morrendo de fome no p-porã…

Robin começou a chorar.

— Merda — disse Murphy, movendo a cadeira para abraçá-la. — Robin, eu não devia ter mostrado essa merda para você. Devia só ter contado a você que elas falaram um monte de besteira, e que você não tem nada com que se preocupar.

— Está tudo bem, tudo bem — disse Robin, se recompondo. — Quero ver… Ela pode dizer algo de útil… A mulher do nome falso…

— Cherie? — perguntou Murphy.

Robin se desvencilhou do abraço dele.

— Becca a mencionou?

— Sim, mais para o fim. É onde tudo isso fica meio...

Robin se levantou e foi à bolsa pegar bloco e caneta.

— Cherie é a mulher que eu e Strike entrevistamos ontem.

— Certo — disse Murphy, hesitante. — Vamos avançar, ver a parte sobre Cherie e esquecer o resto disso.

— Tudo bem — concordou Robin, voltando a se sentar com o bloco. — Desculpe — acrescentou, enxugando os olhos de novo —, não sei o que há de errado comigo.

— É, até parece que você escapou de uma seita ou coisa assim.

Mas Robin não conseguia explicar muito bem a Murphy como era ouvir essas mentiras descaradas encobrindo uma negligência horrível, ou a história fabricada de abuso sexual, quando só o que ela fez foi cuidar e tentar salvar uma criança à beira da morte. O abismo entre o que a IHU fingia ser e o que realmente era nunca ficou tão evidente para ela, e uma pequena parte de Robin tinha vontade de gritar e jogar o laptop de Murphy pela sala, mas, em vez disso, preparou a caneta e esperou.

Murphy avançou a gravação e juntos eles viram Becca gesticulando, meneando a cabeça e assentindo no dobro da velocidade.

— Longe demais — resmungou Murphy —, ela tira o cabelo do rosto antes...

Ele retornou e, enfim, apertou play.

"... outra mulher com um nome falso?", perguntou a policial.

"Ah", murmurou Becca, tirando o cabelo brilhante do rosto. "Sim. Falei nela porque *ela* foi um verdadeiro instrumento do divino."

Robin quase podia sentir os dois policiais resistindo ao impulso de se entreolhar. O homem deu um pigarro.

"O que quer dizer com isso?"

"Cherie foi uma mensageira da Divindade Abençoada, enviada para levar Daiyu, nossa profetisa, para o mar. Cherie me confidenciou suas intenções..."

Robin começou a tomar notas.

"... e eu confiei nela, e tinha razão em confiar. O que *parecia* errado foi o certo, entendem? Papa J vai confirmar tudo que estou dizendo", continuou Becca, exatamente no mesmo tom fervoroso e plausível que usou por todo o interrogatório. "Sou um espírito puro, o que significa que compreendo que o que pode parecer diabólico pode ser divino e vice..."

— Vê o que eu...? — começou Murphy.

— Shh — disse Robin com urgência, ouvindo.

"Cherie chegou, cumpriu suas intenções e depois nos deixou."

"Quer dizer que ela morreu?", perguntou a policial.

"Não existe *morte*, no sentido que o mundo material dá quando usa a palavra", explicou Becca, sorrindo. "Não, ela foi embora da fazenda. Acredito que um dia voltará para nós e trará suas garotinhas também." Becca soltou uma risadinha. "Sei que isso parece estranho para vocês, mas está tudo bem. Papa J sempre diz que..."

— "Prefiro enfrentar um cético honesto a centenas que acreditam conhecer Deus, mas que na realidade estão à mercê de sua própria devoção" — recitou Robin, repetindo as palavras junto com Becca.

"Estou tentando explicar", continuou Becca, na tela, "que minha ligação pessoal com a Profetisa Afogada e meu relacionamento com o receptáculo divino, que sofreu e foi impoluto, implica que eu estava muito preparada para ouvir a explicação de Rowena sobre o que aconteceu. Eu teria demonstrado compreensão e compaixão… Mas ela não ficou para explicar", Becca parou de sorrir. "Ela fugiu, e um homem esperava por ela nos arredores da fazenda, de carro. Ele a pegou e os dois partiram no carro. Então é difícil não pensar que ela e este homem estavam tramando alguma coisa juntos, não é? Será que esperavam raptar uma criança? Será que ela tentava obter fotos de crianças nuas para vender a este homem?"

— O resto é só ela falando merda de como foi suspeito você fugir por causa disso — informou Murphy, fechando o vídeo. — Você está bem?

— Sim — respondeu Robin em voz baixa, pegando o vinho. Ela bebeu metade da taça antes de dizer: — Acho que é só um choque.

— É claro que é, ser acusada…

— Não, não é isso… Acho que acabo de perceber… Ela acredita. Ela acredita na coisa toda e… ela *verdadeiramente* pensa que é uma boa pessoa.

— Bom — disse Murphy —, acho que é assim que seitas funcionam.

Ele fechou o laptop.

— Coma seu curry.

Mas Robin olhava as anotações.

— Vou comer. Só preciso ligar para Strike.

100

Nove na segunda posição significa:
Dragão aparecendo no campo.

I Ching: O livro das mutações

Strike andava lentamente pela Charing Cross Road depois de sair de Chinatown, onde fizera uma refeição noturna solitária em um restaurante na Wardour Street. Olhando a rua escura enquanto comia o macarrão Singapura, ele viu duas pessoas de moletom azul passando em uma caminhada lenta, imersas numa conversa, antes de entrarem na Rupert Court. Ele não conseguiu distinguir os rostos, mas estava mal-humorado o bastante para torcer para que estivessem nervosos com a detetive particular que esteve infiltrada em sua preciosa fazenda por quatro meses.

Um leve desânimo familiar o dominava na volta ao escritório. Saber que Robin estava na casa de Murphy naquele momento vendo aquelas gravações do interrogatório tinha formado um cenário desolador para sua refeição. Fumando com morosidade enquanto o trânsito passava por ele, Strike reconheceu para si mesmo que achava que Robin talvez ligasse para ele depois de ver as entrevistas. É claro que Murphy estava disponível para prestar socorro e dar apoio…

Seu celular tocou. Ele o tirou do bolso, viu o número de Robin e atendeu.

— Pode falar? — perguntou ela.

— Posso, venho fazendo isso há anos.

— Muito engraçado. Está ocupado?

— Não. Manda.

— Acabei de ver o depoimento de Becca Pirbright à polícia e ela disse coisas estranhas sobre Cherie. Quer dizer, Carrie.

— Como Carrie acabou sendo mencionada?

— Como um exemplo de quanto o diabólico às vezes pode ser divino.

— Vou precisar de notas de rodapé.

— Ela disse que ficaria feliz se ouvisse minha explicação sobre o que fiz a Jacob, porque no passado conheceu um receptáculo divino que fez algo que *parecia* medonho, mas na verdade... Já dá para entender. Depois ela disse que Carrie "confidenciou suas intenções" a ela.

— Muito interessante — comentou Strike.

— E Becca sabe que Carrie tem filhas. Ela disse: "Acredito que um dia voltará para nós e trará suas garotinhas também."

Strike, que atravessava a rua, refletiu por alguns momentos.

— Ainda está aí?

— Sim — respondeu Strike.

— O que você acha?

— Acho que isso é ainda mais interessante do que ela "confidenciar suas intenções" a uma menina de onze anos.

Ao entrar na Denmark Street, ele acrescentou:

— Então a igreja acompanhou a vida de Cherie depois de ela ter ido embora? Ela deve ter dado muito trabalho a eles, pelo que sei. Eu te contei que Jordan Reaney recebeu um telefonema misterioso de Norfolk antes de tentar se suicidar?

— Sim... Por que isso é relev...? *Ah.* Você acha que a igreja acompanhou a vida dele também?

— Exatamente — confirmou Strike. — Então eles fazem isso com todo mundo que sai ou só com pessoas que sabem que são particularmente perigosas para eles?

— Eles conseguiram localizar Kevin em seu apartamento alugado... Você *sabe* que eles mataram Kevin — acrescentou Robin, porque Strike não disse nada.

— Não sabemos disso. — Ele abriu a portaria do escritório. — Ainda não. Mas vou aceitar que é uma hipótese válida.

— E aquelas cartas que Ralph Doherty ficou rasgando depois que ele e os filhos saíram da fazenda, mesmo depois de terem se mudado para outra cidade e trocado de sobrenome?

Strike começava a subir a escada.

— Então, o que todas essas pessoas têm em comum, além de terem sido membros da IHU?

— Todas estão ligadas aos afogamentos de Deirdre e Daiyu — disse Robin.

— A ligação de Reaney é fraca — comentou Strike. — Ele dormiu demais; foi isso. A ligação de Kevin também é frágil. Ele tinha o que, seis anos, quando Daiyu morreu? E duvido que a igreja saiba o que Emily disse a ele sobre suas suspeitas. Kevin teria idade suficiente para comparecer à Manifestação na qual suspeitamos que Deirdre se afogou?

— Sim — confirmou Robin, fazendo um rápido cálculo mental. — Teria treze ou catorze anos quando aconteceu.

— O que é estranho — ponderou Strike —, porque Kevin parecia aceitar a ideia de ela ter ido embora por vontade própria.

— Certo — disse Robin, que ouvia os passos de Strike na escada de metal. — Bom, a gente se vê amanhã, então. Só queria te contar sobre Cherie.

— Claro, obrigado. Sem dúvida dá o que pensar.

Robin desligou. Strike continuou subindo até chegar à porta do escritório. Tinha ido diretamente a Chinatown depois de Robin tê-lo deixado, o que significava que esta era a primeira oportunidade de examinar a tranca desde a demissão de Littlejohn. Strike ligou a lanterna do celular e se curvou.

— Foi o que eu pensei, seu escroto — resmungou ele.

A tranca nova e cara, que era resistente a chaves mestras, tinha adquirido novos arranhões desde esta manhã. Uma lasca mínima de tinta também foi descascada ao lado dela. Alguém, Strike supôs, tentou muito forçar a porta.

Ele verificou a segunda precaução que tinha tomado contra a vingança de Patterson. A câmera minúscula estava em um canto escuro, perto do teto, quase invisível, a não ser que se soubesse onde procurar.

Strike abriu a porta, acendeu as luzes e foi se sentar à mesa de Pat, onde conseguiria ver a gravação da câmera. Ele abriu o software, depois avançou, passando pelas chegadas de Pat, do carteiro e de Shah, depois Pat indo ao banheiro no patamar, Shah partindo...

Strike bateu com força na tecla para pausar. Uma figura alta de balaclava subia furtivamente a escada, toda de preto, olhando para cima e para baixo ao chegar, vendo se a barra estava limpa. Enquanto Strike olhava, a figura chegou ao patamar, foi à porta do escritório, pegou um jogo de chaves mestras e passou a tentar destrancar a porta. Strike olhou o registro da hora, que mostrava que a gravação fora feita logo depois do pôr do sol. Isto sugeria que o invasor não sabia que Strike morava no sótão — algo de que Littlejohn sabia muito bem.

Por quase dez minutos, a figura de preto tentou abrir a porta do escritório, sem sucesso. Enfim desistindo, ela recuou, olhando a vidraça, que Strike tinha tratado de reforçar quando foi instalada. Parecia ponderar se valia a pena uma tentativa de quebrar o vidro quando se virou e olhou a escada atrás dele. Evidentemente, a pessoa sabia que não estava mais sozinha.

— Merda — xingou Strike em voz baixa, enquanto a figura sacava uma arma de algum lugar dentro da roupa preta. Recuou muito lentamente do patamar e subiu bem devagar a escada que dava no apartamento de Strike.

Apareceu um entregador, segurando uma pizza. Ele bateu na porta do escritório e esperou. Depois de um ou dois minutos, deu um telefonema, presumivelmente soube que estava no endereço errado e foi embora.

Passaram-se mais dois minutos, tempo suficiente para o invasor escondido ouvir a portaria se fechar. Depois saiu furtivamente de seu esconderijo para olhar a porta do escritório por um minuto inteiro, em seguida girou a arma na mão e tentou, com toda a força, quebrar o vidro com a coronha. O vidro continuou intacto.

A figura de balaclava pôs a arma dentro do casaco, desceu a escada e sumiu de vista.

Strike voltou a gravação para pegar ângulos que pudesse estudar, examinando cada segundo do filme. Era impossível saber se a arma era ou não verdadeira, em vista da fraca iluminação do patamar e do fato de que não tinha sido disparada, mas mesmo assim o detetive sabia que teria de levar isto à polícia. Enquanto revia a gravação, Strike achou que a figura tinha um comportamento ameaçador, para além da tentativa de invasão. O exame atento da escada acima e abaixo dele, os movimentos furtivos, a retirada tranquila diante da possibilidade de ser descoberto: tudo sugeria alguém que não era um novato.

Seu celular tocou. Ele atendeu, com os olhos ainda na tela.

— Alô?

— Você é Cormoran Strike? — disse uma voz masculina grave, sem fôlego.

— Sim. Quem está falando?

— *O que você fez com a minha esposa?*

Strike desviou os olhos da tela do computador, de cenho franzido.

— Quem fala?

— O QUE VOCÊ FEZ COM A MINHA ESPOSA? — berrou o homem, tão alto que Strike teve de afastar o telefone do ouvido. Ao fundo, do outro lado da linha, ouvia-se uma voz feminina dizendo "sr. Woods… sr. Woods, calma...", e o que parecia choro de crianças.

— Não sei do que está falando — disse Strike, mas parte de seu cérebro sabia, e uma sensação pior do que a que teve depois do anúncio da gravidez de Bijou congelava suas entranhas.

— MINHA ESPOSA… MINHA ESPOSA…

O homem chorava enquanto gritava.

"Sr. Woods...", disse uma voz feminina, mais alto, "me dê o telefone. Podemos cuidar disso, sr. Woods. Me dê o telefone. Suas filhas precisam do senhor, sr. Woods".

Strike ouviu o barulho do telefone sendo passado adiante. Uma voz com sotaque de Bristol falava em seu ouvido; ele percebeu que a mulher estava andando.

— Aqui é a policial Heather Waters, sr. Strike. Acredito que o senhor tenha visitado a sra. Carrie Woods hoje, certo? Encontramos seu cartão aqui.

— Visitei — conformou Strike. — Sim.

— Posso perguntar do que se tratava?

— O que aconteceu? — disse Strike.

— Posso perguntar sobre o que falou com a sra. Woods, sr...?

— *O que aconteceu?*

Ele ouviu uma porta se fechar. O ruído do fundo desapareceu.

— A sra. Woods se enforcou — disse a voz. — O marido encontrou o corpo na garagem esta noite, quando chegou do trabalho.

PARTE OITO

䷪

Kuai/Irromper

Deve-se resolutamente comunicar a questão
Na corte do rei.
Deve ser exposta com veracidade.
Perigo.

I Ching: O livro das mutações

101

Nove na terceira posição significa (...)
Consciência do perigo,
Com perseverança, avance.
Pratique a condução da carroça e defesa armada diariamente.

I Ching: O livro das mutações

Robin recebeu muito mal a notícia da morte de Carrie, que Strike lhe deu por telefone. Os dois detetives foram interrogados separadamente pela polícia no dia seguinte. Strike, que também mostrou a gravação do homem de balaclava à polícia, deu o próprio depoimento naquela mesma tarde.

Nas vinte e quatro horas que se seguiram, Strike e Robin se viram muito pouco. Strike dera à sócia a tarefa de entrar em contato com os filhos de Walter Fernsby e Marion Huxley para saber se eles poderiam conversar a respeito do envolvimento dos respectivos pais com a IHU e entrevistar qualquer um que concordasse. Ele fez isso porque sabia que Robin precisava se manter ocupada, mas insistira que ela trabalhasse de casa, porque não a queria encontrando nenhum integrante da IHU na vizinhança do escritório. Enquanto isso, ele estava cuidando de outra cliente, que substituíra os Franks: outra esposa que suspeitava da infidelidade do marido rico.

Na quinta-feira, Strike fez uma reunião com toda a equipe, menos Shah, que estava em Norwich à procura de Emily Pirbright. Eles não se reuniram no escritório, mas na sala de porão acarpetada do Flying Horse, para onde antes tinham se retirado para fugir de Littlejohn, e que Strike alugara por algumas horas. Embora uma observação cuidadosa da Denmark Street não tivesse revelado ninguém que parecesse manter o escritório sob vigilância, um chaveiro que Strike queria perturbar o mínimo possível instalava uma tranca à prova de chaves mestras na portaria, com a concordância do senhorio e do inquilino do segundo andar. Nenhum dos dois sabia o que ocasionara o desejo de Strike por mais segurança, mas, como o detetive se ofereceu para pagar, ambos foram favoráveis.

A primeira parte da reunião foi tomada pelos terceirizados interrogando Robin, que eles não viam desde a sua volta. Estavam principalmente interessados nos aspectos supostamente sobrenaturais do que ela testemunhara na Fazenda Chapman, e seguiu-se uma discussão de como cada ilusão era feita, com apenas Pat em silêncio. Logo depois de Barclay sugerir que a conjuração de Daiyu feita por Wace no porão devia ter sido uma variação da ilusão vitoriana chamada fantasma de Pepper, Strike disse:

— Tudo bem, já chega, temos trabalho a fazer.

Ele receava que o bom humor superficial de Robin logo se esvaísse. A sócia estava com olheiras e seu sorriso ficava cada vez mais tenso.

— Sei que ainda não vimos nenhuma prova — continuou ele —, mas quero olhos atentos o tempo todo atrás de alguém que pareça estar vigiando o escritório, e tirem fotos se puderem. Tenho a sensação de que a IHU virá à caça.

— Alguma notícia sobre nosso visitante armado? — perguntou Barclay.

— Não — respondeu Strike —, mas a polícia tem a gravação. Com a portaria segura, eles terão trabalho para entrar, quem quer que tenha sido.

— O que estavam procurando? — Midge quis saber.

— O arquivo do caso da IHU — sugeriu Barclay.

— Provavelmente — concordou Strike. — De todo modo, tenho boas notícias. Soube pela polícia esta manhã: os dois Franks serão indiciados por assédio e tentativa de sequestro.

Os outros aplaudiram, Robin se juntando a eles com certo atraso, tentando parecer tão animada quanto os demais.

— Excelente! — exclamou Barclay.

— É melhor que desta vez eles fiquem presos — falou Midge furiosamente. — E não escapem de novo porque: — com um guincho agudo, ela continuou: — "Não vou poder ver meu assistente social!"

Barclay e Strike riram. Robin abriu um sorriso forçado.

— Acho que desta vez eles sem dúvida vão cumprir pena — disse Strike. — Eles tinham algumas coisas pesadas naquele depósito onde pretendiam colocá-la.

— Como o q...? — começou Barclay, mas Strike, preocupado com os sentimentos que a sócia pudesse ter ao saber de brinquedos sexuais e mordaças, disse:

— Seguindo em frente: atualização do Michê. O cliente me disse ontem que quer que a gente se concentre nos antecedentes do cara.

— Nós já *vimos* — disse Midge, frustrada. — Ele está limpo!

— Bom, somos pagos para ver de novo e encontrar sujeira — afirmou Strike —, então está na hora de começar a arrancar alguma coisa de família, amigos e vizinhos. Vocês dois — disse ele a Barclay e Midge —, coloquem a cabeça para funcionar juntos e pensem em alguns disfarces viáveis, passem para mim ou para Robin, e vamos trabalhar no rodízio de acordo com isso.

Strike eliminou o Michê da lista diante dele e passou ao item seguinte.

— Cliente nova: o marido fez um desvio para Hampstead Heath ontem à noite, depois de anoitecer.

— Aposto que ele não foi lá pela vista — comentou Midge.

Como Hampstead Heath era uma famosa área de pegação gay, Strike tendia a concordar.

— Ele não se encontrou com ninguém. Provavelmente ficou ansioso, porque havia uma gangue de garotos perambulando perto de onde ele saiu do carro. Só ficou uns dez minutos... Mas se é essa a parada dele, duvido que demore muito para conseguirmos o que a esposa quer.

— Ótimo — disse Pat —, porque aquele jogador de críquete ligou hoje de manhã perguntando quando vamos pegar o caso dele.

— Ele que procure a McCabes — disse Strike com indiferença. — O cara é um babaca. Enfim, até termos um substituto para Littlejohn, não temos efetivo.

Ele eliminou "Hampstead" da lista.

— O que nos traz à Patterson Inc.

— Ou, como agora são conhecidos, Fodido Pra Valer Inc — disse Barclay. — Patterson foi indiciado, você viu?

— Vi — confirmou Strike. — Parece que se você for grampear ilegalmente um escritório, é melhor não fazer isso com um advogado importante. Espero que Patterson goste da comida da prisão. Enfim, agora temos três candidatos a emprego de pessoas abandonando o barco afundado de Patterson. Vou ver com Shah se algum deles merece uma entrevista. Fico feliz de abrir mão do prazer de trabalhar com Navabi, já que ela fez uma vigilância de merda. Porém, seu argumento para o trabalho foi que ela seria a pessoa ideal para entrar na clínica de Zhou.

— E como ela sabe que estamos tentando entrar naquela merda? — perguntou Barclay.

— Porque ela mesma já esteve lá, enquanto a Patterson Inc ainda estava no caso da IHU, e isso explica a insistência de Littlejohn em ter mais alguma coisa para mim... É provável que Navabi tenha contado a ele o que viu lá dentro.

— Você não vai conseguir nada de Littlejohn agora — comentou Midge.

— Eu sei — rebateu Strike, riscando "Patterson" da lista —, mas isso me deixa ainda mais inclinado do que antes a colocar uma mulher naquela maldita clínica... Tem de ser uma mulher. Navabi disse que noventa por cento das pessoas lá eram mulheres. Só não acho que combine com seu perfil, Midge — acrescentou Strike, porque a terceirizada abriu a boca —, precisamos de alguém...

— Eu não ia sugerir eu mesma — disse Midge —, eu ia dizer que temos a pessoa ideal.

— Robin não pode fazer isso, ela...

— Sei disso, Strike, não sou idiota. *Tasha.*

— Tasha — Strike repetiu.

— Tasha. Ela faz o tipo, não faz? Atriz, com alguma grana. A peça dela terminou. Ela faria isso por nós, sem problema nenhum. Está absurdamente grata por...

— Ainda está em contato com ela, então? — perguntou Strike.

Barclay e Robin pegaram o café e beberam numa sincronia perfeita.

— Sim — confirmou Midge. — Ela não é mais uma cliente. Não é um problema, é?

Strike notou o olhar de Pat.

— Não — disse ele. — Não é um problema.

102

Pergunte ao oráculo de novo
Se você possui grandeza, constância e
perseverança;
Então não há culpa.

I Ching: O livro das mutações

A reunião foi concluída. Pat voltou ao escritório com Barclay, que tinha recibos a arquivar, e Midge saiu para perguntar a Tasha Mayo se ela estava disposta a desfrutar de uma semana na clínica exclusiva do dr. Andy Zhou, com as despesas pagas pela agência.

— Quer um café? — perguntou Strike a Robin.

— Sim — respondeu ela, embora tivesse acabado de tomar dois.

Eles foram juntos à Frith Street e ao Bar Italia, que ficava na frente do jazz club de Ronnie Scott, e que Strike preferia à Starbucks. Enquanto ele estava comprando as bebidas, Robin ficou sentada a uma das mesas redondas de metal, observando os transeuntes e desejando ser qualquer um deles.

— Está tudo bem? — perguntou Strike depois de ter colocado as bebidas na mesa e se sentado. Ele sabia muito bem qual seria a reposta, mas era incapaz de pensar em qualquer outro começo de conversa. Robin bebeu um gole do cappuccino e falou:

— Só estava pensando nas filhas dela.

— É. Eu sei.

Ambos olharam os carros por alguns momentos, antes de Strike acrescentar:

— Olha…

— Não me diga que não provocamos isso.

— Bom, eu *vou* te dizer isso, porque não provocamos.

— Strike…

— *Ela* fez. Ela escolheu fazer.

— Sim... por nossa causa.

— Nós fizemos perguntas. O trabalho é assim.

— Foi exatamente o que Ryan disse. "O trabalho é assim."

— Bom, ele não está errado — comentou Strike. — Eu me sinto bem com o que aconteceu? Não. Mas não colocamos a corda no pescoço dela. Ela mesma colocou.

Robin, que vinha chorando muito quando não estava no trabalho nos últimos dois dias, não tinha mais lágrimas para derramar. O terrível fardo da culpa que carregava desde que Strike lhe contou que a mãe de duas meninas tinha sido encontrada enforcada na garagem da família não era atenuado pelas palavras dele. Ela continuava visualizando o desenho preso na porta da geladeira de Carrie Curtis Woods, de duas figuras de mãos dadas e vestido de princesa: *Eu e Mamãe.*

— Nós fomos entrevistá-la — continuou Strike — porque uma menina de sete anos que estava aos cuidados dela desapareceu da face da Terra. Acha que Carrie devia se safar disso e não responder a pergunta nenhuma, nunca mais?

— Ela já havia respondido às perguntas da polícia e do inquérito. Havia acabado, estava para trás, Carrie tinha uma vida feliz e uma família, nós fomos revirar tudo de novo... É como se eles tivessem me feito um deles — acrescentou Robin em voz baixa.

— Do que está falando?

— Eu passei a ser um agente infeccioso para a igreja. Levei o vírus de volta a Carrie, e desta vez ela não sobreviveu.

— Com todo o respeito — começou Strike —, isso é uma grande besteira. Vamos simplesmente ignorar o elefante branco na sala, então? Se Carrie ia cometer suicídio pelo que a igreja fez a ela, teria acontecido duas décadas antes. Isto não teve relação com a igreja. Tinha alguma coisa que ela não queria enfrentar, algo que ela não suportaria que as pessoas soubessem, e não é nossa culpa.

— Mas...

— O que quero saber — interrompeu Strike — é quem telefonou para ela naquela manhã, antes de chegarmos. A polícia perguntou a você sobre o número de celular que o marido não reconheceu?

— Sim — disse Robin monotonamente. — Pode ser de qualquer pessoa. Pode ter sido engano.

— Só que ela retornou a ligação depois que saímos.

— Ah — murmurou Robin. — Eles não me contaram isso.

— A mim também não. Li as anotações de cabeça para baixo do cara que estava me interrogando. Reaney recebeu uma ligação rápida depois que o entrevistei e em seguida começou a acumular comprimidos para dormir. Não cheguei a verificar se ele tinha recebido alguma outra antes de nos encontrarmos, mas parece que a igreja está avisando às pessoas que estamos à espreita e depois exigindo saber o que foi dito.

— Isto quer dizer que a igreja sabia que íamos à casa de Cherie naquele dia.

— Eles podem ter visto que ela voltara das férias, pelo Facebook, e quiseram dizer a Cherie para aceitar a reunião quando aparecêssemos. Tive a sensação de que quando nos apresentamos ela não ficou completamente surpresa por nos ver. Em pânico, sim. Mas não inteiramente surpresa.

Robin não respondeu. Strike a viu beber outro gole do café. Ela amarrara o cabelo atrás: o corte caro que tinha feito antes de ir para a templo da Rupert Court há muito havia crescido e ainda não lhe ocorrera ir a um cabeleireiro.

— O que você quer fazer? — perguntou Strike, olhando para ela.

— Como assim?

— Quer tirar mais uns dias de folga?

— Não — disse Robin. A última coisa que queria era mais tempo remoendo a culpa por Carrie e a ansiedade pelas acusações de abuso infantil.

— Sente-se bem para falar sobre o caso?

— Sim, claro.

— Conseguiu alguma coisa sobre os filhos de Walter Fernsby e Marion Huxley?

— Não muito — admitiu Robin, obrigando-se a se concentrar. — Falei com a filha mais velha de Marion e, para resumir, definitivamente não pode ser ela a pessoa que voltou à fazenda depois de anos afastada. Enquanto o marido estava vivo, Marion quase não saía de Barnsley. Depois que desapareceu, a família vasculhou o computador que ela usava no trabalho e descobriu que Marion estivera vendo vídeos de Wace sem parar. Eles acham que ela deve ter ido a uma reunião. Agora estão recebendo cartas dela que não parecem ser autênticas, dizendo-lhes que ela quer vender a funerária e doar todos os ganhos à IHU.

— E Walter?

— O único filho com quem consegui falar foi Rufus. Ele trabalha no Instituto de Engenheiros Civis. No momento em que mencionei Walter, ele desligou.

— Será que está recebendo as mesmas cartas de "venda tudo, quero doar à igreja" que a filha de Marion?

— Talvez.

— Bom, achei uma coisa na noite passada também, depois do Hampstead Heath ir para casa.

Strike pegou o telefone, digitou algumas palavras, depois o passou a Robin, que se viu olhando uma foto de um homem alto com queixo comprido e cabelo cinza-prateado, retratado no meio de uma fala em um palco, de braços bem abertos. Robin não entendeu imediatamente por que Strike estava mostrando a foto até que viu a legenda: *Joe Jackson da IHU, falando na Conferência de Mudanças Climáticas, 2015.*

— *Ah* — murmurou ela. — Joe, das polaroides?

— Pode ser. Ele anda pelo centro de San Francisco ultimamente. Tem a mesma idade. Talvez não seja muito parecido com o sujeito da tatuagem de caveira *agora*, mas tem muitas pessoas andando por aí com tatuagens que queriam não ter feito quando eram mais novas. Um colega meu de escola da Cornualha tatuou o nome da primeira namorada no pescoço. Ela o largou assim que viu.

Robin não sorriu. Em vez disso, falou em voz baixa, observando o jazz club de Ronnie Scott:

— Parece que estamos lutando contra algo que não podemos combater. Eles costuraram tudo e, na verdade, é genial. Não admira que as pessoas ou se autodestruam, ou nunca mais falem sobre isso depois que saem. Elas ou fizeram sexo com adolescentes, ou participaram de maus-tratos, ou viram pessoas morrerem em agonia. Aqueles que ficam ou têm medo demais, ou pararam de pensar em fugir, ou são como Becca e *ele* — Robin gesticulou para o telefone de Strike —, crentes verdadeiros. Eles racionalizam os maus-tratos, mesmo que tenham sido eles mesmos os maltratados. Aposto qualquer coisa com você que se procurarmos Joe Jackson e perguntarmos se ele colocou uma máscara de porco e sodomizou um homem de baixo QI, ele vai negar, e não por ter medo. Ele deve ter subido muito na hierarquia, se está dando palestras desse jeito. Ele vai desligar esta parte do cérebro. Vendo Becca na gravação... Ela *sabia* que estava mentindo e nem sequer estremeceu. Era tudo justificado, tudo necessário. Na cabeça dela, ela é uma heroína, ajudando o mundo todo a seguir o Caminho de Lótus.

— Então desistimos? — perguntou Strike. — Vamos deixar Will Edensor apodrecer lá?

— Não estou dizendo isso, mas...

O celular de Strike tocou.

— Oi, Pat, o que manda?

Robin ouvia a voz grave de Pat, embora não conseguisse distinguir o que dizia.

— Tudo bem, já estamos voltando. Cinco minutos.

Strike desligou com uma expressão estranha.

— Bom, fico feliz que você não pense que devemos deixar Will Edensor apodrecer — disse ele a Robin.

— Por quê?

— Porque ele acabou de aparecer no escritório.

103

Neste hexagrama somos lembrados da juventude e da alegria (...)
Quando a fonte esguicha, no início não sabe para onde ir.
Mas seu fluxo constante preenche o espaço profundo
que bloqueia seu avanço (...).

I Ching: O livro das mutações

Robin entrou no escritório primeiro, com Strike bem atrás dela. Will Edensor estava sentado no sofá perto da mesa de Pat, com seu moletom azul, que não só estava sujo, mas rasgado nos joelhos. Ele parecia ainda mais magro do que quando Robin o vira pela última vez, embora talvez ela simplesmente tenha se reabituado às pessoas que pareciam se alimentar direito. Aos pés de Will estava um velho saco plástico que parecia conter algum objeto sólido e grande, e sentada em seu colo a pequena Qing, que também usava moletom azul e comia um biscoito de chocolate com uma expressão de êxtase.

Will ficou vermelho quando viu Robin.

— Oi, Will — cumprimentou ela.

Ele olhou para o chão. Até suas orelhas estavam vermelhas.

— Esta criança precisa se alimentar direito — declarou Pat, dando a impressão de que era culpa de Strike e de Robin. — Só temos biscoitos.

— Bem pensado — disse Strike, pegando a carteira —, pode comprar uma pizza para nós, Pat?

Pat pegou as cédulas que Strike lhe passava, vestiu o casaco e saiu do escritório. Robin puxou a cadeira de Pat de trás da mesa para se sentar a uma curta distância de Will e Qing. Strike, ciente de que pairava acima de todos eles, foi ao armário pegar uma das cadeiras de plástico dobráveis. Will estava recurvado, abraçado à filha, extremamente ruborizado, encarando o carpete. Qing, que mastigava o biscoito, era tranquilamente a pessoa mais à vontade na sala.

— É ótimo ver você, Will — disse Robin. — Oi, Qing — acrescentou ela, sorrindo.

— Mais! — disse a menina, estendendo as mãos para o biscoito na mesa de Pat.

Robin pegou dois biscoitos de chocolate e deu a ela. Will continuou recurvado, como se sentisse dor, segurando Qing pela cintura. Strike, que não sabia que da última vez que Will vira Robin ele estava nu e se masturbava — o relato de Robin ao sócio fez supor que os dois estavam totalmente vestidos quando Will lhe deu um soco —, imaginou que o constrangimento dele vinha do rapaz ter batido nela.

— Como conseguiu sair? — perguntou Robin, enquanto Qing mastigava alegremente.

Ela não havia se esquecido do que Will lhe fizera no Quarto de Retiro, mas no momento isso tinha uma importância muito menor para ela do que o fato extraordinário de Will ter saído da Fazenda Chapman.

— Pulei o muro no ponto cego — respondeu ele em voz baixa. — Assim como você.

— À noite?

— Não, porque eu tive de trazer Qing.

Ele se obrigou a olhar para Robin, mas foi incapaz de encará-la, e em vez disso se dirigiu à perna da mesa de Pat.

— Preciso descobrir onde Lin está — acrescentou ele, meio desesperado.

— Estamos procurando por ela — Robin garantiu a ele.

— Por quê?

— Porque — disse ela, antes que Strike pudesse dizer algo insensível sobre a possível utilidade de Lin para descreditar a igreja — nós nos importamos com ela. Eu estava lá, lembra, quando ela sofreu o aborto?

— Ah, sim — murmurou Will. — Eu me esqueci... Eles têm centros em Birmingham e Glasgow, sabe — acrescentou ele.

— Sim, sabemos — confirmou Robin. — Mas achamos que ela pode estar na clínica do dr. Zhou, nos arredores de Londres.

— Ele tem uma clínica? — perguntou Will ingenuamente. — Pensei que só fosse médico da igreja.

— Não, dr. Zhou é médico fora dela também — afirmou Robin.

— Lin não gosta dele. Ela não ia gostar de estar na clínica dele — falou Will, baixinho.

Ele olhou para Robin e de volta ao pé da mesa.

— Meu pai contratou vocês, não foi?

Strike e Robin se entreolharam. Strike, feliz por Robin assumir a liderança, deu de ombros levemente.

— Sim — admitiu Robin.

— *Não podem contar a ele que eu saí* — disparou Will, com um misto de desespero e ferocidade, olhando para Robin por baixo das sobrancelhas. — Está bem? Se forem contar a meu pai, vou embora agora. Eu só vim aqui porque preciso encontrar Lin antes de ir para a prisão.

— Por que você diz que vai para a prisão? — perguntou Robin.

— Por todas as coisas que eu fiz. Não quero falar nisso. Se Lin e Qing estiverem bem, não me importo, eu mereço. Mas *não podem contar a meu pai.* Ele vai ter de saber quando eu for preso, mas nesse ponto não vou precisar falar com ele, porque estarei sob custódia. De todo modo, depois que eu começar a falar, a Profetisa Afogada vai vir atrás de mim, então não vai importar. Mas Lin pode conseguir um aluguel social ou coisa assim, não é? Já que ela tem uma filha? Porque eu não tenho dinheiro nenhum — acrescentou ele pateticamente.

— Tenho certeza de que isso será resolvido — garantiu Robin.

A porta de vidro se abriu e Pat voltou com quatro caixas de pizza.

— Essa foi rápida — comentou Strike.

— Fica bem aqui na rua, não é? — rebateu Pat, colocando as pizzas na mesa. — E acabei de ligar para minha neta. Ela tem roupas que pode dar a você, para a menina — disse ela a Will. — A filha mais velha dela fez três anos há pouco tempo. Ela vai trazer.

— Espere aí — disse Strike, distraído por um momento. — Você é...?

— Bisavó, sim — confirmou Pat, sem emoção alguma. — Na minha família, nós temos filhos ainda jovens. É melhor assim, quando ainda temos energia.

Ela pendurou a bolsa e o casaco, e foi pegar pratos na área da cozinha. A pequena Qing, que parecia estar se divertindo, olhava com curiosidade para as caixas de pizza, das quais emanava um cheiro delicioso, mas os lábios de Will se mexiam em silêncio no que Robin reconheceu como o mantra familiar, "*Lokah Samastah Sukhino Bhavantu*".

— Só preciso dar uma palavrinha rápida com Robin — Strike informou a Will, desconcertado com o entoar silencioso. — Pode ficar aqui com Pat por um tempinho?

Ele assentiu, os lábios ainda se movendo. Os dois se levantaram e, com um movimento de cabeça, Strike indicou à sócia que o patamar seria o lugar mais seguro para conversarem.

— Ele e a criança devem ficar aqui — afirmou Strike, depois de fechar a porta de vidro. — Podem ficar no meu apartamento, e coloco um colchonete de camping no escritório. Não acho que possamos colocá-los em um hotel, fica perto demais da Rupert Court, e acho que ele precisa de alguém por perto, caso comece a alucinar com a Profetisa Afogada.

— Tudo bem — disse Robin em voz baixa —, mas *não* diga a ele que precisamos informar a Sir Colin.

— Edensor é o cliente. Temos de contar a ele.

— *Eu* sei disso, mas Will não precisa saber.

— Não acha que se contarmos a ele que o pai já sabe da criança...?

— Não acho que ele tenha medo de o pai saber sobre Qing. Acho que ele tem medo de Sir Colin tentar impedi-lo de ir para a prisão.

Strike a olhou, perplexo.

— Ele obviamente se sente muito culpado pelo que fez lá, e a prisão é só outra Fazenda Chapman, não é? — disse Robin. — Muito menos assustadora para ele do que o mundo aqui fora.

— O que são todas essas coisas, no plural, que ele fez, que são criminosas? — perguntou Strike.

— Pode ser ter dormido com Lin quando ela era menor de idade — respondeu Robin, incerta. — Tenho medo de pressionar demais pelos detalhes, especialmente com Qing presente. Ele pode ficar perturbado ou dar o fora.

— Você percebe que é por sua causa que ele saiu?

— Não acho que seja — disse Robin. — Foi o desaparecimento de Lin que o obrigou a fazer isso. Ele já estava com dúvidas quando eu apareci.

— Você levou as dúvidas dele ao limite. É provável que Will tenha saído cedo o bastante para a filha não ficar completamente ferrada também. Acho que você pode ter salvado duas vidas.

Robin o encarou.

— Sei por que está dizendo isso, Stri…

— É a verdade. O trabalho é assim, além daquela outra coisa.

Mas Robin tirou pouco conforto destas palavras. Seria preciso mais do que uma fuga inesperada de Will Edensor para apagar sua imagem mental das duas filhas de Carrie chorando pela mãe.

Eles voltaram ao escritório. Will e Qing devoravam fatias de pizza, ele avidamente, a criança parecendo experimentar o nirvana.

— E como foi que você fez, Will? — perguntou Robin, sentando-se de novo. — Como conseguiu sair?

Will engoliu um grande pedaço da pizza e respondeu:

— Roubei vinte libras do escritório de Mazu. Fui à sala de aula onde Shawna estava encarregada. Disse que Qing precisava ver o dr. Zhou e ela acreditou em mim. Corri pelo campo. Subi no ponto cego, como você fez. Fiz sinal para um carro. A mulher nos levou a Norwich.

Robin, que entendia plenamente como cada parte deste plano era difícil de ser executada, falou:

— Isso é incrível. E depois pegou uma carona para Londres?

— Foi — confirmou Will.

— Mas como conseguiu encontrar nosso escritório?

Will empurrou para Robin o saco plástico que tinha aos pés, em vez de desalojar a criança no colo. Robin se abaixou para pegá-lo e dali tirou a pedra de plástico.

— *Ah*. Foi *você* que a tirou de lá... Mas estava vazia. Não tinha nenhuma carta.

— Eu sei — disse Will, com a boca cheia de pizza —, mas eu dei um jeito. Depois daquilo... depois do Quarto de Retiro — disse, baixando o olhar para o chão de novo —, escapuli à noite para ver se havia alguma coisa na margem da mata, porque Lin tinha visto você com a lanterna, e pensei que você devia ser investigadora. Encontrei a pedra e olhei dentro, e havia marcas no papel do que você tinha escrito nas folhas por cima. Então eu soube que tinha razão e que você estava escrevendo sobre o que acontecia na Fazenda Chapman. Depois que você foi embora, Vivienne contou a todo mundo que você atendeu por "Robin" em Norwich, e Taio disse que tinha um cara parrudo esperando por você no ponto cego quando você fugiu. Então pesquisei "Robin" e "detetive" em uma biblioteca em Norwich... Peguei uma carona a Londres... e...

— Minha nossa — disse Strike —, nos disseram que você era muito inteligente, mas isto é impressionante.

Will nem olhou para Strike, nem reconheceu as palavras dele, a não ser por um leve franzido na testa. Robin desconfiou que Will tinha percebido que fora Sir Colin quem disse aos dois detetives que o filho era inteligente.

— Água — disse Pat, quando Qing começou a tossir porque tinha colocado muita pizza na boca.

Robin se juntou a Pat na pia para ajudar a encher os copos.

— Você pode distrair Qing — sussurrou Robin à gerente do escritório, o som da torneira aberta tragando sua voz —, enquanto Strike e eu conversamos com Will em nossa sala? Ele talvez não queira falar abertamente na frente dela.

— Tudo bem — disse Pat, no grunhido que era seu sussurro. — Qual é o nome dela mesmo?

— Qing.

— Que tipo de nome é esse?

— Chinês.

— Ah… veja só, minha bisneta se chama Tanisha. Sânscrito — disse Pat, com um leve revirar de olhos.

Quando Pat e Robin entregaram a água, a gerente disse bruscamente:

— Qing, olhe isso aqui.

Ela pegara um bloco de Post-It laranja na mesa.

— Eles saem, olha — continuou Pat. — E grudam nas coisas.

Fascinada, a menininha desceu do colo de Will, mas ainda se agarrou ao joelho dele. Depois de ver as outras crianças na Fazenda Chapman, Robin ficou feliz por este sinal de que Qing sabia que o pai era um porto seguro.

— Pode brincar com eles, se quiser — disse Pat.

A garotinha caminhou hesitante até Pat, que estendia o bloco para ela, e mexeu em algumas canetas. Os olhos de Strike e Robin se encontraram de novo e ele se levantou, segurando sua pizza.

— Pode vir aqui por um momento, Will? — perguntou.

Eles deixaram aberta a porta que ligava as duas salas, assim Qing podia ver onde o pai estava. Strike levou a cadeira de plástico.

Robin tinha se esquecido de que todas as fotos relacionadas com o caso da IHU estavam no quadro na parede da sala interna. Will empacou, olhando-as fixamente.

— Por que vocês têm tudo isso? — perguntou ele num tom de acusação e, para desânimo de Robin, recuou. — Esta é a Profetisa Afogada — continuou, apontando os desenhos de Torment Town, e pareceu estar em pânico. — Por que vocês a desenharam assim?

— Não fomos nós que a desenhamos — informou Strike, indo rapidamente ocultar o quadro, mas Will disse de repente:

— *Esse é Kevin!*

— Sim — confirmou Strike. Mudando de ideia a respeito de ocultar o quadro, ele se afastou, permitindo a Will ter uma visão clara. — Você conheceu Kevin?

— Só por alguns… Ele saiu, pouco depois de eu… Por quê...?

Will se aproximou alguns passos do quadro. A foto de Kevin, que Strike havia tirado do arquivo do jornal, ainda tinha a legenda: "*Assassinato de Kevin Pirbright foi relacionado a drogas, segundo a polícia.*"

— Kevin se suicidou — disse Will lentamente. — Por que estão dizendo que...?

— Ele foi baleado por outra pessoa — informou Strike.

— Não, ele se suicidou — repetiu Will, com parte do dogmatismo que tinha exibido na primeira vez que Robin o ouviu falar, na lavoura. — Ele cometeu suicídio, porque era um espírito puro e não conseguiu lidar com o mundo materialista.

— Não foi encontrada nenhuma arma na cena — acrescentou Strike. — Outra pessoa deu um tiro nele.

— Não... não podem ter dado...

— Deram — insistiu Strike.

Will tinha a testa franzida. E então...

— Demônios porcos! — disse ele de repente, apontando as polaroides.

Strike e Robin se entreolharam.

— Kevin me disse que eles aparecem, se tem muitos espíritos impuros na fazenda.

— Estes não são demônios — afirmou Strike.

— Não — disse Will, com certa impaciência. — Eu sei *disso*. Estão de máscara. Mas foi assim que Kevin os descreveu para mim. Nus, com cabeça de porco.

— Onde ele os viu, Will, ele disse? — perguntou Robin.

— No celeiro — respondeu Will. — Ele e a irmã os viram, por uma fresta na madeira. Não quero que ela olhe para mim — acrescentou ele com uma voz febril, e Robin, que sabia que ele se referia à Profetisa Afogada, foi ao quadro e a cobriu.

— Por que não se senta? — sugeriu Strike.

Will se sentou, mas parecia muito cauteloso enquanto os outros se sentavam. Eles ouviam Qing conversando com Pat na antessala.

— Will, você disse que fez coisas que são criminosas — começou Strike.

— Vou contar tudo à polícia depois que encontrarmos Lin.

— Tudo bem — disse Strike —, mas como estamos...

— Não vou falar sobre isso. — Will ruborizou de novo. — Vocês não são da polícia, não podem me obrigar.

— Ninguém vai te obrigar a fazer nada — afirmou Robin, com um olhar de alerta ao sócio, cuja atitude, mesmo quando tentava ser simpático, em geral era mais ameaçadora do que ele percebia. — Só queremos o mesmo que você, Will: encontrar Lin e garantir que Qing fique bem.

— Vocês estão fazendo mais do que isso — retrucou Will, com um movimento nervoso do dedo apontando o quadro coberto. — Estão tentando derrubar a IHU, não estão? Não vai dar certo. Não vai, definitivamente não vai. Vocês estão mexendo com coisas que não entendem. Eu sei que, se contar tudo à polícia, ela virá atrás de mim. Esse é um risco que preciso assumir. Não ligo se eu morrer, desde que Lin e Qing fiquem bem.

— Está falando da Profetisa Afogada? — perguntou Robin.

— Estou — confirmou Will. — Não vai querer que ela esteja atrás de você também. Ela protege a igreja.

— Não precisamos derrubar a igreja agora — Robin mentiu. — Todas as coisas no quadro... Só estávamos tentando encontrar meios de pressionar os Wace, para que sua família pudesse te ver.

— Mas eu não quero vê-los!

— Não, eu sei — disse Robin. — Só estou dizendo que não tem sentido nós continuarmos com essa parte da investigação... — ela apontou o quadro — ... agora que você saiu.

— Mas vocês vão encontrar Lin?

— Claro que sim.

— *E se ela estiver morta?* — Will explodiu de repente. — Havia tanto sangue...

— Tenho certeza de que vamos encontrá-la — garantiu Robin.

— Será uma punição a mim se ela estiver morta — declarou Will —, pelo que eu fiz a minha m-mãe.

Ele caiu em prantos.

Robin girou a cadeira de trás da mesa e a colocou perto de Will, sem tocar nele. Imaginou que ele tivesse visto o obituário on-line da mãe na biblioteca em Norwich. Ela ficou calada, esperando que o choro de Will passasse.

— Will — chamou, quando por fim achou que ele estava em condições de entender o que ela dizia —, só estamos perguntando que crimes você possa ter feito porque precisamos saber se a igreja tem alguma informação que possa ser divulgada antes de você ter a chance de falar com a polícia. Se eles fizerem isso, você pode ser preso antes de conseguirmos encontrar Lin, entendeu? E isso significaria que Qing iria para um lar adotivo.

Cheio de admiração pela maneira como Robin conduzia a entrevista, Strike teve de reprimir um sorriso inteiramente inadequado.

— *Ah* — disse Will, erguendo o rosto sujo e choroso. — Está certo. Bom... eles não podem divulgar sem que eles mesmos fiquem mal. Ou foram coisas que todos tivemos de fazer, ou que devíamos ter levado à polícia.

Eles estão fazendo algo realmente *horrível* ali. Só percebi o quanto era ruim quando tive Qing.

— Mas você não machucou alguém, machucou?

— Sim, machuquei — respondeu ele, infeliz. — Lin. E... vou contar à polícia tudo isso, e não a vocês. Depois que estivermos com Lin, vou contar à polícia.

O celular de Pat tocou e eles a ouviram dizer:

— Fique na esquina, vou até aí pegar com você. — Ela apareceu na soleira. — Alguém precisa cuidar de Qing. É Kayleigh, com as roupas para ela.

— Essa foi... — começou Strike, mas antes que pudesse dizer "rápida" pela segunda vez naquela manhã, Pat havia desaparecido. Qing entrou na sala interna em busca do pai, pedindo para ir ao banheiro. Quando Will e Qing voltaram do patamar, Pat tinha retornado segurando duas sacolas cheias de roupas infantis de segunda mão, parecendo irritada.

— Enxeridos, todos eles — reclamou, colocando as sacolas na mesa.

— Quem? — perguntou Robin, enquanto Pat pegava um pequeno macacão, colocava-se desajeitada de joelhos e o media no corpo de uma Qing fascinada.

— Minha família — respondeu Pat. — Sempre tentando descobrir em que tipo de escritório trabalho. Agora foi minha neta. Encontrei-me com ela na esquina. Não tem necessidade de ela saber o que fazemos.

— Você não contou a nenhum deles que trabalha aqui?

— Assinei um termo de confidencialidade, não foi?

— E como Kayleigh...?

— O namorado dela os trouxe para a cidade. Ela trabalha aqui perto, na TK Maxx. Falei pra ela que era urgente. Pronto, mocinha — disse a Qing —, vamos colocar você nessas coisas limpas. Você quer fazer isso — perguntou ela a Will, estreitando os olhos para ele — ou eu faço?

— Posso fazer — respondeu Will, pegando o macacão, mas parecendo meio perdido sobre como vesti-lo na menina.

— Robin pode te ajudar — sugeriu Pat. — Posso ter uma palavrinha? — acrescentou ela a Strike.

— Não pode ser...?

— Não — disse ela.

Então Strike seguiu Pat à sala que tinham acabado de desocupar, e Pat fechou a porta para Will, Qing e Robin.

— Onde eles vão ficar? — Pat exigiu saber de Strike.

— Aqui. Combinei agora mesmo com Robin. Eles vão para o andar de cima.

— Isso não é bom. Eles precisam de cuidados. Deviam ficar comigo.

— Não podemos impor...

— Não é imposição, estou oferecendo. Temos espaço, meu Dennis não vai se importar, e ele pode ficar com Will e Qing enquanto estou no trabalho. Tem um jardim para a garotinha, e posso arrumar uns brinquedos para ela com minhas netas. *Eles precisam de cuidados* — repetiu Pat, com um olhar penetrante que dizia a Strike que ela não o considerava qualificado para o trabalho. — Não há maldade nesse garoto — disse Pat, com se Strike estivesse argumentado o contrário. — Ele só fez uma tremenda burrada. Vou cuidar deles até que Will esteja pronto para ver o pai.

104

Existem perigos à espreita (...) preste uma atenção especial às coisas pequenas e insignificantes.

I Ching: O livro das mutações

— É mesmo *muita* generosidade da parte de Pat — disse Robin na tarde seguinte, enquanto ela e Strike saíam de Londres no BMW do sócio, para se encontrar com Sir Colin Edensor em sua casa em Thames Ditton. — Você sabe que precisamos dar um aumento a ela.

— Tá, tudo bem. — Strike suspirou, abrindo a janela para poder usar o cigarro eletrônico.

— Como Sir Colin reagiu quando você lhe contou que Will saiu?

— Hmm... acho que "atônito" resume bem — respondeu Strike, que telefonou ao cliente na noite anterior com a notícia —, mas depois tive de dizer a ele que Will não queria vê-lo, então isso despejou alguns baldes de água fria nas comemorações. Eu não revelei que Will está decidido a ir para a prisão ou que está convencido de que a Profetisa Afogada virá atrás dele depois que for interrogado pela polícia. Achei que era melhor discutir tudo isso pessoalmente.

— É mais sensato mesmo — comentou Robin. — Aliás, eu troquei minha vigilância noturna do Hampstead Heath com Midge, se não tiver problema. Tem uma coisa que preciso fazer esta noite.

— Tudo bem — disse Strike. Como Robin não explicou a "coisa" que precisava fazer, ele supôs que tivesse relação com Murphy. Prepararem o jantar juntos em casa, ou algo ainda pior, como ver uma casa juntos?

Robin, que estava feliz por não ser questionada sobre seus planos noturnos, porque duvidava de que Strike gostaria deles, continuou:

— Tenho uma novidade sobre o caso também... mas, agora que Will saiu, pode não importar.

— Manda.

— Comprei exemplares dos livros esgotados de Walter Fernsby, e um deles chegou ontem enquanto eu estava no trabalho.

— Alguma coisa boa?

— Não sei te dizer. Não fui além da dedicatória: *Para Rosie*.

— *Ah* — disse Strike.

— Eu já sabia que o nome da filha dele era Rosalind, mas não tinha feito a ligação — comentou Robin. — Depois me lembrei de outra coisa. Quando disseram a todos nós para escrevermos e contar a nossas famílias que íamos ficar na Fazenda Chapman, perguntaram que pessoas mais protestariam. Walter disse que o filho dele não ia gostar, mas que a filha seria compreensiva.

— É mesmo?

— Então voltei à internet para pesquisar Rosalind Fernsby. Ela está listada como moradora da casa do pai em West Clandon de 2010 a 2013, mas não consigo encontrar pistas dela depois disso... nem certidão de óbito — acrescentou. — Eu verifiquei.

— Onde fica West Clandon?

— Nos arredores de Guildford — disse Robin. — Mas a casa já foi vendida.

— Você não disse que entrou em contato com o irmão dela e ele desligou na sua cara?

— Assim que mencionei o pai, sim. Tentei a linha fixa da mãe, mas ela não está atendendo. Mas agora não importa, não é? Sir Colin provavelmente não vai querer pagar por mais nada disso.

— O caso ainda não está encerrado. Ele ainda quer que encontremos Lin. E, por falar nisso, recebeu o e-mail sobre Tasha Mayo?

— Sim, recebi — confirmou Robin. — Ótima notícia.

Tasha Mayo não só concordou em ir disfarçada à clínica de Zhou por uma semana, como demonstrou verdadeiro entusiasmo pelo trabalho e, a não ser que algo inesperado tenha acontecido, talvez já tivesse chegado a Borehamwood. Em apenas meia hora, seu contato por e-mail levou a uma ligação do próprio dr. Zhou, que ouviu uma longa história das enfermidades imaginárias de Tasha por telefone, diagnosticou-a dizendo que ela precisava de tratamento imediato e disse que ela precisaria ficar uma semana — talvez mais.

— Não se pensaria que ela seria tão arrojada, olhando para ela — comentou Robin.

— As aparências definitivamente enganam — opinou Strike. — Devia ter visto a coragem dela com os Franks... Mas não posso dizer que estou superfeliz por ela e Midge.

— Acha que elas...?

— É, acho que elas *definitivamente* — afirmou Strike —, e não é uma boa ideia dormir com clientes.

— Mas ela não é mais cliente.

Houve um breve silêncio. Pelo que Strike tinha conhecimento, Robin não sabia que a seriedade do envolvimento dele com Bijou Watkins ameaçara comprometer a agência, e ele torcia para que continuasse assim. Mal sabia ele que Robin tinha ouvido a história toda, de Ilsa, na noite anterior, por telefone. A amiga em comum, que ficou irritada ao saber que Robin tinha saído da Fazenda Chapman sem que ninguém lhe contasse, a presenteou com tudo que sabia sobre a saga de Strike e Bijou. Robin, portanto, tinha uma ideia bem astuta do motivo para Strike ficar tão sensível com qualquer terceirizado dormindo com pessoas que podiam sujeitá-los a fofocas.

— De qualquer forma — retomou Strike, ansioso para mudar de assunto —, Edensor tem um segundo motivo para continuar cavando sujeira da igreja, a não ser que ele ainda não tenha percebido.

— Qual?

— A página dele na Wikipédia também passou por muita modificação da noite para o dia.

— Merda, é mesmo?

— Exatamente o mesmo *modus operandi* que usaram com a família Graves. Abuso brutal contra Will pelo pai, família disfuncional etc.

— Edensor pode pensar que advogados são um jeito melhor de lidar com isso do que nós tentando derrubar a igreja.

— De fato — concordou Strike —, mas eu tenho contra-argumentos.

— Que são?

— Primeiro: ele realmente quer Will tendo alucinações com a Profetisa Afogada e cometendo suicídio?

— Ele pode argumentar que a psicoterapia resolveria melhor do que nós tentando solucionar o mistério da morte de Daiyu. Quer dizer, nem é um mistério para ninguém, só para nós, né?

— Isso porque todos os outros são uns idiotas.

— A polícia, a guarda costeira, as testemunhas e a legista? *Todos* eles são idiotas? — disse Robin, irônica.

— Foi você que disse que a IHU tinha se safado porque todo mundo os achou "meio estranhos, mas inofensivos". Pessoas demais, até mesmo as inteligentes... não, *especialmente* as inteligentes... presumem inocência quando encontram a estranheza. "Meio esquisito, mas eu devo estar deixando que meus preconceitos toldem minha capacidade crítica." Então as pessoas mudam completamente de atitude, e o que acontece? Uma criança desaparece da face da Terra, e a história toda é muito estranha, mas os mantos e a bobajada mística entram em cena e ninguém quer parecer intolerante, então diz: "Estranho, entrar no mar do Norte às cinco da manhã, mas acho que é o que as pessoas assim fazem. Talvez tenha algo a ver com as fases da Lua."

Robin não rebateu este discurso, em parte porque não queria expressar em voz alta sua verdadeira opinião, a de que o sócio também era preconceituoso: no sentido oposto ao que estava pregando e com estilos de vida alternativos, porque grande parte de sua própria infância difícil e conturbada foi passada em ocupações e comunas. O outro motivo para Robin não responder era que havia percebido algo vagamente inquietante. Depois de um minuto inteiro de silêncio, Strike notou os olhares constantes que ela lançava ao retrovisor.

— Aconteceu alguma coisa?

— Eu… talvez esteja sendo paranoica.

— Sobre o quê?

— Não olhe para trás — disse Robin —, mas talvez a gente esteja sendo seguido.

— Por quem? — perguntou Strike, olhando pelo retrovisor lateral.

— O Corsa Vauxhall vermelho atrás do Mazda… mas pode não ser o mesmo.

— Como assim?

— Tinha um Corsa vermelho atrás de nós quando saímos da garagem em Londres. *Este* — disse Robin, olhando pelo retrovisor de novo — vem se mantendo a um carro de distância de nós pelos últimos quilômetros. Você consegue ver o número da placa?

— Não — respondeu Strike, estreitando os olhos para o retrovisor. O motorista era um cara gordo de óculos escuros. — Estranho.

— O quê?

— Tem outro adulto ali, mas no banco traseiro… Tente acelerar. Ultrapasse esse Polo.

Robin acelerou. Strike observou o Corsa pelo retrovisor. Ele arrancou, ultrapassou o Mazda, depois ficou atrás do Polo.

— Coincidência? — perguntou Robin.

— O tempo dirá — disse Strike, de olho no carro que os seguia.

105

O conflito interno enfraquece o poder de vencer perigos externos.
I Ching: O livro das mutações

— Eu estava sendo paranoica — disse Robin.

Ela havia acabado de entrar na A309 que levava a Thames Ditton, mas o Corsa Vauxhall vermelho continuou pela A307 e desapareceu.

— Não tenho tanta certeza — retrucou Strike, olhando as fotos que tinha tirado disfarçadamente do Corsa pelo retrovisor. — Talvez eles só quisessem confirmação de que vamos à casa dos Edensor.

— O que acabamos de dar a eles ao entrar aqui — afirmou Robin com ansiedade. — Será que pensam que Will e Qing estão com Sir Colin?

— Pode ser — Strike concordou. — É melhor avisar a ele para ficar de olho naquele carro.

A casa em que Sir Colin e Lady Edensor tinham criado os três filhos ficava à margem do Tâmisa, na beira de um vilarejo do subúrbio londrino. Embora a fachada fosse despretensiosa, seu tamanho considerável ficou evidente quando Sir Colin levou os dois detetives pela propriedade até os fundos. Uma sucessão de cômodos arejados cheios de móveis confortáveis culminou em uma moderna cozinha com área de jantar, com paredes compostas em grande parte de vidro, revelando um longo gramado que se estendia por uma ladeira suave até o rio.

Os irmãos mais velhos de Will esperavam em silêncio na cozinha: James, carrancudo e de cabelo escuro, de pé ao lado de uma cafeteira que parecia cara, enquanto o mais novo e de cabelo mais claro, Ed, estava sentado a uma mesa de jantar grande, a bengala encostada na parede atrás dele. Robin sentiu tensão no ambiente. Nenhum dos dois irmãos dava a impressão de estar em júbilo por Will, enfim, ter saído da IHU, nem fizeram qualquer ruído ou sinal de boas-vindas. O clima tenso sugeria que haviam sido trocadas palavras acaloradas antes da chegada deles. Com um ânimo nada convincente, Sir Colin falou:

— James e Ed quiseram estar presentes para a atualização completa. Por favor, sentem-se — disse ele, gesticulando para a mesa a que Ed já estava sentado. — Café?

— Seria ótimo — respondeu Strike.

Depois que cinco cafés foram preparados, Sir Colin se juntou a eles à mesa, mas James permaneceu de pé.

— Então, Will está na casa de sua gerente — começou Sir Colin.

— Sim, a Pat — confirmou Strike. — Creio ser um bom arranjo. Isso o deixa longe da vizinhança na Rupert Court.

— Eu deveria dar a ela algum dinheiro para a comida e a hospedagem dele, até que ele... Enquanto ele estiver lá.

— É muita generosidade sua — falou Strike. — Transmitirei a ela.

— Posso enviar parte das roupas dele?

— Eu aconselharia que não — respondeu Strike. — Como lhe disse por telefone, Will ameaçou ir embora de novo se contarmos ao senhor que ele saiu.

— Então talvez, se eu lhe der algum dinheiro a mais, você possa passar adiante também, para que ele possa comprar roupas, sem dizer de onde veio o dinheiro? Detesto pensar nele vagando por aí com o moletom da IHU.

— Tudo bem — concordou Strike.

— Você disse que tinha mais a me contar pessoalmente.

— É verdade.

Ele passou a dar aos Edensor detalhes completos de sua entrevista do dia anterior com Will. Quando terminou, houve um curto silêncio. E então Ed falou:

— Então, basicamente ele quer que você encontre essa garota, Lin, depois vai se entregar à polícia?

— Exatamente — confirmou Strike.

— Mas você não sabe o que ele fez que lhe levaria à prisão?

— Só pode ter sido dormir com Lin quando ela era menor de idade — opinou Robin.

— Bom, eu falei com meus advogados — começou Sir Colin —, e a opinião deles é de que se Will está preocupado com a acusação de estupro presumido, e atualmente não temos motivos para supor que ele tenha feito coisa pior do que isso, pode ser providenciada uma imunidade no processo, se ele estiver disposto a fornecer provas contra a igreja e Lin não quiser prestar queixa. Circunstâncias atenuantes, coerção e assim por diante... A Rentons acha que temos uma boa possibilidade de imunidade.

— Não é tão simples assim — afirmou Robin. — Como disse Cormoran, Will acredita que a Profetisa Afogada virá atrás dele se ele...

— Mas ele está *disposto* a falar, não está? — perguntou Ed. — Depois de encontrarem Lin?

— Sim, mas só porque...

— Então arrumamos uma terapia para ele, explicamos claramente que não há necessidade de ir para a prisão se a imunidade for conseguida...

Robin, que gostou de Ed na primeira reunião, viu-se frustrada e zangada pelo leve traço de paternalismo na voz dele. Ed parecia pensar que ela criava dificuldades sobre questões que, para ele, eram completamente simples. Embora Robin não tivesse a intenção de dar queixa de Will por tê-la atacado, a lembrança dele avançando para ela, nu, segurando o pênis no Quarto de Retiro, estava entre as lembranças da Fazenda Chapman que levariam muito tempo para desbotar. Os Edensor não só agiam na ignorância do que Will suportara, mas também não conseguiam compreender todo o alcance do que ele fizera aos outros; embora Robin sentisse compaixão por Will, ainda estava mais preocupada com Lin.

— O problema — disse ela — é que Will *quer* ir para a prisão. Ele está institucionalizado e tomado de culpa. Se oferecermos terapia, ele vai recusar.

— Isto é uma suposição — rebateu Ed, erguendo as sobrancelhas. — Ainda não foi proposto. E você está se contradizendo: acabou de dizer que ele tem medo que a Profetisa Afogada vá atrás dele se ele falar. Como vai cumprir pena de prisão, se ele... O que a Profetisa Afogada faz, exatamente? Amaldiçoa as pessoas? Mata?

— Você está pedindo a Robin para explicar o irracional — interveio Strike, que deixou transparecer na voz toda a impaciência que a sócia teve o cuidado de reprimir. — Will está numa espécie de missão camicase. Garantir a segurança de Qing com a mãe, depois confessar tudo que fez de errado e ou ficar preso, ou deixar que a Profetisa o pegue.

— E estão sugerindo que deixemos que ele coloque esse plano em prática?

— De forma alguma — disparou Robin, antes que Strike pudesse falar. — Simplesmente estamos dizendo que é preciso lidar com Will com muito cuidado agora. Ele precisa se sentir seguro e no controle, e se souber que contamos à família que ele saiu, pode ser que fuja de novo. Se conseguirmos encontrar Lin...

— O que quer dizer com "se"? — perguntou James, ao lado da cafeteira. — Vocês disseram que sabem onde ela está.

— Nós *acreditamos* que ela esteja na clínica de Zhou em Borehamwood — corrigiu Strike — e acabamos de infiltrar alguém lá, mas não temos como *saber* se, de fato, está lá, só quando entrarmos.

— Então vamos mimar Will e deixar que ele faça tudo do jeito dele? — ironizou James. — No seu lugar — disse ele à nuca do pai —, iria direto à casa dessa Pat, diria que ele já causou problemas suficientes e está na hora de tomar jeito.

Ele religava a cafeteira. Elevando a voz com o barulho alto do moedor, Strike falou:

— Se seu pai fizer isso, o risco para Will pode ser maior do que você percebe, e não estou falando só da saúde mental dele. Na segunda-feira, uma figura mascarada e armada tentou invadir nosso escritório, possivelmente para pôr as mãos no arquivo do caso IHU — revelou Strike. O choque estampava o rosto dos Edensor. — Agora a igreja sabe que tiveram uma detetive particular infiltrada entre eles por dezesseis semanas. Will teve contato direto e pessoal com Robin antes de fugir, o que significa que a IHU pode supor que ele tenha contado a ela todos os motivos para se sentir culpado.

"Will também fugiu com a neta dos Wace. Jonathan Wace não parece particularmente ligado nem a Lin, nem a Qing, mas ele valoriza a própria linhagem sanguínea o bastante para manter todas as crianças aparentadas dele na fazenda, e por isso duvido que vá ficar feliz com o desaparecimento de Qing. Enquanto isso, se conseguirmos contar a Lin que Qing escapou, é muito provável que ela queira sair. Lin foi criada na igreja e é provável que saiba bem mais do que Will sobre o que acontece lá.

"Em resumo, Will tem o dedo na tampa de uma grande caixa de Pandora que, por acaso, também incrimina um escritor famoso, que parece ir à Fazenda Chapman para dormir com meninas novas, e uma atriz que esteve despejando dinheiro em uma organização abusiva e perigosa. Até onde sabemos, a igreja não sabe onde Will está, mas se familiares começarem a visitá-lo, ou se ele começar a se encontrar com os advogados da família, isso pode mudar. Acreditamos que fomos seguidos esta manhã..."

— Não temos *certeza* — interveio Robin, em resposta ao alarme crescente no rosto de Sir Colin.

— ... por um Corsa Vauxhall vermelho — informou Strike, como se não tivesse sido interrompido. — Eu o aconselharia a ficar de olho nisso. É possível que a IHU esteja seguindo nossos passos, e os seus.

Houve um breve silêncio consternado.

— Você falou com a polícia sobre o invasor mascarado? — perguntou Sir Colin.

— Naturalmente — confirmou Strike —, mas eles não têm nada até agora. A pessoa estava bem disfarçada, usando até balaclava, e toda vestida de preto... E esta descrição bate com a única visão do atirador de Kevin Pirbright.

— Meu Deus — resmungou Ed.

James, que tinha completado a xícara seguinte sem oferecer café a mais ninguém, avançou na direção da mesa.

— Então Will pode estar colocando todos nós em perigo? Minha esposa? Meus filhos?

— Eu não iria tão longe — disse Strike.

— Ah, você *não iria*?

— Eles nunca perseguiram familiares de ex-integrantes, a não ser...

— Online — concluiu Sir Colin. — Sim, vi minha nova página na Wikipédia. Não que eu me importe...

— *Você* pode não se importar — disse James em voz alta —, mas eu me importo! E então, qual é a *sua* solução para essa confusão? — lançou James a Strike. — Manter Will escondido por uma década, enquanto meu pai, sozinho, financia uma investigação de toda a maldita igreja?

Strike deduziu por este comentário que Sir Colin confidenciara ao filho mais velho suas dúvidas sobre a linha de investigação de Daiyu.

— Não — começou ele, mas, antes que pudesse explicar qualquer curso de ação, Ed se intrometeu.

— Me parece...

— Vai *encher o saco* com a maldita terapia? — vociferou James. — Se eles estão seguindo e atirando nas pessoas...

— Eu ia dizer — retomou Ed — que se essa Lin estiver disposta a dar provas contra a igreja...

— Ela é filha de Wace, ela não vai...

— E o que você sabe disso?

— O bastante para saber que não quero ficar em dívida com ela...

— Temos o dever de cuidar... — começou Sir Colin.

— *Não, não temos, não* — gritou James. — Nem ela, nem a maldita filha dela, são de *qualquer* interesse para mim. Aquele merdinha idiota arrastou o pessoal de Jonathan Wace para nossa vida em lugar de nossa mãe, que *não estaria morta se não fosse pela IHU*, e no que me diz respeito, Will, essa tal de Lin e a maldita criança podem se afogar...

James atirou a xícara de café no rio distante, e assim um arco de líquido preto e quase fumegante atingiu o peito de Robin.

— … e se juntar à maldita profetisa dele!

Robin soltou um grito de dor; Strike gritou "Ei!" e se levantou; Ed também tentou ficar de pé, mas a perna fraca cedeu; Sir Colin disse "*James!*" enquanto Robin puxava o tecido escaldante para longe da pele e olhava freneticamente ao redor em busca de algo para se limpar, Ed fez uma segunda tentativa de se levantar e gritou com o irmão mais velho, apoiando-se com as duas mãos na mesa:

— Você tem essa *maldita* narrativa na cabeça… Era inoperável quando eles descobriram e já era assim antes de Will entrar para a porra da igreja! Quer culpar alguém, culpe *a mim*… Ela não fez exames porque ficou sentada *comigo* no hospital por cinco meses, caralho!

Com os dois irmãos trocando gritos tão alto que ninguém mais se ouvia falar, Robin saiu da mesa para pegar papel-toalha, que molhou com a água fria da torneira e pressionou por baixo da blusa para aliviar a ardência na pele.

— Calem-se… CALEM-SE! — bradou Sir Colin, levantando-se. — Srta. Ellacott, eu peço desculpas… Está...?

— Eu estou bem, estou bem — garantiu Robin que, preferindo não limpar café quente dos seios com quatro homens olhando, dera as costas para eles.

James, que aparentemente não percebeu ter sido responsável pela grande mancha preta na blusa cor de creme de Robin, recomeçou:

— No que diz respeito *a mim*…

— Então não vai se desculpar? — rosnou Strike.

— *Você* não tem o direito de me dizer…

— Você acabou de jogar café quente na minha sócia!

— O quê?

— Eu estou bem — Robin mentiu.

Depois de ter banhado a área com o papel-toalha molhado, ela pôs o chumaço na lixeira e voltou à mesa, com a blusa molhada grudando na pele. Pegando o casaco no encosto da cadeira, ela o vestiu, refletindo em silêncio que tinha sido ferida por dois filhos de Edensor; talvez Ed fizesse algum truque antes de ela sair da casa e batesse em sua cabeça com a bengala.

— Desculpe — disse James, perplexo. — Eu sinceramente… não pretendia fazer isso…

— Will também não pretendia fazer o que fez — afirmou Robin, sentindo que se era para ficar escaldada, pelo menos ela merecia poder tirar proveito disso. — Ele fez uma coisa muito idiota e imprudente e sabe disso, mas nunca teve a intenção de prejudicar ninguém.

— Quero que essa Lin seja encontrada — declarou Sir Colin em voz baixa, antes que James pudesse responder. — E não quero ouvir nem mais uma palavra sobre isso, James. Quero-a encontrada. E depois disso...

Ele olhou para Strike.

— Estou disposto a financiar mais três meses de investigação sobre a morte de Daiyu Wace. Se conseguirem provar que foi suspeita, que ela não é a deidade em que a transformaram, isso pode ajudar Will... Mas se não descobrirem nada após esse período, estaremos fora. Nesse meio tempo, por favor, agradeça a sua gerente por cuidar de Will e... vamos ficar atentos àquele Corsa Vauxhall.

106

É verdade que ainda existem muros em que nos postamos,
confrontando-nos uns aos outros. Mas as dificuldades também
são grandes. Entramos em um aperto e isso nos leva a nossa razão.
Não podemos lutar, e aí está nossa boa sorte.

I Ching: O livro das mutações

— Bom, é isso — disse Robin. — Nada de Corsa.

Durante toda a volta a Londres, ela esteve olhando pelo retrovisor com muito mais frequência do que o de costume e tinha certeza de que eles não foram seguidos.

— Será que você deve ligar para os Edensor e dizer que foi um alarme falso? — sugeriu ela.

— Quem estava naquele Corsa pode ter percebido que foi visto — respondeu Strike. — Ainda acho que os Edensor precisam ficar de olhos abertos... Você pode cobrar da agência a lavanderia para esta blusa — acrescentou. Ele não gostou de tocar no assunto, mas o BMW tinha um forte cheiro de café.

— Nenhuma lavanderia do planeta vai se livrar dessa coisa — disse Robin —, e o contador não vai me deixar cobrar, de todo modo.

— Então cobre ao negó...

— É velha, e foi barata quando comprei. Eu não me importo.

— Eu me importo — declarou Strike. — Babaca descuidado.

Robin podia ter lembrado Strike de que ele uma vez quase quebrou seu nariz quando ela tentou impedi-lo de esmurrar um suspeito, mas decidiu pelo contrário.

Eles se separaram na garagem onde Strike guardava o BMW. Como Robin não voltou a falar sobre o que ia fazer naquela noite, Strike confirmou sua opinião de que tinha algo a ver com Murphy e voltou para o escritório com um humor irritado que preferiu atribuir à acusação malvelada de James

Edensor de que a agência estava explorando financeiramente o pai dele. Robin, enquanto isso, foi diretamente à Oxford Street, onde comprou uma blusa nova e barata, trocou de roupa no banheiro da loja de departamentos, depois deu uma boa borrifada de uma amostra de perfume para se livrar do cheiro de café, porque não tinha tempo para ir em casa e se trocar antes do encontro com Prudence.

Ela ligou para a terapeuta na noite anterior, e Prudence, que tinha hora com o dentista, sugeriu que elas marcassem em um restaurante italiano perto da clínica. Robin ficou hipervigilante quando pegou o metrô para a Kensington High Street. Já havia sido seguida fazendo este trabalho, e a recusa de Strike de ficar tranquilizado pelo não aparecimento do Corsa na viagem de volta a Londres a havia deixado meio tensa. A certa altura, ela pensou que um homem forte de sobrancelhas grossas podia estar seguindo-a, mas, ao dar um passo de lado para deixá-lo continuar, ele passou direto resmungando alguma coisa.

Ao chegar ao Il Portico, Robin ficou satisfeita ao ver que era menor e mais aconchegante do que imaginara, dada a localização luxuosa; suas roupas de trabalho, portanto, estavam inteiramente adequadas, mesmo que Prudence, que já estava sentada, estivesse muito mais elegante em seu vestido azul-escuro.

— Ainda estou dormente — avisou Prudence, apontando a face esquerda ao se levantar para dar dois beijinhos no rosto de Robin. — Estou com certo medo de beber, não quero derramar tudo... Você emagreceu *muito*, Robin — acrescentou ela, ao se sentar.

— Sim, bom, eles não te dão muita comida na IHU — revelou Robin, sentando-se de frente para ela. — Precisou fazer alguma coisa medonha no dentista?

— Eu devia substituir uma antiga obturação, mas ele achou outra que precisava ser feita — explicou Prudence, passando o dedo na face. — Já veio aqui alguma vez?

— Nunca.

— A melhor massa de Londres — afirmou Prudence, passando o cardápio a Robin. — O que vai beber?

— Bom, não estou dirigindo — comentou Robin —, então vou tomar uma taça de *prosecco*.

Prudence fez o pedido enquanto Robin olhava o cardápio, ciente de que o bom humor de Prudence estava prestes a mudar. Depois que as duas tinham concluído os pedidos, Robin falou:

— Você deve ter ficado surpresa com o meu telefonema.

— Bom — disse Prudence, sorrindo —, não inteiramente. Tive certa impressão, pelo que Corm me disse, que você é a parte emocionalmente inteligente da sociedade de vocês.

— É verdade — disse Robin com cautela. — Então... você acha que eu queria me encontrar para tentar acertar as coisas entre você e Strike?

— Não é isso?

— Infelizmente não — revelou Robin. — Estou aqui para falar de Flora Brewster.

O sorriso sumiu do rosto de Prudence. Como Robin tinha previsto, ela não parecia só desanimada, mas com raiva.

— Então ele te mandou...?

— Ele não me mandou aqui. Vim inteiramente por minha própria conta. Ele vai ficar furioso quando descobrir o que eu fiz.

— Mas claramente ele deduziu quem...

— Sim — interrompeu Robin. — Ele sabe que Torment Town é Flora. Tivemos uma discussão sobre isso, na verdade. Strike acha que Flora devia testemunhar contra a IHU, e não fazer desenhos do que presenciou lá, mas eu disse a ele que talvez as coisas no Pinterest fossem o jeito dela de processar tudo. Disse que Flora provavelmente passou por coisas medonhas por lá. No fim, Strike concordou em não procurá-la, não persegui-la, como uma pista.

— Entendo — falou Prudence lentamente. — Bom, obrigada...

— Mas eu mudei de ideia.

— O quê?

— Eu mudei de ideia — repetiu Robin. — Por isso pedi que se encontrasse comigo. Quero falar com Flora.

Prudence, como Robin esperava, estava furiosa.

— Não pode fazer isso, Robin. Você não pode. Percebe em que posição isso me coloca? O único jeito de Corm ter deduzido quem ela era...

— Ele já sabia que Flora esteve na igreja. Ele tinha datas, sabia quando ela saiu... Tudo. Foi quando você ligou e o acusou de estar importunando sua cliente que ele conseguiu deduzir quem era Torment Town.

— É irrelevante o que vocês sabiam *antes*. Com todo o respeito, Robin...

— Com o mesmo respeito, Prudence, você teve a opção de nos contar ou não que tinha uma cliente que fugiu da IHU, e nos contou. Você também teve a opção de ligar ou não para Strike e acusá-lo de importunar sua cliente. Foi *você* que permitiu que ele deduzisse a identidade dela. Não pode culpá-lo por fazer o trabalho dele.

O garçom chegou com o Prosecco de Robin, que bebeu um longo gole.

— Estou aqui porque a pessoa que fomos contratados para retirar da IHU saiu ontem, mas está muito perturbada e provavelmente corre perigo. Não só de suicídio — acrescentou ela, quando Prudence fez menção de falar. — Acreditamos que a igreja pode ter um papel mais ativo em sua morte, se tiver a oportunidade.

— O que prova — sibilou Prudence, num sussurro acalorado — que vocês dois não entendem com o que estão lidando. As pessoas que saem da IHU costumam ficar delirantes. Elas acham que a igreja, ou a Profetisa Afogada, as está perseguindo, vigiando, talvez vá matá-las, mas é tudo paran...

— Um homem armado e mascarado tentou invadir nosso escritório na segunda-feira. Foi registrado pela câmera. Um ex-integrante da IHU foi baleado na cabeça no ano passado. Temos certeza de que a igreja acompanhou a vida de uma mãe de duas filhas, que se enforcou esta semana depois de receber um telefonema de um número desconhecido.

Pela segunda vez naquele dia, Robin viu o efeito desse tipo de informação em alguém que nunca tivera de encarar a ameaça de violência na vida cotidiana.

O garçom baixava o *antipasti* na mesa entre as duas. Robin, que estava faminta, pegou o presunto de Parma.

— Não vou fazer *nada* que vá colocar em perigo o bem-estar de minha cliente — afirmou Prudence em voz baixa. — Então, se veio aqui querendo, não sei, uma apresentação, ou informações confidenciais sobre ela...

— Talvez, subconscientemente, você queira que ela testemunhe — opinou Robin, e ela viu Prudence ruborizar. — Por isso você falou demais.

— E talvez, *subconscientemente*, você tenha dissuadido Corm de se encontrar comigo, assim você poderia...

— Fazer de mim mesma uma heroína aos olhos dele? Se vamos trocar golpes baixos, posso dizer que seu motivo secundário para nos contar que tem uma cliente que fugiu da IHU foi porque você queria aumentar a intimidade com seu novo irmão.

Antes que Prudence pudesse articular a réplica, sem dúvida furiosa, que germinava por trás dos olhos dela, Robin continuou:

— Tem uma criança na Fazenda Chapman. O nome dele é Jacob. Não sei o sobrenome, deve ser Wace ou Pirbright, mas eles provavelmente nunca registraram seu nascimento...

Robin contou a história das dez horas que passou cuidando de Jacob. Descreveu as convulsões do menino, sua respiração laboriosa, os membros atrofiados, a triste luta para continuar vivo apesar da inanição e do descaso.

— Alguém precisa responsabilizá-los — afirmou Robin. — Pessoas *com credibilidade*. E mais de uma. Não posso fazer isso sozinha, estou comprometida demais pelo trabalho que fui lá fazer. Mas se duas ou três pessoas inteligentes forem testemunhar e contarem o que acontece na fazenda, o que aconteceu com elas e o que presenciaram acontecendo com outros, tenho certeza de que outros aparecerão. Seria uma bola de neve.

— Então quer que eu peça a Flora para apoiar o parente de seu cliente?

— E ele daria apoio *a ela* — disse Robin. — Também existe a possiblidade de mais duas testemunhas, se conseguirmos tirá-las de lá. As duas querem sair.

Prudence bebeu um longo gole de vinho, mas metade dele escorreu pelo lado da boca.

— *Merda*.

Ela limpou a mancha com o guardanapo. Robin ficou olhando, impassível. Prudence podia pagar por uma lavanderia a seco, e, na verdade, por um vestido novo, se quisesse.

— Escute — começou Prudence, amarrotando o guardanapo sujo de vinho e baixando de novo a voz —, você não entende: Flora está profundamente perturbada.

— Talvez testemunhar a ajude.

— Esta é uma coisa *incrivelmente* simplista de se dizer.

— Estou falando por experiência própria — disse Robin. — Fiquei agorafóbica e clinicamente deprimida depois que fui estuprada, estrangulada e largada para morrer quando tinha dezenove anos. Testemunhar foi importante em minha recuperação. Não estou dizendo que é fácil, e não estou dizendo que foi a única coisa que ajudou, mas *ajudou*.

— Desculpe — disse Prudence, sobressaltada —, eu não sabia…

— Bom, eu ainda preferia que você não soubesse — interrompeu Robin sem rodeios. — Não gosto de falar nisso, e os outros têm a tendência a pensar que estou tirando proveito dessa informação quando a trago em discussões como esta.

— Não estou dizendo que você…

— Sei que não, mas a maioria das pessoas prefere não ouvir, porque isso as deixa desconfortáveis, e algumas pessoas acham que é indecente mencionar a história. Estou tentando te dizer que consigo me solidarizar totalmente com Flora por não querer que a pior época de sua vida a defina para sempre. Mas o fato é que isso *já* a está definindo.

"Recuperei uma sensação de poder e autoestima por conseguir que aquele estuprador fosse preso. Não estou alegando que foi fácil, porque foi horrível… Foi difícil e, para ser franca, muitas vezes tive a sensação de que não queria mais viver, mas, ainda assim, ajudou. Não enquanto eu passava por tudo, mas depois, porque eu sabia que tinha ajudado a impedi-lo de fazer isso com outras pessoas."

Prudence parecia sentir um conflito profundo.

— Olha, Robin — disse ela —, obviamente me solidarizo com você por querer levar a igreja ao tribunal, mas não posso dizer o que gostaria de dizer devido ao sigilo médico. Que, aliás, como você mesma observou, pode-se argumentar que eu já rompi meramente por contar a você e Corm que tenho uma cliente que foi da IHU.

— Eu nunca disse que você rompeu...

— Tudo bem, talvez seja minha consciência culpada falando! — retrucou Prudence, com uma veemência súbita. — Talvez eu tenha me sentido mal, depois de você e Corm terem saído, por ter falado tanto! Talvez eu *tenha* me perguntado se não falei aquilo *exatamente* pelo motivo que você sugeriu: para me ligar mais a ele, para fazer parte da investigação, de algum modo.

— Nossa — disse Robin. — Você deve ser uma terapeuta *muito* boa mesmo.

— O quê? — perguntou Prudence, desconcertada.

— Para ser tão franca — explicou Robin. — Eu já fiz terapia e, sendo totalmente sincera, só gostei de um deles. Às vezes há um ar de... *presunção.*

Ela bebeu mais do Prosecco, depois acrescentou:

— Você está enganada a meu respeito. Não quero ser uma heroína aos olhos de Corm. Estou aqui porque pensei que ele estragaria tudo se tivesse essa conversa com você, e Strike pode levar para o lado pessoal.

— O que *isso* quer dizer? — perguntou Prudence, tensa.

— Você já deve ter notado que ele tem um enorme problema com pessoas com uma riqueza não merecida. Ele deprecia Flora por não trabalhar, por, como ele vê, ficar em casa fazendo desenhos do que viveu, em vez de denunciar. Eu temia que, se você se opusesse a ele como está se opondo agora, ele começaria a te criticar... Ah, sabe como é.

— Por aceitar o dinheiro de nosso pai?

— Se aceita ou não, isso não é da minha conta. Mas não queria vocês dois numa situação pior do que já estão, porque fui sincera no que eu te disse antes. Acho que você pode ser *exatamente* o que ele precisa.

O garçom reapareceu para retirar o antipasti, do qual só Robin comeu. A expressão de Prudence tinha se suavizado um pouco, e Robin decidiu aproveitar a vantagem.

— Deixe-me dizer, pela minha experiência na Fazenda Chapman, quais fatores acho que podem ter feito Flora ter medo de testemunhar. Primeiro — disse ela, contando nos dedos —, a coisa do sexo. Eu me solidarizo. Já disse a Strike que ela deve ter sido efetivamente estuprada por cinco anos.

"Segundo, todo sexo é sem proteção, então existe a possibilidade de ela ter filhos por lá."

Robin viu uma sutil oscilação no olho esquerdo de Prudence, mas fingiu não ter notado.

— Terceiro, ela pode ter feito coisas lá que são criminosas e morrer de medo de um processo. É quase impossível não ser coagida a comportamento criminoso na Fazenda Chapman, como eu bem sei.

Desta vez, a mão de Prudence se levantou, aparentemente inconsciente, para cobrir o rosto, enquanto tirava o cabelo desnecessariamente dele.

— Por fim — disse Robin, perguntando-se se estava prestes a estragar completamente a conversa, mas certa de que devia dizer isso —, você, como terapeuta dela, pode ter estimulado a cautela em testemunhar ou procurar a polícia, porque tem receio que ela não seja mentalmente forte para lidar com as consequências, em particular como única testemunha.

— Bom, deixe-me retribuir o elogio. Você claramente é muito boa no *seu* trabalho também.

O garçom trouxe os pratos principais. Faminta demais para resistir, Robin pegou uma garfada do *tagliatelle* com ragu e soltou um gemido de prazer.

— Ai, meu Deus, você não estava errada.

Prudence ainda parecia tensa e ansiosa. Começou a comer o próprio espaguete, em silêncio por um tempo. Por fim, depois de limpar metade do prato, Robin falou:

— Prudence, juro que eu não diria isso se não fosse verdade. Acreditamos que Flora tenha testemunhado algo muito grave dentro da igreja. *Muito* grave.

— O quê?

— Se ela não contou a você, não acho que eu deveria.

Prudence baixou os talheres. Julgando que seria melhor deixar que ela falasse em seu próprio tempo, Robin continuou a comer.

Enfim, a terapeuta falou em voz baixa:

— Tem uma coisa que ela não me conta. Ela foge do assunto. Chega perto, depois recua. Tem a ver com a Profetisa Afogada.

— Sim — confirmou Robin —, seria isso.

— Robin…

Prudence parecia ter chegado a uma decisão. Em um sussurro, ela falou:

— Flora tem obesidade mórbida. Ela se flagela. Tem problemas com a bebida. Toma tantos antidepressivos que mal sabe em que dia está.

— Ela está tentando bloquear algo terrível — afirmou Robin. — Ela testemunhou uma coisa que a maioria de nós nunca viu. Na melhor das hipóteses, foi homicídio culposo por negligência grave. Na pior, foi doloso.

— *O quê?*

— Só o que eu queria te dizer esta noite — continuou Robin —, só o que eu queria pedir, é que você tenha em mente o bem que ela pode fazer se testemunhar. Temos certeza de que pode ser arranjada alguma imunidade no processo. Flora e o parente de nosso cliente eram jovens e vulneráveis, e eu posso testemunhar sobre o que a igreja faz para obrigar ao silêncio e à obediência.

"A questão é que eu era uma garota inteligente de classe média em um relacionamento sério quando fui estuprada. As únicas duas outras garotas que sobreviveram a ele... Elas não eram assim. Isso não deveria importar, mas importava. Uma das meninas desmoronou no interrogatório. Eles argumentaram que a outra era tão promíscua que devia ter feito sexo consensual com ele... só porque uma vez usou algemas de pelúcia para transar com um cara que conheceu numa boate.

"Flora é instruída e rica. Ninguém pode retratá-la como uma oportunista que está atrás de lucro."

— Existem outros meios de desacreditá-la, Robin.

— Mas, se o parente de nosso cliente testemunhar, ela terá apoio. O problema é que nossas duas outras possíveis testemunhas passaram a maior parte da vida na igreja. Uma delas tem no máximo dezesseis anos. Será uma luta para elas se reorientarem, mesmo que consigamos tirá-las de lá. Sem relógios, sem calendários, nenhuma referência normal... Posso ver os advogados da igreja devorando as duas, a não ser que elas recebam apoio de pessoas com mais credibilidade.

"Pense nisso, Prudence, por favor. Flora tem o poder de libertar milhares de pessoas. Eu não pediria se não soubesse que existem vidas dependendo disso."

107

Nove na primeira posição significa:
Esperar na campina.
É favorável permanecer no que persevera.
Nenhuma culpa.

I Ching: O livro das mutações

Enquanto Robin estava em Kensington, Strike se via de volta ao escritório da Denmark Street, comendo a segunda refeição chinesa em duas semanas, desta vez delivery. Ele estava achando difícil perder os últimos cinco quilos que faltavam para chegar ao peso almejado e, embora desconfiasse que um nutricionista lhe diria que a reintrodução de comida delivery e de pub em sua dieta talvez tivesse alguma relação com isso, a tentação de um frango agridoce e arroz frito se mostrou forte demais para ele esta noite.

Strike comia no escritório, e não no apartamento, porque queria examinar o currículo de dois detetives que achava que talvez valesse a pena entrevistar. Também queria revisar o arquivo do caso da IHU com a visão do quadro coberto de fotos e com as anotações relacionadas à igreja. Olhava fixamente o quadro enquanto comia, desejando que seu subconsciente desse um daqueles saltos inexplicáveis que explicavam tudo, quando o celular tocou.

— Oi — disse Midge. — Tasha ligou agora há pouco. Ela se registrou e já recebeu um enema de chá verde frio.

Strike engoliu às pressas a porção de frango agridoce.

— Meu Deus, não tinha necessidade de ela…

— Ela teve de fazer, o dr. Zhou mandou. Ela disse que não foi ruim. Aparentemente…

— Sem detalhes, estou comendo. Como é o lugar, além do tubo enfiado pelo cu?

— Como o covil de um vilão de James Bond, ao que parece — respondeu Midge. — Tudo preto e vidro fumê... Mas olha só isso: ela acha que talvez saiba onde estão mantendo a sua garota.

— Já? — perguntou Strike, empurrando o prato e pegando uma caneta.

— É. Tem um anexo com uma placa de "Somente para funcionários". Uma mulher que esteve lá antes ficou surpresa, porque disse a Tasha que ficou em um quarto no anexo seis meses atrás, então costumava ser para hóspedes. Tasha já viu um funcionário levar uma bandeja de comida para lá. Uma coisa meio esquisita de se fazer, a não ser que uma massagista esteja doente, acho.

— Isso parece promissor — comentou Strike.

— Tasha disse que não quer xeretar muito, já que acabou de chegar. Vai passar por um dia inteiro de tratamentos amanhã e depois, à noite, dar uma volta perto do anexo e ver se consegue espiar por uma das janelas.

— Tudo bem, mas lembre a ela para ser *muito* discreta. Se houver a mais leve possibilidade de ser descoberta, Tasha deve sair imediatamente. Não queremos...

— Você disse tudo isso no e-mail de quarenta páginas que mandou a ela — interrompeu Midge. — *Ela sabe.*

— É melhor que saiba, porque ela não é a única que vai pagar se cometer um deslize.

Quando Midge desligou, Strike voltou a comer, a irritação leve de antes aumentada, porque era muito desagradável depender de alguém que não era funcionário nessas circunstâncias. Depois de terminar, ele se levantou e olhou a rua através da veneziana.

Havia um homem alto, negro e forte em uma soleira do outro lado da rua. Tinha dreadlocks curtos, vestia jeans e casaco acolchoado, mas sua característica mais marcante, como Strike notou quando eles se cruzaram na Denmark Street mais cedo, eram os olhos verde-claros.

Depois de tirar algumas fotos do homem no telefone, Strike deixou a veneziana se fechar, recolheu as embalagens do delivery, lavou os pratos e os talheres, depois se sentou para ver o currículo das duas possíveis contratações que já haviam trabalhado para Patterson. Cruzando o de Dan Jarvis, Shah tinha escrito "*Trabalhei com ele, é um babaca*". Com fé no julgamento de caráter de Shah, Strike rasgou o currículo ao meio, pôs na lixeira e pegou o de Kim Cochran.

Seu telefone tocou pela segunda vez. Vendo que era Robin, ele atendeu prontamente.

— Pensei que tivesse planos para a noite.

— Eu tinha, por isso estou ligando. Jantei agora com Prudence. Sua irmã, Prudence — acrescentou Robin, diante do silêncio de Strike.

— O que ela queria? — perguntou ele, desconfiado. — Tentar mandar recados por seu intermédio? Me avisar para não chegar perto de Brewster?

— Não, é justamente o contrário. O jantar foi ideia minha... *Não* para tentar fazer com que vocês dois reatem nem nada, não vou me intrometer em sua vida particular. Eu queria falar com ela sobre Flora. Prudence disse que sabe que ela está escondendo algo que testemunhou na Fazenda Chapman, algo ligado à Profetisa Afogada. Ao que parece, Flora sugere o assunto na terapia, depois recua. Mas enfim...

Robin teve dificuldade para julgar se o silêncio de Strike era um mau presságio, porque ela andava pela Kensington High Street com um dedo no ouvido livre, para bloquear o barulho do trânsito.

— ... tentei convencer Prudence a não atrapalhar se Flora for à polícia ou concordar em testemunhar contra a igreja em juízo. Disse a ela que achava possível conseguir imunidade, e que pode ser bom para Flora desabafar tudo.

"Também perguntei se Prudence estaria disposta a ajudar alguém que acabou de sair da igreja, sabendo que ela tem experiência com o que a IHU faz com as pessoas. Talvez seja mais seguro Will não ir à casa dela, caso a igreja esteja tentando encontrá-lo, mas eles podem fazer um FaceTime ou algo assim. Se ele souber que Prudence é sua irmã e não tem ligação nenhuma com a própria família, pode concordar em conversar com ela. E se conseguirmos que Flora e Will conversem, eles podem, sei lá, achar isso terapêutico. Pode até encorajá-los, não acha?

O silêncio foi a única resposta de Strike.

— Está me ouvindo? — perguntou Robin, elevando a voz com o ronco de um ônibus que passava.

— O que aconteceu — começou Strike — com a história de eu ser um filho da puta canalha e bruto que precisa ficar longe de Brewster e deixar que ela continue desenhando no Pinterest?

— O que aconteceu — rebateu Robin — é que eu ouvi Will dizendo que está convencido de que a Profetisa Afogada virá pegá-lo. E não consigo tirar Jacob da cabeça. *Precisamos* encontrar alguém que vá testemunhar contra a igreja. Acho que comecei a pensar do seu jeito. O trabalho é assim.

Ela já estava quase na estação. Como Strike ficou calado, Robin se recostou na parede, com o telefone ainda no ouvido.

— Você está irritado porque procurei Prudence pelas suas costas, não é? Só achei que seria mais fácil se ela acabasse odiando a mim e não a você. Eu *disse* a ela que fui lá por conta própria. Ela sabe que você não me pediu para ir.

— Não estou irritado. Se você obteve resultados, caramba, este será o primeiro raio de luz que temos em muito tempo. Com Brewster como testemunha do que aconteceu com Deirdre Doherty, talvez tenhamos o bastante para colocar a polícia no caso, mesmo que Will ainda esteja determinado a deixar que a Profetisa Afogada o pegue. Onde você está?

— Kensington — disse Robin, que ficou imensamente aliviada por Strike não estar irritado.

— Algum Corsa vermelho por perto?

— Nenhum. Achei que um grandalhão estivesse me seguido mais ced...

— O quê?

— Calma, ele não estava, era só minha imaginação. Dei um passo de lado e ele passou direto por mim, resmungando.

De cenho franzido, Strike se levantou e olhou de novo a Denmark Street. O homem de olhos verdes ainda estava ali, falando ao telefone.

— Talvez tenha notado que você reparou nele. Tem um cara de dreadlocks rondando lá fora há... Espere aí, ele foi embora — acrescentou Strike, vendo que o homem tinha encerrado a ligação e ido para a Charing Cross Road.

— Acha que ele estava vigiando o escritório?

— Acho, sim, mas ele fazia um trabalho de merda se o objetivo era ficar disfarçado. Veja bem — disse Strike, mais uma vez soltando a veneziana —, talvez eles queiram que nós saibamos que somos vigiados. Um pouco de intimidação. Como era esse grandalhão que estava te seguindo?

— Careca, uns cinquenta anos... Realmente não acho que estivesse me seguindo, não mesmo. Só estou nervosa. Mas, escuta, aconteceu uma coisa estranha agora mesmo, enquanto eu jantava com Prudence. Recebi um telefonema de Rufus Fernsby, filho de Walter. Aquele que desligou na minha cara dois dias atrás.

— O que ele queria?

— Que eu fosse ao escritório dele amanhã.

— Por quê?

— Não sei. Ele me pareceu meio tenso. Só disse que se eu quisesse falar com ele sobre o pai, podia encontrá-lo no escritório às quinze para a uma, e ele falaria comigo... Por que você não está dizendo nada?

— Só é estranho — comentou Strike. — O que aconteceu para que ele mudasse de ideia?

— Não sei.

Houve outra pausa, em que Robin teve tempo para perceber como estava cansada e como ainda estava a uma hora de casa. Desde que saíra da Fazenda Chapman, ela ansiava e temia dormir, porque o sono era pontuado por pesadelos.

— Achei que você ia ficar puto sobre o lance com a Prudence e satisfeito com o contato de Rufus — disse ao sócio.

— Eu ainda posso ficar satisfeito pelos dois — rebateu Strike. — Só acho a guinada estranha. Tudo bem, vou refazer o rodízio para você poder entrevistar o homem na hora do almoço. Está indo para casa agora?

— Sim — confirmou Robin.

— Bom, fique atenta a homens que resmungam ou a um cara negro e alto de olhos verdes.

Robin prometeu que ficaria e desligou.

Strike pegou o cigarro eletrônico, tragou fundo, depois voltou ao currículo de Kim Cochran. Como Midge, Cochran era ex-policial e só trabalhou seis meses para Patterson antes de o escândalo do grampo acabar com os negócios dele. Strike começava a pensar que ela podia valer uma entrevista quando a linha fixa tocou na antessala.

"Charlotte", pensou ele prontamente — e depois, com um estranho calafrio, lembrou-se de que Charlotte havia morrido.

Levantando-se, ele foi à mesa de Pat e atendeu.

— Cormoran Strike.

— Ah — disse uma voz feminina. — Eu ia deixar um recado, não esperava que alguém...

— Quem fala?

— Amelia Crichton — disse a irmã de Charlotte.

— Ah — murmurou Strike, arrependendo-se amargamente por não ter deixado a ligação cair na caixa postal. — Amelia.

Por um momento, ele não encontrou palavras apropriadas. Os dois não se viam havia anos e também não se gostavam.

— Lamento muito por... Eu sinto muito — disse Strike.

— Obrigada. Liguei apenas para dizer que voltarei à cidade na semana que vem e gostaria de ver você, se for possível.

"Possível", pensou ele, "porém não desejável".

— Para falar a verdade, estou muito ocupado no momento. Algum problema se eu te ligar quando souber que tenho algumas horas livres?

— Sim — respondeu ela com frieza —, tudo bem.

Ela lhe deu o número do celular e desligou, deixando Strike irritado e inquieto. Se ele conhecia Charlotte, a mulher havia deixado alguma armadilha para trás, uma que a irmã sentia-se honrada em passar adiante: uma mensagem, um bilhete ou algum legado em seu testamento para assombrá-lo e oprimi-lo, como um último e duradouro "vai se foder".

Strike voltou à sala só para pegar o arquivo da IHU e o currículo de Kim Cochran, depois passou pela porta de vidro e a trancou. Sentia como se a ligação de Amelia tivesse poluído temporariamente seu local de trabalho, deixando um espectro de Charlotte espiando-o vingativamente das sombras, desafiando-o a voltar friamente a trabalhar quando ele (como ela sem dúvida interpretaria isso) acabara de dar as costas a ela mais uma vez.

108

(...) deve-se agir com cuidado, como uma velha raposa andando pelo gelo (...) a deliberação e a cautela são os pré-requisitos para o sucesso.

I Ching: O livro das mutações

Quando chegou ao número 1 da Great George Street no dia seguinte ao meio-dia e meia, Robin descobriu que estava bem enganada ao imaginar vagamente que o Instituto de Engenheiros Civis estaria sediado em uma construção brutalista em que a função tivesse prioridade sobre a elegância. O local de trabalho de Rufus Fernsby era um gigantesco prédio eduardiano de uma grandiosidade considerável.

Quando deu o nome do homem que tinha ido lá para entrevistar, Robin foi direcionada a uma escada acarpetada de carmim que, combinada com as paredes brancas, lembrava ligeiramente a sede da Fazenda Chapman. Ela passou por telas a óleo de engenheiros eminentes e por um vitral com um brasão escorado por um guindaste e um castor trazendo o lema *Scientia et Ingenio*, e, por fim, chegou a uma grande área aberta com fileiras de mesas, onde dois homens estavam de pé envolvidos no que parecia uma discussão acalorada enquanto os outros funcionários mantinham-se de cabeça baixa.

Com uma daquelas estranhas intuições que não admitem explicações, Robin deduziu imediatamente que o mais alto, mais irritado e de aparência mais estranha dos dois fosse Rufus Fernsby. Talvez ele parecesse o tipo de homem que desligaria a ligação na cara de alguém que mencionasse seu desagradável pai. O cerne da discussão com o homem mais baixo parecia ser se alguém chamado Bannerman devia ou não ter encaminhado um e-mail.

— Ninguém está alegando que Grierson não devia ter sido *copiado* — dizia ele acaloradamente —, a questão não é essa. O que estou levantando aqui é esse padrão de insistir...

O mais baixo, notando a presença de Robin e possivelmente procurando uma rota de fuga, disse:

— Posso ajudá-la?

— ... em desobedecer a um procedimento estabelecido, o que aumenta o risco de erros de comunicação, porque *eu* podia não ter notado...

— Tenho uma reunião com Rufus Fernsby.

Como Robin temia, o mais alto parou no meio da frase para dizer com raiva:

— Eu sou Fernsby.

— Sou Robin Ellacott. Nós nos falamos...

— O que está fazendo aqui? Deveria ter esperado no átrio.

— O recepcionista me mandou para cá.

— Tá, bom, isso não ajuda — rebateu Rufus.

De cabelo escuro, magro e vestindo camiseta de Lycra com calça de trabalho, ele tinha a aparência curtida e musculosa comum a corredores e ciclistas dedicados, e exibia o que Robin pensava ser a mais estranha de todas as variações de pelos faciais: uma barba cortina de queixo, sem bigode.

— Boa sorte — murmurou o segundo homem a Robin ao se afastar.

— Eu ia me encontrar com você no café — disse Rufus com irritação, como se Robin devesse saber disto e talvez até já ter feito o pedido para ele.

Rufus olhou o relógio. Robin suspeitava de que ele gostaria que ela tivesse chegado bem adiantada, porém, como estava exatamente na hora, ele disse:

— Então vamos... *Não, espere!* — acrescentou ele explosivamente, e Robin parou, perguntando-se o que tinha feito de errado, mas Rufus apenas percebera que ainda carregava alguns papéis. Depois de colocá-los em sua mesa, ele se juntou a Robin, saindo da sala com tal velocidade que ela quase teve de correr para acompanhá-lo.

— Este prédio é muito bonito — comentou ela, na esperança de cair nas graças dele. Rufus pareceu considerar o comentário indigno da sua atenção.

O café no térreo era infinitamente mais sofisticado que qualquer outro que tenha agraciado os escritórios em que Robin trabalhara como secretária temporária; havia mesas com assentos de couro preto, iluminação elegante e pinturas expressionistas nas paredes. Enquanto os dois iam para a fila no balcão, e no que ela temia que seria outra tentativa fracassada de se conciliar, Robin falou:

— Estou começando a pensar que devia ter feito engenharia, se as vantagens são essas.

— O que quer dizer com isso? — questionou Rufus com desconfiança.

— É um belo café.

— Ah.

Rufus olhou em volta como se nunca tivesse considerado se o lugar era ou não agradável.

— Sim, acho que sim — resmungou ele. Robin teve a impressão de que ele preferia ter encontrado algum defeito no lugar.

Desde o momento em que Rufus concordou em se encontrar com ela, Robin sabia que seu principal objetivo — descobrir se Rosalind Fernsby era a garota nua com máscara de porco — teria de ser abordado com tato. Ela não gostava de imaginar como qualquer um dos seus próprios irmãos reagiria se lhes mostrassem uma foto dela em tais circunstâncias. Ao conhecer Rufus, temia haver uma verdadeira explosão vulcânica quando lhe mostrasse as fotos no telefone. Assim, decidiu que seu objetivo secundário — descobrir se Walter era a pessoa que Jiang reconheceu como alguém que estava de volta à fazenda depois de muitos anos — formaria sua primeira linha de questionamento.

Depois de comprar sanduíches, eles se sentaram a uma mesa de canto.

— Bom, muito obrigada por me receber, Rufus — começou Robin.

— Eu só te liguei de volta porque quero saber o que está acontecendo exatamente — disse Rufus com severidade. — Recebi uma ligação de uma policial. Quer dizer, ela *disse* que era policial. Foi há uma semana. Ela pediu os dados de contato da minha irmã.

— E você deu?

— Não tinha nenhum. Não nos falamos há anos. Não temos nada em comum.

Rufus disse isso com certo orgulho belicoso.

— Depois ela me disse que dois indivíduos de nomes Robin Ellacott e Cormorão Strike talvez entrassem em contato comigo, porque eles tentavam desencavar sujeira sobre minha família. Naturalmente, pedi mais detalhes, mas ela disse que não poderia dar, porque a investigação estava em andamento. Ela me deu um número para ligar se vocês entrassem em contato comigo. Então, quando você telefonou... Bom, sabe o que aconteceu — disse Rufus sem se desculpar. — Liguei para o número que tinha recebido e perguntei pela policial Curtis. O homem que atendeu riu. Ele me passou para uma mulher. Fiquei desconfiado. Pedi o número do distintivo e a jurisdição. Ficaram em silêncio. Depois ela desligou.

— Muito astuto de sua parte checar — comentou Robin.

— Bom, é claro que chequei — disse Rufus, com um ar de vaidade satisfeita. — Há mais em jogo para engenheiros do que ter uma crítica negativa em alguma publicação ridícula de ciências sociais, se não checarmos.

— Importa-se de eu fazer anotações? — perguntou Robin, pegando a bolsa.

— Por que eu me importaria? — retrucou ele com irritação.

Robin, que sabia pelos registros on-line que Fernsby era casado, concedeu um voto silencioso de solidariedade para a esposa dele ao pegar a caneta.

— A suposta policial Curtis lhe deu o número de um telefone fixo ou celular?

— Celular.

— Ainda o tem?

— Sim.

— Pode me passar?

— Vou precisar pensar nisso — respondeu ele, confirmando a impressão de Robin de que este era um homem que acreditava que informação, definitivamente, era poder. — Decidi retornar sua ligação porque você, pelo menos, estava dizendo a verdade sobre quem era. Eu verifiquei na internet — acrescentou ele —, mas você não é muito parecida com suas fotos.

Seu tom deixou Robin sem nenhuma dúvida de que ele achava que ela era pior pessoalmente. Sentindo-se mais triste pela esposa dele a cada minuto, Robin disse:

— Emagreci muito ultimamente. Bom, meu sócio e eu...

— O Cormorão Strike?

— Cormo*ran* Strike — corrigiu Robin, decidindo que não havia razão para Fernsby monopolizar o pedantismo.

— Não a ave?

— Não a ave — falou Robin com paciência. — Estamos investigando a Igreja Humanitária Universal.

— Por quê?

— Fomos contratados para isso.

— Por um jornal?

— Não — respondeu Robin.

— Não sei se quero falar com você, a não ser que saiba quem está te pagando.

— Nosso cliente tem um parente dentro da igreja — informou Robin, decidindo que era mais simples, em vista da natureza nada receptiva de Rufus, não dizer que o parente, na verdade, tinha saído.

— E como meu pai é relevante nesta situação?

— Está ciente de que ele atualmente se encontra...?

— Na Fazenda Chapman? Sim. Ele me escreveu uma carta idiota dizendo que ia voltar.

— O que quer dizer com "ia voltar"? — perguntou Robin, com a pulsação se acelerando.

— Quero dizer que obviamente ele já esteve lá.

— É mesmo? Quando?

— Em 1995, por dez dias — informou Rufus, com uma precisão excessiva, mas útil —, e em 2007, por... talvez uma semana.

— Por que períodos tão curtos? Meu cliente está interessado no que faz com que as pessoas ingressem e o que as faz partirem, sabe — acrescentou ela falsamente.

— Na primeira vez, ele saiu porque minha mãe entrou com um processo contra ele. Na segunda, minha irmã Rosie estava doente.

Disfarçando o forte interesse nessas respostas, Robin perguntou:

— Você sabe o que o fez querer ingressar em 1995?

— Aquele homem que fundou a igreja, Wace, deu uma palestra na Universidade de Sussex, onde meu pai trabalhava. Ele compareceu com a desculpa de uma suposta pesquisa acadêmica — disse Rufus, com um leve escárnio — e caiu como um patinho. Pediu demissão e decidiu que ia se dedicar à vida espiritual.

— E então ele simplesmente se mandou?

— O que quer dizer com "se mandou"?

— Quero dizer, foi assim inesperado?

— Bom — disse Rufus, franzindo o cenho de leve —, é difícil responder a isso. Meus pais estavam no meio do divórcio. Acho que você poderia argumentar que meu pai estava na chamada crise de meia-idade. Ele havia sido preterido numa promoção no trabalho e se sentia desvalorizado. Na verdade, ele tem uma personalidade muito difícil. Nunca se entendeu com os colegas, onde quer que trabalhasse. Polêmico. Obcecado por posição e títulos. É tudo meio patético.

— É verdade — concordou Robin. — E sua mãe entrou com uma ação contra ele, para fazê-lo ir embora?

— Não para fazer com que *ele* fosse embora — disse Rufus. — Ele me levou com Rosie à fazenda.

— Quantos anos vocês tinham? — perguntou Robin, a pulsação ainda mais acelerada.

— Quinze. Somos gêmeos. Eram as férias escolares de verão. Meu pai mentiu para nós, disse que seria uma semana de férias no campo. Não quisemos ferir os sentimentos dele, então concordamos em ir.

"E no fim daquela semana, ele mandou uma carta a minha mãe cheia dos jargões da igreja dizendo que nós três tínhamos entrado para a IHU e não voltaríamos. Minha mãe conseguiu um mandado judicial de emergência e o ameaçou com a polícia. Acabamos escapulindo no meio da noite, porque meu pai tinha se metido em algum acordo ridículo com Wace e teve medo de dizer a ele que não ia rolar."

— Que tipo de acordo?

— Ele queria vender nossa casa e doar todo o dinheiro à igreja.

— Entendo — disse Robin, que mal tinha comido o sanduíche, porque fazia muitas anotações. — Imagino que você e sua irmã tenham ficado felizes em partir?

— Eu sim, mas Rosie ficou furiosa.

— É mesmo?

— Sim — confirmou Rufus, com mais sarcasmo —, porque ela estava apaixonada por Jonathan Wace. Ele ia levá-la para o centro de Birmingham no dia seguinte.

— Ela ia ser transferida? — perguntou Robin. — Depois de uma semana?

— Não, não — disse Rufus com impaciência, como se Robin fosse uma aluna particularmente lenta. — Era um pretexto. Para que ela ficasse independente. Ela era muito bonita e bem-desenvolvida para alguém de quinze anos. Meio acima do peso, na verdade — acrescentou ele, endireitando o corpo para mostrar os abdominais. — A maioria das meninas ali estavam atrás de Wace. Uma garota tinha arranhado a cara de Rosie por causa dele, mas isso foi abafado, porque Wace gostava de pensar que todo mundo vivia em harmonia. Rosie ainda tem uma cicatriz abaixo do olho esquerdo.

Longe de demonstrar pena, Rufus parecia satisfeito com isso.

— Por acaso se lembra da data em que você foi embora? — perguntou Robin.

— 28 de julho.

— Como consegue se tão preciso?

Como Robin esperava, Rufus não demonstrou ter se ofendido, mas ficou satisfeito por uma chance de mostrar sua capacidade de dedução.

— Porque foi a noite antes de uma criança da fazenda se afogar. Lemos sobre isso nos jornais.

— E como exatamente vocês foram embora? — continuou Robin.

— No carro do meu pai. Ele tinha conseguido que devolvessem as chaves, fingindo que queria ver se a bateria não tinha arriado.

— Você viu alguma coisa incomum enquanto esteve na fazenda?

— O quê, por exemplo?

— Gente acordada quando não deveria estar? Ou alguém dormindo mais do que talvez devesse? — sugeriu Robin, pensando em Jordan Reaney.

— Não vejo como eu poderia saber disso — retrucou Rufus. — Não, não vimos nada de incomum.

— E você ou sua irmã algum dia voltaram à Fazenda Chapman?

— Eu certamente não. Até onde sei, Rosie também não.

— Você disse que seu pai voltou à Fazenda Chapman em 2007?

— Correto — afirmou Rufus, falando como se Robin pelo menos mostrasse alguma promessa intelectual ao se lembrar deste fato de alguns minutos atrás. — Ele se mudou de universidade, mas voltou a brigar com os colegas e se sentia injustiçado, então pediu demissão de novo e retornou à IHU.

Robin, que fazia um rápido cálculo mental, deduziu que Jiang estaria no meio da adolescência no segundo ingresso de Walter na Fazenda Chapman e, portanto, certamente, tinha idade para se lembrar dele.

— Por que ele saiu tão rápido dessa vez?

— Rosie teve meningite.

— Ah, eu sinto muito.

— Ela sobreviveu — disse Rufus —, mas minha mãe teve de ir atrás dele de novo, para avisá-lo.

— Tudo isso é muito útil — revelou Robin.

— Não entendo por quê. Certamente muita gente entrou e saiu daquele lugar a essa altura. Eu diria que nossa história é muito comum.

Decidindo não discutir a questão, Robin falou:

— Você teria alguma ideia de onde Rosie está agora? Uma cidade, talvez? Ela tem sobrenome de casada?

— Ela nunca se casou — informou Rufus —, mas agora atende pelo nome de Bhakta Dasa.

— Ela... Como disse?

— Se converteu ao hinduísmo. Deve estar na Índia — sugeriu Rufus, escarnecendo de novo. — Ela é como o meu pai: uma tonta. Ioga bikram. Incenso.

— Sua mãe saberia onde ela está? — indagou Robin.

— É possível — respondeu Rufus —, mas ela está no Canadá atualmente, visitando a irmã.

— Ah — murmurou Robin. Isto explicava por que a sra. Fernsby nunca atendia ao telefone.

— Bom — disse Rufus, olhando o relógio —, é tudo o que posso contar a você, e tenho um monte de trabalho no...

— Só uma última pergunta, se não se importa — disparou Robin, o coração começando a acelerar de novo ao pegar o celular na bolsa. — Lembra-se de alguém na fazenda com uma câmera Polaroide?

— Não. Não se podia levar nada disso para lá. Por sorte, deixei meu Nintendo no carro do meu pai — declarou Rufus, com um sorriso satisfeito. — Rosie tentou levar o dela e foi confiscado. Ainda deve estar lá.

— Esta pode parecer uma pergunta estranha — começou Robin —, mas Rosie alguma vez foi punida na fazenda?

— Punida? Não que eu saiba.

— E ela definitivamente parecia incomodada ao ir embora? Descontente em sair?

— Sim, eu já te disse isso.

— E... esta é uma pergunta ainda mais estranha, eu sei... Ela algum dia falou em ter usado uma máscara de porco?

— Uma máscara de *porco*? — repetiu Rufus Fernsby, de cenho franzido. — Não.

— Quero lhe mostrar uma foto — disse Robin, pensando, enquanto falava, como a declaração era inverídica. — É... perturbadora, em particular para um parente, mas me pergunto se você pode me dizer se a garota de cabelo escuro nesta foto é Rosie.

Ela abriu uma das fotos de máscara de porco, em que a menina de cabelo escuro estava sentada sozinha, nua, de pernas bem abertas, e passou o aparelho pela mesa.

A reação de Fernsby foi imediata.

— Mas como...? Você... *Isso é nojento!* — disparou ele, tão alto que cabeças se viraram no café lotado. — Esta *não* é minha irmã!

— Sr. Fernsby, eu...

— Vou falar com advogados sobre você! — bradou ele, levantando-se atrapalhado. — *Advogados!*

109

(...) existem discussões irritantes como as de duas pessoas casadas. Naturalmente esse não é um estado favorável das coisas (...).

I Ching: O livro das mutações

— E então ele explodiu — concluiu Robin quarenta minutos depois. Ela estava sentada ao lado de Strike no BMW estacionado, do qual ele observava o escritório do homem que tinha apelidado de Hampstead.

— Hmm — murmurou Strike, que segurava um dos cafés que Robin comprara no caminho. — Então ele explodiu porque *é* a irmã dele ou porque teve medo de alegarmos que é?

— Pela reação dele, pode ser uma coisa ou outra, mas se *não era* Rosie...

— Por que alguém se passou por policial para alertá-lo a não falar conosco?

— Bom, exatamente — disse Robin.

Ela havia ligado para Strike logo depois de sair do Instituto de Engenheiros Civis, e ele pediu que o encontrasse na Dorset Street, a uma curta viagem de metrô. Strike estava no carro estacionado a manhã toda, observando a entrada do escritório de Hampstead: um exercício que achava infrutífero, porque a única atividade suspeita de Hampstead tinha sido feita à noite.

Strike bebeu o café, depois falou:

— Não gosto disso.

— Desculpe, comprei o que você...

— Não é o café. Quero dizer esses telefonemas misteriosos a todo mundo que entrevistamos. Não gosto do Corsa nos seguindo, nem do cara vigiando o escritório ontem à noite, nem do cara perseguindo você no metrô.

— Já te falei que ele *não estava* me perseguindo. Eu só estava nervosa.

— Tá, tudo bem, eu não estava nervoso quando um invasor armado tentou arrebentar a porta do escritório com uma arma, embora Kevin Pirbright pudesse estar nervoso quando percebeu que estava prestes a levar uma bala na cabeça.

Strike pegou o celular no bolso e o entregou a Robin. Olhando, ela viu a mesma foto garbosa de Jonathan Wace exibida no enorme cartaz na lateral de um prédio perto de seu apartamento. Tinha a legenda:

INTERESSADO NA IGREJA HUMANITÁRIA UNIVERSAL? JUNTE-SE A NÓS
SEXTA-FEIRA, 12 DE AGOSTO, 19H
SUPERSERVIÇO 2016
PAPA J NO OLYMPIA

— Duvido haver alguém no Olympia esta noite mais interessado na Igreja Humanitária Universal do que eu — comentou Strike.

— Você não pode ir!

Embora imediatamente envergonhada do próprio pânico e preocupada que Strike a achasse uma tola, a mera ideia de entrar em um espaço em que Papa J estaria no comando trazia lembranças que Robin tentava reprimir todo dia desde que saíra da Fazenda Chapman, mas que vinham à tona quase toda noite em seus sonhos.

Strike entendia a reação desproporcional de Robin melhor do que ela percebera. Por um bom tempo depois que sua meia perna foi arrancada naquele carro que explodiu no Afeganistão, algumas experiências, barulhos e até rostos evocavam uma reação primal que ele levou anos para dominar. Um certo tipo de humor inadequado, compartilhado com aqueles que entendiam, o fez sobreviver a alguns de seus momentos mais sombrios, por isso ele falou:

— Típica reação materialista. Pessoalmente, acho que serei um espírito puro muito rápido.

— Você não pode — rebateu Robin, tentando parecer sensata, e não como se tentasse dissipar a nítida recordação de Jonathan Wace avançando para ela naquela sala azul-pavão, chamando-a de Ártemis. — Você será reconhecido!

— Espero mesmo que sim. Esse é o ponto.

— *Como é?*

— Eles sabem que estamos investigando, nós sabemos que eles sabem, eles sabem que sabemos que eles sabem. Está na hora de parar de fazer esse jogo idiota e olhar realmente Wace nos olhos.

— Strike, se você disser a ele qualquer uma das coisas que as pessoas me contaram na Fazenda Chapman, essas pessoas terão problemas muito, muito graves!

— Quer dizer Emily?

— E Lin, que ainda está lá, na verdade, e Shawna, e até Jiang, embora eu não goste muito dele. Você está mexendo...

— Com forças que não entendo?

— Isso não tem graça!

— Não acho que seja nem remotamente engraçado — afirmou Strike, sem sorrir. — Como acabei de dizer, não gosto do rumo que isto está tomando nem me esqueci de que, na contagem atual, temos um assassinato certo, uma suspeita de assassinato, dois suicídios sob coação e duas crianças desaparecidas. Mas Wace pode ser qualquer coisa, menos burro. Ele pode sabotar quantas páginas da Wikipédia quiser, mas é um erro estratégico imenso me dar um tiro na cabeça no meio do Olympia. Se eles perceberem que estou lá, aposto com você que Wace vai querer falar comigo. Ele vai querer saber o que sabemos.

— Você não vai conseguir nada interrogando esse homem! Ele só vai mentir e...

— Está presumindo que quero informações.

— Que sentido tem interrogá-lo, se você não quer informações?

— Já te ocorreu — começou Strike — que fiquei em dúvida se deixava você ver Rufus Fernsby sozinha hoje porque algo poderia acontecer com você? Percebe como seria fácil fazer sua morte parecer suicídio? "Ela se atirou da ponte... ou se jogou na frente de um ônibus, ou se enforcou, ou cortou os pulsos... porque não conseguiu encarar a acusação de abuso infantil." Você não seria páreo para o sujeito que estava observando nosso escritório ontem à noite, não se ele decidisse te arrastar para um carro. Deixei você entrevistar Fernsby porque o escritório dele fica no centro de Londres, e seria pura insanidade arriscar um rapto ali, mas isso não quer dizer que não acho que seja um risco... Então, de agora em diante, quero que você só ande de táxi, nenhum transporte público, e prefiro que não faça trabalhos sozinha.

— Strike...

— Você não pode ter as duas coisas, merda! Não pode me dizer que eles são cruéis e perigosos e depois ficar trotando por Londres...

— Quer saber — falou Robin, furiosa —, eu *sinceramente* agradeceria se você, sempre que temos uma discussão dessas, não usasse palavras como "trotar" para como eu me desloco.

— Tudo bem, você não trota — disse Strike, exasperado. — Porra, é tão complicado assim? Estamos lidando com um bando de gente que acreditamos serem capazes de matar, e as duas pessoas que correm mais perigo agora são você e Rosie Fernsby, e se alguma coisa acontecer com uma de vocês, a culpa será minha.

— Do que está falando? Culpa sua como?

— Fui eu que te coloquei na Fazenda Chapman.

— De novo — disse Robin, enfurecida —, você não *me colocou* em lugar nenhum. Não sou um vaso de planta. Eu quis o trabalho, eu me apresentei voluntariamente para ele e acho que me lembro de chegar lá de micro-ônibus, e não sendo carregada por *você*.

— Tudo bem, ótimo: se você acabar morta em uma vala, não será minha culpa. Valeu. Infelizmente, o mesmo não pode ser dito de Rosie, ou Bhakta, ou sei lá quem ela é agora.

— E como *diabos* isso pode ser culpa sua?

— Porque eu fodi com tudo, não foi? Pense! Por que a igreja está tão interessada no paradeiro de uma garota que só esteve na Fazenda Chapman por dez dias, vinte e um anos atrás?

— Por causa das polaroides.

— É, mas como a igreja sabe que temos as polaroides? Porque — disse Strike, respondendo à própria pergunta — eu as mostrei à maldita pessoa errada, e ela me entregou. Suspeito fortemente de que essa pessoa seja Jordan Reaney. Ele contou a quem telefonou para ele depois de nossa entrevista, fazendo-se passar pela mulher dele.

"Pela reação de Reaney, ele sabia *exatamente* quem estava por trás daquelas máscaras de porco. Neste momento, não estou interessado se ele estava presente quando as fotos foram tiradas. A questão é que a pessoa do outro lado da linha descobriu que tenho provas que podem fazer a igreja ser enterrada em um tsunâmi de sujeira. Máscaras de porco, adolescentes sodomizando uns aos outros? Isto é primeira página em todos os tabloides, e toda a história da Comunidade Aylmerton será desenterrada de novo. Eles vão querer calar a boca de todo mundo que estava naquelas fotos, porque se uma daquelas pessoas testemunhar, a igreja está fodida. Coloquei Rosie Fernsby em perigo, e é *por isso* que quero me encontrar com Jonathan Wace."

110

Nove na quinta posição significa:
Dragão voador nos céus.
É favorável ver o grande homem.

I Ching: O livro das mutações

Strike já sabia, antes de chegar ao Olympia no fim da tarde de sexta-feira, que a Igreja Humanitária Universal tinha se espalhado internacionalmente e que contava com dezenas de milhares de membros. Também estava ciente, depois de ver alguns vídeos no YouTube da pregação de Jonathan Wace, que o homem possuía um carisma inegável. Ainda assim, ele se viu perplexo com o número de pessoas que iam para a fachada vitoriana do enorme centro de eventos. Todas as idades estavam representadas na multidão, inclusive famílias com crianças.

Cerca de um quinto do público já estava vestido com os moletons azuis da IHU. Esses integrantes da igreja eram pessoas de aparência bonita em sua maioria, embora perceptivelmente mais magras do que aqueles que usavam roupas comuns. Não usavam joias, não tingiam o cabelo e não tinham tatuagens visíveis, nem havia nenhum grupo de familiares entre os que usavam moletom. Se eles eram agrupados, seria por idade e, ao se aproximar da entrada, Strike se viu na esteira de um bando de pessoas de vinte e poucos anos que falavam animadamente em alemão, uma língua de que Strike conhecia o bastante (depois de ficar estacionado na Alemanha em sua carreira militar) para entender que um deles nunca tinha ouvido pessoalmente Papa J falar.

Cerca de vinte homens jovens com moletom da IHU, todos parecendo selecionados pelo tamanho, força ou ambos, estavam junto às portas do lado de fora, os olhos percorrendo constantemente a multidão. Lembrando-se de que o agente de Patterson tinha sido rejeitado no templo da Rupert Court ao ser visto, Strike supôs que eles procurassem por encrenqueiros conhecidos.

Ele, portanto, tratou de ficar com o corpo um pouco mais reto, separando-se ao máximo do grupo de alemães, e deliberadamente foi apanhado no olhar torto de um homem parrudo e baixo com cabelo embaraçado, que lembrou a descrição que Robin fez de Jiang Wace. Levado pela multidão, ele não teve tempo para ver qualquer reação.

Os seguranças do lugar revistavam bolsas logo após a entrada. Strike foi afunilado para a fila de ingressos comprados com antecedência em vez daquela de jovens bonitas da IHU que vendiam ingressos aos menos organizados. Ele tratou de abrir um largo sorriso para a jovem que recebeu seu ingresso. Tinha o cabelo preto, curto e espetado, e ele não achou ter imaginado o súbito arregalar dos olhos.

Ao avançar, Strike ouviu os acordes de uma música de rock que não reconheceu, que ficava cada vez mais alta conforme ele se aproximava do Salão Principal.

... another dissident,
Take back your evidence...

Como precisava de apenas um lugar, Strike conseguiu uma cadeira na segunda fila do salão que se enchia rapidamente. Passando com pedidos de desculpas por uma fileira de jovens de moletom, ele, enfim, chegou ao lugar e se sentou entre uma jovem loura de moletom azul e uma idosa que mastigava um caramelo insistentemente.

Segundos depois de ter se sentado, a garota à direita, que ele imaginava ter no máximo vinte anos, disse, revelando-se americana:

— Oi, meu nome é Sanchia.

— Cormoran Strike.

— Primeira vez no serviço?

— Sim, é.

— Nossa. Você escolheu um dia muito auspicioso para vir. Espere só para ver.

— Parece promissor — comentou Strike.

— O que o deixou interessado na IHU, Cormoran?

— Sou detetive particular — respondeu ele. — Fui contratado para investigar a igreja, em particular com relação a abuso sexual e mortes suspeitas.

Foi como se ele tivesse cuspido na cara dela. Boquiaberta, ela o encarou sem piscar por alguns segundos, depois virou a cara rapidamente.

A música ainda tocava alto:

... sometimes it's hard to breathe, Lord
At the bottom of the sea, yeah yeah...

No centro do chão, abaixo de um teto abobadado de vidro e ferro pintado de branco, havia um palco preto, pentagonal e brilhante. Acima disto, cinco telões enormes que sem dúvida permitiriam até àqueles nos lugares mais distantes ver Jonathan Wace de perto. Mais alto ainda, cinco faixas azuis e brilhantes trazendo o logotipo em forma de coração da IHU.

Depois de uns cochichos com seus companheiros, Sanchia saiu de seu lugar.

A empolgação no salão aumentava à medida que se enchia. Strike estimava que havia pelo menos cinco mil pessoas ali. Uma música diferente tinha começado: "It's the End of the World as We Know It", do R.E.M. Faltando cinco minutos para o início oficial do serviço, e com quase todos os lugares ocupados, as luzes começaram a diminuir e uma onda prematura de aplausos explodiu, seguida por gritos de empolgação. Eles ressurgiram quando os telões acima do palco pentagonal foram ligados, para que todos no salão pudessem ver uma curta procissão de pessoas de manto andando sob refletores por um corredor, para os lugares da frente, do outro lado do salão.

Strike reconheceu Giles Harmon, que se comportava com a dignidade e a seriedade apropriada a um homem prestes a receber um diploma honorário; Noli Seymour, cujo manto tinha uma quantidade discreta de glitter e dava a impressão de ter sido feito sob medida; dr. Andy Zhou, alto, bonito e cheio de cicatrizes; uma jovem bonita, de cabelo brilhante e dentes perfeitos que Strike reconhecia do site da igreja como Becca Pirbright, e vários outros, entre eles um parlamentar de olhos de sapo cujo nome Strike não saberia, se Robin não tivesse colocado em uma carta da Fazenda Chapman, e um multimilionário das embalagens, que acenava para o público animado de um jeito que Strike teria classificado como estúpido. Aqueles, ele sabia, eram os Dirigentes da igreja, e ele tirou uma foto com o celular, notando a ausência de Mazu Wace e também de Taio, gordo e com cara de rato, em cuja cabeça ele bateu com o alicate de corte no perímetro da Fazenda Chapman.

Bem ao lado do dr. Zhou, e capturada na beira do refletor na tela enquanto o médico se sentava, estava uma loura de meia-idade cujo cabelo tinha sido preso com um laço de veludo. Enquanto Strike olhava fixamente esta mulher, a tela escureceu, projetando um pedido por escrito para que desligassem os celulares. Strike obedeceu, e sua vizinha americana que havia voltado à fileira sentou-se de novo em seu lugar e se curvou para cochichar com alguns companheiros.

As luzes diminuíram ainda mais, aumentando a expectativa do público, que começava a bater palmas ritmadas. Gritos de "Papa J!" encheram o ar e, por fim, enquanto começavam a tocar os primeiros acordes de "Heroes", o salão ficou às escuras e, com gritos ecoando no teto alto de metal, cinco mil pessoas (com a exceção de Cormoran Strike) se levantaram, assoviando e aplaudindo.

Jonathan Wace apareceu em um refletor, já de pé no palco. Wace, cujo rosto preenchia os telões, acenou para cada canto do estádio, parando de vez em quando para enxugar os olhos; meneou a cabeça enquanto colocava a mão no coração; curvou-se e repetiu a mesura, com as mãos unidas, no estilo namastê. Nada era exagerado: a humildade e a autodepreciação pareciam inteiramente autênticas e Strike, que até onde podia ver era a única pessoa ali que não aplaudia, viu-se impressionado com a capacidade de atuação do homem. Bonito e em boa forma, com o cabelo basto e escuro com poucos fios prateados e o maxilar quadrado, se em vez do longo manto azul-real estivesse de smoking, caberia bem em qualquer tapete vermelho do mundo.

A ovação durou cinco minutos e só esmoreceu depois de Wace fazer um gesto tranquilizador e atenuante com as mãos. Mesmo assim, quando quase tinha caído um silêncio, uma mulher gritou:

— *Eu te amo, Papa J!*

— E eu amo você! — respondeu um sorridente Wace, o que provocou uma explosão de gritos e aplausos.

Por fim, o público voltou a se sentar e Wace, que usava um microfone auricular, passou a andar lentamente no sentido horário pelo palco pentagonal, olhando a multidão.

— Obrigado… obrigado por esta acolhida — disse ele. — Sabem, antes de cada superserviço, eu me pergunto "Serei eu um veículo digno? Não!" — afirmou seriamente, porque surgiram outros gritos de adoração. — Eu pergunto porque não é uma questão leve, colocar-se como receptáculo da Divindade Abençoada! Muitos homens antes de mim proclamaram ao mundo que eram condutores de luz e amor, talvez até acreditassem nisso, mas foi um erro… Que arrogância de qualquer ser humano chamar a si mesmo de santo! Não acham? — Ele olhou em volta, sorrindo, enquanto uma saraivada de "não" chovia sobre ele.

— *Você É um santo!* — berrou um homem em algum lugar nos assentos de cima e a multidão riu, assim como Wace.

— Obrigado, meu amigo! — respondeu ele. — Mas esta é a questão que confronta cada homem honesto quando sobe a um palco destes. É uma questão que alguns membros da imprensa... — uma tempestade de vaias explodiu — ... me faz com frequência. Não! — disse ele, sorrindo e meneando a cabeça. — Nada de vaias! Eles têm razão em perguntar! Em um mundo repleto de charlatães e vigaristas, embora alguns de nós possam desejar que se concentrem um pouco mais em nossos políticos e nossos capitães do capitalismo... — Wace foi interrompido por uma rodada ensurdecedora de aplausos — ... é inteiramente justo perguntar com que direito me coloco diante de vocês, dizendo que vi a Verdade Divina e que procuro nada mais que compartilhá-la com todos que sejam receptivos.

"Assim, só o que peço esta noite àqueles que já se juntaram à Igreja Humanitária Universal, aos que não se juntaram, aos céticos e aos não crentes... Sim, talvez especialmente a esses", ele soltou uma risadinha, que o público obedientemente ecoou, "é fazer uma simples declaração, se sentirem que podem. Não compromete vocês com nada. Não requer nada além de uma mente aberta.

"Você acha possível que eu tenha visto Deus, que conheço Deus tanto quanto conheço meus companheiros mais próximos e que tenho provas da vida eterna? Isto seria *possível*? Não peço mais do que isso, nada de crenças ou aceitação absoluta. Se você acha que pode dizer isso, então peço que agora me diga o seguinte..."

Os telões escureceram, com quatro palavras escritas em branco.

— Juntos! — disse Jonathan Wace, e o público rugiu as quatro palavras para ele:

— *Eu admito a possibilidade!*

Cormoran Strike, que estava sentado de braços cruzados, com uma expressão de profundo tédio, não admitiu absolutamente nada.

111

... a segunda posição pode ser a da mulher, ativa dentro da casa,
enquanto a quinta posição é aquela do marido,
ativo no mundo fora dela.

I Ching: O livro das mutações

Robin estava no escritório da Denmark Street. Pat já tinha ido embora, e a detetive ficou tentada a permanecer ali até Strike voltar do encontro com Wace, porque Murphy estava trabalhando esta noite.

A ansiedade dificultava a concentração em qualquer coisa. A essa altura, o encontro com Wace estaria bem encaminhado. Robin receava pelo sócio, imaginando coisas que sabia serem improváveis, se não irracionais: Strike sendo recebido pela polícia, que fora informada de alguma falsa acusação contra ele, inventada pela igreja; Strike sendo arrastado para um micro-ônibus da IHU, da mesma forma que ele sugerira que ela podia ser sequestrada na rua, alguns dias antes.

Você está sendo completamente ridícula, disse Robin a si mesma, mas, ainda assim, seu nervosismo continuava.

Embora houvesse duas trancas de primeira linha à prova de chave-mestra entre ela e a rua, Robin estava muito mais assustada do que em qualquer momento desde que saíra da Fazenda Chapman. Neste instante, entendia como aqueles que foram verdadeiramente doutrinados permaneciam consumidos pelo pavor da Profetisa Afogada mesmo depois de reconhecerem que as outras crenças da igreja eram falácias. Uma insensatez a havia dominado: de que, pela ousadia de colocar-se no mesmo espaço físico de Jonathan Wace, Strike sofreria alguma penalidade sobrenatural. Racionalmente, ela sabia que Wace era um bandido e um vigarista, mas o medo que sentia de sua influência não podia ser desarticulado só pelo intelecto.

Além disso, em sua solidão, era impossível impedir aquelas lembranças que ela ainda tentava reprimir para que não invadissem os pensamentos.

Robin parecia sentir a mão de Jonathan Wace entre suas pernas de novo. Via Will Edensor, segurando o pênis, avançando para ela, e sentia o murro. Lembrava-se — e era uma recordação quase tão vergonhosa quanto as outras — de se ajoelhar para beijar o pé de Mazu. Depois se lembrou de Jacob, definhando, sem tratamento, naquele sótão imundo, e que a polícia ainda mantinha completo silêncio se ela seria acusada de abuso sexual infantil. *Pare de pensar em tudo isso*, disse ela a si mesma com firmeza, indo à chaleira.

Depois de preparar o que devia ser o oitavo ou nono café do dia, Robin levou a xícara à sala interna, para ficar na frente do quadro. Decidida a fazer algo de produtivo em vez de ficar ruminando, examinou muito mais atentamente do que fizera antes as seis polaroides dos adolescentes nus que tinha encontrado na caixa de biscoitos na Fazenda Chapman. Isto era bem mais fácil de fazer sem Strike presente.

A jovem de cabelo escuro, roliça e nua — Rosalind Fernsby, supondo que a identificação estivesse correta — era a única pessoa nas fotos que aparecia sozinha. Se fosse a única foto, Robin quase podia ter acreditado que Rosie havia posado de boa vontade, a não ser pela degradação deliberada da máscara de porco. Robin, naturalmente, tinha uma aversão específica a máscaras de animais. Seu estuprador usara uma máscara de gorila de látex para cometer seus crimes em série.

A foto seguinte mostrava Carrie sendo penetrada por trás por Paul Draper, reconhecível pelo cabelo ralo.

Na terceira foto, Draper era sodomizado por Joe Jackson, supondo-se que esta identificação também estivesse correta. Jackson puxava a cabeça de Draper para trás pelo cabelo, os tendões estavam rígidos no pescoço de Draper, e Robin quase podia ver a careta de dor no rosto redondo do adolescente retratado, parecendo tímido, no antigo artigo de jornal, no canto superior direito do quadro. O flash da câmera iluminara a ponta de algo que parecia um veículo nesta foto. Os advogados da IHU, é claro, provavelmente argumentariam que muitos veículos eram guardados em muitos celeiros pelo interior do país.

A quarta polaroide mostrava a jovem de cabelo escuro sendo penetrada pelo Tatuado de Caveira pela frente, as pernas bem abertas, e Robin notou um arranhão fundo no joelho esquerdo que não estava presente na primeira foto. Ou essas polaroides vieram de outra sessão de fotos, ou ela sofrera a lesão durante a sessão.

Na quinta foto, uma loura, Carrie, afastara sua máscara o suficiente para fazer sexo oral em Paul Draper enquanto o Tatuado de Caveira a penetrava por trás. O flash tinha iluminado a ponta de algo que parecia uma garrafa de vinho. Depois de ler as anotações de Strike sobre sua entrevista com Henry Worthington-Fields, Robin sabia que Joe Jackson recrutara Henry em um bar, apesar da proibição de álcool pela igreja.

Na sexta e última foto, a jovem de cabelo escuro fazia sexo oral no Tatuado de Caveira, e Draper a penetrava pela vagina. Robin notou algo que não tinha visto antes. O que ela pensava ser uma sombra, não era: o Tatuado parecia usar uma camisinha preta.

Robin foi tomada por um sentimento de repulsa e virou a cara. Afinal, as fotos não eram meras peças de um quebra-cabeças. Joe Jackson, por quem ela não conseguia invocar nenhuma pena, podia estar progredindo na igreja, mas Carrie e Paul foram mortos em circunstâncias medonhas e Rosie, embora quase certamente ainda não soubesse disso, estava sendo assombrada, tudo porque uma vez teve a ingenuidade de confiar em alguém que a seduziu ao celeiro.

Robin se sentou na cadeira de Strike, imaginando uma Rosie adolescente saindo furtivamente da fazenda com o pai e o irmão, horas antes de a picape com verduras deixar a Fazenda Chapman com Daiyu a bordo...

Robin teve uma ideia tão repentina que se aprumou na cadeira como se alguém tivesse chamado sua atenção. Devia haver uma segunda pessoa no alojamento infantil naquela noite... Teria sido Rosie? Será que a garota fez o velho truque de esconder travesseiros embaixo das cobertas para convencer Carrie de que ela estava presente, antes de escapulir da fazenda para sempre? Isso explicaria por que Emily não viu uma segunda pessoa na supervisão, e também poderia explicar por que, antes de ver as polaroides e saber que não havia como esconder o que acontecera no celeiro, Carrie curiosamente recusou-se a identificar a outra pessoa que devia estar de serviço. Se a identidade dessa pessoa fosse descoberta, ela poderia falar não só sobre o serviço com as crianças, mas sobre máscaras de porco e sodomia.

Robin voltou à antessala, abriu o arquivo e pegou a pasta do caso IHU. De volta à mesa dos sócios, correu os olhos de novo pelas anotações que tinha feito durante a entrevista com Rufus, depois verificou novamente as impressões das escrituras de imóveis da família Fernsby. Walter não era mais dono da propriedade. A mãe de Rosie morava em Richmond, enquanto Rufus e a esposa moravam em Enfield.

Apesar de procurar diligentemente todos os registros disponíveis, Robin não encontrara provas de que Rosie um dia teve um imóvel no Reino Unido registrado em qualquer de seus nomes conhecidos. Ela nunca se casou nem teve filhos. Tinha quase quarenta anos. *Se converteu ao hinduísmo. Deve estar na Índia. Uma tonta. Ioga bikram. Incenso.*

Uma vaga imagem se formava na mente de Robin de uma mulher que se via como um espírito livre, mas que talvez tivesse sofrido reverses emocionais ou financeiros (quantas pessoas de trinta e poucos anos e solventes voltavam por iniciativa própria a morar com o pai, como Rosie fizera antes de mudar de nome, se não tivessem alternativa?). Talvez a mulher estivesse mesmo na Índia, com sugerira o irmão? Ou ela era uma dessas pessoas caóticas que deixam poucos vestígios de si mesmas em registros, alternando, talvez, entre sublocações e ocupações, como fizera Leda Strike?

O toque do celular assustou Robin.

— Alô?

— Oi — disse a voz de Prudence. — Como vai?

— Bem — respondeu ela. — E você?

— Nada mal... Então, hmm... tive uma sessão com Flora esta tarde.

— Ah — murmurou Robin, preparando-se.

— Eu contei a ela... tive de contar... quem foi a pessoa que entrou em contato com ela sobre as imagens no Pinterest. Pedi desculpas, disse que foi minha culpa Corm ter deduzido, embora eu não tenha citado o nome dela.

— Certo — disse Robin.

— De todo modo... conversamos sobre sua investigação, e eu disse a ela que outra pessoa tinha conseguido sair da Fazenda Chapman, e que você ajudou nisso e, para resumir uma longa história, ela gostaria de conhecer esta pessoa.

— Sério? — perguntou Robin, que percebeu que estivera prendendo a respiração.

— Flora não vai se comprometer com nada além disso, no momento, está bem? Mas se você e Cormoran concordarem, ela disse que está disposta a se encontrar com essa pessoa que foi da IHU, na minha presença, e que a outra pessoa também tenha alguém para lhe dar apoio.

— Isso é incrível — disse Robin. — É maravilhoso, Prudence, obrigada. Vamos falar com o filho de nosso cliente e ver se ele gostaria de se encontrar com Flora. Tenho certeza de que ele achará isso útil.

Depois de Prudence desligar, Robin verificou o rodízio e mandou uma mensagem a Pat.

Desculpe te incomodar depois do horário de trabalho, Pat, mas tem algum problema Strike e eu irmos à sua casa amanhã às 10h para falar com Will?

Pat, como de costume, ligou para Robin cinco minutos depois, em vez de responder por mensagem.

— Quer vir vê-lo? — perguntou ela, em seu barítono de sempre. — Sim, tudo bem.

— Como ele está?

— Ainda entoando um pouco. Eu digo a ele: "Pare de fazer isso e me dê uma ajuda com os pratos", e é exatamente o que Will faz. Consegui mais roupas para ele. Will me parece mais feliz, sem aquele moletom. Está jogando xadrez com Dennis. Acabei de colocar Qing para dormir. Virou uma tagarela de uma hora para outra. Li para ela *Uma lagarta muito comilona*. Ela quis ouvir a história cinco vezes seguidas.

— Pat, nós realmente não temos como agradecer o bastante por isso.

— Não tem por quê. Ele é bem educado, dá pra ver. Será um rapaz muito bom, depois de se livrar de toda aquela merda impregnada na mente dele.

— Will chegou a falar na Profetisa Afogada? — perguntou Robin.

— Sim, ontem à noite — respondeu Pat sem emoção alguma. — Dennis disse a ele: "Você não acredita em fantasmas, sendo inteligente como é, acredita?" Will disse a Dennis que ele também acreditaria, se tivesse visto o que ele mesmo viu. Disse que viu gente levitar. Dennis, falou: "A que altura eles chegaram?" Alguns centímetros, foi o que Will disse. Então Dennis mostrou como eles fingem isso. O pobre tolo quase caiu em cima da nossa lareira a gás.

— Como Dennis sabe fingir levitação? — perguntou Robin, se divertindo.

— Um amigo dele, quando era jovem, costumava fazer coisas assim para impressionar as meninas — falou Pat laconicamente. — Algumas delas são umas bobas, fala sério. Quando é que alguém precisa que um homem consiga subir cinco centímetros no ar?

Robin riu, agradeceu a Pat de novo e lhe desejou uma boa noite. Depois de desligar, seu estado de espírito estava consideravelmente melhor. Tinha uma nova teoria e um encontro potencialmente fundamental para contar a Strike quando ele voltasse. Ela olhou o relógio. Strike estaria na reunião com Wace há mais de uma hora, mas Robin conhecia Papa J: provavelmente estaria apenas começando. Talvez ela pedisse delivery de comida no escritório enquanto analisava o arquivo da IHU.

Robin se levantou, com o celular na mão, e foi à janela, perguntando-se que pizza queria. O sol caía e a Denmark Street estava na sombra. As lojas estavam fechadas, muitas vitrines com portas de metal arriadas.

Robin tinha acabado de decidir que queria algo com alcaparra quando viu alguém alto, corpulento e todo de preto andando pela rua. Estava de casaco de capuz, o que era estranho para uma tarde amena de agosto. Robin levantou o celular e abriu a câmera, filmando a figura que subia a escada da loja de música do outro lado da rua, desaparecendo na área do porão.

Será que a pessoa conhecia o dono da loja? Teria sido instruída a entrar pela porta do subsolo?

Ela pausou a filmagem e viu alguns segundos da gravação que fizera. Depois, sentindo retornar o mau presságio anterior, voltou ao arquivo da IHU e retirou as imagens do invasor mascarado e armado que Strike imprimira da gravação da câmera.

Podia ser a mesma pessoa, assim como podia não ser. Os dois usavam casacos pretos semelhantes, mas as fotografias do patamar mal-iluminado eram desfocadas demais para fazer uma identificação precisa.

Deveria ligar para a polícia? Mas o que ia dizer? Que alguém de casaco preto e capuz estava na vizinhança do escritório e tinha descido uns degraus? Não configurava comportamento criminoso.

A pessoa armada tinha esperado até o anoitecer e o apagar de todas as luzes do prédio para agir, Robin se lembrou. Ela se perguntava se uma entrega de pizza seria uma boa ideia, afinal teria de abrir a portaria para receber a entrega; e se o espreitador de casaco preto forçasse a entrada, junto com o entregador, com uma arma nas costas dele? Ou estaria sendo absurdamente paranoica?

Não, disse a voz de Strike em sua mente. *Você está sendo inteligente. Fique de olho nele. Só saia do escritório quando tiver certeza de que ele foi embora.*

Sabendo que sua silhueta podia ficar visível através da veneziana, Robin apagou as luzes do escritório. Depois levou a cadeira de Strike para a janela, com a pasta da IHU no colo, olhando regularmente para a rua. A figura de preto continuou fora de vista.

112

Nove na quarta posição significa:
Ele pisa na cauda do tigre.

I Ching: O livro as mutações

Jonathan Wace já havia explicado como a IHU encontrava aspectos em comum em todos os credos, unificando e fundindo-os em um único e abrangente sistema de crenças. Citou Jesus Cristo, Buda, Talmude e, principalmente, ele mesmo. Chamou Giles Harmon e Noli Seymour separadamente ao palco, onde cada um deles prestou tributos comovidos ao gênio inspirador de Papa J; Harmon com uma seriedade intelectual que angariou uma rodada de aplausos, Seymour com uma feminilidade juvenil e efusiva que o público apreciou ainda mais.

O céu visível pelas vidraças no teto abobadado aos poucos assumia um tom azul-escuro, e a perna e meia de Strike, espremidas na segunda fileira de lugares, formigavam. Wace passara a denunciar líderes mundiais, enquanto os telões acima dele mostravam imagens de guerra, fome e destruição ambiental. O público pontuava suas frases mais curtas com vaias e gritos, recebia seus floreios de oratória com aplausos e rugia sua aprovação a cada castigo e acusação que ele lançava às elites e aos belicistas. Será, pensou Strike, olhando o relógio, que está acabando? Mas passaram-se mais vinte minutos e Strike, que precisava ir ao banheiro, ficou desconfortável além de entediado.

— E quem entre vocês vai nos ajudar? — gritou Wace por fim, a voz falhando de emoção enquanto ele estava sozinho sob os refletores, todo o restante nas sombras. — Quem se juntará? Quem ficará comigo, para transformar este mundo condenado?

Enquanto ele falava, o palco pentagonal começou a se transformar, para ainda mais gritos e aplausos. Cinco painéis se ergueram como pétalas, revelando uma piscina batismal pentagonal, a parte inferior em degraus que dariam fácil acesso à água. Wace ficou de pé em uma pequena plataforma circular no centro. Ele convidava todos os que quisessem ser recebidos pela IHU a se juntarem a ele e renascer na igreja.

As luzes se acenderam e parte do público começou a tomar o rumo da saída, inclusive a idosa ao lado de Strike que mastigava um caramelo. Ela parecia ter ficado impressionada com o carisma de Wace e agitada com sua raiva virtuosa, mas evidentemente achava que um mergulho na piscina batismal seria levar as coisas longe demais. Parte do público que ia embora carregava crianças adormecidas; outros alongavam braços e pernas rígidos depois de um longo período sentados. Sem dúvida, muitos enriqueceriam ainda mais a IHU, comprando um exemplar de *A resposta* ou um boné, uma camiseta ou um chaveiro antes de sair do prédio.

Enquanto isso, filas esparsas de pessoas desciam o corredor para ser batizadas por Papa J. Os aplausos dos membros da igreja continuavam a soar dos suportes de metal do Salão Principal enquanto os novos integrantes, um por um, eram submersos, depois subiam, ofegantes e em geral rindo, para ser enrolados em toalhas por duas moças bonitas do outro lado da piscina.

Strike observou os batismos até que o céu ficou escuro e sua perna direita, dormente. Por fim, não havia mais voluntários para o batismo. Jonathan Wace colocou a mão no coração, curvou-se e a área do palco ficou escura para uma explosão final de aplausos.

— Com licença? — disse uma voz suave no ouvido de Strike. Ele se virou e viu uma jovem ruiva de moletom da IHU. — O senhor é Cormoran Strike?

— Eu mesmo — confirmou ele.

A sua direita, a americana Sanchia apressadamente virou a cara.

— Papa J ficaria muito feliz se o senhor fosse aos bastidores.

— O prazer será todo meu — disse Strike.

Ele se impeliu cuidadosamente para ficar de pé, alongando o coto entorpecido até sentir a circulação voltar, e acompanhou-a pela multidão que ia embora. Jovens animados de moletom da IHU sacudiam baldes de coleta dos dois lados da saída. A maioria dos que passavam deixava algumas moedas, ou até uma cédula, sem dúvida convencidos de que a igreja fazia uma obra filantrópica maravilhosa, talvez até tentando apaziguar um vago sentimento de culpa porque saíam com as roupas secas, sem se batizar.

Depois de saírem do salão principal, a acompanhante de Strike o levou por um corredor cujo acesso lhe era permitido, em virtude do crachá em um cordão pendurado no pescoço dela.

— O senhor gostou do serviço? — perguntou ela a Strike animadamente.

— Muito interessante — respondeu ele. — O que vai acontecer com as pessoas que acabaram de ingressar? Direto em um ônibus para a Fazenda Chapman?

— Só se elas quiserem ir — informou ela, sorridente. — Não somos tiranos, sabe?

— Não — declarou Strike, também sorrindo. — Eu não sabia.

Ela apressou o passo, andando um pouco à frente dele, e assim não viu Strike pegar o celular, colocar em modo de gravação e devolvê-lo ao bolso.

Conforme se aproximavam do que Strike supunha ser o salão verde, eles passaram por dois jovens corpulentos de moletom da IHU que mais cedo estiveram postados do lado de fora. Um jovem alto de maxilar comprido os repreendia.

— ... não devia nem mesmo *chegar perto* de Papa J.

— Ela não chegou, nós dissemos a ela que não havia...

— Mas o fato de ela chegar a este corred...

— Sr. Jackson! — disse Strike, parando. — Pensei que estivesse em San Francisco ultimamente?

Joe Jackson se virou, de cenho franzido, alto o bastante para olhar bem nos olhos de Strike.

— Nós nos conhecemos?

Seu sotaque era uma estranha mistura da região central da Inglaterra sobreposta pela Costa Oeste americana. Os olhos eram de um verde-claro.

— Não — respondeu Strike. — Eu o reconheci de fotos.

— Por favor — disse a ruiva, desconcertada —, vamos, se quiser falar com Papa J.

Julgando mínimas, nas circunstâncias, as chances de ter uma resposta verdadeira de Joe Jackson à pergunta "tem alguma tatuagem?", Strike continuou andando.

Por fim, eles chegaram a uma porta fechada, para além da qual vinha um burburinho de conversa. A menina bateu, abriu a porta e recuou para deixar Strike entrar.

Havia pelo menos vinte pessoas ali dentro, todas vestidas de azul. Jonathan Wace estava sentado em uma cadeira no meio do grupo, com um copo de um líquido transparente na mão, uma toalha amarrotada no colo, um grupo de pessoas de moletom em volta dele. A maioria dos Dirigentes da igreja, de manto, também estava presente.

O silêncio recaiu sobre a sala como uma rápida geada enquanto aqueles mais próximos da porta notaram a chegada de Strike. Enfim, alcançou Giles Harmon. Ele falava com duas jovens em um canto distante.

— … disse a ele "O que você deixa de apreciar é a heterodox…

Pelo visto, percebendo que sua voz soava alta na sala, Harmon se interrompeu no meio da frase.

— Boa noite — disse Strike, entrando mais um pouco.

Se Jonathan Wace pretendia intimidar Strike recebendo-o em meio a uma turba, enganou-se redondamente com seu adversário. Strike achou positivamente estimulante ficar cara a cara com o tipo de gente que ele mais desprezava: fanáticos e hipócritas, como mentalmente os chamava, cada um sem dúvida convencido da própria importância fundamental para a grandiosa missão de Wace, alheios aos próprios motivos e indiferentes aos danos às vezes irreversíveis cometidos pelo homem a quem juraram aliança.

Wace se levantou, deixou a toalha cair do colo para o braço da cadeira e se aproximou de Strike, com o copo na mão. Seu sorriso era encantador e autodepreciativo como foi quando subiu ao palco pentagonal.

— Estou feliz, genuinamente feliz, por você estar aqui.

Ele estendeu a mão, e Strike a apertou, olhando-o de cima.

— Não fiquem atrás do sr. Strike — disse Wace aos membros comuns que cercaram a dupla. — Não são boas maneiras. Ou — ele voltou a olhar para Strike — posso chamá-lo de Cormoran?

— Me chame como quiser — respondeu Strike.

— Acho que está meio lotado aqui — comentou Wace, e Strike teve de dar o braço a torcer: ele intuiu em poucos segundos que o detetive era indiferente ao número de pessoas na sala. — Dirigentes, por favor, fiquem. Os demais, sei que não se importarão de nos dar licença… Lindsey, se Joe estiver lá fora, peça a ele para se juntar a nós.

A maioria das jovens atraentes saiu da sala.

— Tem um banheiro? — perguntou Strike. — Gostaria de fazer xixi.

— Certamente, certamente — confirmou Wace. Ele apontou uma porta branca. — Por ali.

Strike se divertiu um pouco ao descobrir, enquanto lavava as mãos, que Wace parecia ter trazido os próprios produtos de higiene, porque ele duvidava muito que o Olympia oferecesse sabonetes da Hermès ou roupões de banho da Armani. Strike passou as mãos nos bolsos destes últimos, mas estavam vazios.

— Sente-se, por favor — Wace convidou Strike quando ele reapareceu.

Alguém tinha puxado uma cadeira para ficar de frente para o lugar do líder. Enquanto Strike acatava o convite, Joe Jackson entrou na sala e a atravessou para se juntar aos outros Dirigentes, que ou estavam de pé, ou sentados atrás de Wace.

— Ela foi embora — Jackson informou a Wace. — Queria que você recebesse esse bilhete.

— Lerei mais tarde — disse Wace com leveza. — Agora é em Cormoran que estou interessado. Você se importaria — perguntou Wace ao detetive — se minha esposa ouvisse nossa conversa? Sei que ela adoraria saber de você.

— De forma alguma — concordou Strike.

— Becca — disse Wace, apontando um laptop que parecia caro em uma cadeira próxima —, pode colocar Mazu no FaceTime para mim? Bendita seja. Água?

— Seria ótimo — disse Strike.

Noli Seymour o encarava feio como se Strike tivesse acabado de dizer a ela que o hotel não havia recebido sua reserva. Becca Pirbright estava ocupada com o laptop e não olhava para ele. Os demais Dirigentes estavam inquietos, desdenhosos, cuidadosamente desinteressados ou, no caso de Joe Jackson, certamente tenso.

— Como está sua sócia? — perguntou Wace sem rodeios, recostando-se na cadeira enquanto Becca entregava uma garrafa de água gelada a Strike.

— Robin? Muito melhor por estar fora da caixa — respondeu ele.

— Caixa? — disse Wace. — Que caixa?

— Lembra-se da caixa em que a trancou, srta. Pirbright? — perguntou Strike.

Becca não deu sinais de tê-lo ouvido.

— A srta. Ellacott é uma sócia nos negócios ou algo mais, a propósito? — indagou Wace.

— Seus filhos não estão aqui? — perguntou Strike, olhando em volta. — Vi lá fora aquele parecido com o Homem de Piltdown.

— Papa J — disse Becca em voz baixa —, Mazu.

Ela ajeitou o laptop para que Mazu pudesse ver o marido e, pela primeira vez em trinta anos, Strike olhou na cara da mulher que levara sua irmã do jogo de futebol na Fazenda Forgeman e a trancara com um pedófilo. Ela estava sentada diante de uma estante atulhada de estatuetas chinesas. O cabelo comprido e preto caía em duas abas no rosto, destacando o nariz branco e pontudo. Os olhos estavam na sombra.

— É Cormoran Strike, meu amor — disse Wace ao rosto na tela. — O detetive que é sócio da srta. Ellacott.

Mazu não disse nada.

— Bem, Cormoran — disse Wace, sorrindo —, vamos falar com franqueza?

— Eu não pretendia falar de outra forma, mas prossiga.

Wace riu.

— Muito bem: você não é o primeiro, nem será o último, a investigar a Igreja Humanitária Universal. Muitos tentaram descobrir escândalos, tramas e crimes, mas ninguém conseguiu, pelo simples motivo de que somos exatamente o que professamos: pessoas de fé, vivendo como acreditamos que a Divindade Abençoada requer que vivamos, buscando os fins que Ela deseja ver alcançados, combatendo o mal onde quer que o encontremos. Isto nos leva necessariamente a conflitos com os ignorantes, que temem o que não compreendem, e os malévolos, que entendem nosso propósito e desejam nos frustrar. Está familiarizado com a obra do dr. K. Sri Dhammananda? Não? "A luta deve existir, pois toda vida é uma espécie de luta. Mas tenha a certeza de não lutar no interesse do eu contra a verdade e a justiça."

— Vejo que temos definições diferentes para "falar com franqueza" — comentou Strike. — Diga-me uma coisa: o menino que Robin viu morrendo no sótão da sede da fazenda ainda está vivo?

Um ruído mínimo, algo entre um grunhido e um engasgo, escapou de Giles Harmon.

— Flatulência? — perguntou Strike ao romancista. — Ou tem algo a dizer?

— Jonathan — disse Harmon, ignorando o detetive —, preciso ir. Tenho um voo para Paris amanhã às onze. Preciso fazer as malas.

Wace levantou-se para abraçar Harmon.

— Você foi maravilhoso esta noite — disse ele ao escritor, soltando Harmon, mas o segurando pelos braços. — Acredito que devemos pelo menos metade dos novos recrutas a você. Ligarei mais tarde.

Harmon passou furtivo por Strike sem olhar para ele, dando a este último tempo para refletir que era um erro os homens baixos usarem manto.

Wace voltou a se sentar.

— Sua sócia — disse ele em voz baixa — inventou uma história para encobrir a posição incriminadora em que ela se viu com Jacob, no banheiro. Ela entrou em pânico e mentiu. Todos nós somos frágeis e sujeitos a tentações, mas quero lhe garantir: apesar das aparências, eu não acredito que a srta. Ellacott pretendesse atacar o pequeno Jacob. Possivelmente tentava obter informações dele. Por mais que eu deplore tentar arrancar à força falsidades de crianças, estamos dispostos a retirar as acusações, desde que haja um pedido de desculpa e uma doação à igreja.

Strike riu enquanto estendia a perna direita, que continuava dolorida. A expressão séria de Wace não se alterou em nada.

— Já ocorreu a você — continuou Wace — que sua sócia inventou crianças moribundas e outros incidentes dramáticos porque não observou nada digno de nota durante seu tempo conosco, mas tinha de justificar os honorários que vocês cobram de seus clientes?

— Sabe de uma coisa — disse Strike —, eu sempre acho que é um erro diversificar demais da marca principal. Tenho certeza de que o dr. Zhou concordaria — acrescentou ele, olhando o médico. — Só porque um homem sabe vender enemas a idiotas, não quer dizer que saiba alguma merda sobre criação de porcos... para usar um exemplo aleatório.

— Tenho certeza de que existe um significado nesta declaração enigmática — ironizou Wace —, mas devo confessar que não consigo encontrar.

— Bom, digamos que um fracassado vendedor de carros descubra que é muito bom em vender uma besteira líquida às massas. Seria inteligente da parte dele tentar embrulhar pedaços sólidos para gente como eu?

— Ah, você é mais inteligente do que todos os outros nesta sala, não é? — comentou Wace. Embora ainda sorrisse, era como se seus grandes olhos azuis tivessem ficado um pouco mais opacos.

— Pelo contrário. Sou igual a você, Jonathan — disse Strike. — Todo dia eu me levanto, olho-me no espelho e pergunto: "Cormoran, você é um receptáculo virtuoso para a verdade e a justiça?"

— *Você é nojento!* — explodiu Noli Seymour.

— Noli — disse Wace, fazendo uma pequena versão do gesto com que ele interrompia os aplausos da multidão. — Lembre-se do Buda.

— "Vença a raiva com a não raiva"? — perguntou Strike. — Eu pessoalmente sempre achei que daria um biscoito da sorte bem fuleiro.

Becca olhava para ele com um leve sorriso, como se já tivesse visto muitos iguais a Strike. Um músculo tremeu no canto da cicatriz no rosto de Zhou. Joe Jackson cruzou os braços compridos, olhando Strike de cima com um leve franzido na testa. Mazu estava tão imóvel que a tela parecia ter congelado.

— Agora, sou o primeiro a admitir, eu não seria nada bom no que você faz, Jonathan — prosseguiu Strike. — Mas você parece pensar que tem talento na minha área.

— O que quer dizer com isso? — perguntou Wace, com um sorriso confuso.

— Vigilância em nosso escritório. Seguindo-nos de carro.

— Cormoran — disse Wace lentamente —, não sei dizer se você sabe que está inventando coisas ou não.

— Como eu disse, tudo se trata de diversificar da marca principal. Você é excelente em escolher pessoas que ficam felizes por ver sugados todos os seus bens terrenos, ou por ser escravizadas na fazenda em troca de salário nenhum, mas não é tão bom, se não se importa que eu diga, em escolher pessoas para vigiar lugares ou seguir alvos discretamente. Um Corsa Vauxhall vermelho não é discreto. A não ser que sua intenção seja que a gente saiba o que está fazendo, estou aqui para lhe dizer: este não é o seu forte. Não pode simplesmente escolher um sujeito qualquer que estragou a safra de cenoura desse ano para ficar na frente do meu escritório, encarando as janelas.

— Cormoran, não estamos vigiando vocês — disse Wace, sorrindo. — Se essas coisas têm acontecido, você deve ter ofendido alguém que tem uma visão menos tolerante de suas atividades do que nós. Nós escolhemos, como o Buda...

— A bala que atravessou o cérebro de Kevin Pirbright foi disparada em não raiva, então?

— Infelizmente, não faço ideia de que quais eram as emoções de Kevin ele quando atirou em si mesmo.

— Algum interesse em quem assassinou seu irmão? — perguntou Strike, virando-se para Becca.

— O que você talvez não perceba, sr. Strike, é que Kevin tinha a consciência culpada — disse Becca com doçura. — Eu o perdoo pelo que ele me fez, mas aparentemente ele não conseguiu se perdoar.

— Como vocês escolhem as pessoas que dão os telefonemas? — perguntou Strike, voltando-se para Wace. — Obviamente, uma mulher precisou fingir ser a esposa de Reaney para convencer as autoridades a passar a ligação, mas quem falou com ele depois que ele atendeu? Você?

— Eu *literalmente* não tenho ideia de quem ou do que está falando, Cormoran — afirmou Wace.

— Jordan Reaney. Ele dormiu além da hora na manhã em que devia estar na entrega de verduras, convenientemente deixando espaço para Daiyu na frente da picape. — Pelo canto do olho, Strike viu o sorriso de Becca desparecer. — Está atualmente na prisão. Recebeu um telefonema depois que o entrevistei, o que parece ter precipitado uma tentativa de suicídio.

— Tudo isso parece muito perturbador e lamentável, e mais do que um tanto estranho — afirmou Wace —, mas lhe garanto que não tenho o menor conhecimento de nenhum telefonema para nenhuma prisão.

— Lembra-se de Cherie Gittins, é claro?

— É pouco provável que eu vá me esquecer dela — admitiu Wace em voz baixa.

— Por que vocês tiveram o cuidado de acompanhar a vida dela, depois que ela foi embora?

— Não fizemos tal coisa.

Strike se virou de novo para Becca e teve alguma satisfação com sua súbita expressão de pânico.

— A srta. Pirbright aqui sabe que Cherie tinha filhas. Ela disse isso à polícia. Voluntariamente, por algum motivo. Saiu direto de um roteiro, falar de como o que parece diabólico pode, na verdade, ser divino.

Algumas mulheres ruborizam levemente, mas Becca não era uma delas. Becca ficou de um vermelho-arroxeado. No curto silêncio que se seguiu, Noli Seymour e Joe Jackson viraram-se para encarar Becca.

— Quantas figuras religiosas importantes você diria que terminaram enforcadas? — perguntou Strike. — Assim, de chofre, só consigo pensar em Judas.

— Cherie não foi enforcada — disse Becca. Seus olhos adejaram para Wace ao dizer isso.

— Quer dizer isso no sentido metafórico? — pressionou Strike. — Assim como Daiyu não se afogou de fato, mas se dissolveu no espírito puro?

— Papa J — interveio Jackson inesperadamente, impelindo-se da parede —, eu me pergunto que sentido tem...?

— Obrigado, Joe — interrompeu Wace em voz baixa, e Jackson imediatamente voltou para a fila.

— Ora, *é isso* que gosto de ver — declarou Strike com aprovação. — Disciplina militar. Que pena que não se estende aos recrutas.

A porta atrás de Strike se abriu. Ele se virou para olhar. Taio entrou na sala, grande, de cabelo seboso, cara de rato e vestido em um moletom da IHU que se esticava na barriga. Ao ver Strike, parou de pronto.

— Cormoran está aqui a meu convite, Taio — informou Wace, sorrindo. — Junte-se a nós.

— Como está a cabeça? — perguntou Strike, enquanto Taio ficava de pé ao lado de Jackson. — Precisou levar pontos?

— Estávamos falando de Cherie — disse Wace, de novo se dirigindo a Strike. — Na verdade, sei que você pode ter dificuldade de entender isso, mas Becca está coberta de razão no que disse: Cherie teve um papel divino, um papel necessariamente difícil, na ascensão de Daiyu como profeta. Se ela de fato se enforcou, isso também pode ter sido ordenado.

— Vai enforcar uma segunda figura de palha no templo para comemorar, é?

— Vejo que você é um daqueles que se orgulham de desrespeitar ritos, mistérios e observância religiosa — comentou Wace, sorrindo de novo. — Rezarei por você, Cormoran. E falo com sinceridade.

— Vou lhe contar sobre um livro que li, que é bem da sua praia — disse Strike. — Cruzei com ele em uma missão cristã onde eu passava a noite, nos arredores de Nairóbi. Foi quando eu ainda estava no Exército. Eu tinha tomado muito café e só havia dois livros no quarto, e era tarde, e eu não achava que podia tirar algum proveito da Bíblia, então peguei *Who Moved the Stone?,* de Frank Morison. Já leu?

— Ouvi falar dele. — Wace recostou-se na cadeira, ainda sorrindo. — Reconhecemos Jesus Cristo como um emissário importante da Divindade Abençoada, mas naturalmente ele não é o único.

— Ah, ele era quase tão bom quanto você, sem dúvida — continuou Strike. — Enfim, Morison era um não crente que decidiu provar que a ressurreição nunca aconteceu. Ele fez uma investigação a fundo dos eventos que cercaram a morte de Jesus, recorrendo a toda fonte histórica que conseguiu encontrar e, como resultado direto, foi convertido ao cristianismo. Entende aonde quero chegar?

— Infelizmente, não — respondeu Wace.

— Que perguntas você acha que Morison ia querer ver respondidas, se ele quisesse refutar a lenda da Profetisa Afogada?

Três pessoas reagiram: Taio, que soltou um grunhido baixo; Noli Seymour, que arquejou; e Mazu, que, pela primeira vez, falou.

— Jonathan.

— Meu amor? — disse Wace, virando-se para a tela.

— O sábio expulsa tudo que é inferior e degradante — declarou Mazu.

— Muito bem colocado.

Foi o dr. Zhou quem falou aquilo. Ele se ergueu em toda a sua altura e, ao contrário do ausente Harmon, ficava inegavelmente impressionante de manto.

— Isto é do I Ching? — perguntou Strike, olhando de Zhou para Mazu. — Engraçado. Tenho algumas perguntas sobre o tema da degradação, querem ouvir? Não? — acrescentou, porque ninguém respondeu. — Voltando ao que eu dizia, então. Vamos supor que eu queira escrever o novo *Who Moved the Stone?* com o título provisório de "Por que entrar no mar do Norte às cinco da manhã...?". Como investigador cético da miraculosa ascensão de Daiyu ao paraíso, acho que começaria por como Cherie sabia que Jordan Reaney dormiria demais naquela manhã. Depois, eu descobriria por que Daiyu estava com um vestido que a tornava o mais visível possível no escuro, por que ela se afogou exatamente no mesmo trecho da praia de sua primeira esposa, Wace, e, em paralelo com *Who Moved the Stone?*, eu ia querer saber para onde foi o corpo. Mas, ao contrário de Morison, talvez eu inclua um capítulo sobre Birmingham.

— Birmingham? — repetiu Wace. Ao contrário de todos os outros na sala, ele ainda sorria.

— É — confirmou Strike. — Notei que foram muitas idas a Birmingham na época do desaparecimento de Daiyu.

— Mais uma vez, eu literalmente não...

— *Você* deveria estar em Birmingham naquela manhã, mas desistiu, não foi? Você enviou sua filha Abigail a Birmingham logo depois que Daiyu morreu. E acho que *você* foi banida para lá também, não foi, srta. Pirbright? Por três anos, não estou certo?

Antes que Becca pudesse responder, Wace se inclinou para a frente, as mãos entrelaçadas sobre os joelhos, e falou em voz baixa:

— Se a menção a minha filha mais velha é para me preocupar, você está errando feio o alvo, Cormoran. Com relação a Abigail, o máximo de reprovação que posso admitir é de tê-la estragado mimando-a, depois da... depois da morte pavorosa da mãe dela.

Por incrível que pareça, pelo menos para Strike, que achava difícil chorar em ocasiões extremas, que dirá numa deixa, os olhos de Wace se encheram de lágrimas.

— Se eu lamento Abigail ter deixado a igreja? — disse ele. — Claro que sim, mas pelo bem dela, não pelo meu. Se você de fato está em contato com ela — acrescentou Wace, colocando a mão sobre o coração —, diga a ela, de minha parte, "Picolé sente sua falta". Era assim que ela me chamava.

— Que comovente — falou Strike com indiferença. — Continuando: lembra-se de Rosie Fernsby, imagino? De quinze anos, bem-desenvolvida, que você ia levar para Birmingham na manhã da morte de Daiyu?

Wace, que enxugava os olhos na toalha amarrotada, não respondeu.

— Você ia "mostrar alguma coisa" a ela — continuou Strike. — Que coisas ele mostra a meninas novas em Birmingham? — perguntou ele a Becca. — Você deve ter visto algumas, se esteve três anos por lá, não?

— Jonathan — disse Mazu de novo, mais insistente. O marido a ignorou.

— Você fala de "estragar" — prosseguiu Strike, voltando a olhar para Wace. — Esta é uma palavra de duplo sentido, se alguma vez isso existiu... o que nos traz a máscaras de porco.

— Cormoran — disse Wace, o tom exausto —, acho que já ouvimos o bastante para perceber que você está decidido a escrever alguma reportagem escabrosa, cheia de insinuações, sem fatos e floreada com os detalhes fictícios que você e a srta. Ellacott podem inventar juntos. Lamento dizer que teremos de continuar com nosso processo contra a srta. Ellacott por abuso infantil. Seria melhor se você se comunicasse de agora em diante com meus advogados.

— Que pena. Estávamos indo tão bem. Mas voltando às máscaras de porco...

— *Eu deixei minha posição clara, sr. Strike.*

O charme e as maneiras tranquilas, o sorriso, o calor humano de Wace desapareceram. Certa vez, Strike tinha encarado um assassino cujos olhos, sob o estresse e a emoção de ouvir seus crimes descritos, tinham se tornado escuros e vazios como os de um tubarão, e ele via o fenômeno de novo: os olhos de Wace podiam ter virado poços vazios.

— Abigail e outros foram obrigados a usar máscaras de porco e se arrastar na terra para cumprir seus deveres, por ordem de sua encantadora esposa — afirmou Strike.

— Isso nunca aconteceu — disse Mazu com desdém. — Nunca. *Jonathan...*

— Infelizmente para você, sra. Wace, tenho provas concretas de que essas máscaras foram usadas na Fazenda Chapman — informou Strike —, embora fosse de seu próprio interesse negar que sabia de todas as formas com que foram usadas. Quem sabe o sr. Jackson possa lhe esclarecer?

Jackson olhou para Wace, depois falou, em seu estranho sotaque híbrido:

— Este é um belo chute, sr. Strike.

— Então permita-me um pouco mais de franqueza antes de ir. A polícia não gosta de coincidências demais. Por duas vezes nos últimos meses, telefonemas de números desconhecidos foram seguidos de tentativas de suicídio, uma delas bem-sucedida. Não acho que alguém além de minha agência tenha ligado os pontos, mas isso logo pode mudar.

"No final do ano passado, Kevin Pirbright foi gravado dizendo que tinha um encontro com alguém da igreja. Cinco dias depois, ele foi assassinado. São duas mortes não naturais e quase uma terceira das pessoas que estavam na Fazenda Chapman quando Daiyu se afogou... supondo-se, naturalmente, que ela tenha mesmo se afogado."

Becca ficou boquiaberta. Mazu começou a gritar, mas infelizmente para ela, o mesmo fizeram Taio e Noli Seymour que, por estarem na sala, facilmente encobriram o praguejar que era despejado da boca fina de Mazu.

— Seu filho da puta...

— Seu homem vil, cruel e *repulsivo*, como *se atreve* a dizer essas coisas de uma criança morta, você não tem *consciência...*

Strike elevou a voz para superar o tumulto.

— Existem testemunhas para o fato de que Rosie Fernsby estava na Fazenda Chapman quando algumas fotos polaroides foram tiradas. Rosie foi identificada por Cherie Gittins como uma das pessoas que aparecem nessas fotos. Sei que está procurando por ela, então vou lhe avisar — disse ele, apontando diretamente para a cara de Jonathan Wace —, se ela for encontrada morta, quer seja pela própria mão, ou por acidente, ou por assassinato, tenha a certeza de que eu mostrarei essas polaroides à polícia, chamando a atenção deles para o fato de que agora temos quatro mortes não naturais de ex-integrantes da IHU em um período de dez meses, exortando-os a verificar de novo alguns registros telefônicos e garantindo que meu contato na imprensa faça o maior barulho possível.

"Para falar a verdade, não sou tão humilde quanto você, Jonathan", acrescentou Strike, gesticulando para os próprios pés. "Não preciso me perguntar se sou apto para o trabalho, porque sei que sou bom pra cacete nisso, então esteja avisado: se você fizer qualquer coisa para prejudicar minha sócia ou Rosie Fernsby, *eu vou derrubar sua igreja até não sobrar pedra sobre pedra.*"

113

... pode-se passar um ciclo inteiro com um amigo de natureza semelhante sem o temor de cometer um erro.

I Ching: O livro das mutações

Passar a noite enroscada no que ela antes achava um sofá confortável, mas que revelou inesperadas fendas e arestas duras quando solicitado a fazer as vezes de uma cama, já foi bem ruim. E tudo piorou quando Robin, depois de, enfim, ter algumas horas de sono profundo, foi acordada rudemente por uma exclamação alta de "Mas o que...?" de um homem muito próximo a ela. Por uma fração de segundo, ela não sabia onde estava: seu apartamento, o alojamento na Fazenda Chapman, a cama de Ryan, e todos esses lugares tinham portas em posições relativamente diferentes. Ela se sentou depressa, desorientada; o casaco escorregou dela para o chão e, então, ela percebeu que estava no escritório, olhando Strike com a visão embaçada.

— Meu Deus do céu — disse ele. — Eu não esperava encontrar um corpo.

— Você quase me provocou um ataque car...

— O que está fazendo aqui?

— Acho que seu atirador voltou ontem à noite — respondeu Robin, abaixando-se para pegar o casaco.

— *O quê?*

— Casaco preto, capuz... Ele se escondeu naquela escada de porão do outro lado da rua por um tempo e, quando a rua ficou vazia, atravessou e tentou entrar por nossa portaria, mas desta vez não conseguiu.

— Você ligou para a polícia?

— Aconteceu rápido demais. Ele deve ter percebido que a tranca foi mudada, porque foi embora. Eu o vi no final da Denmark Street, mas tive medo de ele estar esperando por mim na Charing Cross Road. Não quis me arriscar, então dormi aqui.

Neste momento, o despertador do celular de Robin tocou, dando-lhe outro susto.

— Bem pensado — comentou Strike. — Muito bem pensado. A luz estava acesa quando ele chegou?

— Só até eu ver o casaco preto e o capuz do outro lado da rua, depois eu apaguei. É possível que ele não tenha notado e pensado que o escritório estava vazio, mas pode ser que soubesse que tinha alguém aqui e estivesse decidido a entrar de qualquer jeito. Não parece o caso — acrescentou Robin —, a tranca funcionou e eu não corri risco nenhum, não é?

— Não. Isso é bom. Por acaso, tirou alguma foto?

— Tirei — confirmou ela, abrindo-as no celular e entregando a Strike. — O ângulo era complicado, porque ele estava bem abaixo de mim, é claro, quando tentou entrar.

— É, parece ser a mesma pessoa. Mesmo casaco, de todo modo... o rosto cuidadosamente escondido... Vou passar isto à polícia também. Com sorte, a pessoa tirou o capuz e foi apanhada em alguma câmera de vigilância depois de sair daqui.

— Recebeu minha mensagem sobre Will, Flora e Prudence? — perguntou Robin, tentando desembaraçar o cabelo com os dedos, sem muito sucesso. — Pat não se importa de irmos lá esta manhã, o que é bondade dela, sendo sábado.

— Sim, recebi. — Strike foi à chaleira. — Excelente trabalho, Ellacott. Quer um café? Temos tempo. Só vim aqui para colocar minhas anotações de ontem à noite no arquivo.

— Ai, meu Deus, é claro! — exclamou Robin, que em seu cansaço tinha se esquecido brevemente de onde Strike estivera na véspera. — O que aconteceu?

Enquanto eles tomavam café, Strike fez um relato completo a Robin da reunião da IHU e sua subsequente entrevista com Wace. Quando ele terminou, Robin falou:

— Você disse a ele "vou derrubar sua igreja até não sobrar pedra sobre pedra"?

— Posso ter exagerado um pouco nessa parte — confessou Strike. — Eu estava no embalo.

— Não acha que parece uma verdadeira... declaração de guerra?

— Na verdade, não. Fala sério, eles já sabiam que estamos investigando a igreja. Por que mais todo mundo com quem queremos falar recebe ligações de alerta?

— Não temos certeza se a igreja está por trás dessas ligações.

— Não temos certeza se as pessoas com máscara de porco moravam na Fazenda Chapman também, mas acho que é seguro arriscar uma conjectura. Gostaria de ter dito muito mais do que eu disse, mas o afogamento de Deirdre Doherty espirra em Flora Brewster, Daiyu saindo pela janela incrimina Emily Pirbright, e se eu dissesse a Harmon que sabia que ele estava trepando com menores de idade, colocaria Lin na linha de fogo. Não, a única informação nova que eles tiveram de mim ontem à noite foi que achamos que a morte de Daiyu é suspeita, e eu disse isso de propósito, para ver a reação deles.

— E?

— Choque, indignação; exatamente o que era esperado. Mas eu os avisei do que ia acontecer se Rosie Fernsby aparecesse morta, que era o que importava, e falei que sabemos que eles estão de olho em nós, embora de forma inepta. Então, no que me diz respeito, trabalho feito. Hmm... se quiser tomar um banho ou coisa assim, pode ir lá em cima.

— Seria ótimo, obrigada — disse Robin. — Vai ser rápido.

Seu reflexo no espelho do banheiro de Strike parecia tão mal quanto Robin se sentia: um grande vinco tinha pressionado a face e os olhos estavam inchados. Tentando não imaginar Strike nu no mesmo lugar ocupado por ela naquele momento no banheiro minúsculo, Robin tomou um banho, passou um pouco do desodorante dele, vestiu as roupas da véspera, escovou o cabelo, passou batom para parecer menos desbotada, limpou o batom porque achou que ele deixava sua aparência pior e voltou a descer.

Em geral, Robin dirigia quando os dois saíam juntos, mas hoje, em deferência ao cansaço que ela sentia, Strike se ofereceu. O BMW, sendo automático, não era tão duro de dirigir para um homem com uma prótese quanto o Land Rover. Robin esperou até que estivessem a caminho de Kilburn para dizer:

— Duas coisas me ocorreram ontem à noite enquanto repassava o arquivo da IHU.

Robin delineou sua teoria de que Rosie Fernsby tinha sido a outra adolescente no alojamento, na noite antes de Daiyu se afogar. Strike seguiu dirigindo por um minuto, pensando.

— Gosto um pouco disso...

— Só um pouco?

— Não consigo imaginar Cherie deixando de conferir a cama de Rosie, não se ela queria ter certeza de que todo mundo estava fora de combate antes de dar a bebida batizada a todas as crianças e depois empurrar Daiyu pela janela.

— Talvez ela *tenha* verificado, e foi conveniente para ela Rosie não estar ali?

— Mas como Cherie saberia que Rosie não ia voltar depois? Os travesseiros podiam estar lá, então Rosie podia, não sei, ter sido enviada para um Quarto de Retiro ou ido para a mata fumar um baseado.

— Se você tivesse estado na Fazenda Chapman, saberia que a única razão permissível para ter algum tempo sozinha era ir ao banheiro. Se Rosie estivesse de serviço com as crianças, era exatamente onde ela deveria estar. E se Rosie contou a Cherie que ela, o pai e o irmão iam embora naquela noite?

— Ela só estava na Fazenda Chapman havia mais ou menos uma semana. Seria preciso ter muita confiança em Cherie para contar que eles iam fugir.

— Quem sabe Rosie e Cherie tenham passado por alguma coisa juntas que teria criado rapidamente um vínculo entre elas?

— Ah — disse Strike, lembrando-se das polaroides. — É. Tem isso, claro... E ainda assim Rosie lamentou deixar a fazenda, segundo o irmão dela.

— Meninas adolescentes podem ser estranhas — falou Robin em voz baixa. — Elas racionalizam as coisas... Dizem a si mesmas que não foi tão ruim apesar de saberem, no fundo, que foi... Ela era louca por Jonathan Wace, lembre-se disso. Talvez tenha ido de boa vontade ao celeiro, sem saber o que ia acontecer. Depois disso, se Wace ficou dizendo o quanto ela era maravilhosa, como era bonita e corajosa, e um espírito livre... dizendo a ela que tinha se provado de alguma forma... Mas sei que é tudo especulação até a encontrarmos, e esta é outra coisa que eu ia te dizer. Tem uma chance, só uma chance, não fique animado demais... de eu *ter* encontrado Rosie.

— Tá de sacanagem!

— Tive uma ideia nas primeiras horas da manhã. Bom, duas ideias, na verdade, mas esta primeiro. Eu tinha chegado a um total de zero nos registros de propriedade, mas depois pensei, *apps de encontro*. Tive de me cadastrar em meia dúzia deles para ter acesso. Enfim, no mingleguru.co.uk...

— Mingle Guru?

— É, Mingle Guru... Tem uma Bhakta Dasha, 36 anos, então a idade bate com a de Rosie, e não é *nada* asiática, ao contrário de todos os outros no site.

Quando Strike parou em um sinal vermelho, Robin ergueu uma foto de perfil para ele ver.

— Puta merda — disse Strike.

A mulher era bonita, de cara redonda e covinhas, usando um bindi e com a pele muito corada. Quando o sinal abriu e eles arrancaram, Strike falou:

— Isso devia ser levado ao conhecimento do conselho de normas publicitárias.

— Ela é hinduísta praticante — disse Robin, lendo as informações de Bhakta —, adora a Índia, viajou muito para lá e gostaria bastante de conhecer alguém que compartilhe sua perspectiva e religião, e dá sua localização atual como Londres. Será que…

— Dev — disparou Strike.

— Exatamente, a não ser que ele esteja cansado de ser o bonitão de plantão que sempre mandamos para passar uma lábia nas mulheres.

— Existem problemas piores — comentou Strike. — Começo a pensar que você devia dormir no sofá com mais frequência. Parece despertar alguma coisa em você.

— Você ainda não ouviu minha segunda ideia. Estava tentando dormir e pensava em Cherie, e então pensei "Isaac Mills".

— Quem?

— Isaac Mills. O namorado dela depois da Fazenda Chapman. Aquele que assaltou a farmácia.

— Ah, sim. O viciado de dentes podres.

— Eu pensei: e se ela contou a Isaac o que aconteceu na Fazenda Chapman? — disse Robin. — E se ela fez confidências a ele? Era tudo muito recente quando os dois se conheceram.

— Este é um raciocínio muito sólido, e estou puto por eu mesmo não ter pensado nisso.

— Então acha que vale a pena procurar por ele? — perguntou Robin, satisfeita porque sua teoria, pelo menos, não recebia pouca atenção.

— Com certeza. Só espero que ainda esteja vivo. Ele não tem cara de um homem que toma muito ar fresco e vitaminas… Merda, esqueci de te contar outra coisa, de ontem à noite.

— O quê?

— Eu posso estar engando — começou Strike —, mas poderia jurar que vi Philipa Delaunay na plateia da reunião de Wace. A tia de Daiyu… irmã do Profeta Roubado.

— Mas por que ela estaria lá?

— Boa pergunta. Veja bem, como eu disse, talvez eu tenha me enganado. Todas as louras exuberantes usando pérolas parecem iguais para mim. Não sei como os maridos não se separam delas.

— Feromônios? — sugeriu Robin.

— Pode ser. Ou algum chamado especial. Como nos pinguins.

Robin riu.

114

O que foi estragado por culpa do homem pode ser restaurado pela obra do homem.

I Ching: O livro das mutações

Como confessaram um ao outro depois, na primeira hora que Strike e Robin passaram conversando com Will na casa de Pat em Kilburn, cada um deles pensou que a missão estivesse condenada. Will se opôs implacavelmente a se encontrar com Flora Brewster e insistiu que não queria imunidade no processo, porque merecia a prisão. Só o que queria era que Lin fosse encontrada, para ela poder cuidar de Qing depois que ele se entregasse à polícia.

Pat levara a filha de Will para fazer compras e permitir que eles conversassem em paz. O cômodo em que se encontravam era pequeno, arrumado, com um forte ranço de cigarros Superkings e atulhado de fotografias da família, embora Pat também tivesse um verdadeiro fraco por miniaturas de bichos de cristal. Will estava com um suéter verde e novo que, embora ficasse largo no corpo ainda muito magro, caía melhor nele do que o moletom sujo da IHU. Estava menos pálido, as olheiras sumiram, e passou uma hora sem mencionar a Profetisa Afogada.

Porém, quando Strike, começando a perder a paciência, pressionou Will sobre por que ele não queria pelo menos falar com outra ex-integrante com o objetivo de unir forças e libertar o maior número possível de pessoas da igreja, o rapaz disse:

— Não pode libertar todos eles. Ela quer mantê-los lá. Vai deixar alguns saírem, como eu, que não fazem bem nenhum…

— Quem é "ela"? — perguntou Strike.

— Você sabe quem — respondeu Will em voz baixa.

Eles ouviram a porta de entrada se abrir. Strike e Robin imaginaram que Pat e Qing tivessem voltado, mas, em vez delas, apareceu um gorducho de uns setenta anos, de óculos e cabelo claro. Estava com uma camisa de futebol do Queens Park Rangers, calça marrom do tipo que Strike costumava ver em Ted e carregava um exemplar do *Daily Mail* embaixo do braço.

— Ah. Vocês devem ser os detetives.

— Sim, somos — confirmou Strike, levantando-se para trocar um aperto de mãos.

— Dennis Chauncey. Todo mundo quer um chá? Vou tomar um, não é incômodo.

Dennis desapareceu na cozinha. Robin notou que ele mancava um pouco, talvez devido à queda sofrida enquanto demonstrava a levitação.

— Olha, Will... — recomeçou Strike.

— Se eu falar com Flora antes da polícia, nunca vou *conseguir* ir à polícia — interrompeu Will —, porque ela virá atrás de mim antes que eu possa...

— Quem virá atrás de você? — Dennis, que evidentemente tinha uma audição afiada, reaparecera na porta da sala de estar, comendo um biscoito de chocolate. — A Profetisa Afogada?

Will ficou encabulado.

— Eu já te falei, filho. — Dennis bateu o dedo na têmpora. — Está na sua cabeça. Está tudo na sua cabeça.

— Eu vi...

— Você viu truques — cortou Dennis, mas com gentileza. — Foi só o que você viu. *Truques*. Eles aprontaram muito com você, mas são *truques*, só isso.

Ele desapareceu de novo. Antes que Strike pudesse dizer mais alguma coisa, ouviram a porta de entrada se abrir pela segunda vez. Logo depois, Pat entrou na sala.

— Dei um passeio com Qing, e ela dormiu — informou naquele grunhido que passava por seu sussurro. — Eu a deixei na sala.

Pat se desvencilhou do casaco, pegou um pacote de Superkings no bolso, acendeu um, sentou-se na poltrona e falou:

— O que está havendo?

Enquanto Robin explicava sobre o desejo de Flora Brewster de se encontrar com Will, Dennis tinha voltado com um novo bule de chá.

— Parece uma boa ideia — comentou ela, espiando rapidamente Will e dando um longo trago no cigarro. — Se quiser que a polícia leve você a sério — continuou, soltando a fumaça, e assim seu rosto ficou momentaneamente encoberto por uma nuvem azulada —, vai precisar de corroboração.

— Exatamente — reiterou Strike. — Obrigado, Pat.

— Sr. Chauncey, sente-se aqui — ofereceu Robin, levantando-se, porque não havia outra cadeira.

— Não, está tudo bem, querida. Tenho de ver os pombos — disse Dennis. Ele se serviu de uma xícara de chá, acrescentou três cubos de açúcar e saiu de novo.

— Pombos-correio — explicou Pat. — Ele cria no quintal. Mas não entre no assunto Fergus McLeod com ele. Só ouvia falar disso, de manhã, à tarde e à noite por um mês.

— Quem é Fergus McLeod? — perguntou Robin.

— Ele trapaceou — respondeu Will inesperadamente. — Com um microchip. A ave nunca saiu do apartamento dele. Dennis me contou sobre isso.

— Tem sido um alívio danado ter alguém para ouvi-lo martelar sobre isso — admitiu Pat, revirando os olhos.

O celular de Strike tocou. Era Midge.

— Com licença — disse ele.

Sem querer se arriscar a acordar Qing, que dormia a sono solto em um carrinho junto à porta da frente, ele passou à cozinha e foi para o quintal. Metade dele era dedicada aos pombos, e Dennis estava visível na janela do viveiro, aparentemente limpando gaiolas.

— Midge?

— Lin está na clínica — informou Midge, empolgada. — Tasha acabou de me ligar. Zhou não estava lá ontem à noite, então ela foi furtivamente até o anexo. As portas estavam trancadas, mas as venezianas ficaram baixadas em uma das janelas durante todo o tempo em que ela esteve lá. Tasha tentava espiar por um espaço quando, ouve essa: uma garota loura e magricela levantou a persiana e olhou direto para ela. Tasha disse que as duas estavam quase nariz com nariz. Ela quase caiu de bunda. Acha que a garota percebeu que Tasha não estava com uniforme de funcionária e murmurou um "socorro". Tasha gesticulou para ela abrir a janela, mas estava chumbada. Depois ouviu alguém chegando, então teve de sair, mas disse a Lin que ia voltar.

— Excelente — disse Strike, a cabeça trabalhando rapidamente enquanto ele via Dennis falando com o pombo que tinha na mão. — Tudo bem, preste atenção: quero que você vá para Borehamwood. Tasha pode precisar de apoio. Você pode se registrar em uma pousada nos arredores ou coisa assim. Se Tasha conseguir voltar a essa janela esta noite, diga para ela bater e segurar um bilhete para dizer a Lin que Will saiu, que ele trouxe Qing e os dois estão em segurança.

— Farei isso — afirmou Midge, que parecia encantada. — E se eu...?

— Por enquanto, fique a uma curta distância da clínica, caso eles tentem transferir Lin à noite. Não faça nenhuma tentativa de resgate, e diga a Tasha para não assumir mais riscos do que já assumiu, está bem?

— Tudo bem — concordou ela.

— Com alguma sorte — prosseguiu Strike —, esta notícia vai botar uma banana de dinamite embaixo de Will Edensor, porque não sei mais o que pode abalar o sujeito.

115

Nessas épocas, quando estados de ânimo divergentes e velados manifestam-se criando incompreensões mútuas, é necessário agir com rapidez e vigor para dissolver as incompreensões e desconfianças mútuas.

I Ching: O livro das mutações

— Foi preciso mais uma hora e meia para convencê-lo — Robin contou a Murphy mais tarde, em seu apartamento. Ele queria levá-la pra jantar, mas Robin, que estava exausta, disse que preferia comer em casa, então Murphy pediu comida chinesa. Robin estava evitando macarrão, que ela nunca mais queria comer na vida.

— Ficamos rodando em círculos sem parar — continuou ela —, mas Pat o convenceu. Disse a Will que Lin provavelmente não estaria em bom estado para cuidar sozinha de Qing no momento em que saísse, se conseguirmos tirá-la de lá obviamente, e que a melhor coisa que Will podia fazer era ficar fora da cadeia, para poder ajudar. De todo modo, está tudo combinado: vamos levar Will à casa de Prudence na segunda-feira à noite.

— Ótimo — disse Murphy.

Ele não estava particularmente falante desde que tinha chegado, e não sorriu ao dizer isso. Robin supôs que também estivesse cansado, mas percebeu certo constrangimento.

— Você está bem?

— Sim — respondeu Murphy —, ótimo.

Ele se serviu de mais *chow mein*, depois falou:

— Por que não me ligou ontem à noite, quando o cara de preto tentava invadir o prédio?

— Você estava trabalhando — disse Robin, surpresa. — O que poderia ter feito a respeito disso?

— Certo. Então você só me ligaria se eu pudesse ser útil?

Um misto familiar de inquietação e frustração, que ela sentira muitas vezes em seu casamento, cresceu em Robin.

— É claro que não. Mas trocamos as fechaduras. O cara não entrou. Eu não corria perigo nenhum.

— Mas ainda assim passou a noite lá.

— Por precaução — afirmou Robin.

Ela entendia exatamente o que incomodava Murphy: a mesma coisa que tinha incomodado Matthew, antes e depois de eles terem se casado.

— Ryan…

— Como Strike não notou que você ainda estava no escritório, quando voltou do encontro da igreja?

— Porque as luzes estavam apagadas — disse Robin.

— Então você o ouviu subir, mas não saiu e perguntou a ele o que tinha acontecido com Wace? Esperou até a manhã seguinte.

— Eu não o ouvi subir — falou Robin com sinceridade. — Não dá para ouvir da sala interna, que era onde eu estava.

— E você não mandou uma mensagem a ele avisando que ia passar a noite lá?

— Não — disse Robin, tentando não ficar notoriamente zangada, porque estava cansada demais para brigar —, porque eu só decidi passar a noite à uma da manhã. Era tarde demais para pegar o metrô, e eu ainda tinha medo de que a pessoa de casaco preto estivesse zanzando por perto.

— Você acabou de me dizer que não corria perigo nenhum.

— Não corria, não dentro do prédio.

— Podia ter chamado um táxi.

— Sei que podia, mas estava muito cansada, então decidi ficar.

— Não estava preocupada com onde Strike tinha ido?

À beira de perder a briga com a raiva, Robin falou:

— Não sou esposa dele, e Strike sabe se cuidar. De qualquer forma, eu já te falei: eu estava ocupada entrando em sites de encontros para tentar encontrar aquela mulher que precisamos entrevistar.

— E ele não te ligou depois que saiu da reunião?

— Não. Era tarde e ele deve ter achado que eu estaria dormindo.

— Certo — disse Murphy, com a mesma tensão na voz que Matthew tinha sempre que eles discutiam sobre Strike.

— Pelo amor de Deus, pergunta logo — disparou Robin, perdendo o controle. — Me pergunte se eu dormi na casa dele.

— Se você diz que dormiu no escritório...

— Foi *isso* que eu disse porque é a verdade, e você pode continuar o interrogatório, mas a história não vai mudar porque *eu estou te contando o que realmente aconteceu.*

— Tudo bem — disse Murphy.

O laconismo tinha tanto de Matthew que Robin falou:

— Olha, já passei por essa merda antes e não vou passar por isso de novo.

— O que isso significa?

— Significa que você não é o primeiro homem que acha que não posso ser sócia de Strike sem trepar com ele. Se não confia em mim...

— Não é uma questão de confiança.

— *Como poderia não ser uma questão de confiança?* Você estava tentando me pegar numa mentira!

— Talvez você quisesse poupar meus sentimentos. Dormiu no sótão e talvez nada tenha acontecido, mas você não quis admitir que esteve lá.

— *Não... foi... isto... que... aconteceu.* Strike e eu somos *amigos.* E por acaso ele está namorando uma advogada.

A mentira saiu com facilidade e instintivamente da boca de Robin, e quando ela viu a expressão de Murphy se desanuviar, entendeu que serviu a seu propósito.

— Você nunca me contou isso.

— Eu não sabia que você tinha tanto interesse pela vida amorosa de Strike. Manterei você informado no futuro.

Murphy riu.

— Desculpe, Robin — disse ele, estendendo a mão. — De verdade, é sério. Merda, eu não pretendia... Lizzie me abandonou por um suposto "amigo" no fim.

— Eu sei disso, mas o que você não está considerando é que *eu não sou Lizzie.*

— Eu sei. Me desculpe, de verdade. Há quanto tempo Strike está com essa advogada?

— Não sei... meses. Não fico monitorando — respondeu Robin.

O restante da noite passou amigavelmente. Cansada, ainda irritada, mas querendo fazer as pazes, Robin disse a si mesma que se preocuparia depois com o que poderia acontecer se Nick, Ilsa ou o próprio Strike revelassem que o caso dele com Bijou tinha acabado.

116

Nove na primeira posição significa:
Dragão escondido.
Não faça nada.

I Ching: O livro das mutações

Robin passou boa parte dos três dias que se seguiram fazendo-se perguntas irrespondíveis sobre os próprios sentimentos e especulando sobre a provável futura trajetória do ciúme recém-revelado de Murphy. Será que a relação deles seguiria o mesmo caminho de seu casamento, por níveis crescentes de desconfiança até uma explosão destrutiva, ou ela projetava antigos ressentimentos em Murphy, como ele fazia com ela?

Embora tenha aceitado a trégua e feito o máximo para agir como se tudo estivesse perdoado e esquecido, Robin ainda estava irritada porque, mais uma vez, fora obrigada a justificar e mascarar questões relacionadas a Cormoran Strike. Aquelas quatro palavras fatais — "eu também te amo" — provocaram uma mudança em Murphy. Seria ir longe demais chamar essa nova atitude dele de possessividade, mas havia uma certa reafirmação que não existia antes.

Em seus momentos de maior sinceridade, Robin se perguntava por que *não* tinha ligado para ele quando teve medo de que um atirador estivesse à espreita, fora de vista, perto do escritório. Ela só conseguia encontrar respostas confusas e algumas portas abertas para outras perguntas que não queria responder. No extremo admissível da escala, estava seu medo de que Murphy tivesse uma reação exagerada. Robin não queria dar ao namorado uma justificativa para ditar que riscos ela assumiria, porque já estava farta do que ouvia da mãe. Por outro lado, sussurrou sua consciência, ela deixava que Strike lhe dissesse para ser mais cuidadosa, não? Também fez o que ele sugeriu, com relação a táxis e não assumir nenhuma tarefa sozinha. Qual era a diferença?

A resposta (assim Robin disse a si mesma) era que ela e Strike estavam no negócio juntos, o que dava a ele certos direitos — mas aqui, sua autoanálise parou, porque se podia argumentar que Murphy também tinha direitos; simplesmente ela os achava menos admissíveis. Estas reflexões chegaram perigosamente perto de obrigá-la a confrontar algo que ela estava decidida a evitar. Ruminações sobre os verdadeiros sentimentos de Strike, como Robin sabia por experiências passadas, só levavam à confusão e dor.

Strike, enquanto isso, tinha suas próprias preocupações pessoais. Na tarde de sábado, Lucy telefonou com a notícia de que Ted, que ainda estava em sua casa, tivera uma "guinada estranha". Tomado de culpa por não ter visitado tanto o tio nas últimas semanas, Strike abandonou a vigilância do marido que tinha apelidado de Hampstead para ir de carro à casa de Lucy em Bromley, onde encontrou Ted ainda mais desorientado do que o de costume. Lucy já havia marcado um médico para ele e prometeu dar notícias a Strike assim que as tivesse.

Ele passou a maior parte da segunda-feira vigiando o Michê, transferindo a tarefa a Barclay no final da tarde, depois voltando ao escritório às quatro horas. Robin tinha ficado ali o dia todo, tentando sublimar no trabalho a ansiedade que sentia por tirar Will do porto seguro da casa de Pat para visitar Prudence naquela noite.

— Ainda acho que Will e Flora podiam se falar por FaceTime — disse Robin a Strike, quando ele se juntou a ela na mesa dos sócios, de café na mão.

— É, bom, Prudence é a terapeuta, não é? Quer o contato pessoal.

Ele olhou para Robin, que parecia cansada e tensa. Supondo que isto se devesse a seu medo contínuo da igreja, Strike acrescentou:

— Eles seriam mais burros do que imagino se tentassem nos seguir depois do que eu disse a Wace na sexta-feira, mas se virmos alguém, vamos parar e confrontar.

Strike preferiu não mencionar que se Wace, como ele suspeitava, pretendia fazer jogos mentais em vez de genuinamente tentar uma vigilância disfarçada, o líder da igreja podia igualmente decidir evoluir para assédio, em represália pela conversa cara a cara no Olympia.

— Infelizmente tenho más notícias — começou Robin. — Não posso ter certeza absoluta, mas acho que Isaac Mills pode estar morto. Olha: encontrei isso uma hora atrás.

Ela passou pela mesa a impressão de uma pequena notícia do *Telegraph* datada de janeiro de 2011. Descrevia um acidente em que Isaac Mills, trinta e oito anos, tinha morrido em uma colisão frontal com um furgão que, ao contrário de Mills, estava dirigindo do lado certo da rua.

— A idade bate — comentou Robin —, e lado errado da rua dá a impressão de que ele estava bêbado ou drogado.

— Merda — xingou Strike.

— Vou continuar procurando — acrescentou Robin, pegando a impressão de volta — porque existem outros Isaac Mills por aí, mas tenho a horrível sensação de que era o nosso cara. Você falou com Dev sobre levar Rosie Fernsby para jantar, aliás?

— Falei, ele vai criar um perfil no Mingle Guru esta noite. Tive outra ideia a respeito de Rosie, na verdade. Se aquele perfil *é mesmo* dela, e ela realmente *esteve* viajando à Índia nos últimos anos, faz sentido que não tenha uma base permanente aqui. Talvez ela possa estar cuidando da casa da mãe enquanto está no Canadá.

— Ninguém atendeu na linha fixa todas as vezes que tentei. Cai direto na caixa postal.

— Mesmo assim, não seria tão fora de mão passar por Richmond na volta de Strawberry Hill. A gente pode só bater na porta em Cedar Terrace e ver o que acontece.

O celular de Strike tocou. Esperando que fosse Lucy, ele em vez disso viu o número de Midge.

— Está tudo bem?

— Não — disse Midge.

Com um mau pressentimento, Strike ativou o viva-voz e colocou o celular na mesa entre ele e Robin.

— Não foi culpa de Tash — começou Midge, na defensiva. — Tá legal? Ela não conseguiu voltar ao anexo nas duas últimas noites, então aproveitou uma chance quando voltava de uma massagem uma hora atrás.

— Ela foi vista? — perguntou Strike bruscamente.

— Foi — confirmou Midge. — Um cara que trabalha lá a viu batendo na janela.

Strike e Robin se olharam. Robin, que temia que o sócio estivesse prestes a explodir, fez uma careta que pretendia evitar qualquer explosão inútil.

— Obviamente, Tash passou direto — continuou Midge —, mas o ruim é que...

— Não é *essa* a parte ruim? — rosnou Strike num tom ameaçador.

— Olha, ela nos fez um favor, Strike, e pelo menos descobriu que Lin está lá!

— Midge, o que mais aconteceu? — perguntou Robin antes que Strike pudesse replicar.

— Bom, Tasha estava com o bilhete no bolso do roupão, aquele para mostrar a Lin, dizendo que Will e Qing tinham saído, e... e agora não consegue encontrá-lo. Ela acha que pode ter pegado o roupão errado quando saiu da sala de massagem. Ou talvez tenha deixado cair.

— Certo — disse Robin, gesticulando para Strike conter a torrente de recriminações que ela sabia que o sócio estava explodindo para soltar. — Midge, se ela puder fingir que perdeu um anel ou coisa assim...

— Ela já voltou à sala de massagem para conferir, mas me ligou primeiro porque obviamente...

— É — disse Strike. — *Obviamente.*

— Informe-nos do que acontecer — pediu Robin. — Ligue para nós.

— Vou ligar — confirmou Midge. Ela desligou.

— Mas que *merda*! — bradou Strike, fumegando. — O que eu disse a Tasha? *Não* se arrisque, seja *ultra*cautelosa, e aí ela vai na porra da janela em plena luz do dia...

— Eu sei — disse Robin —, eu sei.

— Nunca devíamos ter posto uma amadora lá dentro!

— Era o único jeito — ressaltou Robin. — Tivemos de usar alguém que eles nunca percebessem ter ligação conosco. Agora precisamos torcer para ela recuperar o bilhete.

Strike se levantou e ficou andando de um lado para o outro.

— Se eles encontraram o bilhete, Zhou deve estar tentando repetir o que foi feito com Jacob... esconder Lin e aparecer com uma loura alternativa, e rápido. Porra... Isso não é nada bom. Vou ligar para Wardle.

Strike telefonou. Robin ouviu o sócio contar o problema a seu melhor contato na polícia. Como ela previu, Wardle precisou de muitas explicações e repetições antes de entender de fato o que Strike lhe dizia.

— Se Wardle acha difícil de acreditar, posso imaginar como os policiais comuns vão reagir — comentou Strike aborrecido, depois de desligar. — Não acho que verão isso como uma prioridade, resgatar uma garota que está morando em um spa de luxo. Que horas são?

— Hora de ir — respondeu Robin, desligando o computador.

— Vamos dar uma carona a Pat para casa?

— Não, ela vai se encontrar com a neta. Dennis vai cuidar de Qing enquanto Will estiver conosco.

Assim, Strike e Robin foram juntos para o lugar onde o BMW ficava estacionado. A noite estava cálida; uma mudança agradável em relação ao chuvisco intermitente dos últimos dias. Quando chegaram ao estacionamento, o celular de Strike tocou de novo. Era Lucy.

— Oi, o que o médico disse? — perguntou ele.

— Ele acha que Ted teve um miniderrame.

— Ah, merda — resmungou Strike, destrancando o carro com a mão livre.

— Querem fazer um exame de imagem nele. O mais cedo que conseguem é sexta-feira.

— Tudo bem — disse Strike, sentando-se no banco do carona enquanto Robin assumia o volante. — Bom, se preferir, eu vou com ele. Você cuidou de tudo até agora.

— Obrigada, Stick. Agradeço por isso.

— Que bom que ele estava com você quando aconteceu. Imagine se estivesse sozinho em St Mawes.

— Pois é — disse Lucy.

— Vou levá-lo ao exame, depois conversaremos sobre os planos, está bem?

— Sim — concordou Lucy, parecendo derrotada. — Tudo bem. Como estão as coisas com você?

— Agitadas — respondeu Strike. — Te ligo depois.

— Está tudo bem? — perguntou Robin, esperando até Strike desligar para dar a partida no carro.

— Não — admitiu ele e, quando pegaram a rua, explicou sobre o derrame de Ted, e seu Alzheimer, e o fardo que Lucy suportava, e a culpa que ele sentia por não contribuir. Por conseguinte, nem Strike, nem Robin notaram o Ford Focus azul que tinha arrancado do meio-fio cem metros depois da garagem, enquanto Robin acelerava.

A velocidade do Ford era ajustada frequentemente, o que variava a distância entre ele e o BMW, e assim às vezes havia um, às vezes três carros entre eles. A mente dos detetives estava tão preocupada com suas ansiedades separadas, conjuntas, gerais e específicas que ambos deixaram de notar que mais uma vez eram seguidos.

117

K'an representa o coração, a alma trancada no corpo,
o princípio da luz encerrada na escuridão — isto é, a razão.
I Ching: O livro das mutações

Foi apenas ao se aproximar da casa de Prudence que Robin registrou, em uma região obscura do cérebro, que tinha visto um Ford Focus azul pelo retrovisor em outro ponto da viagem. Ela virou na esquina da rua de Prudence, e o carro azul passou inocentemente. Preocupada com o encontro iminente entre Will e Flora, Robin de imediato esqueceu o assunto de novo.

— Você vai gostar de Prudence — disse ela num tom tranquilizador a Will, que mal tinha falado durante a jornada. — Ela é muito legal.

Will olhou a enorme casa eduardiana de ombros recurvados e braços cruzados, uma expressão de intensa desconfiança no rosto.

— Olá — disse Prudence quando abriu a porta, discretamente elegante como sempre numa calça cor de creme e um suéter do mesmo tom. — Ah.

Sua expressão se desfez quando ela viu Strike.

— Algum problema? — disse ele, perguntando-se se ela esperava que ele pedisse desculpas depois do último telefonema acalorado. Como se considerava inteiramente inocente na questão da identificação de Flora, a ideia não lhe ocorrera.

— Achei que seria só Robin — admitiu Prudence, recuando para permitir a entrada deles. — Flora não está esperando outro homem.

— Ah — murmurou Strike. — Certo. Devo esperar no carro?

— Não seja bobo — respondeu Prudence, com um leve desconforto. — Pode entrar e ficar na sala de estar.

— Obrigado. — Strike percebeu o olhar de Robin, depois passou sem dizer nada pela porta à direita. Prudence abriu uma porta à esquerda.

Como a sala de estar, o consultório de Prudence era decorado com bom gosto em cores neutras. Alguns objetos decorativos, incluindo frascos de rapé de jade e uma *puzze ball* chinesa, estavam arrumados em prateleiras na parede. Havia um sofá cor de creme, uma palmeira ráfis no canto e um tapete antigo no chão.

Uma mulher pálida e muito corpulenta de uns trinta anos estava sentada em uma cadeira baixa e preta com estrutura de aço. Cada item que ela vestia era preto e largo. Robin notou as cicatrizes finas e brancas de autoflagelo no pescoço e a maneira como a mulher agarrava os punhos de sua blusa de manga comprida de forma que cobrissem as mãos. O cabelo cacheado cobria a maior parte possível do rosto e através dele eram visíveis os olhos castanhos, grandes e bonitos.

— Sente-se, Will — disse Prudence. — Onde preferir.

Depois de uma indecisão momentânea, ele escolheu uma cadeira. Robin se sentou no sofá.

— Então: Flora, Will, Will, Flora — prosseguiu ela, sorrindo ao se sentar também.

— Oi — disse Flora.

— Oi — murmurou Will.

Como nenhum dos dois mostrou nenhuma inclinação de interagir, Prudence falou:

— Flora ficou na IHU por cinco anos, Will, e acho que você ficou lá por…

— Quatro, isso.

Os olhos de Will disparavam pela sala, demorando-se em alguns objetos.

— Há quanto tempo você saiu? — disparou ele de repente.

— Hmm… onze anos — disse Flora, olhando Will através da franja.

Ele se levantou tão subitamente que Flora arquejou. Apontando para ela, Will rosnou para Robin:

— É uma armadilha. Ela ainda trabalha para eles.

— Não trabalho! — exclamou Flora, indignada.

— *Ela* está nessa também! — disse Will, apontando para Prudence. — Esse lugar — ele olhou da *puzzle ball* chinesa para o tapete antigo — parece a sala de Zhou!

— Will — falou Robin, levantando-se também —, por que eu entraria disfarçada na Fazenda Chapman para tirar você de lá, só para levá-lo direto de volta para eles?

— Eles enganaram você! Ou tudo foi um teste. *Você* também é uma agente da igreja!

— Você achou a pedra de plástico — falou Robin calmamente. — Você viu a lanterna e as marcas de meus bilhetes. Se eu fosse agente da igreja, por que ficaria escrevendo a alguém de fora? E como eu ia saber que você tinha achado a pedra?

— Quero voltar para a casa de Pat — disse Will, desesperado. — Eu quero voltar.

Ele estava quase na porta quando Robin falou:

— Will, sua mãe morreu. Você sabe disso, não sabe?

Will se virou, encarando-a de cara feia, o peito magro subindo e descendo rapidamente. Robin não teve escolha senão recorrer a táticas sujas, mas, ainda assim, isso lhe apertou o coração.

— Você pesquisou on-line, não foi? *Não foi?*

Will fez que sim com a cabeça.

— Você sabe o quanto me arrisquei na Fazenda Chapman contando isso a você. Você os ouviu falar de mim depois que fui embora, descobriu meu nome verdadeiro e me localizou exatamente onde eu devia estar, em nosso escritório. Não estou mentindo para você. Flora foi membro da igreja, mas ela saiu. Por favor, volte a se sentar e converse com ela um pouquinho. Depois disso eu te levo para a casa de Pat.

Depois de quase um minuto inteiro refletindo, Will voltou com relutância a sua cadeira.

— Sei como se sente, Will — falou Flora inesperadamente, em uma voz tímida. Sei *mesmo*.

— Por que você ainda está viva? — questionou Will com brutalidade.

— Às vezes eu mesma me pergunto isso — admitiu Flora com uma risadinha hesitante.

Robin começou a temer que este encontro fizesse mais mal do que bem a ambas as partes. Ela procurou ajuda em Prudence, que disse:

— Está se perguntando por que a Profetisa Afogada não veio atrás de Flora, Will?

— Sim, é claro — disparou Will, recusando-se a olhar para Prudence, cuja infração de possuir frascos de rapé e tapetes antigos aparentemente era grave demais para ser ignorada por ele.

— A Profetisa Afogada de certo modo *veio* atrás de mim. Eu não devia ingerir álcool enquanto tomo remédios — disse Flora, com um olhar culpado a Prudence — e tento não beber, mas se bebo, começo a sentir que a Profetisa está me vigiando de novo, e posso ouvi-la me dizendo que não sirvo para viver. Mas hoje em dia sei que a voz dela não é real.

— Como? — Will exigiu saber.

— Porque ela odeia todas as coisas que eu odeio em mim mesma — respondeu Flora numa voz que mal passava de um sussurro. — Sei que sou eu que faço isso, e não ela.

— Como foi que você saiu?

— Eu não estava muito bem.

— Não acredito em você. Eles não te deixariam sair só por isso. Eles teriam tratado você.

— Eles me trataram, de certo modo. Me fizeram entoar no templo, e me deram umas ervas, e Papa J... — uma expressão de nojo lampejou no rosto meio oculto de Flora. — Mas nada disso funcionou. Eu via coisas e ouvia vozes. No fim, eles entraram em contato com meu pai e ele foi me buscar.

— Isso é mentira. Eles não fariam isso. Nunca entrariam em contato com um objeto de carne.

— Eles não sabiam mais o que fazer comigo, acho que não — continuou Flora. — Meu pai ficou furioso. Disse que era tudo culpa minha por fugir e causar um monte de problemas e não responder às cartas. Depois que cheguei em casa, ele ficou muito bravo comigo por entoar e fazer a meditação da alegria. Ele achou que eu fazia aquilo para tentar permanecer na religião, não entendia que eu não conseguia parar... Eu via a Profetisa Afogada atrás de portas e às vezes via o reflexo dela no espelho do banheiro, bem atrás de mim, mas quando eu me virava, ela havia sumido. Não contei isso a meu pai nem a minha madrasta, porque a Profetisa Afogada me disse para não contar... Quer dizer, eu *pensei* que ela tinha dito isso...

— Como você soube que *não era* a Profetisa Afogada? — perguntou Will.

Robin começava a sentir que tudo isso tinha sido um equívoco terrível. Não havia lhe passado pela cabeça que Will ia tentar redoutrinar Flora, e virou-se para Prudence, na esperança de ela encerrar esta conversa, mas Prudence apenas ouvia com uma expressão neutra.

— Porque ela parou de aparecer depois que comecei a me tratar, mas demorou séculos para eu procurar um médico, porque meu pai e minha madrasta ficavam dizendo que ou eu voltava à universidade, ou arrumava um emprego, então eu devia preencher formulários e essas coisas, mas não conseguia me concentrar... E tinha coisas que eu não podia contar a eles... Eu tive uma filha lá e ela morreu. Nasceu morta. O cordão umbilical estava enrolado no pescoço.

— Meu Deus — disse Robin, incapaz de se conter. Ela estava de volta ao alojamento, com sangue para todo lado, ajudando no parto do bebê de Wan, nascendo em posição pélvica.

— Eles me puniram por isso — revelou Flora, chorando um pouco. — Disseram que a culpa foi minha. Disseram que eu matei a bebê porque era má. Eu não podia contar coisas assim a meu pai e minha madrasta. Nunca contei a ninguém sobre a criança, só quando comecei a ver Prudence. Por muito tempo, eu não sabia se realmente tive uma filha ou não... mas depois... muito tempo depois... fui fazer um exame com uma médica. E perguntei a ela: "Eu já dei à luz?" E ela achou que era uma pergunta muito estranha, é claro, mas disse que sim. Ela pôde confirmar. Apalpando.

Flora engoliu em seco, depois continuou:

— Falei com um jornalista depois que saí, mas também não contei a ele sobre o bebê. Eu sabia que a Profetisa Afogada podia me matar se eu falasse com ele, mas estava desesperada e queria que as pessoas soubessem como a igreja era ruim. Eu pensei que, se papai e minha madrasta lessem minha entrevista nos jornais, talvez eles entendessem melhor o que passei e me perdoassem. Então me encontrei com o jornalista e contei a ele algumas coisas, e naquela noite a Profetisa Afogada apareceu, ficou flutuando do lado de fora de minha janela e me disse para eu me matar, porque eu tinha traído todos da igreja. Então liguei para o jornalista e disse que ela tinha vindo atrás de mim, e que ele escrevesse a matéria, depois cortei os pulsos no banheiro.

— Eu sinto muito — disse Robin, mas Flora não deu sinais de tê-la ouvido.

— E então meu pai arrombou a porta do banheiro e fui levada ao hospital, e eles diagnosticaram psicose, então fui internada em um manicômio. Fiquei séculos lá, e eles me deram toneladas de remédios, e eu tinha de conversar com um psiquiatra umas cinco vezes por semana, mas, no fim, parei de ver a Profetisa Afogada. Depois que saí do hospital, fui para a Nova Zelândia. Meus tios tinham uma empresa em Wellington. Eles meio que inventaram um trabalho para mim...

A voz de Flora falhou.

— E você nunca mais viu a Profetisa? — perguntou Will.

Com raiva dele por manter o tom inquisitorial depois de tudo que Flora acabara de contar, Robin resmungou *"Will!"*, mas Flora respondeu:

— Não, eu vi. Quer dizer, na verdade não era ela... era minha culpa. Eu fumava muita maconha na Nova Zelândia, e tudo recomeçou. Acabei em outro hospital psiquiátrico por meses, depois disso meus tios me colocaram em um avião de volta a Londres. Estavam fartos de mim. Não queriam a responsabilidade.

"Mas eu nunca voltei a vê-la, desde a Nova Zelândia", afirmou Flora. "A não ser, como eu já disse, às vezes, se eu beber, acho que posso ouvi-la de novo... mas sei que ela não é real."

— Se você realmente achasse que ela não era real, teria procurado a polícia.

— Will... — disse Robin, mas foi ignorada.

— *Eu* sei que ela é real, e ela virá atrás de mim — continuou ele, com uma valentia desesperada —, mas ainda assim vou me entregar. Então, ou você acredita nela e tem medo, ou não quer que a igreja seja exposta.

— Eu *quero* que eles sejam expostos — afirmou Flora com veemência. — Por isso falei com o jornalista e por isso disse que me encontraria com você. Você não entende — disse ela, começando a chorar. — Eu me sinto culpada *o tempo todo.* Sei que sou uma covarde, mas tenho medo...

— Da Profetisa Afogada — declarou Will, triunfante. — Aí está. Você sabe que ela é real.

— Existem mais coisas para se temer do que a Profetisa Afogada! — A voz de Flora soou estridente.

— O que, a prisão? — ironizou Will. — Sei que serei preso se ela não me matar primeiro. Não me importo, é a coisa certa a fazer.

— Will, eu já te falei, não há necessidade de qualquer um de vocês ir para a prisão — afirmou Robin. Virando-se para Flora, ela disse: — Acreditamos que é possível conseguir imunidade no processo se vocês estiverem dispostos a testemunhar contra a igreja, Flora. Tudo que você acabou de descrever mostra claramente como ficou traumatizada pelo que te aconteceu na Fazenda Chapman. Você tem motivos bons e válidos para não falar.

— Eu tentei contar às pessoas — disparou Flora, desesperada. — Contei a meus psiquiatras a pior parte, e eles disseram que fazia parte da minha psicose, que eu estava imaginando, que tudo fazia parte das minhas alucinações com a profetisa. Isso já faz muito tempo... Todo mundo vai me culpar, como ele — acrescentou, desesperadamente, apontando para Will. Como Flora não segurava o punho sobre a mão, Robin teve um vislumbre das feias cicatrizes no pulso, de quando ela tentou dar um fim à própria vida.

— Que coisas você contou a seus psiquiatras? — perguntou Will, implacável. — Os Segredos Divinos?

Robin se lembrava de Shawna falando dos Segredos Divinos. Ela nunca descobriu quais eram.

— Não — admitiu Flora.

— Então, na verdade, você não estava contando nada a eles — acusou Will com desdém. — Se estivesse convencida de que a Profetisa Afogada não existia, teria contado tudo sobre isso.

— Eu contei a pior parte a eles! — gritou Flora, desvairada. — E como eles não acreditaram nisso, sabia que era inútil falar dos Segredos Divinos!

Robin entendeu, pela expressão de Prudence, que ela também não sabia que segredos eram esses.

— Você não sabe de tudo que eu vi — acusou Flora, com um traço de raiva em sua voz. — Você não estava lá. Eu desenhei — disse ela, virando-se para Robin —, porque tinha outras testemunhas também e eu pensei que, se alguma delas saísse, podia ver a imagem e entrar em contato comigo. E então eu teria *certeza* de que aconteceu, mas só o que eu consegui...

— Foi meu sócio — concluiu Robin.

— Sim — confirmou Flora — e pelo jeito como ele escreveu, soube que ele nunca esteve na IHU. Ninguém falaria assim, se tivesse estado. "Você não gosta mesmo da IHU, não é?" Não seria assim tão... *descuidado*. E então pensei que podia ser alguém da família de Deirdre tentando me instigar, e me senti... tão culpada... com tanto medo, que deletei minha conta.

— Quem é Deirdre? — quis saber Will.

— A mãe de Lin — respondeu Robin.

Pela primeira vez, Will ficou perplexo.

— Flora — começou Robin —, posso lhe dizer o que acho que você viu?

Lenta e cautelosamente, Robin descreveu a cena no templo que ela acreditava ter acontecido durante a Manifestação da Profetisa Afogada, na qual Deirdre foi retirada da piscina, morta. Quando terminou de falar, Flora, cuja respiração estava superficial e o rosto muito branco, sussurrou:

— Como você sabe disso?

— Eu deduzi — respondeu Robin. — Eu estava lá em uma das Manifestações. Eles quase *me* afogaram. Mas como eles explicaram o que aconteceu? Como se livraram dizendo a todo mundo que Deirdre tinha ido embora?

— Quando a retiraram da piscina — começou Flora, hesitante —, ainda estava muito escuro. O dr. Zhou se curvou sobre ela e disse: "Ela está bem, está respirando." Papa J disse a todos para irem embora, começando pelos mais novos. Enquanto saíamos, Papa J fingia falar com Deirdre, agindo como se eles estivessem conversando, como se a voz dela estivesse muito baixa, mas ele ainda pudesse ouvir.

"Mas eu *sabia* que ela estava morta", disse Flora. "Eu estava perto do palco. Vi o rosto dela quando a tiraram a piscina. Tinha espuma em seus lábios.

Os olhos estavam abertos. Eu sabia. Mas a gente precisava acreditar no que diziam Papa J e Mazu. *Precisava* acreditar. No dia seguinte, eles nos reuniram e disseram que Deirdre tinha sido expulsa, e todo mundo simplesmente... aceitou. Ouvi as pessoas dizendo: 'É claro que tiveram de expulsá-la, se ela desagradou a profetisa daquele jeito.'"

"Eu me lembro de um menino chamado Kevin. Deveria ter sido a primeira Manifestação dele, mas ele foi punido, então não teve permissão de comparecer. Ele fez um monte de perguntas sobre o que Deirdre tinha feito para ser expulsa, e me lembro de Becca... ela era adolescente, uma das esposas espirituais de Papa J... batendo na cabeça dele e dizendo para ele parar de falar sobre Deirdre. Foi Becca que me obrigou a... que me obrigou..."

— O que Becca te obrigou a fazer? — perguntou Robin.

Como Flora meneou a cabeça, olhando o próprio colo, ela continuou:

— Becca me obrigou a fazer coisas também. Ela tentou me meter num problema horrível escondendo algo roubado embaixo da minha cama. Pessoalmente, eu a acho tão assustadora quanto os Wace.

Flora olhou para Robin pela primeira vez.

— Eu também — murmurou ela.

— O que ela te obrigou a fazer? Algo que faria de você cúmplice de uma situação horrível? Eles fizeram a mesma coisa comigo, me mandando cuidar de um menino à beira da morte. Eu sabia que se ele morresse enquanto eu estivesse ali, eles iam me culpar.

— Isso é pior — disse Flora com a voz fraca, e Robin ficou comovida ao ver uma genuína solidariedade por ela no rosto de Flora. — Isso é pior do que o meu... Eles *me obrigaram* a ser cúmplice, de fato, eu já pensei muito nisso... Becca me fez datilografar cartas de Deirdre para a família dela. Eu mesma tive de inventar. Tive de escrever que havia saído da fazenda, mas queria uma vida nova, longe de meu marido e dos filhos... Então *obviamente* Deirdre havia morrido — disse Flora, frustrada —, mas Becca me olhou nos olhos e disse que ela estava viva e tinha sido expulsa, *mesmo enquanto me obrigava a escrever aquelas cartas!*

— Acho que isso é grande parte do que eles fazem — comentou Robin. — Obrigam as pessoas a concordarem que o preto é branco, e que o que está em cima, está embaixo. Faz parte do modo como controlam você.

— Mas isso é fraude, não é? — perguntou Flora, desesperada. — Eles me obrigaram a participar de uma farsa!

— Você foi coagida — afirmou Robin. — Tenho certeza de que consegue imunidade, Flora.

— Becca ainda está lá?

— Sim — disseram Robin e Will juntos. Will tinha uma expressão estranha e apreensiva; acompanhou atentamente a história das cartas falsas.

— Becca já aumentou? — perguntou Flora.

— Não — respondeu Will.

Pela primeira vez, ele dava informações voluntariamente em vez de exigi-las.

— Papa J não quer, porque acha que a linhagem sanguínea dela é maculada.

— Não é por isso que ele não deixa que Becca tenha um filho — falou Flora em voz baixa.

— Por que, então?

— Ele quer que ela continue virgem — revelou Flora. — Por isso Mazu não a odeia, como odeia todas as outras esposas espirituais.

— Eu não sabia disso — admitiu Will, muito surpreso.

— Todas as esposas espirituais sabem. Eu fui uma delas — acrescentou.

— É mesmo? — perguntou Robin.

— Sim — respondeu Flora. — Começou como a Cura pelo Amor, e ele gostou tanto que fez de mim uma esposa espiritual. Ele gosta quando... quando você não gosta.

Os pensamentos de Robin voaram imediatamente a Deirdre Doherty, a mulher puritana que desejava continuar fiel ao marido e cuja última gestação, acreditava ela, fora resultado do estupro de Wace.

— Às vezes Mazu participava — revelou Flora, quase num sussurro. — Ela às vezes... ela ajudava a me segurar ou... às vezes Papa J gosta de vê-la fazer coisas com você...

— Ai, meu Deus — disse Robin. — Flora... eu sinto tanto.

Will parecia ao mesmo tempo assustado e perturbado. Por duas vezes, abriu a boca para falar, mudou de ideia e então soltou:

— Mas como você explicaria as coisas que a Profetisa faz na Fazenda Chapman, se ela não é real?

— Que coisas, por exemplo? — perguntou Flora.

— As Manifestações.

— Quer dizer, na piscina e na mata?

— Sei que eles usam garotinhas, vestidas igual a ela, na mata, não sou idiota — disse Will. — Mas isso não quer dizer que elas não *se transformem* nela, quando fazem isso.

— O que quer dizer com isso, Will? — perguntou Prudence.

— Bom, é como a transubstanciação, não é? — disse Will. Ele parecia estar de volta à lavoura de legumes, ensinando a doutrina da igreja a Robin. — A hóstia que dão a você na comunhão não é *realmente* o corpo de Cristo, mas *é* a mesma coisa. E aquela boneca que eles fazem se erguer da piscina batismal é só simbólica. *Não* é ela, mas *é* ela.

— Essa é uma das Verdades de Nível Superior? — perguntou Robin. — Que as garotinhas vestidas como Daiyu e a boneca sem olhos *são* Daiyu?

— Não a chame de Daiyu — rebateu Will com raiva. — É falta de respeito. E não — acrescentou ele —, eu deduzi essas coisas sozinho.

Ele parecia sentir a necessidade de se justificar, porque disse energicamente:

— Olha, eu sei que muito disso é papo furado. Eu vi a hipocrisia, como Papa J fazer coisas que ninguém mais podia... Ele pode se casar, pode ficar com seus filhos e netos porque a linhagem sanguínea dele é especial, e todos os outros têm de fazer o Sacrifício Vivo, e o álcool na sede da fazenda, e a bajulação de celebridades, embora tudo isso devesse ser besteira... Sei que Papa J não é um messias, e que eles fazem coisas muito ruins na fazenda, mas você não pode dizer que eles não conseguiram *alguma coisa* certa, porque você viu — disse ele a Flora —, e você também! — acrescentou para Robin. — O mundo espiritual é real!

Houve um breve silêncio, interrompido por Prudence:

— Por que acha que ninguém na igreja nem sequer admite que vestem garotinhas à noite e usam uma boneca para se erguer da piscina batismal, Will? Porque muita gente acredita que está literalmente vendo coisas sobrenaturais, não é verdade?

— Parte deles pode acreditar — disse Will na defensiva —, mas não todos. De qualquer forma, a Profetisa Afogada realmente *volta*. Ela se materializa do nada!

— Mas se as outras coisas são um truque... — sugeriu Flora.

— Uma coisa não tem nada a ver com a outra. Tá, tudo bem, às vezes eles só estão nos mostrando representações da profetisa, mas em outras vezes ela aparece de verdade... É como as igrejas terem um modelo de Jesus na parede. Ninguém está fingindo que é *literalmente* ele. Mas quando a Profetisa Afogada aparece como espírito, e se move e tudo mais... Não tem outra explicação para isso. Não tem projetor e ela não é uma boneca... É ela, é realmente ela.

— Está falando de quando ela se manifesta como um fantasma no porão? — perguntou Robin.

— Não só no porão — respondeu Will. — Ela aparece no templo também.

— As pessoas estão sempre sentadas no escuro quando isso acontece? — perguntou Robin. — E às vezes eles te obrigam a sair da sala antes de ela aparecer? Eles nos obrigaram a sair do porão por um tempo antes de vermos sua manifestação. As pessoas estão sempre de frente para ela quando ela se manifesta, em vez de sentadas em volta do palco?

— Sim, é sempre assim — confirmou Flora, porque Will não respondeu. — Por quê?

— Porque talvez eu *possa* explicar como eles fazem isso — disse Robin. — Um homem com quem trabalho sugeriu que pode ser uma antiga ilusão chamada fantasma de Pepper. Eu pesquisei. Você precisa de uma tela de vidro, que fica virada para a plateia, e uma sala lateral oculta. E então, uma figura na sala lateral é levemente iluminada, as luzes no palco baixam, e a plateia vê o reflexo do suposto fantasma no vidro, que é transparente e parece estar no palco.

Seguiu-se um silêncio a estas palavras. Depois, sobressaltando todos na sala, Flora disse em voz alta:

— *Ai, meu Deus.*

Os outros três a encararam. Flora olhava através do cabelo para Robin com o que parecia assombro.

— *É isso.* É assim que eles fazem. *Ai. Meu. Deus.*

Flora começou a rir.

— Nem acredito nisso! — disse ela, esbaforida. — Eu *nunca* consegui deduzir essa, sempre foi a que me fez duvidar... Um reflexo no vidro... É isso, faz completo sentido! Eles só faziam isso onde tinha uma sala lateral. E se estivéssemos no templo, todos tínhamos de ficar de frente para o palco.

— Eu acho que o templo na Fazenda Chapman foi projetado como um teatro — acrescentou Robin. — Aquela sacada no alto onde os membros nunca sentam, aquelas alcovas... Acho que foram construídas para permitir ilusões em larga escala.

— Não pode ter certeza disso — declarou Will, que parecia profundamente inquieto.

— A Profetisa Afogada não é real — disse Flora. — Ela *não existe.*

— Se você acreditasse de verdade nisso — rebateu Will, com um vestígio da raiva anterior —, se *genuinamente* acreditasse, revelaria os Segredos Divinos.

— Quer dizer a Campina do Dragão? O Sacrifício Vivo? A Cura pelo Amor?

Will olhou nervoso para a janela, como se esperasse que a Daiyu sem olhos estivesse flutuando por ali.

— Se eu falar sobre eles agora e não morrer, você vai acreditar que ela não é real? — desafiou Flora.

Ela tirou o cabelo do rosto. Revelou-se uma mulher bonita. Will não respondeu à pergunta dela. Parecia ter medo.

— A Campina do Dragão é o lugar onde eles enterram todos os corpos — disse Flora numa voz nítida. — É aquele campo que os cavalos estão sempre arando.

Will soltou um leve arquejar de choque, mas Flora continuou falando.

118

No perigo, o que conta é realizar tudo que precisa ser feito (...).
I Ching: O livro das mutações

Strike esperava na sala de estar de Prudence havia quase três horas. Logo depois de Prudence, Robin e Will desaparecerem no consultório, ele ouviu vozes de trás da porta fechada, mas desde então não havia sinal do que acontecia na reunião da qual fora excluído. Parece que o marido de Prudence passaria a noite fora. Os dois filhos adolescentes surgiram rapidamente a caminho da cozinha, onde prepararam lanches, e Strike tinha se perguntado, enquanto os ouvia abrir e fechar a geladeira, o quanto eles estranhavam a presença súbita deste tio novo e corpulento na árvore genealógica, e achava possível que não pensassem muito nisso. As famílias felizes, pensou ele, não pareciam remoer o significado e o poder dos laços de sangue; só vira-latas voluntariamente sem pai como ele achavam esquisito ver um leve traço de si mesmo em pessoas que eram quase completamente estranhas.

De todo modo, quaisquer que fossem os sentimentos do meio-sobrinho e da meia-sobrinha por ele, nenhum dos dois tinha oferecido nada para Strike comer. Ele não levou isso para o lado pessoal; pelo que podia se lembrar, oferecer comida a adultos que ele mal conhecia também não teria figurado em sua lista de prioridades na idade deles. Meia hora antes, ele entrou furtivamente na cozinha e, sem querer ser acusado de tomar liberdades, serviu-se de alguns biscoitos. Ainda faminto, pensava em sugerir a Robin que parassem em um drive-thru do McDonald's na volta para a casa de Pat quando seu celular zumbiu. Feliz por ter o que fazer, Strike o pegou e viu o número de Midge.

Tash acabou de me mandar mensagem dizendo que não encontrou o bilhete. O roupão foi levado antes que ela conseguisse voltar à sala de massagem.

Ninguém perguntou nada sobre a batida na janela. O que você quer que ela faça?

Strike respondeu:

Nada. Agora a polícia sabe que Lin é mantida contra a vontade ali dentro. Só cubra a saída, caso eles a transfiram.

Ele mal tinha terminado de digitar quando a porta do consultório de Prudence se abriu. Sua irmã saiu da sala primeiro. Depois veio Will, que parecia ligeiramente traumatizado.

— Algum problema — sussurrou para Prudence — eu usar seu banheiro?

— Claro que não — a irmã respondeu. — Segunda porta à esquerda, no fim do corredor.

Will desapareceu. Uma mulher corpulenta e de cabelo cacheado, toda vestida de preto, saía da sala, seguida por Robin. Prudence seguia para abrir a porta da frente, mas Flora virou-se para ela e disse timidamente:

— Posso te dar um abraço?

— Mas é claro — disse Robin, abrindo os braços.

Strike viu as duas mulheres se abraçarem. Robin disse alguma coisa no ouvido de Flora, que assentiu antes de lançar um olhar nervoso na direção de Strike e virar a cara.

Robin imediatamente entrou na sala de estar e falou, em um sussurro rápido:

— Muita... *muita* informação. A Cura pelo Amor: Papa J transava com mulheres gays e mentalmente doentes para curá-las. A Campina do Dragão: eles enterram quem morreu na Fazenda Chapman no campo arado, e Flora tem certeza de que as mortes não foram registradas. Mas a maior de todas é o Sacrifício Vivo. Ele...

Will entrou na sala, ainda vagamente desorientado.

— Tudo bem? — perguntou Strike.

— Sim — respondeu Will.

Eles ouviram a porta da casa se fechar. Prudence entrava na sala.

— Lamento ter demorado tanto — disse ela a Strike. — Sylvie ou Gerry lhe deram alguma coisa para comer?

— Hmm... não, mas está tudo bem — disse Strike.

— Então deixe-me...

— É sério, está tudo bem — insistiu Strike, que estava mentalmente envolvido com um hambúrguer com fritas. — Precisamos levar Will de volta para Qing.

— Ah, sim, é claro — disse Prudence. Ela olhou para Will. — Se um dia quiser conversar com alguém, Will, não vou cobrar nada de você. Pense nisso, está bem? Ou eu posso recomendar outro terapeuta. E leia os livros que emprestei a Robin.

— Obrigado — agradeceu Will. — É. Vou ler.

Prudence se virou para Robin.

— Isso foi um progresso imenso para Flora. Eu nunca a vi assim.

— Fico feliz de verdade — admitiu Robin.

— E eu acho que você compartilhar sua experiência... Isso foi fundamental.

— Bom, não tem pressa — disse Robin. — Ela pode refletir sobre o que quer fazer, mas eu falei sério. Eu a acompanharia em cada passo do caminho. De todo modo, muito obrigada por organizar isso, Prudence, foi muito útil. Acho que devemos ir...

— É — concordou Strike, cujo estômago roncava alto.

Strike, Robin e Will voltaram em silêncio para o carro.

— Está com fome? — perguntou Strike a Will, com a forte esperança de que a resposta fosse sim. Will assentiu.

— Ótimo — disse Strike —, vamos passar no McDonald's.

— E Cedar Terrace? — perguntou Robin, ligando o motor. — Vamos ver se Rosie Fernsby está lá?

— Bem que podemos — respondeu Strike. — Não sai muito do caminho, não é? Mas se passarmos por um McDonald's, vamos nele primeiro.

— Tudo bem — falou Robin com ironia.

— *Você* não está com fome? — perguntou Strike enquanto eles arrancavam.

— Acho que me acostumei com menos comida na Fazenda Chapman — respondeu Robin. — Estou aclimatada.

Strike, que queria muito ouvir as informações novas de Robin, depreendeu pelo silêncio da sócia que ela considerava desaconselhável revirar tudo que acontecera no consultório na presença de Will, que parecia exausto e perturbado.

— Midge entrou em contato? — perguntou Robin.

— Sim — disse Strike. — Nada de novo.

Robin ficou desanimada. Ela sabia, pelo tom de Strike, que "nada de novo" significava "nada de bom", mas, em deferência aos sentimentos de Will, deixou as perguntas para depois.

Eles atravessaram a ponte Twickenham com suas luminárias de bronze e balaustradas, o Tâmisa cintilante em um cinza-metálico abaixo, e Strike abriu a janela para usar o cigarro eletrônico. Ao fazer isso, olhou pelo retrovisor lateral. Um Ford Focus azul os seguia. Ele observou por alguns segundos, depois falou:

— Tem...

— Um carro nos seguindo, com placa falsa — cortou Robin. — Eu sei.

Ela havia acabado de ver. A placa era falsa e ilegal, do tipo que pode ser facilmente encomendada pela internet. O carro estava se aproximando cada vez mais desde que eles entraram em Richmond.

— Merda — xingou Robin. — Acho que vi esse carro no caminho para a casa de Prudence, mas estava mais para trás. *Merda* — repetiu ela, olhando pelo retrovisor —, o motorista está...?

— De balaclava, sim — confirmou Strike. — Mas não acho que sejam os Franks.

Os dois se lembraram da afirmação otimista de Strike mais cedo de que eles iam parar e confrontar quem parecesse seguir seu carro. Cada um deles, olhando o carro, sabia que isso seria excepcionalmente insensato.

— Will — disse Robin —, abaixe-se, por favor, *agora.* E se segure... Você também — acrescentou para Strike.

Sem dar a seta, Robin acelerou e entrou à direita. O motorista do Focus foi pego de surpresa; deu uma guinada no meio da rua, quase batendo nos carros que seguiam pela outra mão enquanto Robin acelerava, primeiro por um estacionamento, depois por uma rua residencial estreita.

— Porra! Como é que você sabia que ia conseguir sair do outro lado do estacionamento? — perguntou Strike, que se segurava o melhor que podia. Robin estava trinta quilômetros acima do limite de velocidade.

— Já estive aqui — respondeu ela que, de novo sem sinalizar, entrou à esquerda em uma rua mais larga. — Estava seguindo aquele contador pulando a cerca. E o Focus?

— Acompanhando — informou Strike, virando-se para olhar. — Acabou de bater em dois carros estacionados.

Robin pisou fundo no acelerador. Dois pedestres que atravessavam a rua tiveram de correr para sair do caminho.

— *Merda* — gritou ela de novo, quando ficou claro que eles estavam prestes a voltar à A316, pelo caminho que fizeram na vinda.

— Não importa, vai, vai...

Robin entrou na esquina com tanta velocidade que quase bateu no canteiro central.

— Will — disse ela —, continue abaixado, pelo amor de Deus, eu...

O retrovisor e o para-brisa se espatifaram. A bala passou tão perto da cabeça de Strike que ele sentiu seu calor: com uma brancura onde havia vidro, Robin dirigia às cegas.

— Dá um soco! — gritou ela para Strike, que tirou o cinto de segurança para obedecer.

Um segundo estouro: eles ouviram a bala bater na mala do carro. Strike socava o vidro quebrado do para-brisa para dar visibilidade a Robin; cacos choviam nos dois.

Um terceiro tiro: desta vez passou longe.

— Segurem-se! — disse Robin de novo, e derrapou ao entrar na outra pista, errando por centímetros, levando Strike a bater a cara na janela lateral intacta.

— Desculpe, desculpe...

— Que se dane, VAI!

A bala que passou inundou o cérebro de Strike de um pânico ardente: ele tinha a convicção irracional de que o carro estava prestes a explodir. Esticando o pescoço no banco, viu que o Ford batera no canteiro central a toda velocidade.

— Isso acabou com eles... Não... Merda...

A batida não parou o Ford, que dava a ré, tentando retornar.

— *Vai, VAI!*

Enquanto Robin enfiava o pé no acelerador, viu uma luz azul faiscar do outro lado da rua.

— Cadê o Ford? *Cadê o Ford?*

— Não consigo ver...

— Por que vocês estão indo para *esse* lado? — gritou Robin à viatura policial que passava, que ia na direção contrária. — Segurem-se...

Ela deu uma guinada à esquerda à toda velocidade, entrando em outra rua estreita.

— Meu Deus! — exclamou Strike, cujo rosto tinha batido no que restava do para-brisa, incapaz de acreditar que ela dera aquela guinada.

— E de novo! — avisou Robin, o BMW inclinando-se um pouco enquanto ela virava à direita.

— Ele sumiu — disse Strike, olhando o retrovisor lateral e limpando o sangue que escorria pelo rosto. — Reduza... Você despistou o cara... *Porra.*

Robin desacelerou. Virou em outra esquina, depois pegou uma vaga e freou, as mãos agarradas ao volante com tanta força que ela precisou de um esforço consciente para soltá-las. Eles ouviam sirenes ao longe.

— Você está bem, Will? — perguntou Strike, olhando o jovem deitado no chão do carro, coberto de vidro.

— Sim — respondeu Will com a voz fraca.

Um grupo de jovens andava na rua escura em direção a eles.

— Tem uma rachadura no seu vidro, querida — disse um deles, para gargalhadas dos companheiros.

— *Você* está bem? — perguntou Strike a Robin.

— Melhor do que você — respondeu ela, vendo o corte no rosto dele.

— Para-brisa, não bala — informou Strike, pegando o celular e ligando para a emergência.

— Acha que eles o pegaram? — perguntou Robin, olhando por cima do ombro na direção das sirenes.

— Já vamos descobrir. Polícia — disse ele a quem atendeu.

119

Nove na quinta posição significa:
Conduta resoluta.
A perseverança com consciência do perigo.

I Ching: O livro das mutações

— Esta é a quinta vez que falamos com a polícia sobre a IHU e atividades suspeitas perto de nosso escritório — disse Strike. — Entendo que vocês não tenham informações imediatamente à disposição, sei que muito da história que estou contando vocês pode parecer irrelevante, mas não vou mentir: agradeceria se vocês parassem de me olhar como se eu fosse um idiota de merda.

Eram duas horas da manhã. Strike precisou de uma hora para fazer o coração baixar a uma taxa adequada para um homem sedentário de quarenta e um anos. Ele ainda estava sentado na pequena sala de interrogatório da polícia a que foi levado ao chegar à central local. Depois de ser questionado se sabia por que alguém poderia querer atirar nele, Strike fez um relato completo da atual investigação da agência sobre a IHU, aconselhou seu interrogador a examinar o assassinato de Kevin Pirbright, explicou que um invasor armado tinha tentado arrombar seu escritório uma semana antes e informou ao policial que esta era a segunda vez que ele e Robin eram seguidos de carro nas últimas duas semanas.

A mera escala da história de Strike pareceu ter irritado o policial Bowers, um homem de pescoço comprido com uma voz anasalada. À medida que Bowers se mostrava mais abertamente cético e incrédulo ("Uma *igreja* mandou fazer isso com você?"), Strike foi provocado à franca irritação. Além de todo o resto, ele estava excepcionalmente faminto. Um pedido de comida levara ao fornecimento de três biscoitos simples e uma xícara de chá com leite, e, como era a vítima de um tiroteio e não um suspeito, Strike sentia que merecia um pouco mais de consideração.

Robin, enquanto isso, lidava com um problema diferente. Tinha acabado de dar seu depoimento a uma policial inteiramente amistosa e competente, mas declinara uma carona para casa, insistindo, em vez disso, que Will fosse levado à casa de Pat. Depois de ver Will na viatura policial, Robin voltou à sala de espera e, temerosa, mas sabendo que não tinha escolha, ligou para Murphy para contar o que acabara de acontecer.

A reação dele à notícia foi, compreensivelmente, de alarme e preocupação justificados. Mesmo assim, Robin teve de reprimir a resposta atravessada ao que considerava declarações óbvias por parte de Murphy: que eram necessárias medidas de segurança a mais e que a polícia ia precisar de cada caco de informação que Strike e Robin pudessem dar sobre a IHU. Sem saber que fazia eco a Strike, Robin falou:

— Esta é literalmente a quinta vez que falamos com a polícia sobre a igreja. Não estivemos escondendo nada.

— Não, eu sei, mas que merda, Robin… Queria poder te buscar aí. Estou preso com um maldito esfaqueamento em Southall.

— Eu estou bem — disse Robin —, não tenho nem um arranhão. Vou chamar um Uber.

— Não chame um Uber, pelo amor de Deus, deixe que um dos policiais leve você para casa. Nem acredito que eles não pegaram o atirador.

— Talvez a essa altura já tenham pegado.

— Não deveria demorar tanto!

— Eles se comunicaram por rádio com duas viaturas para tentar interceptá-lo, mas não sei o que aconteceu… Ou não chegaram lá a tempo, ou ele conhecia um desvio.

— Mas eles devem ter apanhado o sujeito na câmera. Na A316 é obrigatório ter.

— Sim — concordou Robin. Ela estava meio agitada, talvez um resultado do café com o estômago vazio. — Olha, Ryan, preciso ir.

— Tá, tudo bem. Estou feliz por você estar bem. Te amo.

— Eu também te amo — murmurou Robin, porque tinha acabado de perceber um movimento pelo canto do olho e de fato, enquanto desligava, Strike enfim saiu da sala de interrogatório, parecendo extremamente rabugento.

— Você ainda está aqui — disse Strike, animando-se ao vê-la. — Pensei que tivesse ido embora. Não está um trapo?

— Não — respondeu Robin. — Eu me sinto… elétrica.

— Levar um tiro também tem esse efeito em mim — comentou Strike. — O que acha de ir àquele McDonald's?

— Parece incrível — respondeu Robin, devolvendo o celular ao bolso.

120

Se não tivermos a guarda alta, o mal conseguirá escapar por meio de dissimulação e, quando escapar de nós, novos infortúnios se desenvolverão das sementes remanescentes, pois o mal não morre facilmente.

I Ching: O livro das mutações

Quarenta minutos depois, Strike e Robin saíram do Uber na frente de um McDonald's vinte e quatro horas na Strand.

— Vou querer tudo — disse Strike enquanto eles iam ao balcão. — E você?

— Hmm... um Big Mac e...

— Ah, merda, o que é agora? — rosnou Strike quando o celular tocou. Atendendo, ele ouviu a voz de Midge e um motor de carro.

— Acho que vão transferir Lin. Tasha viu dois homens entrarem no escritório esta tarde. Eles foram levados ao anexo, saíram de lá e deixaram a clínica de novo. Ela não percebeu na hora que eram da polícia, porque estavam à paisana... Eles passaram de carro direto por mim, eu devia ter notado que eram policiais, mas, sinceramente, os dois estavam bem arrumados, achei que podiam ser um casal gay numa escapada. Estive morando nesse carro nos últimos três dias e estou acabada — acrescentou ela, na defensiva.

— Sei como é — comentou Strike, vendo Robin fazer os pedidos.

— Depois Tasha foi chamada para ver Zhou. "Você parece ter perdido isto, espero que não seja importante." Eles encontraram o bilhete no bolso do roupão dela. Tasha bancou a inocente, é claro...

— Puta merda, o que está acontecendo *agora*?

— É o que estou tentando te dizer! Tasha achou melhor dar o fora antes de ser trancada no anexo também...

— Não estou interessado em Tasha!

— Que encantador — disse a voz da atriz ao fundo.

— Ah, pelo… — começou Strike, fechando os olhos e passando a mão no rosto.

— Um furgão simples saiu dos portões da frente da clínica há dez minutos. Temos *certeza* de que Lin está dentro dele. Três da manhã é uma hora estranha para dirigir furgões por aí. A propósito, eu te acordei?

— Não — disse Strike —, escuta…

— Vamos seguir…

— ESCUTA, PORRA!

Robin, os atendentes do McDonald's e outros clientes viraram para olhar. Strike saiu da lanchonete. Na calçada, ele falou:

— Estou acordado porque meu carro acabou de ser alvejado, com Robin e eu dentro dele…

— O q...?

— … e minha informação é de que a igreja tem armas, no plural. A essa hora da madrugada, vai ficar óbvio que você está seguindo o furgão. Desista.

— Mas…

— Você não sabe se Lin está ali. É arriscado demais. Você está com uma civil, uma que eles sabem que sabe demais. Pegue o número da placa e vá para casa.

— Mas…

— *Não… discuta… comigo… porra* — ordenou Strike num tom perigoso. — Já te falei o que eu quero. *Vá lá e faça.*

Fervilhando, ele se virou, vendo Robin trazendo dois pacotes grandes de comida.

— Vamos comer no escritório — sugeriu ela, sem querer chamar mais atenção dentro da lanchonete. — Fica só a dez minutos daqui. Depois podemos conversar direito.

— Tudo bem — concordou Strike, irritado —, mas me dê um hambúrguer primeiro.

E assim eles seguiram a pé pelas ruas escuras para a Denmark Street, Strike contando a Robin o que Midge acabara de dizer entre grandes mordidas no hambúrguer. Ele já começara com as batatas fritas antes de chegarem à familiar porta preta, com sua nova tranca à prova de chave-mestra. Depois de subir, Robin desembrulhou o restante da comida na mesa dos sócios. Ela ainda se sentia muito desperta.

Strike, que tinha devorado três hambúrgueres e dois sacos de fritas, começava a torta de maçã. Como Robin, ele não tinha vontade de dormir. O passado imediato parecia se comprimir e estender em sua mente: em um momento, o tiroteio dava a impressão de ter acontecido uma semana antes, no seguinte, era como se ele tivesse acabado de sentir o calor da bala queimar sua face e ver o para-brisa se espatifar.

— O que está olhando? — perguntou ele a Robin, notando o olhar um tanto vidrado dela no quadro da parede atrás dele.

Ela parecia ter desviado sua atenção de algum lugar muito distante.

— Não te contei do terceiro Segredo Divino, contei? O "Sacrifício Vivo"?

— Não — respondeu Strike.

— A IHU está traficando crianças.

Os maxilares de Strike pararam de se mexer.

— Como é?

— Bebês desnecessários, principalmente meninos, são levados ao centro de Birmingham, onde são mantidos até serem vendidos. É um serviço de adoção ilegal: bebês em troca de dinheiro. A maioria deles vai para os Estados Unidos. Seu amigo Joe Jackson está encarregado disso, aparentemente. Pelo que Flora disse, a essa altura centenas de bebês devem ter sido encaminhados da IHU.

— Meu De...

— Eu devia ter percebido que acontecia alguma coisa, considerando o tanto de sexo sem proteção que fazem naquele lugar, porque tinha relativamente poucas crianças lá, e quase todas pareciam ter como pai Jonathan ou Taio. Wace fica com a própria linhagem sanguínea e, é claro, com uma quantidade suficiente de meninas sem parentesco para continuar a fornecer as futuras gerações à igreja.

De repente sem saber o que dizer, Strike engoliu a torta de maçã e pegou a cerveja que tinha tirado da geladeira do escritório.

— Will sabia, por causa de Lin — prosseguiu Robin. — Quando ela engravidou, ficou apavorada de Qing ser mandada para Birmingham. Nenhum dos dois entendeu por que ela teve permissão de ficar, então tenho de supor que Lin não sabe que Wace é pai dela... Strike, estou muito preocupada com Lin.

— Eu também — revelou ele —, mas Midge não podia seguir o maldito furgão no meio da noite, e *definitivamente* não com a namorada a tiracolo.

— Isso não é justo — disse Robin. — Você costumava... Quer dizer, obviamente, eu não era sua namorada, mas você me deixava fazer coisas nos primeiros dias quando, tecnicamente, eu era temporária. Tasha também está preocupada com Lin.

— Investigação não é um trabalho em equipe. Então é um segredo aberto, o tráfico de crianças?

— Não sei. Flora só descobriu quando engravidou. Uma das mulheres mais velhas disse que o bebê dela ia ser vendido por muito dinheiro para a gloriosa missão, mas a filha morreu no parto. Flora foi punida por isso — informou Robin.

— Merda — disse Strike.

Quer Robin tivesse ou não a intenção de que a informação produzisse esse efeito, Strike se sentia culpado por ter julgado Flora Brewster com tanta severidade.

— Robin, isso é colossal, e você fez isso.

— Só que — começou Robin, que não parecia exatamente satisfeita — ainda é testemunho indireto, não é? Flora, Will e Lin nunca foram ao centro de Birmingham. Não temos um fiapo de prova concreta do tráfico.

— Emily Pirbright foi transferida de Birmingham, não foi?

— Sim, mas como Emily não teve permissão de sair da Fazenda Chapman desde que fugi, talvez precisemos esperar muito tempo pelo testemunho dela.

— Abigail Glover também foi mandada para Birmingham depois que Daiyu morreu, mas nunca disse uma palavra sobre um monte de bebês mantidos ali.

— Se Abigail nunca engravidou, provavelmente achou que todas as crianças pertenciam a pessoas que moravam no centro de Birmingham. Parece que as mulheres só descobrem isso quando estão grávidas. Nós *temos* de colocar a polícia lá — afirmou Robin —, e *não* quando a igreja estiver esperando.

— Concordo — disse Strike, pegando o bloco. — Foda-se, nós temos os contatos, está na hora de parar de ser tão educado. Acho que precisamos tentar reunir todos eles, Wardle, Layborn, Ekwensi... Murphy — acrescentou ele, depois de uma leve hesitação, mas decidindo que não havia como evitar —, e colocar todas as cartas na mesa, de preferência com Will e Flora presentes. Acha que eles vão falar?

— Depois desta noite, tenho noventa por cento de certeza de que Flora falará. Já Will... Acho que ele ainda está decidido a só falar com a polícia depois de Lin sair.

— Talvez balas voando a trinta centímetros da cabeça dele tenham aguçado suas ideias — comentou Strike. — Vou dar esses telefonemas amanhã... Quer dizer, hoje, mais tarde.

Strike comeu uma única batata frita que estava no fundo do saco gorduroso. Robin olhava outra vez o quadro na parede. Seus olhos foram da foto do rosto arredondado de Daiyu ao desenho de Flora Brewster da menina sem olhos; da foto policial de Carrie Curtis Woods com vinte e poucos anos a Jennifer Wace, com sua permanente dos anos 1980; e, por fim, ao bilhete a si mesmo que Strike tinha escrito, que dizia CORREDOR NA PRAIA?

— Strike — disse Robin —, que diabos está acontecendo?

121

Seis na terceira posição significa:
Quem caça cervos sem o guia
Só se perde na floresta.

I Ching: O livro das mutações

— O bastante para derrubarmos a IHU, se tivermos sorte — disse Strike.

— Não, quero dizer as coisas que vêm acontecendo desde que saí. Por que eles são ao mesmo tempo tão espertos, tão difíceis de pegar em flagrante, mas também tão incompetentes?

— Continue — pediu Strike, porque ela articulava algo que ele mesmo esteve se perguntando.

— Aquela dupla no Corsa vermelho: eles estavam *realmente* nos seguindo? Se for assim, eles foram péssimos, enquanto o Ford Focus... sei que estraguei tudo, sem o identificar antes...

— Não, quem estava dirigindo aquele carro era muito bom e também chegou muito perto de matar um de nós ou nós dois.

— Tudo bem, e quem tentou invadir aqui com a arma parecia muito eficiente, e quem assassinou Kevin Pirbright escapou dessa numa boa...

— Enquanto nosso amigo de olhos verdes só teria sido mais óbvio se segurasse uma placa dizendo "Estou vigiando você".

— E então temos Reaney e Carrie, levados ao suicídio por medo sem sequer ficarem cara a cara com a pessoa... Não te parece que temos dois grupos diferentes atrás de nós, um deles meio de palhaçada, o outro verdadeiramente perigoso?

— Pessoalmente — disse Strike —, acho que temos alguém atrás de nós que não pode se dar o luxo de ser seletivo com os subordinados. Eles precisam agir com o que têm em um dado momento.

— Mas isso não combina com Jonathan Wace. Ele tem à disposição milhares de pessoas dedicadas a ele, e não importa o que se diga a seu respeito, Wace tem um verdadeiro talento em alocar as pessoas onde elas são mais úteis. Ele nunca teve um desertor de alto nível.

— Tem isso — disse Strike —, e também o fato de que ele tem a capacidade de nos manter sob vigilância por vinte e quatro horas sem repetir um rosto, enquanto quem está por trás disso parece estar nos observando e nos seguindo no que parecem momentos bem aleatórios. Tenho a sensação de que eles só estão fazendo isso quando podem.

"Sabe de uma coisa", prosseguiu ele, pegando a cerveja, "Wace negou inteiramente que tenha nos seguido ou vigiado quando o encontrei no Olympia. É claro que negaria, mas acho que existe uma possibilidade remota de ele ter falado a verdade".

— E se — começou Robin, pensando nisso enquanto falava — alguém da igreja estiver com medo de descobrirmos algo que Wace nunca soube? Algo que realmente o enfureceria?

Os dois olharam para o quadro.

— A pessoa com quem tentam nos impedir de falar está nessas polaroides — disse Strike —, porque duvido que você não tenha percebido que as balas só começaram a ser disparadas em nós quando demos a impressão de que íamos para Cedar Terrace e, desconfio fortemente, ao encontro de Rosie Fernsby. Eles não dão a mínima para Will, ou teriam tentado nos impedir antes. É possível que estejam apostando no fato de que Will não vai falar enquanto eles tiverem Lin, caso seja ela quem pague por isso... Na verdade, ela é um trunfo para a igreja, não é? É do interesse deles mantê-la viva...

"Não", continuou, pegando de novo o bloco e a caneta, "ainda acho que Rosie Fernsby é quem está de fato correndo perigo. Alguém precisa ir a Cedar Terrace para avisá-la, se ela estiver lá".

Ele fez uma anotação e baixou a caneta de novo.

Robin estremeceu. Era quase quatro da manhã e, embora seu cérebro estivesse extenuado demais para dormir, o corpo sentia outra coisa. Ela também estava muito ocupada olhando a imagem de Daiyu no quadro para perceber que Strike tinha tirado o paletó, até que ele o entregasse a ela.

— Ah... tem certeza?

— Eu tenho trinta quilos de acolchoamento a mais comparado a você.

— Não exagere — disse Robin em voz baixa. — Obrigada.

Ela vestiu o paletó: estava confortavelmente quente.

— Como Wace reagiu quando você falou nas polaroides das máscaras de porco?

— Com incredulidade, desconfiança... Exatamente o que se esperava.

Os dois ficaram pensando por um tempo, ainda olhando o quadro.

— Strike, não entendo por que alguém se arriscaria a atirar em nós por causa dessas fotos — comentou Robin, interrompendo um longo silêncio. — Elas são horríveis, e sem dúvida receberiam cobertura em tabloides, mas, comparadas com o que a igreja pode enfrentar se conseguirmos colocar Will, Flora e talvez outros para testemunhar, essas fotos somem na... não na insignificância, mas seriam apenas mais um detalhe sórdido. Além disso, não tem nada nas fotos para mostrar que foram tiradas na Fazenda Chapman. Isso pode ser negado.

— Não se Rosie Fernsby testemunhar.

— Ela não se pronunciou por vinte e um anos. Seu rosto está escondido nas fotos. Se quiser negar que é ela, nunca conseguiremos provar o contrário.

— Então, por que alguém está tão disposto a nos impedir de falar com ela?

— Não sei, a não ser que... Sei que você não gosta da teoria, mas ela *estava* lá, na noite antes de Daiyu morrer. E se ela testemunhou alguma coisa, ou ouviu algo, enquanto escapulia do alojamento feminino para se juntar ao pai e ao irmão?

— A que distância do alojamento infantil fica o feminino?

— Uma boa distância — admitiu Robin —, mas e se Daiyu entrou no alojamento feminino depois de sair do infantil? Ou talvez Rosie tenha olhado pela janela do alojamento e visto Daiyu indo para a mata, ou a um Quarto de Retiro?

— Então mais alguém deve ter estado com Daiyu para saber que Rosie os viu.

Seguiu-se outro silêncio. Depois Robin falou:

— Daiyu conseguia comida e brinquedos de algum lugar...

— Sim, e sabe o que isso me parece? Aliciamento.

— Mas Carrie disse que não foi ela.

— Acreditamos nela?

— Não sei — admitiu Robin.

Seguiu-se outra longa pausa, ambos perdidos em pensamentos.

— Teria feito muito mais sentido — disse Strike por fim — se o último vislumbre que alguém teve de Daiyu fosse dela saindo por aquela janela. Se você vai afogar uma criança nas primeiras horas da manhã, por que ajudá-la a sair pela janela? E se Daiyu não voltou?... Ou era esse o objetivo? Daiyu se esconde, ou é escondida, em algum lugar depois de sair pela janela... e outra criança é levada à praia no lugar dela?

— Está falando sério? — questionou Robin. — Está dizendo que outra criança se afogou?

— O que sabemos sobre a ida à praia? Estava escuro, isso é evidente por si só... Devia ser por volta deste horário da noite — comentou Strike, olhando pela janela o céu azul-marinho. — Sabemos que tinha uma criança na picape, porque ela acenou ao passarem pelas pessoas que estavam de serviço cedo, o que é bastante suspeito se você parar para pensar. É de imaginar que Daiyu estaria abaixada até que a picape estivesse fora da fazenda, se ela não tinha permissão para ir naquela viagem. Também acho suspeito que Daiyu estivesse com um vestido branco distinto, diferente de qualquer outro na fazenda. E depois que elas saíram da fazenda, a única testemunha foi uma idosa que as viu de longe e nunca tinha visto Daiyu antes na vida. Ela não saberia que criança era aquela.

— Mas o corpo — comentou Robin. — Como Carrie teria certeza de que não voltaria à praia? O DNA provaria que não era Daiyu.

— Eles talvez não se dessem ao trabalho de colher DNA se a mãe amorosa de Daiyu estivesse disposta a identificar o cadáver da filha — sugeriu Strike.

— Então Mazu está participando do esquema também? E ninguém nota que falta outra criança na Fazenda Chapman?

— Foi você que descobriu que a igreja separa as crianças dos pais e as transfere para centros diferentes. E se uma criança foi escolhida de Glasgow ou Birmingham para ser dublê de Daiyu? Os Wace só precisariam dizer a todos que a criança tinha voltado a seu lugar de origem. E se fosse uma criança cujo nascimento nunca foi registrado, que ninguém vai procurar?

Robin, que se lembrava das crianças trancadas e de cabeça raspada na sala de aula da Fazenda Chapman, e da facilidade com que demonstraram afeto a uma completa estranha, sentia um desagradável desânimo.

Depois de outro silêncio, Strike falou:

— O coronel Graves acha que as testemunhas que viram a picape passar foram uma armação, assim os Wace podiam puni-las e sustentar a invenção de que eles não sabiam sobre a ida à praia. Se *foi* uma armação, foi tremendamente sádica. Brian Kennett: cada vez mais doente, sem mais nenhuma utilidade para a igreja. Draper: QI baixo e com possíveis danos cerebrais. Abigail: a madrasta de coração partido não suporta ver a enteada que deixou sua filha partir para um túmulo de água e insiste em se livrar dela.

— Acha que Wace armou deliberadamente para que a filha mais velha fosse trancada nua no chiqueiro?

— Wace deveria estar ausente naquela manhã, lembra?

— Então acha que Mazu planejou tudo pelas costas de Wace?

— É uma possibilidade.

— Mas para onde foi Daiyu, se o afogamento foi falso? Não encontramos nenhum outro familiar.

— Sim, encontramos. Os pais de Wace, na África do Sul.

— Mas isso significa um passaporte, e se Wace não fez parte da farsa...

Strike franziu a testa, depois disse com um suspiro:

— Tudo bem, protesto mantido.

— Tenho outro protesto — disse Robin, hesitante. — Sei que você vai dizer que isso se baseia em emoções e não em fatos, mas não acredito que Carrie fosse capaz de afogar uma criança. Simplesmente não acredito, Strike.

— Então explique: "Não era uma brincadeira. Não estava fingindo. Era real. Ela não ia voltar."

— Não posso, só que tenho certeza de que Carrie acreditava que Daiyu morreu.

— Então...

— Morreu... mas não no mar. Ou não com *ela*, no mar... Quer saber — disse Robin, depois de outra longa pausa —, pode haver uma explicação alternativa para o chocolate e os brinquedos. Não aliciamento: chantagem. Daiyu viu algo quando estava escapulindo. Alguém tentou agradá-la... e isso pode ter ligação com aquelas polaroides. Talvez ela tenha visto gente nua de máscara, mas, ao contrário de Kevin, sabia que eram pessoas de verdade... Preciso ir ao banheiro — falou, levantando-se com o paletó de Strike ainda envolvendo o corpo.

O reflexo de Robin era espectral no espelho manchado do banheiro do patamar. Depois de lavar as mãos, ela voltou ao escritório e encontrou Strike à mesa de Pat, debruçado sobre a tentativa que fez de transcrever a entrevista de Kevin Pirbright a Farah Navabi.

— Fiz uma cópia para você — informou, colocando as páginas ainda quentes nas mãos da sócia.

— Quer um café? — perguntou Robin, colocando os papéis no sofá para ler dali a alguns minutos.

— Sim, quero... *e ela se afogou, ou eles disseram que ela se afogou* — Strike leu no papel diante dele. — Então Kevin também tinha suas dúvidas sobre a morte de Daiyu.

— Ele só tinha seis anos quando aconteceu — protestou Robin, ligando a chaleira.

— Talvez ele não tivesse dúvidas *na época*, mas cresceu com pessoas que podem ter deixado escapar mais do que deixaram na época do afogamento, então começou a se perguntar sobre isso depois... E Kevin disse: *eu me lembro de coisas estranhas acontecendo, coisas que fiquei pensando, coisas de que sempre me lembro*, e depois, *eram quatro deles*... ou foi isso que Navabi pensou que ele disse. Não fica claro na gravação.

— Quatro pessoas de máscara de porco? — sugeriu Robin.

— É possível, mas talvez estejamos nos fiando demais naquelas fotos... O que mais pode ser? "Teatro deles", "boato deles", "sessenta e quatro deles"... só Deus sabe... Então temos *foi mais do que só Cherie*... a voz dele estava muito arrastada, mas foi isso que pareceu. Depois algo sobre bebidas, depois: *mas Bec obrigou Em, visível,* e em seguida *besteira*.

— *Mas Becca obrigou Emily a mentir sobre Daiyu ficar invisível*? — sugeriu Robin, mais alto que o barulho da chaleira fervendo.

— Só pode ser, porque depois Navabi diz: *Becca fez Em mentir, foi o que você disse?* E Kevin fala: *ela teve permissão de sair, ela podia conseguir coisas* e *contrabandear para dentro*.

Robin terminou de preparar os dois cafés, colocou o de Strike ao lado dele e se sentou no sofá.

— Valeu — disse Strike, ainda lendo a transcrição. — Depois temos *deixava ela se safar das coisas... não ligava realmente para ela... ela tinha chocolate uma vez e eu roubei um pouco...* e *mas uma tirana*.

Robin tinha acabado de encontrar a parte da transcrição que Strike lia.

— Bom, *deixava ela se safar das coisas* parece Daiyu... e *não ligava realmente pra ela* pode muito bem se aplicar a Daiyu também...

— Quem não ligava para Daiyu? — argumentou Strike. — Abigail me disse que ela era a princesinha do lugar.

— Mas será que era mesmo? — questionou Robin. — Vi um santuário virtual a Daiyu na sala de Mazu e, por alguns segundos, senti pena dela. O que pode ser pior do que acordar e descobrir que sua filha desapareceu, e depois saber que ela se afogou? Mas a imagem que outras pessoas pintam não é de uma mãe dedicada. Mazu ficava feliz em deixar Daiyu com outras pessoas... bom, com Carrie, sem dúvidas. Não acha — disse Robin, preparando o terreno — que é estranho o jeito como Mazu deixou que essa seita crescesse em torno de Daiyu? O afogamento mencionado constantemente. Isso é coerente com luto verdadeiro?

— Pode ser uma espécie deturpada de luto.

— Mas Mazu tira *proveito* disso. Isso a torna importante, ser a mãe da Profetisa Afogada. Não acha que a coisa toda parece... sei lá... horrivelmente oportunista? Tenho certeza de que pareceu a Abigail que Daiyu *era* a princesinha do pai e da madrasta dela… ela havia acabado de perder a mãe, e o pai não tinha mais tempo para ela… mas não tenho certeza se era realmente assim.

— Seus argumentos são bons — comentou Strike, coçando o queixo com a barba por fazer. — Tudo bem, então pensamos que *deixava ela se safar das coisas,* mas *não ligava realmente para ela* se referem a Daiyu… Nesse caso, quem tinha permissão para sair, comprar coisas e levar escondido para lá? De quem Kevin roubou chocolate? Quem era a tirana?

— Becca — respondeu Robin, com tal convicção que Strike a olhou, surpreso. — Desculpe — disse ela, com um riso desconcertado —, eu não sei de onde veio isso, só que tem alguma coisa muito estranha em todo o… *status* de Becca.

— Continue.

— Bom, ela parece ter sido destacada *muito* cedo por Wace como… Quer dizer, se eu tivesse de apontar alguém que é tratada como princesa, seria Becca. Eu te falei o que Flora disse sobre ela ser virgem, não falei?

— Não, definitivamente não falou — afirmou Strike, olhando-a fixamente. — Eu teria me lembrado.

— Ah, não — disse Robin —, claro que não falei. Parece que Flora me contou isso uma semana atrás.

— Como Becca pode ser virgem? Pensei que ela fosse uma esposa espiritual.

— É isso que é muito esquisito. Emily está convencida de que Becca dorme com Wace e é por isso que ela nunca vai para os Quartos de Retiro com outros, mas Emily *também* me disse que Wace não vai ter filhos com Becca. Shawna disse que é porque Wace não quer um filho dela, já que o meio-irmão dela nasceu com muitos problemas. Mas *Flora* disse que todas as outras esposas espirituais sabem que Wace não dorme com Becca, e é por isso que Mazu não a odeia tanto quanto odeia as outras. E, sinceramente, faz sentido para mim, porque Mazu e Becca sempre parecem… se não amigas, sem dúvida existe uma aliança.

Seguiu-se outra pausa em que Strike e Robin tomaram o café, lendo a transcrição, e o coro do amanhecer chilreava cada vez mais alto para além das janelas.

— *Meus direitos* — Strike leu em voz baixa. — *Má o…* possivelmente *má hora… vou falar com ela…*

— *Ela vai se encontrar comigo* — disse Robin, também lendo. — Mas quem é "ela"?

— E "ela" apareceu? — perguntou Strike. — Ou "ela" era um ardil? Ele atendeu à porta e descobriu nosso amigo atirador mascarado do lado de fora?

Depois Navabi diz *alguém da igreja vai te encontrar, Kevin?* E a essa altura o excepcionalmente bêbado Kevin diz: *e responder por isso*. Então — disse Strike, levantando a cabeça —, que mulher da igreja tinha coisas a responder para Kevin? Quem ia "responder por isso"?

— Pode escolher — disse Robin. — Mazu... Louise, que arrastou a família para lá, pra começo de conversa... Becca...

— Becca — repetiu Strike —, que Kevin associava a uma trama, segundo o que estava escrito na parede do quarto dele...

Ele baixou os olhos de novo para a transcrição.

— Depois Kevin se desvia um pouco, começa a falar de Paul Draper, ou Dopey, como se refere a ele aqui... *nisso juntos*... parte da trama? Isso bate, se Draper foi uma das pessoas na armação para testemunhar a saída de Carrie e Daiyu.

Robin também lia a transcrição de novo.

— *Os porcos* — leu ela em voz alta —, e Navabi diz *esqueça os porcos* e Kevin diz que gostava de porcos... não, "*ele* gostava dos porcos"... Seria Draper?

— Bom, sabemos que não é Jordan Reaney — ponderou Strike. — *Eu estava na mata... Becca me segurou porque, a filha de Wace* e *dedo-duro*. Depois Kevin fala em uma trama de novo e *nisso juntos*. Então: uma trama que envolve a filha de Wace e várias outras pessoas.

— Daiyu não era a única filha de Wace na fazenda, lembre-se — ressaltou Robin. — Tinha Abigail, Lin... quaisquer meninas que brincavam na mata na Fazenda Chapman podiam ter como pai Jonathan Wace. A maioria das crianças que vi na sala de aula tinha os olhos dele ou de Taio.

— *Sempre juntos* — disse Strike, relendo —, o que pode significar Daiyu e Carrie... *se eu estiver certo*... e *buição*. O que é *buição*?

— Atribuição? Contribuição? Distri...

— Retribuição! — disse Strike abruptamente. — "Retribuição" estava escrito na parede de Kevin também. E depois ele fica muito incoerente. Tem uma ventania soprando, um *ogo* mas *úmido demais*... não faço ideia... *estranho... me ameaçou... fugiu de lá* (eu acho, mas pode ser que não)... *achei que era pra punição... Becca me disse*... e depois ele vai vomitar no banheiro.

— Fogo — disse Robin.

— O quê?

— Um fogo, mas estava úmido demais para pegar, talvez?

— Você acha que alguém tentava queimar alguma coisa na mata?

— Alguém *queimou* alguma coisa naquela mata — afirmou Robin. — Corda.

— Corda — repetiu Strike.

— Tinha um pedaço de corda queimada perto daqueles tocos de que te falei. Os postes que alguém cortou. Ficavam em círculo... parecia pagão.

— Você acha que alguém da Fazenda Chapman realizava rituais secretos na mata?

— Daiyu supostamente fazia mágica em segredo com as crianças grandes, não se esqueça. Ah, e também estamos nos esquecendo do machado. Aquele escondido na árvore, que Jiang disse que era de Daiyu.

— Parece plausível que uma criança de sete anos tenha seu próprio machado?

— Na verdade, não — admitiu Robin. — Só estou te contando o que Jiang disse.

Strike ficou em silêncio por alguns segundos antes de falar:

— Agora quem precisa ir ao banheiro *sou eu* — e se levantou com um grunhido.

Suas primeiras palavras ao voltar ao escritório alguns minutos depois foram:

— Estou com fome.

— Você literalmente acabou de comer umas cinco mil calorias — disse Robin, sem acreditar.

— Bom, estou fazendo muito trabalho intelectual aqui.

Strike encheu a chaleira. Os passarinhos cantavam mais alto do lado de fora. Aproximava-se depressa a hora em que Daiyu Wace supostamente tinha entrado no mar em Cromer para nunca mais ser vista.

— Por que o mesmo trecho da praia? — questionou Strike, virando-se para Robin. — Por que diabos Daiyu, ou a criança que fosse, foi levada exatamente ao mesmo trecho da praia onde morreu Jennifer Wace?

— Não faço ideia — admitiu Robin.

— E por que Jordan Reaney tentou se suicidar?

— De novo, não faço ideia.

— Vamos lá — disse Strike, estimulando-a.

— Bom, provavelmente porque tinha medo da retribuição — sugeriu Robin.

— Retribuição — repetiu Strike. — Exatamente. Então quem ligou para Reaney o ameaçou com o quê?

— Imagino que... ser ferido de alguma forma. Exposto como envolvido em algo sério e criminoso. Espancado. Morto.

— Certo. Mas ninguém machucou Reaney até agora, além do próprio Reaney.

Strike preparou mais dois cafés, passou um a Robin, depois voltou a se sentar à mesa de Pat.

— Que tal essa teoria? — disse ele. — Reaney teve uma overdose porque sabia que estaria com a corda no pescoço depois que quem telefonou a ele percebesse que ele tinha tagarelado comigo.

— Tagarelado sobre o quê?

— Boa pergunta. Ele foi reservado com quase tudo. Disse que teve de "limpar" a mando dos Wace e que as coisas que fez o assombravam...

— Talvez — disse Robin subitamente — ele devesse destruir aquelas polaroides? E o mero fato de elas ainda existirem podia metê-lo em problemas?

— É possível. Até provável, em vista de aquelas polaroides sem dúvida o assustarem tanto.

Strike se levantou de novo e entrou na sala interna, reaparecendo com o quadro. Fechando a porta da divisória, encostou o quadro nela e se sentou outra vez. Pelo tempo mais longo até então, a dupla ficou sentada em silêncio, olhando as fotos, os recortes e as anotações.

— Parte disto — disse Strike por fim — tem de ser irrelevante. Pessoas que estavam lá, mas que não foram envolvidas. Algumas coisas foram mal recordadas. Acidentes *acontecem* — acrescentou, o olhar indo de novo a Jennifer Wace.

Levantando-se de novo, ele soltou a foto do quarto de Kevin Pirbright como fora encontrado na ocasião de sua morte e levou à mesa para examinar mais atentamente. Robin encarava as palavras "corredor na praia?", mas Strike olhava uma palavrinha inocente na parede de Kevin, que ele já havia visto e nunca voltara a pensar nela. Olhava as figuras de máscara nas polaroides e, depois de vários longos minutos, percebeu algo que nem acreditou não ter registrado antes.

Ele recuou mentalmente de sua nova teoria para examiná-la em sua totalidade, e de cada ângulo que examinava, via que era boa, equilibrada e completa. O estranho e irrelevante estavam descartados.

— Acho que sei o que aconteceu — anunciou.

E ao tomar fôlego para explicar, uma citação que ele ouvira recentemente de um homem que não tinha nada a ver com a Igreja Humanitária Universal lhe passou pela cabeça.

— *E onde o delito estiver, que a grande lâmina caia.*

PARTE NOVE

䷿

Wei Chi/Antes da Conclusão

ANTES DA CONCLUSÃO. Sucesso.
Mas se a pequena raposa, depois de quase completar a travessia,
Coloca a cauda na água,
Nada será favorável.

I Ching: O livro das mutações

122

No início de uma iniciativa militar, a ordem é imperativa.
Deve existir uma causa justa e válida, e a obediência e a
coordenação das tropas deve ser bem organizada,
caso contrário o resultado inevitável será o fracasso.

I Ching: O livro das mutações

Das muitas coisas que precisavam ser feitas antes que a agência pudesse provar como, por que e por artifício de quem Daiyu Wace tinha desaparecido para sempre, Strike atribuiu uma das mais importantes a Sam Barclay, a quem ele chamou de volta de Norwich no dia seguinte ao tiroteio, depois de Robin ter ido para casa tentar colocar o sono em dia. Os dois sócios concordaram que o exercício até então infrutífero de esperar que Emily Pirbright aparecesse com uma lata de coleta deveria ser abandonado, e que os esforços da agência deveriam se concentrar em provar que o mito da Profetisa Afogada não tinha fundamento nenhum.

— Até que ponto eu posso ir para ganhar a confiança desse cara? — perguntou Barclay, que tinha acabado de colocar no bolso nome, endereço, local de trabalho e fotografia, tudo obtido na internet por Strike, do homem com quem o detetive queria que seu subordinado fizesse amizade, pelos meios que fossem necessários.

— Orçamento ilimitado para bebidas alcoólicas. Duvido que ele use drogas. Explore a vida militar. Se faça de importante.

— Beleza, vou cuidar disso.

— E tome cuidado. Há uma arma por aí que ainda tem balas no tambor.

Barclay fingiu uma continência e partiu, passando por Pat na soleira da porta.

— Liguei para todas aquelas pessoas — informou ela a Strike, tendo na mão uma folha de papel em que o chefe listara os nomes e números de Eric Wardle, que era seu melhor amigo na Polícia Metropolitana; Vanessa Ekwensi, amiga de Robin; o investigador George Layborn, que deu uma ajuda significativa à agência em um caso anterior; e Ryan Murphy. — Até agora só consegui resposta de George Layborn. Ele disse que pode se encontrar com você na quarta-feira da semana que vem, à noite. Deixei recados aos outros. Não entendo por que Robin não pode convidar Ryan ela mesma.

— Porque isto está partindo de mim — respondeu Strike. — Preciso me reunir com todos eles ao mesmo tempo e expor tudo que temos, para podermos atingir a IHU com a maior força possível, exatamente quando Wace e seus advogados não estiverem esperando.

— Eles ainda não encontraram o sujeito que atirou em vocês dois e em Will — rosnou Pat. — Não sei para que pagamos os malditos impostos.

Fotos desfocadas do Ford Focus com a placa falsa apareceram em vários noticiários a manhã toda, com apelos ao público por qualquer informação. Embora agradecido pelo nome dele e de Robin não ter aparecido na imprensa, Strike teve de pegar dois táxis naquela manhã e sabia que precisaria alugar um carro para fins de trabalho até que a polícia acabasse a perícia no dele.

— Dennis ligou agora, a propósito — acrescentou Pat. — Will está se sentindo um pouco melhor.

— Ótimo — disse Strike, que já suportara dez minutos inteiros de queixas de Pat sobre o estado de choque em que Will voltara para a casa dela nas primeiras horas da manhã. — Alguma novidade sobre ele falar com minha amiga advogada sobre imunidade judicial?

— Ele está pensando no assunto.

Strike reprimiu qualquer expressão de frustração com o que considerava uma teimosia idiota de Will Edensor.

Pat voltou a sua mesa com o cigarro eletrônico na boca, e Strike esfregou os olhos. Havia insistido em acompanhar Robin ao táxi às seis da manhã, dizendo-lhe que era imperativo que nenhum deles assumisse mais risco nenhum. Apesar da noite insone, ele não foi dormir: havia muito em que pensar, organizar e fazer, e tudo devia ser executado metódica e secretamente, se eles quisessem ter alguma chance de pegar a IHU sem que outra pessoa fosse baleada na cabeça.

Seu celular tocou e ele tateou em busca do aparelho.

— Oi — disse a voz de Robin.

— Você deveria estar dormindo um pouco.

— Não consigo — disse ela. — Vim para casa, fui para a cama, fiquei deitada ali, acordada, por uma hora, depois me levantei. Café demais. O que está acontecendo aí?

— Encontrei Barclay e liguei para Ilsa — respondeu Strike, reprimindo um bocejo. — Ela ficará feliz em representar Will e Flora, se eles concordarem. Shah está a caminho de Birmingham.

Strike se levantou e olhou para a rua de novo. O sujeito alto, negro e forte de olhos verdes tinha reaparecido desde que ele olhou da última vez, embora nessa ocasião ele estivesse um pouco mais escondido do que antes, em uma soleira a quatro prédios de distância do escritório, do outro lado da rua.

— Ainda estamos sendo vigiados — Strike informou a Robin —, mas só pelo esquadrão palhaçada. Ele não estava ali quando fui a Cedar Terrace hoje de manhã.

— *Você* foi? Pensei que tivéssemos concordado que nenhum de nós ia assumir riscos idiotas?

— Não pude enviar Shah, Barclay ainda estava em Norwich e Midge estava dormindo. De todo modo, não foi um risco — acrescentou Strike, deixando a veneziana cair. — Nunca vai haver momento mais seguro para procurar e falar com Rosie Fernsby do que enquanto a polícia estiver à caça do atirador. O problema de tentar matar as pessoas que você teme saberem demais é que se você errar, não só dá confirmação para a teoria delas, como também vira um alvo. Enfim — continuou Strike, sentando-se em uma cadeira —, Rosie-Bhakta estava lá.

— Estava? — perguntou Robin, parecendo animada.

— Sim. Ela é irritante, embora talvez eu a tivesse achado menos chata se não estivesse tão cansado. Disse que nunca se deu ao trabalho de atender ao telefone fixo porque sempre era para a mãe... bem previsível, uma vez que a casa é da mãe dela.

— O que ela disse sobre as polaroides?

— Exatamente o que esperávamos. Mas ficou muito nervosa ao pensar que podia correr perigo. Eu a convenci a se mudar para uma pousada bancada por Colin Edensor.

— Ótimo. Olha, estou preocupada com Midge voltando à Fazenda Chapman...

— Ela vai querer fazer isso. Está sempre puta porque não a deixo fazer coisas perigosas. Apesar de ser muito insubordinada, ninguém pode dizer que ela é covarde.

Robin, que tinha revirado os olhos para a palavra "insubordinada", falou:

— E se eles colocaram câmeras no ponto cego?

— Se não forem câmeras de visão noturna, ela vai ficar bem, desde que tenha uma boa cobertura e o alicate de corte. Precisamos arriscar. Sem provas materiais, vai ser difícil provarmos o que aconteceu... Pedi a Pat para digitar um relatório final sobre o Michê, aliás. Você vai gostar dessa: Dev o pegou no mesmo hotel do Pé-Grande, com outra garota do Leste Europeu.

— Tá brincando.

— É, então eu passei essas fotos ao cliente. O Michê recebeu seu último Rolex de presente. Você e eu teremos de cobrir o Hampstead enquanto os outros estão trabalhando no caso da IHU. Com sorte, os palhaços que nos vigiam vão pensar que perdemos o interesse pela igreja, agora que fomos alvo de tiros.

— Mas estou preocupada com Sam. E se...?

— Barclay sabe se cuidar — afirmou Strike. — Pare de se preocupar com ele e Midge e se concentre no fato de que estamos tentando derrubar um bando de filhos da puta que fazem lavagem cerebral em milhares, estupram pessoas e traficam crianças.

— Eu *estou* concentrada nisso — falou Robin, irritada. — Para sua informação, passei as últimas seis horas vasculhando cada Isaac Mills no Reino Unido.

— E?

— E existem mais dois Isaac Mills que têm a idade certa. Um é um contador juramentado, o outro está preso.

— *Muito* promissor — disse Strike. — Qual penitenciária?

— Wandsworth.

— Melhor ainda. Não seria uma viagem longa. Por que ele está lá?

— Homicídio culposo. Agora estou cavando mais um pouco.

— Ótimo. — Strike coçou o queixo, pensando. — Se for o cara certo, você deve visitá-lo. Pode ser preciso pegar mais leve do que eu com Reaney.

Ele preferiu não dizer que era provável que Mills preferisse muito mais a visita de uma jovem atraente a ter de se encontrar com um homem de quarenta e um anos com nariz quebrado.

— Vai levar tempo para arranjar tudo isso — comentou Robin, parecendo preocupada.

— Não importa. Ou fazemos isso direito, ou não fazemos. Estou tentando marcar uma reunião com todos os nossos contatos na polícia...

— Eu sei, Ryan me ligou há pouco, ele recebeu o recado de Pat — disse Robin.

Então por que diabos ele não retornou a ligação?, foi o pensamento imediato e grosseiro de Strike.

— Ele só pode fazer alguma coisa na semana que vem.

— Layborn também — informou Strike. — Talvez eu dê um empurrãozinho neles, dizendo que meu contato na imprensa está ansioso para escrever um artigo sobre a igreja e o desinteresse da polícia, e que eu o estou segurando.

— Poderia não fazer isso? — perguntou Robin. — Pelo menos até ser absolutamente necessário?

— É você que quer apressar as coisas — respondeu Strike.

E ninguém a obrigou a começar a namorar esse babaca do Murphy.

123

A força em face do perigo não se atira, mas ganha tempo,
enquanto a fraqueza em face do perigo fica agitada
e não tem paciência para esperar.

I Ching: O livro das mutações

Durante os quinze dias que se seguiram, todos da agência ficaram muito ocupados, os esforços dirigidos quase exclusivamente para provar a teoria de Strike sobre o destino da Profetisa Afogada.

Midge, que aceitara com entusiasmo o trabalho possivelmente perigoso de tentar obter provas materiais na mata da Fazenda Chapman, voltou sã, salva e triunfante de Norfolk. Como a agência não tinha acesso a um laboratório forense, a única esperança de ter suas descobertas analisadas seria no contexto de uma investigação policial que ainda não começara, se é que um dia começaria. Tudo que ela trouxe da mata da Fazenda Chapman estava embalado em plástico no cofre da agência.

Depois de uma semana rondando por vários prováveis refúgios, Barclay conseguiu localizar o homem com quem Strike queria que ele fizesse amizade e foi cautelosamente otimista, dado o gosto de seu alvo por bebida e histórias militares, ao dizer que mais algumas cervejas grátis poderiam garantir um convite à casa do homem.

— Não tenha pressa — alertou Strike. — Um movimento em falso pode disparar os alarmes.

Shah continuou em Birmingham, onde parte das atividades que tinha assumido era ilegal. Por conseguinte, Strike não pretendia compartilhar nenhuma das descobertas de Dev na reunião com os quatro melhores contatos dele e de Robin na polícia, que finalmente aconteceria duas semanas e um dia depois de ele e Robin serem alvos de tiros, em uma noite de terça-feira, na adequada sala de porão do Flying Horse. Strike, que sentia que ficava cada vez mais perdulário com o dinheiro de Sir Colin Edensor, pagou do próprio bolso pela sala e pelo jantar, com a promessa de hambúrgueres e fritas para agradecer o sacrifício de algumas horas do tempo livre de seus contatos.

Infelizmente para Strike, ele chegou atrasado para a própria reunião. Tinha ido e voltado de carro a Norfolk naquele dia em um Audi A1 automático alugado. A entrevista que realizara lá demorou mais do que ele esperava, os pedais desconhecidos do carro eram duros para sua perna direita, ele pegou muito trânsito na volta para Londres e isto, combinado com o estresse de verificar constantemente se estava sendo seguido, tinha gravado uma carranca em seu rosto que ele teve de transformar à força em um sorriso quando chegou à sala do porão, onde encontrou Eric Wardle, George Layborn, Vanessa Ekwensi, Ryan Murphy, Robin, Will, Flora e Ilsa.

— Peço desculpas — disse Strike em voz baixa, derramando parte de sua cerveja enquanto se sentava desajeitado na cadeira vaga à mesa. — Um longo dia.

— Fiz os pedidos por você — informou Robin, e Strike notou a irritação na cara de Murphy quando ela disse isso.

Robin estava inquieta. Will, ela sabia, tinha sido persuadido a comparecer por Pat e Dennis, este último tendo dito firmemente a Will que ele fora apanhado em uma situação de o ovo ou a galinha e precisava demais sair dela. Desde a chegada ao porão do Flying Horse com Flora e Ilsa, Will, que estava pálido e preocupado, mal tinha falado. Enquanto isso, foi preciso toda a conversa animada e gratidão de Robin pela presença dela para suscitar o mais leve sorriso de Flora, que torcia os dedos no colo embaixo da mesa. Robin já tivera um vislumbre de uma nova marca de autoflagelação em seu pescoço.

Além de temer como esta reunião ia afetar os dois frágeis ex-integrantes da igreja, Robin percebia sentimentos ocultos entre Wardle e Murphy; este último tinha ficado peremptório e rude mesmo antes da chegada de Strike.

Depois de um bate papo um tanto formal, Strike apresentou o tema da reunião. Em silêncio, a polícia o ouviu repassar as principais acusações contra a igreja, omitindo qualquer menção à Profetisa Afogada. Quando Strike revelou que Flora e Will estavam dispostos a dar depoimentos sobre o que testemunharam como membros da IHU, Robin notou os nós dos dedos das mãos de Flora ficarem brancos embaixo da mesa.

A comida chegou antes que a polícia tivesse tempo de fazer alguma pergunta. Depois que a garçonete saiu, os policiais do Departamento de Investigação Criminal começaram a falar. Como Strike esperava, a posição inicial era, se não de ceticismo, pelo menos de cautela.

Ele esperava a resposta silenciosa deles às alegações de tráfico de crianças, uma vez que nem Will, nem Flora estiveram no centro de Birmingham, que devia ser o eixo. Ninguém se dispôs a contestar em voz alta a declaração de Flora, feita em uma voz trêmula enquanto olhava fixamente a mesa, de que ela fora repetidamente estuprada, mas enfureceu Robin que fosse necessária sua própria corroboração sobre os Quartos de Retiro para eliminar a expressão de dúvida de George Layborn. Ela descreveu, em uma linguagem contundente, as ocasiões em que escapara por pouco de Taio naqueles cômodos e a visão de uma menor de idade saindo de um deles com Giles Harmon. Layborn não pareceu reconhecer o romancista, mas Wardle e Ekwensi trocaram um olhar ao ouvi-lo e ambos pegaram seus blocos.

Quanto à alegação de que a igreja estava enterrando inadequadamente corpos sem registros de óbito, Robin achou que isso também podia ter sido descartado como alegação sem provas, a não ser, no entanto, pela intervenção inesperada de Will.

— Eles os *enterram* ilegalmente — afirmou ele, interrompendo Layborn, que pressionava uma aflita Flora em busca de detalhes. — Eu vi também. Pouco antes de eu sair, eles enterraram uma criança que tinha nascido com... Bom, não sei qual era o problema dele. O menino nunca foi visto por ninguém, só por Zhou.

— Não era Jacob? — questionou Robin, olhando para Will.

— Era. Ele morreu algumas horas depois de você sair. Eles o enterraram do outro lado do campo, perto do carvalho — disse Will, que não tinha revelado isso antes. — Eu os vi enterrando.

Robin ficou perturbada demais com esta informação para dizer algo além de "Ah".

— E — prosseguiu — nós... tivemos de ajudar...

Will engoliu em seco e continuou:

— ... eu tive de ajudar a desenterrar Kevin. Eles o colocaram no campo, primeiro, mas mudaram para o canteiro de legumes, para castigar Louise... a... mãe dele.

— *O quê?!* — exclamou Vanessa Ekwensi, com a caneta pairando acima do bloco.

— Ela tentou... Ela foi plantar flores sobre ele, no campo — explicou Will, ruborizando. — E alguém viu e a denunciou a Mazu. Então ela disse que se quisesse plantar coisas em cima de um Desviado, podia fazer isso. E eles o desenterraram e colocaram no canteiro de legumes e obrigaram Louise a plantar cenouras em cima dele.

O silêncio horrorizado que se seguiu a isto foi interrompido pelo zumbido do celular de Strike. Ele olhou a mensagem recebida, depois para Will.

— Encontramos Lin: ela foi transferida para Birmingham.

Will ficou estupefato.

— Eles a deixaram sair para angariar fundos?

— Não — disse Strike. — Ela está no complexo da igreja, ajudando a cuidar dos bebês.

Ele respondeu à mensagem de Shah, dando mais instruções, depois olhou os policiais.

— Escutem, não somos idiotas: sabemos que vocês não podem autorizar nem mesmo garantir uma investigação imensa como essa, agora, esta noite. Mas tem duas pessoas aqui que estão dispostas a testemunhar crimes variados, e temos certeza de que haverá mais, se vocês conseguirem entrar nesses centros da igreja e fizerem perguntas. Robin também está pronta para ir ao tribunal testemunhar sobre tudo que viu lá. Haverá glória nisso, para quem derrubar a IHU — acrescentar Strike —, e eu já tenho um jornalista que mal pode esperar para publicar uma denúncia.

— Isso não é uma ameaça, é? — questionou Murphy.

— Não — retrucou Robin, antes que Strike pudesse responder —, é um fato. Se não conseguirmos uma investigação policial sem a imprensa, vamos deixar que o jornalista assuma e tente forçar uma desse jeito. Se vocês tivessem estado lá, como eu estive, entenderiam exatamente por que cada dia que a IHU escapa conta.

Depois disso, como Strike notou com satisfação, Murphy não disse mais nada.

Às dez horas, a reunião terminou com uma rodada de apertos de mão. Vanessa Ekwensi e Eric Wardle, que tomaram mais notas, prometeram, separadamente, dar um retorno rápido a Strike e Robin.

Strike não queria ver Murphy dar um beijo de despedida em Robin e dizer a ela que a veria no dia seguinte, porque a sócia ia render Midge na vigilância do Hampstead em uma hora. Porém, teve algum prazer com a clara infelicidade de Murphy ao deixar a namorada sozinha com o sócio.

— Bom — começou Robin, voltando a se sentar à mesa —, tudo correu como o esperado, eu acho.

— É, não foi ruim — concordou Strike.

— E o que aconteceu em Norfolk?

— Levei uma bronca, como esperado — respondeu Strike. — Eles sem dúvida estão nervosos. E Isaac Mills?

— Nem uma palavra ainda. Talvez ele não queira se encontrar comigo.

— Não se desespere ainda. É muito monótono na prisão.

— Acha que teremos de voltar a Reaney? — perguntou Robin, enquanto a garçonete retornava para retirar os copos de cerveja e os dois detetives se levantavam.

— Talvez — admitiu Strike —, mas duvido que ele vá falar a menos que seja obrigado.

Eles subiram a escada juntos, saindo na Oxford Street, onde Strike pegou o cigarro eletrônico e deu um trago há muito esperado de nicotina.

— Estacionei na rua. Não precisa me acompanhar — acrescentou Robin, deduzindo corretamente o que Strike ia dizer —, ainda tem muita gente e eu, sem dúvida, não fui seguida até aqui. Fiquei verificando o caminho todo.

— Tudo bem — disse Strike. — A gente se fala amanhã então.

Enquanto ele partia pela rua, seu celular zumbiu de novo, com uma mensagem de Barclay.

Ainda sem convite

Strike respondeu com duas palavras.

Continue tentando

124

O homem inferior não se envergonha da indelicadeza
nem se retrai da injustiça. Se nenhuma vantagem lhe acena,
não se esforça.

I Ching: O livro das mutações

A segunda semana de setembro passou sem progressos no caso da IHU, e nenhuma palavra sobre a acusação da igreja de abuso infantil contra Robin resultar em sua prisão, o que significava que ela continuava tendo calafrios de pavor sempre que pensava nisso. Em notícias um pouco melhores, Will e Flora foram convidados a dar depoimentos formais à polícia e, bem mais rápido do que ela esperava, Robin foi informada de que fora colocada na lista de visitas de Isaac Mills.

— Acho que você tem razão: a prisão é um tédio — disse Robin a Strike, quando ligou para ele na frente do escritório do Hampstead para contar a boa nova.

— Seria interessante saber se ele tem alguma ideia do que se trata — comentou ele, que saía de Chinatown enquanto falava.

— Alguém está vigiando o escritório hoje?

— Não — informou Strike —, mas acabo de seguir uma amiga sua do templo da Rupert Court. Eu a vi do outro lado da rua quando estava comprando um cartucho para o cigarro eletrônico: Becca.

— O que, estava com uma lata de coleta? — indagou Robin. — Achei que ela era importante demais para isso.

— Lata não. Estava só andando de olhos fixos no chão. Ela abriu as portas do templo e entrou, e não saiu enquanto estive observando, o que durou uma meia hora. Precisei ir embora, Colin Edensor vai chegar em vinte minutos; ele quer uma atualização sobre Will. De todo modo, ótima notícia sobre Mills. Neste sábado, foi o que você disse?

— Sim. Nunca visitei um presídio na vida.

— Eu não me preocuparia. O código de vestimenta é bem descontraído — brincou Strike, e Robin riu.

Depois de ver a foto policial de 1999, Robin não supunha que Isaac Mills seria mais atraente ou saudável dezessete anos depois, mas certamente não esperava o homem que arrastou os pés até ela no centro de visitantes de Wandsworth alguns dias depois.

Ele era, sem exceção, o exemplo mais patético de humanidade em que Robin já pusera os olhos. Embora soubesse que Mills tem quarenta e três anos, podia ter setenta. O pouco cabelo que lhe restava era opaco e grisalho, e, embora a pele estivesse bronzeada, a face encovada parecia ter desmoronado para dentro. Faltava-lhe a maior parte dos dentes e os poucos restantes eram tocos escurecidos, enquanto as unhas descoloridas viravam para cima, como se estivessem desgrudando das mãos. Robin teve a sensação macabra de que olhava um homem cujo ambiente apropriado era um caixão, uma impressão reforçada pela lufada de hálito podre que chegou quando ele se sentou.

Nos dois primeiros minutos da reunião, Mills disse a Robin que nunca recebia visitas e que estava esperando por um transplante de fígado. Depois disso, a conversa empacou. Quando Robin falou em Carrie — ou Cherry, como se chamava quando Mills a conheceu —, ele informou que Cherry era uma "piranha burra", depois cruzou os braços e a contemplou com um esgar, sua atitude fazendo a pergunta silenciosa: *O que eu ganho com isso?*

Apelos à consciência — "Daiyu só tinha sete anos quando desapareceu. Você tem filhos, não tem?" — ou a um senso de justiça — "O assassino de Kevin ainda está andando por aí, livre, e você pode nos ajudar a pegá-lo" — não despertaram nada no prisioneiro, embora seus olhos fundos, com a esclera amarelada e as pupilas miúdas, continuassem fixos na jovem saudável que estava sentada respirando seu odor de decomposição.

Inquieta por sentir o tempo passando, Robin tentou um apelo ao interesse pessoal.

— Se você nos ajudar na investigação, tenho certeza de que isso será levado em conta quando chegar a sua condicional.

A única reação de Mills foi uma risadinha baixa e desagradável. Ele estava cumprindo doze anos por homicídio culposo; os dois sabiam que era improvável que vivesse o bastante para se reunir com um conselho de condicional.

— Temos um jornalista que está muito interessado nessa história — continuou Robin, recorrendo, em desespero, à tática que Strike usou com a polícia. — Descobrir o que realmente aconteceu nos ajudaria a derrubar a igreja, o que…

— É uma seita — interrompeu Isaac Mills inesperadamente, com outra lufada de halitose engolfando Robin. — Não é uma maldita igreja.

— Concordo. É nisso que o jornalista está interessado. Cherry falou com você sobre a IHU, na época?

A única resposta de Mills foi uma fungadela alta.

— Cherry chegou a falar em Daiyu alguma vez?

Mills olhou o relógio grande acima das portas duplas por onde tinha entrado.

Robin foi obrigada a concluir que, na verdade, fora convidada a Wandsworth para matar uma hora da vida infeliz e tediosa de Mills. Ele não mostrou inclinação de se levantar e ir embora, talvez porque desfrutasse do prazer patético de negar o que ela procurava.

Por quase um minuto, Robin o olhou em silêncio, pensando. Ela duvidava de que algum hospital teria coragem suficiente para colocar Isaac Mills no topo de uma lista de espera por um fígado, porque o público que lia jornais sem dúvida sentiria que um presente desses deveria ir para um paciente que não fosse um viciado nem um ladrão serial, e que não tivesse sido condenado por várias facadas, uma delas fatal. Por fim, ela disse:

— Você entende que se ajudar nesta investigação, haverá divulgação. Você terá ajudado a dar um fim a algo imenso e criminoso. O fato de você estar doente também será divulgado. Algumas pessoas confinadas na seita têm famílias ricas, gente de influência. Sejamos honestos: você não tem a menor esperança de um fígado novo, a não ser que alguma coisa mude.

Ele a olhou, com o esgar mais pronunciado.

— Você não vai pegar essa seita — disse ele —, não importa o que eu diga.

— Está enganado — retrucou Robin. — Só porque Cherry não afogou Daiyu, não quer dizer que ela não tenha feito algo igualmente ruim. Nada disso teria acontecido sem a conivência dela.

Por um ligeiro tremor no canto da boca de Mills, ela entendeu que ele ouvia com mais atenção.

— O que você não entende — prosseguiu Robin, obrigando-se a se inclinar para a frente, embora isto significasse ficar mais perto da fonte do hálito repulsivo de Mills — é que a seita gira em torno da morte de Daiyu. Eles a transformaram em uma profetisa que sumiu no mar só para que pudesse retornar à vida. Eles fingem que ela se materializa no templo. Provas de que ela, na verdade, nunca se afogou significa que a religião deles é fundamentada em uma mentira. E se você for a pessoa a provar isso, muitas pessoas, algumas muito ricas, vão ficar profundamente interessadas que você esteja bem o bastante para testemunhar. Você pode ser a última esperança de elas reverem seus familiares.

Robin tinha toda a atenção dele. Mills ficou sentado em silêncio por mais alguns segundos, então falou:

— Ela nunca fez isso.

— Não fez o quê?

— Matou Dayoo, sei lá como é o nome.

— Então, o que realmente aconteceu? — perguntou Robin, tirando a tampa da caneta.

Desta vez, Isaac Mills respondeu.

125

O caminho se abre; o obstáculo foi eliminado.

I Ching: O livro as mutações

Quarenta minutos depois, Robin saiu da Penitenciária de Wandsworth em um estado de euforia. Tirando o celular da bolsa, ela notou, com frustração, que estava quase sem bateria: ou não tinha carregado direito na casa de Murphy na noite anterior, ou, o que ela considerou mais provável, em vista da idade do aparelho, precisava de um celular novo. Esperando até se distanciar do fluxo de famílias que saíam do prédio, ela ligou para Strike.

— Você estava certo — disse Robin. — Carrie confessava quase tudo a Mills, principalmente quando bebia. Ele falou que Carrie sempre negava isso quando estava sóbria, mas basicamente ele confirmou tudo, menos…

— Quem planejou.

— Como sabe disso?

— Porque ela ainda estava com medo suficiente deles para se suicidar vinte e um anos depois.

— Mas Mills disse com muita clareza que foi tudo uma armação. Carrie fingiu o afogamento, Daiyu nunca foi à praia. Sei que isso não basta, boatos sobre uma morta…

— Ainda assim, não pode fazer mal — disse Strike. — Mills vai testemunhar?

— Sim, mas só porque ele tem hemo-qualquer coisa e acha que pode conseguir um fígado novo assim.

— Um o que novo?

— Um fígado — disse Robin em voz alta, dirigindo-se ao ponto de ônibus.

— Comprarei um para ele no supermercado. Escute, você viu o…

O celular de Robin morreu.

— *Merda.*

Ela se apressou ao ponto de ônibus. Devia se encontrar com Murphy em um bar no centro da cidade às sete, mas queria achar um jeito de voltar a falar com Strike, que parecia estranhamente nervoso antes de a ligação cair. Infelizmente, ela não sabia onde ele estava. Apertando o passo, ela tentou se lembrar do rodízio: se ele estava no escritório, ou em casa, ela talvez tivesse tempo de vê-lo antes de ir ao West End.

A viagem de uma hora de volta à Denmark Street parecia interminável. Mentalmente, Robin alternava entre diferentes hipóteses, tentando ver rotas possíveis para o assassino deles à luz das evidências dadas por Mills que confirmassem a teoria de Strike e corroborassem outros testemunhos que eles pudessem obter. Porém, ela ainda via armadilhas à frente, em particular se os objetos ensacados em plástico no cofre do escritório não resultassem em nada de útil.

Ela e Strike concluíram durante a insone noite passada no escritório que havia quatro pessoas, além de Isaac Mills, cujo testemunho combinado podia revelar exatamente o que aconteceu com Daiyu, mesmo que o planejador negasse tudo. Porém, todas tinham fortes motivos para não falar, e duas delas provavelmente não entendiam que o que sabiam era importante. De forma alguma era certo que elas seriam capazes de cortar a perigosa e sedutora religião de Jonathan Wace pela raiz.

Pouco mais de uma hora depois, Robin chegou à Denmark Street, suada e descabelada pela pressa, mas, ao alcançar o patamar do segundo andar, sentiu um peso no coração: a porta do escritório estava trancada e as luzes, apagadas. Depois, ela ouviu um movimento no alto.

— *Mas que diabos aconteceu?* — disparou Strike, descendo a escada.

— Do que está falando? — perguntou Robin, perplexa.

— Fiquei morto de preocupação, pensei que alguém tivesse apanhado você na maldita rua!

— Meu telefone descarregou! — explicou ela, que não gostou da recepção, depois de ter corrido pela rua para ver o sócio. — E eu estava em Wandsworth em plena luz do dia… *Não comece* com o papo de armas — disparou ela, prevendo corretamente a frase seguinte de Strike. — Você ouviu algum estampido?

Como era exatamente isso que ele estivera dizendo a si mesmo nos últimos sessenta minutos, Strike reprimiu uma resposta. Ainda assim, achando difícil trocar de marcha imediatamente de uma ansiedade aguda para um tom normal de conversa, ele disse com raiva:

— Você precisa de uma porra de telefone novo.

— Obrigada — disse Robin, quase igualmente irritada —, eu não havia pensado nisso.

Um sorriso relutante substituiu a carranca de Strike, mas Robin não foi apaziguada com tanta facilidade.

— Você estava me perguntando se eu vi alguma coisa quando a ligação caiu — disse ela com frieza. — Não tenho muito tempo, preciso encontrar Ryan.

Strike achou que merecia essa.

— Suba aqui — chamou ele, apontando para o apartamento. — Eles deram uma batida na Fazenda Chapman às seis da manhã de hoje.

— *O quê?* — Robin arquejou, subindo a escada ao sótão atrás dele.

— Uma dúzia de policiais, da Metropolitana e da força local. Wardle estava com eles. Ele me ligou às duas horas. Não pudemos falar muito, porque eles ainda interrogavam as pessoas. Já liberaram uma Emily Pirbright desidratada e traumatizada de uma caixa de madeira trancada no porão da fazenda.

— Ah, não.

— Ela vai ficar bem. Eles a levaram ao hospital. E tem mais — disse Strike, enquanto eles entravam no sótão. — Shah acabou de ver aproximadamente o mesmo número de policiais entrando no centro de Birmingham. Ainda não tenho nenhuma notícia sobre Glasgow, mas suponho que esteja acontecendo lá também.

Ele a levou a seu quarto, um lugar espartano, como o resto do pequeno apartamento. A televisão ao pé da cama tinha sido pausada na Sky News: uma repórter estava congelada, de boca aberta, no que Robin reconheceu como a Lion's Mouth. Atrás dela estava a entrada da Fazenda Chapman, com dois policiais fardados do lado de fora do portão.

— Alguém da Metropolitana vazou — informou Strike, pegando o controle remoto. — Eu falei que haveria glória nisso, não falei?

Ele apertou play.

"… já vi uma ambulância saindo", disse a repórter, gesticulando para a pista. "A polícia ainda não confirmou os motivos da investigação, mas sabemos que há um grande número de policiais aqui e uma equipe da perícia chegou pouco mais de uma hora atrás."

"Jenny, alguns chamam a IHU de controversa, não é?", disse uma voz masculina.

— Cauteloso — disse o sorridente Strike, enquanto a repórter concordava com a cabeça, o dedo pressionando o fone de ouvido.

"Sim, Justin, principalmente em relação a suas atividades financeiras, mas é preciso dizer que a igreja nunca foi condenada por nenhum crime."

— É uma questão de tempo — disseram Strike e Robin simultaneamente.

"E é claro que ela tem alguns integrantes muito famosos", acrescentou o Justin invisível. "O romancista Giles Harmon, a atriz Noli Seymour... Algum deles está agora na fazenda, sabe dizer?"

"Não, Justin, não temos confirmação de quem está na fazenda neste momento, embora os moradores da região estimem que haja pelo menos cem pessoas morando aqui."

"E a igreja deu alguma declaração oficial?"

"Até agora, nada..."

Strike pausou a repórter de novo.

— Só achei que você gostaria de ver isso — comentou ele.

— E tinha razão — confirmou Robin, radiante.

— Quase o bastante para fazer a gente acreditar em Deus, né? Dei a dica a Fergus Robertson assim que tive notícias de Wardle. Dei a ele alguns bons conselhos sobre onde conseguir uns furos. Acho que está na hora de acender o fogo ao máximo embaixo de Jonathan Wace. Tem tempo para um café?

— Se for rápido — respondeu Robin, olhando o relógio. — Me empresta um carregador?

Providenciado isto e o café preparado, eles se sentaram à pequena mesa de fórmica.

— Becca ainda está no templo da Rupert Court — informou Strike.

— Como você sabe?

— Ela assumiu o serviço de hoje. Mandei Midge comparecer, de peruca.

— Pensei que Midge estivesse vigiando o Hampstead.

— Ah, sim, esqueci... Ela tirou fotos dele com um cara ontem à noite.

— Quando você diz "fotos"...

— Duvido que decidam colocá-las no cartão de Natal da família — afirmou Strike. — Vou deixar para informar a cliente na segunda-feira, porque agora ele está em casa com ela e os filhos.

— Continue sobre Becca.

— Ela não saiu no final do serviço. Midge ainda está vigiando a Rupert Court, sem a peruca, evidentemente. Está confiante de que Becca ainda está lá. Portas trancadas.

— A polícia não foi lá?

— Presumivelmente eles estão mais interessados nos complexos.

— Becca está sozinha?

— Não sei. Ela pode estar planejando dar o fora... a não ser que prefira o caminho do Profeta Roubado, é claro.

— Não diga isso — censurou Robin, pensando em Carrie Curtis Woods enforcada na garagem da família. — Se sabemos onde ela está...

— Não faremos nada... *nada* — disse Strike com firmeza — antes de termos notícias de Barclay.

— Mas...

— Você me ouviu?

— Pelo amor de Deus, não sou uma criança!

— Desculpe — disse ele. O resíduo de sua hora de ansiedade ainda não tinha se dispersado. — Olha, sei que você acha que estou enchendo o saco sobre aquela arma, mas ainda não sabemos onde ela está, o que é uma merda — acrescentou ele, olhando o relógio —, porque temos pouco tempo, agora que a polícia entrou. As pessoas vão começar a cobrir o próprio rabo ou ficar indisponíveis para entrevistas. E agora todas terão uma desculpa para só se comunicar via advogados também.

— Acha que eles pegaram os Wace? — perguntou Robin, cujos pensamentos vagaram irresistivelmente de volta à Fazenda Chapman. — Eles *devem* ter pegado Mazu, pelo menos. Ela nunca sai de lá. *Meu Deus*, queria ser uma mosquinha na parede quando começarem a interrogá-la...

Lembranças de pessoas que ela conhecera nos quatro meses na fazenda giravam em sua mente como se fossem um zootrópio: Emily, Shawna, Amandeep, Kyle, Walter, Vivienne, Louise, Marion, Taio, Jiang... Quem falaria? Quem mentiria?

— Recebi um maldito telefonema de Rosie Fernsby na hora do almoço — informou Strike.

— O que ela queria?

— Ir à aula de ioga esta tarde. O glamour de ser uma mulher caçada passou.

— O que você disse?

— Que ela devia ficar onde está e limpar seus malditos chacras sozinha. Ela preferiu levar isso como uma piada.

— Melhor assim. Precisamos dela para testemunhar.

— O que ela tem a dizer levará três minutos, se isso for a julgamento — retrucou Strike. — Estou tentando impedir que ela seja baleada.

Robin olhou o relógio.

— Preciso ir.

Enquanto ela se levantava, o celular de Strike zumbiu.

— Puta merda.

— Que foi?

— Barclay conseguiu, está dentro.

Strike também se levantou.

— Vou falar com Abigail Glover sobre Birmingham.

— Então — disse Robin, enquanto a sensação de um fogo ardia por dentro — eu vou falar com Becca.

— De jeito nenhum, porra — disparou Strike, parando onde estava. — Midge não sabe quem mais pode estar no templo.

— Não me importo — disse Robin, já se dirigindo a seu telefone. — Você percebe que ela pode estar planejando ir para San Francisco ou Munique? Ryan, oi... Não, escute, aconteceu uma coisa... Eu sei, vi no noticiário, mas não posso ir jantar. Desculpe... Não, é só uma testemunha que pode dar o fora, se eu não a vir agora — explicou Robin, encarando a carranca de Strike com um olhar gélido. — Sim... tudo bem. Te ligo mais tarde.

Robin desligou.

— Eu vou — disse ela a Strike, antes que ele pudesse falar. — Ela não vai se livrar dessa. Não a maldita Becca.

— Tudo bem — Strike cedeu —, mas você vai com Midge, está bem? Não sozinha.

— Está bem — concordou Robin. — Me dê suas chaves mestras, caso ela não abra quando eu bater. Acho que isto será o que chamam de desfecho.

126

Nas caçadas reais da antiga China, era costume conduzir a caça de três lados, mas no quarto os animais tinham uma chance de fugir.

I Ching: O livro das mutações

Robin se separou de Strike na Tottenham Court Road e chegou à Wardour Street dez minutos depois. Estava lotada de visitantes noturnos a Chinatown, mas ela não conseguia ver Midge. Seu celular tinha carga suficiente para pelo menos um telefonema, e Robin ligou para o número da terceirizada.

— Onde você está? Strike falou que você estava vigiando o templo da Rupert Court.

— Eu estava — disse Midge —, mas Becca saiu. Estou atrás dela.

— *Merda* — xingou Robin pela segunda vez em duas horas. — Não, quer dizer, é bom que você ainda esteja com ela, mas... ela está sozinha? Não tem uma bolsa ou coisa assim, tem? Parece que vai viajar?

— Becca está sozinha e sem bolsa — informou Midge. — Talvez só esteja comprando comida. Olha muito para o telefone.

— Aposto que sim — disse Robin. — Pode me manter informada de onde você está? Estou na vizinhança do templo. Me informe se ela estiver voltando.

— Pode deixar — confirmou Midge e desligou.

Privada de sua presa no curto prazo, frustrada e tensa, Robin saiu do caminho de um grupo de bêbados. Mexendo nas chaves mestras no bolso, ela olhou as criaturas vermelhas e douradas acima da porta do templo: o dragão, o faisão, a ovelha, o cavalo, a vaca, o cachorro, o galo e, é claro, o porco.

127

O céu tem a mesma direção de movimento do fogo, entretanto é diferente do fogo (...).

I Ching: O livro das mutações

Strike levou quarenta e cinco minutos para chegar ao corpo de bombeiros onde Abigail trabalhava naquela noite. Era uma construção grande em *art déco* de pedra cinza, com as habituais aberturas largas e quadradas para os caminhões.

Depois de entrar, ele encontrou um homem em seus quarenta anos tomando notas em uma mesa numa área de recepção deserta. Quando perguntou se Abigail Glover estava naquele momento no local, o homem disse que sim, ela estava no segundo andar. Depois de Strike dizer que o assunto era urgente, o bombeiro usou um telefone instalado na parede para ligar para cima, com uma expressão irônica. Strike se perguntou se ele de novo fora confundido com um dos namorados de Abigail.

Abigail desceu a escada um minuto depois, parecendo desconcertada e irritadiça, e Strike podia compreender; ele também preferia não ser incomodado no trabalho. Ela estava com o macacão comum dos bombeiros, mas sem o casaco. A camiseta preta era justa, e ele supôs que ela estivesse trocando de roupa quando ele a interrompeu.

— Por que *você* está aqui?

— Preciso de sua ajuda — respondeu Strike.

— Normalmente as pessoas ligam para o número de emergência — retrucou Abigail, para uma risadinha do colega.

— É sobre Birmingham — disse Strike.

— Birmingham? — repetiu Abigail, de cenho franzido.

— Sim. Não deve demorar muito, mas acho que você é a única pessoa que pode esclarecer alguns pontos.

Abigail olhou para trás.

— Tá bisbilhotando, Richard?

— Não — respondeu o homem. Ele desapareceu no andar de cima talvez um pouco mais rápido do que teria feito em outra situação.

— Tudo bem — disse Abigail, virando-se para Strike —, mas você precisa ser rápido, porque meu turno terminou e eu tenho um encontro.

— Justo — concordou Strike.

Ela o levou por uma porta à direita, que evidentemente era usada para conversas e reuniões, porque havia várias cadeiras de plástico com pernas de aço empilhadas nos cantos. Abigail foi a uma mesinha perto de um quadro branco do outro lado da sala, pegando uma cadeira para si no caminho.

— Foi você, não foi? — disse ela a Strike, por cima do ombro. — Que provocou a confusão na Fazenda Chapman?

— Ah, você viu.

— Está em todos os noticiários, é claro que vi.

— Gostaria de levar o crédito — admitiu Strike, também pegando uma cadeira e levando à mesa —, mas ele é, na maior parte, da minha sócia.

— Ela tirou o parente do seu cliente de lá antes de incendiar o lugar? — perguntou Abigail quando os dois se sentaram.

— Sim, tirou — confirmou Strike.

— Nossa! Não a deixe escapar.

— Não pretendo mesmo — rebateu Strike.

— A imprensa vai cair em cima de mim, né? — perguntou Abigail, parecendo tensa enquanto pegava um pacote de chiclete de nicotina no bolso e colocava um na boca.

— Provavelmente — confirmou Strike. — Lamento por isso.

— Quando Dick ligou agora, eu pensei: "Acabou. Chegou um jornalista..." Pode falar, então. O que tem Birmingham?

— Descobrimos que seu pai devia ter levado Rosie Fernsby para Birmingham na manhã em que Daiyu desapareceu, mas ele mudou de planos.

— Rosie, quem?

— Ela saiu da fazenda há muito tempo — explicou Strike. — Uma menina bonita. De cabelo escuro, roliça... Ela esteve lá com o pai e o irmão gêmeo.

— Ah, sim... gêmeos. É, eu me lembro deles — disse Abigail. — Nunca tinha visto gêmeos. Não sabia que era possível ter um menino e uma menina... nenhuma instrução — acrescentou ela com amargura. — Como eu já te falei.

— Quando entrevistamos Cherie Gittins, ela se enrolou um pouco quanto ao paradeiro de seu pai.

— Você encontrou Cherie? Caramba.

— É, ela era casada e morava no West Country. Enfim, ela pareceu dar muito significado à questão de se seu pai estaria ou não na fazenda quando Daiyu desapareceu.

— Bom, não sei por que ela ficou confusa. Ele estava lá quando a polícia apareceu para dizer que Daiyu tinha se afogado. Eu me lembro de Mazu gritando e desmaiando, e ele a segurando.

— Quando *você* foi enviada a Birmingham, exatamente? — perguntou Strike.

— Exatamente? Não sei. Depois do inquérito de Daiyu.

— Alguém falou alguma coisa sobre você ir para Birmingham antes de Daiyu desaparecer?

— Eles devem ter discutido isso quando eu não estava por perto — respondeu Abigail com um leve dar de ombros. — Mazu passou anos querendo se livrar de mim, e a morte de Daiyu deu a ela uma desculpa para isso. Pessoalmente, não dei a mínima. Pensei que talvez fosse mais fácil escapar de um dos outros lugares, não achei que seria tão difícil de entrar e sair como na Fazenda Chapman, e eu tinha razão.

— É, um de meus agentes entrou em Birmingham sem muita dificuldade, com uma identificação vencida da polícia.

— Achou alguma coisa interessante?

— Um monte de bebês — revelou Strike.

— Acho que agora *são mesmo* muitos — comentou Abigail. — Nenhum controle de natalidade.

— Quanto tempo você ficou na fazenda, entre o desaparecimento de Daiyu e a partida para Birmingham?

— Sei lá. Uma ou duas semanas. Algo assim.

— E quando foi transferida para Birmingham, alguém da Fazenda Chapman foi com você?

— Sim, um cara chamado Joe. Ele era mais velho que eu e era um dos favoritos do meu pai e de Mazu. Mas ele foi para lá porque estava sendo punido. Joe ia ser o segundo em comando no Centro de Birmingham.

— E só você e Joe foram transferidos naquele dia?

— Sim, até onde eu me lembro.

Strike virou uma página do bloco de anotações.

— Você se lembra da família de Alex Graves? Pai, mãe e irmã?

— Lembro, eu já te falei isso — respondeu Abigail, de cara amarrada.

— Bom, o pai de Graves acha que seu pai ordenou que Cherie Gittins matasse Daiyu.

Abigail mascou o chiclete por alguns segundos em silêncio, depois falou:

— Bom, é o tipo de idiotice que as pessoas dizem, né? Quando elas sentem raiva. Por que meu pai precisaria matá-la?

— Para pôr as mãos nas duzentas e cinquenta mil libras que Graves deixou para ela no testamento.

— Tá de sacanagem comigo. Daiyu tinha *duzentas e cinquenta mil libras*?

— Se estivesse viva, ela também teria herdado a casa da família Graves, que deve valer dez vezes esse valor.

— *Jesus!*

— Não sabia que Daiyu tinha tanto dinheiro?

— Não! Graves parecia um mendigo. Eu nunca soube que ele tinha dinheiro!

— Acha que duzentos e cinquenta mil libras seriam motivo suficiente para seu pai querer Daiyu morta?

Abigail mascou o chiclete vigorosamente, ainda de cenho franzido, depois falou:

— Bom… ele teria gostado do dinheiro. Quem não gostaria? Mas é claro que ele não mandou Cherie fazer isso. Ele não ia querer aborrecer Mazu.

— Seu pai te mandou um recado quando me encontrei com ele.

— Você se *encontrou* com ele?

— Sim. Ele me convidou aos bastidores depois do serviço no Olympia.

— E ele mandou um recado *para mim*? — perguntou ela sem acreditar.

— Mandou. "Picolé sente a sua falta."

Os lábios de Abigail se curvaram.

— Filho da puta.

— Ele ou eu?

— Ele, é lógico. Ainda tenta…

— Tenta...?

— Puxar as cordinhas. Vinte anos sem uma maldita palavra, e ele acha que eu vou derreter se ele disser "Picolé".

Mas Strike percebeu que Abigail tinha ficado perturbada com a ideia de o pai lhe mandar um recado, mesmo que fosse difícil saber se predominava a raiva ou a dor.

— Posso entender por que você não gosta da ideia de seu pai afogando pessoas — disse ele. — Nem mesmo Daiyu.

— O que quer dizer com "nem mesmo Daiyu"? É, ela era mimada, mas ainda era uma maldita *criança*, não era? E o que quer dizer com "*pessoas*"? Ele não afogou a minha mãe, eu te falei da última vez!

— Você não seria a primeira a ter dificuldade de acreditar que seu próprio sangue pode fazer coisas horríveis.

— Não tenho merda de problema nenhum em acreditar que meu pai faz coisas horríveis, muito obrigada! — disse Abigail com raiva. — Eu estive *lá*, vi as merdas que aconteciam, sei o que eles fazem com as pessoas dentro daquela maldita igreja! Eles fizeram *comigo* também! — Ela bateu no próprio peito. — Então *não me diga* que não sei o que meu pai é, porque eu sei, porra, mas ele não mataria membros da própria...

— *Você* era da família e, como acabou de dizer, ele fez coisas horríveis com você também.

— Ele não fez... ou não... Ele *deixou* que coisas ruins me acontecessem, sim, mas foi tudo Mazu, e era principalmente quando ele estava fora. Se isso é tudo sobre Birmingham...

Ela fez menção de se levantar.

— Só mais alguns pontos, se não se importa — insistiu Strike — E este é importante. Quero lhe perguntar sobre Becca Pirbright.

128

Pela repetição do perigo, acostumamo-nos com ele. A água dá o exemplo para a conduta certa nessas circunstâncias (...) ela não se retrai de nenhum ponto perigoso nem de nenhum mergulho, e nada pode fazer com que perca sua natureza essencial. Ela permanece fiel a si mesma em todas as condições (...).

I Ching: o livro das mutações

Robin estava de pé na Wardour Street, esperando havia quase uma hora. Midge tinha mandado uma mensagem dez minutos antes dizendo que esperava que Becca saísse de uma farmácia. A Wardour Street ainda estava cheia de gente entrando e saindo de restaurantes e supermercados chineses. As lanternas vermelhas e douradas balançavam-se suavemente na brisa enquanto o sol se punha devagar atrás dos prédios.

Robin contava que Midge a avisaria devidamente que Becca estava a caminho do templo, assim ela podia encontrar um lugar menos óbvio de onde observar, mas quanto mais esperava, mais a pouca vida da bateria de seu telefone se esvaía.

Robin temia que se Becca a visse, daria meia-volta e fugiria. Podia ser melhor, pensou ela, esperar no templo quando Becca voltasse. Este, afinal, era o local de segurança de Becca e seu destino; seria muito mais difícil para ela se recusar a conversar ali do que na rua. Depois de mais alguns momentos de indecisão, Robin informou suas intenções por mensagem a Midge, depois entrou na Rupert Court.

Nenhuma das pessoas que andava de um lado a outro da pequena passagem prestou a menor atenção nela enquanto Robin pegava as chaves mestras no bolso. Isto, afinal, era Londres: cada um cuidava da própria vida, a não ser que fosse barulhento demais, violento ou um incômodo e os transeuntes se vissem no dever de intervir. Robin precisou tentar cinco vezes para achar uma chave que destrancasse as portas do templo, mas, por fim, conseguiu. Depois de entrar furtivamente, ela fechou as portas em silêncio e voltou a trancá-las.

Becca havia deixado as luzes do templo na configuração mais baixa, sem dúvida para facilitar andar por ele quando voltasse. O lugar estava deserto. O gigantesco telão diante de Robin estava apagado, o que lhe dava uma leve aparência ameaçadora. As figuras de mãos dadas no estilo Disney que corriam pelas paredes se fundiam nas sombras, mas as do teto estavam fracamente visíveis: o Profeta Ferido de laranja, com o sangue na testa; o Profeta Curador com seu manto azul, a barba e o bastão com a serpente enrolada; a Profetisa Dourada de amarelo, espalhando pedras preciosas ao voar; o Profeta Roubado de escarlate, com o laço de forca no pescoço; e, por fim, a Profetisa Afogada, toda de branco nupcial, com as ondas estilizadas se erguendo às suas costas.

Robin andou pelo carpete escarlate do corredor para ficar embaixo da imagem de Daiyu, com seus olhos pretos malévolos. Foi enquanto ainda olhava a figura no alto que Robin ouviu algo que não esperava e que fez os pelos de sua nuca se eriçarem: o choro de um bebê, em algum lugar dentro do templo.

Ela se virou rapidamente, tentando localizar a origem do som, depois foi para o palco. À direita dele havia uma porta tão bem camuflada na parede dourada do templo que Robin não tinha notado durante os serviços a que compareceu, distraída, sem dúvida, pelas imagens de deuses e do trabalho filantrópico da igreja mostrados no telão. Robin tateou em busca da maçaneta e a puxou.

A porta se abriu. Tinha uma escada, levando ao segundo andar, ao que Robin sabia que eram aposentos para dormir. O choro do bebê ficou mais alto. Robin começou a subir.

129

O destino do fogo depende da madeira; se houver madeira embaixo, o fogo arde em cima.

I Ching: O livro das mutações

— Então — disse Strike, parando de tomar notas para ler o que Abigail acabara de lhe dizer —, nas duas ou três semanas que você passou no centro de Birmingham, não se lembra de nenhuma menina de onze anos sendo transferida da Fazenda Chapman?

— Não — respondeu Abigail.

— Isso bate com minhas informações — revelou Strike —, porque meu agente em Birmingham fez perguntas sobre Becca Pirbright. Eles sabem quem ela é, porque agora é uma figurona da igreja, mas disseram que ela nunca morou ali quando criança.

— O que importa se ela algum dia morou em Birmingham? — falou Abigail, perplexa.

— Porque foi para lá que o irmão e a irmã dela acreditaram que ela tivesse ido, depois de Daiyu desaparecer. Becca voltou à fazenda três anos depois e estava mudada.

— Bom, ficaria mesmo, depois de três anos — afirmou Abigail, ainda confusa.

— Mas você não se lembra das crianças Pirbright?

— Não, elas deviam ser muito mais novas do que eu.

— Becca era cinco anos mais nova.

— Então não ficamos no mesmo alojamento.

— Cabelo escuro e brilhante — Strike incitou. — Razoavelmente atraente.

Abigail deu de ombros e meneou a cabeça.

— A mãe dela se chamava Louise.

— *Ah* — disse Abigail lentamente. — Sim... eu me lembro de Louise. Uma mulher muito bonita. Mazu cismou com ela no momento em que ela chegou na fazenda.

— É mesmo?

— Ah, sim. Era tudo aquela merda de amor fraterno e de não ser possessivo, mas Mazu odiava todas as mulheres que meu pai estava comendo.

— Ele as chamava de esposas espirituais naquela época?

— Não na minha frente — disse Abigail, inquieta. — Olha, pode ir direto ao que você quer? Tenho de encontrar Darryl e ele está puto comigo no momento porque acha que não estou dando atenção suficiente a ele.

— Você não parece do tipo que se importa com queixas desse gênero.

— Ele é muito bom de cama, se você precisa saber — falou Abigail friamente. — É só isso então, sobre Becca em Birmingham?

— Não exatamente. Eu teria pedido a Cherie para esclarecer os pontos seguintes, mas infelizmente não posso, porque ela se enforcou horas depois de eu entrevistá-la.

— Ela... O q...?

Abigail parou de mascar o chiclete.

— Se enforcou — Strike repetiu. — Tem sido uma marca deste caso, para te falar a verdade. Depois que fui entrevistar Jordan Reaney, *ele* tentou se suicidar também. Mostrei a eles...

Ele pôs a mão no bolso do paletó, pegou o celular e abriu as fotos das polaroides.

— ... isto aqui. Pode correr para a direita para ver todas. São seis.

Abigail pegou o telefone e olhou as fotos, inexpressiva.

— Foi esse tipo de máscara de porco que você foi obrigada a usar como castigo, por Mazu?

— Foi — confirmou Abigail em voz baixa. — Essa mesma.

— Algum dia você foi obrigada a fazer alguma coisa assim?

— *Meu Deus*, não.

Ela empurrou o telefone pela mesa, mas Strike continuou:

— Você conseguiria identificar as pessoas nestas fotos?

Abigail puxou o aparelho de volta e examinou as fotos mais uma vez, embora com evidente relutância.

— O alto parece Joe — disse ela, depois de olhar por um tempo a foto em que Paul Draper era sodomizado.

— Ele tinha uma tatuagem?

— Não sei. Nunca fui para os Quartos de Retiro com ele.

Ela ergueu os olhos para Strike.

— Imagino que sua sócia tenha descoberto sobre os Quartos de Retiro, não foi?

— Sim. Acha que isto aconteceu em um deles?

— Não — respondeu Abigail, baixando de novo o olhar para o telefone. — O lugar parece grande demais. Parece mais um celeiro. Nunca tinha ninguém tirando fotos nem nada nos Quartos de Retiro, nada feito em grupo, nada parecido com isso. Era para ser "espiritual", o que se fazia ali — acrescentou com uma torção na boca. — Só um homem e uma mulher. E *isto* — disse ela, apontando a foto do baixinho sendo sodomizado — era proibido. Meu pai e Mazu não gostavam de gays. Os dois tinham problemas com isso.

— Pode identificar algum dos outros? O homem mais baixo?

— Parece o coitado do Dopey Draper — disse Abigail em voz baixa. — As meninas, não sei… Acho que esta *pode* ser Cherie. Ela era loura. E a de cabelo escuro, é, pode ser a Rosie sei lá o quê. Não tinha muitas meninas gorduchas na Fazenda Chapman.

— Lembra-se de alguém com uma câmera Polaroide? — perguntou Strike, enquanto Abigail empurrava o telefone pela mesa para ele.

— Não, não era permitido. Nem telefones, nem câmeras, nada disso.

— As polaroides originais foram encontradas escondidas em uma lata de biscoitos. Isso é bem improvável, eu sei, mas lembra-se de alguém na fazenda tendo biscoitos de chocolate?

— Como espera que eu me lembre de biscoitos de chocolate depois de todo esse tempo?

— Seria bem incomum ver biscoitos na fazenda, não seria? Com o açúcar sendo proibido?

— É, mas… Bom, acho que alguém na sede podia ter, escondido…

— Voltando a onde seu pai estava quando Daiyu desapareceu. Um homem foi visto por testemunhas na praia, pouco antes de Cherie sair do mar: um corredor. Ele nunca se apresentou quando a história do afogamento chegou à imprensa. Estava escuro, então a única descrição que consegui era que ele era alto. Seu pai gostava de correr?

— Quê? — disse Abigail, de cenho franzido de novo. — Acha que ele fingiu que ia para Birmingham, ordenou que Cherie afogasse Daiyu, depois foi correr na praia pra ver se ela ia obedecer?

— Não — disse Strike, sorrindo —, mas me pergunto se Cherie ou alguém da fazenda algum dia falou na presença do corredor na praia quando Daiyu desapareceu.

Abigail o olhou por algum tempo de testa franzida, mascando o chiclete, depois falou:

— Por que você continua fazendo isso?

— Isso o quê?

— Dizer que Daiyu "desapareceu", e não "se afogou".

— Bom, o corpo dela nunca foi encontrado, foi? — questionou Strike.

Ela o encarou, ainda mascando o chiclete. Depois, inesperadamente, pegou o celular no bolso da calça de trabalho.

— Não vai chamar um táxi, vai? — perguntou Strike, vendo-a digitar.

— Não — respondeu Abigail —, vou dizer a Darryl que devo me atrasar um pouco.

130

(...) água corrente, que não tem medo de nenhum lugar perigoso, mas mergulha em penhascos e cai nos poços que ficam em seu caminho (...).

I Ching: O livro das mutações

Robin estava imóvel no andar superior mal iluminado do templo. Estava ali havia quase cinco minutos. Pelo que ela podia discernir, o bebê, que fazia silêncio, chorava em um quarto no final do corredor, que dava para a Rupert Court. Logo depois de o choro cessar, ela ouviu o que pensou ser uma televisão sendo ligada. Alguém ouvia o noticiário sobre os acontecimentos na Fazenda Chapman.

"... consigo ver de uma imagem aérea, John, uma equipe forense trabalha dentro de uma tenda no campo atrás do templo e de outras construções. Como narramos mais cedo..."

"Desculpe-me pela interrupção, Angela, mas isto acabou de chegar: uma declaração foi entregue à imprensa em nome do chefe da IHU, Jonathan Wace, que atualmente está em Los Angeles."

"'Hoje, a Igreja Humanitária Universal foi objeto de uma ação policial sem precedentes e sem motivos que causou alarme e angústia aos membros da igreja que vivem pacificamente em nossas comunidades no Reino Unido. A igreja nega toda e qualquer irregularidade criminosa e abomina as táticas utilizadas pela polícia contra pessoas de fé inocentes e desarmadas. A IHU no momento se aconselha juridicamente para se proteger e aos seus integrantes de outras violações de seu direito à liberdade religiosa, garantido pelo Artigo 18 da Declaração Universal dos Direitos do Homem da ONU. No momento, não há nada mais a declarar.'"

Pelo que Robin sabia, o quarto da televisão era o único ocupado. A porta estava entreaberta e a luz da tela se derramava no corredor. Ela passou a andar cautelosamente para lá, o som de seus passos mascarado pela voz dos jornalistas.

"... começou aqui no Reino Unido, não foi?"

"É isso mesmo, John, no final dos anos 1980. Agora, é claro, espalhou-se para a Europa continental e a América do Norte..."

Robin tinha se esgueirado à porta do quarto ocupado. Escondida na sombra, ela espiou pela abertura.

O quarto estava inteiramente às escuras, exceto pela televisão e a luminária parecida com a lua do lado de fora da janela, que estava pendurada no teto da Rupert Court. Robin podia ver o canto do que parecia um moisés, em que o bebê poderia estar deitado, a ponta de uma cama com uma colcha azul, uma mamadeira no chão e a beira do que parecia uma bolsa de viagem feita às pressas, da qual saía algum tecido branco. Porém, sua atenção estava fixa em uma mulher ajoelhada no chão de costas para a porta.

Tinha cabelo escuro, preso em um coque, e vestia moletom e jeans. As mãos estavam ocupadas com alguma coisa. Quando Robin olhou o reflexo da mulher na janela, viu que tinha um livro aberto diante dela e contava rapidamente varetas de milefólio. Um objeto branco pendia de um cordão preto em seu pescoço. Só quando Robin identificou o rosto refletido foi que seu coração passou a martelar violentamente no peito. Com o medo e a repugnância familiares que sentia ao ver uma tarântula andando pelo chão, ela reconheceu o nariz pontudo e comprido, os olhos escuros e tortos de Mazu Wace.

131

Como a água desce do firmamento, as chamas sobem da terra.
I Ching: O livro das mutações

A sala ficava cada vez mais escura enquanto Strike e Abigail conversavam. Ela se levantou, acendeu a luz, depois voltou ao detetive e se sentou.

— Como é possível que ela ainda esteja viva? Isso é loucura.

— Para efeito de argumentação — começou Strike —, digamos que seu pai e Mazu quisessem colocar Daiyu fora do alcance da família Graves, para evitar que eles conseguissem uma amostra de DNA dela e provassem que era filha de Alexander, e não de seu pai. Além do fato de Mazu querer ficar com a filha dela, as duzentas e cinquenta mil libras teriam revertido para o controle dos Graves se eles obtivessem a guarda.

"E se seu pai e Mazu forjaram a morte de Daiyu, tendo Cherie como cúmplice complacente? Digamos que, em vez de afogamento, Daiyu tenha sido retirada da fazenda por tempo suficiente para mudar sua aparência de uma forma convincente. Ela então voltou três anos depois com um nome diferente, como uma criança que deveria ter ido a Birmingham para ser treinada como futura líder da igreja. Lembranças ficam vagas. Dentes podem ser corrigidos. Ninguém sabe ao certo quantos anos tem ninguém ali dentro. E se seu pai e Mazu fizeram Daiyu se passar por Becca Pirbright?"

— Sem essa — disse Abigail. — A irmã e o irmão dela saberiam que ela não era Becca! A *mãe* dela saberia! As pessoas não mudam tanto assim. Eles nunca se safariam dessa!

— Você não acha que as pessoas possam sofrer tanta lavagem cerebral a ponto de aceitar o que os líderes da igreja dizem? Mesmo que as provas em contrário estejam na cara delas?

— Isso teria vindo à tona — insistiu Abigail. — Daiyu teria só o que... dez anos quando voltou? Vou te dar essa de graça: Daiyu *nunca* ficaria de boca fechada sobre quem realmente era. Fingir ser uma criança comum, e não a filha de Papa J e Mazu? De jeito nenhum.

— Mas aí é que está — disse Strike. — Becca *não era* tratada como uma criança comum quando voltou, longe disso. Aceleraram a ascensão dela às altas hierarquias da igreja enquanto o restante de sua família era mantido como lacaio na Fazenda Chapman. Ela é a Dirigente mais nova que a igreja já teve. Seu pai também fez dela uma esposa espiritual.

— Bom, taí a sua maldita prova, então! — disparou Abigail. — Ele estaria cometendo *incesto* se…

— Ah — interrompeu Strike —, mas é aí que fica interessante. Becca parece ter se tornado esposa espiritual na época em que seu meio-irmão Taio começou a mostrar interesse sexual por ela. Robin também soube por uma fonte confiável que Becca ainda é virgem.

"Agora", continuou ele, a uma Abigail visivelmente incrédula, "não sei quanto a você, mas eu não engulo a história de que seu pai escolheu Becca como futura líder da igreja quando ela só tinha onze anos, o que me leva a quatro teorias diferentes para explicar por que ela foi tratada de um jeito tão diferente dos outros.

"Um possível motivo é que seu pai seja pedófilo, e separar Becca da família foi o jeito dele de garantir que teria acesso sexual a ela."

— Ele não é pedófilo — disse Abigail. — Não… exatamente.

— O que quer dizer com isso?

— Ele não liga muito para a idade de consentimento, desde que elas sejam… sabe como é… bem desenvolvidas, como essa Rosie. Desde que pareçam mulheres adultas. Mas não com onze anos — disse Abigail —, de jeito nenhum. De todo modo, Becca não seria virgem se ele estivesse trepando com ela, seria?

— Concordo — disse Strike. — Essa explicação também não serve para mim. Então, se o interesse de seu pai por Becca não era sexual, ficamos com outras três possibilidades.

"Primeira: Becca, na verdade, é Daiyu. Isso só pode ser provado, obviamente, se conseguirmos uma amostra de DNA de Mazu. Mas existem objeções a esta teoria, como você observou. Então passamos à próxima possibilidade. Becca não é Daiyu, mas ela *é* filha biológica de seu pai e, com Daiyu sumida, foi treinada para assumir o lugar dela.

— Peraí — falou Abigail, de cara amarrada. — Não, peraí. Louise tinha filhos já, ela os levou para a fazenda. Becca não nasceu lá.

— Isso não significa necessariamente que ela não seja sua meia-irmã. Tampouco Daiyu ter nascido antes de você e seu pai terem ido morar na fazenda significa que Daiyu não era filha dele também. Você me contou da última vez que nos vimos que seu pai se mudava muito quando sua mãe estava viva, e que ele perambulou muito desde que foi morar na fazenda. Acho ingenuidade imaginar que o único lugar em que seu pai fez sexo com outras mulheres foi na Fazenda Chapman...

— *Daiyu não era minha irmã, porra.* Ela era filha de Graves com Mazu!

— Olha — disse Strike calmamente. — Sei que você quer acreditar que seu pai amava sinceramente a sua mãe...

— Ele amava mesmo, tá legal? — afirmou Abigail, ficando corada de novo.

— ... mas sabemos que mesmo homens que amam as esposas são infiéis. Você e seus pais estavam de férias em Cromer quando sua mãe morreu ou moravam ali perto?

— Morávamos — respondeu Abigail com relutância.

— Não acha possível que seu pai e Mazu já tivessem se conhecido e começado um caso antes de sua mãe se afogar? Não é plausível que ele tenha levado você para morar na Fazenda Chapman para poder ficar com a amante e ter suas duas filhas debaixo do mesmo teto? Ele não admitiria isso à filha de luto, não é?

O rosto de Abigail se avermelhou. Ela parecia furiosa.

— O mesmo se aplica a Louise — prosseguiu Strike. — Ele pode ser pai de todos os filhos dela, até onde sabemos. Viagens a negócios, entrevistas para empregos, entrega de carros de luxo, estadias no exterior em diferentes cidades... Sei que você prefere pensar que a promiscuidade e a infidelidade de seu pai começaram na Fazenda Chapman, mas estou tentando descobrir por que Becca foi escolhida, aos onze anos, de um jeito que ninguém foi antes ou desde então, e uma explicação muito lógica é que Jonathan Wace é pai dela. Ele parece valorizar a própria linhagem sanguínea.

— Até parece — retrucou Abigail.

— Quando eu digo "valorizar", não estou sugerindo que é um exemplo de amor comum. Parece que o objetivo dele é propagar a igreja com a própria descendência. Se um ou dois saem, ele deve pensar que é uma perda sustentável, uma vez que a sala de aulas da Fazenda Chapman está cheia de descendentes dele.

"Mas existe um jeito simples de provar tudo isso ou excluir a hipótese. Não tenho autoridade para obrigar seu pai, Mazu ou nenhuma das Pirbright a fornecer amostras de DNA, mas se *você* estiver disposta..."

Abigail se levantou de repente, angustiada, e saiu da sala.

Confiante no retorno dela, Strike continuou onde estava. Pegou o telefone e verificou as mensagens de texto. Uma delas o teria agradado imensamente, se ele não tivesse lido a segunda e sentido um misto de fúria e pânico.

132

A água flui ininterruptamente e alcança seu objetivo: a imagem do Abismal repetida.

I Ching: O livro das mutações

A televisão no quarto do segundo andar do templo não mostrava mais uma gravação de Jonathan Wace ou da Fazenda Chapman. Em vez disso, o apresentador e dois convidados discutiam a probabilidade de a Grã-Bretanha deixar formalmente a União Europeia no início de 2017. Mazu interrompeu o manuseio das varetas de milefólio para silenciar a TV, depois continuou contando.

Ela logo terminou. Robin viu o reflexo de Mazu se curvar para fazer uma última anotação em uma folha de papel no chão, depois virar as páginas do I Ching para encontrar o hexagrama que ela havia composto.

— Qual deles você tirou? — perguntou Robin em voz alta, entrando no quarto.

Mazu se levantou de um salto, a cara branca e fantasmagórica na luz fraca emitida pela tela da televisão.

— *Como você entrou aqui?*

— Virei um espírito puro — respondeu Robin, com o coração tão acelerado que podia ter chegado de uma corrida de um quilômetro. — As portas se abriram para mim quando apontei para elas.

Ela estava determinada a parecer destemida, mas não era fácil. Seu ser racional insistia que Mazu estava acabada, que seu poder se fora, que ela não passava de uma figura patética com o moletom largo e os jeans sujos. Entretanto, parte do terror que esta mulher inculcara ao longo de meses persistia. Mazu se postou diante dela como o demônio dos contos de fada, a bruxa da casa de doces, mestra da agonia e da morte, e despertou em Robin os medos primitivos e vergonhosos de infância.

— E então, o que o I Ching está dizendo a você? — provocou Robin com atrevimento.

Para sua inquietação, o familiar sorriso falso e severo apareceu no rosto da mulher. Mazu não devia ser capaz de sorrir neste momento; deveria ficar intimidada e apavorada.

— "*Tun/Retirada*" — disse ela em voz baixa. — "*O poder da escuridão é ascendente.*" Foi um aviso de que você subia a escada.

— Que engraçado — disse Robin, com o coração ainda martelando. — De onde estou, o poder da escuridão parece estar em queda livre.

Ao dizer isso, a luz da televisão brilhou por um momento e ela viu o motivo para a confiança de Mazu. Um rifle, até então nas sombras, estava encostado na parede bem atrás dela, de fácil alcance.

Ah, merda.

Robin avançou alguns passos. Precisava se aproximar de Mazu, a uma distância menor que o tamanho do cano do rifle se quisesse ter alguma chance de não ser baleada.

— Se você fizer um ato de penitência agora, *Robin*... — Esta era a primeira vez que Mazu usava seu nome verdadeiro, e Robin se ressentiu disto, porque Mazu de algum modo o tornou sujo por tê-lo em sua boca — ... e se for feito em um verdadeiro espírito de humildade, vou aceitar. — Os olhos escuros e tortos brilhavam como ônix na penumbra do quarto. — Aconselho que o faça. Coisa muito pior acontecerá se não fizer.

— Quer que eu beije seu pé de novo? — disse Robin, obrigando-se a parecer desdenhosa e não assustada. — E depois? Vai retirar as acusações de abuso infantil?

Mazu riu. Robin nunca havia ouvido aquilo, mesmo durante a meditação da alegria; um grasnado áspero irrompeu da boca de Mazu, apagando toda a simulação de refinamento.

— Acha que é a pior coisa que pode acontecer a você? *Daiyu virá atrás de você.*

— Você perdeu o juízo. *Completamente. Não existe Profetisa Afogada.*

— Você vai descobrir que está errada — rebateu Mazu, sorrindo. — Ela jamais gostou de você, Robin. Ela sabia o tempo todo o que você era. Sua vingança será...

— Sua vingança será inexistente, porque ela não é real — falou Robin em voz baixa. — Seu marido mentiu para você. Daiyu nunca se afogou.

O sorriso desapareceu de Mazu como se tivesse sido arrancado a tapa. Robin estava perto o bastante para sentir o perfume de incenso que não mascarava o cheiro da falta de banho de Mazu.

— Daiyu nunca foi ao mar — prosseguiu Robin, avançando centímetro por centímetro. — Ela nunca foi à praia. Era tudo besteira. O corpo nunca veio à margem porque nunca esteve no mar.

— Você é suja — arquejou Mazu.

— Devia ter ficado mais atenta a ela, não devia? — falou Robin em voz baixa. — E acho que você sabe disso, bem no fundo. Sabe a péssima mãe que foi para ela.

O rosto de Mazu estava tão pálido que era impossível saber se ela perdera a cor, mas os olhos tortos tinham se estreitado enquanto o peito magro subia e descia.

— Acho que é por isso que você queria uma bebê chinesa de verdade que fosse sua, não é? Para ver se conseguia fazer melhor da segunda v...?

Mazu girou o corpo e pegou a arma, mas Robin estava preparada e agarrou a mulher pelo pescoço, por trás, enquanto tentava obrigá-la a largar o rifle. Mas era como lutar com um animal: Mazu tinha uma força bruta que não correspondia a sua idade e seu tamanho, e Robin sentiu repugnância e raiva em igual medida enquanto elas lutavam, apavorada pelo bebê, se a arma disparasse acidentalmente.

Mazu torceu um pé descalço na perna de Robin e conseguiu derrubar as duas, mas a detetive ainda a detinha em um aperto do braço, recusando-se a soltá-la ou deixar que abrisse distância para atirar. Usando toda sua força, Robin conseguiu virar de costas a mulher mais velha e montou nela enquanto as duas lutavam pela posse do rifle. Uma torrente de palavrões obscenos saía dos lábios de Mazu; Robin era uma puta, um lixo, um demônio, uma vaca, uma suja, uma merda...

Por sobre os gritos de Yixin, Robin ouviu seu nome ser gritado de algum lugar dentro do prédio.

— AQUI! — berrou ela. — MIDGE, ESTOU AQUI!

Mazu forçou o rifle para cima, pegando Robin no queixo, e Robin o empurrou para trás, com força, direto na cara da mulher.

— ROBIN?

— AQUI!

A arma disparou; a bala espatifou a janela e estourou uma luminária na rua. Robin ouviu gritos na Wardour Street; pela segunda vez, ela baixou o rifle na cara de Mazu e, conforme o sangue brotava do nariz da mulher, afrouxou o aperto e conseguiu arrancar a arma de sua mão.

A porta se abriu com estrondo enquanto Mazu levava as mãos ao nariz que sangrava.

— Meu Deus! — gritou Midge.

Ofegante, Robin se desvencilhou de Mazu, segurando o rifle. Só então percebeu que parte do cordão preto do pingente de Mazu estava em suas mãos. O peixe de madrepérola estava quebrado no chão.

Atrás de Midge, segurando duas sacolas da Boot, estava Becca Pirbright. Chocada, ela olhou de Mazu, cujas mãos estavam fechadas no nariz que Robin, sinceramente, esperava estar quebrado, a Robin, e de novo a Mazu.

— Violência, Mazu? — sussurrou Becca. — No templo?

Robin, que ainda segurava o rifle, soltou uma gargalhada genuína. Becca a encarou.

— Alguém pode fazer alguma coisa pelo bebê? — falou Midge em voz alta.

— Você. Faça você — disse Robin a Becca, apontando o rifle para ela.

— Está ameaçando me dar um tiro? — perguntou Becca, largando as sacolas e indo ao moisés. Ela pegou a chorosa Yixin no colo e tentou acalmá-la, sem muito sucesso.

— Vou ligar para a emergência — avisou Midge, com o telefone na mão.

— Ainda não — disse Robin. — Dê cobertura na porta.

— Bom, vou dizer a Strike que você está bem, pelo menos — insistiu Midge, digitando rapidamente a mensagem. — Ele *não* está feliz por você ter vindo aqui sem apoio.

Robin olhou nos olhos de Becca.

— Eu vim atrás de você.

— O que quer dizer com "vim atrás"? — questionou Becca.

Ela falava como se não fosse possível descrever o quanto Robin era impertinente. Não importava que tivesse interrompido uma tentativa de homicídio, ou que a imprensa lotasse os portões da Fazenda Chapman, ou que a polícia estivesse dando uma batida na igreja — Becca Pirbright continuava o que sempre foi: convencida da própria retidão, confiante de que tudo, mesmo aquilo, podia ser consertado por Papa J.

— Você já enfrenta acusações de abuso infantil — acrescentou ela com desprezo, tentando em vão conter os gritos de Yixin, balançando-a. — Agora faz reféns à mão armada.

— Não acho que isso vá colar no tribunal, partindo de uma pessoa que conspirou para acobertar infanticídio — retrucou Robin.

— Você é desequilibrada — rebateu Becca.

— É melhor torcer para que os psiquiatras achem que a desequilibrada *é você*. Onde esteve por três anos, depois que Daiyu morreu?

— Isso não é da sua...

— Você não esteve em Birmingham. Ou em Glasgow, ou em alguma propriedade alugada onde Jonathan Wace pudesse manter você longe de outras pessoas.

O sorriso de Becca era complacente.

— Rowena, você é uma agente…

— Meu nome é Robin, mas você tem razão, sou sua adversária. *Você* quer contar a Mazu por que é a única esposa espiritual virgem ou conto eu?

133

Nove na primeira posição significa (...)
Vemos o companheiro como um porco coberto de lama,
Como uma carroça cheia de demônios.

I Ching: O livro das mutações

A porta atrás de Strike voltou a se abrir com estrondo. Abigail, sem uniforme de bombeira e vestindo jeans, andou a passos firmes até ele com uma bolsa de couro pendurada no ombro, pegou a cadeira vaga, arrastou-a para o meio da sala, depois subiu nela. Como era alta, não teve dificuldade para alcançar o detector de fumaça no meio do teto. Com uma torção, abriu a tampa e tirou as pilhas. Depois de recolocar a tampa, ela pulou da cadeira e se juntou a Strike à mesa, pegando um maço de Marlboro Golds na bolsa. Sentou-se e acendeu um cigarro com um Zippo.

— Isso é permitido no corpo de bombeiros? — perguntou ele.

— Não dou a mínima — respondeu Abigail, dando um trago. — Tudo bem — ela soprou a fumaça de lado —, pode ter meu DNA, se quiser, e comparar com o dessa Becca, mas, se ela ainda estiver na igreja, não vejo como você vai conseguir.

— Minha sócia está trabalhando nisso neste momento — informou Strike.

— Eu estava pensando, lá em cima.

— Em quê?

— No que você disse agora há pouco, sobre tudo que Daiyu ia herdar pelo testamento de Graves. Aquela casa. Você disse que valia milhões.

— Sim, deve valer — disse Strike.

— Então os Graves tinham um motivo para se livrar dela. Impedir que ela ficasse com a casa.

— Interessante você dizer isso — comentou Strike —, porque essa ideia me ocorreu também. Os tios de Daiyu, que serão os herdeiros caso ela esteja mesmo morta, estiveram fazendo o máximo para me impedir de investigar seu desaparecimento. Fui vê-los em Norfolk outro dia. Não foi uma entrevista feliz, em particular depois que eu disse a Phillipa que a vi na reunião de seu pai no Olympia.

— Mas que merda ela estava fazendo lá?

— Algo claramente a abalou o suficiente para deixá-la desesperada para falar com seu pai. Phillipa deixou um bilhete para ele, nos bastidores do Olympia. Perguntei se ela e o marido tinham recebido um telefonema inesperado e anônimo recentemente que a fez entrar em ação.

— O que fez você perguntar isso?

— Pode chamar de intuição.

Abigail bateu a cinza no chão e a espalhou com o pé.

— Você ia se dar bem com Mazu. — Ela fingiu um sussurro maligno. — "*A vibração divina se move em mim.*" Do que se tratava o telefonema?

— Eles não quiseram me contar, mas quando sugeri que alguém tinha telefonado para dizer que Daiyu ainda estava viva, Phillipa se entregou. Ficou branca. Dá para ver como um telefonema desses coloca o medo da retribuição divina neles. Não vai haver nenhuma mansão da família para *eles*, se Daiyu ainda estiver respirando.

"E devo dizer", acrescentou Strike, "que Nicholas Delaunay preenche alguns requisitos para mim como assassino de Kevin Pirbright. Ex-fuzileiro naval. Sabe lidar com uma arma, sabe planejar e executar uma emboscada. A pessoa que matou Kevin foi muito habilidosa".

Abigail deu outro trago no cigarro, de cenho franzido.

— Não estou entendendo.

— Acho que Kevin Pirbright descobriu a verdade por trás do desaparecimento de Daiyu antes de morrer e por isso foi baleado.

Abigail baixou o cigarro.

— Ele sabia?

— Sim, acho que sim.

— Ele nunca disse nada *a mim* sobre Daiyu.

— Não falou que era uma coincidência estranha Daiyu morrer exatamente onde sua mãe morreu?

— Ah — disse Abigail. — Sim. Ele *disse* alguma coisa sobre isso.

— Talvez Kevin só tenha deduzido tudo depois de ter procurado você — disse Strike.

— Então quem ligou para esses Delaunay?

— Bom, essa é a questão, não é? Suspeito de que tenha sido a mesma pessoa que ligou para Jordan Reaney tentando descobrir o que ele pode ter deixado escapar para mim, e que ligou para Carrie Curtis Woods e a levou ao suicídio.

O celular de Strike zumbiu, não uma vez, mas duas, rapidamente.

— Com licença — disse ele —, estive esperando por isso.

A primeira mensagem era de Barclay, mas ele a ignorou e passou para a de Midge.

Robin segura. Trancou Becca e Mazu no templo.

Imensamente aliviado, Strike abiu a mensagem de Barclay, que consistia de duas palavras.

Consegui tudo.

Strike enviou duas respostas, devolveu o celular ao bolso e olhou de novo para Abigail.

— Eu disse que havia quatro possibilidades para explicar o estranho status de Becca na igreja.

— Escute — falou Abigail com impaciência —, desculpe, mas eu disse a Darryl que ia me atrasar, não que nunca ia aparecer.

— Darryl é o cara negro e alto, bonito, de olhos verdes? Porque eu sei que ele não era o cara gordo dirigindo o Corsa vermelho. Esse era o seu inquilino, Patrick.

As pupilas dos olhos azul-escuros de Abigail se dilataram de repente e, assim, ficaram tão opacas quanto as que Strike vira no pai dela.

— Tive de manter você falando — disse Strike — porque algumas coisas precisavam ser feitas enquanto você estava fora do caminho.

Strike parou para deixar que ela falasse, mas Abigail não disse nada, então ele continuou:

— Quer ouvir algumas das perguntas em que estive pensando sobre o afogamento de Daiyu no mar do Norte?

— Diga o que você quiser — respondeu Abigail. Ela tentava aparentar despreocupação, mas a mão que segurava o cigarro começara a tremer.

— Comecei aos poucos — disse Strike —, perguntando-me por que ela teria se afogado exatamente onde sua mãe morreu, mas quanto mais me aprofundava na investigação, mais brotavam coisas inexplicáveis. Quem estava comprando brinquedos e doces para Daiyu em seus últimos meses na fazenda? Por que ela usava um vestido branco e não o moletom quando foi vista viva pela última vez? Por que Carrie ficou apenas de roupa de baixo, se elas só iam entrar um pouco na água? Por que Carrie correu para cutucar alguma coisa na beira do mar, pouco antes da chegada da polícia? Quem era a segunda pessoa adulta que devia estar no alojamento na noite em que Carrie ajudou Daiyu a sair pela janela? Por que seu pai tirou Becca Pirbright da fazenda, depois que Daiyu desapareceu?

Abigail, que já amassava o primeiro cigarro no salto do sapato, preparou-se para pegar o segundo. Depois de acender, soprou a fumaça na cara de Strike. Longe de se ressentir disso, Strike aproveitou a oportunidade para respirar um pouco de nicotina.

— Depois passei a pensar muito na morte de Kevin Pirbright. Quem arrancou parte do que estava escrito na parede do quarto, deixando só a palavra "porcos", e quem roubou o laptop dele? De quem Kevin estava falando quando disse a uma detetive disfarçada que ia se encontrar com uma tirana e "resolver as coisas"? O que exatamente Kevin sabia, o que ele tinha deduzido, para merecer uma bala no cérebro?

"Agora, todas essas coisas, separadamente, podem ter explicações. Um viciado podia ter roubado o laptop dele. As crianças no alojamento podiam ter se esquecido da segunda pessoa encarregada na última noite em que Daiyu foi vista ali. Mas, juntas, elas parecem ocorrências inexplicadas demais."

— Se você diz. — A mão de Abigail ainda tremia. — Mas...

— Ainda não terminei. Também havia a questão daqueles telefonemas. Quem ligou para Carrie Curtis Woods, antes de minha sócia e eu lhe fazermos uma visita? Para quem ela retornou a ligação, depois que saímos? Quem telefonou para Jordan Reaney, de um telefone público em Norfolk, para lançar suspeitas na igreja, e o colocou em tal estado de medo e alarme que ele tentou uma overdose? De quem essas duas pessoas morriam de medo e com o que essa pessoa os ameaçou, que fez os dois decidirem preferir a morte a enfrentar a coisa? E quem ligou para os Delaunay, tentando fazer com que temessem que Daiyu ainda estivesse viva, para lançar uma pista falsa em meu caminho e deixá-los ainda mais obstrutivos?

Abigail soprou a fumaça para o teto e não disse nada.

— Eu também queria saber por que havia um círculo de postes de madeira na mata na Fazenda Chapman que um dia alguém tentou destruir, por que tinha um machado escondido numa árvore próxima e por que, perto do anel destruído, alguém tentou queimar uma corda.

Abigail se contraiu um pouco ao ouvir a palavra "corda", mas continuou calada.

— Talvez você ache isso mais interessante com auxílio visual — disse Strike.

Mais uma vez, ele puxou no celular as fotos das polaroides.

— Este não é Joe Jackson — começou ele, apontando. — É Jordan Reaney. Esta — disse ele, apontando a loura — é Carrie Curtis Woods, *este é* Paul Draper, mas *esta* — ele apontou a roliça de cabelo escuro — não é Rosie Fernsby. É *você*.

A porta atrás de Strike se abriu. Apareceu um barbudo, mas Abigail gritou "*Vai se foder!*" e ele se retirou precipitadamente.

— Disciplina de nível militar — comentou Strike, aprovando. — Bom, você aprendeu com o melhor.

As íris de Abigail eram dois discos quase pretos.

— Então — continuou Strike — você *precisou* identificar o cara alto e a jovem de cabelo escuro como Joe Jackson e Rosie, porque Carrie já tinha dado esses nomes quando entrou em pânico. Nenhuma de vocês imaginava que qualquer uma dessas fotos ainda estava zanzando por aí, e ninguém esperava que eu as tivesse.

"Por um tempo francamente constrangedor de tão longo, fiquei me perguntando quem havia tirado essas fotos. Nem todo mundo nelas parece feliz, não é? Parecia que isso tinha sido feito como um castigo ou a serviço de algum pervertido sádico. Mas finalmente vi o que devia ser evidente: nunca eram todos os quatro em uma sessão. Vocês estavam tirando fotos uns dos outros.

"Uma pequena sociedade secreta de vocês quatro. Não sei se você gostava de tirar sarro do absurdo do vínculo espiritual, se gostava de trepar por diversão ou só estava transmitindo as lições que aprendeu com Mazu e seu pai sobre os prazeres de obrigar os outros a participar de humilhação e submissão rituais."

— Você está viajando — disse Abigail.

— Veremos — falou Strike calmamente, antes de erguer a foto de Draper sendo sodomizado por Reaney. — As máscaras deram um bom toque. Um nível a mais de degradação e também alguma negação plausível... Você deve ter aprendido o valor disso com seu pai. Noto que você se saiu muito bem nesta sessão específica de sexo. Sexo simples e um pouco de vaidade posando de pernas abertas. Ninguém sodomizando *você* à força.

Abigail se limitou a dar outro trago no cigarro.

— Depois de perceber que vocês estavam tirando fotos uns dos outros, a pergunta óbvia passa a ser: por que os outros três participaram do que não parecia ser agradável para eles? E a resposta óbvia é: você tinha todo o poder. Você era filha de Jonathan Wace. Porque eu não engulo essa baboseira de Cinderela que você esteve me passando, Abigail. Tenho certeza de que Mazu não gostava de você... enteada, madrasta, isso não é incomum... mas acho que, como primogênita de Papa J, você tinha muita margem de manobra, muita liberdade. Você não teria esse peso com a dieta habitual da Fazenda Chapman.

— Esta não sou eu — disse Abigail.

— Ah, não estou dizendo que posso *provar* que a garota é você — prosseguiu Strike. — Mas Rosie Fernsby deixou muito claro que não é *ela*. Você tentou nos impedir de falar com ela, não porque ela estivesse nessas fotos, mas justamente porque não está. E ela se lembra de você. Disse que você se gabava de seu poder... "porquinha" foi como Rosie te descreveu, por uma estranha coincidência. Naturalmente, ela teria um interesse especial por você, porque era a filha do homem muito mais velho por quem ela se convenceu de que estava apaixonada.

"Foi muita idiotice de sua parte me dizer que Mazu obrigava as pessoas a usar máscaras enquanto se arrastavam pelo chão. Evidentemente, eu entendo de onde você tirou a ideia, e que você tentava adicionar um bom floreio a sua descrição dela como sociopata, mas ninguém mais falou em máscaras de porco usadas no contexto das punições. É importante não usar coisas incriminadoras no contexto errado, mesmo a serviço de uma história de fachada. Muitos mentirosos cometem lapsos desse jeito. São placas sinalizando coisas que talvez você não queira que sejam vistas."

Ele fez outra pausa. Abigail continuou em silêncio.

— Então — continuou Strike —, lá estava você na Fazenda Chapman, gabando-se de seu poder, com três pessoas vulneráveis a sua disposição: um delinquente juvenil que se escondia da polícia, um garoto que era mentalmente abaixo do padrão mesmo antes de você ajudar a dar uma sova nele e uma garota fugitiva que nunca ia chamar a atenção da Mensa International.

"Como primogênita privilegiada de Papa J, você tinha permissão para sair da fazenda e comprar coisas: chocolate, pequenos brinquedos, uma câmera polaroide, máscaras de porco... biscoitos, se quisesse. Podia escolher, dentro das limitações do regime férreo de Mazu, que devia ser mais rigoroso quando seu pai não estava por perto, que trabalhos você preferia. Você talvez não tivesse a opção de passar o dia na cama comendo biscoitos, mas podia decidir se queria, para dar um exemplo aleatório, cuidar das crianças à noite junto com Carrie e escolher quem você queria no serviço de manhã cedo com você."

— Tudo isso — começou Abigail — é espetacu... especla...

— Especulação. Você terá muito tempo na prisão, cumprindo perpétua. Pode fazer alguma Universidade Aber...

— *Vai à merda.*

— Tem razão, é claro, é tudo especulação — concordou Strike. — Isto é, até que Jordan Reaney perceba que está com a corda no pescoço e comece a falar. Até que outras pessoas que se lembram de você na Fazenda Chapman nos anos 1980 e 1990 saiam rastejando da toca.

"Acho que tanto você quanto Daiyu eram mimadas e negligenciadas na Fazenda Chapman, com duas diferenças importantes. Mazu verdadeiramente detestava você e a maltratava na ausência de seu pai. Você estava de luto pela perda da sua mãe e tinha uma inveja obsessiva da atenção que seu único genitor mostrava para com sua meia-irmã malcriada. Você queria ser a preferida do Picolé de novo e não gostava que ele paparicasse Daiyu... ou, mais precisamente, o dinheiro que ela valia. Você queria retribuição."

Abigail continuou a fumar em silêncio.

— É claro — disse Strike — que o problema que você teve dentro da Fazenda Chapman, como tem fora dela, é que você podia escolher as pessoas que eram melhores para o trabalho, tinha de pegar o que podia, o que significa seus obedientes lacaios de máscara de porco.

"Daiyu teve de ser enganada para ter uma falsa sensação de segurança e ficar calada enquanto isso acontecia. Subornos com brinquedos e chocolates, jogos secretos com as crianças mais velhas; ela não queria que as guloseimas ou a atenção acabassem, por isso não contava a Mazu ou a seu pai o que estava acontecendo. Aquela era uma criança faminta por atenção. Talvez ela se perguntasse por que a irmã mais velha..."

— *Ela não era minha irmã, porra!*

— ... de repente ficou tão legal com ela — continuou Strike, sem se deixar perturbar —, mas ela não questionava isso. Bom, Daiyu tinha sete anos. Por que questionaria?

"Reaney supostamente ter dormido além da hora na manhã do desaparecimento de Daiyu me pareceu parte de um conluio no momento em que eu soube disso... um conluio com Carrie, no mínimo. Em uma de suas saídas da fazenda, você comprou xarope sonífero ou coisa parecida em quantidade suficiente para drogar as outras crianças. Você e Carrie se apresentaram voluntariamente para o serviço no alojamento, mas você nunca apareceu. Estava do lado de fora da janela, esperando que Carrie lhe passasse Daiyu."

Abigail voltou a tremer. A cabeça bonita tremia. Ela tentou acender outro cigarro na guimba do anterior, mas teve de desistir, recorrendo mais uma vez ao Zippo.

— Obviamente a ideia do falso afogamento é para dar um álibi firme para o assassino... ou os assassinos, no plural. Foi você ou Reaney que cometeu o ato? Seria preciso duas pessoas, calculo, para impedir que ela gritasse e dar cabo dela. Depois, é claro, precisaria descartar o corpo.

"Paul Draper se meteu em problemas por soltar os porcos, mas aquilo não foi um acidente, era parte do plano. Alguns desses porcos foram levados para a mata e colocados em um cercado construído com postes e corda. Minha sócia me informou que os porcos podem ser muito ferozes. Imaginei que foi preciso vocês quatro para conseguir que eles fossem aonde vocês queriam, ou Dopey tinha uma perícia específica com os porcos a que você apelou para o serviço?"

Abigail não respondeu, continuando a fumar.

— Então você cercou os porcos na mata, e alguém, é claro, teve de segurar o machado.

"O que Daiyu achou que ia acontecer, depois que você a levou para as árvores, no escuro? Um banquete no meio da noite? Uma brincadeira nova e legal que você tinha para ela? Você segurou a mão dela? Ela estava animada?"

Abigail tremia incontrolavelmente. Levou o cigarro à boca, mas errou na primeira vez. Os olhos estavam pretos.

— Quando foi que ela percebeu que não era brincadeira? Quando você prendeu os braços dela junto do corpo para Reaney poder estrangulá-la? Não acho que o machado tenha entrado no jogo antes de ela estar morta. Você não podia correr o risco de ter gritos. Faz muito silêncio na Fazenda Chapman à noite. Já ouviu falar de Constance Kent?

Abigail apenas o encarou, tremendo.

— Constance tinha dezesseis anos quando matou o meio-irmão de três anos a facadas. Com ciúme porque o pai preferia o menino a ela. Aconteceu nos anos 1860. Ela cumpriu vinte anos, depois saiu, foi para a Austrália e virou enfermeira. O lance de ser bombeira é por isso? Tentando expiar seus pecados? Porque acho que você não é inteiramente desprovida de consciência, é? Não se ainda tem pesadelos com esquartejar Daiyu para que os porcos a comessem com mais facilidade. Você me disse que "odeia quando tem criança envolvida". Aposto que sim. Aposto que traz lembranças sangrentas piores do que *Piratas do Caribe*.

Abigail estava lívida. Os olhos, como os do pai, ficaram pretos e vazios como poços.

— Dou a você o crédito pela mentira que contou a Patrick depois que ele te ouviu gritando em sonhos, porém, mais uma vez, sua mentira entregou algo. Um chicote, usado em Jordan Reaney. Você se lembrou disso e o associou com a morte de Daiyu. Ele foi chicoteado porque devia estar supervisionando Draper? Ou porque não conseguiu encontrar os porcos perdidos?

Abigail baixou os olhos para o tampo da mesa, em vez de olhar para Strike.

— Então Daiyu morreu, você deixou Reaney limpar o que restava da sujeira, com instruções para soltar os porcos depois que eles tivessem comido as partes esquartejadas e para destruir o cercado improvisado. Em seguida, saiu correndo para o serviço da manhã. Você havia escolhido os companheiros para aquela manhã com muito cuidado, não foi? Dois homens que foram excepcionalmente fáceis de manipular. "Você viu, Brian? Você viu, Paul? Carrie estava levando Daiyu! Viu que ela acenou pra gente?" Porque, evidentemente — acrescentou Strike —, a coisa no banco do carona... que tinha de estar de vestido branco, porque Daiyu usou o moletom na mata... não podia ter acenado, podia?

Abigail não disse nada, mas continuou a fumar, os dedos tremendo.

— Precisei de muito mais tempo do que deveria para perceber o que estava naquela picape com Carrie — continuou Strike. — Especialmente porque Kevin Pirbright tinha escrito isso na parede do quarto. *Palha*. Todas aquelas figuras de palha, feitas todo ano para a Manifestação do Profeta Roubado. Se a filha de Jonathan Wace quisesse ter alguma diversão mexendo com palha em um celeiro, quem ia impedi-la? Não precisaria de muito tempo para construir uma versão em miniatura, não é?

"Carrie teve o cuidado de se deixar ser vista em Cromer, carregando a figura de vestido branco para a água no escuro, porque era importante estabelecer que ela e Daiyu realmente foram para a praia. Entrevistei os Heaton, o casal que Carrie encontrou na praia, depois de ela sair da água. Eles engoliram a história toda, nunca suspeitaram de que não houvesse criança nenhuma; viram os sapatos e o vestido e acreditaram em Carrie... embora a sra. Heaton tivesse suas dúvidas se Carrie estava verdadeiramente aflita. Ela mencionou um certo riso nervoso.

"Eu não deduzi a figura de palha quando o sr. Heaton me contou que a picape estava coberta de 'lama e palha'. Nem saquei quando a esposa dele me disse que Carrie tinha corrido para mexer em alguma coisa... algas marinhas, ela pensou... quando a polícia apareceu. É claro que o sol a essa altura estaria nascendo. Meio estranho, um monte de palha estar estendido na praia. Carrie ia querer se livrar daquilo e jogar de volta no mar.

"Mas desde que os Heaton me disseram que ela foi campeã de natação, eu me perguntei se isso era relevante para o plano. Naturalmente era. É preciso ser uma grande nadadora para mergulhar fundo o bastante a fim de garantir que toda aquela palha não voltaria à praia, ficar com a cabeça acima da água enquanto desamarrava a figura e boiar enquanto a desfazia. Um plano genial, mesmo, e muito bem executado por Carrie."

Abigail continuava olhando fixamente a mesa, a mão que segurava o cigarro ainda tremia.

— Mas houve alguns deslizes pelo caminho — disse Strike. — Tinha de haver, com um plano tão complicado, o que nos leva de volta a Becca Pirbright.

"Por que, quando a irmã de Becca disse a ela que tinha visto Daiyu saindo pela janela, Becca inventou uma baboseira sobre invisibilidade? Por que, quando o irmão dela falou que tinha visto você tentando queimar alguma coisa na mata... e aqui suponho que Reaney não tenha feito o trabalho de destruir o cercado dos porcos completamente, e você quis terminar o serviço, mesmo que estivesse chovendo... Becca insistiu que Kevin não devia ser dedo-duro? Por que Becca estava te ajudando a encobrir tudo? O que pode ter convencido uma menina de onze anos a se calar e manter outros calados, quando podia ter ido direto a seu pai e Mazu com essas histórias estranhas e conquistar a aprovação deles?"

Abigail ergueu os olhos para Strike, que achou que ela queria ouvir a resposta, porque ela própria não sabia.

— Se um dia alguém conseguir desprogramar Becca, o que a essa altura pode ser impossível, acho que ela vai contar uma história bem estranha.

"Não acho que o primeiro impulso de Becca, ao ouvir o que os irmãos tinham testemunhado, fosse procurar a própria mãe ou os Dirigentes da igreja. Acho que ela iria diretamente a Carrie, que parece ter sido venerada como a única figura materna que ela já conhecera na vida. A irmã de Becca contou a minha sócia que ela faria literalmente qualquer coisa por Carrie.

"Acho que Carrie entrou em pânico quando soube que havia testemunhas da saída de Daiyu pela janela e de você queimando corda na mata. Ela colaborou com o falso afogamento porque morria de medo de você, mas acho que torcia, embora tenha encenado sua parte no plano, para que a coisa não desse certo. Talvez ela tivesse esperanças de você ter feito uma pegadinha com ela, ou que você perdesse a coragem na hora de realmente matar sua meia-irmã na mata.

"Eu acho que Carrie entrou em pânico quando Becca continuou contando a ela estranhos fragmentos de informação que ela obtinha com os irmãos, e talvez acontecimentos e comportamentos estranhos que ela mesma tinha visto. Carrie sabia que aquela garotinha inteligente devia ser calada e convencida de que toda anomalia, todo evento inexplicável, tinha uma explicação... uma explicação que devia continuar sigilosa, porque ela temia que se você descobrisse que Becca sabia demais, ela seria a próxima criança a ser esquartejada na mata.

"Agora, o que sabemos sobre Carrie?", perguntou Strike. "Boa nadadora, obviamente. Fugiu de casa. Foi doutrinada nos dois anos anteriores em toda a baboseira mística na Fazenda Chapman. Adora crianças e é amada por elas.

"Acho que ela improvisou alguma história sobre o destino espiritual de Daiyu para explicar qualquer coisa estranha que Becca e os irmãos pudessem ter notado. Acho que disse a Becca que Daiyu não estaria realmente morta, que as coisas que ela ou os irmãos testemunharam tinham explicações místicas. Carrie incentivou Becca a lhe contar qualquer outra coisa que tivesse ouvido ou notado, assim podia ligar essas coisas à sua história absurda sobre desmaterialização e ressurreição, na qual ela teve um papel predeterminado, e acho que disse a Becca que tudo isso seria o segredo especial das duas, como queria a Divindade Abençoada.

"E Becca engoliu tudo isso. Guardou silêncio quando Carrie pediu, calou os irmãos, deu a eles explicações pseudomísticas ou os dissuadiu de darem com a língua nos dentes. O que significa, ironicamente, que o mito da Profetisa Afogada começou não com seu pai ou Mazu, mas com a imaginação de uma adolescente tentando encobrir um assassinato e silenciar uma criança que era um perigo para todos vocês.

"E depois que o inquérito acabou, Carrie fugiu, mudou de nome e tentou esquecer aquilo com que fora conivente e que tentara encobrir. Suspeito de que tenha sido *nesse* momento que a desolada Becca tenha procurado seu pai e contado toda a história. Se eu tivesse de adivinhar", acrescentou Strike, observando atentamente a reação de Abigail, "seu pai a certa altura te confrontou, provavelmente depois de ter falado com Becca".

Os lábios de Abigail se comprimiram, mas ela continuou em silêncio.

— Ele devia saber que você não estava no alojamento naquela noite, e sem dúvida sabia que você estava no serviço de manhã cedo naquele dia e viu a picape passar. Talvez tenha perguntado o que esteve queimando na mata. Ele já devia ter notado a estranha coincidência de Daiyu morrendo exatamente onde morreu a primeira esposa, como se alguém tentasse esfregar isso na cara dele ou lançar suspeitas sobre ele. Porque Wace devia estar a caminho de Birmingham com uma menina de quinze anos quando Daiyu "se afogou", não é? Não importa se a polícia o levasse para interrogatório sobre levar uma menor de idade que ele só conhecia havia uma semana em uma viagem de carro ou sobre infanticídio, nenhuma dessas coisas cairia muito bem para um líder de igreja, cairia?

"Não, acho que seu pai suspeitou ou adivinhou que você estivesse por trás do desaparecimento de Daiyu, mas sendo ele quem é, um narcisista amoral, só se importava em abafar tudo isso. Ele teria transmitido a história de Daiyu ascendendo ao paraíso pelo receptáculo divino de Carrie Gittins e, sem dúvida, não ia querer a filha prejudicada por suspeita de homicídio. Seria péssimo para os negócios. Muito melhor aceitar a explicação sobrenatural e confortar a esposa abalada com essa baboseira mística. As pessoas de luto se agarram a esse tipo de coisa, ou não existiria nenhum maldito médium. Então seu pai engana Becca; ele diz que sim, ele sabia o tempo todo que Carrie não era má pessoa, que ela estava apenas ajudando Daiyu a cumprir seu destino, e como era inteligente da parte de Becca ter visto a verdade.

"E então ele também faz um habilidoso aliciamento. Talvez tenha dito a Becca que previra que ela o procuraria como uma mensageira divina. Talvez tenha dito que o espírito da profetisa vivia nela. Ele a bajulou e aliciou exatamente como você fez com Daiyu… mas sem o final dos porcos e do machado na mata à noite.

"Você foi enviada a Birmingham para ficar fora de vista e de problemas, e Becca foi escondida em algum lugar seguro, um lugar onde você não poderia encontrá-la, onde seu pai a doutrinou tão completamente na obediência, na castidade e na lealdade inquestionável que ela se tornou um instrumento muito útil para a igreja. Acho que ela foi mantida na virgindade por nenhum outro motivo além de Wace não querer que ela ficasse íntima demais de ninguém senão dele, e também porque ela é a mulher de quem ele não quer que Mazu tenha ciúmes, já que Becca é a guardiã dos maiores segredos. É Becca quem pode testemunhar que a explicação sobrenatural para o desaparecimento de Daiyu veio de Carrie, e não de Wace, e ela também pode contar uma história de como Wace alimentou habilmente a vaidade dela para impedi-la de algum dia abrir a boca. Pelo que Robin descobriu na Fazenda Chapman, Becca pode ter momentos de lucidez, mas isso não parece perturbá-la. Não acho que exista uma crente mais comprometida com a IHU do que Becca Pirbright."

Strike se recostou na cadeira, observando Abigail, que o encarava com uma estranha expressão calculista no rosto pálido.

— Vai dizer que tudo isso é especulação também? — perguntou Strike.

— Bom, é — respondeu Abigail, a voz um tanto rouca, mas ainda assim desafiadora.

Ela largou o terceiro cigarro no chão e acendeu um quarto.

— Bom, então vamos passar a questões que podem ser provadas — disse Strike. — Kevin Pirbright, baleado na cabeça alguns dias depois de contar a alguém que ia encontrar a pessoa tirana da igreja. Uma Beretta 9000 alvejando meu carro. Uma figura de balaclava, metida em um casaco preto masculino, tentando arrombar meu escritório com a coronha de uma arma. Aqueles telefonemas e as tentativas de suicídio resultantes. Uma ligação feita aos Delaunay do mesmo celular usado para ligar para Carrie, dizendo a eles que Daiyu ainda estava viva, tentando arrastá-los para a suspeita e atrapalhar minha investigação.

"Eis minhas conclusões", começou Strike. "A pessoa por trás de tudo isso tem acesso a uma seleção variada de homens para fazer o que ela quer. Ela ou está dormindo com eles, ou os adula para que pensem que isso vai acontecer. Duvido que qualquer um deles saiba o propósito daquilo que está fazendo; talvez eu seja um ex-namorado ciumento que precise ser vigiado. Eles não conseguem manter minha agência sob vigilância o tempo todo, nem a mulher que dá ordens a eles consegue, porque todos têm empregos.

"Concluo ainda que a pessoa que dirige as operações é ela mesma apta, forte e viciada em adrenalina... a fuga do quarto de Kevin Pirbright, a tentativa de arrombar meu escritório, seguir minha BMW com o Ford Focus azul, os tiros. Essa pessoa é mais eficiente do que qualquer um de seus capangas e não tem medo de escapar por um triz.

"Acho que essa pessoa é inteligente e capaz de trabalho árduo quando se trata de seus interesses. Ela acompanhou a vida de Paul Draper, Carrie Curtis Woods e Jordan Reaney... embora talvez o fato de eu te dizer que Reaney estava preso tenha te dado o paradeiro atual dele.

"Mas não acho que Reaney tenha contado a você sobre as polaroides. Pensei que tivesse, no início, mas eu estava enganado. Reaney sabia que estava fodido. A reação dele me disse que aquelas polaroides eram ainda mais importantes do que pareciam. Você ameaçou entregá-lo pelo assassinato de Daiyu se alguma coisa que ele tivesse dito ou feito levasse a você, então ele entrou em pânico e teve uma overdose. Reaney tem mais consciência do que pensamos ao ver o currículo dele. Como você, ele ainda tem pesadelos com o esquartejamento daquela criança e os pedaços dela sendo dados para os porcos comerem no escuro.

"O motivo por que eu sei que Reaney não contou a você sobre as fotos é que Carrie não esperava por elas. O assassino não conseguira alertá-la, o que significava que ela teria de inventar uma história no ato. Ela sabia que não devia identificar você nem Reaney, os dois assassinos, então escolheu dois nomes aleatórios. Percebi também que foi só depois que Carrie tagarelou a você sobre as polaroides que o atirador mascarado apareceu em meu escritório e tentou invadir. Você não estava atrás do arquivo da IHU. Estava atrás das fotos. O problema é que, ao tentar localizar Carrie, você deixou passar um namorado e uma troca de nomes entre a Fazenda Chapman e Thornbury. Isaac Mills ainda está vivo, e está disposto a testemunhar sobre o que Carrie confessou a ele quando estava embriagada."

Um esgar torceu a boca de Abigail de novo.

— É tudo boato e especla…

— Especulação? Acha mesmo isso?

— Você não tem porra nenhuma. É tudo uma fantasia.

— Tenho o machado que Jordan Reaney escondeu em uma árvore, um machado que tem sido objeto de muitos boatos entre as crianças na Fazenda Chapman. Seu meio-irmão pensou que tivesse algo a ver com Daiyu. O que ele entreouviu que o fez pensar isso? A perícia avançou muito desde meados dos anos 1990. Não seria difícil pegar um resquício de sangue humano naquele machado. Também tenho uma amostra da terra do meio daqueles postes quebrados. Um laboratório só precisa de alguns fragmentos de osso, mesmo que muito pequenos, e o DNA de Mazu para confirmar a identidade.

"Agora, você pode muito bem dizer: 'mesmo que Daiyu tenha sido assassinada na mata, como vai provar que fui eu?' Bom, um de meus detetives esteve em seu apartamento com seu inquilino esta noite. Teria sido melhor para você ter expulsado Patrick quando disse que ia fazê-lo. Um lacaio útil, tenho certeza, mas obtuso e linguarudo. Meu detetive encontrou o laptop de Kevin Pirbright escondido dentro de uma almofada da poltrona em seu quarto. Ele encontrou o casaco masculino, volumoso e preto, que você pegou emprestado com Patrick para matar Kevin Pirbright e tentar invadir meu escritório. Mais importante, ele encontrou a Beretta 9000 fedendo a fumaça, costurada dentro de uma almofada em sua cama. Estranho, as coisas que uma bombeira pode encontrar em um apartamento incendiado, quando termina de tirar o lixo que atrapalha o caminho."

A boca de Abigail se abriu, mas não saiu som algum. Ela continuou petrificada, com o cigarro entre os dedos, enquanto Strike ouvia um carro estacionar na frente do corpo de bombeiros e observava o motorista sair. Evidentemente, Robin tinha agido segundo suas instruções.

— Este — disse ele, virando-se para Abigail — é o inspetor detetive Ryan Murphy da Polícia Metropolitana. Se eu fosse você, não criaria muito problema quando ele te algemar. Ele devia estar jantando com a namorada esta noite, então estará de mau humor.

EPÍLOGO

䷊

T'ai/Paz

Não há planície que não seja seguida por uma escarpa.
Nenhuma ida que não seja seguida por um retorno.
Aquele que persevera no perigo
Não tem culpa.
Não reclame desta verdade;
Desfrute da boa sorte que ainda possui.

I Ching: O livro das mutações

134

O mal pode ser controlado, mas não abolido permanentemente. Ele sempre retorna. Esta convicção pode induzir à melancolia, mas não deveria; só deve nos impedir de cair na ilusão quando a boa sorte nos chega.

I Ching: O livro das mutações

O longo gramado atrás da casa de Sir Colin Edensor que levava ao Tâmisa tinha recebido vários objetos de cores vivas desde a última vez que Strike e Robin o viram. Havia um carro amarelo e vermelho com tamanho suficiente para uma criança pequena se sentar e se impelir com os pés, uma minibaliza de futebol, uma piscina inflável decorada com peixes tropicais e um sortimento de objetos menores, um dos quais era uma máquina de fazer bolhas de sabão movida a pilha. Era isso que atraía a atenção encantada da criança de cabelo branco que atendia pelo nome de Sally, e não de Qing, e dois meninos de cabelo preto mais ou menos da mesma idade. Os gritos e risos se deslocaram para a cozinha enquanto eles tentavam pegar e estourar o fluxo de bolhas que saía da caixa roxa no gramado.

Quatro adultos cuidavam das crianças, para garantir que elas não chegassem perto demais do rio ao pé do jardim: James e Will Edensor, a esposa de James, Kate, e Lin Doherty. Dentro da cozinha, observando o grupo no gramado, estavam sentados Sir Colin Edensor, Strike, Robin, Pat e seu marido Dennis.

— Jamais — disse Sir Colin, pela terceira vez — poderei agradecer o bastante a vocês. A todos vocês — acrescentou ele, incluindo os Chauncey em seu olhar pela mesa.

— É bom ver que eles estão se entendendo — comentou Pat em seu barítono, olhando a rebatizada Qing perseguindo bolhas de sabão.

— O que aconteceu quando James e Will se encontraram pela primeira vez? — perguntou Robin, que não queria parecer enxerida demais, porém estava muito interessada na resposta.

— Bom, James gritou muito — respondeu Sir Colin, sorrindo. — Disse a Will o que pensava dele de umas quinze maneiras diferentes. Mas, por incrível que pareça, acho que Will recebeu bem.

Robin não se surpreendeu. Will Edensor queria expiar seus pecados, e, com a imunidade garantida no processo e a prova de que a Profetisa Afogada era uma miragem, de onde mais ele tiraria a punição pela qual ansiava, se não do irmão mais velho?

— Ele concordou com cada palavra que James disse. Chorou pela mãe, disse que sabia que nada podia corrigir o que ele fez, disse que James tinha razão em odiá-lo, que entenderia se o irmão jamais quisesse ter nenhuma relação com ele de novo. Isso amoleceu o coração de James — disse Sir Colin.

— E eles vão morar aqui com o senhor? — perguntou Strike.

— Sim, pelo menos até arrumarmos acomodações adequadas para Lin e a pequena Sally. Com a imprensa andando por aí e tudo mais, acho melhor que eles fiquem aqui.

— Ela vai precisar de apoio — resmungou Pat. — Ela nunca tomou conta sozinha da criança. Nunca cuidou da própria casa. É muita responsabilidade ao dezesseis anos. Se encontrar alguma coisa perto da minha casa, posso ficar de olho neles. Minha filha e minhas netas ajudariam. Ela precisa ficar cercada de outras mães, para aprender as manhas. Se reunir e reclamar dos filhos. É disso que ela precisa.

— A senhora já fez demais, sra. Chauncey — afirmou Sir Colin.

— Eu tinha a idade dela, quase, quando tive minha primeira — disse Pat sem emoção alguma. — Sei o custo disso. De qualquer forma — ela deu um trago no cigarro eletrônico —, eu gosto deles. O senhor criou Will muito bem. Boas maneiras.

— Sim, ele é um garoto bacana — concordou Dennis. — Todos nós fizemos coisas estúpidas quando jovens, não é?

Sir Colin tirava os olhos do grupo no gramado para se voltar para Robin.

— Vi que encontraram mais corpos na Fazenda Chapman.

— Acho que vão encontrar outros pelas semanas que temos à frente — comentou Robin.

— E *nenhuma* das mortes foi registrada?

— Nenhuma, a não ser a dos profetas.

— Ninguém quer legistas envolvidos, se tiver se recusado a prestar assistência médica às pessoas — argumentou Strike. — Nosso contato na polícia disse que até agora eles encontraram três esqueletos de bebês, provavelmente abortos espontâneos, no campo. É possível que achem outros. Eles estão naquelas terras desde os anos 1980.

— Duvido que consigam identificar todos os restos mortais — acrescentou Robin. — Eles estavam recrutando fugitivos e sem-teto, além de pessoas ricas. Será um trabalhão localizar todos os bebês que foram vendidos também.

— É inacreditável que eles tenham escapado impunes por tanto tempo — comentou Sir Colin.

— "Viva e deixe viver", não é? — questionou Strike. — Se ninguém quer se manifestar, e com a obra caritativa lá como uma cortina de fumaça, além de todas as celebridades idiotas úteis…

Nas duas semanas anteriores uma infinidade de primeiras páginas dedicadas à IHU tomou jornais e tabloides. Fergus Robertson ficou ocupado dia e noite, compartilhando detalhes que ninguém mais conhecia. Foi ele quem emboscou um ultrajado Giles Harmon na frente da casa dele em Bloomsbury, quem deu em primeira mão a notícia do suposto tráfico de crianças e quem perseguiu o parlamentar que também era Dirigente da igreja, que foi suspenso por seu partido durante as investigações de doações substanciais não declaradas que ele recebera da IHU. O multimilionário das embalagens, tolo demais para se esconder atrás de seus advogados, fez vários comentários involuntariamente incriminadores e imprudentes à imprensa que se acotovelava na frente de seus escritórios. Mazu, Taio, Jiang e Joe Jackson foram presos. A prisão do dr. Andy Zhou provocou uma enxurrada de declarações de mulheres ricas que foram energizadas e hipnotizadas, massageadas e desintoxicadas, e todas se recusaram a acreditar que o médico bonitão podia ter feito alguma coisa errada. Uma declaração cuidadosamente elaborada também foi emitida pelo agente de Noli Seymour, expressando choque e horror com as descobertas na Fazenda Chapman, das quais ele naturalmente sequer desconfiava.

Jonathan Wace foi preso ao tentar atravessar de carro a fronteira para o México. Estava sorrindo do jeito gentil e autodepreciativo que Robin conhecia tão bem na fotografia que o mostrava algemado e sendo levado. *Pai, perdoa, porque eles não sabem o que fazem.*

O templo na Fazenda Chapman recebeu uma busca completa da polícia, e os meios pelos quais realizavam as ilusões foram vazados à imprensa, assim como fotografias de chicotes e da caixa. Os variados fluidos corporais que permaneciam nos colchões e na roupa de cama dos Quartos de Retiro estavam sendo testados e a mata da Fazenda Chapman foi isolada. O machado e a terra que Midge tinha roubado foram entregues à polícia, e Wardle ligara para Strike com a notícia de que o fêmur de uma criança tinha sido escavado perto dos postes apodrecidos de madeira. Evidentemente, os porcos não conseguiram consumir tudo de Daiyu Wace antes de Jordan Reaney levá-los de volta ao chiqueiro e Abigail Wace chegar ao pátio a tempo de ver a picape passar levando a figura de palha, no escuro.

Enquanto isso, ex-integrantes da igreja apareciam em um número crescente. A culpa e a vergonha os mantiveram calados, às vezes por décadas, mas, tranquilizados com a possibilidade de imunidade judicial por seus atos sob coação, que iam de administrar espancamentos a ajudar a enterrar corpos ilegalmente e deixar de prestar assistência médica a uma menina de catorze anos que tinha morrido no parto, estavam dispostos a encontrar a catarse testemunhando contra os Wace.

Mas ainda havia aqueles que não viam mal nenhum em nada do que fizeram. Danny Brockles, o ex-dependente químico que viajou pelo país com Jonathan Wace para exaltar os méritos da igreja, fora interrogado. Todas as provas de crimes, disse ele, chorando, foram plantadas pelos agentes do Adversário. O público precisava entender que forças satânicas estavam por trás desta tentativa de destruir Papa J e a igreja (mas o público parecia não entender tal coisa, a julgar pelos comentários furiosos e indignados postados na internet abaixo de cada artigo sobre a IHU).

Becca Pirbright, que continuava em liberdade, aparecera duas vezes na televisão, controlada e agradável, calma e encantadora, desdenhosa do que ela denominou relatos sórdidos, alarmistas e sensacionalistas, negando qualquer delito pessoal e descrevendo Jonathan e Mazu Wace como os dois melhores seres humanos que ela conhecera na vida.

Robin, assistindo Becca em casa, viu-se de novo pensando na igreja como um vírus. Tinha certeza de que muitos, se não a maioria dos membros, seriam curados por esta explosão de revelações, pelas provas de que foram enganados, de que Papa J não era um herói, mas um vigarista, estuprador e cúmplice de homicídio. Ainda assim, muitas vidas tinham sido destruídas... Robin soube que Louise Pirbright tentara se enforcar no hospital ao qual foi levada ao ser libertada. Ela podia muito bem entender por que Louise preferia a morte a ter de viver com o conhecimento de que sua decisão tola de seguir Jonathan Wace em sua seita vinte e quatro anos antes levara à morte de dois de seus filhos e ao afastamento completo das duas filhas. Emily, que havia sido encontrada inconsciente na caixa quando a polícia entrou na fazenda, fora enviada ao mesmo hospital de Louise, mas, quando médicos bem-intencionados propuseram um encontro com sua mãe, ela disse que nunca mais queria vê-la.

Murphy tendia a ser triunfalista sobre a queda da igreja, mas Robin achava difícil comemorar. Ele e Strike insistiam em dizer que as acusações de abuso infantil seriam retiradas a qualquer momento, mas Robin não tivera notícia nenhuma sobre isso. Pior ainda do que seu medo pessoal de um processo era o pavor de que a igreja fosse reformada e reconstruída. Quando disse isso a Murphy, ele falou que ela era pessimista demais. Porém, vendo Becca sorridente na televisão, inabalável em sua crença no Caminho de Lótus, Robin só podia torcer para que o mundo olhasse mais atentamente e fizesse mais perguntas quando o próximo templo pentagonal aparecesse em um terreno baldio.

— E os Wace? — perguntou Sir Colin a Strike, enquanto as crianças no gramado continuavam a perseguir bolhas de sabão.

— Cá entre nós — começou Strike —, Mazu não disse uma palavra desde sua prisão. Literalmente nenhuma. Um de nossos contatos na polícia nos disse que ela não fala nem com o próprio advogado.

— Acha que é choque? — questionou Sir Colin.

— Uma jogada para manter o próprio poder — respondeu Robin. — Ela vai continuar a agir como se fosse a mãe divina da Profetisa Afogada até o último suspiro.

— Mas agora ela sabe que...?

— Eu acho — disse Robin — que, se um dia ela se permitir aceitar que Daiyu foi assassinada, e que o marido sabia o tempo todo e garantiu que a assassina ficasse longe e em segurança, isso a levaria à loucura.

— E Abigail confessou? — perguntou Sir Colin a Strike.

— Não. Ela é parecida com o pai: descarada o quanto pode, mas os namorados estão se voltando contra ela. Agora que perceberam que talvez sejam acusados de cumplicidade em tentativa de homicídio, estão desesperados para pular do barco que afunda. Aqui entre nós, um dos colegas bombeiros a viu embolsar a arma e as munições quando as encontrou em uma boca de tráfico incendiada. Ele disse que supôs que Abigail entregaria à polícia. É claro que teve de dizer isso... Ele é casado e não quer ver revelado que ela estava dormindo com ele também.

"Reaney nega saber alguma coisa sobre machados e porcos, mas um sujeito que estava no alojamento masculino naquela noite se lembra de Reaney entrar furtivamente nas primeiras horas da manhã. Reaney estava de cueca: óbvio que teve de se livrar do moletom ensanguentado em algum lugar. Depois, ele acusou todo mundo de ter roubado a roupa, quando acordou.

"Acho que Abigail será considerada culpada pelo assassinato de Kevin e por tentar matar a mim e a Robin, e acho que ela e Reaney serão acusados do assassinato de Daiyu."

— Abigail deve ser seriamente perturbada — comentou o compassivo Sir Colin. — Deve ter tido uma infância pavorosa.

— Muita gente tem infâncias pavorosas e não estrangula crianças pequenas — rebateu o implacável Strike, com um aceno de anuência de Dennis e Pat.

Strike pensava em Lucy ao falar. Passara o dia anterior com a irmã, acompanhando-a na visita a duas possíveis casas de repouso para o tio. Depois tomaram um café juntos em uma lanchonete, e Strike contou à irmã sobre a tentativa de Mazu de matar Robin no templo da Rupert Court.

— Aquela vadia do mal — disse uma apavorada Lucy.

— É, mas nós a pegamos, Luce — falou Strike —, e o bebê foi devolvido à mãe.

Strike de certo modo esperava mais choro, porém, para sua surpresa, Lucy sorriu radiante para ele.

— Sei que te irrito, Stick — começou ela. — Sei disso, mas, contanto que esteja feliz, eu não ligo se você não... você sabe... se casar e ter filhos, e tudo isso. Você faz coisas maravilhosas. Ajuda as pessoas. Você *me* ajudou, assumindo esse caso, colocando aquela mulher atrás das grades. E o que você disse sobre Leda... Você me ajudou de verdade, Stick.

Comovido, Strike apertou a mão da irmã.

— Acho que você só não foi talhado para sossegar com uma mulher, e está tudo bem — afirmou Lucy, sorrindo meio chorosa. — Prometo que nunca mais vou falar nisso.

135

(...) se a intenção é conservar clareza mental, a boa fortuna virá deste pesar. Pois aqui estamos lidando não com um estado de espírito passageiro, como em nove na terceira casa, mas com uma verdadeira mudança no coração.

I Ching: O livro da mutações

Uma semana depois de visitar os Edensor, Strike, sem nenhum entusiasmo, mas com um senso de dever, concordou em se encontrar com Amelia Crichton, irmã de Charlotte, em seu local de trabalho.

Ele se perguntou se precisava fazer aquilo. O caso da IHU felizmente tinha relegado o suicídio de Charlotte ao fundo de sua mente, mas uma vez concluído — que as vidas destruídas e suicídios estavam sendo computados, e a tempestade que apanhara essas pessoas havia passado, deixando-as destruídas em uma paisagem desconhecida —, ele ficou com a própria dívida pessoal para com os mortos, uma dívida que não queria pagar. Podia imaginar almas otimistas dizendo-lhe que, como Lucy com relação a Leda e à Comunidade Aylmerton, ele encontraria alguma resolução naquele encontro com a irmã de Charlotte, mas Strike não tinha tal expectativa.

Não, pensou ele enquanto vestia um terno sóbrio — porque é difícil superar os hábitos militares de respeito pelos mortos e os enlutados, e, por menos que gostasse de Amelia ou da perspectiva daquela reunião, Strike devia isto a ela, pelo menos —, era muito mais provável que a irmã de Charlotte fosse quem chegaria a uma resolução. Muito bem, então: ele daria satisfação a Amelia e, ao fazer isso, daria a Charlotte mais uma chance de um golpe por intermédio de sua procuradora, antes que, enfim, tudo estivesse acabado entre eles.

O BMW de Strike, do qual a polícia tinha retirado uma bala, continuava na oficina, então ele pegou um táxi até a Elizabeth Street, em Belgravia.

Ali, encontrou a loja epônima de Amelia, que era cheia de tecidos caros para cortinas, cerâmicas de bom gosto e luminárias de mesa *chinoiserie.*

Ela saiu de uma sala dos fundos ao ouvir a sineta no alto da porta. Com o mesmo cabelo preto de Charlotte, Amelia tinha olhos verdes pontilhados de castanho parecidos, mas a semelhança terminava aí. Amelia tinha lábios finos, com um perfil aristocrático que herdara do pai.

— Reservei uma mesa para nós no Thomas Cubitt — disse Strike, em lugar de qualquer cumprimento.

Assim eles caminharam a curta distância a pé ao restaurante, que ficava a algumas portas da loja. Depois de se sentar a uma mesa com uma toalha branca, Amelia pediu dois cardápios e uma taça de vinho, enquanto Strike pediu uma cerveja.

Amelia esperou que as bebidas chegassem e o garçom desaparecesse de novo para respirar fundo e dizer:

— Então, pedi para você se encontrar comigo porque Charlotte deixou uma carta. Ela queria que eu mostrasse a você.

É claro que queria, porra.

Amelia tomou um longo gole do Pinot Noir, e Strike fez o mesmo com a cerveja.

— Mas não vou fazer isso — prosseguiu ela, baixando a taça. — Achei que precisava, logo depois... Achei que devia isso a ela, o que quer... que a carta dissesse. Mas tive muito tempo para refletir enquanto estive no campo, e não acho... Talvez você vá ficar zangado — acrescentou Amelia, respirando fundo —, mas quando a polícia concluiu as investigações... eu a queimei.

— Não estou zangado — disse Strike.

Ela ficou perplexa.

— Eu... posso contar a você, por alto, o que ela disse. A *sua* parte, pelo menos. Era longa. Várias páginas. Ninguém foi poupado.

— Sinto muito.

— Pelo quê? — perguntou Amelia, com um traço da franqueza crua que Strike se lembrava de seus contatos anteriores com ela.

— Por sua irmã ter se suicidado, por ter deixado uma carta que você deve achar difícil de esquecer.

Ao contrário de Sir Colin Edensor, que nasceu na classe trabalhadora, e ao contrário de Lucy, cuja infância foi inclassificável, Amelia Crichton não chorava em público. Porém, apertou os lábios finos e piscou rapidamente.

— Foi... horrível, ver tudo aquilo escrito, na letra dela — admitiu Amelia em voz baixa. — Sabendo do que ela estava prestes a fazer... Mas, como eu disse, se quiser que eu lhe conte o que ela disse a seu respeito, posso fazer isso, assim terei feito o que ela pediu… mais ou menos.

— Tenho certeza de que sei. Ela disse que se eu tivesse atendido ao telefone, tudo teria sido diferente. Que apesar de toda a dor e maus-tratos que eu provoquei nela, ela ainda me amava. Que ela sabe que agora tenho um caso com minha sócia, que começou dias depois de eu tê-la abandonado, provando o pouco valor que eu dava a nossa relação. Que eu me apaixonei por Robin porque ela é submissa, não me contesta e me venera como a um herói, que é o que homens como eu querem, enquanto Charlotte me enfrentava, o que foi a origem de todos os nossos problemas. Que um dia eu vou enjoar de Robin e perceber o que perdi, mas será tarde demais, porque eu a magoei tão profundamente que ela acabou com a própria vida.

Ele entendeu a precisão com que adivinhou o conteúdo da carta de Charlotte pela expressão de Amelia.

— Não foi só você — esclareceu Amelia, com o olhar mais suave e mais triste do que ele já vira em seu rosto. — Ela culpou todo mundo. *Todo mundo.* E só uma única linha sobre James e Mary: "Mostre isso a eles, quando tiverem idade para entender." Foi este o principal motivo para eu ter queimado a carta, eu não posso… não podia deixar…

— Você agiu corretamente.

— Ruairidh não pensa assim — disse Amelia, infeliz. Strike só se lembrava vagamente do marido dela: do tipo Nicholas Delaunay, mas do regimento de cavalaria. — Ele disse que Charlotte queria que fosse guardada, e eu tinha o dever de…

— Ela estava bêbada e drogada quando escreveu essa carta, e você tem um dever para com os vivos — interrompeu Strike. — Com os filhos dela, sobretudo. Em seus melhores momentos… e ela os teve, como nós dois sabemos… ela sempre se arrependia das coisas que fazia quando estava chapada ou com raiva. Se existir um além, ela saberá que não devia ter escrito o que escreveu.

O garçom voltou para pegar os pedidos da comida. Strike duvidou que Amelia quisesse comer mais do que ele, mas a convenção social implicava que os dois pedissem um único prato. Depois que estavam a sós de novo, Amelia falou:

— Ela estava sempre tão… infeliz.

— Sim — concordou Strike. — Eu sei.

— Mas ela nunca teria… Havia uma… uma *escuridão* nela.

— Sim — repetiu Strike —, e ela era apaixonada por isso. É perigoso cultuar a própria infelicidade. É difícil sair dela, depois de ficar por tempo demais. A pessoa esquece como fazer.

Ele bebeu um pouco mais da cerveja que diminuía rapidamente e falou:

— Uma vez citei Ésquilo para ela. "A felicidade é uma escolha que às vezes exige esforço." Não caiu muito bem.

— Você também fez línguas clássicas? — perguntou Amelia, meio surpresa. Ela nunca mostrara muito interesse por Strike como ser humano enquanto ele esteve com Charlotte. Ele era um desajustado, um vira-latas que nunca se daria bem.

— Não — respondeu ele —, mas tinha um ex-professor de letras alcoólatra em uma das ocupações em que minha mãe me fez morar. Ele costumava soltar pérolas de sabedoria como esta, principalmente para ser condescendente com todos nós.

Quando Strike contou a Robin a história desse homem e de como ele tinha roubado os livros do professor para se vingar por ser alvo de sua condescendência, ela riu. Amelia apenas o olhou como se ele estivesse falando da vida em algum planeta distante.

As saladas chegaram. Ambos comeram rapidamente, com uma conversa forçada sobre o pedágio urbano, com que frequência cada um deles ia ao campo e se o Partido Trabalhista podia vencer as eleições gerais com Jeremy Corbyn. Strike não perguntou se Charlotte realmente teve câncer de mama, embora suspeitasse, pela ausência de qualquer menção de Amelia a isto, que não tenha tido. Mas o que isso importava?

Nenhum dos dois pediu sobremesa ou café. Talvez com igual alívio, eles se levantaram da mesa depois de quarenta e cinco minutos sentados ali.

Na calçada, Amelia disse inesperadamente:

— Você se saiu muito bem em seu trabalho. Estive lendo sobre a igreja... Parece o lugar mais pavoroso do mundo.

— E era mesmo — confirmou Strike.

— Você ajudou um amigo nosso, recentemente, com um homem desagradável que tirava proveito da mãe dele. Bom... Obrigada por se encontrar comigo. Foi... Obrigada, de todo modo.

Amelia o olhou, hesitante, e ele se curvou para lhe permitir a despedida padrão da classe alta, um beijo no ar próximo de cada face.

— Bom... Adeus e... boa sorte.

— Para você também, Amelia.

Strike ouviu os saltos quadrados e grossos baterem na calçada enquanto se virava para partir. O sol saiu de trás de uma nuvem, e foi isso, certamente, e nada mais, que fez os olhos de Strike arderem.

136

Confúcio diz (...) A vida leva o homem ponderado por caminhos tortuosos.
Ora o curso é interrompido, ora segue desimpedido novamente.
Ora pensamentos sublimes são livremente vertidos em palavras,
Ora o fardo pesado da sabedoria deve se fechar no silêncio.
Mas quando duas pessoas estão unidas no íntimo de seus corações,
Podem romper até a força do ferro ou do bronze.

I Ching: O livro das mutações

— Ai, meu Deus. — Robin entrou esbaforida no escritório, o rosto corado, à toda. Tinha praticamente corrido pela Denmark Street. — Ele ainda não chegou... Ryan, quero dizer.

— Ele vai passar aqui? — perguntou Pat, digitando com o cigarro eletrônico metido entre os lábios como sempre, parecendo satisfeita com a perspectiva de ver Murphy.

— Sim — confirmou Robin, tirando o casaco que não precisava em um dia cálido de setembro. — Ele vem me buscar, vamos passar uns dias fora e eu estou muito atrasada... mas ele também está.

— Dê uma bronca nele — aconselhou Pat, ainda digitando. — Talvez você ganhe flores.

— Um comportamento muito desonesto, Pat.

A gerente retirou o cigarro eletrônico da boca.

— Sabe onde *ele* está?

— Não — disse Robin, pegando uma pasta de caso vazia na prateleira. Ela entendeu que Pat se referia a Strike, que a gerente costumava chamar de "ele" quando Strike não estava por perto.

— Foi encontrar a irmã *dela*.

— Irmã de quem?

— De *Charlotte* — respondeu Pat em um sussurro alto, embora só as duas estivessem no escritório.

— *Ah* — murmurou Robin.

Profundamente interessada, mas sem querer fofocar sobre a vida particular de Strike com a gerente, Robin baixou a pasta e vasculhou a bolsa.

— Só vou arquivar essas anotações. Pode dizer a Strike que estão aqui quando ele voltar, se eu tiver saído? Talvez ele queira dar uma olhada nelas.

Robin tinha acabado de se encontrar com o mais novo cliente da agência, um jogador profissional de críquete, em seu apartamento em Chelsea. Ela esperava que a entrevista durasse uma hora, mas se estendeu por duas.

— Vou dizer. Como ele é, o cara novo? — perguntou Pat, o cigarro eletrônico de volta aos lábios. O homem em questão era alto, louro e bonito, e Pat demonstrara certa decepção por ele não ter feito a entrevista preliminar no escritório, mas em casa.

— Hmm... — murmurou Robin que, além de não fofocar sobre Strike pelas costas dele, também tentava não criticar clientes na frente de Pat. — Bom, ele não gostou da McCabes. Por isso nos procurou.

Na verdade, ela achou o jogador sul-africano, que Strike tinha chamado de "babaca" depois de uma conversa telefônica, uma combinação desagradável de arrogante e inapropriadamente sedutor, em particular porque a namorada dele estava na cozinha durante toda a entrevista. Ele dera a impressão de ter a certeza de ser o homem mais bonito que Robin vira há muito tempo e deixara claro que não a considerava inteiramente indigna de nota. Robin teve de supor que a deslumbrante jovem de cabelo castanho que a acompanhara à porta no final da entrevista ou o valorizava igualmente, ou desfrutava demais do lindo apartamento e do Bugatti para reclamar.

— Ele é bonito pessoalmente? — perguntou Pat, vendo Robin colocar as anotações na pasta, depois escrever o nome do jogador de críquete na capa.

— Se você gosta do tipo — respondeu Robin enquanto a porta de vidro se abria.

— Que tipo? — perguntou Strike, entrando de terno, a gravata afrouxada e o cigarro eletrônico na mão.

— Jogadores de críquete louros — disse Robin, virando-se.

O sócio parecia cansado e oprimido.

— Ah — grunhiu Strike, pendurando o paletó. — Ele foi tão babaca pessoalmente quanto foi por telefone?

Vendo como o barco de não-reclamar-de-clientes-na-frente-de-Pat tinha zarpado para longe do porto, Robin perguntou:

— Até que ponto ele foi ruim por telefone?

— Oito vírgula cinco em dez — respondeu Strike.

— Então é a mesma pessoa.

— Quer me atualizar antes de sair? — perguntou o sócio, olhando o relógio. Ele sabia que Robin ia tirar uma folga há muito merecida. — A não ser que precise ir.

— Não, estou esperando por Ryan. Tenho tempo.

Eles entraram na sala interna e Strike fechou a porta. O quadro na parede que esteve coberto por imagens e anotações sobre a IHU se encontrava vazio. As polaroides estavam com a polícia e o restante fora acrescentado ao arquivo do caso, que estava trancado no cofre, esperando por seu uso no processo judicial iminente. O corpo de Jacob tinha sido identificado, e a acusação de abuso infantil contra Robin, enfim, retirada; o fim de semana fora com Murphy era, pelo menos em parte, em comemoração a isso. Até Robin podia ver no espelho como estava mais feliz e saudável, depois que aquele peso tinha sido retirado de seus ombros.

— Então — começou Robin, sentando-se —, ele acha que a ex-esposa está tendo um caso com um jornalista casado do *Mail*, daí a torrente de histórias indecentes que o jornal publica sobre ele ultimamente.

— Que jornalista?

— Dominic Culpepper — informou Robin.

— E ele está casado no momento?

— Sim, com uma tal de Lady Violet qualquer coisa. Bom, agora é Lady Violet Culpepper.

— Vai ser um escândalo quando acabar — disse Strike sem sorrir. O desânimo irradiava dele como o cheiro da fumaça de cigarro antes de ele embarcar na onda de saúde.

— Você está bem? — perguntou Robin.

— Quê? — disse Strike, embora a tivesse ouvido. — Sim, estou bem.

Na realidade, ele a chamara à sala interna porque queria a companhia dela pelo maior tempo possível. Robin ficou pensando se ela se atreveria a perguntar e decidiu que sim.

— Pat me disse que você foi se encontrar com a irmã de Charlotte.

— Ela disse? — retrucou Strike, mas sem rancor.

— Foi ela que pediu para te ver ou...?

— Sim, ela pediu para me ver.

Houve um breve momento de silêncio.

— Ela quis se encontrar comigo logo depois de Charlotte morrer, mas eu não pude — revelou Strike. — Depois ela fechou a loja e foi para o campo com os filhos por um mês.

— Eu sinto muito, Strike — falou Robin em voz baixa.

— É, bom — murmurou ele, com um leve dar de ombros. — Acho que dei o que ela procurava.

— E o que era?

— Sei lá — admitiu, olhando o cigarro eletrônico. — Garantia de que ninguém podia ter impedido aquilo? Exceto eu — acrescentou. — Eu podia.

Robin lamentava desesperadamente por ele, e sabia que devia estar transparecendo isso, porque quando ele a olhou, falou:

— Eu não mudaria nada.

— Certo — disse Robin, sem saber mais o que dizer.

— Ela ligou para cá — continuou Strike, baixando os olhos para o cigarro eletrônico na mão, que ele girava sem parar. — Três vezes, na noite em que se suicidou. Eu sabia quem era e não atendi. Depois ouvi os recados e deletei.

— Você não tinha como saber...

— Eu tinha, sim — falou ele calmamente, ainda girando o cigarro eletrônico na mão. — Ela já caminhava para o suicídio quando eu a conheci. Já havia tentado algumas vezes.

Robin sabia sobre aquilo pelas conversas que teve com Ilsa, que classificava sarcasticamente as várias tentativas de suicídio de Charlotte em duas categorias: aquelas que pretendiam manipular e as que eram autênticas. Porém, Robin não podia mais levar a sério a opinião de Ilsa. A derradeira tentativa de Charlotte não foi um gesto vazio. Ela estava decidida a não viver mais — a não ser, ao que parecia, que Strike tivesse atendido ao telefone. O suicídio de Carrie Curtis Woods, por mais que Robin soubesse que ela havia colaborado com um infanticídio, deixara uma cicatriz nela para sempre. Como seria saber que você podia ter evitado a morte de alguém que amou por dezesseis anos, ela não tinha ideia.

— Cormoran, eu sinto muito — repetiu.

— Lamente por Amelia e os filhos dela, não por mim. Pra mim já havia acabado. Não há nada mais morto que um amor morto.

Há seis anos, Robin desejara saber o que Strike realmente sentia por Charlotte Campbell, a mulher que ele deixara para sempre no mesmo dia em que Robin chegara à agência como temporária. Charlotte foi a mulher mais intimidadora que Robin já conhecera: bonita, inteligente, charmosa e também — Robin vira ela mesma provas disso — ardilosa e ocasionalmente cruel. Robin se sentia culpada por acumular cada fiapo de informação sobre a relação entre Strike e Charlotte que Ilsa tinha a dar, sentindo que traía Strike ao ouvir, ao se lembrar. Ele sempre foi muito reservado com o relacionamento, mesmo depois de algumas barreiras entre eles terem sido rompidas, mesmo depois de Strike ter abertamente dito que Robin era sua melhor amiga.

Strike, enquanto isso, sabia que estava quebrando um juramento que fizera seis anos antes quando, recém-rompido com a mulher que ainda amava, notou como a temporária era sexy, quase no mesmo momento em que notou a aliança de noivado em seu dedo. À época, reconhecendo a própria suscetibilidade, ele resolveu que não haveria um deslize fácil para a intimidade com uma mulher com quem, se não fosse a aliança de noivado, podia prontamente ter usado para curar sua mágoa. Ele fora rigoroso ao não se permitir procurar a solidariedade dela. Mesmo depois que seu amor por Charlotte encolheu à inexistência, deixando para trás uma carcaça espectral de pena e exasperação, Strike manteve tal reserva porque, a contragosto, seus sentimentos por Robin ficavam cada vez mais profundos e complexos, e o dedo anelar dela estava vazio, e ele temia estragar a amizade mais importante de sua vida e os negócios pelos quais ambos sacrificaram tanto.

Mas, com Charlotte morta e Robin talvez destinada a outra aliança, Strike tinha coisas a dizer. Talvez fosse ilusão do homem de meia-idade pensar que faria alguma diferença, mas chegava uma hora em que um homem precisava assumir o próprio destino. Então ele inalou nicotina e disse:

— No ano passado, Charlotte me pediu para voltarmos. Eu disse que nada no mundo me faria ajudar a criar os filhos de Jago Ross. Isso foi depois de nós, a agência, descobrirmos que Jago estava agredindo as filhas mais velhas. E ela disse que eu não precisava me preocupar: a guarda seria compartilhada. Em outras palavras, ela impingiria as crianças a ele, se eu concordasse em voltar.

"Eu tinha acabado de entregar a ela todas as provas de que um juiz precisaria para manter aquelas crianças em segurança, e ela me disse que ia jogá-las em cima daquele filho da puta, pensando que eu diria: 'Ótimo. Eles que se fodam. Vamos sair para beber.'"

Strike soltou o vapor de nicotina. Robin não tinha notado que estava prendendo a respiração.

— Tem sempre um pouco de ilusão no amor, não tem? — refletiu Strike, observando o vapor subir ao teto. — Você preenche os espaços com a própria imaginação. Pinta exatamente como quer que sejam. Mas sou um detetive, um maldito detetive. Se eu me ativesse aos fatos... se eu fizesse isso, mesmo nas primeiras vinte e quatro horas em que a conheci... teria me afastado e jamais olharia para trás.

— Você tinha dezenove anos — disse Robin. — A mesma idade de Will quando ouviu Jonathan Wace falar pela primeira vez.

— Ha! Você acha que eu estava numa seita?

— Não, mas estou dizendo... que temos de perdoar quem fomos, quando não sabíamos o que sabemos hoje. Eu fiz a mesma coisa com Matthew. Fiz *exatamente* isso. Pintei os espaços como gostaria que eles fossem. Acreditei em Verdades de Nível Superior para explicar o papo furado. "Ele falou por falar." "Ele na verdade não é assim." E, ai, meu Deus, as provas estavam na minha cara e eu me *casei* com ele... e me arrependi uma hora depois de ele colocar a aliança no meu dedo.

Ouvindo isso, Strike se lembrou de como irrompeu no casamento dela com Matthew, no momento em que Robin estava prestes a dizer "Sim". Também se lembrou do abraço que os dois trocaram depois de ele ter saído da recepção, e Robin correu de sua primeira dança para ir atrás dele, e sabia que não tinha como voltar atrás.

— E então, o que Amelia queria? — perguntou Robin, com atrevimento suficiente, depois que Strike tinha lhe falado tanto. — Ela... ela não culpou você, culpou?

— Não — respondeu Strike. — Ela transmitiu os últimos desejos da irmã. Charlotte deixou uma carta de suicida, com instruções para me passar o recado.

Ele sorriu da expressão temerosa de Robin.

— Está tudo bem. Amelia a queimou. Não importa, eu mesmo poderia ter escrito... Disse a Amelia exatamente o que Charlotte escreveu.

Robin receou que fosse indecente perguntar, mas Strike não esperou pela pergunta.

— Charlotte disse que embora eu tivesse sido um filho da puta, ela ainda me amava. Que eu saberia um dia do que abri mão, que eu nunca seria feliz, no fundo, sem ela. Que...

Strike e Robin já haviam sentado uma vez naquela sala, depois de escurecer e cheios de uísque, e ele chegou perigosamente perto de atravessar a linha entre a amizade e o amor. Ele se sentira na hora como o trapezista fatalista e audaz, preparando-se para se balançar nos refletores apenas com o ar escuro abaixo dele, e sentia o mesmo naquele momento.

— … ela sabia que eu estava apaixonado por você.

Uma pontada de choque frio, uma descarga elétrica no cérebro: Robin não conseguia acreditar no que acabara de ouvir. Os segundos que se passaram pareciam ficar mais lentos. Ela esperou que Strike dissesse "o que obviamente era despeito da parte ela", ou "porque ela nunca entendeu que um homem e uma mulher podem ser apenas amigos", ou que fizesse uma piada. Entretanto, ele não disse nada para desarmar a granada que tinha acabado de atirar; Strike simplesmente a encarava.

Então Robin ouviu a porta da agência se abrir e o barítono indistinto de Pat cumprimentando alguém com entusiasmo.

— Deve ser Ryan — disse Robin.

— Certo — concordou Strike.

Robin se levantou, confusa e espantada, ainda segurando a pasta do jogador de críquete, e abriu a porta para a antessala.

— Desculpe — disse Murphy, que parecia atormentado. — Recebeu minha mensagem? Eu me atrasei para sair e o trânsito estava congestionado.

— Está tudo bem — tranquilizou Robin. — Eu também cheguei atrasada.

— Oi — disse Murphy a Strike, que seguira Robin à antessala. — Meus parabéns.

— Pelo quê? — perguntou Strike.

— Pelo caso da igreja — explicou Murphy, rindo um pouco. — Que foi, você já passou a outro caso de abalar o mundo...?

— Ah, isso — disse Strike. — É. Bom, foi principalmente Robin.

Robin pegou o casaco.

— Bom, a gente se vê na segunda — disse ela a Pat e a Strike, incapaz de olhar nos olhos dele.

— Vai levar isso com você? — perguntou Murphy a Robin, olhando a pasta em suas mãos.

— Ah… não. Desculpe — disse Robin, nervosa. — Isso deve ficar aqui.

Ela colocou o objeto ao lado de Pat.

— Tchau — falou e saiu.

Strike viu a porta de vidro se fechar e ouviu os passos dos dois esmorecendo na escada de metal.

— Eles formam um belo casal — comentou Pat com complacência.

— Veremos — retrucou Strike.

Ignorando o olhar rápido e penetrante da gerente, ele acrescentou:

— Estarei no Flying Horse, se precisar de mim.

Pegando o paletó e a pasta que Robin deixara, ele saiu. O tempo diria se ele acabara de cometer uma tolice ou não, mas Cormoran Strike, enfim, tinha decidido praticar o que pregara a Charlotte todos aqueles anos atrás. A felicidade é uma escolha que às vezes exige esforço, e já passara da hora de ele fazer esse esforço.

AGRADECIMENTOS

Minha mais profunda gratidão, como sempre, a meu maravilhoso editor (e companheiro aficionado por seitas) David Shelley. Prometi a você um livro sobre seitas e aqui está, finalmente o temos.

Um enorme agradecimento a Nithya Rae pela excelente edição de texto, em particular por pegar lapsos de datas e números.

A meu fabuloso agente, Neil Blair, que foi um dos primeiros leitores deste livro, agradeço por todo o trabalho árduo feito por mim e por ser tão bom amigo.

Agradeço como sempre a Nicky Stonehill, Rebecca Salt e Mark Hutchinson, que deram um apoio infindável, orientações sensatas e muitos risos.

Minha gratidão a Di Brooks, Simon Brown, Danny Cameron, Angela Milne, Ross Milne, Fiona Shapcott e Kaisa Tiensuu: sempre digo isso, mas sem vocês não existiria livro nenhum.

Por fim, a Neil Murray, que na verdade não gosta de livros sobre seitas, mas que acha *O túmulo veloz* o melhor da série. Viu só? Eu sempre tenho razão — exceto nas muitas ocasiões em que quem tem razão é você. Bjs

CRÉDITOS

"Hymns and Arias" (p. 583) Copyright © 1971 Max Boyce
Todos os direitos reservados
Reimpresso com permissão de Max Boyce

"Heaven" (pp. 286, 287, 770 e 771) Letra e música de Patrick Dahlheimer, Chad Gracey, Ed Kowalczyk e Chad Taylor. ©2003 Loco De Amor Music. Todos os direitos reservados. Uso gentilmente permitido por Carlin Music Delaware LLC, Clearwater Yard, 35 Inverness Street, Londres, NW1 7HB.

Do *I Ching: O livro das mutações*. Tradução de Richard Wilhelm para o inglês por Cary F. Baynes. Copyright © Bollingen Foundation Inc., 1950, 1967. Reimpresso com permissão da Penguin Books Limited. (Mundial, excluindo Estados Unidos e Canadá)

Do *I Ching: O livro das mutações*. Bollingen Series XIX. Tradução de Richard Wilhelm para o inglês por Cary F. Baynes. Prefácio de C. G. Jung. Prefácio à terceira edição de Hellmut Wilhelm. Copyright © 1950, 1967, renovado em 1977 pela Princeton University Press. Reimpresso com permissão da Princeton University Press. (Estados Unidos e Canadá)

"It's The End of the World as We Know It (And I Feel Fine)" (pp. 290 e 771) Letra e música de William Berry, Peter Buck, Michael Mills e Michael Stipe
Copyright © 1989 NIGHT GARDEN MUSIC
Todos os direitos administrados por SONGS OF UNIVERSAL, INC.
Todos os direitos reservados
Usado com permissão
Reimpresso com permissão de Hal Leonard Europe Ltd.

"Make Luv" (p. 690) Letra e música de Kevin Duane McCord e Oliver Cheatham

"When, Like a Running Grave" (p. 7) de Dylan Thomas, de *The Collected Poems of Dylan Thomas: The Centenary Edition*, org. John Goodby (Weidenfeld & Nicholson, 2016). Usado com permissão do Dylan Thomas Trust por intermédio de David Higham Associates. (Mundial, excluindo Estados Unidos e Canadá)

"When, Like a Running Grave" (p. 7) de Dylan Thomas, de *The Poems of Dylan Thomas*, copyright © 1939 de New Directions Publishing Corp. Reimpresso com permissão de New Directions Publishing Corp. (Estados Unidos e Canadá)

Extrato de "On a Friend's Escape from Drowning off the Norfolk Coast", de George Barker (p. 424) retirado de *Collected Poems of George Barker* © Curadoria de George Barker. Reimpresso com permissão de Faber and Faber Ltd.

Extrato de "Quando, em um túmulo veloz", de Dylan Thomas, de *Poemas reunidos*, tradução de Ivan Junqueira. Editora José Olympio, 1991.

Impressão e Acabamento:
GEOGRÁFICA EDITORA LTDA.